汉魏六朝

笔记小说

大观

上海古籍出版社
本社编

历代笔记小说大观

图书在版编目（CIP）数据

汉魏六朝笔记小说大观/王根林,黄益元,曹光甫校点.—上海:上海古籍出版社,1999.12(2016.6重印)

ISBN 978-7-5325-2670-3

Ⅰ.汉…Ⅱ.①王…②黄…③曹…Ⅲ.笔记小说—作品集—中国—汉代～魏晋南北朝时代 Ⅳ.I242.1

中国版本图书馆 CIP 数据核字(2009)第 112918 号

校点者(以姓氏笔画为序)

王根林　黄益元　曹光甫

历代笔记小说大观

汉魏六朝笔记小说大观

本社编

王根林　黄益元　曹光甫　校点

上海世纪出版股份有限公司

上海古籍出版社　出版

(上海瑞金二路 272 号　邮政编码 200020)

(1)网址:www.guji.com.cn

(2)E-mail:gujil@guji.com.cn

(3)易文网网址:www.ewen.co

上海世纪出版股份有限公司发行中心发行经销

上海展强印刷有限公司印刷

开本 850×1168　1/32　印张 33.375　插页 5 字数 721,000

1999 年 12 月第 1 版　2016 年 6 月第 7 次印刷

印数:10,901–11,950

ISBN 978-7-5325-2670-3

I·1365　定价:78.00 元

出 版 说 明

　　"笔记小说"是泛指一切用文言写的志怪、传奇、杂录、琐闻、传记、随笔之类的著作，内容广泛驳杂，举凡天文地理、朝章国典、草木虫鱼、风俗民情、学术考证、鬼怪神仙、艳情传奇、笑话奇谈、逸事琐闻等等，宇宙之大，芥子之微，琳琅满目，真是万象包罗。文笔有的简洁朴实，有的情文相生、美丽动人，常为一般读者所喜爱。它是一座非常丰富、值得珍视的宝库，有着后人取之不尽的无价宝藏。治史者可以利用它增补辩证"正史"的阙失，治文者可以从中考察某一时代的文坛风气、文学作品的源流嬗变，治专门史者可以从中挖掘资料，文艺创作者可以从中寻找素材，可以说是各尽其能，各取所需。

　　据粗略的估计，中国的笔记小说，截止清末，大约不下于 3 000 种。这是一笔巨大的文化遗产，对于一般读者来说要全部读遍，是难以做到的。为此，有必要对它进行一番去伪存真、去粗取精的工作。原上海进步书局出版的《笔记小说大观》走出了第一步。该丛书收书 220 种，多系名家名篇，当时被认为是一部方便实惠、社会反响较好的丛书。但其中也存在一些问题，如内容不免芜杂，体例不够统一，并夹杂了一些伪书，还有内容重复的情况。最突出的问题是，书未经很好的整理、标点、校勘，有些书有断句，有些则无，断句与文字均有错误，不便读者。解放后，我社及其他一些出版社也相继出版了一些笔记小说，出书质量有了很大的提高，但出版时间长（前后达四十余年），零星分散，读者不易配套。因此，利用已经取得的学术成果，编选一套新的《历代笔记小说大观》是很有必要的。

新编的《历代笔记小说大观》必须具备代表性、实用性、准确性、美观大方、经济方便的特点。从此出发，本丛书共收 200 种左中的笔记小说，上起汉魏（间亦收入或以为属秦汉之前的作品），下迄清末，按《汉魏六朝笔记小说大观》、《唐五代笔记小说大观》、《宋元笔记小说大观》、《明清笔记小说大观》分批出版，分为若干册，每册约 60 至 80 万字。所收笔记小说从内容上来说偏重于记事、记人之作。但汉魏六朝，存世笔记小说不多，因此无论是志怪还是志人，尽可能地多收一些。唐宋以后，传奇小说渐多，一些名篇名著，购求比较容易，一般少收。此外，丛书如《太平广记》

之类、部头过大的著作、汇集摘抄旧文与已收笔记小说内容多重复者和纯学术性的笔记不收。

收入本丛书的各种笔记小说以作者生活年代为次序排列。每种笔记小说前由校点者撰写"校点说明",简略介绍作者生平,此书内容及意义、版本情况。每种笔记小说以较完备、较好的版本作底本,用他本校勘,并用有关的史籍、笔记、文集、丛书参校,文字择善而从,概不出校。底本原有校注,如系民国以前人所作,则予保留。近人与今人校注,一般删除。对于其中有价值的校记,则酌情校正正文。所收各种笔记小说,一般只收录底本全文,不作补遗辑佚工作。用他人成果作补遗辑佚者,均于校点说明中指出,以示不敢掠美。

上海古籍出版社

总　目

穆 天 子 传

佚 名 　 撰

［晋］郭璞 　注

王根林 　校点

校 点 说 明

　　《穆天子传》六卷，佚名撰，晋郭璞注。关于它的成书年代，学术界存在不同观点，归纳起来，有西周说、战国说、秦汉以后说三种。其中，秦汉以后说又有汉武帝时、汉武帝以后乃至晋以后的区别。斟酌诸说，似以成书于战国时期比较合理。不管取哪一说，本书成书极早似无疑问，它在中国文学史上具有开创传记小说文体的重要地位。

　　全书六卷，前五卷写周穆王驾八骏西征故事，第六卷叙穆王宠妃盛姬之死及安葬事。其叙事采用编年形式，次第展开。其内容则是历史传记与神话的融合，给人以似真似幻、似虚似实的感觉，引人入胜。其中写穆王在瑶池与西王母相会一节，为不少汉魏传记小说所本，可见其巨大影响。

　　该书是西晋太康二年(281)在汲郡(今河南汲县西南)战国魏王古墓中发掘出来的。后经过当时学者荀勖、和峤、卫恒及束皙等人的整理，郭璞还给它作了注。该书现在可见的版本，有明正统《道藏》本、《古今逸史》本、《汉魏丛书》本等。今以《汉魏丛书》本为底本，保存郭注，再参校其他诸本，作分段、校点。凡底本有误者，皆据校本改正，不出校记。

目　录

穆天子传序

荀　勖

　　古文《穆天子传》者，太康二年，汲县民不准盗发古冢所得书也，皆竹简素丝编。以臣勖前所考定古尺度其简，长二尺四寸。以墨书，一简四十字。汲者，战国时魏地也。案所得《纪年》，盖魏惠成王子，今王之冢也。于《世本》，盖襄王也。案《史记·六国年表》，自今王二十一年至秦始皇三十四年燔书之岁，八十六年。及至太康二年初得此书，凡五百七十九年。其书言周穆王游行之事。《春秋左氏传》曰："穆王欲肆其心，周行于天下，将皆使有车辙马迹焉。"此书所载，则其事也。王好巡守，得盗骊、騄耳之乘，造父为御，以观四荒。北绝流沙，西登昆仑，见西王母，与太史公记同。汲郡收书不谨，多毁落残缺。虽其言不典，皆是古书，颇可观览。谨以二尺黄纸写上。请事平，以本简书及所新写，并付秘书缮写，藏之中经，副在三阁。谨序。

穆天子传卷第一

古　文

饮天子蠲音涓。山之上，戊寅，天子北征，乃绝漳水。绝犹截也。漳水，今在邺县。庚辰，至于□，觞天子于盘石之上，觞者，所以进酒，因云觞耳。天子乃奏广乐。《史记》云：赵简子疾，不知人，七日而寤，曰：我之帝所甚乐，与百神游于钧天，广乐九奏万舞，不类三代之乐，其声动心。广乐义见此。载立不舍，言在车上，立不下也。至于钘山之下。即钘山，今在常山石邑县。钘音邢。癸未，雨雪，天子猎于钘山之西阿。阿，山陂也。于是得绝钘山之队，队，谓谷中险阻道也。音遂。北循虖沱之阳。虖沱河，今在雁门卤城县。阳，水北；沱，音囊驼之驼。

　　乙酉，天子北升于□。天子北征于犬戎。《国语》曰：穆王将征犬戎，祭公谋父谏，不从。遂征之，得四白狼、四白鹿以归。自是荒服不至。《纪年》又曰：取其五王以东。犬戎□胡觞天子于当水之阳，天子乃乐，□赐七萃之士战。萃，集也，聚也，亦犹传有七舆大夫，皆聚集有智力者为王之爪牙也。庚寅，北风雨雪。《诗》曰：北风其凉，雨雪其雱。天子以寒之故，命王属休。令王之徒属休息也。甲午，天子西征，乃绝隃之关隥。隥，阪也。疑北谓北陵西隃，西隃，雁门山也，音俞。己亥，至于焉居、禺知之平。疑皆国名。

　　辛丑，天子西征，至于郎人。郎，国名，音旺肯切。河宗之子孙郎柏絮，伯，爵。絮，名。古伯字多从木。且逆天子于智之□。先豹皮十，良马二六，古者为礼，皆有以先之。传曰：先进乘韦。天子使井利受之。井利，穆王之嬖臣。癸酉，天子舍于漆泽。一宿为舍。乃西钓于河，以观□智之□。甲辰，天子猎于渗泽。于是得白狐玄狢焉，以祭于河宗。以将有事于河，奇此获，故用之。汉武帝郊祀得一角白鹿，以为祥瑞，亦将燎祭之类。丙午，天子饮于河水之阿。阿，水崖也。天子属六师之人于郫邦之南，渗泽之上。属，犹会也。

戊申，天子西征，骛行至于阳纡之山。骛，犹驰也。纡，音呕。河伯无夷之所都居，无夷，冯夷也。《山海经》云冰夷。是惟河宗氏。河，四渎之宗，主河者因以为氏。河宗伯夭逆天子燕然之山。伯夭，字也。劳用束帛加璧，劳，郊劳也。五两为一束。两，今之二丈。先白□，天子使祭父受之。祭父，祭公谋父，作《祈招》之诗者。癸丑，天子大朝于燕□之山，河水之阿。盖朝会郡官，告将礼河也。乃命井利、梁固，梁固，大夫。聿将六师。聿，犹曰也。天子命吉日戊午，《诗》曰：吉日庚午。天子大服：冕袆冕，冠。袆，衣，盖王后之上服，今帝服之，所未详。袆音晖。帗带，帗，辉也。天子赤帗，音弗。搢智，智长三尺，杼上椎头，一名珽，亦谓之大圭。搢，犹带也。智音忽。夹佩，左右两佩。奉璧，南面立于寒下，寒下，未详。曾祝佐之，曾，重也。传曰：曾臣偃。官人陈牲全五□具。牛羊之品曰生，体完曰全牲。或曰：全，色纯也。传曰：牲全肥腯。

天子授河宗璧，河宗伯夭受璧，西向沉璧于河，河位载昆仑。再拜稽首。稽首，首至地也。祝沉牛马豕羊。河宗□命于皇天子，加皇者，尊上之。河伯号之：呼穆王。"帝曰：穆满，以名应，谦也。言谥盖后记事者之辞。女当永致用时事。"语穆王当长干理世事也哉。南向再拜。穆王拜。河宗又号之："帝曰：穆满，示女春山之瑶，《山海经》春字作钟，音同耳。言此山多珍宝奇怪。诏女昆仑□舍四平泉七十。疑皆说昆仑山上事物。乃至于昆仑之丘，以观春山之瑶。皆河伯与穆王词语。赐语晦。"月终为晦；言赐，赐女受终福。天子受命，南向再拜。受河伯命。

己未，天子大朝于黄之山。将礼河而去。乃披图视典，周观天子之瑶器。省河所出礼图。曰："天子之瑶，曰，河图辞也。玉果、石似美玉，所谓女果者也。璿珠、璿，玉类也，音旋。烛银、银有精光如烛。黄金之膏。金膏亦犹玉膏，皆其精汋也。天子之瑶万金，□瑶百金，士之瑶五十金，庶人之瑶十金。自万金以下，宜次言诸侯之瑶千金、大夫之瑶百金。此书残缺，集录者不续，以见阙文耳。天子之弓射人步剑、牛马、犀□器千金。步剑，疑步光之剑也。犀似水牛，庳脚，脚为三蹄，黑色。天子之马走千里，胜人猛兽。言焄势杰骇也。天子之狗走百里，执虎豹。"言筋力壮猛也。伯夭曰："征鸟使翼，曰□乌鸢，音缘，鸢也。鹤鸡飞八百里。即鶡鸡，鹤属也。名兽使足：□走千里，狻猊□野马走五百里，狻猊，狮子，亦食虎豹。野马，亦如马而小。狻音俊，猊音倪。邛邛距虚走百里，亦马属。《尸子》曰：距虚不择地而走。《山海经》云：垩垩距虚，并言之耳。麋□二十里。"自麋以上，似次第兽能走里数远近。

曰伯夭皆致河典，典，礼也。自此以上事物，皆河图所载，河伯以为礼，礼穆王也。乃乘渠黄之乘，为天子先，先驱导路也。以极西土。极，竟。乙丑，天子西济于河。□爰有温谷乐都，温谷，言冬暖也。燕有寒谷，不生五谷。河宗氏之所游居。伯夭之别州邑。丙寅，天子属官效器。会官司阅所得瑶物。乃命正公郊父正公谓三上公。天子所取正者，郊父为之。受敕宪，宪，教令也。《管子》曰：皆受宪。用伸□八骏之乘。八骏名在下。以饮于枝浔之中，水岐成浔，浔，小渚也，音止。积石之南河。积石，山名。今在金成河间县南。河出北山而东南流。

天子之骏：骏者，马之美称。赤骥，世所谓骐骥。盗骊，为马细颈，骊，黑色也。白义、逾轮、山子、渠黄、华骝，色如华而赤，今名马标赤者为枣骝。枣骝，赤也。绿耳，绿耳，《纪年》曰：北唐之君来见，以一骝马，是生绿耳。魏时鲜卑献千里马，白色而两耳黄，名曰黄耳，即此类也。八骏皆因其毛色以为名号耳。案《史记》：造父为穆王得盗骊、华骝、绿耳之马，御以西巡游，见西王母,乐而忘归。皆与此同,若合符契。狗:重工、彻止、蓬獟、□黄、南□、来白。皆骏狗之名,亦犹宋鹊之类。天子之御:造父,三百,下云三百为御者。耿翛,芍及。造父善御,穆王封之于赵城,馀未闻也。曰天子是与出□入薮,田猎钓弋,弋,缴射也。天子曰:"於乎!予一人不盈于德,盈,犹充也。而辨于乐,辨作游乐之事。后世亦追数吾过乎!"穆王游放过度,行辄忘归,故作此言以自警也。七萃之士□天子曰:"后世所望,无失天常。奉六时也。农工既得,岁丰登也。男女衣食。无饥寒也。百姓珤富,富者,安也。官人执事。各视职事。故天有时,四时。民□氏响□。音国。何谋于乐?言不规乐而乐自及。何意之忘?常慎德也。与民共利,世以为常也。"天子嘉之,善其有辞。赐以左佩华也。玉华之佩,佩之精也。乃再拜顿首。

穆天子传卷第二

古　文

　　□伯夭曰□封膜昼于河水之阳，膜昼，人名。疑音莫。以为殷人主。主谓主其祭祀，言同姓也。丁巳，天子西南升□之所主居。似说古之贤圣以居。爰有大木硕草，硕大也。爰有野兽，可以畋猎。戊午，鬲□之人居虑，古疄字。居虑，名。献酒百□于天子，百下脱盛酒器名。天子已饮而行，遂宿于昆仑之阿、赤水之阳。昆仑山有五色水，赤水出东南隅而东北流，皆见《山海经》。爰有鹑鸟之山，鹑，音甄，一名柄。天子三日舍于鹑鸟之山。□吉日辛酉，天子升于昆仑之丘，以观黄帝之宫。黄帝巡游四海，登昆仑山，起宫室于其上，见《新语》。而丰□隆之葬，隆上字疑作丰。丰隆筮御云，得《大壮》卦，遂为雷师。亦犹黄帝桥山有墓，封谓增高其上土也，以标显之耳。以诏后世。诏，谓语之。癸亥，天子具蠲齐牲全，以禋□昆仑之丘。蠲者，洁也。齐祭神曰禋，书天子禋于六宗。蠲，音圭。

　　甲子，天子北征，舍于珠泽，此泽出珠，因名之曰。今越巂平泽出青珠是。以钓于流水，曰珠泽之薮，方三十里。泽中有草者为薮。爰有萑苇、莞蒲、茏，葱蒲，或曰莞蒲，齐名耳。关西云莞，音丸。芋荶、荶，今苦字，音倍。蒹、蒹，荷也，似萑而细，音兼。蘩、荞属，《诗》曰：四月秀要。乃献白玉□只，□角之一□三可以□沐。乃进食□酒十□姑劙九□亓味中糜胃而滑。中，犹合也。因献食马三百、可以供厨膳者。牛羊三千。天子□昆仑，此以上似说封人于昆仑山旁。以守黄帝之宫,南司赤水,而北守舂山之宝。欲以崇表圣德,因用显其功迹。天子乃□之人□吾黄金之环三五、空边等为环。朱带贝饰三十、《淮南子》曰其贝带鵔翻是也。工布之四。□吾乃膜拜而受。今之胡人礼佛,举手加头称南谟拜者,即此类也。音模。天子又与之黄牛二六,以为牺牲种。以三十□人于昆仑丘。

季夏丁卯,天子北升于舂山之上,以望四野。曰:"舂山,是唯天下之高山也。"孳木□华畏雪,天子于是取孳木华之实,孳,音滋。持归种之。曰:"舂山之泽,清水出泉,温和无风,炁条适也。飞鸟百兽之所饮食,先王所谓县圃。"《淮南子》曰:昆仑去地一万一千里,上有曾城九重。或上倍之,是谓阆风。或上倍之,是谓玄圃,以次相及。《山海经》云:明明昆仑、京圃各一山,但相近耳。又曰:实唯帝之平圃也。天子于是得玉策枝斯之英,英,玉之精华也。《尸子》曰:龙泉有玉英。《山海经》曰:黄帝乃取密山之玉策,而投之钟山之阳是也。曰:"舂山,百兽之所聚也,飞鸟之所栖也。"爰有□兽,食虎豹,如麋而载骨盘□始如麕,小头大鼻。麕,麞是也。爰有赤豹白虎、《诗》云:赤豹黄罴。熊罴豺狼、野马野牛、山羊野豕。今华阴山有野牛、山羊,肉皆千斤。爰有白鸟青雕,执犬羊,食豕鹿。今之雕亦能食獐鹿。曰天子五日观于舂山之上,乃为铭迹于县圃之上,以诏后世。谓勒石铭功德也,秦始皇、汉武帝巡守登名山所在,刻石立表,此之类也。

壬申,天子西征。甲戌,至于赤乌。赤乌之人其献酒千斛于天子,食马九百,羊牛三千,穄麦百载。穄,似黍而不粘。天子使祭父受之。曰:"赤乌氏先出自周宗,与周同始祖。大王亶父即古公。亶父,字也。之始作西土,言作兴于岐山之下,今邑在扶风美阳是也。封其兄子吴太伯于东吴,太伯让国入吴,因即封之于吴。诏以金刃之刑,南金精利,故语其刑法也。贿用周室之璧。贿,赠贿也。封丌璧臣长季绰于舂山之虱,妻以元女,诏以玉石之刑,昆仑山,出美玉石处，故以语之。以为周室主。"天子乃赐赤乌之人□其墨乘四、《周礼》：大夫乘墨车。黄金四十镒、二十两为镒。贝带五十、朱三百裹。丌乃膜拜而受。裹，音罪过之过。丌，名，赤乌人名也。曰："□山，是唯天下之良山也。宝玉之所在，嘉谷生之，草木硕美。"天子于是取嘉禾以归，树于中国。汉武帝取外国香草美菜，种之中国。曰天子五日休于□山之下，乃奏广乐。赤乌之人丌好献女于天子，所以结恩好也。女听、女列为嬖人。一名听名失一女名下文。曰："赤乌氏，美人之地也，宝玉之所在也"。

　　己卯，天子北征，赵行□舍。赵犹超腾，舍，三十里。庚辰，济于洋水。洋水出昆仑山西北隅而东流。洋，音详。辛巳，入于曹奴。曹奴之人戏觞天子于洋水之上，戏，国人名也。乃献食马九百、牛羊七千、穄米百车。天子使逢固受之。逢固，周大夫。天子乃赐曹奴之人戏□黄金之鹿、白银之鹰、今所在地中得玉肫金狗之类，此皆古者以赂夷狄之奇货也。贝带四十、朱四百裹。戏乃膜拜而受。壬午，天子北征，东还。从东头而还归。甲申，至于黑水，水亦出昆仑山西北隅而东南流。西膜之所谓鸿鹭。西膜，沙漠之乡。以言外域人名物与中华不同。《春秋》叔弓败莒师于濆水，《穀梁传》曰：狄人谓濆泉失名，号以中国，名从主人之类也。于是降雨七日，天子留骨六师之属。穆王马骏而御良，故行辄出从众前。天子乃封长肱于黑水之西河，即长臂人也。身如中国，臂长三丈。魏时在赤海中得此人裾也。长脚人国又在赤海东。皆见《山海经》。是惟鸿鹭之上，以为周室主，是曰留骨之邦。因以名之。

　　辛卯，天子北征，东还，乃循黑水。癸巳，至于群玉之山，即《山海》云群玉山，西王母所居者。容□氏之所守。曰："群玉田山□知阿平无险，言边无险阻也。四彻中绳，言皆平直。先王之所谓策府。言往古帝王以为藏书册之府，所谓藏之名山者也。寡草木而无鸟兽。"言纯玉石也。爰有□木，西膜之所谓□。天子于是取玉三乘,玉器服物,环佩之属。于是载玉万只,双玉为毂,见《左氏传》。天子四日休群玉之山,休,游息也。乃命邢侯待攻玉者。待,留之也。邢,今广平襄邑县。

孟秋丁酉,天子北征。□之人潜时潜时,名也。觞天子于羽陵之上,乃献良马、牛羊。天子以其邦之攻玉石也,不受其牢。重慎费其。牢,牲礼也。伯夭曰:"□氏,槛□之后也。"天子乃赐之黄金之罂三六、即盂也。徐州谓之罂。朱三百裹。潜时乃膜而受。戊戌,天子西征。辛丑,至于剞闾氏。音倚。天子乃命剞闾氏供食六师之人天子六军。《诗》曰:周王于迈,六师及之。于铁山之下。壬寅,天子登于铁山,乃彻祭器于剞闾之人。以祭徐胙赐之。温归乃膜拜而受。温归,名也。天子已祭而行,乃遂西征。丙午,至于鹑韩氏。爰有乐野温和,穄麦之所草此字作草下阜,疑古茂字。犬马牛羊之所昌,昌,犹盛也。宝玉之所□。丁未,天子大朝于平衍之中,衍,坟之下者。见《周礼》。乃命六师之属休。己酉,天子大飨正公、诸侯、王吏、七萃之士于平衍之中。鹑韩之人无凫乃献良马百匹、用牛三百、可服用者。良犬七千、调习者。牦牛二百、野马三百、牛羊二千、穄麦三百车。天子乃赐之黄金银罂四七、贝带五十、朱三百裹、变□雕官,无凫上下乃膜拜而受。疑古上下字,今夷狄官多复名。

庚戌,天子西征,至于玄池。天子三日休于玄池之上,乃奏广乐,三日而终,是曰乐池。因改名为广乐池,犹汉武改桐乡为闻喜之类。天子乃树之竹,种竹池边。是曰竹林。竹木盛者为林。癸丑,天子乃遂西征。丙辰,至于苦山,西膜之所谓茂苑。天子于是休猎,于是食苦。苦,草名,可食。丁巳,天子西征。己未,宿于黄鼠之山。西□乃遂西征。癸亥,至于西王母之邦。

穆天子传卷第三

古　文

　　吉日甲子，天子宾于西王母。西王母，如人虎齿，蓬发戴胜，善啸。《纪年》：穆王十七年，西征昆仑丘，见西王母。其年来见，宾于昭公。乃执白圭玄璧以见西王母，执贽者，致敬也。好献锦组百纯，□组三百纯。纯，匹端名也。《周礼》曰：纯帛不过五两。组，绶属，音祖。西王母再拜受之。□乙丑，天子觞西王母于瑶池之上。西王母为天子谣徒歌曰谣。曰："白云在天，山陵陵字。自出。道里悠远，山川间之。间，音谏。将子无死，将，请也。尚能复来。"尚，庶几也。天子答之曰："予归东土，和治诸夏。万民平均，吾顾见汝。顾，还也。比及三年，将后而野。"复反此野而见汝也。天子遂驱升于弇山，弇，弇兹山，日入所也。乃纪其迹于弇山之石，铭题之。而树之槐，眉曰："西王母之山"。言是西王母所居也。西王母还归其□，世民作忧以吟曰："比徂西土，徂，往也。爰居其野。虎豹为群，於鹊与处。於，读曰乌。嘉命不迁，言守此一方。我惟帝女。帝，天帝也。天子大命，而不可称。顾世民之恩，流涕卉陨。吹笙鼓簧，簧在笙中。中心翔翔。忧无薄也。世民之子，唯天之望。"所瞻望也。

　　丁未，天子饮于温山。□考鸟。《纪年》曰：穆王见西王母，西王母止之曰：有鸟䳜人。疑说此鸟。脱治不可知也。己酉，天子饮于溽水之上。溽，音淑。乃发宪命，宪，谓法令。诏六师之人□其羽。爰有□薮水泽，爰有陵衍平陆，大阜曰陵，高平曰陆。顾鸟物羽。六师之人毕至于旷原，言将猎也。下云北至旷原之野，飞鸟之所解其羽，《山海经》云：大泽方千里，群鸟之所生及所解。《纪年》曰：穆王北征，行积羽千里，皆谓此野耳。曰天子三月舍于旷原。□天子大飨正公、诸侯、王勒、七萃之士勒，犹劳也。于羽琌之上，下有羽陵，疑亦同。乃奏广乐。□六师之人翔畋于旷原。翔，犹游也。得获无疆，无疆，无限也。鸟兽绝群。言取尽也。六师之人大畋九日，乃驻于羽之□。收皮效物，物，谓毛色也。《诗》云：九十维物。债车受载，债，犹借也。天子于是载羽百车。十羽为箴，百羽为缚，十缚为緷，见《周官》。

　　己亥，天子东归，六师□起。庚子，至于□之山而休，以待六师之人。庚辰，天子东征。癸未，至于戊□之山，智氏之所处。□智□往天子于戊□之山。劳用白骖二匹、骖，骓马也。野马野牛四十、守犬七十。任守备者。乃献食马四百、牛羊三千。曰智氏□。天子北游于师子之泽，智氏之夫献酒百□于天子。天子赐之狗瑰采、疑玉名。黄金之罂二九、贝带四十、朱丹三百裹、桂姜百□，乃膜拜而受。乙酉，天子南征，东还。己丑，至于献水，乃遂东征。饮而行，乃遂东南。己亥，至于瓜纻之山，三周若城，言山周匝三重，状如城垒。阏氏胡氏阏，音遏。之所保。天子乃遂东征，南绝沙衍。沙衍，水中有沙者。辛丑，天子渴于沙衍，沙中无水泉。求饮未至。七萃之士高奔戎刺其左骖之颈，取其青血以饮天子。今西方羌胡刺马咽取血饮，渴亦愈。天子美之，乃赐奔戎佩玉一只，奔戎再拜稽首。古稽字。天子乃遂南征，甲辰，至于积山之边爰有蔓柏。曰哥余之人命怀怀，人名。献酒于天子，天子赐之黄金之罂、贝带、朱丹七十裹。命怀乃膜拜而受。乙巳，□诸飦献酒于天子。诸飦，亦人名，音犍牛之犍。天子赐之黄金之罂、贝带、朱丹七十裹，诸飦乃膜拜而受之。

穆天子传卷第四

古　文

庚辰，至于滔水，浊繇氏之所食。《山海经》曰：有川名曰三淖，昆吾之所食。亦此类。辛巳，天子东征。癸未，至于苏谷，骨飦氏之所衣被。言谷中有草木，皮可以为衣被。乃遂南征东还。丙戌，至于长沭，重氏之西疆。疆界也。丁亥，天子升于长沭，乃遂东征。庚寅，至于重氏黑水之阿。爰有野麦，自然生也。爰有荅堇，祗谨两音。西膜之所谓木禾，木禾，粟类也。长五寻，大五围，见《山海经》云。重氏之所食。爰有采石之山，出文采之石也。重氏之所守。曰枝斯、璿瑰、璿瑰，玉名。《左传》曰：赠我以璿瑰。旋回两音。瑶瑶、亦玉名，瑶音遥。琅玕、石似珠也。琅玕两音。玲瑰无瓀、皆玉名。字皆无闻。玲瑰音钤顼。玗琪、玉属也，于其二音。璆尾，无闻焉。凡好石之器于是出。尽出此山。

孟秋癸巳，天子命重氏共食天子之属。音共。言不及六师也。五日丁酉，天子升于采石之山，于是取采石焉。天子使重之民铸以成器于黑水之上，今外国人所铸作器者，亦皆石类也。器服物佩好无疆。曰天子一月休。秋癸亥，天子觞重之人觟，乃赐之黄金之罂二九、银乌一只、贝带五十、朱七百裹、筒箭、桂姜百崀、丝缲雕官。觟乃膜拜而受。乙丑，天子东征。觟送天子至于长沙之山。□只，天子使柏夭受之。柏夭曰："重氏之先，三苗氏之□处。"以黄木䴏银采□乃膜拜而受。

三苗，舜所窜于三危山者。

丙寅，天子东征，南还。己巳，至于文山，西膜之所谓□。觞天子于文山，西膜之人乃献食马三百、牛羊二千、穄米千车。天子使毕矩受之。曰□天子三日游于文山，于是取采石。以有采石，故号文山。壬寅，天子饮于文山之下。文山之人归遗归遗，名也。乃献良马十驷、四马为驷。用牛三百、守狗九十、牥牛二百以行流沙。此牛能行流沙中如橐驼。天子之豪马豪牛、豪，犹髭也。《山海经》云：髭马如马，足四节，皆有毛。龙狗、龙，龙茸，谓猛狗。或曰龙亦狗名。豪羊，似髦牛。以三十祭文山。又赐之黄金之罂二九、贝带三十、朱三百裹、桂姜百峝。归遗乃膜拜而受。癸酉，天子命驾八骏之乘：右服䮰骝疑骅骝字。而左绿耳，右骖赤蘎古骥字。而左白俄。古义字。天子主车，造父为御，𦰩𦫳为右。次车之乘，次车，副车。右服渠黄而左逾轮，右盗骊而左山子。柏夭主车，参百为御，奔戎为右。

天子乃遂东南翔行，驰驱千里，一举辔千里，行如飞翔。至于巨蒐之人㹨奴，乃献白鹄之血，以饮天子。所以饮血，益人气力。因具牛羊之湩，湩，乳也。今江南人亦呼乳为湩。音寒冻反。以洗天子之足令肌肤滑。及二乘之人。谓主天子车及副车者也。甲戌，巨蒐之㹨奴觞天子于焚留之山，乃献马三百、牛羊五千、秋麦千车、秋麦，禾也。膜稷三十车，稷，粟也。膜，未闻。天子使柏夭受之。好献枝斯之石四十、精者为英。㑽䍿𦕔𨱩珌佩百只、琅玕四十、𩨨㽵十篋，疑此纻葛之属。天子使造父受之。□乃赐之银木𨱔采、黄金之罂二九、贝带四十、朱三百裹、桂姜百峝。㹨奴乃膜拜而受。乙亥，天子南征阳纡之东尾，尾，山后也。乃遂绝𨞩䆁之谷。已至于𩞁𤥨，河之水北阿，爰有𤅷溲之□，河伯之孙，今西有渠搜国，疑𤅷渠字。事皇天子之山，有模堇，其叶是食明后。模堇，木名。

后，君也。董音谨。天子嘉之，赐以佩玉一只。柏夭再拜稽首。癸丑，天子东征，柏夭送天子至于䣙人。䣙伯絮觞天子于澡泽之上，斳多之沇，沇，水涯。河水之所南还，还，回也。音旋。曰天子五日休于澡泽之上，以待六师之人。戊午，天子东征。顾命柏夭归于其邦，天子曰："河宗正也"。柏夭再拜稽首。辞去也。

天子南还，升于长松之隥。坂有长松。孟冬壬戌，至于雷首。雷首，山名。今在河东蒲坂县南也。犬戎胡觞天子于雷首之阿，乃献食马四六。天子使孔牙受之。曰："雷水之平寒，寡人具犬马羊牛。"爰有黑牛白角，爰有黑羊白血。记异也。癸亥，天子南征，升于髭之隥。音訾。丙寅，天子至于钘山之队，东升于三道之隥，乃宿于二边。命毛班、毛班，毛伯卫之先也。逢固先至于周，以待天之命。癸酉，天子命驾八骏之乘、赤骥之驷，造父为御。□南征翔行径绝翟道，翟道在陇西，谓截陇坂过。升于太行，南济于河。驰驱千里，遂入于宗周。官人进白鹄之血，以饮天子，以洗天子之足。亦谓乳也。造父乃具羊之血，以饮四马之乘一。与王同车，御右之属。《左传》所谓四乘是也。

庚辰，天子大朝于宗周之庙。乃里西土之数，里谓计其道里也。《纪年》曰：穆王西征，还里天下，亿有九万里。曰：自宗周瀍水以西，瀍水今在洛西，洛即成周也。音缠。至于河宗之邦、阳纡之山，三千有四百里。自阳纡西至于西夏氏，二千又五百里。自西夏至于珠余氏及河首，千又五百里。自河首襄山以西南至于春山、珠泽、昆仑之丘，七百里。自春山以西，至于赤乌氏、春山，三百里。东北还至于群玉之山，截春山以北，截，由沮也。自群玉之山以西，至于西王母之邦，三千里。□自西王母之邦，北至于旷原之野，飞鸟之所解其羽，所谓解毛之处。千有九百里。□宗周至于西北大旷原，案《山海经》云：群鸟所集泽有两处，一方百里，一方千里,即此大旷原也。万四千里。乃还,东南复至于阳纡,七千里。还归于周,三千里。各行兼数,三万有五千里。吉日甲申,天子祭于宗周之庙。告行反也。《书·大传》曰:反必告庙也。乙酉,天子□六师之人于洛水之上。丁亥,天子北济于河,□觌之队。以西北升于盟门九河之隥。盟门山,今在河北。《尸子》曰:河出于盟门之上。乃遂西南。仲冬壬辰,至于𤾝山之上,乃奏广乐,三日而终。吉日丁酉,天子入于南郑。今京兆郑县也。《纪年》:穆王元年,筑祇宫于南郑。传所谓王是以获没于祇宫者。

穆天子传卷第五

古　文

宝处。曰天子四日休于薅泽，今平阳薅泽县是也。音薅特。于是射鸟猎兽。丁丑，天子□雨乃至。祭父自圃郑来谒，郑有圃田，因云圃郑。谒，告也。留昆归玉百枝，留昆国，见《纪年》。陵翟致赂，陵翟，隗姓国也。音峻。良马百驷，传曰：文马百驷。归毕之宝，毕，国名。言翟前取此宝也。以诘其成。成，谓平也。诘，犹责也。陵子鬲胡□东牡，夷狄有德者称子。嗣，胡名。见许男于洧上，男，爵也。许国，今许昌县，洧水之所在。音羽美反。祭父以天子命辞曰："去兹羔，用玉帛见。"礼：男执蒲璧。许男欲崇谦，故执羔也。许男不敢辞，奉王命。还取束帛加璧，□毛公举币玉。毛公，即毛班也。是日也，天子饮许男于洧上。天子曰："朕非许邦，而恤百姓□也，咎氏宴饮毋有礼。"礼：天子称异姓诸侯为伯舅。燕者私会，不欲崇礼敬也。《管子》曰：伯舅无下拜。字亦作咎，咎，犹舅也。许男不敢辞，升坐于出尊，《礼记》曰：反坫出尊。唯两君为好，既献反爵，坫上出尊，盖此之类也。坐之于尊边，使为酒魁，欲以尽欢酬也。乃用宴乐，言曲宴也。天子赐许男骏马十六。称骏者，名马也。许男降，再拜空首，空首，头至于地。《周礼》：三日空拜。乃升平坐。及暮，天子遣许男归。

癸亥，天子乘鸟舟龙卒浮于大沼。沼，池。龙下有舟字。舟皆以龙、鸟为形制，今吴之青雀舫，此其遗制者。夏庚午，天子饮于洧上。乃遣祭父如圃郑，用□诸侯。辛未，天子北还，钓于渐泽，食鱼于桑野。丁丑，天子里圃田之路：尽规度以为苑圃地，而虞守之也。东至于房，房，房子，属赵国，地有巀山。西至于□丘，南至于桑野，北尽经林、煮□之薮。南北五十□。十虞：东虞曰兔台，西虞曰栎丘，栎，今河南阳翟县。音立。南虞曰□富丘，北虞曰相其。御虞曰□来十虞所。□辰，天子次于军丘，以畋于薮□。甲寅，天子作居范宫，范，离宫之名也。以观桑者，桑，采桑也。《诗》云：桑者闲闲兮。乃饮于桑中。桑林之中。天子命桑虞主桑者也。出□桑者，用禁暴人。不得令妄割犯桑木。

仲夏甲申，天子□所。庚寅，天子西游，乃宿于祭。祭，祭公邑。壬辰，祭公饮天子酒，乃歌《阅天》之诗。《诗·颂》有《昊天有成命》：二后受之，成王不敢康。疑祭公以此规谏也。天子命歌《南山有豓》，《诗·小雅》有《南山有台》：乐只君子，邦家之基。以答祭公之言。然皆古字难晓，所以未详。乃绍宴乐。绍，继也。丁酉，天子作台，以为西居。壬寅，天子东至于雀梁。甲辰，浮于荥水，今荥阳荥泽是。乃奏广乐。季夏庚□，休于范宫。仲秋丁巳，天子射鹿于林中。乃饮于孟氏，爰舞白鹤二八。今之畜鹤孔雀，驯者亦能应节鼓舞。还宿于雀梁。季秋辛巳，天子司戎于□来，虞人次御。以次侍御，备有所问。孟冬，鸟至，雁来翔也。王目□弋，下云王目诸侯姬姓姓女，疑是妇官也。仲冬丁酉，天子射兽，休于深蒦。蒦，苇之薮。得麋麛豕鹿四百有二十，得二虎九狼，乃祭于先王，命庖人熟之。庖人，主饮食者。戊戌，天子西游，射于中□方落草木鲜，命虞人掠林除薮，以为百姓材。以供人之材用，掠谓割伐之。是日也，天子北入于邧，邧，郑邑也。音丙。与井公博，三日而决。疑井公贤人而隐枋，故穆王就之游戏也。辛丑塞，戒不如故进为塞也。至于台，乃大暑除。天子居于台，以听天下之。因以避暑。远方□之数而众从之，是以选扐，音勒。乃载之神人□之能数也。有道数也。乃左右望之。

占候也。天子乐之，爱其术也。命为□而时□焉。□其名曰□公去乘人□犹□。有虎在乎葭中。葭，草。天子将至，七萃之士高奔戎请生捕虎，必全之。乃生捕虎而献之，《诗》所谓袒裼暴虎，献于公所。此之谓也。天子命之为柙，柙，槛也。《论语》曰：虎兕出于柙。而畜之东虞，是为虎牢。因以名其地也。今荥阳成皋县是。天子赐奔戎畋马十驷，《尔雅》曰：畋猎齐足尚疾也。归之太牢，牛羊豕为太牢。奔戎再拜稽首。

丙辰，天子北游于林中，乃大受命而归。仲秋甲戌，天子东游，次于雀梁。一宿为舍，再宿为信，过信为次。□蠹书于羽林。谓暴书中蠹虫，因云蠹书也。季秋□乃宿于㑊。畢人告戎，告戎难也。曰：“陵翟来侵。”天子使孟忞如毕讨戎。忞，音豫。霍侯旧告霓。霍国，今在平阳永安县西南有城。天子临于军丘，狩于薮。季冬甲戌，天子东游，饮于留祈，射于丽虎，读书于菥丘。君举必书，菥音犁。□献酒于天子，乃奏广乐。天子遗其灵鼓，乃化为黄蛇。《周礼》曰：灵鼓四面。《洪范》所谓鼓妖也。是日，天子鼓道其下而鸣，从失鼓而击鼓也，鼓在地下焉道从也。韩非曰：道南方来也。乃树之桐。因以树梧桐，桐亦响木也。以为鼓则神且鸣，则利于戎，宜以攻戎。以为琴则利□于黄泽。东游于黄泽，宿于曲洛。洛水之回曲，地名也。废□，使宫乐谣宫乐，典乐者。曰：“黄之池，其马歕沙，歕，翰也，善问切。皇人威仪。威，畏也。黄之泽，其马歕玉，皆诸侯辞。皇人受谷。”谷生也。

丙辰，天子南游于黄□室之丘，以观夏后启之所居。疑此言太室之丘嵩高山，启母在此山化为石，而夫启亦登仙，故其上有启石也。皆见《归藏》及《淮南子》。乃□于启室。似谓入启室中。天子筮猎苹泽，音瓶。其卦遇《讼》䷅。坎下乾上。逢公占之曰：“《讼》之繇：繇，爻辞，音胄。薮泽苍苍，其中□。宜其正公，戎事则从。水性平而天无私，兵不曲挠而戎事集也。祭祀则惪，畋猎则获。"□饮逢公酒，赐之骏马十六、绤纻三十箧。绤，葛精者。逢公再拜稽首。赐策史狐□。有阴雨梦神有事，有事祭也。是谓重阴。因以纪也。天子乃休。

日中大寒，北风雨雪，有冻人。天子作诗三章以哀民，哀，犹愍也。曰："我徂黄竹，□员閟寒。帝收九行，行道也。言收罗九域之道里也。《左传》曰：经启九道。嗟我公侯，百辟冢卿。辟君冢卿冢宰。皇我万民，皇，正也。旦夕勿忘。怕，念之也。我徂黄竹，□员閟寒。帝收九行嗟我公侯。百辟冢卿，皇我万民，旦夕勿穷。令无困也。有皎者骆，骆，鸟名。皎，白貌。音路。翩翩其飞。言得意也。嗟我公侯，□勿则迁，自侯以下似当云百辟冢卿，皇我万民，□勿则迁。居乐甚寡，言守一居少乐。不如迁土，居无求安。礼乐其民。"言当以礼乐化其人也。天子曰："余一人则淫，淫于游乐。不皇万民。□登。"乃宿于黄竹，天子梦羿射于涂山，羿，有穷氏帝，善射者。祭公占之，疏□之□，乃宿于曲山。壬申，天子西升于曲山。

□天子西征，升九阿，疑今西安县十里九坂也。南宿于丹黄。戊寅，天子西升于阳□。过于灵□井公博，穆王往反辄从井公博游，明其有道德人也。乃驾鹿以游于山上，为之石主而□寘轹。即轹坂也。今杜河东大阳县。传曰：入于寘轹。巅轹二音。乃次于渑水之阳。今之渑津也，在河东河北县，音项脰之脰。吉日丁亥，天子入于南郑。

穆天子传卷第六

古　文

之虚，皇帝之间，乃□先王九观，以诏后世。此复是登名山，有所铭勒封建也。残缺字多，不可推考耳。己巳，天子□征舍于蒩台。辛未，纽蒩之兽。《管子》曰：蒩菜之壤，今吴人呼田猎茸草草地为蒩。音苴。于是白鹿一牾槃逸出走，言突围出。牾，触也。或曰所驾鹿。狂犹惊也。天子乘渠黄之乘□焉。自此已上，疑说遂得鹿之状。天子丘之，丘，谓为之名号，方言耳。是曰五鹿。官人之□是丘，□其皮是曰□□皮，□其脯是曰□□脯。天子饮子漯水之上，漯水，今济阴漯阴县。音沓。官人膳鹿献之天子，天子美之，是曰甘。自此以上，皆因鹿以名所在地，用纪之也。今元城县东郭有五鹿墟，晋文公所乞食于野人处者也。癸酉，天子南祭白鹿于漯□，乃西饮于草中，草野之中。大奏广乐，大，谓盛作之也。是曰乐人。亦以纪之。

　　甲戌，天子西北□，姬姓也，盛柏之子也。盛，国名。疑上说姬事。《公羊传》曰：成者何，盛也。者为讳之盛，讳戚同姓者。天子赐之上姬之长，令盛柏为姬姓之长位，位在上也。是曰盛门。天子乃为之台，为盛姬筑台也。是曰重璧之台。言台状如垒璧。戊寅，天子东狃于泽中，逢寒疾，言盛姬在此遇风寒得疾。天子舍于泽中。盛姬告病，天子怜之，□泽曰寒氏。以名泽也。盛姬求饮，天子命人取浆而给，得之速也。传曰：何其给也。是曰壶辀。壶，器名。辀，音遒，速也，与遒同。天子西至于重璧之台，盛姬告病，□天子哀之，上疑说盛姬死

也。是曰哀次。哭泣之位次。天子乃殡盛姬于穀丘之庙。先王之
庙,有在此者。汉氏亦所在有庙焉。

　□壬寅,天子命哭。令群臣大临也。启为主,为之丧主,即下伊扈
也。上启疑为开殡出棺也。祭父宾丧,侯赞礼仪。天子王女叔婬为
主。叔婬,穆王之女也。音瘫瘥。天子□宾之命终丧礼,令持丧终礼也。
于是殇祀而哭。殇,未成丧,盛姬年小也。内史执策,所以书赠赗之事。
内史,主册命者。官人□丌职。曾祝敷筵席,设几,敷犹铺也。《周礼》
曰:丧事仍几。盛馈具馈具,奠也。肺盐羹、肉也。当以音行。蔵大斎。
脯、枣酏、粥清也,音移。醢、肉酱也。鱼腊、干鱼。糗、寒粥也。韭、韭
菹。百物。言备有也。乃陈腥俎十二、干豆九十、鼎敦壶尊四十
敦,似盘,音推。器。杂器皿也。曾祝祭食,礼:虽丧祭皆祭食,示有所先也。
进肺盐、祭酒。以肺换盐中以祭,所谓振祭也。礼以肺,见《少牢馈食》也。
乃献丧主伊扈,伊扈拜受。□祭女。又献女主叔婬,叔婬拜
受。祭□祝报祭,觞大师。乐官。

　乃哭即位,就丧位也。毕哭。内史□策而哭,策上宜作读。《既
夕礼》曰:主人之史读赗是也。曾祝捧馈而哭,捧,两手持也。御者□祈
而哭,侍御者,礼曰:御者入浴。抗者觞夕而哭,抗,犹举也。《礼记》曰:小
臣四人抗衾也。佐者承斗而哭,佐,饮者也。斗,斟水杓也。佐者佐饮食
者。衣衾佩□而哭,乐□人陈琴瑟□竽疑竽上宜作笙,笙亦竽属。籥
如笛三孔。狄今载吏所吹者。筦筦如并两笛,音管。而哭,百□众官人
各□其职事以哭。百众,犹百族也。曰士女错踊九□乃终。错,互
也。哭则三踊三哭,而九踊,所谓成踊者。丧主伊扈哭出造舍,倚庐也。
父兄宗姓及在位者从之,佐者哭。佐敛者也。且彻馈及壶鼎俎
豆,皆佐者主为之。众宫人各□其职皆哭而出。事毕。井利□事
后出而收。井利所以独后出者,典丧祭器物收敛之也。或曰:井利稽慢,出不
及辇,故收缚之。

癸卯，大哭殡祀而载。载，祖载也。甲辰，天子南葬盛姬于乐池之南。即玄池也。天子乃命盛姬□之丧视皇后之葬法，视，犹比也。亦不拜后于诸侯。疑字错误，所未详也。河济之间共事，供给事也。韦縠黄城三邦之事辇丧，辇，谓挽輴车。发三国之众，以示荣侈。七萃之士抗者即车，举棺以就车。曾祝先丧，导也。大匠御棺。为棺御也。《周礼》曰：丧祝为御。《礼记》曰：诸侯御柩以羽葆，谓在前为行止之节。日月之旗，七星之文，言旗上画日月及北斗星也。《礼记》曰：日月为旗。常亦通名。鼓钟以葬，龙旗以□。鸟以建鼓，兽以建钟，龙以建旗。曰丧之先后及哭踊者之间，毕有钟旗□百物丧器，井利典之。列于丧行，靡有不备。行，行伍。击鼓以行丧，举旗以劝之。令尽哀也。击钟以止哭，弥旗以节之。为节音节。弥，犹低也。曰□祀大哭九而终丧，出于门。丧主即位，就哭位也。周室父兄子孙倍之。倍，倍列位也。诸侯属子，宗属群子。王吏倍之。外官王属，七萃之士倍之。外官，所主在外者。姬姓子弟倍之，盛姬之族属也。执职之人倍之，执职，犹执事也。百官众人倍之。哭者七倍之。列七重。踊者三十行，行萃百人。百人为一倍。萃，聚也。女主即位，嬖人群女倍之，嬖人，王所幸爱者。王臣姬姓之女倍之，疑同姓之女为大夫士妻者，所谓内宗也。宫官人倍之，宫官为内也。宫贤庶妾倍之，庶妾，众散妾也。哭者五倍，踊者次从。以次相从。曰天子命丧，一里而击钟止哭。曰匠人哭于车上，御棺不得下也。曾祝哭于丧，七萃之士哭于丧所。曰小哭错踊，三踊而行，五里而次，次，犹止也。曰丧三舍至于哀，次五舍，至于重璧之台，三十里为舍也。传曰：避君三舍。乃休。休，驻也。天子乃周姑繇之水以围丧车，决水周绕之也。繇音遥。围音员。是曰圀车。以号水也。曰殡祀之。于此复祭。

孟冬辛亥，邢侯、曹侯来吊，曹国，今济阴定陶县是也。内史将之以见天子，天子告不豫而辞焉。不豫，辞病也。《尚书》曰：武王不豫。邢侯、曹侯乃吊太子，太子哭出庙门以迎邢侯。曹侯不进。再拜劳之，问劳之也。侯不答拜。谦不敢与太子抗礼。邢侯谒哭于庙。谒，告也。太子先哭而入，西向即位。内史宾侯，傧相。北向而立，大哭九。邢侯厝踊三而止。与太子拾踊。太子送邢侯至庙门之外，邢侯遂出，太子再拜送之。曹侯庙吊入哭，太子送之，亦如邢侯之礼。虽吊异而礼同。壬子，天子具官见邢侯、曹侯。具官，备礼相见。天子还返，将归。邢侯、曹侯执见拜天子之武一。义所未闻。天子见之，乃遣邢侯、曹侯归于其邦。王官执礼共于二侯如故。言不以丧废礼。

　　曰天子出宪，宪，命。以或襚赗。此以上以说赗赠事。衣物曰襚，音遂。癸丑，大哭而□。甲寅，殇祀。大哭而行丧，五舍于大次。曰丧三日于大次，停三日也。殇祀如初。辛酉，大成，百物皆备。送葬之物具备。壬戌，葬。史录縣鼓钟以赤下棺。窆也。七萃之士□士女错踊九□丧下。下，谓入土。昧爽，天子使嬖人所爱幸者。赠用文锦明衣九领，谓之明衣，言神明之衣。丧宗伊扈赠用变裳，宗，亦主。变裳，裳名也。女主叔婬赠用茵组，茵，褥。百嬖人官师毕赠，言尽有襚赗也。官师，群士号也。《礼记》曰：官师一庙。井利乃藏。藏之于墓所。报哭于大次。报，犹反也。大次，有次，神次也。祥祠□祝丧罢，哭辞于远人。辞谢遣归。为盛姬谥曰："哀淑人。"恭仁短折曰哀。天子名之为丘作名。是曰淑人之丘。乙丑，天子东征，舍于五鹿。叔婬思哭，思哭盛姬。是曰女婬之丘。因以名五鹿也。丁卯，天子东征，钓于漯水，以祭淑人，是曰祭丘。己巳，天子东征，食马于漯水之上。乃鼓之棘，是曰马主。未详所云。癸酉，天子南征，至于菹台。仲冬甲戌，天子西征，至于因氏。国名。天子乃钓于河，以观姑繇之木，姑繇，大木也。《山海经》云：寻木长千里,生河边。谓此木类。丁丑,天子北征。戊寅,舍于河上,乃致父兄子弟、王臣姬□祥祀毕哭,上云王臣姬姓之女,疑此亦同也。终丧于嚣氏。服阕。己卯,天子西济于河嚣氏之遂。庚辰,舍于茅尺,地名。于是禋祀除丧始乐,素服而归,哀未忘也。是曰素氏。

　　天子遂西南,癸未,至于野王。今河内县。甲申,天子北升于大北之隥,疑此太行山也。而降休于两柏之下。有两柏也天子永念伤心,乃思淑人盛姬,于是流涕。七萃之士葽豫上谏于天子曰:"自古有死有生,岂独淑人? 天子不乐,出于永思。永思有益,莫忘其新。"言思之有益者,莫忘更求新人。天子哀之,乃又流涕。闻此言,愈更增感也。是日辍。己未,乙酉,天子西绝钘隥,即钘山之坂。一云癸巳游于井钘之山,吉日癸巳。乃遂西南,戊子,至于盐。盐,盐池。今在河东解县。盐音古。己丑,天子南登于薄山、窴轸之隥,今轸桥西南悬绝,中央有两道。乃宿于虞。虞,国名。今太阳县。庚寅,天子南征。吉日辛卯,天子入于南郑。

燕 丹 子

佚 名 撰

[清]孙星衍 校

王根林 校点

校 点 说 明

　　《燕丹子》三卷,历代目录书皆不著撰人。其成书年代,不少学者经考证,提出秦汉之间、东汉等说,但莫衷一是,难成定论。自司马迁《史记》以后,不少文献都征引过荆轲刺秦王的故事,情节有同有异,可知从汉代起就有关于燕太子丹的故事流传民间,然后由文人搜集写定。将它看作是一部颇为完整的汉人传记小说,是比较适当的。

　　此书写战国末期燕国太子丹,因在质于秦国时受到秦王嬴政的无礼待遇,遂发愤向秦王复仇。最终募得刺客荆轲,百方满足荆轲的生活需求,荆轲遂冒死赴秦,在陛见秦王时奋力行刺,结果反被秦王所杀。作品写得有声有色,充溢悲壮气氛。

　　本书早已失佚。清代编纂《四库全书》时,从《永乐大典》中辑出此书,但只列入存目。而《四库》总纂官纪昀却私下喜爱此书,自己抄存了一部。清学者孙星衍从纪昀处得到抄本,以《永乐大典》详加校勘,后被收入《岱南阁丛书》、《平津馆丛书》等多种丛书。今即以《平津馆丛书》为底本,保存孙氏校语,再对勘《永乐大典》,作分段、校点。对部分正文与孙氏校记,有孙氏底本讹误而《永乐大典》不误的情况,则予改回及删去校记。不过这种情况并不多,谨此说明。

目　录

叙

  《燕丹子》三篇，世无传本，惟见《永乐大典》。纪相国昀既录入《四库书》子部小说类存目中，乃以抄本见付。阅十数年，检授家郎中冯翼，刊入《问经堂丛书》。及官安德，乃采唐宋传注所引此书之文，因故章孝廉旧稿，与洪明经颐煊校订讹舛，以篇为卷，复唐、宋志三卷之旧，重加刊刻云。

  《燕丹子》之著录，始自《隋经籍志》，盖本阮氏《七录》。然裴骃注《史记》，引刘向《别录》云："督亢，膏腴之地。"司马贞《索隐》引刘向云："丹，燕王憙之太子。"则刘向《七略》有此书，不可以《艺文志》不载而疑其后出。《艺文志》法家有《燕十事》十篇，杂家有《荆轲论》五篇，据注言司马相如等论荆轲事，则俱非《燕丹子》也。古之爱士者，率有传书。由身没之后，宾客纪录遗事，报其知遇，如《管》、《晏》、《吕氏春秋》，皆不必其人自著。则此书题燕太子丹撰者，《旧唐书》之诬，亦不得以此疑其讹也。

  其书长于叙事，娴于词令，审是先秦古书，亦略与《左氏》、《国策》相似，学在从横、小说两家之间。且多古字古义，云"太子剑袂"，以"剑"为"敛"也。"毕事于前"，《国策》作"毕使"，"叓"，古文"使"，亦"事"字，见《说文》、《汗简》也。"右手椹其胸"，盖借"椹"为"戡"，《说文》戡，刺也。《史记》索隐引徐广云："一作抗。""抗"，又"扰"字之误，《说文》深击也。《史记》及《玉篇》"椹"从手，误矣。"拔匕首擿之"，《说文》以擿为投，《玉篇》掷同擿，又作捷，古假借字也。《国策》、《史记》取此为文，削其乌白头、马生角及乞听琴声之事，而增徐夫人匕首、夏无且药囊，足证此书作在史迁、刘向之前。或以为后人割裂诸书，杂缀成之，未必然矣。章孝廉所辑，未及马总《意林》，又为补证数条。

此书宋时多有其本，考《枫窗小录》云："余家所藏《燕丹子》一序甚奇。"按其序亦空无故实，不知谁作，不复录入此卷。自明中叶后，遂以亡逸。故吴琯、程荣、胡文焕诸人刊丛书，俱未及此。

嘉庆十一年正月望后四日，阳湖孙星衍撰于安德使署之平津馆。

燕丹子卷上

燕太子丹质于秦，案："燕"字从《艺文类聚》水部、鸟部引补。《意林》引作："丹者，燕王喜之子，身质于秦始皇之世。"《史记·刺客列传索隐》引刘向云："丹，燕王憙之太子。"亦此书之文，皆与今本异。秦王遇之无礼，不得意，欲求归。案："求"字从《艺文类聚》水部、《初学记》天部引补。秦王不听，谬言曰令乌白头、马生角，乃可许耳。案："许耳"二字从《史记·刺客列传索隐》、《初学记》天部引补。丹仰天叹，乌即白头，马生角。案：今本作"果乌白头、马生角"，从《艺文类聚》鸟部、《初学记》天部引改。秦王不得已而遣之，为机发之桥，欲陷丹。丹过之，桥为不发。案：《艺文类聚》水部引作"丹过之无虞"。《太平御览》皇亲部、人事部引与今本同。夜到关，关门未开。丹为鸡鸣，众鸡皆鸣，遂得逃归。案：此段《史记·刺客列传》不载，唯赞中言"荆轲称太子丹之命，天雨粟，马生角"，又与此异。深怨于秦，案："深"字《太平御览》皇亲部引作"故"。求欲复之。案：《太平御览》皇亲部引作"欲报之"。奉养勇士，无所不至。

丹与其傅麹武书，案：今本作"为书与其傅鞠武"，从《太平御览》皇亲部引改。《史记·刺客列传》作鞠武。《索隐》云："鞠，音麹。"正据此书以作音耳。曰："丹不肖，生于僻陋之国，案："丹"字从《太平御览》皇亲部引补。长于不毛之地，案：本作"无毛"，从《太平御览》皇亲部引改。未尝得睹君子雅训、达人之道也。然鄙意欲有所陈，幸傅垂览之。案："垂"本作"正"，从《太平御览》皇亲部引改。《御览》引无"傅"字。丹闻丈夫所耻，耻受辱以生于世也；贞女所羞，羞见劫以亏其节也。案：《意林》引作"丈夫耻于受辱，贞女耻于节亏"。《太平御览》皇亲部引作"丈夫之道，节义廉耻"。下二句又与今本同，疑有舛讹。故有刿喉不顾、据鼎不避者，案："避"本作"迴"，从《太平御览》皇亲部引改。斯岂乐死而忘生哉？案："岂"本作"其"，从《太平御览》皇亲部引改。其心有所守也。今秦王反戾天常，虎狼其行，遇丹无礼，为诸侯最。案：《太平御览》皇亲部引作"诸侯最甚"。丹每念之，痛入骨髓。计燕国之众不能敌之，旷年相守，力固不足。欲收天下之勇士，集海内之英雄，破国空藏，以奉养之，重币甘辞以市于秦。秦贪我赂，而信我辞，则一剑之任，可当百万之师。案："则"字从《太平御览》皇亲部引补。须臾之间，可解丹万世之耻。若其不然，令丹生无面目于天下，案：《太平御览》皇亲部引作"天地"。死怀恨于九泉。案：《文选》潘岳《西征赋》注引"恨"下有"入"字。必令诸侯无以为叹，案：今本作"指以为笑"，从《太平御览》皇亲部引改。易水之北，未知谁有。此盖亦子大夫之耻也。案：《太平御览》皇亲部引无"子"字。谨遣书，愿熟思之。"

　　麴武报书曰："臣闻快于意者亏于行，甘于心者伤于性。今太子欲灭悁悁之耻，除久久之恨，此实臣所当麋躯碎首而不避也。私以为：智者不冀侥幸以要功，明者不苟从志以顺心。事必成然后举，身必安而后行。故发无失举之尤，动无蹉跌之愧也。太子贵匹夫之勇，信一剑之任，而欲望功，臣以为疏。臣愿合从于楚，并势于赵，连衡于韩、魏，然后图秦，秦可破也。案：《史记·六国表》，燕太子丹质于秦，亡来归，在始皇十五年。使荆轲刺秦王，在始皇二十年。秦灭韩，在始皇十八年。此言连衡于韩、魏，当在韩未灭以前。且韩、魏与秦，外亲内疏。若有倡兵，案："有"本作"无"，非，今改正。楚乃来应，韩、魏必从，其势可见。今臣计从，太子之耻除，愚鄙之累解矣。太子虑之。"

　　太子得书，不说，召麴武而问之。武曰："臣以为太子行臣言，则易水之北永无秦忧，四邻诸侯必有求我者矣。"太子曰：

"此引日缦缦，心不能须也！"麴武曰："臣为太子计熟矣。夫有秦，疾不如徐，走不如坐。今合楚、赵，并韩、魏，虽引岁月，其事必成。臣以为良。"太子睡卧不听。案：此段与《史记·刺客列传》所载文俱异。麴武曰："臣不能为太子计。臣所知田光，其人深中有谋。案：《史记·刺客列传》云："其人智深而勇沉，可与谋。"愿令见太子。"太子曰："敬诺！"

燕丹子卷中

田光见太子，案：《太平御览》礼仪部引作"先生见太子"，字误也。《文选·王文宪集序》注与今本同。太子侧阶而迎，迎而再拜。案：《史记·刺客列传》作："太子逢迎，却行为导，跪而蔽席。"坐定，太子丹曰："傅不以蛮域而丹不肖，乃使先生来降弊邑。今燕国僻在北陲，比于蛮域，而先生不羞之。丹得侍左右，睹见玉颜，斯乃上世神灵保祐燕国，令先生设降辱焉。"田光曰："结发立身，以至于今，徒慕太子之高行，美太子之令名耳。太子将何以教之？"太子膝行而前，涕泪横流曰："丹尝质于秦，秦遇丹无礼，日夜焦心，思欲复之。论众则秦多，计强则燕弱。欲曰合从，心复不能。常食不识位，寝不安席。纵令燕秦同日而亡，则为死灰复燃，白骨更生。愿先生图之。"田光曰："此国事也，请得思之。"于是舍光上馆。太子三时进食，存问不绝，如是三月。案：此段《史记·刺客列传》不载。

太子怪其无说，就光辟左右，问曰："先生既垂哀恤，许惠嘉谋。侧身倾听，三月于斯，先生岂有意欤？"田光曰："微太子言，固将竭之。臣闻骐骥之少，力轻千里，及其罢朽，不能取道。案：《史记·刺客列传》作："臣闻骐骥盛壮之时，一日而驰千里，至其衰老，驽马先之。"太子闻臣时已老矣。欲为太子良谋，则太子不能；欲奋筋力，则臣不能。然窃观太子客，无可用者。夏扶，血勇之人，怒而面赤；宋意，脉勇之人，怒而面青；武阳，骨勇之人，怒而面白。光所知荆轲，神勇之人，怒而色不变。案：《意林》、《太平御览》人事部引作："光知荆轲者，神勇也，怒而不变。"《史记·刺客列传正义》引与今本同。为人博闻强记，体烈骨壮，不拘小节，欲立大功。尝家于卫，脱贤大夫之急十有馀人，其馀庸庸不可称。太子欲图事，非此人莫可。"太子下席再拜曰："若因先生之灵，得交于荆君，则燕国社稷长为不灭，唯先生成之。"田光遂行。太子自送，执光手曰："此国事，愿勿泄之！"光笑曰："诺。"

　　遂见荆轲，曰："光不自度不肖，达足下于太子。夫燕太子，真天下之士也，倾心于足下，愿足下勿疑焉。"荆轲曰："有鄙志，常谓心向意，投身不顾，情有异，一毛不拔。案：今本作："心合意等，没身不顾；情有乖异，一毛不拔。"从《北堂书钞》政术部引改。今先生令交于太子，敬诺不违。"田光谓荆轲曰："盖闻士不为人所疑。太子送光之时，言此国事，愿勿泄，此疑光也。是疑而生于世，光所羞也。"向轲吞舌而死。案：《史记·刺客列传》作"自刎而死"。轲遂之燕。

燕丹子卷下

荆轲之燕,太子自御,虚左,轲援绥不让。至,坐定,宾客满坐,轲言曰:"田光褒扬太子仁爱之风,说太子不世之器,高行厉天,美声盈耳。案:《意林》引作:"谓太子曰:光揣太子高行厉天,美声盈耳。"轲出卫都,望燕路,历险不以为勤,望远不以为遐。案:《意林》引无两"为"字。今太子礼之以旧故之恩,接之以新人之敬,所以不复让者,士信于知已也。"案:《意林》引作"信知己故也"。太子曰:"田先生今无恙乎?"案:"今"字从《艺文类聚》人事部、《太平御览》人事部引补。轲曰:"光临送轲之时,案:《太平御览》人事部引无"临"字,与《艺文类聚》所引不同。言太子戒以国事,耻以丈夫而不见信,案:"耻"下"以"字从《艺文类聚》人事部、《太平御览》人事部引补。向轲吞舌而死矣。"案:《文选》江文通《诣建平王上书》注引无"矣"字。太子惊愕失色,歔欷饮泪曰:"丹所以戒先生,岂疑先生哉! 今先生自杀,亦令丹自弃于世矣!"茫然良久,不怡民氏曰。

太子置酒请轲,案:"民氏"疑"昏昏"之讹。"太子"二字从《太平御览》礼仪部引补。酒酣,太子起为寿。夏扶前曰:"闻士无乡曲之誉,则未可与论行;案:《文选》谢康乐《过始宁墅诗》、陆士衡《答贾长渊诗》注引"夏扶"下皆无"前"字,"士"上皆无"闻"字。马无服舆之伎,则未可与决良。案:"决"本作"称",从《文选·西征赋》注引改。今荆君远至,将何以教太子?"欲微感之。轲曰:"士有超世之行者,不必合于乡曲;马有千里之相者,何必出于服舆。昔吕望当屠钓之时,天下之贱丈夫也,其遇文王,则为周师;骐骥之在盐车,驾之下也,及遇伯乐,则有千里之功。如此在乡曲而后发善,服舆而后别良哉!"夏扶问荆轲:案:《文选·景福殿赋》、《灵光殿赋》注引皆作"夏扶谓荆轲曰"。"何以教太子?"轲曰:"将令燕继召公之迹,追甘棠之化,高欲令四三王,下欲令六五霸。案:两"令"字从《文选·景福殿赋》、《灵光殿赋》注引补。于君何如也?"案:"也"字从《文选·景福殿赋》、《灵光殿赋》注引改。坐皆称善。竟酒,无能屈。太子甚喜,自以得轲,《文选》江文通《诣建平王上书》注、《太平御览》虫豸部引皆作"太子自喜得荆轲"。永无秦忧。

后日,与轲之东宫,临池而观。案:今本"池"下有"水"字,从《文选》江文通《诣建平王上书》注、《太平御览》人事部、虫豸部引删。轲拾瓦投龟,太子令人奉槃金。案:今本作"捧盘金",从《文选》江文通《诣建平王上书》注、《太平御览》人事部改。《初学记》天部、《史记·刺客列传索隐》引作"太子捧金瓦进之"。轲用抵,抵尽复进。案:"抵"本作"投",从《文选》江文通《诣建平王上书》注、《太平御览》人事部引改。轲曰:"非为太子爱金也,但臂痛耳。"后复共乘千里马。轲曰:"闻千里马肝美。"案:今本作"马肝甚美",从《史记·刺客列传索隐》、《太平御览》人事部、兽部引改。太子即杀马进肝。暨樊将军得罪于秦,秦求之急,乃来归太子。太子为置酒华阳之台。案:"为"字从《太平御览》人事部引补。酒中,太子出美人能琴者。案:《史记·刺客列传索隐》"能"下有"鼓"字。轲曰:"好手琴者!"太子即进之。轲曰:"但爱其手耳。"太子即断其手,盛以玉槃奉之。案:今本作"太子断手",从《太平御览》人事部两引改。《史记·刺客列传索隐》引作"断以玉槃盛之"。太子常与轲同案而食,同床而寝。案:《史记·刺客列传》云:"于是尊荆卿为上卿,舍上舍,太子日造门下,供太牢,具异物,间进车骑美女,恣荆轲所欲,以顺适其意。"《索隐》即引此段为证。

后日,轲从容曰:"轲侍太子,三年于斯矣,而太子遇轲甚厚,黄金投龟,千里马肝,姬人好手,盛以玉柈。凡庸人当之,犹尚乐出尺寸之长,当犬马之用。今轲常侍君子之侧,闻烈士之节,死有重于太山,有轻于鸿毛者,但问用之所在耳。案:今本作"死有轻于鸿毛,义有重于泰山",又"问"字作"闻",从《文选》司马子长《报任少卿书》注、陆士衡《挽歌》注引改。太子幸教之。"太子敛袂,正色而言曰:"丹尝游秦,秦遇丹不道,丹耻与之俱生。今荆君不以丹不肖,降辱小国。今丹以社稷干长者,不知所谓。"轲曰:"今天下强国,莫强于秦。今太子力不能威诸侯,诸侯未肯为太子用也。太子率燕国之众而当之,犹使羊将狼,使狼追虎耳。"案:《意林》引作:"太子若以燕当秦,犹以羊捕狼。"太子曰:"丹之忧计久,不知安出?"轲曰:"樊於期得罪于秦,秦求之急。又督亢之地,秦所贪也。今得樊於期首、督亢地图,则事可成也。"太子曰:"若事可成,举燕国而献之,丹甘心焉。樊将军以穷归我,而丹卖之,心不忍也。"案:"忍"本作"善",从《太平御览》人事部引改。轲默然不应。

居五月,太子恐轲悔,见轲曰:"今秦已破赵国,兵临燕,事已迫急。虽欲足下计,安施之? 今欲先遣武阳,何如?"轲怒曰:"何太子所遣,往而不返者,竖子也! 轲所以未行者,待吾客耳。"于是轲潜见案:《意林》引作"乃请"。樊於期曰:"闻将军得罪于秦,案:《意林》引无"闻"字。父母妻子皆见焚烧,求将军邑万户、金千斤。轲为将军痛之。案:"轲"本作"实",从《意林》引改。今有一言,除将军之辱,解燕国之耻,将军岂有意乎?"於期曰:"常念之,日夜饮泪,不知所出。荆君幸教,愿闻命矣!"轲曰:"今愿得将军之首,案:"今愿"二字从《意林》引补。与燕督亢地图进之,秦王必喜。喜必见轲,案:今本无"进之"二字,又作"秦必喜,喜而见轲",从《意林》引改。轲因左手把其袖,案:"因"本作"将",从《意林》引改。右手揕其胸，数以负燕之罪，责以将军之雠。案："雠"本作"衔"，从《意林》引改。而燕国见陵雪，将军积忿之怒除矣。"於期起，扼腕执刀曰："是於期日夜所欲，而今闻命矣！"于是自刭，案："刭"本作"刎"，从《太平御览》人事部引改。头坠背后，两目不瞑。太子闻之，自驾驰往，伏於期尸而哭，悲不自胜。良久，无奈何，遂函盛於期首与燕督亢地图以献秦，案：今本无"燕"字，"图"下又无"以献秦"三字，从《意林》引补。武阳为副。

荆轲入秦，不择日而发，太子与知谋者，皆素衣冠送之。案：《意林》引作"太子宾客皆素衣服送之"。于易水之上。案："之"字从《太平御览》地部、乐部引补。荆轲起为寿，歌曰："风萧萧兮易水寒，壮士一去兮不复还。"高渐离击筑，宋意和之。案：《北堂书钞》乐部、《事类赋》乐部注引皆作"高渐离击筑和之"。《意林》、《御览》乐部引与今本同。为壮声则发怒冲冠，为哀声则士皆流涕。案：今本作"为壮声皆泪流"，从《初学记》天部、《意林》引补。《北堂书钞》乐部引作"为壮声发皆冲冠"。二人皆升车，终已不顾也。案：二句从《意林》引补。二子行过，夏扶当车前刎颈以送。二子行过阳翟，轲买肉争轻重，屠者辱之，案："者"字从《北堂书钞》酒食部、《太平御览》资产部引补。武阳欲击，轲止之。案：此段《史记·刺客列传》不载。

西入秦，至咸阳，因中庶子蒙白曰：案："因"本作"国"，字之讹也。《史记·刺客列传》作"蒙嘉"。《汉书·邹阳传》云："秦皇帝任中庶子蒙之言，以信荆轲，而匕首窃发。"师古曰："蒙者，庶子名也，今流俗书本蒙下辄加恬字，非也。"与此书合。"燕太子丹畏大王之威，今奉樊於期首与督亢地图，愿为北蕃臣妾。"秦王喜。百官陪位，陛戟数百，见燕使者。案：《意林》引作"陛戟见荆轲"，《文选·别赋》注、《太平御览》人事部引皆与今本同。轲奉於期首，武阳奉地图。案：《意林》引作"轲奉樊於期首柙并地图以次进"。钟鼓并发，案："鼓"本作"声"，从《文选》江文通《别赋》注、《太平御览》人事部引改。群臣皆呼万岁。武阳大恐，两足不能相过，面如死灰色。秦王怪之。轲顾武阳前，谢曰："北蕃蛮夷之鄙人，未见天子。案：今本作："轲见请曰：此北鄙小子，希睹天阙。"从《意林》引改。愿陛下少假借之，使得毕事于前。"案：今本作"愿大王少假，令得毕辞"，从《意林》引改。秦王曰："轲起，督亢图进之。"案：今本作："秦王谓轲曰：取图来进。"从《意林》引改。秦王发图，案：四字从《意林》引补。图穷而匕首出。轲左手把秦王袖，右手揕其胸，案：《艺文类聚》布帛部引"揕"作"碪"。两"手"字从《意林》、《北堂书钞》衣冠部引补。数之曰："足下负燕日久，贪暴海内，不知厌足。於期无罪而夷其族。轲将案：下疑脱"为"字。海内报雠。今燕王母病，与轲促期，从吾计则生，案："则"本作"即"，又重一"生"字，从《意林》引改。不从则死。"秦王曰："今日之事，从子计耳！乞听琴声而死。"召姬人鼓琴，琴声曰：案：今本无两"琴"字，从《意林》、《史记·刺客列传正义》引补。《太平御览》兵部、乐部、章服部引，皆与今本同。"罗縠单衣，可掣而绝。案："掣"《北堂书钞》衣冠部、《太平御览》兵部引作"裂"。八尺屏风，可超而越。鹿卢之剑，案：《意林》引作"辘轳"。可负而拔。"轲不解音。案："解"本作"晓"，从《意林》引改。秦王从琴声负剑拔之，案：今本作"秦王从言"，无下四字，从《意林》引改。于是奋袖超屏风而走，案：今本上四字作"掣之绝"，"屏风"下有"负剑"二字，从《史记·刺客列传正义》、《太平御览》兵部引改。此段《史记·刺客列传》不载。轲拔匕首擿之，案："擿"本作"摘"，《文选》卢子谅《览古诗》注引作"捷"，《太平御览》兵部引作"掷"。决秦王，刃入铜柱，火出。秦王还断轲两手。轲因倚柱而笑，箕踞而骂，案：今本作"轲倨罳"，从《意林》引补。曰："吾坐轻易，为竖子所欺。燕国之不报，我事之不立哉！"案：《意林》引作"吾为竖子所欺，事不济也"。《太平御览》服用部引有"秦始皇置高渐离于帐中击筑"，今本无。疑此下尚有阙文。

神 异 经

[汉]东方朔　撰
[晋]张　华　注
[明]朱谋㙔　校
王根林　　校点

校 点 说 明

　　《神异经》一卷，旧题汉东方朔撰，晋张华注。由于《汉书·东方朔传》未列此书，因此学者多认为此书为后人伪托。但是唐孔颖达在疏《左传》时，曾引"服虔按：《神异经》云……"，服虔是东汉人，可知《神异经》作者当在服虔之前。又，许慎《说文解字》及东汉郭宪《汉武洞冥记》皆有引《神异经》的内容，更可证此书作者是汉人。很可能如《汉书·东方朔传》所说的"后世好事者因取奇言怪语附著之朔"，而形成此书。

　　本书受《山海经》的影响，分为《东荒经》、《东南荒经》、《南荒经》、《西南荒经》、《西荒经》、《西北荒经》、《北荒经》、《东北荒经》、《中荒经》，凡九篇。内容多奇闻异物，想象丰富，文笔简洁流畅。

　　今存之《神异经》版本颇多，详略亦差异很大。今以内容较为详备的《汉魏丛书》本为底本，而校以他本进行标点。该本有明人朱谋㙔校语，对张华注文混入正文等问题进行辨析，于阅读本书很有帮助。

目　录

神异经

东荒经　九则

东荒山中有大石室,东王公居焉。长一丈,头发皓白,人形鸟面而虎尾。载一黑熊,左右顾望,恒与一玉女投壶。每投千二百矫,_{㙔按:《仙传》、《拾遗》矫字作枭。}设有入不出者,天为之嘘嘘。_{华曰:叹也。}矫出而脱误不接者,_{言失之。}天为之笑。_{华云:言笑者,天口流火炤灼。今天下不雨而有电光,是天笑也。}

东方有人焉,男皆朱衣缟带元冠,女皆采衣,男女便转可爱,恒恭坐而不相犯,相誉而不相毁。见人有患,投死救之。名曰善人。_{俗云士人。}一名敬,_{俗云敬谨。}一名美,_{俗云美人。}不妄言,喋喋然而笑,仓卒见之如痴。_{俗云善人如痴,此之谓也。}

东方荒外有豫章焉。此树主九州,其高千丈,围百尺,本上三百丈。本如有条枝,敷张如帐。上有玄狐、黑猿,枝主一州,南北并列,面向西南。有九力士操斧伐之,以占九州吉凶。斫之复生,其州有福。创者,州伯有病。积岁不复者,其州灭亡。_{亡者,州伯死。复者,木创复也。}

东方有桑树焉,高八十丈,敷张自辅。其叶长一丈,广六七尺,其上自有蚕,作茧长三尺。缲一茧,得丝一斤。有椹焉,长三尺五寸,围如长。

东方有树焉,高百丈,敷张自辅。叶长一丈,广六尺,其名曰梨。如今之樝梨,但树大耳。其子径三尺,剖之少瓤。白如素。和羹食之为地仙。衣服不败,辟谷可以入水火。一名木梨。

东方有树,高五十丈,叶长八尺,名曰桃。其子径三尺二寸,和核羹食之,令人益寿。埠按:别本作寿短,误。食核中仁,可以治嗽。小桃温润,嗽人食之即止。埠按:别本作嗽人肉滑者,误。

东海之外荒海中,有山焦炎而峙,高深莫测,盖禀至阳之为质也。海中激浪投其上,暵然而尽。计其昼夜,暵摄无极,若熬鼎受其洒汁耳。

大荒之东极,至鬼府山、臂沃椒山,埠按:《玄中记》云:天下之强者,东海之恶燋焉。水灌而不已。恶燋,山名,在东海南方三万里。海水灌之即消,即沃椒也。脚巨洋海中,升载海日。盖扶桑山有玉鸡,玉鸡鸣则金鸡鸣,金鸡鸣则石鸡鸣,石鸡鸣则天下之鸡悉鸣,潮水应之矣。

东海沧浪之洲,生强木焉,洲人多用作舟楫。其上多以珠玉为戏物,终无所负。其木方一寸,可载百许斤。纵石镇之不能没。

东方荒中,有木名曰栗。其壳径三尺三寸,壳刺长丈余,实径三尺。壳亦黄,其味甜,食之多令人短气而渴。埠按:《太平御览》引此云:东荒北有栗树,高三十丈,栗径三尺,其壳赤,其肉黄白,味甘,食之令人短气而渴。《广记》所引,出《酉阳记》。

东方裔外有建山,其上多橘柚。

东南荒经　五则

东南方有人焉,周行天下,身长七丈,埠按:《说郛》所引作七尺,误。腹围如其长。头戴鸡父魋头,华曰:发烦乱也。埠曰:鸡父未详。朱衣缟带,以赤蛇绕额,一作恶蛇绕项。尾合于头。不饮不食,朝

吞恶鬼三千，暮吞三百。此人以鬼为饭，埠按：《广记》饭作食，别本
作饮，误 。以露为浆。《广记》作雾。名曰尺郭，一名食邪。道师云
吞邪鬼，一名赤黄父。今世有黄父鬼。

　　东南荒中有邪木，高三千丈，或十余围，或七八尺。其枝
乔直上，不可郍也。埠云：郍，犹何也。叶如甘瓜，二百岁，叶落而
生花，花形如甘瓜。花复二百岁，落尽而生萼。萼下生子，三
岁而成熟。成熟之后，不长不减。子形如寒瓜，长七八寸，径
四五寸，萼复覆生顶。言发萼而得成实。此不取，万世如故。若
取子而留萼，萼复生子如初。年月复成熟，后二年，则成萼，而
复生子。其子形如甘瓤，少觌音练。甘美，食之令人身泽。不
可过三升，令人冥醉，半日乃醒。木高，人取不能得，唯木下有
多罗之人缘能得之。多罗，国名。一名无叶，世人后生不见叶，
故谓之无叶也。一名倚骄。按：《太平广记》引此作绮缟，而张茂先注云：
骄谓直上，不可郍也。知《广记》误。

　　东南隅太荒之中，有朴父焉。夫妇并高千里，腹围自辅。
天初立时，使其夫妻导开百川，懒不用意。《说郛》作用力。谪之，
并立东南。男露其势，女露其牝。势、牝谓男女之阴阳，《御览》作杀。
不饮不食，不畏寒暑，唯饮天露。须黄河清，当复使其夫妇导
护百川。古者初立，此人开导河，河或深或浅，或隘或塞，故禹
更治，使其水不壅。天责其夫妻倚而立之，若黄河清者，则河
海绝流，水自清矣。

　　东南海中有烜洲，洲有温湖，鲋鱼生焉。其长八尺，食之
宜暑而辟风寒。

　　东南有石井，其方百丈。上有二石阙，侠东南面，上有蹲
熊。有榜著阙曰地户。

南荒经 十则

南方有犬，人面鸟喙而有翼，手足扶翼而行，食海中鱼。有翼不足以飞，一名鹠兜。《书》曰：放鹠兜于崇山。按：《古文尚书》作鹠呹。一名驩兜。为人狠恶，不畏风雨，禽兽犯死乃休耳。

南方有人，长二三尺，袒身而目在顶上。走行如风，名曰魃。所之国大旱。俗曰旱魃。一名格子。善行，市朝众中，遇之者，投著厕中乃死，旱灾消。《诗》曰：旱魃为虐。或曰生捕得杀之，祸去福来。

南荒外有火山，其中生不尽之木。埠按：别本作不昼之木。昼夜火燃，得暴风不猛，猛雨不灭。埠按：《玄中记》：南方有炎火山，四月生火，其木皮为火浣布。

南方大荒之中有树焉，名曰柤稼櫃。柤者，柤梨也；稼者，株稼也；櫃，亲昵也。三千岁作华，九千岁作实。其华蕊紫色，其实赤色。其高百丈，或千丈也。敷张自辅，东西南北方枝，各近五十丈，叶长七尺，广五尺，色如绿青，木皮如桂树，理如甘草，味饴。实长九尺，围如其长而无瓤核。以竹刀剖之，如凝蜜。一作如酥。得食复见，实即凝矣。言复见后实熟者，寿一万二千岁。埠按：言复见以下十三字，乃茂先注。

南方大荒有树焉，名曰如何。三百岁作华，九百岁作实。华色朱，其实正黄。高五十丈，敷张如盖，叶长一丈，广二尺。余似菅苧，色青，厚五分，可以絮，如厚朴。材理如支，九子，味如饴。实有核，形如枣子。或作棘子。长五尺，围如长。金刀剖之则酸，芦刀剖之则辛。食之者地仙。不畏水火，不畏白刃。

南方荒中有涕竹，长数百丈，围三丈六尺，厚八九寸，可以为船。其笋甚美，食之可以止疮疠。张茂先注曰：子笋也。

南方有甘蔗之林，其高百丈，围三尺八寸。促节多汁，甜如蜜，咋啮其汁，令人润泽。可以节蚘虫。《广记》引作蛇虫。人腹中蚘虫，其状如蚓，此消谷虫也。多则伤人，少则谷不消。是甘蔗，能灭多益少，凡蔗亦然。

不尽木火中有鼠，重千斤，毛长二尺余，细如丝。但居火中，洞赤，时时出外，而毛白，以水逐而沃之，即死。取其毛绩纺，织以为布，用之若有垢涴，以火烧之则净。

南方蚊翼下有小蟇虫焉。目明者见之，每生九卵，复未尝有嘏，复成九子，蟇而复去，蚊遂不知。亦食人及百兽，食者知言虫小，食人不去也。此虫既细且小，因曰细蠛。陈章对齐桓公小虫是也。埠按：陈章鹪螟巢于蚊睫事见《晏子春秋》。此虫常春生，以季夏藏于鹿耳中，名婴蜺。

南方有兽，似鹿而豕首，有牙。善依人求五谷，名无损之兽。人割取其肉不病，肉复自复。其肉惟可作鲊，使糯肥美而鲊肉不坏。吞之不入，糯尽更添肉。复作鲊如初，愈美，名曰不尽鲊是也。《御览》兽部引此糯字作潚，鲊字作鲜。

南荒之外有火山，长四十里，广五十里。其中皆生不烬之木，火鼠生其中。

南方有银山，长五十里，高百余丈，悉是白银。

西南荒经　三则

西南大荒中有人，长一丈，腹围九尺。践龟蛇，戴朱鸟，左手凭白虎，知河海水斗斛，识山石多少，知天下鸟兽言语。土地上人民所道，知百谷可食，识草木咸苦，名曰圣，一名哲，一名贤，俗曰先知。一名无不达。凡人见而拜之，令人神智。此人为天下圣人也，一名先通。

西南方有人焉，身多毛，头上戴豕。贪如狼恶，好自积财，而不食人谷。强者夺老弱者，畏群而击单。名曰饕餮。《春秋》言饕餮者，缙云氏之不才子也。一名贪惏，一名强夺，一名凌弱。此国之人皆如此也。

西南荒中出讹兽，其状若菟，人面能言。常欺人，言东而西，言恶而善。其肉美，食之言不真矣。言食其肉，则其人言不诚。一名诞。

西荒经 八则

昆仑西有兽焉，其状如犬，长毛四足，似黑而无爪，有目而不见，行不开。有两耳而不闻，有人知往。有腹无五脏，有肠直而不旋，食物径过。人有德行而往牴触之。有凶德则往依凭之。天使其然，名为浑沌。《春秋》云：浑沌，帝鸿氏不才子也。空居无为，常咋其尾，回转仰天而笑。以《史记》正义校。

西方荒中有兽焉，其状如虎而犬毛，长二尺，人面虎足，猪口牙，尾长一丈八尺，搅乱荒中，名梼杌，一名傲狠，一名难训。《春秋》云颛顼氏有不才子名梼杌是也。

有人面目手足皆人形，而胳下有翼，不能飞。为人饕餮，淫逸无理，名曰苗民。《春秋》所谓三苗，《书》云窜三苗于三危。

西荒之中有人焉，长短如人，著百结败衣，手虎爪，名曰獏㹄。伺人独行，辄食人脑，或舌出盘地丈余，人先开其声，烧大石以投其舌，乃气绝而死。不然食人脑矣。一本云伺人眠辄往就人，欲食人脑。

西方日宫之外《广记》引作自宫。有山焉，其长十余里，广二三里，高百余丈，皆大黄之金，其色殊美，不杂土石，不生草木。

上有金人，高五丈余，皆纯金，名曰金犀。入山下一丈有银，又一丈有锡，又入一丈有铅，又入一丈有丹阳铜，似金可锻，以作错涂之器。《淮南子》术曰饵丹阳之为金是也。《淮南子》以下乃茂先注，后人误合为经。梁简文帝诗云剑镂丹阳铜，用此。

西荒中有兽如虎，毫长三尺，人面虎足，口牙一丈八尺。人或食之，兽斗终不退却，唯死而已。荒中人张捕之，复黠逆知，一名倒寿。

西方深山中有人焉，身长尺余，袒身，捕虾蟹。性不畏人，见人止宿，暮依其火以炙虾蟹。伺人不在，而盗人盐以食虾蟹。名曰山臊。其音自叫。人尝以竹著火中，爆烞而出，臊皆惊惮。犯之令人寒热。此虽人形而变化，然亦鬼魅之类，今所在山中皆有之。

西海水上有人，乘白马朱鬣，白衣玄冠，从十二童子，驰马西海水上，如飞如风，名曰河伯使者。或时上岸，马迹所及，水至其处。所之之国，雨水滂沱，暮则还河。

西海之外有鹄国焉，男女皆长七寸。为人自然有礼，好经纶拜跪。其人皆寿三百岁。其行如飞，日行千里。百物不敢犯之，唯畏海鹄，过辄吞之，亦寿三百岁。此人在鹄腹中不死，而鹄一举千里。华曰：陈章与齐桓公论小儿也。

西方山中有蛇，头尾差大，有色五彩。人物触之者，中头则尾至，中尾则头至，中腰则头尾并至。名曰率然。茂先注云：会稽常山最多此蛇，《孙子兵法》三军势如率然者是也。

西北荒经 六则

西北有兽焉，状似虎，有翼能飞，便剿食人。知人言语，闻人斗，辄食直者；闻人忠信，辄食其鼻；闻人恶逆不善，辄杀兽往馈之。名曰穷奇，亦食诸禽兽也。埤按：别本云穷奇似牛面狗尾，尾长曳地，其声似狗，狗头人形，钩爪锯牙，逢忠信之人啮而食之，逢奸邪者则禽禽兽而伺之。

西北荒有人焉，人面朱发，蛇身人手足，而食五谷禽兽。贪恶愚顽，名曰共工。《书》流共工于幽州。幽州，北裔也。而此言西北，方相近也，皆西裔之族耳。

西北荒中有玉馈之酒，酒泉注焉。广一丈，长深三丈，酒美如肉，澄清如镜。上有玉尊玉筲，取一尊，一尊复生焉。与天同休，无干时。石边有脯焉，味如麝鹿脯。饮此酒，人不生死。一名遗酒。其脯名曰追复，食一片复一片。或作一斤。

西北荒中有二金阙，高百丈，金阙银盘，圆五十丈。二阙相去百丈，上有明月珠，径三丈，光照千里。中有金阶，西北入两阙中，名曰天门。埤按：陆公佐《新阙铭》云北荒明月，即此事。

西北荒中，有小人，长一分。其君朱衣玄冠，乘辂车马，引为威仪。居人遇其乘车，抓而食之，其味辛，终年不为物所咋。并识万物名字，又杀腹中三虫，三虫死，便可食仙药也。

西北海外有人，长二千里，两脚中间相去千里，腹围一千六百里。但日饮天酒五斗，张华云：天酒，甘露也。不食五谷鱼肉，唯饮天酒。忽有饥时，向天仍饮。好游山海间，不犯百姓，不干万物，与天地同生，名曰无路之人，一名仁，一名信，一名神。

北荒经 三则

北方荒中有枣林，其高五十丈，敷张枝条数里余，疾风不能偃，雷电不能摧。其子长六七寸，围过其长。熟赤如朱，干之不缩，气味润泽，殊于常枣。食之可以安躯，益于气力，故方书称之。赤松子云：北方大枣味有殊，既可益气又安躯。北方荒中有石湖,方千里,岸深五丈余,恒冰,唯夏至左右五六十日解耳。湖有横公鱼,长七八尺,形如鲤而赤。昼在水中,夜化为人。刺之不入,煮之不死。以乌梅二枚煮之则死。食之可止邪病。其湖无凸凹,平满无高下。

北方层冰万里,厚百丈,有碈鼠在冰下 埤按:《御览》引作鼷鼠。土中焉。形如鼠,食草木肉。重千斤,可以作脯,食之已热。其毛八尺,可以为褥,卧之却寒。其皮可以蒙鼓,闻千里。其毛可以来鼠,此毛所在,鼠辄聚焉。

北海有大鸟,其高千尺,头文曰天,胸文曰候。左翼文曰鸳,右翼文曰勒。头向东正海中央捕鱼。或时举翼而飞,其羽相切如风雷也。

东北荒经　一则

东北荒中有木,高四十丈,叶长五尺,广三尺,名曰栗。其实径三尺二寸,其壳赤,其肉黄白,味甜,食之令人短气而渴。

中荒经　十则

昆仑之山有铜柱焉,其高入天,所谓天柱也。围三千里,周圆如削。下有回屋,方百丈,仙人九府治之。上有大鸟,名曰希有。南向。张左翼覆东王公,右翼覆西王母。背上小处无羽,一万九千里。西王母岁登翼上,会东王公也。故其《柱铭》曰:昆仑铜柱,其高入天。员周妃削,肤体美焉。其《鸟铭》曰:有鸟希有,碌赤煌煌。不鸣不食,东覆东王公,西覆西王母。王母欲东,登之自通。阴阳相须,唯会益工。

九府玉童玉女,与天地同休息,男女无为匹配,而仙道自成。张茂先曰:言不为夫妻也。男女名曰玉人。

东方有宫,青石为墙,高三仞,左右阙高百尺。画以五色,门有银榜,以青石碧镂,题曰:天地长男之宫。西方有宫,白石为墙,五色玄黄,门有金榜而银镂,题曰天地少女之宫。中央有宫,以金为墙,门有金榜以银镂,题曰:天皇之宫。南方有宫,以赤石为墙,赤铜为门阙,有银榜,曰:天皇中女之宫。北方有宫,以黑石为墙,题曰:天地中男之宫。东南有宫,黄石为墙,黄榜碧镂,题曰:天地少男之宫。西北有宫,黄铜为墙,题曰:地皇之宫。

东方裔外有东明山,以青石为墙。西方裔外有大夏山,以金为墙。南方裔外有冈明山,以赤石为墙。西南裔外老寿山,以黄铜为墙。东南裔外阆清山,以青石为墙。西北裔外西明山,以白石为墙。皆有宫。盖神仙之宅也。东北有鬼星石室,三百户共一门,石榜,题曰:鬼门。西南铜关夹榜,题曰:人往门。东北铜关夹门榜,题曰:人来门。

南方有兽焉,角足大小形状如水牛。皮毛黑如漆,食铁饮水,其粪可为兵器,其利如刚,名曰啮铁。《玄黄经》云:南方啮铁,粪利为刚。食铁饮水,肠中不伤。埤按:今蜀中深山,亦有啮铁兽。

鬼门昼日不开,至暮即有人语,有青火色。

西南大荒有马,其大二丈,鬐至膝,尾委地,蹄如丹踠可握。日行千里,至日中而汗血。乘者当以絮缠头,以辟风病,彼国人不缠。

北方有兽焉,其状如狮子。食人。吹人则病,名曰㺊。音瑟。恒近人村里,入人居室,百姓患苦。天帝徙之北方荒中。

西方深山有兽焉,面目手足毛色如猴。体大如驴,善缘高木。皆雌无雄,名绸。顺人三合而有子,要路强牵男人。将上绝冢之上,取果并窃五谷食,更合三毕而定,十月乃生。

不孝鸟，状如人身，犬毛有齿，猪牙，额上有文，曰不孝；口下有文，曰不慈；背上有文，曰不道；左胁有文，曰爱夫；右胁有文，曰怜妇。故天立此异，畀以显忠孝也。

海内十洲记

[汉]东方朔　撰

王根林　　校点

校 点 说 明

　　《海内十洲记》一卷,又作《十洲记》,旧题汉东方朔撰。《汉书·东方朔传》未提及此书,估计也是"后世好事者"假托东方朔之名集撰而成者。其成书时间,《四库全书总目》以为当在六朝时,但从书中多涉道教来看,则成于汉末道教炽盛时的可能性居多。

　　该书记汉武帝向东方朔询问"八方巨海"中祖洲、瀛洲、炎洲、玄洲、长洲、元洲、流洲、生洲、凤麟洲、聚窟洲等十洲情况,东方朔一一作答,又兼及沧海岛、方丈洲、蓬莱山、扶桑、昆仑山等地。书中对道教宫室、道教人物叙述颇为详细,其他奇事异闻亦充满道教气息,故清代有人指出它"好言神仙,字字脉望",乃"道家之小说"。

　　本书现存版本,有《道藏》本、《顾氏文房小说》本、《说郛》本、《百子全书》本等多种。今以《顾氏文房小说》本为底本,校以其他诸本进行标点,错讹处据之径改,不出校记。

海内十洲记

祖洲在东海	瀛洲在东海
炎洲在南海	玄洲在北海
长洲在东海	元洲在北海
流洲在南海	生洲在东海
凤麟洲在东海	聚窟洲在西海

汉武帝既闻王母说八方巨海之中，有祖洲、瀛洲、玄洲、炎洲、长洲、元洲、流洲、生洲、凤麟洲、聚窟洲，有此十洲，乃人迹所稀绝处。又始知东方朔非世常人，是以延之曲室，而亲问十洲所在，所有之物名，故书记之。方朔云："臣，学仙者耳，非得道之人。以国家之盛美，将招名儒墨于文教之内，抑绝俗之道于虚诡之迹。臣故韬隐逸而赴王庭，藏养生而侍朱阙矣。亦由尊上好道，且复欲抑绝其威仪也。曾随师主履行，比至朱陵扶桑蜃海冥夜之丘，纯阳之陵，始青之下，月宫之间，内游七丘，中旋十洲。践赤县而邀五岳，行陂泽而息名山。臣自少及今，周流六天，广陟天光，极于是矣。未若凌虚之子，飞真之官，上下九天，洞视百万。北极勾陈而并华盖，南翔太册而栖大夏。东之通阳之霞，西薄寒穴之野。日月所不逮，星汉所不与。其上无复物，其下无复底。臣所识乃及于是，愧不足以酬广访矣。"

祖洲近在东海之中，地方五百里，去西岸七万里。上有不死之草，草形如菰苗，长三四尺，人已死三日者，以草覆之，皆当时活也,服之令人长生。昔秦始皇大苑中,多枉死者横道,有鸟如乌状,衔此草覆死人面,当时起坐而自活也。有司闻奏,始皇遣使者赍草以问北郭鬼谷先生。鬼谷先生云:"此草是东海祖洲上,有不死之草,生琼田中,或名为养神芝。其叶似菰苗,丛生,一株可活一人。"始皇于是慨然言曰:"可采得否?"乃使使者徐福发童男童女五百人,率摄楼船等入海寻祖洲,遂不返。福,道士也,字君房,后亦得道也。

瀛洲在东海中,地方四千里,大抵是对会稽,去西岸七十万里。上生神芝仙草。又有玉石,高且千丈。出泉如酒,味甘,名之为玉醴泉,饮之,数升辄醉,令人长生。洲上多仙家,风俗似吴人,山川如中国也。

玄洲在北海之中,戌亥之地,方七千二百里,去南岸三十六万里。上有太玄都,仙伯真公所治。多丘山,又有风山,声响如雷电。对天西北门上,多太玄仙官宫室,宫室各异,饶金芝玉草。乃是三天君下治之处,甚肃肃也。

炎洲在南海中,地方二千里,去北岸九万里。上有风生兽,似豹,青色,大如狸。张网取之,积薪数车以烧之,薪尽而兽不然,灰中而立,毛亦不焦。斫刺不入,打之如灰囊。以铁锤锻其头,数十下乃死。而张口向风,须臾复活;以石上菖蒲塞其鼻,即死。取其脑和菊花服之,尽十斤,得寿五百年。又有火林山,山中有火光兽,大如鼠,毛长三四寸,或赤,或白,山可三百里许,晦夜即见此山林,乃是此兽光照,状如火光相似。取其兽毛,以缉为布,时人号为火浣布,此是也。国人衣服垢污,以灰汁浣之,终无洁净。唯火烧此衣服,两盘饭间,振摆,其垢自落,洁白如雪。亦多仙家。

长洲一名青丘,在南海辰巳之地。地方各五千里,去岸二十五万里。上饶山川及多大树,树乃有二千围者。一洲之上,专是林木,故一名青丘。又有仙草灵药,甘液玉英,靡所不有。又有风山,山恒震声。有紫府宫,天真仙女游于此地。

元洲在北海中,地方三千里,去南岸十万里。上有五芝玄涧,涧水如蜜浆,饮之长生,与天地相毕。服此五芝,亦得长生不死,亦多仙家。

流洲在西海中,地方三千里,去东岸十九万里。上多山川积石,名为昆吾。冶其石成铁,作剑光明洞照,如水精状,割玉物如割泥。亦饶仙家。

生洲在东海丑寅之间,接蓬莱十七万里,地方二千五百里。去西岸二十三万里。上有仙家数万。天气安和,芝草常生。地无寒暑,安养万物。亦多山川仙草众芝。一洲之水,味如饴酪。至良洲者也。

凤麟洲在西海之中央,地方一千五百里。洲四面有弱水绕之,鸿毛不浮,不可越也。洲上多凤麟,数万各为群。又有山川池泽,及神药百种,亦多仙家。煮凤喙及麟角,合煎作膏,名之为续弦胶,或名连金泥。此胶能续弓弩已断之弦、刀剑断折之金,更以胶连续之,使力士掣之,他处乃断,所续之际终无断也。武帝天汉三年,帝幸北海,祠恒山。四月,西国王使至,献此胶四两,吉光毛裘,武帝受以付外库,不知胶裘二物之妙用也。以为西国虽远,而上贡者不奇,稽留使者未遣。又,时武帝幸华林园射虎,而弩弦断。使者时从驾,又上胶一分,使口濡以续弩弦。帝惊曰:"异物也!"乃使武士数人,共对掣引之,终日不脱,如未续时也。胶色青如碧玉。吉光毛裘黄色,盖神马之类也。裘入水数日不沉,入火不焦。帝于是乃悟,厚谢使者而遣去,赐以牡桂干姜等诸物,是西方国之所无者。又益思东方朔之远见。周穆王时，西胡献昆吾割玉刀及夜光常满杯。刀长一尺，杯受三升。刀切玉如切泥，杯是白玉之精，光明夜照。冥夕，出杯于中庭以向天，比明而水汁已满于杯中也。汁甘而香美，斯实灵人之器。秦始皇时，西胡献切玉刀，无复常满杯耳。如此胶之所出，从凤麟洲来，剑之所出，必从流洲来，并是西海中所有也。

聚窟洲在西海中，申未之地。地方三千里，北接昆仑二十六万里，去东岸二十四万里。上多真仙灵官，宫第比门，不可胜数。及有狮子辟邪，凿齿天鹿，长牙铜头，铁额之兽。洲上有大山，形似人鸟之象，因名之为神鸟山。山多大树，与枫木相类，而花叶香闻数百里，名为反魂树。扣其树，亦能自作声，声如群牛吼，闻之者，皆心震神骇。伐其木根心，于玉釜中煮，取汁，更微火煎，如黑饧状，令可丸之。名曰惊精香，或名之为震灵丸，或名之为反生香，或名之为震檀香，或名之为人鸟精，或名之为却死香。一种六名，斯灵物也。香气闻数百里，死者在地，闻香气乃却活，不复亡也。以香薰死人，更加神验。征和三年，武帝幸安定。西胡月支国王遣使献香四两，大如雀卵，黑如桑椹。帝以香非中国所有，以付外库。又献猛兽一头，形如五六十日犬子，大似狸，而色黄。命国使将入呈帝见之，使者抱之，似犬，羸细秃悴，尤怪其之非也。问使者："此小物可弄，何谓猛兽？"使者对曰："夫威加百禽者，不必系之以大小。是以神麟故为巨象之王，鸾凤必为大鹏之宗。百足之虫，制于螣蛇。亦不在于巨细也。臣国去此三十万里，国有常占东风入律，百旬不休，青云干吕，连月不散者。当知中国时有好道之君，我王固将贱百家而贵道儒，薄金玉而厚灵物也。故搜奇蕴而贡神香，步天林而请猛兽，乘毳车而济弱渊，策骥足

以度飞沙。契阔途遥，辛苦蹊路，于今已十三年矣。神香起夭
残之死疾，猛兽却百邪之魅鬼。夫此二物，实济众生之至要，
助政化之升平。岂图陛下反不知真乎？是臣国占风之谬矣。
今日仰鉴天姿，亦乃非有道之君也。眼多视则贪色，口多言则
犯难，身多动则淫贼，心多饰则奢侈。未有用此四者而成天下
之治也。"武帝恶然不平。又问使者："猛兽何方而伏百禽？食
啖何物？膂力何比？其所生何乡耶？"使者曰："猛兽所出，或
生昆仑，或生玄圃，或生聚窟，或生天路。其寿不穷，食气饮
露，解人言语，仁慧忠恕。当其仁也，爱护蠢动不犯虎豹；当其
威也，一声叫发千人伏息。牛马百物，惊断绲系，武士奄忽，失
其势力。当其神也，立兴风云，吐嗽雨露，百邪迸走，蛟龙腾
骛。处于太上之厩，役御狮子，名曰猛兽。盖神光无常，能为
大禽之宗主，乃玃天之元王，辟邪之长帅者也。灵香虽少，斯
更生之神丸也。疫病灾死者，将能起之。及闻气者，即活也。
芳又特甚，故难歇也。"于是帝使使者令猛兽发声，试听之。使
者乃指兽，命唤一声。兽舐唇良久，忽叫，如天大雷霹雳。又
两目如磹碥之交光，光朗冲天，良久乃止。帝登时颠蹶，掩耳
震动，不能自止。侍者及武士虎贲，皆失仗伏地，诸内外牛马
豕犬之属，皆绝绊离系，惊骇放荡，久许，咸定。帝忌之，因以
此兽付上林苑，令虎食之。于是虎闻兽来，乃相聚屈积如死虎
伏。兽入苑，径上虎头，溺虎口，去十步已来，顾视虎，虎辄闭
目。帝恨使者言不逊，欲收之。明日失使者及猛兽所在，遣四
出寻讨，不知所止。到后元元年，长安城内病者数百，亡者太
半。帝试取月支神香烧之于城内，其死未三月者，皆活。芳气
经三月不歇，于是信知其神物也。乃更秘录馀香，后一旦又失
之，检函，封印如故，无复香也。帝愈懊恨，恨不礼待于使者。

益贵方朔之遗语,自愧求李君之不勤,惭卫叔卿于阶庭矣。明年,帝崩于五柞宫。已亡月支国人鸟山震檀却死等香也。向使厚待使者,帝崩之时,何缘不得灵香之用耶?自合命殒矣。

沧海岛在北海中,地方三千里,去岸二十一万里。海四面绕岛,各广五千里。水皆苍色,仙人谓之沧海也。岛上俱是大山,积石至多。石象八石,石脑石桂,英流丹黄子石胆之辈百馀种,皆生于岛。石服之神仙长生。岛中有紫石宫室,九老仙都所治,仙官数万人居焉。

方丈洲在东海中心,西南东北岸正等,方丈方面各五千里。上专是群龙所聚,有金玉琉璃之宫,三天司命所治之处。群仙不欲升天者,皆往来此洲,受太玄生箓,仙家数十万。耕田种芝草,课计顷亩,如种稻状。亦有玉石泉,上有九源丈人宫主,领天下水神,及龙蛇巨鲸阴精水兽之辈。

扶桑在东海之东岸,岸直,陆行登岸一万里,东复有碧海。海广狭浩汗,与东海等。水既不咸苦,正作碧色,甘香味美。扶桑在碧海之中,地方万里。上有太帝宫,太真东王父所治处。地多林木,叶皆如桑。又有椹树,长者数千丈,大二千馀围。树两两同根偶生,更相依倚。是以名为扶桑仙人。食其椹而一体皆作金光色,飞翔空玄。其树虽大,其叶椹故如中夏之桑也。但椹稀而色赤,九千岁一生实耳,味绝甘香美。地生紫金丸玉,如中夏之瓦石状。真仙灵官,变化万端,盖无常形,亦有能分形为百身十丈者也。

蓬丘,蓬莱山是也。对东海之东北岸,周回五千里。外别有圆海绕山,圆海水正黑,而谓之冥海也。无风而洪波百丈,不可得往来。上有九老丈人,九天真王宫,盖太上真人所居。唯飞仙有能到其处耳。

　　昆仑，号曰昆峻，在西海之戌地，北海之亥地，去岸十三万里。又有弱水周回绕匝。山东南接积石圃，西北接北户之室，东北临大活之井，西南至承渊之谷。此四角大山，实昆仑之支辅也。积石圃南头，是王母告周穆王云：咸阳去此四十六万里，山高，平地三万六千里。上有三角，方广万里，形似偃盆，下狭上广，故名曰昆仑山三角。其一角正北，干辰之辉，名曰阆风巅；其一角正西，名曰玄圃堂；其一角正东，名曰昆仑宫；其一角有积金，为天墉城，面方千里。城上安金台五所，玉楼十二所。其北户山、承渊山，又有墉城。金台、玉楼，相鲜如流，精之阙光，碧玉之堂，琼华之室，紫翠丹房，锦云烛日，朱霞九光，西王母之所治也，真官仙灵之所宗。上通璇玑，元气流布，五常玉衡。理九天而调阴阳，品物群生，希奇特出，皆在于此。天人济济，不可具记。此乃天地之根纽，万度之纲柄矣。是以太上名山鼎于五方，镇地理也；号天柱于珉城，象纲辅也。诸百川极深，水灵居之。其阴难到，故治无常处。非如丘陵而可得论尔。乃天地设位，物象之宜，上圣观方，缘形而著尔。乃处玄风于西极，坐王母于坤乡。昆吾镇于流泽，扶桑植于碧津。离合火生，而光兽生于炎野；坎总众阴，是以仙都宅于海岛。艮位名山，蓬山镇于寅丑；巽体元女，养巨木于长洲。高风鼓于群龙之位，畅灵符于瑕丘。至妙玄深，幽神难尽，真人隐宅，灵陵所在。六合之内，岂唯数处而已哉！此盖举其摽末尔。臣朔所见不博，未能宣通王母及上元夫人圣旨。昔曾闻之于得道者，说此十洲大丘灵阜，皆是真仙隩墟，神官所治。其馀山川万端，并无魏者矣。其北海外，又有钟山。在北海之子地，隔弱水之北一万九千里，高一万三千里，上方七千里，周旋三万里。自生玉芝及神草四十馀种，上有金台玉阙，亦元气之所舍,天帝居治处也。钟山之南,有平邪山,北有蛟龙山,西有劲草山,东有束木山。四山,并钟山之枝干也。四山高钟山三万里,官城五所,如一登四面山下望,乃见钟山尔。四面山乃天帝君之城域也。仙真之人出入,道经自一路,从平邪山东南入穴中,乃到钟山北阿门外也。天帝君总九天之维,贵无比焉。山源周回,具有四城之高,但当心有观于昆仑也。昔禹治洪水既毕,乃乘蹻车,度弱水,而到此山,祠上帝于北阿,归大功于九天。又禹经诸五岳,使工刻石,识其里数高下。其字科斗书,非汉人所书。今丈尺里数,皆禹时书也。不但刻劇五岳,诸名山亦然。刻山之独高处尔。今书是臣朔所具见,其王母所道诸灵薮,禹所不履,唯书中夏之名山尔。臣先师谷希子者,太上真官也。昔授臣昆仑钟山、蓬莱山及神洲真形图。昔来入汉,留以寄知故人。此书又尤重于岳形图矣。昔也传授年限正同尔。陛下好道思微,甄心内向,天尊下降,并传授宝秘。臣朔区区,亦何嫌惜而不止所有哉! 然术家幽其事,道法秘其师。术泄则事多疑,师显则妙理散。愿且勿宣臣之意也。

　　武帝欣闻至说,明年遂复从受诸真形图。常带之肘后,八节当朝拜灵书,以书求度脱焉。朔谓滑稽逆知,预观帝心,故弄万乘,傲公侯,不可得而师友,不可得而喜怒,故武帝不能尽至理于此人。

西 京 杂 记

［汉］刘　歆　撰
［晋］葛　洪　集
王　根　林　校点

校 点 说 明

　　《西京杂记》六卷,旧题汉刘歆撰,但不少学者对此不予认同。定为刘歆撰者,主要是东晋葛洪在本书跋中提出来的;而持否定意见者的理由,一是最早著录此书的《隋书·经籍志》不署撰者姓名,二是书中不避刘歆之父刘向的名讳。但此二证据皆可商榷。如避讳问题,在西汉时尚不十分严密。故依"存其旧"的原则,定为刘歆撰,葛洪集。

　　本书是一部介绍西汉一代帝王后妃、公侯将相、方士文人等的志人小说。内容涉及宫廷制度、礼节习俗、奇闻轶事等。全书佳处颇多,不但情节精彩,且文笔雅驯。鲁迅评价它"若论文学,则此在古小说中固亦意绪秀异,文笔可观"(《中国小说史略》)。书中所写不少故事,如"秋胡戏妻"、"画工弃市"、"卓文君当垆卖酒"等,都成为后代传奇小说及戏曲剧目的素材。

　　本书被收入多种丛书,今以《汉魏丛书》本为底本,校以《四部丛刊》影印之明嘉靖本、《古今逸史》本等进行标点,以底本原章节为段落。

目　　录

西京杂记卷第一

萧何营未央宫

汉高帝七年,萧相国营未央宫。因龙首山制前殿,建北阙。未央宫周回二十二里九十五步五尺,街道周回七十里。台殿四十三,其三十二在外,其十一在后。宫池十三,山六,池一、山一亦在后。宫门闼凡九十五。

昆明池养鱼

武帝作昆明池,欲伐昆吾夷,教习水战。因而于上游戏养鱼,鱼给诸陵庙祭祀,馀付长安市卖之。池周回四十里。

八 月 饮 酎

汉制:宗庙八月饮酎,用九酝太牢,皇帝侍祠。以正月旦作酒,八月成,名曰酎,一曰九酝,一名醇酎。

止雨如祷雨

京师大水,祭山川以止雨。丞相御史二千石祷祠,如求雨法。

天 子 笔

天子笔管,以错宝为跗,毛皆以秋兔之毫,官师路扈为之。

以杂宝为匣，厕以玉璧翠羽，皆直百金。

几 被 以 锦

汉制：天子玉几，冬则加绨锦其上，谓之绨几。以象牙为火笼，笼上皆散华文，后宫则五色绫文。以酒为书滴，取其不冰；以玉为砚，亦取其不冰。夏设羽扇，冬设缯扇。公侯皆以竹木为几，冬则以细罽为橐以凭之，不得加绨锦。

吉 光 裘

武帝时，西域献吉光裘，入水不濡。上时服此裘以听朝。

戚夫人歌舞

高帝、戚夫人善鼓瑟击筑。帝常拥夫人倚瑟而弦歌，毕，每泣下流涟。夫人善为翘袖折腰之舞，歌《出塞》、《入塞》、《望归》之曲，侍婢数百皆习之。后宫齐首高唱，声入云霄。

弧 环

戚姬以百炼金为弧环，照见指骨。上恶之，以赐侍儿鸣玉、耀光等，各四枚。

鱼 藻 宫

赵王如意年幼，未能亲外傅。戚姬使旧赵王内傅赵媪傅之，号其室曰养德宫，后改为鱼藻宫。

缢 杀 如 意

惠帝尝与赵王同寝处，吕后欲杀之而未得。後帝早猎，王不能夙兴,吕后命力士于被中缢杀之。及死,吕后不之信。以绿囊盛之,载以小辋车,入见,乃厚赐力士。力士是东郭门外官奴,帝後知,腰斩之,后不知也。

乐 游 苑

乐游苑自生玫瑰树,树下多苜蓿。苜蓿一名怀风,时人或谓之光风,风在其间,常萧萧然,日照其花,有光采,故名苜蓿为怀风。茂陵人谓之连枝草。

太 液 池

太液池边皆是雕胡、紫箨、绿节之类。菰之有米者,长安人谓为雕胡;葭芦之未解叶者,谓之紫箨;菰之有首者,谓之绿节。其间凫雏雁子布满充积,又多紫龟绿鳖,池边多平沙,沙上鹈鹕、鹧鸪、鵁鶄、鸿鸧,动辄成群。

终南山华盖树

终南山多离合草,叶似江蓠,而红绿相杂,茎皆紫色,气如萝勒。有树直上百尺,无枝,上结丛条如车盖,叶一青一赤,望之班驳如锦绣,长安谓之丹青树,亦云华盖树。亦生熊耳山。

剑 光 射 人

汉帝相传以秦王子婴所奉白玉玺、高祖斩白蛇剑。剑上有七采珠、九华玉以为饰,杂厕五色琉璃为剑匣。剑在室中,光景犹照于外,与挺剑不殊。十二年一加磨莹,刃上常若霜雪。开匣拔鞘,辄有风气,光彩射人。

七夕穿针开襟楼

汉彩女常以七月七日穿七孔针于开襟楼,俱以习之。

身毒国宝镜

宣帝被收系郡邸狱,臂上犹带史良娣合采婉转丝绳,系身毒国宝镜一枚,大如八铢钱。旧传此镜见妖魅,得佩之者为天神所福,故宣帝从危获济。及即大位,每持此镜,感咽移辰。常以琥珀笥盛之,缄以戚里织成锦,一曰斜文锦。帝崩,不知所在。

霍显为淳于衍起第赠金

霍光妻遗淳于衍蒲桃锦二十四匹、散花绫二十五匹。绫出巨鹿陈宝光家,宝光妻传其法。霍显召入其第,使作之。机用一百二十镊,六十日成一匹,匹直万钱。又与走珠一琲,绿绫百端,钱百万,黄金百两,为起第宅,奴婢不可胜数。衍犹怨曰:"吾为尔成何功,而报我若是哉!"

旌旗飞天堕井

济阴王兴居反,始举兵,大风从东来,直吹其旌旗,飞上天入云,而堕城西井中。马皆悲鸣不进。左右李廓等谏,不听。后卒自杀。

弘成子文石

五鹿充宗受学于弘成子。成子少时,尝有人过己,授以文石,大如燕卵。成子吞之,遂大明悟,为天下通儒。成子后病,吐出此石,以授充宗,充宗又为硕学也。

黄鹄歌

始元元年,黄鹄下太液池。上为歌曰:"黄鹄飞兮下建章,羽肃肃兮行跄跄,金为衣兮菊为裳。唼喋荷荇,出入蒹葭,自顾菲薄,愧尔嘉祥。"

送葬用珠襦玉匣

汉帝送死皆珠襦玉匣。匣形如铠甲,连以金缕。武帝匣上皆缕为蛟龙鸾凤龟麟之象,世谓为蛟龙玉匣。

三云殿

成帝设云帐、云幄、云幕于甘泉紫殿,世谓三云殿。

掖庭

汉掖庭有月影台、云光殿、九华殿、鸣鸾殿、开襟阁、临池观,不在簿籍,皆繁华窈窕之所栖宿焉。

昭阳殿

赵飞燕女弟居昭阳殿,中庭彤朱,而殿上丹漆,砌皆铜沓,黄金涂,白玉阶,壁带往往为黄金釭,含蓝田璧,明珠翠羽饰之。上设九金龙,皆衔九子金铃,五色流苏。带以绿文紫绶,金银花镊。每好风日,幡旄光影,照耀一殿,铃镊之声,惊动左右。中设木画屏风,文如蜘蛛丝缕,玉几玉床,白象牙簟,绿熊席。席毛长二尺馀,人眠而拥毛自蔽,望之不能见,坐则没膝,其中杂熏诸香,一坐此席,馀香百日不歇。有四玉镇,皆达照,无瑕缺。窗扉多是绿琉璃,亦皆达照,毛发不得藏焉。椽桷皆刻作龙蛇,萦绕其间,麟甲分明,见者莫不兢栗。匠人丁缓、李菊,巧为天下第一。缔构既成,向其姊子樊延年说之,而外人稀知,莫能传者。

珊瑚高丈二

积草池中有珊瑚树,高一丈二尺,一本三柯,上有四百六十二条。是南越王赵佗所献,号为烽火树。至夜,光景常欲燃。

玉 鱼 动 荡

昆明池刻玉石为鱼,每至雷雨,鱼常鸣吼,鬐尾皆动。汉世祭之以祈雨,往往有验。

上林名果异木

初修上林苑,群臣远方,各献名果异树,亦有制为美名,以标奇丽。梨十:紫梨、青梨、实大。芳梨、实小。大谷梨、细叶梨、缥叶梨、金叶梨、出琅邪王野家,太守王唐所献。瀚海梨、出瀚海北,耐寒不枯。东王梨、出海中。紫条梨。枣七:弱枝枣、玉门枣、棠枣、青华枣、梬枣、赤心枣、西王枣。出昆仑山。栗四:侯栗、榛栗、瑰栗、峄阳栗。峄阳都尉曹龙所献,大如拳。桃十:秦桃、榹桃、细核桃、金城桃、绮叶桃、紫文桃、霜桃、霜下可食。胡桃、出西域。樱桃、含桃。李十五:紫李、绿李、朱李、黄李、青绮李、青房李、同心李、车下李、含枝李、金枝李、颜渊李、出鲁。羌李、燕李、蛮李、侯李。奈三:白奈、紫奈、花紫色。绿奈。花绿色。查三:蛮查、羌查、猴查。楟三:青楟、赤叶楟、乌楟。棠四:赤棠、白棠、青棠、沙棠。梅七：朱梅、紫叶梅、紫花梅、同心梅、丽枝梅、燕梅、猴梅。杏二：文杏，材有文采。蓬莱杏。东郭都尉于吉所献。一株花杂五色，六出，云是仙人所食。桐三：椅桐、梧桐、荆桐。林檎十株，枇杷十株，橙十株，安石榴十株，楟十株，白银树十株，黄银树十株，槐六百四十株，千年长生树十株，万年长生树十株，扶老木十株，守宫槐十株，金明树二十株，摇风树十株，鸣风树十株，琉璃树七株，池离树十株，离娄树十株，楠四株，枞七株，白俞、梅杜、梅桂、蜀漆树十株，栝十株，楔四株，枫四株。

　　余就上林令虞渊得朝臣所上草木名二千馀种。邻人石琼就余求借，一皆遗弃。今以所记忆，列于篇右。

常满灯　被中香炉

　　长安巧工丁缓者，为常满灯，七龙五凤，杂以芙蓉莲藕之奇。又作卧褥香炉，一名被中香炉。本出房风，其法后绝，至缓始更为之。为机环转运四周，而炉体常平，可置之被褥，故以为名。又作九层博山香炉，镂为奇禽怪兽，穷诸灵异，皆自然运动。又作七轮扇，连七轮，大皆径丈，相连续，一人运之，满堂寒颤。

飞燕昭仪赠遗之侈

　　赵飞燕为皇后，其女弟在昭阳殿，遗飞燕书曰："今日嘉辰，贵姊懋膺洪册，谨上襚三十五条，以陈踊跃之心：金华紫轮帽，金华紫轮面衣，织成上襦，织成下裳，五色文绶，鸳鸯襦，鸳鸯被，鸳鸯褥，金错绣裆，七宝綦履，五色文玉环，同心七宝钗，黄金步摇，合欢圆珰，琥珀枕，龟文枕，珊瑚玦，马脑虬，云母扇，孔雀扇，翠羽扇，九华扇，五明扇，云母屏风，琉璃屏风，五层金博山香炉，回风扇，椰叶席，同心梅，含枝李，青木香，沈水香，香螺卮，出南海，一名丹螺。九真雄麝香，七枝灯。"

宠 擅 后 宫

赵后体轻腰弱，善行步进退，女弟昭仪不能及也。但昭仪弱骨丰肌，尤工笑语。二人并色如红玉，为当时第一，皆擅宠后宫。

西京杂记卷第二

画 工 弃 市

元帝后宫既多,不得常见,乃使画工图形,案图召幸之。诸宫人皆赂画工,多者十万,少者亦不减五万。独王嫱不肯,遂不得见。匈奴入朝,求美人为阏氏,于是上案图,以昭君行。及去,召见,貌为后宫第一,善应对,举止闲雅。帝悔之,而名籍已定,帝重信于外国,故不复更人。乃穷案其事,画工皆弃市,籍其家,资皆巨万。画工有杜陵毛延寿,为人形,丑好老少,必得其真。安陵陈敞,新丰刘白、龚宽,并工为牛马飞鸟众势,人形好丑,不逮延寿。下杜阳望,亦善画,尤善布色。樊育亦善布色。同日弃市。京师画工,于是差稀。

方 朔 设 计 救 乳 母

武帝欲杀乳母,乳母告急于东方朔,朔曰:"帝忍而愎,旁人言之,益死之速耳。汝临去,但屡顾我,我当设计以激之。"乳母如言,朔在帝侧曰:"汝宜速去,帝今已大,岂念汝乳哺时恩邪?"帝怆然,遂舍之。

五 侯 鲭

五侯不相能,宾客不得来往。娄护丰辩,传食五侯间,各得其欢心,竞致奇膳。护乃合以为鲭,世称五侯鲭,以为奇味焉。

公孙弘粟饭布被

公孙弘起家徒步,为丞相,故人高贺从之。弘食以脱粟饭,覆以布被。贺怨曰:"何用故人富贵为? 脱粟布被,我自有之。"弘大惭,贺告人曰:"公孙弘内服貂蝉,外衣麻枲,内厨五鼎,外膳一肴,岂可以示天下?"于是朝廷疑其矫焉。弘叹曰:"宁逢恶宾,不逢故人。"

文帝良马九乘

文帝自代还,有良马九匹,皆天下之骏马也。一名浮云,一名赤电,一名绝群,一名逸骠,一名紫燕骝,一名绿螭骢,一名龙子,一名麟驹,一名绝尘,号为九逸。有来宣能御,代王号为王良,俱还代邸。

武帝马饰之盛

武帝时,身毒国献连环羁,皆以白玉作之,马瑙石为勒,白光琉璃为鞍。鞍在暗室中,常照十余丈,如昼日。自是长安始盛饰鞍马,竞加雕镂。或一马之饰直百金,皆以南海白蜃为珂,紫金为华,以饰其上。犹以不鸣为患,或加以铃镊,饰以流苏,走则如撞钟磬,若飞幡葆。后得贰师天马,帝以玫瑰石为鞍,镂以金银输石,以绿地五色锦为蔽泥,后稍以熊黑皮为之。熊黑毛有绿光,皆长二尺者,直百金。卓王孙有百馀双,诏使献二十枚。

茂陵宝剑

昭帝时，茂陵家人献宝剑，上铭曰：直千金，寿万岁。

相如死渴

司马相如初与卓文君还成都，居贫愁懑，以所着鹔鹴裘就市人阳昌贳酒，与文君为欢。既而，文君抱颈而泣曰："我平生富足，今乃以衣裘贳酒！"遂相与谋，于成都卖酒。相如亲著犊鼻裈涤器，以耻王孙。王孙果以为病，乃厚给文君，文君遂为富人。文君姣好，眉色如望远山，脸际常若芙蓉，肌肤柔滑如脂，十七而寡，为人放诞风流，故悦长卿之才而越礼焉。长卿素有消渴疾，及还成都，悦文君之色，遂以发痼疾。乃作《美人赋》，欲以自刺，而终不能改，卒以此疾至死。文君为诔，传于世。

赵后淫乱

庆安世年十五，为成帝侍郎。善鼓琴，能为《双凤离鸾》之曲。赵后悦之，白上，得出入御内，绝见爱幸。常著轻丝履，招风扇，紫绨裘，与后同居处。欲有子，而终无胤嗣。赵后自以无子，常托以祈祷，别开一室，自左右侍婢以外，莫得至者，上亦不得至焉。以辇车载轻薄少年，为女子服，入后宫者，日以十数，与之淫通，无时休息。有疲怠者，辄差代之，而卒无子。

作新丰移旧社

太上皇徙长安，居深宫，凄怆不乐。高祖窃因左右问其故，以平生所好，皆屠贩少年，酤酒卖饼，斗鸡蹴鞠，以此为欢，今皆无此，故以不乐。高祖乃作新丰，移诸故人实之，太上皇乃悦。故新丰多无赖，无衣冠子弟故也。高祖少时，常祭枌榆之社。及移新丰，亦还立焉。高帝既作新丰，并移旧社，衢巷栋宇，物色惟旧。士女老幼，相携路首，各知其室。放犬羊鸡鸭于通涂，亦竞识其家。其匠人胡宽所营也。移者皆悦其似而德之，故竞加赏赠，月余，致累百金。

陵 寝 风 帘

汉诸陵寝，皆以竹为帘，帘皆为水纹及龙凤之像。昭阳殿织珠为帘，风至则鸣，如珩珮之声。

扬雄梦凤作《太玄》

扬雄读书，有人语之曰："无为自苦，玄故难传。"忽然不见。雄著《太玄经》，梦吐凤凰，集《玄》之上，顷而灭。

百 日 成 赋

司马相如为《上林》、《子虚》赋，意思萧散，不复与外事相关，控引天地，错综古今，忽然如睡，焕然而兴，几百日而后成。其友人盛览，字长通，牂牁名士，尝问以作赋。相如曰："合綦组以成文，列锦绣而为质，一经一纬，一宫一商，此赋之迹也。赋家之心，苞括宇宙，总览人物，斯乃得之于内，不可得而传。"览乃作《合组歌》、《列锦赋》而退，终身不复敢言作赋之心矣。

仲舒梦龙作《繁露》

董仲舒梦蛟龙入怀，乃作《春秋繁露》词。

读千赋乃能作赋

或问扬雄为赋,雄曰:"读千首赋,乃能为之。"

闻《诗》解颐

匡衡字稚圭,勤学而无烛。邻舍有烛而不逮,衡乃穿壁引其光,以书映光而读之。邑人大姓文不识,家富多书,衡乃与其佣作,而不求偿。主人怪,问衡,衡曰:"愿得主人书遍读之。"主人感叹,资给以书,遂成大学。衡能说《诗》,时人为之语曰:"无说《诗》,匡鼎来。匡说《诗》,解人颐。"鼎,衡小名也。时人畏服之如是,闻者皆解颐欢笑。衡邑人有言《诗》者,衡从之,与语质疑,邑人挫服,倒屣而去。衡追之,曰:"先生留听,更理前论。"邑人曰:"穷矣。"遂去不反。

惠生叹息

长安有儒生曰惠庄,闻朱云折五鹿充宗之角,乃叹息曰:"茧栗犊反能尔邪!吾终耻溺死沟中。"遂裹粮从云。云与言,庄不能对,逡巡而去,拊心谓人曰:"吾口不能剧谈,此中多有。"

搔头用玉

武帝过李夫人,就取玉簪搔头。自此后,宫人搔头皆用玉,玉价倍贵焉。

精弈棋裨圣教

杜陵杜夫子善弈棋,为天下第一人。或讥其费日,夫子曰:"精其理者,足以大裨圣教。"

弹棋代蹴鞠

成帝好蹴鞠,群臣以蹴鞠为劳体,非至尊所宜。帝曰:"朕好之,可择似而不劳者奏之。"家君作弹棋以献,帝大悦,赐青羔裘、紫丝履,服以朝觐。

雪深五尺

元封二年,大寒,雪深五尺,野鸟兽皆死,牛马皆踡跼如蝟,三辅人民冻死者十有二三。

四 宝 宫

武帝为七宝床,杂宝桉,厕宝屏风,列宝帐,设于桂宫,时人谓之四宝宫。

河决龙蛇喷沫

瓠子河决,有蛟龙从九子自决中逆上入河,喷沫流波数十里。

百 日 雨

文帝初,多雨,积霖至百日而止。

五日子欲不举

王凤以五月五日生,其父欲不举,曰:"俗谚:'举五日子,长及户则自害,不则害其父母。'"其叔父曰:"昔田文以此日生,其父婴敕其母曰:'勿举。'其母窃举之。后为孟尝君,号其母为薛公大家。以古事推之,非不祥也。"遂举之。

雷火燃木得蛟龙骨

惠帝七年夏,雷震南山。大木数千株,皆火燃至末。其下数十亩地,草皆焦黄。其后百许日,家人就其间得龙骨一具,鲛骨二具。

酒脯之应

高祖为泗水亭长,送徒骊山,将与故人诀去。徒卒赠高祖酒二壶,鹿肝、牛肝各一。高祖与乐从者饮酒食肉而去。后即帝位,朝晡尚食,常具此二炙,并酒二壶。

梁孝王宫囿

梁孝王好营宫室苑囿之乐,作曜华之宫,筑兔园。园中有百灵山,山有肤寸石、落猿岩、栖龙岫。又有雁池,池间有鹤洲凫渚。其诸宫观相连,延亘数十里,奇果异树,瑰禽怪兽毕备。王日与宫人宾客弋钓其中。

鲁恭王禽斗

鲁恭王好斗鸡鸭及鹅雁,养孔雀、鵁鶄,俸谷一年费二千石。

流黄簟

会稽岁时献竹簟供御,世号为流黄簟。

买臣假归

朱买臣为会稽太守,怀章绶还至舍亭,而国人未知也。所知钱勃,见其暴露,乃劳之曰:"得无罢乎?"遗与纨扇。买臣至郡,引为上客,寻迁为掾史。

西京杂记卷第三

篆术制蛇御虎

余所知有鞠道龙善为幻术，向余说古时事：有东海人黄公，少时为术，能制龙御虎，佩赤金刀，以绛缯束发，立兴云雾，坐成山河。及衰老，气力羸惫，饮酒过度，不能复行其术。秦末，有白虎见于东海，黄公乃以赤刀往厌之。术既不行，遂为虎所杀。三辅人俗用以为戏，汉帝亦取以为角抵之戏焉。

淮南与方士俱去

又说：淮南王好方士，方士皆以术见，遂有画地成江河，撮土为山岩，嘘吸为寒暑，喷嗽为雨雾。王亦卒与诸方士俱去。

扬子云载輶轩作《方言》

扬子云好事，常怀铅提椠，从诸计吏，访殊方绝域四方之语，以为裨补《輶轩》所载，亦洪意也。

邓通钱文侔天子

文帝时，邓通得赐蜀铜山，听得铸钱文字肉好皆与天子钱同，故富侔人主。时吴王亦有铜山铸钱，故有吴钱微重，文字肉好与汉钱不异。

俭 葬 反 奢

杨贵字王孙,京兆人也。生时厚自奉养,死卒裸葬于终南山。其子孙掘土凿石,深七尺而下尸,上复盖之以石,欲俭而反奢也。

介 子 弃 觚

傅介子年十四,好学书,尝弃觚而叹曰:"大丈夫当立功绝域,何能坐事散儒!"后卒斩匈奴使者,还拜中郎。复斩楼兰王首,封义阳侯。

曹 敞 收 葬

余少时,闻平陵曹敞在吴章门下,往往好斥人过,以为轻薄,世人皆以为然。章后为王莽所杀,人无有敢收葬者,弟子皆更易姓名,以从他师。敞时为司徒掾,独称吴章弟子,收葬其尸,方知亮直者不见容于冗辈中矣。平陵人生为立碑于吴章墓侧,在龙首山南幕岭上。

文 帝 思 贤 苑

文帝为太子,立思贤苑以招宾客。苑中有堂隍六所。客馆皆广庑高轩,屏风帏褥甚丽。

广 陵 死 力

广陵王胥有勇力,常于别囿学格熊。后遂能空手搏之,莫不绝脰。后为兽所伤,陷脑而死。

辨《尔雅》

　　郭威字文伟,茂陵人也。好读书,以谓《尔雅》周公所制,而《尔雅》有"张仲孝友",张仲,宣王时人,非周公之制明矣。余尝以问扬子云,子云曰:"孔子门徒游、夏之俦所记,以解释六艺者也。"家君以为《外戚传》称"史佚教其子以《尔雅》,《尔雅》,小学也。"又记言:"孔子教鲁哀公学《尔雅》。"《尔雅》之出远矣。旧传学者,皆云周公所记也,"张仲孝友"之类,后人所足耳。

袁广汉园林之侈

　　茂陵富人袁广汉,藏镪巨万,家僮八九百人。于北邙山下筑园,东西四里,南北五里,激流水注其内。构石为山,高十馀丈,连延数里。养白鹦鹉、紫鸳鸯、牦牛、青兕,奇兽怪禽,委积其间。积沙为洲屿,激水为波潮,其中致江鸥海鹤,孕雏产鷇,延漫林池。奇树异草,靡不具植。屋皆徘徊连属,重阁修廊,行之,移晷不能遍也。广汉后有罪诛,没入为官园,鸟兽草木,皆移植上林苑中。

五柞宫石骐驎

　　五柞宫有五柞树,皆连三抱,上枝荫覆数十亩。其宫西有青梧观,观前有三梧桐树。树下有石骐驎二枚,刊其胁为文字,是秦始皇骊山墓上物也。头高一丈三尺。东边者前左脚折,折处有赤如血,父老谓其有神,皆含血属筋焉。

咸阳宫异物

高祖初入咸阳宫，周行库府，金玉珍宝，不可称言。其尤惊异者，有青玉五枝灯，高七尺五寸。作蟠螭，以口衔灯，灯燃，鳞甲皆动，焕炳若列星而盈室焉。复铸铜人十二枚，坐皆高三尺，列在一筵上，琴筑笙竽，各有所执，皆缀花采，俨若生人。筵下有二铜管，上口高数尺，出筵后。其一管空，一管内有绳，大如指，使一人吹空管，一人纽绳，则众乐皆作，与真乐不异焉。有琴长六尺，安十三弦，二十六徽，皆用七宝饰之，铭曰"璠玙之乐"。玉管长二尺三寸，二十六孔，吹之则见车马山林，隐辚相次，吹息亦不复见，铭曰"昭华之琯"。有方镜，广四尺，高五尺九寸，表里有明，人直来照之，影则倒见。以手扪心而来，则见肠胃五脏，历然无碍。人有疾病在内，则掩心而照之，则知病之所在。又女子有邪心，则胆张心动。秦始皇常以照宫人，胆张心动者则杀之。高祖悉封闭以待项羽，羽并将以东，后不知所在。

鲛鱼荔枝

尉佗献高祖鲛鱼、荔枝，高祖报以蒲桃锦四匹。

戚夫人侍儿言宫中乐事

戚夫人侍儿贾佩兰，后出为扶风人段儒妻。说在宫内时，见戚夫人侍高帝，尝以赵王如意为言，而高祖思之，几半日不言，叹息凄怆，而未知其术，辄使夫人击筑，高祖歌《大风》诗以和之。又说在宫内时，尝以弦管歌舞相欢娱，竞为妖服，以趣良时。十月十五日，共入灵女庙，以豚黍乐神，吹笛击筑，歌

《上灵》之曲。既而相与连臂踏地为节,歌《赤凤凰来》。至七月七日,临百子池,作于阗乐。乐毕,以五色缕相羁,谓为相连爱。八月四日,出雕房北户,竹下围棋,胜者终年有福,负者终年疾病,取丝缕,就北辰星求长命乃免。九月九日,佩茱萸,食蓬饵,饮菊华酒,令人长寿。菊华舒时,并采茎叶,杂黍米酿之,至来年九月九日始熟,就饮焉,故谓之菊华酒。正月上辰,出池边盥濯,食蓬饵,以被妖邪。三月上巳,张乐于流水,如此终岁焉。戚夫人死,侍儿皆复为民妻也。

何武葬北邙

何武葬北邙山薄龙坂,王嘉冢东北一里。

生 作 葬 文

杜子夏葬长安北四里,临终作文曰:“魏郡杜邺,立志忠款,犬马未陈,奄先草露。骨肉归于后土,气魂无所不之。何必故丘,然后即化。封于长安北郭,此焉宴息。”及死,命刊石,埋于墓侧。墓前种松柏树五株,至今茂盛。

淮南《鸿烈》

淮南王安著《鸿烈》二十一篇。鸿,大也。烈,明也。言大明礼教。号为淮南子,一曰刘安子。自云“字中皆挟风霜”,扬子云以为一出一入。

公 孙 子

公孙弘著《公孙子》,言刑名事,亦谓字直百金。

长卿赋有天才

司马长卿赋,时人皆称典而丽,虽诗人之作,不能加也。扬子云曰:"长卿赋不似从人间来,其神化所至邪?"子云学相如为赋而弗逮,故雅服焉。

赋假相如

长安有庆虬之,亦善为赋。尝为《清思赋》,时人不之贵也,乃托以相如所作,遂大见重于世。

《大人赋》

相如将献赋,未知所为。梦一黄衣翁谓之曰:"可为《大人赋》。"遂作《大人赋》,言神仙之事以献之。赐锦四匹。

《白头吟》

相如将聘茂陵人女为妾,卓文君作《白头吟》以自绝,相如乃止。

樊哙问瑞应

樊将军哙问陆贾曰:"自古人君皆云受命于天,云有瑞应,岂有是乎?"贾应之曰:"有之。夫目瞤得酒食,灯火华得钱财,干鹊噪而行人至,蜘蛛集而百事喜。小既有征,大亦宜然。故目瞤则咒之,火华则拜之,干鹊噪则餧之,蜘蛛集则放之。况天下大宝,人君重位,非天命何以得之哉?瑞者,宝也,信也。天以宝为信,应人之德,故曰瑞应。无天命,无宝信,不可以力取也。"

霍妻双生

霍将军妻一产二子，疑所为兄弟。或曰："前生为兄，后生者为弟。今虽俱日，亦宜以先生为兄。"或曰："居上者宜为兄，居下宜为弟，居下者前生，今宜以前生为弟。"时霍光闻之，曰："昔殷王祖甲一产二子，曰嚣，曰良。以卯日生嚣，以巳日生良，则以嚣为兄，以良为弟。若以在上者为兄，嚣亦当为弟。昔许鳌庄公一产二女，曰妖，曰茂。楚大夫唐勒一产二子，一男一女，男曰贞夫，女曰琼华。皆以先生为长。近代郑昌时、文长蒨并生二男，滕公一生二女，李黎生一男一女，并以前生者为长。"霍氏亦以前生为兄焉。

文章迟速

枚皋文章敏疾，长卿制作淹迟，皆尽一时之誉。而长卿首尾温丽，枚皋时有累句，故知疾行无善迹矣。扬子云曰："军旅之际，戎马之间，飞书驰檄，用枚皋；廊庙之下，朝廷之中，高文典册，用相如。"

西京杂记卷第四

真 算 知 死

安定嵩真、玄菟曹元理，并明算术，皆成帝时人。真尝自算其年寿七十三，真绥和元年正月二十五日晡时死，书其壁以记之。至二十四日晡时死。其妻曰："见真算时，长下一算，欲以告之，虑脱有旨，故不敢言，今果校一日。"真又曰："北邙青陇上孤槚之西四丈所，凿之入七尺，吾欲葬此地。"及真死，依言往掘，得古时空椁，即以葬焉。

曹 算 穷 物

元理尝从其友人陈广汉，广汉曰："吾有二囷米，忘其石数，子为计之。"元理以食箸十馀转，曰："东囷七百四十九石二升七合。"又十馀转，曰："西囷六百九十七石八斗。"遂大署囷门。后出米，西囷六百九十七石七斗九升，中有一鼠，大堪一升；东囷不差圭合。元理后岁复过广汉，广汉以米数告之，元理以手击床曰："遂不知鼠之殊米，不如剥面皮矣!"广汉为之取酒，鹿脯数片，元理复算，曰："蔺蔗二十五区，应收一千五百三十六枚。蹲鸱三十七亩，应收六百七十三石。千牛产二百犊，万鸡将五万雏。"羊豕鹅鸭，皆道其数，果蓏肴蔌，悉知其所，乃曰："此资业之广，何供馈之偏邪?"广汉惭，曰："有仓卒客，无仓卒主人。"元理曰："俎上蒸独一头，厨中荔枝一梲，皆可为设。"广汉再拜谢罪,自入取之,尽日为欢。其术后传南季,南季传项瑶,瑶传子陆,皆得其分数,而失玄妙焉。

因 献 命 名

卫将军青生子,或有献骊马者,乃命其子曰骊,字叔马。其后改为登,字叔升。

董贤宠遇过盛

哀帝为董贤起大第于北阙下,重五殿,洞六门,柱壁皆画云气华蕊,山灵水怪,或衣以绨锦,或饰以金玉。南门三重,署曰南中门、南上门、南更门。东西各三门,随方面题署,亦如之。楼阁台榭,转相连注,山池玩好,穷尽雕丽。

三 馆 待 宾

平津侯自以布衣为宰相,乃开东阁,营客馆,以招天下之士。其一曰钦贤馆,以待大贤;次曰翘材馆,以待大才;次曰接士馆,以待国士。其有德任毗赞、佐理阴阳者,处钦贤之馆。其有才堪九烈将军二千石者,居翘材之馆。其有一介之善,一方之艺,居接士之馆。而躬自菲薄,所得俸禄,以奉待之。

闽 越 鹧 蜜

闽越王献高帝石蜜五斛、蜜烛二百枚、白鹇、黑鹇各一双,高帝大悦,厚报遣其使。

滕 公 葬 地

滕公驾至东都门,马鸣,跼不肯前,以足跑地久之。滕公

使士卒掘马所跑地，入三尺所，得石椁。滕公以烛照之，有铭
焉。乃以水洗写其文，文字皆古异，左右莫能知。以问叔孙
通，通曰："科斗书也。"以今文写之，曰："佳城郁郁，三千年见
白日。吁嗟滕公居此室。"滕公曰："嗟乎，天也！吾死其即安
此乎？"死遂葬焉。

韩嫣金弹

韩嫣好弹，常以金为丸，所失者日有十馀。长安为之语
曰："苦饥寒，逐金丸。"京师儿童，每闻嫣出弹，辄随之，望丸之
所落，辄拾焉。

司马良史

司马迁发愤作《史记》百三十篇，先达称为良史之才。其
以伯夷居列传之首，以为善而无报也；为《项羽本纪》，以踞高
位者非关有德也。及其序屈原、贾谊，辞旨抑扬，悲而不伤，亦
近代之伟才。

梁孝王忘忧馆时豪七赋

梁孝王游于忘忧之馆，集诸游士，各使为赋。枚乘为《柳
赋》，其辞曰："忘忧之馆，垂条之木。枝逶迟而含紫，叶萋萋而
吐绿。出入风云，去来羽族。既上下而好音，亦黄衣而绛足。
蜩螗厉响，蜘蛛吐丝。阶草漠漠，白日迟迟。于嗟细柳，流乱
轻丝。君王渊穆其度，御群英而玩之。小臣瞽聩，与此陈词。
于嗟乐兮！于是樽盈缥玉之酒，爵献金浆之醪。^{梁人作藷蔗酒，}
^{名金浆。}庶羞千族，盈满六庖。弱丝清管，与风霜而共雕。枪
锽啾唧，萧条寂寥。俊乂英旄，列襟联袍。小臣莫效于鸿毛，

空衔鲜而嗽醪。虽复河清海竭，终无增景于边撩。”路乔如为
《鹤赋》，其词曰：“白鸟朱冠，鼓翼池干。举修距而跃跃，奋皓
翅之㩗㩗。宛修颈而顾步，啄沙碛而相欢。岂忘赤霄之上，忽
池箘而盘桓。饮清流而不举，食稻粱而未安。故知野禽野性，
未脱笼樊。赖吾王之广爱，虽禽鸟兮抱恩。方腾骧而鸣舞，凭
朱槛而为欢。”公孙诡为《文鹿赋》，其词曰：“麀鹿濯濯，来我槐
庭。食我槐叶，怀我德声。质如缃缛，文如素綦。呦呦相召，
《小雅》之诗。叹丘山之比岁，逢梁王于一时。”邹阳为《酒赋》，
其词曰：“清者为酒，浊者为醴；清者圣明，浊者顽骏。皆麹糵
丘之麦，酿野田之米。仓风莫预，方金未启。嗟同物而异味，
叹殊才而共侍。流光醳醳，甘滋泥泥。醪酿既成，绿瓷既启。
且筐且漉，载簎载齐。庶民以为欢，君子以为礼。其品类，则
沙洛渌鄏，程乡若下，高公之清。关中白薄，清渚萦停。凝醳
醇酎，千日一醒。哲王临国，绰矣多暇。召皤皤之臣，聚肃肃
之宾。安广坐，列雕屏，绡绮为席，犀璩为镇。曳长裾，飞广
袖，奋长缨。英伟之士，莞尔而即之。君王凭玉几、倚玉屏。
举手一劳，四座之士，皆若哺粱肉焉。乃纵酒作倡，倾碗覆觞。
右曰宫申，旁亦征扬。乐只之深，不吴不狂。于是锡名饵，祛
夕醉，遣朝醒。吾君寿亿万岁，常与日月争光。”公孙乘为《月
赋》，其辞曰：“月出皦兮，君子之光。鹍鸡舞于兰渚，蟋蟀鸣于
西堂。君有礼乐，我有衣裳。猗嗟明月，当心而出。隐员岩而
似钩，蔽修堞而分镜。既少进以增辉，遂临庭而高映。炎日匪
明，皓璧非净。躔度运行，阴阳以正。文林辩囿，小臣不佞。”
羊胜为《屏风赋》，其辞曰：“屏风鞈匝，蔽我君王。重葩累绣，
沓璧连璋。饰以文锦，映以流黄。画以古列，颙颙昂昂。藩后
宜之，寿考无疆。”韩安国作《几赋》不成，邹阳代作，其辞曰：

"高树凌云,蟠纡烦冤,旁生附枝。王尔公输之徒,荷斧斤,援
葛虆,攀乔枝。上不测之绝顶,伐之以归。眇者督直,聋者磨
砻。齐贡金斧,楚入名工,乃成斯几。离奇仿佛,似龙盘马回,
凤去鸾归。君王凭之,圣德日跻。"邹阳、安国罚酒三升,赐枚
乘、路乔如绢,人五匹。

五侯进王

梁孝王入朝,与上为家人之宴,乃问王诸子,王顿首谢曰:
"有五男。"即拜为列侯,赐与衣裳器服。王薨,又分梁国为五,
进五侯皆为王。

河间王客馆

河间王德筑日华宫,置客馆二十馀区,以待学士。自奉养
不逾宾客。

年少未可冠婚

梁孝王子贾从朝,年幼,窦太后欲强冠婚之。上谓王曰:
"儿堪冠矣。"王顿首谢曰:"臣闻《礼》二十而冠,冠而字,字以
表德。自非显才高行,安可强冠之哉?"帝曰:"儿堪冠矣。"馀
日,帝又曰:"儿堪室矣。"王顿首曰:"臣闻《礼》三十壮有室。
儿年蒙悼,未有人父之端,安可强室之哉?"帝曰:"儿堪室矣。"
馀日,贾朝至阃而遗其舄,帝曰:"儿真幼矣。"白太后未可冠
婚之。

劲超高屏

江都王劲捷,能超七尺屏风。

元后燕石文兆

元后在家,尝有白燕衔白石,大如指,坠后绩筐中。后取之,石自剖为二,其中有文曰“母天地”。后乃合之,遂复还合,乃宝录焉。后为皇后,常并置玺笥中,谓为天玺也。

玉 虎 子

汉朝以玉为虎子,以为便器,使侍中执之,行幸以从。

紫 泥

中书以武都紫泥为玺室,加绿绨其上。

日 射 百 雉

茂陵文固阳,本琅邪人,善驯野雉为媒,用以射雉。每以三春之月,为茅障以自翳,用觟矢以射之,日连百数。茂陵轻薄者化之,皆以杂宝错厕翳障,以青州芦苇为弩矢,轻骑妖服,追随于道路,以为欢娱也。阳死,其子亦善其事。董司马好之,以为上客。

鹰 犬 起 名

茂陵少年李亨,好驰骏狗,逐狡兽,或以鹰鹞逐雉兔,皆为之佳名。狗则有修毫、釐睫、白望、青曹之名,鹰则有青翅、黄眸、青冥、金距之属,鹞则有从风鹞、孤飞鹞。杨万年有猛犬,名青骹,买之百金。

长 鸣 鸡

成帝时，交趾越嶲献长鸣鸡，伺鸡晨，即下漏验之，晷刻无差，鸡长鸣则一食顷不绝，长距善斗。

陆 博 术

许博昌，安陵人也，善陆博。窦婴好之，常与居处。其术曰："方畔揭道张，张畔揭道方，张究屈玄高，高玄屈究张。"又曰："张道揭畔方，方畔揭道张，张究屈玄高，高玄屈究张。"三辅儿童皆诵之。法用六箸，或谓之究，以竹为之，长六分。或用二箸。博昌又作《大博经》一篇，今世传之。

战假将军名

高祖与项羽战于垓下，孔将军居左，费将军居右，皆假为名。

东 方 生

东方生善啸，每曼声长啸，辄尘落帽。

古 生 杂 术

京兆有古生者，学从横揣磨、弄矢摇丸樗蒲之术，为都掾史四十馀年，善訑谩。二千石随以谐谑，皆握其权要，而得其欢心。赵广汉为京兆尹，下车而黜之，终于家。京师至今俳戏皆称古掾曹。

娄敬不易旃衣

　　娄敬始因虞将军请见高祖，衣旃衣，披羊裘。虞将军脱其身上衣服以衣之，敬曰："敬本衣帛，则衣帛见。敬本衣旃，则衣旃见。今舍旃褐，假鲜华，是矫常也。"不敢脱羊裘，而衣旃衣以见高祖。

西京杂记卷第五

母嗜雕胡

会稽人顾翱,少失父,事母至孝。母好食雕胡饭,常帅子女躬自采撷。还家,导水凿川,自种供养,每有赢储。家亦近太湖,湖中后自生雕胡,无复馀草,虫鸟不敢至焉,遂得以为养。郡县表其闾舍。

琴弹《单鹄寡凫》

齐人刘道强,善弹琴,能作《单鹄寡凫》之弄。听者皆悲,不能自摄。

赵后宝琴

赵后有宝琴,曰凤凰,皆以金玉隐起为龙凤螭鸾、古贤列女之象。亦善为《归风》、《送远》之操。

邹长倩赠遗有道

公孙弘以元光五年为国士所推,上为贤良。国人邹长倩以其家贫,少自资致,乃解衣裳以衣之,释所著冠履以与之,又赠以刍一束、素丝一襚、扑满一枚,书题遗之曰:"夫人无幽显,道在则为尊。虽生刍之贱也,不能脱落君子,故赠君生刍一束。诗人所谓生刍一束,其人如玉。五丝为缀,倍缀为升,倍升为纮，倍纮为纪，倍纪为緵，倍緵为褫。此自少之多，自微至著也，类士之立功勋，故赠君素丝一褫。扑满者，以土为器，以蓄钱具，其有入窍而无出窍，满则扑之。土，粗物也。钱，重货也。入而不出，积而不散，故扑之。士有聚敛而不能散者，将有扑满之败，而不可诫欤？故赠君扑满一枚。猗嗟盛欤！山川阻修，加以风露。次卿足下，勉作功名。窃在下风，以俟嘉誉。"弘答烂败不存。

大驾骑乘数

汉朝舆驾祠甘泉汾阴，备千乘万骑，大仆执辔，大将军陪乘，名为大驾。司马车驾四，中道。辟恶车驾四，中道。记道车驾四，中道。靖室车驾四，中道。象车鼓吹十三人，中道。式道候二人，驾一。左右一人。长安都尉四人，骑。左右各二人。长安亭长十人驾。左右各五人。长安令车驾三，中道。京兆掾史三人，驾一。三分。京兆尹车驾四，中道。司隶部京兆从事，都部从事别驾一车。三分。司隶校尉驾四，中道。廷尉驾四，中道。太仆宗正引从事，驾四。左右。太常光禄卫尉，驾四。三分。太尉外部都督令史、贼曹属、仓曹属、户曹属、东曹掾、西曹掾，驾一。左右各三。太尉驾四，中道。太尉舍人祭酒，驾一。左右。司徒列从，如太尉王公骑。令史持戟吏亦各八人，鼓吹十部。中护军骑，中道。左右各三行，戟盾、弓矢、鼓吹各一部。步兵校尉、长水校尉，驾一。左右。队百匹。左右。骑队十。左右各五。前军将军。左右各二行，戟盾、刀盾、鼓吹各一部，七人。射声翊军校尉，驾三。左右二行，戟盾、刀盾、鼓吹各一部，七人。骁骑将军，游击将军，驾三。左右二行，戟盾、刀盾、鼓吹各一部，七人。黄门前部鼓吹，左右各一部，十三人，驾四。前黄麾骑，中道。自此分为八校。左四右四。护驾御史骑。左右。御史中丞驾一,中道。谒者仆射驾四。武刚车驾四,中道。九斿车驾四,中道。云罕车驾四,中道。皮轩车驾四,中道。阘戟车驾四,中道。鸾旗车驾四,中道。建华车驾四,中道。左右。虎贲中郎将车驾二,中道。护驾尚书郎三人,骑。三分。护驾尚书三,中道。相风乌车驾四,中道。自此分为十二校。左右各六。殿中御史骑。左右。典兵中郎骑,中道。高华,中道。畢罕。左右。御马。三分。节十六。右八左八。华盖,中道。自此分为十六校。左八右八。刚鼓,中道,金根车。自此分为二十校,满道。左卫将军,右卫将军。华盖。自此后麋烂不存。

董仲舒天象

　　元光元年七月,京师雨雹。鲍敞问董仲舒曰:"雹何物也?何气而生之?"仲舒曰:"阴气胁阳气。天地之气,阴阳相半,和气周回,朝夕不息。阳德用事,则和气皆阳,建巳之月是也,故谓之正阳之月;阴德用事,则和气皆阴,建亥之月是也,故谓之正阴之月。十月阴虽用事,而阴不孤立,此月纯阴,疑于无阳,故谓之阳月,诗人所谓'日月阳止'者也。四月阳虽用事,而阳不独存,此月纯阳,疑于无阴,故亦谓之阴月。自十月已后,阳气始生于地下,渐冉流散,故言息也,阴气转收,故言消也。日夜滋生,遂至四月,纯阳用事。自四月已后,阴气始生于天上,渐冉流散,故云息也,阳气转收,故言消也。日夜滋生,遂至十月,纯阴用事。二月、八月,阴阳正等,无多少也。以此推移,无有差慝。运动抑扬,更相动薄,则熏蒿歊蒸,而风雨云雾雷电雪雹生焉。气上薄为雨,下薄为雾,风其噫也,云其气也,雷其相击之声也,电其相击之光也。二气之初蒸也,若有若无,若实若虚,若方若圆。攒聚相合,其体稍重,故雨乘虚而坠。风多则合速,故雨大而疏。风少则合迟,故雨细而密。其寒月则雨凝于上,体尚轻微,而因风相袭,故成雪焉。寒有高下,上暖下寒,则上合为大雨,下凝为冰霰雪是也。雹,霰之流也,阴气暴上,雨则凝结成雹焉。太平之世,则风不鸣条,开甲散萌而已;雨不破块,润叶津茎而已;雷不惊人,号令启发而已;电不眩目,宣示光耀而已;雾不寒望,浸淫被泊而已;雪不封条,凌殄毒害而已。云则五色而为庆,三色而成裔;露则结味而成甘,结润而成膏。此圣人之在上,则阴阳和,风雨时也。政多纰缪,则阴阳不调。风发屋,雨溢河,雪至牛目,雹杀驴马,此皆阴阳相荡,而为褚沴之妖也。"敞曰:"四月无阴,十月无阳,何以明阴不孤立,阳不独存邪?"仲舒曰:"阴阳虽异,而所资一气也。阳用事,此则气为阳;阴用事,此则气为阴。阴阳之时虽异,而二体常存。犹如一鼎之水,而未加火,纯阴也;加火极热,纯阳也。纯阳则无阴,息火水寒,则更阴矣;纯阴则无阳,加火水热,则更阳矣。然则建巳之月为纯阳,不容都无复阴也,但是阳家用事,阳气之极耳。荠麦枯,由阴杀也。建亥之月为纯阴,不容都无复阳也,但是阴家用事,阴气之极耳。荠麦始生,由阳升也。其著者,葶苈死于盛夏,款冬华于严寒,水极阴而有温泉,火至阳而有凉焰。故知阴不得无阳,阳不容都无阴也。"敞曰:"冬雨必暖,夏雨必凉,何也?"曰:"冬气多寒,阳气自上跻,故人得其暖,而上蒸成雪矣。夏气多暖,阴气自下升,故人得其凉,而上蒸成雨矣。"敞曰:"雨既阴阳相蒸,四月纯阳,十月纯阴,斯则无二气相薄,则不雨乎?"曰:"然则纯阳纯阴,虽在四月十月,但月中之一日耳。"敞曰:"月中何日?"曰:"纯阳用事,未夏至一日;纯阴用事,未冬至一日。朔旦、夏至、冬至，其正气也。"敞曰："然则未至一日，其不雨乎？"曰：
"然。颇有之，则妖也。和气之中，自生灾沴，能使阴阳改节，
暖凉失度。"敞曰："灾沴之气，其常存邪？"曰："无也，时生耳。
犹乎人四支五脏，中也有时，及其病也，四支五脏皆病也。"敞
迁延负墙，俯揖而退。

郭舍人投壶

武帝时，郭舍人善投壶，以竹为矢，不用棘也。古之投壶，
取中而不求还，故实小豆于中，恶其矢跃而出也。郭舍人则激
矢令还，一矢百馀反，谓之为骁。言如博之掷枭于掌中，为骁
杰也。每为武帝投壶，辄赐金帛。

象　牙　簟

武帝以象牙为簟，赐李夫人。

贾谊《鹏鸟赋》

贾谊在长沙，鹏鸟集其承尘。长沙俗以鹏鸟至人家，主人
死。谊作《鹏鸟赋》，齐死生，等荣辱，以遣忧累焉。

金　石　感　偏

李广与兄弟共猎于冥山之北，见卧虎焉。射之，一矢即
毙。断其髑髅以为枕，示服猛也。铸铜象其形为溲器，示厌辱
之也。他日，复猎于冥山之阳，又见卧虎，射之，没矢饮羽。进
而视之，乃石也，其形类虎。退而更射，镞破簳折而石不伤。
余尝以问扬子云，子云曰："至诚则金石为开。"余应之曰："昔
人有游东海者，既而风恶，船漂不能制，船随风浪，莫知所之。

一日一夜,得至一孤洲,共侣欢然。下石植缆,登洲煮食。食未熟而洲没,在船者斫断其缆,船复漂荡。向者孤洲乃大鱼,怒掉扬鬐,吸波吐浪而去,疾如风云。在洲死者十馀人。又余所知陈编,质木人也。入终南山采薪,还晚,趋舍未至,见张丞相墓前石马,谓为鹿也,即以斧捶之,斧缺柯折,石马不伤。此二者亦至诚也,卒有沉溺缺斧之事,何金石之所感偏乎?"子云无以应余。

西京杂记卷第六

文 木 赋

　　鲁恭王得文木一枚,伐以为器,意甚玩之。中山王为赋曰:"丽木离披,生彼高崖。拂天河而布叶,横日路而摧枝。幼雏羸鷇,单雄寡雌,纷纭翔集,嘈嗷鸣啼。载重雪而梢劲风,将等岁于二仪。巧匠不识,王子见知。乃命班尔,载斧伐斯,隐若天崩,豁如地裂。华叶分披,条枝摧折。既剥既刊,见其文章。或如龙盘虎踞,复似鸾集凤翔。青缃紫绶,环璧珪璋。重山累嶂,连波叠浪。奔电屯云,薄雾浓雾。麕宗骥旅,鸡族雉群。蠋绣鸳锦,莲藻芰文。色比金而有裕,盾参玉而无分。裁为用器,曲直舒卷。修竹映池,高松植巘。制为乐器,婉转蟠纡,凤将九子,龙导五驹。制为屏风,郁弟穹隆。制为杖几,极丽穷美。制为枕案,文章璀璨,彪炳涣汗。制为盘盂,采玩蜘躅。猗欤君子,其乐只且!"恭王大悦,顾盼而笑,赐骏马二匹。

广川王发古冢

　　广川王去疾,好聚亡赖少年,游猎毕弋无度,国内冢藏,一皆发掘。余所知爰猛,说其大父为广川王中尉,每谏王不听,病免归家。说王所发掘冢墓不可胜数,其奇异者百数焉。为余说十许事,今记之如左。

　　魏襄王冢,皆以文石为椁,高八尺许,广狭容四十人。以手扪椁，滑液如新。中有石床、石屏风，宛然周正。不见棺椁明器踪迹，但床上有玉唾壶一枚、铜剑二枚。金玉杂具，皆如新物，王取服之。

哀王冢，以铁灌其上，穿凿三日乃开。有黄气如雾，触人鼻目，皆辛苦不可入。以兵守之，七日乃歇。初至一户，无扃钥。石床方四尺，床上有石几，左右各三石人立侍，皆武冠带剑。复入一户，石扉有关钥，叩开，见棺椁，黑光照人，刀斫不入，烧锯截之，乃漆杂兕革为棺，厚数寸，累积十馀重，力不能开，乃止。复入一户，亦石扉，开钥得石床，方七尺。石屏风铜帐钩一具，或在床上，或在地下，似是帐糜朽，而铜钩堕落床上。石枕一枚，尘埃朏朏，甚高，似是衣服。床左右石妇人各二十，悉皆立侍，或有执巾栉镜镊之，象或有执盘奉食之形。无馀异物，但有铁镜数百枚。

魏王子且渠冢，甚浅狭，无棺椁，但有石床，广六尺，长一丈，石屏风，床下悉是云母。床上两尸，一男一女，皆年二十许，俱东首，裸卧无衣衾，肌肤颜色如生人，鬓发齿爪亦如生人。王畏惧之，不敢侵近，还拥闭如旧焉。

袁盎冢，以瓦为棺椁，器物都无，唯有铜镜一枚。

晋灵公冢，甚瑰壮，四角皆以石为獢犬捧烛，石人男女四十馀，皆立侍，棺器无复形兆，尸犹不坏，孔窍中皆有金玉。其馀器物皆朽烂不可别，唯玉蟾蜍一枚，大如拳，腹空，容五合水，光润如新，王取以盛书滴。

幽王冢，甚高壮，羡门既开，皆是石垩，拨除丈馀深，乃得云母，深尺馀，见百馀尸，纵横相枕藉，皆不朽，唯一男子，馀皆女子，或坐或卧，亦犹有立者，衣服形色不异生人。

栾书冢，棺椁明器朽烂无馀。有一白狐，见人惊走，左右遂击之，不能得，伤其左脚。其夕，王梦一丈夫，须眉尽白，来谓王曰："何故伤吾左脚？"乃以杖叩王左脚。王觉，脚肿痛生疮，至死不差。

太液池五舟

太液池中有鸣鹤舟、容与舟、清旷舟、采菱舟、越女舟。

孤　树　池

太液池西有一池，名孤树池。池中有洲，洲上粘树一株，六十馀围，望之重重如盖，故取为名。

昆明池舟数百

昆明池中有戈船、楼船各数百艘。楼船上建楼橹，戈船上建戈矛，四角悉垂幡毦，旍葆麾盖，照灼涯涘。旍余少时犹忆见之。

玳　瑁　床

韩嫣以玳瑁为床。

书太史公事

汉承周史官，至武帝置太史公。太史公司马谈，世为太史，子迁，年十三，使乘传行天下，求古诸侯史记，续孔子古文，序世事，作传百三十卷，五十万字。谈死，子迁以世官复为太史公，位在丞相下。天下上计，先上太史公，副上丞相。太史公序事如古《春秋》法，司马氏本古周史佚后也。作《景帝本纪》，极言其短及武帝之过，帝怒而削去之。后坐举李陵，陵降匈奴，下迁蚕室。有怨言，下狱死。宣帝以其官为令，行太史公文书事而已，不复用其子孙。

皇 太 子 官

皇太子官称家臣，动作称从。

两秋胡曾参毛遂

杜陵秋胡者，能通《尚书》，善为古隶字，为翟公所礼，欲以兄女妻之。或曰："秋胡已经娶而失礼，妻遂溺死，不可妻也。"驰象曰："昔鲁人秋胡，娶妻三月而游宦三年，休，还家，其妇采桑于郊，胡至郊而不识其妻也，见而悦之，乃遗黄金一镒。妻曰：'妾有夫，游宦不返，幽闺独处，三年于兹，未有被辱如今日也。'采不顾。胡惭而退，至家，问家人妻何在，曰：'行采桑于郊，未返。'既还，乃向所挑之妇也。夫妻并惭。妻赴沂水而死。今之秋胡，非昔之秋胡也。昔鲁有两曾参，赵有两毛遂。南曾参杀人见捕，人以告北曾参母。野人毛遂坠井而死，客以告平原君，平原君曰：'嗟乎，天丧予矣！'既而知野人毛遂，非平原君客也。岂得以昔之秋胡失礼，而绝婚今之秋胡哉？物固亦有似之而非者。玉之未理者为璞，死鼠未腊者亦为璞；月之旦为朔，车之辀亦谓之朔，名齐实异，所宜辨也。"

汉武帝别国洞冥记

[汉] 郭宪　撰

王根林　校点

校 点 说 明

　　《汉武帝别国洞冥记》四卷，又作《汉武洞冥记》、《洞冥记》，旧题后汉郭宪撰。郭宪，西汉末宋(今安徽太和县北)人，字子横。王莽篡位，拜宪郎中，宪不受，逃往东海之滨隐居。光武帝即位，应召拜博士，后迁光禄勋。宪好道术，尝从帝南郊祭祀，宪忽面向东北含酒三潠，问其故，云齐国失火。后知齐国果于是日火灾。后代学者或有疑本书非汉人撰，当六朝人伪托，然亦未有确据，存疑可也。

　　据郭宪自序，"洞冥"当为洞达神仙幽冥之意。该书以汉武帝求仙和异域贡物为主要内容，道教意味颇浓。所叙"别国"，主要指西域及今中亚西亚一带国家。所贡方物，珍稀奇异，功效神奇，极富想象力。所叙奇闻，可了解这些地区和国家的民俗与传说。

　　本书据郭宪自序，当为四卷。但某些史书经籍志及目录学著作或有作一卷、五卷者。现存四卷本，主要有《顾氏文房小说》、《古今逸史》、《汉魏丛书》等本。今以《顾氏文房小说》本为底本，参酌其他诸本予以校勘，标点出版。

目　录

汉武帝别国洞冥记序

郭　　宪

宪家世述道书，推求先圣往贤之所撰集，不可穷尽，千室不能藏，万乘不能载，犹有漏逸。或言浮诞，非政教所同，经文史官记事，故略而不取，盖偏国殊方，并不在录。愚谓古曩余事，不可得而弃。况汉武帝，明俊特异之主，东方朔因滑稽浮诞，以匡谏洞心于道教，使冥迹之奥，昭然显著。今籍旧史之所不载者，聊以闻见，撰《洞冥记》四卷，成一家之书，庶明博君子该而异焉。武帝以欲穷神仙之事，故绝域遐方，贡其珍异奇物，及道术之人，故于汉世盛于群主也。故编次之云尔。

汉武帝别国洞冥记卷第一

　　汉武帝未诞之时，景帝梦一赤彘从云中直下，入崇兰阁。帝觉而坐于阁上，果见赤气如烟雾来蔽户牖。望上，有丹霞蓊郁而起，乃改崇兰阁为猗兰殿。后王夫人诞武帝于此殿。有青雀群飞于霸城门，乃改为青雀门。乃更修饰，刻木为绮橑。雀去，因名青绮门。

　　东方朔，字曼倩。父张夷，字少平，妻田氏女。夷年二百岁，颜如童子。朔生三日，而田氏死，时景帝三年也。邻母拾而养之。年三岁，天下秘谶，一览暗诵于口，常指挥天下，空中独语。邻母忽失朔，累月方归，母笞之。后复去，经年乃归。母忽见，大惊曰："汝行经年一归，何以慰我耶？"朔曰："儿至紫泥海，有紫水污衣，仍过虞渊湔浣，朝发中返，何云经年乎？"母问之："汝悉是何处行？"朔曰："儿湔衣竟，暂息都崇堂。王公饴之以丹霞浆，儿食之太饱，闷几死，乃饮玄天黄露半合，即醒。既而还。路遇一苍虎，息于路傍。儿骑虎还，打捶过痛，虎啮儿脚伤。"母悲嗟，乃裂青布裳裹之。朔复去家万里，见一枯树，脱布挂于树。布化为龙，因名其地为布龙泽。朔以元封中游濛鸿之泽，忽见王母采桑于白海之滨。俄有黄眉翁指阿母以告朔曰："昔为吾妻，托形为太白之精，今汝此星精也。吾却食吞气，已九千余岁，目中瞳子，色皆青光，能见幽隐之物，三千岁一反骨洗髓，二千岁一刻肉伐毛。自吾生，已三洗髓五伐毛矣。"

建元二年,帝起腾光台,以望四远。于台上撞碧玉之钟,挂悬黎之磬,吹霜条之篪,唱来云依日之曲。方朔再拜于帝前,曰:"臣东游万林之野,获九色凤雏,涔源丹獭之水赤色。西过洞壑,得沧渊虬子静海游珠。洞壑在虞渊西,虬泉池在五柞宫北,中有追云舟、起风舟、侍仙舟、含烟舟。或以杪棠为枻楫,或以木兰文柘为橹棹,又起五层台于月下。"

钓影山去昭河三万里,有云气,望之如山影。丹藿生于影中,叶浮水上。有紫河万里,深十丈,中有寒荷,霜下方香盛。有降灵坛、养灵池、分光殿五间、奔雷室七间、望蟾阁十二丈,上有金镜,广四尺。元封中,有祗国献此镜,照见魑魅,不获隐形。

都夷香如枣核,食一片,则历月不饥。以粒如粟米许,投水中,俄而满大盂也。

甘泉宫南昆明池中,有灵波殿七间。皆以桂为柱,风来自香。帝既耽于灵怪,常得丹豹之髓、白凤之骨,磨青锡为屑,以苏油和之,照于神坛,夜暴雨光不灭。有霜蛾,如蜂赴火,侍者举麟须拂拂之。

元光中,帝起寿灵坛。坛上列植垂龙之木,似青梧,高十丈,有朱露,色如丹汁,洒其叶,落地皆成珠。其枝似龙之倒垂,亦曰珍枝树。此坛高八丈,帝使董谒乘云霞之辇以升坛。至夜三更,闻野鸡鸣,忽如曙,西王母驾玄鸾,歌春归乐,谒乃闻王母歌声而不见其形。歌声绕梁三匝乃止,坛傍草树枝叶或翻或动,歌之感也。四面列种软枣,条如青桂。风至,自拂阶上游尘。

董谒,字仲玄,武都郁邑人也。少好学,尝游山泽,负挟图书,患其繁重。家贫,拾树叶以代书简,言其易卷怀也。编荆为床,聚鸟兽毛以寝其上。

波祇国,亦名波弋国。献神精香草,亦名荃蘼,亦名春芜。一根百条,其间如竹节,柔软,其皮如弦,可为布,所谓春芜布,亦名香荃布,坚密如纨冰也。握一片,满室皆香,妇人带之,弥有芬馥。

翁韩国献飞骸兽,状如鹿,青色。以寒青之丝为绳系之。及死,帝惜之而不瘗,挂于苑门。皮毛皆烂朽,惟骨色犹青。时人咸知其神异,更以绳系其足。往视之,唯见所系处存,而头尾及骨皆飞去。

旦露池西有灵池,方四百步。有连钱荇、浮根菱、倒枝藻。连钱荇,荇如钱文;浮根菱,根出水上,叶沉波下,实细薄,皮甘香,叶半青半白,霜降弥美,因名青冰菱也;倒枝藻者,枝横倒水中,长九尺余,如结网,有野鸭、秋凫及鸥鹭来翔水上,入此草中,皆不得出,如缯网也。亦名水网藻。中有转羽舫、逐龙舫、凌波舫,帝尝游宴于此。

汉武帝别国洞冥记卷第二

元鼎元年，起招仙阁于甘泉宫西。编翠羽麟毫为帘，青琉璃为扇，悬黎火齐为床，其上悬浮金轻玉之磬。浮金者，色如金，自浮于水上；轻玉者，其质贞明而轻。有霞光绣，有藻龙绣，有连烟绣，有走龙锦，有云凤锦，翻鸿锦。阁上烧荃靡香屑，烧粟许，其气三月不绝。进崂嶬细枣，出崂嶬山，山临碧海上，万年一实，如今之软枣。咋之有膏，膏可燃灯，西王母握以献帝。燃芳苡灯，光色紫，有白凤、黑龙、异足来，戏于阁边。有青鸟，赤头，道路而下，以迎神女。神女留玉钗以赠帝，帝以赐赵婕好。至昭帝元凤中，宫人犹见此钗。黄淋欲之，明日示之，既发匣，有白燕飞升天。后宫人学作此钗，因名玉燕钗，言吉祥也。

元鼎五年，郅支国贡马肝石百斤。常以水银养之，内玉柜中，金泥封其上。国人长四尺，惟饵此石而已。半青半白，如今之马肝。春碎以和九转之丹，服之，弥年不饥渴也。以之拂发，白者皆黑。帝坐群臣于甘泉殿，有发白者，以石拂之，应手皆黑。是时公卿语曰："不用作方伯，惟须马肝石。"此石酷烈，不和丹砂，不可近发。帝寝灵庄殿，召东方朔于青绮，窗不隔绨纨，重幕，问朔曰："汉承庚运，火德，以何精瑞为祥应？"朔跪而对曰："臣常至吴明之墟，是长安东过扶桑七万里，有及云山。山顶有井，云起井中，若土德王黄云出，火德王赤云出，水德王黑云出，金德王白云出，木德王青云出。此皆应瑞德也。"

帝曰:"善"。

元封中,起方山像,招诸灵异,召东方朔言其秘奥。乃烧天下异香,有沉光香、精祇香、明庭香、金碑香、涂魂香,外国所贡青楂之灯。青楂木有膏,如淳漆,削置器中,以蜡和之涂布,燃照数里。

起神明台,上有九天道金床、象席,虎珀镇杂玉为簪。帝坐良久,设甜水之冰,以备洪濯酌。瑶琨碧酒,炮青豹之脯。果则有涂阴紫梨、琳国碧李,仙众与食之。

吠勒国贡文犀四头,状如水咒。角表有光,因名明犀。置暗中,有光影,亦曰影犀。织以为簪,如锦绮之文。此国去长安九千里,在日南。人长七尺,被发至踵,乘犀象之车。乘象入海底取宝,宿于蛟人之舍,得泪珠。则蛟所泣之珠也,亦曰泣珠。

甜水去虞渊八十里,有甜溪,水味如蜜。东方朔游此水,得数斛以献帝。投水于井,井水常甜而寒,洗沐则肌理柔滑。

瑶琨,去玉门九万里,有碧草如麦。割之以酿酒,则味如醇酎,饮一合,三旬不醒。但饮甜水,随饮而醒。

涂山之背,梨大如升,或云斗。紫色,千年一花,亦曰紫轻梨。

琳国去长安九千里,生玉叶李,色如碧玉,数十年一熟,味酸。昔韩终常饵此李,因名韩终李。

元封三年,大秦国贡花蹄牛。其色驳,高六尺,尾环绕其身,角端有肉,蹄如莲花,善走,多力。帝使辇铜石,以起望仙宫,迹在石上,皆如花形,故阳关之外花牛津,时得异石。长十丈,高三丈,立于望仙宫,因名龙钟石。武帝末,此石自陷入地,唯尾出土上,今人谓龙尾墩也。

帝好微行,于长安城西,夜见一螭游于路。董谒曰:"昔桀媚末喜于膝上,以金簪贯玉螭腹为戏。今螭腹余金簪穿痕,安非此耶?"曰:"白龙鱼麟,网者食之。"帝曰:"试我也。"

元封四年,修弥国献驳骡,高十尺,毛色赤斑,皆有日月之象。帝以金珽为锁绊,以宝器盛刍以饲之。

元封五年,勒毕国贡细鸟,以方尺之玉笼盛数百头,形如大蝇,状似鹦鹉,声闻数里之间,如黄鹄之音也。国人常以此鸟候时,亦名曰候日虫。帝置之于宫内,旬日而飞尽,帝惜,求之不复得。明年,见细鸟集帷幕,或入衣袖,因名蝉。宫内嫔妃皆悦之,有鸟集其衣者,辄蒙爱幸。至武帝末,稍稍自死,人犹爱其皮。服其皮者,多为丈夫所媚。

勒毕国,人长三寸,有翼,善言语戏笑,因名善语国。常群飞往日下自曝,身热乃归。饮丹露为浆。丹露者,日初出有露汁如珠也。

太初二年,东方朔从西那汗国归,得声风木十枝献帝。长九尺,大如指。此木临因桓之水,则《禹贡》所谓因桓是也。其源出甜波。树上有紫燕黄鹄集其间,实如油麻风,吹枝如玉声,因以为名。帝以枝遍赐尊臣,臣有凶者,枝则汗,臣有死者,枝则折。昔老聃在于周世,年七百岁,枝竟未汗。偓佺生于尧时,年三千岁,枝竟未一折。帝乃以枝问朔,朔曰:"臣已见此枝三过枯死而复生,岂汗折而已哉! 里语曰:年未半,枝不汗。此木五千年一湿,万岁不枯。"

太初三年,起甘泉望风台。台上得白珠如花一枝,帝以锦盖覆之,如照月矣。因名照月珠,以赐董偃,盛以琉璃之筐。

太初四年,东方朔从支提国来。国人长三丈二尺,三手三足,各三指,多力,善走,国内小山能移之,有涧泉,饮能尽。结海苔为衣，其戏笑，取犀象相投掷为乐。

东方朔游吉云之地，得神马一匹，高九尺。帝问朔："是何兽也?"朔曰："昔西王母乘灵光辇以适东王公之舍，税此马游于芝田，乃食芝田之草。东王公怒，弃马于清津天岸。臣至王公之坛，因骑马返，绕日三匝，然入汉关，关犹未掩。臣于马上睡，不觉而至。"帝曰："其名云何?"对曰："因疾，为名步景。"朔当乘之时，如驽蹇之驴耳。东方朔曰："臣有吉云草十顷，种于九景山东。二千岁一花，明年应生，臣走请刈之。得以秣马，马终不饥也。"朔曰："臣至东极，过吉云之泽，多生此草，移于九景之山，全不如吉云之地。"帝曰："何谓吉云?"朔曰："其国俗以云气占吉凶，若乐事，则满室云起，五色照人，著于草树，皆成五色露珠，甚甘。"帝曰："吉云露可得乎?"朔乃东走，至夕而返，得玄露、青露，盛青琉璃，各受五合，跪以献帝。遍赐群臣，群臣得尝者，老者皆少，疾者皆愈。凡五官尝露：董谒、李充、孟岐、郭琼、黄安也。

李充，冯翊人也。自言三百岁。荷草畚，负《五岳真图》而至。帝礼待之，亦号负图先生也。

孟岐，河清之逸人也。年可七百岁。语及周初事，了然如目前。岐侍周公升坛上，岐以手摩成王足。周公以玉笏与之，岐尝宝执，每以衣袂拂拭，笏厚七分，今锐断，恒切桂叶食之。闻帝好仙，披草盖而来谒帝焉。

郭琼，东郡人也。形貌丑劣，而意度过人。曾宿人家，辄乞薪自照读书。昼眠，眼不闭，行地无迹。帝闻其异，征焉。

黄安，代郡人也。为代郡卒。自云卑猥不获处人间，执鞭怀荆而读书。画地以记数者，夕地成池矣。时人谓黄安年可八十余，视如童子。常服朱砂，举体皆赤，冬不着裘。坐一神

龟，广二尺，人问："子坐此龟几年矣?"对曰："昔伏羲始造网
罟，获此龟以授吾。吾坐龟背已平矣。此虫畏日月之光，二千
岁即一出头，吾坐此龟，已见五出头矣。"行即负龟以趋，世人
谓黄安万岁矣。

汉武帝别国洞冥记卷第三

天汉二年，帝升苍龙阁，思仙术，召诸方士言远国遐方之事。唯东方朔下席，操笔跪而进，帝曰："大夫为朕言乎？"朔曰："臣游北极，至钟火之山，日月所不照，有青龙衔烛火以照。山之四极，亦有园圃池苑，皆植异木异草。有明茎草，夜如金灯，折枝为炬，照见鬼物之形。仙人宁封常服此草，于夜瞑时，辄见腹光通外，亦名洞冥草。"帝令剉此草为泥，以涂云明之馆。夜坐此馆，不加灯烛。亦名照魅草。采以藉足，履水不沉。

有梦草，似蒲，色红。昼缩入地，夜则出，亦名怀莫。怀其叶，则知梦之吉凶，立验也。帝思李夫人之容，不可得，朔乃献一枝，帝怀之，夜果梦夫人。因改曰怀梦草。

有凤葵草，色丹，叶长四寸，味甘，久食令人身轻肌滑。赤松子饵之三岁，乘黄蛇入水，得黄珠一枚，色如真金，或言是黄蛇之卵，故名蛇珠，亦曰销疾珠。语曰：宁失千里驹，不失黄蛇珠。

有五味草，初生味甘，花时味酸，食之使人不眠，名曰却睡草。末多国献此草。此国人长四寸，织麟毛为布，以文石为床，人形虽小，而屋宇崇旷，织凤毛锦，以锦为帷幕也。

鸟哀国，有龙爪薤，长九尺，色如玉。煎之有膏，以和紫桂为丸，服一粒，千岁不饥，故语曰：薤和膏，身生毛。

有掌中芥，叶如松子。取其子置掌中，吹之而生，一吹长一尺，至三尺而止，然后可移于地上。若不经掌中吹者，则不生也。食之能空中孤立，足不蹑地。亦名蹑空草。

帝常见彗星，东方朔折指星之木以授帝。帝以木指彗星，星寻则没也。星出之夜，野兽皆鸣。别说谓之兽鸣星。

有紫奈，大如斗，甜如蜜。核紫，花青，研之有汁如漆，可染衣。其汁着衣，不可湔浣。亦名暗衣奈。

有龙肝瓜，长一尺，花红叶素，生于冰谷。所谓冰谷素叶之瓜。仙人瑕丘仲采药，得此瓜，食之，千岁不渴。瓜上恒如霜雪，刮尝，如蜜滓。及帝封泰山，从者皆赐冰谷素叶之瓜。

帝解鸣鸿之刀，以赐朔。刀长三尺，朔曰："此刀黄帝采首山之金铸之，雄已飞去，雌者犹存。"帝临崩，举刀以示朔，恐人得此刀，欲销之。刀于手中化为鹊，赤色，飞去云中。

有鹊衔火于清溪之上，鹊化成龙。

西域献虎龙，高七尺，映日看之，光如聚炬火。有童子遥见有黄鹄，白首，鼓翅于帝前，即方朔。着黄绫单衣，头已斑白。汉朝皆异其神化而不测其年矣。

善苑国尝贡一蟹，长九尺，有百足四螯，因名百足蟹。煮其壳，胜于黄胶，亦谓之螯胶，胜于凤喙之胶也。

帝常夕望，东边有青云起，俄而，见双白鹄集台之上，倏忽变为二神女，舞于台，握凤管之箫，抚落霞之琴，歌青吴春波之曲。帝舒暗海玄落之席，散明天发日之香，香出胥池寒国。地有发日树，言日从云出，云来掩日，风吹树枝，拂云开日光也。亦名开日树。树有汁，滴如松脂也。

有玄都翠水，水中有菱，碧色，状如鸡飞，亦名翔鸡菱。仙人凫伯子常游翠水之涯，采菱而食之，令骨轻，兼身生毛羽也。

有远飞鸡，夕则还依人，晓则绝飞四海，朝往夕还，常衔桂枝之实，归于南山，或落地而生。高七八尺，众仙奇爱之。到以酿酒，名曰桂醪。尝一滴，举体如金色。陆通尝饵黄桂之酒。祝鸡公善养鸡，得远飞鸡之卵，伏之名曰翻明鸡，如鹄大，色紫，有翼，翼下有目，亦曰目羽鸡。

帝于望鹄台西起俯月台，台下穿池，广千尺，登台以眺月，影入池中，使仙人乘舟弄月影，因名影娥池，亦曰眺蟾台。酌云蓲酒，蓲以玄草、黑蕨、金蒲、甜蓼，果以青樱、龙瓜、白芋、紫茎、寒蕨、地花、气葛，此葛于地下生花，入地十丈，乃得此葛。其根倒出，亦名金虎须，草因名紫须葛也。

影娥池中有游月船、触月船、鸿毛船、远见船，载数百人。或以青桂之枝为棹，或以木兰之心为楫，练实之竹为篙，纫石脉之为绳缆也。石脉出晡东国，细如丝，可缒万斤。生石里，破石而后得。此脉萦绪如麻纻也，名曰石麻，亦可为布也。

影娥池中有鼍龟，望其群出岸上，如连璧弄于沙岸也。故语曰：夜未央，待龟黄。

影娥池北作鸣禽之苑，有生金树，破之，皮间有屑如金，而色青，亦名青金树。

有司夜鸡，随鼓节而鸣不息，从夜至晓，一更为一声，五更为五声，亦曰五时鸡。

有喜日鹅，至日出时衔翅而舞，又名曰舞日鹅。

有升蕖鸭，赤色，每止于芙蕖上，不食五谷，唯咂叶上垂露，因名垂露鸭，亦曰丹毛凫。

有女香树，细枝叶，妇人带之，香终年不减。

汉武帝别国洞冥记卷第四

武帝暮年,弥好仙术,与东方朔狎昵,帝曰:"朕所好甚者不老,其可得乎?"朔曰:"臣能使少者不老。"帝曰:"服何药耶?"朔曰:"东北有地日之草,西南有春生之鱼。"帝曰:"何以知之?"朔曰:"三足乌数下地食此草,羲和欲驭,以手掩乌目,不听下也,长其食此草。盖鸟兽食此草,则美闷不能动矣。"帝曰:"子何以知乎?"朔曰:"臣小时掘井,陷落地下数十年,无所托寄。有人引臣欲往此草,中隔红泉,不得渡,其人以一只屐与臣,臣泛红泉,得至此草之处,臣采而食之。其国人皆织珠玉为业,邀臣入云端之幕,设玄珉雕枕,刻黑玉,铜镂为日月云雷之状,亦曰镂云枕。又荐蛟毫之白缛,以蛟毫织为缛也。此毫柔而冷,常以夏日舒之,因名柔毫缛。又有水藻之屏,臣举手拭之,恐水流湿其席,乃其光也。"

帝所幸宫人,名丽娟,年十四,玉肤柔软,吹气胜兰。不欲衣缨拂之,恐体痕也。每歌,李延年和之,于芝生殿唱回风之曲,庭中花皆翻落。置丽娟于明离之帐,恐尘垢污其体也。帝常以衣带系丽娟之袂,闭于重幕之中,恐随风而去也。丽娟以琥珀为佩,置衣裾里,不使人知,乃言骨节自鸣,相与为神怪也。

有丹虾,长十丈,须长八尺,有两翅,其鼻如锯。载紫桂之林,以须缠身急流,以为栖息之处。马丹尝折虾须为杖,后弃杖而飞,须化为丹,亦在海傍。

帝升望月台，时暝，望南端有三青鸭群飞，俄而止于台上，帝悦之。至夕，鸭宿于台端，日色已暗，帝求海肺之膏以为灯焉，取灵滫布为缠，火光甚微，而光色无幽不入。青鸭化为三小童，皆着青绮文襦，各握鲸文大钱五枚，置帝几前。身止影动，因名轻影钱。

元封三年，郯过国献能言龟一头，长一尺二寸，盛以青玉匣，广一尺九寸，匣上豁一孔以通气。东方朔曰："唯承桂露以饮之，置于通风之台上。"欲往卜，命朔而问焉，言无不中。

唯有一女人爱悦于帝，名曰巨灵。帝傍有青珉唾壶，巨灵乍出入其中，或戏笑帝前。东方朔望见巨灵，乃目之，巨灵因而飞去。望见化成青雀，因其飞去，帝乃起青雀台，时见青雀来，则不见巨灵也。

汉武帝内传

佚　名　　撰
王根林　　校点

校 点 说 明

《汉武帝内传》，又作《汉武内传》、《汉武帝传》，明清人有云为汉班固或晋葛洪撰者，皆无确据。《四库全书总目》云当为魏晋间士人所为，《守山阁丛书》集辑者清钱熙祚推测是东晋后文士造作，二说大致不差。

本书自汉武帝出生时写起，直至死后殡葬。其中略于军政大事，而详于求仙问道。特别对西王母下降会武帝之事，描叙详尽。本辑《汉武故事》亦写及此节，但语极简略。本书则大事铺叙，情节繁复，极尽渲染铺陈之能事。其文字亦错采缛丽，运用了汉赋排偶夸张的手法，具有较强的文学性。

本书道教意味浓郁，被收入《道藏》。此外，多种丛书皆收有此书。如《广汉魏丛书》、《说郛》、《粤雅堂丛书》等。清金山人钱熙祚刻《守山阁丛书》时，以《道藏》本、《太平广记》、《类说》等对本书作了校勘，并有校记，较为完善。今即以《守山阁丛书》本为底本，进行分段、校点。

汉武帝内传

　　孝武皇帝，《广记》句首有汉字。景帝子也。未生之时，景帝梦一赤彘从云中下，直入崇芳阁。景帝觉而坐阁下，果有赤龙如雾，来蔽户牖。宫内嫔御，望阁上有丹霞蓊蔚而起，霞灭，见赤龙盘回栋间。景帝召占者姚翁以问之。翁曰："吉祥也。此阁必生命世之人，攘夷狄而获嘉瑞，为刘宗盛主也。然亦大妖。"景帝使王夫人移居崇芳阁，欲以顺姚翁之言也。乃改崇芳阁为猗兰殿。旬馀，景帝梦神女捧日以授王夫人，夫人吞之，十四月而生武帝。景帝曰："吾梦赤气化为赤龙，占者以为吉，可名之吉。"至三岁，景帝抱于膝上，抚念之，知其心藏洞彻。试问："儿乐为天子否？"对曰："由天不由儿。愿每日居宫垣，在陛下前戏弄，亦不敢逸豫，以失子道。"景帝闻而愕然，加敬而训之。他日，复抱置几前，试问："儿悦习何书？为朕言之。"乃诵伏羲以来群圣所录阴阳诊候，及龙图龟策数万言，无一字遗落。至七岁，圣彻过人，景帝令改名彻。

　　及即位，自景帝子也至此，藏本并脱去，依《广记》补。好长生之术，《广记》：好神仙之道。常祭名山大泽，《广记》：常祷祈名山大川五岳。按五岳即名山也，今依藏本。以求神仙。元封元年正月二字依《广记》补。甲子，祭《广记》：登。嵩山，起神《广记》：道。宫。帝斋七日，祠讫乃还。至四月戊辰，帝夜闲居承华殿，东方朔、董仲舒侍。《广记》侍作在侧二字。忽见一女子，著青衣，美丽非常。帝愕然问之，女对曰："我墉宫玉女王子登也，向为王母所使，从昆山来。"昆山,昆仑山也。《广记》改昆山为昆仑山而删注。语帝曰:"闻子轻四海之禄,藏本:尊。依《广记》改。寻道求生,降帝王之位,而屡祷山岳。勤哉!有似可教者也。从今百日清斋,不闲人事,不治也。至七月七日,王母暂来也。"帝下席,跪诺。言讫,玉此字依《广记》补。女忽然不知所在。帝问东方朔:"此何人?"朔曰:"是西王母紫兰室《广记》宫。玉女,常传使命,往来扶桑,出入灵州,交关常阳,传言玄都。阿母昔以出配北烛仙人,近又召还,使领命禄,真灵官也。"

帝于是登延灵之台,盛斋存道,其四方之事,权委于冢宰焉。至七月七日,乃修除宫掖之内,设座殿上,《广记》:设坐大殿。以紫罗荐地,燔百和之香,张云锦之帐,《广记》:帏。然九光之灯,设《广记》:列。玉门之枣,酌此字依《广记》补。蒲萄之酒,《广记》:醴。躬监肴物,《广记》:宫监香果。为天官之馔。帝乃盛服立于陛《广记》:阶。下,敕端门之内,不得妄有二字《广记》倒。窥者。内外寂谧,静肃也。以俟《广记》:候。云驾。

至二唱之后,即二更也。《广记》改二唱为二更而删注。忽天《广记》:见。西南如白云起,郁然直来,径藏本:遥。依《广记》改。趋宫庭间。须臾转近,闻五字依《广记》补。云中有箫鼓之声,人马之响。复半食顷,王母至也。县投殿前,有似鸟集。或驾龙虎,或乘音乘。狮子,或御白虎,《广记》无此二句。或骑白麐,音麟。或控白鹤,或乘轩藏本:科。依《广记》改。车,或乘天马,此句依《广记》补。群仙数万,《广记》:千。光耀庭宇。既至,从官不复知此字依《广记》补。所在。唯见王母乘紫云之辇,驾九色斑龙,别有五十天仙,侧近鸾舆,皆身长一丈,《广记》:皆长丈馀。同执彩毛之节,佩此字依《广记》补。金刚灵玺,戴天真之冠,藏本:带天策,无之冠二字,依《广记》补正。咸住殿前。《广记》:下。王母唯扶二侍女上殿,年可十六七，服青绫之袿，古兮切，裾也，上服。容眸流眄，莫见切，邪视也，作盼非。神姿清发，真美人也。王母上殿，东向坐，著黄锦《广记》：金。袿襦，上夹下翣，无絮长襦也。文采鲜明，光仪淑穆。带灵飞大绶，腰《广记》有佩字，乃浅人增也。后文云腰流黄挥精之剑。分头《广记》：景。之剑。头上大华结，上花下髻。戴太真晨婴之冠，履元琼凤文之舄。俗刻有映朗云栋神光晔晔二句。检《广记》亦无之，未知所本。视之可年卅许，修短得中，天姿掩蔼，容藏本：云。依《广记》改。颜绝世，真灵人也。下车登床，帝拜跪，二字《广记》倒。问寒温《广记》：暄。毕，立如也。《广记》无此二字。

　　因呼帝共坐，帝南面，向王母。母自设膳，膳精非常。《广记》：自设天厨精妙非常。丰珍之肴，《广记》：上果。芳华百果，《广记》：味。紫芝萎蕤，华盛貌。纷若填樏。上音田，下音螺。清香之酒，非地上所有，香藏本：甘。依《广记》改。气殊绝，帝不能名也。又命侍女《广记》有更字。索桃，《广记》有果字。须臾，以鎜鉴，《广记》作玉盘二字。曾櫼《类说》作样。盛《广记》有仙字。桃七枚，《广记》：颗。下同。大如鸭子，《广记》：卵。形圆，此字依《广记》补。色青，以呈王母。母以四枚与帝，自食三桃。桃之甘美，口有盈味。帝食辄录核。录，留也。《广记》改录为收而删注。母曰："何谓？"《广记》：王母问帝。帝曰："欲种之耳。"母曰："此桃三千岁《广记》：年。一生实耳，中夏地薄，种之不生如何！"帝乃止。于坐上酒觞数过，《广记》：遍。王母乃命侍女王子登弹八琅之璈，又命侍女董双成吹云龢之笙，又命侍女石公子击昆庭之钟，又命侍女许飞琼鼓震灵《类说》：灵虚。之簧，侍女阮凌华拊五灵之石，拊，循也。石，如鸣球之类也。侍女范成君击洞庭《广记》：湘阴。之磬，侍女段安香作九天之钧。于是众声澈朗，灵音骇空。又命侍女安法婴歌元灵之曲。其词曰："大象虽寥廓，我把天地户。披云沉灵舆，倏忽适下土。空洞成元音,至灵不容冶。太真嘘中唱,始知风尘苦。颐神三田中,纳精六阙下。遂乘万龙辂,藏本椿,依《文选·游仙诗》注改。驰骋眄九野。”

二曲曰:“元圃遏北台,五城焕嵯峨。启彼无涯津,泛此织女河。仰上升绛庭,下游月窟阿。顾眄八落外,指招九云遐。忽已不觉劳,岂瘵少与多。抚璏命众女,咏发感中和。妙畅自然乐,为此玄云歌。按,上文作元灵。韶尽至韵存,真音辞无邪。”

歌毕,帝乃下地叩头,自陈曰:“彻武帝自称名。受质不才,沉沦流俗,承禅先业,遂羁世累。政事多阙,兆民不和,风雨失节,五谷无实。德泽不建,寇盗四海。黔首劳毙,户口减半。当非其主,积罪邱山。然少好道,仰慕灵仙,未能弃禄委荣,栖迹山林,思绝尘饵,罔知攸向。且舍世寻真,钻启无师。岁月见及,恒虑奄忽。不图天颜顿集,今日下臣有幸得瞻上圣,是臣宿命合得度世。愿垂哀怜,赐诸不悟,得以奉承切已之教。”

王母曰:“女音汝,后同。能贱荣乐卑,耽虚味道,自复佳耳。然女情恣体欲,淫乱过甚,杀伐非法,奢侈其性。恣则裂身之车,淫为破年之斧,杀则响对,奢则心烂,欲则神陨,聚秽命断。以子蕶在会切。尔之身,而宅灭形之残,盈尺之材,攻以百仞之害,欲此《类说》无此字。解脱三尸,全身永久,难可得也。有似无翅之莺,愿鼓翼天池。朝生之虫,而乐春秋者哉!若能荡此众乱,拨秽易韵,保神炁于绛府,闭淫宫而开悟,静奢侈于寂室,爱众生而不危。守兹道戒,思乎灵味,务施惠和,练惜精气,弃却浮丽,令百竞速游。女行若斯之事,将岂无仿佛也。如其不尔,无为抱石而济长津矣。”帝跪受圣戒:“请事斯语。养生之要,既闻之矣。然体非玉石,而无主于恒。炁非四时,而常生于内,政当承御出入,呼吸中适,和液得循,形神靡错,炁既随宜，则魂魄不滞。若使理合其分，炁甄_{居延切，察也。}其适，则形可不枯，宅可不废。昔受道书，具以施业之矣。遂不获真验，未为巨益，使精神疲于往来，津液劳于出入，岁减其始，月亏其昔，形亦渐凋，神亦废落。是彻不得所奉于口诀，开暗塞于明堂尔。不审服御可以永久者，吐纳可以延年者，乞赐长生之术，暂悟于行尸之身。若蒙圣诰于即日，臣伏听丽天之教矣。"王母曰："昔先师元始天王时，及闲居登于蘂霄之台。侍者天皇扶桑大帝君，及九真诸王，十方众神仙官。爰延弟子丹房之内，说元微之言。因问我：何为而欲索长存矣？吾因避席叩头，请问长生之术。天王登见，遗以要言，辞深旨幽，实天人之元观，上帝之奇秘，女今日愿闻之乎？"帝跪曰："彻小丑贱生，枯骨之余，敢以不肖之躯而慕龙凤之年！欲以朝花之质，希晦朔之期。虽乐远流，莫知以济，涂路坚塞，所要无寄。常恐一旦死于钻仰之难，取笑于世俗之夫。岂图今日遭遇光会，一睹圣姿，而精神飞扬，恍惚大梦。如以涉世千年救护死归之日，乞愿垂哀，诰赐彻元元。"

王母曰："将告女要言。我曾闻天王曰：夫欲长生者，宜先取诸身，但坚守三一，保尔旅族。金瑛夹草，广山黄本，昌城玉蕊，夜山火玉，逮及凤林鸣酢，_{音醋。}西瑶琼酒，中华紫蜜，北陵绿阜，太上之药。风实云子，玉津金浆，月精万寿，碧海琅菜，蓬莱文丑，浊河七荣，动山高柳。北采玄都之绮华，仰漱云山之朱蜜。夜河天骨，昆吾漆沫，空洞灵瓜，四劫一实。宜陵麟胆，炎山夜日。东掇扶桑之丹椹，俯采长河之文藻。素虹童子，九色凤脑，太真虹茝，_{音芝。}天汉巨草。南宫火碧，西乡扶老。三梁龙华，生子大道。有得食之，后天而老。此太上之所服，非中仙之所保。其次药有八光太和，斑龙黑胎，文虎白沫，出于西邱。七元飞节,九孔连珠,云浆玉酒,元圃琼腴,钟山白胶,王屋青敷,阆风石髓,黑阿珊瑚。蒙山白凤之肺,灵邱苍鸾之血。东英朱菜,九节交结,太微嘉禾,琼华脑实,流渊鲸眼,赤河绛璧。北汲太元之酪,中握二仪之脉。云湀藁艾,昆邱神雀,广夜芝草,流渊青狄,真陵雷精,元都平盖。左食神元,右阆玄濑。上屈兰圆之金精,下摘圆邱之紫柰。鸾水灵垎,八陵赤薤,万载一生,流光九队。有得食之,后天而逝。此天帝之所服,非此字以意补。下仙之所逮。其次药有九丹金液,紫华红英,太清九转,五云之浆,元霜绛云,腾跃三黄。东瀛白香,炎洲飞生。八石十芝,威僖九光。西流石胆,东沧青钱。高邱馀粮,精石琼田。太虚还丹,盛次金兰,长光绿草,云童飞千。子得服之,白日升天。此飞仙之所服,地仙之所见也。其下药有松柏之膏,山姜沉精,刍草泽泻,枸杞茯苓,菖蒲门冬,巨胜黄菁,云飞赤版,桃胶朱英,椒麻续断,萎蕤黄连。如此下药,略举其端。草类繁多,名有数千。子得服之,可以延年。虽不长享无期,上升青天,亦能身生光泽,还发童颜,役使群鬼,得为地仙。要且录此,有阶渐寻远胜也。是以天官远妙,灵药别品,灵无奇挺,真仙有域。今不可谓呼吸六气,安在一身。灌溉三官,近出阿庭,浅薄其术,弃而不为,其大戆者也!夫呼吸御精,保明神炁,足以精不脱则永久,炁常存则不死,既得其和,其寿不已。又复不用药物之烦费,营索之劬劳者也。百姓日用,故上品谓之自然者矣。但不得游乎十天,飞我八外,自得纵身于四域之内,亦驻策众灵焉。夫始欲修之,《广记》:身。先《广记》:当。营其气,太上《广记》:仙。真经所谓行益易之道,益者,益精;易者,易形。能益能易,名上仙籍;不益不易,不离死厄。行益易者,谓常思灵宝也。灵者,神也;宝者,精也。子但爱精握固，闭气吞液。气化《广记》有为字。下三句同。血，血化精，精化液，《广记》：精化为神，神化为液。比藏本多一句。液化骨，行之不倦，神精充溢。为之一年易气，二年易血，三年易脉，《广记》：精。四年易实，音肉。《广记》实作脉。五年易髓，六年易筋，七年易骨，《广记》筋骨二字互易。八年易发，九年易形。形易则变化，藏本：变化易形。依《广记》改。变化则道成，道成则位为仙。人吐纳六气，口中甘香，欲食灵芝，存得其味，微息挹吞，从心所适。气者，水也，无所不成，至柔之物，通致神精矣。此元始天王《广记》有在字。丹房之中所说微言。藏本：微言所说依《广记》乙转。今敕侍笈玉女李庆孙书出，《广记》出作录之二字。以相付，子善录而修藏本：循。依《广记》改。焉。"

于是王母言粗毕，《广记》：言语既毕。啸命灵官，使驾龙严车欲去。帝下席二字依《广记》补。叩头，请留殷勤。王母乃止。王母乃遣侍女郭密香，与上元夫人相问，云："王九光母敬谢，但不相见四千余年。《广记》有矣字。天事劳我，致以愆面。刘彻好道，适来视之，见彻了了，藏本无见字，依《广记》补。似可成进。然形慢神秽，脑血淫漏，五藏不淳，关膂彭勃，骨无津液，浮反外内，《广记》：脉浮反升。实多精少，瞳子不夷，三尸狡乱，元白失时，《广记》有虽当二字。语之《广记》有以字。至道，殆恐非仙才。《广记》有也字。吾久在人间，实为藏本：谓。依《广记》改。臭浊。然时复可游，望以写细《广记》：思。念。庸《类说》：客。主对坐，悒悒不乐。夫人肯《广记》：可。暂来否？若能屈驾，当停相须。"帝不知上元夫人何神人也，又见侍女下殿，俄藏本：仍。依《广记》改。失所在。须臾，郭侍女返，上元夫人又遣《广记》有一字。侍女答藏本有相字。依《广记》删。问云："阿环再拜，上问起居。远隔绛河，扰以官事，遂替颜色，近五千年。仰恋光润，情系藏本：系系。依《广记》改。无违。密香至，奉信，承降尊于刘彻处，闻命之际，登当颠倒。《广记》：命驾。先被大帝君敕，藏本有使字。依《类说》删。诣元洲，校定天元，正尔暂往。藏本：住。依《类说》改。如是当还，还便束带，须臾《广记》：愿暂。少留。"帝因问上元夫人由。《广记》：帝因问王母："不审上元何真也？"

王母曰："是三天真皇之母，藏本及《广记》并无此四字，俗刻本有之，存以俟考。上元之官，统领十方玉女之名录者也。"当二时许，此句《广记》作"俄而"二字，《类说》作"时顷"二字，盖约其文。上元夫人至，来时亦闻云中箫鼓之声。既至，从官文武千馀人，皆《广记》并是二字。女子，年同《广记》：皆。十八九许，形容明逸，多服青衣，光彩耀日，真灵官也。夫人年此字依《广记》补。可甘馀，天姿清辉，《广记》：精耀。灵眸绝朗，服赤霜《广记》：青霜。之袍，云彩乱色，非锦非绣，不可名字。头作三角髻，馀发散垂之至腰，戴九灵《广记》：云。夜光之冠，带《广记》：曳。六出火玉之珮，垂凤文琳华之绶，腰流黄挥精之剑。上殿向王母拜，王母坐而止之，呼同坐，北向。夫人设厨，厨之《广记》：亦。精珍，与王母所设者相似。王母敕帝曰："此真元之母，尊贵之神，女当起拜。"帝拜，此字依《广记》补。问寒温，还坐。夫人笑曰："五浊之人，耽湎荣利，嗜味淫色，固其常也。且彻以天子之贵，其乱目者，倍于常人焉。而复于华丽之墟，拔嗜欲之根，此句藏本但有振根二字，依《广记》改补。愿无为之事，良有志也。"《广记》：矣。王母曰："所谓有心哉！"

上元夫人谓帝曰："女好道乎？闻数招方士，祭山岳，祠灵神，祷河川，亦为勤矣。《广记》有勤字。而不获者，实有由也。女胎性暴，胎性奢，胎性淫，《广记》奢淫二字互易。胎性酷，胎性贼，五者恒舍于荣卫之中，五藏之内，虽锋铓二字《广记》作获。良针，固难愈矣。暴则使气奔而神攻，是故神扰而气竭。淫则使精漏而魂疲，是故精竭而魂消。奢则使真离而魄藏本：魂。依《广记》改。秽，是故本游《广记》：命逝。而灵臭。《广记》：失。酷则使丧仁而自攻，是故失仁而服《广记》：眼。乱。贼则使心斗而口干，是故内战而外绝。五者《广记》：此五事者。皆是截身之刀锯，刳命之斧钺。《广记》：斤。虽复疲《广记》：志。好于长生，而不能遣兹五难，亦何为损性而自劳乎？然由是得此小益，以自知往尔。若从今已，《类说》无此字，俗刻上句往字移在已下，于文为顺。舍尔五性，反诸柔善，明务察下，慈务矜冤，藏本：怨。依《广记》改。惠务济穷，《广记》：贫。赈务施劳，念务存孤，惜务及身，恒为阴德，救济死厄，亘久《广记》：旦夕。孜孜，不泄精液，于是闭诸淫，养尔《广记》：汝。神，放诸奢，从至俭，勤斋戒，节饮食，绝五谷，去臭《广记》：膻。腥，鸣天鼓，饮玉浆，荡华池，叩金梁，按而行之，当有冀耳。藏本：冀作异，依《类说》改。今阿母迁天尊之重，驾降蟪蛄之窟，屈霄虚之灵鸾，诣孤鸟之俎。此四句依《类说》，孤《广记》作狐。且阿母至戒，妙唱元发，《广记》：音。验其敬勖节度，明修所奉，比及百年，阿母必能致女于玄都之墟，迎女于昆阙《广记》：阆。之中，位以仙官，游迈《广记》：于。十方。吾言之毕矣，《广记》：信吾言矣。子厉之哉！若不能尔，无所言矣。”

　　帝下席跪谢曰：“臣受性凶顽，生长乱浊，面墙不启，无由开达。然贪生畏死，奉灵敬神。今日受教，此乃天也。辄戢圣令《广记》：彻戢圣命。以为身范，是小丑之臣当获生活，唯垂哀护，愿赐元元。”夫人使帝还坐。王母谓夫人曰：“卿之戒言，《广记》：为戒。言甚急切，更使未解之人，畏于至意。”夫人曰：“若其志道，将以身投饿虎，忘躯破灭，蹈火履水，固于一志，必无忧也。若其无忠志，《广记》：若其志道。则心疑真信，《广记》：心凝

真性。嫌惑之徒，勿《广记》：不。畏急言。急言之发，欲成其志
耳。阿母既有念，必当赐以尸解之方耳。"王母曰："此子勤心
已久，而不遇良师，遂欲毁其正志，当疑天下必无仙人。是故
发我二字《广记》倒。阆宫，暂舍尘浊，既欲坚其仙志，又欲令向化
不惑也。今日相见，令人念之。至于尸解下方，吾甚不惜。复
《广记》：后。三年，吾必欲赐以成丹半剂，石象散一具，与之则彻
不得复停。当今匈奴未弥，边陲有事，何必令其仓卒舍天下之
尊，而便入林岫也。但当问笃向之志，必卒何如。如其回改，
吾方数来。"王母因抚帝背曰："女用上元夫人至言，必得长生，
可不勖勉。"《广记》有耶字。帝跪曰："彻书之金简，以身模《广记》：
佩。之焉。"帝又见王母巾笈《类说》：巾箱。中，有卷子小书，《广记》
有一卷书。盛以紫锦之囊。帝问："此书是仙灵之方邪？不审其
目，可得瞻眄否？"此字依《广记》补。

　　王母出以示之曰："此《五岳真形图》也。昨青城诸仙就我
求请，二字《广记》倒。今此字依《广记》补。当过以付之。乃三天太
上所出，其文秘禁极重，其字依《类说》补。岂女秽质所宜佩乎？
今且与汝《灵光生经》，可以通神劝志《广记》：心。也。"帝下地叩
头，固请不已。王母曰："昔上皇清虚元年，三天太上道君下观
六合，瞻河海之短长，二字《广记》倒。察邱岳《广记》：山。之高卑，藏
本有名字。依《广记》删。立天柱而依《广记》补。安于地理，植五岳而
拟诸镇辅，贵昆陵以舍灵仙，尊藏本：遵。依《广记》改。蓬邱以馆
真人，安水神乎《广记》：于。极阴之源，栖太帝于扶桑之墟。于
是方丈之阜，为理命之室；沧浪海岛，养九老之堂。祖瀛元炎，
长元流生，凤麟聚窟，各为洲名。并在沧流大海元津之中，水
则碧黑俱流，波则振荡群精。诸仙玉女，聚于《广记》：居。沧溟，
其名难测，其实分明。乃因川源之规矩，睹河岳之盘曲。陵回

阜转，山高陇长，周旋委蛇，《广记》：逶迤。形似书字。是故因象制名，定实之号。画《广记》：书。形秘于元台，而出为灵真之信。诸仙佩之，皆如传章，道士执之，经行山川。百神群灵，尊奉亲迎。女虽不正，然数访山泽，叩求之志，不忘于道。欣子有心，今以相与，当深奉慎，如事君父，泄示凡夫，必致祸及也。"藏本及作考，依《广记》改。又，文澜阁本作"祸必及也"。

上元夫人语帝曰："阿母今以琼笈妙蕴，发紫台之文，赐女八会之书，《五岳真形》，可谓至珍且贵，上帝之元观矣。子自非受命合神，弗见此文。今虽得其真形，观其妙理，而无五帝六甲左右灵飞之符，太阴六丁通真遁虚《广记》：逐灵。玉女之箓，太阳六戊招神天光策精之书，左乙混沌东蒙之文，右庚素收摄藏本：撮。依《广记》改。杀之律，壬癸六遁隐地八术丙丁入火九赤班之符，六辛入金致黄水月华之法，六己石精金光藏影化形之方，子午卯酉八禀十诀，六灵威仪丑辰未戌地真素诀，长生紫书，三五顺行寅申巳亥紫度炎光内视中方。凡阙此十二事者，《广记》有当字。何以召山灵，朝地神，总摄万精，驱策百鬼，来《广记》：束。虎豹，役蛟龙乎？子所谓适知其一、未见其他也。"

帝下席叩头曰："彻下土浊民，不识清真，今日闻道，是生命会遇。圣母今当赐与《广记》：以。《真形》，修以度世。夫人今告彻，应须五帝六甲六丁六戊致灵之术，既蒙启发，宏益无量。唯愿告诲，济臣饥渴。得使已枯之木，蒙灵阳之润；焦炎之草，幸甘雨之溉。不敢多陈，愿赐指授。"上元夫人曰："我无此文也。昔曾扶广山见青真小童，有此金书秘字，云求道益命，千端万绪，皆须五帝六甲灵飞之术，六丁六壬名字之号，得以请命延算，长生久视，驱策众灵，役使百神者也。其无六甲要事，唯守《真形》者,于通灵之来,必无阶矣。女有心可念,故相告篇目耳。幸复广加搜访焉。"帝固请不已,叩头流血。上元夫人曰:"吾无此文,所以相示十二事者,欲令女广寻博求,以参《真形》之用耳。"

　　王母乃告上元夫人曰:"夫《真形》宝文灵官所贵。此子守求不已,誓以必得。故亏科禁,特以与之。然五帝六甲,通真招神,此术眇邈,必藏本有当字。依《广记》删。须精《广记》:清。洁至诚,殆非流浊所宜施行。吾今既赐彻以《真形》,夫人藏本有今字。依《广记》删。当授《广记》有之字。以致灵之途矣。吾尝忆昔日与夫人共登元陇朔野,及曜真之山,视王子童,王子童藏本:立。依上文改。乃就吾请求二字《广记》倒。太上隐书。吾以三元秘言,不可传泄于中仙,夫人时亦有言,见守《广记》无。助《广记》有于字。子童之言志矣。吾既难违来意,不独执惜。至于今日之事,有以相似。后造朱火丹陵,食灵瓜,其味甚好,忆此未久,而已七千岁矣。夫人既已告彻篇目十二事毕,必当匠而成之,何缘二字《广记》倒。令人主稽颡《广记》:首。请乞,叩头流血耶?"上元夫人曰:"阿环不苟惜,向不持来耳。此是太虚群文真人赤童所出,传之既自有男女之限禁,又宜授得道者。恐彻下才,未应用《广记》:得。此耳。"

　　王母色不平,乃曰:"若天禁漏泄,犯违明科,传必其人,授必知真者,何缘夫人向下才而说灵飞之篇目乎?妄言则漏,妄说则泄,说《广记》:泄。而不传,是谓衔天道,此禁岂轻于传也?《广记》:耶。别敕三官司直推夫人之轻泄也。吾之《五岳真形》文,乃太上天皇所出,其文宝妙而为天仙之信,岂复应下授之于刘彻也耶?直以《广记》有彻字。孜孜之心,数请川岳,勤修斋戒,以求神仙之应。志在度世不遭明师。故吾等有以下眄之

耳。至于教仙之术，不复限惜而弗传。夫人但有致灵之方，能
独执之乎？吾今所以授彻《真形》文者，非谓其必能得道，欲使
其精诚有验，求仙之不惑，可以诱进向化之徒。又欲令悠悠者
知天地间有此<small>自夫人但有致灵之方灵字起至此，藏本并脱去，依《广记》补。</small>
灵真之事，足以却不信之狂夫耳。吾意在是矣。<small>《广记》：此也。</small>
然此子性气淫暴，服精不纯，何能得成真仙，浮空参差十方乎？
勤而行之，适足以不死耳。<small>《广记》：适可度于不死耳。</small>明科所云：非
长生难也，闻道难；非闻道难也，行之难，非行之难也，终之难。
良匠能与人规矩，不能使人必巧；明师能授人妙术，不能使人
必为。何足<small>藏本有其字，依《广记》删。</small>隐之也。<small>《广记》：耶。</small>夫人不当
忆向为长桑公子请吾求八光挥疾药玉树方乎？”

上元夫人有惭色，跪谢曰：“谨受命矣。但<small>五字依《广记》补。</small>
阿环昔幼学道于广都之邱，建木丹诚术数未成之时，倒景君、
无常先生。此二人，盖太清元和天之灵官也。见授六甲左右
灵飞方十二事。初授之日，二君告阿环曰：初学道者，听四十
年一传；得道者，四百年一传；得仙者，四千年一传；得真者，四
万年一传；得升太上者，四十万年一传。女受传女，男受传男，
太上科禁，已表于昭生之符矣。阿环受书以来，凡传六十八女
子，贤大女郎抱兰，即阿环之弟子也。阿环所授者，固不可以
授男也。伏见扶广山青真小童，往受<small>藏本：授。依《广记》改。</small>太微
中元君五帝六甲灵飞遁虚天光左右策精等方，凡十二事，与阿
环所受者同。<small>文二字《类说》倒。</small>一无异也。青真，男官也，未闻
复有所授。此子先是阿环学入火弟子，<small>《广记》：青真是环入火弟子，
所受六甲未闻别授于人，彼男官也。文与藏本异。</small>今正敕取，<small>《广记》有之将
二字。</small>以授彻也。先所以告彻篇目者，意是愍其有心，将欲坚
其专气，令且广求。他日与之，亦欲以男授男，承科而行，既勤

而获，《广记》：使勤而方获。令知天真之珍贵。《广记》有耳字。非徒苟执，炫泄天道矣。本情如此，阿环主臣，愿不罪焉。阿母《真形》之妙，灵人传信，天仙宝贵，封之金台，佩入紫微。乃经行而前，卫门大虎却伏抱关出，过太清则振身瑶房。左邀沧海，长揖东蒙，右接常阳，下盼版桐。泛彼八海，则乘蚪从龙；游此名山，则众真奉迎。动有云轮羽盖，静可长存永安，至术洪矣。初不传地官，阿母今乃授于淫浊之尸，赐于枯骨之身，可谓太不宜矣！况阿环有六甲下术，唯驱策百灵，致日月之华精，藏匿形影，化生万物，出入水火，唾叱杳冥，彻视反听，收束千精。乘虎豹以驱驰，采月华以长生。隐沦八地，回倒辰星，久视轻身，与天相倾耳。安得及太上之灵书，八会之奇文乎？用之眇邈，可以游景灵之宫，纷纷飙飙，登流霞之堂臣。五岳之主，挹蕊醴之觞，驾九龙以虚腾，落紫鸿而元翔耶？"王母笑曰："先失自可恕乎？"

上元夫人即命侍女纪离容，径到扶广山，敕青真小童，出六甲左右灵飞致神之方十二事，来以授彻也。须臾，侍女还，捧八色玉笈，凤文之蕴，以出六甲之文。六字依《广记》补。元光明曜，真华炜焕。云："青真小童问讯弟子阿昌言：向奉诣《广记》：使。绛河，摄南真七元君，检校群龙猛兽之数，事毕过门受教。承阿母相邀，诣刘彻家，不意天灵至尊，乃复下降于臭浊中也。不审起居比来二字依《广记》补。文澜阁本二字在起居上。如何？二字《广记》倒。侍女纪离容至，云：尊母此字依《广记》补。欲得金书秘字六甲灵飞左右策精之文十二事，欲授刘彻。四字依《广记》补。辄封一通付信曰：二字依《广记》补。彻虽有心求慕，实非仙才。讵宜以此术传泄于行尸乎？阿昌近在帝处，见有上言者甚众，云：山鬼哭于藂林，孤魂号于绝域，《类说》绝作异。兴师旅而族有功，忘赏劳而刑士卒。纵横白骨，烦藏本：奢。依《广记》改。
扰黔首，淫酷自恣，罪已彰于太上，怨已见于天气。嚣言互闻，
必不得度世也。真尊见敕，不敢违耳。”王母笑《广记》：叹。曰：
“言此子者诚多愆，《广记》：然。属下读。帝亦不必推也。夫好道
慕仙者，精诚志念，斋戒思愆，辄除过一月；克己反善，奉敬真
神，存真守一，行此一月，辄除过一年。彻念道累年，斋亦勤
积，《广记》：矣。屡祷名山真灵，愿求度脱，校计功过，殆以相掩。
但自今已去，勤修至诚，奉上元夫人之言，不宜复奢淫暴虐，使
万兆劳残，冤魄《广记》：魂。穷鬼，有被掘之诉，流血之尸，忘功
赏之辞耳。”

　　于是上元夫人离《广记》：下。席起立，手执八色玉笈，凤文
之蕴，仰天向帝而祝曰：“九天浩洞，太上耀灵。神照玄寂，清
虚朗明。登虚者妙，守气者生，至念道臻，寂感真诚。役神形
辱，安精年荣。授彻灵飞，及此六丁。左右招神，天光策精。
可以步虚，可以隐形，长生久视，还白留青。我传有四万之纪，
授彻，传在四十之龄。违犯泄漏，祸必族倾。反是天真，二句依
《广记》补。必沉幽冥。藏本沉下有于字，依《广记》删。尔其慎祸，藏本：
必慎其祸。依《广记》改。敢告刘生。尔师主是《广记》有真字。青童小
君，太上中黄道君之师真，元始天王入室弟子也。姓延陵，名
阳，字庇华。形有婴孩之貌，故仙官以青真小童为藏本：之。依
《广记》改。号。其为器也，环朗洞照，圣周万变。元镜幽鉴，才
为真隽。游于扶广，权此始运。宫馆元圃，治仙职分。子存师
君，从尔所愿，不存所授，命必倾陨。”《广记》：沦。上元夫人祝
毕，乃一一手指所施用节度，以示帝焉。以字焉字，并依《广记》补。

　　第一篇，有五帝六甲左右灵飞之符。

　　第二篇，有六丁通真遁虚玉女之箓。

第三篇,有太阳六戊招神天光策精之书。

第四篇,有左乙混沌东蒙之文。

第五篇,有右庚素收摄藏本:撮。依后文改。杀之律。

第六篇,有壬癸六遁隐地八术之方。

第七篇,有丙丁入火九赤班文之符。

第八篇,有六辛入金致黄水月华之法。

第九篇,有六己石精金光藏影化形之方。

第十篇,有子午卯酉八禀十诀六灵威仪。

第十一篇,有辰戌丑未地真曲素之诀,长生紫书三五顺行。

第十二篇,有寅申巳亥紫度炎光内视中方。

凡十二事都毕,因复告帝曰:"夫五帝者,方面之天精;六甲者,藏本及《广记》并无此字,俗刻本有之,应考。六位之通灵。太阴有潜空之妙,遁灵履机之神,秋含春挺,千真之生。动则寂应成波,静则川陵缅平。所以毫末不移,浩岳可倾赫哉!太阳之招神,策万灵而驱驰,六戊飞而神畅。天光因景以扬晖,西乡激电而砰磕,东桑空震以成雷。盖阳灵之昺赫,实九天之元威。左乙混洞,万物始通,阳微其升,苍晖应龙。轻云扬景,飙胎潜风。神妙集于有宅,真感应而必钟。万春回始,是为东蒙。右庚素秋,敛散聚气,摄万神而我役。白虎动以彭勃,少女起而通真。延九天之昞视,金精地灵,来为身卫。鹹彼邪恶,故称摄杀之律。壬癸六遁,沉沦无根,藏蔽万锋,移行邱山,隐地匿影,崩流塞川,八术六奇,万胜常全,佩我六遁,久视长存。丙丁入火,凌烟云汉,九赤龙书,翳蔚朗焕。尔用班符,致千灵以朝谒;乃由丙神,回丹火以冲散。炎光上术,妙乎异观,六辛入金,飞害销磨。致日精,得阳光之珠;求月魄,获黄水之华。能致八石之灵菌,能引扶桑之丹霞。酣云浆于丹庭,腾碧川于元河。其用少矣！有益盖多。佩此六辛，必造我家。六巳石精，金液流光，变化万端，千载孰当！佩我六巳，易形游行，长生毕天，无复始终。玄哉巳书，甚要难冲，子午卯酉，大神四界，方面峙镇，八禀十诀。降灵之来，必由斋祭。万事取成于精慎，千神求通于此术。知我名字，天人可致。丑辰未戌，地真之符。游行五岳，当用紫书。曲素诀辞，可以凌虚。三五顺行，与灵同车。寅申巳亥，可禳飞灾。紫度炎光，内视反听。神辞通达，六甲收摄。地司游天，践地，与真。不疑夫此十二事者，上帝封于元景之台，子其秘慎之焉！"

王母曰："此皆太灵群文，并三天太上所撰，或三皇天真所造校定，或九天文母真人赤童所出。此辈书符，藏藏本有之字，依《广记》删。于紫陵之台，隐以灵坛之房，封以华琳之函，韫以兰简《广记》：茧。之帛，约以北《广记》：紫。罗之素，印以太帝之玺。诸名真贵灵下游山川，看林岫以眇视，察有心之学夫。或告之以道德，或传之以天符。诸学道未成者，受此书文，听四十年授一人；如无其人，八十年可顿授二人。得道者，四百年授一人，无其人，八百年并授二人。得仙者，四千年授一人，如无其人，八千年可顿授二人。得真者，四万年授一人，如无其人，八万年顿授二人。升太上者，四十万年授一人。传非其人，是为泄天道，可授而《广记》：得其人。不传，是为闭《广记》：蔽。下同。天宝。不计限而妄授者，是为轻天老。受而不敬，是为慢天藻。泄、闭、轻、慢，四者取死之刀斧，延祸之车乘也。泄之《广记》无。者身死《广记》有于字。道路，受土《广记》：上。刑而骸裂。闭则目盲耳聋于来生，《广记》：世。命凋枉而卒殁。轻则钟祸于父母，诣玄都而考罚；慢则暴终而堕恶道，生弃疾于后世。复有愈兹罪者，则宗断而族灭。同道谓之天亲，同心谓之地爱。为道者当相亲授，共均荣辱，营守真一，珍惜精液，恭养和气，气全神归，心齐灵会。如其不尔，天降尔疠，此皆道之科禁，今故《广记》：故以。相诫，不可不慎！然此法宜传，但当以年限齐之尔。若便有其人，不必须限讫而授之也。汝欲授《五岳真形》者，董仲舒似其人也。欲行六甲灵飞左右之符者，可传李少君。此二人，得道者也。"

王母又命侍女宋灵宾更取一图与帝，灵宾探怀中得一卷，盛以云锦之囊，形书精明，俱如向巾器中者。王母起立，手以付帝。又祝曰："天高地卑，五岳镇形。元津激忿，沧泽元精。天回九道，六和长平。太上八会，飞天之成。真仙节信，由兹通灵。泄坠灭腐，宝归长生。彻其慎之，敢告刘生！"祝毕，授帝。帝拜稽首，王母曰："夫始学道符者，宜别祭五岳诸仙真灵洁斋而佩之。今亦以六甲杂事须用节度相与，可明依案之也。若女遂克明正身，反恶修善，后三年七月，后原作复，依《类说》改。更来告女要道也。"须臾，殿南朱雀窗中，忽有一人来窥看仙官。帝惊问："何人？"王母曰："女不识此人耶？是女侍郎东方朔，是我邻家小儿也。性多滑稽，曾三来偷此桃。此子昔为太上仙官，太上四字依《类说》补。令到方丈山此字依《类说》补。助三天司命收录仙家。朔到方丈，但务山水游戏，了不共营和气，擅弄雷电，激波扬风，风雨失时，阴阳错迕。致令蛟鲸陆行，山崩境坏，海水暴竭，黄鸟宿渊。妨农芸田，沉湎玉酒，失部御之和，亏奉命之科。于是九源丈人乃言之于太上，太上遂谪斥，使在人间，去太清之朝，令处臭浊之乡。近金华山二仙人及九疑君，比为陈乞，以行原之。"于是帝乃知朔非世俗之徒也。

时酒酣周宴，言请粗毕，上元夫人自弹云林之璈，鸣弦骇调，清音灵朗，玄风四发，乃歌《步元》之曲，辞曰：

昔涉元真道，腾步登太霞。负笈造天关，借问太上家。
忽过紫微垣，真人列如麻。绿景清飙起，云盖映朱葩。
兰宫敞琳阙，碧空启璃沙。丹台结空构，晔晔生光华。
飞凤踟蕻峙，烛龙倚委蛇。玉胎来绛芝，九色纷相拿。
挹景练仙骸，万劫方童牙。谁言寿有终，扶桑不为查。

王母又命侍女田四飞《广记》：非。答歌曰：

晟登太霞宫，挹此八玉兰。夕入玄元阙，采蕊掇琅玕。
濯足匏瓜河，织女立津盘。吐纳挹景云，味之当一餐。
紫微何济济，璃轮复朱丹。朝发汗漫府，暮宿句陈垣。
去去道不同，且如体所安。二仪设犹存，奚疑亿万椿。
莫与世人说，行尸言此难。

歌毕，因告武帝仙官从者姓名，及冠带执佩物名，所以得知而纪焉。至明旦，王母别去。上元夫人谓帝曰："夫李少君者，专念精进，理妙微密，必得道矣。其似未有六甲灵飞之文，女当可以示之。"帝曰："诺。"于是夫人与王母同乘而去。临发，人马龙虎，威仪此二字《广记》作导从音乐四字。如初来时。云气勃蔚，《广记》：云彩郁勃。尽为香气。极望西南，良久乃绝。

于是帝既见王母及上元夫人，乃信天下有神仙之事，亦有欲去世计数矣，而淫色恣性，杀伐不休。兆人怨于劳役，死者怨于无辜。其年作甘泉宫、通天台，长安蜚廉馆。朝鲜王攻辽东，都尉乃募天下死罪击朝鲜。八月，甘泉宫内生芝草九茎，诏曰："甘泉宫中产芝，九茎联叶，上帝博临，不异下房赐朕宏休。其大赦天下。"赐云阳都百户牛酒，作《芝房》之歌。至元封三年春，作角抵戏三百人。至元封四年，又行幸雍祠五畤。至元封五年，行内守。《汉书》作南巡守。至于盛唐，祠虞舜于九疑，登灊山、天柱山。春三月，还至泰山，增封甲子。祠高祖于明堂，以配上帝，因朝诸侯王。元封六年，行幸回中，作首山宫。三月，行幸河东，祠后土。又先以元封二年七月七日，西王母、上元夫人下降于武帝，王母授帝《五岳真形图》、《灵光生经》，上元夫人授六甲灵飞招真十二事。王母及上元夫人见帝之日，多所称说，或延年之诀，致神灵之法，或乘虚之数，步元之术，诸要妙辞。帝乃自撰<small>《广记》有集字。</small>为一卷，及所授《真形》《经书》六甲灵飞之事。帝乃盛以黄金之箱，封以白玉之函，以珊瑚为轴，紫锦为帏囊，安著柏梁台上，数自斋戒整衣服亲诣朝拜，烧香盥漱，然后执省之焉。

　　帝自受书已来，出入六年，意旨自畅，<small>《广记》：清畅。</small>高韵自许，<small>藏本有云字，依《广记》删。</small>以为神真见降，必当度世，<small>《类说》当作获。</small>强悍气力，不修至诚。<small>《广记》：德。</small>乃<small>《广记》：更。</small>兴起台馆，劳弊百姓，<small>《广记》：万民。</small>坑杀降卒，<small>《广记》：坑降杀服。</small>远征夷狄，路盈怨叹，流血皋<small>《广记》：膏。</small>城。每事不从王母之深言，上元夫人之妙诫，二真遂不复来也。<small>藏本二真作王母，依《类说》改。</small>到太初元年十一月乙酉，<small>藏本：乙丑。依《广记》改。与《汉书·武帝纪》合。</small>天火烧柏梁台。于是《真形图》、六甲五帝<small>四字依《类说》补。</small>《灵飞经》录十二事、《灵光生经》<small>生字依《类说》补。</small>及自撰所受<small>自灵飞经至此十五字，藏本并脱去，依《广记》补。</small>者，凡四卷共函烧失。<small>《广记》：作并函并失。《类说》作并烧失不存。</small>王母当<small>藏本：尝。依《广记》改。</small>以<small>《广记》：知。</small>武帝不能从训，故以火灾之耳。但帝先承王母言，以元封三年七月斋戒，以《五岳真形图》授董仲舒登受；帝又承上元夫人言，以元封四年七月斋戒，以五帝六甲灵飞十二事授李少君登写受，此书得传行于世者，先传此二君以存矣。帝既失书，悔不行德，自知道丧。其后东方朔一旦乘云龙飞去，同时众人见从西北上冉冉，<small>二字藏本作一再字，依《广记》改。</small>仰望良久，<small>二字依</small>

《广记》补。**大雾覆之，不知所在，**《广记》：适。**帝愈懊恼。**《类说》恼作恨。**其年禅蒿里，祠后土，东临渤海，望祠蓬莱，仰天自誓，重要灵应，而终无感。春，还受计于甘泉，二月，起建章宫。夏五月，正历以正月为岁首，色尚黄，数用五，定官名、协律吕，此本王母意也。至太初二年三月，行幸河东，祠后土。以太初三年正月行幸，东巡海上。夏四月，还，修封泰山。以太初四年起明光宫，改号天汉。元年正月，行幸河东，祠后土。至天汉二年春，行幸东海，还，幸回中。三月，行幸泰山，修封祠明堂。至太始三年五月，行幸东海，山称万岁。冬，赐行所道户钱五千余，鳏寡孤独者，人帛一匹。太始四年三月，行幸泰山，祠西王母，求灵应。征和四年春，行幸东莱，临大海，清斋，祀王母、上元夫人求应亦不得。还，行幸泰山，修封。庚寅，祀于明堂，改号后元。元三正月，行幸甘泉宫，郊泰畤。秋七月，地震，涌泉。二年春，朝诸侯王于甘泉宫，赐宗室。二月，帝疾，行幸盩厔**《广记》有西偃二字。**五柞宫。丁卯，帝崩，入殡未央**《广记》有宫字。**前殿。**

　　三月，葬茂陵。山陵之夕，帝棺自动而有声，闻宫外，如此数过。《广记》：遍。**又有芳香之气异常。陵毕，于是坟埏间大雾，门**《广记》有柱字。**坏。雾经一月许日。帝冢中先有一玉箱，一玉杖，此是西胡康渠王所献，帝甚爱之，故入梓宫中。其后四年，有人于扶风市中买得此二物。帝时左右侍人，有识此物，是先帝所珍玩者，**自此是西胡康渠王至此，藏本但云此二物是帝所蓄用者，忽出在世间，人见其志云云，与《广记》文异。盖二书互有删改，遂令彼此参差，难于归并。以《广记》所引文较详，故从之。**告之有司，**《广记》：因认以告。**有司诘辞，**《广记》：之。**买者，乃商人也。从关外来诣郿市，**《广记》有其日二字。**见一人于北车巷**《广记》有中字。**卖此二物，责素**《广**

记〉:青布。三十匹，钱九万，即售之。度实不知卖箱杖主名，昨来洛市，因见诘此二物，事实如辞。《广记》:此。有司以闻，二物簿入官，遗商人勿问。《广记》:商人放还，诏以二物付太庙。文与藏本异。帝未崩时，先诏以杂书四十馀卷，《广记》:又帝崩时遗诏以杂经三十馀卷。常所读玩者，使随身敛于棺内。

至元康藏本:延康。《广记》:建康。并东汉时年号，去武帝远矣。《纬略》作元康，乃宣帝年号也，今从之。二年，河东功曹李友，入上党抱犊山采药，于岩室中得所葬之书，盛以金箱，书卷后题东观臣姓名，记书月日，武帝时也。河东太守张纯，以经箱奏进。《纬略》引作张纯以箱及书奏上之。帝问自武帝时也至此十七字，藏本并脱去，依《广记》补。武帝时《广记》有左右二字。侍臣，有典书《广记》有中字。郎冉登，见书《广记》:经。下同。及箱，流涕《广记》有对字。曰:"此是孝武皇帝殡敛时物也。臣当时藏本:时料。依《广记》改。以著棺中，《广记》:梓宫中。不知何缘得出耳。"宣帝大怆然惊愕，以书交付武帝庙中。其茂陵安完如故，而书箱玉杖忽出地外;又物尚鲜盛，无点污也。见之者亦甚惑，不能名之矣。按《九郁《广记》:都。龙真经》云:得仙之下者，皆先死。过太阴中，炼尸骸，度地户，然后乃得尸解去耳。按武帝箱杖杂书，先并随身入椁，乃从无间忽然显出，货杖于市，书见山室，自非神变幽妙，孰有《广记》:能。如此者乎?明武帝之死，尚未可知应运灵化。此下应有脱文。又王莽篡位到地皇二年，莽使通祭汉家诸陵，言符瑞之意，使者到茂陵，闻地中大噫咤而长叹者四，使者悚怖以闻莽。莽曰:"武帝当恨吾祠祭之晚耳。"又特更祭以太牢。

所葬书目:

《老子经》二卷。

《太上紫文》十三卷。

《灵跻经》六卷。

《太素中胎经》六卷。

《天柱经》九卷。

《六龙步元文》七卷。

《马皇受真术》四卷。

汉 武 故 事

佚 名　撰
王根林　校点

校 点 说 明

　　《汉武故事》，又名《汉武帝故事》，其作者，前人有汉班固、晋葛洪、南齐王俭诸说。然皆无确凿证据。今人刘文忠综合前说，又据书中反映的社会现象，推论当为建安前后人，较为合理（刘文载《中华文史论丛》1984 年第二辑）。

　　此书记载汉武帝从出生到死葬茂陵的传闻佚事，属于汉武帝传说系统中的一部传记小说。其主要内容，是武帝为求长生不老而求仙问道，同时也写了"金屋藏娇"、"相如论赋"等杂事。其行文简雅拙质，不事雕琢，然能注意渲染气氛，人物对话亦有个性，对后代传奇小说产生一定影响。

　　传世的《汉武故事》版本颇多，多种丛书，如《古今说海》、《古今逸史》、《说郛》等，均收有本书。鲁迅《古小说钩沉》所辑本书，以《初学记》、《艺文类聚》、《太平御览》等多种类书及有关正史详加校勘，并著校记，比较精备。今即以此本为底本，略去校记，改正明显错字，加新式标点，付梓出版。

汉武故事

汉景皇帝王皇后内太子宫，得幸，有娠，梦日入其怀。帝又梦高祖谓己曰："王夫人生子，可名为彘。"及生男，因名焉。是为武帝。帝以乙酉年七月七日旦生于猗兰殿。年四岁，立为胶东王。数岁，长公主嫖抱置膝上，问曰："儿欲得妇不？"胶东王曰："欲得妇。"长主指左右长御百馀人，皆云不用。末指其女问曰："阿娇好不？"于是乃笑对曰："好！若得阿娇作妇，当作金屋贮之也。"长主大悦，乃苦要上，遂成婚焉。是时皇后无子，立栗姬子为太子。皇后既废，栗姬次应立，而长主伺其短，辄微白之。上尝与栗姬语，栗姬怒弗肯应。又骂上老狗，上心衔之。长主日潜之，因誉王夫人男之美，上亦贤之，废太子为王，栗姬自杀，遂立王夫人为后。胶东王为皇太子时，年七岁，上曰："彘者彻也。"因改曰彻。

丞相周亚夫侍宴，时太子在侧。亚夫失意，有怨色，太子视之不辍，亚夫于是起。帝问曰："尔何故视此人邪？"对曰："此人可畏，必能作贼。"帝笑，因曰："此怏怏非少主臣也。"

廷尉上囚。防年继母陈杀父，因杀陈。依律，年杀母，大逆论。帝疑之，诏问太子。太子对曰："夫继母如母，明其不及母也，缘父之爱，故比之于母耳。今继母无状，手杀其父，则下手之日，母恩绝矣。宜与杀人者同，不宜大逆论。"帝从之，年弃市。议者称善。时太子年十四，帝益奇之。

及即位，常晨往夜还。与霍去病等十馀人，皆轻服为微行。且以观戏市里,察民风俗。尝至莲勺通道中行,行者皆奔避路上。怪之,使左右问乏,云有持戟前呵者数十人。时微行率不过二十人,马七八匹,更步更骑,衣如凡庶,不可别也,亦了无骑御,而百姓咸见之。

元光元年,天星大动;光耀焕焕竟天,数夜乃止。上以问董仲舒,对曰:"是谓星摇人,民劳之妖也。"是时谋伐匈奴,天下始不安,上谓仲舒妄言,意欲诛之。仲舒惧,乞补刺史以自效,乃用为军候,属程不识屯雁门。

太后弟田蚡欲夺太后兄子窦婴田,婴不与,上召大臣议之。群臣多是窦婴,上亦不复穷问,两罢之。田蚡大恨,欲自杀。先与太后诀,兄弟共号哭诉太后。太后亦哭弗食。上不得已,遂乃杀婴。后月馀日,蚡病,一身尽痛,若击者。叩头复罪。上使视鬼者察之,见窦婴笞之。上又梦窦婴谢上属之,上于是颇信鬼神事。

陈皇后废处长门宫,窦太主以宿恩犹自亲近。后置酒主家,主见所幸董偃。

陈皇后废,立卫子夫为皇后。初,上行幸平阳主家,子夫为讴者,善歌,能造曲,每歌挑上,上意动,起更衣,子夫因侍衣得幸。头解,上见其美发,悦之,欢乐。主遂内子夫于宫。上好容成道,信阴阳书。时宫女数千人,皆以次幸。子夫新入,独在籍末,岁馀不得见。上释宫人不中用者出之,子夫因涕泣请出。上曰:"吾昨梦子夫庭中生梓树数株,岂非天意乎?"是日幸之,有娠,生女。凡三幸,生三女。后生男,即戾太子也。

淮南王安好学多才艺,集天下遗书,招方术之士,皆为神仙,能为云雨。百姓传云:"淮南王,得天子,寿无极。"上心恶之,征之。使觇淮南王,云王能致仙人,又能隐形升行,服气不食。上闻而喜其事，欲受其道。王不肯传，云无其事。上怒，将诛，淮南王知之，出令与群臣，因不知所之。国人皆云神仙或有见王者。常恐动人情，乃令斩王家人首，以安百姓为名。收其方书，亦颇得神仙黄白之事，然试之不验。上既感淮南道术，乃征四方有术之士，于是方士自燕齐而出者数千人。齐人李少翁，年二百岁，色如童子，上甚信之，拜为文成将军，以客礼之。于甘泉宫中画太一诸神像，祭祀之。少翁云：“先致太一，然后升天，升天然后可至蓬莱。”岁馀而术未验。会上所幸李夫人死，少翁云能致其神，乃夜张帐，明烛，令上居他帐中遥见李夫人，不得就视也。

李少君言冥海之枣大如瓜，种山之李大如瓶也。

文成诛月馀日，使者籍货关东还，逢之于漕亭。还言见之，上乃疑；发其棺，无所见，唯有竹简一枚。捕验间无纵迹也。

上微行至于柏谷，夜投亭长宿，亭长不内，乃宿于逆旅。逆旅翁谓上曰：“汝长大多力，当勤稼穑；何忽带剑群聚，夜行动众，此不欲为盗则淫耳。”上默然不应，因乞浆饮，翁答曰：“吾止有溺，无浆也。”有顷，还内。上使人觇之，见翁方要少年十馀人，皆持弓矢刀剑，令主人妪出安过客。妪归，谓其翁曰：“吾观此丈夫，乃非常人也；且亦有备，不可图也。不如因礼之。”其夫曰：“此易与耳！鸣鼓会众，讨此群盗，何忧不克。”妪曰：“且安之，令其眠，乃可图也。”翁从之。时上从者十馀人，既闻其谋，皆惧，劝上夜去。上曰：“去必致祸，不如且止以安之。”有顷，妪出，谓上曰：“诸公子不闻主人翁言乎？此翁好饮酒，狂悖不足计也。今日具令公子安眠无他。”妪自还内。时天寒，妪酌酒多与其夫及诸少年，皆醉。妪自缚其夫，诸少年

皆走。妪出谢客，杀鸡作食。平明，上去。是日还宫，乃召逆
旅夫妻见之，赐姬金千斤，擢其夫为羽林郎。自是惩戒，希复
微行。时丞相公孙雄数谏上弗从，因自杀，上闻而悲之，后二
十馀日有柏谷之逼。乃改殡雄，为起坟冢在茂陵旁，上自为诔
曰："公孙之生，污渎降灵。元老克壮，为汉之贞。弗予一人，
迄用有成。去矣游矣，永归冥冥。鸣呼夫子！曷其能刑。载
曰：万物有终，人生安长；幸不为夭，夫复何伤。"雄尝谏伐匈
奴，为之小止。雄卒，乃大发卒数十万，遣霍去病讨胡，杀休屠
王。获天祭金人，上以为大神，列于甘泉宫。人率长丈馀，不
祭祝，但烧香礼拜。天祭长八尺，擎日月，祭以牛。上令依其
方俗礼之，方士皆以为夷狄鬼神，不宜在中，因乃止。

　　凿昆池，积其土为山，高三十馀丈。又起柏梁台，高二十
丈，悉以香柏，香闻数十里，以处神君。神君者，长陵女子也，
死而有灵。霍去病微时，数自祷神君，乃见其形，自修饰，欲与
去病交接，去病不肯，神君亦惭。及去病疾笃，上令为祷神君，
神君曰："霍将军精气少，寿命不长。吾尝欲以太一精补之，可
得延年，霍将军不晓此意，遂见断绝。今疾必死，非可救也。"
去病竟死。上乃造神君请术，行之有效，大抵不异容成也。自
柏梁烧后，神稍衰。东方朔取宛若为小妻，生三人，与朔同日
死。时人疑化去，弗死也。

　　薄忌奏："祠太一用一太牢，为坛开八通鬼道，令太祝立其
祠长安东南。"上祀太時祭，常有光明照长安城如月光。上以
问东方朔曰："此何神也？"朔曰："此司命之神，总鬼神者也。"
上曰："祠之能令益寿乎？"对曰："皇者寿命悬于天，司命无能
为也。"

　　上少好学，招求天下遗书，上亲自省校，使庄助、司马相如

等以类分别之。尤好辞赋,每所行幸及奇兽异物,辄命相如等赋之。上亦自作诗赋数百篇,下笔即成,初不留意。相如作文迟,弥时而后成,上每叹其工妙,谓相如曰:"以吾之速,易子之迟,可乎?"相如曰:"于臣则可,未知陛下何如耳?"上大笑而不责也。

上喜接士大夫,拔奇取异,不问仆隶,故能得天下奇士。然性严急,不贷小过,刑杀法令,殊为峻刻。汲黯每谏上曰:"陛下爱才乐士,求之无倦,比得一人,劳心苦神。未尽其用,辄已杀之。以有限之士,资无已之诛。臣恐天下贤才将尽于陛下,欲谁与为治乎?"黯言之甚怒,上笑而喻之曰:"夫才为世出,何时无才! 且所谓才者,犹可用之器也;才不应务,是器不中用也;不能尽才以处事,与无才同。不杀何施!"黯曰:"臣虽不能以言屈陛下,而心犹以为非。愿陛下自今改之,无以臣愚为不知理也。"上顾谓群臣曰:"黯自言便辞,则不然矣;自言其愚,岂非然乎?"时北伐匈奴,南诛两越,天下骚动。黯数谏争,上弗从,乃发愤谓上曰:"陛下耻为守文之士君,欲希奇功于争表;臣恐欲益反损,取累于千载也。"上怒,乃出黯为郡吏。黯忿愤,疽发背死。谥刚侯。

上尝辇至郎署,见一老翁,须鬓皓白,衣服不整。上问曰:"公何时为郎,何其老也?"对曰:"臣姓颜名驷,江都人也,以文帝时为郎。"上问曰:"何其老而不遇也?"驷曰:"文帝好文而臣好武;景帝好老而臣尚少;陛下好少而臣已老;是以三世不遇。故老于郎署。"上感其言,擢拜会稽都尉。

天子至鼎湖病甚,浮水发根言于上曰:"上郡有神,能治百病。"上乃令发根祷之,即有应。上体平,遂迎神君会于甘泉,置之寿宫。神君最贵者大夫,次大禁司命之属,皆从之。非可

得见，闻者音与人等。来则肃然风生，帷幄皆动。于北宫设钟
簴羽旗以礼神君。神君所言，上辄令记之，命曰画法。率言人
事多，鬼事少。其说鬼事与浮屠相类；欲人为善，责施与，不
杀生。

　　齐人公孙卿谓所忠曰："吾有师说秘书言鼎事，欲因公奏
之。如得引见，以玉羊一为寿。"所忠许之。视其书而有疑，因
谢曰："宝鼎事已决矣，无所复言。"公孙卿乃因嬖人平时奏之。
有札书言："宛侯问于鬼区臾，区曰，帝得宝鼎，神策延年，是岁
乙酉，朔旦冬至，得天之纪，终而复始。于是迎日推算，乃登仙
于天。今年得朔旦冬至，与黄帝时协。臣昧死奏。"帝大悦，召
卿问。卿曰："臣受此书于申公，已死，尸解去。"帝曰："申公何
人？"卿曰："齐人安期生同受黄帝言，有此鼎书。申公尝告臣：
言汉之圣者，在高祖之曾孙焉。宝鼎出，与神通，封禅得上太
山，则能登天矣。黄帝郊雍祠上帝，宿斋三月，鬼区臾尸解而
去，因葬雍，今大鸿冢是也。其后黄帝接万灵于明庭，甘泉是
也。升仙于寒门，谷口是也。"

　　上为伐南越，告祷泰一。为泰一锋旗，命曰灵旗，画日月
斗，大吏奉以指所伐国。

　　拜公孙卿为郎，持节候神。自太室至东莱，云见一人，长
五丈，自称巨公，牵一黄犬，把一黄雀，欲谒天子，因忽不见。
上于是幸缑氏，登东莱，留数日，无所见，惟见大人迹。上怒公
孙卿之无应，卿惧诛，乃因卫青白上云："仙人可见，而上往遽
以故不相值。今陛下可为观于缑氏，则神人可致。且仙人好
楼居，不极高显，神终不降也。"于是上于长安作飞廉观，高四
十丈；于甘泉作延寿观，亦如之。

　　上巡边至朔方，还祭黄帝冢桥山。上曰："吾闻黄帝不死，

今有冢，何也？"公孙卿曰："黄帝已仙上天，群臣思慕，葬其衣冠。"上叹曰："吾后升天，群臣亦当葬吾衣冠于东陵乎？"乃还甘泉，类祠太一。

上于未央宫以铜作承露盘，仙人掌擎玉杯，以取云表之露，拟和玉屑，服以求仙。

栾大有方术，尝于殿前树旌数百枚，大令旌自相击，缙缙竟庭中，去地十余丈，观者皆骇。

帝拜栾大为天道将军，使著羽衣，立白茅上，授玉印；大亦羽衣，立白茅上受印；示不臣也。

栾大曰："神尚清净。"上于是于宫外起神明殿九间。神室：铸铜为柱，黄金涂之，丈五围，基高九尺，以赤玉为陛，基上及户，悉以碧石，椽亦以金，刻玳瑁为龙虎禽兽，以薄其上，状如隐起，椽首皆作龙形，每龙首衔铃流苏悬之，铸金如竹收状以为壁，白石脂为泥，渍椒汁以和之，白密如脂，以火齐薄其上，扇屏悉以白琉璃作之，光照洞彻，以白珠为帘，玳瑁押之，以象牙为蔑，帷幕垂流苏，以琉璃珠玉，明月夜光，杂错天下珍宝为甲帐，其次为乙帐，甲以居神，乙以自御，俎案器服，皆以玉为之，前庭植玉树，植玉树之法，茸珊瑚为枝，以碧玉为叶，花子或青或赤，悉以珠玉为之，子皆空其中，小铃鎗鎗有声，薨标作金凤皇，轩翥若飞状，口衔流苏，长十余丈，下悬大铃，庭中皆璧以文石，率以铜为瓦，而淳漆其外，四门并如之，虽昆仑玄圃，不是过也。上恒斋其中，而神犹不至，于是设诸伪使鬼语作神命云："应迎神，严装入海。"上不敢去，东方朔乃言大之无状，上亦发怒，收大，腰斩之。

东方朔生三日，而父母俱亡，或得之而不知其始；以见时东方始明，因以为姓。既长，常望空中独语。后游鸿濛之泽，有老母采桑,自言朔母。一黄眉翁至,指朔曰:"此吾儿。吾却食服气,三千年一洗髓,三千年一伐毛;吾生已三洗髓、三伐毛矣。"

朔告帝曰:"东极有五云之泽,其国有吉庆之事,则云五色,著草木屋,色皆如其色。"

帝斋七日,遣栾宾将男女数十人至君山,得酒,欲饮之。东方朔曰:"臣识此酒,请视之。"因即便饮。帝欲杀之,朔曰:"杀朔若死,此为不验;如其有验,杀亦不死。"帝赦之。

东郡送一短人,长七寸,衣冠具足。上疑其山精,常令在案上行,召东方朔问。朔至,呼短人曰:"巨灵,汝何忽叛来,阿母还未?"短人不对,因指朔谓上曰:"王母种桃,三千年一作子,此儿不良,已三过偷之矣,遂失王母意,故被谪来此。"上大惊,始知朔非世中人。短人谓上曰:"王母使臣来,陛下求道之法:唯有清净,不宜躁扰。复五年,与帝会。"言终不见。

帝斋于寻真台,设紫罗荐。

王母遣使谓帝曰:"七月七日我当暂来。"帝至日,扫宫内,然九华灯。七月七日,上于承华殿斋,日正中,忽见有青鸟从西方来集殿前。上问东方朔,朔对曰:"西王母暮必降尊像上,宜洒扫以待之。"上乃施帷帐,烧兜末香,香,兜渠国所献也,香如大豆,涂宫门,闻数百里。关中尝大疫,死者相系,烧此香,死者止。是夜漏七刻,空中无云,隐如雷声,竟天紫色。有顷,王母至:乘紫车,玉女夹驭,载七胜履玄琼凤文之舄,青气如云,有二青鸟如乌,夹侍母旁。下车,上迎拜,延母坐,请不死之药。母曰:"太上之药,有中华紫蜜云山朱蜜玉液金浆,其次药有五云之浆风实云子玄霜绛雪,上握兰园之金精,下摘圆丘之紫奈,帝滞情不遣,欲心尚多,不死之药,未可致也。"因出桃七枚，母自啖二枚，与帝五枚。帝留核着前。王母问曰："用此何为？"上曰："此桃美，欲种之。"母笑曰："此桃三千年一著子，非下土所植也。"留至五更，谈语世事，而不肯言鬼神，肃然便去。东方朔于朱鸟牖中窥母，母谓帝曰："此儿好作罪过，疏妄无赖，久被斥退，不得还天；然原心无恶，寻当得还。帝善遇之。"母既去，上惆怅良久。

后上杀诸道士妖妄者百余人。西王母遣使谓上曰："求仙信邪？欲见神人，而先杀戮，吾与帝绝矣。"又致三桃曰："食此可得极寿。"使至之日，东方朔死。上疑之，问使者。曰："朔是木帝精为岁星，下游人中，以观天下，非陛下臣也。"上厚葬之。

上幸梁父，祠地主，上亲拜，用乐焉；庶羞以远方奇禽异兽及白雉白鸟之属。其日，上有白云，又有呼万岁者。禅肃然，白云为盖。

上自封禅后，梦高祖坐明堂，群臣亦梦，于是祀高祖于明堂，以配天。还作高陵馆。

上于长安作蜚帘观，于甘泉作延寿观，高二十丈。又筑通天台于甘泉，去地百余丈，望云雨悉在其下。春至泰山，还作道山宫，以为高灵馆。又起建章宫为千门万户，其东凤阙，高二十丈，其西唐中，广数十里，其北太液池，池中有渐台，高三十丈。池中又作三山，以象蓬莱、方丈、瀛洲，刻金石为鱼龙禽兽之属，其南方有玉堂璧门大鸟之属，玉堂基与未央前殿等去地十二丈，阶陛咸以玉为之，铸铜凤皇，高五丈，饰以黄金栖屋上。又作神明台井幹楼，高五十余丈，皆作悬阁辇道相属焉。其后又为酒池肉林，聚天下四方奇异鸟兽于其中，鸟兽能言能歌舞，或奇形异态，不可称载。其旁别造奇华殿，四海夷狄器服珍宝充之，琉璃珠玉火浣布切玉刀，不可称数。巨象大雀，师子骏马，充塞苑厩，自古已来所未见者必备。又起明光宫，发燕赵美女二千人充之。率取年十五已上二十已下，满四十者出嫁，掖庭令总其籍，时有死出者补之。凡诸宫美人，可有七八千。建章、未央、长乐三宫，皆辇道相属，悬栋飞阁，不由径路。常从行郡国，载之后车。与上同辇者十六人，员数恒使满；皆自然美丽，不假粉白黛黑。侍衣轩者亦如之。上能三日不食，不能一时无妇人；善行导养术，故体常壮悦。其有孕者，拜爵为容华，充侍衣之属。

宫中皆画八字眉。

甘泉宫南有昆明，中有灵波殿，皆以桂为柱，风来自香。

未央庭中设角抵戏，享外国，三百里内皆观。角抵者，六国所造也；秦并天下，兼而增广之；汉兴虽罢，然犹不都绝。至上复采用之，并四夷之乐，杂以奇幻，有若鬼神。角抵者，使角力相抵触者也。其云雨雷电，无异于真，画地为川，聚石成山，倏忽变化，无所不为。

骊山汤初始皇砌石起宇，至汉武又加修饰焉。

大将军四子皆不才，皇后每因太子涕泣，请上削其封。上曰："吾自知之，不令皇后忧也。"少子竟坐奢淫诛。上遣谢后，通削诸子封爵，各留千户焉。

上巡狩过河间，见有青紫气自地属天。望气者以为其下有奇女，必天子之祥。求之，见一女子在空馆中，姿貌殊绝，两手一拳。上令开其手，数百人擘莫能开，上自披，手即申。由是得幸，为拳夫人。进为婕好，居钩弋宫。解皇帝素女之术，大有宠，有身，十四月产昭帝。上曰："尧十四月而生，钩弋亦然。"乃命其门曰尧母门。从上至甘泉，因幸告上曰："妾相运正应为陛下生一男，七岁妾当死，今年必死。宫中多蛊气，必伤圣体。"言终而卧，遂卒。既殡，香闻十里余，因葬云陵。上哀悼，又疑非常人，发冢，空棺无尸，唯衣履存焉。起通灵台于甘泉，常有一青鸟集台上往来，至宣帝时乃止。

望气者言宫中有蛊气。上又见一男子带剑入中龙华门，逐之弗获。上怒，闭长安城诸宫门，索十二日，不得，乃止。

治隋太子反者，外连郡国数十万人。壶关三老郑茂上书，上感悟，赦反者。拜郑茂为宣慈校尉，持节徇三辅，赦太子。太子欲出，疑弗实。吏捕太子急，太子自杀。

上幸河东，欣言中流，与群臣饮宴。顾视帝京，乃自作《秋风辞》曰："泛楼船兮汾河，横中流兮扬素波。箫鼓吹，发櫂歌，极欢乐兮哀情多。"顾谓群臣曰："汉有六七之厄，法应再受命。宗室子孙，谁当应此者？六七四十二，代汉者，当涂高也。"群臣进曰："汉应天受命，祚逾周殷，子子孙孙，万世不绝。陛下安得亡国之言，过听于臣妾乎？"上曰："吾醉言耳！然自古以来，不闻一姓遂长王天下者，但使失之非吾父子可矣。"

上欲浮海求神仙，海水暴沸涌，大风晦冥，不得御楼船，乃还。上乃言曰："朕即位已来，天下愁苦，所为狂勃，不可追悔。自今有妨害百姓费耗天下者，罢之。"田千秋奏请罢诸方士，斥遣之。上曰："大鸿胪奏是也。其海上诸侯及西王母驿悉罢之。"拜千秋为丞相。

行幸五柞宫，谓霍光曰："朕去死矣！可立钩弋子，公善辅之。"时上年六十余，发不白，更有少容，服食辟谷，希复幸女子矣。每见群臣，自叹愚惑："天下岂有仙人，尽妖妄耳！节食服药，故差可少病。"自是亦不服药，而身体皆瘠瘦。一二年中，惨惨不乐。三月丙寅，上昼卧不觉。颜色不异，而身冷无气，明日色渐变，闭目。乃发哀告丧。未央前殿朝晡上祭，若有食之者。葬茂陵，芳香之气异常，积于坟埏之间，如大雾。常所御，葬毕，悉居茂陵园。上自婕好以下二百余人，上幸之如平生，而旁人不见也。光闻之，乃更出宫人，增为五百人，因是遂绝。

始元二年，吏告民盗用乘舆御物，案其题，乃茂陵中明器也，民别买得。光疑葬日监官不谨，容致盗窃，乃收将作匠下击长安狱考讯。居岁余，邺县又有一人于市货玉杯，吏疑其御物，欲捕之，因忽不见。县送其器，又茂陵中物也。光自呼吏问之，说市人形貌如先帝。光于是默然，乃赦前所系者。岁余，上又见形谓陵令薛平曰："吾虽失世，犹为汝君，奈何令吏卒上吾山陵上磨刀剑乎？自今已后可禁之。"平顿首谢，忽然不见。因推问，陵旁果有方石，可以为砺，吏卒常盗磨刀剑。霍光闻，欲斩陵下官，张安世谏曰："神道茫昧，不宜为法。"乃止。甘泉宫恒自然有钟鼓声，候者时见从官卤簿似天子仪卫，自后转稀，至宣帝世乃绝。

宣帝即位，尊孝武庙曰世宗。奏乐之日，虚中有唱善者。告祠之日，曰鹄群飞集后庭。西河立庙，神光满殿中，状如月。东莱立庙，有大鸟迹，竟路白，龙夜见。河东立庙，告祠之日，白虎衔肉置殿前；又有一人骑白马，马异于常马，持尺一札，赐将作丞。文曰："闻汝绩克成，赐汝金一斤。"因忽不见，札乃变为金，称之有一斤。广川告祠之明日，有钟磬音，房户皆开，夜有光，香气闻二三里。宣帝亲祠甘泉，有顷，紫黄气从西北来，散于殿前，肃然有风；空中有妓乐声，群鸟翔舞蔽之。宣帝既亲睹光怪，乃疑先帝有神，复招诸方士，冀得仙焉。

白云趣宫。

汉成帝为赵飞燕造服汤殿，绿琉璃为户。

一画连心细长,谓之连头眉,又曰仙蛾妆。

高皇庙中御衣自箧中出,舞于殿上。冬衣自下在席上。平帝时,哀帝庙衣自在押外。

博　物　志

[晋]张　华　　　撰
[宋]周日用　等注
王　根　林　　校点

校 点 说 明

　　《博物志》十卷，晋张华撰，宋周日用、卢氏注。张华（232—300），字茂先，范阳方城（今河北固安县南）人。晋武帝司马炎时拜中书令、度支尚书，官至司空。终为赵王伦所害。华为人勤奋好学，博闻强记，"图纬方技之书，莫不详览"。他年轻时写过一篇《鹪鹩赋》，受到阮籍赞赏；《世说新语·言语》又称他"论《史》、《汉》，靡靡可听"，可见他在文学和史学上都有较高造诣。

　　据王嘉《拾遗记》载，张华曾将完稿的《博物志》四百卷呈献给晋武帝司马炎看，司马炎认为书中"多浮妄"之语，令其删削，遂成十卷。又据史载，北魏常景也对该书作过撙节，可知原书规模很大，今本乃是它的删节本。

　　《博物志》的内容，一如其名，十分广博而繁杂。除了山川地理、飞禽走兽、草木虫鱼，还有不少神话和传说，方术气味较浓。本书所创之杂记博物文体，对后代产生较大影响，出现了不少类似的仿作。有些传说故事，如猕猴盗妇人及乘浮槎至天河见织女事，成为后代多种传奇或小说的原始题材。

　　由于流传久远和不断经人改动，今本《博志》脱误甚多，严重者简直不堪卒读。现存各种版本颇有差异，这次我们选择了讹误相对较少的《稗海》本作底本进行标点，再参考其他版本及有关类书、正史等，据以校正底本脱误，不出校记。

目　录

博物志卷之一

　　余视《山海经》及《禹贡》、《尔雅》、《说文》、地志，虽曰悉备，各有所不载者，作略说。出所不见，粗言远方，陈山川位象，吉凶有征。诸国境界，犬牙相入。春秋之后，并相侵伐。其土地不可具详，其山川地泽，略而言之，正国十二。博物之士，览而鉴焉。

地理略自魏氏目已前夏禹治四方而制之

　　《河图括地象》曰：地南北三亿三万五千五百里。地部之位起形高大者有昆仑山，广万里，高万一千里，神物之所生，圣人仙人之所集也。出五色云气，五色流水，其泉南流入中国，名曰河也。其山中应于天，最居中，八十城布绕之，中国东南隅，居其一分，是好城也。

　　中国之城，左滨海，右通流沙，方而言之，万五千里。东至蓬莱，西至陇右，右跨京北，前及衡岳，尧舜土万里，时七千里。亦无常，随德劣优也。

　　尧别九州，舜为十二。

　　秦，前有蓝田之镇，后有胡苑之塞，左崤函，右陇蜀，西通流沙，险阻之国也。

　　蜀汉之土与秦同域，南跨邛笮，北阻褒斜，西即限碍，隔以剑阁，穷险极峻，独守之国也。

　　周在中枢，西阻崤谷，东望荆山，南面少室，北有太岳，三河之分,雷风所起,四险之国也。

魏,前枕黄河,背漳水,瞻王屋,望梁山,有蓝田之宝,浮池之渊。

赵,东临九州,西瞻恒岳,有沃瀑之流,飞壶、井陉之险,至于颍阳、涿鹿之野。

燕,却背沙漠,进临易水,西至君都,东至于辽,长蛇带塞,险陆相乘也。

齐,南有长城、巨防、阳关之险;北有河、济,足以为固;越海而东,通于九夷;西界岱岳、配林之险,坂固之国也。

鲁,前有淮水,后有岱岳、蒙、羽之向,洙、泗之流。大野广土,曲阜尼丘。

宋,北有泗水,南迄睢涣,有孟诸之泽、砀山之塞也。

楚,后背方城,前及衡岳,左则彭蠡,右则九疑,有江汉之流,实险阻之国也。

南越之国,与楚为邻。五岭已前至于南海,负海之邦,交趾之土,谓之南裔。

吴,左洞庭,右彭蠡,后滨长江,南至豫章,水戒险阻之国也。

东越通海,处南北尾闾之间。三江流入南海,通东治,山高海深,险绝之国也。

卫,南跨于河,北得洪水,南过汉上,左通鲁泽,右指黎山。

赞曰:

地理广大,四海八方。遐远别域,略以难详。

侯王设险,守固保疆。远遮川塞,近备城埠。

司察奸非,禁御不良。勿恃危阨,恣其淫荒。

无德则败,有德则昌。安屋犹惧,乃可不亡。

进用忠直,社稷永康。教民以孝,舜化以彰。

地

天地初不足,故女娲氏练五色石以补其阙,断鳌足以立四极。其后共工氏与颛顼争帝,而怒触不周之山,折天柱,绝地维。故天后倾西北,日月星辰就焉;地不满东南,故百川水注焉。

昆仑山北,地转下三千六百里,有八玄幽都,方二十万里。地下有四柱,四柱广十万里。地有三千六百轴,犬牙相举。

泰山一曰天孙,言为天帝孙也。主召人魂魄。东方万物始成,知人生命之长短。

《考灵耀》曰:地有四游,冬至地上北而西三万里,夏至地下南而东三万里,春秋二分其中矣。地常动不止,譬如人在舟而坐,舟行而人不觉。七戎六蛮,九夷八狄,经总而言之,谓之四海。言皆近海,海之言晦昏无所睹也。

地以名山为之辅佐,石为之骨,川为之脉,草木为之毛,土为之肉。三尺以上为粪,三尺以下为地。

山

五岳:华、岱、恒、衡、嵩。

按北太行山而北去,不知山所限极处。亦如东海不知所穷尽也。

石者,金之根甲。石流精以生水,水生木,木含火。

水

汉北广远,中国人鲜有至北海者。汉使骠骑将军霍去病北伐单于，至瀚海而还，有北海明矣。周日用曰：余闻北海，言苏武牧羊之所去，年德甚迩，柢一池，号北海。苏武牧羊，常在于是耳。此地见有苏武湖，非北溟之海。

汉使张骞渡西海，至大秦。西海之滨，有小昆仑，高万仞，方八百里。东海广漫，未闻有渡者。

南海短狭，未及西南夷以穷断。今渡南海至交趾者，不绝也。

《史记·封禅书》云：威宣、燕昭遣人乘舟入海，有蓬莱、方丈、瀛州三神山，神人所集。欲采仙药，盖言先有至之者。其鸟兽皆白，金银为宫阙，悉在渤海中，去人不远。

四渎河出昆仑墟，江出岷山，济出王屋，淮出桐柏。八流亦出名山：渭出鸟鼠，汉出嶓冢，洛出熊耳，泾出少室，汝出燕泉，泗出涪尾，沔出月台，沃出太山。水有五色，有浊有清。汝南有黄水，华山有黑水、泞水。渊或生明珠而岸不枯，山泽通气，以兴雷云，气触石，肤寸而合，不崇朝以雨。

江河水赤，名曰泣血。道路涉骸，于河以处也。

山 水 总 论

五岳视三公，四渎视诸侯，诸侯赏封内名山者，通灵助化，位相亚也。故地动臣叛，名山崩，王道讫，川竭神去，国随已亡。海投九仞之鱼，流水涸，国之大诫也。泽浮舟，川水溢，臣盛君衰，百川沸腾，山冢卒崩，高岸为谷，深谷为陵，小人握命，君子陵迟，白黑不别，大乱之征也。

《援神契》曰：五岳之神圣，四渎之精仁，河者水之伯，上应天汉。太山，天帝孙也，主召人魂。东方万物始成，故知人生命之长短。

五方人民

东方少阳,日月所出,山谷清,其人佼好。

西方少阴,日月所入,其土窈冥,其人高鼻、深目、多毛。

南方太阳,土下水浅,其人大口多傲。

北方太阴,土平广深,其人广面缩颈。

中央四析,风雨交,山谷峻,其人端正。

南越巢居,北朔穴居,避寒暑也。

东南之人食水产,西北之人食陆畜。食水产者,龟蛤螺蚌以为珍味,不觉其腥臊也;食陆畜者,狸兔鼠雀以为珍味,不觉其膻也。

有山者采,有水者渔。山气多男,泽气多女。平衍气仁,高凌气犯,丛林气躄,故择其所居。居在高中之平,下中之高,则产好人。

居无近绝溪,群冢狐虫之所近,此则死气阴匿之处也。

山居之民多瘿肿疾,由于饮泉之不流者。今荆南诸山郡东多此疾瘇。由践土之无卤者,今江外诸山县偏多此病也。卢氏曰:不然也。在山南人有之,北人及吴楚无此病,盖南出黑水,水土然也。如是不流泉井界,尤无此病也。

物　　产

地性含水土山泉者,引地气也。山有沙者生金,有穀者生玉。名山生神芝,不死之草。上芝为车马,中芝为人形,下芝为六畜。土山多云,铁山多石。五土所宜,黄白宜种禾,黑坟宜麦黍,苍赤宜菽芋,下泉宜稻,得其宜,则利百倍。

和气相感则生朱草。山出象车,泽出神马,陵出黑丹,阜出土怪。江出大贝，海出明珠，仁主寿昌，民延寿命，天下太平。

名山大川，孔穴相内，和气所出，则生石脂、玉膏，食之不死，神龙灵龟行于穴中矣。

神宫在高石沼中，有神人，多麒麟，其芝神草有英泉，饮之，服三百岁乃觉，不死。去琅玡四万五千里。三珠树生赤水之上。

员丘山上有不死树，食之乃寿。有赤泉，饮之不老。多大蛇，为人害，不得居也。

博物志卷之二

夷海内西北有轩辕国,在穷山之际,其不寿者八百岁。渚沃之野,鸾自舞,民食凤卵,饮甘露。

白民国,有乘黄,状如狐,背上有角,乘之寿三千岁。

君子国,人衣冠带剑,使两虎,民衣野丝,好礼让,不争。土千里,多薰华之草。民多疾风气,故人不番息,好让,故为君子国。

三苗国,昔唐尧以天下让于虞,三苗之民非之。帝杀,有苗之民叛,浮入南海,为三苗国。

驩兜国,其民尽似仙人。帝尧司徒。驩兜民常捕海岛中,人面鸟口,去南国万六千里,尽似仙人也。

大人国,其人孕三十六年,生白头,其儿则长大,能乘云而不能走,盖龙类。去会稽四万六千里。

厌光国民,光出口中,形尽似猿猴,黑色。

结胸国,有灭蒙鸟。奇肱民善为拭扛,以杀百禽,能为飞车,从风远行。汤时西风至,吹其车至豫州。汤破其车,不以视民,十年东风至,乃复作车遣返,而其国去玉门关四万里。

羽民国,民有翼,飞不远,多鸾鸟,民食其卵。去九疑四万三千里。

穿胸国,昔禹平天下,会诸侯会稽之野,防风氏后到,杀之。夏德之盛，二龙降庭。禹使范成光御之，行域外。既周而还至南海，经防风，防风之神二臣以涂山之戮，见禹使，怒而射之，迅风雷雨，二龙升去。二臣恐，以刃自贯其心而死。禹哀之，乃拔其刃疗以不死之草，是为穿胸民。

交趾民在穿胸东。

孟舒国民，人首鸟身。其先主为雩氏，训百禽，夏后之世，始食卵。孟舒去之，凤皇随焉。

异　　人

《河图玉板》云：龙伯国人长三十丈，生万八千岁而死。大秦国人长十丈，中秦国人长一丈，临洮人长三丈五尺。

禹致群臣于会稽，防风氏后至，戮而杀之，其骨专车。长狄乔如，身横九亩，长五丈四尺，或长十丈。

秦始皇二十六年，有大人十二见于临洮，长五丈，足迹六尺。东海之外，大荒之中，有大人国僬侥氏，长三丈。《诗含神雾》曰：东北极人长九丈。

东方有螳螂，沃焦。防风氏长三丈。短人身九寸。远夷之民雕题、黑齿、穿胸、檐耳、大足、岐首。

子利国，人一手二足，拳反曲。

无启民，居穴食土，无男女。死埋之，其心不朽，百年还化为人。细民，其肝不朽，百年而化为人。皆穴居处，二国同类也。

蒙双民，昔高阳氏有同产而为夫妇，帝放之北野，相抱而死，神鸟以不死草覆之，七年男女皆活，同颈二头、四手，是蒙双民。

有一国亦在海中，纯女无男。又说得一布衣，从海浮出，其身如中国人衣，两袖长二丈。又得一破船，随波出在海岸边，有一人项中复有面，生得，与语不相通，不食而死。其地皆在沃沮东大海中。

南海外有鲛人，水居如鱼，不废织绩，其眼能泣珠。

呕丝之野，有女子方跪，据树而呕丝，北海外也。

江陵有猛人，能化为虎，俗又曰虎化为人，好著紫葛人，足无踵。

日南有野女，群行见丈夫，状皛目，裸袒无衣裤。

异　　俗

越之东有骇沐之国，其长子生则解而食之，谓之宜弟。父死则负其母而弃之，言鬼妻不可与同居。周日用曰：既其母为鬼妻，则其为鬼子，亦合弃之矣。是以而蛮夷于禽兽犬豕一等矣，禽兽犬豕之徒犹应不然也。

楚之南有炎人之国，其亲戚死，朽之肉而弃之，然后埋其骨，乃为孝也。

秦之西有义渠国，其亲戚死，聚柴积而焚之熏之，即烟上谓之登遐，然后为孝。此上以为政，下以为俗，中国未足为非也。此事见《墨子》。周日用曰：此事庶几佛国之法宜如是乎？中国之徒，不如此也。

荆州极西南界至蜀，诸民曰獠子，妇人妊娠七月而产。临水生儿，便置水中。浮则取养之，沈便弃之，然千百多浮。既长，皆拔去上齿牙各一，以为身饰。

毌丘俭遣王颀追高句丽王宫，尽沃沮东界，问其耆老，言国人常乘船捕鱼，遭风吹，数十日，东得一岛，上有人，言语不相晓。其俗常以七夕取童女沈海。

交州夷名曰俚子。俚子弓长数尺，箭长尺余，以燋铜为镝，涂毒药于镝锋，中人即死，不时敛藏，即膨胀沸烂，须臾肌肉燋煎都尽，唯骨耳。其俗誓不以此药法语人。治之，饮妇人月水及粪汁。时有差者。唯射猪犬者，无他，以其食粪故也。燋铜者，故烧器。其长老唯别燋铜声，以物枡之，徐听其声，得燋毒者，便凿取以为箭镝。

景初中，苍梧吏到京，云："广州西南接交州数郡，桂林、晋兴、宁浦间人有病将死，便有飞虫大如小麦，或云有甲，在舍上。人气绝，来食亡者。虽复扑杀有斗斛，而来者如风雨，前后相寻续，不可断截，肌肉都尽，唯余骨在，便去尽。贫家无相缠者，或殡殓不时，皆受此弊。有物力者，则以衣服布帛五六重裹亡者。此虫恶梓木气，即以板郭防左右，并以作器，此虫便不敢近也。入交界更无，转近郡亦有，但微少耳。"

异　产

汉武帝时，弱水西国有人乘毛车以渡弱水来献香者，帝谓是常香，非中国之所乏，不礼其使。留久之，帝幸上林苑，西使千乘舆闻，并奏其香。帝取之看，大如鸾卵，三枚，与枣相似。帝不悦，以付外库。后长安中大疫，宫中皆疫病。帝不举乐，西使乞见，请烧所贡香一枚，以辟疫气。帝不得已，听之，宫中病者登日并差。长安中百里咸闻香气，芳积九十余日，香犹不歇。帝乃厚礼发遣饯送。

一说汉制献香不满斤不得受，西使临去，乃发香气如大豆者，拭著宫门，香气闻长安数十里，经数月乃歇。

汉武帝时，西海国有献胶五两者，帝以付外库。余胶半两，西使佩以自随。后从武帝射于甘泉宫，帝弓弦断，从者欲更张弦，西使乃进，乞以所送余香胶续之，座上左右莫不怪。西使乃以口濡胶为水注断弦两头，相连注弦，遂相著。帝乃使力士各引其一头，终不相离。西使曰："可以射。"终日不断，帝大怪，左右称奇，因名曰续弦胶。

《周书》曰：西域献火浣布，昆吾氏献切玉刀。火浣布污则烧之则洁，刀切玉如脂。布，汉世有献者，刀则未闻。

魏文帝黄初三年，武都西都尉王褒献石胆二十斤，四年，献三斤。

临邛火井一所，从广五尺，深二三丈。井在县南百里。昔时人以竹木投以取火，诸葛丞相往视之，后火转盛热，盆盖井上，煮盐得盐。入以家火即灭，讫今不复燃也。酒泉延寿县南山名火泉，火出如炬。

徐公曰：西域使王畅说石流黄出足弥山，去高昌八百里，有石流黄数十丈，从广五六十亩。有取流黄昼视孔中，上状如烟而高数尺。夜视皆如灯光明，高尺余，畅所亲见之也。言时气不和，皆往保此山。

博物志卷之三

异　　兽

汉武帝时,大苑之北胡人有献一物,大如狗,然声能惊人,鸡犬闻之皆走,名曰猛兽。帝见之,怪其细小。及出苑中,欲使虎狼食之。虎见此兽即低头著地,帝为反观,见虎如此,欲谓下头作势,起搏杀之。而此兽见虎甚喜,舐唇摇尾,径往虎头上立,因搦虎面,虎乃闭目低头,匍匐不敢动,搦鼻下去,下去之后,虎尾下头起,此兽顾之,虎辄闭目。

后魏武帝伐冒顿,经白狼山,逢师子。使人格之,杀伤甚众,王乃自率常从军数百击之,师子哮吼奋起,左右咸惊。王忽见一物从林中出,如狸,起上王车轭,师子将至,此兽便跳起在师子头上,即伏不敢起。于是遂杀之,得师子一。还,来至洛阳,三十里鸡犬皆伏,无鸣吠。

九真有神牛,乃生溪上,黑出时共斗,即海沸,黄或出斗,岸上家牛皆怖,人或遮则霹雳,号曰神牛。

昔日南贡四象,各有雌雄。其一雄死于九真,乃至南海百有余日,其雌涂土著身,不饮食,空草,长史问其所以,闻之辄流涕。

越嶲国有牛,稍割取肉,牛不死,经日肉生如故。

大宛国有汗血马,天马种,汉、魏西域时有献者。

文马,赤鬣身白,目若黄金,名吉黄之乘,复蓟之露犬也。

能飞食虎豹。

蜀山南高山上,有物如猕猴。长七尺,能人行,健走,名曰猴玃,一名马化,或曰猳玃。伺行道妇女有好者,辄盗之以去,人不得知。行者或每遇其旁,皆以长绳相引,然故不免。此得男子气,自死,故取女不取男也。取去为室家,其年少者终身不得还。十年之后,形皆类之,意亦迷惑,不复思归。有子者辄俱送还其家,产子皆如人,有不食养者,其母辄死,故无敢不养也。及长,与人无异,皆以杨为姓,故今蜀中西界多谓杨率皆猳玃、马化之子孙,时时相有玃爪也。

小山有兽,其形如鼓,一足如蠡。泽有委蛇,状如毂,长如辕,见之者霸。

猩猩若黄狗,人面能言。

异　鸟

崇丘山有鸟,一足,一翼,一目,相得而飞,名曰蛮,见则吉良,乘之寿千岁。

比翼鸟,一青一赤,在参嵎山。

有鸟如乌,文首,白喙,赤足,曰精卫。故精卫常取西山之木石,以填东海。

越地深山有鸟,如鸠,青色,名曰冶鸟。穿大树作巢如升器,其户口径数寸,周饰以土垩,赤白相次,状如射侯。伐木见此树,即避之去。或夜冥,人不见鸟,鸟亦知人不见己也,鸣曰“咄咄上去”!明日便宜急上树去;“咄咄下去”!明日便宜急下。若使去但言笑而不已者,可止伐也。若有秽恶及犯其止者,则虎通夕来守,人不知者即害人。此鸟白日见其形,鸟也;夜听其鸣,人也。时观乐便作人悲喜,形长三尺,涧中取石蟹就人火间炙之,不可犯也。越人谓此鸟为越祝之祖。

异　　虫

南方有落头虫,其头能飞。其种人常有所祭祀号曰虫落,故因取名焉。其飞因晚便去,以耳为翼,将晓还,复著体,吴时往往得此人也。

江南山溪中水射工虫,甲类也,长一二寸,口中有弩形,气射人影,随所著处发疮,不治则杀人。今鹦鹉虫溺人影,亦随所著处生疮。卢氏曰:以鸡肠草捣涂,经日即愈。周日用曰:万物皆有所相感,愚闻以霹雳木击鸟影,其鸟应时落地,虽未尝试,以是类知必有之。

蝮蛇秋月毒盛,无所蜇螫,啮草木以泄其气,草木即死。人樵采,设为草木所伤刺者亦杀人,毒甚于蝮啮,谓之蛇迹也。

华山有蛇名肥遗,六足四翼,见则天下大旱。

常山之蛇名率然,有两头,触其一头,头至;触其中,则两头俱至。孙武以喻善用兵者。

异　　鱼

南海有鳄鱼,状似鼍,斩其头而乾之,去齿而更生,如此者三乃止。

东海有牛体鱼,其形状如牛,剥其皮悬之,潮水至则毛起,潮去则毛伏。

东海鲛鳕鱼,生子,子惊,还入母肠,寻复出。

吴王江行食鲙,有余,弃于中流,化为鱼。今鱼中有名吴王鲙余者,长数寸,大者如箸,犹有鲙形。

广陵陈登食脍作病,华佗下之,脍头皆成虫,尾犹是脍。

东海有物,状如凝血,从广数尺,方员,名曰鲊鱼,无头目处所，内无藏，众虾附之，随其东西。人煮食之。

异 草 木

太原晋阳以北生屏风草。

海上有草焉，名蒒。其实食之如大麦，七月稔熟，名曰自然谷，或曰禹余粮。<small>蒒音师。</small>

尧时有屈佚草，生于庭，佞人入朝，则屈而指之。一名指佞草。

右詹山，帝女化为詹草，其叶郁茂，其萼黄，实如豆，服者媚于人。

止些山，多竹，长千仞，凤食其实。去九疑万八千里。

江南诸山郡中，大树断倒者，经春夏生菌，谓之椹。食之有味，而忽毒杀，人云此物往往自有毒者，或云蛇所著之。枫树生者啖之，令人笑不得止，治之，饮土浆即愈。

博物志卷之四

物　性

九窍者胎化,八窍者卵生,龟鳖皆此类,咸卵生影伏。

白鹢雄雌相视则孕。或曰雄鸣上风,则雌孕。

兔舐毫望月而孕,口中吐子,旧有此说,余目所未见也。

大腰无雄,龟鼋类也。无雄,与蛇通气则孕。细腰无雌,蜂类也。取桑蚕则阜螽子咒而成子,《诗》云"螟蛉之子,蜾蠃负之"是也。

蚕三化,先孕而后交。不交者亦产子,子后为蚬,皆无眉目,易伤,收采亦薄。

鸟雌雄不可别,翼右掩左,雄;左掩右,雌。二足而翼谓之禽,四足而毛谓之兽。

鹊巢门户背太岁,得非才智也。

鹳雉长尾,雨雪,惜其尾,栖高树杪,不敢下食,往往饿死。时魏景初中天下所说。

鹳,水鸟也。伏卵时,卵冷则不孕,取磐石周绕卵,以时助燥气。

山鸡有美毛,自爱其色毛,终日映水,目眩则溺死。

龟三千岁游于莲叶,巢于卷耳之上。

屠龟,解其肌肉,唯肠连其头,而经日不死,犹能啮物。鸟往食之,则为所得。渔者或以张鸟,遇神蛇复续。

蛷螋以背行,快于足用。

《周官》云:"狢不渡汶水,鹳不渡济水。"鲁国无鹳鸽,来巢,记异也。

橘渡江北,化为枳。今之江东,甚有枳橘。

百足一名马蚿,中断成两段,各行而去。

物　　理

凡月晕,随灰画之,随所画而阙。《淮南子》云:"未详其法。"

麒麟斗而日蚀,鲸鱼死则彗星出,婴儿号妇乳出,蚕弭丝而商弦绝。

《庄子》曰:"地三年种蜀黍,其后七年多蛇。"

积艾草,三年后烧,津液下流成铅锡,已试,有验。

煎麻油,水气尽,无烟,不复沸则还冷,可内手搅之。得水则焰起,散卒而灭。此亦试之有验。

庭州灞水,以金银铁器盛之皆漏,唯瓠叶则不漏。

龙肉以醢渍之,则文章生。

积油满万石,则自然生火。武帝泰始中武库火,积油所致。

物　　类

烧铅锡成胡粉,犹类也。烧丹朱成水银,则不类,物同类异用者。

魏文帝所记诸物相似乱真者:武夫怪石似美玉;蛇床乱蘼芜;荠苨乱人参;杜衡乱细辛;雄黄似石流黄;鳊鱼相乱,以有大小异异;敌休乱门冬;百部似门冬;房葵似狼毒;钩吻草与荇华相似;拔揳与萆薢相似,一名狗脊。

药　　物

乌头、天雄、附子,一物,春秋冬夏采各异也。

远志,苗曰小草,根曰远志。

芎䓖,苗曰江蓠,根曰芎䓖。

菊有二种,苗花如一,唯味小异,苦者不中食。

野葛食之杀人。家葛种之三年,不收,后旅生亦不可食。

《神仙传》云:“松柏脂入地千年化为茯苓,茯苓化为琥珀。”琥珀一名江珠。今泰山出茯苓而无琥珀,益州永昌出琥珀而无茯苓。或云烧蜂巢所作。未详此二说。

地黄蓝首断心分根莱种皆生。女萝寄生兔丝,兔丝寄生木上,松根不著地。堇花朝生夕死。

药　　论

《神农经》曰:上药养命,谓五石之练形,六芝之延年也。中药养性,合欢蠲忿,萱草忘忧。下药治病,谓大黄除实,当归止痛。夫命之所以延,性之所以利,痛之所以止,当其药应以痛也。违其药,失其应,即怨天尤人,设鬼神矣。

《神农经》曰:药物有大毒不可入口鼻耳目者,入即杀人。一曰钩吻。卢氏曰:阴也。黄精不相连,根苗独生者是也。二曰鸱,状如雌鸡,生山中。三曰阴命,赤色著木,悬其子山海中。四曰内童,状如鹅,亦生海中。五曰鸩,羽如雀,黑头赤喙,亦曰螭蚺,生海中,雄曰螭,雌曰螭蚺也。

《神农经》曰:药种有五物:一曰狼毒,占斯解之;二曰巴豆,藿汁解之;三曰黎卢,汤解之;四曰天雄、乌头大豆解之;五曰班茅,戎盐解之。毒菜害,小儿乳汁解,先食饮二升。

食　忌

人啖豆三年，则身重行止难。

啖榆则眠，不欲觉。

啖麦稼，令人力健行。

饮真茶，令人少眠。

人常食小豆，令人肥肌粗燥。

食燕麦令人骨节断解。

人食燕肉，不可入水，为蛟龙所吞。

人食冬葵，为狗所啮，疮不差或致死。

马食谷，则足重不能行。

雁食粟，则翼重不能飞。

药　术

胡粉、白石灰等以水和之，涂鬓须不白。涂讫著油，单裹令温暖，候欲燥未燥间洗之。汤则不得著晚，晚则多折，用暖汤洗讫，泽涂之。欲染，当熟洗，鬓须有腻不著药，临染时，亦当拭须燥温之。

陈葵子微火炒，令爆咤，散著熟地，遍蹋之，朝种暮生，远不过经宿耳。

陈葵子秋种，覆盖，令经冬不死，春有子也。周日用曰：愚闻熟地植生莱兰，将石流黄筛于其上，以盆覆之，即时可待。又以变白牡丹为五色，皆以沃其根，以紫草汁则变之紫，红花汁则变红，并未试，于理可焉。此出《尔雅》。

烧马蹄羊角成灰，春夏散著湿地，生罗勒。

蟹漆相合成为《神仙药服食方》云。

戏　术

削木令圆，举以向日，以艾于后成其影，则得火。

取火法，如用珠取火，多有说者，此未试。

《神农本草》云：鸡卵可作琥珀，其法取伏瀡黄白浑杂者煮，及尚软随意刻作物，以苦酒渍数宿，既坚，内著粉中，佳者乃乱真矣。此世所恒用，作无不成者。

烧白石作白灰，既讫，积著地，经日都冷，遇雨及水浇即更燃，烟焰起。

五月五日埋蜻蜓头于西向户下，埋至三日不食则化成青真珠。又云埋于正中门。

蜥蜴或名蝘蜓。以器养之，以朱砂，体尽赤，所食满七斤，治捣万杵，点女人支体，终年不灭。唯房室事则灭，故号守宫。《传》云："东方朔语汉武帝，试之有验。"

取鳖挫令如棋子大，捣赤苋汁和合，厚以茅苞，五六月中作，投池中，经旬脔脔尽成鳖也。

博物志卷之五

方　士

魏武帝好养性法,亦解方药,招引四方之术士,如左元放、华佗之徒,无不毕至。周日用曰:曹虽好奇而心道异,如何招引方术之人乎? 如因左元放而兼见杀者,若非变化,奚至灭身? 故有道者不合亲之矣。既要试术,则可乎?

魏王所集方士名:

上党王真、陇西封君达、甘陵甘始、鲁女生、谯国华佗字元化、东郭延年、唐雪、冷寿光、河南卜式、张貂、蓟子训、汝南费长房、鲜奴辜、魏国军吏河南赵圣卿、阳城郤俭字孟节、卢江左慈字元放。

右十六人,魏文帝、东阿王、仲长统所说,皆能断谷不食,分形隐没,出入不由门户。左慈能变形,幻人视听,厌刻鬼魅,皆此类也。《周礼》所谓怪民,《王制》称挟左道者也。

魏时方士,甘陵甘始,庐江有左慈,阳城有郤俭。始能行气导引,慈晓房中之术,善辟谷不食,悉号二百岁人。凡如此之徒,武帝皆集之于魏,不使游散。甘始老而少容,曹子建密问其所行,始言本师姓韩字世雄,尝与师于南海作金,投数万斤于海。又取鲤鱼一双,鲤游行沈浮,有若处渊,其与药者已熟而食。言此药去此逾远万里,已不可行,不能得也。

皇甫隆遇青牛道士姓封名君达,其与养性法,即可仿用。

大略云："体欲常少,劳无过虚,食去肥浓,节酸咸,减思虑,损喜怒,除驰逐,慎房室。春夏泄泻,秋冬闭藏。"详别篇。武帝行之有效。

文帝《典论》曰:陈思王曹植《辩道论》云:世有方士,吾王悉招至之:甘陵有甘始,庐江有左慈,阳城有郤俭。始能行气,俭善辟谷,悉号二百岁人。自王与太子及余之兄弟,咸以为调笑,不全信之。然尝试郤俭辟谷百日,犹与寝处,行步起居自若也。夫人不食七日则死,而俭乃能如是。左慈修房中之术,善可以终命,然非有至情,莫能行也。甘始老而少容,自诸术士,咸共归之,王使郤孟节主领诸人。

近魏明帝时,河东有焦生者,裸而不衣,处火不燋,入水不冻。杜恕为太守,亲所呼见,皆有实事。周日用曰:焦孝然边河居一庵,大雪,庵倒,人已为死,而视之,蒸气于雪,略无变色。时或析薪惠人而已,故《魏书》云:"自羲皇以来,一人而已。"

颍川陈元方、韩元长,时之通才者。所以并信有仙者,其父时所传闻。河南密县有成公,其人出行,不知所至,复来还,语其家云:"我得仙。"因与家人辞诀而去,其步渐高,良久乃没而不见。至今密县传其仙去。二君以信有仙,盖由此也。周日用曰:岂惟二子乎?

桓谭《新论》说方士有董仲君,罪系狱,佯死,臭自陷出,既而复生。

黄帝问天老曰:"天地所生,岂有食之令人不死者乎?"天老曰:"太阳之草,名曰黄精,饵而食之,可以长生。太阴之草,名曰钩吻,不可食,入口立死。人信钩吻之杀人,不信黄精之益寿,不亦惑乎?"周日用曰:草既杀人,仍无益寿者也,若杀人无验,则益寿不可信矣。

服　食

左元放荒年法：择大豆粗细调匀，必生熟按之，令有光，烟气彻豆心内。先不食一日，以冷水顿服讫。其鱼肉菜果不得复经口，渴即饮水，慎不可暖饮。初小困，十数日后，体力壮健，不复思食。

鲛法服三升为剂，亦当随入先食多少增损之。盛丰欲还者煮葵子及脂苏，服肉羹渐渐饮之，须豆下乃可食。豆未尽而以实物肠塞，则杀人矣。此未试，或可以然。周日用曰：一说腊涂黏饼，炙饼令热，即涂之，以意量多少即食之，如常渴即饮冷水，忌热茶耳。

《孔子家语》曰："食水者乃耐寒而苦浮，食土者无心不息，食木者多而不治，食石者肥泽而不老，食草者善走而愚，食桑者有丝而蛾，食肉者勇而悍，食气者神明而寿，食谷者智慧而夭，不食者不死而神。"《仙传》曰："虽食者，百病妖邪之所钟焉。"

西域有蒲萄酒，积年不败，彼俗云："可十年饮之，醉弥月乃解。"所食逾少，心开逾益，所食逾多，心逾塞，年逾损焉。

辨　方　士

汉淮南王谋反被诛，亦云得道轻举。周日用曰：《汉书》云：淮南自刑，应不然乎？得道轻举，非虚事也。至今维阳境内，马迹犹存。且日与成公同处，皆上品真人耳。既谈道德，肯图叛逆之事？况恒行阴旨，好书艺，不善弋猎，《淮南内书》言神仙黄白之术，去反事远矣。夫古今书传多黜仙道者，虑帝王公侯废万机，而慕其道，故隐而不书，唯老聃不可掩而云，三百岁后，西游流沙，不知所之。庾书云蜀有女道士谢自然，白日上升，此外历代史籍未尝言也。

钩弋夫人被杀于云阳，而言尸解柩空。周日用曰：史云夫人被大风拔树，扬沙揭石，亦不云尸解柩空。

　　文帝《典论》云：议郎李覃学郤俭辟谷食茯苓，饮水中不寒，泄痢殆至殒命。军祭酒弘农董芬学甘始鸱视狼顾，呼吸吐纳，为之过差，气闭不通，良久乃苏。寺人严峻就左慈学补导之术，阉竖真无事于斯，而逐声若此。

　　又云：王仲统云：甘始、左元放、东郭延年，行容成御妇人法，并为丞相所录。间行其术，亦得其验。降就道士刘景受云母九子元方，年三百岁，莫之所在。武帝恒御此药，亦云有验。刘德治淮南王狱，得《枕中鸿宝秘书》，及子向咸而奇之。信黄白之术可成，谓神仙之道可致，卒亦无验，乃以罹罪也。周日用曰：神仙之道，学之匪一朝一夕而可得。黄白者也，仍须有分，升腾者应须有骨，安可偶然而得效也。

　　刘根不觉饥渴。或谓能忍盈虚，王仲都当盛夏之月，十炉火炙之不热；当严冬之时，裸之而不寒。恒山君以为性耐寒暑。恒山以无仙道，好奇者为之，前者已述焉。

　　司马迁云：无尧以天下让许由事。扬雄亦云：夸大者为之。扬雄又云：无仙道。桓谭亦同。

博物志卷之六

人 名 考

昔彼高阳,是生伯鲧,布土,取帝之息壤,以堙洪水。

殷三仁:微子、箕子、比干。

文王四友:南宫括、散宜生、闳夭、太颠。

仲尼四友:颜渊、子贡、子路、子张。

曹参字敬伯。

蔡伯喈母,袁公妹曜卿姑也。

古之善射者甘蝇,蝇之弟子曰飞卫。

平原管辂善卜筮,解鸟语。

蔡邕有书万卷,汉末年载数车与王粲。粲亡后,相国掾魏讽谋反,粲子与焉。既被诛,邕所与粲书,悉入粲族子业字长绪,即正宗父,正宗即辅嗣兄也。初粲与族兄凯避地荆州依刘表,表有女。表爱粲才,欲以妻之,嫌其形陋周率,乃谓曰:"君才过人而体貌躁,非女婿才。"凯有风貌,乃妻凯,生业,即女所生。

太丘长陈寔,寔子鸿胪卿纪,纪子司空群,群子泰,四世于汉、魏二朝有重名,而其德渐小减,故时人为其语曰:"公惭卿,卿惭长。"

文　籍　考

圣人制作曰经,贤者著述曰传,郑玄注《毛诗》曰笺,不解此意。或云毛公尝为北海郡守,玄是此郡人,故以为敬。

何休注《公羊传》,云"何氏学"。又不能解者。或答云:休谦词,受学于师,乃宣此义不出于己。此言为允。

太古书今见存有《神农经》、《山海经》,或云禹所作。《周易》,蔡邕云:《礼记·月令》周公作。周日用曰:《礼记》疏云:第一是吕不韦《春秋》,明吕氏所制。蔡邕云:周公,未之详也。

《谥法》、《司马法》,周公所作。

余友下邳陈德龙谓余言曰:《灵光殿赋》,南郡宜城王子山所作。子山尝之泰山,从鲍子真学算,过鲁国而都殿赋之。还归本州,溺死湘水,时年二十馀也。

地　理　考

周自后稷至于文、武,皆都关中,号为宗周。秦为阿房殿,在长安西南二十里。殿东西千步,南北三百步,上可以坐万人,庭中受十万人。二世为赵高所杀于宜春宫,在杜城南三里,葬于旁。

周时德泽盛,蒿大以为宫柱,名曰蒿宫。

姜嫄嗣祠在墉城,长安西南三十里。

盗跖冢在太阳县西。

赵鞅冢在临水县西。

始皇陵在骊山之北,高数十丈,周回六七里。今在阴盘县界。北陵虽高大,不足以销六丈冰,背陵障,使东西流。又此山有土无石,运取大石于渭南诸山,故歌曰:"运石甘泉口,渭水为不流。千人唱，万人钩，金陵馀石大如坯（土屋）。"其馀功力皆如此类。卢氏曰：秦氏奢侈，自知葬用珍宝多，故高作陵园山麓，从难发也，高则难上，固则难攻，项羽争衡之时发其陵，未详其于棺否？

旧洛阳字作水边各，汉火行也，忌水，故去水而加佳。又魏于行次为土，水得土而流，土得水而柔，故复去佳加水，变雒为洛焉。

洞庭君山，帝之二女居之，曰湘夫人。又《荆州图经》曰："湘君所游，故曰君山。"

《南荆赋》：江陵有台甚大，而唯有一柱，众梁皆拱之。

典　礼　考

三让：一曰礼让，二曰固让，三曰终让。

汉丞秦，群臣上书皆曰昧死言。王莽盗位慕古，去昧死曰稽首，光武因而不改。

肉刑，明王之制，荀卿每论之。至汉文帝感太仓公女之言而废之。班固著论宜复。迄汉末魏初，陈纪又论宜申古制，孔融云不可。复欲申之，钟繇、王朗不同，遂寝。夏侯玄、李胜、曹羲、丁谧建私议，各有彼此，多云时未可复，故遂寝焉。

上公备物九锡：一、大辂各一，玄牡二驷。二、衮冕之服，赤舄副之。三、轩悬之乐，六佾之舞。四、朱户以居。五、纳陛以登。六、虎贲之士三百人。七、铁钺各一。八、彤弓一，彤矢百，旅弓十，旅矢千。九、秬鬯一卣，珪瓒副之。

乐　考

汉末丧乱无金石之乐，魏武帝至汉中得杜夔旧法，始复设轩悬钟磬，至于今用之，受于夔也。

服　饰　考

汉末丧乱，绝无玉佩，始复作之。今之玉佩，受于王粲。

古者男子皆丝衣，有故乃素服。又有冠无帻，故虽凶事，皆著冠也。

汉中兴，士人皆冠葛巾。建安中，魏武帝造白帢，于是遂废，唯二学书生犹著也。

器　名　考

宝剑名：钝钩、湛卢、豪曹、鱼肠、巨阙，五剑皆欧冶子所作。龙泉、太阿、工市，三剑皆楚王者。

风胡子因吴王请干将，欧冶子作。干将阳龙文，莫邪阴漫理，此二剑吴王使干将作。莫邪，干将妻也。夫妻甚喜作剑也。

赤刀，周之宝器也。

物　名　考

古骏马有飞兔、腰褭。

周穆王八骏：赤骥、飞黄、白蚁、华骝、騄耳、騧骝、渠黄、盗骊。

唐公有骕骦。

项羽有骓。周日用曰：曹公有流影，而吕有赤兔，皆后来之良骏也。

周穆王有犬名耗，毛白。

晋灵公有畜犬，名獒。

韩国有黑犬，名卢。

宋有骏犬，曰䧿。

犬四尺为獒。

张骞使西域还,乃得胡桃种。

徐州人谓尘土为蓬块,吴人谓跂跌。

博物志卷之七

异　　闻

昔夏禹观河，见长人鱼身出曰："吾河精。"岂河伯耶？

冯夷，华阴潼乡人也，得仙道，化为河伯，岂道同哉？

仙夷乘龙虎，水神乘鱼龙，其行恍惚，万里如室。

夏桀之时，为长夜宫于深谷之中，男女杂处，十旬不出听政。天乃大风扬沙，一夕填此宫谷。又曰石室瑶台，关龙逢谏，桀言曰："吾之有民，如天之有日，日亡我则亡。"以为龙逢妖言而杀之。其后复于山谷下作宫在上，耆老相与谏，桀又以为妖言而杀之。

夏桀之时，费昌之河上，见二日：在东者烂烂将起；在西者沉沉将灭，若疾雷之声。昌问于冯夷曰："何者为殷？何者为夏？"冯夷曰："西夏东殷。"于是费昌徙，疾归殷。

武王伐纣至盟津，渡河，大风波。武王操戈秉麾麾之，风波立霁。

鲁阳公与韩战酣而日暮，援戈麾之，日反三舍。

太公为灌坛令。武王梦妇人当道夜哭，问之，曰："吾是东海神女，嫁于西海神童。今灌坛令当道，废我行。我行必有大风雨，而太公有德，吾不敢以暴风雨过，是毁君德。"武王明日召太公，三日三夜，果有疾风暴雨从太公邑外过。

晋文公出，大蛇当道如拱。文公反修德，使吏守蛇。吏梦天使杀蛇曰："何故当圣君道?"觉而视蛇,则自死也。

齐景公伐宋,过泰山,梦二人怒。公谓太公之神,晏子谓宋祖汤与伊尹也。为言其状,汤皙容多发,伊尹黑而短,即所梦也。景公进军不听,军鼓毁,公怒,散军伐宋。

《徐偃王志》云:徐君宫人娠而生卵,以为不祥,弃之水滨。独孤母有犬名鹄苍,猎于水滨,得所弃卵,衔以东归。独孤母以为异,覆暖之,遂烰成儿,生时正偃,故以为名。徐君宫中闻之,乃更录取。长而仁智,袭君徐国,后鹄苍临死生角而九尾,实黄龙也。偃王又葬之徐界中,今见云狗垄。偃王既主其国,仁义著闻。欲舟行上国,乃通沟陈、蔡之间,得朱弓矢,以己得知瑞,遂因名为号,自称徐偃王。江淮诸侯皆伏从,伏从者三十六国。周王闻,遣使乘驷,一日至楚,使伐之,偃王仁,不忍闻言,其民为楚所败,逃走彭城武原县东山下。百姓随之者以万数,后遂名其山为徐山。山上立石室,有神灵,民人祈祷。今皆见存。

海水西,夸父与日相逐走,渴,饮水河渭,不足。北饮大泽,未至,渴而死。弃其策杖,化为邓林。

澹台子羽渡河,赍千金之璧于河,河伯欲之,至阳侯波起,两鲛挟船,子羽左搀璧,右操剑,击鲛皆死。既渡,三投璧于河伯,河伯跃而归之,子羽毁而去。

荆轲字次非,渡,鲛夹船,次非不走,断其头,而风波静除。周日用曰:余尝行经荆将军墓,墓与羊角哀冢邻,若安伯施云:为荆将军所伐,乃在此也。其地在苑陵之源,求见其墓碑,将军名乃作次飞字也。

东阿王勇士有蓄丘䜣,过神渊,使饮马,马沉,䜣朝服拔剑,二日一夜,杀二蛟一龙而出,雷随击之,七日七夜,眇其左目。

汉滕公薨,求葬东都门外。公卿送丧,驷马不行,踠地悲鸣,跑蹄下地得石,有铭曰:"佳城郁郁,三千年见白日,吁嗟滕公居此室。"遂葬焉。

卫灵公葬,得石椁,铭曰:"不逢箕子,灵公夺我里。"

汉西都时,南宫寝殿内有醇儒王史威长死,葬铭曰:"明明哲士,知存知亡。崇陇原疆,非宁非康。不封不树,作灵乘光。厥铭何依,王史威长。"

元始元年,中谒者沛郡史岑上书,讼王宏夺董贤玺绶之功。灵帝和光元年,辽西太守黄翻上言:海边有流尸,露冠绛衣,体貌完全,使翻感梦云:"我伯夷之弟,孤竹君也。海水坏吾棺椁,求见掩藏。"民有襮裸视,皆无疾而卒。

汉末关中大乱,有发前汉时冢者,宫人犹活。既出,平复如旧。魏郭后爱念之,录著宫内,常置左右,问汉时宫中事,说之了了,皆有次序。后崩,哭泣过礼,遂死焉。

汉末发范明友冢,奴犹活。明友,霍光女婿。说光家事废立之际,多与《汉书》相似。此奴常游走于民间,无止住处,今不知所在。或云尚在,余闻之于人,可信而目不可见也。

大司马曹休所统中郎谢璋部曲义兵奡佽息女,年四岁,病没故,埋葬五日复生。太和三年,诏令休使父母同时送女来视。其年四月三日病死,四日埋葬,至八日同墟入采桑,闻儿生活。今能饮食如常。

京兆都张潜客居辽东,还后为驸马都尉、关内侯,表言故为诸生。太学时,闻故太尉常山张颢为梁相,天新雨后,有鸟如山鹊,飞翔近地,市人掷之,稍下堕,民争取之,即为一员石。言县府,颢令捶破之,得一金印,文曰"忠孝侯印"。颢表上之,藏于官库。后议郎汝南樊行夷校书东观,表上言尧舜之时,旧有此官,今天降印,宜可复置。

孝武建元四年,天雨粟。孝元竟宁元年,南阳阳郡雨谷,小者如黍粟而青黑,味苦;大者如大豆赤黄,味如麦。下三日生根叶,状如大豆初生时也。

代城始筑,立板幹,一旦亡,西南四五十板于泽中自立,结草为外门,因就营筑焉。故其城直周三十七里,为九门,故城处为东城。

博物志卷之八

史　　补

　　黄帝登仙,其臣左彻者削木象黄帝,帅诸侯以朝之。七年不还,左彻乃立颛顼。左彻亦仙去也。

　　尧之二女,舜之二妃,曰湘夫人。舜崩,二妃啼,以涕挥竹,竹尽斑。

　　处士东鬼块责禹乱天下事,禹退作三城。强者攻,弱者守,敌战,城郭盖禹始也。

　　大姒梦见商之庭产棘,乃小子发取周庭梓树,树之于阙间,梓化为松柏棫柞。觉惊以告文王,文王曰:慎勿言。冬日之阳,夏日之阴,不召而万物自来。天道尚左,日月西移;地道尚右,水潦东流。天不享于殷,自发之夫生于今十年,禹羊在牧,水潦东流,天下飞蝗满野,日之出地无移照乎?

　　武王伐殷,舍于幾,逢大雨焉。衰舆三百乘,甲三千,一日一夜,行三百里以战于牧野。

　　成王冠,周公使祝雍曰:"辞达而勿多也。"祝雍曰:"近于民,远于佞,近于义,啬于时,惠于财,任贤使能,陛下摛显先帝光耀,以奉皇天之嘉禄钦顺,仲壹之言曰:'遵并大道,郊域康阜,万国之休灵,始明元服,推远童稚之幼志,弘积文武之就德,肃雝高祖之清庙,六合之内,靡不蒙德,岁岁与天无极。'"右孝昭周成王冠辞。

《止雨祝》曰：天生五谷，以养人民，今天雨不止，用伤五谷，如何如何！灵而不幸，杀牲以赛神灵，雨则不止，鸣鼓攻之，朱丝绳萦而胁之。

《请雨》曰：皇皇上天，照临下土。集地之灵，神降甘雨。庶物群生，咸得其所。

《礼记》曰：孔子少孤，不知其父墓。母亡，问于邹曼父之母，乃合葬于防。防墓又崩，门人后至。孔子问来何迟，门人实对，孔子不应，如是者三，乃潸然流涕而止曰："古不修墓。"蒋济、何晏、夏侯玄、王肃皆云无此事，注记者谬，时贤咸从之。周日用曰：四士言无者，后有何理而述之？在愚所见，实未之有矣。且征在与梁纥野合而生，事多隐也。况我丘生而父已死，既隐何以知之？非问曼父之母，安得合葬于防也？

孔子东游，见二小儿辩斗。问其故，一小儿曰："我以日始出时，去人近，而日中时远也。"一小儿曰："以日出时远，而日中时近。"一小儿曰："日初出时大如车盖，及日中时如盘盂，此不为远者小而大者近乎？"一小儿曰："日初出沧沧凉凉，及其中而探汤，此不为近者热而远者凉乎？"孔子不能决，两小儿曰："孰谓汝多知乎！"亦出《列子》。周日用曰：日当中向热者，炎气直下也，譬犹火气直上而与旁暑，其炎凉可悉耳。是明初出近而当中远矣，岂圣人肯对乎？

子路与子贡过郑神社，社树有鸟，神牵率子路，子贡说之，乃止。

《春秋》哀公十四年：春，西狩获麟。《公羊传》曰："有以告者，孔子曰：'孰为来哉！孰为来哉！'"卢曰：以其时非应，故孔子泣而感之。麟口吐三策，盖天使报圣人。

《左传》曰："叔孙氏之车子鉏商获麟，以为不祥。"

燕太子丹质于秦，秦王遇之无礼，不得意，思欲归。请于秦王，王不听，谬言曰："令乌头白，马生角，乃可。"丹仰而叹，乌即头白；俯而嗟，马生角。秦王不得已而遣之，为机发之桥，欲陷丹。丹驱驰过之，而桥不发。遁到关，关门不开，丹为鸡鸣，于是众鸡悉鸣，遂归。

詹何以独茧丝为纶，芒针为钩，荆筱为竿，割粒为饵，引盈车之鱼于百仞之渊，汩流之中，纶不绝，钩不申，竿不挠。

薛谭学讴于秦青，未穷青之旨，于一日遂辞归。秦青乃饯于郊衢，抚节悲歌，声震林木，响遏行云。薛谭乃谢求返，终身不敢言归。秦青顾谓其友曰："昔韩娥东之齐，遗粮，过雍门，鬻歌假食而去，馀响绕梁，三日不绝，左右以其神弗去。过逆旅，凡人辱之，韩娥因曼声哀哭，一里老幼喜欢抃舞，弗能自禁，乃厚赂而遣之。故雍门人至今善歌哭，效娥之遗声也。"

赵襄子率徒十万狩于中山，藉芳燔林，烨赫百里。有人从石壁中出，随烟上下，若无所之经涉者。襄子以为物，徐察之，乃人也。问其奚道而处石，奚道而入火，其人曰："奚物为火？"襄子曰："不知也。"魏文侯闻之，问于子夏曰："彼何人哉？"子夏曰："以商所闻于夫子，和者同于物，物无得而伤，阅者游金石之间及蹈于水火皆可也。"文侯曰："吾子奚不为之？"子夏曰："刳心知去，商未能也。虽试语之，而即暇矣。"文侯曰："夫子奚不为之？"子夏曰："夫子能而不为。"文侯不悦。

更嬴谓魏王曰："臣能射，为虚发而下鸟。"王曰："然可试于此乎？"曰："可。"间有鸟从东方来，嬴虚发而下之也。

澹台子羽子溺水死，欲葬之，灭明曰："此命也，与蝼蚁何亲？与鱼鳖何仇？"遂不使葬。

《列传》云：聂政刺韩相，白虹为之贯日；要离刺庆忌，彗星袭月；专诸刺吴王僚，鹰击殿上。

　　齐桓公出，因与管仲故道，自燉煌西涉流沙往外国，沙石千余里，中无水，时则有沃流处，人莫能知，皆乘骆驼，骆驼知水脉，过其处辄停不肯行，以足蹋地，人于其蹋处掘之，辄得水。

　　楚熊渠子夜行，射寝石以为伏虎，矢为没羽。

　　汉武帝好仙道，祭祀名山大泽以求神仙之道。时西王母遣使乘白鹿告帝当来，乃供帐九华殿以待之。七月七日夜漏七刻，王母乘紫云车而至于殿西，南面东向，头上戴玉胜，青气郁郁如云。有三青鸟，如乌大，使侍母旁。时设九微灯。帝东面西向，王母索七桃，大如弹丸，以五枚与帝，母食二枚。帝食桃辄以核著膝前，母曰：“取此核将何为？”帝曰：“此桃甘美，欲种之。”母笑曰：“此桃三千年一生实。”唯帝与母对坐，其从者皆不得进。时东方朔窃从殿南厢朱鸟牖中窥母，母顾之，谓帝曰：“此窥牖小儿，尝三来盗吾此桃。”帝乃大怪之。由此世人谓方朔神仙也。

　　君山有道，与吴包山潜通，上有美酒数斗，得饮者不死。汉武帝斋七日，遣男女数十人至君山，得酒，欲饮之，东方朔曰：“臣识此酒，请视之。”因一饮致尽。帝欲杀之，朔乃曰：“杀朔若死，此为不验。以其有验，杀亦不死。”乃赦之。

博物志卷之九

杂　说　上

老子云：“万民皆付西王母，唯王、圣人、真人、仙人、道人之命上属九天君耳。”

黄帝治天下百年而死。民畏其神百年，以其数百年，故曰黄帝三百年。上古男三十而妻，女二十而嫁。曾子曰：“弟子不学古知之矣，贫者不胜其忧，富者不胜其乐。”

昔西夏仁而去兵，城廓不修，武士无位，唐伐之，西夏亡。昔者玄都贤鬼神道，废人事天，其谋臣不用，龟筴是从，忠臣无禄，神巫用国。

榆炯氏之君孤而无徒，曲沃进伐之以亡。

昔有巢氏有臣而贵任之，专国主断，已而夺之。臣怒而生变，有巢以亡。昔者清阳强力，贵美女，不治国而亡。

昔有洛氏，宫室无常，囿池广大，人民困匮，商伐之，有洛以亡。

《神仙传》曰：“说上据辰尾为宿，岁星降为东方朔。傅说死后有此宿，东方生无岁星。”

曾子曰：“好我者知吾美矣，恶我者知吾恶矣。”

思士不妻而感，思女不夫而孕。后稷生乎巨迹，伊尹生乎空桑。

箕子居朝鲜，其后伐燕，复之朝鲜，亡入海为鲜国。师两妻墨色,珥两青蛇,盖勾芒也。

汉兴多瑞应,至武帝之世特甚,麟凤数见。王莽时,郡国多称瑞应,岁岁相寻,皆由顺时之欲,承旨求媚,多无实应,乃使人猜疑。

子胥伐楚,燔其府库,破其九龙之钟。

蓍一千岁而三百茎,其本以老,故知吉凶。蓍末大于本为上吉,筮必沐浴斋洁食香,每日望浴蓍,必五浴之。浴龟亦然。明夷曰:"昔夏后筮乘飞龙而登于天。而牧占四华陶,陶曰:'吉。昔夏启筮徙九鼎,启果徙之。'"

昔舜筮登天为神,牧占有黄龙神曰:"不吉。"武王伐殷而牧占蓍老,蓍老曰:"吉。"桀筮伐唐,而牧占荧惑曰:"不吉。"昔鲧筮注洪水,而牧占大明曰:"不吉,有初无后。"

蓍末大于本为卜吉,次蒿,次荆,皆如是。龟蓍皆月望浴之。

水石之怪为龙罔象,木之怪为夔罔两,土之怪为羵羊,火之怪为宋无忌。

斗战死亡之处,其人马血积年化为磷。磷著地及草木如露,略不可见。行人或有触者,著人体便有光,拂拭便分散无数,愈甚有细咤声如炒豆,唯静住良久乃灭。后其人忽忽如失魂,经日乃差。今人梳头脱著衣时,有随梳解结有光者,亦有咤声。

风山之首方高三百里,风穴如电突深三十里,春风自此而出也。何以知还风也?假令东风,云反从西来,诜诜而疾,此不旋踵,立西风矣。所以然者,诸风皆从上而下,或薄于云,云行疾,下虽有微风,不能胜上,上风来则反矣。

《春秋》书鸜鼠食郊牛,牛死。鼠之类最小者,食物当时不觉痛。世传云：亦食人项肥厚皮处，亦不觉。或名甘鼠。俗人讳此所啮，衰病之征。

鼠食巴豆三年，重三十斤。

博物志卷之十

杂　说　下

　　妇人妊娠未满三月，著婿衣冠，平旦左绕井三匝，映祥影而去，勿反顾，勿令人知见，必生男。周日用曰：知女则可依法，或先是男如何？余闻有定法，定母年月日与受胎时日，算之，遇奇则为男，遇偶则为女，知为女胎，即可依法。

　　妇人妊娠，不欲令见丑恶物、异类鸟兽。食当避其异常味，不欲令见熊罴虎豹。御及鸟射射雉，食牛心、白犬肉、鲤鱼头。席不正不坐，割不正不食，听诵诗书讽咏之音，不听淫声，不视邪色。以此产子，必贤明端正寿考。所谓父母胎教之法。卢氏曰：子之得清纯滋液，则生仁圣；谓错乱之年，则生贪淫，子因母气也。故古者妇人妊娠，必慎所感，感于善则善，恶则恶矣。妊娠者不可啖兔肉。又不可见兔，令儿唇缺。又不可啖生姜，令儿多指。

　　《异说》云：瞽叟夫妇凶顽而生舜。叔梁纥，淫夫也，微在，失行也，加又野合而生仲尼焉。其在有胎教也？卢氏曰：夫甲及寅申生者圣，以年在岁，德在甲寅，壬申生者则然矣。亦由先天也，亦由父母气也。古者元气清，故多圣。今者俗淫阴浊，故无圣人也。

　　豫章郡衣冠人有数妇，暴面于道，寻道争分铢以给其夫舆马衣资。及举孝廉，更取富者，一切皆给先者，虽有数年之勤，妇子满堂室，犹放黜以避后人。

　　诸远方山郡幽僻处出蜜蜡，人往往以桶聚蜂，每年一取。

　　远方诸山蜜蜡处，以木为器，中开小孔，以蜜蜡涂器，内外令遍。春月蜂将生育时，捕取三两头著器中，蜂飞去，寻将伴来，经日渐益，遂持器归。

　　人藉带眠者，则梦蛇。

　　鸟衔人之发，梦飞。

　　王尔、张衡、马均昔冒重雾行，一人无恙，一人病，一人死。问其故，无恙人曰："我饮酒，病者食，死者空腹。"

　　人以冷水自渍至膝，可顿啖，数十枚瓜。渍至腰，啖转多。至颈可啖百余枚。所渍水皆作瓜气味。此事未试。人中酒醉不解，治之，以汤自渍即愈，汤亦作酒气味也。

　　昔刘玄石于中山酒家酤酒，酒家与千日酒，忘言其节度。归至家当醉，而家人不知，以为死也，权葬之。酒家计千日满，乃忆玄石前来酤酒，醉向醒耳。往视之，云玄石亡来三年，已葬。于是开棺，醉始醒，俗云："玄石饮酒，一醉千日。"

　　旧说云天河与海通。近世有人居海渚者，年年八月有浮槎去来，不失期，人有奇志，立飞阁于查上，多赍粮，乘槎而去。十余日中，犹观星月日辰，自后茫茫忽忽，亦不觉昼夜。去十馀日，奄至一处，有城郭状，屋舍甚严。遥望宫中多织妇，见一丈夫牵牛渚次饮之。牵牛人乃惊问曰："何由至此？"此人具说来意，并问此是何处，答曰："君还至蜀郡访严君平则知之。"竟不上岸，因还如期。后至蜀，问君平，曰："某年月日有客星犯牵牛宿。"计年月，正是此人到天河时也。

　　人有山行堕深涧者，无出路，饥饿欲死。左右见龟蛇甚多，朝暮引颈向东方，人因伏地学之，遂不饥，体殊轻便，能登岩岸。经数年后，竦身举臂，遂超出涧上，即得还家。颜色悦怿,颇更黠慧胜故。还食谷,啖滋味,百馀日中复本质。

　　天门郡有幽山峻谷,而其上人有从下经过者,忽然踊出林表,状如飞仙,遂绝迹。年中如此甚数,遂名此处为仙谷。有乐道好事者,入此谷中洗沐,以求飞仙,往往得去。有长生意思人,疑必以妖怪。乃以大石自坠,牵一犬入谷中,犬复飞去。其人还告乡里,募数十人执杖揭山草伐木,至山顶观之,遥见一物长数十丈,其高隐人,耳如簸箕。格射刺杀之。所吞人骨积此左右,已成封。蟒开口广丈余,前后失人,皆此蟒气所噏上。于是此地遂安稳无患。

古　今　注

[晋]崔　豹　撰
王　根　林　校点

校 点 说 明

《古今注》三卷,晋崔豹撰。崔豹,字正熊,一作正能,惠帝时官至太傅。

此书是一部对古代和当时各类事物进行解说诠释的著作。其具体内容,可以从它的八个分类略知大概。卷上:舆服一,都邑二;卷中:音乐三,鸟兽四,鱼虫五;卷下:草木六,杂注七,问答释义八。它对我们了解古人对自然界的认识、古代典章制度和习俗,有一定帮助。但其中也有某些解释不尽合理,带有一定随意性。

传世的《古今注》版本,主要有两个系统。一是《四部丛刊三编》影印的芝秀堂本;一是《顾氏文房小说》影印本。其他还有不少本子,基本上都属于"顾氏文房小说"的系统。这次校点,是以《顾氏文房小说》本为底本,再校以其他各本。凡底本有误者,则据他本径改,不出校记。

目　录

古今注卷上

舆 服 第 一

大驾指南车,起黄帝与蚩尤战于涿鹿之野。蚩尤作大雾,兵士皆迷,于是作指南车,以示四方,遂擒蚩尤,而即帝位。故后常建焉。旧说周公所作也。周公治致太平,越裳氏重译来贡白雉一,黑雉二,象牙一,使者迷其归路,周公锡以文锦二匹,辂车五乘,皆为司南之制,使越裳氏载之以南。缘扶南林邑海际,期年而至其国。使大夫宴将送至国而还,亦乘司南而背其所指,亦期年而还至。始制车辖辖皆以铁,还至,铁亦销尽,以属巾车氏收而载之,常为先导,示服远人而正四方。车法具在《尚方故事》。汉末丧乱,其法中绝,马先生绍而作焉。今指南车,马先生之遗法也。马钧,曹魏时人。

大章车,所以识道里也,起于西京,亦曰记里车。车上为二层,皆有木人,行一里,下层击鼓;行十里,上层击镯。《尚方故事》有作车法。

辟恶车,秦制也。桃弓苇矢,所以被除不祥也。

豹尾车,周制也。所以象君子豹变。尾,言谦也。古军正建之,今唯乘舆得建焉。

金斧,黄钺也;铁斧,玄钺也。三代通用之以断斩。今以金斧、黄钺为乘舆之饰。玄钺,诸王公得建之。武王以黄钺斩纣,故王者以为戒。太公以玄钺斩妲己,故妇人以为戒。汉制，诸公亦建玄钺。以太公秉之助武王断斩，故为诸公之饰焉。大将军出征，特加黄钺者，以铜为之，黄金涂刃及柄，不得纯金也。得赐黄钺，则斩持节将也。

　　锽，秦改铁钺作锽，始皇制也。一本云：锽，秦制也。今乘舆诸公王妃主通建之也。

　　麾，所以指麾，武王右执白旄以麾是也。乘舆以黄，诸公以朱，刺史二千石以纁。

　　五辂衡上金爵者，朱雀也。口衔铃，铃谓銮，所谓和銮也。《礼记》云：行前朱鸟，鸾也。前有鸾鸟，故谓之鸾。鸾口衔铃，故谓之銮铃。今或为銮，或为鸾，事一而义异也。

　　车辐，棒也。汉朝执金吾，金吾，亦棒也。以铜为之，黄金涂两末，谓为金吾。御史大夫、司隶校尉亦得执焉。御史、校尉、郡守、都尉、县长之类，皆以木为吾焉。用以夹车，故谓之车辐。一曰形似辐，故谓之车辐也。

　　棨戟，殳之遗象也。《诗》所谓"伯也执殳，为王前驱"。殳，前驱之器也，以木为之，后世滋伪，无复典刑。以赤油韬之，亦谓之油戟，亦谓之棨戟。公王以下通用之以前驱。信幡，古之徽号也。所以题表官号，以为符信，故谓为信幡也。乘舆则画为白虎，取其义而有威信之德也。魏朝有青龙幡、朱鸟幡、玄武幡、白虎幡、黄龙幡五，而以诏四方。东方郡国以青龙幡，南方郡国以朱鸟幡，西方郡国以白虎幡，北方郡国以玄武幡，朝廷畿内以黄龙幡，亦以麒麟幡。高贵乡公讨晋文王，自秉黄龙幡以麾是也。今晋朝唯用白虎幡。信幡用鸟书，取其飞腾轻疾也。一曰以鸿雁燕乙者，去来之信也。

　　重耳，古重较也。文官青耳，武官赤耳。或曰重较在军车藩上，重起如牛角，故云重较耳。

穰衣，厮役之服也，取其便于用耳。乘舆进食者服穰衣。前汉董偃绿帻青韝，加穰衣，以见武帝，厨人之服也。

伍伯，一伍之伯也。五人曰伍，五长为伯，故称伍伯。一曰户伯。汉制兵吏五人一户灶置一伯，故户伯亦曰火伯，以为一灶之主也。汉诸公行，则户伯率其伍以导引也。古兵士服韦弁，今户伯服赤帻缥衣素袜，弁之遗法也。

唱上，所以促行徒也，上鼓而行节也。

警跸，所以戒行徒也。《周礼》跸而不警。秦制出警入跸，谓出军者皆警戒，入国者皆跸止也。故云出警入跸也。至汉朝梁孝王，王出称警，入称跸，降天子一等焉。一曰跸，路也，谓行者皆警于涂路也。

华盖，黄帝所作也。与蚩尤战于涿鹿之野，常有五色云气，金枝玉叶，止于帝上。有花葩之象，故因而作华盖也。

曲盖，太公所作也。武王伐纣，大风折盖，太公因折盖之形，而制曲盖焉。战国常以赐将帅，自汉朝乘舆用四，谓为辒辌。盖有军号者，赐其一也。

伺风鸟，夏禹所作也。

雉尾扇，起于殷世。高宗时，有雊雉之祥，服章多用翟羽。周制以为王后、夫人之车服。舆车有翣，即缉雉羽为扇翣，以障翳风尘也。汉朝乘舆服之，后以赐梁孝王。魏晋以来无常，准诸王皆得用之。

障扇，长扇也。汉世多豪侠，象雉尾扇而制长扇也。

金根车，秦制也。秦并天下，阅三代之舆服，谓殷得瑞山车，一曰金根车，故因作金根之车。秦乃增饰而乘御焉，汉因而不改。

汉旧制：乘舆黄赤绶四采，黄赤缥绀，淳黄为圭，长二丈九尺九寸,五百首。诸侯王赤绶四采,赤黄缥绀,淳赤圭,长二丈一尺,三百首。太皇太后、皇太后、皇后,皆与乘舆同。长公主、天子贵人,与诸侯王同。绶者特加也。诸国贵人、相国,皆绿绶三采,绿紫绀,淳绿圭,长二丈一尺,二百四十首。公侯、将军,紫绶二采,紫白,淳紫圭,长一丈七尺,百八十首。公主、封君,服紫绶。九卿、中二千石、二千石,青绶三采,青白红,淳青圭,长一丈七尺,百二十首。自青绶以上,绲皆长三尺二寸,与绶同采而首半之。

绲者,古佩璲也。佩绶相迎授,故曰绲。紫绶以上,绲绶之间,得施玉环止玉玦云。千石、六百石,黑绶三采,青赤绀,纯青圭,长一丈六尺,八十首。四百石、三百石长同。四百石、三百石、二百石,黄绶,一采,淳黄圭,长一丈五尺,六十首。自黑绶以下,绲皆长三尺,与绶同采而首半之。百石青绀绶一采,婉转缪织,织长一丈二尺。凡先合单纺为一系,四系为一扶,五扶为一首,五首成一文。文采淳为一圭,首多者系细,首少者系粗,皆广一尺六寸也。汉末丧乱,玉佩之法绝而不传。魏侍中王粲识古佩法,始更制焉。

帢,魏武帝所制也。以军中服之轻便,又作五色帢,以表方面也。

白笔,古珥笔,示君子有文武之备焉。

两汉京兆河南尹及执金吾、司隶校尉,皆使人导引传呼,使行者止,坐者起。四人皆持角弓,违者则射之。有乘高窥阚者,亦射之。魏晋设角弩而不用也。

青囊,所以盛印也。奏劾者,则以青布囊盛印于前,示奉王法而行也。非奏劾日,则以青缯为囊,盛印于后,谓奏劾尚质直,故用布。非奏劾日,尚文明,故用缯也。自晋朝以来,劾奏之官，专以印居前，非奏劾之官，专以印居后也。

文官冠进贤冠，古委兒之遗象也。武官冠惠文冠，古缁布冠之遗象。缁布冠上古之法，武人尚质，故取法焉。

舄，以木置履下，干腊不畏泥湿也。天子赤舄，凡舄色皆象于裳。

履者，屦之不带者也。

不借者，草履也。以其轻贱易得，故人人自有，不假借于人，故名不借也。又，汉文帝履不借视朝。

五明扇，舜所作也。既受尧禅，广开视听，求贤人以自辅，故作五明扇焉。秦汉公卿士大夫皆得用之。魏晋非乘舆不得用。

貂蝉，胡服也。貂者，取其有文采而不炳焕，外柔易而内刚劲也。蝉，取其清虚识变也。在位者有文而不自耀，有武而不示人，清虚自牧，识时而动也。

剑，汉世传高祖斩白蛇剑，长七尺。汉高祖为泗水亭长，送徒骊山，所提剑理应三尺耳。后富贵，则得七尺宝剑，舍旧剑而服之。后汉之世，唯闻高祖以所佩之剑斩白蛇，而高祖常佩此剑，便谓此剑即斩蛇之剑也。

吴大皇帝有宝刀三，宝剑六：一曰白虹，二曰紫电，三曰辟邪，四曰流星，五曰青冥，六曰百里。刀一曰百链，二曰青犊，三曰漏景。

孙文台获青玉马鞍，其光照衢。

都 邑 第 二

封疆画界者，封土为台，以表识疆境也；画界者，于二封之间，又为壝埒，以画分界域也。

阛，市垣也；阓，市门也。

肆，所以陈货鬻之物也；店，所以置货鬻之物也。肆，陈
也；店，置也。

罘罳，屏之遗象也。塾，门外之舍也。臣来朝君，至门外
当就舍，更详熟所应对之事也。塾之言，熟也。行至门内屏
外，复应思惟。罘罳，复思也。汉西京罘罳，合板为之，亦筑土
为之。每门阙殿舍前皆有焉。于今郡国厅前亦树之。

城门皆筑土为之，累土曰台，故亦谓之台门也。

长安御沟，谓之杨沟，谓植高杨于其上也。一曰羊沟，谓
羊喜抵触垣墙，故为沟以隔之，故曰羊沟也。

阙，观也。古每门树两观于其前，所以摽表宫门也。其上
可居，登之则可远观，故谓之观。人臣将至此，则思其所阙，故
谓之阙。其上皆丹垩，其下皆画云气仙灵奇禽怪兽，以昭示四
方焉。

苍龙阙画苍龙，白虎阙画白虎，玄武阙画玄武，朱雀阙上
有朱雀二枚。

城者，盛也，所以盛受人物也。

庙者，貌也，所以仿佛先人之灵貌也。

隍者，城池之无水者也。

紫塞，秦筑长城，土色皆紫，汉塞亦然，故称紫塞焉。

丹徼，南方徼色赤，故称丹徼，为南方之极也。塞者，塞
也，所以拥塞戎狄也。徼者，绕也，所以绕遮蛮夷，使不得侵中
国也。

拘拦，汉成帝顾成庙，有三玉鼎，二真金炉，槐树悉为扶老
拘拦，画飞云龙角于其上也。

古今注卷中

音 乐 第 三

《雉朝飞》者,牧犊子所作也。齐处士,泯宣时人,年五十无妻,出薪于野,见雉雄雌相随而飞,意动心悲,乃作《雉朝飞》之操,将以自伤焉。其声中绝。魏武帝宫人有卢女者,故冠军将军阴叔之妹。年七岁,入汉宫,学鼓琴,琴特鸣,异于诸妓,善为新声,能传此曲。卢女至明帝崩后放出,嫁为尹更生之妻。《别鹤操》,商陵牧子所作也。娶妻五年而无子,父兄将为之改娶。妻闻之,中夜起,倚户而悲啸。牧子闻之,怆然而悲,乃歌曰:"将乖比翼隔天端,山川悠远路漫漫,揽衣不寝食忘餐。"后人因为乐章焉。

《走马引》,樗里牧恭所作也。为父报冤,杀人而亡,藏于山谷之下。有天马夜降,围其室而鸣。夜觉,闻其声,以为吏追,乃奔而亡去。明视之,马迹也。乃惕然大悟,曰:"岂吾所居之处将危乎?"遂荷衣粮而去。入于沂泽,援琴鼓之,为天马之声,号曰《走马引》焉。

《淮南王》,淮南小山之所作也。淮南服食求仙,遍礼方士,遂与八公相携俱去,莫知所在。小山之徒,思恋不已,乃作《淮南王》之曲焉。

《武溪深》,乃马援南征之所作也。援门生爰寄生善吹笛,援作歌以和之,名曰《武溪深》。其曲曰:"滔滔武溪一何深,鸟飞不度,兽不能临,嗟哉武溪多毒淫。"

《吴趋曲》,吴人以歌其地也。

《箜篌引》,朝鲜津卒霍里子高妻丽玉所作也。子高晨起,刺船而棹。有一白首狂夫,被发提壶,乱流而渡。其妻随呼止之,不及,遂堕河水死。于是援箜篌而鼓之,作《公无渡河》之歌。声甚凄怆,曲终,自投河而死。霍里子高还,以其声语妻丽玉,玉伤之,乃引箜篌而写其声,闻者莫不堕泪饮泣焉。丽玉以其声传邻女丽容,名曰《箜篌引》焉。

《平陵东》,翟义门人所作也。王莽杀义,义门人作歌以怨之。

《薤露》、《蒿里》,并丧歌也。出田横门人。横自杀,门人伤之,为之悲歌。言人命如薤上之露,易晞灭也。亦谓人死魂魄归乎蒿里。故有二章,一章曰:"薤上朝露何易晞,露晞明朝还复滋,人死一去何时归。"其二曰:"蒿里谁家地?聚敛魂魄无贤愚,鬼伯一何相催促,人命不得少踟蹰。"至孝武时,李延年乃分为二曲。《薤露》送王公贵人,《蒿里》送士大夫庶人。使挽柩者歌之,世呼为挽歌。

《长歌》、《短歌》,言人生寿命长短定分,不可妄求也。

《陌上桑》,出秦氏女子。秦氏邯郸人,有女名罗敷,为邑人千乘王仁妻。王仁后为越王家令,罗敷出采桑于陌上,赵王登台,见而悦之,因饮酒欲夺焉。罗敷乃弹筝,乃作《陌上歌》以自明焉。

《杞梁妻》,杞植妻妹朝日之所作也。杞植战死,妻叹曰:"上则无父,中则无夫,下则无子。生人之苦至矣。"乃抗声长哭,杞都城感之而颓,遂投水而死。其妹悲其姊之贞操,乃为作歌,名曰《杞梁妻》焉。梁,植字也。

《钓竿》，伯常子妻所作也。伯常子避仇河滨，为渔父，其妻思之，每至河侧，作《钓竿》之歌。后司马相如作《钓竿》之诗，今传为古曲也。

《董逃歌》，后汉游童所作也。后有董卓作乱，卒以逃亡，后人习之，以为歌章。乐府奏之，以为炯戒也。

《短箫铙歌》，军乐也。黄帝使岐伯所作也。所以建武扬德，风劝战士也。《周礼》所谓王大捷，则令凯乐，军大献，则令凯歌者也。汉乐有《黄门鼓吹》，天子所以宴乐群臣。《短箫铙歌》，鼓吹之一章耳，亦以赐有功诸侯。

《上留田》，地名也。其地人有父母死，兄不字其孤弟者。邻人为其弟作悲歌，以讽其兄，故曰《上留田》。

《日重光》、《月重轮》，群臣为汉明帝所作也。明帝为太子，乐人作歌诗四章，以赞太子之德。其一曰《日重光》，其二曰《月重轮》，其三曰《星重辉》，其四曰《海重润》。汉末丧乱后，其二章亡。旧说云，天子之德，光明如日，规轮如月，众辉如星，沾润如海。太子皆比德焉，故云重尔。

《横吹》，胡乐也。张博望入西域，传其法于西京。唯得《摩诃》、《兜勒》二曲。李延年因胡曲更造新声二十八解，乘舆以为武乐。后汉以给边将军。和帝时，万人将军得用之。魏晋以来，二十八解不复具存。世用者《黄鹤》、《龙头》、《出关》、《入关》、《出塞》、《入塞》、《折杨柳》、《黄华子》、《赤之阳》、《望行人》等十曲。

后汉蔡邕益琴为九弦，后还用七弦。

鸟兽第四

杨，白鹇也。似鹰，尾上白。

扶老,秃秋也。状如鹤而大。大者头高八尺,善与人斗,好啖蛇。

雁自河北渡江南,瘦瘠能高飞,不畏缯缴。江南沃饶,每至还河北,体肥不能高飞,恐为虞人所获,尝衔芦长数寸,以防缯缴焉。

凫雁在江边沙上食沙石,悉皆销烂,唯食海蛤不消,随其粪出,用以为药,倍胜余者。

鹤千岁则变苍,又二千岁变黑,所谓玄鹤也。

猿五百岁化为玃。

鹧鸪出南方,鸣常自呼。常向日而飞,畏霜露,早晚希出。有时夜飞,夜飞则以树叶覆其背上。

吐绶鸟,一名功曹。

驴为牡,马为牝,生骡。骡为牝,马为牡,生駏。

秦始皇有七名马:追风、白兔、蹑景、奔电、飞翩、铜爵、最凫。

鸳鸯,水鸟,凫类也。雌雄未尝相离,人得其一,则一思而至死,故曰雅鸟。

兔口有缺,尻有九孔。

獐有牙而不能噬,鹿有角而不能触。獐一名麇,青州人谓麇为獐。

雀,一名嘉宾,言常栖集人家,如宾客也。

燕,一名天女,又名鸷鸟。

鹊,一名神女。

鸲鹆,一名鸜鸠。

乌,一名孝鸟,一名玄鸟。

鸡,一名烛夜。

狗，一名黄耳。

猿，一名参军。

羊，一名髯须主簿。

鱼 虫 第 五

萤火，一名耀夜，一名景天，一名熠燿，一名丹良，一名磷，一名丹鸟，一名夜光，一名宵烛。一作灯。腐草为之，食蚊蚋。

蝼蛄，一名天蝼，一名螜，胡卜切。一名硕鼠。有五能而不成伎术：一，飞不能过屋；二，缘不能穷木；三，泅不能穷谷；四，掘不能覆身；五，走不能绝人。

蟋蟀，一名吟蛩，一名蛩。秋初生，得寒则鸣。一云济南呼为懒妇。

蝙蝠，一名仙鼠，一名飞鼠。五百岁则色白。脑重集则头垂，故谓之倒折，食之神仙。

蟛蜞，小蟹，生海边泥中，食土。一名长卿。其一有螯偏大者，名拥剑。一名执火，其螯赤，故谓之执火云。

长蚑，蟏蛸也。身小足长，故谓长蚑。

蝇虎，蝇狐也。形似蜘蛛，而色灰白。善捕蝇，一名蝇蝗，一名蝇豹。一本作豹子。

莎鸡，一名促织，一名络纬，一名蟋蟋。促织谓鸣声如急织，络纬谓其鸣声如纺绩也。促织一曰促机，一名纺纬。

蚯蚓，一名蜿蟺，一名曲蟺。善长吟于地中，江东谓之歌女，或谓之鸣砌。

飞蛾，善拂灯，一名火花，一名慕光。

蝘蜓，一名龙子，一曰守宫。善上树捕蝉食之。其长细五色者，名为蜥蜴，短大者名蝾螈。一曰蛇医，大者长三尺，其色玄绀者善螫人。一名玄螈，一曰绿螈也。

蜻蛉，一名青亭，一名胡蝶，色青而大者是也。小而黄者曰胡梨，一曰胡离。小而赤者曰赤卒，一名绛驹，一名赤衣使者，好集水上，亦名赤弁丈人。

蛱蝶，一名野蛾，一名风蝶。江东呼为挞末，色白背青者是也。其大如蝙蝠者，或黑色，或青斑，名为凤子，一名凤车，一名鬼车，生江南柑橘园中。

绀蝶，一名蜻蛉，似蜻蛉而色玄绀，辽东人呼为绀幡，亦曰童幡，亦曰天鸡。好以七月群飞暗天，海边夷貊食之，谓海中青虾化为之也。

鱼子曰鲲，亦曰鲲，亦曰鲧，言如散稻米也。

鲤之大者曰鳣，鳣之大者曰鲔。

蛣蜣，能以土苞粪，推转成丸，圆正无斜角。庄周曰：蛣蜣之智，在于转丸。一曰蛣蜣，一曰转丸，一曰弄丸。

蜗牛，陵螺也。形如蜗蝓，壳如小螺，热则自悬于叶下。野人结圆舍，如蜗牛之壳，故曰蜗舍，亦曰蜗牛之舍也。蜗壳宛转有文章，绞转为结，似螺壳文，名曰螺缚。童子结发，亦为螺髻，亦谓其形似螺壳。

白鱼赤尾者曰𩺰，红。一曰魠。或云：雌者曰白鱼，雄者曰𩺰鱼。子好群泳水上者，名曰白萍。

虾蟆子曰蝌蚪，一曰玄针，一曰玄鱼。形圆而尾大，尾脱即脚生。

乌贼鱼，一名河伯度事小吏。《本草》作由事小吏。

兖州人呼赤鲤为赤骥，谓青鲤为青马，黑鲤为玄驹，白鲤为白骐，黄鲤为黄雉。

鲸鱼者，海鱼也。大者长千里，小者数十丈。一生数万子，常以五月六月就岸边生子。至七八月，导从其子还大海中，鼓浪成雷，喷沫成雨，水族惊畏，皆逃匿莫敢当者。其雌曰鲵，大者亦长千里，眼为明月珠。

水君，状如人乘马，众鱼皆导从之。一名鱼伯，大水乃有之。汉末，有人于河际见之。

人马，有鳞甲如大鲤鱼，但手足耳目鼻与人不异尔。见人良久，乃入水中。

龟名玄衣督邮，鳖名河伯从事。

江东呼青衣鱼为婢鳋，呼童子鱼为土父，呼鼍为河伯使者。

结草虫，一名结苇。好于草末折屈草叶以为巢窟，处处有之。

古今注卷下

草 木 第 六

甘实,形如石榴者,谓之壶甘。

六驳,山中有木,叶似豫章,皮多癣驳。

白杨叶圆,青杨叶长,柳叶亦长细。

枌杨,圆叶弱蒂,微风大摇。一名高飞,一名独摇。

蒲柳,生水边,叶似青杨,一曰蒲杨。

枌杨,亦曰枌柳,亦曰蒲枌。

水杨,蒲杨也。枝劲细,任矢用。又有赤杨,霜降则叶赤,材理亦赤也。

合欢,树似梧桐,枝叶繁互相交结,每风来辄自相解,了不相牵缀。树之阶庭,使人不忿。嵇康种之舍前。

杜仲,皮中有丝,折之则见。

木蜜,生南方,合体皆甜。嫩枝及叶,皆可生啖,味如蜜,解闷止渴。其老枝及根干,坚不可食,细破煮之,煎以为蜜,味倍甜浓。

糯枣,叶如柳实,似柿而小,味亦甘美。

苏枋木,出扶南林邑外国。取细破煮之以染色。

翳,或作黳。翳木出交州,色黑而有文,亦谓之乌文木也。

紫栴木,出扶南,色紫,亦谓之紫檀。

豋豆,一名治豋。叶似葛,而实长尺余,可蒸食,一名萱菽。

狸豆，一名狸沙，一名猎沙。叶似葛，而实大如李核，可啖食也。

虎豆，一名虎沙，似狸豆而大。实如小儿拳，亦可食。

马豆，一名马沙，似虎豆而小。实大如指，亦可食也。

荆葵，一名戎葵，一名芘芣。华似木槿，而光色夺目，有红、有紫、有青、有白、有赤。茎叶不殊，但花色异耳。一曰蜀葵。

芙蓉，一名荷华，生池泽中，实曰莲，花之最秀异者。一名水芝，一名水花。色有赤、白、红、紫、青、黄，红白二色苳多，花大者至百叶。

茨，鸡头也，一名雁头，一名芰。叶似荷而大，叶上蹙皱如沸。实有芒刺，其中如米，可以度饥也。

万连，叶如鸟翅，一名乌羽，一名凤翼。花大者其色多红绿，红者紫点，绿者绀点，俗呼为仙人花，一名连缬花。

酒杯藤，出西域。藤大如臂，叶似葛，花实如梧桐。实花坚，皆可以酌酒，自有文章，映彻可爱。实大如指，味如豆蔻，香美消酒，土人提酒来至藤下，摘花酌酒，仍以实销酲，国人宝之，不传中土。张骞出大宛得之，事出张骞《出关志》。

乌孙国有青田核，莫测其树实之形，至中国者，但得其核耳。得清水则有酒味出，如醇美好酒。核大如六升瓠，空之以盛水，俄而成酒。刘章得两核，集宾客设之，常供二十人之饮。一核尽，一核所盛，已复中饮。饮尽随更注水，随尽随盛，不可久置。久置则苦不可饮。名曰青田酒。

枳棋子，一名树蜜，一名木饧。实形拳曲，核在实外，味甜美如饧蜜。一名白石，一名白实，一名木石，一名木实，一名枳棋。

棘实为枣，杼实为橡，桑实为椹，楮实为任。

匏，瓠也。壶芦，瓠之无柄者也。瓠有柄者，悬瓠可以为笙。曲沃者尤善，秋乃可用之，则漆其里。瓢亦瓠也。瓠其总，瓢其别也。

羊踯躅，花黄，羊食之则死，羊见之则踯躅分散，故名羊踯躅。

漆树，以刚斧斫其皮开，以竹管承之，汁滴管中，即成漆也。

稻之黏者为黍，亦谓秫为黍。

禾之黏者为黍，亦谓之稷，亦曰黄黍。

九谷：黍、稷、稻、粱、三豆、二麦。

荼，蓼也。紫色者，荼也；青色者，蓼也。其味辛且苦，食明目。或谓紫叶者为香荼，青者为青荼，亦谓紫色者为紫蓼，青色者为青蓼。其长大不苦者为高蓼。高或作马。

蒜，卵蒜也，俗人谓之小蒜。胡国有蒜，十许子共为一株，箨幕裹之，名为胡蒜，尤辛于小蒜，俗人亦呼之为大蒜。

扬州人谓蓻为斑杖，不知食之。

荆扬人谓葙为葙。

襄荷，似蘘苴而白。蘘苴色紫，花生根中，花未散时可食，久置则销烂不为实矣。叶似姜，宜阴翳地种之，常依阴而生。

燕支，叶似蓟，花似蒲公。出西方。土人以染，名为燕支，中国人谓之红蓝，以染粉为面色，谓为燕支粉。今人以重绛为燕支，非燕支花所染也。燕支花所染，自为红蓝尔。旧谓赤白之间为红，即今所谓红蓝也。

苦葴，一名苦蘵。子有里，形如皮弁。始生青，熟则赤。里有实，正圆如珠，亦随里青赤。长安儿童谓为洛神珠，一曰王母珠，一曰皮弁草。

沈酿者，汉郑弘为灵文乡啬夫，行官京洛，未至，宿一埭，埭名沈酿，于埭逢故旧友人。四顾荒郊，村落绝远，酤酒无处，情抱不伸，乃以钱投水中，依口而饮，饮尽酣畅，皆得大醉，因更为沈酿川。明旦，乃分首而去。

杂 注 第 七

孙亮作流离屏风，镂作《瑞应图》，凡一百二十种。

魏武帝以马瑙石为马勒，车渠为酒碗。

莫难珠，一名木难。色黄，出东夷。

阳燧以铜为之，形如镜，向日则火生，以艾承之则得火也。

长安妇人好为盘桓髻，到于今其法不绝。堕马髻，今无复作者。倭堕髻，一云堕马之余形也。

盘龙钗，梁冀妇所制。

梁冀改惊翠眉为愁眉。

魏宫人好画长眉，今多作翠眉，警鹤髻。

孙权时名舸为赤马，言如马之走陆也。又以舟名驰马。

惊帆，曹真有驶马名为惊帆，言其驰骤如烈风之举帆疾也。

魏文帝宫人绝所爱者，有莫琼树、薛夜来、田尚衣、段巧笑四人，日夕在侧。琼树乃制蝉鬓，缥眇如蝉，故曰蝉鬓。巧笑始以锦衣丝履作紫粉拂面，尚衣能歌舞，夜来善为衣裳，一时冠绝。

问 答 释 义 第 八

程雅问董仲舒曰："自古何谓称三皇五帝？"对曰："三皇，

三才也。五帝，五常也。三王，三明也。五霸，五岳也。”

　　牛亨问曰：“将离别，相赠以芍药者何？”答曰：“芍药一名可离，故将别以赠之，亦犹相招召赠之以文无，文无亦名当归也。欲忘人之忧，则赠以丹棘。丹棘一名忘忧草，使人忘其忧也。欲蠲人之忿，则赠之青堂，青堂一名合欢，合欢则忘忿。”

　　程雅问拾栌木一名无患者。“昔有神巫，名曰宝一本作实。眊。能符劾百鬼，得鬼则以此为棒杀之。世人相传以此木为众鬼所畏，竞取为器用，以却厌邪鬼，故号曰无患也。”

　　牛亨问曰：“自古有书契已来，便应有笔，世称蒙恬造笔，何也？”答曰：“蒙恬始造，即秦笔耳。以枯木为管，鹿毛为柱，羊毛为被，所谓苍毫，非兔毫竹管也。”又问：“彤管，何也？”答曰：“彤者，赤漆耳。史官载事，故以彤管，用赤心记事也。”

　　孙兴公问曰：“世称黄帝炼丹于凿砚山，乃得仙，乘龙上天。群臣援龙须，须坠而生草，曰龙须，有之乎？”答曰：“无也。有龙须草，一名缙云草，故世人为之妄传。至如今有虎须草，江东亦织以为席，号曰西王母席。可复是西王母乘虎而堕其须也。”

　　牛亨问曰：“冕旒以繁露，何也？”答曰：“缀珠垂下，重如繁露也。”

　　程雅问曰：“尧设诽谤之木，何也？”答曰：“今之华表木也，以横木交柱头状若花也，形似桔槔，大路交衢悉施焉。或谓之，表木，以表王者纳谏也，亦以表识衢路也。秦乃除之，汉始复修焉。今西京谓之交午也。”

　　牛亨问曰：“籍者，何也？”答曰：“籍者，尺二竹牒，记人之年名字物色，县之宫门，案省相应，乃得入也。”

　　程雅问曰：“凡传者，何也？”答曰：“凡传皆以木为之，长五

寸,书符信于上。又以一板封之,皆封以御史印章,所以为信
也。如今之过所也。"

　　牛亨问曰:"草木生类乎?"答曰:"生类也。"又曰:"有识
乎?"答曰:"无识也。"又曰:"无识宁得为生类也?"答曰:"物有
生而有识者,有生而无识者,有不生而有识者,有不生而无识
者。夫生而有识者,虫类也;生而无识者,草木也;不生而无识
者,水土也;不生而有识者,鬼神也。"

　　牛亨问曰:"蚁名玄驹者,何也?"答曰:"河内人并河而见
人马数千万,皆如黍米,游动往来,从旦至暮,家人以火烧之,
人皆是蚊蚋,马皆是大蚁。故今人呼蚊蚋曰黍民,名蚁曰玄
驹也。"

　　牛亨问曰:"蝉名齐女者何?"答曰:"齐王后忿而死,尸变
为蝉,登庭树,嘒唳而鸣。王悔恨,故世名蝉曰齐女也。"

南方草木状

[晋]嵇 含 撰
王 根 林 校点

校 点 说 明

　　《南方草木状》三卷,晋嵇含撰。嵇含,字君道,自号亳丘子,谯郡(治所今安徽亳县)人。"竹林七贤"之一嵇康孙。好学,能文章,官广州太守。

　　该书介绍岭南地区植物,分草、木、果、竹四类,凡八十种。内容该备,文字简洁,向称典雅。

　　此书主要版本,有《百川学海》本、《说郛》本、《增订汉魏丛书》本等。今以《百川学海》本为底本,以其他诸本作校勘,进行标点。底本误者据他本径改,不出校记。

目　录

南方草木状卷上

　　南越交趾植物，有四裔最为奇，周秦以前无称焉。自汉武帝开拓封疆，搜来珍异，取其尤者充贡。中州之人，或昧其状，乃以所闻诠叙，有裨子弟云尔。

草　　类

　　甘蕉望之如树，株大者一围余。叶长一丈，或七八尺，广尺余二尺许。花大如酒杯，形色如芙蓉，著茎末百余子大，名为房，相连累，甜美，亦可蜜藏。根如芋魁，大者如车毂。实随华，每华一阖，各有六子，先后相次，子不俱生，花不俱落。一名芭蕉，或曰巴苴。剥其子上皮，色黄白，味似蒲萄，甜而脆，亦疗饥。此有三种，子大如拇指，长而锐，有类羊角，名羊角蕉，味最甘好。一种子大如鸡卵，有类牛乳，名牛乳蕉，微减羊角。一种大如藕，子长六七寸，形正方，少甘，最下也。其茎解散如丝，以灰练之，可纺绩为絺绤，谓之蕉葛。虽脆而好，黄白不如葛赤色也。交广俱有之。《三辅黄图》曰：汉武帝元鼎六年，破南越，建扶荔宫，以植所得奇草异木，有甘蕉二本。

　　耶悉茗花、末利花，皆胡人自西国移植于南海。南人怜其芳香，竞植之。陆贾《南越行纪》曰：南越之境，五谷无味，百花不香。此二花特芳香者，缘自胡国移至，不随水土而变，与夫橘北为枳异矣。彼之女子，以彩丝穿花心，以为首饰。

　　末利花，似蔷薇之白者，香愈于耶悉茗。

　　豆蔻花，其苗如芦，其叶似姜。其花作穗，嫩叶卷之而生。花微红，穗头深色，叶渐舒，花渐出。旧说此花食之破气消痰，进酒增倍。泰康二年，交州贡一筐，上试之有验，以赐近臣。

　　山姜花，茎叶即姜也，根不堪食。于叶间吐花，作穗如麦粒，软红色，煎服之，治冷气甚效。出九真、交趾。

　　鹤草，蔓生，其花曲尘色，浅紫蒂，叶如柳而短。当夏开花，形如飞鹤，觜翅尾足，无所不备。出南海。云是媚草，上有虫，老蜕为蝶，赤黄色。女子藏之，谓之媚蝶，能致其夫怜爱。

　　甘藷，盖薯蓣之类，或曰芋之类。根叶亦如芋，实如拳，有大如瓯者。皮紫而肉白，蒸鬻食之，味如薯蓣。性不甚冷。旧珠崖之地，海中之人皆不业耕稼，惟掘地种甘藷，秋熟收之，蒸晒切如米粒，仓圌贮之，以充粮糒，是名藷粮。北方人至者，或盛具牛豕脍炙，而末以甘藷荐之，若粳粟然。大抵南人二毛者，百无一二。惟海中之人寿百余岁者，由不食五谷，而食甘藷故尔。

　　花之美者，有水莲，如莲而茎紫，柔而无刺。

　　水蕉，如鹿葱，或紫或黄。吴永安中，孙休尝遣使取二花，终不可致，但图画以进。

　　蒟酱，荜茇也。生于蕃国者，大而紫，谓之荜茇。生于番禺者，小而青，谓之蒟焉。可以谓食，故谓之酱焉。交趾、九真人家多种，蔓生。

　　菖蒲，番禺东有涧，涧中生菖蒲，皆一寸九节，安期生采服仙去，但留玉舄焉。

　　留求子，形如栀子，棱瓣深而两头尖，似诃梨勒而轻。及半黄，已熟，中有肉，白色，甘如枣，核大，治婴孺之疾。南海、交趾俱有之。

诸蔗,一曰甘蔗,交趾所生者。围数寸,长丈余,颇似竹。断而食之甚甘,笮取其汁,曝数日成饴,入口消释,彼人谓之石蜜。吴孙亮使黄门以银碗并盖,就中藏吏取交州所献甘蔗饧。黄门先恨藏吏,以鼠屎投饧中,启言吏不谨。亮呼吏持锡器入,问曰:"此器既盖之,且有油覆,无缘有此,黄门将有恨汝?"吏叩头曰:"尝从臣求莞席,臣以席有数,不敢与。"亮曰:"必是此。"问之,具服。南人云:甘蔗可消酒。又名干蔗。司马相如《乐歌》曰:太尊蔗浆折朝醒,是其义也。泰康六年,扶南国贡诸蔗,一丈三节。

草麹,南海多美酒,不用麹蘖,但杵米粉,杂以众草叶,冶葛汁滫溲之。大如卵,置蓬蒿中,荫蔽之,经月而成。用此合糯为酒,故剧饮之,既醒,犹头热涔涔,以其有毒草故也。南人有女,数岁,即大酿酒。既漉,候冬陂池竭时,置酒罂中,密固其上。瘗陂中,至春,潴水满,亦不复发矣。女将嫁,乃发陂取酒,以供贺客,谓之女酒。其味绝美。

芒茅枯时,瘴疫大作,交广皆尔也。土人呼曰黄茅瘴,又曰黄芒瘴。

南方冬无积藁,濒海郡邑多马。有草叶类梧桐而厚,取以秣马,谓之肥马草。马颇嗜而食,果肥壮矣。

冬叶,姜叶也,苞苴物,交广皆用之。南方地热,物易腐败,惟冬叶藏之,乃可持久。

蒲葵,如栟榈而柔薄,可为葵笠,出龙川。

药有乞力伽,术也。濒海所产。一根有至数斤者。刘涓子取以作煎,令可丸,饵之长生。

赪桐花,岭南处处有。自初夏生至秋,盖草也。叶如桐,其花连枝萼,皆深红之极者。俗呼贞桐花,贞皆讹也。

水葱，花叶皆如鹿葱。花色有红、黄、紫三种。出始兴。妇人怀妊，佩其花生男者，即此花，非鹿葱也。交广人佩之，极有验。然其土多男，不厌女子，故不常佩也。

芜菁，岭峤已南俱无之。偶有，士人因官，携种就彼种之。出地则变为芥，亦橘种江北为枳之义也。至曲江方有菘，彼人谓之秦菘。

茄树，交广草木，经冬不衰，故蔬圃之中种茄，宿根有三五年者。渐长，枝干乃成大树。每夏秋盛熟，则梯树采之。五年后树老子稀，即伐去之，别栽嫩者。

绰菜，夏生于池沼间。叶类茨菰，根如藕条。南海人食之，云令人思睡，呼为瞑菜。

蕹，叶如落葵而小。性冷味甘，南人编苇为筏，作小孔浮于水上。种子于水中，则如萍根浮水面。及长，茎叶皆出于苇筏孔中，随水上下。南方之奇蔬也。冶葛有大毒，以蕹汁滴其苗，当时萎死。世传魏武能啖冶葛至一尺，云先食此菜。

冶葛，毒草也。蔓生，叶如罗勒，光而厚。一名胡蔓草。真毒者，多杂以生蔬进之，悟者速以药解。不尔，半日辄死。山羊食其苗，即肥而大，亦如鼠食巴豆，其大如犹，盖物类有相伏也。

吉利草，其茎如金钗股，形类石斛，根类芍药。交广俚俗多畜蛊毒，惟此草解之，极验。吴黄武中，江夏李俣以罪徙合浦，始入境，遇毒，其奴吉利者，偶得是草，与俣服，遂解。吉利即遁去，不知所之。俣因此济人，不知其数，遂以吉利为名。岂李俣者，徙非其罪，或俣自有隐德，神明启吉利者救之耶？

良耀草，枝叶如麻黄。秋结子，如小粟，煨食之，解毒，功用亚于吉利。始者有得是药者，梁氏之子耀，亦以为名，梁转为良尔。花白,似牛李,出高凉。

蕙草,一名薰草。叶如麻,两两相对,气如麋芜,可以止疠。出南海。

凡草木之华者,春华者冬秀,夏华者春秀,秋华者夏秀,冬华者秋秀。其华竟岁。故妇女之首,四时未尝无华也。

南方草木状卷中

木 类

枫人，五岭之间多枫木，岁久则生瘤瘿，一夕遇暴雷骤雨，其树赘暗长三五尺，谓之枫人。越巫取之作术，有通神之验。取之不以法，则能化去。

枫香，树似白杨，叶圆而歧分，有脂而香。其子大如鸭卵，二月华发，乃著实。八九月熟，曝干可烧。惟九真郡有之。

薰陆香，出大秦。在海边，有大树，枝叶正如古松。生于沙中，盛夏，树胶流出沙上，方采之。

榕树，南海、桂林多植之。叶如木麻，实如冬青，树干拳曲，是不可以为器也。其本棱理而深，是不可以为材也。烧之无焰，是不可以为薪也。以其不材，故能久而无伤。其荫十亩，故人以为息焉。而又枝条既繁，叶又茂细，软条如藤，垂下渐渐及地，藤梢入土，便生根节，或一大株，有根四五处，而横枝及邻树，即连理。南人以为常，不谓之瑞木。

益智子，如笔毫，长七八分，二月花，色若莲，著实，五六月熟。味辛，杂五味中，芬芳。亦可盐曝。出交趾、合浦。建安八年，交州刺史张津，尝以益智子粽饷魏武帝。

桂出合浦，生必以高山之巅，冬夏常青。其类自为林，间无杂树。交趾置桂园，桂有三种：叶如柏叶，皮赤者，为丹桂；叶似柿叶者，为菌桂；其叶似枇杷叶者，为牡桂。《三辅黄图》

曰：甘泉宫南有昆明池，池中有灵波殿，以桂为柱，风来自香。

　　朱槿花，茎叶皆如桑，叶光而厚，树高止四五尺，而枝叶婆娑。自二月开花，至中冬即歇。其花深红色，五出，大如蜀葵，有蕊一条，长于花叶，上缀金屑，日光所烁，疑若焰生。一丛之上，日开数百朵，朝开暮落。插枝即活。出高凉郡。一名赤槿，一名日及。

　　指甲花，其树高五六尺，枝条柔弱，叶如嫩榆。与耶悉茗、末利花皆雪白，而香不相上下。亦胡人自大秦国移植于南海。而此花极繁细，才如半米粒许。彼人多折置襟袖间，盖资其芬馥尔。一名散沫花。

　　蜜香，沉香，鸡骨香，黄熟香，栈香，青桂香，马蹄香，鸡舌香。案此八物，同出于一树也。交趾有蜜香树，干似柜柳，其花白而繁，其叶如橘。欲取香，伐之经年，其根干枝节，各有别色也。木心与节坚黑，沉水者，为沉香；与水面平者，为鸡骨香；其根，为黄熟香；其干，为栈香；细枝紧实未烂者，为青桂香；其根节轻而大者，为马蹄香；其花不香，成实乃香，为鸡舌香。珍异之木也。

　　桄榔，树似栟榈实，其皮可作绠，得水则柔韧，胡人以此联木为舟。皮中有屑如面，多者至数斛，食之与常面无异。木性如竹，紫黑色，有文理，工人解之，以制弈枰。出九真、交趾。

　　诃梨勒，树似木梡。花白，子形如橄榄。六路，皮肉相着，可作饮，变白髭发令黑。出九真。

　　苏枋，树类槐花。黑子。出九真。南人以染绛，渍以大庾之水，则色愈深。

　　水松，叶如桧而细长，出南海。土产众香，而此木不大香，故彼人无佩服者，岭北人极爱之，然其香殊胜在南方时。植物,无情者也,不香于彼而香于此,岂屈于不知己而伸于知己者欤? 物理之难穷如此。

刺桐,其木为林。三月三时,布叶繁密,后有花赤色,间生叶间,旁照他物,皆朱殷。然三五房凋,则三五复发,如是者竟岁。九真有之。

棹树,干叶俱似椿,以其叶鬻汁渍果,呼为棹汁。若以棹汁杂彘肉食者,即时为雷震死。棹出高凉郡。

杉,一名披结。合浦东二百里,有杉一树,汉安帝永初五年春,叶落,随风飘入洛阳城。其叶大常杉数十倍,术士廉盛曰:合浦东杉叶也。此休征当出王者。帝遣使验之,信然。乃以千人伐树,役夫多死者。其后三百人坐断株上食,过足相容,至今犹存。

荆,宁浦有三种:金荆可作枕,紫荆堪作床,白荆堪作履。与他处牡荆蔓荆全异。又彼境有杜荆,指病自愈。节不相当者,月晕时刻之,与病人身齐等,置床下,虽危困亦愈。

紫藤,叶细长,茎如竹根,极坚实,重重有皮。花白子黑,置酒中,历二三十年亦不腐败。其茎截置烟炱中,经时成紫香,可以降神。

榼藤,依树蔓生,如通草藤也。其子紫黑色,一名象豆,三年方熟。其壳贮药,历年不坏。生南海。解诸药毒。

蜜香纸,以蜜香树皮叶作之。微褐色,有纹如鱼子,极香而坚韧。水渍之,不溃烂。泰康五年,大秦献三万幅,常以万幅赐镇南大将军当阳侯杜预,令写所撰《春秋释例》及经传集解以进。未至而预卒,诏赐其家,令上之。

抱香履,抱木生于水松之旁,若寄生。然极柔弱,不胜刀锯。乘湿时刳而为履,易如削瓜。既干,则韧不可理也。履虽

猥大,而轻者若通脱木,风至则随飘而动,夏月纳之,可御蒸湿
之气。出扶南、大秦诸国。泰康六年,扶南贡百双,帝深叹异,
然哂其制作之陋,但置诸外府,以备方物而已。按东方朔《琐
语》曰:木履起于晋文公时,介之推逃禄自隐,抱树而死。公抚
木哀叹,遂以为履。每怀从亡之功,辄俯视其履曰:悲乎足下!
足下之称,亦自此始也。

南方草木状卷下

果　　类

槟榔树,高十余丈,皮似青桐,节如桂竹,下本不大,上枝不小,调直亭亭,千万若一。森秀无柯,端顶有叶。叶似甘蕉,条派开破,仰望眇眇,如插丛蕉于竹杪。风至独动,似举羽扇之扫天。叶下系数房,房缀数十实,实大如桃李,天生棘重累其下,所以御卫其实也。味苦涩,剖其皮,鬻其肤,熟如贯之,坚如干枣。以扶留藤古贲灰并食,则滑美下气消谷。出林邑。彼人以为贵,婚族客必先进,若邂逅不设,用相嫌恨。一名宾门药饯。

荔枝树,高五六丈余,如桂树,绿叶蓬蓬,冬夏荣茂。青华朱实,实大如鸡子。核黄黑似熟莲,实白如肪。甘而多汁,似安石榴。有甜酢者,至日将中,翕然俱赤,则可食也。一树下子百斛。《三辅黄图》曰:汉武帝元鼎六年,破南越,建扶荔宫。扶荔者,以荔枝得名也。自交趾移植百株于庭,无一生者,连年移植不息。后数岁,偶一株稍茂,然终无华实,帝亦珍惜之。一旦忽萎死,守吏坐诛死者数十,遂不复茂矣。其实则岁贡焉,邮传者疲毙于道,极为生民之患。

椰树,叶如栟榈,高六七丈,无枝条。其实大如寒瓜,外有粗皮,次有壳,圆而且坚。剖之有白肤,厚半寸,味似胡桃,而极肥美。有浆,饮之得醉。俗谓之越王头,云昔林邑王与越王有故怨，遣侠客刺得其首，悬之于树，俄化为椰子。林邑王愤之，命剖以为饮器，南人至今效之。当刺时，越王大醉，故其浆犹如酒。

杨梅，其子如弹丸，正赤。五月中熟，熟时似梅，其味甜酸。陆贾《南越行纪》曰：罗浮山顶有胡杨梅，山桃绕其际，海人时登采拾，止得于上饱啖，不得持下。东方朔《林邑记》曰：林邑山杨梅，其大如杯碗，青时极酸，既红味如崖蜜，以酝酒，号梅香酎。非贵人重客，不得饮之。

橘，白华赤实，皮馨香，有美味。自汉武帝，交趾有橘官长一人，秩二百石，主贡御橘。吴黄武中，交趾太守士燮，献橘十七实同一蒂，以为瑞异，群臣毕贺。

柑乃橘之属，滋味甘美特异者也。有黄者，有赪者，赪者谓之壶柑。交趾人以席囊贮蚁，鬻于市者，其窠如薄絮，囊皆连枝叶，蚁在其中，并窠而卖。蚁赤黄色，大于常蚁。南方柑树，若无此蚁，则其实皆为群蠹所伤，无复一完者矣。今华林园有柑二株，遇结实，上命群臣宴饮于旁，摘而分赐焉。

橄榄树，身耸，枝皆高数丈。其子深秋方熟，味虽苦涩，咀之芬馥，胜含鸡骨香。吴时岁贡，以赐近侍。本朝自泰康后亦如之。

龙眼树，如荔枝，但枝叶稍小。壳青黄色，形圆如弹丸，核如木梡子而不坚。肉白而带浆，其甘如蜜，一朵五六十颗，作穗如莆萄然。荔枝过即龙眼熟，故谓之荔枝奴，言常随其后也。《东观汉记》曰：单于来朝，赐橙、橘、龙眼、荔枝。魏文帝诏群臣曰：南方果之珍异者，有龙眼、荔枝，令岁贡焉。出九真、交趾。

海枣树，身无闲枝，直耸三四十丈，树顶四面共生十余枝，叶如栟榈。五年一实,实甚大,如杯碗。核两头不尖,双卷而圆。其味极甘美。安邑御枣,无以加也。泰康五年,林邑献百枚。昔李少君谓汉武帝曰:臣尝游海上,见安期生食臣枣,大如瓜,非诞说也。

千岁子,有藤蔓出土,子在根下,须绿色,交加如织。其子一苞恒二百余颗,皮壳青黄色,壳中有肉如栗,味亦如之。干者壳肉相离,撼之有声,似肉豆蔻。出交趾。

五敛子,大如木瓜。黄色,皮肉脆软,味极酸。上有五棱,如刻出。南人呼棱为敛,故以为名。以蜜渍之,甘酢而美。出南海。

钩缘子,形如瓜,皮似橙而金色,胡人重之。极芬香,肉甚厚白,如芦菔。女工竞雕镂花鸟,渍以蜂蜜,点燕檀巧丽妙绝,无与为比。泰康五年,大秦贡十缶,帝以三缶赐王恺,助其珍味,夸示于石崇。

海梧子,树似梧桐,色白,叶似青桐,有子如大栗,肥甘可食。出林邑。

海松子,树与中国松同,但结实绝大,形如小栗,三角,肥甘香美,亦樽俎间佳果也。出林邑。

庵摩勒,树叶细,似合昏花。黄实似李,青黄色,核圆作六七棱,食之先苦后甘。术士以变白须发,有验。出九真。

石栗,树与栗同,但生于山石罅间。花开三年方结实。其壳厚而肉少,其味似胡桃人。熟时或为群鹦鹉至,啄食略尽,故彼人极珍贵之。出日南。

人面子,树似含桃,结子如桃实。无味,其核正如人面,故以为名。以蜜渍之,稍可食。以其核可玩,于席间钉饳御客。出南海。

竹 类

云丘竹,一节为船出扶南。然今交广有竹,节长二丈,其围一二丈者,往往有之。

篃篱竹,皮薄而空多,大者径不过二寸。皮粗涩,以镑犀象,利胜于铁。出大秦。

石林竹,似桂竹,劲而利,削为刀,割象皮如切芋。出九真、交趾。

思摩竹,如竹大,而笋生其节。笋既成竹,春而笋复生节焉。交广所在有之。

箪竹,叶疏而大,一节相去六七尺,出九真。彼人取嫩者硾浸纺绩为布,谓之竹疏布。

越王竹,根生石上,若细荻,高尺余,南海有之。南人爱其青色,用为酒筹,云越王弃馀筹而生竹。

搜 神 记

[晋]干 宝 撰
曹 光 甫 校点

校 点 说 明

　　《搜神记》是魏晋志怪小说最具代表性的重要结集。撰集者干宝，字令升，新蔡（今属河南）人，约生于晋武帝太康中，卒于晋穆帝永和间。历任著作郎、领国史，累官司徒右长史、迁散骑常侍。曾著《晋纪》二十卷，时人誉为"良史"。干宝性好阴阳术数，亦喜鬼神灵异，因而由"考先志于载籍，收遗逸于当时"（《搜神记》自序）两途，"集古今神奇灵异人物变化为《搜神记》"（《晋书》本传），目的在于"发明神道之不诬"（同上自序）。钩稽古籍，博采今世，既有摘抄与实录，也有加工与创作，带有专题集成性质，许多神怪诡异故事和民间传说赖此书得以保存流传。全书林林总总共搜辑460余则短篇志怪故事，有些三言两语确如"丛残小语"，有些如新闻报道般粗陈梗概，也有些则情节形象皆初具规模，堪称小说雏型。其中《三王墓》、《东海孝妇》、《韩凭妻》、《李寄》等，均是脍炙人口的佳作。《搜神记》内容富赡，叙事古雅，当世名士刘惔读后盛赞干宝为"鬼之董狐"。清代蒲松龄《聊斋自志》也称："才非干宝，雅爱《搜神》。"后世服膺者良多，仿作亦夥。

　　《晋书》本传记干宝《搜神记》"凡三十卷"，久佚。今传本二十卷，系明胡应麟从《法苑珠林》、《太平御览》、《艺文类聚》、《初学记》、《北堂书钞》等书辑录编排而成，以类相从，体例严谨，虽有阙遗和误收，但"十之八九出于干宝原书"（余嘉锡《四库提要辨证》）。辑本《搜神记》最初刊行于明胡震亨刻《秘册汇函》中，后为明毛晋收入《津逮秘书》。至清嘉庆中，又为张海鹏辑入《学津讨原》。此次校点,以《津逮秘书》本为底本,校以他本,遇文字歧异,斟酌取舍,择善而从。原缺干宝《搜神记序》,现据《晋书·干宝传》补录。正文中原无标题,亦据目录所载补入,以便阅读检索。

目　录

序

虽考先志于载籍,收遗逸于当时,盖非一耳一目之所亲闻睹也,又安敢谓无失实者哉! 卫朔失国,二传互其所闻;吕望事周,子长存其两说。若此比类,往往有焉。从此观之,闻见之难一,由来尚矣。夫书赴告之定辞,据国史之方策,犹尚若此,况仰述千载之前,记殊俗之表,缀片言于残阙,访行事于故老,将使事不二迹,言无异途,然后为信者,固亦前史之所病。然而国家不废注记之官,学士不绝诵览之业,岂不以其所失者小、所存者大乎? 今之所集,设有承于前载者,则非余之罪也。若使采访近世之事,苟有虚错,愿与先贤前儒分其讥谤。及其著述,亦足以发明神道之不诬也。群言百家,不可胜览;耳目所受,不可胜载。今粗取足以演八略之旨,成其微说而已。幸将来好事之士录其根体,有以游心寓目而无尤焉。

搜神记卷一

神　农

神农以赭鞭鞭百草,尽知其平毒寒温之性,臭味所主,以播百谷,故天下号神农也。

赤　松　子

赤松子者,神农时雨师也。服水玉散,以教神农,能入火不烧。至昆仑山,常入西王母石室中,随风雨上下。炎帝少女追之,亦得仙,俱去。至高辛时,复为雨师,游人间。今之雨师本是焉。

赤　将　子　舆

赤将子舆者,黄帝时人也。不食五谷,而啖百草华。至尧时,为木工,能随风雨上下。时于市门中卖缴,故亦谓之缴父。

甯　封　子

甯封子,黄帝时人也,世传为黄帝陶正。有异人过之,为其掌火,能出入五色烟,久则以教封子。封子积火自烧,而随烟气上下。视其灰烬,犹有其骨。时人共葬之甯北山中,故谓之甯封子。

偓 佺

偓佺者，槐山采药父也。好食松实，形体生毛，长七寸，两目更方，能飞行，逐走马。以松子遗尧，尧不暇服。松者，简松也。时受服者，皆三百岁。

彭 祖

彭祖者，殷时大夫也。姓钱，名铿，帝颛顼之孙，陆终氏之中子。历夏而至商末，号七百岁。常食桂芝。历阳有彭祖仙室，前世云，祷请风雨，莫不辄应。常有两虎，在祠左右。今日祠之讫，地则有两虎迹。

师 门

师门者，啸父弟子也。能使火，食桃葩，为孔甲龙师。孔甲不能修其心意，杀而埋之外野。一旦，风雨迎之，山木皆燔。孔甲祠而祷之，未还而死。

葛 由

前周葛由，蜀羌人也。周成王时，好刻木作羊卖之。一旦，乘木羊入蜀中。蜀中王侯贵人追之，上绥山。绥山多桃，在峨眉山西南，高无极也。随之者不复还，皆得仙道。故里谚曰："得绥山一桃，虽不能仙，亦足以豪。"山下立祠数十处。

崔 文 子

崔文子者，泰山人也。学仙于王子乔。子乔化为白蜺，而持药与文子。文子惊怪，引戈击蜺，中之，因堕其药。俯而视之,王子乔之尸也。置之室中,覆以敝筐。须臾,化为大鸟。开而视之,翻然飞去。

冠　先

冠先,宋人也。钓鱼为业,居睢水旁百余年。得鱼,或放,或卖,或自食之。常冠带。好种荔,食其葩实焉。宋景公问其道,不告,即杀之。后数十年,踞宋城门上,鼓琴,数十日乃去。宋人家家奉祠之。

琴　高

琴高,赵人也。能鼓琴。为宋康王舍人。行涓、彭之术,浮游冀州涿郡间二百余年。后辞入涿水中取龙子,与诸弟子期之曰:"明日皆洁斋,候于水旁,设祠屋。"果乘赤鲤鱼出,来坐祠中,且有万人观之。留一月,乃复入水去。

陶　安　公

陶安公者,六安铸冶师也。数行火。火一朝散上,紫色冲天,公伏冶下求哀。须臾,朱雀止冶上,曰:"安公安公,冶与天通。七月七日,迎汝以赤龙。"至时,安公骑之,从东南去。城邑数万人,豫祖安送之,皆辞诀。

焦　山　老　君

有人入焦山七年,老君与之木钻,使穿一盘石,石厚五尺。曰:"此石穿,当得道。"积四十年,石穿,遂得神仙丹诀。

鲁　少　千

鲁少千者，山阳人也。汉文帝尝微服怀金过之，欲问其道。少千拄金杖，执象牙扇，出应门。

淮　南　八　公

淮南王安好道术，设厨宰以候宾客。正月上辛，有八老公诣门求见。门吏白王，王使吏自以意难之。曰："吾王好长生，先生无驻衰之术，未敢以闻。"公知不见，乃更形为八童子，色如桃花。王便见之，盛礼设乐，以享八公。援琴而弦歌曰："明明上天，照四海兮。知我好道，公来下兮。公将与余，生羽毛兮。升腾青云，蹈梁甫兮。观见三光，遇北斗兮。驱乘风云，使玉女兮。"今所谓《淮南操》是也。

刘　　根

刘根，字君安，京兆长安人也。汉成帝时，入嵩山学道，遇异人，授以秘诀，遂得仙。能召鬼。颍川太守史祈以为妖，遣人召根，欲戮之。至府，语曰："君能使人见鬼，可使形见，不者加戮！"根曰："甚易。"借府君前笔砚书符，因以叩几。须臾，忽见五六鬼，缚二囚于祈前。祈熟视，乃父母也。向根叩头曰："小儿无状，分当万死。"叱祈曰："汝子孙不能光荣先祖，何得罪神仙，乃累亲如此。"祈哀惊悲泣，顿首请罪。根默然忽去，不知所之。

汉　王　乔

汉明帝时，尚书郎河东王乔为叶令。乔有神术，每月朔，尝自县诣台。帝怪其来数而不见车骑，密令太史候望之。言其临至时，辄有双凫从东南飞来。因伏伺，见凫，举罗张之，但得一双舄。使尚书识视，四年中所赐尚书官属履也。

蓟 子 训

蓟子训，不知所从来。东汉时，到洛阳，见公卿数十处，皆持斗酒片脯候之，曰："远来无所有，示致微意。"坐上数百人，饮啖终日不尽。去后皆见白云起，从旦至暮。时有百岁公说："小儿时，见训卖药会稽市，颜色如此。"训不乐住洛，遂遁去。正始中，有人于长安东霸城，见与一老公共摩娑铜人，相谓曰："适见铸此，已近五百岁矣。"见者呼之曰："蓟先生，小住并行！"应之。视若迟徐，而走马不及。

汉 阴 生

汉阴生者，长安渭桥下乞小儿也。常于市中丐，市中厌苦，以粪洒之。旋复在市中乞，衣不见污如故。长吏知之，械收系，着桎梏，而续在市乞。又械，欲杀之，乃去。洒之者家，屋室自坏，杀十数人。长安中谣言曰："见乞儿，与美酒，以免破屋之咎。"

卒 常 生

谷城乡卒常生，不知何所人也。数死而复生，时人为不然。后大水出，所害非一。而卒辄在缺门山上大呼，言"卒常生在此"。云复雨，水五日必止。止则上山求祠之，但见卒衣杖革带。后数十年，复为华阴市门卒。

左　慈

　　左慈，字元放，庐江人也。少有神通。尝在曹公座，公笑顾众宾曰："今日高会，珍羞略备。所少者，吴松江鲈鱼为脍。"放云："此易得耳。"因求铜盘，贮水，以竹竿饵钓于盘中。须臾，引一鲈鱼出。公大拊掌，会者皆惊。公曰："一鱼不周坐客，得两为佳。"放乃复饵钓之。须臾，引出，皆三尺余，生鲜可爱。公便自前脍之，周赐座席。公曰："今既得鲈，恨无蜀中生姜耳。"放曰："亦可得也。"公恐其近道买，因曰："吾昔使人至蜀买锦，可敕人告吾使，使增市二端。"人去，须臾还，得生姜。又云："于锦肆下见公使，已敕增市二端。"后经岁余，公使还，果增二端。问之，云："昔某月某日，见人于肆下，以公敕敕之。"

　　后公出近郊，士人从者百数。放乃赍酒一罂，脯一片，手自倾罂，行酒百官，百官莫不醉饱。公怪，使寻其故。行视沽酒家，昨悉亡其酒脯矣。公怒，阴欲杀放。放在公座，将收之，却入壁中，霍然不见。乃募取之。或见于市，欲捕之，而市人皆放同形，莫知谁是。

　　后人遇放于阳城山头，因复逐之，遂走入羊群。公知不可得，乃令就羊中告之曰："曹公不复相杀，本试君术耳。今既验，但欲与相见。"忽有一老羝，屈前两膝，人立而言曰："遽如许。"人即云："此羊是。"竞往赴之，而群羊数百，皆变为羝，并屈前膝，人立云："遽如许。"于是遂莫知所取焉。

　　老子曰："吾之所以为大患者，以吾有身也。及吾无身，吾有何患哉！"若老子之俦，可谓能无身矣，岂不远哉也！

于　吉

　　孙策欲渡江袭许，与于吉俱行。时大旱，所在熇厉。策催诸将士，使速引船。或身自早出督切，见将吏多在吉许。策因此激怒，言：“我为不如吉耶？而先趋附之！”便使收吉。至，呵问之曰：“天旱不雨，道路艰涩，不时得过，故自早出。而卿不同忧戚，安坐船中，作鬼物态，败吾部伍。今当相除。”令人缚置地上，暴之，使请雨。若能感天，日中雨者，当原赦；不尔，行诛。俄而云气上蒸，肤寸而合。比至日中，大雨总至，溪涧盈溢。将士喜悦，以为吉必见原，并往庆慰。策遂杀之。将士哀惜，藏其尸。天夜，忽更兴云覆之。明旦往视，不知所在。

　　策既杀吉，每独坐，仿佛见吉在左右。意深恶之，颇有失常。后治疮方差，而引镜自照，见吉在镜中，顾而弗见。如是再三，扑镜大叫，疮皆崩裂，须臾而死。（吉，琅邪人，道士。）

介　琰

　　介琰者，不知何许人也。住建安方山，从其师白羊公杜受玄一无为之道，能变化隐形。尝往来东海，暂过秣陵，与吴主相闻。吴主留琰，乃为琰架宫庙。一日之中，数遣人往问起居。琰或为童子，或为老翁，无所食啖，不受饷遗。吴主欲学其术，琰以吴主多内御，积月不教。吴主怒，敕缚琰，着甲士引弩射之。弩发，而绳缚犹存，不知琰之所之。

徐　光

　　吴时有徐光者，尝行术于市里。从人乞瓜，其主勿与，便从索瓣，杖地种之。俄而瓜生蔓延，生花成实，乃取食之，因赐观者。嚣者反视所出卖,皆亡耗矣。凡言水旱,甚验。

过大将军孙綝门,褰衣而趋,左右唾践。或问其故,答曰:"流血臭腥,不可耐。"綝闻,恶而杀之。斩其首,无血。及綝废幼帝,更立景帝,将拜陵,上车,有大风荡綝车,车为之倾。见光在松树上,拊手指挥,嗤笑之。綝问侍从,皆无见者。俄而景帝诛綝。

葛　　玄

葛玄,字孝先,从左元放受《九丹金液仙经》。与客对食,言及变化之事,客曰:"食毕,先生作一事特戏者。"玄曰:"君得无即欲有所见乎?"乃嗽口中饭,尽变大蜂数百,皆集客身,亦不螫人。久之,玄乃张口,蜂皆飞入。玄嚼食之,是故饭也。

又指虾蟆及诸行虫燕雀之属使舞,应节如人。冬为客设生瓜枣,夏致冰雪。又以数十钱,使人散投井中,玄以一器于井上呼之,钱一一飞从井出。为客设酒,无人传杯,杯自至前;如或不尽,杯不去也。

尝与吴主坐楼上,见作请雨土人。帝曰:"百姓思雨,宁可得乎?"玄曰:"雨易得耳。"乃书符着社中。顷刻间天地晦冥,大雨流淹。帝曰:"水中有鱼乎?"玄复书符掷水中。须臾,有大鱼数百头。使人治之。

吴　　猛

吴猛,濮阳人。仕吴,为西安令,因家分宁。性至孝。遇至人丁义,授以神方。又得秘法神符,道术大行。尝见大风,书符掷屋上,有青乌衔去,风即止。或问其故,曰:"南湖有舟,遇此风,道士求救。"验之果然。西安令干庆,死已三日,猛曰:

"数未尽,当诉之于天。"遂卧尸旁。数日,与令俱起。后将弟子回豫章,江水大急,人不得渡。猛乃以手中白羽扇画江水,横流,遂成陆路,徐行而过。过讫,水复,观者骇异。尝守浔阳,参军周家有狂风暴起,猛即书符掷屋上,须臾风静。

园　客

　　园客者,济阴人也。貌美,邑人多欲妻之,客终不娶。尝种五色香草,积数十年,服食其实。忽有五色神蛾止香草之上,客收而荐之以布,生桑蚕焉。至蚕时,有神女夜至,助客养蚕,亦以香草食蚕。得茧百二十头,大如瓮,每一茧缲六七日乃尽。缲讫,女与客俱仙去,莫知所如。

董　永

　　汉董永,千乘人。少偏孤,与父居,肆力田亩,鹿车载自随。父亡,无以葬,乃自卖为奴,以供丧事。主人知其贤,与钱一万,遣之。永行三年丧毕,欲还主人,供其奴职。道逢一妇人,曰:"愿为子妻。"遂与之俱。主人谓永曰:"以钱与君矣。"永曰:"蒙君之惠,父丧收藏。永虽小人,必欲服勤致力,以报厚德。"主曰:"妇人何能?"永曰:"能织。"主曰:"必尔者,但令君妇为我织缣百匹。"于是永妻为主人家织,十日而毕。女出门,谓永曰:"我,天之织女也。缘君至孝,天帝令我助君偿债耳。"语毕,凌空而去,不知所在。

钩 弋 夫 人

　　初,钩弋夫人有罪,以谴死。既殡,尸不臭,而香闻十余里,因葬云陵。上哀悼之,又疑其非常人,乃发冢开视。棺空无尸，惟双履存。一云昭帝即位，改葬之，棺空无尸，独丝履存焉。

杜 兰 香

汉时有杜兰香者，自称南康人氏。以建兴四年春，数诣张傅。傅年十七。望见其车在门外，婢通言："阿母所生，遣授配君，可不敬从！"傅先改名硕。硕呼女前视，可十六七，说事邈然久远。有婢子二人，大者萱支，小者松支。钿车青牛，上饮食皆备。作诗曰："阿母处灵岳，时游云霄际。众女侍羽仪，不出墉宫外。飘轮送我来，岂复耻尘秽。从我与福俱，嫌我与祸会。"至其年八月旦，复来，作诗曰："逍遥云汉间，呼吸发九嶷。流汝不稽路，弱水何不之？"出薯蓣子三枚，大如鸡子，云："食此，令君不畏风波，辟寒温。"硕食二枚，欲留一。不肯，令硕食尽。言："本为君作妻，情无旷远。以年命未合，其小乖。太岁东方卯，当还求君。"兰香降时，硕问："祷祀何如？"香曰："消魔自可愈疾，淫祀无益。"香以药为消魔。

弦超 附知琼

魏济北郡从事掾弦超，字义起。以嘉平中夜独宿，梦有神女来从之。自称天上玉女，东郡人，姓成公，字知琼。早失父母，天帝哀其孤苦，遣令下嫁从夫。超当其梦也，精爽感悟，嘉其美异，非常人之容。觉寤钦想，若存若亡，如此三四夕。

一旦，显然来游，驾辎軿车，从八婢，服绫罗绮绣之衣，姿颜容体，状若飞仙。自言年七十，视之如十五六女。车上有壶榼，青白琉璃五具。饮啖奇异，馔具醴酒，与超共饮食。谓超曰："我，天上玉女。见遣下嫁，故来从君。不谓君德，宿时感运,宜为夫妇。不能有益,亦不能为损。然往来常可得驾轻车,乘肥马,饮食常可得远味异膳,缯素常可得充用不乏。然我神人,不为君生子,亦无妒忌之性,不害君婚姻之义。"遂为夫妇。赠诗一篇,其文曰:"飘飖浮勃逢,敖曹云石滋。芝英不须润,至德与时期。神仙岂虚感,应运来相之。纳我荣五族,逆我致祸灾。"此其诗之大较。其文二百余言,不能悉录。兼注《易》七卷,有卦有象,以象为属。故其文言既有义理,又可以占吉凶,犹扬子之《太玄》、薛氏之《中经》也。超皆能通其旨意,用之占候。

　　作夫妇经七八年,父母为超娶妇之后,分日而燕,分夕而寝,夜来晨去,倏忽若飞,唯超见之,他人不见。虽居暗室,辄闻人声,常见踪迹,然不睹其形。后人怪问,漏泄其事。玉女遂求去,云:"我,神人也。虽与君交,不愿人知。而君性疏漏,我今本末已露,不复与君通接。积年交结,恩义不轻,一旦分别,岂不怅恨?势不得不尔,各自努力!"又呼侍御,下酒饮啖。发篋,取织成裙衫两副遗超,又赠诗一首。把臂告辞,涕泣流离,肃然升车,去若飞迅。超忧感积日,殆至委顿。

　　去后五年,超奉郡使至洛,到济北鱼山下,陌上西行,遥望曲道头有一马车,似知琼。驱驰前至,果是也。遂披帷相见,悲喜交切。控左援绥,同乘至洛,遂为室家,克复旧好。至太康中犹在。但不日日往来,每于三月三日、五月五日、七月七日、九月九日、旦、十五日,辄下往来,经宿而去。张茂先为之作《神女赋》。

搜神记卷二

寿　光　侯

寿光侯者,汉章帝时人也。能劾百鬼众魅,令自缚见形。其乡人有妇为魅所病,侯为劾之,得大蛇数丈,死于门外,妇因以安。又有大树,树有精,人止其下者死,鸟过之亦坠。侯劾之,树盛夏枯落,有大蛇长七八丈,悬死树间。章帝闻之,征问,对曰:"有之。"帝曰:"殿下有怪,夜半后常有数人,绛衣披发,持火相随,岂能劾之?"侯曰:"此小怪,易消耳。"帝伪使三人为之。侯乃设法,三人登时仆地无气。帝惊曰:"非魅也,朕相试耳!"即使解之。

或云:汉武帝时,殿下有怪,常见朱衣披发相随,持烛而走。帝谓刘凭曰:"卿可除此否?"凭曰:"可。"乃以青符掷之,见数鬼倾地。帝惊曰:"以相试耳!"解之而苏。

樊　英

樊英隐于壶山,尝有暴风从西南起,英谓学者曰:"成都市火甚盛。"因含水嗽之,乃命计其时日。后有从蜀来者云:"是日大火,有云从东起,须臾大雨,火遂灭。"

徐　登

闽中有徐登者,女子化为丈夫,与东阳赵昞,并善方术。

时遭兵乱，相遇于溪，各矜其所能。登先禁溪水为不流，昉次禁杨柳为生稊。二人相视而笑。登年长，昉师事之。后登身故，昉东入章安，百姓未知。昉乃升茅屋，据鼎而爨。主人惊怪，昉笑而不应，屋亦不损。

赵　昉

赵昉尝临水求渡，船人不许。昉乃张帷盖，坐其中，长啸呼风，乱流而济。于是百姓敬服，从者如归。长安令恶其惑众，收杀之。民为立祠于永康，至今蚊蚋不能入。

徐赵清俭

徐登、赵昉贵尚清俭，祀神以东流水，削桑皮以为脯。

东海君

陈节访诸神，东海君以织成青襦一领遗之。

边　洪

宣城边洪为广阳领校，母丧归家，韩友往投之。时日已暮，出告从者：“速装束，吾当夜去。”从者曰：“今日已暝，数十里草行，何急复去？”友曰：“此间血覆地，宁可复住？”苦留之，不得。其夜，洪欻发狂，绞杀两子，并杀妇；又斫父婢二人，皆被创。因走亡。数日，乃于宅前林中得之，已自经死。

鞠道龙 附黄公

鞠道龙善为幻术，尝云：“东海人黄公，善为幻，制蛇御虎，常佩赤金刀。及衰老，饮酒过度。秦末，有白虎见于东海，诏遣黄公以赤刀往厌之。术既不行,遂为虎所杀。"

谢　　纠

谢纠尝食客,以朱书符投井中,有一双鲤鱼跳出。即命作脍,一坐皆得遍。

天 竺 胡 人

晋永嘉中,有天竺胡人来渡江南。其人有数术,能断舌复续,吐火,所在人士聚观。将断时,先以舌吐示宾客。然后刀截,血流覆地。乃取置器中,传以示人。视之,舌头半舌犹在。既而还,取含续之。坐有顷,坐人见舌则如故,不知其实断否。其续断,取绢布,与人各执一头,对剪,中断之。已而取两断合视,绢布还连续,无异故体。时人多疑以为幻,阴乃试之,真断绢也。其吐火,先有药在器中,取火一片,与黍糖合之,再三吹呼,已而张口,火满口中,因就燕取以炊,则火也。又取书纸及绳缕之属投火中,众共视之,见其烧燕了尽,乃拨灰中,举而出之,故向物也。

扶 南 王

扶南王范寻养虎于山,有犯罪者投于虎,不噬,乃宥之。故山名大虫,亦名大灵。又养鳄鱼十头,若犯罪者投与鳄鱼,不噬,乃赦之。无罪者皆不噬,故有鳄鱼池。又尝煮水令沸,以金指环投汤中,然后以手探汤。其直者,手不烂;有罪者,入汤即焦。

贾　佩　兰

　　戚夫人侍儿贾佩兰,后出为扶风人段儒妻。说在宫内时,尝以弦管歌舞相欢娱,竞为妖服,以趋良时。十月十五日,共入灵女庙,以豚黍乐神,吹笛击筑,歌《上灵之曲》。既而相与连臂,踏地为节,歌《赤凤皇来》。乃巫俗也。至七月七日,临百子池,作于阗乐。乐毕,以五色缕相羁,谓之相连绶。八月四日,出雕房北户,竹下围棋,胜者终年有福,负者终年疾病。取丝缕,就北辰星求长命,乃免。九月,佩茱萸,食蓬饵,饮菊花酒,令人长命。菊花舒时,并采茎叶,杂黍米酿之,至来年九月九日始熟,就饮焉,故谓之菊花酒。正月上辰,出池边盥濯,食蓬饵,以祓妖邪。三月上巳,张乐于流水。如此终岁焉。

李　少　翁

　　汉武帝时幸李夫人。夫人卒后,帝思念不已,方士齐人李少翁言能致其神。乃夜施帷帐,明灯烛,而令帝居他帐,遥望之。见美女居帐中,如李夫人之状,还幄坐而步,又不得就视。帝愈益悲感,为作诗曰:"是耶? 非耶? 立而望之,偏。娜娜,何冉冉其来迟!"令乐府诸音家弦歌之。

营　陵　道　人

　　汉北海营陵有道人,能令人与已死人相见。其同郡人妇死已数年,闻而往见之,曰:"愿令我一见亡妇,死不恨矣!"道人曰:"卿可往见之,若闻鼓声,即出勿留。"乃语其相见之术。俄而得见之。于是与妇言语,悲喜恩情如生。良久,闻鼓声恨恨,不能得住。当出户时,忽掩其衣裾户间,掣绝而去。至后岁余，此人身亡。家葬之，开冢，见妇棺盖下有衣裙。

白 头 鹅

吴孙休有疾，求觋视者，得一人，欲试之。乃杀鹅而埋于苑中，架小屋，施床几，以妇人屦履服物着其上。使觋视之，告曰："若能说此冢中鬼妇人形状者，当加厚赏，而即信矣。"竟日无言。帝推问之急，乃曰："实不见有鬼，但见一白头鹅立墓上。所以不即白之，疑是鬼神变化作此相，当候其真形，而定不复移易，不知何故。敢以实上。"

石 子 冈

吴孙峻杀朱主，埋于石子冈。归命即位，将欲改葬之。冢墓相亚，不可识别，而宫人颇识主亡时所着衣服。乃使两巫各住一处，以伺其灵，使察鉴之，不得相近。久时，二人俱白："见一女人，年可三十余，上着青锦束头，紫白袷裳，丹绨丝履，从石子冈上。半冈而以手抑膝，长太息。小住须臾，更进一冢上便止，徘徊良久，奄然不见。"二人之言，不谋而合。于是开冢，衣服如之。

夏 侯 弘

夏侯弘自云见鬼，与其言语。镇西谢尚所乘马忽死，忧恼甚至。谢曰："卿若能令此马生者，卿真为见鬼也。"弘去，良久还，曰："庙神乐君马，故取之。今当活。"尚对死马坐。须臾，马忽自门外走还，至马尸间便灭，应时能动，起行。

谢曰："我无嗣，是我一身之罚。"弘经时无所告，曰："顷所见，小鬼耳，必不能辨此源由。"后忽逢一鬼，乘新车，从十许人，着青丝布袍。弘前提牛鼻，车中人谓弘曰："何以见阻？"弘曰："欲有所问。镇西将军谢尚无儿。此君风流令望，不可使之绝祀。"车中人动容曰："君所道，正是仆儿。年少时，与家中婢通，誓约不再婚而违约。今此婢死，在天诉之，是故无儿。"弘具以告。谢曰："吾少时诚有此事。"

　　弘于江陵见一大鬼，提矛戟，有随从小鬼数人。弘畏惧，下路避之。大鬼过后，捉得一小鬼，问："此何物？"曰："杀人以此矛戟。若中心腹者，无不辄死。"弘曰："治此病有方否？"鬼曰："以乌鸡薄之即差。"弘曰："今欲何行？"鬼曰："当至荆、扬二州。"尔时比日行心腹病，无有不死者。弘乃教人杀乌鸡以薄之，十不失八九。今治中恶，辄用乌鸡薄之者，弘之由也。

搜神记卷三

钟 离 意

汉永平中,会稽钟离意,字子阿,为鲁相。到官,出私钱万三千文,付户曹孔䜣修夫子车。身入庙,拭几席剑履。男子张伯,除堂下草,土中得玉璧七枚。伯怀其一,以六枚白意。意令主簿安置几前。孔子教授堂下床首有悬瓮,意召孔䜣,问:"此何瓮也?"对曰:"夫子瓮也。背有丹书,人莫敢发也。"意曰:"夫子圣人,所以遗瓮,欲以悬示后贤。"因发之,中得素书,文曰:"后世修吾书,董仲舒。护吾车,拭吾履,发吾笥,会稽钟离意。璧有七,张伯藏其一。"意即召问:"璧有七,何藏一耶?"伯叩头出之。

段 医

段医,字元章,广汉新都人也。习《易经》,明风角。有一生来学积年,自谓略究要术,辞归乡里。医为合膏药,并以简书封于筒中,告生曰:"有急,发视之。"生到葭萌,与吏争度,津吏挝破从者头。生开筒得书,言:"到葭萌,与吏斗,头破者,以此膏裹之。"生用其言,创者即愈。

臧仲英 附许季山

右扶风臧仲英,为侍御史。家人作食设案,有不清尘土投污之。炊临熟，不知釜处，兵弩自行，火从箧簏中起，衣物尽烧，而箧簏故完。妇女婢使，一旦尽失其镜。数日，从堂下掷庭中，有人声言："还汝镜。"女孙年三四岁，亡之，求不知处。两三日，乃于圂中粪下啼。若此非一。

汝南许季山者，素善卜卦，卜之曰："家当有老青狗物，内中侍御者名益喜，与共为之。诚欲绝，杀此狗，遣益喜归乡里。"仲英从之，怪遂绝。后徙为太尉长史，迁鲁相。

乔玄　附董彦兴

太尉乔玄，字公祖，梁国人也。初为司徒长史。五月末，于中门卧。夜半后，见东壁正白，如开门明。呼问左右，左右莫见。因起自往，手扪摸之，壁自如故。还床复见，心大怖恐。其友应劭适往候之，语次相告。劭曰："乡人有董彦兴者，即许季山外孙也。其探赜索隐，穷神知化，虽眭孟、京房，无以过也。然天性褊狭，羞于卜筮者。"

间来候师王叔茂请往迎之，须臾便与俱来。公祖虚礼盛馔，下席行觞。彦兴自陈："下土诸生，无他异分，币重言甘，诚有踧踖。颇能别者，愿得从事。"公祖辞让再三，尔乃听之。曰："府君当有怪，白光如门明者，然不为害也。六月上旬鸡鸣时，闻南家哭，即吉。到秋节，迁北行郡，以金为名。位至将军三公。"公祖曰："怪异如此，救族不暇，何能致望于所不图？此相饶耳。"

至六月九日未明，太尉杨秉暴薨。七月七日，拜钜鹿太守，"钜"边有"金"。后为度辽将军，历登三事。

管辂　共四条

　　管辂，字公明，平原人也。善《易》卜。安平太守东莱王基，字伯舆，家数有怪，使辂筮之。卦成，辂曰："君之卦，当有贱妇人生一男，堕地便走，入灶中死。又床上当有一大蛇衔笔，大小共视，须臾便去。又乌来入室中，与燕共斗，燕死乌去。有此三卦。"基大惊曰："精义之致，乃至于此！幸为占其吉凶。"辂曰："非有他祸，直客舍久远，魑魅罔两共为怪耳。儿生便走，非能自走，直宋无忌之妖将其入灶也。大蛇衔笔者，直老书佐耳。乌与燕斗者，直老铃下耳。夫神明之正，非妖能害也。万物之变，非道所止也。久远之浮精，必能之定数也。今卦中见象而不见其凶，故知假托之数，非妖咎之征，自无所忧也。昔高宗之鼎，非雉所雊；太戊之阶，非桑所生。然而野鸟一雏，武丁为高宗；桑谷暂生，太戊以兴。焉知三事不为吉祥？愿府君安身养德，从容光大，勿以神奸，污累天真。"后卒无他，迁安南督军。后辂乡里乃太原问辂："君往者为王府君论怪，云'老书佐为蛇，老铃下为乌'，此本皆人，何化之微贱乎？为见于爻象，出君意乎？"辂言："苟非性与天道，何由背爻象而任心胸者乎？夫万物之化，无有常形；人之变异，无有定体。或大为小，或小为大，固无优劣。万物之化，一例之道也。是以夏鲧，天子之父；赵王如意，汉高之子。而鲧为黄能，意为苍狗，斯亦至尊之位，而为黔喙之类也。况蛇者协辰巳之位，乌者栖太阳之精，此乃腾黑之明象，白日之流景。如书佐、铃下，各以微躯化为蛇乌，不亦过乎！"

　　管辂至平原，见颜超貌主夭亡，颜父乃求辂延命。辂曰："子归，觅清酒一榼，鹿脯一斤。卯日，刘麦地南大桑树下，有二人围棋次,但酌酒置脯,饮尽更斟,以尽为度。若问汝,汝但拜之,勿言。必合有人救汝。"颜依言而往,果见二人围棋,颜置脯斟酒于前。其人贪戏,但饮酒食脯不顾。数巡,北边坐者忽见颜在,叱曰:"何故在此?"颜惟拜之。南面坐者语曰:"适来饮他酒脯,宁无情乎?"北坐者曰:"文书已定。"南坐者曰:"借文书看之。"见超寿止可十九岁,乃取笔挑上,语曰:"救汝至九十年活。"颜拜而回。管语颜曰:"大助子,且喜得增寿。北边坐人是北斗,南边坐人是南斗。南斗注生,北斗注死。凡人受胎,皆从南斗过北斗。所有祈求,皆向北斗。"

信都令家妇女惊恐,更互疾病,使辂筮之。辂曰:"君北堂西头有两死男子,一男持矛,一男持弓箭,头在壁内,脚在壁外。持矛者主刺头,故头重痛,不得举也;持弓箭者主射胸腹,故心中悬痛,不得饮食也。昼则浮游,夜来病人,故使惊恐也。"于是掘其室中,入地八尺,果得二棺。一棺中有矛,一棺中有角弓及箭。箭久远,木皆消烂,但有铁及角完耳。乃徙骸骨,去城二十里埋之,无复疾病。

利漕民郭恩,字义博。兄弟三人,皆得躄疾,使辂筮其所由。辂曰:"卦中有君本墓,墓中有女鬼,非君伯母,当叔母也。昔饥荒之世,当有利其数升米者,排着井中,啧啧有声,推一大石下,破其头。孤魂冤痛,自诉于天耳。"

淳于智　共四条

淳于智,字叔平,济北卢人也。性深沉,有思义。少为书生,能《易》筮,善厌胜之术。高平刘柔夜卧,鼠啮其左手中指,意甚恶之,以问智。智为筮之,曰:"鼠本欲杀君而不能,当为使其反死。"乃以朱书手腕横纹后三寸,为田字,可方一寸二分。使夜露手以卧,有大鼠伏死于前。

上党鲍瑗,家多丧病,贫苦。淳于智卜之,曰:"君居宅不利,故令君困尔。君舍东北有大桑树。君径至市,入门数十步,当有一人卖新鞭者,便就买还,以悬此树。三年,当暴得财。"瑗承言诣市,果得马鞭。悬之三年,浚井,得钱数十万,铜铁器复二万余。于是业用既展,病者亦无恙。

谯人夏侯藻,母病困,将诣智卜。忽有一狐,当门向之嗥叫。藻大愕惧,遂驰诣智。智曰:"其祸甚急。君速归,在狐嗥处拊心啼哭,令家人惊怪,大小毕出,一人不出,啼哭勿休。然其祸仅可免也。"藻还,如其言,母亦扶病而出。家人既集,堂屋五间拉然而崩。

护军张劭,母病笃。智筮之,使西出市沐猴,系母臂,令旁人捶拍,恒使作声,三日放去。劭从之。其猴出门,即为犬所咋死,母病遂差。

郭璞 共四条

郭璞,字景纯,行至庐江,劝太守胡孟康急回南渡,康不从。璞将促装去之,爱其婢,无由得,乃取小豆三斗,绕主人宅散之。主人晨起,见赤衣人数千围其家,就视则灭,甚恶之。请璞为卦,璞曰:"君家不宜畜此婢,可于东南二十里卖之,慎勿争价,则此妖可除也。"璞阴令人贱买此婢。复为投符于井中,数千赤衣人一一自投于井。主人大悦。璞携婢去,后数旬而庐江陷。

赵固所乘马忽死,甚悲惜之,以问郭璞。璞曰:"可遣数十人持竹竿,东行三十里,有山林陵树,便搅打之,当有一物出,急宜持归。"于是如言,果得一物,似猿。持归,入门见死马,跳梁走往死马头,嘘吸其鼻。顷之,马即能起,奋迅嘶鸣,饮食如常,亦不复见向物。固奇之,厚加资给。

扬州别驾顾球姊,生十年便病。至年五十余,令郭璞筮。得"大过"之"升",其辞曰:"大过卦者义不嘉,冢墓枯杨无英华。振动游魂见龙车,身被重累婴妖邪。法由斩祀杀灵蛇,非己之咎先人瑕。案卦论之可奈何?"球乃迹访其家事,先世曾伐大树,得大蛇杀之,女便病。病后,有群鸟数千回翔屋上。人皆怪之,不知何故。有县农行过舍边,仰视,见龙牵车,五色晃烂,其大非常,有顷遂灭。

义兴方叔保得伤寒,垂死,令璞占之,不吉,令求白牛厌之。求之不得,唯羊子玄有一白牛,不肯借。璞为致之,即日有大白牛从西来,径往临。叔保惊惶,病即愈。

费　孝　先

西川费孝先,善轨革,世皆知名。有大若人王旻,因货殖至成都,求为卦。孝先曰:"教住莫住,教洗莫洗。一石谷捣得三斗米。遇明即活,遇暗即死。"再三戒之,令诵此言足矣。旻志之。

及行,途中遇大雨,憩一屋下,路人盈塞。乃思曰:"教住莫住,得非此耶?"遂冒雨行。未几,屋遂颠覆,独得免焉。旻之妻已私邻比,欲媾终身之好,俟旋归,将致毒谋。旻既至,妻约其私人曰:"今夕新沐者,乃夫也。"将晡,呼旻洗沐,重易巾栉。旻悟曰:"教洗莫洗,得非此也?"坚不从。妻怒,不省,自沐,夜半反被害。既觉惊呼,邻里共视,皆莫测其由,遂被囚系拷讯。

狱就,不能自辨。郡守录状,旻泣言:"死即死矣。但孝先所言终无验耳!"左右以是语上达。郡守命未得行法,呼叟问曰:"汝邻比何人也?"曰:"康七。"遂遣人捕之:"杀汝妻者,必此人也。"已而果然。因谓僚佐曰:"一石谷捣得三斗米,非康七乎?"由是辨雪。诚遇明即活之效。

隗 炤

隗炤,汝阴鸿寿亭民也,善《易》。临终书板,授其妻曰:"吾亡后,当大荒。虽尔,而慎莫卖宅也。到后五年春,当有诏使来顿此亭,姓龚。此人负吾金,即以此板往责之,勿负言也。"亡后,果大困,欲卖宅者数矣,忆夫言,辄止。

至期,有龚使者果止亭中,妻遂赍板责之。使者执板,不知所言,曰:"我平生不负钱,此何缘尔邪?"妻曰:"夫临亡,手书板,见命如此,不敢妄也。"使者沉吟,良久而悟,乃命取蓍筮之。卦成,抵掌叹曰:"妙哉隗生! 含明隐迹而莫之闻,可谓镜穷达而洞吉凶者也。"于是告其妻曰:"吾不负金,贤夫自有金。乃知亡后当暂穷,故藏金以待太平。所以不告儿妇者,恐金尽而困无已也。知吾善《易》,故书板以寄意耳。金五百斤,盛以青罂,覆以铜柈,埋在堂屋东头,去壁一丈,入地九尺。"

妻还掘之,果得金,皆如所卜。

韩 友

韩友,字景先,庐江舒人也。善占卜,亦行京房厌胜之术。刘世则女病魅积年,巫为攻祷,伐空冢故城间,得狸鼍数十,病犹不差。友筮之,命作布囊,俟女发时,张囊着窗牖间。友闭户作气,若有所驱。须臾间,见囊大胀如吹,因决败之。女仍大发。友乃更作皮囊二枚,沓张之,施张如前,囊复胀满。因

急缚囊口，悬着树。二十许日，渐消，开视，有二斤狐毛。女病
遂差。

严　　卿

　　会稽严卿，善卜筮。乡人魏序欲东行，荒年多抄盗，令卿
筮之。卿曰："君慎不可东行，必遭暴害，而非劫也。"序不信。
卿曰："既必不停，宜有以禳之。可索西郭外独母家白雄狗，系
着船前。"求索，止得驳狗，无白者。卿曰："驳者亦足。然犹恨
其色不纯，当余小毒，止及六畜辈耳，无所复忧。"序行半路，狗
忽然作声甚急，有如人打之者。比视已死，吐黑血斗余。其
夕，序墅上白鹅数头，无故自死，序家无恙。

华佗　共二条

　　沛国华佗，字元化，一名旉。琅邪刘勋为河内太守，有女
年几二十，苦脚左膝里有疮，痒而不痛。疮愈，数十日复发，如
此七八年。迎佗使视，佗曰："是易治之。"当得稻糠黄色犬一
头，好马二匹。以绳系犬颈，使走马牵犬，马极辄易。计马走
三十余里，犬不能行。复令步人拖曳，计向五十里。乃以药饮
女，女即安卧，不知人。因取大刀，断犬腹近后脚之前，以所断
之处向疮口，令二三寸停之。须臾，有若蛇者从疮中出，便以
铁椎横贯蛇头。蛇在皮中动摇良久，须臾不动，乃牵出。长三
尺许，纯是蛇，但有眼处，而无瞳子，又逆鳞耳。以膏散着疮
中，七日愈。

　　佗尝行道，见一人病咽，嗜食不得下。家人车载，欲往就
医。佗闻其呻吟声，驻车往视，语之曰："向来道边，有卖饼家
蒜齑大酢，从取三升饮之，病自当去。"即如佗言，立吐蛇一枚。

搜神记卷四

风 伯 雨 师

风伯、雨师，星也。风伯者，箕星也；雨师者，毕星也。郑玄谓司中、司命，文昌第四、第五星也。雨师一曰屏翳，一曰屏号，一曰玄冥。

张 宽

蜀郡张宽，字叔文，汉武帝时为侍中。从祀甘泉，至渭桥，有女子浴于渭水，乳长七尺。上怪其异，遣问之。女曰："帝后第七车者，知我所来。"时宽在第七车，对曰："天星主祭祀者，斋戒不洁则女人见。"

灌 坛 令

文王以太公望为灌坛令。期年，风不鸣条。文王梦一妇人，甚丽，当道而哭。问其故，曰："吾泰山之女，嫁为西海妇，欲归。今为灌坛令当道有德，废我行。我行必有大风疾雨。大风疾雨，是毁其德也。"文王觉，召太公问之。是日果有疾雨暴风，从太公邑外而过。文王乃拜太公为大司马。

胡 母 班

胡母班，字季友，泰山人也。曾至泰山之侧，忽于树间逢一绛衣驺，呼班云："泰山府君召。"班惊愕，逡巡未答。复有一驺出呼之，遂随行。数十步，驺请班暂瞑。少顷，便见宫室，威仪甚严，班乃入阁拜谒。主为设食，语班曰："欲见君无他，欲附书与女婿耳。"班问："女郎何在？"曰："女为河伯妇。"班曰："辄当奉书，不知缘何得达？"答曰："今适河中流，便扣舟呼青衣，当自有取书者。"班乃辞出。昔驺复令闭目，有顷，忽如故道。

遂西行，如神言而呼青衣。须臾，果有一女仆出，取书而没。少顷复出，云："河伯欲暂见君。"婢亦请瞑目。遂拜谒河伯。河伯乃大设酒食，词旨殷勤。临去，谓班曰："感君远为致书，无物相奉。"于是命左右："取吾青丝履来。"以贻班。班出，瞑然忽得还舟。

遂于长安经年而还。至泰山侧，不敢潜过，遂扣树，自称姓名："从长安还，欲启消息。"须臾，昔驺出，引班如向法而进，因致书焉。府君请曰："当别再报。"班语讫，如厕。忽见其父着械徒作，此辈数百人。班进拜流涕，问："大人何因及此？"父云："吾死，不幸见谴三年。今已二年矣，困苦不可处。知汝今为明府所识，可为吾陈之，乞免此役，便欲得社公耳。"班乃依教，叩头陈乞。府君曰："生死异路，不可相近，身无所惜。"班苦请，方许之。于是辞出还家。

岁余，儿子死亡略尽。班惶惧，复诣泰山，扣树求见。昔驺遂迎之而见。班乃自说："昔辞旷拙，及还家，儿死亡至尽。今恐祸故未已，辄来启白，幸蒙哀救。"府君拊掌大笑曰："昔语君'死生异路，不可相近'故也。"即敕外召班父。须臾，至庭中，问之："昔求还里社，当为门户作福，而孙息死亡至尽，何也？"答云："久别乡里，自欣得还，又遇酒食充足，实念诸孙，召之。"于是代之。父涕泣而出，班遂还。后有儿皆无恙。

冯　夷

宋时，弘农冯夷，华阴潼乡堤首人也。以八月上庚日渡河溺死，天帝署为河伯。又《五行书》曰："河伯以庚辰日死，不可治船远行，溺没不返。"

河　伯　婿

吴馀杭县南有上湖，湖中央作塘。有一人乘马看戏，将三四人至岑村饮酒，小醉，暮还。时炎热，因下马入水中，枕石眠。马断走归，从人悉追马，至暮不返。

眠觉，日已向晡，不见人马。见一妇来，年可十六七，云："女郎再拜。日既向暮，此间大可畏。君作何计？"因问："女郎何姓？那得忽相闻？"复有一少年，年十三四，甚了了，乘新车。车后二十人，至，呼上车，云："大人暂欲相见。"因回车而去。道中绎络把火，见城郭邑居。

既入城，进厅事上，有信幡，题云"河伯信"。俄见一人，年三十许，颜色如画，侍卫繁多。相对欣然，敕行酒炙，云："仆有小女，颇聪明，欲以给君箕帚。"此人知神，不敢拒逆。便敕备办，会就郎中婚。承白已办，遂以丝布单衣及纱袷、绢裙、纱衫裈、履屐，皆精好。又给十小吏，青衣数十人。妇年可十八九，姿容婉媚。便成。三日，经大会客拜阁。四日，云："礼既有限，发遣去。"妇以金瓯、麝香囊与婿别，涕泣而分。又与钱十万，药方三卷，云："可以施功布德。"复云："十年当相迎。"

此人归家，遂不肯别婚，辞亲出家作道人。所得三卷方，一卷《脉经》，一卷《汤方》，一卷《丸方》。周行救疗，皆致神验。

后母老兄丧,因还婚宦。

华 山 使

秦始皇三十六年,使者郑容从关东来,将入函关。西至华阴,望见素车白马,从华山上下。疑其非人,道住,止而待之。遂至,问郑容曰:"安之?"答曰:"之咸阳。"车上人曰:"吾华山使也,愿托一牍书,致镐池君所。子之咸阳,道过镐池,见一大梓,下有文石,取款梓,当有应者,即以书与之。"容如其言,以石款梓树,果有人来取书。明年,祖龙死。

张 璞

张璞,字公直,不知何许人也。为吴郡太守,征还,道由庐山。子女观于祠室,婢使指像人以戏曰:"以此配汝。"其夜,璞妻梦庐君致聘曰:"鄙男不肖,感垂采择,用致微意。"妻觉,怪之。婢言其情,于是妻惧,催璞速发。

中流,舟不为行,阖船震恐。乃皆投物于水,船犹不行。或曰:"投女则船为进。"皆曰:"神意已可知也,以一女而灭一门,奈何?"璞曰:"吾不忍见之。"乃上飞庐卧,使妻沉女于水。妻因以璞亡兄孤女代之,置席水中,女坐其上,船乃得去。璞见女之在也,怒曰:"吾何面目于当世也!"乃复投己女。

及得渡,遥见二女在下。有吏立于岸侧,曰:"吾,庐君主簿也。庐君谢君,知鬼神非匹,又敬君之义,故悉还二女。"后问女,言:"但见好屋吏卒,不觉在水中也。"

建 康 小 吏

建康小吏曹著,为庐山使所迎,配以女婉。著形意不安,屡屡求请退。婉潸然垂涕，赋诗序别，并赠织成裤衫。

宫亭湖 共二条

宫亭湖孤石庙，尝有估客至都，经其庙下，见二女子，云："可为买两量丝履，自相厚报。"估客至都，市好丝履，并箱盛之，自市书刀亦内箱中。既还，以箱及香置庙中而去，忘取书刀。至河中流，忽有鲤鱼跳入船内。破鱼腹，得书刀焉。

南州人有遣吏献犀簪于孙权者，舟过宫亭庙而乞灵焉。神忽下教曰："须汝犀簪。"吏惶遽，不敢应。俄而犀簪已前列矣，神复下教曰："俟汝至石头城，返汝簪。"吏不得已，遂行。自分失簪，且得死罪。比达石头，忽有大鲤鱼长三尺，跃入舟，剖之得簪。

驴　鼠

郭璞过江，宣城太守殷祐引为参军。时有一物，大如水牛，灰色，卑脚，脚类象，胸前尾上皆白，大力而迟钝，来到城下。众咸怪焉。祐使人伏而取之，令璞作卦，遇"遁"之"蛊"，名曰"驴鼠"。卜适了，伏者以戟刺，深尺余。郡纲纪上祠请杀之。巫云："庙神不悦。此是邾亭驴山君使，至荆山，暂来过我，不须触之。"遂去，不复见。

青洪君 附如愿

庐陵欧明，从贾客道经彭泽湖，每以舟中所有多少投湖中，云以为礼。积数年。后复过，忽见湖中有大道，上多风尘。有数吏，乘车马来候明，云是青洪君使要。须臾达，见有府舍，门下吏卒。明甚怖。吏曰："无可怖。青洪君感君前后有礼，故要君。必有重遗君者。君勿取，独求如愿耳。"明既见青洪君，乃求如愿。使逐明去。如愿者，青洪君婢也。明将归，所愿辄得，数年，大富。

黄 石 公 祠

益州之西，云南之东，有神祠。克山石为室，下有民奉祠之，自称黄石公。因言此神，张良所受黄石公之灵也。清净不宰杀。诸祈祷者，持一百纸、一双笔、一丸墨置石室中，前请乞。先闻石室中有声，须臾，问来人何欲。既言，便具语吉凶，不见其形。至今如此。

樊道基　附成夫人

永嘉中，有神见兖州，自称樊道基。有姬，号成夫人。夫人好音乐，能弹箜篌，闻人弦歌，辄便起舞。

戴 文 谋

沛国戴文谋，隐居阳城山中。曾于客堂食际，忽闻有神呼曰："我天帝使者，欲下凭君，可乎？"文闻甚惊。又曰："君疑我也？"文乃跪曰："居贫，恐不足降下耳。"既而洒扫设位，朝夕进食甚谨。后于室内窃言之，妇曰："此恐是妖魅凭依耳。"文曰："我亦疑之。"及祠飨之时，神乃言曰："吾相从，方欲相利，不意有疑心异议。"文辞谢之际，忽堂上如数十人呼声。出视之，见一大鸟五色，白鸠数十随之，东北入云而去，遂不见。

糜 竺

糜竺，字子仲，东海朐人也。祖世货殖，家资巨万。常从洛归，未至家数十里，见路次有一好新妇，从竺求寄载。行可二十余里，新妇谢去，谓竺曰："我，天使也。当往烧东海麋竺家。感君见载，故以相语。"竺因私请之，妇曰："不可得不烧。如此，君可快去，我当缓行，日中必火发。"竺乃急行归，达家，便移出财物，日中而火大发。

阴 子 方

汉宣帝时，南阳阴子方者，性至孝，积恩好施，喜祀灶。腊日晨炊，而灶神形见。子方再拜受庆，家有黄羊，因以祀之。自是已后，暴至巨富，田七百余顷，舆马仆隶，比于邦君。子方尝言："我子孙必将强大。"至识三世，而遂繁昌。家凡四侯，牧守数十。故后子孙尝以腊日祀灶，而荐黄羊焉。

蚕 神

吴县张成夜起，忽见一妇人立于宅南角，举手招成曰："此是君家之蚕室，我即此地之神。明年正月十五，宜作白粥，泛膏于上。"以后年年大得蚕。今之作膏糜像此。

戴 侯 祠

豫章有戴氏女，久病不差，见一小石，形像偶人。女谓曰："尔有人形，岂神？能差我宿疾者，吾将重汝。"其夜，梦有人告之："吾将祐汝。"自后疾渐差。遂为立祠山下。戴氏为巫，故名戴侯祠。

刘 玘

汉阳羡长刘玘尝言："我死，当为神。"一夕饮醉，无病而卒。风雨失其枢。夜闻荆山有数千人喊声，乡民往视之，则棺已成冢。遂改为君山，因立祠祀之。

搜神记卷五

蒋山祠 共五条

蒋子文者，广陵人也。嗜酒好色，挑达无度。常自谓己骨清，死当为神。汉末为秣陵尉，逐贼至钟山下，贼击伤额，因解绶缚之，有顷遂死。及吴先主之初，其故吏见文于道，乘白马，执白羽扇，侍从如平生。见者惊走。文追之，谓曰："我当为此土地神，以福尔下民。尔可宣告百姓，为我立祠。不尔，将有大咎。"是岁夏大疫，百姓窃相恐动，颇有窃祠之者矣。文又下巫祝："吾将大启祐孙氏，宜为我立祠。不尔，将使虫入人耳为灾。"俄而小虫如尘虻，入耳皆死，医不能治，百姓愈恐。孙主未之信也。又下巫祝："若不祀我，将又以大火为灾。"是岁火灾大发，一日数十处，火及公宫。议者以为鬼有所归，乃不为厉，宜有以抚之。于是使使者封子文为中都侯，次弟子绪为长水校尉，皆加印绶，为立庙堂。转号钟山为蒋山，今建康东北蒋山是也。自是灾厉止息，百姓遂大事之。

刘赤父者，梦蒋侯召为主簿。期日促，乃往庙陈请："母老子弱，情事过切，乞蒙放恕。会稽魏过，多材艺，善事神，请举过自代。"因叩头流血。庙祝曰："特愿相屈。魏过何人，而有斯举？"赤父固请，终不许。寻而赤父死焉。

咸宁中，太常卿韩伯子某、会稽内史王蕴子某、光禄大夫刘耽子某，同游蒋山庙。庙有数妇人像，甚端正。某等醉，各指像以戏，自相配匹。即以其夕，三人同梦蒋侯遣传教相闻，曰："家子女并丑陋，而猥垂荣顾。辄刻某日，悉相奉迎。"某等以其梦指适异常，试往相问，而果各得此梦，符协如一。于是大惧，备三牲，诣庙谢罪乞哀。又俱梦蒋侯亲来降己，曰："君等既已顾之，实贪会对。克期垂及，岂容方更中悔？"经少时并亡。

会稽郧县东野，有女子，姓吴，字望子，年十六，姿容可爱。其乡里有解鼓舞神者，要之便往。缘塘行，半路忽见一贵人，端正非常。贵人乘船，挺力十余，皆整顿。令人问望子欲何之，具以事对。贵人云："今正欲往彼，便可入船共去。"望子辞不敢。忽然不见。望子既拜神座，见向船中贵人俨然端坐，即蒋侯像也。问望子来何迟，因掷两橘与之。数数形见，遂隆情好。心有所欲，辄空中下之。尝思啖鲤，一双鲜鲤随心而至。望子芳香，流闻数里，颇有神验，一邑共事奉。经三年，望子忽生外意，神便绝往来。

陈郡谢玉为琅邪内史，在京城。所在虎暴，杀人甚众。有一人以小船载年少妇，以大刀插着船，挟暮来至逻所。将出语云："此间顷来甚多草秽，君载细小，作此轻行，大为不易。可止逻宿也。"相问讯既毕，逻将适还去。其妇上岸，便为虎将去。其夫拔刀大唤，欲逐之。先奉事蒋侯，乃唤求助。如此当行十里，忽如有一黑衣为之导。其人随之，当复二十里，见大树。既至一穴。虎子闻行声，谓其母至，皆走出。其人即其所杀之，便拔刀隐树侧。住良久，虎方至，便下妇着地，倒牵入穴。其人以刀当腰斫断之。虎既死，其妇故活，向晓能语。问之，云："虎初取，便负着背上。临至而后下之。四体无他，止为草木伤耳。"扶归还船。明夜，梦一人语之曰："蒋侯使助汝，知否?"至家,杀猪祠焉。

丁 姑 祠

淮南全椒县有丁新妇者,本丹阳丁氏女,年十六,适全椒谢家。其姑严酷,使役有程,不如限者,仍便笞捶,不可堪。九月九日乃自经死。遂有灵响闻于民间,发言于巫祝曰:"念人家妇女作息不倦,使避九月九日,勿用作事。"

吴平后,其女幽魂思乡欲归。永平元年九月七日,见形着缥衣,戴青盖,从一婢,至牛渚津求渡。有两男子,共乘船捕鱼,仍呼求载。两男子笑,共调弄之,言:"听我为妇,当相渡也。"丁妪曰:"谓汝是佳人,而无所知。汝是人,当使汝入泥死;是鬼,使汝入水。"便却入草中。

须臾,有一老翁乘船载苇,妪从索渡。翁曰:"船上无装,岂可露渡? 恐不中载耳。"妪言无苦。翁因出苇半许,安处着船中,径渡之,至南岸。临去,语翁曰:"吾是鬼神,非人也,自能得过。然宜使民间粗相闻知。翁之厚意,出苇相渡,深有惭感,当有以相谢者。若翁速还去,必有所见,亦当有所得也。"翁曰:"恐燥湿不至,何敢蒙谢?"翁还西岸,见两男子覆水中。进前数里,有鱼千数,跳跃水边,风吹至岸上。翁遂弃苇,载鱼以归。

于是丁妪遂还丹阳,江南人皆呼为丁姑。九月九日不用作事,咸以为息日也。今所在祠之。

赵公明参佐

散骑侍郎王祐疾困,与母辞诀。既而闻有通宾者,曰某郡某里某人。尝为别驾,祐亦雅闻其姓字。有顷,奄然来至,曰:

"与卿士类,有自然之分。又州里,情便款然。今年国家有大事,出三将军,分布征发。吾等十余人,为赵公明府参佐。至此仓卒,见卿有高门大屋,故来投。与卿相得,大不可言。"祐知其鬼神,曰:"不幸疾笃,死在旦夕。遭卿,以性命相托。"答曰:"人生有死,此必然之事。死者不系生时贵贱。吾今见领兵三千,须卿,得度簿相付。如此地难得,不宜辞之。"祐曰:"老母年高,兄弟无有,一旦死亡,前无供养。"遂欷歔不能自胜。其人怆然曰:"卿位为常伯,而家无余财。向闻与尊夫人辞诀,言辞哀苦。然则卿国士也,如何可令死?吾当相为。"因起去:"明日更来。"

其明日又来,祐曰:"卿许活吾,当卒恩否?"答曰:"大老子业已许卿,当复相欺耶?"见其从者数百人,皆长二尺许,乌衣军服,赤油为志。祐家击鼓祷祀,诸鬼闻鼓声,皆应节起舞,振袖,飒飒有声。祐将为设酒食,辞曰不须。因复起去,谓祐曰:"病在人体中如火,当以水解之。"因取一杯水,发被灌之。又曰:"为卿留赤笔十余枝,在荐下,可与人使簪之。出入辟恶灾,举事皆无恙。"因道曰:"王甲、李乙,吾皆与之。"遂执祐手与辞。

时祐得安眠,夜中忽觉,乃呼左右,令开被:"神以水灌我,将大沾濡。"开被而信有水,在上被之下、下被之上,不浸,如露之在荷。量之,得三升七合。于是疾三分愈二,数日大除。凡其所道当取者,皆死亡,唯王文英半年后乃亡。所道与赤笔人,皆经疾病及兵乱,皆亦无恙。

初,有妖书云:"上帝以三将军赵公明、钟士季,各督数万鬼下取人。"莫知所在。祐病差,见此书,与所道赵公明合焉。

周　式

汉下邳周式尝至东海，道逢一吏，持一卷书求寄载。行十余里，谓式曰："吾暂有所过，留书寄君船中，慎勿发之。"去后，式盗发视书，皆诸死人录，下条有式名。须臾，吏还，式犹视书。吏怒曰："故以相告，而忽视之！"式叩头流血。良久，吏曰："感卿远相载，此书不可除卿名。今日已去，还家，三年勿出门，可得度也。勿道见吾书。"

式还不出，已二年余，家皆怪之。邻人卒亡，父怒，使往吊之。式不得已，适出门，便见此吏。吏曰："吾令汝三年勿出，而今出门，知复奈何！吾求不见，连累为鞭杖。今已见汝，无可奈何。后三日日中，当相取也。"式还，涕泣具道如此。父故不信，母昼夜与相守。至三日日中时，果见来取，便死。

张　助

南顿张助于田中种禾，见李核，欲持去。顾见空桑中有土，因植种，以余浆溉灌。后人见桑中反复生李，转相告语。有病目痛者，息阴下，言："李君令我目愈，谢以一豚。"目痛小疾，亦行自愈。众犬吠声，盲者得视，远近翕赫。其下车骑常数千百，酒肉滂沱。间一岁余，张助远出来还，见之惊云："此有何神？乃我所种耳！"因就斫之。

新　井

王莽居摄，刘京上言："齐郡临淄县亭长辛当，数梦人谓曰：'吾，天使也，摄皇帝当为真。即不信我，此亭中当有新井出。'亭长起视，亭中果有新井，入地百尺。"

搜神记卷六

妖　　怪

妖怪者,盖精气之依物者也。气乱于中,物变于外。形神气质,表里之用也。本于五行,通于五事。虽消息升降,化动万端,其于休咎之征,皆可得域而论矣。

山　　徙

夏桀之时,厉山亡。秦始皇之时,三山亡。周显王三十二年,宋大丘社亡。汉昭帝之末,陈留昌邑社亡。京房《易传》曰:"山默然自移,天下兵乱,社稷亡也。"故会稽山阴琅邪中有怪山,世传本琅邪东武海中山也。时天夜,风雨晦冥,旦而见武山在焉。百姓怪之,因名曰怪山。时东武县山,亦一夕自亡去。识其形者,乃知其移来。今怪山下见有东武里,盖记山所自来,以为名也。又交州脆州山移至青州。凡山徙,皆不极之异也。此二事,未详其世。《尚书·金縢》曰:"山徙者,人君不用道士,贤者不兴。或禄去公室,赏罚不由君,私门成群,不救,当为易世变号。"

说曰:"善言天者,必质于人;善言人者,必本于天。故天有四时,日月相推,寒暑迭代。其转运也,和而为雨,怒而为风,散而为露,乱而为雾,凝而为霜雪,立而为蚳蝂,此天之常数也。人有四肢五脏,一觉一寐,呼吸吐纳,精气往来,流而为荣卫,彰而为气色,发而为声音,此亦人之常数也。若四时失运,寒暑乖违,则五纬盈缩,星辰错行。日月薄蚀,彗孛流飞,此天地之危诊也;寒暑不时,此天地之蒸否也;石立土踊,此天地之瘤赘也;山崩地陷,此天地之痈疽也;冲风暴雨,此天地之奔气也;雨泽不降,川渎涸竭,此天地之焦枯也。”

龟毛兔角

商纣之时,大龟生毛,兔生角,兵甲将兴之象也。

马 化 狐

周宣王三十三年,幽王生,是岁有马化为狐。

人 化 蜮

晋献公二年,周惠王居于郑。郑人入王府,多脱化为蜮,射人。

地 暴 长

周隐王二年四月,齐地暴长,长丈余,高一尺五寸。京房《易妖》曰:“地四时暴长,占春夏多吉,秋冬多凶。”历阳之郡,一夕沦入地中而为水泽,今麻湖是也。不知何时。《运斗枢》曰:“邑之沦,阴吞阳,下相屠焉。”

一妇四十子

周哀王八年,郑有一妇人,生四十子。其二十人为人,二十人死。其九年,晋有豕生人。吴赤乌七年,有妇人一生三子。

人　产　龙

周烈王六年,林碧阳君之御人产二龙。

彭　生

鲁庄公八年,齐襄公田于贝丘,见豕。从者曰:"公子彭生也。"公怒,射之。豕人立而啼。公惧,坠车伤足,丧屦。刘向以为近豕祸也。

蛇　斗

鲁庄公时,有内蛇与外蛇斗郑南门中,内蛇死。刘向以为近蛇孽也。京房《易传》曰:"立嗣子疑,厥妖蛇居国门斗。"

龙　斗

鲁昭公十九年,龙斗于郑时门之外洧渊。刘向以为近龙孽也。京房《易传》曰:"众心不安,厥妖龙斗其邑中也。"

蛇　绕　柱

鲁定公元年,有九蛇绕柱。占以为九世庙不祀,乃立炀宫。

马　生　人

秦孝公二十一年,有马生人。昭王二十年,牡马生子而死。刘向以为皆马祸也。京房《易传》曰:"方伯分威,厥妖牡马生子。上无天子,诸侯相伐,厥妖马生人。"

女子化男

魏襄王十三年，有女子化为丈夫，与妻，生子。京房《易传》曰："女子化为丈夫，兹谓阴昌，贱人为王；丈夫化为女子，兹谓阴胜阳，厥咎亡。"一曰："男化为女，宫刑滥；女化为男，妇政行也。"

五 足 牛

秦孝文王五年，游朐衍，有献五足牛。时秦世大用民力，天下叛之。京房《易传》曰："兴徭役，夺民时，厥妖牛生五足。"

临 洮 长 人

秦始皇二十六年，有大人，长五丈，足履六尺，皆夷狄服。凡十二人，见于临洮。乃作金人十二以象之。

龙 见 井 中

汉惠帝二年正月癸酉旦，有两龙见于兰陵廷东里温陵井中，至乙亥夜去。京房《易传》曰："有德遭害，厥妖龙见井中。"又曰："行刑暴恶，黑龙从井出。"

马 生 角

汉文帝十二年，吴地有马生角，在耳前，上向。右角长三寸，左角长二寸，皆大二寸。刘向以为马不当生角，犹吴不当举兵向上也，吴将反之变云。京房《易传》曰："臣易上，政不顺，厥妖马生角。兹谓贤士不足。"又曰："天子亲伐，马生角。"

狗　生　角

　　文帝后元五年六月，齐雍城门外有狗生角。京房《易传》曰："执政失，下将害之，厥妖狗生角。"

人　生　角

　　汉景帝元年九月，胶东下密人年七十余，生角，角有毛。京房《易传》曰："冢宰专政，厥妖人生角。"《五行志》以为人不当生角，犹诸侯不敢举兵以向京师也。其后遂有七国之难。至晋武帝泰始五年，元城人年七十，生角，殆赵王伦篡乱之应也。

狗　与　豕　交

　　汉景帝三年，邯郸有狗与彘交。是时赵王悖乱，遂与六国反，外结匈奴以为援。《五行志》以为犬兵革失众之占，豕北方匈奴之象。逆言失听，交于异类，以生害也。京房《易传》曰："夫妇不严，厥妖狗与豕交，兹谓反德，国有兵革。"

黑　白　乌　斗

　　景帝三年十一月，有白颈乌与黑乌群斗楚国吕县。白颈不胜，堕泗水中，死者数千。刘向以为近白黑祥也。时楚王戊暴逆无道，刑辱申公，与吴谋反。乌群斗者，师战之象也。白颈者小，明小者败也。堕于水者，将死水地。王戊不悟，遂举兵应吴，与汉大战，兵败而走。至于丹徒，为越人所斩，堕泗水之效也。京房《易传》曰："逆亲亲，厥妖白黑乌斗于国中。"

　　燕王旦之谋反也，又有一乌一鹊，斗于燕宫中池上，乌堕池死。《五行志》以为楚、燕皆骨肉藩臣，骄恣而谋不义，俱有乌鹊斗死之祥。行同而占合，此天人之明表也。燕阴谋未发，独王自杀于宫，故一乌而水色者死；楚炕阳举兵，军师大败于野，故乌众而金色者死。天道精微之效也。京房《易传》曰："颛征劫杀，厥妖乌鹊斗。"

牛 足 出 背

景帝中六年，梁孝王田北山，有献牛足上出背上者。刘向以为近牛祸。内则思虑霿乱，外则土功过制，故牛祸作。足而出于背，下奸上之象也。

赵 郭 蛇

汉武帝太始四年七月，赵有蛇从郭外入，与邑中蛇斗孝文庙下，邑中蛇死。后二年秋，有卫太子事，自赵人江充起。

鼠 舞 门

汉昭帝元凤元年九月，燕有黄鼠衔其尾，舞王宫端门中。王往视之，鼠舞如故。王使吏以酒脯祠，鼠舞不休。一日一夜死。时燕王旦谋反，将死之象也。京房《易传》曰："诛不原情，厥妖鼠舞门。"

泰 山 石 立

昭帝元凤三年正月，泰山莱芜山南，汹汹有数千人声。民往视之，有大石自立。高丈五尺，大四十八围，入地深八尺，三石为足。石立后，有白乌数千集其旁。宣帝中兴之瑞也。

虫叶成文

昭帝时,上林苑中大柳树断,仆地。一朝起立,生枝叶。有虫食其叶,成文字,曰:"公孙病已立。"

狗　　冠

昭帝时,昌邑王贺见大白狗冠方山冠而无尾。至熹平中,省内冠狗带绶,以为笑乐。有一狗突出,走入司空府门,或见之者,莫不惊怪。京房《易传》曰:"君不正,臣欲篡,厥妖狗冠出朝门。"

雌鸡化雄

汉宣帝黄龙元年,未央殿辂轮中雌鸡化为雄,毛衣变化,而不鸣不将,无距。元帝初元元年,丞相府史家雌鸡伏子,渐化为雄,冠距鸣将。至永光中,有献雄鸡生角者。《五行志》以为王氏之应。京房《易传》曰:"贤者居明夷之世,知时而伤,或众在位,厥妖鸡生角。"又曰:"妇人专政,国不静;牝鸡雄鸣,主不荣。"

范　延　寿

宣帝之世,燕、岱之间有三男共取一妇,生四子。及至将分,妻子而不可均,乃致争讼。廷尉范延寿断之曰:"此非人类,当以禽兽,从母不从父也。请戮三男,以儿还母。"宣帝嗟叹曰:"事何必古?若此,则可谓当于理而厌人情也!"延寿盖见人事而知用刑矣,未知论人妖将来之验也。

天 雨 草

汉元帝永光二年八月，天雨草，而叶相樛结，大如弹丸。至平帝元始三年正月，天雨草，状如永光时。京房《易传》曰："君奢于禄，信衰贤去，厥妖天雨草。"

废 社 复 兴

元帝建昭五年，兖州刺史浩赏禁民私所自立社。山阳橐茅乡社有大槐树，吏伐断之。其夜，树复立故处。说曰："凡枯断复起，皆废而复兴之象也。是世祖之应耳。"

鼠 巢

汉成帝建始四年九月，长安城南有鼠衔黄蒿、柏叶，上民冢柏及榆树上为巢，桐柏为多。巢中无子，皆有干鼠矢数升。时议臣以为恐有水灾。鼠，盗窃小虫，夜出昼匿。今正昼去穴而登木，象贱人将居贵显之占。桐柏，卫思后园所在也。其后赵后自微贱登至尊，与卫后同类，赵后终无子而为害。明年，有鸢焚巢杀子之象云。京房《易传》曰："臣私禄罔干，厥妖鼠巢。"

犬 祸

成帝河平元年，长安男子石良、刘音相与同居。有如人状在其室中，击之，为狗，走出。去后，有数人披甲持弓弩至良家。良等格击，或死或伤，皆狗也。自二月至六月乃止。其于《洪范》，皆犬祸，言不从之咎也。

戴焚巢

成帝河平元年二月庚子，泰山山桑谷有戴焚其巢。男子孙通等闻山中群鸟戴鹊声，往视之，见巢燃，尽堕池中，有三戴鷇烧死。树大四围，巢去地五丈五尺。《易》曰："鸟焚其巢，旅人先笑，后号咷。"后卒成易世之祸云。

雨 鱼

成帝鸿嘉四年秋，雨鱼于信都，长五寸以下。至永始元年春，北海出大鱼，长六丈，高一丈，四枚。哀帝建平三年，东莱平度出大鱼，长八丈，高一丈一尺，七枚，皆死。灵帝熹平二年，东莱海出大鱼二枚，长八九丈，高二丈余。京房《易传》曰："海数见巨鱼，邪人进，贤人疏。"

木 生 人 状

成帝永始元年二月，河南街邮樗树生枝如人头，眉目须皆具，亡发耳。至哀帝建平三年十月，汝南西平遂阳乡有材仆地，生枝如人形，身青黄色，面白，头有髭发，稍长大，凡长六寸一分。京房《易传》曰："王德衰，下人将起，则有木生为人状。"其后有王莽之篡。

马 出 角

成帝绥和二年二月，大厩马生角，在左耳前，围长各二寸。是时王莽为大司马，害上之萌，自此始矣。

燕 生 雀

成帝绥和二年三月，天水平襄有燕生雀，哺食至大，俱飞去。京房《易传》曰："贼臣在国，厥咎燕生雀，诸侯销。"又曰："生非其类，子不嗣世。"

三 足 驹

汉哀帝建平三年，定襄有牡马生驹，三足，随群饮食。《五行志》以为马国之武用，三足，不任用之象也。

僵 树 自 立

哀帝建平三年，零陵有树僵地，围一丈六尺，长十丈七尺。民断其本，长九尺余，皆枯。三月，树卒自立故处。京房《易传》曰："弃正作淫，厥妖木断自属。妃后有颛，木仆反立，断枯复生。"

儿 啼 腹 中

哀帝建平四年四月，山阳方与女子田无啬生子。未生二月前，儿啼腹中。及生，不举，葬之陌上。后三日，有人过，闻儿啼声，母因掘，收养之。

王 母 传 书

哀帝建平四年夏，京师郡国民聚会里巷阡陌，设张博具歌舞，祠西王母。又传书曰："母告百姓，佩此书者不死。不信我言，视门枢下当有白发。"至秋乃止。

男子化女 汉哀帝时

哀帝建平中，豫章有男子化为女子，嫁为人妇，生一子。长安陈凤曰："阳变为阴，将亡继嗣，自相生之象。"一曰："嫁为人妇，生一子者，将复一世乃绝。"故后哀帝崩，平帝没，而王莽篡焉。

人 死 复 生

汉平帝元始元年二月，朔方广牧女子赵春病死，既棺殓，积七日，出在棺外。自言见夫死父，曰："年二十七，汝不当死。"太守谭以闻。说曰："至阴为阳，下人为上，厥妖人死复生。"其后王莽篡位。

儿生两头 汉平帝时

汉平帝元始元年六月，长安有女子生儿，两头两颈，面俱相向，四臂共胸，俱前向，尻上有目，长二寸所。京房《易传》曰："'睽孤，见豕负途。'厥妖人生两头。下相攘善，妖亦同。人若六畜首目在下，兹谓亡上，政将变更。厥妖之作，以谴失正，各象其类。两颈，下不一也；手多，所任邪也；足少，下不胜任，或不任下也。凡下体生于上，不敬也；上体生于下，媟渎也。生非其类，淫乱也；人生而大，上速成也；生而能言，好虚也。群妖推此类。不改，乃成凶也。"

三　足　乌

汉章帝元和元年，代郡高柳乌生子，三足，大如鸡，色赤，头有角，长寸余。

德阳殿蛇

汉桓帝即位,有大蛇见德阳殿上。洛阳市令淳于翼曰:"蛇有鳞,甲兵之象也。见于省中,将有椒房大臣受甲兵之象也。"乃弃官遁去。到延熹二年,诛大将军梁冀,捕治家属,扬兵京师也。

雨　肉

汉桓帝建和三年秋七月,北地廉雨肉,似羊肋,或大如手。是时梁太后摄政,梁冀专权,擅杀诛太尉李固、杜乔,天下冤之。其后梁氏诛灭。

梁冀妻

汉桓帝元嘉中,京都妇女作愁眉、啼妆、堕马髻、折腰步、龋齿笑。愁眉者,细而曲折。啼妆者,薄拭目下,若啼处。堕马髻者,作一边。折腰步者,足不任体。龋齿笑者,若齿痛,乐不欣欣。始自大将军梁冀妻孙寿所为,京都翕然,诸夏效之。天戒若曰:"兵马将往收捕,妇女忧愁,踧眉啼哭,吏卒掣顿,折其腰脊,令髻邪倾。虽强语笑,无复气味也。"到延熹二年,冀举宗合诛。

牛生鸡

桓帝延熹五年,临沅县有牛生鸡,两头四足。

赤厄三七

汉灵帝数游戏于西园中,令后宫采女为客舍主人,身为估服,行至舍间,采女下酒食,因共饮食,以为戏乐。是天子将欲失位,降在皂隶之谣也。其后天下大乱。

古志有曰:"赤厄三七。"三七者,经二百一十载,当有外戚之篡,丹眉之妖。篡盗短祚,极于三六,当有飞龙之秀,兴复祖宗。又历三七,当复有黄首之妖,天下大乱矣。自高祖建业,至于平帝之末,二百一十年而王莽篡,盖因母后之亲。十八年而山东贼樊子都等起,实丹其眉,故天下号曰"赤眉"。于是光武以兴祚,其名曰秀。

至于灵帝中平元年而张角起,置三十六方,徒众数十万,皆是黄巾,故天下号曰"黄巾贼"。至今道服由此而兴。初起于邺,会于真定,诳惑百姓曰:"苍天已死,黄天立。岁名甲子年,天下大吉。"起于邺者,天下始业也,会于真定也。小民相向跪拜趋信,荆、扬尤甚。乃弃财产,流沉道路,死者无数。角等初以二月起兵,其冬十二月悉破。自光武中兴,至黄巾之起,未盈二百一十年,而天下大乱,汉祚废绝,实应三七之运。

长 短 衣 裙

灵帝建宁中,男子之衣,好为长服,而下甚短。女子好为长裙,而上甚短。是阳无下而阴无上,天下未欲平也。后遂大乱。

夫 妇 相 食

灵帝建宁三年春,河内有妇食夫,河南有夫食妇。夫妇阴阳二仪,有情之深者也。今反相食,阴阳相侵,岂特日月之眚哉! 灵帝既没,天下大乱。君有妄诛之暴,臣有劫弑之逆,兵革相残,骨肉为仇,生民之祸极矣,故人妖为之先作。恨而不遭辛有、屠乘之论，以测其情也。

寺 壁 黄 人

灵帝熹平二年六月，洛阳民讹言：虎贲寺东壁中有黄人，形容须眉良是。观者数万，省内悉出，道路断绝。到中平元年二月，张角兄弟起兵冀州，自号"黄天"，三十六方，四面出和，将帅星布，吏士外属。因其疲悴，牵而胜之。

木 不 曲 直

灵帝熹平三年，右校别作中有两樗树，皆高四尺许。其一株宿昔暴长，长一丈余，粗大一围，作胡人状，头目鬓须发俱具。其五年十月壬午，正殿侧有槐树，皆六七围，自拔倒竖，根上枝下。又中平中，长安城西北六七里空树中，有人面，生鬓。其于《洪范》，皆为木不曲直。

雌 鸡 欲 化

灵帝光和元年，南宫侍中寺雌鸡欲化为雄，一身毛皆似雄，但头冠尚未变。

儿生两头 汉灵帝时

灵帝光和二年，洛阳上西门外女子生儿，两头，异肩共胸，俱前向。以为不祥，堕地弃之。自是之后，朝廷霑乱，政在私门，上下无别，二头之象。后董卓戮太后，被以不孝之名放废天子，后复害之。汉元以来，祸莫逾此。

梁伯夏后

光和四年，南宫中黄门寺有一男子，长九尺，服白衣。中黄门解步呵问："汝何等人？白衣妄入宫掖！"曰："我，梁伯夏后。天使我为天子。"步欲前收之，因忽不见。

草作人状

光和七年，陈留济阳、长垣，济阴，东郡，冤句、离狐界中，路边生草，悉作人状，操持兵弩，牛马龙蛇鸟兽之形，白黑各如其色，羽毛、头目、足翅皆备，非但仿佛，像之尤纯。旧说曰："近草妖也。"是岁有黄巾贼起，汉遂微弱。

两头共身

灵帝中平元年六月壬申，洛阳男子刘仓居上西门外，妻生男，两头共身。至建安中，女子生男，亦两头共身。

怀陵雀

中平三年八月中，怀陵上有万余雀，先极悲鸣，已，因乱斗相杀，皆断头，悬着树枝枳棘。到六年，灵帝崩。夫陵者，高大之象也。雀者，爵也。天戒若曰："诸怀爵禄而尊厚者，还自相害，至灭亡也。"

嘉会挽歌

汉时，京师宾婚嘉会，皆作魁榾，酒酣之后，续以挽歌。魁榾，丧家之乐；挽歌，执绋相偶和之者。天戒若曰："国家当急殄悴，诸贵乐皆死亡也。"自灵帝崩后，京师坏灭，户有兼尸虫而相食者。魁梈、挽歌，斯之效乎？

京 师 谣 言

灵帝之末，京师谣言曰："侯非侯，王非王，千乘万骑上北邙。"到中平六年，史侯登蹑至尊，献帝未有爵号，为中常侍段珪等所执。公卿百僚，皆随其后，到河上，乃得还。

桓 氏 复 生

汉献帝初平中，长沙有人姓桓氏，死。棺敛月余，其母闻棺中有声，发之，遂生。占曰："至阴为阳，下人为上。"其后曹公由庶士起。

建 安 人 妖

献帝建安七年，越嶲有男子化为女子。时周群上言："哀帝时亦有此变，将有易代之事。"至二十五年，献帝封山阳公。

荆 州 童 谣

建安初，荆州童谣曰："八九年间始欲衰，至十三年无子遗。"言自中兴以来，荆州独全，及刘表为牧，民又丰乐，至建安九年当始衰。始衰者，谓刘表妻死，诸将并零落也。十三年无子遗者，表又当死，因以丧败也。

是时华容有女子，忽啼呼曰："将有大丧。"言语过差，县以为妖言，系狱。月余，忽于狱中哭曰："刘荆州今日死。"华容去州数百里，即遣马吏验视，而刘表果死，县乃出之。续又歌吟曰："不意李立为贵人。"后无几，曹公平荆州，以涿郡李立字建贤为荆州刺史。

树 出 血

建安二十五年正月，魏武在洛阳起建始殿，伐濯龙树而血出。又掘徙梨，根伤而血出。魏武恶之，遂寝疾，是月崩。是岁为魏文帝黄初元年。

燕 巢 生 鹰

魏黄初元年，未央宫中有鹰生燕巢中，口爪俱赤。至青龙中，明帝为凌霄阁，始构，有鹊巢其上。帝以问高堂隆，对曰："《诗》云：'惟鹊有巢，惟鸠居之。'今兴起宫室，而鹊来巢，此宫室未成，身不得居之象也。"

妖　　马

魏齐王嘉平初，白马河出妖马，夜过官牧边鸣呼，众马皆应。明日，见其迹大如斛，行数里，还入河。

燕 生 巨 鷇

魏景初元年，有燕生巨鷇于卫国李盖家，形若鹰，吻似燕。高堂隆曰："此魏室之大异，宜防鹰扬之臣于萧墙之内。"其后宣帝起，诛曹爽，遂有魏室。

谯 周 书 柱

蜀景耀五年，宫中大树无故自折。谯周深忧之，无所与言，乃书柱曰："众而大，期之会；具而授，若何复。"言曹者，众也；魏者，大也。众而大，天下其当会也。具而授，如何复有立者乎？蜀既亡，咸以周言为验。

孙 权 死 征

吴孙权太元元年八月朔，大风。江海涌溢，平地水深八尺。拔高陵树二千株，石碑差动，吴城两门飞落。明年，权死。

孙 亮 草 妖

吴孙亮五凤元年六月，交阯稗草化为稻。昔三苗将亡，五谷变种，此草妖也。其后亮废。

离 里 山 大 石

吴孙亮五凤二年五月，阳羡县离里山大石自立。是时，孙皓承废故之家，得复其位之应也。

陈 焦 复 生

吴孙休永安四年，安吴民陈焦死七日复生，穿冢出。乌程侯孙皓承废故之家，得位之祥也。

孙 休 服 制

孙休后，衣服之制，上长下短。又积领五六，而裳居一二。盖上饶奢，下俭逼；上有余，下不足之象也。

搜神记卷七

开 石 文 字

初,汉元、成之世,先识之士有言曰:"魏年有和,当有开石于西三千余里,系五马,文曰'大讨曹'。"及魏之初兴也,张掖之柳谷有开石焉。始见于建安,形成于黄初,文备于太和。周围七寻,中高一仞。苍质素章,龙马、麟鹿、凤皇、仙人之象,粲然咸著。此一事者,魏、晋代兴之符也。

至晋泰始三年,张掖太守焦胜上言:"以留郡本国图校今石文,文字多少不同,谨具图上。"案其文有五马象:其一有人平上帻,执戟而乘之;其一有若马形而不成。其字有"金",有"中",有"大司马",有"王",有"大吉",有"正",有"开寿";其一成行,曰"金当取之"。

西 晋 服 妖

晋武帝泰始初,衣服上俭下丰,着衣者皆厌腰。此君衰弱、臣放纵之象也。至元康末,妇人出两裆,加乎交领之上,此内出外也。为车乘者,苟贵轻细,又数变易其形,皆以白篾为纯,盖古丧车之遗象。晋之祸征也。

翟 器 翟 食

胡床、貊槃,翟之器也;羌煮、貊炙,翟之食也。自太始以来,中国尚之。贵人富室,必畜其器,吉享嘉宾,皆以为先。戎、翟侵中国之前兆也。

蟛蚑化鼠

晋太康四年,会稽郡蟛蚑及蟹皆化为鼠。其众覆野,大食稻为灾。始成,有毛肉而无骨,其行不能过田畷。数日之后,则皆为牝。

太康二龙

太康五年正月,二龙见武库井中。武库者,帝王威御之器所宝藏也,屋宇邃密,非龙所处。是后七年,藩王相害。二十八年,果有二胡僭窃神器,勒、虎二逆,皆字曰"龙"。

两足虎

晋武帝太康六年,南阳获两足虎。虎者,阴精而居乎阳,金兽也。南阳,火名也。金精入火而失其形,王室乱之妖也。其七年十一月,四角兽见于河间。天戒若曰:"角,兵象也;四者,四方之象。当有兵革起于四方。"后河间王遂连四方之兵,作为乱阶。

死牛头

太康九年,幽州塞北有死牛头语。时帝多疾病,深以后事为念,而付托不以至公,思瞀乱之应也。

武库飞鱼

太康中,有鲤鱼二枚现武库屋上。武库兵府,鱼有鳞甲,亦是兵之类也。鱼既极阴,屋上太阳,鱼现屋上,象至阴以兵革之祸干太阳也。及惠帝初,诛皇后父杨骏,矢交宫阙。废后为庶人,死于幽宫。元康之末,而贾后专制,谤杀太子,寻亦诛废。十年之间,母后之难再兴,是其应也。自是祸乱构矣。京房《易妖》曰:"鱼去水,飞入道路,兵且作。"

方 头 屦

初作屦者,妇人圆头,男子方头,盖作意欲别男女也。至太康中,妇人皆方头屦,与男无异,此贾后专妒之征也。

撷 子 髻

晋时妇人结发者,既成,以缯急束其环,名曰撷子髻。始自宫中,天下翕然化之也。其末年,遂有怀、惠之事。

晋 世 宁 舞

太康中,天下为《晋世宁》之舞。其舞,抑手以执杯盘而反覆之,歌曰:"晋世宁,舞杯盘。"反覆,至危也。杯盘,酒器也。而名曰"晋世宁"者,言时人苟且饮食之间,而其智不可及远,如器在手也。

毡 绲 头

太康中,天下以毡为绲头及络带、袴口。于是百姓咸相戏曰:"中国其必为胡所破也。"夫毡,胡之所产者也,而天下以为绲头、带身、袴口。胡既三制之矣,能无败乎?

折 杨 柳 歌

太康末，京洛为《折杨柳》之歌，其曲始有兵革苦辛之辞，终以擒获斩截之事。自后杨骏被诛，太后幽死，杨柳之应也。

辽 东 马

晋武帝太熙元年，辽东有马生角，在两耳下，长三寸。及帝晏驾，王室毒于兵祸。

妇 人 兵 饰

晋惠帝元康中，妇人之饰有五佩兵。又以金、银、象角、玳瑁之属为斧、钺、戈、戟而载之，以当笄。男女之别，国之大节，故服食异等。今妇人而以兵器为饰，盖妖之甚者也。于是遂有贾后之事。

钟 出 涕

晋元康三年闰二月，殿前六钟皆出涕，五刻乃止。前年贾后杀杨太后于金墉城，而贾后为恶不悛，故钟出涕，犹伤之也。

一 身 二 体

惠帝之世，京洛有人一身而男女二体，亦能两用人道，而性尤好淫。天下兵乱，由男女气乱而妖形作也。

安 丰 女 子

惠帝元康中，安丰有女子曰周世宁，年八岁，渐化为男。至十七八，而气性成。女体化而不尽，男体成而不彻，畜妻而无子。

临淄大蛇

元康五年三月，临淄有大蛇，长十许丈，负二小蛇，入城北门，径从市入汉阳城景王祠中，不见。

吕县流血

元康五年三月，吕县有流血，东西百余步。其后八载，而封云乱徐州，杀伤数万人。

雷破高禖石

元康七年，霹雳破城南高禖石。高禖，宫中求子祠也。贾后妒忌，将杀怀、愍，故天怒贾后，将诛之应也。

乌杖柱掖

元康中，天下始相效为乌杖以柱掖。其后稍施其镦，住则植之。及怀、愍之世，王室多故，而中都丧败。元帝以藩臣树德东方，维持天下，柱掖之应也。

贵游保身

元康中，贵游子弟相与为散发倮身之饮，对弄婢妾。逆之者伤好，非之者负讥，希世之士，耻不与焉。胡、狄侵中国之萌也。其后遂有二胡之乱。

浮石登岸

惠帝太安元年，丹阳湖熟县夏架湖，有大石浮二百步而登岸。百姓惊叹，相告曰："石来！"寻而石冰入建邺。

贱人入禁

太安元年四月，有人自云龙门入殿前，北面再拜曰："我当作中书监。"即收斩之。禁庭尊秘之处，今贱人竟入，而门卫不觉者，宫室将虚，下人逾上之妖也。是后帝迁长安，宫阙遂空焉。

牛能言

太安中，江夏功曹张骋所乘牛忽言曰："天下方乱，吾甚极焉，乘我何之？"骋及从者数人皆惊怖，因绐之曰："令汝还，勿复言。"乃中道还。至家，未释驾，又言曰："归何早也？"骋益忧惧，秘而不言。安陆县有善卜者，骋从之卜。卜者曰："大凶。非一家之祸。天下将有兵起，一郡之内，皆破亡乎！"骋还家，牛又人立而行，百姓聚观。

其秋，张昌贼起，先略江夏，诳曜百姓，以汉祚复兴，有凤皇之瑞，圣人当世。从军者皆绛抹头，以彰火德火祥。百姓波荡，从乱如归。骋兄弟并为将军都尉，未几而败。于是一郡破残，死伤过半，而骋家族矣。京房《易妖》曰："牛能言，如其言，占吉凶。"

败屦聚道

元康、太安之间，江淮之域有败屦自聚于道，多者至四五十量。人或散去之，投林草中。明日视之，悉复如故。或云见狸衔而聚之。世之所说："屦者，人之贱服，而当劳辱，下民之象也。败者，疲弊之象也。道者，地理四方所以交通，王命所由往来也。今败屏聚于道者,象下民疲病,将相聚为乱,绝四方而壅王命也。"

戟 锋 火

晋惠帝永兴元年,成都王之攻长沙也,反军于邺,内外陈兵。是夜,戟锋皆有火光,遥望如悬烛,就视则亡焉。其后终以败亡。

万 详 婢

晋怀帝永嘉元年,吴郡吴县万详婢生一子,鸟头,两足马蹄,一手无毛,尾黄色,大如碗。

婢 产 异 物

永嘉五年,抱罕令严根婢产一龙、一女、一鹅。京房《易传》曰:"人生他物,非人所见者,皆为天下大兵。"时帝承惠帝之后,四海沸腾,寻而陷于平阳,为逆胡所害。

狗 作 人 言

永嘉五年,吴郡嘉兴张林家有狗,忽作人言云:"天下人俱饿死。"于是果有二胡之乱,天下饥荒焉。

鼹 鼠

永嘉五年十一月,有鼹鼠出延陵。郭璞筮之,遇"临"之"益",曰:"此郡之东县,当有妖人欲称制者,寻亦自死矣。"

徐　馥　作　乱

永嘉六年正月，无锡县欻有四枝茱萸树相樛而生，状若连理。先是，郭璞筮延陵蝘鼠，遇"临"之"益"，曰："后当复有妖树生，若瑞而非，辛螫之木也。倘有此，东西数百里必有作逆者。"及此生木，其后吴兴徐馥作乱，杀太守袁琇。

豕生人两头

永嘉中，寿春城内有豕生人，两头，而不活。周馥取而观之。识者云："豕，北方畜，胡、狄象。两头者，无上也。生而死，不遂也。天戒若曰：'易生专利之谋，将自致倾覆也。'"俄为元帝所败。

生　笺　单　衣

永嘉中，士大夫竞服生笺单衣。识者怪之，曰："此古缞衰之布，诸侯所以服天子也。今无故服之，殆有应乎？"其后怀、愍晏驾。

无　颜　帢

昔魏武军中，无故作白帢，此缟素凶丧之征也。初，横缝其前以别后，名之曰"颜帢"，传行之。至永嘉之间，稍去其缝，名"无颜帢"。而妇人束发，其缓弥甚，纷之坚不能自立，发被于额，目出而已。无颜者，愧之言也。覆额者，惭之貌也。其缓弥甚者，言天下亡礼与义，放纵情性，及其终极，至于大耻也。其后二年，永嘉之乱，四海分崩，下人悲难，无颜以生焉。

任 乔 妻

晋愍帝建兴四年，西都倾覆，元皇帝始为晋王，四海宅心。其年十月二十二日，新蔡县吏任乔妻胡氏，年二十五，产二女，相向，腹心合，自腰以上，脐以上，各分。此盖天下未一之妖也。时内史吕会上言："按《瑞应图》云：'异根同体，谓之连理；异亩同颖，谓之嘉禾。'草木之属，犹以为瑞，今二人同心，天垂灵象，故《易》云：'二人同心，其利断金。'休显见生于陕东之国，盖四海同心之瑞。不胜喜跃，谨画图上。"时有识者哂之。

君子曰："知之难也。以臧文仲之才，犹祀爰居焉。布在方册，千载不忘。故士不可以不学。古人有言：'木无枝谓之瘣，人不学谓之瞽。'当其所蔽，盖阙如也。可不勉乎！"

淳 于 伯

晋元帝建武元年六月，扬州大旱。十二月，河东地震。去年十二月，斩督运令史淳于伯，血逆流，上柱二丈三尺，旋复下流四尺五寸。是时淳于伯冤死，遂频旱三年。刑罚妄加，群阴不附，则阳气胜之。罚又冤气之应也。

牛生子二首

晋元帝建武元年七月，晋陵东门有牛生犊，一体两头。京房《易传》曰："牛生子，二首一身，天下将分之象也。"

地 震 涌 水

元帝太兴元年四月，西平地震，涌水出。十二月，庐陵、豫章、武昌、西陵地震，涌水出，山崩。此王敦陵上之应也。

一足三尾牛

太兴元年三月，武昌太守王谅有牛生子，两头八足，两尾共一腹。不能自生，十余人以绳引之。子死，母活。其三年，后苑中有牛生子，一足三尾，生而即死。

驹　两　头

太兴二年，丹阳郡吏濮阳演马生驹，两头，自项前别，生而死。此政在私门，二头之象也。其后王敦陵上。

太兴初女子

太兴初，有女子其阴在腹，当脐下。自中国来至江东，其性淫而不产。又有女子，阴在首，居在扬州，亦性好淫。京房《易妖》曰："人生子，阴在首，则天下大乱；若在腹，则天下有事；若在背，则天下无后。"

武　昌　火

太兴中，王敦镇武昌，武昌灾，火起。兴众救之，救于此而发于彼，东西南北数十处俱应，数日不绝。旧说所谓"滥灾妄起，虽兴师不能救之"之谓也。此臣而行君，亢阳失节。是时王敦陵上，有无君之心，故灾也。

绛　囊　缚　绂

太兴中，兵士以绛囊缚绂。识者曰："绂在首为乾，君道也。囊者为坤，臣道也。今以朱囊缚绂，臣道侵君之象也。"为衣者，上带短，才至于掖；着帽者，又以带缚项：下逼上，上无地也。为袴者，直幅为口，无杀，下大之象也。寻而王敦谋逆，再攻京师。

仪仗生花

太兴四年，王敦在武昌，铃下仪仗生花，如莲花，五六日而萎落。说曰："《易》说：'枯杨生花，何可久也？'今狂花生枯木，又在铃阁之间，言威仪之富，荣华之盛，皆如狂花之发，不可久也。"其后王敦终以逆命，加戮其尸。

长柄羽扇

旧为羽扇柄者，刻木象其骨形，列羽用十，取全数也。初，王敦南征，始改为长柄，下出可捉，而减其羽，用八。识者尤之曰："夫羽扇，翼之名也。创为长柄，将执其柄，以制其羽翼也；改十为八，将未备夺已备也。此殆敦之擅权，以制朝廷之柄，又将以无德之材，欲窃非据也。"

武昌大蛇

晋明帝太宁初，武昌有大蛇，常居故神祠空树中，每出头从人受食。京房《易传》曰："蛇见于邑，不出三年，有大兵，国有大忧。"寻有王敦之逆。

搜神记卷八

舜手握褒

虞舜耕于历山,得玉历于河际之岩。舜知天命在己,体道不倦。舜龙颜大口,手握褒。宋均注曰:"握褒,手中有'褒'字。喻从劳苦,受褒饬,致大祚也。"

汤祷雨

汤既克夏,大旱七年,洛川竭。汤乃以身祷于桑林,剪其爪发,自以为牺牲,祈福于上帝。于是大雨即至,洽于四海。

吕望

吕望钓于渭阳,文王出游猎。占曰:"今日猎得一兽,非龙非螭,非熊非罴,合得帝王师。"果得太公于渭之阳。与语,大悦,同车载而还。

武王

武王伐纣,至河上。雨甚,疾雷晦冥,扬波于河。众甚惧,武王曰:"余在,天下谁敢干余者!"风波立济。

孔子梦

鲁哀公十四年,孔子夜梦三槐之间,丰、沛之邦,有赤氤气起,乃呼颜回、子夏同往观之。驱车到楚西北范氏街,见刍儿打麟,伤其左前足,束薪而覆之。孔子曰:"儿来,汝姓为谁?"儿曰:"吾姓为赤松,名时乔,字受纪。"孔子曰:"汝岂有所见乎?"儿曰:"吾所见一禽,如麕,羊头,头上有角,其末有肉,方以是西走。"孔子曰:"天下已有主也,为赤刘,陈、项为辅。五星入井,从岁星。"儿发薪下麟,示孔子,孔子趋而往。麟向孔子,蒙其耳,吐三卷图,广三寸,长八寸,每卷二十四字。其言:"赤刘当起日周亡。赤气起,火耀兴,玄丘制命,帝卯金。"

赤 虹 化 玉

孔子修《春秋》,制《孝经》,既成,斋戒,向北辰而拜,告备于天。天乃洪郁起白雾,摩地,赤虹自上而下,化为黄玉,长三尺,上有刻文。孔子跪受而读之,曰:"宝文出,刘季握。卯金刀,在轸北。字禾子,天下服。"

陈 仓 祠

秦穆公时,陈仓人掘地得物,若羊非羊,若猪非猪。牵以献穆公,道逢二童子。童子曰:"此名为媪,常在地食死人脑。若欲杀之,以柏插其首。"媪曰:"彼二童子名为陈宝,得雄者王,得雌者伯。"陈仓人舍媪,逐二童子。童子化为雉,飞入平林。陈仓人告穆公,穆公发徒大猎,果得其雌。又化为石,置之汧、渭之间。至文公时,为立祠名陈宝。其雄者飞至南阳,今南阳雉县是其地也。秦欲表其符,故以名县。每陈仓祠时,有赤光长十余丈,从雉县来,入陈仓祠中,有声殷殷如雄雉。其后光武起于南阳。

邢史子臣

宋大夫邢史子臣明于天道。周敬王之三十七年,景公问曰:"天道其何祥?"对曰:"后五十年,五月丁亥,臣将死。死后五年,五月丁卯,吴将亡。亡后五年,君将终。终后四百年,邾王天下。"俄而皆如其言。所云"邾王天下"者,谓魏之兴也。邾,曹姓,魏亦曹姓,皆邾之后。其年数则错。未知邢史失其数耶? 将年代久远,注记者传而有谬也?

荧 惑 星

吴以草创之国,信不坚固,边屯守将,皆质其妻子,名曰"保质"。童子少年,以类相与娱游者,日有十数。

孙休永安二年三月,有一异儿,长四尺余,年可六七岁,衣青衣,忽来从群儿戏。诸儿莫之识也,皆问曰:"尔谁家小儿,今日忽来?"答曰:"见尔群戏乐,故来耳。"详而视之,眼有光芒,爓爓外射。诸儿畏之,重问其故,儿乃答曰:"尔恐我乎?我非人也,乃荧惑星也。将有以告尔:三公归于司马。"诸儿大惊。或走告大人,大人驰往观之。儿曰:"舍尔去乎!"耸身而跃,即以化矣。仰而视之,若曳一匹练以登天。大人来者,犹及见焉。飘飘渐高,有顷而没。

时吴政峻急,莫敢宣也。后四年而蜀亡,六年而魏废,二十一年而吴平。是归于司马也。

戴 洋

都水马武举戴洋为都水令史。洋请急还乡。将赴洛,梦神人谓之曰:"洛中当败,人尽南渡。后五年,扬州必有天子。"洋信之,遂不去。既而皆如其梦。

搜神记卷九

应 妪

后汉中兴初,汝南有应妪者,生四子而寡。见神光照社。妪见光,以问卜人。卜人曰:"此天祥也,子孙其兴乎?"乃探得黄金。自是子孙宦学,并有才名。至场,七世通显。

冯 绲

车骑将军巴郡冯绲,字鸿卿。初为议郎,发绶笥,有二赤蛇,可长二尺,分南北走,大用忧怖。许季山孙宪,字宁方,得其先人秘要。绲请使卜。云:"此吉祥也。君后三岁当为边将,东北四五千里,官以东为名。"后五年,从大将军南征。居无何,拜尚书郎、辽东太守、南征将军。

张 颢

常山张颢为梁相。天新雨后,有鸟如山鹊,飞翔入市,忽然坠地。人争取之,化为圆石。颢椎破之,得一金印,文曰"忠孝侯印"。颢以上闻,藏之秘府。后议郎汝南樊衡夷上言:"尧舜时旧有此官,今天降印,宜可复置。"颢后官至太尉。

张 氏 钩

京兆长安有张氏,独处一室。有鸠自外入,止于床。张氏祝曰:"鸠来。为我祸也,飞上承尘;为我福也,即入我怀。"鸠飞入怀。以手探之,则不知鸠之所在,而得一金钩,遂宝之。自是子孙渐富,资财万倍。蜀贾至长安,闻之,乃厚赂婢。婢窃钩与贾。张氏既失钩,渐渐衰耗。而蜀贾亦数罹穷厄,不为己利。或告之曰:"天命也,不可力求。"于是赍钩以反张氏,张氏复昌。故关西称"张氏传钩"云。

何　比　干

汉征和三年三月,天大雨,何比干在家,日中,梦贵客车骑满门。觉以语妻。语未已,而门有老妪,可八十余,头白,求寄避雨。雨甚而衣不沾渍。雨止,送至门。乃谓比干曰:"公有阴德,今天锡君策,以广公之子孙。"因出怀中符策,状如简,长九寸,凡九百九十枚,以授比干,曰:"子孙佩印绶者,当如此算。"

魏　舒

魏舒,字阳元,任城樊人也。少孤。尝诣野王,主人妻夜产,俄而闻车马之声,相问曰:"男也?女也?"曰:"男。""书之,十五以兵死。"复问:"寝者为谁?"曰:"魏公。"舒后十五载,诣主人,问所生儿何在。曰:"因条桑,为斧伤而死。"舒自知当为公矣。

鹏　鸟　赋

贾谊为长沙王太傅,四月庚子日,有鹏鸟飞入其舍,止于坐隅,良久乃去。谊发书占之,曰:"野鸟入室,主人将去。"谊忌之,故作《鹏鸟赋》,齐死生而等祸福,以致命定志焉。

翟　宣

王莽居摄。东郡太守翟义知其将篡汉，谋举义兵。兄宣，教授，诸生满堂。群鹅雁数十在中庭，有狗从外入，啮之，皆死。惊救之，皆断头。狗走出门，求不知处。宣大恶之。数日，莽夷其三族。

公　孙　渊

魏司马太傅懿平公孙渊，斩渊父子。先时，渊家数有怪，一犬着冠帻绛衣上屋，欻有一儿蒸死甑中。襄平北市生肉，长围各数尺，有头目口喙，无手足而动摇。占者曰："有形不成，有体无声，其国灭亡。"

诸　葛　恪

吴诸葛恪征淮南归，将朝会之夜，精爽扰动，通夕不寐。严毕趋出，犬衔引其衣。恪曰："犬不欲我行耶！"出仍入坐。少顷复起，犬又衔衣，恪令从者逐之。及入，果被杀。

其妻在室，语使婢曰："尔何故血臭？"婢曰："不也。"有顷，愈剧。又问婢曰："汝眼目瞻视，何以不常？"婢蹶然起跃，头至于栋，攘臂切齿而言曰："诸葛公乃为孙峻所杀。"于是大小知恪死矣，而吏兵寻至。

邓　喜

吴戍将邓喜，杀猪祠神，治毕悬之。忽见一人头，往食肉。喜引弓射，中之，咋咋作声，绕屋三日。后人白喜谋叛，合门被诛。

贾　充

贾充伐吴时,常屯项城,军中忽失充所在。充帐下都督周勤时昼寝,梦见百余人录充,引入一径。勤惊觉,闻失充,乃出寻索。忽睹所梦之道,遂往求之,果见充。

行至一府舍,侍卫甚盛,府公南面坐,声色甚厉,谓充曰:"将乱吾家事者,必尔与荀勖。既惑吾子,又乱吾孙。间使任恺黜汝而不去,又使庾纯詈汝而不改。今吴寇当平,汝方表斩张华。汝之暗戆,皆此类也。若不悛慎,当旦夕加诛。"充因叩头流血。府公曰:"汝所以延日月而名器若此者,是卫府之勋耳。终当使系嗣死于钟虡之间,大子毙于金酒之中,小子困于枯木之下。荀勖亦宜同,然其先德小浓,故在汝后。数世之外,国嗣亦替。"言毕命去。

充忽然得还营,颜色憔悴,性理昏错,经日乃复。至后,谧死于钟下,贾后服金酒而死,贾午考竟,用大杖终。皆如所言。

庾　亮

庾亮,字文康,鄢陵人,镇荆州。登厕,忽见厕中一物,如方相,两眼尽赤,身有光耀,渐渐从土中出。乃攘臂以拳击之,应手有声,缩入地,因而寝疾。术士戴洋曰:"昔苏峻事,公于白石祠中祈福,许赛其牛,从来未解,故为此鬼所考。不可救也。"明年,亮果亡。

刘　宠

东阳刘宠,字道弘,居于湖熟。每夜,门庭自有血数升,不知所从来,如此三四。后宠为折冲将军,见遣北征。将行,而炊饭尽变为虫。其家人蒸秒，亦变为虫，其火愈猛，其虫愈壮。宠遂北征。军败于坛丘，为徐龟所杀。

搜神记卷十

和 熹 邓 后

汉和熹邓皇后尝梦登梯以扪天，体荡荡正清滑，有若钟乳状，乃仰吸饮之。以讯诸占梦，言："尧梦攀天而上，汤梦及天舐之，斯皆圣王之前占也。吉不可言。"

孙 坚 夫 人

孙坚夫人吴氏，孕而梦月入怀，已而生策。及权在孕，又梦日入怀。以告坚曰："妾昔怀策，梦月入怀；今又梦日，何也?"坚曰："日月者，阴阳之精，极贵之象。吾子孙其兴乎!"

禾 三 穗

汉蔡茂，字子礼，河内怀人也。初在广汉，梦坐大殿，极上有禾三穗。茂取之，得其中穗，辄复失之。以问主簿郭贺，贺曰："大殿者，官府之形象也；极而有禾，人臣之上禄也；取中穗，是中台之象也。于字，'禾'、'失'为'秩'，虽曰失之，乃所以禄也。衮职有阙，君其补之。"旬月而茂征焉。

张 车 子

周擥啧者，贫而好道。夫妇夜耕，困息卧，梦天公过而哀之，敕外有以给与。司命按录籍云："此人相贫，限不过此，惟有张车子应赐钱千万。车子未生,请以借之。"天公曰:"善。"曙觉,言之。于是夫妇戮力,昼夜治生,所为辄得,资至千万。

　　先时有张妪者,尝往周家佣赁,野合有身。月满当孕,便遣出外,驻车屋下,产得儿。主人往视,哀其孤寒,作粥糜食之,问:"当名汝儿作何?"妪曰:"今在车屋下而生,梦天告之,名为车子。"周乃悟曰:"吾昔梦从天换钱,外白以张车子钱贷我,必是子也。财当归之矣。"自是居日衰减。车子长大,富于周家。

审　雨　堂

　　夏阳卢汾,字士济,梦入蚁穴,见堂宇三间,势甚危豁。题其额曰"审雨堂"。

火　浣　衫

　　吴选曹令史刘卓病笃,梦见一人,以白越单衫与之,言曰:"汝着衫污,火烧便洁也。"卓觉,果有衫在侧,污辄火浣之。

刘　　雅

　　淮南书佐刘雅,梦见青蜥蜴从屋落其腹内,因苦腹痛病。

张　奂　妻

　　后汉张奂为武威太守。其妻梦带奂印绶,登楼而歌。觉以告奂。奂令占之,曰:"夫人方生男,后临此郡,命终此楼。"后生子猛。建安中,果为武威太守。杀刺史邯郸商。州兵围急,猛耻见擒,乃登楼自焚而死。

灵　帝　梦

汉灵帝梦见桓帝怒曰："宋皇后有何罪过，而听用邪孽，使绝其命？勃海王悝既已自贬，又受诛毙。今宋氏及悝，自诉于天，上帝震怒，罪在难救。"梦殊明察。帝既觉而恐，寻亦崩。

吕　石　梦

吴时，嘉兴徐伯始病，使道士吕石安神座。石有弟子戴本、王思二人，居住海盐，伯始迎之以助。石昼卧，梦上天北斗门下，见外鞍马三匹，云："明日当以一迎石，一迎本，一迎思。"石梦觉，语本、思云："如此，死期至。可急还，与家别。"不卒事而去。伯始怪而留之。曰："惧不得见家也。"间一日，三人同时死。

谢　郭　同　梦

会稽谢奉与永嘉太守郭伯猷善。谢忽梦郭与人于浙江上争樗蒲钱，因为水神所责，堕水而死，已营理郭凶事。及觉，即往郭许，共围棋。良久，谢云："卿知吾来意否？"因说所梦。郭闻之怅然，云："吾昨夜亦梦与人争钱，如卿所梦，何期太的的也！"须臾如厕，便倒气绝。谢为凶具，一如其梦。

徐　泰　梦

嘉兴徐泰幼丧父母，叔父隗养之，甚于所生。隗病，泰营侍甚勤。是夜三更中，梦二人乘船持箱，上泰床头，发箱，出簿书示曰："汝叔应死。"泰即于梦中叩头祈请。良久，二人曰："汝县有同姓名人否？"泰思得，语二人云："有张隗，不姓徐。"

二人云："亦可强逼。念汝能事叔公，当为汝活之。"遂不复见。
泰觉，叔病乃差。

搜神记卷十一

熊 渠 子

楚熊渠子夜行,见寝石,以为伏虎,弯弓射之,没金铩羽。下视,知其石也,因复射之,矢摧无迹。汉世复有李广,为右北平太守,射虎得石,亦如之。刘向曰:"诚之至也,而金石为之开,况于人乎? 夫唱而不和,动而不随,中必有不全者也。夫不降席而匡天下者,求之己也。"

魏 更 嬴

楚王游于苑,白猿在焉,王令善射者射之。矢数发,猿搏矢而笑。乃命由基。由基抚弓,猿即抱木而号。及六国时,更嬴谓魏王曰:"臣能为虚发而下鸟。"魏王曰:"然则射可至于此乎?"嬴曰:"可。"有顷,闻雁从东方来,更嬴虚发而鸟下焉。

古 冶 子

齐景公渡于江沅之河,鼋衔左骖没之,众皆惊惕。古冶子于是拔剑从之,邪行五里,逆行三里,至于砥柱之下。杀之,乃鼋也。左手持鼋头,右手挟左骖,燕跃鹄踊而出。仰天大呼,水为逆流三百步,观者皆以为河伯也。

三　王　墓

楚干将、莫邪为楚王作剑，三年乃成。王怒，欲杀之。剑有雌雄。其妻重身当产，夫语妻曰："吾为王作剑，三年乃成。王怒，往必杀我。汝若生子是男，大，告之曰：'出户望南山，松生石上，剑在其背。'"于是即将雌剑往见楚王。王大怒，使相之："剑有二，一雄一雌。雌来，雄不来。"王怒，即杀之。

莫邪子名赤比，后壮，乃问其母曰："吾父所在？"母曰："汝父为楚王作剑，三年乃成。王怒杀之。去时嘱我：'语汝子：出户望南山，松生石上，剑在其背。'"于是子出户南望，不见有山，但睹堂前松柱下，石低之上，即以斧破其背，得剑。日夜思欲报楚王。

王梦见一儿，眉间广尺，言欲报仇。王即购之千金。儿闻之，亡去，入山行歌。客有逢者，谓："子年少，何哭之甚悲耶？"曰："吾干将、莫邪子也。楚王杀吾父，吾欲报之！"客曰："闻王购子头千金，将子头与剑来，为子报之。"儿曰："幸甚！"即自刎，两手捧头及剑奉之，立僵。客曰："不负子也。"于是尸乃仆。

客持头往见楚王，王大喜。客曰："此乃勇士头也。当于汤镬煮之。"王如其言。煮头三日三夕，不烂。头踔出汤中，踬目大怒。客曰："此儿头不烂，愿王自往临视之，是必烂也。"王即临之。客以剑拟王，王头随堕汤中。客亦自拟己头，头复堕汤中。三首俱烂，不可识别。乃分其汤肉葬之，故通名"三王墓"。今在汝南北宜春县界。

贾　雍

汉武时，苍梧贾雍为豫章太守，有神术。出界讨贼，为贼

所杀，失头，上马回营，营中咸走来视雍。雍胸中语曰："战不
利，为贼所伤。诸君视有头佳乎？无头佳乎？"吏涕泣曰："有
头佳。"雍曰："不然，无头亦佳。"言毕，遂死。

头　　语

渤海太守史良好一女子，许嫁而不果。良怒，杀之，断其
头而归，投于灶下，曰："当令火葬。"头语曰："使君，我相从，何
图当尔！"后梦见曰："还君物。"觉而得昔所与香缨金钗之属。

苌　　弘

周灵王时，苌弘见杀。蜀人因藏其血，三年乃化而为碧。

酒　消　患

汉武帝东游，未出函谷关，有物当道，身长数丈，其状像牛，
青眼而曜睛，四足入土，动而不徙。百官惊骇。东方朔乃请以
酒灌之。灌之数十斛而物消。帝问其故，答曰："此名为患，忧
气之所生也。此必是秦之狱地，不然，则罪人徒作之所聚。夫
酒忘忧，故能消之也。"帝曰："吁！博物之士，至于此乎！"

谅　　辅

后汉谅辅，字汉儒，广汉新都人。少给佐吏，浆水不交。
为从事，大小毕举，郡县敛手。

时夏枯旱，太守自曝中庭，而雨不降。辅以五官掾出祷山
川，自誓曰："辅为郡股肱，不能进谏纳忠，荐贤退恶，和调百
姓，至令天地否隔，万物枯焦。百姓喁喁，无所控诉，咎尽在
辅。今郡太守内省责己，自曝中庭，使辅谢罪，为民祈福。精

诚恳到，未有感彻。辅今敢自誓，若至日中无雨，请以身塞无状。"

乃积薪柴，将自焚焉。至日中时，山气转黑起，雷雨大作，一郡沾润。世以此称其至诚。

何　　敞

何敞，吴郡人。少好道艺，隐居。里以大旱，民物憔悴。太守庆洪遣户曹掾致谒，奉印绶，烦守无锡。敞不受，退，叹而言曰："郡界有灾，安能得怀道？"因跋涉之县，驻明星屋中。蝗蝥消死，敞即遁去。后举方正、博士，皆不就，卒于家。

小　黄　令

后汉徐栩，字敬卿，吴由拳人。少为狱吏，执法详平。为小黄令。时属县大蝗，野无生草，过小黄界，飞逝不集。刺史行部，责栩不治。栩弃官，蝗应声而至。刺史谢，令还寺舍，蝗即飞去。

白　虎　墓

王业，字子香，汉和帝时为荆州刺史。每出行部，沐浴斋素，以祈于天地，当启佐愚心，无使有枉百姓。在州七年，惠风大行，苛慝不作，山无豺狼。卒于枝江，有二白虎低头曳尾，宿卫其侧。及丧去，虎逾州境，忽然不见。民共为立碑，号曰"枝江白虎墓"。

葛　祚　碑

吴时，葛祚为衡阳太守。郡境有大槎横水，能为妖怪。百姓为立庙，行旅祷祀，槎乃沉没，不者槎浮，则船为之破坏。祚将去官，乃大具斧斤，将去民累。明日当至，其夜，闻江中汹汹有人声。往视之，槎乃移去，沿流下数里，驻湾中。自此行者无复沉覆之患。衡阳人为祚立碑，曰："正德祈禳，神木为移。"

曾　　子

曾子从仲尼在楚而心动，辞归问母。母曰："思尔啮指。"孔子曰："曾参之孝，精感万里。"

周　　畅

周畅性仁慈。少至孝，独与母居。每出入，母欲呼之，常自啮其手，畅即觉手痛而至。治中从事未之信，候畅在田，使母啮手，而畅即归。元初二年，为河南尹，时夏大旱，久祷无应。畅收葬洛阳城旁客死骸骨万余，为立义冢，应时澍雨。

王　　祥

王祥，字休徵，琅邪人。性至孝。早丧亲，继母朱氏不慈，数谮之。由是失爱于父，每使扫除牛下。父母有疾，衣不解带。母常欲生鱼，时天寒冰冻。祥解衣，将剖冰求之。冰忽自解，双鲤跃出，持之而归。母又思黄雀炙，复有黄雀数十入其幕，复以供母。乡里惊叹，以为孝感所致。

王　　延

王延性至孝。继母卜氏，尝盛冬思生鱼，敕延求而不获，杖之流血。延寻汾，叩凌而哭。忽有一鱼，长五尺，跃出冰上。延取以进母。卜氏食之，积日不尽，于是心悟，抚延如己子。

楚　僚

楚僚早失母,事后母至孝。母患痈肿,形容日悴。僚自徐徐吮之,血出,迨夜即得安寝。乃梦一小儿语母曰:"若得鲤鱼食之,其病即差,可以延寿。不然,不久死矣。"母觉而告僚。时十二月冰冻,僚乃仰天叹泣,脱衣上冰卧之。有一童子,决僚卧处,冰忽自开,一双鲤鱼跃出。僚将归奉其母,病即愈,寿至一百三十三岁。盖至孝感天神,昭应如此,此与王祥、王延事同。

蛴螬炙

盛彦,字翁子,广陵人。母王氏,因疾失明,彦躬自侍养。母食,必自哺之。母疾既久,至于婢使,数见捶挞。婢忿恨,闻彦暂行,取蛴螬炙饴之。母食,以为美,然疑是异物,密藏以示彦。彦见之,抱母恸哭,绝而复苏。母目豁然即开,于此遂愈。

蚺蛇胆

颜含,字弘都。次嫂樊氏,因疾失明,医人疏方,须蚺蛇胆,而寻求备至,无由得之。含忧叹累时。尝昼独坐,忽有一青衣童子,年可十三四,持一青囊授含。含开视,乃蛇胆也。童子逡巡出户,化成青鸟飞去。得胆药成,嫂病即愈。

郭　巨

郭巨,隆虑人也,一云河内温人。兄弟三人,早丧父。礼毕,二弟求分。以钱二千万,二弟各取千万。巨独与母居客舍,夫妇佣赁,以给供养。

居有顷，妻产男。巨念与儿妨事亲，一也；老人得食，喜分儿孙，减馔，二也。乃于野凿地，欲埋儿。得石盖，下有黄金一釜，中有丹书，曰："孝子郭巨，黄金一釜，以用赐汝。"于是名振天下。

刘 殷

新兴刘殷，字长盛。七岁丧父，哀毁过礼。服丧三年，未尝见齿。事曾祖母王氏。尝夜梦人谓之曰："西篱下有粟。"寤而掘之，得粟十五钟。铭曰："七年粟百石，以赐孝子刘殷。"自是食之，七岁方尽。及王氏卒，夫妇毁瘠，几至灭性。时枢在殡而西邻失火，风势甚猛，殷夫妇叩殡号哭，火遂灭。后有二白鸠来，巢其庭树。

杨 伯 雍

杨公伯雍，洛阳县人也，本以侩卖为业。性笃孝。父母亡，葬无终山，遂家焉。山高八十里，上无水，公汲水，作义浆于坂头，行者皆饮之。三年，有一人就饮，以一斗石子与之，使至高平好地有石处种之，云："玉当生其中。"杨公未娶，又语云："汝后当得好妇。"语毕不见。乃种其石。数岁，时时往视，见玉子生石上，人莫知也。

有徐氏者，右北平著姓，女甚有行，时人求，多不许。公乃试求徐氏。徐氏笑以为狂，因戏云："得白璧一双来，当听为婚。"公至所种玉田中，得白璧五双，以聘。徐氏大惊，遂以女妻公。

天子闻而异之，拜为大夫。乃于种玉处，四角作大石柱，各一丈，中央一顷地，名曰"玉田"。

衡　农

衡农，字剽卿，东平人也。少孤，事继母至孝。常宿于他舍，值雷风，频梦虎啮其足。农呼妻相出于庭，叩头三下。屋忽然而坏，压死者三十余人，唯农夫妻获免。

罗　威

罗威，字德仁。八岁丧父，事母性至孝。母年七十，天大寒，常以身自温席，而后授其处。

王　裒

王裒，字伟元，城阳营陵人也。父仪，为文帝所杀。裒庐于墓侧，旦夕常至墓所拜跪，攀柏悲号。涕泣着树，树为之枯。母性畏雷。母没，每雷，辄到墓曰："裒在此。"

白　鸠　郎

郑弘迁临淮太守。郡民徐宪在丧致哀，有白鸠巢户侧。弘举为孝廉，朝廷称为"白鸠郎"。

东　海　孝　妇

汉时，东海孝妇养姑甚谨。姑曰："妇养我勤苦。我已老，何惜余年，久累年少。"遂自缢死。其女告官云："妇杀我母。"官收系之，拷掠毒治。孝妇不堪苦楚，自诬服之。时于公为狱吏，曰："此妇养姑十余年，以孝闻彻，必不杀也。"太守不听。于公争不得理，抱其狱词，哭于府而去。

自后郡中枯旱，三年不雨。后太守至，于公曰："孝妇不当死，前太守枉杀之，咎当在此。"太守即时身祭孝妇冢，因表其墓。天立雨，岁大熟。

　　长老传云：孝妇名周青。青将死，车载十丈竹竿，以悬五幡，立誓于众曰："青若有罪，愿杀，血当顺下；青若枉死，血当逆流。"既行刑已，其血青黄，缘幡竹而上极标，又缘幡而下云。

犍 为 孝 女

　　犍为叔先泥和，其女名雄。永建三年，泥和为县功曹，县长赵祉遣泥和拜檄谒巴郡太守。以十月乘船，于城湍堕水死，尸丧不得。雄哀恸号咷，命不图存。告弟贤及夫人，令勤觅父尸："若求不得，吾欲自沉觅之。"时雄年二十七，有子男贡，年五岁；贳，年三岁。乃各作绣香囊一枚，盛以金珠环，预婴二子。哀号之声，不绝于口，昆族私忧。

　　至十二月十五日，父丧不得。雄乘小船，于父堕处哭泣数声，竟自投水中，旋流没底。见梦告弟云："至二十一日，与父俱出。"至期如梦，与父相持，并浮出江。县长表言，郡太守肃登承上尚书。乃遣户曹掾为雄立碑，图象其形，令知至孝。

乐 羊 子 妻

　　河南乐羊子之妻者，不知何氏之女也，躬勤养姑。尝有他舍鸡谬入园中，姑盗杀而食之。妻对鸡不食而泣。姑怪问其故，妻曰："自伤居贫，使食有他肉。"姑竟弃之。后盗有欲犯之者，乃先劫其姑。妻闻，操刀而出。盗曰："释汝刀。从我者可全，不从我者，则杀汝姑！"妻仰天而叹，刎颈而死。盗亦不杀姑。太守闻之，捕杀盗贼，赐妻缣帛，以礼葬之。

庾 衮

庾衮,字叔褒。咸宁中大疫,二兄俱亡,次兄毗复殆。疠气方盛,父母诸弟皆出次于外,衮独留不去。诸父兄强之,乃曰:"衮性不畏病。"遂亲自扶持,昼夜不眠;间复抚柩,哀临不辍。如此十余旬。疫势既退,家人乃返。毗病得差,衮亦无恙。

韩 凭 妻

宋康王舍人韩凭,娶妻何氏,美,康王夺之。凭怨,王囚之,论为城旦。妻密遗凭书,缪其辞曰:"其雨淫淫,河大水深,日出当心。"既而王得其书,以示左右,左右莫解其意。臣苏贺对曰:"其雨淫淫,言愁且思也。河大水深,不得往来也。日出当心,心有死志也。"俄而凭乃自杀。

其妻乃阴腐其衣。王与之登台,妻遂自投台。左右揽之,衣不中手而死。遗书于带曰:"王利其生,妾利其死。愿以尸骨,赐凭合葬。"王怒,弗听,使里人埋之,冢相望也。王曰:"尔夫妇相爱不已,若能使冢合,则吾弗阻也。"

宿昔之间,便有大梓木生于二冢之端,旬日而大盈抱,屈体相就,根交于下,枝错于上。又有鸳鸯,雌雄各一,恒栖树上,晨夕不去,交颈悲鸣,音声感人。宋人哀之,遂号其木曰"相思树"。相思之名起于此也。南人谓此禽即韩凭夫妇之精魂。

今睢阳有韩凭城,其歌谣至今犹存。

儿 化 水

汉末,零陵郡太守史满有女,悦门下书佐,乃密使侍婢取书佐盥手残水饮之,遂有妊。已而生子。至能行,太守令抱儿出，使求其父。儿匍匐直入书佐怀中。书佐推之，仆地化为水。穷问之，具省前事，遂以女妻书佐。

望　夫　冈

鄱阳西有望夫冈。昔县人陈明与梅氏为婚，未成而妖魅诈迎妇去。明诣卜者，决云："行西北五十里求之。"明如言，见一大穴，深邃无底，以绳悬入，遂得其妇。乃令妇先出。而明所将邻人秦文，遂不取明。其妇乃自誓执志，登此冈首而望其夫，因以名焉。

邓　元　义

后汉南康邓元义，父伯考，为尚书仆射。元义还乡里，妻留事姑，甚谨。姑憎之，幽闭空室，节其饮食。赢露日困，终无怨言。时伯考怪而问之。元义子朗时方数岁，言母不病，但苦饥耳。伯考流涕曰："何意亲姑，反为此祸？"遣归家，更嫁为华仲妻。

仲为将作大匠，妻乘朝车出。元义于路旁观之，谓人曰："此我故妇，非有他过，家夫人遇之实酷。本自相贵。"

其子朗，时为郎。母与书，皆不答，与衣裳，辄以烧之。母不以介意。母欲见之，乃至亲家李氏堂上，令人以他词请朗。朗至见母，再拜涕泣，因起出。母追谓之曰："我几死，自为汝家所弃。我何罪过，乃如此耶？"因此遂绝。

严　遵

严遵为扬州刺史，行部，闻道旁女子哭声不哀。问所哭者谁，对云："夫遭烧死。"遵敕吏异尸到，与语讫，语吏云："死人自道不烧死。"乃摄女，令人守尸，云："当有柱。"吏白："有蝇聚头所。"遵令披视，得铁椎贯顶。考问，以淫杀夫。

范巨卿张元伯

汉范式，字巨卿，山阳金乡人也，一名氾。与汝南张劭为友，劭字元伯。二人并游太学。后告归乡里，式谓元伯曰："后二年当还，将过拜尊亲，见孺子焉。"乃共克期日。

后期方至，元伯具以白母，请设馔以候之。母曰："二年之别，千里结言，尔何相信之审耶？"曰："巨卿信士，必不乖违。"母曰："若然，当为尔酝酒。"至期果到，升堂拜饮，尽欢而别。

后元伯寝疾甚笃，同郡郅君章、殷子徵晨夜省视之。元伯临终，叹曰："恨不见我死友。"子徵曰："吾与君章尽心于子，是非死友，复欲谁求？"元伯曰："若二子者，吾生友耳。山阳范巨卿，所谓死友也。"寻而卒。

式忽梦见元伯，玄冕垂缨，屣履而呼曰："巨卿！吾以某日死，当以尔时葬，永归黄泉。子未忘我，岂能相及？"式恍然觉悟，悲叹泣下。便服朋友之服，投其葬日，驰往赴之。未及到而丧已发引。既至圹，将窆，而柩不肯进。其母抚之曰："元伯，岂有望耶？"遂停柩。

移时，乃见素车白马，号哭而来。其母望之曰："是必范巨卿也。"既至，叩丧言曰："行矣元伯！死生异路，永从此辞。"会葬者千人，咸为挥涕。式因执绋而引，柩于是乃前。式遂留止冢次，为修坟树，然后乃去。

搜神记卷十二

五 气 变 化

天有五气,万物化成。木清则仁,火清则礼,金清则义,水清则智,土清则思:五气尽纯,圣德备也。木浊则弱,火浊则淫,金浊则暴,水浊则贪,土浊则顽:五气尽浊,民之下也。

中土多圣人,和气所交也;绝域多怪物,异气所产也。苟禀此气,必有此形;苟有此形,必生此性。故食谷者智慧而文,食草者多力而愚,食桑者有丝而蛾,食肉者勇敢而悍,食土者无心而不息,食气者神明而长寿,不食者不死而神。

大腰无雄,细腰无雌。无雄外接,无雌外育。三化之虫,先孕后交;兼爱之兽,自为牝牡。寄生因夫高木,女萝托乎茯苓。木株于土,萍植于水。鸟排虚而飞,兽跖实而走,虫土闭而蛰,鱼渊潜而处。本乎天者亲上,本乎地者亲下,本乎时者亲旁:各从其类也。

千岁之雉,入海为蜃;百年之雀,入海为蛤;千岁龟鼋,能与人语;千岁之狐,起为美女;千岁之蛇,断而复续;百年之鼠,而能相卜:数之至也。春分之日,鹰变为鸠;秋分之日,鸠变为鹰:时之化也。

故腐草之为萤也,朽苇之为蛬也,稻之为蛬也,麦之为蝴蝶也,羽翼生焉,眼目成焉,心智在焉。此自无知化为有知而气易也。雀之为蜃也,蛬之为虾也,不失其血气而形性变也。

若此之类，不可胜论。

应变而动，是为顺常；苟错其方，则为妖眚。故下体生于上，上体生于下，气之反者也；人生兽，兽生人，气之乱者也；男化为女，女化为男，气之贸者也。鲁公牛哀得疾，七日化而为虎，形体变易，爪牙施张。其兄启户而入，搏而食之。方其为人，不知其将为虎也；方其为虎，不知其常为人也。故晋太康中，陈留阮士瑀伤于虺，不忍其痛，数嗅其疮，已而双虺成于鼻中。元康中，历阳纪元载，客食道龟，已而成瘕。医以药攻之，下龟子数升，大如小钱，头足毂备，文甲皆具，惟中药已死。夫妻非化育之气，鼻非胎孕之所，享道非下物之具。从此观之，万物之生死也，与其变化也，非通神之思，虽求诸己，恶识所自来？然朽草之为萤，由乎腐也；麦之为蝴蝶，由乎湿也。尔则万物之变，皆有由也。农夫止麦之化者，沤之以灰；圣人理万物之化者，济之以道。其与不然乎？

贲　　羊

季桓子穿井，获如土缶，其中有羊焉。使问之仲尼曰："吾穿井而获狗，何耶？"仲尼曰："以丘所闻，羊也。丘闻之，木石之怪，夔、蝄蜽；水中之怪，龙、罔象；土中之怪，曰贲羊。"《夏鼎志》曰："罔象，如三岁儿，赤目，黑色，大耳，长臂，赤爪，索缚则可得食。"王子曰："木精为游光，金精为清明也。"

地 中 犬 声

晋惠帝元康中，吴郡娄县怀瑶家，忽闻地中有犬声隐隐。视声发处，上有小窍，大如蚓穴。瑶以杖刺之，入数尺，觉有物。乃掘视之，得犬子，雌雄各一。目犹未开，形大于常犬。

哺之而食，左右咸往观焉。长老或云："此名犀犬，得之者令家富昌，宜当养之。"以目未开，还置窍中，覆以磨砻。宿昔发视，左右无孔，遂失所在。瑶家积年无他祸福。

至太兴中，吴郡太守张懋，闻斋内床下犬声，求而不得。既而地坼，有二犬子。取而养之，皆死。其后懋为吴兴兵沈充所杀。

《尸子》曰："地中有犬，名曰地狼；有人，名曰无伤。"《夏鼎志》曰："掘地而得狗，名曰贾；掘地而得豚，名曰邪；掘地而得人，名曰聚。聚，无伤也。此物之自然，无谓鬼神而怪之。"然则贾与地狼名异，其实一物也。《淮南·万毕》曰："千岁羊肝，化为地宰；蟾蜍得苽，卒时为鹑。"此皆因气化以相感而成也。

傒　　囊

吴诸葛恪为丹阳太守，尝出猎，两山之间，有物如小儿，伸手欲引人。恪令伸之，乃引去故地，去故地即死。既而参佐问其故，以为神明。恪曰："此事在《白泽图》内，曰：'两山之间，其精如小儿，见人则伸手欲引人，名曰"傒囊"。引去故地则死。'无谓神明而异之，诸君偶未见耳！"

池 阳 小 人

王莽建国四年，池阳有小人景，长一尺余，或乘车，或步行，操持万物，大小各自相称，三日乃止。莽甚恶之。自后盗贼日甚，莽竟被杀。《管子》曰："涸泽数百岁，谷之不徙、水之不绝者，生庆忌。庆忌者，其状若人，其长四寸，衣黄衣，冠黄冠，戴黄盖，乘小马，好疾驰。以其名呼之，可使千里外一日反报。"然池阳之景者，或庆忌也乎？又曰："涸小水精，生蚳。蚳

者，一头而两身，其状若蛇，长八尺。以其名呼之，可使取
鱼鳖。"

霹 雳 被 格

晋扶风杨道和，夏于田中获。值雨，至桑树下，霹雳下击
之。道和以锄格，折其股，遂落地，不得去。唇如丹，目如镜，
毛角长三寸余，状似六畜，头似猕猴。

落 头 民

秦时，南方有落头民，其头能飞。其种人部有祭祀，号曰
"虫落"，故因取名焉。吴时，将军朱桓得一婢，每夜卧后，头辄
飞去。或从狗窦，或从天窗中出入，以耳为翼，将晓复还，数数
如此。旁人怪之，夜中照视，唯有身无头，其体微冷，气息裁
属，乃蒙之以被。至晓头还，碍被，不得安，两三度堕地，噫咤
甚愁，体气甚急，状若将死。乃去被，头复起，傅颈，有顷和平。
桓以为大怪，畏不敢畜，乃放遣之。既而详之，乃知天性也。
时南征大将亦往往得之。又尝有覆以铜盘者，头不得进，
遂死。

貙 虎 化 人

江汉之域，有貙人。其先，禀君之苗裔也，能化为虎。长
沙所属蛮县东高居民，曾作槛捕虎。槛发，明日众人共往格
之，见一亭长，赤帻大冠，在槛中坐。因问："君何以入此中？"
亭长大怒曰："昨忽被县召，夜避雨，遂误入此中。急出我！"
曰："君见召，不当有文书耶？"即出怀中召文书，于是即出之。
寻视，乃化为虎，上山走。或云："貙虎化为人，好着紫葛衣，其

足无踵。虎有五指者，皆是貙。”

貙国马化

蜀中西南高山之上，有物与猴相类，长七尺，能作人行，善走逐人，名曰“貙国”，一名“马化”，或曰“玃猿”。伺道行妇女有美者，辄盗取将去，人不得知。若有行人经过其旁，皆以长绳相引，犹故不免。此物能别男女气臭，故取女，男不取也。若取得人女，则为家室，其无子者，终身不得还。十年之后，形皆类之，意亦迷惑，不复思归。若有子者，辄抱送还其家。产子皆如人形，有不养者，其母辄死，故惧怕之，无敢不养。及长，与人不异，皆以杨为姓。故今蜀中西南多诸杨，率皆是貙国、马化之子孙也。

刀劳鬼

临川间诸山有妖物，来常因大风雨，有声如啸，能射人。其所着者，有顷便肿，大毒。有雌雄，雄急而雌缓。急者不过半日间，缓者经宿。其旁人常有以救之，救之少迟则死。俗名曰“刀劳鬼”。故外书云：“鬼神者，其祸福发扬之验于世者也。”《老子》曰：“昔之得一者：天得一以清，地得一以宁，神得一以灵，谷得一以盈，侯王得一以为天下贞。”然则天地鬼神，与我并生者也。气分则性异，域别则形殊，莫能相兼也。生者主阳，死者主阴，性之所托，各安其生。太阴之中，怪物存焉。

越地冶鸟

越地深山中有鸟，大如鸠，青色，名曰“冶鸟”。穿大树作巢，如五六升器，户口径数寸，周饰以土垩，赤白相分，状如射侯。伐木者见此树，即避之去。或夜冥不见鸟，鸟亦知人不见，便鸣唤曰："咄，咄，上去。"明日便宜急上。"咄，咄，下去。"明日便宜急下。若不使去，但言笑而不已者，人可止伐也。若有秽恶及其所止者，则有虎通夕来守，人不去，便伤害人。此鸟白日见其形，是鸟也；夜听其鸣，亦鸟也。时有观乐者，便作人形，长三尺，至涧中取石蟹，就火炙之。人不可犯也。越人谓此鸟是越祝之祖也。

鲛　　人

南海之外有鲛人，水居如鱼，不废织绩。其眼泣则能出珠。

大青小青

庐江𣲙、枞阳二县境上，有大青、小青黑居。山野之中，时闻哭声，多者至数十人，男女大小，如始丧者。邻人惊骇，至彼奔赴，常不见人。然于哭地必有死丧，率声若多则为大家，声若小则为小家。

山　　都

庐陵大山之间，有山都，似人，裸身，见人便走。有男女，可长四五尺，能啸相唤。常在幽昧之中，似魑魅鬼物。

蜮

汉光武中平中，有物处于江水，其名曰"蜮"，一曰"短狐"，能含沙射人。所中者，则身体筋急，头痛发热，剧者至死。江人以术方抑之，则得沙石于肉中。《诗》所谓"为鬼为蜮，则不可测"也。今俗谓之溪毒。先儒以为男女同川而浴,淫女为主,乱气所生也。

鬼　弹

汉永昌郡不韦县有禁水,水有毒气,唯十一月、十二月差可渡涉。自正月至十月,不可渡,渡辄病,杀人。其气中有恶物,不见其形,其作有声。如有所投击,中木则折,中人则害。土俗号为"鬼弹"。故郡有罪人,徙之禁旁,不过十日皆死。

张　小　小

余外妇姊夫蒋士,有佣客,得疾下血。医以中蛊,乃密以襄荷根布席下,不使知。乃狂言曰:"食我蛊者,乃张小小也。"乃呼小小亡去。今世攻蛊,多用襄荷根,往往验。襄荷或谓嘉草。

犬　蛊

鄱阳赵寿有犬蛊。时陈岑诣寿,忽有大黄犬六七群,出吠岑。后余伯归与寿妇食,吐血几死,乃屑桔梗以饮之而愈。蛊有怪物,若鬼。其妖形变化,杂类殊种,或为狗豕,或为虫蛇,其人不自知其形状。行之于百姓,所中皆死。

蛇　蛊

荥阳郡有一家姓廖,累世为蛊,以此致富。后取新妇,不以此语之。遇家人咸出,唯此妇守舍。忽见屋中有大缸,妇试发之,见有大蛇。妇乃作汤,灌杀之。及家人归,妇具白其事,举家惊惋。未几,其家疾疫,死亡略尽。

搜神记卷十三

澧　泉

泰山之东有澧泉，其形如井，本体是石也。欲取饮者，皆洗心志，跪而挹之，则泉出如飞，多少足用。若或污漫，则泉止焉。盖神明之尝志者也。

二　华　之　山

二华之山，本一山也。当河，河水过之而曲行。河神巨灵以手擘开其上，以足蹈离其下，中分为两，以利河流。今观手迹于华岳上，指掌之形具在；脚迹在首阳山下，至今犹存。故张衡作《西京赋》，所称"巨灵赑屃，高掌远迹，以流河曲"是也。

霍　山　镬

汉武徙南岳之祭于庐江灊县霍山之上，无水。庙有四镬，可受四十斛。至祭时，水辄自满，用之足了，事毕即空。尘土树叶，莫之污也。积五十岁，岁作四祭。后但作三祭，一镬自败。

樊　山　火

樊口之东有樊山，若天旱，以火烧山，即至大雨。今往往有验。

孔　宝

空桑之地，今名为孔宝，在鲁南山之穴。外有双石，如桓楹起立，高数丈。鲁人弦歌祭祀。穴中无水，每当祭时，洒扫以告，辄有清泉自石间出，足以周事。既已，泉亦止。其验至今存焉。

湘　穴

湘东新平县有一龙穴。岁大旱，人则共壅水以塞此穴。穴淹则大雨立至。

龟　化　城

秦惠王二十七年，使张仪筑成都城，屡颓。忽有大龟浮于江，至东子城东南隅而毙。仪以问巫，巫曰："依龟筑之。"便就。故名"龟化城"。

长　水　县

由拳县，秦时长水县也。始皇时，童谣曰："城门有血，城当陷没为湖。"有妪闻之，朝朝往窥。门将欲缚之，妪言其故。后门将以犬血涂门。妪见血，便走去。忽有大水欲没县，主簿令干入白令。令曰："何忽作鱼?"干曰："明府亦作鱼。"遂沦为湖。

马　邑　城

秦时，筑城于武周塞内，以备胡。城将成而崩者数焉。有马驰走，周旋反复，父老异之。因依马迹以筑城，城乃不崩。

遂名"马邑"。其故城今在朔州。

劫 灰

汉武帝凿昆明池，极深，悉是灰墨，无复土。举朝不解，以问东方朔。朔曰："臣愚，不足以知之。可试问西域人。"帝以朔不知，难以移问。

至后汉明帝时，西域道人入来洛阳。时有忆方朔言者，乃试以武帝时灰墨问之。道人云："经云：'天地大劫将尽，则劫烧。'此劫烧之余也。"乃知朔言有旨。

丹 砂 井

临沅县有廖氏，世老寿。后移居，子孙辄残折。他人居其故宅，复累世寿。乃知是宅所为，不知何故。疑井水赤，乃掘井左右，得古人埋丹砂数十斛。丹汁入井，是以饮水而得寿。

余 腹

江东名余腹者，昔吴王阖闾江行，食脍有余，因弃中流，悉化为鱼。今鱼中有名吴王脍余者，长数寸，大者如箸，犹有脍形。

长 卿

螃蟛，蟹也。尝通梦于人，自称"长卿"。今临海人多以"长卿"呼之。

青 蚨

南方有虫，名蛶蜗，一名蚎蠋，又名青蚨。形似蝉而稍大，味辛美，可食。生子必依草叶，大如蚕子。取其子，母即飞来，不以远近。虽潜取其子，母必知处。以母血涂钱八十一文，以子血涂钱八十一文，每市物，或先用母钱，或先用子钱，皆复飞归，轮转无已。故《淮南子术》以之还钱，名曰"青蚨"。

蜾　蠃

土蜂名曰蜾蠃，今世谓蛧蟰，细腰之类。其为物，雄而无雌，不交不产。常取桑虫或阜螽子育之，则皆化成己子。亦或谓之"螟蛉"。《诗》曰"螟蛉有子，果蠃负之"是也。

木　蠹

木蠹生虫，羽化为蝶。

蝟

蝟多刺，故不使超逾杨柳。

典 论 刊 石

昆仑之墟，地首也。是惟帝之下都，故其外绝以弱水之深，又环以炎火之山。山上有鸟兽草木，皆生育滋长于炎火之中，故有火浣布。非此山草木之皮枲，则其鸟兽之毛也。汉世，西域旧献此布，中间久绝。至魏初时，人疑其无有。文帝以为火性酷烈，无含生之气，著之《典论》，明其不然之事，绝智者之听。及明帝立，诏三公曰："先帝昔著《典论》，不朽之格言。其刊石于庙门之外及太学，与石经并，以永示来世。"至是，西域使人献火浣布袈裟，于是刊灭此论，而天下笑之。

金　燧

夫金锡之性，一也。以五月丙午日中铸，为阳燧；以十一月壬子夜半铸，为阴燧。言丙午日铸为阳燧，可取火；壬子夜铸为阴燧，可取水也。

焦　尾　琴

汉灵帝时，陈留蔡邕以数上书陈奏，忤上旨意，又内宠恶之。虑不免，乃亡命江海，远迹吴会。至吴，吴人有烧桐以爨者。邕闻火烈声，曰：“此良材也。”因请之，削以为琴，果有美音。而其尾焦，因名“焦尾琴”。

柯　亭　竹

蔡邕尝至柯亭，以竹为椽。邕仰眄之，曰：“良竹也。”取以为笛，发声辽亮。一云邕告吴人曰：“吾昔尝经会稽高迁亭，见屋东间第十六竹椽可为笛，取用，果有异声。”

搜神记卷十四

蒙 双 氏

昔高阳氏,有同产而为夫妇,帝放之于崆峒之野,相抱而死。神鸟以不死草覆之。七年,男女同体而生,二头,四手足,是为蒙双氏。

盘 瓠

高辛氏有老妇人居于王宫,得耳疾历时。医为挑治,出顶虫,大如茧。妇人去后,置以瓠蓠,覆之以盘。俄尔顶虫乃化为犬,其文五色,因名"盘瓠",遂畜之。

时戎吴强盛,数侵边境,遣将征讨,不能擒胜。乃募天下有能得戎吴将军首者,购金千斤,封邑万户,又赐以少女。后盘瓠衔得一头,将造王阙。王诊视之,即是戎吴。"为之奈何?"群臣皆曰:"盘瓠是畜,不可官秩,又不可妻。虽有功,无施也。"少女闻之,启王曰:"大王既以我许天下矣。盘瓠衔首而来,为国除害,此天命使然,岂狗之智力哉!王者重言,伯者重信,不可以女子微躯,而负明约于天下,国之祸也。"王惧而从之,令少女从盘瓠。

盘瓠将女上南山,草木茂盛,无人行迹。于是女解去衣裳,为仆竖之结,着独力之衣,随盘瓠升山入谷,止于石室之中。王悲思之,遣往视觅,天辄风雨,岭震云晦,往者莫至。盖经三年,产六男六女。盘瓠死后,自相配偶,因为夫妇。织绩木皮,染以草实,好五色衣服,裁制皆有尾形。

后母归,以语王。王遣使迎诸男女,天不复雨。衣服褊褷,言语侏僚,饮食蹲踞,好山恶都。王顺其意,赐以名山广泽,号曰"蛮夷"。

蛮夷者,外痴内黠,安土重旧。以其受异气于天命,故待以不常之律:田作贾贩,无关缥符传、租税之赋;有邑君长,皆赐印绶;冠用獭皮,取其游食于水。今即梁、汉、巴、蜀、武陵、长沙、庐江郡夷是也。用糁杂鱼肉,叩槽而号,以祭盘瓠,其俗至今。故世称"赤髀横裙,盘瓠子孙"。

夫 余 王

槁离国王侍婢有娠,王欲杀之。婢曰:"有气如鸡子,从天来下,故我有娠。"后生子,捐之猪圈中,猪以喙嘘之;徙至马枥中,马复以气嘘之,故得不死。王疑以为天子也,乃令其母收畜之,名曰"东明"。常令牧马。东明善射,王恐其夺己国也,欲杀之。东明走,南至施掩水,以弓击水,鱼鳖浮为桥,东明得渡。鱼鳖解散,追兵不得渡,因都王夫余。

鹄苍衔卵

古徐国宫人娠而生卵,以为不祥,弃之水滨。有犬名"鹄苍",衔卵以归,遂生儿,为徐嗣君。后鹄苍临死,生角而九尾,实黄龙也。葬之徐里中。见有狗垄在焉。

彀乌菟

鬬伯比父早亡,随母归,在舅姑之家。后长大,乃奸妘子之女,生子文。其妘子妻耻女不嫁而生子,乃弃于山中。妘子游猎,见虎乳一小儿,归与妻言。妻曰:"此是我女与伯比私通,生此小儿。我耻之,送于山中。"妘子乃迎归养之,配其女与伯比。楚人因呼子文为縠乌菟。仕至楚相也。

齐　无　野

齐惠公之妾萧同叔子,见御有身。以其贱,不敢言也。取薪而生顷公于野,又不敢举也。有狸乳而鹖覆之。人见而收,因名曰"无野"。是为顷公。

袁　钊

袁钊者,羌豪也。秦时,拘执为奴隶,后得亡去。秦人追之急迫,藏于穴中。秦人焚之,有景相如虎,来为蔽,故得不死。诸羌神之,推以为君。其后种落炽盛。

窦　氏　蛇

后汉定襄太守窦奉妻生子武,并生一蛇。奉送蛇于野中。及武长大,有海内俊名。母死将葬,未窆,宾客聚集。有大蛇从林草中出,径来棺下,委地俯仰。以头击棺,血涕并流,状若哀恸。有顷而去。时人知为窦氏之祥。

掫　儿

晋怀帝永嘉中,有韩媪者于野中见巨卵,持归育之,得婴儿,字曰"掫儿"。方四岁,刘渊筑平阳城不就,募能城者。掫儿应募,因变为蛇,令媪遗灰志其后。谓媪曰:"凭灰筑城,城可立就。"竟如所言。渊怪之,遂投入山穴间,露尾数寸。使者斩之,忽有泉出穴中,汇为池,因名"金龙池"。

羽 衣 人

元帝永昌中,暨阳人任谷,因耕息于树下。忽有一人着羽衣,就淫之。既而不知所在,谷遂有妊。积月将产,羽衣人复来,以刀穿其阴下,出一蛇子,便去。谷遂成宦者,诣阙自陈,留于宫中。

女 化 蚕

旧说太古之时,有大人远征,家无余人,唯有一女。牡马一匹,女亲养之。穷居幽处,思念其父,乃戏马曰:"尔能为我迎得父还,吾将嫁汝。"

马既承此言,乃绝缰而去,径至父所。父见马惊喜,因取而乘之。马望所自来,悲鸣不已。父曰:"此马无事如此,我家得无有故乎?"亟乘以归。为畜生有非常之情,故厚加刍养。马不肯食,每见女出入,辄喜怒奋击。如此非一。父怪之,密以问女。女具以告父,必为是故。父曰:"勿言,恐辱家门。且莫出入。"于是伏弩射杀之,暴皮于庭。

父行。女与邻女于皮所戏,以足蹙之曰:"汝是畜生,而欲取人为妇耶?招此屠剥,如何自苦?"言未及竟,马皮蹶然而起,卷女以行。邻女忙怕,不敢救之,走告其父。父还,求索,已出失之。

后经数日,得于大树枝间,女及马皮尽化为蚕,而绩于树上。其茧纶理厚大,异于常蚕。邻妇取而养之,其收数倍。因名其树曰"桑"。桑者,丧也。由斯百姓竞种之,今世所养是也。言桑蚕者,是古蚕之余类也。

案《天官》:"辰为马星。"《蚕书》曰:"月当大火,则浴其种。"是蚕与马同气也。《周礼》校人职掌"禁原蚕者",注云:"物莫能两大。禁原蚕者,为其伤马也。"汉礼,皇后亲采桑,祀蚕神,曰菀窳妇人、寓氏公主。公主者,女之尊称也;菀窳妇人,先蚕者也。故今世或谓蚕为女儿者,是古之遗言也。

嫦　娥

羿请无死之药于西王母,嫦娥窃之以奔月。将往,枚筮之于有黄。有黄占之曰:"吉。翩翩归妹,独将西行。逢天晦芒,毋恐毋惊,后且大昌。"嫦娥遂托身于月,是为蟾蜍。

怪　草

舌垩山,帝之女死,化为怪草。其叶郁茂,其华黄色,其实如兔丝。故服怪草者,恒媚于人焉。

兰 岩 山 鹤

荥阳县南百余里,有兰岩山,峭拔千丈。常有双鹤,素羽皦然,日夕偶影翔集。相传云昔有夫妇,隐此山数百年,化为双鹤,不绝往来。忽一旦一鹤为人所害,其一鹤岁常哀鸣。至今响动岩谷,莫知其年岁也。

毛 衣 女

豫章新喻县男子,见田中有六七女,皆衣毛衣,不知是鸟。匍匐往,得其一女所解毛衣,取藏之,即往就诸鸟。诸鸟各飞去,一鸟独不得去。男子取以为妇,生三女。其母后使女问父,知衣在积稻下,得之,衣而飞去。后复以迎三女,女亦得飞去。

人 化 鼋

汉灵帝时,江夏黄氏之母浴盘水中,久而不起,变为鼋矣。婢惊走告。比家人来,鼋转入深渊。其后时时出见。初浴簪一银钗,犹在其首。于是黄氏累世不敢食鼋肉。

人 化 鳖

魏黄初中,清河宋士宗母,夏天于浴室里浴,遣家中大小悉出,独在室中良久。家人不解其意,于壁穿中窥之,不见人体,见盆水中有一大鳖。遂开户,大小悉入,了不与人相承。尝先着银钗,犹在头上。相与守之啼泣,无可奈何。意欲求去,永不可留。视之积日,转懈,自捉出户外。其去甚驶,逐之不及,遂便入水。后数日,忽还,巡行宅舍如平生,了无所言而去。时人谓士宗应行丧治服。士宗以母形虽变,而生理尚存,竟不治丧。此与江夏黄母相似。

宣 骞 母

吴孙皓宝鼎元年六月晦,丹阳宣骞母,年八十矣,亦因洗浴化为鼋,其状如黄氏。骞兄弟四人闭户卫之,掘堂上作大坎,泻水其中。鼋入坎游戏,一二日间,恒延颈外望。伺户小开,便轮转自跃,入于深渊,遂不复还。

怪 老 翁

汉献帝建安中,东郡民家有怪。无故瓮器自发,訇訇作声,若有人击。盘案在前,忽然便失。鸡生子,辄失去。如是数岁,人甚恶之。乃多作美食,覆盖,着一室中。阴藏户间,窥伺之。果复重来，发声如前。闻便闭户，周旋室中，了无所见。乃暗以杖捎之。良久，于室隅间有所中，便闻呻吟之声曰："唷，唷，宜死。"开户视之，得一老翁，可百余岁，言语了不相当，貌状颇类于兽。遂行推问，乃于数里外得其家，云："失来十余年。"得之哀喜。后岁余，复失之。闻陈留界复有怪如此，时人咸以为此翁。

搜神记卷十五

王　道　平

　　秦始皇时有王道平，长安人也。少时，与同村人唐叔偕女，小名父喻，容色俱美，誓为夫妇。寻王道平被差征伐，落堕南国，九年不归。父母见女长成，即聘与刘祥为妻。女与道平言誓甚重，不肯改事。父母逼迫不免，出嫁刘祥。经三年，忽忽不乐，常思道平，忿怨之深，悒悒而死。

　　死经三年，平还家，乃诘邻人："此女安在？"邻人云："此女意在于君，被父母凌逼，嫁与刘祥。今已死矣。"平问："墓在何处？"邻人引往墓所。平悲号哽咽，三呼女名，绕墓悲苦，不能自止。平乃祝曰："我与汝立誓天地，保其终身。岂料官有牵缠，致令乖隔，使汝父母与刘祥。既不契于初心，生死永诀。然汝有灵圣，使我见汝生平之面；若无神灵，从兹而别。"言讫，又复哀泣。

　　逡巡，其女魂自墓出，问平："何处而来？良久契阔。与君誓为夫妇，以结终身。父母强逼，乃出聘刘祥，已经三年。日夕忆君，结恨致死，乖隔幽途。然念君宿念不忘，再求相慰，妾身未损，可以再生，还为夫妇。且速开冢破棺，出我即活。"平审言，乃启墓门，扣看其女，果活，乃结束随平还家。

　　其夫刘祥闻之惊怪，申诉于州县。检律断之，无条，乃录状奏王。王断归道平为妻。寿一百三十岁。实谓精诚贯于天地,而获感应如此。

河间郡男女

晋武帝世,河间郡有男女私悦,许相配适。寻而男从军,积年不归,女家更欲适之。女不愿行,父母逼之,不得已而去。寻病死。其男戍还,问女所在,其家具说之。乃至冢,欲哭之尽哀,而不胜其情。遂发冢开棺,女即苏活,因负还家。将养数日,平复如初。

后夫闻,乃往求之。其人不还,曰:"卿妇已死。天下岂闻死人可复活耶? 此天赐我,非卿妇也。"于是相讼。郡县不能决,以谳廷尉。秘书郎王导奏:"以精诚之至,感于天地,故死而更生。此非常事,不得以常礼断之,请还开冢者。"朝廷从其议。

贾　文　合

汉献帝建安中,南阳贾偶,字文合,得病而亡。时有吏将诣太山,司命阅簿,谓吏曰:"当召某郡文合。何以召此人? 可速遣之!"

时日暮,遂至郭外树下宿。见一年少女独行,文合问曰:"子类衣冠,何乃徒步? 姓字为谁?"女曰:"某三河人,父见为弋阳令。昨被召来,今却得还。遇日暮,惧获瓜田李下之讥。望君之容,必是贤者,是以停留,依凭左右。"文合曰:"悦子之心,愿交欢于今夕。"女曰:"闻之诸姑,女子以贞专为德,洁白为称。"文合反复与言,终无动志,天明各去。

文合卒已再宿,停丧将殓,视其面有色,扪心下稍温,少顷却苏。后文合欲验其实,遂至弋阳,修刺谒令,因问曰:"君女宁卒而却苏耶?"具说女子资质服色、言语相反复本末。令入问女,所言皆同。乃大惊叹,竟以此女配文合焉。

李娥 附刘伯文、费长房

汉建安四年二月,武陵充县妇人李娥,年六十岁,病卒,埋于城外,已十四日。娥比舍有蔡仲,闻娥富,谓殡当有金宝,乃盗发冢求金。以斧剖棺。斧数下,娥于棺中言曰:"蔡仲,汝护我头!"仲惊遽,便出走。会为县吏所见,遂收治,依法当弃市。娥儿闻母活,来迎出,将娥回去。

武陵太守闻娥死复生,召见,问事状。娥对曰:"闻谬为司命所召,到时得遣出。过西门外,适见外兄刘伯文,惊相劳问,涕泣悲哀。娥语曰:'伯文,我一日误为所召,今得遣归,既不知道,不能独行,为我得一伴否? 又我见召,在此已十余日,形体又为家人所葬埋,归当那得自出?'伯文曰:'当为问之。'即遣门卒与尸曹相问:'司命一日误召武陵女子李娥,今得遣还。娥在此积日,尸丧又当殡殓,当作何等得出? 又女弱独行,岂当有伴耶? 是吾外妹,幸为便安之。'答曰:'今武陵西界有男子李黑,亦得遣还,便可为伴。兼敕黑过娥比舍蔡仲,发出娥也。'于是娥遂得出。与伯文别,伯文曰:'书一封,以与儿佗。'娥遂与黑俱归。事状如此。"太守闻之,慨然叹曰:"天下事真不可知也!"乃表以为"蔡仲虽发冢,为鬼神所使,虽欲无发,势不得已,宜加宽宥"。诏书报可。

太守欲验语虚实,即遣马吏于西界推问李黑,得之,与娥语协。乃致伯文书与佗。佗识其纸,乃是父亡时送箱中文书也,表文字犹在也,而书不可晓。乃请费长房读之,曰:"告佗,我当从府君出案行部,当于八月八日日中时,武陵城南沟水畔顿,汝是时必往。"

到期,悉将大小于城南待之。须臾果至,但闻人马隐隐之声。诣沟水,便闻有呼声曰:"佗来,汝得我所寄李娥书不耶?"曰:"即得之,故来至此。"伯文以次呼家中大小久之,悲伤断绝,曰:"死生异路,不能数得汝消息。吾亡后,儿孙乃尔许大。"良久,谓佗曰:"来春大病,与此一丸药,以涂门户,则辟来年妖疠矣。"言讫忽去,竟不得见其形。

至来春,武陵果大病,白日皆见鬼,唯伯文之家鬼不敢向。费长房视药丸曰:"此方相脑也。"

史　　姁

汉陈留考城史姁,字威明,年少时尝病,临死谓母曰:"我死当复生。埋我,以竹杖柱于瘞上,若杖折,掘出我。"及死埋之,柱如其言。七日往视,杖果折。即掘出之,已活,走至井上浴,平复如故。

后与邻船至下邳卖锄,不时售,云欲归。人不信之,曰:"何有千里暂得归耶?"答曰:"一宿便还。"即书取报,以为验实。一宿便还,果得报。考城令江夏鄳贾和姊病在乡里,欲急知消息,请往省之。路遥三千,再宿还报。

贺　　瑀

会稽贺瑀,字彦琚,曾得疾,不知人,惟心下温。死三日,复苏,云:"吏人将上天,见官府。入曲房,房中有层架。其上层有印,中层有剑,使瑀惟意所取。而短不及上层,取剑以出。门吏问何得,云得剑。曰:'恨不得印,可策百神。剑,惟得使社公耳。'"疾愈,果有鬼来,称社公。

戴洋复生

戴洋，字国流，吴兴长城人。年十二，病死，五日而苏，说死时，天使其为酒藏吏，授符箓，给吏从幡麾，将上蓬莱、昆仑、积石、太室、庐、衡等山。既而遣归。妙解占候，知吴将亡，托病不仕，还乡里。

行至濑乡，经老子祠，皆是洋昔死时所见使处，但不复见昔物耳。因问守藏应凤曰："去二十余年，尝有人乘马东行，经老君祠而不下马，未达桥，坠马死者否？"凤言有之。所问之事，多与洋同。

柳荣张悌

吴临海松阳人柳荣，从吴相张悌至扬州。荣病死船中二日，军士已上岸，无有埋之者。忽然大叫言："人缚军师！人缚军师！"声甚激扬，遂活。人问之，荣曰："上天北斗门下，卒见人缚张悌，意中大愕，不觉大叫言：'何以缚军师！'门下人怒荣，叱逐使去。荣便怖惧，口余声发扬耳！"其日悌即战死。荣至晋元帝时犹存。

马势妇

吴国富阳人马势妇，姓蒋。村人应病死者，蒋辄恍惚熟眠经日，见病人死，然后省觉。觉则具说，家中人不信之。语人云："某甲病，我欲杀之，怒强魂难杀，未即死。我入其家内，架上有白米饭，几种鲑。我暂过灶下戏，婢无故犯我，我打其脊，使婢当时闷绝，久之乃苏。"其兄病，有乌衣人令杀之，向其请乞，终不下手。醒乃语兄云："当活。"

颜畿 附弟含

晋咸宁二年十二月，琅邪颜畿，字世都，得病，就医张瑳使治，死于张家。棺殓已久，家人迎丧，旐每绕树木而不可解，人咸为之感伤。引丧者忽颠仆，称畿言曰："我寿命未应死，但服药太多，伤我五脏耳。今当复活，慎无葬也！"其父拊而祝之曰："若尔有命，当复更生，岂非骨肉所愿？今但欲还家，不尔葬也。"旐乃解。

及还家，其妇梦之曰："吾当复生，可急开棺。"妇便说之。其夕，母及家人又梦之。即欲开棺，而父不听。其弟含，时尚少，乃慨然曰："非常之事，自古有之。今灵异至此，开棺之痛，孰与不开相负？"父母从之。乃共发棺，果有生验，以手刮棺，指爪尽伤，然气息甚微，存亡不分矣。于是急以绵饮沥口，能咽，遂与出之。

将护累月，饮食稍多，能开目视瞻，屈伸手足，然不与人相当。不能言语，饮食所须，托之以梦。如此者十余年，家人疲于供护，不复得操事。含乃弃绝人事，躬亲侍养，以知名州党。后更衰劣，卒复还死焉。

羊 祜

羊祜年五岁时，令乳母取所弄金镮。乳母曰："汝先无此物。"祜即诣邻人李氏东垣桑树中，探得之。主人惊曰："此吾亡儿所失物也，云何持去？"乳母具言之。李氏悲惋。时人异之。

汉 宫 人 冢

汉末，关中大乱。有发前汉宫人冢者，宫人犹活。既出，平复如旧。魏郭后爱念之,录置宫内,常在左右。问汉时宫中事,说之了了,皆有次绪。郭后崩,哭泣过哀,遂死。

棺 中 生 妇

魏时,太原发冢破棺,棺中有一生妇人。将出与语,生人也。送之京师,问其本事,不知也。视其冢上树木,可三十岁。不知此妇人三十岁常生于地中耶? 将一朝欻生,偶与发冢者会也?

杜 锡 婢

晋世杜锡,字世嘏,家葬而婢误不得出。后十余年,开冢祔葬,而婢尚生,云:"其始如瞑目,有顷渐觉。"问之,自谓当一再宿耳。初婢埋时,年十五六。及开冢后,姿质如故。更生十五六年,嫁之有子。

冯 贵 人

汉桓帝冯贵人病亡。灵帝时,有盗贼发冢,三十余年,颜色如故,但肉小冷。群贼共奸通之,至斗争相杀,然后事觉。后窦太后家被诛,欲以冯贵人配食。下邳陈公达议,以贵人虽是先帝所幸,尸体秽污,不宜配至尊。乃以窦太后配食。

广 陵 诸 冢

吴孙休时,戍将于广陵掘诸冢,取版以治城,所坏甚多。复发一大冢,内有重阁,户扇皆枢转,可开闭。四周为徼道通车,其高可以乘马。又铸铜人数十,长五尺,皆大冠朱衣,执剑侍列灵坐。皆刻铜人背后石壁,言殿中将军,或言侍郎、常侍,似公侯之冢。破其棺，棺中有人，发已斑白，衣冠鲜明，面体如生人。棺中云母厚尺许，以白玉璧三十枚藉尸。兵人辈共举出死人，以倚冢壁。有一玉，长尺许，形似冬瓜，从死人怀中透出堕地。两耳及孔鼻中，皆有黄金，如枣许大。

栾 书 冢

汉广川王好发冢。发栾书冢，其棺枢盟器悉毁烂无余，唯有一白狐，见人惊走。左右逐之，不得，戟伤其左足。是夕，王梦一丈夫，须眉尽白，来谓王曰："何故伤吾左足？"乃以杖叩王左足。王觉肿痛，即生疮。至死不差。

搜神记卷十六

疫 鬼

昔颛顼氏有三子,死而为疫鬼:一居江水,为疟鬼;一居若水,为魍魉鬼;一居人宫室,善惊人小儿,为小鬼。于是正岁命方相氏,帅肆傩以驱疫鬼。

挽 歌

挽歌者,丧家之乐;执绋者,相和之声也。挽歌辞有《薤露》、《蒿里》二章,汉田横门人作。横自杀,门人伤之,悲歌。言人如薤上露,易晞灭。亦谓人死精魂归于蒿里。故有二章。

阮 瞻

阮瞻,字千里,素执无鬼论,物莫能难。每自谓此理足以辨正幽明。忽有客通名诣瞻,寒温毕,聊谈名理。客甚有才辨。瞻与之言良久,及鬼神之事,反复甚苦。客遂屈,乃作色曰:"鬼神古今圣贤所共传,君何得独言无? 即仆便是鬼。"于是变为异形,须臾消灭。瞻默然,意色太恶。岁余,病卒。

黑 衣 客

吴兴施续,为寻阳督,能言论。有门生,亦有理意,常秉无鬼论。忽有一黑衣白袷客来,与共语,遂及鬼神。移日,客辞屈,乃曰:"君辞巧,理不足。仆即是鬼,何以云无?"问:"鬼何以来?"答曰:"受使来取君,期尽明日食时。"门生请乞酸苦。鬼问:"有人似君者否?"门生云:"施续帐下都督,与仆相似。"便与俱往,与都督对坐。鬼手中出一铁凿,可尺余,安着都督头,便举椎打之。都督云:"头觉微痛。"向来转剧,食顷便亡。

蒋 济 亡 儿

　　蒋济,字子通,楚国平阿人也。仕魏,为领军将军。其妇梦见亡儿涕泣曰:"死生异路。我生时为卿相子孙,今在地下为泰山伍伯,憔悴困苦,不可复言。今太庙西讴士孙阿,见召为泰山令,愿母为白侯,属阿,令转我得乐处。"言讫,母忽然惊寤。

　　明日以白济。济曰:"梦为虚耳,不足怪也。"日暮,复梦曰:"我来迎新君,止在庙下。未发之顷,暂得来归。新君明日日中当发,临发多事,不复得归,永辞于此。侯气强,难感悟,故自诉于母。愿重启侯,何惜不一试验之?"遂道阿之形状,言甚备悉。天明,母重启济:"虽云梦不足怪,此何太适适! 亦何惜不一验之?"济乃遣人诣太庙下,推问孙阿,果得之,形状证验,悉如儿言。济涕泣曰:"几负吾儿!"

　　于是乃见孙阿,具语其事。阿不惧当死,而喜得为泰山令,惟恐济言不信也,曰:"若如节下言,阿之愿也。不知贤子欲得何职?"济曰:"随地下乐者与之。"阿曰:"辄当奉教。"乃厚赏之。言讫,遣还。

　　济欲速知其验,从领军门至庙下,十步安一人,以传消息。辰时传阿心痛,巳时传阿剧,日中传阿亡。济曰:"虽哀吾儿之不幸,且喜亡者有知。"

后月余，儿复来，语母曰："已得转为录事矣。"

辽 水 浮 棺

汉不其县有孤竹城，古孤竹君之国也。灵帝光和元年，辽西人见辽水中有浮棺，欲斫破之。棺中人语曰："我是伯夷之弟，孤竹君也。海水坏我棺椁，是以漂流。汝斫我何为？"人惧，不敢斫，因为立庙祠祀。吏民有欲发视者，皆无病而死。

温 序

温序，字公次，太原祁人也。任护军校尉。行部至陇西，为隗嚣将所劫，欲生降之。序大怒，以节挝杀人。贼趋欲杀序，茍宇止之曰："义士欲死节。"赐剑，令自裁。序受剑，衔须着口中，叹曰："无令须污土。"遂伏剑死。始祖怜之，送葬到洛阳城旁，为筑冢。长子寿，为邹平侯相，梦序告之曰："久客思乡。"寿即弃官，上书乞骸骨归葬，帝许之。

文 颍

汉南阳文颍，字叔良，建安中为甘陵府丞。过界止宿，夜三鼓时，梦见一人跪前曰："昔我先人葬我于此，水来湍墓，棺木溺，渍水处半，然无以自温。闻君在此，故来相依。欲屈明日暂住须臾，幸为相迁高燥处。"鬼披衣示颍，而皆沾湿。颍心怆然，即寤。语诸左右，曰："梦为虚耳，亦何足怪？"颍乃还眠。向寐复梦见，谓颍曰："我以穷苦告君，奈何不相愍悼乎？"颍梦中问曰："子为谁？"对曰："吾本赵人，今属汪芒氏之神。"颍曰："子棺今何所在？"对曰："近在君帐北十数步，水侧枯杨树下，即是吾也。天将明，不复得见，君必念之。"颍答曰：

"喏。"忽然便寤。

天明可发，颖曰："虽云梦不足怪，此何太适！"左右曰："亦何惜须臾，不验之耶？"颖即起，率十数人将导顺水上，果得一枯杨，曰："是矣。"掘其下，未几，果得棺。棺甚朽坏，半没水中。颖谓左右曰："向闻于人，谓之虚矣。世俗所传，不可无验。"为移其棺，葬之而去。

苏　娥

汉九江何敞，为交州刺史，行部到苍梧郡高安县，暮宿鹄奔亭。

夜犹未半，有一女从楼下出，呼曰："妾姓苏，名娥，字始珠，本居广信县，修里人。早失父母，又无兄弟，嫁与同县施氏。薄命夫死，有杂缯帛百二十匹，及婢一人，名致富。妾孤穷羸弱，不能自振，欲之旁县卖缯。从同县男子王伯赁车牛一乘，直钱万二千，载妾并缯，令致富执辔。乃以前年四月十日，到此亭外。于时日已向暮，行人断绝，不敢复进，因即留止。致富暴得腹痛，妾之亭长舍乞浆取火。亭长龚寿操戈持戟，来至车旁，问妾曰：'夫人从何所来？车上所载何物？丈夫安在？何故独行？'妾应曰：'何劳问之？'寿因持妾臂曰：'少年爱有色，冀可乐也。'妾惧怖不从。寿即持刀刺胁下，一创立死。又刺致富，亦死。寿掘楼下合埋，妾在下，婢在上。取财物去。杀牛烧车，车钉及牛骨，贮亭东空井中。妾既冤死，痛感皇天，无所告诉，故来自归于明使君。"敞曰："今欲发出汝尸，以何为验？"女曰："妾上下着白衣，青丝履，犹未朽也。愿访乡里，以骸骨归死夫。"掘之果然。

敞乃驰还，遣吏捕捉，拷问具服。下广信县验问，与娥语合。寿父母兄弟,悉捕系狱。敞表寿:"常律杀人,不至族诛。然寿为恶首,隐密数年,王法自所不免。令鬼神诉者,千载无一。请皆斩之,以明鬼神,以助阴诛。"上报听之。

曹　公　船

濡须口有大船,船覆在水中,水小时,便出见。长老云:"是曹公船。"尝有渔人夜宿其旁,以船系之,但闻竽笛弦歌之音,又香气非常。渔人始得眠,梦人驱遣云:"勿近官妓!"相传云曹公载妓船覆于此,至今在焉。

夏　侯　恺

夏侯恺,字万仁,因病死。宗人儿苟奴,素见鬼。见恺数归,欲取马,并病其妻,着平上帻,单衣,入坐生时西壁大床,就人觅茶饮。

诸　仲　务　女

诸仲务一女显姨,嫁为米元宗妻,产亡于家。俗间产亡者,以墨点面。其母不忍。仲务密自点之,无人见者。元宗为始新县丞,梦其妻来上床,分明见新白妆面上有黑点。

王　昭

晋世新蔡王昭,平犊牛在厅事上,夜,无故自入斋室中,触壁而出。后又数闻呼噪攻击之声,四面而来。昭乃聚众,设弓弩战斗之备。指声弓弩俱发,而鬼应声接矢数枚,皆倒入土中。

鼓　琵　琶

吴赤乌三年，句章民杨度至余姚。夜行，有一年少持琵琶求寄载，度受之。鼓琵琶数十曲。曲毕，乃吐舌擘目，以怖度而去。复行二十里许，又见一老父，自云姓王名戒。因复载之，谓曰："鬼工鼓琵琶，甚哀。"戒曰："我亦能鼓。"即是向鬼。复擘眼吐舌，度怖几死。

秦　巨　伯

琅邪秦巨伯，年六十。尝夜行饮酒，道经蓬山庙，忽见其两孙迎之。扶持百余步，便捉伯颈着地，骂："老奴！汝某日捶我，我今当杀汝！"伯思惟某时信捶此孙。伯乃佯死，乃置伯去。伯归家，欲治两孙。两孙惊惋，叩头言："为子孙宁可有此？恐是鬼魅，乞更试之。"伯意悟。

数日，乃诈醉，行此庙间。复见两孙来，扶持伯。伯乃急持，鬼动作不得。达家，乃是两木人也。伯着火炙之，腹背俱焦坼。出着庭中，夜皆亡去。伯恨不得杀之。

后月余，又佯酒醉夜行，怀刃以去，家不知也。极夜不还，其孙恐又为此鬼所困，乃俱往迎伯。伯竟刺杀之。

鬼　酣　醉

汉建武元年，东莱人姓池，家常作酒。一日见三奇客，共持面饭至，索其酒饮，饮竟而去。顷之，有人来，云见三鬼酣醉于林中。

钱　小　小

　　吴先主杀武卫兵钱小小,形见大街,顾借赁人吴永,使永送书与街南庙,借木马二匹。以酒噀之,皆成好马,鞍勒俱全。

宋　定　伯

　　南阳宋定伯,年少时,夜行逢鬼。问之,鬼言:"我是鬼。"鬼问:"汝复谁?"定伯诳之,言:"我亦鬼。"鬼问:"欲至何所?"答曰:"欲至宛市。"鬼言:"我亦欲至宛市。"

　　遂行数里。鬼言:"步行太迟,可共递相担,何如?"定伯曰:"大善。"鬼便先担定伯数里。鬼言:"卿太重,将非鬼也?"定伯言:"我新鬼,故身重耳。"定伯因复担鬼,鬼略无重。如是再三。定伯复言:"我新鬼,不知有何所畏忌?"鬼答言:"惟不喜人唾。"于是共行。

　　道遇水,定伯令鬼先渡,听之,了然无声音。定伯自渡,漕㴲作声。鬼复言:"何以有声?"定伯曰:"新死,不习渡水故耳。勿怪吾也。"

　　行欲至宛市,定伯便担鬼着肩上,急执之。鬼大呼,声咋咋然,索下。不复听之,径至宛市中,下着地,化为一羊,便卖之。恐其变化,唾之,得钱千五百乃去。当时石崇有言:"定伯卖鬼,得钱千五。"

紫　玉

　　吴王夫差小女,名曰紫玉,年十八,才貌俱美。童子韩重,年十九,有道术。女悦之,私交信问,许为之妻。重学于齐、鲁之间。临去,属其父母使求婚。王怒,不与女。玉结气死,葬阊门之外。

　　三年重归，诘其父母。父母曰："王大怒，玉结气死，已葬矣。"重哭泣哀恸，具牲币，往吊于墓前。玉魂从墓出，见重，流涕谓曰："昔尔行之后，令二亲从王相求，度必克从大愿。不图别后，遭命奈何！"玉乃左顾宛颈而歌曰："南山有鸟，北山张罗。鸟既高飞，罗将奈何！意欲从君，谗言孔多。悲结生疾，没命黄垆。命之不造，冤如之何！""羽族之长，名为凤凰。一日失雄，三年感伤。虽有众鸟，不为匹双。故见鄙姿，逢君辉光。身远心近，何当暂忘？"歌毕，歔欷流涕，要重还冢。重曰："死生异路，惧有尤愆，不敢承命。"玉曰："死生异路，吾亦知之，然今一别，永无后期。子将畏我为鬼而祸子乎？欲诚所奉，宁不相信？"重感其言，送之还冢。玉与之饮燕，留三日三夜，尽夫妇之礼。临出，取径寸明珠以送重，曰："既毁其名，又绝其愿，复何言哉！时节自爱。若至吾家，致敬大王。"

　　重既出，遂诣王，自说其事。王大怒曰："吾女既死，而重造讹言，以玷秽亡灵！此不过发冢取物，托以鬼神。"趣收重。重走脱，至玉墓所诉之。玉曰："无忧，今归白王。"

　　王妆梳，忽见玉，惊愕悲喜，问曰："尔缘何生？"玉跪而言曰："昔诸生韩重来求玉，大王不许。玉名毁义绝，自致身亡。重从远还，闻玉已死，故赍牲币，诣冢吊唁。感其笃终，辄与相见，因以珠遗之。不为发冢，愿勿推治。"夫人闻之，出而抱之，玉如烟然。

驸 马 都 尉

　　陇西辛道度者，游学至雍州城四五里，比见一大宅，有青衣女子在门。度诣门下求飧。女子入告秦女，女命召入。

度趋入阁中，秦女于西榻而坐。度称姓名，叙起居。既毕，命东榻而坐，即治饮馔。食讫，女谓度曰："我秦闵王女，出聘曹国，不幸无夫而亡。亡来已二十三年，独居此宅。今日君来，愿为夫妇。"经三宿三日后，女即自言曰："君是生人，我鬼也。共君宿契，此会可三宵，不可久居，当有祸矣。然兹信宿，未悉绸缪，既已分飞，将何表信于郎？"即命取床后盒子开之，取金枕一枚，与度为信。乃分袂泣别，即遣青衣送出门外。未逾数步，不见舍宇，惟有一冢。

度当时荒忙出走，视其金枕在怀，乃无异变。寻至秦国，以枕于市货之。恰遇秦妃东游，亲见度卖金枕，疑而索看，诘度何处得来。度具以告。妃闻，悲泣不能自胜。然尚疑耳。乃遣人发冢，启枢视之，原葬悉在，唯不见枕。解体看之，交情宛若，秦妃始信之。叹曰："我女大圣，死经二十三年，犹能与生人交往，此是我真女婿也。"遂封度为驸马都尉，赐金帛车马，令还本国。

因此以来，后人名女婿为"驸马"。今之国婿，亦为驸马矣。

汉　谈　生

汉谈生者，年四十，无妇，常感激读《诗经》。夜半，有女子年可十五六，姿颜服饰，天下无双，来就生为夫妇。乃言曰："我与人不同，勿以火照我也。三年之后，方可照耳。"与为夫妇。

生一儿，已二岁，不能忍，夜伺其寝后，盗照视之。其腰已上，生肉如人，腰已下，但有枯骨。妇觉，遂言曰："君负我！我垂生矣，何不能忍一岁而竟相照也？"生辞谢。涕泣不可复止，

云："与君虽大义永离,然顾念我儿,若贫不能自偕活者,暂随
我去,方遗君物。"生随之去,入华堂室宇,器物不凡。以一珠
袍与之,曰："可以自给。"裂取生衣裾,留之而去。

后生持袍诣市,睢阳王家买之,得钱千万。王识之曰："是
我女袍,那得在市? 此必发冢。"乃取拷之。生具以实对,王犹
不信。乃视女冢,冢完如故。发视之,棺盖下果得衣裾。呼其
儿视,正类王女。王乃信之,即召谈生,复赐遗之,以为女婿,
表其儿为郎中。

崔 少 府 墓

卢充者,范阳人。家西三十里,有崔少府墓。充年二十,
先冬至一日,出宅西猎戏。见一獐,举弓而射,中之。獐倒复
起,充因逐之,不觉远。忽见道北一里许,高门,瓦屋四周,有
如府舍,不复见獐。门中一铃下唱："客前。"充问："此何府
也?"答曰："少府府也。"充曰："我衣恶,那得见少府?"即有一
人提一襆新衣,曰："府君以此遗郎。"

充便着讫,进见少府,展姓名。酒炙数行,谓充曰："尊府
君不以仆门鄙陋,近得书,为君索小女婚,故相迎耳。"便以书
示充。充父亡时虽小,然已识父手迹,即歔欷,无复辞免。便
敕内："卢郎已来,可令女郎妆严。"且语充云："君可就东廊。"
及至黄昏,内白："女郎妆严已毕。"充既至东廊,女已下车,立
席头,却共拜。时为三日,给食。

三日毕,崔谓充曰："君可归矣。女有娠相,若生男,当以
相还,无相疑;生女,当留自养。"敕外严车送客。充便辞出。
崔送至中门,执手涕零。出门,见一犊车,驾青衣,又见本所着
衣及弓箭故在门外。寻传教将一人提襆衣与充,相问曰："姻

缘始尔,别甚怅恨。今复致衣一袭,被褥自副。"充上车,去如电逝。须臾至家,家人相见悲喜。推问,知崔是亡人而入其墓,追以懊惋。

别后四年,三月三日,充临水戏。忽见水旁有二犊车,乍沉乍浮,既而近岸,同坐皆见。而充往开车后户,见崔氏女与三岁男共载。充见之忻然,欲捉其手。女举手指后车曰:"府君见人。"即见少府。充往问讯。女抱儿还充,又与金鋺,并赠诗曰:"煌煌灵芝质,光丽何猗猗。华艳当时显,嘉异表神奇。含英未及秀,中夏罹霜萎。荣耀长幽灭,世路永无施。不悟阴阳运,哲人忽来仪。会浅离别速,皆由灵与祇。何以赠余亲?金鋺可颐儿。恩爱从此别,断肠伤肝脾。"充取儿、鋺及诗,忽然不见二车处。

充将儿还,四坐谓是鬼魅,金遥唾之,形如故。问儿:"谁是汝父?"儿径就充怀。众初怪恶,传省其诗,慨然叹死生之玄通也。

充后乘车入市卖鋺,高举其价,不欲速售,冀有识。欻有一老婢识此,还白大家曰:"市中见一人乘车,卖崔氏女郎棺中鋺。"大家即崔氏亲姨母也。遣儿视之,果如其婢言。上车,叙姓名,语充曰:"昔我姨嫁少府,生女,未出而亡。家亲痛之,赠一金鋺,着棺中。可说得鋺本末。"充以事对。此儿亦为之悲咽,赍还白母。母即令诣充家,迎儿视之,诸亲悉集。儿有崔氏之状,又复似充貌。儿、鋺俱验,姨母曰:"我外甥三月末间产。父曰:'春暖温也,愿休强也。'即字温休。温休者,盖幽婚也。其兆先彰矣。"

儿遂成令器,历郡守二千石。子孙冠盖,相承至今。其后植,字子幹,有名天下。

汝阳鬼魅

后汉时,汝南汝阳西门亭有鬼魅。宾客止宿,辄有死亡。其厉厌者,皆亡发失精。寻问其故,云:"先时颇已有怪物。其后郡侍奉掾宜禄郑奇来,去亭六七里,有一端正妇人,乞寄载。奇初难之,然后上车。入亭,趋至楼下。亭卒曰:'楼不可上。'奇云:'吾不恐也。'时亦昏冥,遂上楼,与妇人栖宿。未明发去。亭卒上楼扫除,见一死妇,大惊,走白亭长。亭长击鼓会诸庐吏,共集诊之。乃亭西北八里吴氏妇,新亡,夜临殡火灭,及火至,失之。其家即持去。奇发行数里,腹痛,到南顿利阳亭加剧,物故。楼遂无敢复上。"

钟　繇

颍川钟繇,字元常,尝数月不朝会,意性异常。或问其故,云:"常有好妇来,美丽非凡。"问者曰:"必是鬼物,可杀之。"妇人后往,不即前,止户外。繇问:"何以?"曰:"公有相杀意。"繇曰:"无此。"勤勤呼之,乃入。繇意恨,有不忍之,然犹斫之,伤髀。妇人即出,以新绵拭,血竟路。明日,使人寻迹之。至一大冢,木中有好妇人,形体如生人,着白练衫,丹绣裲裆。伤左髀,以裲裆中绵拭血。

搜神记卷十七

张 汉 直

陈国张汉直，到南阳，从京兆尹延叔坚学《左氏传》。行后数月，鬼物持其妹，为之扬言曰："我病死，丧在陌上，常苦饥寒。操二三量不借，挂屋后楮上；傅子方送我五百钱，在北埔下：皆忘取之。又买李幼一头牛，本券在书簏中。"往索取之，悉如其言。妇尚不知有此，妹新从婿家来，非其所及。家人哀伤，益以为审。

父母诸弟衰绖到来迎丧。去舍数里，遇汉直与诸生十余人相道。汉直顾见家人，怪其如此。家见汉直，谓其鬼也，怅惘良久。汉直乃前为父拜，说其本末，且悲且喜。凡所闻见，若此非一，得知妖物之为。

范 丹

汉陈留外黄范丹，字史云，少为尉从佐使，檄谒督邮。丹有志节，自恚为厮役小吏，乃于陈留大泽中杀所乘马，捐弃官帻，诈逢劫者。有神下其家曰："我，史云也，为劫人所杀。疾取我衣于陈留大泽中。"家取得一帻。丹遂之南郡，转入三辅，从英贤游学，十三年乃归，家人不复识焉。陈留人高其志行，及没，号曰贞节先生。

费　季

吴人费季，久客于楚，时道多劫，妻常忧之。季与同辈旅宿庐山下，各相问出家几时。季曰："吾去家已数年矣。临来与妻别，就求金钗以行，欲观其志，当与吾否耳。得钗，乃以着户楣上。临发，失与道。此钗故当在户上也。"尔夕，其妻梦季曰："吾行遇盗，死已二年。若不信吾言，吾行时取汝钗，遂不以行，留在户楣上，可往取之。"妻觉，揣钗得之，家遂发丧。后一年余，季乃归还。

虞　定　国

馀姚虞定国，有好仪容，同县苏氏女，亦有美色。定国常见，悦之。后见定国来，主人留宿。中夜，告苏公曰："贤女令色，意甚钦之。此夕能令暂出否？"主人以其乡里贵人，便令女出从之。往来渐数，语苏公云："无以相报。若有官事，某为君任之。"主人喜。自尔后，有役召事，往造定国。定国大惊，曰："都未尝面命，何由便尔？此必有异。"具说之。定国曰："仆宁肯请人之父而淫人之女？若复见来，便当斫之。"后果得怪。

朱　诞　给　使

吴孙皓世，淮南内史朱诞，字永长，为建安太守。诞给使妻有鬼病，其夫疑之为奸。后出行，密穿壁隙窥之。正见妻在机中织，遥瞻桑树上，向之言笑。给使仰视树上，有一年少人，可十四五，衣青衿袖，青幧头。给使以为信人也，张弩射之。化为鸣蝉，其大如箕，翔然飞去。妻亦应声惊曰："噫！人射汝。"给使怪其故。

后久时，给使见二小儿在陌上共语。曰："何以不复见汝？"其一即树上小儿也，答曰："前不遇，为人所射，病疮积时。"彼儿曰："今何如？"曰："赖朱府君梁上膏以傅之，得愈。"

给使白诞曰："人盗君膏药，颇知之否？"诞曰："吾膏久致梁上，人安得盗之？"给使曰："不然。府君视之。"诞殊不信。试为视之，封题如故。诞曰："小人故妄言，膏自如故。"给使曰："试开之。"则膏去半，为掊刮，见有趾迹。诞因大惊，乃详问之，具道本末。

倪彦思 附典农盗谷

吴时，嘉兴倪彦思，居县西埏里。忽见鬼魅入其家，与人语，饮食如人，惟不见形。彦思奴婢有窃骂大家者，云："今当以语。"彦思治之，无敢詈之者。

彦思有小妻，魅从求之，彦思乃迎道士逐之。酒肴既设，魅乃取厕中草粪，布着其上。道士便盛击鼓，召请诸神。魅乃取伏虎，于神座上吹作角声音。有顷，道士忽觉背上冷，惊起解衣，乃伏虎也。于是道士罢去。

彦思夜于被中窃与妪语，共患此魅。魅即屋梁上谓彦思曰："汝与妇道吾，吾今当截汝屋梁。"即隆隆有声。彦思惧梁断，取火照视。魅即灭火，截梁声愈急。彦思惧屋坏，大小悉遣出。更取火，视梁如故。魅大笑，问彦思："复道吾否？"

郡中典农闻之，曰："此神正当是狸物耳。"魅即往谓典农曰："汝取官若干百斛谷，藏着某处。为吏污秽，而敢论吾！今当白于官，将人取汝所盗谷。"典农大怖而谢之。自后无敢道者。

三年后去，不知所在。

顿 丘 鬼 魅

魏黄初中，顿丘界有人骑马夜行，见道中有一物，大如兔，两眼如镜，跳跃马前，令不得前。人遂惊惧，堕马。魅便就地捉之，惊怖暴死。良久得苏，苏已失魅，不知所在。乃更上马，前行数里，逢一人，相问讯已，因说："向者事变如此，今相得为伴，甚欢。"人曰："我独行，得君为伴，快不可言。君马行疾，且前，我在后相随也。"遂共行。语曰："向者物何如，乃令君怖惧耶？"对曰："其身如兔，两眼如镜，形甚可恶。"伴曰："试顾视我耶？"人顾视之，犹复是也。魅便跳上马，人遂堕地，怖死。家人怪马独归，即行推索，乃于道边得之。宿昔乃苏，说状如是。

度 朔 君

袁绍，字本初，在冀州。有神出河东，号度朔君，百姓共为立庙。庙有主簿大福。

陈留蔡庸为清河太守，过谒庙。有子名道，亡已三十年。度朔君为庸设酒，曰："贵子昔来，欲相见。"须臾，子来。

度朔君自云父祖昔作兖州。有一士姓苏，母病往祷。主簿云："君逢天士留待。"闻西北有鼓声而君至。须臾，一客来，着皂单衣，头上五色毛，长数寸。去后，复一人着白布单衣，高冠，冠似鱼头，谓君曰："昔临庐山共食白李，忆之未久，已三千岁。日月易得，使人怅然。"去后，君谓士曰："先来南海君也。"士是书生，君明通《五经》，善《礼记》，与士论礼，士不如也。士乞救母病，君曰："卿所居东有故桥，人坏之。此桥所行，卿母犯之。能复桥，便差。"

曹公讨袁谭，使人从庙换千匹绢，君不与。曹公遣张郃毁庙。未至百里，君遣兵数万，方道而来。邰未达二里，云雾绕邰军，不知庙处。君语主簿："曹公气盛，宜避之。"后苏并邻家有神下，识君声，云："昔移入湖，阔绝三年。"乃遣人与曹公相闻："欲修故庙，地衰不中居，欲寄住。"公曰："甚善。"治城北楼以居之。

数日，曹公猎，得物大如麂，大足，色白如雪，毛软滑可爱。公以摩面，莫能名也。夜闻楼上哭云："小儿出行不还。"公拊掌曰："此子言真衰也。"晨将数百犬，绕楼下。犬得气，冲突内外，见有物大如驴，自投楼下。犬杀之，庙神乃绝。

竹 中 长 人

临川陈臣，家大富。永初元年，臣在斋中坐。其宅内有一町筋竹。白日忽见一人，长丈余，面如方相，从竹中出，径语陈臣："我在家多年，汝不知。今辞汝去，当令汝知之。"去一月许日，家大失火，奴婢顿死。一年中，便大贫。

釜中白头公

东莱有一家，姓陈，家百余口。朝炊，釜不沸。举甑看之，忽有一白头公从釜中出。便诣师卜。卜云："此大怪，应灭门。便归大作械，械成，使置门壁下，坚闭门在内。有马骑麾盖来扣门者，慎勿应。"乃归，合手伐得百余械，置门屋下。

果有人至，呼不应。主帅大怒，令缘门入。从人窥门内，见大小械百余。出门还说如此。帅大惶惋，语左右云："教速来，不速来，遂无一人当去，何以解罪也？从此北行，可八十里，有一百三口，取以当之。"

后十日，此家死亡都尽。此家亦姓陈云。

服　留　鸟

晋惠帝永康元年，京师得异鸟，莫能名。赵王伦使人持出，周旋城邑匝以问人。即日，宫西有一小儿见之，遂自言曰："服留鸟。"持者还白伦。伦使更求，又见之。乃将入宫，密笼鸟，并闭小儿于户中。明日往视，悉不复见。

南　康　甘　子

南康郡南东望山，有三人入山，见山顶有果树，众果毕植，行列整齐，如人行。甘子正熟，三人共食，致饱，乃怀二枚，欲出示人。闻空中语云："催放双甘，乃听汝去。"

秦　瞻

秦瞻居曲阿彭皇野，忽有物如蛇，突入其脑中。蛇来，先闻臭气，便于鼻中入，盘其头中，觉哄哄，仅闻其脑间食声咂咂，数日而出去。寻复来，取手巾缚鼻口，亦被入。积年无他病，唯患头重。

搜神记卷十八

饭臿怪

魏景初中,咸阳县吏王臣家有怪,无故闻拍手相呼,伺无所见。其母夜作倦,就枕寝息。有顷,复闻灶下有呼声曰:"文约,何以不来?"头下枕应曰:"我见枕,不能往。汝可来就我饮。"至明,乃饭臿也。即聚烧之,其怪遂绝。

细　腰

魏郡张奋者,家本巨富,忽衰老财散,遂卖宅与程应。应入居,举家病疾,转卖邻人何文。文先独持大刀,暮入北堂中梁上。至三更竟,忽有一人,长丈余,高冠黄衣,升堂呼曰:"细腰。"细腰应喏。曰:"舍中何以有生人气也?"答曰:"无之。"便去。须臾,有一高冠青衣者;次之,又有高冠白衣者。问答并如前。

及将曙,文乃下堂中,如向法呼之,问曰:"黄衣者为谁?"曰:"金也。在堂西壁下。""青衣者为谁?"曰:"钱也。在堂前井边五步。""白衣者为谁?"曰:"银也。在墙东北角柱下。""汝复为谁?"曰:"我,杵也。今在灶下。"及晓,文按次掘之,得金、银五百斤,钱千万贯。仍取杵焚之。由此大富,宅遂清宁。

怒　特　祠

秦时,武都故道有怒特祠,祠上生梓树。秦文公二十七年,使人伐之,辄有大风雨。树创随合,经日不断。文公乃益发卒,持斧者至四十人,犹不断。士疲还息。其一人伤足,不能行,卧树下,闻鬼语树神曰:"劳乎攻战?"其一人曰:"何足为劳。"又曰:"秦公将必不休,如之何?"答曰:"秦公其如予何。"又曰:"秦若使三百人被发,以朱丝绕树,赭衣灰坌伐汝,汝得不困耶?"神寂无言。

明日,病人语所闻。公于是令人皆衣赭,随斫创坌以灰。树断,中有一青牛出,走入丰水中。其后青牛出丰水中,使骑击之,不胜。有骑堕地复上,髻解被发,牛畏之,乃入水,不敢出。故秦自是置旄头骑。

树神黄祖

庐江龙舒县陆亭,流水边有一大树,高数十丈,常有黄鸟数千枚巢其上。时久旱,长老共相谓曰:"彼树常有黄气,或有神灵,可以祈雨。"因以酒脯往。亭中有寡妇李宪者,夜起,室中忽见一妇人,着绣衣,自称曰:"我,树神黄祖也,能兴云雨。以汝性洁,佐汝为生。朝来父老皆欲祈雨,吾已求之于帝,明日日中大雨。"至期果雨,遂为立祠。神谓宪曰:"诸卿在此。吾居近水,当致少鲤鱼。"言讫,有鲤鱼数十头飞集堂下,坐者莫不惊悚。如此岁余,神曰:"将有大兵,今辞汝去。"留一玉环,曰:"持此可以避难。"后刘表、袁术相攻,龙舒之民皆徙去,唯宪里不被兵。

张叔高

魏桂阳太守江夏张辽,字叔高,去鄢陵,家居买田。田中有大树十余围,枝叶扶疏,盖地数亩,不生谷。遣客伐之。斧数下,有赤汁六七斗出。客惊怖,归白叔高。叔高大怒曰:"树老汁赤,如何得怪!"因自严行,复斫之,血大流洒。叔高使先斫其枝,上有一空处,见白头公,可长四五尺,突出,往赴叔高,高以刀逆格之。如此凡杀四五头,并死。左右皆惊怖伏地,叔高神虑怡然如旧。徐熟视,非人非兽,遂伐其木。此所谓"木石之怪,夔、蝄蛃"者乎?是岁,应司空辟侍御史、兖州刺史。以二千石之尊,过乡里,荐祝祖考,白日绣衣荣羡,竟无他怪。

陆 敬 叔

吴先主时,陆敬叔为建安太守,使人伐大樟树。下数斧,忽有血出。树断,有物人面狗身,从树中出。敬叔曰:"此名'彭侯'。"乃烹食之,其味如狗。《白泽图》曰:"木之精名'彭侯',状如黑狗,无尾,可烹食之。"

船 飞

吴时,有梓树巨围,叶广丈余,垂柯数亩。吴王伐树作船,使童男女三十人牵挽之。船自飞下水,男女皆溺死。至今潭中时有唱唤督进之音也。

老 狸

董仲舒下帷讲诵,有客来诣,舒知其非常。客又云:"欲雨。"舒戏之曰:"巢居知风,穴居知雨。卿非狐狸,则是鼹鼠。"客遂化为老狸。

张 茂 先

张华,字茂先,晋惠帝时为司空。于时燕昭王墓前有一斑狐，积年能为变幻。乃变作一书生，欲诣张公。过问墓前华表曰：“以我才貌，可得见张司空否？”华表曰：“子之妙解，无为不可。但张公智度，恐难笼络，出必遇辱，殆不得返。非但丧子千岁之质，亦当深误老表。”

狐不从，乃持刺谒华。华见其总角风流，洁白如玉，举动容止，顾盼生姿，雅重之。于是论及文章，辨校声实，华未尝闻。比复商略三史，探赜百家，谈《老》、《庄》之奥区，披《风》、《雅》之绝旨，包十圣，贯三才，箴八儒，擿五礼，华无不应声屈滞。乃叹曰：“天下岂有此年少！若非鬼魅，则是狐狸。”乃扫榻延留，留人防护。此生乃曰：“明公当尊贤容众，嘉善而矜不能。奈何憎人学问！墨子兼爱，其若是耶？”言卒，便求退。华已使人防门，不得出。既而又谓华曰：“公门置甲兵栏骑，当是致疑于仆也。将恐天下之人，卷舌而不言；智谋之士，望门而不进。深为明公惜之。”华不应，而使人防御甚严。

时丰城令雷焕，字孔章，博物士也。来访华，华以书生白之。孔章曰：“若疑之，何不呼猎犬试之？”乃命犬以试，竟无惮色。狐曰：“我天生才智，反以为妖，以犬试我，遮莫千试万虑，其能为患乎？”华闻益怒，曰：“此必真妖也。闻魑魅忌狗，所别者数百年物耳。千年老精，不能复别。惟得千年枯木照之，则形立见。”孔章曰：“千年神木，何由可得？”华曰：“世传燕昭王墓前华表木已经千年。”乃遣人伐华表。

使人欲至木所，忽空中有一青衣小儿来，问使曰：“君何来也？”使曰：“张司空有一年少来谒，多才巧辞，疑是妖魅。使我取华表照之。”青衣曰：“老狐不智，不听我言，今日祸已及我，其可逃乎？”乃发声而泣，倏然不见。使乃伐其木，血流，便将木归。燃之以照书生，乃一斑狐。华曰：“此二物不值我，千年不可复得。"乃烹之。

吴兴老狸

晋时，吴兴一人有二男，田中作时，尝见父来骂詈，赶打之。儿以告母。母问其父，父大惊，知是鬼魅，便令儿斫之。鬼便寂不复往。父忧，恐儿为鬼所困，便自往看。儿谓是鬼，便杀而埋之。鬼便遂归，作其父形，且语其家："二儿已杀妖矣。"儿暮归，共相庆贺，积年不觉。

后有一法师过其家，语二儿云："君尊候有大邪气。"儿以白父，父大怒。儿出以语师，令速去。师遂作声入，父即成大老狸，入床下，遂擒杀之。向所杀者，乃真父也，改殡治服。一儿遂自杀，一儿忿懊亦死。

狸 婢

句容县麋村民黄审，于田中耕。有一妇人过其田，自畦上度，从东适下而复还。审初谓是人，日日如此，意甚怪之。审因问曰："妇数从何来也？"妇人少住，但笑而不言，便去。审愈疑之。预以长镰，伺其还，未敢斫妇，但斫所随婢。妇化为狸，走去。视婢，乃狸尾耳。审追之不及。后人有见此狸出坑头，掘之，无复尾焉。

刘伯祖狸神

博陵刘伯祖为河东太守，所止承尘上有神，能语，常呼伯祖与语。及京师诏书诰下消息，辄预告伯祖。伯祖问其所食啖，欲得羊肝。乃买羊肝，于前切之，脔随刀不见，尽两羊肝。忽有一老狸，眇眇在案前。持刀者欲举刀斫之，伯祖呵止。自着承尘上，须臾大笑曰：“向者啖羊肝，醉忽失形，与府君相见，大惭愧。”

后伯祖当为司隶，神复先语伯祖曰：“某月某日，诏书当到。”至期如言。及入司隶府，神随逐在承尘上，辄言省内事。伯祖大恐怖，谓神曰：“今职在刺举，若左右贵人闻神在此，因以相害。”神答曰：“诚如府君所虑，当相舍去。”遂即无声。

阿　　紫

后汉建安中，沛国郡陈羡为西海都尉。其部曲士灵孝无故逃去，羡欲杀之。居无何，孝复逃走。羡久不见，囚其妇，妇以实对。羡曰：“是必魅将去，当求之。”

因将步骑数十，领猎犬，周旋于城外求索，果见孝于空冢中。闻人犬声，怪遂避去。羡使人扶孝以归，其形颇象狐矣，略不复与人相应，但啼呼“阿紫”。阿紫，狐字也。后十余日，乃稍稍了悟，云：“狐始来时，于屋曲角鸡栖间，作好妇形，自称‘阿紫’，招我。如此非一。忽然便随去，即为妻，暮辄与共还其家，遇狗不觉。”云乐无比也。

道士云：“此山魅也。”《名山记》曰：“狐者，先古之淫妇也，其名曰‘阿紫’，化而为狐。故其怪多自称‘阿紫’。”

宋　大　贤

南阳西郊有一亭，人不可止，止则有祸。邑人宋大贤，以正道自处，尝宿亭楼，夜坐鼓琴，不设兵仗。至夜半时，忽有鬼来，登梯与大贤语，眝目磋齿，形貌可恶。大贤鼓琴如故，鬼乃去。于市中取死人头来，还语大贤曰：“宁可少睡耶？”因以死人头投大贤前。大贤曰：“甚佳。吾暮卧无枕，正欲得此。”鬼复去。良久乃还，曰："宁可共手搏耶？"大贤曰："善。"语未竟，鬼在前，大贤便逆捉其腰。鬼但急言"死"。大贤遂杀之。明日视之，乃老狐也。自是亭舍更无妖怪。

郅 伯 夷

北部督邮西平郅伯夷，年三十许，大有才决。长沙太守郅若章孙也。日晡时到亭，敕前导人且止。录事掾白："今尚早，可至前亭。"曰："欲作文书。"便留。吏卒惶怖，言当解去。传云："督邮欲于楼上观望，亟扫除。"须臾便上。未暝，楼镫阶下复有火。敕云："我思道，不可见火，灭去。"吏知必有变，当用赴照，但藏置壶中。

日既暝，整服坐，诵《六甲》、《孝经》、《易》本讫，卧。有顷，更转东首，以帢巾结两足，帻冠之，密拔剑解带。夜时，有正黑者四五尺稍高，走至柱屋，因覆伯夷。伯夷持被掩之，足跳脱，几失再三。以剑带击魅脚，呼下火上。照视之，老狐正赤，略无衣毛，持下烧杀。

明旦，发楼屋，得所髡人髻百余。因此遂绝。

胡 博 士

吴中有一书生，皓首，称胡博士，教授诸生。忽复不见。九月初九日，士人相与登山游观，闻讲书声，命仆寻之。见空冢中群狐罗列，见人即走。老狐独不去，乃是皓首书生。

谢 鲲

陈郡谢鲲，谢病去职，避地于豫章。尝行经空亭中夜宿，此亭旧每杀人。夜四更，有一黄衣人呼鲲字云："幼舆，可开户。"鲲澹然无惧色，令申臂于窗中。于是授腕，鲲即极力而牵之，其臂遂脱，乃还去。明日看，乃鹿臂也，寻血取获。尔后此亭无复妖怪。

猪　臂　金　铃

晋有一士人，姓王，家在吴郡。还至曲阿，日暮，引船上当大埭。见埭上有一女子，年十七八，便呼之留宿。至晓，解金铃系其臂。使人随至家，都无女人。因逼猪栏中，见母猪臂有金铃。

高　山　君

汉齐人梁文，好道。其家有神祠，建室三四间，座上施皂帐，常在其中，积十数年。后因祀事，帐中忽有人语，自呼"高山君"。大能饮食，治病有验。文奉事甚肃。积数年，得进其帐中。神醉，文乃乞得奉见颜色。谓文曰："授手来。"文纳手，得持其颐，鬐须甚长。文渐绕手，卒然引之，而闻作羊声。座中惊起，助文引之，乃袁公路家羊也。失之七八年，不知所在。杀之，乃绝。

田　琰

北平田琰，居母丧，恒处庐。向一期，夜忽入妇室。密怪之，曰："君在毁灭之地，幸可不甘。"琰不听而合。后琰暂入，不与妇语，妇怪无言，并以前事责之。琰知鬼魅。临暮竟未眠，衰服挂庐。须臾，见一白狗，攫衔衰服，因变为人，着而入。琰随后逐之，见犬将升妇床，便打杀之。妇羞愧而死。

沽 酒 家 狗

司空南阳来季德，停丧在殡，忽然见形，坐祭床上，颜色服饰声气，熟是也。孙儿妇女，以次教戒，事有条贯。鞭扑奴婢，皆得其过。饮食既绝，辞诀而去。家人大小，哀割断绝。如是数年，家益厌苦。其后饮酒过多，醉而形露，但得老狗，便共打杀。因推问之，则里中沽酒家狗也。

白 衣 吏

山阳王瑚，字孟琏，为东海兰陵尉。夜半时，辄有黑帻白单衣吏诣县叩阁，迎之则忽然不见。如是数年。后伺之，见一老狗，黑头白躯犹故，至阁便为人。以白孟琏，杀之乃绝。

李 叔 坚

桂阳太守李叔坚，为从事。家有犬，人行，家人言当杀之。叔坚曰："犬马喻君子。犬见人行，效之，何伤？"顷之，狗戴叔坚冠走，家大惊。叔坚云："误触冠缨，挂之耳。"狗又于灶前畜火，家益怔营。叔坚复云："儿婢皆在田中，狗助畜火，幸可不烦邻里。此有何恶？"数日，狗自暴死，卒无纤芥之异。

苍 獭

吴郡无锡有上湖大陂。陂吏丁初，天每大雨，辄循堤防。春盛雨，初出行塘。日暮回，顾有一妇人，上下青衣，戴青伞，追后呼："初掾待我。"初时怅然，意欲留俟之。复疑本不见此，今忽有妇人冒阴雨行，恐必鬼物。初便疾走，顾视妇人，追之亦急。初因急行，走之转远，顾视妇人，乃自投陂中，泛然作声，衣盖飞散。视之，是大苍獭，衣伞皆荷叶也。此獭化为人形，数媚年少者也。

王周南

魏齐王芳正始中，中山王周南为襄邑长。忽有鼠从穴出，在厅事上语曰："王周南，尔以某月某日当死。"周南急往，不应，鼠还穴。后至期复出，更冠帻皂衣而语曰："周南，尔日中当死。"亦不应。鼠复入穴。须臾复出，出复入，转行数语如前。日适中，鼠复曰："周南，尔不应，我复何道。"言讫，颠蹶而死，即失衣冠所在。就视之，与常鼠无异。

安阳亭书生

安阳城南有一亭，夜不可宿，宿辄杀人。书生明术数，乃过宿之。亭民曰："此不可宿，前后宿此，未有活者。"书生曰："无苦也，吾自能谐。"遂住廨舍，乃端坐诵书，良久乃休。

夜半后，有一人着皂单衣，来往户外，呼亭主。亭主应诺。"见亭中有人耶？"答曰："向者有一书生在此读书。适休，似未寝。"乃暗嗟而去。须臾，复有一人冠赤帻者，呼亭主，问答如前，复暗嗟而去。既去寂然。

书生知无来者，即起诣向者呼处，效呼亭主。亭主亦应诺。复云："亭中有人耶？"亭主答如前。乃问曰："向黑衣来者谁？"曰："北舍母猪也。"又曰："冠赤帻来者谁？"曰："西舍老雄鸡父也。"曰："汝复谁耶？"曰："我是老蝎也。"于是书生密便诵书至明，不敢寐。

天明，亭民来视，惊曰："君何得独活？"书生曰："促索剑来，吾与卿取魅。"乃握剑至昨夜应处，果得老蝎，大如琵琶，毒长数尺。西舍得老雄鸡父,北舍得老母猪。凡杀三物,亭毒遂静,永无灾横。

汤　　应

吴时,庐陵郡都亭重屋中常有鬼魅,宿者辄死。自后使官莫敢入亭止宿。时丹阳人汤应者,大有胆武,使至庐陵,便止亭宿。吏启不可,应不听。迸从者还外,唯持一大刀,独处亭中。

至三更竟,忽闻有叩阁者。应遥问:"是谁?"答云:"部郡相闻。"应使进,致词而去。顷间,复有叩阁者如前,曰:"府君相闻。"应复使进,身着皂衣。去后,应谓是人,了无疑也。旋又有叩阁者,云:"部郡、府君相诣。"应乃疑曰:"此夜非时,又部郡、府君不应同行。"知是鬼魅,因持刀迎之。见二人,皆盛衣服,俱进。坐毕,府君者便与应谈。谈未竟,而部郡忽起,至应背后。应乃回顾,以刀逆击,中之。府君下坐走出。应急追,至亭后墙下,及之。斫伤数下,应乃还卧。

达曙,将人往寻,见有血迹,皆得之。云称府君者,是一老猳也;部郡者,是一老狸也。自是遂绝。

搜神记卷十九

李　　寄

东越闽中有庸岭，高数十里。其西北隙中有大蛇，长七八丈，大十余围，土俗常惧。东治都尉及属城长吏多有死者。祭以牛羊，故不得祸。或与人梦，或下谕巫祝，欲得啖童女年十二三者。都尉令长，并共患之。然气厉不息。共请求人家生婢子，兼有罪家女养之。至八月朝祭，送蛇穴口，蛇出吞啮之。累年如此，已用九女。

尔时预复募索，未得其女。将乐县李诞家，有六女，无男。其小女名寄，应募欲行，父母不听。寄曰："父母无相，惟生六女，无有一男，虽有如无。女无缇萦济父母之功，既不能供养，徒费衣食，生无所益，不如早死。卖寄之身，可得少钱，以供父母，岂不善耶？"父母慈怜，终不听去。寄自潜行，不可禁止。

寄乃告请好剑及咋蛇犬。至八月朝，便诣庙中坐，怀剑将犬。先将数石米糍，用蜜麨灌之，以置穴口。蛇便出，头大如囷，目如二尺镜。闻糍香气，先啖食之。寄便放犬，犬就啮咋，寄从后斫得数创。疮痛急，蛇因踊出，至庭而死。寄入视穴，得其九女髑髅，悉举出，咤言曰："汝曹怯弱，为蛇所食，甚可哀愍。"于是寄女缓步而归。

越王闻之，聘寄女为后，拜其父为将乐令。母及姊皆有赏赐。自是东治无复妖邪之物。其歌谣至今存焉。

司徒府蛇怪

晋武帝咸宁中，魏舒为司徒。府中有二大蛇，长十许丈，居厅事平橑上。止之数年，而人不知，但怪府中数失小儿及鸡犬之属。后有一蛇夜出，经柱侧，伤于刃，病不能登，于是觉之。发徒数百，攻击移时，然后杀之。视所居，骨骼盈宇之间。于是毁府舍，更立之。

扬 州 二 蛇

汉武帝时，张宽为扬州刺史。先是有二老翁争山地，诣州讼疆界，连年不决。宽视事，复来。宽窥二翁形状非人，令卒持杖戟将入，问："汝何等精？"翁走。宽呵格之，化为二蛇。

鼍 妇

鄱阳人张福，船行还野水边。夜有一女子，容色甚美，自乘小船来投福，云："日暮畏虎，不敢夜行。"福曰："汝何姓，作此轻行？无笠雨驶，可入船就避雨。"因共相调，遂入就福船寝，以所乘小舟系福船边。三更许，雨晴月照，福视妇人，乃是一大鼍，枕臂而卧。福惊起，欲执之，遽走入水。向小舟，是一枯槎段，长丈余。

丹 阳 道 士

丹阳道士谢非，往石城买冶釜。还，日暮，不及至家。山中庙舍于溪水上，入中宿。大声语曰："吾是天帝使者，停此宿。"犹畏人劫夺其釜，意苦搔搔不安。

二更中，有来至庙门者呼曰："何铜！"铜应嗒。曰："庙中

有人气，是谁？"铜云："有人，言是天帝使者。"少顷便还。须
臾，又有来者呼铜，问之如前，铜答如故，复叹息而去。非惊
扰不得眠，遂起，呼铜问之："先来者谁？"答言："是水边穴
中白鼍。""汝是何等物？"答言："是庙北岩嵌中龟也。"非皆阴
识之。

天明，便告居人，言："此庙中无神。但是龟、鼍之辈，徒费
酒食祀之。急具锸来，共往伐之。"诸人亦颇疑之。于是并会
伐掘，皆杀之。遂坏庙绝祀，自后安静。

五　　　酉

孔子厄于陈，弦歌于馆中。夜有一人，长九尺余，着皂衣
高冠，大吒，声动左右。子贡进，问："何人耶？"便提子贡而挟
之。子路引出，与战于庭。有顷，未胜。孔子察之，见其甲车
间时时开如掌。孔子曰："何不探其甲车，引而奋登？"子路引
之，没手仆于地，乃是大鳀鱼也，长九尺余。孔子曰："此物也，
何为来哉？吾闻物老则群精依之，因衰而至。此其来也，岂以
吾遇厄绝粮，从者病乎？夫六畜之物，及龟、蛇、鱼、鳖、草、木
之属，久者神皆凭依，能为妖怪，故谓之'五酉'。五酉者，五行
之方，皆有其物。酉者，老也。物老则为怪，杀之则已，夫何患
焉？或者天之未丧斯文，以是系予之命乎？不然，何为至于斯
也？"弦歌不辍。子路烹之，其味滋，病者兴。明日遂行。

鼠　　　妇

豫章有一家，婢在灶下，忽有人长数寸，来灶间壁。婢误
以履践之，杀一人。须臾，遂有数百人着衰麻服，持棺迎丧，凶
仪皆备。出东门，入园中覆船下。就视之，皆是鼠妇。婢作汤

灌杀,遂绝。

千　日　酒

　　狄希,中山人也。能造千日酒,饮之千日醉。时有州人姓刘,名玄石,好饮酒,往求之。希曰:"我酒发来未定,不敢饮君。"石曰:"纵未熟,且与一杯,得否?"希闻此语,不免饮之。复索曰:"美哉! 可更与之。"希曰:"且归,别日当来,只此一杯,可眠千日也。"石别,似有怍色。至家,醉死。家人不之疑,哭而葬之。

　　经三年,希曰:"玄石必应酒醒,宜往问之。"既往石家,语曰:"石在家否?"家人皆怪之,曰:"玄石亡来,服以阕矣。"希惊曰:"酒之美矣,而致醉眠千日。今合醒矣。"乃命其家人凿冢破棺看之。冢上汗气彻天,遂命发冢。方见开目张口,引声而言曰:"快哉,醉我也!"因问希曰:"尔作何物也,令我一杯大醉,今日方醒! 日高几许?"墓上人皆笑之。被石酒气冲入鼻中,亦各醉卧三月。

陈　仲　举

　　陈仲举微时,常宿黄申家。申妇方产,有扣申门者,家人咸不知。久久,方闻屋里有人言:"宾堂下有人,不可进。"扣门者相告曰:"今当从后门往。"其人便往。有顷还,留者问之:"是何等? 名为何? 当与几岁?"往者曰:"男也,名为'奴'。当与十五岁。""后应以何死?"答曰:"应以兵死。"

　　仲举告其家曰:"吾能相,此儿当以兵死。"父母惊之,寸刃不使得执也。至年十五,有置凿于梁上者,其末出。奴以为木也,自下钩之,凿从梁落,陷脑而死。

后仲举为豫章太守，故遣吏往饷之申家，并问奴所在。其家以此具告。仲举闻之，叹曰："此谓命也！"

搜神记卷二十

病　龙　雨

晋魏郡亢阳，农夫祷于龙洞，得雨，将祭谢之。孙登见曰："此病龙雨，安能苏禾稼乎？如弗信，请嗅之。"水果腥秽。龙时背生大疽，闻登言，变为一翁，求治，曰："疾瘥，当有报。"不数日，果大雨。见大石中裂开一井，其水湛然。龙盖穿此井以报也。

苏　易

苏易者，庐陵妇人，善看产，夜忽为虎所取。行六七里，至大圹，厝易置地，蹲而守。见有牝虎当产，不得解，匍匐欲死，辄仰视。易怪之，乃为探出之，有三子。生毕，牝虎负易还，再三送野肉于门内。

鹤　衔　珠

哙参养母至孝。曾有玄鹤为弋人所射，穷而归参。参收养，疗治其疮，愈而放之。后鹤夜到门外，参执烛视之，见鹤雌雄双至，各衔明珠，以报参焉。

黄　衣　童　子

汉时弘农杨宝，年九岁时至华阴山北，见一黄雀为鸱枭所搏,坠于树下,为蝼蚁所困。宝见愍之,取归置巾箱中,食以黄花。百余日,毛羽成,朝去暮还。一夕三更,宝读书未卧。有黄衣童子向宝再拜曰:"我,西王母使者。使蓬莱,不慎为鸱枭所搏。君仁爱见拯,实感盛德。"乃以白环四枚与宝,曰:"令君子孙洁白,位登三事,当如此环。"

随　侯　珠

随县溠水侧,有断蛇丘。随侯出行,见大蛇被伤中断,疑其灵异,使人以药封之,蛇乃能走,因号其处"断蛇丘"。岁余,蛇衔明珠以报之。珠盈径寸,纯白,而夜有光明,如月之照,可以烛室,故谓之"随侯珠"。亦曰"灵蛇珠",又曰"明月珠"。丘南有随季良大夫池。

孔　愉

孔愉,字敬康,会稽山阴人。元帝时,以讨华轶功封侯。愉少时,尝经行余不亭,见笼龟于路者,愉买之,放于余不溪中。龟中流,左顾者数过。及后以功封余不亭侯,铸印而龟钮左顾,三铸如初。印工以闻,愉乃悟其为龟之报,遂取佩焉。累迁尚书左仆射,赠车骑将军。

古 巢 老 姥

古巢一日江水暴涨,寻复故道。港有巨鱼,重万斤,三日乃死。合郡皆食之,一老姥独不食。忽有老叟曰:"此吾子也,不幸罹此祸。汝独不食,吾厚报汝。若东门石龟目赤,城当陷。"姥日往视。有稚子讶之,姥以实告。稚子欺之,以朱傅龟目。姥见,急出城。有青衣童子曰:"吾,龙之子。"乃引姥登山,而城陷为湖。

董 昭 之

吴富阳县董昭之,尝乘船过钱塘江,中央见有一蚁,着一短芦,走一头回,复向一头,甚惶遽。昭之曰:"此畏死也。"欲取着船。船中人骂:"此是毒螫物,不可长。我当踏杀之!"昭意甚怜此蚁,因以绳系芦着船。船至岸,蚁得出。其夜,梦一人乌衣,从百许人来谢云:"仆是蚁中之王,不慎堕江,惭君济活。若有急难,当见告语。"

历十余年,时所在劫盗,昭之被横录为劫主,系狱余杭。昭之忽思蚁王梦,缓急当告,"今何处告之?"结念之际,同被禁者问之,昭之具以实告。其人曰:"但取两三蚁着掌中,语之。"昭之如其言。夜果梦乌衣人云:"可急投余杭山中。天下既乱,赦令不久也。"于是便觉。蚁啮械已尽,因得出狱,过江投余杭山。旋遇赦,得免。

义 犬 冢

孙权时,李信纯,襄阳纪南人也。家养一狗,字曰"黑龙"。爱之尤甚,行坐相随,饮馔之间,皆分与食。

忽一日,于城外饮酒大醉,归家不及,卧于草中。遇太守郑瑕出猎,见田草深,遣人纵火爇之。信纯卧处,恰当顺风。犬见火来,乃以口拽纯衣,纯亦不动。卧处比有一溪,相去三五十步。犬即奔往,入水湿身,走来卧处周回,以身洒之,获免主人大难。犬运水困乏,致毙于侧。

俄尔信纯醒来,见犬已死,遍身毛湿,甚讶其事。睹火踪迹,因尔恸哭。闻于太守。太守悯之曰:"犬之报恩甚于人!

人不知恩,岂如犬乎?"即命具棺椁衣衾葬之。

今纪南有义犬冢,高十余丈。

华隆家犬

太兴中,吴民华隆养一快犬,号"的尾",常将自随。隆后至江边伐荻,为大蛇盘绕,犬奋咋蛇,蛇死。隆僵仆无知,犬彷徨涕泣,走还舟,复反草中。徒伴怪之,随往,见隆闷绝,将归家。犬为不食。比隆复苏,始食。隆愈爱惜,同于亲戚。

蝼蛄神

庐陵太守太原庞企,字子及。自言其远祖不知几何世也,坐事系狱,而非其罪,不堪拷掠,自诬服之。及狱将上,有蝼蛄虫行其左右,乃谓之曰:"使尔有神,能活我死,不当善乎?"因投饭与之,蝼蛄食饭尽去。顷复来,形体稍大。意每异之,乃复与食。如此去来,至数十日间,其大如豚。及竟报,当行刑。蝼蛄夜掘壁根为大孔,乃破械,从之出去。久时遇赦得活。于是庞氏世世常以四节祠祀之于都衢处。后世稍怠,不能复特为馔,乃投祭祀之余以祀之。至今犹然。

猿母猿子

临川东兴有人入山,得猿子,便将归。猿母自后逐至家。此人缚猿子于庭中树上,以示之。其母便搏颊向人,欲乞哀状,直是口不能言耳。此人既不能放,竟击杀之。猿母悲唤,自掷而死。此人破肠视之,寸寸断裂。未半年,其家疫死,灭门。

虞 荡

冯乘虞荡夜猎，见一大麈，射之。麈便云："虞荡，汝射杀我耶！"明晨，得一麈而入，即时荡死。

华 亭 大 蛇

吴郡海盐县北乡亭里，有士人陈甲，本下邳人。晋元帝时，寓居华亭。猎于东野大薮。欻见大蛇，长六七丈，形如百斛船，玄黄五色，卧冈下。陈即射杀之，不敢说。三年，与乡人共猎，至故见蛇处，语同行曰："昔在此杀大蛇。"其夜梦见一人，乌衣黑帻，来至其家，问曰："我昔昏醉，汝无状杀我。我昔醉，不识汝面，故三年不相知。今日来就死。"其人即惊觉。明日，腹痛而卒。

邛 都 大 蛇

邛都县下有一老姥，家贫孤独。每食，辄有小蛇，头上戴角，在床间，姥怜而饴之食。后稍长大，遂长丈余。令有骏马，蛇遂吸杀之。令因大忿恨，责姥出蛇。姥云："在床下。"令即掘地，愈深愈大，而无所见。令又迁怒，杀姥。蛇乃感人以灵，言："瞋令，何杀我母？当为母报仇！"此后每夜辄闻若雷若风，四十许日。百姓相见，咸惊语："汝头那忽戴鱼？"

是夜，方四十里与城一时俱陷为湖，土人谓之为"陷湖"。唯姥宅无恙，讫今犹存。渔人采捕，必依止宿。每有风浪，辄居宅侧，恬静无他。风静水清，犹见城郭楼橹晏然。今水浅时，彼土人没水，取得旧木，坚贞光黑如漆。今好事人以为枕相赠。

建 业 妇 人

　　建业有妇人背生一瘤，大如数斗囊，中有物如茧栗，甚众，行即有声。恒乞于市。自言村妇也，常与姊姒辈分养蚕，己独频年损耗，因窃其姒一囊茧焚之。顷之，背患此疮，渐成此瘤。以衣覆之，即气闭闷；常露之，乃可，而重如负囊。

搜 神 后 记

[晋]陶潜　撰

王根林　校点

校 点 说 明

　　《搜神后记》十卷,又作《续搜神记》、《搜神续记》,旧题晋
陶潜撰。但很早就有人对此提出质疑,虽说书中"桃花源"一
条,与陶渊明《桃花源记》如出一人之手,而以陶渊明的超脱放
达却热衷鬼神之事,确实令人费解。《四库全书总目》引用明
人沈士龙观点,说"其为伪托,固不待辨",而又认为其"文词古
雅,非唐以后人所能"。还有的学者经考辨,认为其书唐后已
不存,今本当经过后人增益而成。这些意见,都较中肯可信。

　　本书作为晋干宝《搜神记》的续作,其内容基本沿袭了前
书多写鬼神奇闻的特点,于中反映了当时的社会习俗风尚。
其中一些名篇,为后代的戏曲、小说提供了素材。

　　本书除十卷本外,尚有一卷或二卷的节略本。十卷本最
早的是明万历《秘册汇函》本,后又有《津逮秘书》、《学津讨
原》、《百子全书》等本。今即以清嘉庆《学津讨原》本为底本,
参校他本及有关类书进行标点。凡底本脱误处,皆据校本补
正,不出校记。

目　　录

搜神后记卷一

丁 令 威

丁令威,本辽东人,学道于灵虚山。后化鹤归辽,集城门华表柱。时有少年,举弓欲射之。鹤乃飞,徘徊空中而言曰:"有鸟有鸟丁令威,去家千年今始归。城郭如故人民非,何不学仙冢垒垒。"遂高上冲天。今辽东诸丁云其先世有升仙者,但不知名字耳。

仙 馆 玉 浆

嵩高山北有大穴,莫测其深,百姓岁时游观。晋初,尝有一人误堕穴中。同辈冀其觉不死,投食于穴中。坠者得之,为寻穴而行。计可十余日,忽然见明。又有草屋,中有二人对坐围棋。局下有一杯白饮。坠者告以饥渴,棋者曰:"可饮此。"遂饮之,气力十倍。棋者曰:"汝欲停此否?"坠者不愿停。棋者曰:"从此西行,有天井,其中多蛟龙。但投身入井,自当出。若饿,取井中物食。"坠者如言,半年许,乃出蜀中。归洛下,问张华,华曰:"此仙馆大夫。所饮者玉浆也,所食者龙穴石髓也。"

剡 县 赤 城

会稽剡县民袁相、根硕二人猎,经深山重岭甚多,见一群山羊六七头，逐之。经一石桥，甚狭而峻。羊去，根等亦随渡，向绝崖。崖正赤，壁立，名曰赤城。上有水流下，广狭如匹布，剡人谓之瀑布。羊径有山穴如门，豁然而过。既入，内甚平敞，草木皆香。有一小屋，二女子住其中，年皆十五六，容色甚美，着青衣。一名莹珠，一名□□。见二人至，欣然云："早望汝来。"遂为室家。忽二女出行，云复有得婿者，往庆之。曳履于绝岩上行，琅琅然。二人思归，潜去归路。二女追还已知，乃谓曰："自可去。"乃以一腕囊与根等，语曰："慎勿开也。"于是乃归。后出行，家人开视其囊。囊如莲花，一重去，一重复，至五盖，中有小青鸟，飞去。根还知此，怅然而已。后根于田中耕，家依常饷之，见在田中不动，就视，但有壳如蝉蜕也。

韶　舞

荥阳人姓何，忘其名，有名闻士也。荆州辟为别驾，不就，隐遁养志。常至田舍，人收获在场上。忽有一人，长丈余，萧疏单衣，角巾，来诣之，翩翩举其两手，并舞而来，语何云："君曾见《韶舞》不？此是《韶舞》。"且舞且去。何寻逐，径向一山。山有穴，才容一人。其人命入穴，何亦随之入。初甚急，前辄闲旷，便失人，见有良田数十顷。何遂垦作，以为世业。子孙至今赖之。

桃　花　源

晋太元中，武陵人捕鱼为业。缘溪行，忘路远近，忽逢桃花，夹岸数百步，中无杂树，芳华鲜美，落英缤纷。渔人甚异之。渔人姓黄，名道真。复前行，欲穷其林。林尽水源，便得一山。山有小口，仿佛若有光。便舍舟，从口入。初极狭，才通人。

复行数十步，豁然开朗，土地旷空，屋舍俨然。有良田、美池、桑、竹之属。阡陌交通，鸡犬相闻。男女衣着，悉如外人。黄发垂髫，并怡然自乐。见渔人，大惊，问所从来，具答之。便要还家，为设酒杀鸡作食。村中人闻有此人，咸来问讯。自云先世避秦难，率妻子邑人至此绝境，不复出焉。遂与外隔。问今是何世，乃不知有汉，无论魏、晋。此人一一具言所闻，皆为叹惋。余人各复延至其家，皆出酒食。停数日，辞去。此中人语云："不足为外人道也。"既出，得其船，便扶向路，处处志之。及郡，乃诣太守，说如此。太守刘歆即遣人随之往，寻向所志，不复得焉。

刘 驎 之

南阳刘驎之，字子骥，好游山水。尝采药至衡山，深入忘反。见有一涧水，水南有二石囷，一闭一开。水深广，不得渡。欲还，失道，遇伐弓人，问径，仅得还家。或说囷中皆仙方灵药及诸杂物。驎之欲更寻索，不复知处矣。

穴 中 人 世

长沙醴陵县有小水，有二人乘船取樵，见岸下土穴中水逐流出，有新斫木片逐流下，深山中有人迹，异之。乃相谓曰："可试如水中看何由尔。"一人便以笠自障，入穴。穴才容人。行数十步，便开明朗然，不异世间。

目 岩

平乐县有山临水，岩间有两目，如人眼，极大，瞳子白黑分明，名为"目岩"。

石室乐声

始兴机山东有两岩，相向如鸥尾。石室数十所。经过，皆闻有金石丝竹之响。

贞女峡

中宿县有贞女峡。峡西岸水际有石，如人形，状似女子。是曰"贞女"。父老相传：秦世有女数人，取螺于此，遇风雨昼昏，而一女化为此石。

姑舒泉

临城县南四十里有盖山，百许步有姑舒泉。昔有舒女，与父析薪于此泉。女因坐，牵挽不动。乃还告家。比还，唯见清泉湛然。女母曰："吾女好音乐。"乃作弦歌，泉涌洄流，有朱鲤一双。今人作乐嬉戏，泉故涌出。

搜神后记卷二

吴 舍 人

吴舍人名猛，字世云，有道术。同县邹惠政迎猛，夜于家中庭烧香。忽有虎来，抱政儿超篱去。猛语云："无所苦，须臾当还。"虎去数十步，忽然复送儿归。政遂精进，乞为好道士。猛性至孝，小儿时，在父母傍卧，时夏日多蚊虫，而终不摇扇。同宿人觉，问其故，答云："惧蚊虻去，嘬我父母尔。"及父母终，行服墓次，蜀贼纵暴，焚烧邑屋，发掘坟垅，民人进窜，猛在墓侧，号恸不去。贼为之感怆，遂不犯。

谢 允

谢允从武当山还，在桓宣武座。有言及左元放为曹公致鲈鱼者，允便云："此可得尔。"求大瓮盛水，朱书符投水中。俄有一鲤鱼鼓鬐水中。

杜 子 恭

钱塘杜子恭，有秘术。尝就人借瓜刀，其主求之，子恭曰："当即相还耳。"既而刀主行至嘉兴，有鱼跃入船中。破鱼腹，得瓜刀。

鼠 市

太兴中，衡阳区纯作鼠市：四方丈余，开四门，门有一木人。纵四五鼠于中,欲出门,木人辄以手推之。

比　邱　尼

　　晋大司马桓温,字元子。末年,忽有一比邱尼,失其名,来自远方,投温为檀越。尼才行不恒,温甚敬待,居之门内。尼每浴,必至移时。温疑而窥之。见尼裸身挥刀,破腹出脏,断截身首,支分脔切。温怪骇而还。及至尼出浴室,身形如常。温以实问,尼答曰:“若逐凌君上,形当如之。”时温方谋问鼎,闻之怅然。故以戒惧,终守臣节。尼后辞去,不知所在。

三　蕾　茨

　　沛国有一士人,姓周。同生三子,年将弱冠,皆有声无言。忽有一客从门过,因乞饮,闻其儿声,问之曰:“此是何声?”答曰:“是仆之子,皆不能言。”客曰:“君可还内省过,何以致此?”主人异其言,知非常人。良久出云:“都不忆有罪过。”客曰:“试更思幼时事。”入内,食顷,出语客曰:“记小儿时,当床上有燕巢,中有三子,其母从外得食哺,三子皆出口受之。积日如此。试以指内巢中,燕雏亦出口承受。因取三蕾茨,各与食之。既而皆死。母还,不见子,悲鸣而去。昔有此事,今实悔之。”客闻言,遂变为道人之容,曰:“君既自知悔,罪今除矣。”言讫,便闻其子言语周正。忽不见此道人。

佛　图　澄

　　天竺人佛图澄,永嘉四年来洛阳,善诵神咒,役使鬼神。腹傍有一孔,常以絮塞之。每夜读书,则拔絮,孔中出光,照于一室。平旦,至流水侧,从孔中引出五脏六腑洗之,讫,还内腹中。

胡道人咒术

　　石虎邺中有一胡道人，知咒术。乘驴作估客，于外国深山中行。下有绝涧，窅然无底。忽有恶鬼，偷牵此道人驴，下入绝涧。道人寻迹咒誓，呼诸鬼王。须臾，即驴物如故。

昙　游

　　昙游道人，清苦沙门也。剡县有一家事蛊，人啖其食饮，无不吐血死。游尝诣之。主人下食，游依常咒愿。双蜈蚣，长尺余，便于盘中跳走。游便饱食而归，安然无他。

幸　灵

　　高悝家有鬼怪，言语呵叱，投掷内外，不见人形。或器物自行再三发火。巫祝厌劾而不能绝。适值幸灵，乃要之。至门，见符索甚多，并取焚之。惟据轩小坐而去。其夕鬼怪即绝。

郭璞活马

　　赵固常乘一匹赤马以战征，甚所爱重。常系所住斋前，忽腹胀，少时死。郭璞从北过，因往诣之。门吏云：“将军好马，甚爱惜。今死，甚懊惋。”璞便语门吏云：“可入通，道吾能活此马，则必见我。”门吏闻之惊喜，即启固。固踊跃，令门吏走往迎之。始交寒温，便问：“卿能活我马乎？”璞曰：“我可活尔。”固欣喜，即问：“须何方术？”璞云：“得卿同心健儿二三十人，皆令持竹竿，于此东行三十里，当有邱陵林树，状若社庙。有此者,便当以竹竿搅扰打拍之。当得一物,便急持归。既得此物,马便活矣。"于是左右骁勇之士五十人使去。果如璞言,得大丛林,有一物似猴而非,走出。人共逐得,便抱持归。此物遥见死马,便跳梁欲往。璞令放之。此物便自走往马头间,嘘吸其鼻。良久,马起,喷奋奔迅,便不见此物。固厚赏给,璞得过江左。

镜 罋

王文献曾令郭璞筮己一年吉凶,璞曰:"当有小不吉利。可取广州二大罋,盛水,置床帐二角,名曰'镜好',以厌之。至某时,撤罋去水。如此其灾可消。"至日忘之。寻失铜镜,不知所在。后撤去水,乃见所失镜在于罋中。罋口数寸,镜大尺余。王公复令璞筮镜罋之意。璞云:"撤罋违期,故至此妖。邪魅所为,无他故也。"使烧车辖而镜立出。

郭 璞 预 属

中兴初,郭璞每自为卦,知其凶终。尝行经建康栅塘,逢一趋步少年,甚寒,便牵住,脱丝布袍与之。其人辞不受,璞曰:"但取,后自当知。"其人受而去。及当死,果此人行刑。旁人皆为求属。璞曰:"我托之久矣。"此人为之歔欷哽咽。行刑既毕,此人乃说。

杜 不 愆

高平郗超,字嘉宾,年二十余,得重病。庐江杜不愆,少就外祖郭璞学《易》卜,颇有经验。超令试占之。卦成,不愆曰:"案卦言之,卿所恙寻愈。然宜于东北三十里上官姓家,索其所养雄雉，笼而绊之，置东檐下。却后九日景午日午时，必当有野雌雉飞来，与交合。既毕，双飞去。若如此，不出二十日，病都除。又是休应，年将八十，位极人臣。若但雌逝雄留者，病一周方差。年半八十，名位亦失。"超时正赢笃，虑命在旦夕，笑而答曰："若保八十之半，便有余矣。一周病差，何足为淹。"然未之信。或劝依其言索雄，果得。至景午日，超卧南轩之下观之。至日晏，果有雌雉飞入笼，与雄雉交而去。雄雉不动。超叹息曰："管、郭之奇，何以尚此！"超病逾年乃起。至四十，卒于中书郎。

搜神后记卷三

程　　咸

程咸一作程武。字咸休。其母始怀咸，梦老公投药与之：
"服此，当生贵子。"晋武帝时，历位至侍中，有名于世。

流 星 堕 瓮

袁真在豫州，遣女妓纪陵送阿薛、阿郭、阿马三妓与桓宣
武。既至经时，三人半夜共出庭前月下观望，有铜瓮水在其
侧。忽见一流星，夜从天直堕瓮中。惊喜共视，忽如二寸火
珠，沉于水底，炯然明净，乃相谓曰："此吉祥也，当谁应之？"于
是薛、郭二人更以瓢杓接取，并不得。阿马最后取，星正入瓢
中，便饮之，既而若有感焉。俄而怀桓玄。玄虽篡位不终，而
数年之中，荣贵极矣。

掘 头 船

临淮公荀序，字休元，母华夫人，怜爱过常。年十岁，从南
临归，经青草湖，时正帆风驶，序出塞郭，忽落水。比得下帆，
已行数十里。洪波淼漫，母抚膺远望。少顷，见一掘头船，渔
父以楫棹船如飞，载序还之，云："送府君还。"荀后位至常伯、
长沙相，故云府君也。

禾　满

庐陵巴邱人文晁一作周晁。者，世以田作为业。年常田数十顷，家渐富。晋太元初，秋收已过，刈获都毕，明旦至田，禾悉复满，湛然如初。即便更获，所获盈仓。于此遂为巨富。

钱　孽

上虞魏全，家在县北。忽有一人，著孝子服，皂笠，手巾掩口，来诣全家，语曰："君有钱一千万，铜器亦如之。大柳树钱在其下，取钱当得尔。于君家大不吉。仆寻为君取此。"便去。自尔出三十年，遂不复来。全家亦不取钱。

蜜蜂螫贼

元嘉元年，建安郡山贼百余人破郡治，抄掠百姓资产子女，遂入佛图，搜掠财宝。先是诸供养具，别封置一室。贼破户，忽有蜜蜂数万头，从衣簏出，同时噬螫。群贼身首肿痛，眼皆盲合，先诸所掠，皆弃而走。

陨　盗

蔡裔有勇气，声若雷震。尝有二偷儿入室，裔拊床一呼，二盗俱陨。

马溺消瘕

昔有一人，与奴同时得腹瘕病，治不能愈。奴既死，乃剖腹视之，得一白鳖，赤眼，甚鲜明。乃试以诸毒药浇灌之，并内药于鳖口，悉无损动。乃系鳖于床脚。忽有一客来看之，乘一白马。既而马溺溅鳖，鳖乃惶骇，欲疾走避溺，因系之不得去，乃缩藏头颈足焉。病者察之，谓其子曰："吾病或可以救矣。"乃试取白马溺以灌鳖上，须臾便消成数升水。病者乃顿服升余白马溺，病豁然愈。

蕨 茎 化 蛇

太尉郗鉴，字道徽，镇丹徒。曾出猎，时二月中，蕨始生。有一甲士，折食一茎，即觉心中淡淡或作潭潭。欲吐。因归，乃成心腹疼痛。经半年许，忽大吐，吐出一赤蛇，长尺余，尚活动摇。乃挂著屋檐前，汁稍稍出，蛇渐焦小。经一宿视之，乃是一茎蕨，犹昔之所食。病遂除。

斛 二 瘕

桓宣武时，有一督将，因时行病后虚热，更能饮复茗，必一斛二斗乃饱。才减升合，便以为不足。非复一日。家贫。后有客造之，正遇其饮复茗，亦先闻世有此病，仍令更进五升，乃大吐，有一物出，如升大，有口，形质缩绌，状如牛肚。客乃令置之于盆中，以一斛二斗复茗浇之。此物噏之都尽，而止觉小胀。又加五升，便悉混然从口中涌出。既吐此物，其病遂差。或问之："此何病？"答云："此病名斛二二或作者。瘕。"

桓 梅 同 梦

桓哲字明期，居豫章时，梅元龙为太守，先已病矣，哲往省之。语梅云："吾昨夜忽梦见作卒，迎卿来作泰山府君。"梅闻之愕然，曰："吾亦梦见卿为卒，着丧衣，来迎我。"经数日，复同梦如前，云"二十八日当拜"。至二十七日晡时，桓忽中恶腹满,就梅索麝香丸。梅闻,便令作凶具。二十七日,桓便亡。二十八日而梅卒。

华 歆 当 公

平原华歆,字子鱼,为诸生时,常宿人门外,主人妇夜产。有顷,两吏来诣其门,便相向辟易,欲退,却相谓曰:“公在此。”因踟蹰良久。一吏曰:“籍当定,奈何得住?”乃前向子鱼拜,相将入。出,并行共语曰:“当与几岁?”一人云:“当与三岁。”天明,子鱼去。后欲验其事,至三岁,故往视儿消息,果三岁已死。乃自喜曰:“我固当公。”后果为太尉。

形 魂 离 异

宋时有一人,忘其姓氏,与妇同寝。天晓,妇起出,后其夫寻亦出外。妇还,见其夫犹在被中眠。须臾,奴子自外来,云:“郎求镜。”妇以奴诈,乃指床上以示奴。奴云:“适从郎间来。”于是白驰其夫。夫大愕,便入。与妇共视被中人,高枕安寝,正是其形,了无一异。虑是其神魂,不敢惊动。乃共以手徐徐抚床,遂冉冉入席而灭。夫妇惋怖不已。少时,夫忽得疾,性理乖错,终身不愈。

董 寿 之

董寿之被诛,其家尚未知。妻夜坐,忽见寿之居其侧,叹息不已。妻问:“夜间何得而归?”寿之都不应答。有顷,出门绕鸡笼而行,笼中鸡惊叫。妻疑有异,持火出户视之,见血数升,而寿之失所在。遂以告姑,因与大小号哭,知有变。及晨,果得凶问。

魂 车 木 马

　　宋时有诸生远学，其父母燃火夜作，儿忽至前，叹息曰："今我但魂尔，非复生人。"父母问之，儿曰："此月初病，以今日某时亡。今在琅邪任子成家，明日当殓，来迎父母。"父母曰："去此千里，虽复颠倒，那得及汝？"儿曰："外有车乘，但乘之，自得至矣。"父母从之上车，忽若睡，比鸡鸣，已至所在。视其驾乘，但魂车木马。遂与主人相见，临儿悲哀。问其疾消息，如言。

搜神后记卷四

徐 玄 方 女

　　晋时，东平冯孝将为广州太守。儿名马子，年二十余，独卧厩中，夜梦见一女子，年十八九，言："我是前太守北海徐玄方女，不幸蚤亡。亡来今已四年，为鬼所枉杀。案生录，当八十余，听我更生，要当有依马子乃得生活，又应为君妻。能从所委见救活不？"马子答曰："可尔。"乃与马子克期当出。至期日，床前地头发正与地平，令人扫去，则愈分明，始悟是所梦见者。遂屏除左右人，便渐渐额出，次头面出，又次肩项形体顿出。马子便令坐对榻上，陈说语言，奇妙非常。遂与马子寝息。每诫云："我尚虚尔。"即问何时得出，答曰："出当得本命生日，尚未至。"遂往厩中，言语声音，人皆闻之。女计生日至，乃具教马子出己养之方法，语毕辞去。马子从其言，至日，以丹雄鸡一只，黍饭一盘，清酒一升，醮其丧前，去厩十余步。祭讫，掘棺出，开视，女身体貌全如故。徐徐抱出，着毡帐中，唯心下微暖，口有气息。令婢四人守养护之，常以青羊乳汁沥其两眼，渐渐能开，口能咽粥，既而能语。二百日中，持杖起行。一期之后，颜色肌肤气力悉复如常。乃遣报徐氏，上下尽来。选吉日下礼，聘为夫妇。生二儿一女：长男字元庆，永嘉初为秘书郎中；小男字敬度，作太傅掾；女适济南刘子彦，征士延世之孙云。

干 宝 父 妾

干宝字令升，其先新蔡人。父莹，有嬖妾。母至妒，宝父葬时，因生推婢著藏中。宝兄弟年小，不之审也。经十年而母丧，开墓，见其妾伏棺上，衣服如生。就视犹暖，渐渐有气息。舆还家，终日而苏。云宝父常致饮食，与之寝接，恩情如生。家中吉凶，辄语之，校之悉验。平复数年后方卒。宝兄尝病气绝，积日不冷。后遂寤，云见天地间鬼神事，如梦觉，不自知死。

陈 良

晋太元中，北地人陈良与沛国刘舒友善，又与同郡李焉共为商贾。后大得利，焉杀良取物。死十许日，良忽苏活，得归家，说死时，见友人刘舒，舒久已亡，谓良曰："去年春社日祠祀，家中斗争，吾实忿之，作一兇于庭前。卿归，岂能为我说此耶？"良故往报舒家，其怪亦绝。乃诣官疏李焉而伏罪。

李 除

襄阳李除，中时气死，其妇守尸。至于三更，崛然起坐，搏妇臂上金钏甚遽。妇因助脱，既手执之，还死。妇伺察之，至晓，心中更暖，渐渐得苏。既活，云："为吏将去，比伴甚多，见有行货得免者，乃许吏金钏。吏令还，故归取以与吏。吏得钏，便放令还。见吏取钏去。"后数日，不知犹在妇衣内。妇不敢复著，依事咒埋。

郑 茂

郑茂病亡，殡殓讫，未得葬。忽然妇及家人梦茂云："己未应死，偶闷绝尔，可开棺出我，烧车釭以熨头顶。"如言乃活。

李仲文女

　　晋时，武都太守李仲文在郡丧女，年十八，权假葬郡城北。有张世之代为郡。世之男字子长，年二十，侍从在廨中。夜梦一女，年可十七八，颜色不常，自言："前府君女，不幸早亡。会今当更生。心相爱乐，故来相就。"如此五六夕。忽然昼见，衣服薰香殊绝。遂为夫妻，寝息，衣皆有污，如处女焉。后仲文遣婢视女墓，因过世之妇相问。入廨中，见此女一只履在子长床下。取之啼泣，呼言发冢。持履归，以示仲文。仲文惊愕，遣问世之："君儿何由得亡女履耶？"世之呼问，儿具道本末。李、张并谓可怪。发棺视之，女体已生肉，姿颜如故，右脚有履，左脚无也。子长梦女曰："我比得生，今为所发。自尔之后遂死，肉烂不得生矣。万恨之心，当复何言！"涕泣而别。

虎　　符

　　魏时，寻阳县北山中蛮人有术，能使人化作虎。毛色爪牙，悉如真虎。乡人"乡"字上一多"余"字。周眕有一奴，使入山伐薪。奴有妇及妹，亦与俱行。既至山，奴语二人云："汝且上高树，视我所为。"如其言。既而入草，须臾，见一大黄斑虎从草中出，奋迅吼唤，甚可畏怖。二人大骇。良久还草中，少时复还为人，语二人云："归家慎勿道。"后遂向等辈说之。周寻得知，乃以醇酒饮之，令熟醉。使人解其衣服及身体，事事详悉，了无他异。唯于髻发中得一纸，画作大虎，虎边有符，周密取录之。奴既醒，唤问之。见事已露，遂具说本末云："先尝于蛮中告籴，有蛮师云有此术，乃以三尺布，数升米糈，一赤雄鸡，一升酒,授得此法。"

化　　鼋

　　魏清河宋士宗母,以黄初中夏天于浴室里浴,遣家中子女
阖户。家人于壁穿中,窥见浴盆水中有一大鼋。遂开户,大小
悉入,了不与人相承当。先著银钗犹在头上。相与守之涕泣,
无可奈何。出外去,甚驶,逐之不可及,便入水。后数日,忽
还。巡行舍宅,如平生,了无所言而去。时人谓士宗应行丧,
士宗以母形虽变而生理尚存,竟不治丧。与江夏黄母相似。

搜神后记卷五

白水素女

晋安帝时，侯官人谢端，少丧父母，无有亲属，为邻人所养。至年十七八，恭谨自守，不履非法。始出居，未有妻，邻人共愍念之，规为娶妇，未得。端夜卧早起，躬耕力作，不舍昼夜。后于邑下得一大螺，如三升壶。以为异物，取以归，贮瓮中。畜之十数日。端每早至野还，见其户中有饭饮汤火，如有人为者。端谓邻人为之惠也。数日如此，便往谢邻人。邻人曰："吾初不为是，何见谢也？"端又以邻人不喻其意，然数尔如此，后更实问，邻人笑曰："卿已自取妇，密著室中炊爨，而言吾为之炊耶？"端默然心疑，不知其故。后以鸡鸣出去，平早潜归，于篱外窃窥其家中。见一少女，从瓮中出，至灶下燃火。端便入门，径至瓮所视螺，但见壳。乃到灶下问之曰："新妇从何所来，而相为炊？"女大惶惑，欲还瓮中，不能得去，答曰："我天汉中白水素女也。天帝哀卿少孤，恭慎自守，故使我权为守舍炊烹。十年之中，使卿居富得妇，自当还去。而卿无故窃相窥掩。吾形已见，不宜复留，当相委去。虽然，尔后自当少差。勤于田作，渔采治生。留此壳去，以贮米谷，常可不乏。"端请留，终不肯。时天忽风雨，翕然而去。端为立神座，时节祭祀。居常饶足，不致大富耳。于是乡人以女妻之。后仕至令长云。今道中素女祠是也。

清 溪 庙 神

晋太康中,谢家沙门竺昙遂,年二十余,白皙端正,流俗沙门,长行经清溪庙前过,因入庙中看。暮归,梦一妇人来,语云:"君当来作我庙中神,不复久。"昙遂梦问:"妇人是谁?"妇人云:"我是清溪庙中姑。"如此一月许,便病。临死,谓同学年少曰:"我无福,亦无大罪,死乃当作清溪庙神。诸君行便,可过看之。"既死后,诸年少道人诣其庙。既至,便灵语相劳问,声音如昔时。临去云:"久不闻呗声,思一闻之。"其伴慧觐便为作呗讫,其神犹唱赞。语云:"歧路之诀,尚有凄怆。况此之乖,形神分散。窈冥之叹,情何可言。"既而歔欷不自胜,诸道人等皆为流涕。

王 导 子 悦

王导子悦为中书郎,导梦人以百万钱买悦,导潜为祈祷者备矣。寻掘地,得钱百万,意甚恶之,一一皆藏闭。及悦疾笃,导忧念特至,积日不食。忽见一人,形状甚伟,被甲持刀。问是何人,曰:"仆,蒋侯也。公儿不佳,欲为请命,故来尔。公勿复忧。"导因与之食,遂至数升。食毕,勃然谓导曰:"中书命尽,非可救也。"言讫不见。悦亦殒绝。

吴 望 子

会稽郳^{音戾}。县东野有女子姓吴,字望子。路忽见一贵人,俨然端坐,即蒋侯象也。因掷两橘与之。数数形见,遂隆情好。望子心有所欲,辄空中得之。常思脍,一双鲤自空而至。

木像弯弓

孙恩作逆时，吴兴分乱，一男子忽急突入蒋侯庙。始入门，木像弯弓射之，即卒。行人及守庙者，无不皆见。

白头公

晋太元中，乐安高衡为魏郡太守，戍石头。其孙雅之，在厕中，云有神来降，自称白头公，拄杖光辉照屋。白头公，白玉也。与雅之轻举宵行，暮至京口来还。后雅之父子为桓玄所杀。

临贺太守

永和中，义兴人姓周，出都，乘马，从两人行。未至村，日暮。道边有一新草小屋，一女子出门，年可十六七，姿容端正，衣服鲜洁。望见周过，谓曰："日已向暮，前村尚远。临贺讵得至？"周便求寄宿。此女为燃火作食。向一更中，闻外有小儿唤阿香声，女应诺。寻云："官唤汝推雷车。"女乃辞行，云："今有事当去。"夜遂大雷雨。向晓，女还。周既上马，看昨所宿处，止见一新冢，冢口有马尿及余草。周甚惊惋。后五年，果作临贺太守。

何参军女

豫章人刘广，刘或作王。年少未婚。至田舍，见一女子，云："我是何参军女，年十四而夭，为西王母所养，使与下土人交。"广与之缠绵。其日，于席下得手巾，裹鸡舌香。其母取巾烧之，乃是火浣布。

灵　见

　　桓大司马从南州还，拜简文皇帝陵，左右觉其有异。既登车，谓从者曰："先帝向遂灵见。"既不述帝所言，故众莫之知。但见将拜时，频言"臣不敢"而已。又问左右殷涓形貌。有人答："涓为人肥短，黑色甚丑。"桓云："向亦见在帝侧，形亦如此。"意恶之。遂遇疾，未几而薨。

搜神后记卷六

陈　阿　登

汉时，会稽句章人至东野还，暮，不及至家。见路旁小屋燃火，因投宿止。有一少女，不欲与丈夫共宿，呼邻人家女自伴，夜共弹箜篌。问其姓名，女不答。弹弦而歌曰："连绵葛上藤，一绥或作缓。复一纻。欲知我姓名，姓陈名阿登。"明至东郭外，有卖食母在肆中，此人寄坐，因说昨所见。母闻阿登，惊曰："此是我女，近亡，葬于郭外。"

张　姑　子

汉时诸暨县吏吴详者，惮役委顿，将投窜深山。行至一溪，日欲暮，见年少女子来，衣甚端正。女曰："我一身独居，又无邻里，唯有一孤妪，相去十余步尔。"详闻甚悦，便即随去。行一里余，即至女家，家甚贫陋。为详设食。至一更竟，忽闻一妪唤云："张姑子。"女应曰："喏。"详问是谁，答云："向所道孤独妪也。"二人共寝息。至晓鸡鸣，详去，二情相恋，女以紫手巾赠详，详以布手巾报之。行至昨所应处，过溪。其夜大水暴溢，深不可涉。乃回向女家，都不见昨处，但有一冢尔。

筝笛浦官船

庐江筝笛浦，浦有大舶，覆在水中，云是曹公舶船。尝有渔人夜宿其旁,以船系之,但闻筝笛弦节之声及香气氤氲。渔人又梦人驱遣云:"勿近官船。"此人惊觉,即移船去。相传云曹公载数妓船覆于此,今犹存焉。

崔　少　府

卢充猎,见獐便射,中之。随逐,不觉远。忽见一里门,如府舍。问铃下,铃下对曰:"崔少府府也。"进见少府,少府语充曰:"尊府君为索小女婚,故相迎耳。"三日婚毕,以车送充至家。母问之,具以状对。既与崔别后四年之三月三日,充临水戏。遥见水边有犊车,乃往开车户。见崔女与三岁儿共载,情意如初。抱儿还充,又与金铇而别。

鲁子敬墓

王伯阳家在京口,宅东有大冢,相传云是鲁肃墓。伯阳妇,郗鉴兄女也,丧亡,王平其冢以葬。后数年,伯阳白日在厅事,忽见一贵人,乘平肩舆,与侍从数百人,马皆络铁,径来坐,谓伯阳曰:"我是鲁子敬,安冢在此二百许年。君何故毁坏吾冢?"因顾左右:"何不举手!"左右牵伯阳下床,乃以刀环击之数百而去。登时绝死。良久复苏,被击处皆发疽溃,寻便死。一说王伯阳亡,其子营墓,得一漆棺,移至南冈,夜梦肃怒云:"当杀汝父。"寻复梦见伯阳云:"鲁肃与吾争墓,若日夜不得安。"后于灵座褥上见血数升,疑鲁肃之故也。墓今在长广桥东一里。

承　俭

承俭者,东莞人。病亡,葬本县界。后十年,忽夜与其县令梦云："没故民承俭,人今见劫,明府急见救!"令便敕内外装束,作百人仗,便令驰马往冢上。日已向出,天忽大雾,对面不相见,但闻冢中讻讻破棺声。有二人坟上望,雾暝不见人往。令既至,百人同声大叫,收得冢中三人。坟上二人遂得逃走。棺未坏,令即使人修复之。其夜,令又梦俭云:"二人虽得走,民悉志之:一人面上有青志,如藿叶;一人断其前两齿折。明府但案此寻觅,自得也。"令从其言追捕,并擒获。

上　虞　人

　　荆州刺史殷仲堪,布衣时,在丹徒,忽梦见一人,自说己是上虞人,死亡,浮丧飘流江中,明日当至。"君有济物之仁,岂能见移? 著高燥处,则恩及枯骨矣。"殷明日与诸人共江上看,果见一棺,逐水流下,飘飘至殷坐处。令人牵取,题如所梦。即移著冈上,酹以酒饭。是夕,又梦此人来谢恩。

韩　冢　人

　　晋升平中,徐州刺史索逊乘船往晋陵。会暗发,回河行数里。有人求索寄载,云:"我家在韩冢,脚痛不能行,寄君船去。"四更守至韩冢,此人便去。逊遣人牵船,过一渡,施力殊不便,骂此人曰:"我数里载汝来,径去,不与人牵船。"欲与痛手。此人便还与牵,不觉用力而得渡。人便径入诸冢间。逊疑非人,使窃寻看。此人经冢间,便不复见。须臾复出,至一冢呼曰:"载公。"有出应者。此人云:"我向载人船来,不与共牵,奴便欲打我。今当往报之。欲暂借甘罗来。"载公曰:"坏我甘罗,不可得。"此人云:"无所苦,我试之耳。"逊闻此,即还船。须臾,岸上有物来,赤如百斛籥,长二丈许,径来向船。

逊便大呼:"奴载我船,不与我牵,不得痛手! 方便载公甘罗,今欲击我。我今日即打坏奴甘罗。"言讫,忽然便失,于是遂进。

四 人 捉 马

晋元熙中,上党冯述为相府吏,将假归虎牢。忽逢四人,各持绳及杖,来赴述。述策马避,马不肯进。四人各捉马一足,倏然便到河上。问述:"欲渡否?"述曰:"水深不测,既无舟楫,如何得渡? 君正欲见杀尔。"四人云:"不相杀,当持君赴官。"遂复捉马脚涉河而北。述但闻波浪声,而不觉水。垂至岸,四人相谓曰:"此人不净,那得将去?"时述有弟丧服,深恐鬼离之,便当溺水死,乃鞭马作势,径得登岸。述辞谢曰:"既蒙恩德,何敢复烦劳。"

异 物 如 鸟

安丰侯王戎,字濬冲,琅邪临沂人也。尝赴人家殡殓,主人治棺未竟,送者悉入厅事上,安丰在车中卧。忽见空中有一异物,如鸟,熟视转大,渐近,见一乘赤马车,一人在中,著帻,赤衣,手持一斧。至地下车,径入王车中,回几容之。谓王曰:"君神明清照,物无隐情。亦有事,故来相从。然当为君一言:凡人家殡殓葬送,苟非至亲,不可急往。良不获已,可乘青牛,令髯奴御之,及乘白马,则可禳之。"因谓戎:"君当致位三公。"语良久。主人内棺当殡,众客悉入,此鬼亦入。既入户,鬼便持斧行棺墙上。有一亲趋棺,欲与亡人诀。鬼便以斧正打其额,即倒地。左右扶出。鬼于棺上,视戎而笑。众悉见鬼持斧而出。

腹　中　鬼

李子豫，少善医方，当代称其通灵。许永为豫州刺史，镇历阳。其弟得病，心腹疼痛十余年，殆死。忽一夜，闻屏风后有鬼谓腹中鬼曰："何不速杀之？不然，李子豫当从此过。以朱丸打汝，汝其死矣。"腹中鬼对曰："吾不畏之。"及旦，许永遂使人候子豫，果来。未入门，病者自闻中有呻吟声。及子豫入视，曰："鬼病也。"遂于巾箱中出八毒赤丸子与服之。须臾，腹中雷鸣鼓转，大利数行，遂差。今八毒丸方是也。

盛　道　儿

宋元嘉十四年，广陵盛道儿亡，托孤女于妇弟申翼之。服阕，翼之以其女嫁北乡严齐息，寒门也，丰其礼赂，始成婚。道儿忽空中怒曰："吾喘唾乏气，举门户以相托。如何昧利忘义，结婚微族。"翼之乃大惶愧。

历 阳 神 祠

晋淮南胡茂回，能见鬼。虽不喜见，而不可止。后行至扬州，还历阳。城东有神祠，正值民将巫祝祀之。至须臾顷，有群鬼相叱曰："上官来！"各迸走出祠去。回顾，见二沙门来入祠中。诸鬼两两三三相抱持，在祠边草中伺望。望见沙门，皆有怖惧。须臾，二沙门去后，诸鬼皆还祠中。回于是信佛，遂精诚奉事。

鬼　设　网

有一伧小儿，放牛野中，伴辈数人。见一鬼依诸丛草间，处处设网,欲以捕人。设网后未竟,伧小儿窃取前网,仍以罢捕,即缚得鬼。

懊 恼 歌

庐江杜谦为诸暨令。县西山下有一鬼,长三丈,著赭布裤褶,在草中拍张。又脱褶掷草上,作《懊恼歌》。百姓皆看之。

朱 弼

会稽朱弼为王国郎中令,营立第舍,未成而卒。同郡谢子木代其事,以弼死亡,乃簿书多张功费,长百余万,以其赃诬弼,而实自入。子木夜寝,忽闻有人道弼姓字者。俄顷而到子木堂前,谓之曰:"卿以枯骨腐肉专可得诬,当以某日夜更典对证。"言终,忽然不见。

误 中 鬼 脚

夏侯综为庾安西参军,常见鬼乘车骑马满道,与人无异。尝与人载行,忽牵人语,指道上一小儿云:"此儿正须大病。"须臾,此儿果病,殆死。其母闻之,诘综。综云:"无他,此儿向于道中掷涂,误中一鬼脚。鬼怒,故病汝儿尔。得以酒饭遗鬼,即差。"母如言而愈。

范 启 之 妻

顺阳范启,母丧当葬。前母墓在顺阳,往视之。既至而坟垅杂沓,难可识别,不知何许。袁彦仁时为豫州,往看之,因云:"闻有一人见鬼。"范即如言,令物色觅之。比至,云:"墓中一人衣服颜状如此。"即开墓,棺物皆烂,冢中灰壤深尺余,意甚疑之。试令人以足拨灰中土，冀得旧物，果得一砖，铭云"范坚之妻"。然后信之。

竺 法 师

沙门竺法师，会稽人也，与北中郎王坦之周旋甚厚。每共论死生罪福报应之事茫昧难明，因便共要，若有先死者，当相报语。后经年，王于庙中忽见法师来，曰："贫道以某月日命故，罪福皆不虚，应若影响。檀越惟当勤修道德，以升跻神明耳。先与君要，先死者相报，故来相语。"言讫，忽然不见。坦之寻亦卒。

白 布 裤 鬼

乐安刘池苟家在夏口，忽有一鬼来住刘家。初因暗，仿佛见形如人，著白布裤。自尔后，数日一来，不复隐形，便不去。喜偷食，不以为患，然且难之。初不敢呵骂。吉翼子者，强梁不信鬼，至刘家，谓主人曰："卿家鬼何在？唤来，今为卿骂之！"即闻屋梁作声。时大有客，共仰视，便纷纭掷一物下，正著翼子面，视之，乃主人家妇女亵衣，恶犹著焉。众共大笑为乐。吉大惭，洗面而去。有人语刘："此鬼偷食，乃食尽，必有形之物，可以毒药中之。"刘即于他家煮野葛，取二升汁，密赍还家。向夜，举家作粥糜，食余一瓯，因泻葛汁著中，置于几上，以盆覆之。人定后，闻鬼从外来，发盆啖糜。既讫，便掷破瓯走去。须臾间，在屋头吐，嗔怒非常，便棒打窗户。刘先已防备，与斗。亦不敢入。至四更中，然后遂绝。

搜神后记卷七

虹化丈夫

庐陵巴邱人陈济者,作州史。其妇秦,独在家。常有一丈夫,长丈余,仪容端正,著绛碧袍,采色炫耀,来从之。后常相期于一山涧间。至于寝处,不觉有人道相感接。如是数年。比邻人观其所至辄有虹见。秦至水侧,丈夫以金瓶引水共饮。后遂有身,生而如人,多肉。济假还,秦惧见之,乃纳儿著瓮中。此丈夫以金瓶与之,令覆儿,云:"儿小,未可得将去。不须作衣,我自衣之。"即与绛囊以裹之,令可时出与乳。于时风雨暝晦,邻人见虹下其庭,化为丈夫,复少时,将儿去,亦风雨暝晦。人见二虹出其家。数年而来省母。后秦适田,见二虹于涧,畏之。须臾见丈夫,云:"是我,无所畏也。"从此乃绝。

山 猓

宋元嘉初,富阳人姓王,于穷渎中作蟹断。旦往观之,见一材长二尺许,在断中。而断裂开,蟹出都尽。乃修治断,出材岸上。明往视之,材复在断中,断败如前。王又治断出材。明晨视,所见如初。王疑此材妖异,乃取内蟹笼中,挛头担归,云:"至家,当斧斫燃之。"未至家二三里,闻笼中倅倅动。转头顾视,见向材头变成一物,人面猴身,一身一足。语王曰:"我性嗜蟹,比日实入水破君蟹断,入断食蟹。相负已尔,望君见恕，开笼出我。我是山神，当相佑助，并令断得大蟹。"王曰：
"如此暴人，前后非一，罪自应死。"此物恳告，苦请乞放。王回
顾不应。物曰："君何姓名？我欲知之。"频问不已，王遂不答。
去家转近，物曰："既不放我，又不告我姓名，当复何计？但应
就死耳！"王至家，炽火焚之，后寂然无复声。土俗谓之山猱，
云知人姓名，则能中伤人。所以勤勤问王，欲害人自免。

平阳陨肉

　　刘聪伪建元元年正月，平阳地震，其崇明观陷为池，水赤
如血，赤气至天，有赤龙奋迅而去。流星起于牵牛，入紫微，龙
形委蛇，其光照地，落于平阳北十里。视之则肉，臭闻于平阳，
长三十步，广二十七步。肉旁尝有哭声，昼夜不止。数日，聪
后刘氏，产一蛇一兽，各害人而走。寻之不得。顷之，见于陨
肉之旁。俄而刘氏死，哭声自绝。

周子文失魂

　　晋中兴后，谯郡周子文，家在晋陵。少时喜射猎，常入山，
忽山岫间有一人，长五六丈，手捉弓箭，箭镝头广二尺许，白如
霜雪，忽出声唤曰："阿鼠。"子文小字。子文不觉应曰："喏。"此
人便牵弓满镝向子文，子文便失魂厌伏。

毛　　人

　　晋孝武世，宣城人秦精，常入武昌山中采茗，忽遇一人，身
长丈余，遍体皆毛，从山北来。精见之，大怖，自谓必死。毛人
径牵其臂，将至山曲，入大丛茗处，放之便去。精因采茗。须
臾复来，乃探怀中二十枚橘与精，甘美异常。精甚怪，负茗

而归。

朱　衣　人

会稽盛逸,常晨兴,路未有行人,见门外柳树上有一人,长二尺,衣朱衣冠冕,俯以舌舐树叶上露。良久,忽见逸,神意惊遽,即隐不见。

两　头　人

宋永初三年,谢南康家婢行,逢一黑狗,语婢云:"汝看我背后。"婢举头,见一人长三尺,有两头。婢惊怖返走,人狗亦随婢后,至家庭中,举家避走。婢问狗:"汝来何为?"狗云:"欲乞食尔。"于是婢为设食。并食食讫,两头人出。婢因谓狗曰:"人已去矣。"狗曰:"正已复来。"良久乃没,不知所在。后家人死丧殆尽。

壁　中　一　物

宋襄城李颐,其父为人不信妖邪。有一宅,由来凶不可居,居者辄死。父便买居之。多年安吉,子孙昌炽。为二千石,当徙家之官,临去,请会内外亲戚。酒食既行,父乃言曰:"天下竟有吉凶否? 此宅由来言凶,自吾居之,多年安吉,乃得迁官,鬼为何在? 自今已后,便为吉宅。居者住止,心无所嫌也。"语讫如厕。须臾,见壁中有一物,如卷席大,高五尺许,正白。便还,取刀中之,中断,化为两人。复横斫之,又成四人。便夺取刀,反斫杀李。持至坐上,斫杀其子弟。凡姓李者必死,惟异姓无他。颐尚幼,在抱。家内知变,乳母抱出后门,藏他家。止其一身获免。颐字景真,位至湘东太守。

狗　变　形

　　宋王仲文为河南郡主簿，居缑氏县北。得休，因晚行泽中，见车后有白狗，仲文甚爱之。欲取之，忽变形如人，状似方相，目赤如火，磋牙吐舌，甚可憎恶。仲文大怖，与奴共击之，不胜而走。告家人，合十余人，持刀捉火，自来视之，不知所在。月余，仲文忽复见之。与奴并走，未到家，伏地俱死。

搜神后记卷八

二人著乌衣

王机为广州刺史,入厕,忽见二人著乌衣,与机相捍。良久擒之,得二物,如乌鸭。以问鲍靓,靓曰:"此物不祥。"机焚之,径飞上天。寻诛死。

火 变 蝴 蝶

晋义熙中,乌伤葛辉夫,在妇家宿。三更后,有两人把火至阶前。疑是凶人,往打之。欲下杖,悉变成蝴蝶,缤纷飞散。有冲辉夫腋下,便倒地,少时死。

诸 葛 长 民

诸葛长民富贵后,常一月中辄十数夜眠中惊起跳踉,如与人相打。毛修之尝与同宿,见之惊愕,问其故,答曰:"正见一物,甚黑而有毛,脚不分明,奇健,非我无以制之也。"后来转数。屋中柱及椽桷间,悉见有蛇头。令人以刃悬斫,应刃隐藏。去辄复出。又捣衣杵相与语,如人声,不可解。于壁见有巨手,长七八尺,臂大数围。令斫之,忽然不见。未几伏诛。

死 人 头

新野庾谨,母病,兄弟三人,悉在侍疾。白日常燃火,忽见

帐带自卷自舒,如此数四。须臾间,床前闻狗声异常。举家共
视,了不见狗,见一死人头在地,头犹有血,两眼尚动,甚可憎
恶。其家怖惧,乃不持出门,即于后园中瘗之。明日往视,乃
出土上,两眼犹尔,即又埋之。后日复出,乃以砖头合埋之,遂
不复出。他日,其母便亡。

人 头 堕

王绥字彦猷,其家夜中梁上无故有人头堕于床,而流血滂
沱。俄拜荆州刺史,坐父愉之谋,与弟纳并被诛。

髑 髅 百 头

晋永嘉五年,张_{一作高。}荣为高平戍逻主。时曹嶷贼寇离
乱,人民皆坞垒自保固。见山中火起,飞埃绝焰十余丈,树颠
火焱,响动山谷。又闻人马铠甲声,谓嶷贼上,人皆惶恐,并戒
严出,将欲击之。乃引骑到山下,无有人,但见碎火来晒人,袍
铠马毛鬣皆烧。于是军人走还。明日往视,山中无燃火处。
惟见髑髅百头,布散在山中。

葱 缩

新野赵贞家,园中种葱,未经袖拔。忽一日,尽缩入地。
后经岁余,贞之兄弟相次分散。

吴 氏 梓

吴聂友,字文悌,豫章新淦_{古暗切。}人。少时贫贱,常好射
猎。夜照见一白鹿,射中之。明寻踪,血既尽,不知所在,且已
饥困,便卧一梓树下。仰见射箭著树枝上,视之,乃是昨所射

箭。怪其如此。于是还家赍粮,率子弟,持斧以伐之。树微有血,遂裁截为板二枚,牵著陂塘中。板常沉没,然时复浮出。出,家辄有吉庆。每欲迎宾客,常乘此板。忽于中流欲没,客大惧,友呵之,还复浮出。仕宦大如愿,位至丹阳太守。在郡经年,板忽随至石头。外司白云:"涛中板入石头来。"友惊曰:"板来,必有意。"即解职归家。下船,便闭户,二板挟两边,一日即至豫章。尔后板出,便反为凶祸。家大辙轲。今新淦北二十里余,曰封溪,有聂友截梓树板涛牂柯处。有梓树,今犹存。乃聂友向日所栽,枝叶皆向下生。

搜神后记卷九

素衣女子

钱塘人姓杜,船行。时大雪日暮,有女子素衣来岸上。杜曰:"何不入船?"遂相调戏。杜阁船载之。后成白鹭,飞去。杜恶之,便病死。

虎卜吉

丹阳人沈宗,在县治下,以卜为业。义熙中,左将军檀侯镇姑孰,好猎,以格虎为事。忽有一人,著皮裤,乘马,从一人,亦著皮裤;以纸裹十余钱,来诣宗卜,云:"西去觅食好,东去觅食好?"宗为作卦,卦成,告之:"东向吉,西向不利。"因就宗乞饮,内口著瓯中,状如牛饮。既出,东行百余步,从者及马皆化为虎。自此以后,虎暴非常。

熊穴

晋升平中,有人入山射鹿。忽堕一坎,窅然深绝。内有数头熊子。须臾,有一大熊来,瞪视此人。人谓必以害己。良久,出藏果,分与诸子。末后作一分,置此人前。此人饥甚,于是冒死取啖之。既而转相狎习。熊母每旦出,觅果食还,辄分此人,赖以延命。熊子后大,其母一一负之而出。子既尽,人分死坎中,穷无出路。熊母寻复还入,坐人边。人解其意,便抱熊足,于是跃出。竟得无他。

鹿 女 脯

　　淮南陈氏,于田中种豆,忽见二女子,姿色甚美,著紫缬襦,青裙,天雨而衣不湿。其壁先挂一铜镜,镜中见二鹿,遂以刀斫获之,以为脯。

猴 私 宫 妓

　　晋太元中,丁零王翟昭后宫养一狝猴,在妓女房前。前后妓女,同时怀妊,各产子三头,出便跳跃。昭方知是猴所为,乃杀猴及子。妓女同时号哭。昭问之,云:"初见一年少,著黄练单衣,白纱帢,甚可爱,笑语如人。"

乌 龙

　　会稽句章民张然,滞役在都,经年不得归。家有少妇,无子,惟与一奴守舍,妇遂与奴私通。然在都养一狗,甚快,名曰"乌龙",常以自随。后假归,妇与奴谋,欲得杀然。然及妇作饭食,共坐下食。妇语然:"与君当大别离,君可强啖。"然未得啖,奴已张弓拔矢当户,须然食毕。然涕泣不食,乃以盘中肉及饭掷狗,祝曰:"养汝数年,吾当将死,汝能救我否?"狗得食不啖,惟注睛舐唇视奴。然亦觉之。奴催食转急,然决计,拍膝大呼曰:"乌龙与手!"狗应声伤奴。奴失刀仗倒地,狗咋其阴,然因取刀杀奴。以妇付县,杀之。

杨 生 狗

　　晋太和中,广陵人杨生,养一狗,甚爱怜之,行止与俱。后生饮酒醉，行大泽草中，眠，不能动。时方冬月燎原，风势极盛。狗乃周章号唤，生醉不觉。前有一坑水，狗便走往水中还，以身洒生左右草上。如此数次，周旋跬步，草皆沾湿。火至免焚。生醒，方见之。尔后生因暗行，堕于空井中，狗呻吟彻晓。有人经过，怪此狗向井号，往视，见生。生曰："君可出我，当有厚报。"人曰："以此狗见与，便当相出。"生曰："此狗曾活我已死，不得相与。余即无惜。"人曰："若尔，便不相出。"狗因下头目井。生知其意，乃语路人云："以狗相与。"人即出之，系之而去。却后五日，狗夜走归。

蔡詠家狗

　　晋穆、哀之世，领军司马济阳蔡詠家狗，夜辄群众相吠，往视便伏。后日，使人夜伺，有一狗，著黄衣，白帢，长五六尺，众狗共吠之。寻迹，定是詠家老黄狗，即打杀之。吠乃止。

张平家狗

　　代郡张平者，苻坚时为贼帅，自号并州刺史。养一狗，名曰"飞燕"，形若小驴。忽夜上厅事屋上行，行声如平常。未经年，果为鲜卑所逐，败走，降苻坚。未几便死。

老黄狗

　　太叔王氏，后娶庾氏女，年少色美。王年六十，常宿外，妇深无欣。后忽一夕，见王还，燕婉兼常。昼坐，因共食。奴从外来，见之大惊。以白王。王遽入，伪者亦出。二人交会中庭，俱著白帢，衣服形貌如一。真者便先举杖打伪者，伪者亦报打之。二人各敕子弟，令与手。王儿乃突前痛打，是一黄狗,遂打杀之。王时为会稽府佐,门士云:"恒见一老黄狗,自东而来。"其妇大耻,病死。

林虑山亭犬

林虑山下有一亭,人每过此宿者辄病死。云尝有十余人,男女杂沓,衣或白或黄,辄蒲博相戏。时有郅伯夷者,宿于此亭,明烛而坐诵经。至中夜,忽有十余人来,与伯夷并坐蒲博。伯夷密以镜照之,乃是群犬。因执烛起,阳误以烛烧其衣,作燃毛气。伯夷怀刀,捉一人刺之。初作人唤,遂死成犬。余悉走去。

羊 炙

顾霈者,吴之豪士也。曾送客于升平亭。时有一沙门在座,是流俗道人。主人欲杀一羊,羊绝绳便走,来投入此道人膝中,穿头向袈裟下。道人不能救,即将去杀之。既行炙,主人便先割以啖道人。道人食炙下喉,觉炙行走皮中,毒痛不可忍。呼医来针之,以数针贯其炙,炙犹动摇。乃破出视之,故是一脔肉耳。道人于此得疾,遂作羊鸣,吐沫。还寺,少时卒。

古冢老狐

吴郡顾旃,猎至一岗,忽闻人语声云:"咄!咄!今年衰。"乃与众寻觅。岗顶有一阱,是古时冢,见一老狐蹲冢中,前有一卷簿书,老狐对书屈指,有所计校。乃放犬咋杀之。取视簿书,悉是奸人女名。已经奸者,乃以朱钩头。所疏名有百数,旃女正在簿次。

狐带香囊

　　襄阳习凿齿，字彦威，为荆州主簿，从桓宣武出猎。时大雪，于江陵城西见草上雪气出。伺观，见一黄物，射之，应箭死。往取，乃一老雄狐，脚上带绛绫香囊。

放伯裘

　　宋酒泉郡，每太守到官，无几辄死。后有渤海陈斐见授此郡，忧恐不乐，就卜者占其吉凶。卜者曰："远诸侯，放伯裘。能解此，则无忧。"斐不解此语，答曰："君去，自当解之。"斐既到官，侍医有张侯，直医有王侯，卒有史侯、董侯等，斐心悟曰："此谓诸侯。"乃远之。即卧，思"放伯裘"之义，不知何谓。至夜半后，有物来斐被上，斐觉，以被冒取之，物遂跳踉，訇訇作声。外人闻，持火入，欲杀之。魅乃言曰："我实无恶意，但欲试府君耳。能一相赦，当深报君恩。"斐曰："汝为何物，而忽干犯太守？"魅曰："我本千岁狐也。今变为魅，垂化为神，而正触府君威怒，甚遭困厄。我字伯裘，若府君有急难，但呼我字，便当自解。"斐乃喜曰："真'放伯裘'之义也。"即便放之。小开被，忽然有光，赤如电，从户出。明夜有敲门者，斐问是谁，答曰："伯裘。"问："来何为？"答曰："白事。"问曰："何事？"答曰："北界有贼奴发也。"斐按发则验。每事先以语斐。于是境界无毫发之奸，而咸曰圣府君。后经月余，主簿李音共斐侍婢私通。既而惧为伯裘所白，遂与诸仆谋杀斐。伺傍无人，便与诸仆持仗直入，欲格杀之。斐惶怖，即呼："伯裘来救我！"即有物如曳一疋绛，剨然作声。诸仆伏地失魂，乃以次缚取。考询皆服，云："斐未到官，音已惧失权，与诸仆谋杀斐。会诸仆见斥，事不成。"斐即杀音等。伯裘乃谢斐曰："未及白音奸情，乃为府君所召。虽效微力，犹用惭惶。"后月余，与斐辞曰："今后当上天去，不得复与府君相往来也。"遂去不见。

搜神后记卷十

蛟　子

长沙有人，忘其姓名，家住江边。有女子，渚次浣衣，觉身中有异，复不以为患，遂妊身。生三物，皆如鮧音提。鱼。女以己所生，甚怜异之。乃著澡盘水中养之。经三月，此物遂大，乃是蛟子。各有字：大者为"当洪"，次者为"破阻"，小者为"扑岸"。天暴雨水，三蛟一时俱去，遂失所在。后天欲雨，此物辄来。女亦知其当来，便出望之。蛟子亦举头望母，良久方去。经年后，女亡。三蛟子一时俱至墓所哭之，经日乃去。闻其哭声，状如狗嗥。

蛟　庇　舍

安城平都县尹氏，居在郡东十里曰黄村，尹佃舍在焉。元嘉二十三年六月中，尹儿年十三，守舍，见一人年可二十许，骑白马，张伞，及从者四人，衣并黄色，从东方而来。至门，呼尹儿："来暂寄息。"因入舍中庭下，坐床，一人捉伞覆之。尹儿看其衣，悉无缝，马五色斑，似鳞甲而无毛。有顷，雨气至。此人上马去，回顾尹儿曰："明日当更来。"尹儿观其去，西行，蹑虚而渐升，须臾，云气四合，白昼为之晦暝。明日，大水暴出，山谷沸涌，邱壑淼漫。将淹尹舍，忽见大蛟长三丈余，盘屈庇其舍焉。

虬 塘

武昌虬山有龙穴，居人每见神虬飞翔出入。岁旱祷之，即雨。后人筑塘其下，曰虬塘。

斫 雷 公

吴兴人章苟者，五月中，于田中耕，以饭置菰里，每晚取食，饭亦已尽。如此非一。后伺之，见一大蛇偷食。苟遂以锸斫之，蛇便走去。苟逐之，至一坂，有穴，便入穴，但闻啼声云："斫伤我矣！"或言："当何如？"或云："付雷公，令霹雳杀奴。"须臾，云雨冥合，霹雳覆苟上。苟乃跳梁大骂曰："天公！我贫穷，展力耕恳！蛇来偷食，罪当在蛇，反更霹雳我耶？乃无知雷公也！雷公若来，吾当以锸斫汝腹。"须臾，云雨渐散，转霹雳向蛇穴中。蛇死者数十。

乌 衣 人

吴末，临海人入山射猎，为舍住。夜中，有一人，长一丈，著黄衣，白带，径来谓射人曰："我有仇，剋明日当战。君可见助，当厚相报。"射人曰："自可助君耳，何用谢为！"答曰："明日食时，君可出溪边。敌从北来，我南往应。白带者我，黄带者彼。"射人许之。明出，果闻岸北有声，状如风雨，草木四靡。视南亦尔。唯见二大蛇，长十余丈，于溪中相遇，便相盘绕。白蛇势弱，射人因引弩射之，黄蛇即死。日将暮，复见昨人来，辞谢云："住此一年猎，明年以去，慎勿复来，来必为祸。"射人曰："善。"遂停一年猎，所获甚多，家至巨富。数年后，忽忆先所获多，乃忘前言，复更往猎。见先白带人告曰："我语君勿复更来,不能见用。仇子已大,今必报君。非我所知。"射人闻之,甚怖,便欲走,乃见三乌衣人,皆长八尺,俱张口向之。射人即死。

蛇 衔 卵

元嘉中,广州有三人,共入山中伐木。忽见石窠中有二卵,大如升。取煮之,汤始热,便闻林中如风雨声。须臾,有一蛇,大十围,长四五丈,径来,于汤中衔卵去。三人无几皆死。

女 嫁 蛇

晋太元中,有士人嫁女于近村者,至时,夫家遣人来迎,女家好遣发,又令女乳母送之。既至,重门累阁,拟于王侯。廊柱下有灯火,一婢子严妆直守。后房帷帐甚美。至夜,女抱乳母涕泣,而口不得言。乳母密于帐中以手潜摸之,得一蛇,如数围柱,缠其女,从足至头。乳母惊走出外,柱下守灯婢子,悉是小蛇,灯火乃是蛇眼。

放 龟

晋咸康中,豫州刺史毛宝戍邾城。有一军人于武昌市见人卖一白龟子,长四五寸,洁白可爱,便买取持归,著瓮中养之。七日渐大,近欲尺许。其人怜之,持至江边,放江水中,视其去。后邾城遭石季龙攻陷,毛宝弃豫州,赴江者莫不沉溺。于时所养龟人,被铠持刀,亦同自投。既入水中,觉如堕一石上,水裁至腰。须臾,游出,中流视之,乃是先所放白龟,甲六七尺。既抵东岸,出头视此人,徐游而去。中江,犹回首视此人而没。

拾 遗 记

[前秦]王嘉　撰
[梁]萧　绮　录
王　根　林　校点

校 点 说 明

《拾遗记》十卷，又称《拾遗录》、《王子年拾遗记》，十六国时期前秦人王嘉撰，梁萧绮录。王嘉，字子年，陇西安阳（今甘肃渭源）人。史载他有方术，隐居，不与世人交。苻坚屡次征召不起，终被后秦姚苌杀死。南朝梁萧绮为本书作录，录即评论的意思。萧绮在为本书所作序中说，原书为十九卷，经战乱颇有失佚，绮于是辑集残文，合为十卷。应该说，萧绮在保存、整理《拾遗记》方面，是有很大贡献的。

本书所记事，起庖牺，迄晋末。其前九卷，按朝代顺序叙述历史传说、神话故事和奇闻异事，第十卷为记诸大名山，体例有些奇特。它在内容上的一大特点，是想象力丰富，颇有科学幻想成分。按功能来说，它所写的"沦波舟"极似今日的潜水艇，"贯月槎"极似宇宙飞船，"曳影剑"极似导弹，"玉人"则极似机器人。它写的故事情节曲折，辞藻赡丽，刘勰在《文心雕龙》中就称它"事丰奇伟，辞富膏腴"。其中不少故事成为后代传奇小说的蓝本，故《四库全书总目》称其"历代词人，取材不竭"。

《拾遗记》今见最早的本子，是明世德堂的翻宋刻本，稍后的《汉魏丛书》本、《古今逸史》本均属这一系统。另一系统是《稗海》本，文字与前本有较大差异，且无标题，萧"录"也不完全。今以《古今逸史》本为底本，而校以他本，予以分段、标点出版。

目　录

序

萧　　绮

《拾遗记》者，晋陇西安阳人王嘉字子年所撰，凡十九卷，二百二十篇，皆为残缺。当伪秦之季，王纲迁号，五都沦覆，河洛之地，没为戎墟，宫室榛芜，书藏埋毁。荆棘霜露，岂独悲于前王；鞠为禾黍，弥深嗟于兹代！故使典章散灭，簧馆焚埃，皇图帝册，殆无一存，故此书多有亡散。文起羲、炎已来，事讫西晋之末，五运因循，十有四代。王子年乃搜撰异同，而殊怪必举，纪事存朴，爱广尚奇。宪章稽古之文，绮综编杂之部，《山海经》所不载，夏鼎未之或存，乃集而记矣。辞趣过诞，意旨迂阔，推理陈迹，恨为繁冗。多涉祯祥之书，博采神仙之事，妙万物而为言，盖绝世而弘博矣！

世德陵夷，文颇缺略。绮更删其繁紊，纪其实美，搜刊幽秘，掇采残落，言匪浮诡，事弗空诬。推详往迹，则影彻经史；考验真怪，则叶附图籍。若其道业远者，则辞省朴素；世德近者，则文存靡丽。编言贯物，使宛然成章。数运则与世推移，风政则因时回改。至如金绳鸟篆之文，玉牒虫章之字，末代流传，多乖暴迹，虽探研镌写，抑多疑误。及言乎政化，讹乎祯祥，随代而次之。土地山川之域，或以名例相疑；草木鸟兽之类，亦以声状相惑。随所载而区别，各因方而释之，或变通而会其道，宁可采于一说。今搜检残遗，合为一部，凡一十卷，序而录焉。

拾遗记卷一

春 皇 庖 牺

春皇者,庖牺之别号。所都之国,有华胥之洲。神母游其上,有青虹绕神母,久而方灭,即觉有娠,历十二年而生庖牺。长头修目,龟齿龙唇,眉有白毫,须垂委地。或人曰:岁星十二年一周天,今叶以天时。且闻圣人生皆有祥瑞。昔者人皇蛇身九首,肇自开辟。于时日月重轮,山明海静。自尔以来,为陵成谷,世历推移,难可计算。比于圣德,有逾前皇。礼义文物,于兹始作。去巢穴之居,变茹腥之食,立礼教以导文,造干戈以饰武。丝桑为瑟,均土为埙。礼乐于是兴矣。调和八风,以画八卦,分六位以正六宗。于时未有书契,规天为图,矩地取法,视五星之文,分晷景之度,使鬼神以致群祠,审地势以定川岳,始嫁娶以修人道。庖者,包也,言包含万象。以牺牲登荐于百神,民服其圣,故曰庖牺,亦谓伏羲。变混沌之质,文宓其教,故曰宓牺。布至德于天下,元元之类,莫不尊焉。以木德称王,故曰春皇。其明睿照于八区,是谓太昊。昊者,明也。位居东方,以含养蠢化,叶于木德,其音附角,号曰"木皇"。

炎 帝 神 农

炎帝始教民耒耜,躬勤畎亩之事,百谷滋阜。圣德所感,无不著焉。神芝发其异色,灵苗擢其嘉颖,陆地丹蕖,骈生如盖,香露滴沥,下流成池,因为豢龙之圃。朱草蔓衍于街衢,卿云蔚蔼于丛薄,筑圆丘以祀朝日,饰瑶阶以揖夜光。奏九天之和乐,百兽率舞,八音克谐,木石润泽。时有流云洒液,是谓"霞浆",服之得道,后天而老。有石璘之玉,号曰"夜明",以暗投水,浮而不灭。当斯之时,渐革庖牺之朴,辨文物之用。时有丹雀衔九穗禾,其坠地者,帝乃拾之,以植于田,食者老而不死。采峻锾之铜以为器。峻锾,山名也。下有金井,白气冠其上。人升于其间,雷霆之声,在于地下。井中之金柔弱,可以缄縢也。

　　录曰:谨按《周易》云:伏羲为上古,观文于天,察理于地,俯仰二仪,经纶万象,至德备于冥昧,神化通于精粹。是以图书著其迹,河洛表其文。变太素之质,改淳远之化,三才之位既立,四维之义乃张。礼乐文物,自兹而始。降于下代,渐相移袭。《八索》载其遄轨,《九丘》纪其淳化,备昭籍篆,编列柱史。考验先经,刊详往诰,事列方典,取征群籍,博采百家,求详可证。按《山海经》云:"棠帝之山,出浮水玉。巫闾之地,其木多文。"自非道真俗朴,理会冥旨,与四时齐其契,精灵协其德,祯祥之异,胡可致哉! 故使迹感诚著,幽只不藏其宝,只心剪害,殊性之类必驯也。以降露成池,蓄龙为圃。及乎夏代,世载绵绝,时有豢龙之官。考诸遄籍,由斯立矣。

轩 辕 黄 帝

　　轩辕出自有熊之国。母曰昊枢,以戊己之日生,故以土德称王也。时有黄星之祥。考定历纪,始造书契。服冕垂衣,故有衮龙之颂。变乘桴以造舟楫,水物为之祥踊,沧海为之恬波。泛河沉璧，有泽马群鸣，山车满野。吹玉律，正璇衡。置四史以主图籍，使九行之士以统万国。九行者，孝、慈、文、信、言、忠、恭、勇、义。以观天地，以祠万灵，亦为九德之臣。薰风至，真人集，乃厌世于昆台之上，留其冠、剑、佩、舄焉。昆台者，鼎湖之极峻处也，立馆于其下。帝乘云龙而游，殊乡绝域，至今望而祭焉。帝以神金铸器，皆铭题。及升遐后，群臣观其铭，皆上古之字，多磨灭缺落。凡所造建，咸刊记其年时，辞迹皆质。诏使百辟群臣受德教者，先列珪玉于兰蒲席上，燃沉榆之香，舂杂宝为屑，以沉榆之胶和之为泥，以涂地，分别尊卑华戎之位也。事出《封禅记》。帝使风后负书，常伯荷剑，旦游洹流，夕归阴浦，行万里而一息。洹流如沙尘，足践则陷，其深难测。大风吹沙如雾，中多神龙鱼鳖，皆能飞翔。有石蕖青色，坚而甚轻，从风靡靡，覆其波上，一茎百叶，千年一花。其地一名"沙澜"，言沙涌起而成波澜也。仙人宁封食飞鱼而死，二百年更生。故宁先生游沙海七言颂云："青蕖灼烁千载舒，百龄暂死饵飞鱼。"则此花此鱼也。

少　　昊

少昊以金德王。母曰皇娥，处璇宫而夜织。或乘桴木而昼游，经历穷桑沧茫之浦。时有神童，容貌绝俗，称为白帝之子，即太白之精，降乎水际，与皇娥宴戏，奏婔娟之乐，游漾忘归。穷桑者，西海之滨，有孤桑之树，直上千寻，叶红椹紫，万岁一实，食之后天而老。帝子与皇娥泛于海上，以桂枝为表，结薰茅为旌，刻玉为鸠，置于表端，言鸠知四时之候，故《春秋传》曰"司至"，是也。今之相风，此之遗象也。帝子与皇娥并坐，抚桐峰梓瑟。皇娥倚瑟而清歌曰："天清地旷浩茫茫，万象回薄化无方。浛天荡荡望沧沧，乘桴轻漾著日傍。当其何所至穷桑，心知和乐悦未央。"俗谓游乐之处为桑中也。《诗》中《卫风》云："期我乎桑中。"盖类此也。白帝子答歌："四维八埏眇难极，驱光逐影穷水域。璇宫夜静当轩织。桐峰文梓千寻直，伐梓作器成琴瑟。清歌流畅乐难极，沧湄海浦来栖息。"及皇娥生少昊，号曰穷桑氏，亦曰桑丘氏。至六国时，桑丘子著阴阳书，即其余裔也。少昊以主西方，一号金天氏，亦曰金穷氏。时有五凤，随方之色，集于帝庭，因曰凤鸟氏。金鸣于山，银涌于地。或如龟蛇之类，乍似人鬼之形，有水屈曲亦如龙凤之状，有山盘纡亦如屈龙之势，故有龙山、龟山、凤水之目也。亦因以为姓，末代为龙丘氏，出班固《艺文志》；蛇丘氏，出《西王母神异传》。

颛顼

　　帝颛顼高阳氏，黄帝孙，昌意之子。昌意出河滨，遇黑龙负玄玉图。时有一老叟谓昌意云："生子必叶水德而王。"至十年，颛顼生，手有文如龙，亦有玉图之象。其夜昌意仰视天，北辰下，化为老叟。及颛顼居位，奇祥众祉，莫不总集，不禀正朔者，越山航海而皆至也。帝乃揖四方之灵，群后执珪以礼，百辟各有班序。受文德者，锡以钟磬；受武德者，锡以干戈。有浮金之钟，沉明之磬，以羽毛拂之，则声振百里。石浮于水上，如萍藻之轻，取以为磬，不加磨琢。及朝万国之时，乃奏含英之乐，其音清密，落云间之羽，鲸鲵游涌，海水恬波。有曳影之剑，腾空而舒，若四方有兵，此剑则飞起指其方，则剋伐；未用之时，常于匣里如龙虎之吟。

　　溟海之北，有勃鞮之国。人皆衣羽毛，无翼而飞，日中无影,寿千岁。食以黑河水藻,饮以阴山桂脂。凭风而翔,乘波而至。中国气暄,羽毛之衣,稍稍自落。帝乃更以文豹为饰。献黑玉之环,色如淳漆。贡玄驹千匹。帝以驾铁轮,骋劳殊乡绝域。其人依风泛黑河以旋其国也。

阇河之北,有紫桂成林,其实如枣,群仙饵焉。韩终采药四言诗曰:"阇河之桂,实大如枣。得而食之,后天而老。"

高　辛

帝喾之妃,邹屠氏之女也。轩辕去蚩尤之凶,迁其民善者于邹屠之地,迁恶者于有北之乡。其先以地命族,后分为邹氏、屠氏。女行不践地,常履风云,游于伊、洛。帝乃期焉,纳以为妃。妃常梦吞日,则生一子,凡经八梦,则生八子。世谓为"八神",亦谓"八翌",翌,明也,亦谓"八英",亦谓"八力",言其神力英明,翌成万象,亿兆流其神睿焉。

有丹丘之国,献玛碯瓮,以盛甘露。帝德所洽,被于殊方,以露充于厨也。玛碯,石类也,南方者为之胜。今善别马者,死则破其脑视之。其色如血者,则日行万里,能腾空飞;脑色黄者,日行千里;脑色青者,嘶闻数百里;脑色黑者,入水毛鬣不濡,日行五百里;脑色白者,多力而怒。今为器多用赤色,若是人工所制者,多不成器,亦殊朴拙。其国人听马鸣则别其脑色。丹丘之地,有夜叉驹跋之鬼,能以赤马脑为瓶、盂及乐器,皆精妙轻丽。中国人有用者,则魑魅不能逢之。一说云,马脑者,言是恶鬼之血,凝成此物。昔黄帝除蚩尤及四方群凶,并诸妖魅,填川满谷,积血成渊,聚骨如岳。数年中,血凝如石,骨白如灰,膏流成泉。故南方有肥泉之水,有白垩之山,望之峨峨,如霜雪矣。又有丹丘,千年一烧,黄河千年一清,至圣之君，以为大瑞。丹丘之野多鬼血，化为丹石，则码碯也。不可研削雕琢，乃可铸以为器也。当黄帝时，码碯瓮至，尧时犹存，甘露在其中，盈而不竭，谓之宝露，以班赐群臣。至舜时，露已渐减。随帝世之污隆，时淳则露满，时浇则露竭，及乎三代，减于陶唐之庭。舜迁宝瓮于衡山之上，故衡山之岳有宝露坛。舜于坛下起月馆，以望夕月。舜南巡至衡山，百辟群后皆得露泉之赐。时有云气生于露坛，又迁宝瓮于零陵之上。舜崩，瓮沦于地下。至秦始皇通汨罗之流为小溪，径从长沙至零陵，掘地得赤玉瓮，可容八斗，以应八方之数，在舜庙之堂前。后人得之，不知年月。至后汉东方朔识之，朔乃作《宝瓮铭》曰："宝云生于露坛，祥风起于月馆，望三壶如盈尺，视八鸿如萦带。"三壶，则海中三山也。一曰方壶，则方丈也；二曰蓬壶，则蓬莱也；三曰瀛壶，则瀛洲也。形如壶器。此三山上广、中狭、下方，皆如工制，犹华山之似削成。八鸿者，八方之名；鸿，大也。登月馆以望四海三山，皆如聚米萦带者矣。

唐　尧

　　帝尧在位，圣德光洽。河洛之滨，得玉版方尺，图天地之形。又获金璧之瑞，文字炳列，记天地造化之始。四凶既除，善人来服，分职设官，彝伦攸叙。乃命大禹，疏川潴泽。有吴之乡，有北之地，无有妖灾。沉翔之类，自相驯扰。幽州之墟，羽山之北，有善鸣之禽，人面鸟喙，八翼一足，毛色如雉，行不践地，名曰青鹳，其声似钟磬笙竽也。《世语》曰："青鹳鸣，时太平。"故盛明之世，翔鸣薮泽，音中律吕，飞而不行。至禹平水土，栖于川岳，所集之地，必有圣人出焉。自上古铸诸鼎器，皆图像其形，铭赞至今不绝。尧登位三十年，有巨查浮于西海,查上有光,夜明昼灭。海人望其光,乍大乍小,若星月之出入矣。查常浮绕四海,十二年一周天,周而复始,名曰贯月查,亦谓挂星查,羽人栖息其上。群仙含露以漱,日月之光则如暝矣。虞、夏之季,不复记其出没。游海之人,犹传其神伟也。

西海之西,有浮玉山。山下有巨穴,穴中有水,其色若火,昼则通昽不明,夜则照耀穴外,虽波涛灌荡,其光不灭,是谓"阴火"。当尧世,其光烂起,化为赤云,丹辉炳映,百川恬澈。游海者铭曰"沉燃",以应火德之运也。尧在位七十年,有鸾雏岁岁来集,麒麟游于薮泽,枭鸱逃于绝漠。有秖支之国献重明之鸟,一名"双睛",言双睛在目。状如鸡,鸣似凤。时解落毛羽,肉翮而飞。能搏逐猛兽虎狼,使妖灾群恶不能为害。饴以琼膏。或一岁数来,或数岁不至。国人莫不扫洒门户,以望重明之集。其未至之时,国人或刻木,或铸金,为此鸟之状,置于门户之间,则魑魅丑类自然退伏。今人每岁元日,或刻木铸金,或图画为鸡于牖上,此之遗像也。

虞　舜

虞舜在位十年,有五老游于国都,舜以师道尊之,言则及造化之始。舜禅于禹,五老去,不知所从。舜乃置五星之祠以祭之。其夜有五长星出,薰风四起,连珠合璧,祥应备焉。万国重译而至。有大矉之国,其民来朝,乃问其灾祥之数。对曰:"昔北极之外,有潼海之水,渤潏高隐于日中。有巨鱼大蛟,莫测其形也,吐气则八极皆暗,振鬐则五岳波荡。当尧时,怀山为害,大蛟萦天,萦天则三河俱溢,海渎同流。"三河者,天河、地河、中河是也。此三水有时通壅,至圣之治,水色俱澄,无有流沫。及帝之商均,暴乱天下,则巨鱼吸日,蛟绕于天,故诬妄也。此言吸日而星雨皆坠，抑亦似是而非也。故使后来为之回惑，托以无稽之言，特取其爱博多奇之间，录其广异宏丽之靡矣。舜葬苍梧之野，有鸟如雀，自丹州而来，吐五色之气，氤氲如云，名曰凭霄雀，能群飞衔土成丘坟。此鸟能反形变色，集于峻林之上。在木则为禽，行地则为兽，变化无常。常游丹海之际，时来苍梧之野。衔青砂珠，积成垄阜，名曰"珠丘"。其珠轻细，风吹如尘起，名曰"珠尘"。今苍梧之外，山人采药，时有得青石，圆洁如珠，服之不死，带者身轻。故仙人方回《游南岳七言赞》曰："珠尘圆洁轻且明，有道服者得长生。"

冀州之西二万里，有孝养之国。其俗人年三百岁，而织茅为衣，即《尚书》"岛夷卉服"之类也。死，葬之中野，百鸟衔土为坟，群兽为之掘穴，不封不树。有亲死者，刳木为影，事之如生。其俗骁勇，能啮金石，其舌杪方而本小。手搏千钧，以爪画地，则洪泉涌流。善养禽兽，入海取虬龙，育于圈室，以充祭祀。昔黄帝伐蚩尤，除诸凶害，独表此处为孝养之乡，万国莫不钦仰，故舜封为孝让之国。舜受尧禅，其国执玉帛来朝，特加宾礼，异于余戎狄也。爰及鸟兽昆虫，以应阴阳。至亿万之年，山一轮，海一竭，鱼、蛟陆居，有赤乌如鹏，以翼覆蛟、鱼之上。蛟以尾叩天求雨，鱼吸日之光，冥然则暗如薄蚀矣，众星与雨偕坠。舜乃祷海岳之灵，万国称圣。德之所洽，群祥咸至矣。

南浔之国，有洞穴阴源，其下通地脉。中有毛龙、毛鱼，时蜕骨于旷泽之中。鱼、龙同穴而处。其国献毛龙，一雌一雄，故置豢龙之官。至夏代养龙不绝，因以命族。至禹导川，乘此龙。及四海攸同，乃放河汭。

录曰：按《春秋传》云："星陨如雨，而夜犹明。"《淮南子》

云："麒麟斗而日月蚀，鲸鱼死而彗星见。"夫盈虚薄蚀，未详变于圣典；孛彗妖疹，著灾异于图册。麒麟斗，鲸鱼死，靡闻于前经。求诸正诰，殆将昧焉。

录曰：自稽考群籍，伏羲至于轩辕、少昊、高辛、唐、虞之际，禅业相袭，符表名类，未若尧之盛也。按《易纬》云：尧为阳精，叶德乾道，粤若稽古，是谓上圣。惟天为大，惟尧则之。禅业有虞，所谓契叶符同，明象日月。盖其载籍遐旷，算纪绵远，德业异纪，神迹各殊。考传闻于前古，求金言于中世，而教道参差，祥德递起，指明群说，能无仿佛！精灵冥昧，至圣之所不语，安以浅末，贬其有无者哉！刘子政曰："凡传闻不如亲闻，亲闻不如亲见。"何则？神化欻忽，出隐难常，非肤受之所考算，恒情之所思测。至如龙火鸟水之异，云凤麟虫之属，魍魉百怪之形，欻忽之像，凭风云而自生，因金玉而相化，未详备于夏鼎，信莫记于山经。贯月槎之诞，重明桂实之说，阳燎出于冰木，阴虫生于炎山，易肠倒舌之民，蜕骨龙肉之景，凭风云而托生，含雨露而蠢育，已表怪于众图，方见伟于群记。茫茫遐迹，眇眇流文，百家迂阔，各尚斯异，非守文于一说者矣。

拾遗记卷二

夏　　禹

　　尧命夏鲧治水，九载无绩。鲧自沉于羽渊，化为玄鱼，时扬须振鳞，横修波之上，见者谓为"河精"。羽渊与河海通源也。海民于羽山之中，修立鲧庙，四时以致祭祀。常见玄鱼与蛟龙跳跃而出，观者惊而畏矣。至舜命禹疏川奠岳，济巨海则鼋鼍而为梁，逾翠岑则神龙而为驭，行遍日月之墟，惟不践羽山之地，皆圣德之感也。鲧之灵化，其事互说，神变犹一，而色状不同。玄鱼黄能，四音相乱，传写流文，"鲧"字或"鱼"边"玄"也。群疑众说，并略记焉。

　　录曰：书契之作，笔迹轩史，道朴风淳，文用尚质。降及唐、虞，爰迄三代，世祀遐绝，载历绵远。列圣通儒，忧乎道缺。故使玉牒金绳之书，虫章鸟篆之记，或秘诸岩薮，藏于屋壁；或逢丧乱，经籍事寝。前史旧章，或流散异域。故字体与俗讹移，其音旨随方互改。历商、周之世，又经嬴、汉，简帛焚裂，遗坟残泯。详其朽蠹之余，采捃传闻之说。是以"己亥"正于前疑，"三豕"析于后谬。子年所述，涉乎万古，与圣叶同，摛文求理，斯言如或可据。《尚书》云："尧殛鲧于羽山。"《春秋传》曰："其神化为黄能，以入羽渊。"是在山变为能，入水化为鱼也。兽之依山，鱼之附水，各因其性而变化焉。详之正典，爰访杂说，若真若似，并略录焉。

禹铸九鼎，五者以应阳法，四者以象阴数。使工师以雌金为阴鼎，以雄金为阳鼎。鼎中常满，以占气象之休否。当夏桀之世，鼎水忽沸。及周将末，九鼎咸震：皆应灭亡之兆。后世圣人，因禹之迹，代代铸鼎焉。禹尽力沟洫，导川夷岳。黄龙曳尾于前，玄龟负青泥于后。玄龟，河精之使者也。龟颔下有印，文皆古篆，字作九州山川之字。禹所穿凿之处，皆以青泥封记其所，使玄龟印其上。今人聚土为界，此之遗象也。

禹凿龙关之山，亦谓之龙门。至一空岩，深数十里，幽暗不可复行，禹乃负火而进。有兽状如豕，衔夜明之珠，其光如烛。又有青犬，行吠于前。禹计可十里，迷于昼夜。既觉渐明，见向来豕犬变为人形，皆著玄衣。又见一神，蛇身人面。禹因与语，神即示禹八卦之图，列于金版之上。又有八神侍侧。禹曰："华胥生圣子，是汝耶？"答曰："华胥是九河神女，以生余也。"乃探玉简授禹，长一尺二寸，以合十二时之数，使量度天地。禹即执持此简，以平定水土。蛇身之神，即羲皇也。

录曰：夫神迹难求，幽暗罔辨，希夷仿佛之间，闻见以之衒惑。若测诸冥理，先坟有所指明。是以彭生假见于贝丘，赵王示形于苍犬，皆文备鲁册，验表齐、汉。远古旷代，事异神同。衔珠吐烛之怪，精灵一其均矣。若夫茫茫禹迹，杳漠神源，非末俗所能推辨矣。观伏羲至于夏禹，岁历悠旷，载祀绵邈，故能与日月共辉，阴阳齐契。万代百王，情异迹至，参机会道，视万龄如旦暮，促累劫于寸阴。何嗟鬼神之可已，而疑羲、禹之相遇乎！

殷　汤

商之始也，有神女简狄，游于桑野，见黑鸟遗卵于地，有五色文，作"八百"字，简狄拾之，贮以玉筐，覆以朱绂。夜梦神母，谓之曰："尔怀此卵，即生圣子，以继金德。"狄乃怀卵，一年而有娠，经十四月而生契。祚以八百，叶卵之文也。虽遭旱厄，后嗣兴焉。

傅说赁为赭衣者，舂于深岩以自给。梦乘云绕日而行，筮得"利建侯"之卦。岁余，汤以玉帛聘为阿衡也。

纣之昏乱，欲讨诸侯，使飞廉、恶来诛戮贤良，取其宝器，埋于琼台之下。使飞廉等惑所近之国，侯服之内，使烽燧相续。纣登台以望火之所在，乃兴师往伐其国，杀其君，囚其民，收其女乐，肆其淫虐。神人愤怨。时有朱鸟衔火，如星之照耀，以乱烽燧之光。纣乃回惑，使诸国灭其烽燧。于是亿兆夷民乃欢，万国已静。及武王伐纣，樵夫牧竖探高鸟之巢，得玉玺，文曰："水德将灭，木祚方盛。"文皆大篆，纪殷之世历已尽，而姬之圣德方隆。是以三分天下而其二归周。故蚩蚩之类，嗟殷亡之晚，望周来之迟矣。

师延者，殷之乐人也。设乐以来，世遵此职。至师延，精述阴阳，晓明象纬，莫测其为人。世载辽绝，而或出或隐。在轩辕之世，为司乐之官。及殷时，总修三皇五帝之乐。拊一弦琴则地祇皆升，吹玉律则天神俱降。当轩辕之时，年已数百岁，听众国乐声，以审兴亡之兆。至夏末，抱乐器以奔殷。而纣淫于声色，乃拘师延于阴宫，欲极刑戮。师延既被囚系，奏清商、流徵、涤角之音。司狱者以闻于纣，纣犹嫌曰："此乃淳古远乐，非余可听说也。"犹不释。师延乃更奏迷魂淫魄之曲，以欢修夜之娱，乃得免炮烙之害。周武王兴师，乃越濮流而逝，或云死于水府。故晋、卫之人，镌石铸金以像其形，立祀不绝矣。

录曰:《三坟》、《五典》及诸纬候杂说,皆言简狄吞燕卵而生契。《诗》云:"天命玄鸟,降而生商。"斯文正矣。此说怀感而生,众言各异,故记其殊别也。傅说去其舂筑,释彼佣赁,应翘旌而来相,可谓知幾其神矣。同磻溪之归周,异殷相之负鼎,龙蛇遇命,道会则通。斯则往贤之明教,通人之至规。"乐天知命",信之经言也。死且不朽,是谓名也。乌无声誉于后裔,扬风烈于万祀。譬诸金玉,烟埃不能埋其坚贞;比之泾、濮、淄、渭,不能混其澄澈。师延当纣之虐,矫步求存,因权取济,观时徇主,全身获免。所谓困而能通,卒以智免。故影被丹青,形刊金石,爱其和乐之功,贵其神迹之远矣。至如越思计然之利,镂金以旌其德,方斯蔑矣。

周

周武王东伐纣,夜济河。时云明如昼,八百之族,皆齐而歌。有大蜂状如丹鸟,飞集王舟,因以鸟画其旗。翌日而枭纣,名其船曰蜂舟。鲁哀公二年,郑人击赵简子,得其蜂旗,则其类也。事出《太公六韬》。武王使画其像于幡旗,以为吉兆。今人幡信皆为鸟画,则遗象也。

成王即政三年,有泥离之国来朝。其人称:自发其国,常从云里而行,闻雷霆之声在下;或入潜穴,又闻波涛之声在上。视日月以知方国所向,计寒暑以知年月。考国之正朔,则序历与中国相符。王接以外宾礼也。

四年。旃涂国献凤雏,载以瑶华之车,饰以五色之玉,驾以赤象,至于京师。育于灵禽之苑,饮以琼浆,饴以云实,二物皆出上元仙。方凤初至之时,毛色文彩未彪发;及成王封泰山、禅社首之后,文彩炳耀。中国飞走之类,不复喧鸣,咸服神禽之远至也。及成王崩，冲飞而去。孔子相鲁之时，有神凤游集。至哀公之末，不复来翔，故云："凤鸟不至。"可为悲矣！

五年。有因祇之国，去王都九万里，献女工一人。体貌轻洁，被纤罗杂绣之衣，长袖修裾，风至则结其衿带，恐飘飘不能自止也。其人善织，以五色丝内于口中，手引而结之，则成文锦。其国人来献，有云昆锦，文似云从山岳中出也；有列堞锦，文似云霞覆城雉楼堞也；有杂珠锦，文似贯珠珮也；有篆文锦，文似大篆之文也；有列明锦，文似列灯烛也。幅皆广三尺。其国丈夫勤于耕稼，一日锄十顷之地。又贡嘉禾，一茎盈车。故时俗四言诗曰："力勤十顷，能致嘉颖。"

六年。燃丘之国献比翼鸟，雌雄各一，以玉为樊。其国使者皆拳头尖鼻，衣云霞之布，如今朝霞也。经历百有余国，方至京师。其中路山川不可记。越铁岘，泛沸海，蛇洲、蜂岑。铁岘峭砺，车轮刚金为辋，比至京师，轮皆铫锐几尽。又沸海汹涌如煎，鱼鳖皮骨坚强如石，可以为铠。泛沸海之时，以铜薄舟底，蛟龙不能近也。又经蛇洲，则以豹皮为屋，于屋内推车。又经蜂岑，燃胡苏之木，此木烟能杀百虫。经途五十余年，乃至洛邑。成王封泰山，禅社首。使发其国之时并童稚，至京师，须皆白。及还至燃丘，容貌还复少壮。比翼鸟多力，状如鹊，衔南海之丹泥，巢昆岑之玄木，遇圣则来集，以表周公辅圣之祥异也。

七年。南陲之南，有扶娄之国。其人善能机巧变化，易形改服，大则兴云起雾，小则入于纤毫之中。缀金玉毛羽为衣裳。能吐云喷火，鼓腹则如雷霆之声。或化为犀、象、师子、龙、蛇、犬、马之状。或变为虎、兕，口中生人，备百戏之乐，宛转屈曲于指掌间。人形或长数分，或复数寸，神怪歘忽，衔丽于时。乐府皆传此伎,至末代犹学焉,得粗亡精,代代不绝,故俗谓之婆候伎,则扶娄之音,讹替至今。

　　昭王即位二十年,王坐祇明之室,昼而假寐。忽梦白云蓊蔚而起,有人衣服并皆毛羽,因名羽人。王梦中与语,问以上仙之术。羽人曰:"大王精智未开,欲求长生久视,不可得也。"王跪而请受绝欲之教。羽人乃以指画王心,应手即裂。王乃惊寤,而血湿衿席,因患心疾,即却膳撤乐。移于旬日,忽见所梦者复来,语王曰:"先欲易王之心。"乃出方寸绿囊,中有续脉明丸、补血精散,以手摩王之臆,俄而即愈。王即请此药,贮以玉缶,缄以金绳。王以涂足,则飞天地万里之外,如游咫尺之内。有得服之,后天而死。

　　二十四年。涂脩国献青凤、丹鹊各一雌一雄。孟夏之时,凤、鹊皆脱易毛羽。聚鹊翅以为扇,缉凤羽以饰车盖也。扇一名游飘,二名条翩,三名亏光,四名仄影。时东瓯献二女,一名延娟,二名延娱。使二人更摇此扇,侍于王侧,轻风四散,泠然自凉。此二人辩口丽辞,巧善歌笑,步尘上无迹,行日中无影。及昭王沦于汉水,二女与王乘舟,夹拥王身,同溺于水。故江汉之人,到今思之,立祀于江湄。数十年间,人于江汉之上,犹见王与二女乘舟戏于水际。至暮春上巳之日,禊集祠间。或以时鲜甘味,采兰杜包裹,以沉水中。或结五色纱囊盛食,或用金铁之器,并沉水中,以惊蛟龙水虫,使畏之不侵此食也。其水傍号曰招祇之祠。缀青凤之毛为二裘,一名燠质,二名暄肌,服之可以却寒。至厉王流于彘,彘人得而奇之,分裂此裘,遍于彘土。罪入大辟者,抽裘一毫以赎其死,则价直万金。

　　录曰:武王资圣智而剋伐,观天命以行诛。不驱熊罴之师,不劳三战之旅,一戎衣而定王业,凭神力而协符瑞。至于成王,制礼崇乐,姬德方盛,营洛邑而居九鼎,寝刑庙而万国来宾。虽大禹之隆夏绩,帝乙之兴殷道,未足方焉。故能继后稷之先基,绍公刘之盛德,文、武之迹不坠,故《大雅》称为"令德"。播声教于八荒之外,流仁惠于九围之表。神智之所绥化,退迩之所来服,靡不越岳航海,交贶于辽险之路。瑰宝殊怪之物,充于王庭;灵禽神兽之类,游集林麓。诡丽殊用之物,镌斫异于人功。方册未之或载,篆素或所不绝。及乎王人风举之使,直指逾于日月之陲,穷昏明之际,觇风星以望路,凭云波而远逝。所谓道通幽微,德被冥昧者也。成、康以降,世祾陵衰。昭王不能弘远业,垂声教,南游荆楚,义乖巡狩,溺精灵于江汉,且极于幸由。水滨所以招问,《春秋》以为深贬。嗟二姬之殉死,三良之贞节。精诚一至,视殒若生。格之正道,不如强谏。楚人怜之,失其死矣。

拾遗记卷三

周　穆　王

　　穆王即位三十二年，巡行天下。驭黄金碧玉之车，傍气乘风，起朝阳之岳，自明及晦，穷寓县之表。有书史十人，记其所行之地。又副以瑶华之轮十乘，随王之后，以载其书也。王驭八龙之骏：一名绝地，足不践土；二名翻羽，行越飞禽；三名奔霄，夜行万里；四名超影，逐日而行；五名逾辉，毛色炳耀；六名超光，一形十影；七名腾雾，乘云而奔；八名挟翼，身有肉翅。递而驾焉，按辔徐行，以匝天地之域。王神智远谋，使迹毂遍于四海，故绝异之物，不期而自服焉。

　　录曰：夫因气含生，罕不以形相别。至于比德方事，龙马则同类焉。是以蔡畧观其智，忌卫相其才。抑亦昭发于图纬，而刊载于宝牒。章皇王之符瑞，叶河洛之祯祥。故以丹青列其形，铜玉传其象。至如骐耳、骅骝、赤骥、白骒之绝，黄渠、山子、逾轮之异，不可得而比也。故能遥碣石而轹倒晷，排阊阖而轶姑徐。非夫归风弥尘之迹，超虚送日之步，安能若是哉！望绛宫而骧首，指琼台而一息，繄可得而齐影矣。至于《诗》、《书》所记，名色实多，驿骆丽乎坰野，皎质耀乎空谷。或表形骊紫，被乎青玄，难可尽言矣。其有龙文、腰裹之伦，取其电逝而飚逸，骥、骝、駃骎之俦，亦腾骧以称骏。莫不待盛明而皆出，历代之神宝矣。次有蒲梢、啮

滕、鱼文、骊驹之类,或擅名于汉右,或珍生于冀北,备饰于
涓正,填列于帝皂,进则充服于上襄,而骖骊于瑶辂,退则羁
弃于下圉,思驭于帝闲,俟吴班、秦公之见识,仰天门而弥
远,窥云路而可难哉!使乎韩哀、孙阳之复执靶,岂伤吻弊
策,伏匿而不进焉。自非神彻幽邃,体照冥远,驱驾群龙,穷
观天域,详搜迥古,靡得俦焉。

三十六年,王东巡大骑之谷。指春宵宫,集诸方士仙术之
要,而螭、鹄、龙、蛇之类,奇种凭空而出。时已将夜,王设长生
之灯以自照,一名恒辉。又列璠膏之烛,遍于宫内。又有凤脑
之灯。又有冰荷者,出冰壑之中,取此花以覆灯七八尺,不欲
使光明远也。西王母乘翠凤之辇而来,前导以文虎、文豹,后
列雕麟、紫麈。曳丹玉之履,敷碧蒲之席,黄莞之荐,共玉帐高
会。荐清澄琬琰之膏以为酒。又进洞渊红花,嵊州甜雪,昆流
素莲,阴岐黑枣,万岁冰桃,千常碧藕,青花白橘。素莲者,一
房百子,凌冬而茂。黑枣者,其树百寻,实长二尺,核细而柔,
百年一熟。

扶桑东五万里,有磅磄山。上有桃树百围,其花青黑,万
岁一实。郁水在磅磄山东,其水小流,在大陂之下,所谓"沉
流",亦名"重泉"。生碧藕,长千常,七尺为常也。条阳山出神
蓬,如蒿,长十丈。周初,国人献之,周以为宫柱,所谓"蒿宫"
也。中有白橘,花色翠而实白,大如瓜,香闻数里。奏环天之
和乐,列以重霄之宝器。器则有岑华镂管,眭泽雕钟,员山静
瑟,浮瀛羽磬,抚节按歌,万灵皆聚。环天者,钧天也。和,广
也。出《穆天子传》。岑华,山名也,在西海上,有象竹,截为管吹
之,为群凤之鸣。眭泽出精铜,可为钟铎。员山,其形员也,有
大林,虽疾风震地,而林木不动,以其木为琴瑟,故曰"静瑟"。

浮瀛，即瀛洲也。上有青石，可为磬，磬者长一丈，轻若鸿毛，因轻而鸣。西王母与穆王欢歌既毕，乃命驾升云而去。

鲁　僖　公

僖公十四年，晋文公焚林以求介之推。有白鸦绕烟而噪，或集之推之侧，火不能焚。晋人嘉之，起一高台，名曰思烟台。种仁寿木，木似柏而枝长柔软，其花堪食，故《吕氏春秋》云："木之美者，有仁寿之华焉。"即此是也。或云戒所焚之山数百里居人不得设网罗，呼曰"仁乌"。俗亦谓乌白臆者为慈乌，则其类也。

录曰：楚令尹子革有言曰："昔穆王欲肆心周行，使天下皆有车辙马迹。"考以《竹书》蠹简，求诸石室，不绝金绳。《山经》、《尔雅》，及乎《大传》，虽世历悠远，而记说叶同。名山大川，肆登跻之极，殊乡异俗，莫不臆拜稽颡。东升巨人之台，西宴王母之堂，南渡鼋鼍之梁，北经积羽之地。觞瑶池而赋诗，期井泊而游博。勒石轩辕之丘，绝迹玄圃之上。自开辟以来，载籍所记，未有若斯神异者也。

周　灵　王

周灵王立二十一年，孔子生于鲁襄公之世。夜有二苍龙自天而下，来附徵在之房，因梦而生夫子。有二神女，擎香露于空中而来，以沐浴徵在。天帝下奏钧天之乐，列以颜氏之房。空中有声，言天感生圣子，故降以和乐笙镛之音，异于俗世。又有五老列于徵在之庭，则五星之精也。夫子未生时，有麟吐玉书于阙里人家，文云："水精之子，系衰周而素王。"故二龙绕室，五星降庭。徵在贤明，知为神异。乃以绣绂系麟角,信宿而麟去。相者云:"夫子系殷汤,水德而素王。"至敬王之末,鲁定公二十四年,鲁人锄商田于大泽,得麟,以示夫子。系角之绂,尚犹在焉。夫子知命之将终,乃抱麟解绂,涕泗滂沱。且麟出之时,及解绂之岁,垂百年矣。

　　录曰:详观前史,历览先诰。《援神》、《钩命》之说,六经纬候之志,研其大较,与今所记相符;语乎幽秘,弥深影响。故述作书者,莫不宪章古策,盖以至圣之德列广也。是以尊德崇道,必欲尽其真极。昆华不足以匹其高,沧溟未得以方其广。含生有识,仰之如日月焉。夫子生钟周季,王政浸缺,愍大道之将崩,惜文雅之垂坠。乃搜旧章而定五礼,采遗音而正六乐,故以栋宇生民,舟航万代者也。所谓崇德广业,其谓是乎!孟子云:"千年一圣,谓之连步。"自绝笔以来,载历年祀,难可称算。故通人之言,有圣将及,后来诸疑,更发明其章也。

　　二十三年,起"昆昭"之台,亦名"宣昭"。聚天下异木神工,得崿谷阴生之树。其树千寻,文理盘错,以此一树,而台用足焉。大干为桁栋,小枝为栭楄。其木有龙蛇百兽之形。又筛水精以为泥。台高百丈,升之以望云色。时有苌弘,能招致神异。王乃登台,望云气蓊郁。忽见二人乘云而至,须发皆黄,非谣俗之类也。乘游龙飞凤之辇,驾以青螭。其衣皆缝缉毛羽也。王即迎之上席。时天下大旱,地裂木燃。一人先唱:"能为雪霜。"引气一喷,则云起雪飞,坐者皆凛然,宫中池井,坚冰可瑑。又设狐腋素裘、紫羔文褥,黑褥是西域所献也,施于台上,坐者皆温。又有一人唱:"能使即席为炎。"乃以指弹席上,而暄风入室,裘褥皆弃于台下。时有容成子谏曰:"大王以天下为家,而染异术,使变夏改寒,以诬百姓。文、武、周公之所不取也。"王乃疏苌弘,而求正谏之士。时异方贡玉人、石镜,此石色白如月,照面如雪,谓之"月镜"。有玉人,机庆自能转动。苌弘言于王曰:"圣德所招也。"故周人以苌弘幸媚而杀之,流血成石,或言成碧,不见其尸矣。

有韩房者,自渠胥国来。献玉骆驼高五尺,虎魄凤凰高六尺,火齐镜广三尺,暗中视物如昼,向镜语,则镜中影应声而答。韩房身长一丈,垂发至膝,以丹砂画左右手如日月盈缺之势,可照百余步。周人见之,如神明矣。灵王末年,亦不知所在。

录曰:夫诱于可欲,而正德亏矣;惑于闻见,志用迁矣:周灵之谓乎!尔乃受制于奢,玩神于乱,波荡正教,为之蝓薄,淫洒因斯而滋焉。何则?溺此仙道,弃彼儒教,观乎异俗,万代之神绝者也。及其化流遐俗,风被边隅,非正朔之所被服,四气之所含养,而使鬼物随方而竞至,奇精自远而来臻,穷天区而尽地域,反五常而移四序,惚恍形象之间,希夷明昧之际,难可言也。穷幽极智,伟哉伟哉!凡事君尽礼,忠为令德。有违则规谏以竭言,弗从则奉身以求退。故能剖身碎首,莫顾其生,排户触轮,知死不去。如手足卫头目,舟楫济巨川,君臣之义,斯为至矣。而弘违"有犯无隐"之诫,行求媚以取容,身卒见于夷戮,可为哀也。容成、苌弘不并语矣。

师旷者,或出于晋灵之世,以主乐官,妙辨音律,撰兵书万篇。时人莫知其原裔,出没难详也。晋平公之时,以阴阳之学显于当世。熏目为瞽人,以绝塞众虑,专心于星算音律之中。考钟吕以定四时,无毫厘之异。《春秋》不记师旷出何帝之时。旷知命欲终,乃述《宝符》百卷。晋战国时,其书灭绝矣。

　　老聃在周之末，居反景日室之山，与世人绝迹。惟有黄发老叟五人，或乘鸿鹤，或衣羽毛，耳出于顶，瞳子皆方，面色玉洁，手握青筠之杖，与聃共谈天地之数。及聃退迹为柱下史，求天下服道之术，四海名士，莫不争至。五老，即五方之精也。

　　浮提之国，献神通善书二人，乍老乍少，隐形则出影，闻声则藏形。出肘间金壶四寸，上有五龙之检，封以青泥。壶中有黑汁，如淳漆，洒地及石，皆成篆隶科斗之字。记造化人伦之始，佐老子撰《道德经》，垂十万言。写以玉牒，编以金绳，贮以玉函。昼夜精勤，形劳神倦。及金壶汁尽，二人刳心沥血，以代墨焉。递钻脑骨取髓，代为膏烛。及髓血皆竭，探怀中玉管，中有丹药之屑，以涂其身，骨乃如故。老子曰："更除其繁紊，存五千言。"及至经成工毕，二人亦不知所往。

　　录曰：庄周云："德配天地，犹假至言。"观乎老氏，崇谦柔以为要，挹虚寂以归真，知大朴之既漓，发玄文以示世。孰能辨其虚无，究斯深寂？是以仲尼责其德，叶以神灵，极譬二人，以为龙矣。师旷设数千间，卒其春秋之末。《抱朴子》谓为"知音之圣"也。虽容成之妙，大挠之推历，夔、襄之理乐，延州之听，故未之能过也。

　　师涓出于卫灵公之世，能写列代之乐，善造新曲以代古声，故有四时之乐。春有离鸿去雁应蘋之歌，夏有明晨焦泉朱华流金之调，秋有商风白云落叶吹蓬之曲，冬有凝河流阴沉云之操。以此四时之声，奏于灵公。灵公情涸心惑，忘于政事。蘧伯玉趋阶而谏曰："此虽以发扬气律，终为沉涸淫曼之音，无合于《风》《雅》，非下臣宜荐于君也。"灵公乃去其声而亲政务，故卫人美其化焉。师涓悔其乖于《雅》《颂》，失为臣之道，乃退而隐迹。蘧伯玉焚其乐器于九达之衢，恐后世传造焉。

录曰:夫体国以质直为先,导政以谦约为本。故三风十
愆,《商书》以之昭誓;无荒无怠,《唐风》贵其遵俭。灵公违
诗人之明讽,惟奢纵惑心,虽追悔于初失,能革情于后谏,日
月之蚀,无损明焉。伯玉志存规主,秉亮为心。师涓识进退
之道,观过知仁。一君二臣,斯可称美。

宋景公之世,有善星文者,许以上大夫之位,处于层楼延
阁之上,以望气象。设以珍食,施以宝衣。其食则有渠沧之
凫,煎以桂髓;丛庭之鹠,蒸以蜜沫;淇漳之鳢,脯以青茄;九江
珠毵,爨以兰苏;华清夏洁,洒以纤缟。华清,井水之澄华也。
饔人视时而叩钟,伺食以击磬,言每食而辄击钟磬也。悬四时
之衣,春夏以金玉为饰,秋冬以翡翠为温。烧异香于台上。忽
有野人,被草负笈,扣门而进,曰:"闻国君爱阴阳之术,好象纬
之秘,请见。"景公乃延之崇堂。语则及未来之兆,次及已往之
事,万不失一。夜则观星望气,昼则执算披图。不服宝衣,不
甘奇食。景公谢曰:"今宋国丧乱,微君何以辅之?"曰:"德之
不均,乱将及矣。修德以来人,则天应之祥,人美其化。"景公
曰:"善。"遂赐姓曰子氏,名之曰韦,即子韦也。

录曰:宋子韦世司天部,妙观星纬,抑亦梓慎、裨竈之
俦。景公待之若神,礼以上列,服以绝世之衣,膳以殊方之
味,虽谓大禽之旨,华蕤龙衮之服,及斯固陋矣。《春秋》因
生以赐姓,亦缘事以显名,号司星氏。至六国之末,著阴阳
之书。出班固《艺文志》。

越谋灭吴,蓄天下奇宝、美人、异味进于吴。杀三牲以祈
天地,杀龙蛇以祠川岳。矫以江南亿万户民,输吴为佣保。越
又有美女二人,一名夷光,二名脩明,即西施、郑旦之别名。以贡于
吴。吴处以椒华之房,贯细珠为帘幌,朝下以蔽景,夕卷以待

月。二人当轩并坐,理镜靓妆于珠幌之内。窃窥者莫不动心惊魄,谓之神人。吴王妖惑忘政。及越兵入国,乃抱二女以逃吴苑。越军乱入,见二女在树下,皆言神女,望而不敢侵。今吴城蛇门内有朽株,尚为祠神女之处。初,越王入吴国,有丹乌夹王而飞,故勾践之霸也,起望乌台,言丹乌之异也。范蠡相越,日致千金。家童闲算术者万人。收四海难得之货,盈积于越都,以为器。铜铁之类,积如山阜,或藏之井堑,谓之"宝井"。奇容丽色,溢于闺房,谓之"游宫"。历古以来,未之有也。

　　录曰:《易》尚谦益,《书》著明谟,人臣之体,以斯为上。《传》曰:"知无不为,忠也。"范蠡陈工术之本,而勾践乃霸,卒王百越,称为富强,斯其力矣。故能佯狂以晦迹,浮海以避世,因三徙以别名,功遂身退,斯其义也。至如"宝井"、"游宫",虽奢不惑。夫兴亡之道,匪推之历数,亦由才力而致也。观越之灭吴,屈柔之礼尽焉,荐非世之绝姬,收历代之神宝,斯皆迹殊而事同矣。博识君子,验斯言焉。

拾遗记卷四

燕昭王　五事

　　王即位二年，广延国来献善舞者二人：一名旋娟，一名提嫫，并玉质凝肤，体轻气馥，绰约而窈窕，绝古无伦。或行无迹影，或积年不饥。昭王处以单绡华幄，饮以瑞珉之膏，饴以丹泉之粟。王登崇霞之台，乃召二人，徘徊翔舞，殆不自支。王以璎缕拂之，二人皆舞。容冶妖丽，靡于鸾翔，而歌声轻飏。乃使女伶代唱其曲，清响流韵，虽飘梁动木，未足嘉也。其舞一名《萦尘》，言其体轻与尘相乱；次曰《集羽》，言其婉转若羽毛之从风；末曰《旋怀》，言其支体缠曼，若入怀袖也。乃设麟文之席，散荃芜之香。香出波弋国，浸地则土石皆香，著朽木腐草，莫不郁茂，以熏枯骨，则肌肉皆生。以屑喷地，厚四五寸，使二女舞其上，弥日无迹，体轻故也。时有白鸾孤翔，衔千茎穟。穟于空中自生，花实落地，则生根叶。一岁百获，一茎满车，故曰"盈车嘉穟"。麟文者，错杂宝以饰席也，皆为云霞麟凤之状。昭王复以衣袖麾之，舞者皆止。昭王知其神异，处于崇霞之台，设枕席以寝宴，遣侍人以卫之。王好神仙之术，玄天之女，托形作此二人。昭王之末，莫知所在。或云游于汉江，或伊洛之滨。

　　四年，王居正寝，召其臣甘需曰："寡人志于仙道，欲学长生久视之法，可得遂乎？"需曰："臣游昆台之山，见有垂白之叟，宛若少童，貌如冰雪，形如处子。血清骨劲，肤实肠轻，乃历蓬、瀛而超碧海，经涉升降，游往无穷，此为上仙之人也。盖能去滞欲而离嗜爱，洗神灭念，常游于太极之门。今大王以妖容惑目，美味爽口，列女成群，迷心动虑，所爱之容，恐不及玉，纤腰皓齿，患不如神。而欲却老云游，何异操圭爵以量沧海，执毫厘而回日月，其可得乎！"昭王乃彻色减味，居乎正寝，赐甘需羽衣一袭，表其墟为"明真里"也。

七年，沐胥之国来朝，则申毒国之一名也。有道术人名尸罗。问其年，云："百三十岁。"荷锡持瓶，云："发其国五年乃至燕都。"善衒惑之术。于其指端出浮屠十层，高三尺，及诸天神仙，巧丽特绝。人皆长五六分，列幢盖，鼓舞，绕塔而行，歌唱之音，如真人矣。尸罗喷水为雾雾，暗数里间。俄而复吹为疾风，雾雾皆止。又吹指上浮屠，渐入云里。又于左耳出青龙，右耳出白虎。始入之时，才一二寸，稍至八九尺。俄而风至云起，即以一手挥之，即龙虎皆入耳中。又张口向日，则见人乘羽盖，驾螭、鹄，直入于口内。复以手抑胸上，而闻怀袖之中，轰轰雷声。更张口，则见羽盖、螭、鹄相随从口中而出。尸罗常坐日中，渐渐觉其形小，或化为老叟，或为婴儿，倏忽而死，香气盈室，时有清风来吹之，更生如向之形。咒术衒惑，神怪无穷。

八年，卢扶国来朝，渡河万里方至。云其国中山川无恶禽兽，水不扬波，风不折木。人皆寿三百岁，结草为衣，是谓卉服。至死不老，咸知孝让。寿登百岁以上，相敬如至亲之礼。死葬于野外，以香木灵草瘗掩其尸。闾里助送，号泣之音，动于林谷，河源为之流止，春木为之改色。居丧水浆不入于口，至死者骨为尘埃，然后乃食。昔大禹随山导川，乃旌其地为无老纯孝之国。

　　录曰：夫含灵禀气，取象二仪；受命因生，包乎五德。故守淳明以循身，资施以为本。义缘天属，生尽爱敬之容；体自心慈，死结追终之慕。盖处物之常情，有识之常道。是以忠谏一至，则会理以通幽；神义由心，则祇灵为之昭感。迹显神著，表降群祥，行道不违，远迩旌德。美乎异国之人，隔绝王化，阙闻大道，语其国法，华戎有殊，观其政教，颇令殊俗。礼在四夷，事存诸诰，孝让之风，莫不尚也。

　　九年，昭王思诸神异。有谷将子，学道之人也，言于王曰："西王母将来游，必语虚无之术。"不逾一年，王母果至。与昭王游于燧林之下，说炎帝钻火之术。取绿桂之膏，燃以照夜。忽有飞蛾衔火，状如丹雀，来拂于桂膏之上。此蛾出于员丘之穴。穴洞达九天，中有细珠如流沙，可穿而结，因用为珮，此是神蛾之矢也。蛾凭气饮露，飞不集下，群仙杀此蛾合丹药。西王母与群仙游员丘之上，聚神蛾，以琼筐盛之，使玉童负筐，以游四极，来降燕庭，出此蛾以示昭王。王曰："今乞此蛾以合九转神丹！"王母弗与。昭王坐握日之台参云，上可扪日。时有黑鸟白头，集王之所，衔洞光之珠，圆径一尺。此珠色黑如漆，悬照于室内，百神不能隐其精灵。此珠出阴泉之底，阴泉在寒山之北，员水之中，言水波常圆转而流也。有黑蚌飞翔，来去于五岳之上。昔黄帝时，雾成子游寒山之岭，得黑蚌在高崖之上，故知黑蚌能飞矣。至燕昭王时，有国献于昭王。王取瑶漳之水，洗其沙泥，乃嗟叹曰："自悬日月以来，见黑蚌生珠已八九十遇，此蚌千岁一生珠也。"珠渐轻细。昭王常怀此珠，当隆暑之月，体自轻凉，号曰"销暑招凉之珠"也。

秦始皇 四事

　　始皇元年,骞霄国献刻玉善画工名裔。使含丹青以漱地,即成魑魅及诡怪群物之象;刻玉为百兽之形,毛发宛若真矣。皆铭其臆前,记以日月。工人以指画地,长百丈,直如绳墨。方寸之内,画以四渎五岳列国之图。又画为龙凤,骞翥若飞。皆不可点睛,或点之,必飞走也。始皇嗟曰:"刻画之形,何得飞走!"使以淳漆各点两玉虎一眼睛,旬日则失之,不知所在。山泽之人云:"见二白虎,各无一目,相随而行,毛色相似,异于常见者。"至明年,西方献两白虎,各无一目。始皇发槛视之,疑是先所失者,乃刺杀之。检其胸前,果是元年所刻玉虎。迄胡亥之灭,宝剑神物,随时散乱也。

　　始皇好神仙之事,有宛渠之民,乘螺舟而至。舟形似螺,沉行海底,而水不浸入,一名"沦波舟"。其国人长十丈,编鸟兽之毛以蔽形。始皇与之语,及天地初开之时,了如亲睹。曰:"臣少时蹑虚却行,日游万里。及其老朽也,坐见天地之外事。臣国在咸池日没之所九万里,以万岁为一日。俗多阴雾,遇其晴日,则天豁然云裂,耿若江汉。则有玄龙黑凤,翻翔而下。及夜,燃石以继日光。此石出燃山,其土石皆自光澈,扣之则碎,状如粟,一粒辉映一堂。昔炎帝始变生食,用此火也。国人今献此石。或有投其石于溪涧中,则沸沫流于数十里,名其水为焦渊。臣国去轩辕之丘十万里,少典之子采首山之铜,铸为大鼎。臣先望其国有金火气动,奔而往视之,三鼎已成。又见冀州有异气,应有圣人生,果有庆都生尧。又见赤云入于酆镐,走而往视,果有丹雀瑞昌之符。"始皇曰:"此神人也。"弥信仙术焉。

　　始皇起云明台，穷四方之珍木，搜天下之巧工。南得烟丘碧树，郦水燃沙，贲都朱泥，云冈素竹；东得葱峦锦柏，漂檖龙松，寒河星柘，岏云之梓；西得漏海浮金，狼渊羽璧，涤嶂霞桑，沉塘员筹；北得冥阜乾漆，阴坂文杞，褰流黑魄，暗海香琼，珍异是集。二人腾虚缘木，挥斤斧于空中，子时起工，午时已毕。秦人谓之"子午台"，亦言于子午之地，各起一台，二说疑也。

　　张仪、苏秦二人，同志好学，迭剪发而鬻之，以相养。或佣力写书，非圣人之言不读。遇见《坟》《典》，行途无所题记，以墨书掌及股里，夜还而写之，析竹为简。二人每假食于路，剥树皮编以为书帙，以盛天下良书。尝息大树之下，假息而寐。有一先生问："二子何勤苦也？"仪、秦又问之："子何国人？"答曰："吾生于归谷。"亦云鬼谷，鬼者，归也。又云，归者，谷名也。乃请其术，教以干世出俗之辩，即探胸内，得二卷说书，言辅时之事。《古史考》云："鬼谷子也，鬼、归，音相近也。"秦王子婴立，凡百日，郎中赵高谋杀之。子婴寝于望夷之宫，夜梦有人身长十丈，须鬓绝青，纳玉舄而乘丹车，驾朱马而至宫门。云欲见秦王子婴，阍者许进焉。子婴乃与言。谓子婴曰："余是天使也，从沙丘来。天下将乱，当有同姓名欲相诛暴。"翌日乃起，子婴则疑赵高，囚高于咸阳狱，悬于井中，七日不死；更以镬汤煮，七日不沸，乃戮之。子婴问狱吏曰："高其神乎？"狱吏曰："初囚高之时，见高怀有一青丸，大如雀卵。"时方士说云："赵高先世受韩终丹法，冬月坐于坚冰，夏日卧于炉上，不觉寒热。"及高死，子婴弃高尸于九达之路，泣送者千家。或见一青雀从高尸中出，直入云。九转之验，信于是乎。子婴所梦，即始皇之灵；所著玉舄，则安期先生所遗也。鬼魅之理，万世一时。

　　录曰：夫含灵挺质，罕不羡乎久视，祈以长生。苟乖才性，企之弥远。何者？夫层宫峻宇肆其奢，绰约柔曼纵其惑，《九韶》、《六英》悦其耳，喜怒刑赏示其威，精灵溺于常滞，志意疲于驰策，销竭神虑，翦刻天和。秦正自以功高三皇，世逾五帝，取惑徐市，身殒沙丘。燕昭能延礼群神，百灵响集。并欲弃机事以游真极，去尘垢而望云飞。譬犹等沟浍于天河，齐朝菌于椿木，超二仪于昆峦，升一匮而抜重汉。何则望之与无阶矣。《抱朴子》曰："学若牛毛，得如麟角。"至如秦皇、燕昭之智，虽微鉴仙体，而未入玄真。盖犹褊惑尚多，滞情未尽。至于神通玄化，说变万端。故曰徐行云垂之俦，驾影乘霞之侣，可得齐肩比步焉，与之栖息也。穷神绝异，随方而来；衔绝殊形，越境而至。托神以尽变，因变以穷神，触象难名，灵怪莫测。《淮南子》云："含雷吐火之术，出于万毕之家。"方蠯羽于洪炉，炎烟火于冰水，漏海螺船之属，飞珠沉霞之类，千途万品，书籍之所未详，自神化以来，神奇莫与为例，岂末代浮诬所能窥仰，夭龄促知之所效哉！今观子年之记，苏、张二人，异辞同迹，或以字音相类，或以土俗为殊，验诸坟史，岂惟秦、仪之见异者哉！

拾遗记卷五

前　汉　上

　　汉太上皇微时,佩一刀,长三尺,上有铭,其字难识,疑是殷高宗伐鬼方之时所作也。上皇游郿沛山中。寓居穷谷里有人冶铸。上皇息其傍,问曰:"此铸何器?"工者笑而答曰:"为天子铸剑,慎勿泄言!"上皇谓为戏言,而无疑色。工人曰:"今所铸铁钢砺难成,若得公腰间佩刀杂而冶之,即成神器,可以克定天下,星精为辅佐,以歼三猾。木衰火盛,此为异兆也。"上皇曰:"余此物名为匕首,其利难俦,水断虬龙,陆斩虎兕,魑魅罔两,莫能逢之。斫玉镂金,其刃不卷。"工人曰:"若不得此匕首以和铸,虽欧冶专精,越砥敛锷;终为鄙器。"上皇则解匕首,投于炉中。俄而烟焰冲天,日为之昼晦。及乎剑成,杀三牲以衅祭之。铸工问上皇:"何时得此匕首?"上皇云:"秦昭襄王时,余行逢一野人,于陌上授余,云是殷时灵物,世世相传,上有古字,记其年月。"及成剑,工人视之,其铭尚存,叶前疑也。工人即持剑授上皇。上皇以赐高祖,高祖长佩于身,以歼三猾。及天下已定,吕后藏于宝库。库中守藏者见白气如云,出于户外,状如龙蛇。吕后改库名曰"灵金藏"。及诸吕擅权,白气亦灭。及惠帝即位,以此库贮禁兵器,名曰"灵金内府"也。

　　录曰:夫精灵变化,其途非一;冥会之感,理故难常。至如《坟》谶所载，咸取验于已往；歌谣俚说，皆求征于未来。考图披籍，往往而编列矣。观乎工人之说，谅妖言之远效焉。三尺之剑，以应天地之数。故三为阳数，亦应天地之德。按《钩命诀》曰："萧何为昴星精，项羽、陈胜、胡亥为三猾。"国为木德，汉叶火位，此其征也。

孝惠帝二年，四方咸称车书同文轨，天下太平，干戈偃息。远国殊乡，重译来贡。时有道士，姓韩名稚，则韩终之胤也。越海而来，云是东海神使，闻圣德洽乎区宇，故悦服而来庭。时有东极，出扶桑之外，有泥离之国来朝。其人长四尺，两角如茧，牙出于唇，自乳以来，有灵毛自蔽，居于深穴，其寿不可测也。帝云："方士韩稚解绝国人言，令问人寿几何？经见几代之事？"答曰："五运相承，迭生迭死，如飞尘细雨，存殁不可论算。"问："女娲以前可闻乎？"对曰："蛇身已上，八风均，四时序，不以威悦揽乎精运。"又问燧人以前，答曰："自钻火变腥以来，父老而慈，子寿而孝。自轩皇以来，屑屑焉以相诛灭，浮靡器动，淫于礼，乱于乐，世德浇讹，淳风坠矣。"稚以答闻于帝。帝曰："悠哉杳昧，非通神达理者，难可语乎！斯远矣。"稚于斯而退，莫知其所之。帝使诸方士立仙坛于长安城北，名曰"祠韩馆"。俗云："司寒之神，祀于城阴。"按《春秋传》曰"以享司寒"，其音相乱也，定是"祠韩馆"。至二年，诏宫女百人，文锦万匹，楼船十艘，以送泥离之使，大赦天下。

汉武帝思怀往者李夫人，不可复得。时始穿昆灵之池，泛翔禽之舟。帝自造歌曲，使女伶歌之。时日已西倾，凉风激水，女伶歌声甚遒，因赋《落叶哀蝉》之曲曰："罗袂兮无声，玉墀兮尘生。虚房冷而寂寞，落叶依于重扃。望彼美之女兮安得，感余心之未宁！"帝闻唱动心，阂阂不自支持，命龙膏之灯以照舟内,悲不自止。亲侍者觉帝容色愁怨,乃进洪梁之酒,酌以文螺之卮。卮出波祇之国。酒出洪梁之县,此属右扶风,至哀帝废此邑,南人受此酿法。今言"云阳出美酒",两声相乱矣。帝饮三爵,色悦心欢,乃诏女伶出侍。帝息于延凉室,卧梦李夫人授帝蘅芜之香。帝惊起,而香气犹著衣枕,历月不歇。帝弥思求,终不复见,涕泣洽席,遂改延凉室为遗芳梦室。初,帝深嬖李夫人,死后常思梦之,或欲见夫人。帝貌憔悴,嫔御不宁。诏李少君,与之语曰:"朕思李夫人,其可得见乎?"少君曰:"可遥见,不可同于帷幄。暗海有潜英之石,其色青,轻如毛羽。寒盛则石温,暑盛则石冷。刻之为人像,神悟不异真人。使此石像往,则夫人至矣。此石人能传译人言语,有声无气,故知神异也。"帝曰:"此石像可得否?"少君曰:"愿得楼船百艘,巨力千人,能浮水登木者,皆使明于道术,赍不死之药。"乃至暗海,经十年而还。昔之去人,或升云不归,或托形假死,获反者四五人。得此石,即命工人依先图刻作夫人形。刻成,置于轻纱幕里,宛若生时。帝大悦,问少君曰:"可得近乎?"少君曰:"譬如中宵忽梦,而昼可得近观乎? 此石毒,宜远望,不可逼也。勿轻万乘之尊,惑此精魅之物!"帝乃从其谏。见夫人毕,少君乃使舂此石人为丸,服之,不复思梦。乃筑灵梦台,岁时祀之。

元封元年,浮忻国贡兰金之泥。此金出汤泉,盛夏之时,水常沸涌,有若汤火,飞鸟不能过。国人常见水边有人冶此金为器,金状混混若泥,如紫磨之色;百铸,其色变白,有光如银,即"银烛"是也。常以此泥封诸函匣及诸宫门,鬼魅不敢干。当汉世,上将出征及使绝国,多以此泥为玺封。卫青、张骞、苏武、傅介子之使,皆受金泥之玺封也。武帝崩后,此泥乃绝焉。

日南之南,有淫泉之浦。言其水浸淫从地而出成渊,故曰
"淫泉"。或言此水甘软,男女饮之则淫。其水小处可滥觞褰
涉,大处可方舟沿泝,随流屈直。其水激石之声,似人之歌笑,
闻者令人淫动,故俗谓之"淫泉"。时有凫雁,色如金,群飞戏
于沙濑,罗者得之,乃真金凫也。当秦破骊山之坟,行野者见
金凫向南而飞,至淫泉。后宝鼎元年,张善为日南太守,郡民
有得金凫以献。张善该博多通,考其年月,即秦始皇墓之金凫
也。昔始皇为冢,敛天下瑰异,生殉工人,倾远方奇宝于冢中,
为江海川渎及列山岳之形。以沙棠沉檀为舟楫,金银为凫雁,
以琉璃杂宝为龟鱼。又于海中作玉象鲸鱼,衔火珠为星,以代
膏烛,光出墓中,精灵之伟也。昔生埋工人于冢内,至被开时,
皆不死。工人于冢内琢石为龙凤仙人之像,及作碑文辞赞。
汉初发此冢,验诸史传,皆无列仙龙凤之制,则知生埋匠人之
所作也。后人更写此碑文,而辞多怨酷之言,乃谓为"怨碑"。
《史记》略而不录。

董偃常卧延清之室,以画石为床,文如锦也。石体甚轻,
出郅支国。上设紫琉璃帐,火齐屏风,列灵麻之烛,以紫玉为
盘,如屈龙,皆用杂宝饰之。侍者于户外扇偃。偃曰:"玉石岂
须扇而后凉耶?"侍者乃却扇,以手摸,方知有屏风。又以玉精
为盘,贮冰于膝前。玉精与冰同其洁澈。侍者谓冰之无盘,必
融湿席,乃合玉盘拂之,落阶下,冰玉俱碎,偃以为乐。此玉
精,千涂国所贡也。武帝以此赐偃。哀、平之世,民家犹有此
器,而多残破。及王莽之世,不复知其所在。

太初二年,大月氏国贡双头鸡,四足一尾,鸣则俱鸣。武
帝置于甘泉故馆,更以余鸡混之,得其种类而不能鸣。谏者
曰:"《诗》云:'牝鸡无晨。'一云:'牝鸡之晨,惟家之索。'今雄

类不鸣,非吉祥也。"帝乃送还西域。行至西关,鸡反顾望汉宫而哀鸣。故谣言曰:"三七末世,鸡不鸣,犬不吠,宫中荆棘乱相系,当有九虎争为帝。"至王莽篡位,将军有九虎之号。其后丧乱弥多,宫掖中生蒿棘,家无鸡鸣犬吠。此鸡未至月支国,乃飞于天汉,声似鹍鸡,翱翔云里。一名暄鸡,昆、暄之音相类。

天汉二年,渠搜国之西,有祈沦之国。其俗淳和,人寿三百岁。有寿木之林,一树千寻,日月为之隐蔽。若经憩此木下,皆不死不病。或有泛海越山来会其国,归怀其叶者,则终身不老。其国人缀草毛为绳,结网为衣,似今之罗纨也。至元狩六年,渠搜国献网衣一袭。帝焚于九达之道,恐后人征求,以物奢费,烧之,烟如金石之气。

太始二年,西方有因霄之国,人皆善啸。丈夫啸闻百里,妇人啸闻五十里,如笙竽之音,秋冬则声清亮,春夏则声沉下。人舌尖处倒向喉内,亦曰两舌重沓,以爪徐刮之,则啸声逾远。故《吕氏春秋》云"反舌殊乡之国",即此谓也。有至圣之君,则来服其化。

录曰:汉兴,继六国之遗弊,天下思于圣德。是以黔黎嗟秦亡之晚,恨汉来之迟。高祖肇基帝业,恢张区宇。孝惠务宽刑辟,以成无为之治,德侔三王,教通四海。至于武帝,世载愈光,省方巡岳,标元崇号,闻礼乐以恢风,广文义以饰俗,改律历而建封禅,祀百神以招群瑞。虽"钦明"茂于《唐书》,"文思"称于《虞典》,岂尚兹焉!观乎周、孔之教,不贵虚无之学。武帝修黄老,治却老之方,求报无福之祀。是以张敞切言,使远斥仙术,指以苌弘、楚襄怀、秦皇、徐福之事,故辛垣之徒,卒见夷戮。夫仙者,尚冲静以忘形体,守寂寞而祛嚣务。武帝好微行而尚剋伐,恢宫宇而广苑囿,永乖长生久视之法,失玄一守道之要,悔少翁之先诛,惑栾大之诡说。至如李夫人,缅心昵爱,专媚兰闺,思沉魂之更生,饬新宫以延伫。盖犹嬖惑之宠过炽,累心之结未祛。欲竦身云霓之表,与天地而齐毕,由系风晷,其可阶乎?虽未及玄真,颇参神邃。是以幽明不能藏其殊妙,万象无所隐其精灵。考诸仙部,验以众说,未有异于斯乎!夫五运递兴,数之常理,金、土之兆,魏、晋当焉。董偃起自贩珠之徒,因庖宰而升宠,窃幸一时,富倾海宇,内蓄神异之珍,衔非世之宝;一朝绝爱,信盛衰之有兆乎!夫为棺椁者,以防蝼蚁之患,权敛骨之离,圣人使合其正礼,恶其逾费,疾其过薄。至如澹台灭明之俭,盛姬、秦皇之奢,皆失于节用。嗟乎!形销神灭,欻为一棺之土,为陵成谷,琼珣美宝,奄为烬尘,斯则费生加死,无益身名也。冥然长往,何忆曩时之盛?仲尼云:“不如速朽。”敛手足形,圣人以斯昭诫,岂不尚哉!

拾遗记卷六

前 汉 下

昭帝始元元年，穿淋池，广千步。中植分枝荷，一茎四叶，状如骈盖，日照则叶低荫根茎，若葵之卫足，名"低光荷"。实如玄珠，可以饰佩。花叶难萎，芬馥之气，彻十余里。食之令人口气常香，益脉理病。宫人贵之，每游宴出入，必皆含嚼。或剪以为衣，或折以蔽日，以为戏弄。《楚辞》所谓"折芰荷以为衣"，意在斯也。亦有倒生菱，茎如乱丝，一花千叶，根浮水上，实沉泥中，名"紫菱"，食之不老。帝时命水嬉，游宴永日。土人进一巨槽，帝曰："桂楫松舟，其犹重朴；况乎此槽，可得而乘也？"乃命以文梓为船，木兰为枻。刻飞鸾翔鹢，饰于船首，随风轻漾，毕景忘归，乃至通夜。使宫人歌曰："秋素景兮泛洪波，挥纤手兮折芰荷，凉风凄凄扬棹歌，云光开曙月低河，万岁为乐岂云多！"帝乃大悦。起商台于池上。及乎末岁，进谏者多，遂省薄游幸，堙毁池台，鸾舟荷芰，随时废灭。今台无遗址，沟池已平。

宣帝地节元年，乐浪之东，有背明之国，来贡其方物。言其乡在扶桑之东，见日出于西方。其国昏昏常暗，宜种百谷，名曰"融泽"，方三千里。五谷皆良，食之后天而死。有浃日之稻，种之十旬而熟；有翻形稻，言食者死而更生，夭而有寿；有明清稻，食者延年也；清肠稻，食一粒历年不饥。有摇枝粟，其枝长而弱，无风常摇，食之益髓；有凤冠粟，似凤鸟之冠，食者多力；有游龙粟，叶屈曲似游龙也；有琼膏粟，白如银，食此二粟，令人骨轻。有绕明豆，其茎弱，自相萦缠；有挟剑豆，其荚形似人挟剑，横斜而生；有倾离豆，言其豆见日，叶垂覆地，食者不老不疾。有延精麦，延寿益气；有昆和麦，调畅六府；有轻心麦，食者体轻；有醇和麦，为麹以酿酒，一醉累月，食之凌冬可袒；有含露麦，毯中有露，味甘如饴。有紫沉麻，其实不浮；有云冰麻，实冷而有光，宜为油泽；有通明麻，食者夜行不持烛，是苣藤也，食之延寿，后天而老。其北有草，名虹草，枝长一丈，叶如车轮，根大如毂，花似朝虹之色。昔齐桓公伐山戎，国人献其种，乃植于庭，云霸者之瑞也。有宵明草，夜视如列烛，昼则无光，自消灭也。有紫菊，谓之日精，一茎一蔓，延及数亩，味甘，食者至死不饥渴。有焦茅，高五丈，燃之成灰，以水灌之，复成茅也，谓之灵茅。有黄渠草，映日如火，其坚韧若金，食者焚身不热；有梦草，叶如蒲，茎如箸，采之以占吉凶，万不遗一；又有闻遰草，服者耳聪，香如桂，茎如兰。其国献之，多不生实，叶多萎黄，诏并除焉。元凤二年，于淋池之南起桂台，以望远气。东引太液之水。有一连理树，上枝跨于渠水，下枝隔岸而南，生与上枝同一株。帝常以季秋之月，泛蘅兰云鹢之舟，穷昼系夜，钓于台下。以香金为钩，缗丝为纶，丹鲤为饵，钓得白蛟，长三丈，若大蛇，无鳞甲。帝曰："非祥也。"命太官为鲊，肉紫骨青，味甚香美，班赐群臣。帝思其美，渔者不能复得，知为神异之物。

　　二年，含涂国贡其珍怪。其使云："去王都七万里。鸟兽皆能言语。鸡犬死者，埋之不朽。经历数世，其家人游于山阿海滨，地中闻鸡犬鸣吠，主乃掘取，还家养之，毛羽虽秃落更生,久乃悦泽。"

张掖郡有郅族之盛,因以名也。郅奇字君珍,居丧尽礼。所居去墓百里,每夜行,常有飞鸟衔火夹之,登山济水,号泣不息,未尝以险难为忧,虽夜如昼之明也。以泪洒石则成痕,着朽木枯草,必皆重茂。以泪浸地即碱,俗谓之"碱乡"。至昭帝,嘉其孝异,表铭其邑曰"孝感乡",四时祭祀,立庙焉。

录曰:夫心迹所至,无幽不彻,理著于微,冥昧自显。玄曦回鲁阳之戈,严霜感匹夫之叹,在于凡伦,尚昭神迹。况求之精爽,以会蒸蒸之心,木石为之玄感,鸟兽为之驯集。伟元哀号,春花以之改叶;叔通晨兴,朝流欻生横石;辛缮表迹于栖鸾,卫农示德于梦虎。郅氏之行,类斯道焉。按汉昭帝时,有黄鹄下太液池;今云淋池,盖一水二名也。宣帝之世,有嘉谷玄稷之祥,亦不说今之所生,岂由神农、后稷播厥之功,抑亦王子所称,非近俗所食。诠其名,华而不实。及乎飞走之类,神木怪草,见奇而说,万世之瑰伟也。

汉成帝好微行,于太液池旁起宵游宫,以漆为柱,铺黑绨之幕,器服乘舆,皆尚黑色。既悦于暗行,憎灯烛之照。宫中美御,皆服皂衣,自班婕妤以下,咸带玄绶,簪珮虽如锦绣,更以木兰纱绡罩之。至宵游宫,乃秉烛。宴幸既罢,静鼓自舞,而步不扬尘。好夕出游。造飞行殿,方一丈,如今之辇,选羽林之士,负之以趋。帝于辇上,觉其行快疾,闻其中若风雷之声,言其行疾也,名曰"云雷宫"。所幸之宫,咸以毡绨藉地,恶车辙马迹之喧。虽惑于微行昵宴,在民无劳无怨。每乘舆返驾,以爱幸之姬宝衣珍食,舍于道傍,国人之穷老者皆歌"万岁"。是以鸿嘉、永始之间,国富家丰,兵戈长戢。故刘向、谷永指言切谏,于是焚宵游宫及飞行殿,罢宴逸之乐。所谓从绳则正,如转圜焉。

　　帝常以三秋闲日,与飞燕戏于太液池,以沙棠木为舟,贵其不沉没也。以云母饰于鹢首,一名"云舟"。又刻大桐木为虬龙,雕饰如真,以夹云舟而行。以紫桂为柂枻。及观云棹水,玩撷菱蕖,帝每忧轻荡,以惊飞燕,令侍飞之士,以金锁缆云舟于波上。每轻风时至,飞燕殆欲随风入水。帝以翠缨结飞燕之裙,游倦乃返。飞燕后渐见疏,常怨曰:"妾微贱,何复得预缨裙之游?"今太液池尚有避风台,即飞燕结裙之处。

　　录曰:夫言端扆拱默者,人君之尊也。是故兴居有节,进止有度,出则太师奏登车之礼,入则少师荐升堂之仪,列旌门以周卫,修清宫以宴息。成帝轻南面之位,微游昵幸,好惑神仙之事,谷永因而抗谏。《书》不云乎:"弗矜细行,终累大德。"斯之谓矣。

　　哀帝尚淫奢,多进谄佞。幸爱之臣,竞以妆饰妖丽,巧言取容。董贤以雾绡单衣,飘若蝉翼。帝入宴息之房,命筵卿易轻衣小袖,不用奢带修裙,故使婉转便易也。宫人皆效其断袖。又曰,割袖恐惊其眠。

后　　汉

　　明帝阴贵人梦食瓜甚美。帝使求诸方国。时燉煌献异瓜种,恒山献巨桃核。瓜名"穹隆",长三尺,而形屈曲,味美如饴。父老云:"昔道士从蓬莱山得此瓜,云是崆峒灵瓜,四劫一实,西王母遗于此地,世代遐绝,其实颇在。"又说:"巨桃霜下结花,隆暑方熟,亦云仙人所食。"帝使植于霜林园。园皆植寒果,积冰之节,百果方盛,俗谓之"相陵",与霜林之声讹也。后曰:"王母之桃,王公之瓜,可得而食,吾万岁矣,安可植乎?"后崩，内侍者见镜奁中有瓜、桃之核，视之涕零，疑非其类耳。

　　章帝永宁元年，条支国来贡异瑞。有鸟名鸡鹊，形高七尺，解人语。其国太平，则鸡鹊群翔。昔汉武帝时，四夷宾服，有献驯鹊，若有喜乐事，则鼓翼翔鸣。按庄周云"雕陵之鹊"，盖其类也。《淮南子》云："鹊知人喜。"今之所记，大小虽殊，远近为异，故略举焉。

　　安帝好微行，于郊坰或露宿，起帷宫，皆用锦罽文绣。至永初三年，国用不足，令吏民入钱者得为官。有琅琊王溥，即王吉之后。吉先为昌邑中尉。溥奕世衰凌，及安帝时，家贫不得仕，乃挟竹简插笔，于洛阳市佣书。美于形貌，又多文辞。来僦其书者，丈夫赠其衣冠，妇人遗其珠玉，一日之中，衣宝盈车而归。积粟于廪，九族宗亲，莫不仰其衣食，洛阳称为善笔而得富。溥先时家贫，穿井得铁印，铭曰："佣力得富，钱至亿庾。一土三田，军门主簿。"后以一亿钱输官，得中垒校尉。三田一土，"垒"字也；中垒校尉掌北军垒门，故曰军门主簿。积善降福，神明报焉。

　　灵帝初平三年，游于西园。起裸游馆千间，采绿苔而被阶，引渠水以绕砌，周流澄澈。乘船以游漾，使宫人乘之，选玉色轻体者，以执篙楫，摇漾于渠中。其水清澄，以盛暑之时，使舟覆没，视宫人玉色。又奏《招商》之歌，以来凉气也。歌曰："凉风起兮日照渠，青荷昼偃叶夜舒，惟日不足乐有余。清丝流管歌玉凫，千年万岁喜难逾。"渠中植莲，大如盖，长一丈，南国所献。其叶夜舒昼卷，一茎有四莲丛生，名曰"夜舒荷"。亦云月出则舒也，故曰"望舒荷"。帝盛夏避暑于裸游馆，长夜饮宴。帝嗟曰："使万岁如此，则上仙也。"宫人年二七已上，三六以下，皆靓妆，解其上衣，惟著内服，或共裸浴。西域所献茵墀香，煮以为汤，宫人以之浴浣毕，使以余汁入渠，名曰"流香渠"。又使内竖为驴鸣。于馆北又作鸡鸣堂，多畜鸡，每醉迷于天晓，内侍竞作鸡鸣，以乱真声也。乃以炬烛投于殿前，帝乃惊悟。及董卓破京师，散其美人，焚其宫馆。至魏咸熙中，先所投烛处，夕夕有光如星。后人以为神光，于此地立小屋，名曰"余光祠"，以祈福。至魏明末，稍扫除矣。

录曰：明、章两主，丕承前业，风被四海，威行八区，殊边异服，祥瑞辐凑。安、灵二帝，同为败德。夫悦目快心，罕不沦乎情欲，自非远鉴兴亡，孰能移隔下俗。佣才缘心，缅乎嗜欲，塞谏任邪，没情于淫靡。至如列代亡主，莫不凭威猛以丧家国，肆奢丽以覆宗祀。询考先坟，往往而载，金求历古，所记非一。贩爵鬻官，乖分职之本；露宿郊居，违省方之义。成、安二帝，载世虽远，而乱政攸同。验之史牒，讯诸前记，迷情狗马，爱好龙鹤，非明王之所闻示于后也。内穷淫酷，外尽禽荒，取悦耳目，流贬万世。是以牝妖告祸，汉灵以巷伯倾宗。酒池裸逐之丑，鸣鸡长夜之惑，事由商乙，远仿燕丹，异代一时，可为悲矣。

献帝伏皇后，聪惠仁明，有闻于内则。及乘舆为李催所败，昼夜逃走，宫人奔窜，万无一生。至河，无舟楫，后乃负帝以济河，河流迅急，惟觉脚下如有乘践，则神物之助焉。兵戈逼岸，后乃以身拥遏于帝。帝伤趾，后以绣拭血，刮玉钗以覆于疮，应手则愈。以泪湔帝衣及面，洁静如浣。军人叹伏：虽乱犹有明智妇人。精诚之至，幽祇之所感矣。

录曰：夫丹石可磨，而不可夺其坚色；兰桂可折，而不可掩其贞芳。伏后履纯明之姿，怀忠亮之质，临危授命，壮夫未能加焉，知死不吝，冯媛之俦也。求之千古，亦所罕闻。

汉兴，至于哀、平、元、成，尚以宫室，崇苑囿，而西京始有弘侈，东都继其繁奢，既违采椽不斫之制，尤异灵沼遵俭之风。考之皇图，求之志录，千家万户之书，台卫城隍之广，自重门构宇以来，未有若斯之费溢也。孝哀广四时之房，灵帝修裸游之馆，妖惑为之则神怨，工巧为之则人虐，夷国沦家，可为恸矣！及夫灵瑞、嘉禽、艳卉、殊木，生非其壤，诡色讹音，不禀正朔之地，无涉图书所记，或缘德业以来仪，由时俗以具质，咸得而备详矣。历览群经，披求方册，未若斯之宏丽矣。

郭况，光武皇后之弟也。累金数亿，家僮四百余人，以黄金为器，工冶之声，震于都鄙。时人谓："郭氏之室，不雨而雷。"言其铸锻之声盛也。庭中起高阁长庑，置衡石于其上，以称量珠玉也。阁下有藏金窟，列武士以卫之。错杂宝以饰台榭，悬明珠于四垂，昼视之如星，夜望之如月。里语曰："洛阳多钱郭氏室，夜日昼星富无匹。"其宠者皆以玉器盛食，故东京谓郭家为"琼厨金穴"。况小心畏慎，虽居富势，闭门优游，未曾干世事，为一时之智也。

录曰：夫后族之盛，专挟内主之威，皆以党婪强盛，肆嚣于天下，妖幸侵政，擅椒房之亲。在昔魏冉，富倾嬴国；汉世王凤，同拜五侯。馆第僭于京都，嫱姬丽于宫掖。瑰赂南金，弥玩于王府；缇绣雕文，被饰于土木。高廊洞门，极夏屋之盛；文马朱轩，穷车服之靡。自古擅骄，未有如斯之例。虽三归移于管室，八佾陈于季庭，方之为劣矣。郭况内凭姻宠，外专声厉，远采山丹之穴，积陶朱、程郑之产，未足称其盛欤！曾不恃其戚里，矜其财势，秉温恭之正，守道持盈，而自竞慎，是可谓知幾其神乎！

刘向于成帝之末，校书天禄阁，专精覃思。夜有老人，着黄衣,植青藜杖,登阁而进,见向暗中独坐诵书。老父乃吹杖端,烟燃,因以见向,说开辟已前。向因受《洪范五行》之文,恐辞说繁广忘之,乃裂裳及绅,以记其言。至曙而去,向请问姓名。云:"我是太一之精,天帝闻金卯之子有博学者,下而观焉。"乃出怀中竹牒,有天文地图之书,"余略授子焉"。至向子歆,从向受其术,向亦不悟此人焉。

贾逵年五岁,明惠过人。其姊韩瑶之妇,嫁瑶无嗣而归居焉,亦以贞明见称。闻邻中读书,旦夕抱逵隔篱而听之。逵静听不言,姊以为喜。至年十岁,乃暗诵六经。姊谓逵曰:"吾家贫困,未尝有教者入门,汝安知天下有《三坟》、《五典》而诵无遗句耶?"逵曰:"忆昔姊抱逵于篱间听邻家读书,今万不遗一。"乃剥庭中桑皮以为牒,或题于扉屏,且诵且记。期年,经文通遍。于闾里每有观者,称云振古无伦。门徒来学,不远万里,或褓负子孙,舍于门侧,皆口授经文,赠献者积粟盈仓。或云:"贾逵非力耕所得,诵经口倦,世所谓舌耕也。"

何休木讷多智,《三坟》、《五典》,阴阳算术,河洛谶纬,及远年古谚,历代图籍,莫不咸诵也。门徒有问者,则为注记,而口不能说。作《左氏膏肓》、《公羊废疾》、《谷梁墨守》,谓之"三阙"。言理幽微,非知机藏往,不可通焉。及郑康成锋起而攻之,求学者不远千里,赢粮而至,如细流之赴巨海。京师谓康成为"经神",何休为"学海"。

任末年十四时,学无常师,负笈不远险阻。每言:"人而不学,则何以成?"或依林木之下,编茅为庵,削荆为笔,克树汁为墨。夜则映星望月,暗则缕麻蒿以自照。观书有合意者,题其衣裳,以记其事。门徒悦其勤学,更以静衣易之。非圣人之言不视。临终诫曰:"夫人好学,虽死若存;不学者虽存,谓之行尸走肉耳！"河洛秘奥，非正典籍所载，皆注记于柱壁及园林树木，慕好学者，来辄写之。时人谓任氏为"经苑"。

曹曾，鲁人也。本名平，慕曾参之行，改名为曾。家财巨亿，事亲尽礼，日用三牲之养，一味不亏于是。不先亲而不食新味也。为客于人家，得新味则含怀而归。不畜鸡犬，言喧嚣惊动于亲老。时亢旱，井池皆竭。母思甘清之水，曾跪而操瓶，则甘泉自涌，清美于常。学徒有贫者，皆给食。天下名书，上古以来，文篆讹落者，曾皆刊正，垂万余卷。及国难既夷，收天下遗书于曾家，连车继轨，输于王府。诸弟子于门外立祠，谓曰"曹师祠"。及世乱，家家焚庐，曾虑先文湮没，乃积石为仓以藏书，故谓曹氏为"书仓"。

录曰：观乎刘向显学于汉成时，才包三古，艺该九圣，悬日月以来，其类少矣。逮乎后汉，贾、何、任、曹之学，并为圣神，通生民到今，盖斯而已。若颜渊之殆庶几；关美、张霸，何足显大儒哉！至如五君之徒，孔门之外未有也，方之入室，彼有惭焉。贾氏之姊，所谓知识妇人鉴乎圣也。

拾遗记卷七

魏

　　文帝所爱美人,姓薛名灵芸,常山人也。父名邺,为郏乡亭长,母陈氏,随邺舍于亭傍。居生穷贱,至夜,每聚邻妇夜绩,以麻蒿自照。灵芸年至十五,容貌绝世,邻中少年夜来窃窥,终不得见。咸熙元年,谷习出守常山郡,闻亭长有美女而家甚贫。时文帝选良家子女,以入六宫。习以千金宝赂聘之,既得,乃以献文帝。灵芸闻别父母,歔欷累日,泪下沾衣。至升车就路之时,以玉唾壶承泪,壶则红色。既发常山,及至京师,壶中泪凝如血。帝以文车十乘迎之,车皆镂金为轮辋,丹画其毂,轭前有杂宝为龙凤,衔百子铃,锵锵和鸣,响于林野。驾青色之牛,日行三百里。此牛尸屠国所献,足如马蹄也。道侧烧石叶之香,此石重叠,状如云母,其光气辟恶厉之疾。此香腹题国所进也。灵芸未至京师数十里,膏烛之光,相续不灭,车徒咽路,尘起蔽于星月,时人谓为"尘宵"。又筑土为台,基高三十丈,列烛于台下,名曰"烛台",远望如列星之坠地。又于大道之傍,一里一铜表,高五尺,以志里数。故行者歌曰:"青槐夹道多尘埃,龙楼凤阙望崔嵬。清风细雨杂香来,土上出金火照台。"此七字是妖辞也。为铜表志里数于道侧,是土上出金之义。以烛置台下,则火在土下之义。汉火德王,魏土德王,火伏而土兴,土上出金,是魏灭而晋兴也。灵芸未至京师十里，帝乘雕玉之辇，以望车徒之盛，嗟曰："昔者言'朝为行云，暮为行雨'，今非云非雨，非朝非暮。"改灵芸之名曰"夜来"，入宫后居宠爱。外国献火珠龙鸾之钗。帝曰："明珠翡翠尚不能胜，况乎龙鸾之重！"乃止不进。夜来妙于针工，虽处于深帷之内，不用灯烛之光，裁制立成。非夜来缝制，帝则不服。宫中号为"针神"也。

录曰：五帝之运，迭相生死，起伏因循，显于言端。童谣信于春秋，谶辞烦于汉末，或著明先典，或托见图记。金详《河》、《洛》，应运不同。唐尧以炎正禅虞，大汉以火德受魏，世历沿袭，得其宜矣。夫升名藉璧，因事而来。既而柔曼之质见进，亦以裁缝之妙要宠，媚斯婉约，荣非世载，取或一朝，去彼疑贱，延此华轩。

魏明帝起凌云台，躬自掘土，群臣皆负畚锸，天阴冻寒，死者相枕。洛、邺诸鼎，皆夜震自移。又闻宫中地下，有怨叹之声。高堂隆等上表谏曰："王者宜静以养民，今嗟叹之声，形于人鬼，愿省薄奢费，以敦俭朴。"帝犹不止，广求瑰异，珍赂是聚，饬台榭累年而毕。谏者尤多，帝乃去烦归俭，死者收而葬之。人神致感，众祥皆应。太山下有连理文石，高十二丈，状如柏树，其文彪发，似人雕镂，自下及上皆合，而中开广六尺，望若真树也。父老云："当秦末，二石相去百余步，芜没无有蹊径。及魏帝之始，稍觉相近，如双阙。"土石阴类，魏为土德，斯为灵征。苑囿及民家草树，皆生连理。有合欢草，状如蓍，一株百茎，昼则众条扶疏，夜则合为一茎，万不遗一，谓之"神草"。沛国有黄麟见于戊己之地，皆土德之嘉瑞。乃修戊己之坛，黄星炳夜。又起昴毕之台，祭祀此星，魏之分野，岁时修祀焉。

　　任城王彰，武帝之子也。少而刚毅，学阴阳纬候之术，诵《六经》、《洪范》之书数千言。武帝谋伐吴、蜀，问彰取便利行师之决。王善左右射，学击剑，百步中髭发。时乐浪献虎，文如锦斑，以铁为槛，枭殴之徒，莫敢轻视。彰曳虎尾以绕臂，虎弭耳无声。莫不服其神勇。时南越献白象子在帝前，彰手顿其鼻，象伏不动。文帝铸万斤钟，置崇华殿，欲徙之，力士百人不能动，彰乃负之而趋。四方闻其神勇，皆寝兵自固。帝曰："以王之雄武，吞并巴蜀，如鸱衔腐鼠耳！"彰薨，如汉东平王葬礼。及丧出，空中闻数百人泣声。送者皆言，昔乱军相伤杀者，皆无棺椁，王之仁惠，收其朽骨，死者欢于地下，精灵知感，故人美王之德。国史撰《任城王旧事》三卷，晋初藏于秘阁。

　　建安三年，胥徒国献沉明石鸡，色如丹，大如燕，常在地中，应时而鸣，声能远彻。其国闻鸣，乃杀牲以祀之，当鸣处掘地，则得此鸡。若天下太平，翔飞颉颃，以为嘉瑞，亦为"宝鸡"。其国无鸡，听地中候晷刻。道家云："昔仙人桐君采石，入穴数里，得丹石鸡，舂碎为药，服之者令人有声气，后天而死。"昔汉武帝宝鼎元年，西方贡珍怪，有虎魄燕，置之静室，自于室中鸣翔，盖此类也。《洛书》云："皇图之宝，土德之征，大魏之嘉瑞。"

　　明帝即位二年，起灵禽之园，远方国所献异鸟殊兽，皆畜此园也。昆明国贡嗽金鸟。国人云："其地去燃洲九千里，出此鸟，形如雀而色黄，羽毛柔密，常翱翔海上，罗者得之，以为至祥。闻大魏之德，被于荒远，故越山航海，来献大国。"帝得此鸟，畜于灵禽之园，饴以真珠，饮以龟脑。鸟常吐金屑如粟，铸之可以为器。昔汉武帝时，有人献神雀，盖此类也。此鸟畏霜雪，乃起小屋处之，名曰"辟寒台"，皆用水精为户牖，使内外通光。宫人争以鸟吐之金用饰钗珮，谓之"辟寒金"。故宫人相嘲曰："不服辟寒金，那得帝王心？"于是媚惑者，乱争此宝金为身饰，及行卧皆怀挟以要宠幸也。魏氏丧灭，池台鞠为煨烬，噉金之鸟，亦自翱翔矣。

咸熙二年，宫中夜有异兽，白色光洁，绕宫而行。阍宦见之，以闻于帝。帝曰："宫闱幽密，若有异兽，皆非祥也。"使宦者伺之。果见一白虎子，遍房而走。候者以戈投之，即中左目。比往取视，惟见血在地，不复见虎。搜检宫内及诸池井，不见有物。次检宝库中，得一玉虎头枕，眼有伤，血痕尚湿。帝该古博闻，云："汉诛梁冀，得一玉虎头枕，云单池国所献，检其颔下，有篆书字。云是帝辛之枕，尝与妲己同枕之。是殷时遗宝也。"又按《五帝本纪》云，帝辛殷代之末。至咸熙多历年所，代代相传。凡珍宝久则生精灵，必神物凭之也。

魏禅晋之岁，北阙下有白光如鸟雀之状，时飞翔来去。有司闻奏帝所。罗之，得一白燕，以为神物，于是以金为槛，置于宫中。旬日不知所在。论者云："金德之瑞。昔师旷时，有白燕来巢。"检《瑞应图》，果如所论。白色叶于金德，师旷晋时人也，古今之义相符焉。

薛夏，天水人也，博学绝伦。母孕夏时，梦人遗之一箧衣云："夫人必产贤明之子也，为帝王之所崇。"母记所梦之日。及生夏，年及弱冠，才辩过人。魏文帝与之讲论，终日不息，应对如流，无有疑滞。帝曰："昔公孙龙称为辩捷，而迂诞诬妄；今子所说，非圣人之言不谈，子游、子夏之俦，不能过也。若仲尼在魏，复为入室焉。"帝手制书与夏，题云"入室生"。位至秘书丞。居生甚贫，帝解御衣以赐之，果符元所梦。名冠当时，为一代高士。

　　田畴，北平人也。刘虞为公孙瓒所害，畴追慕无已，往虞墓设鸡酒之礼，恸哭之音，动于林野，翔鸟为之凄鸣，走兽为之吟伏。畴卧于草间，忽有人通云："刘幽州来，欲与田子泰言平生之事。"畴神悟远识，知是刘虞之魂。既近而拜，畴泣不自支，因相与进鸡酒。畴醉，虞曰："公孙瓒求子甚急，宜窜伏以避害！"畴拜曰："闻君臣之义，生则尽礼，今见君之灵，愿得同归九地，死且不朽，安可逃乎！"虞曰："子万古之贞士也，深慎尔仪！"奄然不见，畴亦醉醒。

　　曹洪，武帝从弟，家盈产业，骏马成群。武帝讨董卓，夜行失马，洪以其所乘马上帝。其马号曰"白鹄"。此马走时，惟觉耳中风声，足似不践地。至汴水，洪不能渡，帝引洪上马共济，行数百里，瞬息而至。马足毛不湿。时人谓为乘风而行，亦一代神骏也。谚曰："凭空虚跃，曹家白鹄。"

　　录曰：王者廓万宇以为邦家，因海岳以为城池，固是安民养德，垂拱而治焉。去乎游历之费，导于敦教之道，无崇宫室，有薄林园。采椽不斫，大唐如斯昭俭；卑宫菲食，伯禹以之戒奢。迄乎三代之王，失斯道矣。伤财弊力，以骄丽相夸，琼室之侈，璧台之富，穷神工之奇妙，人力勤苦。至于春秋，王室凌废，城者作讴，疲于勤劳。晋筑祈褫之宫，为功动于民怨；宋兴泽门之役，劳者以为深嗟。姑苏积费于前，阿房奋竭于后。自以业固河山，名超万世，覆灭宗祀，由斯哀哀。窃观明帝，践中区之沃盛，威灵所慑，比强列代，祯祥神宝，史不绝书，殊方珍贡，府无虚月，鼎据三方，称雄四海。而圣教微于尧、禹，历代劣于姬、汉，东鲠闽、吴，西病邛蜀，师旅岁兴，财力日费，不能遵养黎元，远瞻前朴，宫室穷丽，池榭肆其宏广，终取夷灭，数其然哉！任城渊谋神勇，智周祥艺,虽来舟、蓬蒙剑射之好,不能加也。田畴事死如生,守以直节,精诚之至,通于神明。曹洪忠烈为心,爱亲忧国。此穆满之骏,方之"白鹄",可谓齐足者也。

拾遗记卷八

吴

孙坚母妊坚之时，梦肠出绕腰，有一童女负之，绕吴阊门外，又授以芳茅一茎。童女语曰："此善祥也，必生才雄之子。今赐母以土，王于翼、轸之地，鼎足于天下。百年中应于异宝授于人也。"语毕而觉，日起筮之。筮者曰："所梦童女负母绕阊门，是太白之精，感化来梦。"夫帝王之兴，必有神迹自表，白气者，金色。及吴灭而践晋祚，梦之征焉。

录曰：按《吴书》云："孙坚母怀坚之时，梦肠出绕阊门。"与王之说为异。夫西方金位，以叶晋德，兴亡之兆，后而效焉。盖表吴亡而授晋也。夫六梦八征，著明《周易》，授兰怀日，事类而非。及吴氏之兴年，嘉禾之号，芳茅之征信矣。至晋太康元年，孙皓送六金玺云："时无玉工，故以金为印玺。"夫孙氏擅割江东，包卷百越，吞席汉阳，威惕中夏，富强之业，三雄比盛。时有未宾而兵戈岁起，每梗心于邛蜀，愤慨于燕魏，四方未夷，有事征伐，因之以师旅，遵之以俭素，去其游侈之费，塞兹雕靡之涂，不欲使四方民劳，非无玉工也。固能轻彼池山，贱斯棘实，汉鄙盈车之屑，燕弃璞于衡庑，沉河底谷，义昭攸古，务崇俭约，岂非高轨！及乎吴亡时，以六代金玺归晋，坚母之梦验矣。

吴主赵夫人，丞相达之妹。善画，巧妙无双，能于指间以彩丝织云霞龙蛇之锦，大则盈尺，小则方寸，宫中谓之"机绝"。孙权常叹魏、蜀未夷，军旅之隙，思得善画者使图山川地势军阵之像。达乃进其妹。权使写九州方岳之势。夫人曰："丹青之色，甚易歇灭，不可久宝；妾能刺绣，作列国方帛之上，写以五岳河海城邑行阵之形。"既成，乃进于吴主，时人谓之"针绝"。虽棘刺木猴，云梯飞鹬，无过此丽也。权居昭阳宫，倦暑，乃褰紫绡之帷，夫人曰："此不足贵也。"权使夫人指其意思焉。答曰："妾欲穷虑尽思，能使下绡帷而清风自入，视外无有蔽碍，列侍者飘然自凉，若驭风而行也。"权称善。夫人乃拭发，以神胶续之。神胶出郁夷国，接弓弩之断弦，百断百续也。乃织为罗縠，累月而成，裁为幔，内外视之，飘飘如烟气轻动，而房内自凉。时权常在军旅，每以此幔自随，以为征幕。舒之则广纵一丈，卷之则可纳于枕中，时人谓之"丝绝"。故吴有"三绝"，四海无俦其妙。后有贪宠求媚者，言夫人幻耀于人主，因而致退黜。虽见疑坠，犹存录其巧工。吴亡，不知所在。

　　吴主潘夫人，父坐法，夫人输入织室，容态少俦，为江东绝色。同幽者百余人，谓夫人为神女，敬而远之。有司闻于吴主，使图其容貌。夫人忧戚不食，减瘦改形。工人写其真状以进，吴主见而喜悦，以虎魄如意抚按即折。嗟曰："此神女也，愁貌尚能惑人，况在欢乐！"乃命雕轮就织室，纳于后宫，果以姿色见宠。每以夫人游昭宣之台，志意幸惬，既尽酣醉，唾于玉壶中，使侍婢泻于台下，得火齐指环，即挂石榴枝上，因其处起台，名曰环榴台。时有谏者云："今吴、蜀争雄，'还刘'之名，将为妖矣！"权乃翻其名曰榴环台。又与夫人游钓台，得大鱼。王大喜，夫人曰："昔闻泣鱼，今乃为喜，有喜必忧，以为深戒！"至于末年，渐相谮毁，稍见离退。时人谓"夫人知几其神"。吴主于是罢宴,夫人果见弃逐。钓台基今尚存焉。

　　录曰:赵、潘二夫人,妍明伎艺,婉娈通神,抑亦汉游洛妃之俦,荆巫云雨之类;而能避妖幸之衅,睹进退之机。夫盈则有亏,道有崇替,居盛必衰,理固明矣。语乎荣悴,譬诸草木,华落张弛,势之必然。巧言婪斐,前王之所信惑。是以申、褒见列于前周,班、赵载详于往汉。异代同闻,可为叹也!

　　黄龙元年,始都武昌。时越裳之南,献背明鸟,形如鹤,止不向明,巢常对北,多肉少毛,声音百变,闻钟磬笙竽之声,则奋翅摇头。时人以为吉祥。是岁迁都建业,殊方多贡珍奇。吴人语讹,呼背明为背亡鸟。国中以为大妖,不及百年,当有丧乱背叛灭亡之事,散逸奔逃,墟无烟火。果如斯言。后此鸟不知所在。

　　张承之母孙氏,怀承之时,乘轻舟游于江浦之际,忽有白蛇长三尺,腾入舟中。母祝曰:"若为吉祥,勿毒噬我!"萦而将还,置诸房内,一宿视之,不复见蛇,嗟而惜之。邻中相谓曰:"昨见张家有一白鹤耸翮入云。"以告承母,母使筮之。筮者曰:"此吉祥也。蛇、鹤延年之物;从室入云,自下升高之象也。昔吴王阖闾葬其妹,殉以美女、珍宝、异剑,穷江南之富。未及十年,雕云覆于溪谷,美女游于冢上,白鹄翔于林中,白虎啸于山侧,皆昔时之精灵,今出于世,当使子孙位超臣极,擅名江表。若生子,可以名曰白鹄。"及承生,位至丞相、辅吴将军,年逾九十,蛇、鹄之祥也。

　　录曰:国之将亡,其兆先见。《传》曰:"明神见之,观其德也。"及归命面缚来降,斯为效矣。蛇、鹄者,虫禽之最灵,张氏以为嘉瑞。《吴越春秋》、百家杂说云,吴王阖闾,崇饰厚葬,生埋美人,多藏宝物。数百年后,灵鹊翔于林壑,神虎啸于山丘,湛卢之剑,飞入于楚。收魂聚怪,富丽以极,而诡异失中,不如速朽。昔宋桓、盛姬,前史讥其骄惑,嬴博杨孙,君子贵其合礼。观夫远古,指详中代,求诸事迹,俭泰相悬。至如末世,渐相夸矫,生滋淫洍,死则同殉,委积珍宝,埃尘灭身,乖于同穴,可谓叹欤!

吕蒙入吴,吴主劝其学业,蒙乃博览群籍,以《易》为宗。常在孙策座上酣醉,忽卧,于梦中诵《周易》一部,俄而惊起。众人皆问之。蒙曰:"向梦见伏牺、周公、文王,与我论世祚兴亡之事,日月贞明之道,莫不穷精极妙。未该玄旨,故空诵其文耳。"众座皆云:"吕蒙呓语通《周易》。"

录曰:夫精诚之至,叶于幽冥,与日月均其明,与四时齐其契,故能德会三古,道合神微。若郑君之感先圣,周盘之梦东里,迹同事异,光被遐策,索隐钩深,妙于玄旨。孔门群说,未若吕生之学焉。

孙和悦邓夫人,常置膝上。和于月下舞水精如意,误伤夫人颊,血流污裤,娇姹弥苦。自舐其疮,命太医合药。医曰:"得白獭髓,杂玉与琥珀屑,当灭此痕。"即购致百金,能得白獭髓者,厚赏之。有富春渔人云:"此物知人欲取,则逃入石穴。伺其祭鱼之时,獭有斗死者,穴中应有枯骨,虽无髓,其骨可合玉春为粉,喷于疮上,其痕则灭。"和乃命合此膏,琥珀太多,及差而有赤点如朱,逼而视之,更益其妍。诸嬖人欲要宠,皆以丹脂点颊而后进幸。妖惑相动,遂成淫俗。

孙亮作琉璃屏风,甚薄而莹澈,每于月下清夜舒之。常与爱姬四人,皆振古绝色:一名朝姝,二名丽居,三名洛珍,四名洁华。使四人坐屏风内,而外望之,如无隔,惟香气不通于外。

为四人合四气香，殊方异国所出，凡经践蹑宴息之处，香气沾衣，历年弥盛，百浣不歇，因名曰"百濯香"。或以人名香，故有朝姝香，丽居香，洛珍香，洁华香。亮每游，此四人皆同舆席，来侍皆以香名前后为次，不得乱之。所居室名为"思香媚寝"。

蜀

先主甘后，沛人也，生于微贱。里中相者云："此女后贵，位极宫掖。"及后长，而体貌特异，至十八，玉质柔肌，态媚容冶。先主召入绡帐中，于户外望者，如月下聚雪。河南献玉人，高三尺，乃取玉人置后侧，昼则讲说军谋，夕则拥后而玩玉人。常称玉之所贵，德比君子，况为人形，而不可玩乎？后与玉人洁白齐润，观者殆相乱惑。嬖宠者非惟嫉于甘后，亦妒于玉人也。后常欲琢毁坏之，乃诫先主曰："昔子罕不以玉为宝，《春秋》美之；今吴、魏未灭，安以妖玩经怀。凡淫惑生疑，勿复进焉！"先主乃撤玉人，嬖者皆退。当斯之时，君子议以甘后为神智妇人焉。

糜竺用陶朱计术，日益亿万之利，货拟王家，有宝库千间。竺性能赈生恤死，家内马厩屋庂有古冢，中有伏尸，夜闻涕泣声。竺乃寻其泣声之处，忽见一妇人袒背而来，诉云："昔汉末妾为赤眉所害，叩棺见剥，今袒在地，羞昼见人，垂二百年。今就将军乞深埋，并弊衣以掩形体。"竺许之，即命之为棺椁，以青布为衣衫，置于冢中，设祭既毕。历一年，行于路曲，忽见前妇人，所着衣皆是青布，语竺曰："君财宝可支一世，合遭火厄，今以青芦杖一枚长九尺，报君棺椁衣服之惠。"竺挟杖而归。所住邻中常见竺家有青气如龙蛇之形。或有人谓竺曰："将非怪也？"竺乃疑此异，问其家僮。云："时见青芦杖自出门间，疑其神，不敢言也。"竺为性多忌，信厌术之事，有言中忤，即加刑戮，故家僮不敢言。竺货财如山，不可算计，内以方诸盆瓶，设大珠如卵，散满于庭，谓之"宝庭"，而外人不得窥。数日，忽青衣童子数十人来云："糜竺家当有火厄，万不遗一，赖君能恤敛枯骨，天道不辜君德，故来禳却此火，当使财物不尽。自今以后，亦宜防卫！"竺乃掘沟渠周绕其库。旬日，火从库内起，烧其珠玉十分之一，皆是阳燧旱燥自能烧物。火盛之时，见数十青衣童子来扑火，有青气如云，覆于火上，即灭。童子又云："多聚鹳鸟之类，以禳火灾；鹳能聚水于巢上也。"家人乃收鸱鹊数千头养于池渠中，以厌火。竺叹曰："人生财运有限，不得盈溢，惧为身之患害。"时三国交锋，军用万倍，乃输其宝物车服，以助先主：黄金一亿斤，锦绣毡罽积如丘垄，骏马万匹。及蜀破后，无复所有，饮恨而终。

周群妙闲算术谶说。游岷山采药，见一白猿，从绝峰而下，对群而立。群抽所佩书刀投猿，猿化为一老翁，握中有玉版长八寸，以授群。群问曰："公是何年生？"答曰："已衰迈也，忘其年月，犹忆轩辕之时，始学历数，风后、容成，皆黄帝之史，就余授历数。至颛顼时，考定日月星辰之运，尤多差异。及春秋时，有子韦、子野、裨灶之徒，权略虽验，未得其门。迩来世代兴亡，不复可记，因以相袭。至大汉时，有洛下闳，颇得其旨。"群服其言，更精勤算术。乃考校年历之运，验于图纬，知蜀应灭。及明年，归命奔吴。皆云："周群详阴阳之精妙也。"蜀人谓之"后圣"。白猿之异，有似越人所记，而事皆迂诞，似是而非。

录曰：孙和、孙亮、刘备，并惑于淫宠之玩，忘于军旅之略，犹比强大魏，克伐无功，可为嗟矣！周群之学，通于神明，白猿之祥，有类越人问剑之言，其事迂诞，若是而非也。夫阴阳递生，五行迭用，由水火相生，亦以相灭。《淮南子》云“方诸向月津为水”，以厌火灾乎。糜氏富于珍奇，削方诸为鸟兽之状，犹土龙以祈雨也。鸡鹊之音，与方诸相乱，盖声之讹矣。羽毛之类，非可御烈火，于义则为乖，于事则违类，先《坟》旧《典》，说以其详焉。

拾遗记卷九

晋　时　事

　　武帝为抚军时，府内后堂砌下忽生草三株，茎黄叶绿，若总金抽翠，花条苒弱，状似金蓥。时人未知是何祥草，故隐蔽不听外人窥视。有一羌人，姓姚名馥，字世芬，充厩养马，妙解阴阳之术，云："此草以应金德之瑞。"馥年九十八，姚襄则其祖也。馥好读书，嗜酒，每醉时好言帝王兴亡之事。善戏笑，滑稽无穷，常叹云："九河之水不足以渍麹蘖，八薮之木不足以作薪蒸，七泽之麋不足以充庖俎。凡人禀天地之精灵，不知饮酒者，动肉含气耳，何必木偶于心识乎？"好啜浊糟，常言渴于醇酒。群辈常弄狎之，呼为"渴羌"。及晋武践位，忽思见馥立于阶下，帝奇其倜傥，擢为朝歌邑宰。馥辞曰："老羌异域之人，远隔山川，得游中华，已为殊幸，请辞朝歌之县，长充养马之役，时赐美酒，以乐余年。"帝曰："朝歌纣之故都，地有美酒，故使老羌不复呼渴。"馥于阶下高声而对曰："马围老羌，渐染皇化，溥天夷貊，皆为王臣，今若欢酒池之乐，更为殷纣之民乎？"帝抚玉几大悦，即迁酒泉太守。地有清泉，其味若酒。馥乘醉而拜受之，遂为善政，民为立生祠。后以府地赐张华，犹有草在，故茂先《金蓥赋》云："擢九茎于汉庭，美三株于兹馆。贵表祥乎金德，比名类乎相乱。"至惠帝元熙元年，三株草化为三树，枝叶似杨树，高五尺，以应"三杨"擅权之事。时有杨骏、杨瑶、杨济三弟兄，号曰"三杨"。马围醉羌所说之验。

　　录曰：不得中行，狂狷可也。淳于、优孟之俦，因俳说以进谏。至如姚馥，才性容貌，不与华同，片言窃讽，媚足规范。及其俳谐诡谲，推辞指诚，因物而刺，言之者无罪，抑亦东方曼倩之俦欤！夫心胃之逸朽，故有腐肠烂肠之嗜，是以"五味令人口爽"，老氏以为深诫。未若甘并桂石，美斯松草，含吐烟霞，咀食沆瀣，迅千灵于一朝，方尘劫于俄顷，乎可淫此醋乐，忘彼久视者乎？夫物有事异而名同者，自非穷神达理，莫能遥照。岂可假于诐辞，专求于邪说。天命有兆，历运攸归，何可妄信于谣讹，指怪于纤草？将溺所闻，信诸厌术，可为嗟乎！

　　咸宁四年，立芳蔬园于金墉城东，多种异菜。有菜名曰"芸薇"，类有三种，紫色者最繁，味辛，其根烂熳，春夏叶密，秋蕊冬馥，其实若珠，五色，随时而盛，一名"芸芝"。其色紫者为上蔬，其味辛；色黄者为中蔬，其味甘；色青者为下蔬，其味咸。常以三蔬充御膳。其叶可以藉饮食，以供宗庙祭祀，亦止人渴饥。宫人采带其茎叶，香气历日不歇。

　　录曰：《大雅》云："言采其薇。"此之类也。《草木疏》云："其实如豆。"昔孤竹二子避世，不食周粟，于首阳山采薇而食，疑似卉。或云神类非一，弥相惑乱。可以疗饥，其色必紫，百家杂说，音旨相符。论其形品，详斯香色，虽移植芳圃，芬美莫俦。故薰兰有质，物性无改，产乖本地，逾见芬烈，譬诸姜桂，岂因地而辛矣！当此一代，是谓仙蔬，实为神异。

　　张华为九酝酒，以三薇渍麹蘖，蘖出西羌，麹出北胡。胡中有指星麦，四月火星出，麦熟而获之。蘖用水渍麦三夕而萌

芽，平旦鸡鸣而用之，俗人呼为"鸡鸣麦"。以之酿酒，醇美，久
含令人齿动。若大醉，不叫笑摇荡，令人肝肠消烂，俗人谓为
"消肠酒"。或云醇酒可为长宵之乐，两说声同而事异也。闾
里歌曰："宁得醇酒消肠，不与日月齐光。"言耽此美酒，以悦一
时，何用保守灵而取长久。至怀帝末，民间园圃皆生蒿棘，狐
兔游聚。至元熙元年，太史令高堂忠奏荧惑犯紫微，若不早
避，当无洛阳。乃诏内外四方及京邑诸宫观林卫之内，及民间
园圃，皆植紫薇，以为厌胜。至刘、石、姚、苻之末，此蒿棘不除
自绝也。

　　晋太康元年，白云起于灞水，三日而灭。有司奏云："天下
应太平。"帝问其故，曰："昔舜时黄云兴于郊野，夏代白云蔽于
都邑，殷代玄云覆于林薮，斯皆应世之休征，殊乡绝域应有贡
其方物也。"果有羽山之民献火浣布万匹。其国人称："羽山之
上，有文石，生火，烟色以随四时而见，名为'净火'。有不洁之
衣，投于火石之上，虽滞污渍涅，皆如新浣。"当虞舜时，其国献
黄布；汉末献赤布，梁冀制为衣，谓之"丹衣"。史家云："单衣
今缝掖也。"字异声同，未知孰是。

　　录曰：帝王之兴，叶休祥之应，天无隐祥，地无蓄宝，是
以因神物以表运，见星云以观德。按《周官》有冯相氏，以观
祥录之数。晋以金德，故白云起于灞水。《山海经》及《异物
志》云："燃洲之兽，生于火中，以毛织为布，虽有垢腻，投火
则洁净也。"两说不同，故偕录焉。

　　因墀国献五足兽，状如师子；玉钱千缗，其形如环，环重十
两，上有"天寿永吉"之字。问其使者五足兽是何变化，对曰：
"东方有解形之民，使头飞于南海，左手飞于东山，右手飞于西
泽，自脐以下，两足孤立。至暮，头还肩上，两手遇疾风飘于海

外,落玄洲之上,化为五足兽,则一指为一足也。其人既失两手,使傍人割里肉以为两臂,宛然如旧也。"因墀国在西域之北,送使者以铁为车轮,十年方至晋。及还,轮皆绝锐,莫知其远近也。

太始元年,魏帝为陈留王之岁,有频斯国人来朝,以五色玉为衣,如今之铠。其使不食中国滋味,自赍金壶,壶中有浆,凝如脂,尝一滴则寿千岁。其国有大枫木成林,高六七十里,善算者以里计之,雷电常出树之半。其枝交荫于上,蔽不见日月之光。其下平净扫洒,雨雾不能入焉。树东有大石室,可容万人坐。壁上刻为三皇之像:天皇十三头,地皇十一头,人皇九头,皆龙身。亦有膏烛之处。缉石为床,床上有膝痕深三寸。床前有竹简长尺二寸,书大篆之文,皆言开辟以来事,人莫能识。或言是伏羲画卦之时有此书,或言是仓颉造书之处。傍有丹石井,非人之所凿,下及漏泉,水常沸涌,诸仙欲饮之时,以长绠引汲也。其国人皆多力,不食五谷,日中无影,饮桂浆云雾。羽毛为衣,发大如缕,坚韧如筋,伸之几至一丈,置之自缩如蠡。续人发以为绳,汲丹井之水,久久方得升之水。水中有白蛙,两翅,常来去井上,仙者食之。至周,王子晋临井而窥,有青雀衔玉杓以授子晋,子晋取而食之,乃有云起雪飞。子晋以衣袖挥云,则云雪自止。白蛙化为双白鸠入云,望之遂灭。皆频斯国之所记,盖其人年不可测也。使图其国山川地势瑰异之属,以示张华。华云:"此神异之国,难可验信。"以车马珍服送之出关。

张华字茂先,挺生聪慧之德,好观秘异图纬之部,捃采天下遗逸,自书契之始,考验神怪,及世间闾里所说,造《博物志》四百卷,奏于武帝。帝诏诘问:"卿才综万代,博识无伦,远冠

羲皇,近次夫子。然记事采言,亦多浮妄,宜更删翦,无以冗长
成文。昔仲尼删《诗》、《书》,不及鬼神幽昧之事,以言怪力乱
神。今卿《博物志》,惊所未闻,异所未见,将恐惑乱于后生,繁
芜于耳目,可更芟截浮疑,分为十卷。"即于御前赐青铁砚,此
铁是于阗国所出,献而铸为砚也。赐麟角笔,以麟角为笔管,
此辽西国所献。侧理纸万番,此南越所献。后人言"陟里",与
"侧理"相乱,南人以海苔为纸,其理纵横邪侧,因以为名。帝
常以《博物志》十卷置于函中,暇日览焉。

惠帝元熙二年,改为永平元年,常山郡献伤魂鸟,状如鸡,
毛色似凤。帝恶其名,弃而不纳,复爱其毛羽。当时博物者
云:"黄帝杀蚩尤,有豹、虎误噬一妇人,七日气不绝,黄帝哀
之,葬以重棺石椁。有鸟翔其冢上,其声自呼为伤魂,则此妇
人之灵也。"后人不得其令终者,此鸟来集其国园林之中。至
汉哀、平之末,王莽多杀伐贤良,其鸟亟来哀鸣。时人疾此鸟
名,使常山郡国弹射驱之。至晋初,干戈始戢,四海攸归,山野
间时见此鸟。憎其名,改"伤魂"为"相弘"。及封孙皓为归命
侯,相弘之义,叶于此矣。永平之末,死伤多故,门嗟巷哭,常
山有献,遂放逐之。

太始十年,有浮支国献望舒草,其色红,叶如荷,近望则如
卷荷,远望则如舒荷,团团似盖。亦云,月出则荷舒,月没则叶
卷。植于宫中,因穿池广百步,名曰望舒荷池。愍帝之末,移
入胡,胡人将种还胡中。至今绝矣,池亦填塞。

祖梁国献蔓金苔,色如黄金,若萤火之聚。大如鸡卵,投
于水中,蔓延于波澜之上,光出照日,皆如火生水上也。乃于
宫中穿池,广百步,时观此苔,以乐宫人。宫人有幸者,以金苔
赐之,置漆盘中,照耀满室,名曰"夜明苔";著衣襟则如火光。

帝虑外人得之，有惑百姓，诏使除苔塞池。及皇家丧乱，犹有此物，皆入胡中。

　　石季伦爱婢名翔风，魏末于胡中得之。年始十岁，使房内养之。至十五，无有比其容貌，特以姿态见美。妙别玉声，巧观金色。石氏之富，方比王家，骄侈当世，珍宝奇异，视如瓦砾，积如粪土，皆殊方异国所得，莫有辨识其出处者。乃使翔风别其声色，悉知其处。言西方北方，玉声沉重而性温润，佩服者益人性灵；东方南方，玉声轻洁而性清凉，佩服者利人精神。石氏侍人，美艳者数千人，翔风最以文辞擅爱。石崇尝语之曰："吾百年之后，当指白日，以汝为殉。"答曰："生爱死离，不如无爱，妾得为殉，身其何朽！"于是弥见宠爱。崇常择美容姿相类者十人，装饰衣服大小一等，使忽视不相分别，常侍于侧。使翔风调玉以付工人，为倒龙之珮，紫金为凤冠之钗，言刻玉为倒龙之势，铸金钗象凤皇之冠。结袖绕楹而舞，昼夜相接，谓之"恒舞"。欲有所召，不呼姓名，悉听珮声，视钗色，玉声轻者居前，金色艳者居后，以为行次而进也。使数十人各含异香，行而语笑，则口气从风而飏。又屑沉水之香，如尘末，布象床上，使所爱者践之。无迹者赐以真珠百琲，有迹者节其饮食，令身轻弱。故闺中相戏曰："尔非细骨轻躯，那得百琲真珠？"及翔风年三十，妙年者争嫉之，或者云"胡女不可为群"，竞相排毁。石崇受谮润之言，即退翔风为房老，使主群少，乃怀怨而作五言诗曰："春华谁不美，卒伤秋落时。突烟还自低，鄙退岂所期！桂芳徒自蠹，失爱在娥眉。坐见芳时歇，憔悴空自嗤！"石氏房中并歌此为乐曲，至晋末乃止。

　　石虎于太极殿前起楼，高四十丈，结珠为帘，垂五色玉珮，风至铿锵，和鸣清雅。盛夏之时，登高楼以望四极，奏金石丝竹之乐，以日继夜。于楼下开马埒射场，周回四百步，皆文石丹沙及彩画于埒旁。聚金玉钱贝之宝，以赏百戏之人。四厢置锦幔，屋柱皆隐起为龙凤百兽之形，雕斫众宝，以饰楹柱，夜往往有光明。集诸羌互于楼上。时亢旱，舂杂宝异香为屑，使数百人于楼上吹散之，名曰"芳尘"。台上有铜龙，腹容数百斛酒，使胡人于楼上嗽酒，风至望之如露，名曰"粘雨台"，用以洒尘。楼上戏笑之声，音震空中。又为四时浴室，用输石碔砆为堤岸，或以琥珀为瓶杓。夏则引渠水以为池，池中皆以纱縠为囊，盛百杂香，渍于水中。严冰之时，作铜屈龙数千枚，各重数十斤，烧如火色，投于水中，则池水恒温，名曰"燋龙温池"。引凤文锦步障萦蔽浴所，共宫人宠嬖者解媟服宴戏，弥于日夜，名曰"清嬉浴室"。浴罢，泄水于宫外。水流之所，名"温香渠"。渠外之人，争来汲取，得升合以归，其家人莫不怡悦。至石氏破灭，燋龙犹在邺城，池今夷塞矣。

录曰：居室见妒，故亦奸巧之恒情，因娇涵嬖，而菲锦之辞入。至于惑听邪诌，岂能隔于求媚；凭欢藉幸，缘和媚而相容。是以先宠未退，盛衰之萌兆矣；一朝爱退，皎日之誓忽焉。清奏薄言，怨刺之辞乃作。石崇叨擅时资，财业倾世，遂乃歌拟房中，乐称"恒舞"，季庭管室，岂独古之贬乎！石虎席卷西京，崇丽妖虐，外僭和鸾文物之仪，内修三英、九华之号，灵祥远贡，光耀旧都，珠玑丹紫，饰备于土木。自古以来，四夷侵掠，骄奢僭暴，擅位偷安，富有之业，莫此比焉。

拾遗记卷十

诸 名 山

昆 仑 山

昆仑山有昆陵之地，其高出日月之上。山有九层，每层相去万里。有云色，从下望之，如城阙之象。四面有风，群仙常驾龙乘鹤，游戏其间。四面风者，言东南西北一时俱起也。又有祛尘之风，若衣服尘污者，风至吹之，衣则净如浣濯。甘露濛濛似雾，著草木则滴沥如珠。亦有朱露，望之色如丹，著木石赭然，如朱雪洒焉。以瑶器承之，如粞。昆仑山者，西方曰须弥山，对七星之下，出碧海之中。上有九层，第六层有五色玉树，荫翳五百里，夜至水上，其光如烛。第三层有禾穟，一株满车。有瓜如桂，有奈冬生如碧色，以玉井水洗食之，骨轻柔能腾虚也。第五层有神龟，长一尺九寸，有四翼，万岁则升木而居，亦能言。第九层山形渐小狭，下有芝田蕙圃，皆数百顷，群仙种耨焉。傍有瑶台十二，各广千步，皆五色玉为台基。最下层有流精霄阙，直上四十丈。东有风云雨师阙。南有丹密云，望之如丹色，丹云四垂周密。西有螭潭，多龙螭，皆白色，千岁一蜕其五脏。此潭左侧有五色石，皆云是白螭肠化成此石。有琅玕璆琳之玉，煎可以为脂。北有珍林别出，折枝相扣，音声和韵。九河分流。南有赤陂红波，千劫一竭，千劫水乃更生也。

蓬 莱 山

　　蓬莱山亦名防丘，亦名云来，高二万里，广七万里。水浅，有细石如金玉，得之不加陶冶，自然光净，仙者服之。东有郁夷国，时有金雾。诸仙说此上常浮转低昂，有如山上架楼，室常向明以开户牖，及雾灭歇，户皆向北。其西有含明之国，缀鸟毛以为衣，承露而饮，终天登高取水，亦以金、银、仓环、水精、火藻为阶。有冰水、沸水，饮者千岁。有大螺名裸步，负其壳露行，冷则复入其壳。生卵着石则软，取之则坚。明王出世，则浮于海际焉。有葭，红色，可编为席，温柔如厨毳焉。有鸟名鸿鹅，色似鸿，形如秃鹙，腹内无肠，羽翮附骨而生，无皮肉也。雄雌相眄则生产。南有鸟，名鸳鸯，形似雁，徘徊云间，栖息高岫，足不践地，生于石穴中，万岁一交则生雏，千岁衔毛学飞，以千万为群，推其毛长者高翥万里。圣君之世，来入国郊。有浮筠之簳，叶青茎紫，子大如珠，有青鸾集其上。下有沙砾，细如粉，柔风至，叶条翻起，拂细沙如云雾。仙者来观而戏焉，风吹竹叶，声如钟磬之音。

方 丈 山

　　方丈之山，一名峦雉。东有龙场，地方千里，玉瑶为林，云色皆紫。有龙，皮骨如山阜，散百顷，遇其蜕骨之时，如生龙。或云："龙常斗此处，膏血如水流。膏色黑者，著草木及诸物如淳漆也。膏色紫光，著地凝坚，可为宝器。"燕昭王二年，海人乘霞舟，以雕壶盛数斗膏，以献昭王。王坐通云之台，亦曰通霞台，以龙膏为灯，光耀百里，烟色丹紫，国人望之，咸言瑞光，世人遥拜之。灯以火浣布为缠。山西有照石，去石十里，视人物之影如镜焉。碎石片片，皆能照人，而质方一丈，则重一两。昭王春此石为泥，泥通霞之台，与西王母常游居此台上。常有众鸾凤鼓舞，如琴瑟和鸣，神光照耀，如日月之出。台左右种恒春之树，叶如莲花，芬芳如桂，花随四时之色。昭王之末，仙人贡焉，列国咸贺。王曰："寡人得恒春矣，何忧太清不至。"恒春一名"沉生"，如今之沉香也。有草名濡萋，叶色如绀，茎色如漆，细软可萦，海人织以为席荐，卷之不盈一手，舒之则列坐方国之宾。莎萝为经。莎萝草细大如发，一茎百寻，柔软香滑，群仙以为龙、鹄之辔。有池方百里，水浅可涉，泥色若金而味辛，以泥为器，可作舟矣。百炼可为金，色青，照鬼魅犹如石镜，魑魅不能藏形矣。

瀛　洲

　　瀛洲一名魂洲，亦曰环洲。东有渊洞，有鱼长千丈，色斑，鼻端有角，时鼓舞群戏。远望水间有五色云，就视，乃此鱼喷水为云，如庆云之丽，无以加也。有树名影木，日中视之如列星，万岁一实，实如瓜，青皮黑瓤，食之骨轻。上如华盖，群仙以避风雨。有金峦之观，饰以众环，直上干云。中有青瑶几，覆以云纨之素，刻碧玉为倒龙之状，悬火精为日，刻黑玉为乌，以水精为月，青瑶为蟾兔。于地下为机楗，以测昏明，不亏弦望。时时有香风泠然而至，张袖受之，则历年不歇。有兽名嗅石，其状如麒麟，不食生卉，不饮浊水，嗅石则知有金玉，吹石则开，金沙宝璞，粲然而可用。有草名芸苗，状如菖蒲，食叶则醉，饵根则醒。有鸟如凤，身绀翼丹，名曰"藏珠"，每鸣翔而吐珠累斛。仙人常以其珠饰仙裳，盖轻而耀于日月也。

员　峤　山

员峤山，一名环丘。上有方湖，周回千里。多大鹊，高一丈，衔不周之粟。粟穗高三丈，粒皎如玉。鹊衔粟飞于中国，故世俗间往往有之。其粟，食之历月不饥。故《吕氏春秋》云："粟之美者，有不周之粟焉。"东有云石，广五百里，驳骆如锦，扣之片片，则蓊然云出。有木名猗桑，煎椹以为蜜。有冰蚕长七寸，黑色，有角有鳞，以霜雪覆之，然后作茧，长一尺，其色五彩，织为文锦，入水不濡，以之投火，经宿不燎。唐尧之世，海人献之，尧以为黼黻。西有星池千里，池中有神龟，八足六眼，背负七星、日、月、八方之图，腹有五岳、四渎之象。时出石上，望之煌煌如列星矣。有草名芸蓬，色白如雪，一枝二丈，夜视有白光，可以为杖。南有移池国，人长三尺，寿万岁，以茅为衣服，皆长裾大袖，因风以升烟霞，若鸟用羽毛也。人皆双瞳，修眉长耳，餐九天之正气，死而复生，于亿劫之内，见五岳再成尘。扶桑万岁一枯，其人视之如旦暮也。北有浣肠之国，甜水绕之，味甜如蜜，而水强流迅急，千钧投之，久久乃没。其国人常行于水上，逍遥于绝岳之岭，度天下广狭，绕八柱为一息，经四轴而暂寝，拾尘吐雾，以算历劫之数，而成阜丘，亦不尽也。

岱　舆　山

岱舆山，一名浮析，东有员渊千里，常沸腾，以金石投之，则烂如土矣。孟冬水涸，中有黄烟从地出，起数丈，烟色万变。山人掘之，入地数尺，得燋石如炭灭，有碎火，以蒸烛投之，则然而青色，深掘则火转盛。有草名莽煌，叶圆如荷，去之十步，炙人衣则燋，刈之为席，方冬弥温，以枝相摩，则火出矣。南有平沙千里，色如金，若粉屑，靡靡常流，鸟兽行则没足。风吹沙起若雾，亦名金雾，亦曰金尘。沙著树粲然，如黄金涂矣。和之以泥，涂仙宫，则晃昱明粲也。西有乌玉山，其石五色而轻，或似履舄之状，光泽可爱，有类人工。其黑色者为胜，众仙所用焉。北有玉梁千丈，驾玄流之上，紫苔覆漫，味甘而柔滑，食者千岁不饥。玉梁之侧，有斑斓自然云霞龙凤之状。梁去玄流千余丈，云气生其下。傍有丹桂、紫桂、白桂，皆直上千寻，可为舟航，谓之"文桂之舟"。亦有沙棠、豫章之木，长千寻，细枝为舟，犹长十丈。有七色芝生梁下，其色青，光辉耀，谓之"苍芝"。荧火大如蜂，声如雀，八翅六足。梁有五色蝙蝠，黄者无肠，倒飞，腹向天；白者脑重，头垂自挂；黑者如乌，至千岁形变如小燕；青者毫毛长二寸，色如翠；赤者止于石穴，穴上入天，视日出入恒在其上。有兽名㵎月，形似豹，饮金泉之液，食银石之髓。此兽夜喷白气，其光如月，可照数十亩。轩辕之世获焉。有遥香草，其花如丹，光耀入月，叶细长而白，如忘忧之草，其花叶俱香，扇馥数里，故名遥香草。其子如薏中实，甘香，食之累月不饥渴，体如草之香，久食延龄万岁。仙人常采食之。

昆 吾 山

昆吾山，其下多赤金，色如火。昔黄帝伐蚩尤，陈兵于此地，掘深百丈，犹未及泉，惟见火光如星。地中多丹，炼石为铜，铜色青而利。泉色赤。山草木皆劲利，土亦刚而精。至越王勾践，使工人以白马白牛祠昆吾之神，采金铸之，以成八剑之精：一名掩日，以之指日，则光昼暗。金阴也，阴盛则阳灭。二名断水，以之划水，开即不合。三名转魄，以之指月，蟾兔为之倒转。四名悬翦，飞鸟游过触其刃，如斩截焉。五名惊鲵，以之泛海，鲸鲵为之深入。六曰灭魂，挟之夜行，不逢魑魅。七名却邪，有妖魅者，见之则伏。八名真刚，以切玉断金，如削土木矣。以应八方之气铸之也。其山有兽，大如兔，毛色如金，食土下之丹石，深穴地以为窟；亦食铜铁，胆肾皆如铁。其雌者色白如银。昔吴国武库之中，兵刃铁器，俱被食尽，而封署依然。王令检其库穴，猎得双兔，一白一黄，杀之，开其腹，而有铁胆肾，方知兵刃之铁为兔所食。王乃召其剑工，令铸其胆肾以为剑，一雌一雄，号"干将"者雄，号"镆铘"者雌。其剑可以切玉断犀，王深宝之，遂霸其国。后以石匣埋藏。及晋之中兴，夜有紫色冲斗牛。张华使雷焕为丰城县令，掘而得之。华与焕各宝其一。拭以华阴之土，光耀射人。后华遇害，失剑所在。焕子佩其一剑，过延平津，剑鸣飞入水。及入水寻之，但见双龙缠屈于潭下，目光如电，遂不敢前取矣。

洞 庭 山

洞庭山浮于水上，其下有金堂数百间，玉女居之。四时闻金石丝竹之声，彻于山顶。楚怀王之时，举群才赋诗于水湄，故云潇湘洞庭之乐，听者令人难老，虽《咸池》、《九韶》，不得比焉。每四仲之节，王常绕山以游宴，各举四仲之气以为乐章。仲春律中夹钟，乃作轻风流水之诗，宴于山南；律中蕤宾，乃作皓露秋霜之曲。后怀王好进奸雄，群贤逃越。屈原以忠见斥，隐于沅湘，披蓁茹草，混同禽兽，不交世务，采柏实以合桂膏，用养心神；被王逼逐，乃赴清泠之水。楚人思慕，谓之水仙。其神游于天河，精灵时降湘浦。楚人为之立祠，汉末犹在。其山又有灵洞，入中常如有烛于前。中有异香芬馥，泉石明朗。

采药石之人入中,如行十里,迥然天清霞耀,花芳柳暗,丹楼琼宇,宫观异常。乃见众女,霓裳冰颜,艳质与世人殊别。来邀采药之人,饮以琼浆金液,延入璇室,奏以箫管丝桐。饯令还家,赠之丹醴之诀。虽怀慕恋,且思其子息,却还洞穴,还若灯烛导前,便绝饥渴,而达旧乡。已见邑里人户,各非故乡邻,唯寻得九代孙。问之,云:"远祖入洞庭山采药不还,今经三百年也。"其人说于邻里,亦失所之。

　　录曰:按《禹贡》山海,正史说名山大泽,或不列书图,著于编杂之部。或有乍无,或同乍异,故使览者回惑而疑焉。至如《列子》所说,员峤、岱舆,瑰奇是聚,先《坟》莫记。蓬莱、瀛洲、方丈,各有别名;昆吾神异,张骞亦云焉。睹华戎不同寒暑律人獦禽至其异气,云水草木,怪丽殊形,考之载籍,同其生类。非夫贵远体大,则笑其虚诞。俟诸宏博,验斯灵异焉。

裴子语林

［晋］裴 启 撰

王 根 林 校点

校 点 说 明

　　《裴子语林》，又作《裴启语林》，晋裴启撰。裴启字荣期，河东闻喜(今山西闻喜)人，处士。

　　该书辑录汉魏至晋代知名士人传闻轶事及人物间精彩对话，可视作魏晋时期清谈风气的产物。不少内容，为稍后的南朝宋刘义庆《世说新语》所袭取。此书甫问世，即在当时产生很大影响。"裴郎作《语林》，始出，大为远近所传。时流年少，无不传写，各有一通。"(《世说新语·文学》)《续晋阳秋》指出："时人多好其事，文(指《裴子语林》)遂流行。"可见它的风行，是因为适应了当时的社会思潮。

　　该书由于得罪了当时的当权者谢安，被禁废不传，只保存在《世说新语》及唐宋的一些类书中。清人马国瀚《玉函山房辑佚书》及王仁俊《玉函山房辑佚书补编》对此书作了辑录。本世纪初，鲁迅又作了大量辑录工作，始命名为《裴子语林》，收入《古小说钩沉》。该本虽在引用书及编排等方面存在一些失误，但是收罗宏备，校勘仔细。今即以《古小说钩沉》本为底本，再校以他本，予以标点出版。

裴子语林

娄护，字君卿，历游五侯之门。每旦，五侯家各遗饷之。君卿口厌滋味，乃试合五侯所饷之鲭而食，甚美。世所谓五侯鲭，君卿所致。

胡广本姓黄，五月生，父母置诸瓮中，投之于江。胡翁见瓮流下，闻有小儿啼声，往取，因以为子。遂登三司。广后不治本亲服，世以为讥。

张衡之初死，蔡邕母胎孕，此二人才貌相类，时人云：邕是衡之后身。

陈元方遭父丧，形体骨立，母哀之，以锦被蒙其上。郭林宗往吊，见锦被而责之。宾客绝百许日。

傅信字子思，遭父丧，哀枴骨立，母怜之，窃以锦被蒙其上。林宗往吊之，见被，谓之曰："卿海内之俊，四方是则；如何当丧，锦被蒙上？"郭奋衣而去。自后宾客绝百许日。

傅信忿母，母羸病，恒惊悸。傅信乃取鸡凫灭毛，施于承尘上；行落地，母辄恐怖。

郑玄在马融门下，三年不得见，令高足弟子传授而已。融尝算浑天不合，召郑玄，令一算，便决，众咸骇服。及玄业成，辞归，融心忌焉。玄亦疑有追者，乃坐桥下，在水上据屐。融果转式，欲救追之，告左右曰："玄在土下水上据木，此必死矣。"遂罢追，竟以免。

孔嵩字仲山，南阳人也。少与颍川荀彧未冠时共游太学。

或后为荆州刺史,而嵩家贫,与新野里客佣为卒。或时出,见嵩,下驾。执手曰:"昔与子摇扇俱游太学,今子为卒,吾亦痛哉!"或命代嵩。嵩以佣夫不去,其岁寒心若此。嵩后三府累请,辞不赴。后汉时人。

魏郡太守陈异尝诣郡民尹方,方被头以水洗盘,抱小儿出,更无馀言。异曰:"被头者,欲吾治民如理发;洗盘者,欲使吾清如水;抱小儿者,欲吾爱民如赤子也。"

孙策年十四,在寿阳诣袁术。始至,俄而外通:"刘豫州备来。"孙便求去。袁曰:"刘豫州何关君?"答曰:"不尔,英雄忌人。"即出,下东阶。而刘备从东阶上。但转顾视孙之行步,殆不复前矣。

管宁尝与华子鱼少相亲友,共园中锄菜,见地有片金,管挥锄如故,与瓦石无异;华捉而掷去。

诸葛武侯与宣王在渭滨,将战,宣王戎服莅事,使人观武侯,乃乘素舆,著葛巾,持白羽扇,指麾三军。众军皆随其进止。宣王闻而叹曰:"可谓名士矣!"

蜀人伊籍称吴土地人物云:"其山崒巍以嵯峨,其水汹溟而扬波,其人磊砢而英多。"

孙休好射雉,至其时,则晨往夕还。群臣莫不上谏曰:"此小物,何足甚耽?"答曰:"虽为小物,耿介过人,朕之所以好也。"

豫章太守顾劭,是丞相雍之子,在郡卒。时雍方盛集僚属围棋,外信至,而无儿书。虽神意不变,而心了有故。宾客既散,方叹曰:"已无延陵之遗累,宁有丧明之责邪?"于是豁情散哀,颜色自若。

魏武云:"我眠中不可妄近,近辄斫人,亦不自觉,左右宜慎之。”后乃阳冻眠，所幸小儿窃以被覆之，因便斫杀。自尔，莫敢近之。

魏武将见匈奴使，自以形陋，不足雄远国，使崔季珪代当坐，乃自捉刀立床头。坐既毕，令人问曰：“魏王何如？”使答曰：“魏王信自雅望非常，然床头捉刀人，此乃英雄也。”魏王闻之，驰遣杀此使。

杨脩字德祖，魏初弘农华阴人也。为曹操主簿。曹公至江南，读《曹娥碑》文，背上别有八字，其辞云：“黄绢幼妇外孙蒜臼。”曹公见之不解，而谓德祖：“卿知之不？”德祖曰：“知之。”曹公曰：“卿且勿言，待我思之。”行三十里，曹公始得，令祖先说。祖曰：“黄绢，色丝，‘绝’字也。幼妇，少女，‘妙’字也。外孙，女子，‘好’字也。蒜臼，受辛，‘辞’字也。谓‘绝妙好辞’。”曹公笑曰：“实如孤意。”俗云：有智无智，校三十里。此之谓也。

董昭为魏武帝重臣，后失势。文、明世，入为卫尉。乃厚加意于侏儒。正朝大会，侏儒作董卫尉啼面，言昔太祖时事，举坐大笑。明帝怅然不怡，月中，以为司徒。

何晏字平叔，以主婿拜驸马都尉。美姿仪，面绝白，魏文帝疑其著粉。后正夏月，唤来，与热汤饼，既啖，大汗出，随以朱衣自拭，色转皎洁。帝始信之。

辛恭静见司马太傅，问卿何处人？答曰：“西人。”太傅应声戏之曰：“在西颇见西王母不？”恭静答曰：“在西乃不见西王母，过东已见东王公。”太傅大愧。

夏侯太初从魏帝拜陵，陪列松柏下。时暴雨霹雳，正中所立之树，冠冕焦坏。左右睹之皆伏，太初颜色不改。景王欲诛夏侯玄，意未决间，问安平王孚云：“己才足以制之不？”孚云：

"昔赵俨葬儿,汝来,半坐迎之。太初后至,一坐悉起。以此方之,恐汝不如。"乃杀之。

王经少处贫苦,仕至二千石。其母语云:"汝本寒家儿,仕至二千石,可止也。"经不能止。后为尚书,助魏,不忠于晋,被收。流涕辞母曰:"恨昔不从教,以致今日!"母无戚容,谓曰:"汝为子则孝,为臣则忠,有何负哉?"

刘伶字伯伦。饮酒一石,至醒,复饮五斗。其妻责之,伶曰:"卿可致酒五斗,吾当断之。"妻如其言。伶咒曰:"天生刘伶,以酒为名。一饮一石,五斗解酲。妇人之言,慎不可听。"

嵇中散夜灯火下弹琴,忽有一人,面甚小,斯须转大,遂长丈馀。黑单衣,皂带。嵇视之既熟,吹火灭,曰:"吾耻与魑魅争光。"

嵇中散夜弹琴,忽有一鬼著械来,叹其手快,曰:"君一弦不调。"中散与琴,调之,声更清婉。问其名,不对。疑是蔡邕伯喈。伯喈将亡,亦被桎梏。

嵇康素与吕安友,每一相思,千里命驾。安来,值康不在。兄喜出迎,安不前,题门上作"凤"字而去。喜不悟,康至,云:"凤,凡鸟也。"

陈协数日辄进阮步兵酒一壶。后晋文王欲修九龙堰,阮举协,文王用之。掘地得古承水铜龙六枚,堰遂成。

胡母彦国至相州,坐厅事断官事。尔时三秋中,傍摇扇视事。其儿子先从容顾谓曰:"彦国复何为自贻伊戚?"

邓艾口吃,常云"艾艾"。宣王曰:"为云'艾艾',终是几艾?"答曰:"譬如'凤兮凤兮',故作一凤耳。"

钟士季常向人道:"吾少年时一纸书,人云是阮步兵书,皆字字生义,既知是吾,不复道也。"

满奋字武秋,体羸,恶风,侍坐晋武帝,屡顾看云母幌。武帝笑之。或云:"北窗琉璃屏风,实密似疏。"奋有难色。答曰:"臣为吴牛,见月而喘。"或曰是吴质侍魏明帝坐。

孟业为幽州,其人甚肥,或以为千斤。武帝欲称之,难其大臣,乃作一大秤挂壁。业入见,武帝曰:"朕欲试自称,有几斤。"业答曰:"陛下正是欲称臣耳,无烦复劳圣躬。"于是称业,果得千斤。

诸葛靓字仲思,在吴,于朝堂大会。孙皓问曰:"卿字仲思,为欲何思之?"曰:"在家思孝,事君思忠,朋友思信。如斯而已。"

陈寿将为国志,谓丁梁州曰:"若可觅千斛米见借,当为尊公为佳传。"丁不与米,遂以无传。

蔡洪赴洛,洛中人问之,曰:"人皆以洪笔为锄耒,以纸札为良田,以玄默为稼穑,以礼义为丰年。"

晋蔡洪赴洛,洛中人问曰:"吴中旧姓何如?"答曰:"吴府君圣朝之盛佐,明时之俊乂;朱永长理物之宏德,清选之高望;严仲弼九皋之鸿鹄,空谷之白驹;顾彦先八音之琴瑟,五色之龙章;张威伯岁寒之茂松,幽夜之逸光;陆士龙鸿鹄之徘徊,悬鼓之待槌。此诸君以洪笔为锄耒,以纸札为良田,以玄墨为稼穑,以义礼为丰年。"

裴秀母是婢。秀年十八,有令望,而嫡母妒,犹令秀母亲役。后大集客,秀母下食;众宾见,并起拜之。答曰:"微贱,岂宜如此?当为小儿故耳。"于是大母乃不敢复役之。

夏少明在东国不知名,闻裴逸民知人,乃裹粮寄载,入洛从之。未至裴家少许,见一人著黄皮裤褶,乘马将猎。少明问曰:"逸民家若远?"答曰:"君何以问?"少明曰:"闻其名知人,从会稽来投。"裴曰："身是逸民，君明可更来。"明往，逸民果知之；又嘉其志局，用为西门侯。于此遂知名。

李阳性游侠，士庶无不倾心。为幽州刺史，当之职。盛暑，一日诣数百家别，宾客与别，常填门，遂死于几下。

中朝有人诣王太尉，适王安丰、大将军、丞相在坐。因往别屋，见季胤、平子。还，谓人曰："今日之行，举目皆琳琅珠玉。"

王夷甫处众中，如珠玉之在瓦石。

裴令公目王安丰："眼烂烂如岩下电。"

和峤诸弟往园中食李，而皆计核责钱；故峤妇弟王济伐之也。

刘道真年十六，在门前弄尘，垂鼻涕至胸。洛下年少乘车从门过，曰："年少甚坦埌。"刘便随车问："为恶为善尔？"答以"为善"。刘曰："令君翁亦坦埌，母亦坦埌。"

刘道真遭乱，自于河侧牵船。见一老妪采桑逆旅，刘谓之曰："女子何不调机利杼，而采桑逆旅？"女答曰："丈夫何不跨马挥鞭而牵船乎？"

道真尝与一人共索祥草中食，见一妪将二儿过，并青衣。调之曰："青羊将两羔。"妪答曰："两猪共一槽。"

刘道真子妇始入门，遣婢虔。刘聊之甚苦，婢固不从，刘乃下地叩头，婢惧而从之。明日，语人曰："手推故是神物，一下而婢服淫。"

贾充问孙皓曰："何以好剥人面皮？"皓曰："憎其颜之厚也。"

吴主孙皓字孙宾，即钟之玄孙也。晋伐孙皓，皓降晋，晋武帝封皓为归命侯。后武帝大会群臣，时皓在座，武帝问皓曰：“朕闻吴人好作汝语，卿试为之。”皓应声曰：“诺。”因劝帝酒曰：“昔与汝为邻，今与汝作臣。上汝一杯酒，令汝寿万春。”座众皆失色，帝悔不及。

王武子与武帝围棋，孙皓看。王曰：“孙归命何以好剥人面皮？”皓曰：“见无礼于其君者，则剥其皮。”乃举棋局，武子伸脚在局下，故讥之。

王济，字武子，太原人。又魏舒，字阳元，济阴人。二人善射，名重当时。并仕晋。

王武子性爱马，亦甚别之。故杜预道：“王武子有马癖，和长舆有钱癖。”武帝问杜预：“卿有何癖？”对曰：“臣有《左传》癖。”

王武子葬，孙子荆哭之甚悲，宾客莫不垂涕。哭毕，向灵座曰：“卿常好驴鸣，今为君作驴鸣。”既作，声似真，宾客皆笑。孙曰：“诸君不死，而令武子死乎？”宾客皆怒。须臾之间，或悲，或怒，或哭。

戴叔鸾母好驴鸣，叔鸾每为驴鸣，以乐其母。

中朝方镇还，不与元凯共坐。预征吴还，独榻，不与宾客共也。

洛下少林木，炭止如粟状。羊琇骄豪，乃捣小炭为屑，以物和之，作兽形。后何、吕之徒共集，乃以温酒。火燕既，猛兽皆开口向人，赫然。诸豪相矜，皆服而效之。

羊稚舒冬月酿酒，令人抱瓮暖之。须臾，复易其人。酒既速成，味仍嘉美。其骄豪皆此类。

刘寔诣石崇，如厕。见有绛纱帐大床，茵蓐甚丽，两婢持锦香囊。寔遽反走，即谓崇曰：“向误入卿室内。”崇曰：“是厕耳。”寔更往，向两守厕婢所进锦囊实筹。良久不得，便行出。

谓崇曰:"贫士不得如此厕。"乃如他厕。

石崇厕常有十余婢侍列,皆佳丽藻饰,置甲煎沈香,无不毕备。又与新衣,客多羞不能著。王敦为将军,年少,往,脱故衣,著新衣,气色傲然。群婢谓曰:"此客必能作贼。"

石崇恒冬月得韭薤,为客作豆粥,咄嗟便办。王恺乃密货帐下都督,问所以。云是捣韭根,杂以麦苗耳。豆难煮,豫作熟豆,以白粥投之。

石崇与王恺争豪,穷极绮丽,以饰车服。晋武帝,恺甥也,每助恺。以珊瑚高三尺许,枝柯扶疏,世间罕比。恺以示崇,崇视讫,以铁如意击之,应手瓦碎。恺声色俱厉,崇曰:"此不足恨。"乃命取珊瑚,有三尺,光彩溢目者六十七枚。恺怅然自失。

潘、石同刑东市。石谓潘曰:"天下杀英雄,卿复何为尔?"潘曰:"俊士填沟壑,余波来及人。"

潘安仁至美,每行,老妪以果掷之,满车。张孟阳至丑,每行,小儿以瓦石投之,亦满车。

士衡在坐,安仁来,陆便起去。潘曰:"清风至,尘飞扬。"陆应声答曰:"众鸟集,凤皇翔。"

陆士衡在洛,夏月忽思竹箦饮,语刘寔曰:"吾乡曲之思转深,今欲东归,恐无复相见理。"言此已,复生三叹。

陆士衡为河北都督,已被间构,内怀忧懑,闻众军警角鼓吹,谓其司马孙拯曰:"我今闻此,不如华亭鹤唳。"

宋岱为青州刺史,禁淫祀,著《无鬼论》甚精,莫能屈。后有一书生葛巾修刺诣岱,与谈论次,及《无鬼》论,书生乃振衣而去曰:"君绝我辈血食二十余年,君有青牛髯奴,所以未得相困耳。奴已叛,牛已死,今日得相制矣。"言绝而失。明日而岱亡。

明帝数岁,坐元帝膝上。有人从长安来,元帝问洛下消息,潸然流涕。明帝问:"何以致泣?"具以东渡意告之。因问明帝:"汝意谓长安何如日远?"答曰:"日远,不闻人从日边来,居然可知。"元帝异之。明日,集群臣宴会,告以此意。更重问之,乃答曰:"日近。"元帝失色,曰:"尔何故异昨日之言邪?"答曰:"举目见日,不见长安。"

晋明帝年少不伦,常微行。诏唤人以衣帻迎之,涉水过,衣帻悉湿。元帝已不重明帝,忽复有此,以为无不废理。既入,帻不正,元帝自为正之,明帝大喜。

晋成帝时,庾后临朝。诸庾诛南顿王宗,帝问:"南顿何在?"答曰:"党峻作乱,已诛。"帝知非党,曰:"言舅作贼,当复云何?"庾后以牙尺打帝头云:"儿何以作尔语?"帝无言,惟张目熟视,诸庾甚惧。

初,温峤奉使劝进,晋王大集宾客见之。温公始入,姿形甚陋,合坐尽惊。既坐,陈说九服分崩,皇室弛绝,晋王君臣莫不歔欷。及言天下不可以无主,闻者莫不踊跃,植发穿冠。王丞相深相付托。温公既见丞相,便游乐不往,曰:"既见管仲,天下事无复忧。"

钟雅语祖士言:"我汝颍之士,利如锥;卿燕代之士,钝如槌。"祖曰:"以我钝槌,打尔利锥。"钟曰:"自有神锥,不可得打。"祖曰:"既有神锥,必有神槌。"钟遂屈。

庾公道:"王眉子非唯事事胜于人,布置须眉,亦胜人。我辈皆出其辕下。"

王平子从荆州下,大将军因欲杀之。而平子左右有二十人,甚健,皆持铁楯马鞭。平子恒持玉枕,以此未得发。大将军乃犒荆州文武,二十人积饮食,皆不能动。乃借平子玉枕,便持下床。平子手引大将军,带绝。与力士斗甚苦,乃得上屋。上久许而死。

顾和为扬州从事,月旦当朝,未入,停车州门外。周侯饮酒已醉,著白袷,凭两人来诣丞相。历和车边,和先在车中觅虱,夷然不动。周始遥见,过去行数步,复又还。指顾心问曰:"此中何所有?"顾择虱不辍,徐徐应曰:"此中最是难测地。"

周伯仁过江恒醉,止有姊丧三日醒,姑丧三日醒,大损资望。每醉,诸公常共屯守。

周伯仁在中朝,能饮一斛酒;过江日醉,然未尝饮一斛,以无其对也。后有旧对忽从北来,相得欣然。乃出二斛酒共饮之。既醉,伯仁得睡。睡觉,问共饮者何在? 曰:"西厢。"问:"得转不?"答:"不得转。"伯仁曰:"异事!"使视之,胁腐而死。

周伯仁被收,经太庙,大唤宗庙之灵。以稍刺落地,骂曰:"王敦,小子也。"

庾公乘马有的卢,殷浩劝公卖马,庾云:"卖之,必有买者,即复害其主;宁可不安己而移于他人哉? 昔孙叔敖杀两头蛇以为后人,古之美谈,效之,不亦达乎!"

庾公欲伐王公,先书与郗公曰:"老贼贼专欲辅张,殿中将军旧用才学之士,以广视听,而顷悉用面墙之人也。是欲蔽主之明。便欲勒数州之众,以除君侧之恶。今年之举,蔑不济矣。"

殷浩于佛经有所不了,故遣人迎林公。林乃虚怀欲往,王右军驻之曰:"深源思致渊富,既未易为敌。且己所不解,上人未必能通;纵复服从,亦名不益高。若佻脱不合,便丧十年所保。可不须往。"林公亦以为然,遂止。

大将军王敦尚武帝女。此主特所重爱，遣送王，倍诸主。主既亡，人就王乞；始犹分物与之，后乞者多，遂指库屋数间以施。

谯王承作相州，过大将军曰："卿才堪廊庙，自无间外。"

王大将军每酒后，辄咏："老骥伏枥，志在千里，烈士莫年，壮心不已。"便以如意击珊瑚唾壶，壶尽缺。

晋王敦与世儒议下都，世儒以朝廷无乱，且唱兵始，自古所难，谏诤甚苦。处仲变色曰："吾过蒙恩遇，受任南夏。卿自同奸邪，阻遏义举，王法焉得相私！"因目左右令进。世儒正色曰："君昔岁害兄，今又杀弟；自古多士，岂有如此举动！"言毕流涕，敦意乃止。

大将军、丞相诸人在此时，闭户共为谋身之计。王旷世宏来，在户外，诸人不容之；旷乃剔壁窥之，曰："天下大乱，诸君欲何所图谋？"将欲告官。遽而纳之，遂建江左之策。

大将军收周侯，至石头，坐南门石盘上。将戮之，送已褥与周。

大将军刑周伯仁，以步障绕之。经日，已具。王曰："周伯仁子弟痴，何以不知取其翁尸？"周家然后收之。

简文帝为抚军时，所坐床上，尘不令左右拂，见鼠行之迹，视以为佳。参军见鼠白日行，以手版打杀之。意不悦，门下起弹，辞曰："鼠被害，尚不能忘怀；今复以鼠损人，无乃不可乎？"

许玄度出都，诣刘真长，先不识，至便造之，一面留连。标列贵略无造谒，遂九日十一诣之。许语曰："卿为不去，家将成轻薄京尹。"

许玄度将弟出都婚，诸人闻玄度弟，朝野钦迟之。既见，乃甚痴，便欲嘲弄之。玄度为之解纷，诸人遂不能犯。真长叹曰：“许玄度为弟婚，施十重铁步障也。”

刘道生与真长言，一时有名誉者皆宗真长。

仲祖语真长曰：“卿近大进。”刘曰：“卿仰看邪？”王问：“何意？”刘曰：“不尔，何由测天之高也！”

刘真长与桓宣武共听讲《礼记》，桓公云：“时有入心处，便咫尺玄门。”

刘尹见桓公每嬉戏，必取胜，谓曰：“卿乃尔好利，何不焦头。”

宣武征还，刘尹数十里迎之。桓都不语，直云：“垂长衣，谈清言，竟是谁功？”刘答曰：“晋德灵长，功岂在尔？”

刘真长始见王丞相，王公不与语。时大热，以腹熨石局，曰：“何乃淘？”刘既出，人问：“见王公如何？”真长云：“丞相何奇，止能作吴语及细唾也。”

刘真长与丞相不相得，每曰：“阿奴比丞相条达清长。”

刘真长病积时，公主毁悴。将终，唤主。主既见其如此，乃举手指之云：“君危笃，何以自修饰？”刘便牵被覆面，背之不忍视。

孔坦为侍中，密启成帝不宜往拜曹夫人。丞相闻之曰：“王茂弘驽病耳！若卞望之之岩岩，刁玄亮之察察，戴若思之峰距，当敢尔不？”

苏峻新平，温、庾诸公以朝庭初复，京兆宜得望实。唯孔君平可以处之。孔固辞，二公逼谕甚苦。孔敖然曰：“先帝大渐，卿辈身侍御床，口行诏令；孔坦尔时正琐臣耳，何与国家事？不可今日丧乱，而猥见逼迫。吾俎豆上腐肉，任人截割邪？”庾愧不能答。

孔君平病困，庾司空为会稽，省之。闻讯甚至，为之流涕。

孔慨然曰：“丈夫将终不问安国宁家之术，而反作儿女相问？”庾闻，回还谢之，请其语言。

陶侃字士行，丹阳人也。鄱阳孝廉范逵宿侃舍，侃家贫，母为截发为髲待之；无薪，伐屋柱炊饭。斩荐以供马。逵感之，乃为侃立声誉，于是显名。侃仕至大将军。晋时人。

陶太尉既作广州，优游无事。常朝自运甓于斋外，暮运于斋内。人问之，陶曰：“吾方致力中原，恐为尔优游，不复堪事。”

康法畅造庾公，捉麈尾至彼。公曰：“麈尾过丽，何以得在？”答曰：“廉者不求，贪者不与，故得在耳。”

庾翼为荆州都督，以毛扇上成帝。帝疑是故物，侍中刘劭曰：“柏梁云构，工匠先居其下；管弦繁奏，夔、牙先聆其音；翼之上扇，以好不以新。”稚恭闻之曰：“此人宜在帝左右。”

王濛与诸人谈，有时或排摈高秃，以如意注林公云：“阿柱，汝忆摇橹时不？”阿柱乃林公小名。

诸人尝要阮光禄共诣林公。阮曰：“欲闻其言，恶见其面。”

林公云：“文度著腻颜，挟《左传》，逐郑康成，自为高足弟子。笃而论之，不离尘垢囊也。”

谢兴在中朝，恒游宴，还家甚少。过江，不复宿行。后一宿行，家遣之，乃自叹曰：“不复作乐，曰分在朝，与阮千里总章重听，一典六曰亡归，今一宿行而家业纸也。”

谢尚字仁祖，酒后为鸲鹆舞，一座倾笑。

谢镇西著紫罗襦，乃据胡床，在大市佛图门楼上，弹琵琶，作《大道曲》。

谢公云：“小时在殿廷，会见丞相，便觉清风来拂人。”

谢安谓裴启云:"乃可不恶,何得为复饮酒。"

谢安目支道林,如九方皋之相马,略其玄黄,取其俊逸。

谢太傅问诸子侄曰:"子弟何豫人事,而正欲使其佳?"诸人莫有言者。车骑答曰:"譬如芝兰玉树,欲其生于庭阶也。"

有人诣谢公,别,谢公流涕,人了不悲。既去,左右曰:"客殊自密云。"谢公曰:"非徒密云,乃自旱雷。"

羊骘因酒醉,抚谢左军谓太傅曰:"此家讵复镇西?"太傅曰:"汝阿见子敬,便沐浴为论兄辈。"

太傅府有三才:裴邈清才,潘阳仲大才,刘庆孙长才。

王太保作荆州,有二儿亡。一儿欲还葬旧茔,一儿欲留葬。太保乃垂涕曰:"念故乡,仁也;不恋本土,达也;唯仁与达,吾二子其有焉。"

雷有宠,生恬、洽。

苏峻新平,帑藏空,犹馀数千端粗练。王公谓诸公曰:"国家凋敝,贡御不致。但恐卖练不售,吾当与诸贤各制练服之。"月日间,卖遂大售,端至一金。

王丞相拜扬州,宾客数百人,并加沾接,人人有悦色。唯有临海一客,姓任名颙,时官在都,预王公坐,及数胡人为未洽。公因便还到过任边,云:"君出临海,便无复人。"任大喜悦。因过胡人前,弹指云:"兰阇兰阇!"群胡同笑,四座并欢。

丞相拜司空,诸葛道民在公坐。指冠冕曰:"君当复著此乎?"

明帝函封与庾公信,误致与王公。王公开诏,末云:"勿使冶城公知。"导既视表,答曰:"伏读明诏,似不在臣;臣开臣闭,无有见者。"明帝甚愧,数月不能出见王公。

何公为扬州,有葬亲者,乞数万钱,而帐下无有。扬州常有粝米,以赈孤寡,乃有万余斛。虞存为治中,面见,道:“帐下空索,求粜此米。”何公曰:“何次道义不与孤寡争粒。”

阮光禄闻何次道为宰相,叹曰:“我当何处生活?”

王仲祖有好仪形,每览镜自照曰:“王文开那生如馨儿?”时人谓之达也。又酷贫,帽败,自以形美,乃入帽肆,就帽妪戏,乃得新帽。

王仲祖病,刘真长为称药,荀令则为量水矣。

桓宣武外甥,恒在坐鼓琵琶。宣武醉后,指琵琶曰:“名士固亦操斯器。”

桓宣武性俭,著故裈,上马不调,裈败,五形遂露。

桓宣武与殷、刘谈,不知其不堪。唤左右取黄皮裤褶,上马持稍数回,或向刘,或拟殷,意气始得雄王。

桓温自以雄姿风气,是司马宣王、刘越石一辈器。有以比王大将军者,意大不平。征苻健还,于北方得一巧作老婢,乃是刘越石妓女。一见温入,潸然而泣。温问其故,答曰:“官家甚似刘司空。”温大悦,即出外修整衣冠,又入,呼问:“我何处似司空?”婢答曰:“眼甚似,恨小;面甚似,恨薄;须甚似,恨赤;形甚似,恨短;声甚似,恨雌。”宣武于是弛冠解带,不觉昏然而睡,不怡者数日。

罗含在桓宣武坐,人介与他人相识,含正容曰:“所识已多,不烦复尔。”

袁真为监军,范玄平作吏部尚书。一坐语袁:“卿此选还不失护军。”袁曰:“卿何事人中作市井?”

丞相尝曰:“坚石掣脚枕、琵琶,故自有天际想。”

刘承允少有淹雅之度,王、庾、温公皆素与周旋。闻其至,共载看之。刘倚被囊,了不与王公言,神味亦不相酬。俄顷宾退,王、庾甚怪此意,未能解,温曰:"承允好贿,新下必有珍宝。当有市井事。"令人视之,果见向囊皆珍玩,正与胡父谐贾。

谢万就安乞裘,云畏寒。答曰:"君妄语。正欲以为豪具耳! 若畏寒,无复胜绵者。"以三千绵与谢。

王蓝田食鸡子,以箸刺之不得,便大怒,投于地。

王蓝田少有痴称,王丞相以门第辟之。既见,他无所问,问来时米几价? 蓝田不答,直张目视王公。王公云:"王掾不痴,何以云痴?"

王蓝田作会稽,外自请讳,答曰:"惟祖惟考,四海所知,过此无所复讳。"

孙兴公作永嘉郡,郡人甚轻之。桓公后遣传教,令作《敬夫人碑》,郡人云:"故当有才! 不尔,桓公那得令作碑?"于此重之。

褚公与孙绰游曲阿后湖,狂风忽起,舫欲倾。褚公已醉,乃曰:"此舫人皆无可以招天谴者,唯兴公多尘滓,正当以厌天欲耳。"便欲捉掷水中。孙遽无计,唯大啼曰:"季野,卿念我!"

王太尉问孙兴公曰:"郭象何如人?"答曰:"其辞清雅,奕奕有余,吐章陈文,如悬河泻水,注而不竭。"

王长史语林道人曰:"真长可谓金石满堂。"林公以语孙兴公。兴公曰:"语不得尔,选择正可得少碎珠耳。"

晋孝武好与虞啸父饮酒,不醉不出。后临出拜,殆不复能起。帝呼人上殿扶虞侍中。啸父答曰:"臣位未及扶,醉未及乱,非分之赐,所不敢当。"帝美之,敕左右疏取其语。于是为风俗。人相嘲调,辄云:"好语疏取。"

毛伯成负其才气,常称:"宁为兰摧玉折,不作蒲芬艾荣。"

王中郎以围棋为手谈,故其在哀制中,祥后客来,方幅会戏。

桓野王善解音，晋孝武祖宴西堂，乐阕酒阑，将诏桓野王筝歌。野王辞以须笛，于是诏其吹笛奴硕，赐姓曰张，加四品将军，引使上殿。张硕意气激扬，吹破三笛，末取睹脚笛，然后乃理调成曲。

晋孝武祖宴西堂，诏桓子野弹筝，桓乃抚筝而歌怨诗。悲厉之响，一堂流涕。

向世闻歌桓子野一闻而洞歌。

张湛好于斋前种松柏，养鸲鹆。袁山松出游，好令左右作挽歌。时人谓："张屋下陈尸，袁道上行殡。"

有人目杜弘治标解甚清令，初若熙，怡容无韵，盛德之风，可乐咏也。

王敬仁有异才，时贤皆重之。王右军在郡迎敬仁，叔仁辄同车，常恶其迟。后以马迎敬仁，虽复风雨，亦不以车也。

右军年十三，尝谒周颛。时绝重牛心炙，坐客未啖，颛先割啖羲之，于是始知名。

王右军少尝患癫，一二年辄发动。后答许掾诗，忽复恶中，得二十字云："取欢仁智乐，寄畅山水阴。清泠涧下濑，历落松竹林。"既醒，左右诵之。读竟，乃叹曰："癫，何预盛德事邪？"

王右军目杜弘治，叹曰："面如凝脂，眼如点漆，此神仙中人！"

王右军为会稽令，谢公就乞笺纸。检校库中，有九万枚，悉以付之。桓宣武曰："逸少不节。"

王子猷尝暂寄人空宅住，使令种竹。或问："暂住何烦尔？"王啸咏良久，直指竹曰："何可一日无此君？"

王子猷居山阴,大雪夜,眠觉。开室酌酒,四望皎然,因起彷徨,咏左思《招隐诗》。忽忆戴安道,时戴在剡溪,即便夜乘轻船就戴,经宿方至。既造门,不前便返。人问其故,曰:"吾本乘兴而来,兴尽而返,何必见戴。"

王子敬在斋中卧,偷入斋取物幙装,一室之内,略无不尽。子敬卧而不动,偷遂复登厨,欲有所觅。子敬因呼曰:"偷儿,石漆青毡是我家旧物,可特置不?"于是群贼始知其不眠,悉置物惊走。

王子敬疾笃,兄弟劝令首罪。答曰:"无所应首,唯遣郗家女,以为恨。"

殷洪乔作豫章郡守,临去,郡下人因附书百余函。至石头,悉掷水中。因咒之曰:"沉者自沉,浮者自浮,殷洪乔不能作达书邮。"

殷公北征,朝士出送之,军容甚盛,仪止可观。陈说经略攻取之宜,众皆谓必能平中原。将别,忽驰逞才,自桀马,遂坠地。士以是知其必败。

桓玄不立忌日,止立忌时。每至日,弦歌不废。

桓玄字信祇,沛国龙亢人也。晋时为部公,与荆州刺史殷仲堪语次,二人遂相为嘲。玄曰:"火燎平原无遗燎。"堪曰:"投鱼深泉放飞鸟。"次复危言,玄曰:"矛头淅米剑头炊,百岁老翁攀枯枝。"堪曰:"井上辘轳卧小儿。"晋末安帝时人。

祖约少好财,阮遥集好屐,并常自经营。同是一累,而未判其得失。有诣祖,见料视财物,客至,并当不尽,余两小簏,以置背后,倾身障之,意未能平。或有诣阮,正见自蜡屐,因叹曰:"未知一生当著几量屐?"神甚闲畅,于是胜负始分也。

范启云:"韩康伯似肉鸭。"

任元褒为光禄勋,孙翊往诣之,见门吏凭几视之,孙入语任曰:"吏凭几对客,不为礼。"任便推之。吏答曰:"得罚体痛,以横木扶持,非凭几也。"任曰:"直木横施,植其两足,便为凭几。何必孤鸹蟠膝曲木抱要也。"

范信能啖梅,人常致一斛食,留信食之,须臾而尽。

王东亭作《经王公酒垆下赋》。

诸阮以大盆盛酒,木杓数枚也。

董仲道常在客宿,与王孙隔共,语同行人曰:"此人行必为乱。"后果为乱阶。

贤者国之纪,人之望,自古帝王皆以之安危。故《书》曰:"惟后非贤不乂,惟贤非后不食。"昔者周公体大圣之德,而勤于吐握,由是天下之士争归之。向使周公骄而且吝,士亦当高翔远去,所至寡矣。

淮北荥南河济之间,有千树梨,其人与千户侯等。

大夫向闇而立。

报至尊。

魏张鲁有十子,时人语曰:"张氏十龙,儒雅温恭。"

茶博士。

异　　苑

[南朝宋] 刘敬叔　撰
黄　益　元　　　校点

校 点 说 明

《异苑》十卷,南朝宋刘敬叔撰。敬叔史书无传,明胡震亨汇其事之散见史书者为《刘敬叔传》,称刘敬叔彭城(今江苏徐州)人。起家中兵参军,司徒掌记,东晋安帝义熙中拜南平国郎中令,以事忤刘毅,为所奏免官。宋初召为征西长史,文帝元嘉三年(426)入为给事黄门郎。明帝泰始(465—471)中卒于家。又敬叔自称义熙十三年(417)为长沙景王(刘道怜)骠骑参军(见《异苑》卷三"货牛淹泪"条),传未载。

《隋书·经籍志》著录:"《异苑》十卷,宋给事刘敬叔撰。"并著录《续异苑》十卷,不著撰人姓氏。《旧唐书》以下各史志无目。明万历中胡震亨于临安获宋本,与友人沈汝纳校定百余字,刻入《秘册汇函》,遂得流传于世。后《津逮秘书》、《学津讨原》、《说库》、《古今说部丛书》皆收之,《四库全书》收入子部小说家类异闻之属,俱为十卷。《唐宋丛书》、《五朝小说》、《说郛》卷一一七皆收一卷,系节本。《说郛》卷一一三录《梁清传》一篇,实亦出本书卷六"梁清家诸异"条。《旧小说》甲集录七条。

《异苑》收罗古今怪异之事三百八十三则。上起晋文公、秦始皇,下迄刘裕、刘毅等,凡天文地理、社会人文、自然民俗之神异谲怪之事,"几备矣"(毛晋语)。《四库总目提要》称"其书皆言神怪之事","其词旨简澹,无小说家猥琐之习"。且全书"大致尚为完整,与《博物志》、《述异记》全出后人补缀者不同","断非六朝以后所能作"。唐刘知几《史通》称《晋书》载惠帝元康五年武库火，汉高祖斩蛇剑穿屋飞去之怪事，即据本书卷二"武库火"条载入。又如卷五"厕神后帝"条、"紫姑神"条，最早记录厕神后帝（即紫姑神）的来历及民间正月十五迎厕神的习俗，为《荆楚岁时记》、《初学记》、《太平御览》等多种书籍所引用，于民俗学研究有珍贵的史料价值。

　　此次整理，以《学津讨原》本为底本，参校《说库》本、《古今说部丛书》本、《四库全书》本，凡有异文，择善而从，不出校记。避讳字则径正之。又《学津讨原》本目录各卷下均拟有标题，现并移至各条目前，以便阅读。

目　录

鬼唱佳声　麻子轩　形见慰母　荀泽见形　亡妇免夫　庾绍之
见形　山阴徐琦　葛辉夫妖死　团扇梦别　朱衣吏滥取　鬼歌
子夜　许氏鬼祟　床下老公　秦树冥缘　灵侯　户外应声　妒
鬼　花上盈盈　亡儿慰母　鬼作嗔声　打鼓称冤　司马家奴
颜延之妾　鬼食粗粝　厕中怪　刘元入魏　麝香辟恶　一足鬼
鬼作五木　七日假　黄父鬼　山灵　鬼避徐叔宝　梁清家诸异
青桐树

武帝冢中物　礜石冢　苍梧王墓　茗饮获报　金镜助赠　古坟
鼓角　诸葛间墓　鸡山雉洞　戴墓王气　古墓完尸　漆棺老姥
黄公冢　即墨古冢　黄帝伶人　梦得大象　邓庙　河神请马
梦生八翼　燃犀照渚　苻坚凶梦　梦合子生　慧猷诗梦　王戎
梦椹　龙山神　长人入梦　梦得如意　衡阳守　梦谢拯棺　梦
还符谶　刘穆之佳梦　丧仪如梦　沈庆之异梦　谢客儿

赵晃劾蛇妖　乐广治狸怪　徐奭遇女妖　桓谦灭门兆　青衣人
索骨　异物象形　龟载碑还　牝猴入赘　扫帚怪　紫衣女　伐
桃致怪　赤莧魅　武昌三魅　罴魅　暂同阜虫　獭化　蜘蛛魅
王纂针魅　狸中狸　石龟耗粟　绳弭获聱　树下老公　徐女复
生　陈忠女　乐安章沉　胎教　额上生儿　怀妊生冰　怪胎
温盘石　人兽合胎　髀疮生儿　刘毅妻妖胎　尸生儿　汉末小
黄门　猎见异人　猎人化鹿　社公令作虎　吏变三足虎　神罚
作虎　胡道洽　天谪变熊　谢白面　啖鸭成瘕　食牛作牛鸣
误吞发成瘕

郑康成　亡牛　已下十条并系管辂　失妻　火灾　盗鹿　失物　鸟
鸣　飞鸠　饯席射覆　印囊山鸡毛　王经迁官　赵侯异术　庾
嘉德善筮　任诩从军　沐坚咒毙　泾祠妖幻　黄金傸船　孙溪

异 苑 题 辞

戊子岁,余就试临安,同友人姚叔祥、吕锡侯,诣徐贾检书。废册山积,每抽一编,则飞尘嚏人。最后得刘敬叔《异苑》,是宋纸所抄。三人目顾色飞,即罄酒资易归。各录一通,随各证定讹漏,互录简端。未几,锡侯物故,叔祥游塞;余亦兀兀诸生间。此书遂置为蠹丛。又十年为戊戌,下第南归,与友人沈汝纳同舟。出示之,复共证定百许字,遂称善本。余间语叔祥:"何当令锡侯见之,不更快耶?"相与泫然久之。考《南史》、《宋书》,通无敬叔传;因汇其事之散在史书者,为小传,俾读者有考焉。己亥六月望,武原胡震亨识。

刘 敬 叔 传

刘敬叔,字敬叔,彭城人。少颖敏,有异才。起家中兵参军,司徒掌记。义熙中,刘毅与宋高祖共举义旗,克复京郓,功亚高祖,进封南平郡公。敬叔以公望推借,拜南平国郎中令。既而有诏拜南平公世子,毅以帝命崇重,当设飨宴,亲请吏佐临视。至日,国僚不重白,默拜于厩中。使人将反命,毅方知之。谓敬叔典礼,故为此慢,大以为恨。遂奏免敬叔官。及毅诛,高祖受禅,召为征西长史。元嘉三年,入为给事黄门郎。数年,以病免。太始中,卒于家。所著有《异苑》十余卷行世。

异苑卷一

美　人　虹

古语有之曰：古者有夫妻荒年菜食而死，俱化成青绛，故俗呼"美人虹"。郭云：虹为雩，俗呼为美人。

饮　虹　吐　金

晋义熙初，晋陵薛愿有虹饮其釜澳，须臾嗡响便竭。愿辇酒灌之，随投随涸，便吐金满釜。于是灾弊日祛而丰富岁臻。

虹　化　妪

太原温湛婢，见一妪向婢流涕，无孔窍。婢骇怖，告湛。湛遂抽刀逐之，化成一物，如紫虹形，宛然长舒，上没霄汉。

白　虹　入　室

长沙王道怜子义庆，在广陵卧病。食次，忽有白虹入室，就饮其粥。义庆掷器于阶，遂作风雨声，振于庭户，良久不见。

九嶷山舜庙

衡阳山、九嶷山，皆有舜庙。每太守修理祀祭洁敬，则闻弦歌之声。汉章帝时，零陵文学奚景于冷道县祠下得笙白玉管，舜时西王母献。

衡 山 三 峰

衡山有三峰极秀。其一名华盖,又名紫盖,澄天明景,辄有一双白鹤回翔其上。一峰名石囷,下有石室,中常闻讽诵声,清响亮彻。一峰名芙蓉,最为竦桀,自非清霁素朝,不可望见。峰上有泉飞派,如一幅绢分映青林,直注山下。

汨 潭 马 迹

长沙罗县有屈原自投之川,山明水净,异于常处。民为立庙在汨潭之西,岸侧盘石马迹尚存。相传云:原投川之日,乘白骥而来。

姑 石 山

浔阳姑石山,在江之坻。初,桓玄至西下,令人登之。中岭,便闻长啸声,甚清澈;及至峰顶,见一人箕踞石上。

天 台 山

会稽天台山,虽非遐远,自非卒一作忽。生忘形,则不能跻也。赤城阻其径,瀑布激其冲。石有莓苔之险,渊有不测之深。

卞 山 石 柜

乌程卞山,本名土山;有项籍庙,自号卞王,因改名山。山足有一石柜,高数尺。陈郡殷康常往开之,风雨晦冥乃止。

陶 侃 钓 矶

钓矶山者,陶侃尝钓于此。山下水中,得一织梭,还挂壁上。有顷,雷雨。梭变成赤龙,从空而去。其山石上,犹有侃迹存焉。

乘 矶 山

乘矶山,下临清川。昔有渔父宿于川,夜半,闻水中有弦歌之音,宫商和畅,清弄谐密。

百丈山石书

百丈山上有石房,内有石案,置石书二卷。

涛 山 角 声

永宁县涛山有河,水色红赤,有自然石桥,多鱼獭异禽。阴雨时,尝闻靴角声甚亮。

沙 山 鼓 角

凉州西有沙山。俗云:昔有覆师于此者,积尸数万。从是有大风吹沙覆其上,遂成山阜,因名沙山。时闻有鼓角声。

句 容 水 脉

吴孙权赤乌八年,遣校尉陈勋漕句容,中道凿破窑,掘得一异物,无有首尾,形如数百斛船,长数十丈,蠢蠢而动。有顷,悉融液成汁,时人莫能识。得此之后,遂获泉源。或谓是水脉,每至大旱,馀渎皆竭,惟此巨流焉。

五 百 陂

东乡太湖,吴庚申岁,于此有一军士五百人,将破堰,先以酒肉祈神,约令水涸。夜梦人云:"塘水速竭,若见巨鳞,慎勿杀也。又有铜釜,并不可发。"明往,尺水翕然而尽,得白鱼,形状非常。小人贪利,剖而治之;见昨所祭馀食,充溢肠内。须臾复得釜,又取发。水便暴出,五百人一时没溺;唯督监得存,具说事状。于今犹名此湖为"五百陂"。

百 薄 濑

永嘉郡有百薄濑。郡人断水捕鱼,宰生祷祭,以祈多获。逾时,了无所得。众侣忿怨,弃业将罢。其夕,并梦见一老公云:"诸君且可小停,要思其宜。"夜忽闻有跳跃声,惊起共看,乃是大鱼,剉以为脍,顿获百薄。故因以"百薄"名濑。

飞 鱼 径

晋吴隶为鱼塞于云湖,有大鱼化为人,语隶云:"晚有大鱼攻塞,切勿杀。"隶许之。须臾,有大鱼至,群鱼从之。隶同侣误杀大鱼。是夕风雨晦冥,鱼悉飞上木间。因号为"飞鱼径"。

山 井 鸟 巢

兰陵昌虑县邬一作郫。城有华山。山上有井,鸟巢其中,金喙、黑色而团翅。此鸟见,则大水。井又不可窥,窥者不盈一岁,辄死。

龙 吒

浔阳昙椿,世居长沙。宅有古井,每夜辄闻有如炮竹声相承,谓之龙吒。

沸　井

句容县有延陵季子庙。庙前井及渎,恒自涌沸,故曰"沸井"。于今犹然。亦曰"沸潭"。

井砖疑龙

陈郡谢晦字宣明,宅南路上有古井。以元嘉二年,汲者忽见二龙甚分明,行道住观,莫不嗟异。有人入井,始知是砖隐起作龙形。

武溪石穴

元嘉初,武溪蛮人射鹿,逐入石穴,才容人,蛮人入穴,见其旁有梯,因上梯,豁然开朗,桑果蔚然,行人翱翔,亦不以怪。此蛮于路斫树为记,其后茫然,无复仿佛。

沃沮东界

河东毌邱俭,字仲恭,尝征沃沮,使王颀穷其东界。耆老云:曾有一破船随波流出,在海岸边。有一人项中复有面,生得之,与语,不相通,不食而死。又得一布衣从海中浮出,其身如中国人,衣但两袖,顿长三丈。

异苑卷二

洛 钟 鸣

魏时，殿前大钟无故大鸣。或作不扣自鸣。人皆异之，以问张华。华曰："此蜀郡铜山崩，故钟鸣应之耳。"寻蜀郡上其事，果如华言。

吴 郡 石 鼓

晋武帝时，吴郡临平岸崩，出一石鼓，打之无声，以问张华。华云："可取蜀中桐材，刻作鱼形，打之则鸣矣。"于是如言，音闻数十里。

铜 澡 盘

晋中朝有人畜铜澡盘，晨夕恒鸣，如人扣。乃问张华，华曰："此盘与洛钟宫商相应，宫中朝暮撞钟，故声相应耳。可错令轻则韵乖，鸣自止也。"如其言，后不复鸣。

燃 石

豫章有石，黄白色而理疏，以水灌之，便热，加鼎于上，炊足以熟，冷则灌之。雷焕以问张华，华曰："此燃石也。"

显节陵策文

元康中，有人入嵩高山下，得竹简一枚，上有两行科斗书，台中外传以相示，莫有知者。司空张华以问博士束皙，皙曰："此明帝显节陵中策文也。"检校，果然。

武库火　晋惠帝元康五年

晋惠帝元康五年，武库火，烧汉高祖斩白蛇剑、孔子履、王莽头等三物。中书监张茂先惧难作，列兵陈卫。咸见此剑穿屋飞去，莫知所向。

金 锁 金 牛

晋康帝建元中，有渔父垂钓，得一金锁。引锁尽，见金牛。急挽出，牛断，犹得锁，长二尺。

钱 变 土

晋太元中，桂阳临武徐孙江行，见岸有钱溢出，即辇着船中。须臾，悉变成土。

铜 炉 自 行

晋义熙中，庞猗为宜都太守。御人牧马于野，见一铜炉上焰带锁而行，持归以呈猗。遂槛盛，逸下荆州无都北，乃^{一作}鬼。忽风雨，有叫声。火光烛天，径来趋船，失炉所在。

一 船 金

义熙中，新野黄舒耕田得一船金。卜者云："三年勿用，长守富也。"舒不能从，遂成土壤。

樟竹桁大船

晋时，钱塘浙江有樟竹桁大船。每有乘者，辄漂荡摇扬而不可禁。常鸣鼓钱塘江头，凌浪如故。惟船吏章粤能相制伏。及粤死，遂废去。

山阴县钱船

海西太和中，会稽山阴县起仓。凿得两大船，船中有钱皆轮文。时日向暮，凿者驰以告官。官夜遣防守甚严。至明旦，失钱所在，惟有船存。视其状，悉有钱处。

金鼎变铜铎

苻坚建元年中，长安樵人于城内见金鼎，走白坚。坚遣载取到，化为铜鼎；入门，又变成大铎。

钟鸣水中

西河有钟在水中，晦朔辄鸣。声响悲激，羁客闻而凄怆。

元马河碧珠

越巂门会元县有元马河，有铜钫船，河畔有祠。中有碧珠，若不祭祀，取之不祥。

铜釜作声

长山朱郭夫妻采藻涧滨，见二铜釜沿流而下，取之而归。有员盖满中，铜器光辉曜目，自然作声。郭惧运盖，北山埋之。

而后卖釜,与人共载出,为货船无故自覆,失釜所在。

铜　马

上党侯亮之于江都城下,获一石磨,下有铜马。

玉　狁

宏农杨子阳,闻土中有声,掘得玉狁,长可尺许。屋栋间
乃自漏秫米,如此三年,昼夜不息。米坠既止,忽有一青蛇,长
数尺,住梁上,每落粪辄成碎银。子阳获银米,遂为富儿。锻
银作器,货卖倍售;馀家市者,随以破灭。

洗石孕金

永康王旷井上有洗石,时见赤气。后有二胡人寄宿,忽求
买之。旷怪所以,未及度钱。子妇孙氏睹二黄鸟斗于石上,疾
往掩取,变成黄金。胡人不知,索市愈急,既得,撞破内空段有
二鸟处。

石　骆　驼

西域苟—作拘。夷国山上有石骆驼,腹下出水,以金铁及
手承取,即便对过;唯瓠芦盛之者,则得饮之,令人身体香净而
升仙。其国神秘,不可数遇。

佛　发

月支国有佛发,盛以琉璃罂。

石 城 甘 橘

南康归—作皈。美山石城内,有甘橘橙柚。就食其实,任意取足。脱持归者,便遇大蛇,或颠仆失径。家人啖之辄病。

五 色 浮 石

阳羡县小吏吴龛于溪中见五色浮石,因取内床头。至夜,化成女子。

柑 化 鸢

河内司马元胤,元嘉中为新釜令。丧官,月旦设祭。柑化而为鸢。

竹 生 花

晋惠帝元康二年,巴西郡界竹生花,紫色。结实如麦,外皮青,中赤白,味甚甘。

枣 生 桃 李

晋太元中,南郡忻—作州字。陵县有枣树。一年忽生桃、李、枣三种花子。

桑 再 椹

汉兴平元年九月,桑再椹。时刘玄德军于沛,年荒谷贵,士众皆饥,仰以为粮。

白　桑　椹

北方有白桑椹，长数寸，食之甘美。

竹 节 中 人

建安有箽笃竹，节中有人，长尺许，头足皆具。

连　理　竹

元嘉四年，东阳流一作留。道先家中筋竹林忽生连理。野人无知，谓之祸祟，欲斫杀之。

嘉　　瓜

汉安帝元初三年，平陆有瓜，异处同蒂，共生一瓜，时以为嘉瓜。

一 瓜 三 茎

晋武帝太康八年六月，王濬园生瓜，三茎一实。

越　王　菜

晋安平有越王馀算菜长尺许。白者似骨，黑者如角。古云越王行海，曾于舟中作筹算。有馀者，弃之于水，生焉。

土　　藷

薯蓣一名山芋。根既可入药，又复可食。野人谓之土藷。若欲掘取，默然则获；唱名者便不可得。人有植者，随所积之物而像之也。

土　精

人参一名土精，生上党者佳，人形皆具，能作儿啼。昔有人掘之，始下铧，便闻土中呻吟声。寻音而取，果得人参。

交　州　菌

交州诸菌以叶涂人躯，便举体菌生，生既遍，就朽烂，肌肉消腐。

神　农　窟

隋县永阳－多县字。有山，壁立千仞。岩上有石室，古名为神农窟。窟前有百药丛茂，莫不毕备。又别有异物，藤花形似菱菜，朝紫、中绿、晡黄、暮青、夜赤，五色迭耀。

异苑卷三

鹤　语

晋太康二年冬大寒。南洲人见二白鹤语于桥下，曰："今兹寒，不减尧崩年也。"于是飞去。

鸾　鸣

罽宾国王买得一鸾，欲其鸣不可致。饰金繁，飨珍羞，对之愈戚。三年不鸣。夫人曰："尝闻鸾见类则鸣，何不悬镜照之？"王从其言，鸾睹影悲鸣，冲霄一奋而绝。

鹦鹉说梦

张华有白鹦鹉。华每出行还，辄说僮仆善恶。后寂无言。华问其故，答曰："见藏瓮中，何由得知？"公后在外，令唤鹦鹉。鹦鹉曰："昨夜梦恶，不宜出户。"公犹强之，至庭，为鸮所搏；教其啄鸮脚，仅而获免。

鹦鹉灭火

有鹦鹉飞集他山，山中禽兽辄相贵重。鹦鹉自念虽乐，不可久也，便去。后数月，山中大火。鹦鹉遥见，便入水濡羽，飞而洒之。天神言："汝虽有志意，何足云也？"对曰："虽知不能救，然尝侨居是山，禽兽行善，皆为兄弟，不忍见耳。"天神嘉感,即为灭火。

鸲 鹆 学 语

五月五日翦鸲鹆舌,教令学人语,声尤清越,虽鹦鹉不能过也。

鸲 鹆 听 琵 琶

晋司空桓豁在荆州,有参军五月五日翦鸲鹆舌,每教令学人语,遂无所不名,与人相顾问。参军善弹琵琶,鸲鹆每听辄移时。

山 鸡 舞 镜

山鸡爱其毛羽,映水则舞。魏武时,南方献之。帝欲其鸣舞而无由。公子苍舒令置大镜其前,鸡鉴形而舞不知止,遂乏死。韦仲将为之赋其事。其事一作甚美。

群 乌 咋 犬

晋义熙三年,朱猗戍寿阳。婢炊饭,忽有群乌集灶,竞来啄啖,驱逐不去。有猎犬咋杀两乌,余乌因共咋杀犬,又啖其肉,唯余骨存。

杜 鹃 催 鸣

杜鹃始阳相催而鸣,先鸣者吐血死。常有人山行,见一群寂然,聊学其声,便呕血死。初鸣先听其声者主离别,厕上听其声不祥。厌之法:当为大声以应之。

鸡 作 人 语

晋兖州刺史沛国宋处宗,尝买得一长鸣鸡,爱养甚至,恒笼置窗间。鸡遂作人语,与处宗谈论,极有言致,终日不辍。处宗由此玄言大进。

金 色 鹅

晋义熙中,羌主姚毗于洛阳阴沟取砖,得一双雄鹅,并金色交颈长鸣,声闻于九皋,养之此沟。

鹅 引 导

傅承为江夏守,有一双鹅,失之三年,忽引导得三十余头来向承家。

虎 标

武陵龙阳虞德流寓溢阳,止主人夏蛮舍中。忽见有白纸一幅长尺余,标蛮女头,乃起扳取。俄顷,有虎到户而退,寻见何老母标如初。德又取之,如斯三返,乃具以语蛮。于是相与执杖伺候。须臾虎至,即格杀之。同县黄期具说如此。

虎 攫 府 佐

彭城刘广雅,以晋太元元年为京府佐,被使还都,路经竹里亭于逻宿。此逻多虎,刘极自防卫,系马于户前,手执戟,布于地上。中宵,与士庶同睡。虎乘间跳入,跨越人畜,独取刘而去。

美 女 变 虎

晋太元末，徐桓以太元中出门，仿佛见一女子，因言曲相调，便要桓入草中。桓悦其色，乃随去。女子忽然变成虎，负桓著背上，径向深山。其家左右寻觅，惟见虎迹。旬日，虎送桓下著门外。太元中三字误。

畜 虎 理 讼

扶南王范寻常畜虎五六头及鳄鱼十头。若有讼，未知曲直，便投与鱼、虎。鱼、虎不食，则为有理。秽貊之人，祭虎为神，将有以也。

醉 共 虎 眠

永初中，邵都梁冯恭醉卧于山路。夜有虎来，以头枕其背。恭中宵展转，以手搏之，复大寝。向晓始醒，犹见虎蹲在脚后，若有宿命，非智力所及也。

熊 穴 辟 秽

熊兽藏于山穴，穴里不得见秽及伤残，见则舍穴外死。人欲捕者，便令一人卧其藏内，余伴执杖，隐在崖侧。熊辄共舆出，人不致伤损，傍人仍得骋其矛。

熊 呼 字

熊无穴，或居大树孔中。东土呼熊为"子路"，以物击树云："子路可起。"于是便下。不呼则不动也。

刘幡射獐

元嘉初,青州刘幡射得一獐,剖腹藏,以草塞之,蹶然起走。幡从而拔塞,须臾复还倒,如此三焉。幡密求此种类,治伤痍多愈。

大　客

始兴郡阳山县有人行田,忽遇一象,以鼻卷之。遥入深山,见一象脚有巨刺。此人牵挽得出,病者即起,相与躅陆,状若欢喜。前象复载人,就一污湿地,以鼻掘出数条长牙,送还本处。彼境田稼,常为象所困,其象俗呼为"大客"。因语云:"我田稼在此,恒为大客所犯,若念我者,勿复见侵。"便见踯躅,如有驯解。于是一家业田,绝无其患。

货牛淹泪

晋义熙十三年,余为长沙景王骠骑参军,在西州得一黄牛,时将货之,便昼夜衔草不食,淹泪瘦瘠。

马度苻坚

苻坚为慕容冲所袭,坚驰骗马,堕而落涧。追兵几及,计无由出。马即踯躅临涧,垂鞍与坚。坚不能及,马又跪而受焉。坚援之得登岸,而一作西。走庐江。

犬　殉

晋隆安初,东海何澹之屡入关中。后还,得一犬,壮大非常。每出入,辄已知处。澹之后抱疾,犬亦疾,寻及于亡。

狡　兔

楚王与群臣猎于云梦,纵良犬逐狡兔,三日而获之。其肠似铁,良工曰:"可以为剑。"

鼠　王　国

西域有鼠王国。鼠之大者如狗,中者如兔,小者如常。大鼠头悉已白,然带金环枷。商估有经过其国不先祈祀者,则啮人衣裳也。得沙门咒愿,更获无他。释道安昔至西方,亲见如此。俗谚云:"鼠得死人目睛则为王。"

拱　鼠

拱鼠形如常鼠,行田野中。见人即拱手而立;人近欲捕之,跳跃而去。秦川有之。

义　鼠

义鼠形如鼠,短尾。每行递相咬尾,三五为群,惊之则散。俗云见之者当有吉兆。成都有之。

唐　鼠

唐鼠形如鼠,稍长,青黑色,腹边有余物如肠,时亦污落。亦名易肠鼠。昔仙人唐昉拔宅升天,鸡犬皆去。唯鼠坠下不死,而肠出数寸,三年易之。俗呼为"唐鼠"。城固川中有之。

囊　珠　报　德

前废帝景和中,东阳大水。永康蔡喜夫避住南陇。夜有大鼠,形如独子,浮水而来,径伏喜夫奴床角。奴愍而不犯。每食,辄以余饭与之。水势既退,喜夫得返故居。鼠以前脚捧青囊,囊有三寸许珠,留置奴床前,啾啾状如欲语。从此去来不绝。亦能隐形,又知人祸福。后同县吕庆祖牵狗野猎暂过,遂啮杀之。

刀子换貂皮

貂出句丽国,常有一物共居穴。或见之,形貌类人,长三尺,能制貂,爱乐刀子。其俗:人欲得貂皮,以刀投穴口。此物夜出穴,置皮刀边,须人持皮去,乃敢取刀。

蒋山精 附《抱朴子》

吴孙皓时,临海得毛人。《山海经》云:山精如人而有毛,此蒋山精也。故《抱朴子》曰:山之精,形如小儿而独足。足向后,喜来犯人。其名曰蚑。知而呼之,即当自却耳。一名曰超空。可兼呼之。又或如鼓,赤色,一足,其名曰浑。又或如人,长九尺,衣裘戴笠,名曰金累。又或如龙,有五色赤角,名曰飞龙。见之皆可呼其名,不敢为害。《玄中记》:山精如人,一足,长三四尺,食山蟹,夜出昼藏。

龙　鲊

陆机尝饷张华鲊,于时宾客满座。华发器,便曰:"此龙肉也。"众未之信。华曰:"试以苦酒濯之,必有异。"既而五色光起。机还问鲊主,果云:"园中茅积下得一鱼,质状非常,乃以作鲊,过美。故以相献。"

宅 龙 致 富

张永家地有泉出，小龙在焉。从此遂为富室。逾年，因雨腾跃而去。于是生资日不暇给。俗说云："与龙共居，不知神龙效矣。"

西 寺 异 物

晋太元中，东阳西寺七佛屋龛下有一物出，头如鹿。有法献道人，迫而观之。于是吐沫喷洒，气若云雾。至元嘉十四年四月七日，此头复出。寻觅其处，亦无孔穴。年年有声，殷若小雷。

土　　龙

晋义熙中，江陵赵姥以酤酒为业。居室内土，忽自隆起。姥察为异，朝夕以酒酹之。尝有一物出，头似驴，而地初无孔穴。及姥死，邻人闻土下有声如哭。后人掘地，见一异物，蠢蠢而动，不测大小，须臾失之。俗谓之土龙。

槎 变 龙

赵牙行船于阖庐，见水际有大槎，人牵不动。牙往举得之，以著船。船破，槎变为龙，浮水而去。

射 蛟 暴 死

永阳人李增行经大溪，见二蛟浮于水上。发矢射之，一蛟中焉。一作死。增归，因复出。市有女子素服衔泪，持所射箭。增怪而问焉，女答曰："何用问焉？为暴若是。"便以相还，授矢而灭。增恶而骤走,未达家,暴死于路。

邓遐治蛟

荆州上明浦沔水隈,潭极深。常有蛟杀人,浴汲死者不脱岁。升平中,陈郡邓遐字应遥,为襄阳太守。素勇健,愤而入水觅蛟,得之。便举拳曳著岸,欲斫杀。母语云:"蛟是神物,宁忍杀之?今可咒令勿复为患。"遐咒而放焉。自兹迄今,遂无此患。一云:遐拔剑入水,蛟绕其足。遐自挥剑,截蛟数段,流血水丹,勇冠当时。于后遂无蛟患。

蒙 山 大 蛇

鲁国中牟县蒙山上,有寺废久。民欲架屋者,辄大蛇数十丈出来惊人。故莫得安焉。

饷 田 异 报

新野苏卷一作巷。与妇佃于野舍,每至饭时,辄有一物来,其形似蛇,长七尺五寸,色甚光采。卷异而饷之。遂经数载,产业加厚。妇后密打杀,即得能食病。日进三斛饭,犹不为饱,少时而死。

蛇 化 雉

晋中朝武库内,封闭甚密。忽有雉雏,时人咸谓为怪。张司空云:"此必蛇之所化耳。"即使搜库中,雉侧果得蛇蜕。

蛇 应 雉 媒

司马轨之字道援,善射雉。太元中,将媒下罻。此媒屡雏,野雉亦应。试令寻觅所应者,头翅已成雉,半身故是蛇。

竹 中 蛇 雉

晋太元中,汝南人入山伐竹。见一竹中,蛇形已成,上枝叶如故。又吴郡桐庐人,常伐馀——作除字。遗竹,见一竹竿,雉头颈尽就,身犹未变。此亦竹为蛇、蛇为雉也。

钟 忠 畜 蛇

丹阳钟忠,以元嘉冬月晨行,见有一蛇长二尺许,文色似青琉璃,头有双角,白如玉,感而畜之。于是资业日登。经年,蛇自亡去。忠及二子相继殒毙。此蛇来吉去凶,其唯龙乎?

蛇 衔 草

昔有田父耕地,值见伤蛇在焉。有一蛇,衔草著疮上。经日,伤蛇走。田父取其草馀叶以治疮,皆验。本不知草名,因以"蛇衔"为名。《抱朴子》云"蛇衔,能续已断之指如故",是也。

蛇　　公

海曲有物名蛇公,形如覆莲花,正白。

诸 葛 博 识

吴孙权时,永康县有人入山,遇一大龟,即束之以归。龟便言曰:"游不量时,为君所得。"人甚怪之,担出欲上吴王。夜泊越里,缆舟于大桑树。宵中,树忽呼龟曰:"劳乎元绪,奚事尔耶?"龟曰:"我被拘系,方见烹臛。虽然,尽南山之樵,不能溃我。"树曰："诸葛元逊博识,必致相苦。令求如我之徒,计从安得?"龟曰："子明无多辞。祸将及尔。"树寂而止。既至建业,权命煮之。焚柴万车,语犹如故。诸葛恪曰："燃以老桑树,乃熟。"献者乃说龟树共言。权使人伐桑树煮之,龟乃立烂。今烹龟犹多用桑薪。野人故呼龟为"元绪"。

叩龟得路

元嘉初,益州刺史遣三人入山伐樵,路迷。或见一龟,大如车轮,四足各摄一小龟而行。又有百馀黄龟从其后。三人叩头,请示出路。龟乃伸头,若有意焉。因共随逐,即得出路。一人无故取小龟,割以为臛。食之,须臾暴死,惟不啖者无恙。

鲌鱼

鲌鱼:凡诸鱼欲产,鲌辄以头冲其腹。鲌鱼自欲生者,亦更相撞触。故世人谓为众鱼之生母也。

死人发变鳣

晋义熙五年,卢循自广州下,泊船江西,众多疫死。事平之后,人往蔡州,见死人发变而为鳣。今上镇西参军与司马张逝瞻河际,有一棺棺头有鳣。众试令拨看,都是发,亦有未即化者。一说云:生以秫沈沐,死则发变为鳣。又昔有人食不能无鳣,死后改棺,鲴满棺中。鲴即鳣也。

煮肉变虾蟆

司马休遣文武千馀人迎家人,达南郡。值风泊船,上岸伐薪。见聚肉有数百斤,乃割取还,以镬煮之。汤欲热,皆变成数千虾蟆。

蝶 变 鳖

蝴蝶变作鳖。

鹦 鹉 螺

鹦鹉螺形似鸟,故以为名。常脱壳而游,朝出则有虫类如蜘蛛,入其壳中。螺夕还,则此虫出。庾阐所谓"鹦鹉内游,寄居负壳"者也。

苍 蝇 传 诏

晋明帝尝欲肆眚,闭而不谋,乃屏曲室,去左右,下帷草诏。有大苍蝇触帐而入,萃于笔端,须臾亡去。帝窃异焉。令人寻看,即蝇所集处,辄传有诏,喧然已遍矣。

叩 头 虫

有小虫形色如大豆,咒令叩头,又咒令吐血,皆从所教。如似请放,稽颡辄七十而有声。故俗呼为叩头虫也。

缢 女

缢女,虫也。一名蜆,长寸许,头赤身黑,恒吐丝自悬。昔齐东郭姜既乱崔杼之室,庆封杀其三子,姜亦自经。俗传此妇骸化为虫,故以"缢女"名虫。

异苑卷四

火　井

蜀郡临邛县有火井。汉室之隆，则炎赫弥炽。暨桓灵之际，火势渐微。诸葛亮一瞰而更盛。至景曜元年，人以烛投即灭。其年蜀并于魏。

数 世 天 子

孙钟，富春人，坚父也。与母居，至孝笃性。种瓜为业。忽有三年少，容服妍丽，诣钟乞瓜。钟为设食出瓜，礼敬殷勤。三人临去曰："我等司命郎。感君接见之厚，欲连世封侯？欲数世天子？"钟曰："数世天子，故当所乐。"因为钟定墓地，出门悉化成白鹄。一云：孙坚丧父，行葬地。忽有一人曰："君欲百世诸侯乎？欲四世帝乎？"笑曰："欲帝。"此人因指一处，喜悦而没。坚异而从之。时富春有沙涨暴出，及坚为监丞，邻党相送于上。父老谓曰："此沙狭而长，子后将为长沙矣。"果起义兵于长沙。

邺 宫 刻 字

泰山高堂隆字升平，尝刻邺宫屋材一作柱。云："后若干年，当有天子居此宫。"及晋惠帝幸邺宫，治屋者土剥更泥，始见刻字，计年正合。一云及晋惠帝幸邺，年历当矣。

梦 日 环 城

王敦既为逆，顿军姑孰。晋明帝躬往觇之。敦时昼寝，梦日环其城，乃卓然惊寤，曰："营中有黄头鲜卑奴来，何不缚取？"帝所生母荀氏，燕国人，故貌类焉。

黄 气 钟 灵

晋简文既废世子道生，次子郁又早卒而未有息。濮阳令在帝前，祷至三更。忽有黄气自西南来，逆室前。尔夜，幸李太后，而生孝武皇帝。

管涔王献剑

刘曜隐居管涔之山。夜中，忽有一童子入跪曰："管涔王使小臣奉谒赵皇帝。"献剑一口置前，再拜而去。以烛视之，剑长二尺，光泽非常，赤玉为饰，背有铭云："神剑服御除众毒。"

襄 国 谶

石勒为郭敬客，时襄国有谶曰："力在左，革在右。让无言，或入口。""让"去"言"为"襄"字，"或"入"口"乃"国"字也。勒后遂都襄国。

灵 昌 津

石勒伐刘曜于洛阳，从大河南济。时河冻将合，军至而冰自泮。舟楫无阂，遂生擒曜。谓是神灵之助，命曰"灵昌津"。

长 安 谣

晋时长安谣曰:"秦川城中血没腕,惟有凉州倚柱看。"及惠、愍之间,关内歼破,浮血飘舟。张轨拥众一方,威恩共著。

天 麦

凉州张骏,字公彦。九年,天雨五谷于武威、燉煌。植之悉生。因名"天麦"。

神自称玄冥

凉州张祚伪和平中,有神见于玄武殿,自称玄冥,与人言语。祚日夜祈之,神言与之福利,祚甚信之。

枭鸣牙中

凉州张重华遣谢艾伐麻狄,引师出振武。夜有二枭鸣于牙中。艾曰:"枭者,邀也。六博得枭者胜。今枭鸣牙中,克敌之兆。"果大破之。

刘 季 奴

宋武帝裕,字德舆,小字寄奴。微时,伐荻新洲,见大蛇长数丈,射之,伤。明日复至洲里,闻有杵臼声。往视之,见童子数人,皆青衣捣药。问其故,答曰:"我王为刘寄奴所射,合散傅之。"帝曰:"王神何不杀之?"答曰:"刘寄奴王者,不死不可杀。"帝叱之,皆散,仍收药而返。

女　水

临淄牛山下有女水。齐人谚曰:"世治则女水流,世乱则女水竭。"慕容超时,干涸弥载。及天兵薄伐,一作北征。乃激洪流。

小 儿 辇 沙

秦世有谣曰:"秦始皇,何僵梁。开吾户,据吾床。饮吾酒,唾吾浆。飧吾饭,以为粮。张吾弓,射东墙。前至沙邱当灭亡。"始皇既坑儒焚典,乃发孔子墓,欲取诸经传。圹既启,于是悉如谣者之言。又言谣文刊在冢壁,政甚恶之。乃远沙邱而循别路,见一群小儿,辇沙为阜。问云"沙邱",从此得病。

晋 宣 帝 庙

晋武帝太康五年五月,宣帝庙地陷裂,梁无故自折。凡宗庙所以承祖先嗣,永世不刊。安居摧陷,是煜绝之祥也。

海 凫 毛

晋惠帝时,人有得一鸟毛,长三丈,以示张华。华惨然叹曰:"所谓海凫毛也。此毛出,则天下土崩矣。"果如其言。

衣 中 火 光

晋惠帝永康元年,帝纳皇后羊氏。后将入宫,衣中忽有火光。众咸怪之。自后蕃臣构兵,洛阳失御,后为刘曜所嫔。

玉 马 缺 口 齿

晋永嘉元年,车骑大将军东瀛王司马腾字元迈,自并州迁镇邺。行次真定，时久积雪，而当其门前方十数步，独液不积。腾怪而掘之，得玉马高尺许，口齿皆缺。腾以为马者国姓，称吉祥焉。或谓马无齿，则不得食。未几，晋遂大乱。腾后为汲桑所杀。

洛 城 二 鹅

董养字仲道，陈留浚仪人。泰始初，到洛下，不干禄求荣。永嘉中，洛城东北角步广里中地陷，有二鹅出焉。其苍者飞去，白者不能飞。奉闻叹曰："昔周时所盟会狄泉，即此地也。今有二鹅，苍者胡象，后胡当入洛。白者不能飞，此国讳也。"

巾 箱 中 鼓 角

晋孝武太元末，帝每闻手巾箱中有鼓吹鼙角之音。于是请僧斋会。夜见一臂长三丈许，手长数尺，来摸经案。是岁帝崩，天下大乱。晋室自此而衰。

卢 修 叛 谶

晋孝武太元末，有谶曰："修起会稽。"其后，卢修果从会稽叛。

义 熙 火 灾

晋义熙十一年，京都火灾大行。吴界尤甚，火防甚峻，犹自不绝。时王宏守吴郡，昼坐厅视事。忽见天上有一赤物下，状如信幡，遥集南人家屋上。须臾，火遂大发。宏知天为之灾，故不罪始火之家。识者知晋室微弱之象也。

孙 恩 乱 兆

隆安初，吴郡治下狗常夜吠，聚皋桥上。人家狗有限而吠声甚众；或有夜觇视之，见一狗有两三头者，皆前向乱吠。无几，有孙恩之乱。

藏 弧 凶 兆

晋海西公时，有贵人会，因藏弧。欻有一手，间在众臂之中，修骨巨指，毛色粗黑，举坐咸惊。寻为桓大司马所杀。旧传"藏弧令人生离"，斯验深矣。

苻 秦 亡 征

苻坚建元十二年，高陵县民穿井，得大龟三尺六寸，背文负八卦古字。坚命作石池养之，食以粟。后死，藏其骨于太庙。其夜，庙丞高虏梦龟谓之曰："我本出，将归江南，遭时不遇，陨命秦庭。"即有人梦中谓虏曰："龟三千六百岁而终，终必妖兴。亡国之征也。"未几，为谢玄破于淮淝，自缢新城浮图中。

慕 容 死 猎

慕容皝出畋，见一老父曰："此非猎所，王宜还也。"皝明晨复去，值有白兔，驰马射之，坠石而卒。

西 秦 将 亡

西秦乞伏炽磐都长安。端门外有一井，人常宿汲水亭之下，而夜闻磕磕有声，惊起照视，瓮中如血，中有丹鱼，长可三寸而有寸光。时东羌、西虏，共相攻伐，国寻灭亡。

霹雳题背

佛佛虏一作乞佛虏。凶虐暴恶，常自言国名"佛佛"，则是佛中之佛。寻被震死，既葬，而复就冢中霹雳其柩，引身出外，题背四字表其凶逆而然也。国少时为涉去所袭。元嘉十九年，京口霹雳杀人，亦自题背。

人像无头

凉州张寔，字安逊。夜寝，忽见屋梁间有人像，无头，久而乃灭。寔甚恶之，寻为左右所害。

卢龙将乱

卢龙将寇乱，京师谣言曰："十丈瓦屋，芦作柱，薤作栏。"未几而败。

元嘉末妖孽

文帝元嘉末，长广人病差，便能食而不得卧。一饭辄觉身长。如此数日，头遂出屋。段究为刺史，度之为三丈，复还渐缩如旧。经日而亡。俄而，文帝为元凶所害。

德星聚

陈仲弓从诸子侄，造荀季和父子。于时德星聚，太史奏："五百里内有贤人聚。"

血迹公字

陶侃左手有文,直达中指上横节便止。有相者师圭谓侃曰:"君左手中指有竖理,若彻于上,位在无极。"侃以针挑令彻,血流弹壁,乃作"公"字。又取纸裹,"公"迹愈明。

桓灵宝

桓玄生而有光照室。善占者云:"此儿生有奇曜,宜目为天人。"宣武嫌其三文复言为"神灵宝",犹复用三,既难重前,却减"神"一字,名曰"灵宝"。灵宝,玄小字也。

魏肇之

任城魏肇之初生,有雀飞入其手。占者以为封爵之祥。

刘道人

东莞刘穆之,字道和,小字道人。世居京口。隆安中,凤凰集其庭。相人韦薮谓之曰:"子必协赞大猷。"

埋钱免灾

徐羡之年少时,尝有一人来,谓曰:"我是汝祖。"羡之拜。此人曰:"汝有贵相,而有大厄。宜以钱二十八文,埋宅四角,可以免灾。过此,位极人臣。"后羡之随亲之县,住在县内。尝暂出而贼自后破县。县内人无免者,鸡犬亦尽。惟羡之在外获全。

刺史预兆

晋陵韦朗家在延陵。元嘉初,忽见庭前井中有人出,齐长尺馀，被带组甲，麾伍相应，相随出门，良久乃尽。朗兄薮颇善占筮，尝云："吾子当至刺史。"后朗历刺青、广二州。

贾 谧 伏 诛

晋贾谧字长渊，充子也。元康九年六月夜，暴雷震谧斋屋。柱陷入地，压毁床帐。飘风吹其朝服上天数百丈，久之，乃坠于中丞台。又蛇出其被中，谧甚恐。明年伏诛。

刘 氏 狗 妖

晋孝武太元元年，刘波字道则，移居京口。昼寝，闻屏风外悒咤声。开屏风，见一狗蹲地而语，语毕自去。波隗孙也。后为前将军，败，见杀。

人 头 窥 户

晋太始中，豫州刺史彭城刘德愿镇寿阳。住内屋，闭户未合，辄有人头进门扉窥看户内，是丈夫露髻团面。内人惊告，把火搜觅，了不见人。刘明年竟被诛。

北 伐 败 征

河南褚裒字季野，将北伐。军士忽同时唱言："可各持两楯。"复相谓曰："一人焉用两楯为？"及败北，抛戈弃甲，两手各持一楯，蒙首而奔。

照 镜 无 面

晋安帝义熙三年，殷仲文为东阳太守。尝照镜，不见其面。俄而难及。

盼 刀 相

元帝永昌元年,丹阳甘卓将袭王敦,既而中止。及还家,多变怪:自照镜,不见其头。乃视庭树,而头在树上。心甚恶之。先时,历阳陈训私谓所亲曰:"甘侯头低而视仰,相法名为'盼刀'。又目有赤脉,自外而入。不出十年,必以兵死。不领兵,则可以免。"至是,果为敦所袭。

安 石 薨 兆

东晋谢安字安石,于后府接宾。妇刘氏见狗衔谢头来,久之,乃失所在。妇具说之,谢容色无易。是月而薨。

青 衣 女 子

晋阮明泊舟西浦,见一青衣女子,弯弓射之。女即轩云而去。明寻被害。

王 缓 伏 诛

义熙中,王愉字茂和,在庭中行。帽忽自落,仍乘空如人所著。及愉母丧,月朝上祭。酒器在几上,须臾下地,复还登床。寻而第三儿缓怀贰伏诛。

鼠 孽 兆 亡

晋隆安中,高惠清为太傅主簿。忽一日,有群鼠更相衔尾,自屋梁相连至地。清寻得暗疾,数日而亡。

桓 振 将 灭

晋桓振在淮南，夜闻人登床声。振听之，隐然有声。求火看之，见大聚血。俄为义师所灭。桓振，玄从父之弟也。

刘 毅 作 逆

义熙中，刘毅镇江州，为卢循所败，惆慷逾剧。及徙荆州，益复怏怏。尝伸纸作书，约部将王亮储兵作逆。忽风展纸，不得书。毅仰天大诟。风遂吹纸入空。须臾碎裂，如飞雪纷下。未几，高祖南讨，毅败擒斩。

傅 亮 被 诛

永初中，北地傅亮为护军。兄子珍住府西斋。夜忽见北窗外树下有一物，面广三尺，眼横竖，状若方相。珍遑遽以被自蒙，久乃自灭。后亮被诛。

檀道济凶兆

元嘉中，高平檀道济镇浔阳。十二年，入朝，与家分别。顾瞻城阙，歔欷逾深。识者是知道济之不南旋也。故时人为其一作之字。歌曰："生人作死别，荼毒当奈何？"济将发舟，所养孔雀来衔其衣，驱去复来，如此数焉。以十三年三月入伏诛。道济未下少时，有人施罟于柴桑江，收之得大船，孔凿若新，使匠作舴艋，勿加斫斧。工人误截两头。檀以为不祥，杀三巧手，欲以塞愆。匠违约加斫，凶兆先构矣。

扬 州 青

檀道济居清溪，第二儿夜忽见人来缚己，欲呼不得。至晓乃解，犹见绳痕在。此宅先是吴将步阐所居。谚云："扬州青，是鬼营。"清溪，青扬是也。自步及檀，皆被诛。

黑龙无后足

东海徐羡之，字宗文。尝行经山中，见黑龙长丈馀，头有角，前两足皆具，无后足，曳尾而行。后文帝立，羡之竟以凶终。

借 头

太元中，王公妇女必缓鬓倾髻，以为盛饰。用发既多，不可恒戴。乃先于木及笼上装之，名曰"假髻"，或名"假头"。至于贫家不能自办，自号"无头"，就人借头。

炙 变 人 头

文帝元嘉四年，太原王徽之字伯猷，为交州刺史。在道，有客，命索酒炙。言未讫而炙至，徽之取自割，终不食，投地，大怒。少顷，顾视向炙，已变为徽之头矣。乃大惊愕，反属目睹其首在空中，挥霍而没。至州便殒。

刘 敬 宣 败

彭城刘敬宣，字万寿。尝夜与僚佐宴坐。空中有投一只芒履于座，坠敬宣食盘上，长三尺五寸，已经人著，耳鼻间并欲坏。顷之而败。

狗作人言

安固李道豫,元嘉中,其家狗卧于当路,豫蹴之。狗曰:"汝即死,何以蹋我?"未几,豫死。

鸡突灶火

卞伯玉作东阳郡,灶正炽火,有鸡遥从口入,良久乃冲突而出,毛羽不焦,鸣啄如故。伯玉寻病殒。

张司空暴疾

张仲舒为司空,在广陵城北。以元嘉十七年七月中,晨夕间辄见门侧有赤气赫然。后空中忽雨绛罗于其庭,广七八分,长五六寸,皆以笺纸系之。纸广长亦与罗等,纷纷甚驶。仲舒恶而焚之,犹自数生,府州多相传示。张经宿暴疾而死。

谢临川被诛

谢灵运以元嘉五年,忽见谢晦手提其头,来坐别床,血色淋漓,不可忍视。又所服豹皮裘,血淹满篋。及为临川郡,饭中欻有大虫。谢遂被诛。

赤　鬼

谢晦在荆州,见壁角间有一赤鬼,长可三尺,来至其前,手擎铜盘,满中是血。晦得,乃纸盘。须臾而没。阙

蜈　蚣

元嘉五年秋夕,豫章胡充有大蜈蚣长三尺,落充妇与妹

前。令婢挟掷，婢才出户，忽睹一姥衣服臭败，两目无精。到六年三月，合门时患，死亡相继。

魂卧曝席

新野庾寔妻毛氏，尝于五月五日曝荐席。忽见其三岁女在席上卧，惊怛便灭。女真形在别床如故。不旬日而夭。世传仲夏忌移床。

异苑卷五

梅 姑 庙

秦时丹阳县湖侧有梅一作麻。姑庙。姑生时有道术,能著履行水上。后负道法,婿怒杀之,投尸于水,乃随流波漂至今庙处铃下。巫人当令殡殓,不须坟瘗,即时有方头漆棺在祠堂下。晦朔之日,时见水雾中暧然有著履形。庙左右不得取鱼、射猎,辄有迷径没溺之患。巫云:姑既伤死,所以恶见残杀也。

宫 亭 湖 庙

宫亭湖庙神,甚有灵验。商旅经过,若有祷请,则一时能使湖中分风沿溯皆举帆,利涉无虞。

江 神 祠

秦时中宿县十里外有观亭江神祠坛,甚灵异。经过有不恪者,必狂走入山,变为虎。晋中朝有质子将归洛,反路见一行旅,寄其书云:"吾家在观亭,亭庙前石间有悬藤即是也。君至但扣藤,自有应者。"及归,如言。果有二人从水中出,取书而没。寻还云:"河伯欲见君。"此人亦不觉随去,便睹屋宇精丽,饮食鲜香,言语接对,无异世间。今俗咸言观亭有江伯神也。

竹 王 祠

汉武帝时,夜郎竹王神者,名兴。初,有女子浣于豚水,见三节大竹流入足间,推之不去。闻其中有号声,持破之,得一男儿。及长,有才武,遂雄夷獠氏。自立为夜郎侯,以竹为姓。所破之竹,弃之于野,即生成林。王尝从人止石上,命作羹。从者曰:"无水。"王以剑击石,泉便涌出。今竹王水及破竹成林并存。后汉使唐蒙开牂牁郡,斩竹王首。夷獠咸诉,以竹王非血气所生,甚重之,求为立后。太守吴霸以闻帝,封三子为侯。死,配食父庙。今夜郎县有竹王三郎祠,是其神也。

徐 君 庙

吴郡桐庐有徐君庙,吴时所立。左右有为劫盗非法者,便如拘缚,终致讨执。东阳长山县吏李瑶,义熙中遭事在郡。妇出料理,过庙,请乞恩拔银钗为愿。未至富阳,有白鱼跳落妇前。剖腹,得所愿钗。夫事寻散。

伍 员 庙

晋永嘉中,吴相伍员庙。吴郡人叔父为台郎,在洛。值京都倾覆,归途阻塞。当济江,南风不得进。既投奏,即日得渡。

厕 神 后 帝

陶侃曾如厕,见数十人,悉持大印。有一人,朱衣、平上帻,自称"后帝",云:"以君长者,故来相报。三载勿言,富贵至极。"侃便起,旋失所在。有大印作"公"字,当其秽处。《杂五行书》曰:"厕神,后帝也。"

海 山 使 者

侃家童千余人,尝得胡奴,不喜言,尝默坐。侃一日出郊,奴执鞭以随。胡僧见而惊礼云:"此海山使者也。"侃异之。至夜,失奴所在。

丹 阳 袁 双

晋丹阳县有袁双庙,真第四子也。真为桓宣武所诛,便觉所在灵怪。太元中,形见于丹阳。求立庙,未既就功,大有虎灾。被害之家,辄梦双至,催功甚急。百姓立祠堂,于是猛暴用息。今道俗常以二月晦鼓舞祈祠。尔日,风雨忽至。元嘉五年,设奠讫,村人邱都于庙后见一物,人面罴身,葛巾,七孔端正而有酒气。未知双之神为是物凭也。

青 溪 小 姑

青溪小姑庙,云是蒋侯第三妹。庙中有大榖扶疏,鸟尝产育其上。晋太元中,陈郡谢庆执弹乘马,缴杀数头,即觉体中栗然。至夜,梦一女子,衣裳楚楚,怒云:"此鸟是我所养。何故见侵?"经日,谢卒。庆名奂,灵运父也。

仇 　 王

馀杭县有仇王庙,由来多神异。晋隆安初,县人树伯道为吏,得假将归。于汝南湾觅载,见一朱舸,中有贵人,因求寄。须臾如睡。犹闻有声,若剧甚雨。俄而至家,以问船工,亦云仇王也。伯道拜谢而还。

圣　公

隆安中,吴兴有人年可二十,自号"圣公"。姓谢,死已百年。忽诣陈氏宅,言是己旧宅,可见还,不尔烧汝。一夕,火发荡尽。因有鸟毛插地,绕宅周匝数重。百姓乃起庙。

驱除大将军

晋义熙中,虞道施乘车出行。忽有一人,著乌衣,径来上车,云:"令寄载十许里耳。"道施试视此人,头上有光,口目皆赤,面悉是毛,异于始时。既不敢遣,行十里中,如言而去。临别语道施曰:"我是驱除大将军,感汝相容。"因赠银铎一双而灭。铎或作环。

命囊一挺炭

晋时信安郑徽一作微。年少时,登前桥,仿佛见一老翁,以一囊与徽云:"此是君命,慎勿令零落。若有破碎,便为凶兆。"言讫,忽失所在。徽密开看,是一挺炭。意甚秘之,虽家人不之知也。后遭卢龙寇乱,恒保录之。至宋永初三年,徽年八十三,病笃,语子弟云:"吾齿尽矣。可试启此囊。"见炭悉碎折,于是遂绝。

鬼　子　母

陈虞字君度,妇庐江杜氏,常事鬼子母,罗女乐以娱神。后一夕复会,弦管无声,歌者凄忾。杜氏尝梦鬼子母皇遽涕泗云:"凶人将来。"婢先与外人通,以梯布垣,登之入。神被服将剥夺毕,加取影象,焚剢而后去。

紫　姑　神

　　世有紫姑神，古来相传云是人家妾，为大妇所嫉，一作妒。每以秽事相次役，正月十五日感激而死。故世人以其日作其形，夜于厕间或猪栏边迎之，祝曰："子胥不在"，是其婿名也。"曹姑亦归"，曹即其大妇也。"小姑可出戏。"捉者觉重，便是神来。奠设酒果，亦觉貌辉辉有色，即跳蹛不住。能占众事，卜未来一作行年。蚕桑。又善射钩，好则大舞，恶便仰眠。平昌孟氏恒不信，躬试往捉，便自跃茅一作穿。屋而去。永失所在也。

左　苍　右　黄

　　乌伤陈氏，有女未醮，著屐径上大枫树颠，了无危惧，顾曰："我应为神，今便长去。惟左苍右黄，当暂归耳。"家人悉出见之，举手辞诀。于是飘耸轻越，极睇乃没。人不了苍黄之意，每春辄以苍狗、秋黄犬，设祀于树下。

杨　明　府

　　剡县西乡有杨郎庙。县有一人，先事之。后就祭酒侯褚求入大道，遇谯郡楼无陇诣褚，共至神舍，烧神座器服。无陇乞将一扇。经岁，无陇闻有乘马人呼"楼无陇"数四声，云："汝故不还杨明府扇耶？"言毕，回骑而去。陇遂得痿病死。

卞　山　项　庙

　　晋武太始初，萧惠明为吴兴太守。郡界有卞山，山下有项羽一作籍。庙。相传云：羽多居郡厅事，前后太守不敢上厅。惠明谓纲纪曰："孔季恭曾为此郡，未闻有灾。"遂命盛设筵榻接宾。未几，惠明忽见一人长丈馀，张弓挟矢向之。既而不见。因发背，旬日而殒。

张舒受秘术

元嘉九年二月二十四日，长山张舒奄见一人，著朱衣，平上帻，手捉青柄马鞭，云："如汝可教，便随我去。"见素丝绳系长梯来下，舒上梯，乃造大城。绮堂洞室，地如黄金。有一人长大，不巾帻，独坐绛纱帐中，语舒曰："主者误取汝，赐汝秘术卜占，勿贪钱贿。"舒亦不觉受之。

钱祐受术数

元嘉四年五月三日，会稽馀姚钱祐夜出屋后，为虎所取。十八日，乃自还。说虎初取之时，至一宫府，入重门，见一人凭几而坐，形貌伟壮，左右侍者三十馀人，谓曰："吾欲使汝知术数之法，故令虎迎汝。汝无惧也。"留十五昼夜，语诸要术，尽教道之。方祐受法毕，便遣令还而不知道；即使人送出门，乃见归路。既得还家，大知卜占，无幽不验。经年乃卒。

十 二 棋 卜

十二棋卜，出自张文成，受法于黄石公。行师用兵，万不失一。逮至东方朔，密以占众事。自此以后，秘而不传。晋宁康初，襄城寺法味道人忽遇一老公，著黄皮衣，竹筒盛此书，以授法味。无何，失所在。遂复传流于世云。

太 山 府 君

历阳石秀之。倏有一人，著平巾裤褶，语之云："闻君巧侔班匠,刻几尤妙。太山府君相召。"秀之自陈云:"刘政能造。"其人乃去。数旬而刘殒,石氏犹存。刘作几有名,遂以致毙。

鳣父庙

会稽石亭埭有大枫树,其中空朽。每雨,水辄满溢。有估客载生鳣至此,聊放一头于朽树中,以为狡狯。村民见之,以鱼鳣非树中之物,咸谓是神。乃依树起屋,宰牲祭祀,未尝虚日。因遂名"鳣父庙"。人有祈请及秽慢,则祸福立至。后估客返,见其如此,即取作臛。于是遂绝。

龙载船

吴猛还豫章,附载客船,一宿行千里。同行客视船下,有两龙载之,船不着水。

王子晋

陶侃字士行。微时,遭父艰。有人长九尺,端悦通刺,字不可识。心怪非常,出庭拜送。此人告侃曰:"吾是王子晋。君有巨相,故来相看。"于是脱衣帢,服仙羽,升鹄而腾飏。

鸟迹书

晋太元末,湘东姚祖为郡吏。经衡山,望岩下有数年少,并执笔作书。祖谓是行侣休息,乃枉道过之。未至百许步,少年相与翻然飞飏,遗一纸书在坐处。前数句古时字,自后皆鸟迹。一作篆。

徐 公 遇 仙

东阳徐公,居在长山下。常登岭见二人坐于山崖对饮。公索之。二人乃与一小杯,公饮之遂醉。后常不食亦不饥。

挏 蒲 仙

昔有人乘马山行,遥望岫里有二老翁相对挏蒲。遂下马造焉,以策注地而观之。自谓俄顷,视其马鞭,摧然已烂。顾瞻其马,鞍骸枯朽。既还至家,无复亲属。一恸而绝。

梵 唱

陈思王曹植,字子建。尝登鱼山、临东阿,忽闻岩岫里有诵经声,清通深亮,远谷流响,肃然有灵气。不觉敛衿祗敬,便有终焉之志。即效而则之。今之梵唱,皆植依拟所造。一云陈思王游山,忽闻空里诵经声,清远遒亮。解音者则而写之,为神仙声。道士效之,作步虚声也。

慧 远 咒 龙

沙门释慧远栖神庐岳,常有游龙翔其前。远公有奴,以石掷中,乃腾跃上升。有顷,风云飘煜。公知是龙之所兴,登山烧香,会僧齐声唱偈。于是霹雳回向投龙之石,云雨乃除。

慧 炽 见 形

沙门竺慧炽,新野人,住江陵四层佛寺。永初二年卒。弟子为设七日会。其日将夕,烧香竟。沙门道贤因往视炽弟子,至房前,忽暧暧若人形,详视乃慧炽也。容貌衣服,不异生时。

谓贤曰:"君旦食肉,美否?"曰:"美。"炽曰:"我生不能断肉,今落饿鬼地狱。"道贤惧耆,未及得答。炽复言:"汝若不信,试看我背后。"乃回背示贤,见三黄狗,形半似驴,眼甚赤,光照户内,状欲啮炽而复止。贤骇怖闷绝,良久乃苏。

灵　味

灵味寺在建康钟山蒋林里。永初三年,沙门法意起造。晋末有高逸沙门,莫显名迹,岩栖谷隐,常在钟山之阿。一夜,忽闻怪石崩坠,声振林薄。明旦履行,惟见清泉湛然。聚徒结宇,号曰:"灵味。"

双　屐

武陵宗超之,奉经好道,宋元嘉中亡。将葬,犹未阖棺。其从兄简之来会葬,启盖视之,但见双屐在棺中云。

恶戏报

元嘉中,丹阳多宝寺画佛堂、作金刚。寺主奴婢恶,戏以刀刮其目眼。辄见一人甚壮,五色彩衣,持小刀挑目睛。数夜眼烂,于今永盲。

天　钵

汲郡卫士度,苦行居士也。其母尝诵经长斋,非道不行。家常饭僧。时日将中,母出斋堂,与诸尼僧逍遥眺望。忽见空中有一物下,正落母前,乃是天钵。中满香饭,举坐肃然,一时礼敬。母自分行斋,人食之皆七日不饥。此钵犹云尚存。士度以惠怀之际得道。

诵 经 停 刑

太原王玄谟,字彦德。始将见杀,梦人告曰:"诵观世音千遍则免。"玄谟梦中曰:"何可竟也。"仍见授。既觉诵之,且得千遍。明日将刑,诵之不辍。忽传唱停刑。

折 鸭 翅 报

释僧群清贫守节,蔬食持经,居罗江县之霍山。构立茅屋,孤在海中。上有石盂,水深六尺,常有清泉。古老相传是群仙所宅。群因绝粒。其庵舍去石盂隔一小涧,日夕往还。以木为梁,由之以汲水。年至一百三十。忽见一折翅鸭,舒翼当梁头就唉。群永不得过。欲举锡杖拨之,恐有转伤。因此回,遂绝水。经数日死。临死向人说,年少时曾折一鸭翅,验此以为现报。

异苑卷六

王　陵

晋宣帝诛王陵，后寝疾。日见陵来逼。帝呼曰："彦云缓我。"身上便有打处。贾逵亦为祟。少日遂薨。初，陵既被执，过贾逵庙。呼曰："贾梁道，王陵——魏之忠臣。唯尔有神知之。"故逵助焉。

夏　侯　玄

晋夏侯玄，字太初。以当时才望，为司马景王所忌而杀之。宗族为之设祭，见玄来灵坐，上脱头，置其傍。悉取果食鱼肉之属，以内颈中，毕，还自安其头。既而言曰："吾得诉于上帝矣。司马子元无嗣也。"寻有永嘉之乱。军还，世宗殂而无子。后有巫见帝涕泗云："国家倾覆，正由曹爽、夏侯玄诉怨得伸故也。"爽以势族致诛，玄以时望被戮。

嵇　中　散

晋嵇中散常于夜中灯火下弹琴。有一人入室，初来时面甚小，斯须渐大，遂长丈余，颜色甚黑，单衣草带。嵇熟视良久，乃吹火灭曰："耻与魑魅争光。"

土 瓦 中 人

晋邹湛，南阳人。初，湛常见一人，自称甄舒仲，余无所言。如此非一。久之乃悟曰："吾宅西有积土败瓦，其中必有死人。甄舒仲者，予舍西土瓦中人也。"检之，果然。乃厚加殡殓毕。梦此人来谢。

山阳王辅嗣

晋清河陆机初入洛，次河南之偃师。时久结阴，望道左若有民居，因往投宿。见一年少，神姿端远，置《易》投壶。与机言论，妙得玄微。机心服其能，无以酬抗；乃提纬古今，总验名实，此年少不甚欣解。既晓便去，税骖逆旅，问逆旅妪。妪曰："此东数十里无村落，止有山阳王家冢尔。"机乃怪怅。还睇昨路，空野霾云，拱木蔽日。方知昨所遇者，信王弼也。一说陆云独行，逗宿故人家，夜暗迷路，莫知所从。忽望草中有火光，云时饥乏，因而诣前。至一家，墙院甚整，便寄宿。见一年少，可二十余，丰姿甚嘉，论叙平生，不异于人，寻共说《老子》，极有辞致。云出，临别语云："我是山阳王辅嗣。"云出门，回望向处，止是一冢。云始谓俄顷已经三日，乃大怪怅。

朱 彦 胆 勇

晋永嘉中，朱彦居永宁。披荒入舍，便闻管弦之声及小儿啼呼之音。夜见一人，身甚壮大，呼杀其犬。彦素胆勇，不以为惧，即不移居，亦无后患。

鬼 唱 佳 声

晋永嘉中，李谦素善琵琶。元嘉初，往广州。夜集坐倦悉寝，惟谦独挥弹未辍。便闻窗外有唱佳声，每至契会，无不击节。谦怪语曰："何不进耶？"对曰："遗生已久，无宜干突。"始悟是鬼。

麻 子 轩

刘聪建元三年，并州祭酒桓回于途遇一老父，问之云："昔乐工成凭，今居何职？我与其人有旧，为致清谈，得察孝廉。君若相见，令知消息。"回问姓字，曰："我吴郡麻子轩也。"言毕而失。回见凭，具宣其意。凭叹曰："昔有此人，计去世近五十年。"中郎荀彦舒闻之，为造祝文，令凭设酒饭，祀于通衢之下。

形 见 慰 母

晋太元中，桓轨为巴东太守，留家江陵。妻乳母姓陈，儿道生，随轨之郡，坠濑死。道生形见云："今获在河伯左右，蒙假二十日，得暂还。"母哀至，辄有一黑乌，以翅掩其口。舌上遂生一瘤，从此便不得复哭。

荀 泽 见 形

晋颍川荀泽，以太元中亡，恒形见。还与妇鲁国孔氏嬿婉绸缪，遂有妊焉。十月而产，产悉是水，别房作酱。泽曰："汝知丧家不当作酱而故为之。今上官责我数豆，致劬不复堪。"经少时而绝。

亡 妇 免 夫

晋时会稽严猛妇出采薪,为虎所害。后一年,猛行至蒿中,忽见妇云:"君今日行,必遭不善。我当相免也。"既而俱前。忽逢一虎,跳踉向猛。猛妇举手指扐,状如遮护。须臾,有一胡人荷戟而过。妇因指之,虎即击胡。婿乃得免。

庾绍之见形

晋新野庾绍之,字道遐。与南阳宋协中表之亲,情好绸缪。桓玄时,庾为湘东太守,病亡。义熙中,忽见形诣协。一小儿通云:"庾湘东来。"须臾便至,两脚著械。既至,脱械置地而坐。协问:"何由得顾?"答云:"暂蒙假归,与卿亲好,故相过耳。"协问鬼神之事,绍辄漫略,不甚谐对。具问亲戚,因谈世事。末复求酒,协时时饵茱萸酒,因为设之。酒至,执杯还置,云:"有茱萸气。"协曰:"卿恶之耶?"绍云:"上官皆畏之,非独我也!"绍为人语声高壮,此言论时不异恒日。有顷,协儿遽之来。绍闻屐声,极有惧色。乃谓协曰:"生气见陵,不复得住。与卿三年别耳。"因贯械而起,出户便灭。协后为正员郎,果三年而卒。

山 阴 徐 琦

晋义熙三年,山阴徐琦每出门,见一女子,貌极艳丽。琦便解银铃赠之。女曰:"感君佳贶。"以青铜镜与琦,便结为伉俪。

葛 辉 夫 妖 死

晋义熙中,乌伤葛辉夫在女家。宿至三更,竟有两人把火至阶前,疑是凶人,往打之。欲下杖,悉变为蝴蝶,缤纷飞散。忽有一物冲辉夫腋下,便倒地,少时死。

团 扇 梦 别

义熙中,高平檀茂崇丧亡。其母沛郡刘氏昼眠,梦见崇手执团扇云:"崇年命未尽,横被灾厉,上永违离。今以此扇奉别。"母流涕惊觉。果于屏风间得扇,上皆如蜘蛛网络。抚执悲怆。

朱 衣 吏 滥 取

义熙中,长山唐邦闻扣门声,出视,见两朱衣吏云:"官欲得汝。"遂将至县东岗殷安冢中。冢中有人语吏云:"本取唐福,何以滥取唐邦?"敕鞭之,遣将出。唐福少时而死。

鬼 歌 子 夜

晋孝武太元中,琅玡王轲之家有鬼歌子夜。殷允为章郡,侨人庾僧度家,亦有鬼歌子夜。

许 氏 鬼 祟

晋太元中,吴兴许一作沈。寂之,忽有鬼于空中语笑,或歌或哭,至夜偏盛。寂之有灵车,鬼共牵走,车为坏。寂之有长刀,乃以摄置瓮中,有大镜,亦摄以纳器中。

床 下 老 公

晋元兴中,东阳太守朱牙之。忽有一老公,从其妾董床下出,著黄裳衿帽。所出之坎甚滑泽,有泉。遂与董交好。若有吉凶，遂以告。牙之儿疾疟，公曰："此应得虎卵服之。"持戟向山，果得虎阴，尚馀暖气。使儿炙啖，疟即断绝。公常使董梳头，发如野猪毛。牙之后诣祭酒上章，于是绝迹。乃作沸汤，试浇此坎。掘得数斛大蚁。不日，村人捉大刀野行。逢一丈夫，见刀，操黄金一饼，求以易刀。及授刀，奄失其人所在。重察向金，乃是牛粪。计此，乃牙之家鬼。

秦树冥缘

沛郡人秦树者，家在曲阿小辛村。尝自京归，未至二十里许，天暗失道。遥望火光，往投之宿。见一女子秉烛出云："女弱独居，不得宿客。"树曰："欲进路，碍夜，不可前去。"乞寄外住。女然之。树既进坐，竟以此女独居一室，虑其夫至，不敢安眠。女曰："何似过嫌？保无虞，不相误也。"为树设食，食物悉是陈久。树曰："卿未出适，我亦未婚。欲结大义，能相顾否？"女笑曰："自顾鄙薄，岂足伉俪？"遂与寝止。向晨，树去。乃俱起执别，女泣曰："与君一睹，后面无期。"以指环一双赠之，结置衣带，相送出门。树低头急去数十步，顾其宿处，乃是冢墓。居数日，亡。其指环结带如故。

灵　侯

南平国蛮兵一作岳。在姑孰，一作苏。便有鬼附之。声呦呦细长，或在檐宇之际，或在庭树上。每占吉凶，辄先索琵琶，随弹而言。事事有验。时郄倚为长史，问当迁官，云："不久持节也。"寻为南蛮校尉。予为国郎中，亲领此土。荆州俗谚或云是老鼠所作，名曰灵侯。

户 外 应 声

昔有老姥雨夜纺绩，断失其镊所在。姥独骂云："何物鬼担去？"户外即有应声言："暂借避雨，实不偷镊。宜就觅之。"姥惊惧窥外，略无所见，镊亦寻获。

妒 鬼

吴兴袁乞妻临终，执乞手云："我死，君再婚否？"乞言："不忍也。"既而服竟更娶。乞白日见其死妇语之云："君先结誓，云何负言？"因以刀割其阳道。虽不致死，人性永废。

花 上 盈 盈

临一作林。川聂包死数年，忽诣南丰相沈道袭作歌。其歌笑甚有伦次，每歌辄作"花上盈盈正闻行，当归不闻死复生"。事异辞怪。

亡 儿 慰 母

琅玡王凝之，字叔平。妻左将军夫人谢氏，奕之女也。尝频亡二男，悼惜甚过，哭泣累年，若居至艰。后忽见二儿俱还，皆若锁械，慰免其母："宜自宽割。儿并有罪。若垂哀怜，可为作福。"于是哀痛稍止而勤功德。

鬼 作 嗔 声

琅玡王骋之妻陈郡谢氏，生一男，小字奴子。经年后，王以妇婢招利为妾。谢元嘉八年病终。王之墓在会稽，假瘗建康东冈。既窆反虞，舆灵入屋。凭几忽于空中掷地，便有嗔声

曰:"何不作挽歌,令我寂寂上道耶?"骋之云:"非为永葬,故不
具仪耳。"

打 鼓 称 冤

沙门有支法存者,本自胡人,生长广州。妙善医术,遂成
巨富。有八尺𣰽毹,光彩耀目,作百种形象。又有沉香八尺板
床,居常香馥。太原王琰—作谈。为广州刺史,大儿邵之屡求
二物,法存不与。王因状法存豪纵,乃杀而籍没家财焉。法存
死后,形见于府内,辄打阁下鼓,似若称冤。如此经日。王寻
得病,恒见法存守之。少时,遂亡。邵之此至扬都,亦丧。

司 马 家 奴

河内司马惟之奴天雄死后还,其妇来喜闻体有鞭痕而脚
著锁。问云:"有何过,至如此?"曰:"曾因醉,窃骂大家,今受
此罪。"

颜 延 之 妾

陈郡颜延之字延年,有爱妾死。延之痛惜甚至。以冬日
临哭,忽见妾排屏风,以压延之。延之惧,坠地。因病卒。

鬼 食 粔 籹

永初中,张骥于都丧亡。司马茂之往哭,见骥凭几而坐,
以箸刺粔籹食之。粔籹膏环也。

厕 中 怪

元嘉二十六年,豫章胡庇之尝为武昌郡。入厕中,便有鬼

怪。中宵笼月，户牖少开。有人倚立户外，状似小儿。户闭，便闻人行如著木屐声，看则无所见。如此甚数。二十八年三月，举家悉得时病，既而渐差。

刘元入魏

刘元字幼祖，少与武帝善，而轻何无忌，遂不相得，乃去。游吴郡虎邱山，心欲留焉。夜临风长啸，对月鼓琴于剑池上。忽闻环珮音，一女子衣紫罗之衣，垂钿带，谓元曰："吴王爱女，愿来相访。"元曰："吴王爱女，岂非韩重妻紫玉耶？"遂与元偕行，谓元曰："闻君与刘裕相得，裕是王者。然与何无忌不美，此人恐为君患。若北还仕魏朝，官亦不减牧伯。"言讫，忽不见。乃在一大陵松树下，约去虎邱三里许。元乃北去仕魏，累官青州刺史。

麝香辟恶

元嘉二十年，王怀之丁母忧。葬毕，忽见树上有妪，头戴大发，身披白罗裙，足不践柯，亭然虚立。还家叙述，其女遂得暴疾，面乃变作向树杪鬼状。乃与麝香服之，寻复如常。世云麝香辟恶，此其验也。

一 足 鬼

元嘉中，魏郡张承吉息元庆年十二，见一鬼，长三尺，一足而鸟爪，背有鳞甲，来招。元庆恍惚如狂，游走非所。父母挞之。俄闻空中云："是我所教，幸勿与罚。"张有二卷羊中敬书，忽失所在。鬼于梁上掷还一卷，少裂坏，乃为补治。王家嫁女，就张借□。鬼求纸笔代答。张素工巧，尝造一弹弓。鬼借之,明日送还,而皆折坏。

鬼 作 五 木

元嘉中,颍川宋寂。昼忽有一足鬼,长三尺,遂为寂驱使。欲与邻人搏蒱而无五木,鬼乃取刀斫庭中杨枝,于户间作之,即烧灼,黑白虽分明,但朴耳。

七 日 假

元嘉十二年,长山郭悖病亡。后孙儿见悖著帻布裙,在灵床上呼孙与语,云:“今得七日假,假满将去。二小鬼捉襆在门,可就取也。”孙求襆,即得。又云:“汝叔从都还,得锽犁锵。可试取看。”便以呈之,仍以两铁钳加,苍苍作声。语孙曰:“我无复归缘,从此而绝。”

黄 父 鬼

黄州治下有黄父一作文。鬼,出则为祟。所著衣袷皆黄,至人家,张口而笑,必得疫疠。长短无定,随篱高下。自不出已十余年。土俗畏怖,惶恐不绝。

山 灵

庐陵人郭庆之,有家生婢,名采薇,年少,有美色。宋孝建年中,忽有一人,自称山灵,如人裸身,形长丈馀,胸臂皆有黄色,肤貌端洁,言音周正,呼为“黄父鬼”,来通此婢。婢云:“意事如人。”鬼遂数来。常隐其身,时或露形。形变无常,乍大乍小,或似烟气,或为石,或为小鬼,或为妇人,或如鸟兽足迹,或如人,长二尺许;或似鹅,迹掌大如盘。开户闭牖,其入如神。

与婢戏笑,如人也。

鬼避徐叔宝

元嘉十四年,徐道饶忽见一鬼,自言是其先人。于时冬日,天气清朗。先积稻屋下,云:"汝明日可曝谷。天方大雨,未有晴时。"饶从其教,鬼亦助辇。后果霖雨。时有见者,形如猕猴。饶就道士请符,悬著窗中。见便大笑云:"欲以此断我,我自能从狗窦中入。"虽则此语,而不复进。经数日,叹云:"徐叔宝来,吾不宜见之。"后日果至,于是遂绝。

梁清家诸异

安定梁清,字道修,居扬州右尚方间桓徐州故宅。元嘉十四年二月,数有异光,仍闻擘萝声。令婢子松罗往看,见一人,问,云姓华名芙蓉,为六甲至尊所使,从太微紫宫下,来过旧居。乃留不去。或鸟头人身,举面是毛,掷洒粪秽。清引弓射之,应弦而灭,并有绛汁染箭。又睹一物,形如猴,悬在树标。令人刺,中其髀,堕地淹没。经日,反从屋上跋行,就婢乞食,团饭授之,顿造二升。经日,众鬼群至,丑恶不可称论。松罗床帐,一作障。尘石飞扬,累晨不息。婢采菊,路逢一鬼,著衣帻,乘马,卫从数十。谓采菊曰:"我是天上仙人,勿名作鬼。"问:"何以恒掷秽污?"答曰:"粪污者,钱财之象也。投掷者,速迁之征也。"顷之,清果为扬武将军、北鲁郡太守。清厌毒既久,乃呼外国道人波罗魕诵咒文。见诸鬼怖惧,逾垣穴壁而走,皆作鸟声,于此都绝。在郡,少时夜中,松罗复见威仪器械、人众数十,一人戴帻,送书粗纸,有七十许字,笔迹婉媚,远拟羲、献。又歌云:"坐依孔雀楼,遥闻凤凰鼓。下我邹山头,仿佛见梁鲁。"鬼有叔操丧,哭泣答吊,不异世人。鬼传教曾乞松罗一函书,题云:"故孔修之死罪",白笺,以吊其叔丧,叙致哀情,甚有铨次。复云:"近往西方,见一沙门,自名大摩刹,问君消息,寄五丸香,以相与之。"清先奉使燉煌,忆见此僧。清有婢产,于此遂绝。

青 桐 树

句章人一无人字。吴平州门前,忽生一株青桐树,上有谣歌之声。平恶而斫杀。平随军北征,首尾三载。死桐欻自还立于故根之上。又闻树巅空中歌曰:"死桐今更青,吴平寻当归。适闻杀此树,已复有光辉。"平寻复归如见。

异苑卷七

武帝冢中物

汉武帝冢里先有玉箱瑶杖各一,是西胡康渠王所献。帝平素常玩之,故入梓宫中。其后四年,有人于扶风郿市买得此二物。帝左右识而认之。说卖者形状,乃帝也。

礜石冢

魏武北征蹋顿,升岭眺瞩。见一山冈,不生草木。王粲曰:"必是古冢。此人在世服生礜石死,而石气蒸出外;故卉木焦灭。"即令凿看,果得大墓,有礜石满莹。仲宣博识强记,皆此类也。一说粲在荆州,从刘表登障山而见此异。魏武之平乌桓,粲犹在江南。此言为谲。一作当。

苍梧王墓

苍梧王士燮,汉末死于交趾,遂葬南境。而墓常蒙雾,灵异不恒。屡经离乱,不复发掘。晋兴宁中,太原温放之为刺史,躬乘骑往开之。还,即坠马而卒。

茗饮获报

剡县陈务妻,少与二子寡居。好饮茶茗。宅中先有古冢,每日作茗饮,先辄祀之。二子患之,曰:"古冢何知? 徒以劳祀。"欲掘去之。母苦禁而止。及夜,母梦一人曰:"吾止此冢二百余年,谬蒙惠泽。卿二子恒欲见毁,赖相保护。又飨吾佳茗。虽泉壤朽骨,岂忘翳桑之报?"遂觉。明日晨兴,乃于庭内获钱十万,似久埋者而贯皆新。提还告其儿。儿并有惭色。从是祷酹愈至。

金 镜 助 赠

晋隆安中,颜从尝起新屋。夜梦人语云:"君何坏吾冢?"明日,床前亟掘之,遂见一棺。从便为设祭,云:"今当移好处,别作小冢。"明朝,一人诣门求通,姓朱名护,列坐乃言:"我居四十年。昨蒙厚贶,相感何如? 今是吉日,便可出棺矣。仆巾箱中有金镜,愿以相助。"遂于棺头巾箱中取金镜三枚赠从。忽然不见。

古 坟 鼓 角

晋司空郗方回葬妇于骊山,使会稽郡吏史泽治墓,多平夷古坟。后坏一冢,构制甚伟,器物殊盛。冢发,闻鼓角声。

诸 葛 闿 墓

颍川诸葛闿字道明,墓在扬州庄蒋山之西。每至阴雨,冢中辄有弦歌之声。

鸡 山 雉 涧

朱文绣与罗子钟为友,俱仕于梁。绣既死,子钟哭之,其夜亦亡。梁南七里有鸡山,绣葬于其中。北九里有雉涧,埋钟于其内。绣神灵变为鸡,钟魂魄化为雉,清鸣哀响,往来不绝。

故诗曰："鸡山别飞向,雉涧和清音。"

戴墓王气

武昌戴熙,家道贫陋,墓在樊山间。占者云有王气。宣武
仗钺一作威。西下,停武昌。令凿之。得一物,大如水牛,青
色,无头脚,时亦动摇。斫刺不陷,乃纵著江中。得水便有声,
如雷响发长川。熙后嗣沦胥殆尽。

古墓完尸

元嘉中,豫章胡家奴开昌邑王冢,青州人开齐襄公冢,并
得金钩;而尸骸露在岩中俨然。兹亦未必有凭而然也。京房
尸,至义熙中犹完具。僵尸人肉堪为药,军士分割之。

漆棺老姥

海陵如皋县东城村边海岸崩坏,见一古墓。有方头漆棺,
以朱题上云:"七百年堕水。元嘉二十载三月坠于悬巇,和盖
从潮漂沉,辄溯流还依本处。"村人朱护等异而启之,见一老
姥,年可七十许。暗头著袿,鬓发皓白,不殊生人。钗髻衣服,
粲然若新。送葬器物,枕履悉存。护乃赍酒脯,施于枢侧。尔
夜,护妇梦见姥云:"向获名贶,感至无已。但我墙屋毁发,形
骸飘露。今以值一千,乞为治护也。"置钱便去。明觉,果得。
即用改殡,移于高阜。

黄公冢

广陵郡东界,有黄公冢高坟二所。前有一井,面广数尺,
每旱不竭。有人于其中得铜釜及镶各一。又云:江都郡东界

有黄公坟三所,阴天恒闻有鞞角之声。

即 墨 古 冢

即墨有古冢。或发之,有金牛塞埏门,不可移动。犯之则大祸。

黄 帝 伶 人

嵇康字叔夜,谯国人也。少尝昼寝,梦人身长丈余,自称黄帝伶人,骸骨在公舍东三里林中,为人发露,乞为葬埋,当厚相报。康至其处,果有白骨,胫长三尺。遂收葬之。其夜,复梦长人来,授以《广陵散》曲。及觉,抚琴而作,其声正妙,都不遗忘。高贵乡公时,康为中散大夫。后为钟会所谮,司马文王诛之。

梦 得 大 象

晋会稽张茂字伟康,尝梦得大象,以问万雅。一作推。雅曰:"君当为大郡守,而不能善终。大象者,大兽也。取诸其音:兽者,守也。故为大郡。然象以齿焚其身,后必为人所杀。"茂永昌中为吴兴太守,值王敦问鼎,执正不移。敦遣沈充杀之而取其郡。

邓 庙

邓艾庙在京口新城,有一草屋,毁已久。晋安北将军司马恬,于病中梦见一老翁曰:"我邓公也。屋舍倾坏,君为治之。"后访之,乃知邓庙。为立瓦屋。

河 神 请 马

晋明帝时,献马者梦河神请之。及至,与帝梦同。遂投河以奉神。始,太傅褚裒亦好此马。帝云:"已与河神。"及褚公卒,军人见公乘此马矣。

梦 生 八 翼

陶侃梦生八翼,飞翔冲天。见天门九重,已入其八,惟一门不得进,以翼搏天。阍者以杖击之,因堕地,折其左翼。惊悟,左腋犹痛。其后都督八州,威果振主。潜有窥拟之志,每忆折翼之祥,抑心而止。

燃 犀 照 渚

晋温峤至牛渚矶,闻水底有音乐之声。水深不可测,传言下多怪物,乃燃犀角而照之。须臾,见水族覆火,奇形异状,或乘马车,著赤衣帻。其夜,梦人谓曰:"与君幽明道隔,何意相照耶?"峤甚恶之。未几卒。

苻 坚 凶 梦

苻坚将欲南师也,梦葵生城内。明以问妇,妇曰:"若征军远行,难为将也。"坚又梦地东南倾,复以问。云:"江左不可平也。君无南行! 必败之象也。"坚不从。卒以败。

梦 合 子 生

晋咸和初,徐精远行。梦与妻寝,有身。明年归,妻果产,后如其言。

慧猷诗梦

晋武太元二年,沙门竺慧猷夜梦读诗五首。其一篇后曰:"陌南酸枣树,名为六奇木。遣人以伐取,载还柱马屋。"

王戎梦椹

太元中,太原王戎为郁林太守,泊船新亭眠。梦有人以七枚椹子与之,著衣襟中。既觉,得之。占曰:"椹,桑子也。自后男女大小,凡七丧。"

龙山神

晋荆州刺史桓豁所住斋中,见一人,长丈余。梦曰:"我龙山之神,来无好意。使君既贞固,我当自去耳。"

长人入梦

晋义熙初,乌伤黄蔡于查溪岸照射,见水际有物,眼光彻其间,相去三尺许,形如大斗。引弩射之,应弦而中。便闻从流奔惊,波浪砰礚,不知所向。经年,与伴共至一处,名为竹落岗。去先所二十许里,有骨可长三丈余,见昔射箭贯在其中。因语伴云:"此是我往年所射物,乃死于此。"拔矢而归。其夕,梦见一长人责诮之曰:"我在洲渚之间,无关人事,而横见杀害,怨苦莫伸。连时觅汝,今始相得。"眠寤,患腹痛而殒。

梦得如意

晋太原郭澄之,字仲靖。义熙初,诸葛长民欲取为辅国谘议,澄之不乐。后为南康太守。卢循之反自广州,长民以其无先告，因骋私恶，收澄之以付廷尉，将致大辟。夜梦见一神人，以乌角如意与之。虽是寤中，殊自指的。既觉，便在其头侧，可长尺余，形制甚陋。澄之遂得无恙。后从入关，赍以自随。忽失所在。

衡　阳　守

义熙中，商灵均为桂阳太守。梦人来缚其身，将去，形神乖散。复有一人云："且置之。须作衡阳，当取之耳。"商惊寤惆怅。永初三年，除衡阳守。知冥理难逃，辞，不得免。果卒官。

梦　谢　拯　棺

商仲堪在丹徒，梦一人曰："君有济物之心，如能移我在高燥处，则恩及枯骨矣。"明日，果有一棺逐水流下。仲堪取而葬之于高冈，酹以酒食。其夕，梦见其人来拜谢。一云：仲堪游于江滨，见流棺，接而葬焉。旬日间，门前之沟忽起为岸。其夕，有人通仲堪，自称徐伯玄，云："感君之惠，无以报也。"仲堪因问："门前之岸，是何祥乎？"对曰："水中有岸，其名为洲。君将为州。"言终而没。

梦　还　符　谶

蒋道支于水侧，见一浮楂，取为研。制形象鱼，有道家符谶及纸，皆内鱼研中。常以自随二十余年。忽失之，梦人云："吾暂游湘水，过湘君庙，为二妃所留。今复还，可于水际见寻也。"道支诘旦至水侧，见罟者得一鲤鱼，买剖之。得先时符谶及纸，方悟是所梦人，弃之。俄而雷雨，屋上有五色气，直上入云。后人有过湘君庙,见此鱼研在二妃侧。

刘穆之佳梦

刘穆之,东莞人,世居京口。初,为琅玡府主簿。尝梦与武帝泛海,遇大风,惊,俯视船下,见二白龙夹船。既而至一山,山峰耸秀,意甚悦。又尝渡扬子江宿,梦合两船为舫,上施华盖,仪饰甚盛,以升天。既晓,有一老姥问曰:"君昨夜有佳梦否?"穆之乃具说之。姥曰:"君必位居端揆。"言讫,不见。后官至仆射、丹阳尹,以元功也。

丧 仪 如 梦

景平中,颍川荀茂远至南康。夜梦一人,头有一角,为远筮曰:"君若至都,必得官。"问是何职? 答曰:"官生于水。"于是而寤,未解所说。因复寐,又梦部伍至扬州水门,堕水而死。作棺既成,远入中自试,恨小,即见殡殓,葬之渚次。怅然惊觉,以告母兄。船至水门,果落江而殒。丧仪一如其梦。

沈庆之异梦

吴兴沈庆之字宏先,废帝遣从子攸之赍药赐死,时年八十。是岁旦,庆之梦有人以两匹绢与之,谓曰:"此绢足度。"寤而谓人曰:"老子今年不免矣。两匹,八十尺也。足度,无盈余矣。"遂死。初,庆之尝梦引卤簿入厕中。庆之甚恶入厕之鄙。时有善占梦者为解之,曰:"君必大富贵;然未在旦夕。"问其故。答云:"卤簿,固是富贵容。厕中,所谓后帝也。知君富贵,不在今日。"

谢　客　儿

临川太守谢灵运。初，钱塘杜明师夜梦东南有人来入其
馆。是夕，即灵运生于会稽。旬日，而谢玄亡。其家以子孙难
得，送灵运于杜治养之。十五，方还都。故名客儿。治音稚。奉
道之家静室也。

异苑卷八

赵晃劾蛇妖

后汉时,姑苏忽有男子衣白衣,冠白冠,形神修励。从者六七人,遍扰居民。欲掩害之,即有风雨。郡兵不能掩。术士赵晃闻之,往白郡守曰:"此妖也。欲见之乎?"乃净水焚香,长啸一声。大风疾至,闻室中数十人响应。晃掷手中符如风。顷若,有人持物来者。晃曰:"何敢幻惑如此?"随复旋风拥去。晃谓守曰:"可视之。"使者出门,人已报云:去此百步,有大白蛇长三丈,断首路旁。其六七从者,皆身首异处,亦鼋鼍之属。

乐广治狸怪

乐广字彦辅,南阳淯阳人。晋惠帝时,为河南尹。先是,官舍多妖怪,前尹皆于廊下督邮传中治事,无敢在厅事者。惟广处之不疑。常白日外户自开,二子凯、横等皆惊怖。广独自若。顾见墙有孔,使人掘墙,得狸而杀之。其怪遂绝。

徐奭遇女妖

晋怀帝永嘉中,徐奭出行田,见一女子,姿色鲜白,就奭言调。女因吟曰:"畴昔聆好音,日月心延伫。如何遇良人,中怀邈无绪?"奭情既谐,欣然延至一屋,女施设饮食而多鱼,遂经日不返。兄弟追觅至湖边,见与女相对坐。兄以藤杖击女,即化成白鹤,翻然高飞。爽恍惚,年余乃差。

桓谦灭门兆

晋太元中,桓谦字敬祖。忽有人皆长寸余,悉被铠持槊,乘具装马,从囟一作揩。中出。精光耀日,游走宅上。数百为群,部障指麾,更相撞刺。马既轻快,人亦便捷。能缘几登灶,寻饮食之所。或有切肉,辄来丛聚。力所能胜者,以槊刺取,径入穴中。蒋山道士朱应子,令作沸汤,浇所入处,寂不复出。因掘之,有斛许大蚁,死在穴中。谦后以门衅同灭。

青衣人索骨

太元中,吴兴沈霸梦女子来就寝。同伴密察,惟见牝狗。每待霸眠,辄来依床。疑为魅,因杀而食之。霸后梦青衣人责之曰:"我本以女与君共事。若不合怀,自可见语。何忽乃加耻杀?一作软。可以骨见还。"明日,收骨葬冈上。从是乃平复。

异物象形

晋孝武太元十二年,吴郡寿颁道志边水为居。渚次忽生一双物,状若青藤而无枝叶,数日盈拱。试共伐之,即有血出。声在空中,如雄鹅叫,两音相应。腹中得一卵,形如鸭子。其根头似蛇面眼。

龟载碑还

吴郡岑渊为吴郡时,大司农卿碑注在江东湖西。太元中,村人见龟载从田中出,还其先处,萍藻犹著腹下。

牝 猴 入 箦

晋太元末，徐寂之尝野行，见一女子，操荷举手麾寂之。寂之悦而延住。此后，来往如旧。寂之便患瘦瘠。时或言见华房深宇，芳茵广筵。寂之与女觞肴宴乐。数年，其弟晔之闻屋内群语，潜往窥之，见数女子从后户出。惟馀一者，隐在箦边。晔之径入，寂之怒曰："今方欢乐，何故唐突？"忽复共言云："箦中有人。"晔之即发看，有一牝猴。遂杀之。寂之病遂瘥。

扫 帚 怪

义熙中，东海徐氏婢兰，忽患羸黄而拂拭异常。共伺察之，见扫帚从壁角来趋婢床。乃取而焚之，婢即平复。

紫 衣 女

晋义熙中，乌伤人孙乞赍父书到郡，达石亭。天雨日暮，顾见一女，戴青伞，年可十六七，姿容丰艳，通身紫衣。尔夕，电光照室，乃是大狸。乞因抽刀斫杀，伞是荷叶。

伐 桃 致 怪

晋义熙中，永嘉松阳赵翼与大儿鲜共伐山桃树，有血流，惊而止。后忽失第三息所在。经十日，自归。空中有语声，或歌或哭。翼语之曰："汝既是神，何不与相见？"答曰："我正气耳。舍北有大枫树，南有孤峰，名曰石楼。四壁绝立，人兽莫履。小有失意，便取此儿著树杪及石楼上。"举家叩头请之，然后得下。

赤 苋 魅

晋有士人，买得鲜卑女，名怀顺。自说其姑女为赤苋所魅。始见一丈夫，容质妍净，著赤衣，自云家在厕北。女于是恒歌谣自得，每至将夕，辄结束去屋后。其家伺候，唯见有一株赤苋，女手指环挂其苋上。芟之而女号泣。经宿遂死。

武 昌 三 魅

高祖永初中，张春为武昌太守。时人有嫁女，未及升车，忽便失性，出外殴击人，乃自云已不乐嫁俗人。巫云是邪魅，将女至江际，遂击鼓以术咒疗。春以为欺惑百姓，刻期须得妖魅。翼日，有一青蛇来到巫所，即以大钉钉其头。至日中时，复见大龟从江来，伏于巫前。巫以朱书龟背作符，更遣入江。至暮，有大白鼍从江中出，乍沉乍浮，龟随后催逼。鼍自分死，冒来先入，慢与女辞诀。女遂恸哭，云失其姻好。于是渐差。或问巫曰："魅者，归于一物。今安得有三？"巫云："蛇是传通，龟是媒人，鼍是其对。"所获三物，悉以示春。春始知灵验，皆杀之。

鼍 魅

元嘉初，建康大夏营寡妇严，有人称华督，与严结好。街卒夜见一丈夫行，造护军府。府在建阳门内。街卒呵问，答曰："我华督，造府。"径沿西墙而入。街卒以其犯夜，邀击之。乃变为鼍。察其所出入处，甚茎滑，通府中池。池先有鼍窟，岁久因能为魅。杀之乃绝。

暂 同 阜 虫

文帝元嘉初,益州王双,忽不欲见明。常取水沃地,以菰蒋覆上。眠息饮食,悉入其中。云恒有一女子,著青裙白襦,_{一作领巾。}来就其寝。每_{一作母。}听闻荐下有声历历,发之,见一青色白缨蚯蚓,长二尺许。云此女常以一奁香见遗,气甚清芬。奁乃螺壳,香则菖蒲根。于时咸谓双暂同阜螽矣。_{蚯蚓土精,无心之虫,与阜螽交。}

獭 化

河东常丑奴,将一小儿湖边拔蒲,暮恒宿空田舍中。时日向暝,见一少女子,姿容极美,乘小船载莼,径前投丑奴舍寄住。因卧,觉有臊气,女已知人意,便求出户外,变为獭。

蜘 蛛 魅

陈郡殷家养子名琅,与一婢结好。经年婢死,后犹来往不绝,心绪昏错。其母深察焉。后夕见大蜘蛛,形如斗样,缘床就琅,便宴尔怡悦。母取而杀之。琅性理遂复。_{一作僻。}

王 纂 针 魅

元嘉十八年,广陵下市县人张方女道香,送其夫婿北行。日暮,宿祠门下。夜有一物,假作其婿来云:“离情难遣,不能便去。”道香俄昏惑失常。时有海陵王纂者,能疗邪。疑道香被魅,请治之。始下一针,有一獭从女被内走入前港。道香疾便愈。

狸　中　狸

元嘉十九年，长山留元寂曾捕得一狸，剖腹，复得一狸；又破之，更获一狸；方见五脏。三狸虽相包怀，而大小不殊。元寂不以为怪，以皮挂于屋后。其夜，有群狸绕之号呼，失皮所在。元寂家亦无他。

石　龟　耗　粟

馀姚县仓，封印完全。既而开之，觉大损耗。后伺之，乃是富阳县桓王陵上双石龟所食。即密令毁龟口，于是不复损耗。

绳　驱　获　髻

琅玡费县民家，恒患失物。谓是偷者每以扃钥为意，常周行宅内。后果见篱一穿穴，可容人臂，甚滑泽，有踪迹。乃作绳驱，放穿穴口。夜中忽闻有摆扑声，往掩，得一髻，长三尺许。从此无复所失。

树　下　老　公

永康舒寿夫，与同里猎于远山。群犬吠深茂处，异而看之。见树下有一老公，长可三尺，头须蒙然，面绉齿落，通身黄服，裁能动摇。因问："为是何人，而来在此?"直云："我有三女，姿容兼多伎艺。弹琴歌诗，闲究《五典》。"寿夫等共缚束，令出女。公曰："我女居深房洞庭之中，非自往唤，不可复来。请解我绳，当呼女也。"猎人犹不置。俄而变成一兽，黄色四足；其形似皋，又复似狐；头长三尺，额生一角，耳高于顶，面如故。寿夫等大惧，狼狈放解，倏忽失处。

徐女复生

晋广州太守冯孝将男马子，梦一女人，年十八九岁，言："我乃前太守徐玄方女，不幸早亡。亡来四年，为鬼所枉杀。按生箓，乃寿至八十余。今听我更生，还为君妻。能从所委见救活否？"马子掘开棺视之，其女已活。遂为夫妇，生一男一女。

陈忠女

鄱阳陈忠女名丰。邻人葛勃有美姿，丰与村中数女共聚络丝戏，相谓曰："若得婿如葛勃，无所恨也。"阙

乐安章沉

临海乐安章沉，一作沉。年二十余死。经数日，将敛而苏。云：被录到天曹。天曹主者，是其外兄。断理得免。初到时，有少年女子同被录送，立住门外。女子见沉事散，知有力助，因泣涕，脱金钏一只，及臂上杂宝，托沉与主者，求见救济。沉即为请之，并进钏物。良久出，语沉已论，秋英亦同遣去。秋英，即此女之名也。于是俱去。脚痛疲顿，殊不堪行。会日亦暮，止道侧小窟，状如客舍，而不见主人。沉共宿嬿接，更相问次。女曰："我姓徐，家在吴县乌门，临渎为居。门前倒枣树即是也。"明晨各去，遂并活。沉先为护府军吏，依假出都，经吴，乃到乌门。依此寻索，得徐氏舍。与主人叙阔，问："秋英何在？"主人云："女初不出入，君何知其名？"沉因说昔日魂相见之由，秋英先说之，所言因得。主人乃悟。甚羞，不及寝嬿之

事。而其邻人或知,以语徐氏。徐氏试令侍婢数人递出示沉,沉曰:"非也。"乃令秋英见之,则如旧识。徐氏谓为天意,遂以妻沉。生子名曰天赐。

胎　　教

瞽瞍生舜,征在生孔子,其有胎教也哉! 妇人妊孕,未满三月,著婿衣冠,平旦左绕井三匝,映井水,详观影而去。勿返顾,勿令婿见,必生男。

额 上 生 儿

晋安帝义熙中,魏兴李宣妻樊氏怀妊,过期不孕,而额上有疮。儿穿之以出。长为将,今犹存,名胡儿。

怀 妊 生 冰

元嘉中高平平邱孝妇怀妊,生一团冰。得日,便消液成水。

怪　　胎

魏郡徐逮字君及,妇平昌孟氏生儿,头有一角,一脚。头正仰向,通身尽赤,落地无声,乘虚而去。

温 盘 石

太原温盘石,母怀身三年然后生,堕地便坐而笑,发覆面,牙齿皆具。

人 兽 合 胎

丹阳县庆妇生一男、一虎、一狸。狸、虎毛色斑黑,牙爪皆备。即杀之。儿经六日死。母无他异。

髀疮生儿

长山赵宣母,妊身如常,而髀上痒,搔之成疮。儿从疮出,母子平安。

刘毅妻妖胎

刘毅讨桓修之。桓遣人擒得毅妻郭美,送与玄,遂宠擅诸姬,有身。及玄败,郭还。遂产一儿、一鼠。毅怒杀儿,鼠走枯莽中。其后郭病死,方殓。鼠忽来,跳入棺内。

尸生儿

元嘉中,沛国武漂之妻林氏怀身,得病而死。俗忌含胎入柩中,要须割出。妻乳母伤痛之,乃抚尸而祝曰:“若天道有灵,无令死被擘裂。”须臾,尸面赧然上色。于是呼婢共扶之。俄顷,儿堕而尸倒。

汉末小黄门

汉末大乱,宫人小黄门上墓树上避兵,食松柏实,遂不复饥。举体生毛,长尺许。乱离既平,魏武闻而收养,还食谷,齿落头白。

猎见异人

吴天门张某,一作盖。冬月与村人共猎,见大树下有蓬庵,似寝息处而无烟火。须臾,见一人,形长七尺,毛而不衣,负数头死猿。与语不应,因将归。闭空屋中十余日,复送故处。

猎人化鹿

晋咸宁中,鄱阳乐安有人姓彭,世以射猎为业。每入山,与子俱行。后忽蹶然而倒,化成白鹿。儿悲号,鹿跳跃远去。遂失所在。其子终身不复弋猎。至孙,复袭其事。后忽射一白鹿,乃于两角间得道家七星符,并有其祖姓名及乡居年月在焉。睹之悔懊,乃烧弓矢,永断射猎。

社公令作虎

晋太康中,荥阳郑袭为广陵太守。门下驺忽如狂,奄失其所在。经日寻得,裸身呼吟,肤血淋漓。问其故,云社公令其作虎,以斑皮衣之。辞以"执鞭之士,不堪虓跃。"神怒,还使剥皮。皮已著肉,疮毁惨痛。旬日乃差。

吏变三足虎

晋时,豫章郡吏易拔,义熙中受番还家,远一作违。遁不返。郡遣追,见拔言语如常,亦为设食。使者催令束装,拔因语曰:"汝看我面。"乃见眼目角张,身有黄斑色,便竖一足,径出门去。家先依山为居,至林麓,即变成三足大虎。所竖一足,即成其尾也。

神罚作虎

晋太元十九年,鄱阳桓阐杀犬,祭乡里绥山,煮肉不熟。神怒,即下教于巫曰:"桓阐以肉生贻我,当谪令自食也。"其年,忽变作虎。作虎之始,见人以斑皮衣之,即能跳跃噬逐。

胡　道　洽

胡道洽者,自云广陵人,好音乐医术之事。体有臊气,恒以名香自防;唯忌猛犬。自审死日,诫弟子曰:"气绝便殡,勿令狗见我尸也。"死于山阳。殡毕,觉棺空。即开看,不见尸体。时人咸谓狐也。

天　谪　变　熊

元嘉三年,邵陵高平黄秀,无故入山,经日不还。其儿根生寻觅,见秀蹲空树中,从头至腰,毛色如熊。问其何故,答云:"天谪我如此。汝但自去。"儿哀恸而归。逾年,伐山人见之,其形尽为熊矣。

谢　白　面

陈郡谢石字石奴,太元中少患面疮,诸治莫愈。梦日环其城,乃自匿远山,卧于岩下。中宵,有物来舐其疮,随舐随除。既不见形,意为是龙。而舐处悉白,故世呼为谢白面。

啖　鸭　成　瘕

元嘉中,章安有人啖鸭肉,乃成瘕病。胸满面赤,不得饮食。医令服秫米沈。须臾烦闷,吐一鸭雏,身、喙、翅皆已成就,惟左脚故缀昔所食肉,病遂获差。

食牛作牛鸣

山阴有人尝食牛肉,左髀便作牛鸣。每劳辄剧,食乃止。

误吞发成瘕

有人误吞发,便得病,但欲咽猪脂。张口时,见喉中有一头出受膏。乃取小钩为饵而引。得一物,长三尺余,其形似蛇而悉是猪脂。悬于屋间,旬日融尽,惟发在焉。

异苑卷九

郑　康　成

后汉郑玄字康成,师马融,三载无闻。融鄙而遣还。玄过树阴假寝。梦一老父,以刀开腹心,倾墨汁著内,曰:"子可以学矣。"于是寤而即返,遂精洞典籍。融叹曰:"《诗》、《书》、《礼》、《乐》,皆已东矣。"潜欲杀玄,玄知而窃去。融推式以算玄,玄当在土木上,躬骑马袭之。玄入一桥下,俯伏柱上。融踟蹰桥侧,云:"土木之间,此则当矣。有水,非也。"从此而归。玄用免焉。一说玄在马融门下,三年不相见。高足弟子传授而已。常算浑天不合,问诸弟子。弟子莫能解。或言玄,融召令算,一转便决。众咸骇服。及玄业成辞归,融心忌焉。玄亦疑有追者,乃坐桥下,在水上据屐。融果转式逐之,告左右曰:"玄在土下水上而据木,此必死矣。"遂罢追。玄竟以免。

亡　牛

管辂洞晓术数。初,有妇人亡牛,从之卜,曰:"当在西面穷墙中。可视诸邱冢中,牛当悬头上向。"既而果得。妇人反疑辂为藏己牛,告官按验。乃知是术数所推。

失　妻

洛或作路。中小人失妻者,辂为卜,教使明旦于东阳城门中,伺担豚人,牵与共斗。具如其言,豚逸走,即共追之。豚入人舍,突破主人瓮,妇从瓮中出。

火　　灾

　　中书令纪玄龙,辂乡里人也。辂在田舍,尝候远邻。主人苦频失火,辂卜,教使明日于南陌上伺,当有一角巾诸生,驾黑牛故车来;必引留,为设宾主,此能消之。后果有此生来,玄龙因留之宿。生有急,求去,不听。遂留当宿,意大不安,以为图己。主人罢入,生乃持刀出门外,倚两薪积间,侧立假寐。忽有一物直来过前,状如兽;手中持火,以口吹之。生惊,举刀斫,便死。视之,则狐。自是主人不复有灾。

盗　　鹿

　　时有利漕治下屯民捕鹿者,获之,为人所窃,诣辂为卦。语云:"此有盗者,是汝东巷中第三家也。汝径往门前,候无人时,取一瓦子,密发其碓屋东头第七椽。以瓦著下,不过明日食时,自送还汝。"其夜,盗者父忽患头痛,壮热烦疼,亦来诣辂卜。辂为发祟,盗者具服。令担皮肉,还藏著故处,病当自愈。乃密教鹿主往取,又语使复往如前,举椽弃瓦,盗父亦差。

失　　物

　　都尉治内史有失物者,辂使明晨于寺门外看,当逢一人,令指天画地,举手四向,自当得之。暮果获于故处。

鸟　　鸣

　　安德令刘长仁,闻辂晓鸟鸣,初不信之。须臾,有鸣鹊来在阁屋上,其声甚急。辂曰:"鹊言东北有妇,昨杀夫。牵引西家人夫娄离候。不过日在虞渊之际,告者至矣。"到时,果有东北同伍民来告,如辂言。

飞 鸠

辂尝至郭恩家,有飞鸠来在梁头,鸣甚悲。辂曰:"当有老公从东方来,携肫一头、酒一壶来候。主人虽喜,当有小故。"明日,果有客如所占,而射鸡作食。箭从树间激中数岁女子手,流血惊怖。

饯 席 射 覆

馆陶令诸葛原字景春,迁新兴太守。辂往饯之,宾客并会。原自取燕卵、蜂窠、蜘蛛,著器中,使射覆。卦成,辂曰:"第一物含气须变,依乎宇堂,雄雌以形,翅翼舒张;此燕卵也。第二物家室倒悬,门户众多,藏精畜毒,得秋乃化;此蜂窠也。第三物觳觫长足,吐丝成罗,寻网得食,利在昏夜;此蜘蛛也。"举座惊喜。

印囊山鸡毛

平原太守刘邠字令清,取印囊及山鸡毛置器中,使辂筮之。辂曰:"内方外员,五色成文;含宝守信,出则有章;此印囊也。高岳岩岩,有鸟朱身;羽翼玄黄,鸣不失晨;此山鸡毛也。"邠曰:"此郡官舍,连有变怪;使人恐怖,其理何由?"辂曰:"或因汉末之乱,兵马扰攘,军尸流血,污染邱山;故因昏夕,多有怪形也。明府道德高妙,自天祐之;愿安百禄,以光休宠。"

王 经 迁 官

清河王经字君备,去官还家。辂与相见,经曰:"近有一怪,大不喜之;欲烦作卦。"卦成,辂曰:"爻吉,不为怪也。君夜在堂户前,有一流光如燕雀者,入君杯中,殷殷有声,内神不安,解衣彷徉,招呼妇人,觅索余光。"经大笑曰:"实如君言。"辂曰:"吉。迁官之征也。"顷之,为江夏太守。

赵 侯 异 术

晋南阳赵侯,一作度。少好诸异术。姿形悴陋,长不满数尺。以盆盛水,闭目吹气作禁,鱼龙立见。侯有白米,为鼠所盗。乃披发持刀,画地作狱,四面开门,向东长啸,群鼠俱到。咒之曰:"凡非啖者过去,盗者令止。"止者十余,剖腹看脏,有米在焉。曾徒跣须履,因仰头微吟,双履自至。人有笑其形容者,便佯说以酒,杯向口,即掩鼻不脱,乃稽颡谢过,著地不举。永康有骑石山,山上有石人骑石马。侯以印指之,人马一时落首,今犹在山下。

庾嘉德善筮

颍川庾嘉德,善于筮蔡之事。有人失一婢,庾卦云:"君可出东陵口伺候,有姓曹乘车者,无问识否,但就其载,得与不得,殆一理也。"且出郭,果有曹郎上墓。径便升车,曹大骇呼,生惊奔入草,刺一死尸。下视,乃其婢也。

任 谞 从 军

北海任谞字彦期,从军十年乃归。临还,握粟出卜。师云:"非屋莫宿,非食时莫沐。"讽结伴数十共行,暮遇雷雨,不可蒙冒,相与庇于岩下。窃意"非屋莫宿"戒,遂负担栉休。岩崩压停者,悉死。至家,妻先与外人通情,谋共杀之,请以湿发为识。妇宵则劝讽令沐,复忆"非食时莫沐"之忌,收发而止。妇惭愧负作,乃自沐焉;散发同寝。通者夜来,不知妇人也,斩首而去。

沐坚咒毙

河间沐坚字壁强,石勒时监作水田,御下苛虐。百姓怨毒,乃为坚形,以刀矛斫刺,咒令倒毙。坚寻得病,苦被捶割,于是遂殒。

泾祠妖幻

晋咸宁中,高阳新城叟为泾祠,妖幻署置百官,又以水自鉴,辄见所署置之人,衣冠俨然。百姓信惑,京都翕集。收而斩之。

黄金僦船

扶南国治生,皆用黄金。僦船东西远近雇一斤。时有不至所届,欲减金数,船主便作幻,诳使船底砥折,状欲沦滞海中,进退不动。众人惶怖,还请赛,船合如初。

孙溪奴

元嘉初,上虞孙溪奴多诸幻伎,叛入建安治中。后出民间,破宿瘦辟,遥彻腹内,而令不痛。治人头风,流血滂沱,嘘之便断,疮又即敛。虎伤蛇噬、烦毒、垂死、禁护皆差。向空长啸,则群鹊来萃。夜咒蚊虻,悉皆死倒。至十三年,乃于长山为本主所得。知有禁术,虑必亡叛,的缚枷锁,极为重复。少日已失所在。

永 嘉 阳 童

永嘉阳童,孙权时俗师也。尝独乘船往建宁,泊在渚次。宵中,忽有一鬼来,欲击童。童因起,谓曰:"谁敢近阳童者!"鬼即稽颡云:"实不知是阳使者。"童便敕使乘船,船飞迅驶,有过猛帆。至县,乃遣之。

王 仆 医 术

荥阳郑鲜之字道子,为尚书左仆射。女脚患挛癖,就王仆医。仆阳请水浇之,余浇庭中枯枣树。树既生,女脚亦差。

异苑卷十

足 下 之 称

介子推逃禄隐迹，抱树烧死。文公拊木哀嗟，伐而制屐。每怀割股之功，俯视其屐曰："悲乎足下！""足下"之称，将起于此。

田 文 五 月 生

田文母嬖也，五月五日生文。父敕令勿举。母私举文，长成童，以实告之。遂启父曰："不举五月子，何也？"父云："生及户，损父。"文曰："受命于天，岂受命于户？若受命于户，何不高其户？谁能至其户耶？"父知其贤，立为嗣。齐封为孟尝君。俗以五月为恶月，故忌。

吴 客 木 雕

魏安釐王观翔雕而乐之，曰："寡人得如雕之飞，视天下如芥也。"吴客有隐游者闻之，作木雕而献之王。王曰："此有形无用者也。夫作无用之器，世之奸民也。"召隐游，欲加刑焉。隐游曰："臣闻大王之好飞也，故敢献雕。安知大王之恶此也？可谓知有用之雕鸟，未悟无用之雕鸟也。今臣请为大王翔之。"乃取而骑焉，遂翻然飞去，莫知所之。雕一作鹄。

颜 乌 纯 孝

东阳颜乌，以纯孝著闻。后有群乌衔鼓，集颜所居之村。乌口皆伤，一境以为颜至孝，故慈乌来萃。衔鼓之兴，欲令聋者远闻。即于鼓处立县，而名为乌伤。王莽改为乌孝，以彰其行迹云。

曹 娥 碑

孝女曹娥者，会稽上虞人也。父盱，能弦歌，为巫。汉安帝二年五月五日，于县江溯涛迎婆娑神，溺死，不得尸骸。娥年十四，乃缘_{一作循}江号哭，昼夜不绝声。七日，遂投江而死。三日后，与父尸俱出。至元嘉元年，县长度尚改葬娥于江南道傍，为立碑焉。陈留蔡邕字伯喈，避难过吴，读《曹娥碑》文，以为诗人之作，无诡妄也。因刻石旁作"黄绢幼妇，外孙齑臼"八字。魏武见而不能了，以问群僚，莫有解者。有妇人浣于江渚，曰："第四车解。"既而，祢正平也。衡即以离合义解之。或谓此妇人即娥灵也。

管 宁 思 过

管宁字幼安，避难辽东。后还，泛海遭风，船垂倾没。宁潜思良久，曰："吾尝一朝科头，三晨晏起。今天怒猥集，过恐在此。"

徐 邈 私 饮

魏徐邈字景山，为尚书郎。时禁酒而邈私饮，至于沈醉。从事赵达问以曹事，邈曰："中圣人。"达白太祖，太祖甚怒徐邈。鲜于辅进曰："醉客谓清酒为圣人,浊酒为贤人。邈性修慎,偶醉言耳。"由是得免。后文帝幸许昌,见邈,问曰:"颇复'中圣人'否?"对曰:"昔子反毙于穀阳,御叔罚于饮酒。臣嗜同二子,不能自惩。时复中之。"帝大笑,顾左右曰:"名不虚立。"

妒 妻 绝 嗣

贾充字公间,平阳襄陵人也。妻郭氏,为人凶妒。生儿犁民,年始三岁,乳母抱之当阁,犁民见充外入,喜笑。充就乳母怀中鸣撮。郭遥见,谓充爱乳母,即鞭杀之。儿恒啼泣,不食他乳。经日遂死。郭于是终身无子。

满 奋 膏 汗

晋司隶校尉高平满奋,字武秋,丰肥,肉溃肤裂。每至暑夏,辄膏汗流溢。其有爱妾,夜取以燃照,炎灼发于屋表。奋大恶之,悉盛而埋之。暨永嘉之乱,为胡贼所烧,皎若烛光。

雷 震 不 惊

晋滕放太元初,夏枕文石枕卧,忽暴雨,雷震其枕。枕四解,傍人莫不怖惧;而放独自若,云:"微觉有声,不足为惊。"

周 虓 守 节

浔阳周虓,字孟威,晋宁康中,镇于巴西,为苻坚所获,守节不屈。坚使使者道虓清道,虓躬治遘陌,谓使者曰:"烦君与语氐贼苻坚,何至仰烦国士如此?"又潜图袭坚。坚闻之,曰:"貉子正欲觅死。杀之,适足成其名耳。"乃苦加拷楚,不食而卒。敛已经旬,坚怒犹未歇。剖棺临视虓尸,欤回眸断齿,鬓髭张列,睛瞳明亮,回盼瞩坚。坚睹而喜称,乃厚加赠赙。

掘 金 相 让

汝南殷陶,市同县张南宅。掘地,得钱百万、金千斤,即以还南。南曰:"君至德感神,宝为君出。"终不肯受。陶送付县。

投 笺 河 伯

河内荀儒,字君林,乘冰省舅氏,陷河而死。兄伦,字君文,求尸积日不得,设祭冰侧。又笺与河伯。投笺一宿,岸侧冰开,尸手执笺浮出,伦又笺谢。

张 贞 妇

蜀郡张贞行船覆,溺死。贞妇黄因投江就之。积十四日,执夫手俱浮出。

杨 香 扼 虎

顺阳南乡杨丰,与息名香于田获粟,因为虎所噬。香年十四,手无寸刃,直扼虎颈。丰遂得免。香以诚孝,至感猛兽,为之逡巡。太守平昌孟肇之赐贷之谷,旌其门闾焉。

崔景贤惠政

崔景贤为平昌郡守,有惠民政。尝悬一蒲鞭,而未尝用。

任城王沉饮

任城王六月沉饮,忽失所在。人以为中酒毒而化。

刘 邕 嗜 痂

东莞刘邕,性嗜食疮痂,以为味似鳆鱼。尝诣孟灵休,灵休先患灸,疮痂落在床,邕取食之。灵休大惊,痂未落者,悉褫取啖邕。南康国吏二百许人,不问有罪无罪,递与鞭,疮痂常以给膳。

孙 广 忌 虱

太原孙广,头上不得有虱。大者便遭期丧大功,小则小功缌服。

刘 鵩 鹋

有人姓刘,在朱方,人不得共语。若与之言,必遭祸难,或本身死疾。惟一士谓无此理,偶值人有屯塞耳。刘闻之,忻然而往,自说被谤,君能见明。答云:“世人雷同,亦何足恤?”须臾火燎,资蓄服玩荡尽。于是举世号为刘鵩鹋。脱遇诸涂,皆闭车走马,掩目奔避。刘亦杜门自守。岁时一出,则人惊散,过于见鬼。

扬 晥 藏 镪

晋陵曲阿扬晥,一作汤晥。财数千万。三吴人多取其直,为商贾治生,辄得倍直。或行长江,卒遇暴风及劫盗者,若投晥钱,多获免济。晥死后,先所埋金,皆移去邻人陈家。陈尝晨起,见门外忽有百许万镪,封题是“扬晥”姓字。然后知财物聚散,必由天运乎?

　　予尝以古今怪异之事,不可胜纪。及读刘敬叔《异苑》,几备矣。然载秦世谣而不及仲舒修履之奇,载高陵龟而不及毛宝铸印之验。陈仲弓德星可采,而客星犯座胡以独遗?沙门慧炽真奇,而佛图澄岂容尽逸?至于络丝之女、鞠通之琴,及郭璞、韩友、杜不愆辈种种异趣,悉不一收,不知敬叔意何居也?姑存之,以俟博览者广焉。湖南毛晋识。

幽　明　录

[南朝宋] 刘义庆　撰

王　根　林　　　校点

校 点 说 明

　　《幽明录》，南朝宋刘义庆撰。刘义庆（403—444），彭城（今江苏徐州）人，刘宋宗室，袭封临川王。曾任南兖州刺史、荆州刺史、都督加开府仪同三司等职。寡嗜欲，喜文学，招纳文士，撰集著述多种。其中《世说新语》是当时志人小说的代表作，本书则是志怪小说的代表作。

　　书名"幽"、"明"二字，分别代表鬼神和人间世界，本书力求探索二者之间的关系，因而带有明显的因果轮回的消极成分。但在客观上，它也反映了人世间的现实和人们追求美好生活的愿望。其中比较突出的，是写青年男女对自由爱情的向往，爱情的力量可以冲破人与神、生与死的界限。书中还生动地反映了不同历史时期的社会思潮，如汉代重儒尊经，老狸也能化为人与董仲舒论五经；魏晋尚清谈，公鸡也会和人谈玄理。不少情节奇幻的故事，则是佛教对中国本土文学产生巨大影响的折射。很多故事，成为唐代传奇、清代小说取资的素材。

　　《幽明录》大约在宋代已亡佚，后人只能从《世说新语》的刘孝标注和一些类书中辑集它的佚文。鲁迅在本世纪初从大量文献辑得本书佚文，收入《古小说钩沉》，堪称该备。今即以此本为底本，作分段标点。底本有误者，则据其他版本、有关类书或正史予以校正，不出校记。

幽明录

庙方四丈,不作墉壁。道广五尺,夹树兰香。斋者煮以沐浴,然后亲祭,所谓"浴兰汤"。

海中有金台,出水百丈,结构巧丽,穷尽神工,横光岩渚,竦曜星汉。台内有金几,雕文备置,上有百味之食,四大力神常立守护。有一五通仙人来,欲甘膳,四神排击,延而退。

邺城凤阳门五层楼,去地二十丈,长四十丈,广二十丈,安金凤皇二头于其上。石季龙将衰,一头飞入漳河,清朗见在水底;一头今犹存。

始兴县有皋天子国。因山崎岖,十有馀里,坑堑数重,阡陌交通。城内堂基碎瓦,柱穿犹存。东有皋天子冢。皋天子,未之闻也。

始兴县有圣天子城,城东有冢。昔有发之者,垂陷,而冢里有角声震于外,惧而塞之。

始兴灵水,源有汤泉。每至霜雪,见其上烝气高数十丈,生物投之,须臾便熟。泉中常有细赤鱼出游,莫有获者。

艾县辅山有温冷二泉,同出一山之足。两泉发源,相去数尺。热泉可煮鸡豚,冰泉常若冰生。双流数丈而合,俱会于一溪。

襄邑县南濑乡,老子之旧乡也。有老子庙,庙中有九井,能洁斋入祠者,水温清随人意念。

始安熙平县东南有山,山西其形长狭,水从下注塘,一日再减盈缩，因名为"朝夕塘"。

　　耒阳县东北有芦塘，淹地八顷，其深不可测。中有大鱼，常至五日一跃奋出水，大可三围，其状异常。每跃出水，则小鱼奔进，随水上岸，不可胜计。

　　宜都建平二郡之界，有五六峰，参差互出。上有倚石，如二人像，攘袂相对。俗谓二郡督邮争界于此。

　　武昌阳新县北山上有望夫石，状若人立。相传：昔有贞妇，其夫从役，远赴国难，妇携弱子，饯送此山，立望夫而化为立石，因以为名焉。

　　巴丘县自金冈以上二十里，名黄金潭，莫测其深；上有濑，亦名黄金濑。古有钓于此潭，获一金锁，引之，遂满一船。有金牛出，声貌莽壮。钓人被骇，牛因奋勇跃而还潭，锁乃将尽，钓人以刀斫得数尺。潭、濑因此取名。

　　淮南牛渚津水极深，无可算计，人见一金牛，形甚瑰壮，以金为锁绊。

　　庐山自南行十馀里，有鸡山，山有石鸡，冠距如生。道士李镇于此下住，常宝玩之。鸡一日忽摧毁，镇告人曰："鸡忽如此，吾其终乎？"因与知故诀别，后月馀遂卒。

　　三峰最为竦桀，自非清霁素朝，不可望见。峰下有泉，飞流如舒一匹绢，分映青林，直注山下。虽纤罗不动，其上翛翛，恒凄清风也。

　　宫亭湖边傍山间，有石数枚，形圆若镜，明可以鉴人，谓之石镜。后有行人过，以火燎一枚，至不复明，其人眼乃失明。

　　山阴县九侯神山上有灵坛，坛前有古井，常无水，及请告神，水即涌出，供用足，乃复渐止。

　　谯县城东，因城为台，方二十丈，高八尺，一曰：古之葬也，魏武帝即筑以为台，东面墙崩，金玉流出，取者多死，因复筑之。

　　乐安县故市经荒乱，人民饿死，枯骸填地。每至天阴将雨，辄闻吟啸呻叹声聒于耳。

　　平都县南陂上有冢，行人于陂取得鲤，道逢冢中人来云："何敢取吾鱼？"夺著车上而去。

　　广陵有冢，相传是汉江都王建之墓也。常有村人行过，见地有数十具磨，取一具持归。暮即叩门求磨甚急，明旦送著故处。

　　广陵露白村人，每夜辄见鬼怪，咸有异形丑恶。怯弱者莫敢过。村人怪如此，疑必有故，相率得十人，一时发掘，入地尺许，得一朽烂方相头。访之故老，咸云："尝有人冒雨送葬，至此遇劫，一时散走，方相头陷没泥中。"

　　硕县下有眩潭，以视之眩人眼，因以为名。旁有田陂，昔有人船行过此陂，见一死蛟在陂上不得下。无何，见一人，长壮乌衣，立于岸侧，语行人云："吾昨下陂，不过而死，可为报眩潭。"行人曰："眩潭无人，云何可报？"乌衣人云："但至潭，便大言之。"行人如其旨，须臾，潭中有号泣声。

　　东莱人性灵，作酒多醇，浊而更清，二人曰以是醇□。

　　楚文王少时好猎，有一人献一鹰，文王见之，爪距神爽，殊绝常鹰。故为猎于云梦，置网云布，烟烧张天，毛群羽族，争噬竞搏。此鹰轩颈瞪目，无搏噬之志。王曰："吾鹰所获以百数，汝鹰曾无奋意，将欺余耶？"献者曰："若效于雉兔，臣岂敢献？"俄而，云际有一物凝翔，鲜白不辨其形，鹰便竦翮而升，矗若飞电。须臾，羽堕如雪，血下如雨，有大鸟堕地，度其两翅，广数十里，众莫能识。时有博物君子曰："此大鹏雏也。"文王乃厚赏之。

汉武帝常微行过人家，家有婢，国色，帝悦之，因留宿，夜与婢□。有书生亦家宿，善天文。忽见客星移掩帝座甚逼，书生大惊跃，连呼咄咄，不觉声高。乃见一男子，操刀将欲入户，闻书生声急，谓为己故，遂蹙缩走，客星应时即退。帝闻其声，异而召问之，书生具说所见，乃悟曰："此人是婢婿，将欲肆其凶于朕。"乃召羽林，语主人曰："朕，天子也。"于是擒奴伏诛，厚赐书生。

汉武见物如牛肝，入地不动，问东方朔，朔曰："此积愁之气，惟酒可以忘愁，今即以酒灌之，即消。"

汉武帝在甘泉宫，有玉女降，常与帝围棋相娱。女风姿端正，帝密悦，乃欲逼之。女因唾帝面而去，遂病疮经年。故《汉书》云："避暑甘泉宫，正其时也。"

甘泉王母降。

汉武帝与群臣宴于未央，方啖黍臛，忽闻人语云："老臣冒死自诉。"不见其形，寻觅良久，梁上见一老翁长八九寸，面目皱皱，须发皓白，拄杖偻步，笃老之极。帝问曰："叟姓字何？居在何处？何所病苦，而来诉朕？"翁缘柱而下，放杖稽首，默而不言。因仰头视屋，俯指帝脚，忽然不见。帝骇愕不知何等，乃曰："东方朔必识之。"于是召方朔以告，朔曰："其名为'藻兼'，水木之精也。夏巢幽林，冬潜深河。陛下顷日频兴造宫室，斩伐其居，故来诉耳。仰头看屋，而复俯指陛下脚者，足也。愿陛下宫室足于此也。"帝感之。既而息役。幸瓠子河，闻水底有弦歌之声，前梁上翁及年少数人，绛衣素带，缨佩甚鲜，皆长八九寸，有一人，长尺馀，凌波而出，衣不沾濡，或有挟乐器者。帝方食，为之辍膳，命列坐于食案前。帝问曰："闻水底奏乐，为是君耶？”老翁对曰：“老臣前昧死归诉，幸蒙陛下天地之施，即息斧斤，得全其居，不胜欢喜，故私相庆乐耳！”帝曰：“可得奏乐否？”曰：“故赍乐来，安敢不奏？”其最长人便治弦而歌，歌曰：“天地德兮垂至仁，愍幽魄兮停斧斤。保窟宅兮庇微身，愿天子兮寿万春！”歌声小大无异于人，清彻绕越梁栋。又二人鸣管抚节调契声谐。帝欢悦，举觞并劝曰：“不德不足当雅觊。”老翁等并起拜爵，各饮数升不醉。献帝一紫螺壳，中有物状如牛脂。帝问曰：“朕暗，无以识此物。”曰：“东方生知之耳！”帝曰：“可更以珍异见贻。”老翁顾命，取洞穴之宝。一人受命，下没渊底，倏忽还到，得一大珠，径数寸，明耀绝世，帝甚爱玩。翁等忽然而隐。帝问朔：“紫螺壳中何物？”朔曰：“是蛟龙髓，以傅面，令人好颜色；又女子在孕，产之必易。”会后宫难产者，试之，殊有神效。帝以脂涂面，便悦泽。又曰：“何以此珠名洞穴珠？”朔曰：“河底有一穴，深数百丈，中有赤蚌，蚌生珠，故以名焉。”帝既深叹此事，又服朔之奇识。

汉武帝以玄豹白凤膏磨青锡屑，以酥油和之为灯，虽雨中灯不灭。

董仲舒尝下帷独咏，忽有客来，风姿音气，殊为不凡，与论《五经》，究其微奥。仲舒素不闻有此人而疑其非常。客又曰：“欲雨。”因此戏之曰：“巢居知风，穴居知雨。卿非狐狸，即是鼷鼠！”客闻此言，色动形坏，化成老狸，蹶然而走。

文翁常欲断大树，砍断处去地一丈八尺，翁先祝曰：“吾若得二千石，斧当著此处。”因掷之，中所砍一丈八尺处。后果为郡。

长安有张氏者，昼独处室，有鸠自入，止于对床。张恶之，披怀祝曰：“鸠，尔来为我祸耶止承尘，为我福耶入我怀。”鸠翻飞入怀，以手探之，不知所在，而得一金带钩焉。遂宝之。自是之后，子孙昌盛。

汉何比干梦有贵客，车骑满门，觉，以语妻子。未已，门首有老姥，年可八十馀，求避雨，雨甚盛而衣不沾濡。比干延入，礼待之，乃曰："君先出自后稷，佐尧，至晋有阴功，今天赐君策。"如简，长九寸，凡九百九十枚以授之，曰："子孙能佩者富贵。"言讫出门，不复见。

汉建武元年，东莱人姓乜，家尝作酒卢，入内政见三奇客，共持曲饭至抒其酒饮，异以饭曲代处，而三鬼相与醉于林中。

汉明帝永平五年，剡县刘晨、阮肇共入天台山取谷皮，迷不得返，经十三日，粮食乏尽，饥馁殆死。遥望山上有一桃树，大有子实，而绝岩邃涧，永无登路。攀援藤葛，乃得至上。各啖数枚，而饥止体充。复下山，持杯取水，欲盥漱，见芜菁叶从山腹流出，甚鲜新，复一杯流出，有胡麻饭糁，相谓曰："此知去人径不远。"便共没水，逆流二三里，得度山出一大溪，溪边有二女子，姿质妙绝，见二人持杯出，便笑曰："刘、阮二郎，捉向所失流杯来。"晨、肇既不识之，缘二女便呼其姓，如似有旧，乃相见忻喜。问："来何晚邪？"因邀还家。其家筒瓦屋，南壁及东壁下各有一大床，皆施绛罗帐，帐角悬铃，金银交错。床头各有十侍婢，敕云："刘、阮二郎，经涉山岨，向虽得琼实，犹尚虚弊，可速作食。"食胡麻饭、山羊脯、牛肉甚甘美。食毕行酒，有一群女来，各持五三桃子，笑而言："贺汝婿来。"酒酣作乐，刘、阮忻怖交并。至暮，令各就一帐宿，女往就之，言声清婉，令人忘忧。十日后，欲求还去，女云："君已来是，宿福所牵，何复欲还邪？"遂停半年。气候草木是春时，百鸟啼鸣，更怀悲思，求归甚苦。女曰："罪牵君，当可如何？"遂呼前来女子有三四十人，集会奏乐，共送刘、阮，指示还路。既出，亲旧零落，邑屋改异，无复相识。问讯得七世孙，传闻上世入山，迷不得归。至晋太元八年，忽复去，不知何所。

曹娥父溺死，娥见瓜浮，得尸。

汉袁安父亡，母使安以鸡酒诣卜工，问葬地。道逢三书生，问安何之？具以告。书生曰："吾知好葬地。"安以鸡酒礼之，毕，告安地处云："当葬此地，世世为贵公。"便与别，数步顾视，皆不见。安疑是神人，因葬其地，遂登司徒，子孙昌盛，曰世五公焉。

陈仲举微时，常行宿主人黄申家。申妇夜产，仲举不知。夜三更，有扣门者，久许闻里有人应云："门里有贵人，不可前，宜从后门往。"俄闻往者还，门内者问之："见何儿？名何？当几岁？"还者云："是男儿，名阿奴，当十五岁。"又问曰："后当若为死？"答曰："为人作屋，落地死。"仲举闻此，默志之。后十五年，为豫章太守，遣吏往问昔儿阿奴所在家，云："助东家作屋，落地而死矣。"仲举后果大贵。

陇西秦嘉，字士会，俊秀之士。妇曰徐淑，亦以才美流誉。桓帝时，嘉为曹掾赴洛。淑归宁于家，昼卧，流涕覆面，嫂怪问之，云："适见嘉自说往津乡亭病亡，二客俱留，一客守丧，一客赍书还，日中当至。"举家大惊。书至，事事如梦。

常山张颢为梁相。天新雨后，有鸟如山鹊，飞翔稍下坠地。民争取，即化为一圆石。颢椎破之，得金印，文曰："忠孝侯印。"颢表上闻，藏之秘府。颢汉灵帝时至太尉。

冯贵，前汉汉桓帝贵人也，美艳绝双。死后卅馀年，群贼发其冢，见贵人颜色如故。贼遂竞奸之，斗争相煞而死。

句章人至东野还，暮不至门，见路旁有小屋灯火，因投寄宿。有一小女，不欲与丈夫共处，呼邻家止宿。女自伴夜，共弹琴箜篌。至晓，此人谢去，问其姓字，女不答，弹弦而歌曰："连绵葛上藤，一援复一纫；欲知我姓名，姓陈名阿登。"

汉时太山黄原，平旦开门，忽有一青犬在门外伏守，备如家养。原继犬，随邻里猎，日垂夕，见一鹿，便放犬，犬行甚迟，原绝力逐终不及。行数里，至一穴，入百余步，忽有平衢，槐柳列植，行墙回匝。原随犬入门，列房栊户可有数十间，皆女子，姿容妍媚，衣裳鲜丽。或抚琴瑟，或执博棋。至北阁，有三间屋，二人侍直，若有所伺。见原，相视而笑："此青犬所致妙音婿也！"一人留，一人入阁。须臾，有四婢出，称太真夫人，白黄郎："有一女年已弱笄，冥数应为君妇。"既暮，引原入内。内有南向堂，堂前有池，池中有台，台四角有径尺穴，穴中有光映帷席。妙音容色婉妙，侍婢亦美。交礼既毕，宴寝如旧。经数日，原欲暂还报家，妙音曰："人神异道，本非久势。"至明日，解珮分袂，临阶涕泗，后会无期，深加爱敬："若能相思，至三月旦，可修斋洁。"四婢送出门，半日至家。情念恍忽，每至其期，常见空中有轺车仿佛若飞。

汉末大乱，颍川有人将避地他郡。有女七八岁，不能涉远，势不两全。道边有古冢穿败，以绳系女下之。经年馀还，于冢寻觅，欲更殡葬。忽见女尚存，父大惊，问女得活意，女云："冢中有一物，于晨暮徐辄伸头翕气，为试效之，果觉不复饥渴。"家人于冢寻索此物，乃是大龟。

孙钟，吴郡富春人，坚之父也。少时家贫，与母居，至孝笃信，种瓜为业。瓜熟，有三少年容服妍丽，诣钟乞瓜。钟引入庵中，设瓜及饭，礼敬殷勤。三人临去，谓钟曰："蒙君厚惠，今示子葬地，欲得世世封侯乎？欲为数代天子乎？"钟跪曰："数代天子，故当所乐。"便为定墓。又曰："我司命也，君下山，百步勿反顾。"钟下山六十步，回看，并为白鹤飞去。钟遂于此葬母，冢上有气触天。钟后生坚，坚生权，权生亮，亮生休，休生和，和生皓，为晋所伐，降为归命侯。

董卓信巫，军中常有言祷祀求福。一日，从卓求布，仓卒与新布手巾。又求取笔，便捉以书手巾上。如作两口，一口大，一口小，相累于巾上。授卓曰："慎此也！"后卓为吕布所杀，后人乃知况吕布也。

魏武帝猜忌晋宣帝子非曹氏纯臣。又尝梦三匹马，在一槽中共食，意尤憎之。因召文、明二帝，告以所见，并云："防理自多，无为横虑。"帝然之。后果害族移器，悉如梦焉。

钟繇忽不复朝会，意性有异于常。寮友问其故，云："常有妇人来，美丽非凡。"问者曰："必是鬼物，可杀之。"后来，止户外曰："何以有相杀意？"元常曰："无此。"殷勤呼入，意亦有不忍，乃微伤之。便出去，以新绵拭血，竟路。明日，使人寻迹，至一大冢，棺中一妇人形体如生，白练衫，丹绣裲裆，伤一髀，以裲裆中绵拭血。自此便绝。

魏齐王芳时，中山有王周南者，为襄邑长。忽有鼠从穴出，语曰："周南，尔以某日死。"周南不应。至期，更冠帻皂衣而出，曰："周南，尔以日中死。"亦不应，鼠复入穴。日适中，鼠又冠帻而出，曰："周南，汝不应，我何道？"言绝，颠蹶而死，即失衣冠所在。就视之，与常鼠无异。

孙权时，南方遣吏献犀簪。吏过宫亭湖庐山君庙请福，神下教求簪，而盛簪器便在神前。吏叩曰："簪献天子，必乞哀念。"神云："临入石头，当相还。"吏遂去，达石头，有三尺鲤鱼跳入船，吏破腹得之。

　　孙权病，巫启云："有鬼著绢巾，似是故将相，呵叱初不顾，径进入宫。"其夜，权见鲁肃来，衣巾悉如其言。

　　吴兴钱乘，孙权时，曾昼卧久，不觉两吻沫出数升。其母怖而呼之，曰："适见一老公，食以熇筋，恨未尽而呼之。"乘本尪瘵，既尔之后，遂以力闻。官至无难监。

　　葛祚，吴时衡阳太守，郡境有大槎横水，能为妖怪。百姓为立庙，行旅祷祀，槎乃沉没；不者，槎浮，则船为之破坏。祚将去官，乃大具斤斧，将去民累。明日当至，其夜，闻江中㲿㲿有人声。往视，槎移去，沿流下数里，驻湾中，自此行者无复沉覆之患。衡阳人为祚立碑曰：正德祈禳，神木为移也。

　　吴时，有王姥，年九岁病死，自朝至暮复苏。云：见一老妪，挟将飞见北斗君，有狗如狮子大，深目，伏井栏中，云此天公狗也。

　　吴时，陈仙以商贾为事，驱驴行。忽过一空宅，广厦朱门，都不见人，仙牵驴入宿。至夜，闻有语声："小人无畏，敢见行灾？"便有一人径到仙前，叱之曰："汝敢辄入官舍！"时笼月暧昧，见其面上麕深，目无瞳子，唇骞齿露，手执黄丝。仙即奔走后村，具说事状。父老云："旧有恶鬼。"明日，看所见屋宅处，并高坟深堑。

　　吴末，中书郎失其姓名，夜读书。家有重门，忽闻外面门皆开，恐有急诏。户复开，一人有八尺许，乌衣帽，持杖坐床下，与之熟相视，吐舌至膝。于是大怖，裂书为火，至晓鸡鸣，便去。门户闭如故，其人平安。

　　邓艾庙在京口，上有一草屋。晋安北将军司马恬于病中，梦见一老翁曰："我邓公，屋舍倾坏，君为治之。"后访之，乃知艾庙，为立瓦屋。隆安中，有人与女子会于神座上，有一蛇来绕之数四匝。女家追寻见之，以酒脯祷祠，然后得解。

有人相羊叔子父墓，有帝王之气，叔子于是乃自掘断墓。后相者又云："此墓尚当出折臂三公。"祜工骑乘，有一儿五六岁，端明可喜。掘墓之后，儿即亡，羊时为襄阳都督，因盘马落地，遂折臂。于时士林咸叹其忠诚。

汉时，洛下有一洞穴，其深不测。有一妇人欲杀夫，谓夫曰："未尝见此穴。"夫自逆视之，至穴，妇遂推下，经多时至底。妇于后掷饭物，如欲祭之。此人当时颠坠恍忽，良久乃苏，得饭食之，气力小强。周皇觅路，仍得一穴，便匍匐从就。崎岖反侧，行数十里，穴宽，亦有微明，遂得宽平广远之地。步行百余里，觉所践如尘，而闻糠米香，啖之，芬美过于充饥。即裹以为粮，缘穴行而食此物。既尽，复过如泥者，味似向尘，复赍以去。所历幽远，里数难详，□就明广。食所赍尽，便入一都。郛郭修整，宫馆壮丽，台榭房宇，悉以金魄为饰，虽无日月，而明逾三光。人皆长三丈，被羽衣，奏奇乐，非世间所闻。便告求哀，长人语令前去，从命前进。凡过如此者九处。最后所至，苦饥馁，长人指中庭一大柏树，近百围，下有一羊，令跪捋羊须。初得一珠，长人取之，次捋亦取，后捋令啖，即得疗饥。请问九处之名，求停不去。答曰："君命不得停，还问张华，当悉此间。"人便随穴而行，遂得出交郡。往还六七年间，即归洛。问华，以所得二物视之。华云："如尘者是黄河下龙涎，泥是昆山下泥。九处地，仙名九馆大夫。羊为痴龙，其初一珠，食之与天地等寿，次者延年。后者充饥而已。"

嵩高山北有大穴，晋时有人误堕穴中，见二人围棋。下有一杯白饮，与堕者饮，气力十倍。棋者曰："汝欲停此否？"堕者曰："不愿停。"棋者曰："从此西行有大井，其中有蛟龙，但投身入井，自当出。若饿，取井中物食之。"堕者如言，可半年，乃出蜀中。归洛下，问张华。华曰："此仙馆。夫所饮者玉浆，所食者龙穴石髓。"

张华将败，有飘风吹衣轴，六七倚壁。

陈郡谢鲲，尝在一亭中宿。此亭从来杀人，夜四更末，有一人黄衣呼："幼舆可开户。"鲲令申臂于窗中，于是授腕，鲲即极力而牵之，臂便脱，乃还去。明日，看，乃鹿臂，寻血，遂取获焉。

阮德如尝于厕见一鬼，长丈馀，色黑而眼大，著皂单衣，平上帻，去之咫尺。德如心安气定，徐笑语之曰："人言鬼可憎，果然！"鬼即赧愧而退。

阮瞻素秉无鬼论，世莫能难，每自谓理足可以辨正幽明。忽有一鬼，通姓名作客诣阮，寒温毕，即谈名理。客甚有才情，末及鬼神事，反覆甚苦，遂屈。乃作色曰："鬼神，古今圣贤所共传，君何独言无耶？仆便是鬼！"于是忽变为异形，须臾消灭。阮默然，意色大恶。后年馀病死。

永嘉中，泰山巢氏先为相县令，居在晋陵。家婢采薪，忽有一人追之，如相问讯，遂共通情，随婢还家，仍住不复去。巢恐为祸，夜辄出婢。闻与婢讴歌言语，大小悉闻，不使人见，见形者唯婢而已。每与婢宴饮，辄吹笛而歌，歌云："闲夜寂已清，长笛亮且鸣。若欲知我者，姓郭字长生。"

晋永嘉之乱，郡县无定主，强弱相暴。宜阳县有女子，姓彭名娥，父母昆弟十馀口，为长沙贼所攻。时娥负器出汲于溪，闻贼至，走还。正见坞壁已破，不胜其哀，与贼相格，贼缚娥驱出溪边，将杀之。溪际有大山，石壁高数十丈，娥仰天呼曰："皇天宁有神不？我为何罪，而当如此！"因奔走向山，山立开，广数丈，平路如砥。群贼亦逐娥入山，山遂隐合，泯然如初，贼皆压死山里，头出山外，娥遂隐不复出。娥所舍汲器化为石，形似鸡。土人因号曰石鸡山，其水为娥潭。

晋元帝世，有甲者，衣冠族姓，暴病亡。见人将上天诣司命，司命更推校，算历未尽，不应枉，召主者发遣令还。甲尤脚痛，不能行，无缘得归。主者数人共愁，相谓曰："甲若卒以脚痛不能归，我等坐枉人之罪。"遂相率具白司命，司命思之良久，曰："适新召胡人康乙者，在西门外，此人当遂死，其脚甚健，易之，彼此无损。"主者承敕出，将易之。胡形体甚丑，脚殊可恶，甲终不肯。主者曰："君若不易，便长决留此耳？"不获已，遂听之。主者令二人并闭目，倏忽，二人脚已各易矣。仍即遣之，豁然复生。具为家人说，发视果是胡脚，丛毛连结，且胡臭。甲本士，爱玩手足，而忽得此，了不欲见，虽获更活，每惆怅殆欲如死。旁人见识此胡者，死犹殡，家近在茄子浦。甲亲往视胡尸，果见其脚著胡体，正当殡敛，对之泣。胡儿并有至性，每节朔，儿并悲思，驰往抱甲脚号咷。忽行路想遇，便攀援啼哭。为此每出入时，恒令人守门，以防胡子。终身憎秽，未尝误视。虽三伏盛暑，必复重衣，无暂露也。

王敦召吴猛，猛至江口，入水中，命船人并进。船至大雷，见猛行水上，从东北还逆船。弟子问其故，猛云："水神数兴波浪，贼害行旅，暂过约敕。"以真珠一握为信。

王敦近吴猛，恶之于坐，欻然失去。乃附载还南，一宿行千里，同行客视船下有两龙载船，皆不著水。

晋有干庆者，无疾而终。时有术士吴猛，语庆之子曰："干侯算未穷，方为请命，未可殡殓。"尸卧静舍，惟心下稍暖。居七日，时盛暑，庆形体向坏，猛凌晨至，教令属候气续为作水，令以洗,并饮漱,如此便退。日中许,庆苏焉,旋遂张目开口。
尚未发声,阖门皆悲喜。猛又令以水含洒,遂起,吐腐血数升,
稍能言语。三日,平复如常。说初见十数人来,执缚桎梏到
狱。同辈十馀人,以次语对。次未至,俄而见吴君北面陈释断
之,王遂救脱械令归。所经官府,莫不迎接。请谒吴君,而吴
君皆与之抗礼,即不知悉何神也。

王丞相见郭景纯,请为一卦。卦成,郭意甚恶,云有震厄,
公能命驾西出数里,得一柏树,截如公长,置常寝处,灾可消
也。王从之,数日果震,柏木粉碎。

王丞相茂弘梦人欲以百万钱买大儿长豫,丞相甚恶之。
潜为祈祷者备炭作屋,得一窖钱,料之,百万亿。大惧,一皆藏
闭。俄而长豫亡。

中书郎王长豫有美名,父丞相导,至所珍爱。遇疾转笃,
导忧念特至。正在北床上坐,不食已积日。忽见一人,形状甚
壮,著铠持刀,王问:“君是何人?”答曰:“仆是蒋侯也,公儿不
佳,欲为请命,故来耳。勿复忧。”王欣喜动容,即求食,食至数
升,内外咸未达所以。食毕,忽复惨然谓王曰:“中书命尽,非
可救者。”言终不见也。

蔡谟在厅事上坐,忽闻邻左复魄声,乃出庭前望。正见新
死之家,有一老妪,上著黄罗半袖,下着缥裙,飘然升天。闻一
唤声,辄回顾,三唤三顾,俳徊良久。声既绝,亦不复见。问丧
家,云亡者衣服如此。

某郡张甲者,与司徒蔡谟上有亲,侨住谟家。暂行数宿,
过期不反。谟昼眠,梦甲云:“暂行忽暴病,患心腹胀满,不得
吐痢,某时死,主人殡殓。”谟悲涕相对。又云:“我病名乾霍
乱,自可治也。但人莫知其药,故今死耳。”谟曰:“何以治之?”

甲曰：“取蜘蛛，生断取脚而吞之，则愈。”谟觉，使人往甲行所验之，果死。问主人，病与时日，皆与梦符。后有患乾霍乱者，谟试用，辄差。

晋建武中，剡县冯法作贾。夕宿荻塘，见一女子，著缥服，白皙，形状短小，求寄载。明旦，船欲发，云暂上取行资。既去，法失绢一匹，女抱二束刍置船中。如此十上，失十绢。法疑非人，乃缚两足，女云：“君绢在前草中。”化形作大白鹭，烹食之，肉不甚美。

晋司空郗方回葬妇于离山，使会稽郡吏史泽治墓，多平夷古墓。后坏一冢，构制甚伟，器物殊盛。冢发，内闻鼓角声。时郗公自来观墓，俄而罕然，自是多如此。

晋南顿王平新营一宅，始移，梦见一人云：“平舆令王欲以一器金赂暴胜之，为暴所戮，埋金在吾上。见镇迮甚，若君复筑室，无复出入涯。”平明旦即凿壁下入五尺，果得金。

巴丘县有巫师舒礼，晋永昌元年病死，土地神将送诣太山。俗人谓巫师为道人，路过冥司福舍前，土地神问吏：“此是何等舍？”吏曰：“道人舍。”土地神曰：“是人亦道人。”便以相付。礼入门，见数千间瓦屋，皆悬竹帘，自然床榻，男女异处，有诵经者，呗偈者，自然饮食者，快乐不可言。礼文书名已到太山门，而身不至。推问土地神，神云：“道见数千间瓦屋，即问吏，言是道人，即以付之。”于是遣神更录取。礼观未遍，见有一人，八手四眼，提金杵，逐欲撞之。便怖走还出门，神已在门迎，捉送太山。太山府君问礼：“卿在世间，皆何所为？”礼曰：“事三万六千神，为人解除祠祀，或杀牛犊猪羊鸡鸭。”府君曰：“汝佞神杀生，其罪应上热熬。”使吏牵著熬所。见一物，牛头人身，捉铁叉，叉礼著投铁床上，宛转身体焦烂，求死不得。

经一宿二日，备极冤楚。府君问主者："礼寿命应尽？为顿夺其命？"校禄籍，馀算八年。府君曰："录来。"牛首人复以铁叉叉著熬边。府君曰："今遣卿归，终毕馀算。勿复杀生淫祀。"礼忽还活，遂不复作巫师。

晋太宁元年，馀杭人姓王，失其名，往上舍，过庙乞福。既去，亡履，已行五六里，懒复更反取，一白衣人持履后至，云："官使还君。"化为鹄，飞入田中。

晋太兴二年，吴氏华隆好猎，养一快犬，名曰的尾，常将自随。隆后至江边伐荻，犬暂出渚次。隆为大蛇所围，绕周身。犬还，便咋蛇，蛇死。隆僵仆无所知，犬仿佛涕泣。走还船，复反草中。其伴怪其所以，随往，见隆闷绝委地。将归家二日，犬为不食。隆复苏，乃始进饭。隆愈爱惜，同于亲戚。后忽失之，二年寻求，见在显山。

晋咸和初，徐精远行，梦与妻寝，有身。明年归，妻果产，后如其言矣。

牟腾以咸和三年为沛郡太守，出行不节，梦乌衣人告云："何数出不辍？唯当断马足。"腾后出行，马足自断。腾行近郭外，忽然而暗。有一人，长丈馀，玄冠白衣，遥叱将车人，使避之。俄而长人至，以马鞭击御者，即倒。既明，从人视车空，觅腾所在，行六七十步，见在榛莽中，隐几而坐，云了不自知。腾后五十日被诛。

晋咸康中，豫州刺史毛宝戍邾城。有一军人于武昌市买得一白龟，长四五寸，置瓮中养之。渐大，放江中。后邾城遭石氏败，赴江者莫不沉溺。所养人被甲入水中，觉如堕一石上。须臾视之，乃是先放白龟。既得至岸，回顾而去。

庾崇者，建元中于江州溺死，尔日即还家。见形一如平生,多在妻乐氏室中。妻初恐惧,每呼诸从女作伴。于是作伴渐疏,时或暂来,辄恚骂云:"贪与生者接耳!反致疑恶,岂副我归意邪?"从女在内纺绩,忽见纺绩之具在空中,有物拨乱,或投之于地,从女怖惧皆去。鬼即常见。有一男,才三岁,就母求食,母曰:"无钱,食那可得?"鬼乃凄怆,抚其儿头曰:"我不幸早世,令汝穷乏,愧汝念汝,情何极也!"忽见将二百钱置妻前,云可为儿买食。如此经年,妻转贫苦不立。鬼云:"卿既守节,而贫苦若此,直当相迎耳!"未几,妻得疾亡,鬼乃寂然。

石勒问佛图澄:"刘曜可擒,兆可见不?"澄令童子斋七日,取麻油掌中研之,燎旃檀而咒。有顷,举手向童子,掌内晃然有异。澄问:"有所见不?"曰:"唯见一军人,长大白皙,有异望,以朱缚其肘。"澄曰:"此即曜也。"其年,果生擒曜。

石虎时,太武殿图贤人之像,头忽悉缩入肩中。

新城县民陈绪家,晋永和中,旦闻扣门,自通云陈都尉。便有车马声,不见形,径进,呼主人共语曰:"我应来此,当权住君家,相为致福。"令绪施设床帐于斋中。或人诣之,斋持酒礼求愿,所言皆验。每进酒食,令人跪拜授闱里,不得开视。复有一身,疑是狐狸之类,因跪急把取,此物却还床后,大怒曰:"何敢嫌试都尉?"此人心痛欲死,主人为扣头谢,良久意解。自后众不敢犯,而绪举家无恙。每事益利,此外无多损益也。

晋升平元年,剡县陈素家富,娶妇十年,无儿。夫欲娶姜,妇祷祠神明,忽然有身。邻家小人妇亦同有,因货邻妇云:"我生若男,天愿也;若是女,汝是男者,当交易之。"便共将许。邻人生男,此妇后三日生女,便交取之。素忻喜,养至十三,当祠祀。家有老婢,素见鬼,云:"见府君先人,来至门首便住。但见一群小人来座所,食啖此祭。"父甚疑怪,便迎见鬼人至,祠时转令看，言语皆同。素便入问妇，妇惧，具说言此事。还男本家，唤女归。

　　晋升平末，故章县老公有一女，居深山，馀杭□广求为妇，不许。公后病死，女上县买棺，行半道，逢广。女具道情事。女因曰："穷逼，君若能往家守父尸，须吾还者，便为君妻。"广许之。女曰："我栏中有猪，可为杀以饴作儿。"广至女家，但闻屋中有抃掌欣舞之声。广披离，见众鬼在堂，共捧弄公尸。广把杖大呼入门，群鬼尽走。广守尸，取猪杀。至夜，见尸边有老鬼，伸手乞肉。广因捉其臂，鬼不得去，持之愈坚。但闻户外有诸鬼共呼云："老奴贪食至此，甚快。"广语老鬼："杀公者必是汝，可速还精神，我当放汝；汝若不还者，终不置也。"老鬼曰："我儿等杀公。"比即唤鬼子："可还之。"公渐活，因放老鬼。女载棺至，相见惊悲，因取女为妇。

　　符坚时，有射师经嵩山。望见松柏上有一双白鸟，似鹄而大。至树下，又见一蛇，长五丈许，上树取鸟。未至鸟一丈，鸟便欲飞，蛇张口翕之，鸟不得去。缤纷一食顷，鸟转欲困，射师彀弩射三矢，蛇陨而鸟得飏。去树百馀步，山边整理毛羽。须臾，云晦雷发，惊耳骇目，射师慑，不得旋踵。见向鸟徘徊其上，毛落纷纷，似如相援。如此数阵，雷息电灭，射师得免，鸟亦高飞。

　　晋司空桓豁在荆州，有司空蕲五月五日鹩鸽舌，教令学语，遂无所不名，与人相问。顾参军善弹琵琶，鹩鸽每立听移时。又善能效人语笑声。司空大会吏佐，令悉效四座语，无不绝似。有生齆鼻，语难学，学之不似，因内头于瓮中以效焉，遂与齆者语声不异。主典人于鹩鸽前盗物，参军如厕，鹩鸽伺无人，密白主典人盗某物，将军衔之而未发。后盗牛肉，鹩鸽复白，参军曰："汝云盗肉，应有验。"鹪鸲曰："以新荷裹著屏风后。"检之，果获，痛加治，而盗者患之，以热汤灌杀。参军为之悲伤累日，遂请杀此人，以报其怨。司空教曰："原杀鹪鸲之痛，诚合治杀，不可以禽鸟故，极之于法。"令止五岁刑也。

桓冲镇江陵，正会夕当烹牛。牛忽熟视帐下都督甚久，目中泣下。都督咒之曰："汝若能向我跪者，当启活也。"牛应声而拜，众甚异之。都督复谓曰："汝若须活，遍拜众人者，直往。"牛涕殒如雨，遂拜不止。值冲醉，不得启，遂杀牛。冲醉止得启，冲闻之叹息，都督痛加鞭罚。

晋桓豹奴为江州时，有甘录事者，家在临川郡治下。儿年十三，遇病死，埋著家东群冢之间。旬日，忽闻东路有打鼓倡乐声，可百许人，径到甘家，问："录事在否？故来相诣，贤子亦在此。"止闻人声，亦不见其形也。乃出数瓮酒与之，俄顷失去，两瓮皆空。始闻有鼓声，临川太守谓是人戏，必来诣己，既而寂尔不到。甘说之，大惊。

王辅嗣注《易》，辄笑郑玄为儒，云"老奴甚无意。"于时夜分，忽然闻门外阁有著屐声。须臾进，自云郑玄，责之曰："君年少，何以轻穿文凿句，而妄讥诮老子邪？"极有忿色，言竟便退。辅心生畏恶，经少时，遇厉疾卒。

谢安石当桓温之世，恒惧不全。夜忽梦乘桓舆行十六里，见一白鸡而止，不得复前，莫有解此梦者。温死后，果代居宰相，历十六年，而得疾。安方悟云："乘桓舆者，代居其位也；十六里者，得十六年也；见白鸡住者，今太岁在酉，吾病殆将不起乎？"少日而卒。

陈相子，吴兴乌程人，始见佛家经，遂学升霞之术。及在人间斋，辄闻空中殊音妙香，芬芳清越。

安开者，安城之俗巫也，善于幻术。每至祠神时，击鼓宰三牲，积薪然火盛炽，束带入火中，章纸烧尽，而开形体衣服犹如初。时王凝之为江州，伺王当行，阳为王刷头，簪荷叶以为帽，与王著。当是亦不觉帽之有异，到坐之后，荷叶乃见，举坐惊骇，王不知。

晋左军琅邪王凝之夫人谢氏，顿亡二男，痛惜过甚，衔泪六年。后忽见二儿俱还，并著械，慰其母曰："可自割，儿并有罪谪，宜为作福。"于是得止哀，而勤为求请。

晋世王彪之，年少未官。尝独坐斋中，前有竹，忽闻有叹声，彪之惕然，怪似其母，因往看之，见母衣服如昔。彪之跪拜歔欷，母曰："汝方有奇厄，自今已去。当日见一白狗，若能东行出千里，三年，然后可得免灾。"忽不复见。彪之悲怅达旦。既明，独见一白狗，恒随行止。便经营行装，将往会稽。及出千里外，所见便萧然都尽。过三年乃归，斋中复闻前声，往见母如先，谓曰："能用吾言，故来庆汝。汝自今已后，年逾八十，位班台司。"后皆如母言。

晋海西公时，有一人母终，家贫，无以葬。因移柩深山，于其侧志孝结坟，昼夜不休。将暮，有一妇人抱儿来寄宿。转夜，孝子未作竟，妇人每求眠，而于火边睡，乃是一狸抱一乌鸡。孝子因打杀，掷后坑中。明日，有男子来问："细小昨行，遇夜寄宿，今为何在？"孝子云："止有一狸，即已杀之。"男子曰："君枉杀吾妇，何得言狸？狸今何在？"因共至坑视，狸已成妇人，死在坑中。男子因缚孝子付官，应偿死。孝子乃谓令曰："此实妖魅，但出猎犬，则可知魅。"令因问猎事："能别犬否？"答云："性畏犬，亦不别也。"因放犬，便化为老狸，则射杀。视之，妇人已还成狸。

　　桓温北征姚襄，在伊水上，许逊曰："不见得襄而有大功，见襄走入太玄中。"问曰："太玄是何等也？"答曰："南为丹野，北为太玄，必西北走也。"果如其言。

　　桓大司马镇赭圻时，有何参军晨出，行于田野中，溺死人髑髅上。还，昼寝，梦一妇人语云："君是佳人，何以见秽污？暮当令知之！"是时有暴虎，人无敢行夜出者，何常穴壁作溺穴。其夜，趋穴欲溺，虎怒溺，断阴茎，即死。

　　桓温内怀无君之心，时比丘尼从远来，夏五月，尼在别室浴，温窃窥之。见尼裸身，先以刀自破腹，出五藏，次断两足，及斩头手。有顷浴竟，温问："向窥见尼，何得自残毁如此？"尼云："公作天子，亦当如是。"温惘怅不悦。

　　陈郡袁真在豫州，送妓女阿薛、阿郭、阿马三人与桓宣武。至经时，三人共出庭前观望，见一流星，直堕盆水中。薛、郭二人更以瓢取，皆不得；阿马最后取星，正入瓢中。使饮之，即觉有妊，遂生桓玄。

　　习凿齿为荆州主簿，从桓宣武出猎，见黄物，射之，即死，是老雄狐，臂带绛绫香囊。

　　桓大司马温时，有参军夜坐，忽见屋梁栋间，有一伏兔，张目切齿而向之，甚可畏。兔来转近，遂引刀而斫之，见正中兔，而实反伤其膝，流血滂沱。深怪此意，命家中悉藏刀刃，不以自近。后忽复见如前，意回惑，复索刀重斫，因伤委顿。幸刀不利，故不至死，再过而止。

　　顾长康在江陵爱一女子，还家，长康思之不已，乃画作女形，簪著壁上。簪处正刺心，女行十里，忽心痛如刺，不能进。

　　刘琮善弹琴，忽得困病，许逊曰："近见蒋家女鬼相录在山石间，专使弹琴作乐，恐欲致灾也。"琮曰："吾常梦见女子将吾

宴戏,恐必不免。"逊笑曰:"蒋姑相爱重,恐不能相放耳。已为
诔之,今去,当无患也。"琼渐差。

陶公在寻阳西南一塞取鱼,自谓其池曰"鹤门。"

许逊少孤,不识祖墓,倾心所感,忽见祖语曰:"我死三十
馀年,于今得正葬,是汝孝悌之至。"因举标榜曰:"可以此下求
我。"于是迎丧,葬者曰:"此墓中当出一侯及小县长。"

桂阳罗君章,二十许,都未有意,不属意学问。常昼寝,梦
得一鸟卵,五色杂耀,不似人间物,梦中因取吞之。于是渐有
志向。遂勤学,读九经,以清才闻。

桓玄时,牛大疫,有一人食死牛肉,因得病亡。死时,见人
执录,将至天上,有一贵人问云:"此人何罪?"对曰:"此人坐食
疫死牛肉。"贵人云:"今须牛以转输,既不能肉以充百姓食,何
故复杀之?"催令还。既更生,具说其言。于是食牛肉者,无复
有患。

吴北寺终祚道人卧斋中,鼠从坎出,言终祚后数日必当
死。终祚呼奴令买犬,鼠云:"亦不畏此也。但令犬入此户,必
死。"犬至,果然。终祚乃下声语其奴曰:"明日市雇十担水
来。"鼠已逆知之,云:"止!欲水浇取我?我穴周流,无所不
至。"竟日浇灌,了无所获。密令奴更借三十馀人,鼠云:"吾上
屋居,奈我何?"至时,处在屋上。奴名周,鼠云:"阿周盗二十
万钱叛。"后试开库,实如所言也。奴亦叛去。终祚当为商贾,
闭其户而谓鼠曰:"汝正欲使我富耳!今有远行,勤守吾房中,
勿令有所零失也。"时桓温在南州禁杀牛,甚急。终祚载数万
钱,窃买牛皮还东。货之,得二十万。还,室犹闭,一无所失,
其怪亦绝。遂大富。

桓玄既肆无君之心,使御史害太傅道子于安城。玄在南

州坐,忽见一平上帻人,持马鞭,通云:"蒋侯来。"玄惊愕然,便见阶下奴子御幰车,见一士大夫,自云是蒋子文:"君何以害太傅? 与为伯仲。"顾视之间,便不复见。

桓玄在南郡国第居时,出诣殷荆州,于鹄穴逢一老公,驱一青牛,形色瑰异,桓即以所乘马易牛。乘至零陵溪,牛忽骏驶非常。因息驾饮牛,牛径入水不出。桓遣人觇守,经日绝迹也。

索元在历阳疾病,西界一年少女子姓某,自言为神所降,来与元相闻,许为治护。元性刚直,以为妖惑,收以付狱,戮之中于市中。女临死曰:"却后十日,当令索元知其罪。"如期,元果亡。

晋孝武帝母李太后本贱人,简文无子,曾遍令善相者相宫人,李太后给卑役不豫焉。相者指之:"此当生贵子,而有虎厄。"帝因幸之,生孝武帝、会稽王道子。既登尊位,服相者之见,而怪有虎厄,且生所未见,乃令人画作虎象。因以手抚,欲打虎戏,患手肿痛,遂以疾崩。

晋太元初,苻坚遣将杨安侵襄阳,其一人于军中亡,有同乡人扶丧归。明日应到家,死者夜与妇梦云:"所送者非我尸,仓乐面下者是也。汝昔为吾作结发犹存,可解看便知。"迄明日,送丧者果至,妇语母如此,母不然之。妇自至南丰,细检他家尸,发如先,分明是其手迹。

北府索卢贞者,本中郎荀羡之吏也。以晋太元五年六月中病亡,经一宿而苏。云见羡之子粹,惊喜曰:"君算未尽,然官须得三将,故不得便尔相放。君若知有干捷如君者,当以相代。"卢贞即举龚颖,粹曰:"颖堪事否?"卢贞曰:"颖不复下已。"粹初令卢贞疏其名,缘书非鬼用,粹乃索笔自书之。卢贞遂得出。忽见一曾邻居者，死亡七八年矣，为太山门主，谓卢贞曰："索都督独得归邪？"因嘱卢贞曰："卿归，为谢我妇。我未死时，埋万五千钱于宅中大床下。我乃本欲与女市钏，不意奄，终不得言于女妻也。"卢贞许之。及苏，遂使人报其妻，已卖宅移居武进矣。固往语之，仍告买宅主，令掘之，果得钱如其数焉。即遣其妻与女市钏。寻而龚颖亦亡，时果共奇其事。

琅邪人，姓王，忘名，居钱塘。妻朱氏，以太元九年病亡，有二孤儿。王复以其年四月暴死，三日，而心下犹暖，经七日方苏。说：初死时，有二十馀人，皆乌衣，见录。录去到朱门白壁，状如宫殿。吏朱衣紫带，玄冠介帻。或所被著，悉珠玉相连结，非世中仪服。复前，见一人长大，所著衣状如云气。王向叩头，自说："妇已亡，馀孤儿，尚小，无奈何。"便流涕。此人为之动容，云："汝命自应来，以汝孤儿，特与三年之期。"王又曰："三年不足活儿。"左右有一人语云："俗尸何痴？此间三年，世中是三十年。"因便送出。又三十年，王果卒。

晋太元十年，阮瑜之居在始兴佛图前，少孤贫不立，哭泣无时。忽见一鬼书砖著前云："父死归玄冥，何为久哭泣？即后三年中，君家可得立。仆当寄君家，不使有损失。勿畏我为凶，要为君作吉。"后鬼恒在家，家须用者，鬼与之。二三年，用小差，为鬼作食，共谈笑语议。阮问姓，答云："姓李名留之，是君姊夫耳。"阮问："君那得来？"鬼云："仆受罪已毕，今暂生鬼道，权寄君家，后四五年当去。"曰："复何处去？"答云："当生世间。"至期，果别而去。

晋太元中，瓦官寺佛图前淳于矜，年少洁白。送客至石头城南，逢一女子，美姿容。矜悦之，因访问。二情既和，将入城北角，共尽欢好，便各分别。期更克集，便欲结为伉俪。女曰：

"得婿如君，死何恨？我兄弟多，父母并在，当问我父母。"矜便令女婢问其父母，父母亦悬许之。女因敕婢取银百斤，绢百匹，助矜成婚。经久，养两儿。当作秘书监，明日，骑卒来召，车马导从，前后部鼓吹。经少日，有猎者过，觅矜，将数十狗，径突入，咋妇及儿，并成狸。绢帛金银，并是草及死人骨蛇魅等。

晋太元中，高衡为魏郡太守，戍石头。其孙雅之在厕中，云有神来降，自称白头公，拄杖，光耀照屋。与雅之轻举霄行，暮至京口，晨已来还。后雅之父子为桓玄所灭。

大元中，临海有李巫，不知所由来。能卜相作，水符治病多愈，亦礼佛读经。语人云："明年天下当大疫，此境尤剧。又，二纪之后，此邦之西北大郡，僵尸横路。"时汝南周叔道罢临海令，权停家。巫云："周令今去宜南行，必当暴死。"便指北山曰："后二十日，此应有异事彰也。"后十日馀，大石夜颓落百丈，砰磕若雷。庾楷为临海太守，过诣周，设馔作伎。至夜，庾还航中，天晓。庾自披屏风，呼："叔道，何痴不起？"左右忱看，气绝久矣。到明年，县内病死者数千人。

泰元中，有一师从远来，莫知所出，云："人命应终，有生乐代死者，则死者可生。若逼人求代，亦复不过少时。"人闻此，咸怪其虚诞。王子猷、子敬兄弟特相和睦。子敬疾，属纩，子猷谓之曰："吾才不如弟，位亦通塞，请以馀年代弟。"师曰："夫生代死者，以己年限有馀，得以足亡者耳。今贤弟命既应终，君侯算亦当尽，复何所代？"子猷先有背疾，子敬疾笃，恒禁来往。闻亡，便抚心悲惋，都不得一声，背即溃裂。推师之言，信而有实。

王允、祖安国、张显等，以太元中乘船。见仙人赐糖饴三饼,大如比输钱,厚二分。

　　大元中,北地人陈良,与沛国刘舒友善。又与同邻李焉,共为商贾,曾获厚利,共致酒相庆,焉遂害良。以韦裹之,弃之荒草。经十许日,良复生归家。说:死时,见一人著赤帻引良去,造一城门,门下有一床,见一老人执朱笔点校。赤帻人言曰:"向下土有一人,姓陈名良,游魂而已,未有统摄,是以将来。"校籍者曰:"可令便去。"良既出,忽见友人刘舒,谓曰:"不图于此相见。卿今幸蒙尊神所遣,然我家厕屋后桑树中有一狸,常作妖怪,我家数数横受苦恼。卿归,岂能为我说邪?"良然之。既苏,乃诣官疏李焉而伏罪。仍特报舒家,家人涕泣,云悉如言。因伐树得狸,杀之,其怪遂绝。

　　晋太元末,长星见,孝武甚恶之。是日,华林园中饮,帝因举杯属星曰:"长星,劝尔一杯酒!自古亦何时有万岁天子?"取杯酬之。帝亦寻崩也。

　　南康宫亭庙,殊有神验。晋孝武世,有一沙门至庙,神像见之,泪出交流,因标姓字,则是昔友也。自说:"我罪深,能见济脱不?"沙门即为斋戒诵经,语曰:"我欲见卿真形。"神云:"禀形甚丑,不可出也。"沙门苦请,遂化为蛇,身长数丈,垂头梁上,一心听经,目中血出。至七日七夜,蛇死,庙亦歇绝。

　　晋孝武帝于殿中北窗下清暑,忽见一人,著白夹黄练单衣,举身沾濡,自称华林园中池水神,名曰淋涔君也。若善见待,当相福祐。时帝饮已醉,取常所佩刀掷之。刀空过无碍,神忿曰:"不以佳士垂接,当令知所以居。"少时,而帝暴崩。皆呼此灵为祸也。

　　义熙三年,山阴徐琦每出门,见一女子,貌极艳丽,琦便解臂上银钏赠之。女曰:"感君来贶。"以青铜镜与琦,便尔结为伉俪。

晋义熙五年，彭城刘澄常见鬼。及为左卫司马，与将军巢营廨宇相接。澄夜相就坐语，见一小儿，赭衣，手把赤帜，团团似芙蓉花。数日，巢大遭火。

义熙七年，东阳费道思新娶得妇，相爱。妇梳头，道思戏拔银钗著户阁头。

晋义熙中，范寅为南康郡时，赣县吏说：先入山采薪，得二龟，皆如二尺盘大。薪未足，遇有两树骈生，吏以龟侧置树间，复行采伐。去龟处稍远，天雨，懒复取。后经十二年，复入山，见先龟，一者甲已枯；一者尚生，极长，树木所夹处，可厚四寸许，两头厚尺馀，如马鞍状。

义熙中，江乘聂湖忽有一板，广数尺，长二丈馀，恒停在此川溪，采菱及捕鱼者资以自济。后有数人共乘板入湖，试以刀斫，即有血出，板仍没，数人溺死。

河东贾弼之，小名翳儿，具谙究世谱。义熙中，为琅邪府参军。夜梦有一人，面戚疱，甚多须，大鼻瞋目，请之曰："爱君之貌，欲易头，可乎？"弼曰："人各有头面，岂容此理？"明昼又梦，意甚恶之。乃于梦中许易。明朝起，自不觉，而人悉惊走藏。云："那汉何处来？"琅邪王大惊，遣传教呼视，弼到琅邪，遥见起还内。弼取镜自看，方知怪异。因还家，家人悉惊入内，妇女走藏，云："那得异男子？"弼坐自陈说良久，并遣人至府检问，方信。后能半面啼，半面笑，两足、手、口、各捉一笔，俱书，辞意皆美。此为异也，馀并如先。俄而安帝崩，恭帝立。

晋义熙中，羌主姚略坏洛阳阴沟取砖，得一双雄鹅，并金色，交颈长鸣，声闻九皋，养之此沟。

隆安初，陈郡殷氏为临湘令。县中一鬼，长三丈馀，跂上屋，犹垂脚至地。殷入便来，命之。每摇屏风，动窗户，病转甚。其弟观亦见，恒拔刀在侧，与言争。鬼语云："勿为骂我，当打汝口破！"鬼忽隐形，打口流血。后遂喎偏，成残废人。

安帝隆安初，雍州刺史高平郗恢家内，忽有一物如蜥蜴。每来辄先扣户，则便有数枚，便灭灯火，儿女大小，莫不惊惧。以白郗，不信，须臾即来。至龙安二年，郗恢与殷仲堪谋议不同，下奔京师，道路遇害，并及诸子。

晋安帝隆安初，曲阿民谢盛乘船，入湖采菱。见一蛟来向船，船回避，蛟又从其后。盛便以叉杀之，惧而还家，经年无患。至元兴中，普天亢旱，盛与同旅数人，步至湖中，见先叉在地，拾取之，云："是我叉。"人问其故，具以实对。行数步，乃得心痛，还家一宿便死。

殷仲宗以隆安初入蜀，为毛璩参军。至涪陵郡，暮宿在亭屋中。忽有一鬼，体上皆毛，于窗棂中执仲宗臂牵仲宗。大呼，左右来救之，鬼乃去。

晋隆安年中，颜从尝起新屋，夜梦人语云："君何坏我冢？"明日，床前掘除之，遂见一棺材。从便为设祭，云："今当移好处，别作小冢。"明朝，一人诣门求通，姓朱名护。列坐，乃言云："我居四十年，昨厚觊，相感何已！今是吉日，便可出棺矣。仆巾箱中有金镜以相助。"遂以棺头举巾箱，出金镜三双赠从。

晋安帝元兴中，一人年出二十，未婚对，然目不干色，曾无秽行。尝行田，见一女甚丽，谓少年曰："闻君自以柳李之俦，亦复有桑中之欢邪？"女便歌，少年微有动色。后复重见之，少年问姓，云："姓苏，名琼，家在涂中。"遂要还，尽欢。从弟便突入以杖打女，即化成雌白鹄。

晋元熙中，桂阳郡有一老翁，常以钓为业。后清晨出钓，遇大鱼食饵，掣纶甚急，船人奄然俱没。家人寻丧于钓所，见老翁及鱼并死，为钓纶所缠。鱼腹下有丹字，文曰："我闻曾潭乐，故从檐潭来。磔死弊老翁，持钓数见欺。好食赤鲤鲙，今日得汝为。"

孙恩作逆时，吴兴纷乱，一男子避急，突入蒋侯庙。始入门，木像弯弓射之，即死。行人及守庙者无不皆见也。

诸葛长民富贵后，尝一月或数十日辄于夜眠中惊起，跳踉如与人相打状。毛修之尝与同宿，骇愕不达此意，视之良久。长民告毛："此物奇健，非我无以制之。"毛曰："是何物？"长民曰："我正见一物甚黑，而手脚不分明。少日中多夕来，辄共斗，深自惊惧焉。"屋中柱及椽角间，悉见有蛇头。令人以刀悬斫，应刀隐灭，去辄复出。悉以纸裹柱桷，纸内薪薪如有行声。

司马休之遣文武千馀人迎家，达南都，值风泊船。上岸伐薪，见聚肉有数百斤，乃割取之。还以镬煮之，汤始欲热，皆变成数千虾蟆也。

姚泓叔父大将军绍总司戎政，召胡僧问以休咎。僧乃以面为大胡饼形，径一丈，僧坐在上。先食正西，次食正北，次食正南，所馀卷而吞之。讫便起去，了无所言。是岁五月，杨盛大破姚军于清水。九月，晋师北讨，扫定颍洛，遂席卷丰镐，生禽泓焉。

安定人姓韦，北伐姚泓之时，归国至都，住亲知家。时□□扰乱，齐有客来问之，韦云："今虽免虑，而体气惙然，未有气力。思作一羹，尤莫能得，至凄苦。"夜中眠熟，忽有扣床而来告者云："官与君钱。"便惊，出户，见一千钱在外。又见一乌纱冠帻子执板背户而立，呼主人共视，比来已不复见，而取钱用之。

晋末黄祖,奉亲至孝。母病笃,庭中稽颡。俄顷,天汉开明,有一老公,将小儿,持箱自通。即以两丸药赐母服之,众患顿消。因停宿。夜中厅事上有五色气际天,琴歌清好。祖往视之,坐斗帐里,四角及顶上各有一大珠,形如鹅子,明彩炫耀。翁曰:"汝入三月,可泛河而来。"依期行,见门题曰"善福门",内有水曰"涵源池",有芙蕖如车轮。

晋临川太守谢摛,夜中闻鼓吹声。兄藻曰:"夜者阴间,不及存,将在身后。"及死,赠长水校尉,加鼓吹。

晋兖州刺史沛国宋处宗,尝买一长鸣鸡,爱养甚至,恒笼著窗间。鸡遂作人语,与处宗谈论,极有言致,终日不辍。处宗因此言功大进。

晋王文度镇广陵,忽见二驺,持鹊头板来召之。王大惊问驺:"我作何官?"驺云:"召作平北将军、徐兖二州刺史。"王曰:"我已作此官,何故复召邪?"鬼云:"此人间耳,今所作是天上官也。"王大惧之。寻见迎官玄衣人及鹊衣小吏甚多。王寻病薨。

晋庐陵太守庞企,字子及。上祖坐事系狱,而非其罪。见蝼蛄行其左右,相谓曰:"使尔有神,能活我死,不当善乎?"因投饭与蝼蛄,食尽去。有顷复来,形体稍大,意异之。复与食,数日间其大如豚。及当行刑,蝼蛄掘壁根,为大孔,破,得从此孔出亡。后遇赦得活。

晋秘书监太原温敬林亡一年,妇柏氏,忽见林还,共寝处,不肯见子弟。兄子来见林,林小开窗出面见之。后酒醉形露,是邻家老黄狗,乃打杀之。

王仲文为河南主簿,居缑氏县。夜归,道经大泽中。顾车后有一白狗,甚可爱,便欲呼取。忽变为人形,长五六尺,状似方相，或前或却，如欲上车。仲文大怖，走至舍，捉火来视，便失所在。月馀日，仲文将奴共在路，忽复见，与奴并顿伏，俱死。

颍川陈庆孙家后有神树，多就求福，遂起庙，名天神庙。庆孙有乌牛，神于空中言："我是天神，乐卿此牛。若不与我，来月二十日当杀尔儿。"庆孙曰："人生有命，命不由汝。"至日，儿果死。复言："汝不与我，至五月杀汝妇。"又不与。至时妇果死。又来言："汝不与我，秋当杀汝。"又不与。至秋遂不死。鬼乃来谢曰："君为人心正，方受大福。愿莫道此事，天地闻之，我罪不细。实见小鬼，得作司命度事干，见君妇儿终期，为此欺君索食耳，愿深恕亮。君禄籍年八十三，家方如意，鬼神祐助，吾亦当奴仆相事。"遂闻稽颡声。

毕修之外祖母郭氏，尝夜独寝，唤婢，应而不至，郭屡唤犹尔。后闻塌床声甚重，郭厉声呵婢，又应诺诺不至。俄见屏风上有一面，如方相。两目如升，光明一屋，手掌如簸箕，指长数寸，又挺动其耳目。郭氏道精进，一心至念，此物乃去。久之，婢辈悉来，云："向欲应，如有物镇压之者。体轻便来。"

桓邈为汝南郡人，赍四乌鸭作礼。大儿梦四乌衣人请命，觉，忽见鸭将杀，遂救之，买肉以代，还梦，四人来谢而去。

桓恭为桓安民参军，在丹徒所住廨。床前一小陷穴，详视是古墓，棺已朽坏。桓食，常先以鲑饭投穴中，如此经年。后眠始觉，见一人在床前，云："我终没以来，七百馀年，后绝嗣灭，烝尝莫继。君恒食见播及，感德无已。依君籍，当应为宁州刺史。"后果如言。

庾宏为竟陵王府佐，家在江陵。宏令奴无患者载米饷家，未达三里，遭劫被杀，尸流泊查口村。时岸旁有文欣者，母病，医云:"须得髑髅屑,服之即差。"欣重赏募索。有邻妇杨氏,见无患尸,因断头与欣。欣烧之,欲去皮肉,经三日夜不焦,眼角张转。欣虽异之,犹惜不弃。因刮耳颊骨与母服之,即觉骨停喉中,经七日而卒。寻而杨氏得疾,通身洪肿,形如牛马,见无患头来骂云:"善恶之报,其能免乎?"杨氏以语儿,言终而卒。

阳羡县小吏吴龛,有主人在溪南。尝以一日乘掘头舟过水,溪内忽见一五色浮石。取内床头,至夜化成一女子,自称是河伯女。

河南人赵良,与其乡人诸生至长安。及新安界,遭霖雨,粮乏,相谓曰:"尔当正饥,那得美食邪?"在后堂应时羹饭备具,两人惊愕,不敢食。有人声曰:"但食无嫌也。"明日早,两人复曰:"那复得美食?"即复在前。遂至长安,无他祸福。

成彪兄丧,哀悼结气,昼夜哭泣。兄提二升酒一盘梨就之,引酌相欢。彪问略答,彪悲咽问:"兄今在天上,福多苦多?"久弗应,肃然无言。泻馀酒著瓯中,掣罂而去。后钓于湖,经所共饮处,释纶悲感。有大鱼跳入船中,俯视诸小鱼。彪仰天号恸,俯而见之,悉放诸小鱼,大者便自出船去。

东平吕球,丰财美貌。乘船至曲阿湖,值风不得行,泊菰际。见一少女,乘船采菱,举体皆衣荷叶。因问:"姑非鬼邪?衣服何至如此?"女则有惧色,答云:"子不闻'荷衣兮蕙带,倏而来兮忽而逝'乎?"然有惧容,回舟理棹,逡巡而去。球遥射之,即获一獭,向者之船,皆是蘋蘩蕴藻之叶。见老母立岸侧,如有所候,望见船过,因问云:"君向来不见湖中采菱女子邪?"球云:"近在后。"寻射,复获老獭。居湖次者咸云:"湖中常有采菱女,容色过人,有时至人家,结好者甚众。"

河东常丑奴寓居章安县,以采蒲为业。将一小儿,湖边拔蒲，暮，恒宿空田舍中。时日向暝，见一女子，容姿殊美，乘一小船，载莼径前，投丑奴舍寄住。丑奴嘲之，灭火共卧，觉有腥气，又指甚短，惕然疑是魅。女已知人意，便求出户，变而为獭。

　　人有山行坠涧者，无出路，饥饿欲死。见龟蛇甚多，朝暮引颈向四方。人因学之，遂不饥。体殊轻便，能登岩岸。经数年后，竦身举臂，遂超出涧上，即得还家。颜色悦泽，颇更聪慧。洎食谷，啖滋味，百日复其本质。

　　建德民虞敬上厕，辄有一人授手内草与之，不睹其形，如此非一过。后至厕，久无送者，但闻户外斗声。窥之，正见死奴与死婢争先进草。奴适在前，婢便因后挝，由此辄两相击。食顷，敬欲出，婢奴阵势方未已，乃厉声叱之，奄如火灭。自是遂绝。

　　广陵韩咎字兴彦，陈敏反时，与敏弟恢战于寻阳。还营下马，觉鞭重，见有绿锦囊，中有短卷书著鞭鞘，皆不知所从来。开视之，故谷纸佛神咒经，乃世之常闻也。

　　武宣程羁，偏生，未被举。家常使种葱，后连理树生于园圃。

　　谯郡胡馥之娶妇李氏，十馀年无子，而妇卒。哭恸，云："竟无遗体遂伤，此酷何深！"妇忽起坐曰："感君痛悼，我不即朽。君可暝后见就，依平生时阴阳，当为君生一男。"语毕，还卧。馥之如言，不取灯烛，暗而就之交接。后叹曰："亡人亦无生理。可别作屋见置，瞻视满十月，然后殡。"尔来觉妇身微暖，如未亡。既及十月，果生一男，男名灵产。

　　王伯阳亡，其子营墓，得三漆棺，移置南冈。夜梦鲁肃瞋云："当杀汝父！"寻复梦见伯阳云："鲁肃与弟争墓。"后于坐褥上见数升血,疑鲁肃杀之故也。墓今在长广桥东一里。

海陵民黄寻,先居家单贫。尝因大风雨,散钱飞至其家,来触篱援,误落在馀处,皆拾而得之。寻后巨富,钱至数千万,遂擅名于江表。

馀杭人沈纵,家素贫,与父同入山。还,未至家,见一人左右导从四百许,前车辎重,马鞭夹道,卤簿如二千石。遥见纵父子,便唤住,就纵手中然火。纵因问:"是何贵人?"答曰:"是斗山王,在馀杭南。"纵知是神,叩头云:"愿见祐助!"后入山得一玉枕。从此所向如意,田蚕并收,家遂富。

项县民姚牛,年十馀岁。父为乡人所杀,牛常卖衣物市刀戟,图欲报仇。后在县署前相遇,手刃之于众中。吏捕得,官长深矜孝节,为推迁其事,会赦得免。又为州郡论救,遂得无他。令后出猎,逐鹿入草中,有古深阱数处,马将趣之。忽见一公,举杖击马,马惊避,不得及鹿。令怒,引弓将射之。公曰:"此中有阱,恐君堕耳!"令曰:"汝为何人?"翁跪曰:"民姚牛父也,感君活牛,故来谢恩。"因灭不见。令身感冥事,在官数年,多惠于民。

吴县费升为九里亭吏,向暮,见一女从郭中来,素衣,哭,入埭,向一新冢哭。日暮,不得入门,便寄亭宿。升作酒食,至夜,升弹琵琶令歌,女云:"有丧仪,勿笑人也。"歌音甚媚,云:"精气感冥昧,所降若有缘。嗟我遘良契,寄忻霄梦间。"中曲云:"成公从仪起,兰香降张硕。苟云冥分结,缠绵在今夕。"下曲云:"伫我风云会,正俟今夕游。神交虽未久,中心已绸缪。"寝处向明,升去,顾谓曰:"且至御亭。"女便惊怖。猎人至,郡狗入屋,于床咬死,成大狸。

代郡界,有一亭,常有怪,不可诣止。有诸生壮勇,行歌止宿,亭吏止之。诸生曰:"我自能消此。"乃住宿食。至夜,鬼吹五孔笛,有一手,都不能得摄笛。诸生不耐,忽便笑谓:"汝止有一手,那得遍笛?我为汝吹来。"鬼云:"卿为我少指邪?"乃引手,即有数十指出。诸生知其可击,拔剑斫之,得一老雄鸡,从者并鸡雏耳。

一士人姓王,坐斋中。有一人通刺诣之,题刺云舒甄仲。既去,疑非人,寻刺,曰:是予舍西土瓦中人。令掘之,果于瓦器中得一铜人,长尺馀。

襄阳城南有秦民,为性至孝,亲没,泣血三年。人有为其咏《蓼莪》诗者,民闻其义,涕泗不自胜。

寻阳参军梦一妇人,前跪自称:"先葬近水淹没,诚能见救,虽不能富贵,可令君薄免祸。"参军答曰:"何以为志?"妇人曰:"君见渚边上有鱼钗,即我也。"参军明旦觅,果见一毁坟,其上有钗,移置高燥处。却十馀日,参军行至东桥,牛奔直趋水,垂堕,忽转,正得无恙也。

清河崔茂伯女,结婚裴氏,克期未至,女暴亡。提一金罂,受二升许,径到裴床前立,以罂赠裴。

宏农徐俭家,有一远来客寄宿。有马一匹,中夜惊跳。客不安,骑马而去。一物长丈馀,来逐马后,客射之,闻如中木声。明日寻昨路,见箭著一碓栅。

刘松在家,忽见一鬼,拔剑斫之。鬼走,松起逐。见鬼在高山岩石上卧,乃往逼突。群鬼争走,遗置药杵臼及所馀药,因将还家。松为人合药时,临熟取一撮经此臼者,无不效验。

曲阿有一人,忘姓名,从京还,逼暮不得至家。遇雨,宿广屋中。雨止月朗,遥见一女子,来至屋檐下。便有悲叹之音,乃解腰中绻绳,悬屋角自绞。又觉屋檐上如有人牵绳绞。此人密以刀斫绠绳,又斫屋上,见一鬼西走。向曙,女气方苏,能语:"家在前。"持此人将归,向女父母说其事。或是天运使然,因以女嫁与为妻。

爰琮为新安太守,郡南界有刻石,爰至其下宴。忽有人得剪刀于石下者,众咸异之。综问主簿,主簿对曰:"昔吴长沙桓王尝饮饯孙洲,父老云:'此洲狭而长,君尝为长沙乎?'果应。夫三刀为州,得交刀,君亦当交州。"后果交州。

有一伧小儿,放牛野中,伴辈数人。见一鬼,依诸丛草间,处处设网,欲以捕人。设网后未竟,伧小儿窃取前网,仍以罨之,即缚得鬼。

琅邪诸葛氏兄弟二人,寓居晋陵,家甚贫耗,常假乞自给。谷在囷中,计日月未应尽,而早以空罄。始者故谓是家中相窃盗,故复封检题识,而耗如初。后有宿客远来,际夕,至巷口,见数人担谷从门出,客借问:"诸葛在不?"答云:"悉在。"客进,语讫,因问:"卿何得大粜担?"主人云:"告乞少谷欲充口,云何复得粜之?"客云:"我向来逢见数人,担谷从门出。若不粜者,为是何事?"主人兄弟相视,窃自疑怪。试入看,封题俨然如故。试开囷量视,即无十许斛,知前后所失,非人为之也。

河南阳起,字圣卿,少时病疟,逃于社中,得《素书》一卷,谴劾百鬼法,所劾辄效。为日南太守。母至厕上,见鬼,头长数尺,以告圣卿。圣卿曰:"此肃霜之神。"劾之出来,变形如奴。送书京师,朝发暮反,作使当千人之力。有与忿患者,圣卿遣神夜往,趋其床头,持两手,张目正赤,吐舌柱地,其人怖几死。

刘斌在吴郡时,娄县有一女,忽夜乘风雨,恍忽至郡城内。自觉去家止一炊顷,衣不沾濡。晓在门上,求通言:"我天使也,府君宜起迎我,当大富贵。不尔,必有凶祸。"刘问所来,亦不知。自后二十许日,刘果诛。

护军琅邪王华,有一牛,甚快,常乘之,齿已长。华后梦牛语之曰:"衰老不复堪苦载,载二人尚可,过此必死。"华谓偶尔梦。与三人同载还府,此牛果死。

吴兴戴眇家僮客姓王,有少妇,美色,而眇中弟恒往就之。客私怀忿怒,具以白眇:"中郎作此,甚为无礼,愿遵敕语。"眇以问弟,弟大骂曰:"何缘有此? 必是妖鬼。敕令扑杀。"客初犹不敢约厉分明,后来闭户欲缚,便变成大狸,从窗中出。

巴东有道士,忘其姓名。事道精进,入屋烧香。忽有风雨至,家人见一白鹭从屋中飞出。雨住,遂失道士所在。

会稽谢祖之妇,初育一男,又生一蛇,长二尺许,便径出门去。后数十年,妇以老终。祖忽闻西北有风雨之声,顷之,见一蛇,长十数丈,腹可十馀围,入户造灵座。因至柩所,绕数匝,以头打柩,目血泪俱出,良久而去。

会稽郡吏鄮县薛重,得假还家。夜,户闭,闻妻床上有丈夫鼾声。唤妻,妻从床上出,未及开户,重持刀便逆问妻曰:"醉人是谁?"妻大惊愕,因苦自申明,实无人意。重家唯有一户,搜索,了无所见。见一大蛇,隐在床脚,酒臭,重便斩蛇寸断,掷于后沟。经数日,而妇死。又数日,而重卒。经三日复生,说始死时,有神人将重到一官府,见官寮,问:"何以杀人?"重曰:"实不曾行凶。"曰:"寸断掷在后沟,此是何物?"重曰:"此是蛇,非人。"府君愕然而悟曰:"我常用为神,而敢淫人妇,又妄讼人。敕左右召来!"吏卒乃领一人来,著平巾帻,具诘其淫妻之过,将付狱。重乃令人送还。

曲阿虞晚所居宅内,有一皂荚,大十馀围,高十馀丈,枝条扶疏，阴覆数家，诸鸟依其上。晚令奴斫上枝，因坠殆死。空中有骂者曰："虞晚，汝何意伐我家居？"便以瓦石掷之，大小并委顿。如此二年，渐消灭。

　　虞晚家有皂荚树，有神。隔路有大榆树，古传曰：是雌雄。晚被斫，此树枯死。

　　太原王仲德，年少时遭乱，避胡贼，绝粒三日，草中卧。忽有人扶其头，呼云："可起啖枣。"王便寤。瞥见一小儿，长四尺，即隐。乃有一囊干枣在前，啖之，小有气力，便起。

　　安定人周敬，种瓜时亢旱，鬼为楗水浇瓜，瓜大滋繁。问姓名，不答。还白父："尝有惠于人否？"父曰："西郭樊营，先作郡吏，偿官数百斛米，我时以百斛助之。其人已死。"

　　有人家甚富，止有一男，宠恣过常。游市，见一女子美丽，卖胡粉，爱之，无由自达。乃托买粉，日往市，得粉便去，初无所言。积渐久，女深疑之。明日复来，问曰："君买此粉，将欲何施？"答曰："意相爱乐，不敢自达。然恒欲相见，故假此以观姿耳！"女怅然有感，遂相许以私，克以明夕。其夜，安寝堂屋，以俟女来。薄暮，果到，男不胜其悦，把臂曰："宿愿始伸于此！"欢踊遂死。女惶惧，不知所以。因遁去，明还粉店。至食时，父母怪男不起，往视，已死矣。当就殡敛。发箧笥中，见百馀裹胡粉，大小一积。其母曰："杀吾儿者，必此粉也。"入市遍买胡粉，次此女，比之，手迹如先，遂执问女曰："何杀我儿？"女闻呜咽，具以实陈。父母不信，遂以诉官。女曰："妾岂复吝死？乞一临尸尽哀！"县令许焉。径往，抚之恸哭，曰："不幸致此，若死魂而灵，复何恨哉？"男豁然更生，具说情状，遂为夫妇，子孙繁茂。

　　许攸梦乌衣吏奉漆案，案上有六封文书。拜跪曰："府君当为北斗君，明年七月。"复有一案，四封文书云："陈康为主簿。"觉后，康至，曰："今来当谒。"攸闻益惧，问康曰："我作道师，死不过作社公。今日得北斗，主簿余为忝矣！"明年七月，二人同日而死。

广平太守冯孝将男马子，梦一女人，年十八九岁，言："我乃前太守徐玄方之女，不幸早亡。亡来四年，为鬼所枉杀。按生箓，乃寿至八十馀。今听我更生，还为君妻，能见聘否？"马子掘开棺视之，其女已活，遂为夫妇。

京口有徐郎者，家甚褴缕，常于江边拾流柴。忽见江中连船盖川而来，径回入浦，对徐而泊，遣使往云："天女今当为徐郎妻。"徐入屋角，隐藏不出。母兄妹劝励强出。未至舫，先令于别室为徐郎浴。水芬香，非世常有，赠以缯绛之衣。徐唯恐惧，累膝床端，夜无酬，接之礼。女然后发遣，以所赠衣物乞之而退。家大小怨情煎骂，遂懊叹卒。

侯官县常有阁下神，岁终，诸吏杀牛祀之。沛郡武曾作令断之，经一年，曾迁作建威参军。神夜来问曾："何以不还食？"声色极恶，甚相谴责。诸吏便于道中买牛，共谢之，此神乃去。

甄冲，字叔让，中山人，为云社令，来至惠怀县。忽有一人来通云："社郎须臾便至。"年少，容貌美净。既坐，寒温云："大人见使，贪慕高援，欲以妹与君婚，故来宣此意。"甄愕然曰："仆长大，且已有家，何缘此理？"社郎复云："仆妹年少，且令色少双，必欲得佳对，云何见拒？"甄曰："仆老翁，见有妇，岂容违越？"相与反覆数过，甄殊无动意。社郎有恚色，云："大人当自来，恐不得违尔。"既去，便见两岸上有人，著帻，捉马鞭，罗列相随，行从甚多。社公寻至，卤簿导从如方伯，乘马舆，青幢赤络，覆车数乘。女郎乘四望车，锦步障数十张，婢十八人，来车前。衣服文彩,所未尝见。便于甄旁边岸上张幔屋,舒荐席。社公下,隐膝几,坐白旄坐褥。玉唾壶,以玳瑁为手巾笼,捉白麈尾。女郎却在东岸,黄门白拂夹车立,婢子在前。社公引佐吏,令前坐,当六十人。命作乐,器悉如琉璃。社公谓甄曰:"仆有陋女,情所钟爱。以君体德令茂,贪结亲援,因遣小儿已具宣此旨。"甄曰:"仆既老悴,已有家室,儿子且大,虽贪贵聘,不敢闻命。"社公复云:"仆女年始二十,姿色淑令,四德克备。今在岸上,勿复为烦,但当成礼耳!"甄拒之转苦,谓是邪魅,便拔刀横膝上,以死拒之,不复与语。社公大怒,便令呼三斑两虎来,张口正赤,号呼裂地,径跳上,如此者数十次。相守至天明,无如之何,便去。留一牵车。将从数十人,欲以迎甄,甄便移惠怀上县中住。所迎车及人至门,中有一人,著单衣帻,向之揖,于此便住,不得前。甄停十馀日,方敢去。故见二人著帻、捉马鞭随至家。至家少日,而妇病遂亡。

秣陵人赵伯伦曾往襄阳,船人以猪豕为祷,及祭,但豚肩而已。尔夕,伦等梦见一翁一姥,鬓首苍素,皆著布衣,手持桡楫,怒之。明发,辄触沙冲石,皆非人力所禁。更施厚馔,即获流通。

桂阳人李经,与朱平带戟逐焉。行百馀步,忽见一鬼,长丈馀,止之曰:"李经有命,岂可杀之?无为,必伤汝手。"平乘醉直往经家,鬼亦随之。平既见经,方欲奋刃,忽屹然不动,如被执缚,果伤左手指焉。遂立庭间,至暮,乃醒而去。鬼曰:"我先语汝,云何不从?"言终而灭。

剡县胡章与上虞管双喜好干戈。双死后,章梦见之,跃刃戏其前,觉,甚不乐。明日,以符帖壁。章欲近行,已泛舟理楫,忽见双来,攀留之云:"夫人相知,情贯千载。昨夜就卿戏,

值眠,吾即去,今何故以符相厌? 大丈夫不体天下之理,我畏
符乎!"

　　吴中人姓顾,往田舍。昼行去舍十馀里,但闻西北隐隐。
因举首,见四五百人,皆赤衣,长二丈,倏忽而至,三重围之。
顾气奄奄不通,辗转不得。且至晡,围不解,口不得语,心呼北
斗。又食顷,鬼相谓曰:"彼正心在神,可舍去。"豁如雾除。顾
归舍,疲极卧。其夕,户前一处,火甚盛而不然,鬼纷纭相就,
或往或来,呼顾谈,或入去其被,或上头,而轻如鸿毛。开
晨失。

　　刘道锡与从弟康祖少不信有鬼,从兄兴伯少来见鬼,但辞
论不能相屈。尝于京口长广桥宅东,云"有杀鬼在东篱上。"道
锡便笑问其处,牵兴伯俱去,捉大刀,欲斫之。兴伯在后唤云:
"鬼击汝!"道锡未及鬼处,便闻如有大杖声,道锡因倒地,经
宿乃醒,一月日都差。兴伯复云:"厅事东头桑树上有鬼,形尚
孺,长必害人。"康祖不信,问在树高下,指处分明。经十馀日,
是月晦夕,道锡逃暗中,以戟刺鬼所住便还,人无知者。明日,
兴伯早来,忽惊曰:"此鬼昨夜那得人刺之? 殆死,都不能复
动,死亦当不久。"康祖大笑。

　　郫县故尉赵吉,常在田陌间。昔日有一蹇人死,埋在陌
边。后二十余年,有一远方人过赵所门外。远方人行十馀步,
忽作蹇,赵怪问其故,远人笑曰:"前有一蹇鬼,故效以戏耳!"

　　东莱王明儿居在江西,死经一年,忽形见还家。经日命招
亲好叙平生,云天曹许以暂归。言及将离语,便流涕问讯乡
里,备有情焉。敕儿曰:"吾去人间,便已一周。思睹桑梓。"命
儿同观乡闾。行经邓艾庙,令烧之。儿大惊曰:"艾生时为征
东将军,没而有灵,百姓祠以祈福,奈何焚之?"怒曰:"艾今在

尚方摩铠,十指垂掘,岂其有神?"因云:"王大将军亦作牛驱驰殆毙,桓温为卒,同在地狱。此等并困剧理尽,安能为人损益?汝欲求多福者,正当恭顺尽忠孝,无恚怒,便善流无极。"又令可录指爪甲,死后可以赎罪。又使高作户限,鬼来入人室,记人罪过,越限拨脚,则忘事矣。

广陵刘青松晨起,见一人著公服,赍板云:"召为鲁郡太守。"言讫便去。去后,亦不复见。至来日,复至曰:"君便应到职。"青松知必死,告妻子处分家事,沐浴。至晡,见车马,吏侍左右。青松奄忽而绝。家人咸见其升车,南出,百馀步渐高而没。

豫章太守贾雍有神术,出界讨贼,为贼所杀,失头,上马回营,胸中语曰:"战不利,为贼所伤,诸君视有头佳乎?无头佳乎?"吏涕泣曰:"有头佳。"雍云:"不然,无头亦佳。"言毕遂死。

吕顺丧妇,更娶妻之从妹,因作三墓,构累垂就,辄无成。一日,顺昼卧,见其妇来,就同衾,体冷如冰,顺以死生之隔语使去。后妇又见其妹,怒曰:"天下男子独何限,汝乃与我共一婿!作冢不成,我使然也。"俄而,夫妇俱殪。

衡阳太守王矩为广州。矩至长沙,见一人长丈馀,著白布单衣,将奏在岸上呼矩奴子:"过我!"矩省奏,为杜灵之,入船共语,称叙希阔。矩问:"君京兆人,何时发来?"答矩:"朝发。"矩怪问之,杜曰:"天上京兆,身是鬼,见使来诣君耳!"矩大惧。因求纸笔,曰:"君必不解天上书。"乃更作,折卷之,从矩求一小箱盛之,封付矩曰:"君今无开,比到广州,可视耳。"矩到数月,悁悒,乃开视。书云:"令召王矩为左司命主簿。"矩意大恶,因疾卒。

马仲叔、王志都并辽东人也,相知至厚。叔先亡,后年,忽形见,谓曰:"吾不幸早亡,心恒相念。念卿无妇,当为卿得妇。期至十一月二十日送诣卿家,但扫除设床席待之。"至日,都密扫除施设。天忽大风,白日昼昏。向暮,风止。寝室中忽有红帐自施,发视其中,床上有一妇,花媚庄严,卧床上,才能气息。中表内外惊怖,无敢近者。唯都得往。须臾,便苏起坐,都问:"卿是谁?"妇曰:"我河南人,父为清河太守,临当见嫁,不知何由,忽然在此。"都具语其意。妇曰:"天应令我为君妻。"遂成夫妇。往诣其家,大喜,亦以为天相与也。遂与之生一男,后为南郡太守。

会稽贺思令善弹琴,尝夜在月中坐,临风抚奏。忽有一人,形器甚伟,著械,有惨色。至其中庭称善,便与共语。自云是嵇中散,谓贺云:"卿下手极快,但于古法未合。"因授以《广陵散》。贺因得之,于今不绝。

巨鹿有庞阿者,美容仪。同郡石氏有女,曾内睹阿,心悦之。未几,阿见此女来诣阿,阿妻极妒,闻之,使婢缚之,送还石家,中路遂化为烟气而灭。婢乃直诣石家,说此事。石氏之父大惊,曰:"我女都不出门,岂可毁谤如此?"阿妇自是常加意伺察之。居一夜,方值女在斋中,乃自拘执以诣石氏。石氏父见之,愕眙曰:"我适从内来,见女与母共作,何得在此?"即令婢仆于内唤女出,向所缚者,奄然灭焉。父疑有异,故遣其母诘之。女曰:"昔年庞阿来厅中,曾窃视之。自尔仿佛即梦诣阿,及入户,即为妻所缚。"石曰:"天下遂有如此奇事!"夫精神所感,灵神为之冥著,灭者,盖其魂神也。既而女誓心不嫁。经年,阿妻忽得邪病,医药无征,阿乃授币石氏女为妻。

会稽国司理令朱宗之,常见亡人殡,去头三尺许,有一青物,状如覆瓮。人或当其处则灭,人去随复见,凡尸头无不有此青物者。又云，人殡时，鬼无不暂还临之。

新野庾谨母病，兄弟三人，悉在侍疾。忽闻床前狗斗，声非常。举家共视，了不见狗，只见一死人头在地。犹有血，两眼尚动。其家怖惧，夜持出，于后园中埋之。明旦视之，出在土上，两眼犹尔。即又埋之，后旦已复出。乃以砖著头，令埋之，不复出。后数日，其母遂亡。

东阳丁譁出郭，于方山亭宿。亭渚有刘散骑遭母丧，于京葬还。夜中，忽有一妇自通云："刘郎患疮，闻参军能治，故来耳。"譁使前，姿形端媚，从婢数人。命仆具肴馔，酒酣，叹曰："今夕之会，令人无复贞白之操。"丁云："女郎盛德，岂顾老夫？"便令婢取瑟琶弹之，歌曰："久闻所重名，今遇方山亭。肌体虽朽老，故是悦人情。"放瑟琶上膝，抱头又歌曰："女形虽薄贱，愿得忻作婿。缱绻观良亲，千载结同契。"声气婉媚，令人绝倒。便令灭火，共展好情。比晓，忽不见。吏云："此亭旧有妖魅。"

京兆董奇，庭前有大树，阴映甚佳。后霖雨，奇独在家乡，有小吏言云："承云府君来。"乃见承云，著通天冠，长八尺，自称为方伯，"某第三子有隽才，方当与君周旋。"明日，觉树下有异，每晡后无人，辄有一少年，就奇语戏，或命取饮食。如是半年，奇气强壮，一门无疾。奇后适下墅，其仆客三人送护，言："树材可用，欲货之，郎常不听，今试共斩斫之。"奇遂许之。神亦自尔绝矣。

清河郡太守至，前后辄死。新太守到，如厕，有人长三尺，冠帻皂服，云："府君某日死。"太守不应，意甚不乐，催使吏为作主人，外颇怪。其日日中，如厕，复见前所见人，言："府君今日中当死。"三言，亦不应。乃言："府君当道而不道，鼠为死。"

乃顿仆地,大如豚。郡内遂安。

　　上虞魏虔祖婢,名皮纳,有色,徐密乐之。鼠乃托为其形而就密宿。密心疑之,以手摩其四体,便觉缩小,因化为鼠而走。

　　晋陵民蔡兴忽得狂疾,歌吟不恒。常空中与数人言笑。或云:“当再取谁女?”复一人云:“家已多。”后夜,忽闻十馀人将物入里人刘馀之家。馀之拔刀出后户,见一人黑色,大骂曰:“我湖长,来诣汝,而欲杀我?”即唤:“群伴何不助余邪?”馀之即奋刀乱砍,得一大鼋及狸。

　　江淮有妇人,为性多欲,存想不舍日夜。尝醉,旦起,见屋后二少童,甚鲜洁,如宫小吏者。妇因欲抱持,忽成扫帚,取而焚之。

　　东魏徐,忘名,还作本郡,卒,墓在东安灵山。墓先为人所发,棺柩已毁。谢玄在彭城,将有齐郡司马隆、弟进,及安东王箱,等。共取坏棺,分以作车。少时,三人悉见患,更相注连,凶祸不已。箱母灵语子孙云:“箱昔与司马隆兄弟取徐府君墓中棺为车,隆等死亡丧破,皆由此也。”

　　秦高平李羡家奴健,至石头冈,忽见一人云:“妇与人通情,遂为所杀,欲报仇,岂能见助?”奴用其言,果见人来。鬼便捉头,奴换与手,即时倒地,还半路,便死。鬼以千钱一匹青绞缦袍与奴,嘱云:“此袍是市西门丁与许,君可自著,勿卖也。”

　　宋初,义兴周超,为谢晦司马在江陵。妻许氏在家,遥见屋里月光一死人头在地,血流甚多,大惊,怪即便失去。后超被法。

　　宋永初三年,吴郡张缝家,忽有一鬼,云:“汝分我食,当相祐助。”便与鬼食,舒席著地,以饭布席上,肉酒五肴。如是,鬼得便,不复犯暴人。后为作食,因以刀斫其所食处,便闻数十人哭,哭亦甚悲,云:"死何由得棺材?"又闻云:"主人家有梓船,奴甚爱惜,当取以为棺。"见担船至,有斧锯声。治船既竟,闻呼唤"举尸著棺中,缝眼不见,唯闻处分,不闻下钉声,便见船渐渐升空,入云霄中。久久灭,从空中落,船破成百片。便闻如有百数人大笑,云:"汝那能杀我? 我当为汝所困者邪? 但知恶心,我憎汝状,故破船坏耳。"缝便回意奉事此鬼。问吉凶及将来之计,语缝曰:"汝可以大瓮著壁角中,我当为觅物也。"十日一倒,有钱及金银铜铁鱼腥之属。

宋高祖永初中,张春为武昌太守时,人有嫁女,未及升车,忽便失性。出外,殴击人乘云:"已不乐嫁俗人。"巫云是邪魅,乃将女至江际,击鼓,以术祝治疗。春以为欺惑百姓,刻期须得妖魅。后有一青蛇来到巫所,即以大钉钉头。至日中,复见大龟从江来,伏前。更以赤朱书背作符,更遣去入江。至暮,有大白鼍从江中出,乍沉乍浮,向龟随后催逼。鼍自分死,冒未先入幔与女辞诀。女恸哭云:"失其姻好。"自此渐差。或问巫曰:"魅者归于何物?"巫云:"蛇是传通,龟是媒人,鼍是其对。所获三物,悉是魅。"春始知灵验。

宋初,淮南郡有物髡人发。太守朱诞曰:"吾知之矣。"多置藕以涂壁。夕有数蝙蝠,大如鸡,集其上。不得去,杀之乃绝。屋檐下,已有数百人头髻。

有贵人亡后,永兴令王奉先梦与之相对,如平生。奉先问:"还有情色乎?"答云:某日至其家问婢。后觉,问其婢,云:"此日魇梦郎君来。"

徐羡之为王雄少傅主簿,梦父祚之谓曰:"汝从今已后,勿渡朱雀桁,当贵。"羡之后行半桁,忆先人梦,回马,而以此除主簿。后果为宰相。

　　吴郡张茂度在益州时，忽有人道朝廷诛徐羡之、傅亮、谢晦三人，遂传之纷纭。张推问道：“造言之主，何由言此？”答曰：“实无所承，恍忽不知言之耳！”张鞭之，传者遂息。后乃验。

　　景平元年，曲阿有一人病死，见父于天上。父谓曰：“汝算录正馀八年，若此限竟，死便入罪谪中。吾比欲安处汝，职局无缺者，惟有雷公缺。当启以补其职。”即奏按入内，便得充此任。令至辽东行雨，乘露车，中有水，东西灌洒。未至，于中路复被符至辽西。事毕还，见父，苦求还，云：“不乐处职。”父遣去，遂得苏活。

　　元嘉初，散骑常侍刘俊家在丹阳郡。后尝闲居，而天大骤雨。见门前有三小儿，皆可六七岁，相牵狡狯，而并不沾濡。俊疑非人。俄见共争一瓠壶子，俊引弹弹之，正中壶，霍然不见。俊得壶，因挂阁边。明日，有一妇人入门，执壶而泣，俊问之，对曰：“此是小儿物，不知何由在此？”俊具语所以，妇持壶埋儿墓前。间一日，又见向小儿持来门侧，举之，笑语俊曰：“阿侬已复得壶矣。”言终而隐。

　　元嘉九年，征北参军明裔之有一从者，夜眠，大魇。裔之自往唤之，顷间不能应。又失其头髻，三日乃寤，说云：“被三人捉足，一人髻之。忽梦见一道人，以丸药与之，如桐子。令以水服之。”及寤，手中有药，服之遂瘥。

　　元嘉九年，南阳乐遐尝在内坐。忽闻空中有人呼其夫妇名，甚急，半夜乃止，殊自惊惧。后数日，妇屋后还，忽举体衣服总是血，未一月，而夫妇相继病卒。

　　元嘉中，交州刺史太原王微始拜，乘车出行。闻其前铮铮有声，见一辆车当路，而馀人不见，至州遂亡。

元嘉中，益州刺史吉翰迁为南徐州。先于蜀中载一青牛，下常自乘，恒于目前养视。翰遘疾多日，牛亦不肯食。及亡，牛流涕滂沱。吉氏丧未还都，先遣驱牛向宅。牛不肯行。知其异，即待丧。丧既下船，便随去。

吉米翰从弟名礜石，先作檀道济参军。尝病，因见人著朱衣，前来揖云："特来将迎。"礜石厚为施设求免，鬼曰："感君延接，当为少停。"乃不复见。礜石渐差。后丁艰，还寿阳，复见鬼，曰："迎使寻至，君便可束装。"礜石曰："君前已留怀，今复得见愍否？"鬼曰："前召欲相使役，故停耳。今泰山屈君为主簿，又使随至，不可辞也。"便见车马传教，油戟罗列于前。指示家人，家人莫见也。礜石介书呼亲友告别，语笑之中，便奄然而尽。

赵泰，字文和，清河贝邱人。公府辟不就，精进典籍，乡党称名。年三十五，宋太始五年七月十三日夜半，忽心痛而死，心上微暖，身体屈伸。停尸十日，气从咽喉如雷鸣，眼开，索水饮，饮讫便起。说初死时，有二人乘黄马，从兵二人，但言捉将去。二人扶两腋东行，不知几里，便见大城如锡铁崔嵬。从城西门入，见官府舍，有二重黑门，数十梁瓦屋。男女当五六十，主吏著皂单衫，将泰名在第三十。须臾将入，府君西坐，断勘姓名。复将南入黑门，一人绛衣，坐大屋下，以次呼名前，问生时所行事，有何罪故，行何功德，作何善行。言者各各不同。主者言："许汝等辞。恒遣六部都录使者，常在人间疏记人所作善恶，以相检校。人死有三恶道，杀生祷祠最重。奉佛持五戒十善，慈心布施，生在福舍，安稳无为。"泰答："一无所为，永不犯恶。"断问都竟，使为水官监作吏，将千馀人，接沙著岸上。

昼夜勤苦,啼泣悔言:"生时不作善,今堕在此处。"后转水官都督,总知诸狱事。给马,东到地狱按行。复到泥犁地狱,男子六千人,有火树,纵广五十馀步,高千丈,四边皆有剑,树上然火,其下十十五五,堕火剑上,贯其身体。云:"此人咒咀骂詈,夺人财物,假伤良善。"泰见父母及一弟在此狱中涕泣。见二人赍文书来,敕狱吏,言"有三人,其家事佛,为有寺中悬幡盖,烧香,转《法华经》,咒愿救解生时罪过,出就福舍。"已见自然衣服,往诣一门,云"开光大舍"。有三重门,皆白壁赤柱。此三人即入门,见大殿珍宝耀日,堂前有二师子并伏,负一金玉床,云名"师子之座"。见一大人,身可长丈馀,姿颜金色,项有白光,坐此床上。沙门立侍甚众,四座名"真人菩萨"。见泰山府君来作礼,泰问吏:"何人?"吏曰:"此名佛,天上天下,度人之师。"便闻佛言:"今欲度此恶道中及诸地狱中人,皆令出。"应时云有万九千人,一时得出地狱。即时见呼十人,当上生天,有车马迎之,升虚空而去。复见一城云纵广二百里,名为"受变形城"。云生来不闻道法,而地狱考治已毕者,当于此城更受变报。入北门,见数千百土屋,中央有瓦屋,广五十馀步,下有五百馀吏,对录人名作善恶事状,受所变身形之路,各从其所趋去:杀生者当作蜉蝣虫,朝生夕死;若为人,常短命。偷盗者作猪羊,身屠,肉偿人。淫逸者作鹄鹜蛇身。恶舌者作鸱枭鸲鹆恶声,人闻皆咒令死。抵债者为驴马牛鱼鳖之属。大屋下有地房北向,一户南向。呼从北户,又出南户者,皆变身形作鸟兽。又见一城,纵广百里,其中瓦屋,安居快乐。云生时不作恶,亦不为善,当在鬼趣,千岁得出为人。又见一城,广有五千馀步,名为"地中"。罚谪者不堪苦痛。男女五六万,皆裸形无服,饥困相扶。见泰,叩头啼哭。泰按行毕还,主者问:

"地狱如法否？卿无罪，故相浼为水官都督。不尔，与狱中人无异。"泰问："人生何以为乐？"主者言："唯奉佛弟子精进不犯禁戒为乐耳。"又问："未奉佛时，罪过山积，今奉佛法，其过得除否？"曰："皆除。"主者又召都录使者，问："赵泰何故死？"来使开滕检年纪之籍，云："有算三十年，横为恶鬼所取，今遣还家。"由是大小发意奉佛，为祖、父母及弟悬幡盖、诵《法华经》作福也。

蔡郭作豫章郡，水发。大儿始迎妇，在渚次。儿欲渡妇船，衣挂船头，遂堕水，即没。徐羡之作扬州，登敕两岸，厚赏渔人及昆仑，共寻觅，至二更不得。妇哀泣之间，仿佛如梦闻婿告之曰："吾今在卿船下。"以告婢，婢白之，令水工没觅，果见坐在船下。初出水，颜色如平生。

宋永兴县吏钟道，得重病初差，情欲倍常。先乐白鹤墟中女子，至是犹存想焉。忽见此女子振衣而来，即与燕好。是后数至。道曰："吾甚欲鸡舌香。"女曰："何难。"乃掏香满手以授道，道邀女同含咀之。女曰："我气素芳，不假此。"女子出户，狗忽见随。咋杀之，乃是老獭，口香即獭粪，顿觉臭秽。

近世有人，得一小给使，频求还家，未遂。后日久，此吏在南窗下眠，此人见门中有一妇人，年五六十，肥大，行步艰难。吏眠失覆，妇人至床边取被以覆之，回复出门去。吏转侧衣落，妇人复如初。此人心怪。明问吏以何事求归。吏云："母病。"次问状貌及年，皆如所见，唯云形瘦不同。又问："母何患？"答云："病肿。"而即与吏假，使出，便得家信，云母丧。追计所见之肥，乃是其肿状也。

焦湖庙祝有柏枕，三十馀年，枕后一小坼孔。县民汤林行贾，经庙祈福，祝曰："君婚姻未？可就枕坼边。"令林入坼内，见朱门、琼宫、瑶台,胜于世见。赵太尉为林婚,育子六人,四男二女,选林秘书郎,俄迁黄门郎。林在枕中,永无思归之怀,遂遭违忤之事。祝令林出外间,遂见向枕,谓枕内历年载,而实俄忽之间矣。

　　宋时馀杭县南有上湖,湖中央作塘。有一人乘马看戏,将三四人至岑村,饮酒小醉,暮还。时炎热,因下马入水中,枕石眠。马断辔走归,从人悉追马,至暮不返。眠觉,日已向晡,不见人马,见一妇来,年可十六七,云:"女郎再拜,日既向暮,此间大可畏,君作何计?"问:"女郎姓何? 那得忽相闻?"复有一年少,年可十三四,甚了了,乘新车,车后二十人。至,呼上车云:"大人暂欲相见。"因回车而去。道中骆驿把火,寻见城郭邑居,至便入城。进厅事,上有信幡,题云"河泊"。俄见一人,年三十许,颜容如画,侍卫繁多。相对欣然。敕行酒炙。云:"仆有小女,颇聪明,欲以给君箕帚。"此人知神,敬畏不敢拒逆。便敕备办,令就郎中婚。承白已办。送丝布单衣及纱袷、绢裙、纱衫、裈、履、屐,皆精好。又给十小吏,青衣数十人。妇年可十八九,姿宫婉媚,便成礼。三日后,大会客。拜阁,四日,云:"礼既有限,当发遣去。"妇以金瓯、麝香囊与婿别,涕泣而分。又与钱十万,药方三卷,云:"可以施功布德"复云:"十年当相迎。"此人归家,遂不肯别婚,辞亲出家作道人。所得三卷方者,一卷脉经,一卷汤方,一卷丸方。周行救疗,皆致神验。后母老迈,兄丧,因还婚宦。

　　宋有一国,与罗刹相近。罗刹数入境,食人无度。王与罗刹约言:自今以后,国中人家,各专一日,当分送往,勿复枉杀。有奉佛家,唯有一子,始年十岁,次当充行。舍别之际,父母哀号,便至心念佛。以佛威神力,大鬼不得近。明日,见子尚在,欢喜同归。于兹遂绝。国人嘉庆慕焉。

　　安侯世高者，安息国王子。与大长者子共出家，学道舍卫城中。值王不称，大长者子辄恚，世高恒呵戒之。周旋二十八年，云当至广州。值乱，有一人逢高，唾手拔刀曰："真得汝矣！"高大笑曰："我夙命负对，故远来相偿。"遂杀之。有一少年云："此远国异人而能作吾国言，受害无难色，将是神人乎？"众皆骇笑。世高神识还生安息国，复为王子，名高。安侯年二十，复辞王学道。十数年，语同学云："当诣会稽毕对。"过庐山，访知识，遂过广州。见年少尚在，径投其家，与说昔事，大欣喜，便随至会稽。过稽山庙，呼神共语。庙神蟒形，身长数丈，泪出。世高向之语，蟒便去，世高亦还船。有一少年上船，长跪前受咒愿，因遂不见。广州客曰："向少年即庙神，得离恶形矣。"云庙神即是宿长者子。后庙祝闻有臭气，见大蟒死，庙从此神歇。前至会稽，入市门，值有相打者，误中世高头，即卒。广州客遂事佛精进。

　　有新死鬼，形疲瘦顿。忽见生时友人，死及二十年，肥健，相问讯。曰："卿那尔？"曰："吾饥饿殆不自任，卿知诸方便，故当以法见教。"友鬼云："此甚易耳。但为人作怪，人必大怖，当与卿食。"新鬼往入大墟东头，有一家奉佛精进，屋西厢有磨，鬼就推此磨，如人推法。此家主语子弟曰："佛怜我家贫，令鬼推磨。"乃辇麦与之。至夕，磨数斛，疲顿乃去。遂骂友鬼："卿那诳我？"又曰："但复去，自当得也。"复从墟西头入一家，家奉道，门傍有碓，此鬼便上碓如人舂状。此人言："昨日鬼助某甲，今复来助吾，可辇谷与之。"又给婢簸筛，至夕，力疲甚，不与鬼食。鬼暮归，大怒曰："吾自与卿为婚姻，非他比，如何见欺？二日助人，不得一瓯饮食。"友鬼曰："卿自不偶耳！此二家奉佛事道,情自难动。今去可觅百姓家作怪,则无不得。"鬼复去,得一家,门首有竹竿,从门入。见有一群女子,窗前共食。至庭中,有一白狗,便抱令空中行,其家见之大惊,言自来未有此怪。占云:"有客索食,可杀狗并甘果酒饭,于庭中祀之,可得无他。"其家如师言,鬼果大得食。此后恒作怪,友鬼之教也。

东昌县山有物,形如人,长四五尺,裸身被发,发长五六寸。常在高山岩石间住,喑哑作声,而不成语,能啸相呼。常隐于幽昧之间,不可恒见。有人伐木,宿于山中。至夜眠后,此物抱子从涧中发石取虾蟹,就人火边,烧炙以食儿。时人有未眠者,密相觉语,齐起共突击。便走,而遗其子,声如人啼也。此物使男女群共引石击人,趣得然后止。

会稽施子然。……有一人,身著黄练单衣帢,直造席,捧手与子然语。子然问其姓名,即答曰:"仆姓卢,名钩,家在坛溪边临水。"复经半旬中,其作人掘田塍边沟蚁垤,忽见大坎,满中蝼蛄,将近斗许。而有数头极壮,一个弥大。子然至是始悟曰:"近日客称卢钩,反音则蝼蛄也。家在坛溪,即西坎也。"悉灌以沸汤,自是遂绝。

吴兴徐长夙与鲍南海神有神明之交,欲授以秘术,先谓徐"宜有纳誓"。徐誓以不仕,于是受箓。常见八大神在侧,能知来见往,才识日异。县乡翕然有美谈,欲用为县主簿。徐心悦之,八神一朝不见其七,馀一人倨傲不如常。徐问其故,答云:"君违誓,不复相为。使身一人留卫箓耳!"徐仍还箓,遂退。

彭虎子少壮有膂力,常谓无鬼神。母死,俗巫戒之云:"某日殃杀当还,重有所杀,宜出避之。"合家细弱,悉出逃隐,虎子独留不去。夜中,有人排门入,至东西屋觅人,不得,次入屋,向庐室中。虎子遑遽无计，床头先有一瓮，便入其中，以板盖头。觉母在板上，有人问："板下无人邪？"母云："无。"相率而去。

晋升平元年，任怀仁年十三，为台书佐。乡里有王祖复为令史，恒宠之。怀仁已十五六矣，颇有异意。祖衔恨，至嘉兴，杀怀仁，以棺殡埋于徐祚后田头。祚夜宿息田上，忽见有冢，至朝中暮三时，食辄分以祭之，呼云："田头鬼，来就我食。"至瞑眠时，亦云："来伴我宿。"如此积时，后夜忽见形云："我家明当除服作祭，祭甚丰厚，君明随去。"祚云："我是生人，不当相见。"鬼云："我自隐君形。"祚便随鬼去，计行食顷，便到其家。家大有客，鬼将祚上灵座，大食灭。合家号泣，不能自胜，谓其儿还。见王祖来，便曰："此是杀我人，犹畏之。"便走出，祚即形露。家中大惊，因问祚，因叙本末。遂随祚迎丧，既去，鬼便断绝。

临淮朱综遭母难，恒外处住。内有病，因前见，妇曰："丧礼之重，不烦数还。"综曰："自荼毒以来，何时至内？"妇曰："君来多矣。"综知是魅，敕妇婢，候来便即闭户执之。及来，登床，往赴视。此物不得去，遽变老白雄鸡。推问是家鸡，杀之，遂绝。

汉武凿昆明，极深，悉是灰墨，无复土。举朝不解，以问东方朔。朔曰："臣愚，不足以知之。可试问西域胡僧。"帝以朔不知，难以核问。后汉帝时，外国道人来，入洛阳，时有忆方朔言者，乃试问之，胡人云："经云：'天地大劫将尽，则劫烧。'此烧之馀。"乃知朔言有旨。

蒲城李通，死来云：见沙门法祖为阎罗王讲《首楞严经》。又见道士王浮身被锁械。求祖忏悔，祖不肯赴。孤负圣人，死方思悔。

康阿得死三日，还苏，说：初死时，两人扶腋，有白马吏驱之。不知行几里，见北向黑暗门；南入，见东向黑门；西入，见南向黑门；北入，见有十馀梁间瓦屋。有人皂服笼冠，边有三十馀吏，皆言府君，西南复有四五十吏。阿得便前拜府君。府君问："何所奉事？"得曰："家起佛图塔寺，供养道人。"府君曰："卿大福德。"问都录使者："此人命尽耶？"见持一卷书伏地案之，其字甚细，曰："馀算三十五年。"府君大怒曰："小吏何敢顿夺人命？"便缚白马吏著柱，处罚一百，血出流漫。问得："欲归不？"得曰："尔。"府君曰："今当送卿归，欲便遣卿案行地狱。"即给马一匹，及一从人。东北出，不知几里，见一城，方数十里，有满城土屋。因见未事佛时亡伯、伯母、亡叔、叔母，皆著杻械，衣裳破坏，身体脓血。复前行，见一城，其中有卧铁床上者，烧床正赤。凡见十狱，各有楚毒。狱名"赤沙"、"黄沙"、"白沙"，如此"七沙"。有刀山剑树，抱赤铜柱。于是便还。复见七八十梁间瓦屋，夹道种槐，云名"福舍"，诸佛弟子住中。福多者上生天，福少者住此舍。遥见大殿二十余梁，有二男子、二妇人从殿上来下，是得事佛后亡伯、伯母、亡叔、叔母。须臾，有一道人来，问得："识我不？"得曰："不识。"曰："汝何以不识我？我共汝作佛图主。"于是遂而忆之，还至府君所，即遣前二人送归，忽便苏活也。

石长和死，四日苏。说：初死时，东南行，见二人治道，恒去和五十步，长和疾行，亦尔。道两边棘刺皆如鹰爪。见人大小群走棘中，如被驱逐，身体破坏，地有凝血。棘中人见长和独行平道，叹息曰："佛弟子独乐，得行大道中。"前行，见七八十梁瓦屋，中有阁十馀，梁上有窗向。有人面辟方三尺，著皂袍,四纵掖,凭向坐,唯衣襟以上见。长和即向拜。人曰:"石贤者来也,一别二十馀年。"和曰:"尔。"意中便若忆此时也。有冯翊牧孟承夫妻先死,阁上人曰:"贤者识承不?"长和曰:"识。"阁上人曰:"孟承生时不精进,今恒为我扫地。承妻精进,晏然与官家事。"举手指西南一房,曰:"孟承妻今在中。"妻即开窗向,见长和,问:"石贤者何时来?"遍问其家中儿女大小名字平安不,"还时过此,当因一封书"。斯须,见承阁西头来,一手捉扫帚粪箕,一手捉把筹,亦问家消息。阁上人曰:"闻鱼龙超修精进,为信尔不? 何所修行?"长和曰:"不食鱼肉,酒不经口,恒转尊经,救诸疾痛。"阁上人曰:"所传莫妄!"阁上问都录主者:"石贤者命尽耶? 枉夺其命耶?"主者报:"按录馀四十年。"阁上人敕主者:"犊车一乘,两辟车骑,两吏送石贤者。"须臾,东向便有车骑人从如所差之数。长和拜辞,上车而归。前所行道边,所在有亭传、吏民、床坐饮食之具。倏然归家,前见父母坐其尸边。见尸大如牛,闻尸臭。不欲入其中,绕尸三匝,长和叹息,当尸头前。见其亡姊于后推之,便踣尸面上,因即苏。

世 说 新 语

［南朝宋］刘义庆　撰
［梁］刘　孝　标　注
王　根　林　　　校点

校 点 说 明

　　《世说新语》，南朝宋刘义庆著，我国志人小说的名著。刘义庆(403—444)，彭城(今江苏徐州)人，宋武帝刘裕之侄，过继给叔父临川王刘道规为嗣，道规死，义庆袭封临川王。宋文帝刘义隆元嘉年间，他先后任尚书左仆射、丹阳尹，和荆州、江州、南兖州刺史等职。

　　《世说新语》的作者，虽说历代皆署刘义庆，但据鲁迅推测，此书当是在刘义庆主持下，由众多被他招聚门下的文学之士集体撰写的。

　　该书凡36门，一千一百多则。所记对象，上起秦末，下迄南朝，而绝大部分篇幅，是记东汉末至刘宋初近三百年间的人和事，其中重点又是汉末魏晋时期。它涉及的内容，包括政治、经济、社会、文学、思想各个方面，因而是研究这一时期历史的重要资料。

　　《世说新语》在文学上的成就，是十分突出的。鲁迅说它"记言则玄远冷峻，记行则高简瑰奇"(《中国小说史略》)，在中国文学发展史上，占有重要地位。

　　南朝梁人刘峻，为《世说新语》作了注。刘峻(458—521或522)，平原(今山东平原南)人，字孝标。他的注对正文多所补益辨正，征引繁富，引用书目达四百余种，这些书如今大部分已失传，赖有刘注才得以流传，因而历来对刘注的评价很高。

　　《世说新语》现存最早的版本为南宋刻本，后代诸本大多皆据之翻刻。近人对该书的整理，重要的有余嘉锡的《世说新语笺疏》和徐震堮的《世说新语校笺》。对它作译注的，较为精审的有张㧑之的《世说新语译注》。

　　本书以清光绪间王先谦传刻之宋本为底本，校以他本来分段标点。凡底本有误据他本改者，不出校记。该本计分三卷，每卷又分上下，今仍其旧。

目　　录

世说新语卷上之上

德 行 第 一

陈仲举言为士则，行为世范，登车揽辔，有澄清天下之志。《汝南先贤传》曰："陈蕃字仲举，汝南平舆人。有室荒芜不扫除，曰：'大丈夫当为国家扫天下。'值汉桓之末，阉竖用事，外戚豪横。及拜太傅，与大将军窦武谋诛宦官，反为所害。"为豫章太守，《海内先贤传》曰："蕃为尚书，以忠正忤贵戚，不得在台，迁豫章太守。"至，便问徐孺子所在，欲先看之。谢承《后汉书》曰："徐穉字孺子，豫章南昌人。清妙高跱，超世绝俗。前后为诸公所辟，虽不就，及其死，万里赴吊。常豫炙鸡一只，以绵渍酒中，暴干以裹鸡，径到所赴冢隧外，以水渍绵，斗米饭，白茅为藉，以鸡置前。醊酒毕，留谒即去，不见丧主。"主簿白："群情欲府君先入廨。"陈曰："武王式商容之闾，席不暇暖。许叔重曰：'商容，殷之贤人，老子师也。'车上踞曰式。吾之礼贤，有何不可！"袁宏《汉纪》曰："蕃在豫章，为穉独设一榻，去则悬之，见礼如此。"

周子居常云："吾时月不见黄叔度，则鄙吝之心已复生矣。"子居别见。《典略》曰："黄宪字叔度，汝南慎阳人。时论者咸云'颜子复生'。而族出孤鄙，父为牛医。颍川荀季和执宪手曰：'足下吾师范也。'后见袁奉高曰：'卿国有颜子，宁知之乎？'奉高曰：'卿见吾叔度邪？'戴良少所服下，见宪则自降薄，怅然若有所失。母问：'汝何不乐乎？复从牛医儿所来邪？'良曰：'瞻之在前，忽焉在后，所谓良之师也。'"

郭林宗至汝南造袁奉高，《续汉书》曰："郭泰字林宗，太原介休人。泰少孤，年二十，行学至成皋屈伯彦精庐。乏食，衣不盖形，而处约味道，不改其乐。李元礼一见称之曰：'吾见士多矣，无如林宗者也。'及卒，蔡伯喈为作碑，曰：'吾为人作铭，未尝不有惭容，唯为郭有道碑颂无愧耳。'初，以有道君子征。泰曰：'吾观乾象、人事，天之所废，不可支也。'遂辞以疾。"《汝南先贤传》曰："袁宏字奉高，慎阳人。友黄叔度于童齿，荐陈仲举于家巷。辟太尉掾，卒。"车不停轨，鸾不辍轭。诣黄叔度，乃弥日信宿。人问其故，林宗曰："叔度汪汪如万顷之陂。澄之不清，扰之不浊，其器深广，难测量也。"《泰别传》曰："薛恭祖问之，泰曰：'奉高之器，譬诸泛滥，虽清易挹也。'"

李元礼风格秀整，高自标持，欲以天下名教是非为己任。薛莹《后汉书》曰："李膺字元礼，颍川襄城人。抗志清妙，有文武俊才。迁司隶校尉，为党事自杀。"后进之士，有升其堂者，皆以为登龙门。《三秦记》曰："龙门，一名河津，去长安九百里。水悬绝，龟鱼之属莫能上，上则化为龙矣。"

李元礼尝叹荀淑、钟皓《先贤行状》曰："荀淑字季和，颍川颍阴人也。所拔韦褐刍牧之中，执案刀笔之吏，皆为英彦。举方正，补朗陵侯相，所在流化。钟皓字季明，颍川长社人。父、祖至德著名。皓高风承世，除林虑长，不之官。人位不足，天爵有馀。"曰："荀君清识难尚，钟君至德可师。"《海内先贤传》曰："颍川先辈，为海内所师者：定陵陈稺叔、颍阴荀淑、长社钟皓。少府李膺宗此三君，常言：'荀君清识难尚，陈、钟至德可师。'"

陈太丘诣荀朗陵，贫俭无仆役。陈寔字仲弓，颍川许昌人。为闻喜令、太丘长，风化宣流。乃使元方将车，《先贤行状》曰："陈纪字元方，寔长子也。至德绝俗，与寔高名并著，而弟谌又配之。每宰府辟召，羔雁成群，世号'三君'，百城皆图画。"季方持杖后从。长文尚小，载箸车中。既至，荀使叔慈应门，慈明行酒，馀六龙下食。张璠《汉纪》曰："淑有八子：俭、鲲、靖、焘、汪、爽、肃、敷。淑居西豪里，县令苑康曰，'昔高阳氏有才子八人'，遂署其里为高阳里。时人号曰八龙。"文若亦小，坐箸膝前。于时太史奏："真人东行。"檀道鸾《续晋阳秋》曰："陈仲弓从诸子侄造荀父子，于时德星聚，太史奏：'五百里贤人聚。'"

客有问陈季方：《海内先贤传》曰："陈谌字季方，寔少子也。才识博达。司空掾公车征，不就。""足下家君太丘，有何功德而荷天下重名？"季方曰："吾家君譬如桂树生泰山之阿，上有万仞之高，下有不测之深；上为甘露所沾，下为渊泉所润。当斯之时，桂树焉知泰山之高，渊泉之深，不知有功德与无也！"

　　陈元方子长文有英才，《魏书》曰："陈群字长文，祖寔，尝谓宗人曰：'此儿必兴吾宗。'及长，有识度。其所善，皆父党。"与季方子孝先，《陈氏谱》曰："谌子忠，字孝先。州辟不就。"各论其父功德，争之不能决，咨于太丘。太丘曰："元方难为兄，季方难为弟。"一作"元方难为弟，季方难为兄"。

　　荀巨伯远看友人疾，《荀氏家传》曰："巨伯，汉桓帝时人也。亦出颍川，未详其始末。"值胡贼攻郡，友人语巨伯曰："吾今死矣，子可去！"巨伯曰："远来相视，子令吾去，败义以求生，岂荀巨伯所行邪？"贼既至，谓巨伯曰："大军至，一郡尽空，汝何男子，而敢独止？"巨伯曰："友人有疾，不忍委之，宁以我身代友人命。"贼相谓曰："我辈无义之人，而入有义之国！"遂班军而还，一郡并获全。

　　华歆遇子弟甚整，虽闲室之内，严若朝典。《魏志》曰："歆字子鱼，平原高唐人。"《魏略》曰："灵帝时与北海邴原、管宁俱游学相善，时号三人为一龙。谓歆为龙头，宁为龙腹，原为龙尾。"陈元方兄弟恣柔爱之道。而二门之里，两不失雍熙之轨焉。

　　管宁、华歆共园中锄菜，《傅子》曰："宁字幼安，北海朱虚人，齐相管仲之后也。"见地有片金，管挥锄与瓦石不异，华捉而掷去之。又尝同席读书，有乘轩冕过门者，宁读如故，歆废书出看。宁割席分坐曰："子非吾友也。"《魏略》曰："宁少恬静，常笑邴原、华子鱼有仕宦意。及歆为司徒，上书让宁。宁闻之笑曰：'子鱼本欲作老吏，故荣之耳。'"

　　王朗每以识度推华歆。《魏书》曰："朗字景兴，东海郯人，魏司徒。"歆蜡日，《礼记》曰："天子大蜡八，伊耆氏始为蜡。蜡，索也。岁十二月，合聚万物而索飨之。"《五经要义》曰："三代名腊：夏曰嘉平，殷曰清祀，周曰大蜡，总谓之腊。"晋博士张亮议曰："蜡者，合聚百物索飨之，岁终休老息民也。腊者，祭宗庙五祀。传曰：'腊，接也。祭则新故交接也。'秦、汉以来，腊之明日为祝岁，古之遗语也。"尝集子侄燕饮,王亦学之。有人向张华说此事,张曰:"王之学华,皆是形骸之外,去之所以更远。"王隐《晋书》曰:"张华字茂先,范阳人也。累迁司空,而为赵王伦所害。"

华歆、王朗俱乘船避难,有一人欲依附,歆辄难之。朗曰:"幸尚宽,何为不可?"后贼追至,王欲舍所携人。歆曰:"本所以疑,正为此耳。既已纳其自托,宁可以急相弃邪?"遂携拯如初。世以此定华、王之优劣。华峤《谱叙》曰:"歆为下邽令,汉室方乱,乃与同志士郑太等六七人避世。自武关出,道遇一丈夫独行,愿得与俱。皆哀许之。歆独曰:'不可。今在危险中,祸福患害,义犹一也。今无故受之,不知其义,若有进退,可中弃乎?'众不忍,卒与俱行。此丈夫中道堕井,皆欲弃之。歆乃曰:'已与俱矣,弃之不义。'卒共还,出之而后别。"

王祥事后母朱夫人甚谨。《晋诸公赞》曰:"祥字休徵,琅邪临沂人。"《祥世家》曰:"祥父融,娶高平薛氏,生祥。继室以庐江朱氏,生览。"《晋阳秋》曰:"后母数潛祥,屡以非理使祥,弟览辄与祥俱。又虐使祥妇,览妻亦趋而共之。母患,方盛寒冰冻,母欲生鱼,祥解衣将剖冰求之,会有处冰小解,鱼出。"萧广济《孝子传》曰:"祥后母忽欲黄雀炙,祥念难卒致。须臾,有数十黄雀飞入其幕。母之所须,必自奔走,无不得焉。其诚至如此。"家有一李树,结子殊好,母恒使守之。时风雨忽至,祥抱树而泣。萧广济《孝子传》曰:"祥后母庭中有李,始结子,使祥昼视鸟雀,夜则趋鼠。一夜,风雨大至,祥抱泣至晓,母见之恻然。"祥尝在别床眠,母自往暗斫之。值祥私起,空斫得被。既还,知母憾之不已,因跪前请死。母于是感悟,爱之如己子。虞预《晋书》曰:"祥以后母故,陵迟不仕。年向六十,刺史吕虔檄为别驾,时人歌之曰:'海、沂之康,寔赖王祥;邦国不空,别驾之功!'累迁太保。"

晋文王称阮嗣宗至慎,每与之言,言皆玄远,未尝臧否人物。《魏书》曰:"文王讳昭,字子上,宣帝第二子也。"《魏氏春秋》曰:"阮籍字嗣宗,陈留尉氏人,阮瑀子也。宏达不羁,不拘礼俗。兖州刺史王昶请与相见,终日不得与言。昶愧叹之,自以不能测也。口不论事,自然高迈。"李康《家诫》曰:"昔尝侍坐于先帝,时有三长史俱见,临辞出,上曰:'为官长当清、当慎、当勤,修此三者,何患不治乎?'并受诏。上顾谓吾等曰:'必不得已而去,于斯三者何先?'或对曰'清固为本'。复问吾,吾对曰:'清慎之道,相须而成,必不得己,慎乃为大。'上曰:'卿言得之矣,可举近世能慎者谁乎?'吾乃举故太尉荀景倩、尚书董仲达、仆射王公仲。上曰:'此诸人者,温恭朝夕,执事有恪,亦各其慎也。然天下之至慎者,其唯阮嗣宗乎!每与之言,言及玄远,而未尝评论时事,臧否人物,可谓至慎乎!'"

王戎云:"与嵇康居二十年,未尝见其喜愠之色。"《康集叙》曰:"康字叔夜,谯国铚人。"王隐《晋书》曰:"嵇本姓溪,其先避怨徙上虞,移谯国铚县。以出自会稽,取国一支,音同本奚焉。"虞预《晋书》曰:"铚有嵇山,家于其侧,因氏焉。"《康别传》曰:"康性含垢藏瑕,爱恶不争于怀,喜怒不寄于颜。所知王濬冲在襄城,面数百,未尝见其疾声朱颜。此亦方中之美范,人伦之胜业也。"《文章叙录》曰:"康以魏长乐亭主婿迁郎中,拜中散大夫。"

王戎、和峤同时遭大丧,俱以孝称。王鸡骨支床,和哭泣备礼。《晋诸公赞》曰:"戎字濬冲,琅邪人,太保祥宗族也。文皇帝辅政,钟会荐之曰:'裴楷清通,王戎简要。'即俱辟为掾。晋践祚,累迁荆州刺史,以平吴功,封安丰侯。"《晋阳秋》曰:"戎为豫州刺史,遭母忧,性至孝,不拘礼制,饮酒食肉,或观棋弈,而容貌毁悴,杖而后起。时汝南和峤,亦名士也,以礼法自持。处大忧,量米而食,然憔悴哀毁不逮戎也。"武帝谓刘仲雄曰:王隐《晋书》曰:"刘毅字仲雄,东莱掖人,汉城阳景王后也。亮直清方,见有不善,必评论之。王公大人,望风惮之。侨居阳平,太守杜恕致为功曹,沙汰郡吏三百馀人。三魏金曰:'但闻刘功曹,不闻杜府君。'累迁尚书司隶校尉。""卿数省王、和不?闻和哀苦过礼,使人忧之。"仲雄曰:"和峤虽备礼,神气不损;王戎虽不备礼,而哀毁骨立。臣以和峤生孝,王戎死孝。陛下不应忧峤,而应忧戎。"《晋阳秋》曰:"世祖及时谈以此贵戎也。"

梁王、赵王,朱凤《晋书》曰:"宣帝张夫人生梁孝王肜,字子徽,位至太宰。桓夫人生赵王伦,字子彝,位至相国。"国之近属,贵重当时。裴令公《晋诸公赞》曰:"裴楷字叔则,河东闻喜人,司空秀之从弟也。父徽,冀州刺史,有俊识。楷特精《易》义。累迁河南尹、中书令,卒。"岁请二国租钱数百万，以恤中表之贫者。或讥之曰："何以乞物行惠？"裴曰："损有馀，补不足，天之道也。"《名士传》曰："楷行己取与，任心而动，毁誉虽至，处之晏然。"皆此类。

王戎云："太保居在正始中，不在能言之流。及与之言，理中清远，将无以德掩其言！"《晋阳秋》曰："祥少有美德行。"

王安丰遭艰，至性过人。裴令往吊之，曰："若使一恸果能伤人，濬冲必不免灭性之讥。"《曲礼》曰："居丧之礼，毁瘠不形，视听不衰。不胜丧，乃比于不慈不孝。"《孝经》曰："毁不灭性，圣人之教也。"

王戎父浑有令名，官至凉州刺史。《世语》曰："浑字长源，有才望。历尚书、凉州刺史。"浑薨，所历九郡义故，怀其德惠，相率致赙数百万，戎悉不受。虞预《晋书》曰："戎由是显名。"

刘道真尝为徒，《晋百官名》曰："刘宝字道真，高平人。"徒，罪役作者。扶风王骏虞预《晋书》曰："骏字子臧，宣帝第十七子，好学至孝。"《晋诸公赞》曰："骏八岁为散骑常侍，侍魏齐王讲。晋受禅，封扶风王，镇关中，为政最美。薨，赠武王。西土思之，但见其碑赞者，皆拜之而泣。其遗爱如此。"以五百匹布赎之，既而用为从事中郎。当时以为美事。

王平子、胡毋彦国诸人，皆以任放为达，或有裸体者。《晋诸公赞》曰："王澄字平子，有达识，荆州刺史。"《永嘉流人名》曰："胡毋辅之字彦国，泰山奉高人，湘州刺史。"王隐《晋书》曰："魏末阮籍，嗜酒荒放，露头散发，裸袒箕踞。其后贵游子弟阮瞻、王澄、谢鲲、胡毋辅之之徒，皆祖述于籍，谓得大道之本。故去巾帻，脱衣服，露丑恶，同禽兽。甚者名之为通，次者名之为达也。"乐广笑曰："名教中自有乐地，何为乃尔也！"

郗公值永嘉丧乱，在乡里甚穷馁。乡人以公名德，传共饴之。公常携兄子迈及外生周翼二小儿往食。乡人曰："各自饥困，以君之贤，欲共济君耳，恐不能兼有所存。"公于是独往食，辄含饭著两颊边，还吐与二儿。后并得存，同过江。《郗鉴别传》曰："鉴字道徽，高平金乡人。汉御史大夫郗虑后也。少有体正，耽思经籍，以儒雅著名。永嘉末，天下大乱，饥馑相望，冠带以下，皆割己之资供鉴。元皇征为领军，迁司空、太尉。”《中兴书》曰：“鉴兄子迈，字思远，有干世才略。累迁少府、中护军。”郗公亡，翼为剡县，解职归，席苫于公灵床头，心丧终三年。《周氏谱》曰：“翼字子卿，陈郡人。祖奕，上谷太守。父优，车骑咨议。历剡令、青州刺史、少府卿，六十四而卒。”

顾荣在洛阳，尝应人请，觉行炙人有欲炙之色，因辍己施焉。同坐嗤之。荣曰：“岂有终日执之，而不知其味者乎？”后遭乱渡江，每经危急，常有一人左右己，问其所以，乃受炙人也。《文士传》曰：“荣字彦先，吴郡人。其先越王句践之支庶，封于顾邑，子孙遂氏焉，世为吴著姓。大父雍，吴丞相。父穆，宜都太守。荣少朗俊机警，风颖标彻，历廷尉正。曾在省与同僚共饮，见行炙者有异于常仆，乃割炙以啖之。后赵王伦篡位，其子为中领军，逼用荣为长史。及伦诛，荣亦被执。凡受戮等辈十有余人。或有救荣者，问其故，曰：‘某省中受炙臣也。’荣乃悟而叹曰：‘一餐之惠，恩今不忘，古人岂虚言哉！’”

祖光禄少孤贫，性至孝，常自为母炊爨作食。王隐《晋书》曰：“祖纳字士言，范阳遒人，九世孝廉。纳诸母三兄，最治行操，能清言，历太子中庶子，廷尉卿。避地江南，温峤荐为光禄大夫。”王平北闻其佳名，以两婢饷之，因取为中郎。《王乂别传》曰：“乂字叔元，琅邪临沂人。时蜀新平，二将作乱，文帝西之长安，乃征为相国司马，迁大尚书、出督幽州诸军事、平北将军。”有人戏之者曰：“奴价倍婢。”祖云：“百里奚亦何必轻于五羖之皮邪？”《楚国先贤传》曰：“百里奚字凡伯，楚国人。少仕于虞，为大夫。晋欲假道于虞以伐虢，谏而不听，奚乃去之。”《说苑》曰：“秦穆公使贾人载盐于虞，诸人买百里奚以五羊皮。穆公观盐，怪其牛肥，问其故，对曰：‘饮食以时，使之不暴，是以肥也。’公令有司沐浴衣冠之。公孙支让其卿位，号曰五羖大夫。”

周镇罢临川郡还都，未及上，住泊青溪渚，《永嘉流人名》曰：“镇字康时，陈留尉氏人也。祖父和，故安令。父震，司空长史。”《中兴书》曰：“镇清约寡欲，所在有异绩。”王丞相往看之。《丞相别传》曰：“王导字茂弘，琅邪人。祖览，以德行称。父裁，侍御史。导少知名，家世贫约，恬畅乐道，未尝以风尘经怀也。"时夏月,暴雨卒至,舫至狭小,而又大漏,殆无复坐处。王曰:"胡威之清,何以过此!"即启用为吴兴郡。《晋阳秋》曰:"胡威字伯虎,淮南人。父质以忠清显。质为荆州,威自京师往省之。及告归,质赐威绢一匹。威跪曰:'大人清高,于何得此?'质曰:'是吾奉禄之馀,故以为汝粮耳。'威受而去。每至客舍,自放驴取樵爨炊。食毕,复随旅进道。质帐下都督阴赍粮豰要之,因与为伴。每事相助经营之,又进少饭,威疑之,密诱问之,乃知都督也。谢而遣之。后以白质,质杖都督一百,除其吏名。父子清慎如此。及威为徐州,世祖赐见,与论边事及平生。帝叹其父清,因谓威曰:'卿清孰与父?'对曰:'臣清不如也。'帝曰:'何以为胜汝邪?'对曰:'臣父清畏人知,臣清畏人不知,是以不如远矣。'"

邓攸始避难,于道中弃己子,全弟子。《晋阳秋》曰:"攸字伯道,平阳襄陵人。七岁丧父母及祖父母,持重九年。性清慎平简。"邓粲《晋纪》曰:"永嘉中,攸为石勒所获,召见,立幕下与语,说之,坐而饭焉。攸车所止,与胡人邻毂,胡人失火烧车营,勒案贼问胡,胡诬攸。攸度不可与争,乃曰:'向为老姥作粥,失火延逸,罪应万死。'勒知遣之。所诬胡厚德攸,遗其驴马护送,令得逸。"王隐《晋书》曰:"攸以路远,斫坏车,以牛马负妻子以叛。贼又掠其牛马。攸语妻曰:'吾弟早亡,唯有遗民。今当步走,儋两儿尽死,不如弃己儿,抱遗民。吾后犹当有儿。'妇从之。"《中兴书》曰:"攸弃儿于草中,儿啼呼追之,至莫复及。攸明日系儿于树而去,遂渡江,至尚书左仆射,卒。弟子缌服攸齐衰三年。"既过江,取一妾,甚宠爱。历年后讯其所由,妾具说是北人遭乱,忆父母姓名,乃攸之甥也。攸素有德业,言行无玷,闻之哀恨终身,遂不复畜妾。

王长豫为人谨顺,事亲尽色养之孝。《中兴书》曰:"王悦字长豫,丞相导长子也。仕至中书侍郎。"丞相见长豫辄喜,见敬豫辄嗔。《文字志》曰:"王恬字敬豫,导次子也。少卓荦不羁,疾学尚武,不为导所重。至中军将军。多才艺,善隶书,与济阳江彪以善弈闻。"长豫与丞相语,恒以慎密为端。丞相还台,及行,未尝不送至车后。恒与曹夫人并当箱箧。长豫亡后,丞相还台,登车后,哭至台门。曹夫人作簏，封而不忍开。《王氏谱》曰："导娶彭城曹韶女，名淑。"

桓常侍闻人道深公者，辄曰："此公既有宿名，加先达知称，又与先人至交，不宜说之。"《桓彝别传》曰："彝字茂伦，谯国龙亢人，汉五更桓荣十世孙也。父颖，有高名。彝少孤，识鉴明朗，避乱渡江，累迁散骑常侍。"僧法深，不知其俗姓，盖衣冠之胤也。道徽高扇，誉播山东，为中州刘公弟子。值永嘉乱，投迹杨土，居止京邑，内持法纲，外允具瞻，弘道之法师也。以业慈清净，而不耐风尘，考室剡县东二百里峁山中，同游十馀人，高栖浩然。支道林宗其风范，与高丽道人书，称其德行。年七十有九，终于山中也。

庾公乘马有的卢，《晋阳秋》曰："庾亮字元规，颍川鄢陵人，明穆皇后长兄也。渊雅有德量，时人方之夏侯太初、陈长文之伦。侍从父琛，避地会稽，端拱巍然，郡人严惮之。觌接之者，数人而已。累迁征西大将军、荆州刺史。"伯乐《相马经》曰："马白额入口至齿者，名曰榆雁，一名的卢。奴乘客死，主乘弃市，凶马也。"或语令卖去。《语林》曰："殷浩劝公卖马。"庾云："卖之必有买者，即当害其主。宁可不安己而移于他人哉？昔孙叔敖杀两头蛇以为后人，古之美谈，贾谊《新书》曰："孙叔敖为儿时，出道上，见两头蛇，杀而埋之。归见其母，泣。问其故，对曰：'夫见两头蛇者，必死。今出见之，故尔。'母曰：'蛇今安在？'对曰：'恐后人见，杀而埋之矣。'母曰：'夫有阴德，必有阳报，尔无忧也。'后遂兴于楚朝。及长，为楚令尹。"效之，不亦达乎！"

阮光禄在剡，曾有好车，借者无不皆给。有人葬母，意欲借而不敢言。阮后闻之，叹曰："吾有车而使人不敢借，何以车为？"遂焚之。《阮光禄别传》曰："裕字思旷，陈留尉氏人。祖略，齐国内史。父颤，汝南太守。裕淹通有理识，累迁侍中。以疾筑室会稽剡山。征金紫光禄大夫，不就。年六十一卒。"

谢奕作剡令，《中兴书》曰："谢奕字无奕，陈郡阳夏人。祖衡，太子少傅。父裒，吏部尚书。奕少有器鉴，辟太尉掾、剡令，累迁豫州刺史。"有一老翁犯法，谢以醇酒罚之，乃至过醉而犹未已。太傅时年七八岁，箸青布绔，在兄膝边坐，谏曰："阿兄！老翁可念，何可作此。"奕于是改容曰："阿奴欲放去邪？"遂遣之。

谢太傅绝重褚公，常称："褚季野虽不言，而四时之气亦备。"《文字志》曰："谢安字安石，奕弟也。世有学行，安弘粹通远，温雅融畅。桓彝见其四岁时，称之曰：'此儿风神秀彻，当继踪王东海。'善行书。累迁太保、录尚书事。赠太傅。"《晋阳秋》曰："褚裒字季野，河南阳翟人。祖碧，安东将军。父治，武昌太守。裒少有简贵之风，冲默之称。累迁江、兖二州刺史。赠侍中、太傅。"

刘尹在郡，临终绵惙，闻阁下祠神鼓舞。正色曰："莫得淫祀！"《刘尹别传》曰："惔字真长，沛国萧人也。汉氏之后。真长有雅裁，虽荜门陋巷，晏如也。历司徒左长史、侍中、丹阳尹。为政务镇静信诚，风尘不能移也。"外请杀车中牛祭神。真长答曰："丘之祷久矣，勿复为烦。"包氏《论语》曰："祷，请也。"孔安国曰："孔子素行合于神明，故曰：'丘之祷久矣。'"

谢公夫人教儿，问太傅："那得初不见君教儿？"答曰："我常自教儿。"《谢氏谱》曰："安娶沛国刘耽女。"按：太尉刘子真，清洁有志操，行己以礼。而二子不才，并黩货致罪。子真坐免官。客曰："子奚不训导之？"子真曰："吾之行事，是其耳目所闻见，而不放效，岂严训所变邪？"安石之旨，同子真之意也。

晋简文为抚军时，《续晋阳秋》曰："帝讳昱，字道万，中宗少子也。仁闻有智度。穆帝幼冲，以抚军辅政。大司马桓温废海西公而立帝，在位三年而崩。"所坐床上尘不听拂，见鼠行迹，视以为佳。有参军见鼠白日行，以手板批杀之，抚军意色不说。门下起弹，教曰："鼠被害，尚不能忘怀；今复以鼠损人，无乃不可乎？"

范宣年八岁，后园挑菜，误伤指，大啼。人问："痛邪？"答曰："非为痛，身体发肤，不敢毁伤，是以啼耳！"《宣别传》曰："宣字子宣，陈留人，汉莱芜长范丹后也。年十岁，能诵诗书。儿童时，手伤改容，家人以其年幼，皆异之。征太学博士、散骑常侍，一无所就。年五十四卒。"宣洁行廉约，韩豫章遗绢百匹，不受。《中兴书》曰："宣家至贫，罕交人事。豫章太守殷羡见宣茅茨不完，欲为改室，宣固辞。羡爱之，以宣贫，加年饥疾疫，厚饷给之，宣又不受。"《续晋阳秋》曰："韩伯字康伯，颍川人。好学，善言理。历豫章太守、领军将军。"减五十匹,复不受。如是减半,遂至一匹,既终不受。韩后与范同载,就车中裂二丈与范,云:"人宁可使妇无裈邪?"范笑而受之。

王子敬病笃,道家上章应首过,问子敬:"由来有何异同得失?"子敬云:"不觉有馀事,惟忆与郗家离婚。"《王氏谱》曰:"献之娶高平郗昙女,名道茂,后离婚。"《献之别传》曰:"祖父旷,淮南太守。父羲之,右将军。咸宁中,诏尚馀姚公主,迁中书令,卒。"

殷仲堪既为荆州,值水,俭食,常五碗盘,外无馀肴。饭粒脱落盘席间,辄拾以啖之。虽欲率物,亦缘其性真素。每语子弟云:"勿以我受任方州,云我豁平昔时意。今吾处之不易。贫者士之常,焉得登枝而捐其本! 尔曹其存之!"《晋安帝纪》曰:"仲堪,陈郡人,太常融孙也。车骑将军谢玄请为长史,孝武说之,俄为黄门侍郎。自杀袁悦之后,上深为晏驾后计,故先出王恭为北蕃。荆州刺史王忱死,乃中诏用仲堪代焉。"

初桓南郡、杨广共说殷荆州,宜夺殷觊南蛮以自树。《桓玄别传》曰:"玄字敬道,谯国龙亢人,大司马温少子也。幼童中,温甚爱之。临终命以为嗣。年七岁,袭封南郡公,拜太子洗马、义兴太守。不得志,少时去职,归其国。与荆州刺史殷仲堪素旧,情好甚隆。"周祗《隆安记》曰:"广字德度,弘农人,杨震后也。"《晋安帝纪》曰:"觊字伯道,陈郡人。由中书郎出为南蛮校尉。觊亦以率易才悟著称,与从弟仲堪俱知名。"《中兴书》曰:"初,仲堪欲起兵,密邀觊,觊不同。杨广与弟佺期劝杀觊,仲堪不许。"觊亦即晓其旨,尝因行散,率尔去下舍,便不复还,内外无预知者。意色萧然,远同鬭生之无愠。时论以此多之。《春秋传》曰:"楚令尹子文,鬭氏也。"《论语》曰:"令尹子文,三仕为令尹,无喜色;三已之,无愠色。"

王仆射在江州,为殷、桓所逐,奔窜豫章,存亡未测。徐广《晋纪》曰:"王愉字茂和,太原晋阳人,安北将军坦之次子也。以辅国司马,出为江州刺史。愉始至镇,而桓玄、杨佺期举兵以应王恭,乘流奄至,愉无防,惶遽奔临川,为玄所得。玄篡位,迁尚书左仆射。"王绥在都,既忧戚在貌,居处饮食，每事有降。时人谓为试守孝子。《中兴书》曰："绥字彦猷，愉子也。少有令誉。自王浑至坦之，六世盛德，绥又知名，于时冠冕，莫与为比。位至中书令、荆州刺史。桓玄败后，与父愉谋反，伏诛。"

桓南郡玄也。既破殷荆州，收殷将佐十许人，咨议罗企生亦在焉。《玄别传》曰："玄克荆州，杀殷道护及仲堪参军罗企生、鲍季礼，皆仲堪所亲仗也。"桓素待企生厚，将有所戮，先遣人语云："若谢我，当释罪。"企生答曰："为殷荆州吏，今荆州奔亡，存亡未判，我何颜谢桓公？"《中兴书》曰："企生字宗伯，豫章人。殷仲堪初请为府功曹，桓玄来攻，转咨议参军。仲堪多疑少决，企生深忧之，谓其弟遵生曰：'殷侯仁而无断，事必无成。成败天也，吾当死生以之。'及仲堪走，文武并无送者，唯企生从焉。路经家门，遵生绐之曰：'作如此分别，何可不执手？'企生回马授手，遵生便牵下之，谓曰：'家有老母，将欲何行？'企生挥泪曰：'今日之事，我必死之。汝等奉养，不失子道，一门之内，有忠与孝，亦复何恨！'遵生抱之愈急，仲堪于路待之。企生遥呼曰：'今日死生是同，愿少见待！'仲堪见其无脱理，策马而去。俄而玄至，人士悉诣玄，企生独不往而营理仲堪家。或谓曰：'玄性猜急，未能取卿诚节，若遂不诣，祸必至矣！'企生正色曰：'我殷侯吏，见遇以国士，不能共殄丑逆，致此奔败，何面目就桓求生乎？'玄闻，怒而收之。谓曰：'相遇如此，何以见负？'企生曰：'使君口血未干，而生此奸计，自伤力劣，不能翦定凶逆，我死恨晚尔！'玄遂斩之。时年三十有七，众咸悼之。"既出市，桓又遣人问欲何言，答曰："昔晋文王杀嵇康，而嵇绍为晋忠臣。王隐《晋书》曰："绍字延祖，谯国铚人。父康有奇才俊辩。绍十岁而孤，事母孝谨，累迁散骑常侍。惠帝败于荡阴，百官左右皆奔散，唯绍俨然端冕，以身卫帝。兵交御辇，飞箭雨集，遂以见害也。"从公乞一弟以养老母。"桓亦如言宥之。桓先曾以一羔裘与企生母胡，胡时在豫章，企生问至，即日焚裘。

王恭从会稽还，周袛《隆安记》曰："恭字孝伯，太原晋阳人。祖父濛，司徒左长史，风流标望。父蕴，镇军将军，亦得世誉。"《恭别传》曰："恭清廉贵峻，志存格正。起家著作郎，历丹阳尹、中书令。出为五州都督、前将军，青、兖二州刺史。"王大看之，王忱，小字佛大。《晋安帝纪》曰："忱字元达，北平将军坦之第四子也。其得名于当世，与族子恭少相善，齐声见称。仕至荆州刺史。"见其坐六尺簟，因语恭："卿东来，故应有此物，可以一领及我。"恭无言。大去后，即举所坐者送之。既无馀席，便坐荐上。后大闻之甚惊，曰："吾本谓卿多，故求耳。"对曰："丈人不悉恭，恭作人无长物。"

吴郡陈遗，未详。家至孝，母好食铛底焦饭。遗作郡主簿，恒装一囊，每煮食，辄贮录焦饭，归以遗母。后值孙恩贼出吴郡，《晋安帝纪》曰："孙恩一名灵秀，琅邪人。叔父泰，事五斗米道，以谋反诛。恩逃于海上，聚众十万人，攻没郡县。后为临海太守辛昺斩首送之。"袁府君山松，别见。即日便征，遗已聚敛得数斗焦饭，未展归家，遂带以从军。战于沪渎，败。军人溃散，逃走山泽，皆多饥死，遗独以焦饭得活。时人以为纯孝之报也。

孔仆射为孝武侍中，豫蒙眷接烈宗山陵。孔时为太常，形素羸瘦，著重服，竟日涕泗流涟，见者以为真孝子。《续晋阳秋》曰："孔安国字安国，会稽山阴人，车骑愉第六子也。少而孤贫，能善树节，以儒素见称。历侍中、太常、尚书，迁左仆射、特进，卒。"

吴道助、附子兄弟，居在丹阳郡。后遭母童夫人艰，道助，坦之小字。附子，隐之小字也。《吴氏谱》曰："坦之字处靖，濮阳人。仕至西中郎将功曹。父坚，取东苑童俭女，名秦姬。"朝夕哭临。及思至，宾客吊省，号踊哀绝，路人为之落泪。韩康伯时为丹阳尹，母殷在郡，每闻二吴之哭，辄为凄恻。语康伯曰："汝若为选官，当好料理此人。"康伯亦甚相知。韩后果为吏部尚书。大吴不免哀制，小吴遂大贵达。郑缉《孝子传》曰："隐之字处默，少有孝行，遭母丧，哀毁过礼。时与太常韩康伯邻居，康伯母扬州刺史殷浩之妹，聪明妇人也。隐之每哭，康伯母辄辍事流涕，悲不自胜，终其丧如此。谓康伯曰：'汝后若居铨衡，当用此辈人。'后康伯为吏部尚书，乃进用之。"《晋安帝纪》曰："隐之既有至性，加以廉洁，奉禄颁九族，冬月无被。桓玄欲革岭南之弊，以为广州刺史。去州二十里有贪

泉,世传饮之者其心无厌。隐之乃至水上,酌而饮之,因赋诗曰:'石门有贪泉,一
歃重千金。试使夷、齐饮,终当不易心。'为卢循所攻,还京师。历尚书、领军将
军。"《晋中兴书》曰:"旧云:往广州,饮贪泉,失廉洁之性。吴隐之为刺史,自酌贪
泉饮之,题石门为诗云云。"

言 语 第 二

边文礼见袁奉高,_{闳也。}失次序。《文士传》曰:"边让字文礼,陈留
人。才俊辩逸,大将军何进闻其名,召署令史,以礼见之。让占对闲雅,声气如
流,坐客皆慕之。让出就曹,时孔融、王朗等并前为掾,共书刺从让,让平衡与交
接。后为九江太守,为魏武帝所杀。"奉高曰:"昔尧聘许由,面无怍色,
_{皇甫谧曰:"由字武仲,阳城槐里人也。尧舜皆师而学事焉,后隐于沛泽之中,尧}
_{乃致天下而让焉。由以为人据义履方,邪席不坐,邪膳不食,闻尧让而去。其友巢}
_{父闻由为尧所让,以为污己,乃临池洗耳。池主怒曰:'何以污我水?'由于是遁耕}
_{于中岳颍水之阳,箕山之下,终身无经天下色。死葬箕山之巅,在阳城之南十里。}
_{尧因就其墓,号曰箕山公神,以配食五岳,世世奉祀,至今不绝也。"}先生何为
颠倒衣裳?"文礼答曰:"明府初临,尧德未彰,是以贱民颠倒衣
裳耳。"_{按:袁闳卒于太尉掾,未尝为汝南,斯说谬矣。}

徐孺子_{穉也。}年九岁,尝月下戏。人语之曰:"若令月中无
物,当极明邪?"《五经通议》曰:"月中有兔、蟾蜍者何? 月,阴也;蟾蜍,亦阴
_{也,而与兔并明,阴系于阳也。"}徐曰:"不然,譬如人眼中有瞳子,无此
必不明。"

孔文举_{融也。}年十岁,随父到洛。时李元礼有盛名,为司
隶校尉,诣门者皆俊才清称及中表亲戚乃通。文举至门,谓吏
曰:"我是李府君亲。"既通,前坐。元礼问曰:"君与仆有何
亲?"对曰:"昔先君仲尼与君先人伯阳,有师资之尊,是仆与君
奕世为通好也。"元礼及宾客莫不奇之。太中大夫陈韪后至,
人以其语语之。韪曰:"小时了了,大未必佳!"文举曰:"想君

小时，必当了了！"韪大踧踖。《续汉书》曰："孔融字文举，鲁国人，孔子二十四世孙也。高祖父尚，钜鹿太守。父宙，泰山都尉。"《融别传》曰："融四岁，与兄食梨，辄引小者。人问其故，答曰：'小儿，法当取小者。'年十岁，随父诣京师。河南尹李膺有重名，融欲观其为人，遂造之。膺问：'高明父祖，尝与仆周旋乎？'融曰：'然。先君孔子与君先人李老君，同德比义，而相师友。则融与君累世通家也。'众坐莫不叹息，金曰：'异童子也！'太中大夫陈韪后至，同坐以告。韪曰：'人小时了了者，长大未必能奇。'融应声曰：'即如所言，君之幼时，岂实慧乎？'膺大笑，顾谓融曰：'长大必为伟器。'"

孔文举有二子，大者六岁，小者五岁。昼日父眠，小者床头盗酒饮之。大儿谓曰："何以不拜？"答曰："偷，那得行礼！"

孔融被收，中外惶怖。时融儿大者九岁，小者八岁。二儿故琢钉戏，了无遽容。融谓使者曰："冀罪止于身，二儿可得全不？"儿徐进曰："大人岂见覆巢之下，复有完卵乎？"寻亦收至。《魏氏春秋》曰："融对孙权使有讪谤之言，坐弃市。二子方八岁、九岁，融见收，弈棋端坐不起。左右曰：'而父见执。'二子曰：'安有巢覆而卵不破者哉！'遂俱见杀。"《世语》曰："魏太祖以岁俭禁酒，融谓酒以成礼，不宜禁。由是惑众，太祖收寘法焉。二子韶龀见收，顾谓二子曰：'何以不辟？'二子曰：'父尚如此，复何所辟？'"裴松之以为《世语》云融儿不辟，知必俱死，犹差可安。孙盛之言，诚所未譬。八岁小儿，能悬了祸患，聪明特达，卓然既远，则其忧乐之情，固亦有过成人矣。安有见父被执，而无变容，弈棋不起，若在暇豫者乎？昔申生就命，言不忘父，不以己之将死而废念父之情也。父安国犹若兹，而况颠沛哉！盛以此为美谈，无乃贼夫人之子与？盖由好奇情多，而不知言之伤理也。

颍川太守髡陈仲弓。按寔之在乡里，州郡有疑狱不能决者，皆将诣寔。或到而情首，或中途改辞，或托狂悖，皆曰："宁为刑戮所苦，不为陈君所非。"岂有盛德感人若斯之甚，而不自卫，反招刑辟，殆不然乎？此所谓东野之言耳！客有问元方："府君何如？"元方曰："高明之君也。""足下家君何如？"曰："忠臣孝子也。"客曰："《易》称'二人同心，其利断金；同心之言，其臭如兰'。"王廙注《系辞》曰："金至坚矣，同心者，其利无不入。兰芳物也，无不乐者。言其同心者，物无不乐也。"何有高明之君而刑忠臣孝子者乎?"元方曰:"足下言何其谬也! 故不相答。"客曰:"足下但因伛为恭而不能答。"元方曰:"昔高宗放孝子孝己,《帝王世纪》曰:"殷高宗武丁有贤子孝己,其母蚤死,高宗惑后妻之言,放之而死,天下哀之。"尹吉甫放孝子伯奇,《琴操》曰:"尹吉甫,周卿也,有子伯奇,母死,更娶。后妻生子曰伯邦。乃谮伯奇于吉甫,于是放伯奇于野。宣王出游,吉甫从,伯奇乃作歌,以言感之。宣王闻之曰:'此孝子之辞也。'吉甫乃求伯奇于野,而射杀后妻。"董仲舒放孝子符起。未详。唯此三君,高明之君;唯此三子,忠臣孝子。"客惭而退。

荀慈明与汝南袁阆相见,荀爽一名谞。《汉南纪》曰:"谞文章典籍无不涉,时人谚曰:'荀氏八龙,慈明无双。'潜处笃志,征聘无所就。"张璠《汉纪》曰:"董卓秉政,复征爽,爽欲遁去,吏持之急。起布衣,九十五日而至三公。"问颍川人士,慈明先及诸兄。阆笑曰:"士但可因亲旧而已乎?"慈明曰:"足下相难,依据者何经?"阆曰:"方问国士,而及诸兄,是以尤之耳。"慈明曰:"昔者祁奚内举不失其子,外举不失其仇,以为至公。《春秋传》曰:"祁奚为中军尉,请老,晋侯问嗣焉。称解狐,其仇也。将立之而卒。又问焉。对曰:'午也可。'其子也。君子谓祁奚可谓能举善矣。称其仇不为谄,立其子不为比。"公旦《文王》之诗,不论尧舜之德,而颂文武者,亲亲之义也。《春秋》之义,内其国而外诸夏。且不爱其亲而爱他人者,不为悖德乎?"

祢衡被魏武谪为鼓吏,正月半试鼓。衡扬枹为《渔阳掺挝》,渊渊有金石声,四坐为之改容。《典略》曰:"衡字正平,平原般人也。"《文士传》曰:"衡不知先所出,逸才飘举。少与孔融作尔汝之交,时衡未满二十,融已五十。敬衡才秀,共结殷勤,不能相违。以建安初北游,或劝其诣京师贵游者,衡怀一刺,遂至漫灭,竟无所诣。融数与武帝笺,称其才,帝倾心欲见。衡称疾不肯往,而数有言论。帝甚忿之,以其才名不杀,图欲辱之,乃令录为鼓吏。后至八月朝会,大阅试鼓节,作三重阁,列坐宾客。以帛绢制衣,作一岑牟、一单绞及小帾。鼓吏度者,皆当脱其故衣,著此新衣。次传衡,衡击鼓为《渔阳掺挝》,

蹑地来前，蹋跋脚足，容态不常，鼓声甚悲，音节殊妙。坐客莫不慷慨，知必衡也。既度，不肯易衣。吏呵之曰：'鼓吏何独不易服？'衡便止。当武帝前，先脱帢，次脱馀衣，裸身而立。徐徐乃著岑牟，次著单绞，后乃著帢。毕，复击鼓掺榰而去，颜色无怍。武帝笑谓四坐曰：'本欲辱衡，衡反辱孤。'至今有《渔阳掺挝》，自衡造也。为黄祖所杀。"**孔融曰：**"**祢衡罪同胥靡，不能发明王之梦。**"皇甫谧《帝王世纪》曰："武丁梦天赐己贤人，使百工写其象，求诸天下。见筑者胥靡，衣褐于傅岩之野，是谓傅说。"张晏曰："胥靡，刑名。胥，相也；靡，从也。谓相从坐轻刑也。"**魏武惭而赦之。**

　　南郡庞士元闻司马德操在颍川，故二千里候之。至，遇德操采桑，士元从车中谓曰："吾闻丈夫处世，当带金佩紫，焉有屈洪流之量，而执丝妇之事。"《蜀志》曰："庞统字士元，襄阳人。少时朴钝，未有识者。颍川司马徽有知人之鉴，士元弱冠往见徽，徽采桑树上，坐士元树下，共语，自昼至夜。徽异之曰：'生当为南州士人之冠冕。'由是渐显。"《襄阳记》曰："士元，德公之从子也。年少未有识者，唯德公重之。年十八，使往见德操，与语，叹曰：'德公诚知人，实盛德也。'后刘备访世事于德操，德操曰：'俗士岂识时务，此间自有伏龙、凤雏。'谓诸葛孔明与士元也。"《华阳国志》曰："刘备引士元为军师中郎将，从攻洛，为流矢所中，卒。时年三十八。"**德操曰：**《司马徽别传》曰："徽字德操，颍川阳翟人。有人伦鉴识，居荆州。知刘表性暗，必害善人，乃括囊不谈议时人。有以人物问徽者，初不辨其高下，每辄言佳。其妇谏曰：'人质所疑，君宜辨论，而一皆言佳，岂人所以咨君之意乎？'徽曰：'如君所言，亦复佳。'其婉约逊遁如此。尝有妄认徽猪者，便推与之。后得其猪，叩头来还，徽又厚辞谢之。刘表子琮往候徽，遣问在不，会徽自锄园，琮左右问：'司马君在邪？'徽曰：'我是也。'琮左右见其丑陋，骂曰：'死佣，将军诸郎欲求见司马君，汝何等田奴，而自称是邪！'徽归，刈头著帻出见。琮左右见徽故是向老翁，恐，向琮道之。琮起，叩头辞谢。徽乃谓曰：'卿真不可，然吾甚羞之。此自锄园，唯卿知之耳。'有人临蚕求簇箔者，徽自弃其蚕而与之。或曰：'凡人损己以赡人者，谓彼急我缓也。今彼此正等，何为与人？'徽曰：'人未尝求己，求之不与将惭。何有以财物令人惭者！'人谓刘表曰：'司马德操，奇士也，但未遇耳。'表后见之，曰：'世间人为妄语，此直小书生耳。'其智而能愚皆此类。荆州破，为曹操所得，操欲大用，会其病死。""子且下车，子适知邪径之速，不虑失道之迷。昔伯成耦耕，不慕诸侯之荣；《庄子》曰："尧治天下，伯成子高立为诸侯，禹为天子，伯成辞诸侯而耕于野。禹往见之，趋就下风而问焉。子高曰：'昔尧治天下，不赏而民劝，不罚而民畏。今子赏罚而民且不仁，德自此衰，刑自此立。夫子盍行邪？毋落吾事！'"原宪桑枢，不易有官之宅。《家语》曰："原宪字子思，宋人，孔子弟子。居鲁，环堵之室，茨以生草，蓬户不完，桑枢而瓮牖，上漏下湿，坐而弦歌。子贡轩车不容巷，往见之，曰：'先生何病也？'宪曰：'宪闻无财谓之贫，学而不能行谓之病。今宪贫也，非病也。夫希世而行，比周而友，学以为人，教以为己。仁义之慝，舆马之饰，宪不忍为也。'"何有坐则华屋，行则肥马，侍女数十，然后为奇？此乃许、父许由、巢父。所以慷慨，夷、齐所以长叹。《孟子》曰："伯夷、叔齐目不视恶色，耳不听恶声，与乡人居，若在涂炭，盖圣人之清也。"虽有窃秦之爵，千驷之富，《古史考》曰："吕不韦为秦子楚行千金货于华阳夫人，请立子楚为嗣。及子楚立，封不韦洛阳十万户，号文信侯。"以诈获爵，故曰窃也。《论语》曰："齐景公有马千驷，民无德而称焉。"孔安国曰："千驷，四千匹。"不足贵也！"士元曰："仆生出边垂，寡见大义。若不一叩洪钟，伐雷鼓，则不识其音响也。"

　　刘公幹以失敬罹罪，《典略》曰："刘桢字公幹，东平宁阳人。建安十六年，世子为五官中郎将，妙选文学，使桢随侍太子。酒酣坐欢，乃使夫人甄氏出拜，坐上客多伏，而桢独平视。他日公闻，乃收桢，减死输作部。"《文士传》曰："桢性辩捷，所问应声而答。坐平视甄夫人，配输作部，使磨石。武帝至尚方观作者，见桢匡坐正色磨石。武帝问：'石何如？'桢因得喻己自理，跪而对曰：'石出荆山悬岩之巅，外有五色之章，内含卞氏之珍。磨之不加莹，雕之不增文，禀气坚贞，受之自然。顾其理枉屈纡绕而不得申。'帝顾左右大笑，即日赦之。"文帝问曰："卿何以不谨于文宪？"桢答曰："臣诚庸短，亦由陛下纲目不疏。"《魏志》曰："帝讳丕，字子桓，受汉禅。"按诸书或云桢被刑魏武之世，建安二十年病亡。后七年文帝乃即位，而谓桢得罪黄初之时，谬矣。

　　钟毓、钟会少有令誉。《魏书》曰："毓字稚叔，颍川长社人，相国繇长子也。年十四，为散骑侍郎，机捷谈笑有父风，仕至车骑将军。"年十三，魏文帝闻之，语其父钟繇《魏志》曰："繇字元常，家贫好学，为《周易》、《老子训》。历大理、相国，迁太傅。"曰："可令二子来！"于是敕见。毓面有汗，帝曰："卿面何以汗？"毓对曰："战战惶惶，汗出如浆。"复问会："卿何以不汗？"对曰："战战栗栗，汗不敢出。"

　　钟毓兄弟小时，值父昼寝，因共偷服药酒。其父时觉，且托寐以观之。毓拜而后饮，会饮而不拜。《魏志》曰："会字士季，繇少子也。敏惠夙成。中护军蒋济著论，谓观其眸子，足以知人。会年五岁，繇遣见济。济甚异之，曰：'非常人也！'及壮，有才数，精练名理，累迁黄门侍郎。诸葛诞反，文王征之，会谋居多，时人谓之子房。拜镇西将军。伐蜀，蜀平，进位司徒。自谓功名盖世，不可复为人下。谓所亲曰：'我淮南已来，画无遗策，四海共知，持此欲安归乎？'遂谋反，见诛，时年四十。"既而问毓何以拜，毓曰："酒以成礼，不敢不拜。"又问会何以不拜，会曰："偷本非礼，所以不拜。"

　　魏明帝为外祖母筑馆于甄氏。《魏本传》曰："帝讳叡，字元仲，文帝太子。以其母废，未立为嗣。文帝与俱猎，见子母鹿，文帝射其母，应弦而倒。复令帝射其子，帝置弓泣曰：'陛下已杀其母，臣不忍复杀其子。'文帝曰：'好语动人心。'遂定为嗣，是为明帝。"《魏书》曰："文昭甄皇后，明帝母也。父逸，上蔡令。烈宗即位，追封上蔡君。嫡孙象袭爵，象薨，子畅嗣，起大第，车驾亲自临之。"既成，自行视，谓左右曰："馆当以何为名？"侍中缪袭曰：《文章叙录》曰："袭字熙伯，东海兰陵人。有才学，累迁侍中、光禄勋。""陛下圣思齐于哲王；罔极过于曾、闵。此馆之兴，情钟舅氏，宜以'渭阳'为名。"秦《诗》曰："渭阳，康公念母也。康公之母，晋献公之女。文公遭骊姬之难，未反而秦姬卒。穆公纳文公，康公时为太子，赠送文公于渭之阳，念母之不见也。我见舅氏，如母存焉。"按《魏书》：帝于后园为象母起观，名其里曰渭阳。然则象母即帝之舅母，非外祖母也。且'渭阳'为馆名，亦乖旧史也。

　　何平叔云："服五石散，非唯治病，亦觉神明开朗。"《魏略》曰："何晏字平叔，南阳宛人，汉大将军进孙也。或云何苗孙也。尚主，又好色，故黄初时无所事任。正始中，曹爽用为中书，主选举，宿旧者多得济拔。为司马宣王所诛。"秦丞相《寒食散论》曰:"寒食散之方虽出汉代,而用之者寡,靡有传焉。魏尚书何晏首获神效,由是大行于世,服者相寻也。"

嵇中散语赵景真:嵇绍《赵至叙》曰:"至字景真,代郡人。汉末,其祖流宕客缑氏。令新之官,至年十二,与母共道傍看,母曰:'汝先世非微贱家也,汝后能如此不?'至曰:'可尔耳。'归便求师读书,蚤闻父耕叱牛声,释书而泣。师问之,答曰:'自伤不能致荣华,而使老父不免勤苦。'年十四,入太学观,时先君在学写石经古文,事讫去。遂随车问先君姓名。先君曰:'年少何以问我?'至曰:'观君风器非常,故问耳。'先君具告之。至年十五,阳病,数数狂走五里三里,为家追得,又炙身体十数处。年十六,遂亡命,径至洛阳,求索先君不得。至邺,沛国史仲和是魏领军史涣孙也,至便依之,遂名翼,字阳和。先君到邺,至具道太学中事,便逐先君归山阳经年。至长七尺三寸,洁白黑发,赤唇明目,鬓须不多,闲详安谛,体若不胜衣。先君尝谓之曰:'卿头小而锐,瞳子白黑分明,视瞻停谛,有白起风。'至论议清辩,有从横才,然亦不以自长也。孟元基辟为辽东从事,在郡断九狱,见称清当。自痛弃亲远游,母亡不见,吐血发病,服未竟而亡。'"**卿瞳子白黑分明,有白起之风。**严尤《三将叙》曰:"白起,平原君劝赵孝成王受冯亭,王曰:'受之,秦兵必至,武安君必将,谁能当之者乎?'对曰:'渑池之会,臣察武安君小头而面锐,瞳子白黑分明,视瞻不转。小头而面锐者,敢断决也;瞳子白黑分明者,见事明也;视瞻不转者,执志强也。可与持久,难与争锋。廉颇为人,勇鸷而爱士,知难而忍耻,与之野战则不如,持守足以当之。'王从其计。"**恨量小狭。**赵云:"**尺表能审玑衡之度,**《周髀》曰:"夏至,北方二万六千里,冬至,南方十三万五千里,日中树表则无影矣。周髀长八尺,夏至日,晷尺六寸。髀,股也;晷,句也。正南千里,句尺五寸;正北千里,句尺七寸。"《周髀》之书也。**寸管能测往复之气。**《吕氏春秋》曰:"黄帝使伶伦自大夏之西、昆仑之阴,取竹之嶰谷生,其窍厚薄均者,断两节间而吹之,以为黄钟之管。制十二笛,以听凤凰之鸣。雄鸣六,雌鸣六,以为律吕。"《续汉书·律历志》曰:"十二律之变,至于六十,以律候气。候气之法:为室三重,户闭,涂衅必周,密布缇缦,以木为案,加律其上,以葭莩灰抑其内,为气所动者,其灰散也。以此候之。"**何必在大,但问识如何耳!**"

司马景王东征,《魏书》曰:"司马师字子元,相国宣文侯长子也。以道德清粹,重于朝廷,为大将军、录尚书事。毌丘俭反,师自征之,薨谥景王。"取上党李喜,以为从事中郎。因问喜曰:"昔先公辟君不就,今孤召君,何以来?"喜对曰:"先公以礼见待,故得以礼进退;明公以法见绳,喜畏法而至耳!"《晋诸公赞》曰:"喜字季和,上党铜鞮人也。少有高行,研精艺学。宣帝为相国,辟喜,喜固辞疾。景帝辅政,为从事中郎,累迁光禄大夫,特进。赠太保。"

邓艾口吃,语称"艾艾"。《魏志》曰:"艾字士载,棘阳人,少为农人养犊。年十二,随母至颍川,读《故太丘长碑文》曰'言为世范,行为士则',遂名范,字士则。后宗族有同者,故改焉。每见高山大泽,辄规度指画军营处所,时人多笑焉。后见司马宣王,三辟为掾,累迁征西将军。伐蜀,蜀平,进位太尉。为卫瓘所害。"晋文王戏之曰:"卿云艾艾,定是几艾?"对曰:"凤兮凤兮,故是一凤。"朱凤《晋纪》曰:"文王讳昭,字子上,宣帝次子也。"《列仙传》曰:"陆通者,楚狂接舆也。好养性,游诸名山。尝遇孔子而歌曰:'凤兮凤兮,何德之衰!往者不可谏,来者犹可追。'后入蜀,在峨嵋山中也。"

嵇中散既被诛,向子期举郡计入洛,文王引进,问曰:"闻君有箕山之志,何以在此?"对曰:"巢、许狷介之士,不足多慕。"王大咨嗟。《向秀别传》曰:"秀字子期,河内人。少为同郡山涛所知,又与谯国嵇康、东平吕安友善,并有拔俗之韵,其进止无不同,而造事营生,业亦不异。常与嵇康偶锻于洛邑,与吕安灌园于山阳,不虑家之有无,外物不足怫其心。弱冠著《儒道论》,弃而不录,好事者或存之。或云是其族人所作,困于不行,乃告秀,欲假其名。秀笑曰:'可复尔耳!'后康被诛,秀遂失图。乃应岁举,到京师,诣大将军司马文王,文王问曰:'闻君有箕山之志,何能自屈?'秀曰:'常谓彼人不达尧意,本非所慕也。'一坐皆说。随次转至黄门侍郎、散骑常侍。"

晋武帝始登阼,探策得"一"。《晋世谱》曰:"世祖讳炎,字安宇,咸熙二年受魏禅。"王者世数,系此多少。帝既不说,群臣失色,莫能有言者。侍中裴楷进曰:"臣闻天得一以清,地得一以宁,侯王得一以为天下贞。"帝说,群臣叹服。王弼《老子注》云:"一者,数之始,物之极也。各是一物,所以为主也。各以其一,致此清、宁、贞。"

满奋畏风。在晋武帝坐，北窗作琉璃屏，实密似疏，奋有难色。帝笑之。荀绰《冀州记》曰："奋字武秋，高平人，魏太尉宠之孙也。性清平有识，自吏部郎出为冀州刺史。"《晋诸公赞》曰："奋体量清雅，有曾祖宠之风，迁尚书令，为荀颛所害。"奋答曰："臣犹吴牛，见月而喘。"今之水牛，唯生江淮间，故谓之吴牛也。南土多暑，而此牛畏热，见月疑是日，所以见月则喘。

诸葛靓在吴，于朝堂大会。《晋诸公赞》曰："靓字仲思，琅邪人，司空诞少子也。雅正有才望。诞以寿阳叛，遣靓入质于吴，以靓为右将军、大司马。"孙皓问："卿字仲思，为何所思？"对曰："在家思孝，事君思忠，朋友思信，如斯而已。"

蔡洪《洪集录》曰："洪字叔开，吴郡人，有才辩，初仕吴朝。太康中，本州从事，举秀才。"王隐《晋书》曰："洪仕至松滋令。"赴洛，洛中人问曰："幕府初开，群公辟命，求英奇于仄陋，采贤俊于岩穴。君吴楚之士，亡国之馀，有何异才，而应斯举？"蔡答曰："夜光之珠，不必出于孟津之河；旧说云："隋侯出行，有蛇斩而中断者，侯连而续之，蛇遂得生而去。后衔明月珠以报其德，光明照夜同昼，因曰隋珠。"左思《蜀都赋》所谓"隋侯鄙其夜光"也。盈握之璧，不必采于昆仑之山。韩氏曰："和氏之璧，盖出于井里之中。"大禹生于东夷，文王生于西羌，按《孟子》曰："舜生于诸冯，东夷人也；文王生于岐周，西戎人也。"则东夷是舜非禹也。圣贤所出，何必常处。昔武王伐纣，迁顽民于洛邑，《尚书》曰："成周既成，迁殷顽民，作《多士》。"孔安国注："殷大夫心不则德义之经，故徙于王都，迩教诲也。"得无诸君是其苗裔乎？"按华令思举秀才入洛，与王武子相酬对，皆与此言不异，无容二人同有此辞。疑《世说》穿凿也。

诸名士共至洛水戏。《竹林七贤论》曰："王济诸人尝至洛水解禊事。明日，或问济曰：'昨游，有何语议？'济云云。"还，乐令广也。问王夷甫曰："今日戏乐乎？"虞预《晋书》曰："王衍字夷甫，琅邪临沂人，司徒戎从弟，父乂，平北将军。夷甫蚤知名，以清虚通理称，仕至太尉，为石勒所害。"王曰："裴仆射善谈名理，混混有雅致；《晋惠帝起居注》曰："裴颜字逸民，河东闻喜人，司空秀之少子也。"《冀州记》曰："颜弘济有清识，稽古善言名理。履行高整，自少知名。历侍中、尚书左仆射，为赵王伦所害。"张茂先论《史》《汉》，靡靡可听；《晋阳秋》曰："华博览洽闻，无不贯综。世祖尝问汉事，及建章千门万户。华画地成图，应对如流，张安世不能过也。"我与王安丰戎也。说延陵、子房，亦超超玄箸。"《晋诸公赞》曰："夷甫好尚谈称，为时人物所宗。"

王武子、《晋诸公赞》曰："王济字武子，太原晋阳人，司徒浑第二子也。有俊才，能清言。起家中书郎，终太仆。"孙子荆《文士传》曰："孙楚字子荆，太原中都人也。"《晋阳秋》曰："楚，骠骑将军资之孙，南阳太守弘之子。乡人王济，豪俊公子，为本州大中正，访问弘为乡里品状，济曰：'此人非乡评所能名，吾自状之。曰：'天才英特，亮拔不群。'"仕至冯翊太守。"各言其土地人物之美。王云："其地坦而平，其水淡而清，其人廉且贞。"孙云："其山崒巍以嵯峨，其水㳄渫而扬波，其人磊砢而英多。"按：《三秦记》、《语林》载蜀人伊籍称吴土地人物，与此语同。

乐令女适大将军成都王颖。虞预《晋书》曰："乐广字彦辅，南阳人。清夷冲旷，加有理识。累迁侍中、河南尹。在朝廷用心虚淡，时人重其贞贵，代王戎为尚书令。"《八王故事》曰："司马颖字叔度，世祖第十九子，封成都王、大将军。"王兄长沙王执权于洛，《晋百官名》曰："司马乂字士度，封长沙王。"《八王故事》曰："世祖第十七子。"遂构兵相图。长沙王亲近小人，远外君子，凡在朝者，人怀危惧。乐令既允朝望，加有婚亲，群小谗于长沙。长沙尝问乐令，乐令神色自若，徐答曰："岂以五男易一女？"《晋阳秋》曰："成都王之起兵，长沙王猜广，广曰：'宁以一女而易五男？'乂犹疑之，遂以忧卒。"由是释然，无复疑虑。

陆机诣王武子，《晋阳秋》曰："机字士衡，吴郡人。祖逊，吴丞相。父抗，大司马。机与弟云并有俊才。司空张华见而说之，曰：'平吴之利，在获二俊。'"《机别传》曰："博学善属文，非礼不动。入晋，仕著作郎，至平原内史。"武子前置数斛羊酪，指以示陆曰："卿江东何以敌此？"陆云："有千里莼羹,但未下盐豉耳!"

中朝有小儿,父病,行乞药。主人问病,曰:"患疟也。"主人曰:"尊侯明德君子,何以病疟?"俗传行疟鬼小,多不病巨人。故光武尝谓景丹曰:"尝闻壮士不病疟,大将军反病疟耶?"答曰:"来病君子,所以为疟耳。"

崔正熊诣都郡。都郡将姓陈,问正熊:"君去崔杼几世?"答曰:"民去崔杼,如明府之去陈恒。"《晋百官名》曰:"崔豹字正熊,燕国人,惠帝时官至太傅丞。"

元帝始过江,朱凤《晋书》曰:"帝讳叡,字景文。祖伷,封琅邪王,父恭王瑾嗣。帝袭爵为琅邪王。少有明惠,因乱过江起义,遂即皇帝位。《谥法》曰:始建国都曰元。"谓顾骠骑曰:"寄人国土,心常怀惭。"荣跪对曰:"臣闻王者以天下为家,是以耿、亳无定处,《帝王世纪》曰:"殷祖乙徙耿,为河所毁。"今河东皮氏耿乡是也。"盘庚五迁,复南居亳。"今景亳是也。九鼎迁洛邑。《春秋传》曰:"武王克商,迁九鼎于洛邑。"今之偃师是也。愿陛下勿以迁都为念。"

庾公造周伯仁。虞预《晋书》曰:"周顗字伯仁,汝南安城人,扬州刺史浚长子也。"《晋阳秋》曰:"顗有风流才气,少知名,正体巍然,侪辈不敢媟。汝南贾泰渊通清操之士,尝叹曰:'汝、颖固多贤士,自顷陵迟,雅道殆衰,今复见周伯仁,伯仁将祛旧风,清我邦族矣。'举寒素,累迁尚书仆射,为王敦所害。"伯仁曰:"君子何欣说而忽肥?"庾曰:"君复何所忧惨而忽瘦?"伯仁曰:"吾无所忧,直是清虚日来,滓秽日去耳。"

过江诸人,每至美日,辄相邀新亭,藉卉饮宴。《丹阳记》曰:"新亭,吴旧立,先基崩沦。隆安中,丹阳尹司马恢之徙创今地。"周侯顗也。中坐而叹曰:"风景不殊,正自有山河之异!"皆相视流泪。唯王丞相导也。愀然变色曰:"当共戮力王室,克复神州,何至作楚囚相对?"《春秋传》曰:"楚伐郑,诸侯救之。郑执郧公钟仪献晋,景公观军府,见而问之曰:'南冠而絷者为谁?'有司对曰:'楚囚也。'使税之。问其族,对曰:

'伶人也。'‘能为乐乎?’曰：'先父之职，敢有二事?’与之琴，操南音。范文子曰：
'楚囚，君子也。乐操土风，不忘旧也。君盍归之，以合晋、楚之成。'"

卫洗马初欲渡江，形神惨顿，语左右云："见此芒芒，不觉
百端交集。苟未免有情，亦复谁能遣此!"《晋诸公赞》曰："卫玠字叔
宝，河东安邑人。祖父瓘，太尉。父恒，黄门侍郎。"《玠别传》曰："玠颖识通达，天
韵标令，陈郡谢幼舆敬以亚父之礼。论者以为出王眉子、平子、武子之右。世咸
谓'诸王三子，不如卫家一儿'。娶乐广女。裴叔道曰：'妻父有冰清之姿，婿有璧
润之望，所谓秦晋之匹也。'为太子洗马。永嘉四年，南至江夏，与兄别于梁里涧，
语曰：'在三之义，人之所重，今日忠臣致身之道，可不勉乎?’行至豫章，乃卒。"

顾司空未知名，诣王丞相。丞相小极，对之疲睡。顾思所
以叩会之，《顾和别传》曰："和字君孝，吴郡人。祖容，吴荆州刺史。父相，晋
临海太守。和总角知名，族人顾荣雅相器爱，曰：'此吾家之骐骥也，必振衰族。'
累迁尚书令。"因谓同坐曰："昔每闻元公顾荣。道公协赞中宗，保
全江表，邓粲《晋纪》曰："导与元帝有布衣之好，知中国将乱，劝帝渡江，求为安
东司马，政皆决之，号仲父。晋中兴之功，导实居其首。"体小不安，令人喘
息。"丞相因觉，谓顾曰："此子珪璋特达，机警有锋。"

会稽贺生，体识清远，言行以礼。贺循别见。不徒东南之
美，《尔雅》曰："东南之美者，有会稽之竹箭焉。"实为海内之秀。

刘琨虽隔阂寇戎，志存本朝，王隐《晋书》曰："琨字越石，中山魏昌
人。祖迈，有经国之才。父璠，光禄大夫。琨少称俊朗，累迁司徒长史、尚书右
丞。迎大驾于长安，以有殊勋，封广武侯。年三十五，出为并州刺史，为段日磾所
害。"谓温峤曰："班彪识刘氏之复兴，马援知汉光之可辅。《汉
书·叙传》曰："彪字叔皮，扶风人，客于天水。陇西隗嚣有窥觎之志，彪作《王命
论》以讽之。"《东观汉记》曰："马援字文渊，茂陵人。从公孙述、隗嚣游，后见光武
曰：'天下反覆，盗名字者不可胜数，今见陛下寥廓大度，同符高祖，乃知帝王自有
真也。'帝甚壮之。"今晋祚虽衰，天命未改。吾欲立功于河北，使
卿延誉于江南。子其行乎?"温曰："峤虽不敏，才非昔人，明公
以桓、文之姿，建匡立之功，岂敢辞命!"虞预《晋书》曰："峤字太真，太

原祁人。少标俊清彻，英颖显名，为司空刘琨左司马。是时二都倾覆，天下大乱，琨闻元皇受命中兴，慷慨幽、朔，志存本朝。使峤奉使，峤喟然对曰：'峤虽乏管、张之才，而明公有桓、文之志，敢辞不敏，以违高旨？'以左长史奉使劝进，累迁骠骑大将军。"

温峤初为刘琨使来过江。于时江左营建始尔，纲纪未举。温新至，深有诸虑。既诣王丞相，陈主上幽越，社稷焚灭，山陵夷毁之酷，有《黍离》之痛。温忠慨深烈，言与泗俱，丞相亦与之对泣。叙情既毕，便深自陈结，丞相亦厚相酬纳。既出，欢然言曰："江左自有管夷吾，此复何忧？"《史记》曰："管仲夷吾者，颍上人。相齐桓公，九合诸侯，一匡天下。"《语林》曰："初温奉使劝进，晋王大集宾客见之。温公始入，姿形甚陋，合坐尽惊。既坐，陈说九服分崩，皇室弛绝，晋王君臣莫不歔欷。及言天下不可以无主，闻者莫不踊跃，植发穿冠。王丞相深相付托。温公既见丞相，便谓乐不住，曰：'既见管仲，天下事无复忧。'"

王敦兄含为光禄勋。《含别传》曰："含字处弘，琅邪临沂人。累迁徐州刺史、光禄勋，与弟敦作逆，伏诛。"敦既逆谋，屯据南州，含委职奔姑孰。邓粲《晋纪》曰："初，王导协赞中兴，敦有方面之功。敦以刘隗为间己，举兵讨之。故含南奔武昌，朝廷始警备也。"王丞相诣阙谢。《中兴书》曰："导从兄敦，举兵讨刘隗，导率子弟二十馀人，旦旦到公车，泥首谢罪。"司徒、丞相、扬州官僚问讯，仓卒不知何辞。顾司空时为扬州别驾，援翰曰："王光禄远避流言，明公蒙尘路次，群下不宁，不审尊体起居何如？"

郗太尉拜司空，语同坐曰："平生意不在多，值世故纷纭，遂至台鼎。朱博翰音，实愧于怀。"《汉书》曰："朱博字子元，杜陵人。为丞相，临拜，延登受策，有大声如钟鸣。上问扬雄，李寻对曰：'《洪范》所谓鼓妖者也。人君不聪，空名得进，则有无形之声。'博后坐事自杀。"故《序传》曰："博之翰音，鼓妖先作。"《易中孚》曰："上九，翰音登于天，贞凶。"王弼注曰："翰，高飞也。飞者，音飞而实不从也。"

高坐道人不作汉语，或问此意，简文曰："以简应对之烦。"

《高坐别传》曰："和尚胡名尸黎密，西域人。传云国王子，以国让弟，遂为沙门。永嘉中，始到此土，止于大市中。和尚天姿高朗，风韵道迈。丞相王公一见奇之，以为吾之徒也。周仆射领选，抚其背而叹曰：'若选得此贤，令人无恨。'俄而周侯遇害，和尚对其灵坐，作胡祝数千言，音声高畅，既而挥涕收泪，其哀乐废兴皆此类。性高简，不学晋语。诸公与之言，皆因传译。然神领意得，顿在言前。"《塔寺记》曰："尸黎密冢曰高坐，在石子冈常行头陀，卒于梅冈，即葬焉。晋元帝于冢边立寺，因名高坐。"

周仆射雍容好仪形，诣王公，初下车，隐数人，王公含笑看之。既坐，傲然啸咏。王公曰："卿欲希嵇、阮邪？"答曰："何敢近舍明公，远希嵇、阮！"邓粲《晋纪》曰："伯仁仪容弘伟，善于俯仰应答，精神足以荫映数人。深自持，能致人，而未尝往焉。"

庾公尝入佛图，见卧佛，《涅槃经》云："如来背痛，于双树间北首而卧，故后之图绘者为此象。"曰："此子疲于津梁。"于时以为名言。

挚瞻曾作四郡太守，大将军户曹参军，复出作内史，《挚氏世本》曰："瞻字景游，京兆长安人，太常虞兄子也。父育，凉州刺史。瞻少善属文，起家著作郎。中朝乱，依王敦为户曹参军。历安丰、新蔡、西阳太守。见敦以故坏裘赐老病外部都督，瞻谏曰：'尊裘虽故，不宜与小吏。'敦曰：'何为不可？'瞻时因醉，曰：'若上服皆可用赐，貂蝉亦可赐下乎？'敦曰：'非喻，所引如此，不堪二千石。'瞻曰：'瞻视去西阳，如脱屣耳！'敦反，乃左迁随郡内史。"年始二十九。尝别王敦，敦谓瞻曰："卿年未三十，已为万石，亦太蚤。"瞻曰："方于将军，少为太蚤；比之甘罗，已为太老。"《挚氏世本》曰："瞻高亮有气节，故以此答敦。后知敦有异志，建兴四年，与第五琦据荆州以距敦，竟为所害。"《史记》曰："甘罗，秦相茂之孙也。年十二，而秦相吕不韦欲使张唐相燕，唐不肯行，甘罗说而行之。又请车五乘以使赵，还报秦，秦封甘罗为上卿，赐以甘茂田宅。"

梁国杨氏子，九岁，甚聪惠。孔君平王隐《晋书》曰："孔坦字君平，会稽山阴人。善《春秋》，有文辩。历太子舍人，累迁廷尉卿。"诣其父，父不在，乃呼儿出，为设果。果有杨梅，孔指以示儿曰："此是君家果。"儿应声答曰:"未闻孔雀是夫子家禽。"

孔廷尉以裘与从弟沈,《孔氏谱》曰:"沈字德度,会稽山阴人。祖父奕,全椒令。父群,鸿胪卿。沈至琅邪王文学。"沈辞不受。廷尉曰:"晏平仲之俭,祠其先人,豚肩不掩豆,犹狐裘数十年,刘向《别录》曰:"晏平仲名婴,东莱夷维人。事齐灵公、庄公,以节俭力行重于齐。"《礼记》曰:"晏平仲祀其先人,豚肩不掩豆,君子以为俭也。"又曰:"晏子一狐裘三十年,晏子焉知礼?"注:"豚,俎实也。豆,径尺。言并豚之两肩不能掩豆,喻少也。"卿复何辞此?"于是受而服之。

佛图澄与诸石游,《澄别传》曰:"道人佛图澄,不知何许人,出于燉煌,好佛道,出家为沙门。永嘉中,至洛阳,值京师有难,潜遁草泽间。石勒雄异好杀害,因勒大将军郭默略见勒。以麻油涂掌,占见吉凶。数百里外听浮图铃声,逆知祸福。勒甚敬信之。虎即位,亦师澄,号大和尚。自知终日。开棺无尸,唯袈裟法服在焉。"林公曰:"澄以石虎为海鸥鸟。"《赵书》曰:"虎字季龙,勒从弟也。征伐每斩将搴旗。勒死,诛勒诸儿,袭位。"《庄子》曰:"海上之人好鸥者,每旦之海上,从鸥游,鸥之者数百而不止。其父曰:'吾闻鸥鸟从汝游,取来玩之。'明日之海上,鸥舞而不下。"

谢仁祖年八岁,谢豫章鲲。子别见。将送客,尔时语已神悟,自参上流。诸人咸共叹之曰:"年少一坐之颜回。"仁祖曰:"坐无尼父,焉别颜回?"《晋阳秋》曰:"谢尚字仁祖,陈郡人,鲲之子也。韶龀丧兄,哀恸过人。及遭父丧,温峤唁之,尚号叫极哀。既而收涕告诉,有异常童。峤奇之,由是知名,仕至镇西将军、豫州刺史。"

陶公疾笃,都无献替之言,朝士以为恨。《陶氏叙》曰:"侃字士衡,其先鄱阳人,后徙寻阳。侃少有远概纲维宇宙之志。察孝廉入洛,司空张华见而谓曰:'后来匡主宁民,君其人也。'刘弘镇沔南,取为长史,谓侃曰:'昔吾为羊太傅参佐,见语云:"君后当居身处。"今相观,亦复然矣。'累迁湘、广、荆三州刺史、加羽葆鼓吹,封长沙郡公、大将军。赞拜不名,剑履上殿。进太尉,赠大司马,谥桓公。"按王隐《晋书》载侃临终《表》曰:"臣少长孤寒,始愿有限,过蒙先朝历世异恩。臣年垂八十,位极人臣,启手启足,当复何恨! 但以徼寇未诛,山陵未复,所以愤慨兼怀,唯此而已! 犹冀犬马之齿,尚可少延,欲为陛下北吞石虎,西诛李雄,势遂不振,良图永息。临书振腕,涕泗横流。伏愿遴选代人,使必得良才,足以奉宣王猷,遵成志业。则虽死之日,犹生之年。"有表若此,非无献替。仁祖闻之曰:"时无竖刁,故不贻陶公话言。"《吕氏春秋》曰:"管仲病,桓公问曰:'子如不讳,谁代子相者? 竖刁何如?'管仲曰:'自宫以事君,非人情,必不可用!'后果乱齐。"时贤以为德音。

竺法深在简文坐,刘尹问:"道人何以游朱门?"答曰:"君自见其朱门,贫道如游蓬户。"《高逸沙门传》曰:"法师居会稽,皇帝重其风德,遣使迎焉,法师暂出应命。司徒会稽王天性虚澹,与法师结殷勤之欢。师虽升履丹墀,出入朱邸,泯然旷达,不异蓬宇也。"或云下令。别见。

孙盛为庾公记室参军,《中兴书》曰:"盛字安国,太原中都人。博学强识,历著作郎,浏阳令。庾亮为荆州,以为征西主簿,累迁秘书监。"从猎,将其二儿俱行。庾公不知,忽于猎场见齐庄,时年七八岁。庾谓曰:"君亦复来邪?"应声答曰:"所谓'无小无大,从公于迈'。"

孙齐由、齐庄二人小时诣庾公,公问齐由"何字",答曰:"字齐由。"公曰:"欲何齐邪?"曰:"齐许由。"《晋百官名》曰:"孙潜字齐由,太原人。"《中兴书》曰:"潜,盛长子也,豫章太守。殷仲堪下讨王国宝,潜时在郡,逼为咨议参军,固辞不就,遂以忧卒。"齐庄"何字",答曰:"字齐庄。"公曰:"欲何齐?"曰:"齐庄周。"公曰:"何不慕仲尼而慕庄周?"对曰:"圣人生知,故难企慕。"庾公大喜小儿对。《孙放别传》曰:"放字齐庄,监军次子也。年八岁,太尉庾公召见之。放清秀,欲观试,乃授纸笔令书,放便自疏名字。公题后问之曰:'为欲慕庄周邪?'放书答曰:'意欲慕之。'公曰:'何故不慕仲尼而慕庄周?'放曰:'仲尼生而知之,非希企所及;至于庄周,是其次者,故慕耳。'公谓宾客曰:'王辅嗣应答,恐不能胜之。'卒长沙王相。"

张玄之、顾敷,是顾和中外孙,皆少而聪惠。和并知之,而常谓顾胜,亲重偏至,张颇不恢。敷别见。《续晋阳秋》曰:"张玄之字祖希,吴郡太守澄之孙也。少以学显,历吏部尚书,出为冠军将军、吴兴太守。会稽内史谢玄同时之郡,论者以为南北之望。玄之名亚谢玄,时亦称南北二玄,卒于郡。"于时张年九岁,顾年七岁,和与俱至寺中。见佛般泥洹像,弟子有泣者,有不泣者,和以问二孙。玄谓"被亲故泣,不被亲故不泣"。敷曰:"不然,当由忘情故不泣,不能忘情故泣。"《大智度论》曰:"佛在阴庵罗双树间入般涅槃,卧北首,大地震动。诸三学人,金然不乐,郁伊交涕;诸无学人,但念诸法,一切无常。"

庾法畅造庾太尉,握麈尾至佳,公曰:"此至佳,那得在?"法畅曰:"廉者不求,贪者不与,故得在耳。"法畅氏族所出未详。法畅著《人物论》,自叙其美云:"悟锐有神,才辞通辩。"

庾稚恭为荆州,《庾翼别传》曰:"翼字稚恭,颍川鄢陵人也。少有大度,时论以经略许之。兄太尉亮薨,朝议推才,乃以翼都督七州。进征南将军、荆州刺史。"以毛扇上武帝。武帝疑是故物。傅咸《羽扇赋序》曰:"昔吴人直截鸟翼而摇之,风不减方圆二扇,而功无加,然中国莫有生意者。灭吴之后,翕然贵之,无人不用。"按庾怿以白羽扇献武帝,帝嫌其非新,反之,不闻翼也。侍中刘劭曰:《文字志》曰:"劭字彦祖,彭城丛亭人。祖讷,司隶校尉。父松,成皋令。劭博识好学,多艺能,善草隶。初仕领军参军,太傅出东,劭谓京洛必危,乃单马奔扬州。历侍中、豫章太守。""柏梁云构,工匠先居其下;管弦繁奏,钟、夔先听其音。钟,钟期也。夔,舜乐正。稚恭上扇,以好不以新。"庾后闻之曰:"此人宜在帝左右。"

何骠骑亡后,何充别见。征褚公入。既至石头,王长史、刘尹同诣褚。褚曰:"真长何以处我?"真长顾王曰:"此子能言。"褚因视王,王曰:"国自有周公。"《晋阳秋》曰:"充之卒,议者谓太后父褚宜秉朝政,褚自丹徒入朝。吏部尚书刘遐劝褚曰:'会稽王令德,国之周公也,足下宜以大政付之。'褚长史王胡之亦劝归藩,于是固辞归京。"

桓公北征经金城,见前为琅邪时种柳,皆已十围,慨然曰:"木犹如此,人何以堪!"攀枝执条,泫然流泪。《桓温别传》曰:"温字元子,谯国龙亢人,汉五更桓荣后也。父彝,有识鉴。温少有豪迈风气,为温峤所知,累迁琅邪内史,进征西大将军,镇西夏。时逆胡未诛,徐烬假息,温亲勒郡卒,建旗致讨,清荡伊、洛,展敬园陵。薨,谥宣武侯。"

简文作抚军时,尝与桓宣武俱入朝,更相让在前。宣武不得已而先之,因曰:"伯也执殳,为王前驱。"卫《诗》也。殳,长一丈二尺,无刃。简文曰:"所谓'无小无大,从公于迈'。"

顾悦与简文同年,而发蚤白。《中兴书》曰:"悦字君叔,晋陵人。初为殷浩扬州别驾。浩卒,上疏理浩。或谏以浩为太宗所废,必不依许,悦固争之,浩果得申,物论称之。后至尚书左丞。"简文曰:"卿何以先白?"对曰:"蒲柳之姿,望秋而落;松柏之质,经霜弥茂。"顾凯之为父传曰:"君以直道陵迟于世。入见王,王发无二毛,而君已斑白。问君年,乃曰:'卿何偏蚤白?'君曰:'松柏之姿,经霜犹茂;臣蒲柳之质,望秋先零。受命之异也。'王称善久之。"

桓公入峡,绝壁天悬,腾波迅急。《晋阳秋》曰:"温以永和二年,率所领七千余人伐蜀,拜表辄行。"乃叹曰:"既为忠臣,不得为孝子,如何?"《汉书》曰:"王阳为益州刺史,行部至邛崃九折坂,叹曰:'奉先人遗体,奈何数乘此险!'以病去官。后王尊为刺史,至其坂,问吏曰:'非王阳所畏之道邪?'吏曰:'是。'叱其驭曰:'驱之!王阳为孝子,王尊为忠臣。'"

初,荧惑入太微,寻废海西。《晋阳秋》曰:"泰和六年闰十月,荧惑守太微端门。十一月,大司马桓温废帝为海西公。"《晋安帝纪》曰:"桓温于枋头奔败,知民望之去也,乃屠袁真于寿阳。既而谓郗超曰:'足以雪枋头之耻乎?'超曰:'未厌有识之情也。公六十之年,败于大举,不建高世之勋,未足以镇厌民望。'因说温以废立之事。时温凤有此谋,深纳超言,遂废海西。"简文登阼,复入太微,帝恶之。徐广《晋纪》曰:"咸安元年十二月,荧惑逆行入太微,至二年七月,犹在焉。帝惩海西之事,心甚忧之。"时郗超为中书在直。《中兴书》曰:"超字景兴,高平人,司空愔之子也。少而卓荦不羁,有旷世之度。累迁中书郎、司徒左长史。"引超入曰:"天命修短,故非所计,政当无复近日事不?"超曰:"大司马方将外固封疆,内镇社稷,必无若此之虑。臣为陛下以百口保之。"帝因诵庚仲初诗庚阐《从征诗》也。

曰："志士痛朝危，忠臣哀主辱。"声甚凄厉。郗受假还东，帝曰："致意尊公，家国之事，遂至于此！由是身不能以道匡卫，思患预防，愧叹之深，言何能喻！"因泣下流襟。《续晋阳秋》曰："帝外压强臣，忧愤不得志，在位二年而崩。"

简文在暗室中坐，召宣武。宣武至，问："上何在？"简文曰："某在斯。"时人以为能。《论语》曰："师冕见，及阶，子曰：'阶也。'及席，子曰：'席也。'皆坐，子告之曰：'某在斯，某在斯。'"注："历告坐中人也。"

简文入华林园，顾谓左右曰："会心处不必在远。翳然林水，便自有濠、濮间想也。濠、濮，二水名也。《庄子》曰："庄子与惠子游濠梁水上，庄子曰：'儵鱼出游从容，是鱼乐也。'惠子曰：'子非鱼，安知鱼之乐邪？'庄子曰：'子非我，安知我之不知鱼之乐也？'""庄周钓在濮水，楚王使二大夫造焉，曰：'愿以境内累庄子。'庄子持竿不顾，曰：'吾闻楚有神龟者，死已三千年矣，巾笥而藏于庙。此宁曳尾于涂中，宁留骨而贵乎？'二大夫曰：'宁曳尾于涂中。'庄子曰：'往矣！吾亦宁曳尾于涂中。'""觉鸟兽禽鱼，自来亲人。"

谢太傅语王右军曰："中年伤于哀乐，与亲友别，辄作数日恶。"王曰：《文字志》曰："王羲之字逸少，琅邪临沂人。父矌，淮南太守。羲之少朗拔，为叔父廙所赏。善草隶。累迁江州刺史、右军将军、会稽内史。""年在桑榆，自然至此，正赖丝竹陶写。恒恐儿辈觉，损欣乐之趣。"

支道林常养数匹马。或言"道人畜马不韵"。支曰："贫道重其神骏。"《高逸沙门传》曰："支遁字道林，河内林虑人，或曰陈留人，本姓关氏。少而任心独往，风期高亮，家世奉法。尝于馀杭山沈思道行，泠然独畅。年二十五始释形入道。年五十三终于洛阳。"

刘尹与桓宣武共听讲《礼记》。桓云："时有入心处，便觉咫尺玄门。"刘曰："此未关至极，自是金华殿之语。"《汉书·叙传》曰："班伯少受《诗》于师丹。大将军王凤荐伯于成帝，宜劝学，召见宴昵，拜为中常侍。时上方向学，郑宽中、张禹朝夕入说《尚书》、《论语》于金华殿，诏伯受之。"

羊秉为抚军参军，少亡，有令誉。夏侯孝若为之叙，极相赞悼。《羊秉叙》曰："秉字长达，太山平阳人。汉南阳太守续曾孙。大父魏郡府君，即车骑掾元子也。府君夫人郑氏无子，乃养秉。韶龀而佳，小心敬慎。十岁而郑夫人薨，秉思容尽哀，俄而公府掾及夫人并卒，秉群从父率礼相承，人不闲其亲，雍雍如也。仕参抚军将军事，将奋千里之足，挥冲天之翼，惜乎春秋三十有二而卒。昔罕虎死，子产以为无与为善，自夫子之没，有子产之叹矣！亡后有子男又不育，是何行善而祸繁也？岂非司马生之所惑欤？"羊权为黄门侍郎，侍简文坐。帝问曰："夏侯湛别见。作《羊秉叙》，绝可想。是卿何物？有后不？"《羊氏谱》曰："权字道舆，徐州刺史悦之子也。仕至尚书左丞。"权潸然对曰："亡伯令问凤彰，而无有继嗣。虽名播天听，然胤绝圣世。"帝嗟慨久之。

王长史与刘真长别后相见，《王长史别传》曰："濛字仲祖，太原晋阳人。其先出自周室，经汉、魏，世为大族。祖父佐，北军中候。父讷，叶令。濛神气清韶，年十余岁，放迈不群。弱冠检尚，风流雅正，外绝荣竞，内寡私欲。辟司徒掾、中书郎，以后父赠光禄大夫。"王谓刘曰："卿更长进。"答曰："此若天之自高耳。"《语林》曰："仲祖语真长曰：'卿近大进。'刘曰：'卿仰看邪？'王问何意，刘曰：'不尔，何由测天之高也。'"

刘尹云："人想王荆产佳，此想长松下当有清风耳。"荆产，王微小字也。《王氏谱》曰："微字幼仁，琅邪人。祖父义，平北将军。父澄，荆州刺史。微历尚书郎、右军司马。"

王仲祖闻蛮语不解，茫然曰："若使介葛卢来朝，故当不昧此语。"《春秋传》曰："介葛卢来朝鲁，闻牛鸣，曰：'是生三牺，皆用之矣。其音云。'问之而信。"杜预注曰："介，东夷国。葛卢，其君名也。"

刘真长为丹阳尹，许玄度出都就刘宿。《续晋阳秋》曰："许询字玄度，高阳人，魏中领军允玄孙。总角秀惠，众称神童，长而风情简素。司徒掾辟，不就，蚤卒。"床帷新丽，饮食丰甘。许曰："若保全此处，殊胜东山。"刘曰："卿若知吉凶由人，吾安得不保此！"《春秋传》曰："吉凶无门，唯人所召。"王逸少在坐曰："令巢、许遇稷、契，当无此言。"二人并有愧色。

王右军与谢太傅共登冶城。《扬州记》曰："冶城，吴时鼓铸之所。

吴平,犹不废。王茂弘所治也。"谢悠然远想,有高世之志。王谓谢曰:"夏禹勤王,手足胼胝;《帝王世纪》曰:"禹治洪水,手足胼胝。世传禹病偏枯,足不相过,今称禹步是也。"文王旰食,日不暇给。《尚书》曰:"文王自朝至于日昃,不遑暇食。"今四郊多垒,《礼记》曰:"四郊多垒,卿大夫之辱也。"宜人人自效。而虚谈废务,浮文妨要,恐非当今所宜。"谢答曰:"秦任商鞅,二世而亡,《战国策》曰:"卫商鞅,诸庶孽子,名鞅,姓公孙氏。少好刑名学,为秦孝公相,封于商。"岂清言致患邪?"

谢太傅寒雪日内集,与儿女讲论文义。俄而雪骤,公欣然曰:"白雪纷纷何所似?"兄子胡儿曰:胡儿,谢朗小字也。《续晋阳秋》曰:"朗字长度,安次兄据之长子。安尝知之。文义艳发,名亚于玄,仕至东阳太守。""撒盐空中差可拟。"兄女曰:"未若柳絮因风起。"公大笑乐。即公大兄无奕女,左将军王凝之妻也。《王氏谱》:"凝之字叔平,右将军羲之第二子也。历江州刺史、左将军、会稽内史。"《晋安帝纪》曰:"凝之事五斗米道。孙恩之攻会稽,凝之谓民吏曰:'不须备防,吾已请大道,许遣鬼兵相助,贼自破矣。'既不设备,遂为恩所害。"《妇人集》曰:"谢夫人名道蕴,有文才。所著诗、赋、诔、颂传于世。"

王中郎令伏玄度、习凿齿《王中郎传》曰:"坦之字文度,太原晋阳人。祖东海太守承,清淡平远。父述,贞贵简正。坦之器度淳深,孝友天至,誉辑朝野,标的当时。累迁侍中、中书令,领北中郎将,徐、兖二州刺史。"《中兴书》曰:"伏滔,字玄度,平昌安丘人。少有才学,举秀才。大司马桓温参军,领大著作,掌国史,游击将军,卒。习凿齿字彦威,襄阳人。少以文称,善尺牍。桓温在荆州,辟为从事。历治中、别驾,迁荥阳太守。"论青、楚人物。《滔集》载其论,略曰:滔以春秋时鲍叔、管仲、隰朋、召忽、轮扁、甯戚、麦丘人、逢丑父、晏婴、涓子、战国时公羊高、孟轲、邹衍、田单、荀卿、邹奭、莒大夫、田子方、檀子、鲁连、淳于髡、盼子、田光、颜歜、黔子、於陵仲子、王叔、即墨大夫;前汉时伏征君、终军、东郭先生、叔孙通、万石君、东方朔、安期先生;后汉时大司徒、伏三老、江革、逢萌、禽庆、承幼子、徐防、薛方、郑康成、周孟玉、刘祖荣、临孝存、侍其元矩、孙宾硕、刘仲谋、刘公山、王仪伯、郎宗、祢正平、刘成国;魏时管幼安、邴根矩、华子鱼、徐伟长、任昭先、伏高阳。此皆青士有才德者也。齯齿以神农生于黔中,《邵南》咏其美化,《春秋》称其多才,《汉广》之风,不同《鸡鸣》之篇,子文、叔敖,羞与管仲比德。接舆之歌《凤兮》,渔父之咏《沧浪》,汉阴丈人之折子贡,市南宜僚、屠羊说之不为利回,鲁仲连不及老莱夫妻,田光之于屈原,邓禹、卓茂无敌于天下,管幼安不胜庞公,庞士元不推华子鱼,何、邓二尚书独步于魏朝,乐令无对于晋世。昔伏羲葬南郡,少昊葬长沙,舜葬零陵。比其人,则准的如此;论其土,则群圣之所葬;考其风,则诗人之所歌;寻其事,则未有赤眉、黄巾之贼。此何如青州邪? 滔与相往反,齯齿无以对也。临成,以示韩康伯。康伯都无言,王曰:"何故不言?"韩曰:"无可无不可。"马融注《论语》曰:"唯义所在。"

刘尹云:"清风朗月,辄思玄度。"《晋中兴士人书》曰:"许珣能清言,于时士人皆钦慕仰爱之。"

荀中郎在京口,《晋阳秋》曰:"荀羡字令则,颍川人,光禄大夫崧之子也。清和有识裁,少以主婿为驸马都尉。是时殷浩参谋百揆,引羡为援,频莅义兴、吴郡,超授北中郎将、徐州刺史,以蕃屏焉。"《中兴书》曰:"羡年二十八,出为徐、兖二州。中兴方伯之少,未有若羡者也。"登北固望海云:《南徐州记》曰:"城西北有别岭入江,三面临水,高数十丈,号曰北固。""虽未睹三山,便自使人有凌云意。若秦、汉之君,必当褰裳濡足。"《史记·封禅书》曰:"蓬莱、方丈、瀛洲此三山,世传在海中,去人不远。尝有至者,言诸仙人不死药在焉。黄金白银为宫阙,草物禽兽尽白,望之如云。及至,反居水下。欲到,即风引船而去,终莫能至。秦始皇登会稽,并海上,冀遇三神山之奇药。汉武帝既封泰山,无风雨变至,方士更言蓬莱诸药可得,于是上欣然东至海,冀获蓬莱者。"

谢公云:"贤圣去人,其间亦迩。"子侄未之许。公叹曰:"若郗超闻此语,必不至河汉。"《超别传》曰:"超精于理义,沙门支道林以为一时之俊。"《庄子》曰:"肩吾问于连叔曰:'吾闻言于接舆,大而无当,往而不反。怪怖其言,犹河汉而无极也。'"

支公好鹤,住剡东岇山。《支公书》曰:"山去会稽二百里。"有人遗其双鹤,少时翅长欲飞。支意惜之,乃铩其翮。鹤轩翥不复能飞,乃反顾翅,垂头。视之,如有懊丧意。林曰:"既有凌霄之姿，何肯为人作耳目近玩？"养令翮成，置使飞去。

谢中郎经曲阿后湖，问左右："此是何水？"《中兴书》曰："谢万字万石，太傅安弟也。才气高俊，盍知名。历吏部郎、西中郎将、豫州刺史、散骑常侍。"答曰："曲阿湖。"《太康地记》曰："曲阿本名云阳，秦始皇以有王气，凿北阬山以败其势，截其直道，使其阿曲，故曰曲阿也。吴还为云阳，今复名曲阿。"谢曰："故当渊注渟著，纳而不流。"

晋武帝每饷山涛恒少。谢太傅安也。以问子弟，车骑玄也。答曰："当由欲者不多，而使与者忘少。"《谢车骑家传》曰："玄字幼度，镇西奕第三子也。神理明俊，善微言。叔父太傅尝与子侄燕集，问：'武帝任山公以三事，任以官人，至于赐予，不过斤合，当有旨不？'玄答有辞致也。"

谢胡儿语庾道季：道季，庾龢小字。徐广《晋纪》曰："龢字道季，太尉亮子也。风情率悟，以文谈致称于时。历仕至丹阳尹、兼中领军。""诸人莫当就卿谈，可坚城垒。"庾曰："若文度来，我以偏师待之；康伯来，济河焚舟。"《春秋传》曰："秦伯伐晋，济河焚舟。"杜预曰："示必死。"

李弘度常叹不被遇。《中兴书》曰："李充字弘度，江夏鄳人也。祖康、父矩，皆有美名。充初辟丞相掾、记室参军，以贫，求剡县，迁大著作、中书郎。"殷扬州殷浩别见。知其家贫，问："君能屈志百里不？"李答曰："《北门》之叹，久已上闻。卫《诗》：北门，刺仕不得志也。穷猿奔林，岂暇择木！"遂授剡县。

王司州至吴兴印渚中看。《王胡之别传》曰："胡之字脩龄，琅邪临沂人，王廙之子也。历吴兴太守，征侍中、丹阳尹、秘书监，并不就。拜使持节，都督司州诸军事、西中郎将、司州刺史。"《吴兴记》曰："於潜县东七十里，有印渚，渚傍有白石山，峻壁四十丈。印渚盖众溪之下流也。印渚已上至县，悉石濑恶道，不可行船；印渚已下，水道无险，故行旅集焉。"叹曰："非唯使人情开涤，亦觉日月清朗。"

谢万作豫州都督，新拜，当西之都邑，相送累日，谢疲顿。于是高侍中往，《中兴书》曰："高崧字茂琰，广陵人。父悝，光禄大夫。崧少好学，善史传。累迁吏部郎、侍中，以公累免官。"径就谢坐，因问："卿今仗节方州，当疆理西蕃，何以为政？"谢粗道其意。高便为谢道形势，作数百语。谢遂起坐。高去后，谢追曰："阿酃故粗有才具。"阿酃，崧小字也。谢因此得终坐。

　　袁彦伯为谢安南司马，安南，谢奉，别见。都下诸人送至濑乡。将别，既自凄惘，叹曰："江山辽落，居然有万里之势。"《续晋阳秋》曰："袁宏字彦伯，陈郡人，魏郎中令焕六世孙也。祖猷，侍中。父勖，临汝令。宏起家建威参军，安南司马记室。太傅谢安赏宏机捷辩速，自吏部郎出为东阳郡，乃祖之于冶亭，时贤皆集。安欲卒试之，执手将别，顾左右取一扇而赠之。宏应声答曰：'辄当奉扬仁风，慰彼黎庶。'合坐叹其要捷。性直亮，故位不显也。在郡卒。"

　　孙绰赋《遂初》，筑室畎川，自言见止足之分。《中兴书》曰："绰字兴公，太原中都人。少以文称，历太学博士、大著作、散骑常侍。"《遂初赋叙》曰："余少慕老庄之道，仰其风流久矣。却感於陵贤妻之言，怅然悟之。乃经始东山，建五亩之宅，带长阜，倚茂林，孰与坐华幕击钟鼓者同年而语其乐哉！"斋前种一株松，恒自手壅治之。高世远时亦邻居，世远，高柔字也。别见。语孙曰："松树子非不楚楚可怜，但永无栋梁用耳！"孙曰："枫柳虽合抱，亦何所施？"

　　桓征西治江陵城甚丽，盛弘之《荆州记》曰："荆州城临汉江，临江王所治。王被征，出城北门而车轴折，父老泣曰：'吾王去不还矣！'从此不开北门。"会宾僚出江津望之，云："若能目此城者有赏。"顾长康时为客，在坐，目曰："遥望层城，丹楼如霞。"桓即赏以二婢。

　　王子敬语王孝伯曰："羊叔子自复佳耳，然亦何与人事？《晋诸公赞》曰："羊祜字叔子，太山平阳人也。世长吏二千石，至祜九世，以清德称。为儿时，游汶滨，有行父止而观焉，叹息曰：'处士大好相，善为之，未六十，当有重功于天下。即富贵，无相忘。'遂去，莫知所在。累迁都督荆州诸军事。自在南夏，吴人说服，称曰羊公，莫敢名者。南州人闻公丧，号哭罢市。"故不如铜雀台上妓。"魏武《遗令》曰："以吾妾与妓人皆著铜雀台上，施六尺床繐帷，月朝十五日,辄使向帐作伎。"

林公见东阳长山曰:"何其坦迤!"《会稽土地志》曰:"山麾迤而长,县因山得名。"

顾长康从会稽还,人问山川之美,顾云:"千岩竞秀,万壑争流,草木蒙笼其上,若云兴霞蔚。"丘渊之《文章录》曰:"顾恺之字长康,晋陵人。父说,尚书左丞。恺之,义熙初为散骑常侍。"

简文崩,孝武年十馀岁立,至暝不临。宋明帝《文章志》曰:"孝武皇帝讳昌明,简文第三子也。初,简文观谶书曰:'晋氏祚尽昌明。'及帝诞育,东方始明,故因生时以为讳,而相与忘告简文。问之,乃以讳对。简文流涕曰:'不意我家昌明便出。'帝聪惠,推贤任才,年三十五崩。"左右启"依常应临"。帝曰:"哀至则哭,何常之有!"

孝武将讲《孝经》,谢公兄弟与诸人私庭讲习。《续晋阳秋》曰:"宁康三年九月九日,帝讲《孝经》。仆射谢安侍坐,吏部尚书陆纳兼侍中卞耽读,黄门侍郎谢石、吏部袁宏兼执经,中书郎车胤、丹阳尹王混摘句。"车武子难苦问谢,车胤别见。谓袁羊曰:"不问则德音有遗,多问则重劳二谢。"袁羊,乔小字也。《袁氏家传》曰:"乔字彦升,陈郡人。父瓌,光禄大夫。乔历尚书郎、江夏相。从桓温平蜀,封湘西伯、益州刺史。"袁曰:"必无此嫌。"车曰:"何以知尔?"袁曰:"何尝见明镜疲于屡照,清流惮于惠风!"

王子敬曰:"从山阴道上行,《会稽土地志》曰:"邑在山阴,故以名焉。"山川自相映发,使人应接不暇。若秋冬之际,尤难为怀。"《会稽郡记》曰:"会稽境特多名山水,峰崿隆峻,吐纳云雾。松栝枫柏,摧干竦条,潭壑镜彻,清流泻注。王子敬见之曰:'山水之美,使人应接不暇。'"

谢太傅问诸子侄:"子弟亦何预人事,而正欲使其佳?"诸人莫有言者,车骑答曰:谢玄。"譬如芝兰玉树,欲使其生于阶庭耳。"

道壹道人好整饰音辞,王珣《游严陵濑诗叙》曰:"道壹姓竺氏,名

德。"《沙门题目》曰:"道壹文锋富赡。孙绰为之赞曰:'驰骋游说,言固不虚。唯
兹壹公,绰然有馀。譬若春圃,载芬载敷。条柯猗蔚,枝干扶疏。'"从都下还
东山,经吴中。已而会雪下,未甚寒。诸道人问在道所经。壹
公曰:"风霜固所不论,乃先集其惨澹。郊邑正自飘瞥,林岫便
已皓然。"

张天锡为凉州刺史,称制西隅。既为苻坚所禽,用为侍
中。后于寿阳俱败,至都,张资《凉州记》曰:"天锡字纯嘏,安定乌氏人,
张耳后也。曾祖轨,永嘉中为凉州刺史,值京师大乱,遂据凉土。天锡篡位,自立
为凉州牧。苻坚使将姚苌攻没凉州,天锡归长安,坚以为侍中、比部尚书、归义
侯。从坚至寿阳,坚军败,遂南归。拜散骑常侍、西平公。"《中兴书》曰:"天锡后
以贫拜庐江太守。薨,赠侍中。"为孝武所器。每入言论,无不竟日。
颇有嫉己者,于坐问张:"北方何物可贵?"张曰:"桑椹甘香,鸱
鸮革响。《诗·鲁颂》曰:"翩彼飞鸮,集于泮林。食我桑椹,怀我好音。"淳酪
养性,人无嫉心。"《西河旧事》曰:"河西牛羊肥,酪过精好,但写酪置革上,
都不解散也。"

顾长康拜桓宣武墓,作诗云:"山崩溟海竭,鱼鸟将何依。"
宋明帝《文章志》曰:"恺之为桓温参军,甚被亲昵。"人问之曰:"卿凭重桓
乃尔,哭之状其可见乎?"顾曰:"鼻如广莫长风,眼如悬河决
溜。"《春秋考异邮》曰:"距不周风四十五日,广莫风至。广莫者,精大备也。盖
北风也,一曰寒风。"或曰:"声如震雷破山,泪如倾河注海。"

毛伯成既负其才气,常称:"宁为兰摧玉折,不作萧敷艾
荣。"《征西寮属名》曰:"毛玄字伯成,颍川人。仕至征西行军参军。"

范宁作豫章,《中兴书》曰:"宁字武子,慎阳县人。博学通览,累迁中书
郎、豫章太守。"八日请佛有板。众僧疑,或欲作答。有小沙弥在
坐末曰:"世尊默然,则为许可。"众从其义。

司马太傅斋中夜坐,《孝文王传》曰:"王讳道子,简文皇帝第五子也。
封会稽王,领司徒、扬州刺史,进太傅。为桓玄所害,赠丞相。"于时天月明

净，都无纤翳。太傅叹以为佳。谢景重在坐，《续晋阳秋》曰："谢重
字景重，陈郡人。父朗，东阳太守。重明秀有才会，终骠骑长史。"答曰："意谓
乃不如微云点缀。"太傅因戏谢曰："卿居心不净，乃复强欲滓
秽太清邪？"

王中郎甚爱张天锡，问之曰："卿观过江诸人，经纬江左，
轨辙有何伟异？后来之彦，复何如中原？"张曰："研求幽邃，自
王、何以还；因时修制，荀、乐之风。"荀颢、荀勖修定法制，乐则未闻。
王曰："卿知见有馀，何故为苻坚所制？"张资《凉州记》曰："天锡明鉴
颖发，英声少著。"答曰："阳消阴息，故天步屯蹇；否剥成象，岂足
多讥？"

谢景重女适王孝伯儿，二门公甚相爱美。《谢女谱》曰："重女
月镜，适王恭子愔之。"谢为太傅长史，被弹；王即取作长史，带晋陵
郡。太傅已构嫌孝伯，不欲使其得谢，还取作咨议。外示縻
维，而实以乖间之。及孝伯败后，太傅绕东府城行散，《丹阳记》
曰："东府城西，有简文为会稽王时第，东则孝文王道子府。道子领扬州，仍住先
舍，故俗称东府。"僚属悉在南门要望候拜，时谓谢曰："王宁异谋，
阿宁，王恭小字也。云是卿为其计。"谢曾无惧色，敛笏对曰："乐
彦辅有言：'岂以五男易一女？'"太傅善其对，因举酒劝之曰：
"故自佳！故自佳！"

桓玄义兴还后，见司马太傅，太傅已醉，坐上多客，问人
云："桓温来欲作贼，如何？"《晋安帝纪》曰："温在姑孰，讽朝廷，求九锡。
谢安使吏部郎袁宏具其草，以示仆射王彪之。彪之作色曰：'丈夫岂可以此事语
人邪？'安徐问其计。彪之曰：'闻其疾已笃，且可缓其事。'安从之，故不行。"
桓玄伏不得起。谢景重时为长史，举板答曰："故宣武公黜昏
暗，登圣明，功超伊、霍。纷纭之议，裁之圣鉴。"太傅曰："我
知！我知！"即举酒云："桓义兴，劝卿酒。"桓出谢过。檀道鸾论

之曰:"道子可谓易于由言,谢重能解纷纭矣。"

宣武移镇南州,制街衢平直。人谓王东亭曰:《王司徒传》曰:
"王珣字元琳,丞相导之孙,领军洽之子也。少以清秀称。大司马桓温辟为主簿,
从讨袁真,封交趾望海县东亭侯,累迁尚书左仆射、领选、进尚书令。""丞相初
营建康,无所因承,而制置纡曲,方此为劣。"《晋阳秋》曰:"苏峻既
诛,大事克平之后,都邑残荒。温峤议徙都豫章,以即丰全。朝士及三吴豪杰,谓
可迁都会稽,王导独谓'不宜迁都。建业,往之秣陵,古者既有帝王所治之表,又
孙仲谋、刘玄德俱谓是王者之宅。今虽凋残,宜修劳来旋定之道,镇静群情。且
百堵皆作,何患不克复乎!'终至康宁,导之策也。"东亭曰:"此丞相乃所
以为巧。江左地促,不如中国;若使阡陌条畅,则一览而尽。
故纡馀委曲,若不可测。"

桓玄诣殷荆州,殷在妾房昼眠,左右辞不之通。桓后言及
此事,殷云:"初不眠,纵有此,岂不以'贤贤易色'也。"孔安国《注
论语》曰:"言以好色之心好贤人则善。"

桓玄问羊孚:《羊氏谱》曰:"孚字子道,泰山人。祖楷,尚书郎。父绥,
中书郎。孚历太学博士、州别驾、太尉参军。年四十六卒。""何以共重吴
声?"羊曰:"当以其妖而浮。"

谢混问羊孚:"何以器举瑚琏?"《晋安帝纪》曰:"混字叔源,陈郡
人,司空琰少子也。文学砥砺立名。累迁中书令、尚书左仆射。坐党刘毅伏诛。"
《论语》:"子贡问曰:'赐也何如?'子曰:'汝器也。'曰:'何器也?'曰:'瑚琏也。'"
郑玄注曰:"黍稷器。夏曰瑚,殷曰琏。"羊曰:"故当以为接神之器。"

桓玄既篡位,后御床微陷,群臣失色。侍中殷仲文进曰:
《续晋阳秋》曰:"仲文字仲文,陈郡人。祖融,太常。父康,吴兴太守。仲文闻玄
平京邑,弃郡投焉。玄甚说之,引为咨议参军。时王谧见礼而不亲,卞范之被亲
而少礼。其宠遇隆重,兼于王、卞矣。及玄篡位,以佐命亲贵,厚自封崇。舆马器
服,穷极绮丽,后房妓妾数十,丝竹不绝音。性甚贪吝,多纳贿赂,家累千金,常若
不足。玄既败,先投义军。累迁侍中尚书。以罪伏诛。""当由圣德渊重,厚
地所以不能载。"时人善之。

　　桓玄既篡位，将改置直馆，问左右："虎贲中郎省，应在何处?"有人答曰："无省。"当时殊忤旨。问："何以知无?"答曰："潘岳《秋兴赋叙》曰:'余兼虎贲中郎将，寓直散骑之省。'"岳别见。其《赋叙》曰:"晋十有四年，余年三十二，始见二毛，以太尉掾兼虎贲中郎将，寓直散骑之省。高阁连云，阳景罕曜。仆野人也，猥厕朝列，譬犹池鱼笼鸟，有江湖山薮之思。于是染翰操纸，慨然而赋。于时秋至，故以《秋兴》命篇。"玄咨嗟称善。刘谦之《晋纪》曰:"玄欲复虎贲中郎将，疑应直与不，访之僚佐，咸莫能定。参军刘简之对曰:'昔潘岳《秋兴赋叙》云:"余兼虎贲中郎将，寓直于散骑之省。"以此言之，是应直也。'玄欢然从之。"此语微异，又答者未知姓名，故详载之。

　　谢灵运好戴曲柄笠，丘渊之《新集录》曰:"灵运，陈郡阳夏人。祖玄，车骑将军。父涣，秘书郎。灵运历秘书监、侍中、临川内史。以罪伏诛。"孔隐士谓曰:"卿欲希心高远，何不能遗曲盖之貌?"《宋书》曰:"孔淳之字彦深，鲁国人。少以辞荣就约，征聘无所就。元嘉初，散骑郎征，不到，隐上虞山。"谢答曰:"将不畏影者未能忘怀。"《庄子》云:"渔父谓孔子曰:'人有畏影恶迹而去之走者，举足逾数而迹逾多，走逾疾而影不离，自以尚迟，疾走不休，绝力而死。不知处阴以休影，处静以息迹，愚亦甚矣! 子修心守真，还以物与人，则无异矣。不修身而求之人，不亦外事者乎?'"

世说新语卷上之下

政 事 第 三

陈仲弓为太丘长,时吏有诈称母病求假。事觉收之,令吏杀焉。主簿请付狱,考众奸。仲弓曰:"欺君不忠,病母不孝。不忠不孝,其罪莫大。考求众奸,岂复过此?"陈寔已别见。

陈仲弓为太丘长,有劫贼杀财主,主者捕之。未至发所,道闻民有在草不起子者,回车往治之。主簿曰:"贼大,宜先按讨。"仲弓曰:"盗杀财主,何如骨肉相残?"按后汉时贾彪有此事,不闻寔也。

陈元方年十一时,陈纪已见。候袁公。袁公问曰:"贤家君在太丘,远近称之,何所履行?"元方曰:"老父在太丘,强者绥之以德,弱者抚之以仁,恣其所安,久而益敬。"袁宏《汉纪》曰:"寔为太丘,其政不严而治,百姓敬之。"袁公曰:"孤往者尝为邺令,正行此事。不知卿家君法孤?孤法卿父?"检众《汉书》,袁氏诸公,未知谁为邺令。故阙其文以待通识者。元方曰:"周公、孔子,异世而出,周旋动静,万里如一。周公不师孔子,孔子亦不师周公。"

贺太傅作吴郡,初不出门。吴中诸强族轻之,乃题府门云:"会稽鸡,不能啼。"环济《吴纪》曰:"贺邵字兴伯,会稽山阴人。祖齐,父景,并历美官。邵历散骑常侍,出为吴郡太守。后迁太子太傅。"贺闻故出行,至门反顾,索笔足之曰:"不可啼,杀吴儿!"于是至诸屯邸,检校诸顾、陆役使官兵及藏逋亡,悉以事言上,罪者甚众。陆抗时为江陵都督，《吴录》曰："抗字幼节，吴郡人，丞相逊子，孙策外孙也。为江陵都督，累迁大司马、荆州牧。"故下请孙皓，然后得释。

山公以器重朝望，年逾七十，犹知管时任。虞预《晋书》曰："山涛字巨源，河内怀人。祖本，郡孝廉。父曜，宛句令。涛蚤孤而贫，少有器量，宿士犹慢之。年十七，宗人谓宣帝曰：'涛当与景、文共纲纪天下者也。'帝戏曰：'卿小族，那得此快人邪？'好《庄》、《老》，与嵇康善。为河内从事，与石鉴共传宿，涛夜起蹴鉴曰：'今何等时而眠也！知太傅卧何意？'鉴曰：'宰相三日不朝，与尺一令归第，君何虑焉？'涛曰：'咄！石生，无事马蹄间也。'投传而去，果有曹爽事，遂隐身不交世务。累迁吏部尚书、仆射、太子少傅、司徒。年七十九薨，谥康侯。"贵胜年少，若和、裴、王之徒，并共言咏。有署阁柱曰："阁东，有大牛，和峤鞅，裴楷辔，王济剔嬲不得休。"王隐《晋书》曰："初，涛领吏部，潘岳内非之，密为作谣曰：'阁东，有大牛，王济鞅，裴楷辔，和峤刺促不得休。'"《竹林七贤论》曰："涛之处选，非望路绝，故贻是言。"或云潘尼作之。《文士传》曰："尼字正叔，荥阳人。祖最，尚书左丞。父满，平原太守。并以文学称。尼少有清才，文词温雅。初应州辟，终太常卿。"

贾充初定律令，《晋诸公赞》曰："充字公闾，襄陵人。父逵，魏豫州刺史。充起家为尚书，迁廷尉，听讼称平。晋受禅，封鲁郡公。充有才识，明达治体，加善刑法，由此与散骑常侍裴楷共定科令，蠲除密网，以为《晋律》。薨，赠太宰。"与羊祜共咨太傅郑冲。王隐《晋书》曰："冲字文和，荥阳开封人。有核练才，清虚寡欲，喜论经史，草衣缊袍，不以为忧。累迁司徒、太保。晋受禅，进太傅。"冲曰："皋陶严明之旨，非仆暗懦所探。"羊曰："上意欲令小加弘润。"冲乃粗下意。《续晋阳秋》曰："初，文帝命荀勖、贾充、裴秀等分定礼仪律令，皆先咨郑冲，然后施行也。"

山司徒前后选，殆周遍百官，举无失才。凡所题目，皆如其言。唯用陆亮，是诏所用，与公意异，争之不从。亮亦寻为赇败。《晋诸公赞》曰："亮字长兴，河内野王人，太常陆乂兄也。性高明而率至，为贾充所亲待。山涛为左仆射领选，涛行业即与充异，自以为世祖所敬，选用之事，与充咨论，充每不得其所欲。好事者说充：'宜授心腹人为吏部尚书，参同选举。若意不齐，事不得谐，可不召公与选，而实得叙所怀。'充以为然。乃启亮公忠无私。涛以亮将与己异，又恐其协情不允，累启亮可为左丞相，非选官才。世祖不许，涛乃辞疾还家。亮在职果不能允，坐事免官。"

嵇康被诛后，山公举康子绍为秘书丞，《山公启事》曰："诏选秘书丞。涛荐曰：'绍平简温敏，有文思，又晓音，当成济也。犹宜先作秘书郎。'诏曰：'绍如此，便可为丞，不足复为郎也。'"《晋诸公赞》曰："康遇事后二十年，绍乃为涛所拔。"王隐《晋书》曰："时以绍父康被法，选官不敢举。年二十八，山涛启用之，世祖发诏，以为秘书丞。"**绍咨公出处，**《竹林七贤论》曰："绍惧不自容，将解褐，故咨之于涛。"**公曰："为君思之久矣！天地四时，犹有消息，而况人乎？"**王隐《晋书》曰："绍字延祖，雅有文才，山涛启武帝云云。"

王安期为东海郡，《名士传》曰："王承字安期，太原晋阳人。父湛，汝南太守。承冲淡寡欲，无所循尚。累迁东海内史，为政清静，吏民怀之。避乱渡江，是时道路寇盗，人怀忧惧，承每遇艰险，处之怡然。元皇为镇东，引为从事中郎。"**小吏盗池中鱼，纲纪推之。王曰："文王之囿，与众共之。"**《孟子》曰："齐宣王问：'文王之囿，方七十里，有诸？若是其大乎？'对曰：'民犹以为小也。'王曰：'寡人之囿，方四十里，民犹以为大，何邪？'孟子曰：'文王之囿，刍荛者往焉，与民同之，民以为小，不亦宜乎？今王之囿，杀麋鹿者如杀人罪，是以四十里为阱于国中也，民以为大，不亦宜乎？'"**池鱼复何足惜！"**

王安期作东海郡，吏录一犯夜人来。王问："何处来？"云："从师家受书还，不觉日晚。"王曰："鞭挞甯越以立威名，恐非致理之本。"《吕氏春秋》曰："甯越者，中牟鄙人也。苦耕稼之劳，谓其友曰：'何为可以免此苦也？'其友曰：'莫如学也。学三十岁则可以达矣。'甯越曰：'请以十五岁。人将休，吾不敢休；人将卧，吾不敢卧。'学十五岁而为周威公之师也。"**使吏送令归家。**

成帝在石头，《晋世谱》曰："帝讳衍，字世根，明帝太子。年二十二崩。"**任让在帝前戮侍中钟雅、**《晋阳秋》曰："让，乐安人，诸任之后。随苏峻作乱。"《雅别传》曰："雅字彦胄，颍川长社人，魏太傅钟繇弟仲常曾孙也。少有才志，累迁至侍中。"**右卫将军刘超。**《晋阳秋》曰："超字世逾，琅邪人，汉成阳

景王六世孙。封临沂慈乡侯，遂家焉。父征为琅邪国上将军。超为县小吏，稍迁
记室掾、安东舍人。忠清慎密，为中宗所拔。自以职在中书，绝不与人交关书疏，
闭门不通宾客，家无儋石之储。讨王敦有功，封零阳伯，为义兴太守，而受拜及往
还朝，莫有知者，其慎默如此。迁右卫大将军。"帝泣曰："还我侍中！"让
不奉诏，遂斩超、雅。《雅别传》曰："苏峻逼主上幸石头，雅与刘超并侍帝侧
匡卫，与石头中人密期拔至尊出，事觉被害。"事平之后，陶公与让有旧，
欲宥之。许柳《许氏谱》曰："柳字季祖，高阳人。祖允，魏中领军。父猛，吏
部郎。"刘谦之《晋纪》曰："柳妻，祖逖子涣女。苏峻招祖约为逆，约遣柳以众会。
峻既克京师，拜丹阳尹。后以罪诛。"儿思妣者至佳，诸公欲全之。《许
氏谱》曰："永字思妣。"若全思妣，则不得不为陶全让，于是欲并宥
之。事奏，帝曰："让是杀我侍中者，不可宥！"诸公以少主不可
违，并斩二人。

　　王丞相拜扬州，宾客数百人并加沾接，人人有说色。唯有
临海一客姓任《语林》曰："任名颙，时官在都，预王公坐。"及数胡人为未
洽，公因便还到过任边云："君出，临海便无复人。"任大喜说。
因过胡人前弹指云："兰阇，兰阇。"群胡同笑，四坐并欢。《晋阳
秋》曰："王导接诱应会，少有牾者。虽疏交常宾，一见多输写款诚，自谓为导所
遇，同之旧昵。"

　　陆太尉诣王丞相咨事，过后辄翻异。王公怪其如此，后以
问陆。《陆玩别传》曰："玩字士瑶，吴郡吴人。祖瑁，父英，仕郡有誉。玩器量
淹雅，累迁侍中、尚书左仆射、尚书令，赠太尉。"陆曰："公长民短，临时不
知所言，既后觉其不可耳。"

　　丞相尝夏月至石头看庾公。庾公正料事，丞相云："暑可
小简之。"庾公曰："公之遗事，天下亦未以为允。"《殷羡言行》曰：
"王公薨后，庾冰代相，网密刑峻。羡时行，遇收捕者于途，慨然叹曰：'丙吉问牛
喘，似不尔！'尝从容谓冰曰：'卿辈自是网目不失，皆是小道小善耳。至如王公，
故能行无理事。'谢安石每叹咏此唱。庾赤玉曾问羡：'王公治何似？讵是所长？'

羡曰：'其余令绩，不复称论。然三捉三治，三休三败。'"

丞相末年，略不复省事，正封篆诺之。自叹曰："人言我愦愦，后人当思此愦愦。"徐广《历纪》曰："导阿衡三世，经纶夷险，政务宽恕，事从简易，故垂遗爱之誉也。"

陶公性检厉，勤于事。《晋阳秋》曰："侃练核庶事，勤务稼穑，虽戎陈武士，皆劝厉之。有奉馈者，皆问其所由。若力役所致，欢喜慰赐；若他所得，则呵辱还之。是以军民勤于农稼，家给人足。性纤密好问，颇类赵广汉。尝课营种柳，都尉夏施盗拔武昌郡西门所种。侃后自出，驻车施门，问：'此是武昌西门柳，何以盗之？'施惶怖首伏，三军称其明察。侃勤而整，自强不息。又好督劝于人，常云：'民生在勤，大禹圣人，犹惜寸阴，至于凡俗，当惜分阴。岂可游逸，生无益于时，死无闻于后，是自弃也。又老庄浮华，非先王之法言而不敢行。君子当正其衣冠，摄以威仪，何有乱头养望，自谓宏达邪？'"《中兴书》曰："侃尝检校佐吏，若得樗蒲博弈之具，投之曰：'樗蒲，老子入胡所作，外国戏耳。围棋，尧、舜以教愚子。博弈，纣所造。诸君国器，何以为此？若王事之暇，患邑邑者，文士何不读书？武士何不射弓？'谈者无以易也。"作荆州时，敕船官悉录锯木屑，不限多少，咸不解此意。后正会，值积雪始晴，听事前除雪后犹湿，于是悉用木屑覆之，都无所妨。官用竹皆令录厚头，积之如山。后桓宣武伐蜀，装船，悉以作钉。又云：尝发所在竹篙，有一官长连根取之，仍当足，乃超两阶用之。

何骠骑作会稽，《晋阳秋》曰："何充字次道，庐江人。思韵淹通，有文义才情。累迁会稽内史、侍中、骠骑将军、扬州刺史。赠司徒。"虞存弟謇作郡主簿，孙统《存诔叙》曰："存字道长，会稽山阴人也。祖阳，散骑常侍。父伟，州西曹。存幼而卓拔，风情高逸，历卫军长史、尚书吏部郎。"范汪《棋品》曰："謇字道真，仕至郡功曹。"以何见客劳损，欲白断常客，使家人节量，择可通者，作白事成以见存。存时为何上佐，正与謇共食，语云："白事甚好，待我食毕作教。"食竟，取笔题白事后云："若得门庭长如郭林宗者，当如所白。《泰别传》曰："泰字林宗，有人伦鉴识。题品海内之士，或在幼童，或在里肆，后皆成英彦六十馀人。自著书一卷，论取士之本,未行,遭乱亡失。"汝何处得此人?"謩于是止。

王、刘与林公共看何骠骑,骠骑看文书不顾之。《晋阳秋》曰:"何充与王濛、刘惔好尚不同,由此见讥于当世。"王谓何曰:"我今故与林公来相看,望卿摆拨常务,应对玄言,那得方低头看此邪?"何曰:"我不看此,卿等何以得存?"诸人以为佳。

桓公在荆州,全欲以德被江、汉,耻以威刑肃物。《温别传》曰:"温以永和元年自徐州迁荆州刺史,在州宽和,百姓安之。"令史受杖,正从朱衣上过。桓式年少,从外来,式,桓歆小字也。《桓氏谱》曰:"歆字叔道,温第三子,仕至尚书。"云:"向从阁下过,见令史受杖,上捎云根,下拂地足。"意讥不著。桓公云:"我犹患其重。"

简文为相,事动经年,然后得过。桓公甚患其迟,常加劝免。太宗曰:"一日万机,那得速!"《尚书·皋陶谟》:"一日万机。"孔安国曰:"几,微也。言当戒惧万事之微。"

山遐去东阳,王长史就简文索东阳云:"承藉猛政,故可以和静致治。"《东阳记》云:"遐字彦林,河内人。祖涛,司徒。父简,仪同三司。遐历武陵王友、东阳太守。"《江惇传》曰:"山遐为东阳,风政严苛,多任刑杀,郡内苦之。惇隐东阳,以仁恕怀物,遐感其德,为微损威猛。"

殷浩始作扬州,《浩别传》曰:"浩字渊源,陈郡长平人。祖识,濮阳相。父羡,光禄勋。浩少有重名,仕至扬州刺史、中军将军。"《中兴书》曰:"建元初,庾亮兄弟、何充等相寻薨,太宗以抚军辅政,征浩为扬州,从民誉也。"刘尹行,日小欲晚,便使左右取襆,人问其故,答曰:"刺史严,不敢夜行。"

谢公时,兵厮逋亡,多近窜南塘下诸舫中。或欲求一时搜索,谢公不许,云:"若不容置此辈,何以为京都?"《续晋阳秋》曰:"自中原丧乱,民离本域,江左造创,豪族并兼,或客寓流离,名籍不立。太元中,外御强氏,搜简民实,三吴颇加澄检,正其里伍。其中时有山湖遁逸,往来都邑者。后将军安方接客,时人有于坐言宜纠舍藏之失者。安每以厚德化物,去其烦细。又以强寇入境,不宜加动人情。乃答之云:'卿所忧,在于客耳! 然不尔,何以为京都?'言者有惭色。"

王大为吏部郎,王忱,已见。尝作选草,临当奏,王僧弥来,聊出示之。僧弥,王珉小字也。《珉别传》曰:"珉字季琰,琅邪人,丞相导孙,中领军洽少子。有才蓺,善行书,名出兄珣右,累迁侍中、中书令。赠太常。"僧弥得便以己意改易所选者近半,王大甚以为佳,更写即奏。

王东亭与张冠军善。张玄,已见。王既作吴郡,人问小令曰:《续晋阳秋》曰:"王献之为中书令,王珉代之,时人曰'大、小王令'。""东亭作郡,风政何似?"答曰:"不知治化何如,唯与张祖希情好日隆耳。"

殷仲堪当之荆州,王东亭问曰:"德以居全为称,仁以不害物为名。方今宰牧华夏,处杀戮之职,与本操将不乖乎?"殷答曰:"皋陶造刑辟之制,不为不贤;《古史考》曰:"庭坚号曰皋陶,舜谋臣也。舜举之于尧,尧令作士,主刑。"孔丘居司寇之任,未为不仁。"《家语》曰:"孔子自鲁司空为大司寇,三日而诛乱法大夫少正卯。"

文 学 第 四

郑玄在马融门下,《融自叙》曰:"融字季长,右扶风茂陵人。少而好问,学无常师。大将军邓骘召为舍人,弃,游武都。会羌虏起,自关以西道断。融以谓古人有言:'左手据天下之图,而右手刿其喉,愚夫不为。'何则? 生贵于天下也。岂以曲俗咫尺为羞,灭无限之身哉? 因往应之,为校书郎,出为南郡太守。"三年不得相见,高足弟子传授而已。尝算浑天不合,诸弟子莫能解。或言玄能者,融召令算,一转便决,众咸骇服。及玄业成辞归,既而融有"礼乐皆东"之叹。《高士传》曰:"玄字康成,北海高密人。八世祖崇,汉尚书。"《玄别传》曰:"玄少好学书数,十三诵《五经》,好天文、占候、风角、隐术。年十七,见大风起,诣县曰:'某时当有火灾。'至时果然,智者异之。年二十一,博极群书,精历数图纬之言,兼精算术。遂去吏,师故兖州刺史第五元先。就东郡张恭祖受《周礼》、《礼记》、《春秋传》。周流博观,每经历山川,及接颜一见，皆终身不忘。扶风马季长以英儒著名，玄往从之，参考同异。季长后戚，嫚于待士，玄不得见，住左右，自起精庐，既因绍介得通。时涿郡卢子幹为门人冠首，季长又不解剖裂七事，玄思得五，子幹得三。季长谓子幹曰：'吾与汝皆弗如也。'季长临别，执玄手曰：'大道东矣，子勉之！'后遇党锢，隐居著述，凡百馀万言。大将军何进辟玄，乃缝掖相见。玄长八尺余，须眉美秀，姿容甚伟。进待以宾礼，授以几杖。玄多所匡正，不用而退。袁绍辟玄，及去，饯之城东，欲玄必醉。会者三百余人，皆离席奉觞，自旦及莫，度玄饮三百余杯，而温克之容，终日无怠。献帝在许都，征为大司农，行至元城卒。"恐玄擅名而心忌焉。玄亦疑有追，乃坐桥下，在水上据屐。融果转式逐之，告左右曰："玄在土下水上而据木，此必死矣。"遂罢追，玄竟以得免。马融海内大儒，被服仁义。郑玄名列门人，亲传其业，何猜忌而行鸩毒乎？委巷之言，贼夫人之子。

　　郑玄欲注《春秋传》，尚未成时，行与服子慎遇宿客舍，先未相识，服在外车上与人说己注《传》意。《汉南纪》曰："服虔字子慎，河南荥阳人。少行清苦，为诸生，尤明《春秋左氏传》，为作训解。举孝廉，为尚书郎、九江太守。"玄听之良久，多与己同。玄就车与语曰："吾久欲注，尚未了。听君向言，多与吾同。今当尽以所注与君。"遂为服氏《注》。

　　郑玄家奴婢皆读书。尝使一婢，不称旨，将挞之。方自陈说，玄怒，使人曳箸泥中。须臾，复有一婢来，问曰："胡为乎泥中？"卫《式微》诗也。毛公曰："泥中，卫邑名也。"答曰："薄言往愬，逢彼之怒。"卫、邶《柏舟》之诗。

　　服虔既善《春秋》，将为注，欲参考同异；闻崔烈集门生讲传，挚虞《文章志》曰："烈字威考，高阳安平人，驷之孙，瑗之兄子也。灵帝时，官至司徒、太尉，封阳平亭侯。"遂匿姓名，为烈门人赁作食。每当至讲时，辄窃听户壁间。既知不能逾己，稍共诸生叙其短长。烈闻，不测何人，然素闻虔名，意疑之。明蚤往，及未寤，便呼：

"子慎！子慎！"虔不觉惊应，遂相与友善。

钟会撰《四本论》始毕，甚欲使嵇公一见。置怀中，既定，畏其难，怀不敢出，于户外遥掷，便回急走。《魏志》曰："会论才性同异，传于世。四本者：言才性同，才性异，才性合，才性离也。尚书傅嘏论同，中书令李丰论异，侍郎钟会论合，屯骑校尉王广论离。文多不载。"

何晏为吏部尚书，有位望，时谈客盈坐，《文章叙录》曰："晏能清言，而当时权势，天下谈士，多宗尚之。"《魏氏春秋》曰："晏少有异才，善谈《易》、《老》。"王弼未弱冠往见之。晏闻弼名，《弼别传》曰："弼字辅嗣，山阳高平人。少而察惠，十余岁便好《庄》、《老》。通辩能言，为傅嘏所知。吏部尚书何晏甚奇之，题之曰：'后生可畏。若斯人者，可与言天人之际矣！'以弼补台郎。弼事功雅非所长，益不留意，颇以所长笑人，故为时士所嫉。又为人浅而不识物情。初与王黎、荀融善，黎夺其黄门郎，于是恨黎，与融亦不终好。正始中以公事免。其秋遇疠疾亡，时年二十四。弼之卒也，晋景帝嗟叹之累日，曰：'天丧予！'其为高识悼惜如此。"因条向者胜理语弼曰："此理仆以为极，可得复难不？"弼便作难，一坐人便以为屈，于是弼自为客主数番，皆一坐所不及。

何平叔注《老子》，始成，诣王辅嗣。见王《注》精奇，乃神伏曰："若斯人，可与论天人之际矣！"因以所注为《道德二论》。《魏氏春秋》曰："弼论道约美不如晏，自然出拔过之。"

王辅嗣弱冠诣裴徽，《永嘉流人名》曰："徽字文季，河东闻喜人，太常潜少弟也。仕至冀州刺史。"徽问曰："夫无者，诚万物之所资，圣人莫肯致言，而老子申之无已，何邪？"《弼别传》曰："弼父为尚书郎，裴徽为吏部郎，徽见异之，故问。"弼曰："圣人体无，无又不可以训，故言必及有；老、庄未免于有，恒训其所不足。"

傅嘏善言虚胜，《魏志》曰："嘏字兰硕，北地泥阳人，傅介子之后也。累迁河南尹、尚书。嘏尝论才性同异，钟会集而论之。"《傅子》曰："嘏既达治好正，而有清理识要，如论才性，原本精微，鲜能及之。司隶钟会年甚少，嘏以明知交会。"荀粲谈尚玄远。《粲别传》曰："粲字奉倩，颍川颍阴人，太尉彧少子也。

粲诸兄儒术论议各知名。粲能言玄远，常以子贡称‘夫子之言性与天道，不可得而闻也’，然则六籍虽存，固圣人之糠秕。能言者不能屈。”每至共语，有争而不相喻。裴冀州释二家之义，通彼我之怀，常使两情皆得，彼此俱畅。《粲别传》曰：“粲太和初到京邑，与傅嘏谈，嘏善名理，而粲尚玄远，宗致虽同，仓卒时或格而不相得意。裴徽通彼我之怀，为二家释。顷之，粲与嘏善。”《管辂传》曰：“裴使君有高才逸度，善言玄妙也。”

何晏注《老子》未毕，见王弼自说注《老子》旨。何意多所短，不复得作声，但应诺诺，遂不复注，因作《道德论》。《文章叙录》曰：“自儒者论以老子非圣人，绝礼弃学。晏说与圣人同，著论行于世也。”

中朝时，有怀道之流，有诣王夷甫咨疑者。值王昨已语多，小极，不复相酬答，乃谓客曰：“身今少恶，裴逸民亦近在此，君可往问。”《晋诸公赞》曰：“裴頠谈理，与王夷甫不相推下。”

裴成公作《崇有论》，时人攻难之，莫能折。唯王夷甫来，如小屈。时人即以王理难裴，理还复申。《晋诸公赞》曰：“自魏太常夏侯玄、步兵校尉阮籍等，皆著《道德论》。于时侍中乐广、吏部郎刘汉亦体道而言约，尚书令王夷甫讲理而才虚，散骑常侍戴奥以学道为业，后进庾敳之徒皆希慕简旷。頠疾世俗尚虚无之理，故著《崇有》二论以折之。才博喻广，学者不能究。后乐广与頠清闲欲说理，而頠辞喻丰博，广自以体虚无，笑而不复言。”《惠帝起居注》曰：“頠著二论以规虚诞之弊。文词精富，为世名论。”

诸葛厷年少不肯学问。始与王夷甫谈，便已超诣。王叹曰：“卿天才卓出，若复小加研寻，一无所愧。”厷后看《庄》、《老》，更与王语，便足相抗衡。王隐《晋书》曰：“厷字茂远，琅邪人，魏雍州刺史绪之子。有逸才，仕至司空主簿。”

卫玠总角时问乐令“梦”，乐云“是想”。卫曰：“形神所不接而梦，岂是想邪？”乐云：“因也。未尝梦乘车入鼠穴，捣齑啖铁杵，皆无想无因故也。”《周礼》有六梦：一曰正梦，谓无所感动，平安而梦也。二曰噩梦，谓惊愕而梦也。三曰思梦，谓觉时所思念也。四曰寤梦，谓觉时道之而梦也。五曰喜梦，谓喜悦而梦也。六曰惧梦，谓恐惧而梦也。按乐所言

"想"者,盖思梦也。"因"者,盖正梦也。卫思"因",经日不得,遂成病。乐闻,故命驾为剖析之。卫既小差。乐叹曰:"此儿胸中当必无膏肓之疾!"《春秋传》曰:"晋景公有疾,求医于秦,秦伯使医缓为之。未至,公梦疾为二竖子。曰:'彼,良医也。惧伤我焉!'其一曰:'居肓之上,膏之下,若我何?'医至,曰:'疾不可为也! 在肓之上,膏之下,攻之不可达,刺之不可及,药不至焉。'公曰:'良医也。'"注:"肓,鬲也。心下为膏。"

庾子嵩读《庄子》,开卷一尺许便放去,曰:"了不异人意。"《晋阳秋》曰:"庾敱字子嵩,颍川人,侍中峻第三子。恢廓有度量,自谓是老、庄之徒。曰:'昔未读此书,意尝谓至理如此。今见之,正与人意暗同。'仕至豫州长史。"

客问乐令"旨不至"者,乐亦不复剖析文句,直以麈尾柄确几曰:"至不?"客曰:"至!"乐因又举麈尾曰:"若至者,那得去?"夫藏舟潜往,交臂恒谢,一息不留,忽焉生灭。故飞鸟之影,莫见其移;驰车之轮,曾不掩地。是以去不去矣,庸有至乎? 至不至矣,庸有去乎? 然则前至不异后至,至名所以生;前去不异后去,去名所以立。今天下无去矣,而去者非假哉? 既为假矣,而至者岂实哉? 于是客乃悟服。乐辞约而旨达,皆此类。

初,注《庄子》者数十家,莫能究其旨要。向秀于旧注外为解义,妙析奇致,大畅玄风。《秀别传》曰:"秀与嵇康、吕安为友,趣舍不同。嵇康傲世不羁,安放逸迈俗,而秀雅好读书。二子颇以此嗤之。后秀将注《庄子》,先以告康、安,康、安咸曰:'此书讵复须注? 徒弃人作乐事耳!'及成,以示二子。康曰:'尔故复胜不?'安乃惊曰:'庄周不死矣!'后注《周易》,大义可观,而与汉世诸儒互有彼此,未若隐《庄》之绝伦也。"秀本传或言,秀游托数贤,萧屑卒岁,都无注述。唯好《庄子》,聊应崔譔所注,以备遗忘云。《竹林七贤论》云:"秀为此义,读之者无不超然,若已出尘埃而窥绝冥,始了视听之表。有神德玄哲,能遗天下,外万物。虽复使动竟之人顾观所徇,皆怅然自有振拔之情矣。"唯《秋水》、《至乐》二篇未竟而秀卒。秀子幼,义遂零落,然犹有别本。郭象者,为人薄行,有俊才。《文士传》曰:"象字子玄,河南人。

少有才理,慕道好学,托志老、庄。时人咸以为王弼之亚,辟司空掾、太傅主簿。"见秀义不传于世,遂窃以为己注。乃自注《秋水》、《至乐》二篇,又易《马蹄》一篇,其余众篇,或定点文句而已。《文士传》曰:"象作《庄子注》,最有清辞遒旨。"后秀义别本出,故今有向、郭二《庄》,其义一也。

阮宣子有令闻,太尉王夷甫见而问曰:"老、庄与圣教同异?"对曰:"将无同?"太尉善其言,辟之为掾。世谓"三语掾"。卫玠嘲之曰:"一言可辟,何假于三?"宣子曰:"苟是天下人望,亦可无言而辟,复何假一?"遂相与为友。《名士传》曰:"阮修字宣子,陈留尉氏人。好《老》、《易》,能言理。不喜见俗人,时误相逢,即舍去。傲然无营,家无儋石之储,晏如也。琅邪王处仲为鸿胪卿,谓之:'鸿胪丞差有禄,卿常无食,能作不?'脩曰:'为复可耳。'遂为鸿胪丞、太子洗马。"

裴散骑娶王太尉女。婚后三日,诸婿大会,《晋诸公赞》曰:"裴遐字叔道,河东人。父纬,长水校尉。遐少有理称,辟司空掾、散骑郎。"《永嘉流人名》:"衍字夷甫,第四女适遐也。"当时名士,王、裴子弟悉集。郭子玄在坐,挑与裴谈。子玄才甚丰赡,始数交未快。郭陈张甚盛,裴徐理前语,理致甚微,四坐咨嗟称快。邓粲《晋纪》曰:"遐以辩论为业,善叙名理,辞气清畅,泠然若琴瑟。闻其言者,知与不知,无不叹服。"王亦以为奇,谓诸人曰:"君辈勿为尔,将受困寡人女婿!"

卫玠始度江,见王大将军。《敦别传》曰:"敦字处仲,琅邪临沂人。少有名理,累迁青州刺史。避地江左,历侍中、丞相、大将军、扬州牧。以罪伏诛。"因夜坐,大将军命谢幼舆。《晋阳秋》曰:"谢鲲字幼舆,陈郡人。父衡,晋硕儒。鲲性通简,好《老》、《易》,善音乐,以琴书为业。避乱江东,为豫章太守,王敦引为长史。"《鲲别传》曰:"鲲四十三卒,赠太常。"玠见谢,甚说之,都不复顾王,遂达旦微言。王永夕不得豫。玠体素羸,恒为母所禁。尔夕忽极,于此病笃,遂不起。《玠别传》曰:"玠少有名理,善《易》、《老》,自抱羸疾,初不于外擅相酬对。时友叹曰:'卫君不言,言必入真。'武昌见大将军王敦，敦与谈论，咨嗟不能自已。"

旧云：王丞相过江左，止道《声无哀乐》、嵇康《声无哀乐论》略曰："夫殊方异俗，歌笑不同。使错而用之，或闻哭而欢，或听歌而戚，然哀乐之情均也。今用均同之情，发万殊之声，斯非音声之无常乎?"《养生》、嵇叔夜《养生论》曰："夫虱箸头而黑，麝食柏而香，颈处险而瘿，齿居晋而黄。岂唯蒸之使重无使轻，芬之使香无使延哉? 诚能蒸以灵芝，润以醴泉，无为自得，体妙心玄。庶与羡门比寿，王乔争年。何为不可养生哉?"《言尽意》，欧阳坚石《言尽意论》略曰："夫理得于心，非言不畅。物定于彼，非名不辨。名逐物而迁，言因理而变，不得相与为二矣。苟无其二，言无不尽矣。"三理而已。然宛转关生，无所不入。

殷中军为庾公长史，按《庾亮僚属名》及《中兴书》，浩为亮司马，非为长史也。下都，王丞相为之集，桓公、王长史、王蓝田、《王述别传》曰："述字怀祖，太原晋阳人。祖湛，父承，并有高名。述蚤孤，事亲孝谨，箪瓢陋巷，宴安永日。由是为有识所知，袭爵蓝田侯。"谢镇西并在。丞相自起解帐带麈尾，语殷曰："身今日当与君共谈析理。"既共清言，遂达三更。丞相与殷共相往反，其余诸贤，略无所关。既彼我相尽，丞相乃叹曰："向来语，乃竟未知理源所归，至于辞喻不相负。正始之音，正当尔耳!"明旦，桓宣武语人曰："昨夜听殷、王清言甚佳，仁祖亦不寂寞，我亦时复造心，顾看两王掾，王濛、王述，并为王导所辟。辄翣如生母狗馨。"

殷中军见佛经云："理亦应阿堵上。"佛经之行中国尚矣，莫详其始。《牟子》曰："汉明帝夜梦神人，身有日光，明日，博问群臣。通人傅毅对曰：'臣闻天竺有道者号曰佛，轻举能飞，身有日光，殆将其神也。'于是遣羽林将军秦景、博士弟子王遵等十二人之大月氏国，写取佛经四十二部，在兰台石室。"刘子政《列仙传》曰："历观百家之中，以相检验，得仙者百四十六人，其七十四人已在佛经，故撰得七十。可以多闻博识者遐观焉。"如此，即汉成、哀之间，已有经矣。与牟子传记便为不同。《魏略·西戎传》曰："天竺城中有临儿国。《浮屠经》云：其国王生浮图。浮图者，太子也。父曰屑头邪，母曰莫邪。浮屠者，身服色黄，发如青丝，爪如铜。其母梦白象而孕。及生，从右胁出，而有髻，坠地能行七步。天竺又有神人曰沙律。昔汉哀帝元寿元年，博士弟子景虑，受大月氏王使伊存口传《浮屠经》。曰复豆者，其人也。"《汉武故事》曰："昆邪王杀休屠王，以其众来降，得其金人之神，置之甘泉宫。金人皆长丈馀，其祭不用牛羊，唯烧香礼拜。上使依其国俗祀之。"此神全类于佛，岂当汉武之时，其经未行于中土，而但神明事之邪。故验刘向、鱼豢之说，佛至自哀、成之世明矣。然则牟传所言四十二者，其文今存非妄。盖明帝遣使广求异闻，非是时无经也。

　　谢安年少时，请阮光禄道《白马论》。《孔丛子》曰："赵人公孙龙云：'白马非马。马者所以命形，白者所以命色。夫命色者非命形，故曰白马非马也。'"为论以示谢，于时谢不即解阮语，重相咨尽。阮乃叹曰："非但能言人不可得，正索解人亦不可得！"《中兴书》曰："裕甚精论难。"

　　褚季野语孙安国褚裒、孙盛并已见。云："北人学问，渊综广博。"孙答曰："南人学问，清通简要。"支道林闻之曰："圣贤固所忘言。自中人以还，北人看书，如显处视月；南人学问，如牖中窥日。"支所言，但譬成孙、褚之理也。然则学广则难周，难周则识暗，故如显处视月；学寡则易核，易核，则智明，故如牖中窥日也。

　　刘真长与殷渊源谈，刘理如小屈，殷曰："恶卿不欲作将善云梯仰攻？"《墨子》曰："公输般为高云梯，欲以攻宋。墨子闻之，自鲁往。裂裳裹足，日夜不休，十日十夜而至于郢。见楚王曰：'闻大王将攻宋，有之乎？'王曰：'然！'墨子曰：'请令公输般设攻宋之具，臣请试守之。'于是公输般设攻宋之计，墨子紫带守之。输九攻之，而墨子九却之。不能入，遂辍兵。"

　　殷中军云："康伯未得我牙后慧。"《浩别传》曰："浩善《老》、《易》，能清言。"康伯，浩甥也，甚爱之。

　　谢镇西少时，闻殷浩能清言，故往造之。殷未过有所通，为谢标榜诸义，作数百语。既有佳致，兼辞条丰蔚，甚足以动心骇听。谢注神倾意，不觉流汗交面。殷徐语左右："取手巾与谢郎拭面。"按殷浩大谢尚三岁，便是时流。或当贵其胜致，故为之挥汗。

　　宣武集诸名胜讲《易》，《易乾凿度》曰："孔子曰：'《易》者，易也，变易也，不易也。三成德，为道包籥者，易也。其德也光明四通，日月星辰布，八卦序，四时和也。变也者，天地不变，不能成朝；夫妇不变，不能成家。不易者，其位也。天在上，地在下；君南面，臣北面；父坐，子伏。此其不易也。故《易》者天地人道也。'"郑玄《序易》曰："《易》之为名也，一言而函三义：简易一也，变易二也，不易三也。《系辞》曰：'《乾》《坤》，《易》之蕴也，《易》之门户也。'又曰：'《乾》确然示人易矣，《坤》隤然示人简矣。易则易知，简则易从。'此言其简易法则也。又曰：'其为道也屡迁，变动不居，周流六虚，上下无常，刚柔相易，不可以为典要，唯变所适。'此则言其从时出入移动也。又曰：'天尊地卑，《乾》《坤》定矣；卑高以陈，贵贱位矣；动静有常，刚柔断矣。'此则言其张设布列不易也。"据此三义而说《易》之道，广矣，大矣。日说一卦。简文欲听，闻此便还。曰："义自当有难易，其以一卦为限邪？"

　　有北来道人好才理，与林公相遇于瓦官寺，讲《小品》。于时竺法深、孙兴公悉共听。此道人语，屡设疑难，林公辩答清析，辞气俱爽。此道人每辄摧屈。孙问深公："上人当是逆风家，向来何以都不言？"庾法畅《人物论》曰："法深学义渊博，名声蚤著，弘道法师也。"深公笑而不答。林公曰："白旃檀非不馥，焉能逆风？"《成实论》曰："波利质多天树，其香则逆风而闻。"深公得此义，夷然不屑。

　　孙安国往殷中军许共论，往反精苦，客主无间。左右进食，冷而复暖者数四。彼我奋掷麈尾，悉脱落，满餐饭中。宾主遂至莫忘食。殷乃语孙曰："卿莫作强口马，我当穿卿鼻。"孙曰："卿不见决鼻牛，人当穿卿颊。"《续晋阳秋》曰："孙盛善理义。时中军将军殷浩擅名一时，能与剧谈相抗者，唯盛而已。"

　　《庄子·逍遥篇》，旧是难处，诸名贤所可钻味，而不能拔理于郭、向之外。支道林在白马寺中，将冯太常共语，《冯氏谱》曰："冯怀字祖思，长乐人。历太常、护国将军。"因及《逍遥》。支卓然标新理于二家之表，立异义于众贤之外，皆是诸名贤寻味之所不得。后遂用支理。向子期、郭子玄《逍遥义》曰："夫大鹏之上九万，尺鴳之起榆枋，小大虽差，各任其性。苟当其分，逍遥一也。然物之芸芸，同资有待，得其所待，然后逍遥耳。唯圣人与物冥而循大变，为能无待而常通，岂独自通而已。又从有待者不失其所待，不失，则同于大通矣。"支氏《逍遥论》曰："夫逍遥者，明至人之心也。庄生建言大道，而寄指鹏、鴳。鹏以营生之路旷，故失适于体外；鴳以在近而笑远，有矜伐于心内。至人乘天正而高兴，游无穷于放浪，物物而不物于物，则遥然不我得，玄感不为，不疾而速，则逍然靡不适。此所以为逍遥也。若夫有欲当其所足，足于所足，快然有似天真。犹饥者一饱，渴者一盈，岂忘烝尝于糗粮，绝觞爵于醪醴哉？苟非至足，岂所以逍遥乎？"此向、郭之注所未尽。

殷中军浩也。尝至刘尹所清言。良久，殷理小屈，游辞不已，刘亦不复答。殷去后，乃云："田舍儿，强学人作尔馨语。"刘惔，已见。

殷中军虽思虑通长，然于《才性》偏精。忽言及《四本》，便苦汤池铁城，无可攻之势。《神农书》曰："夫有石城七仞，汤池百步，带甲百万而乐粟者，不能自固也。"

支道林造《即色论》，《支道林集·妙观章》云："夫色之性也，不自有色。色不自有，虽色而空。故曰色即为空，色复异空。"论成，示王中郎，王坦之，已见。中郎都无言。支曰："默而识之乎？"《论语》曰："默而识之，诲人不倦，何有于我哉？"王曰："既无文殊，谁能见赏？"《维摩诘经》曰："文殊师利问维摩诘云：'何者是菩萨入不二法门？'时维摩诘默然无言。文殊师利叹曰：'是真入不二法门也。'"

王逸少作会稽，初至，支道林在焉。孙兴公谓王曰："支道林拔新领异，胸怀所及乃自佳，卿欲见不？"王本自有一往隽气，殊自轻之。后孙与支共载往王许，王都领域，不与交言。须臾支退，后正值王当行，车已在门。支语王曰："君未可去，贫道与君小语。"因论《庄子·逍遥游》。支作数千言，才藻新奇，花烂映发。王遂披襟解带，留连不能已。《支法师传》曰："法师研十地，则知顿悟于七住；寻庄周，则辩圣人之逍遥。当时名胜，咸味其音旨。"

《道贤论》以七沙门比竹林七贤。遁比向秀，雅尚《庄》、《老》。二子异时，风尚玄同也。

　　三乘佛家滞义，支道林分判，使三乘炳然。诸人在下坐听，皆云可通。支下坐，自共说，正当得两，入三便乱。今义弟子虽传，犹不尽得。《法华经》曰："三乘者：一曰声闻乘，二曰缘觉乘，三曰菩萨乘。声闻者，悟四谛而得道也。缘觉者，悟因缘而得道也。菩萨者，行六度而得道也。然则罗汉得道，全由佛教，故以声闻为名也。辟支佛得道，或闻因缘而解，或听环珮而得悟。神能独达，故以缘觉为名也。菩萨者，大道之人也。方便则止行六度，真教则通修万善，功不为己，志存广济，故以大道为名也。"

　　许掾询也。年少时，人以比王苟子，苟子，王修小字也。《文字志》曰："修字敬仁，太原晋阳人。父濛，司徒左长史。修明秀有美称，善隶行书，号曰'流奕清举'。起家著作佐郎，琅邪王文学，转中军司马，未拜卒，时年二十四。昔王弼之没，与修同年，故修弟熙乃叹曰：'无愧于古人，而年与之齐也。'"许大不平。时诸人士及于法师并在会稽西寺讲，王亦在焉。许意甚忿，便往西寺与王论理，共决优劣。苦相折挫，王遂大屈。许复执王理，王执许理，更相覆疏，王复屈。许谓支法师曰："弟子向语何似？"支从容曰："君语佳则佳矣，何至相苦邪？岂是求理中之谈哉！"

　　林道人诣谢公，东阳时始总角，新病起，体未堪劳。与林公讲论，遂至相苦。东阳，谢朗也，已见。《中兴书》曰："朗博涉有逸才，善言玄理。"母王夫人在壁后听之，再遣信令还，而太傅留之。王夫人因自出云："新妇少遭家难，一生所寄，唯在此儿。"因流涕抱儿以归。谢公语同坐曰："家嫂辞情慷慨，致可传述，恨不使朝士见。"《谢氏谱》曰："朗父据，取太康王韬女，名绥。"

　　支道林、许掾诸人共在会稽王斋头。简文。支为法师，许为都讲。《高逸沙门传》曰："道林时讲《维摩诘经》。"支通一义，四坐莫不厌心。许送一难，众人莫不抃舞。但共嗟咏二家之美，不辩其理之所在。

　　谢车骑在安西艰中，安西，谢奕。已见。林道人往就语，将夕乃退。有人道上见者，问云："公何处来？"答云："今日与谢孝剧谈一出来。"《玄别传》曰："玄能清言，善名理。"

　　支道林初从东出，住东安寺中。《高逸沙门传》曰："遁居会稽，晋哀帝钦其风味，遣中使至东迎之。遁遂辞丘壑，高步天邑。"王长史宿构精理，并撰其才藻，往与支语，不大当对。王叙致作数百语，自谓是名理奇藻。支徐徐谓曰："身与君别多年，君义言了不长进。"王大惭而退。

　　殷中军读《小品》，《释氏辨空经》，有详者焉，有略者焉。详者为《大品》，略者为《小品》。下二百签，皆是精微，世之幽滞。尝欲与支道林辩之，竟不得。今《小品》犹存。《高逸沙门传》曰："殷浩能言名理，自以有所不达，欲访之于遁。遂邂逅不遇深以为恨。其为名识赏重，如此之至焉。"《语林》曰："浩于佛经有所不了，故遣人迎林公，林乃虚怀欲往。王右军驻之曰：'渊源思致渊富，既未易为敌，且己所不解，上人未必能通。纵复服从，亦名不益高。若佻脱不合，便丧十年所保。可不须往！'林公亦以为然，遂止。"

　　佛经以为祛练神明，则圣人可致。《释氏经》曰："一切众生，皆有佛性。但能修智慧，断烦恼，万行具足，便成佛也。"简文云："不知便可登峰造极不？然陶练之功，尚不可诬。"

　　于法开始与支公争名，后情渐归支，意甚不忿，遂遁迹剡下。遣弟子出都，语使过会稽。于时支公正讲《小品》。开戒弟子："道林讲，比汝至，当在某品中。"因示语攻难数十番，云："旧此中不可复通。"弟子如言诣支公。正值讲，因谨述开意。往反多时，林公遂屈。厉声曰："君何足复受人寄载！"《名德沙门题目》曰："于法开才辨从横，以数术弘教。"《高逸沙门传》曰："法开初以义学著名，后与支遁有竞，故遁居剡县，更学医术。"

　　殷中军问："自然无心于禀受，何以正善人少，恶人多？"诸人莫有言者。刘尹答曰："譬如写水著地，正自纵横流漫，略无正方圆者。"一时绝叹，以为名通。《庄子》曰："天籁者，吹万不同，而使其自己也。"郭子玄注曰："无既无矣，则不能生有。有之未生，又不能为生。然则生生者谁哉？块然而自生耳，非我生也。我不生物，物不生我，则自然而已，谓之天然。天然非为也，故以天言之，所以明其自然故也。"

康僧渊初过江，未有知者，恒周旋市肆，乞索以自营。忽往殷渊源许，值盛有宾客，殷使坐，粗与寒温，遂及义理。语言辞旨，曾无愧色。领略粗举，一往参诣。由是知之。僧渊氏族，所出未详。疑是胡人。尚书令沈约撰《晋书》，亦称其有义学。

殷、谢诸人共集。殷浩、谢安。谢因问殷："眼往属万形，万形来入眼不？"《成实论》曰："眼识不待到而知，虚尘假空与明，故得见色。若眼到色到，色闲则无空明。如眼触目，则不能见彼。当知眼识不到而知。"依如此说，则眼不往，形不入，遥属而见也。谢有问，殷无答，疑阙文。

人有问殷中军："何以将得位而梦棺器，将得财而梦矢秽？"殷曰："官本是臭腐，所以将得而梦棺尸；财本是粪土，所以将得而梦秽污。"时人以为名通。

殷中军被废东阳，浩黜废事，别见。始看佛经。初视《维摩诘》，僧肇《注维摩经》曰："维摩诘者，秦言净名，盖法身之大士，见居此土，以弘道也。"疑"般若波罗密"太多，后见《小品》，恨此语少。波罗密，此言到彼岸也。《经》云："到者有六焉：一曰檀；檀者，施也。二曰毗黎；毗黎者，持戒也。三曰羼提；羼提者，忍辱也。四曰尸罗；尸罗者，精进也。五曰禅；禅者，定也。六曰般若；般若者，智慧也。然则五者为舟，般若为导，导则俱绝有相之流，升无相之彼岸也。故曰波罗密也。"渊源未畅其致，少而疑其多；已而究其宗，多而患其少也。

支道林、殷渊源俱在相王许。简文。相王谓二人："可试一交言。而《才性》殆是渊源崤、函之固，崤，谓二陵之地，函，函谷关也。并秦之险塞，王者之居。左思《魏都赋》曰："崤、函帝王之宅。"君其慎焉！"支初作，改辙远之，数四交，不觉入其玄中。相王抚肩笑曰："此自是其胜场，安可争锋！”

　　谢公因子弟集聚，问《毛诗》何句最佳？遏称曰：谢玄小字。已见。“昔我往矣，杨柳依依；今我来思，雨雪霏霏。”公曰：“讦谟定命，远猷辰告。”《大雅》诗也。毛苌注曰：“讦，大也。谟，谋也。辰，时也。”郑玄注曰：“猷，图也。大谋定命，谓正月始和，布政于邦国都鄙。”谓此句偏有雅人深致。

　　张凭举孝廉出都，负其才气，谓必参时彦。欲诣刘尹，乡里及同举者共笑之。张遂诣刘。刘洗濯料事，处之下坐，唯通寒暑，神意不接。张欲自发无端。顷之，长史诸贤来清言。客主有不通处，张乃遥于末坐判之，言约旨远，足畅彼我之怀，一坐皆惊。真长延之上坐，清言弥日，因留宿至晓。张退，刘曰：“卿且去，正当取卿共诣抚军。”张还船，同侣问何处宿？张笑而不答。须臾，真长遣传教觅张孝廉船，同侣愕愕。即同载诣抚军。至门，刘前进谓抚军曰：“下官今日为公得一太常博士妙选！”既前，抚军与之话言，咨嗟称善曰：“张凭勃窣为理窟。”即用为太常博士。宋明帝《文章志》曰：“凭字长宗，吴郡人。有意气，为乡闾所称。学尚所得，敏而有文。太守以才选举孝廉，试策高第。为惔所举，补太常博士。累迁吏部郎、御史中丞。”

　　汰法师云：“六通、三明同归，正异名耳。”《安法师传》曰：“竺法汰者，体器弘简，道情冥到，法师友而善焉。”一说法汰即安公弟子也。《经》云：“六通者，三乘之功德也。一曰天眼通，见远方之色；二曰天耳通，闻障外之声；三曰身通，飞行隐显；四曰它心通，水镜万虑；五曰宿命通，神知已往；六曰漏尽通，慧解累世。三明者：解脱在心，朗照三世者也。”然则天眼、天耳、身通、它心、漏尽此五者，皆见在心之明也。宿命则过去心之明也。因天眼发未来之智，则未来心之明也。同归异名，义在斯矣。

　　支道林、许、谢盛德，共集王家。许询、谢安、王濛。谢顾谓诸人：“今日可谓彦会，时既不可留，此集固亦难常。当共言咏，以写其怀。"许便问主人有《庄子》不？正得《渔父》一篇。《庄子》曰："孔子游乎缁帷之林，休坐乎杏坛之上。孔子弦歌鼓琴，奏曲未半，有渔者下船而来，须眉交白，被发揄袂，行原以上，距陆而止，左手据膝，右手持颐以听。曲终而招子贡、子路语曰：'彼何为者也？'曰：'孔氏。'曰：'孔氏何治？'子贡曰：'服忠信，行仁义，饰礼乐，选人伦，孔氏之所治也。'曰：'有土之君欤？'曰：'非也。'渔父曰：'仁则仁矣，恐不免其身。'孔子闻而求问之，遂言八疵、四病，以诚孔子。"谢看题，便各使四坐通。支道林先通，作七百许语，叙致精丽，才藻奇拔，众咸称善。于是四坐各言怀毕。谢问曰："卿等尽不？"皆曰："今日之言，少不自竭。"谢后粗难，因自叙其意，作万余语，才峰秀逸。《文字志》曰："安神情秀悟，善谈玄速。"既自难干，加意气拟托，萧然自得，四坐莫不厌心。支谓谢曰："君一往奔诣，故复自佳耳。"

殷中军、孙安国、王、谢能言诸贤，悉在会稽王许。殷与孙共论《易》象妙于见形。其论略曰："圣人知观器不足以达变，故表圆应于蓍龟。圆应不可为典要，故寄物迹于六爻。六爻周流，唯化所适。故虽一画，而吉凶并彰，微一则失之矣。拟器托象，而庆咎交著，系器则失之矣。故设八卦者，盖缘化之影迹也。天下者，寄见之一形。圆影备未备之象，一形兼未形之形。故尽二仪之道，不与《乾》、《坤》齐妙。风雨之变，不与《巽》、《坎》同体矣。"孙语道合，意气干云。一坐咸不安孙理，而辞不能屈。会稽王慨然叹曰："使真长来，故应有以制彼。"既迎真长，孙意已不如。真长既至，先令孙自叙本理。孙粗说己语，亦觉殊不及向。刘便作二百许语，辞难简切，孙理遂屈。一坐同时拊掌而笑，称美良久。

僧意在瓦官寺中，未详僧意氏族所出。王苟子来，苟子，王脩小字。与共语，便使其唱理。意谓王曰："圣人有情不？"王曰："无。"重问曰："圣人如柱邪？"王曰："如筹算，虽无情，运之者有情。"僧意云："谁运圣人邪？"苟子不得答而去。诸本无僧意最后一句,意疑其阙,庆校众本皆然。唯一书有之,故取以成其义。然王脩善言理,如此论,特不近人情,犹疑斯文为谬也。

司马太傅问谢车骑:"惠子其书五车,何以无一言入玄?"谢曰:"故当是其妙处不传。"《庄子》曰:"惠施多方,其书五车,其道舛驳,其言不中。谓卵有毛,鸡三足,马有卵,犬可为羊,火不热,目不见,龟长于蛇,丁子有尾,白狗黑,连环可解。能胜人之口,不能服人之心。盖辩者之囿也。"

殷中军被废,徙东阳,大读佛经,皆精解。唯至"事数"处不解。事数:谓若五阴、十二入、四谛、十二因缘,五根、五九、七觉之声。遇见一道人,问所签,便释然。

殷仲堪精核玄论,人谓莫不研究。殷乃叹曰:"使我解《四本》,谈不翅尔。"周祗《隆安记》曰:"仲堪好学而有理思也。"

殷荆州曾问远公:张野《远法师铭》曰:"沙门释惠远,雁门楼烦人。本姓贾氏,世为冠族。年十二,随舅令狐氏游学许、洛。年二十一,欲南渡,就范宣子学,道阻不通,遇释道安以为师。抽簪落发,研求法藏。释县翼每资以灯烛之费。诵鉴淹远,高悟冥赜。安常叹曰:'道流东国,其在远乎?'襄阳既没,振锡南游,结宇灵岳。自年六十,不复出山。名被流沙,彼国僧众,皆称汉地有大乘沙门。每至然香礼拜,辄东向致敬。年八十三而终。""《易》以何为体?"答曰:"《易》以感为体。"殷曰:"铜山西崩,灵钟东应,便是《易》耶?"《东方朔传》曰:"孝武皇帝时,未央宫前殿钟无故自鸣,三日三夜不止。诏问太史待诏王朔,朔言恐有兵气。更问东方朔,朔曰:'臣闻铜者山之子,山者铜之母,以阴阳气类言之,子母相感,山恐有崩弛者,故钟先鸣。《易》曰:"鸣鹤在阴,其子和之。"精之至也。其应在后五日内。'居三日,南郡太守上书言山崩,延袤二十余里。"《樊英别传》曰:"汉顺帝时,殿下钟鸣,问英。对曰:'蜀岷山崩。山于铜为母,母崩子鸣,非圣朝灾。'后蜀果上山崩,日月相应。"二说微异,故并载之。远公笑而不答。

羊孚弟娶王永言女。孚弟,辅也。《羊氏谱》曰:"辅字幼仁,泰山人。祖楷,尚书郎。父绥,中书郎。辅仕至卫军功曹。娶琅邪王讷之女,字僧首。"及王家见婿,孚送弟俱往。时永言父东阳尚在,《王氏谱》曰:"讷之字永言，琅邪人。祖彪之，光禄大夫。父临之，东阳太守。讷之历尚书左丞、御史中丞。"殷仲堪是东阳女婿，亦在坐。《殷氏谱》曰："仲堪娶琅邪王临之女，字英彦。"孚雅善理义，乃与仲堪道《齐物》。《庄子》篇也。殷难之，羊云："君四番后，当得见同。"殷笑曰："乃可得尽，何必相同？"乃至四番后一通。殷咨嗟曰："仆便无以相异。"叹为新拔者久之。

殷仲堪云："三日不读《道德经》，便觉舌本间强。"《晋安帝纪》曰："仲堪有思理，能清言。"

提婆初至，为东亭第讲《阿毗昙》。《出经叙》曰："僧伽提婆，罽宾人，姓瞿昙氏。俊朗有深鉴，符坚至长安，出诸经。后渡江，远法师请译《阿毗昙》。"远法师《阿毗昙叙》曰："《阿毗昙心》者，三藏之要领，咏歌之微言。源流广大，管综众经，领其宗会，故作者以心为名焉。有出家开士字法胜，以《阿毗昙》源流广大，卒难寻究，别撰斯部，凡二百五十偈，以为要解，号之曰'心'。罽宾沙门僧伽提婆，少玩斯文，因请令译焉。阿毗昙者，晋言大法也。道标法师曰："阿毗昙者，秦言无比法也。"始发讲，坐裁半，僧弥便云："都已晓。"即于坐分数四有意道人，更就馀屋自讲。提婆讲竟，东亭问法冈道人曰：法冈，未详氏族。"弟子都未解，阿弥那得已解？所得云何？"曰："大略全是，故当小未精核耳。"《出经叙》曰："提婆以隆安初游京师，东亭侯王珣迎至舍讲《阿毗昙》。提婆宗致既明，振发义奥，王僧弥一听便自讲，其明义易启人心如此。未详年卒。"

桓南郡与殷荆州共谈，每相攻难。年余后，但一两番。桓自叹才思转退。殷云："此乃是君转解。"周祇《隆安记》曰："玄善言理，弃郡还国，常与殷荆州仲堪终日谈论不辍。"

文帝尝令东阿王七步中作诗，不成者行大法。应声便为诗曰："煮豆持作羹，漉菽以为汁。其在釜下然，豆在釜中泣。本自同根生，相煎何太急？"帝深有惭色。《魏志》曰："陈思王植字子建，文帝同母弟也。年十余岁诵诗论及辞赋数万言。善属文，太祖尝视其文曰：'汝倩人邪？'植跪曰：'出言为论，下笔成章，顾当面试，奈何倩人？'时邺铜雀台新成，太祖悉将诸子登之，使各为赋。植援笔立成，可观。性简易，不治威仪，舆马服饰，不尚华丽。每见难问，应声而答，太祖宠爱之，几为太子者数矣。文帝即位，封鄄城侯，后徙雍丘，复封东阿。植每求试不得，而国亟迁易，汲汲无欢。年四十一薨。"

魏朝封晋文王为公，备礼九锡，文王固让不受。公卿将校当诣府敦喻。司空郑冲冲已见。驰遣信就阮籍求文。籍时在袁孝尼家，《袁氏世纪》曰："准字孝尼，陈郡阳夏人。父涣，魏郎中令。准忠信居正，不耻下问，唯恐人不胜己也。世事多险，故治退不敢求进。著书不万馀言。"荀绰《兖州记》曰："准有隽才，泰始中位给事中。"宿醉扶起，书札为之，无所点定，乃写付使。时人以为神笔。顾恺之《晋文章记》曰："阮籍《劝进》，落落有宏致，至转说徐而摄之也。"一本注阮籍《劝进文》略曰："窃闻明公固让，冲等眷眷，实怀嘉心。以为圣王作制，百代同风，褒德赏功，其来久矣。周公藉已成之业，据既安之势，光宅曲阜，奄有龟蒙。明公宜奉圣旨，受兹介福也。"

左太冲作《三都赋》初成，《思别传》曰："思字太冲，齐国临淄人。父雍起于笔札，多所掌练，为殿中御史。思早丧母，雍怜之，不甚教其书学。及长，博览名文，遍阅百家。司空张华辟为祭酒，贾谧举为秘书郎。谧诛，归乡里，专思著述。齐王冏请为记室参军，不起。时为《三都赋》未成也。后数年疾终。其《三都赋》改定，至终乃上。初，作《蜀都赋》云：'金马电发于高冈，碧鸡振翼而云披。鬼弹飞丸以碍磹，火井腾光以赫曦。'今无鬼弹，故其赋往往不同。思为人无吏干而有文才，又颇以椒房自矜，故齐人不重也。"时人互有讥訾，思意不惬。后示张公。张华已见。张曰："此二京可三，然君文未重于世，宜以经高名之士。"思乃询求于皇甫谧。王隐《晋书》曰："谧字士安，安定朝那人，汉太尉嵩曾孙也。祖叔献，灞陵令。父叔侯，举孝廉。谧族从皆累世富贵，独守寒素。所养叔母曰：'昔孟母以三徙成子，曾父以亨豕存教，岂我居不卜邻，何尔鲁之甚乎？修身笃学，自汝得之，于我何有？'因对之流涕，谧乃感激。年二十馀，就乡里席坦受书，遭人而问，少有宁日。武帝借其书二车，遂博览。太子中庶子、议郎征，并不就，终于家。"谧见之嗟叹，遂为作《叙》。于是先相非贰者，莫不敛衽赞述焉。《思别传》曰："思造张载，问岷、蜀事，交接亦疏。皇甫谧西州高士，挚仲治宿儒知名，非思伦匹。刘渊林、卫伯舆并早终，皆不为思《赋》序注也。凡诸注解，皆思自为，欲重其文，故假时人名姓也。”

刘伶著《酒德颂》，意气所寄。《名士传》曰：“伶字伯伦，沛郡人。肆意放荡，以宇宙为狭。常乘鹿车，携一壶酒，使人荷锸随之，云：‘死便掘地以埋。’土木形骸，遨游一世。”《竹林七贤论》曰：“伶处天地间，悠悠荡荡，无所用心。尝与俗士相牾，其人攘袂而起，欲必筑之。伶和其色曰：‘鸡肋岂足以当尊拳！’其人不觉废然而返。未尝措意文章，终其世，凡著《酒德颂》一篇而已。其辞曰：‘有大人先生者，以天地为一朝，万期为须臾，日月为扃牖，八荒为庭衢。行无辙迹，居无室庐，幕天席地，纵意所如。行则操卮执瓢，动则挈榼提壶，唯酒是务，焉知其余？有贵介公子，缙绅处士，闻吾风声，议其所以。乃奋袂攘襟，怒目切齿，陈说礼法，是非锋起。先生于是方捧罂承槽，衔杯漱醪，奋髯箕踞，枕麹藉糟。无思无虑，其乐陶陶。兀然而醉，慌尔而醒，静听不闻雷霆之声，熟视不见太山之形，不觉寒暑之切肌，利欲之感情。俯观万物之扰扰，如江、汉之载浮萍。二豪侍侧焉，如蜾蠃之与螟蛉。’”

乐令善于清言，而不长于手笔。将让河南尹，请潘岳为表。《晋阳秋》曰：“岳字安仁，荥阳人。凤以才颖发名。善属文，清绮绝世，蔡邕未能过也。仕至黄门侍郎，为孙秀所害。”潘云：“可作耳。要当得君意。”乐为述己所以为让，标位二百许语。潘直取错综，便成名笔。时人咸云：“若乐不假潘之文，潘不取乐之旨，则无以成斯矣。”

夏侯湛作《周诗》成，《文士传》曰：“湛字孝若，谯国人，魏征西将军夏侯渊曾孙也。有盛才，文章巧思，善补雅词，名亚潘岳。历中书侍郎。”湛《集》载其《叙》曰：“《周诗》者，《南陔》、《白华》、《华黍》、《由庚》、《崇丘》、《由仪》六篇，有其义而亡其辞。湛续其亡，故云《周诗》也。”示潘安仁。安仁曰：“此非徒温雅，乃别见孝悌之性。”其诗曰：“既殷斯虔，仰说洪恩。夕定辰省，奉朝侍昏。宵中告退，鸡鸣在门。孳孳恭诲，夙夜是敦。”潘因此遂作《家风诗》。岳《家风诗》载其宗祖之德及自戒也。

孙子荆除妇服，作诗以示王武子。孙楚《集》云：“妇胡毋氏也。”

其诗曰:"时迈不停,日月电流。神爽登遐,忽已一周。礼制有叙,告除灵丘。临祠感痛,中心若抽。"王曰:"未知文生于情,情生于文。一作"文于情生,情于文生"。览之凄然,增伉俪之重。"

太叔广甚辩给,而挚仲治长于翰墨,俱为列卿。每至公坐,广谈,仲治不能对。退著笔难广,广又不能答。王隐《晋书》曰:"广字季思,东平人。拜成都王为太弟。欲使诣洛,广子孙多在洛,虑害,乃自杀。挚虞字仲治,京兆长安人。祖茂,秀才。父模,太仆卿。虞少好学,师事皇甫谧,善校练文义,多所著述。历秘书监、太常卿。从惠帝至长安,遂流离鄠、杜间。性好博古,而文籍荡尽。永嘉五年,洛中大饥,遂饿而死。虞与广名位略同,广长口才,虞长笔才,俱少政事。众坐广谈,虞不能对;虞退笔难广,广不能答。于是更相嗤笑,纷然于世。广无可记,虞多所录,于斯为胜也。"

江左殷太常父子并能言理,亦有辩讷之异。扬州口谈至剧,太常辄云:"汝更思吾论。"《中兴书》曰:"殷融字洪远,陈郡人。桓彝有人伦鉴,见融甚叹美之。著《象不尽意》、《大贤须易论》,理义精微,谈者称焉。兄子浩亦能清言,每与浩谈,有时而屈,退而著论,融更居长。为司徒左西属。饮酒善舞,终日啸咏,未尝以世务自婴。累迁吏部尚书、太常卿,卒。"

庾子嵩作《意赋》成,《晋阳秋》曰:"敳永嘉中为石勒所害。先是敳见王室多难,知终婴其祸,乃作《意赋》以寄怀。"从子文康见,问曰:"若有意邪,非赋之所尽;若无意邪,复何所赋?"答曰:"正在有意无意之间。"

郭景纯诗云:"林无静树,川无停流。"王隐《晋书》曰:"郭璞字景纯,河东闻喜人。父瑷,建平太守。"《璞别传》曰:"璞奇博多通,文藻粲丽,才学赏豫,足参上流。其诗赋诔颂,并传于世,而讷于言。造次咏语,常人无异。又不持仪检,形质黩索,纵情嫚惰,时有醉饱之失。友人干令升戒之曰:'此伐性之斧也。'璞曰:'吾所受有分,恒恐用之不尽,岂酒色之能害!'王敦取为参军。敦纵兵都辇,乃咨以大事,璞极言成败,不为回屈。敦忌而害之。"诗,璞《幽思篇》者。阮孚云:阮孚别见。"泓峥萧瑟,实不可言。每读此文,辄觉神超形越。"

庾阐始作《扬都赋》，道温、庾云："温挺义之标，庾作民之望。方响则金声，比德则玉亮。"庾公闻赋成，求看，兼赠贶之。阐更改"望"为"俊"，以"亮"为"润"云。《中兴书》曰："阐字仲初，颍川人，太尉亮之族也。少孤，九岁便能属文。迁散骑侍郎，领大著作。为《扬都赋》，邈绝当时。五十四卒。"

孙兴公作《庾公诔》。袁羊曰："见此张缓。"于时以为名赏。《袁氏家传》曰："乔有文才。"

庾仲初作《扬都赋》成，以呈庾亮。亮以亲族之怀，大为其名价云："可三《二京》，四《三都》。"于此人人竞写，都下纸为之贵。谢太傅云："不得尔。此是屋下架屋耳，事事拟学，而不免俭狭。"王隐《论扬雄太玄经》曰："《玄经》虽妙，非益也。是以古人谓其屋下架屋。"

习凿齿史才不常，宣武甚器之，未三十，便用为荆州治中。凿齿谢笺亦云："不遇明公，荆州老从事耳！"后至都见简文，返命，宣武问："见相王何如？"答云："一生不曾见此人！"从此忤旨，出为衡阳郡，性理遂错。于病中犹作《汉晋春秋》，品评卓逸。《续晋阳秋》曰："凿齿少而博学，才情秀逸，温甚奇之。自州从事岁中三转至治中。后以忤旨，左迁户曹参军、衡阳太守。在郡著《汉晋春秋》，斥温觊觎之心也。"《凿齿集》载其论，略曰："静汉末累世之交争，廓九域之蒙晦，大定千载之盛功者，皆司马氏也。若以魏有代王之德，则不足；有静乱之功，则孙、刘鼎立。共王、秦政，犹不见叙于帝王，况暂制数州之众哉！且汉有系周之业，则晋无所承魏之迹矣。春秋之时，吴、楚称王。若推有德，彼必自系于周，不推吴、楚也。况长辔庙堂，吴、蜀两定，天下之功也。"

孙兴公云："《三都》、《二京》，五经鼓吹。"言此五赋是经典之羽翼。

谢太傅问主簿陆退：《陆氏谱》曰："退字黎民，吴郡人。高祖凯，吴丞相。祖仰，吏部郎。父伊，州主簿。退仕至光禄大夫。""张凭何以作母诔，而不作父谏?"退答曰:"故当是丈夫之德,表于事行;妇人之美,非谏不显。"《陆氏谱》曰:"退,凭婿也。"

　　王敬仁年十三,作《贤人论》。长史送示真长,真长答云:"见敬仁所作论,便足参微言。"脩《集》载其论曰:"或问'《易》称贤人,黄裳元吉,苟未能暗与理会,何得不求通? 求通则有损,有损则元吉之称将虚设乎?'答曰:'贤人诚未能暗与理会,当居然人从,比之理尽,犹一豪之领一梁。一豪之领一梁,虽于理有损,不足以挠梁。贤有情之至寡,豪有形之至小,豪不至挠梁,于贤人何有损之者哉!'"

　　孙兴公云:"潘文烂若披锦,无处不善;《续文章志》曰:"岳为文选言简章,清绮绝伦。"陆文若排沙简金,往往见宝。"《文章传》曰:"机善属文,司空张华见其文章,篇篇称善,犹讥其作文大治。谓曰:'人之作文,患于不才;至子为文,乃患太多也。'"

　　简文称许掾云:"玄度五言诗,可谓妙绝时人。"《续晋阳秋》曰:"询有才藻,善属文。自司马相如、王褒、扬雄诸贤,世尚赋颂,皆体则《诗》、《骚》,傍综百家之言。及至建安,而诗章大盛。逮乎西朝之末,潘、陆之徒虽时有质文,而宗归不异也。正始中,王弼、何晏好《庄》、《老》玄胜之谈,而世遂贵焉。至江左李充尤盛。故郭璞五言始会合道家之言而韵之。询及太原孙绰转相祖尚,又加以三世之辞,而《诗》、《骚》之体尽矣。询、绰并为一时文宗,自此作者悉体之。至义熙中,谢混始改。"

　　孙兴公作《天台赋》成,以示范荣期,《中兴书》曰:"范启字荣期,慎阳人。父坚,护军。启以才义显于世,仕至黄门郎。"云:"卿试掷地,要作金石声。"范曰:"恐子之金石,非宫商中声!"然每至佳句,"赤城霞起而建标,瀑布飞流而界道",此赋之佳处。辄云:"应是我辈语。"

　　桓公见谢安石作简文谥议,看竟,掷与坐上诸客曰:"此是安石碎金。"刘谦之《晋纪》载安《议》:"谨按谥法:'一德不懈曰简,道德博闻曰文。'《易》简而天下之理得,观乎人文,化成天下,仪之景行,犹有仿佛。宜尊号曰太宗,谥曰简文。"

　　袁虎少贫,虎,袁宏小字也。尝为人佣载运租。谢镇西经船行,其夜清风朗月,闻江渚间估客船上有咏诗声,甚有情致。所诵五言,又其所未尝闻,叹美不能已。即遣委曲讯问,乃是袁自咏其所作《咏史诗》。因此相要,大相赏得。《续晋阳秋》曰:"虎少有逸才,文章绝丽,曾为《咏史诗》,是其风情所寄。少孤而贫,以运租为业。镇西谢尚,时镇牛渚,乘秋佳风月,率尔与左右微服泛江。会虎在运租船中讽咏,声既清会,辞文藻拔。非尚所曾闻,遂住听之,乃遣问讯。答曰:'是袁临汝郎诵诗,即其《咏史》之作也。'尚佳其率有胜致,即遣要迎,谈话申旦。自此名誉日茂。"

孙兴公云:"潘文浅而净,陆文深而芜。"

裴郎作《语林》,始出,大为远近所传。时流年少,无不传写,各有一通。载王东亭作《经王公酒垆下赋》,甚有才情。《裴氏家传》曰:"裴荣字荣期,河东人。父稚,丰城令。荣期少有风姿才气,好论古今人物。撰《语林》数卷,号曰《裴子》。"檀道鸾谓裴松之,以为启作《语林》,荣觊别名启乎?

谢万作《八贤论》,与孙兴公往反,小有利钝。《中兴书》曰:"万善属文,能谈论。"万《集》载其叙四隐四显,为八贤之论,谓渔父、屈原、季主、贾谊、楚老、龚胜、孙登、嵇康也。其旨以处者为优,出者为劣。孙绰难之,以谓体玄识远者,出处同归。文多不载。谢后出以示顾君齐,《顾氏谱》曰:"夷字君齐,吴郡人。祖廞,孝廉。父霸,少府卿。夷辟州主簿,不就。"顾曰:"我亦作,知卿当无所名。"

桓宣武命袁彦伯作《北征赋》,《续晋阳秋》曰:"宏从温征鲜卑,故作《北征赋》,宏文之高者。"既成,公与时贤共看,咸嗟叹之。时王珣在坐云:"恨少一句,得'写'字足韵,当佳。"袁即于坐揽笔益云:"感不绝于余心,泝流风而独写。"公谓王曰:"当今不得不以此事推袁。"宏《集》载其《赋》云:"闻所闻于相传,云获麟于此野。诞灵物以瑞德,奚授体于虞者。悲尼父之恸泣,似实恸而非假。岂一物之足伤,实致伤于天下。感不绝于余心,溯流风而独写。"《晋阳秋》曰:"宏尝与王珣、伏滔同侍温坐,温令滔读其赋,至'致伤于天下',于此改韵。云:'此韵所咏,慨深千载。今于

"天下"之后便移韵,于写送之致,如为未尽。'滔乃云:'得益"写"一句,或当小胜。'桓公语宏:'卿试思益之。'宏应声而益,王、伏称善。"

孙兴公道曹辅佐才如白地明光锦,《中兴书》曰:"曹毗字辅佐,谯国人,魏大司马休曾孙也。好文籍,能属词,累迁太学博士、尚书郎、光禄勋。"裁为负版绔,《论语》曰:"孔子式负版者。"郑氏注曰:"版,谓邦国籍也。负之者,贱隶人也。"非无文采,酷无裁制。

袁彦伯作《名士传》成,宏以夏侯太初、何平叔、王辅嗣为正始名士,阮嗣宗、嵇叔夜、山巨源、向子期、刘伯伦、阮仲容、王濬仲为竹林名士,裴叔则、乐彦辅、王夷甫、庚子嵩、王安期、阮千里、卫叔宝、谢幼舆为中朝名士。见谢公。公笑曰:"我尝与诸人道江北事,特作狡狯耳! 彦伯遂以箸书。"

王东亭到桓公吏,既伏阁下,桓令人窃取其白事。东亭即于阁下更作,无复向一字。《续晋阳秋》曰:"珣学涉通敏,文高当世。"

桓宣武北征,《温别传》曰:"温以太和四年上疏自征鲜卑。"袁虎时从,被责免官。会须露布文,唤袁倚马前令作。手不辍笔,俄得七纸,殊可观。东亭在侧,极叹其才。袁虎云:"当令齿舌间得利。"

袁宏始作《东征赋》,都不道陶公。胡奴诱之狭室中,临以白刃,胡奴,陶范。别见。曰:"先公勋业如是! 君作《东征赋》,云何相忽略?"宏窘蹙无计,便答:"我大道公,何以云无?"因诵曰:"精金百炼,在割能断。功则治人,职思靖乱。长沙之勋,为史所赞。"《续晋阳秋》曰:"宏为大司马记室参军,后为《东征赋》,悉称过江诸名望。时桓温在南州,宏语众云:'我决不及桓宣城。'时伏滔在温府,与宏善,苦谏之,宏笑而不答。滔密以启温,温甚忿,以宏一时文宗,又闻此赋有声,不欲令人显闻之。后游青山饮酌,既归,公命宏同载,众为危惧。行数里,问宏曰:'闻君作《东征赋》,多称先贤,何故不及家君?'宏答曰:'尊公称谓,自非下官所敢专,故未呈启,不敢显之耳。'温乃云:'君欲为何辞?'宏即答云:'风鉴散朗,或搜或引。身虽可亡，道不可陨。则宣城之节，信为允也。'温泫然而止。"二说不同，故详载焉。

或问顾长康："君《筝赋》何如嵇康《琴赋》?"顾曰："不赏者，作后出相遗。深识者，亦以高奇见贵。"《中兴书》曰："恺之博学有才气，为人迟钝而自矜尚，为时所笑。"宋明帝《文章志》曰："桓温云:'顾长康体中痴黠各半，合而论之，正平平耳。'世云有三绝，画绝、文绝、痴绝。"《续晋阳秋》曰："恺之矜伐过实，诸年少因相称誉，以为戏弄。为散骑常侍，与谢瞻连省，夜于月下长咏，自云得先贤风制，瞻每遥赞之。恺之得此，弥自力忘倦。瞻将眠，语捶脚人令代，恺之不觉有异，遂几申旦而后止。"

殷仲文天才宏赡，《续晋阳秋》曰："仲文雅有才藻，著文数十篇。"而读书不甚广，博亮叹曰:亮，别见。"若使殷仲文读书半袁豹，丘渊之《文章叙》曰："豹字士蔚，陈郡人。祖耽，历阳太守。父质，琅邪内史。豹隆安中著作佐郎，累迁太尉长史、丹阳尹。义熙九年卒。"才不减班固。"《续汉书》曰："固字孟坚，右扶风人。幼有俊才，学无常师，善属文，经传无不究览。"

羊孚作《雪赞》云:"资清以化，乘气以霏。遇象能鲜，即洁成辉。"桓胤遂以书扇。《中兴书》曰:"胤字茂祖，谯国人。祖冲，太尉。父嗣，江州刺史。胤少有清操，以恬退见称，仕至中书令。玄败，徙安成郡，后见诛。"

王孝伯在京行散，至其弟王睹户前，睹，王爽小字也。《中兴书》曰:"爽字季明，恭第四弟也。仕至侍中，恭事败，赠太常。"问:"古诗中何句为最?"睹思未答。孝伯咏"'所遇无故物，焉得不速老!'此句为佳。"

桓玄尝登江陵城南楼云:"我今欲为王孝伯作诔。"因吟啸良久，随而下笔。一坐之间，诔以之成。《晋安帝纪》曰:"玄文翰之美，高于一世。"《玄集》载其《诔叙》曰:"隆安二年九月十七日，前将军青、兖二州刺史太原王孝伯薨。川岳降神，哲人是育。既爽其灵，不贻其福。天道茫昧，孰测倚伏? 犬马反噬，豺狼翘陆。岭摧高梧，林残故竹。人之云亡，邦国丧牧。于以诔之，爰旌芳郁。"文多，不尽载。

桓玄初并西夏，领荆、江二州，二府一国。《玄别传》曰："玄既克殷仲堪，后杨佺期，遣使讽朝廷，朝廷以玄都督八州，领江州、荆州二刺史。"于时始雪，五处俱贺，五版并入。玄在听事上，版至即答版后，皆粲然成章，不相揉杂。

桓玄下都，羊孚时为兖州别驾，从京来诣门，笺云："自顷世故睽离，心事沦蕴。明公启晨光于积晦，澄百流以一源。"桓见笺，驰唤前，云："子道，子道，来何迟？"即用为记室参军。孟昶别见。为刘牢之主簿，《续晋阳秋》曰："牢之字道坚，彭城人，世以将显。父通，征虏将军。牢之沈毅多计，数为谢玄参军。苻坚之役，以骁猛成功。及平王恭，转徐州刺史。桓玄下都，以牢之为前锋，行征西将军。玄至归降，用为会稽内史。欲解其兵，奔而缢死。"诣门谢，见云："羊侯，羊侯，百口赖卿！"

世说新语卷中之上

方　正　第　五

陈太丘与友期行，期日中。过中不至，太丘舍去，去后乃至。元方时年七岁，门外戏。陈寔及纪，并已见。客问元方："尊君在不？"答曰："待君久不至，已去。"友人便怒曰："非人哉！与人期行，相委而去。"元方曰："君与家君期日中。日中不至，则是无信；对子骂父，则是无礼。"友人惭，下车引之。元方入门不顾。

南阳宗世林，魏武同时，而甚薄其为人，不与之交。及魏武作司空，总朝政，从容问宗曰："可以交未？"答曰："松柏之志犹存。"世林既以忤旨见疏，位不配德。文帝兄弟每造其门，皆独拜床下，其见礼如此。《楚国先贤传》曰："宗承字世林，南阳安众人。父资，有美誉。承少而修德雅正，确然不群，征聘不就，闻德而至者如林。魏武弱冠，屡造其门，值宾客猥积，不能得言。乃伺承起，往要之，捉手请交，承拒而不纳。帝后为司空，辅汉朝，乃谓承曰：'卿昔不顾吾，今可为交未？'承曰：'松柏之志犹存。'帝不说，以其名贤，犹敬礼之。敕文帝修子弟礼，就家拜汉中太守。武帝平冀州，从至邺，陈群等皆为之拜。帝犹以旧情介意，薄其位而优其礼，就家访以朝政，居宾客之右。文帝征为直谏大夫。明帝欲引以为相，以老固辞。"

魏文帝受禅，陈群有戚容。帝问曰："朕应天受命，卿何以不乐？"群曰："臣与华歆，服膺先朝，今虽欣圣化，犹义形于色。"华峤《谱叙》曰："魏受禅，朝臣三公以下，并受爵位。华歆以形色忤时，徙为司空，不进爵。文帝久不怿，以问尚书令陈群曰：'我应天受命，百辟莫不说喜，形于声色;而相国及公独有不怡者,何邪?'群起离席长跪曰:'臣与相国曾事汉朝,心虽说喜,义干其色,亦惧陛下,实应见憎。'帝大说,叹息良久,遂重异之。"

郭淮作关中都督,甚得民情,亦屡有战庸。《魏志》曰:"淮字伯济,太原阳曲人。建安中,除平原府丞。黄初元年,奉使贺文帝践阼,而稽留不及。群臣欢会,帝正色责之曰:'昔禹会诸侯于涂山,防风氏后至,便行大戮。今溥天同庆,而卿最留迟,何也?'淮曰:'臣闻五帝先教,导民以德,夏后政衰,始用刑辟。今臣遭唐、虞之世,是以知免防风氏之诛。'帝说之,擢为雍州刺史,迁征西将军。淮在关中三十余年,功绩显著,迁仪同三司,赠大将军。"淮妻,太尉王凌之妹,坐凌事当并诛。《魏略》曰:"凌字彦云,太原祁人。历司空、太尉、征东将军。密欲立楚王彪,司马宣王自讨之。凌自缚归罪,遥谓太傅曰:'卿直以折简召我,我当不至邪?'太傅曰:'以卿非肯逐折简者也。'遂使人送至西。凌自知罪重,试索棺钉,以观太傅意,太傅给之。凌行至项城,夜呼掾属与决曰:'行年八十,身名俱灭。命邪!'遂自杀。"使者征摄甚急,淮使戒装,克日当发。州府文武及百姓劝淮举兵,淮不许。至期,遣妻,百姓号泣追呼者数万人。行数十里,淮乃命左右追夫人还,于是文武奔驰,如徇身首之急。既至,淮与宣帝书曰:"五子哀恋,思念其母,其母既亡,则无五子。五子若殒,亦复无淮。"宣帝乃表,特原淮妻。《世语》曰:"淮妻当从坐,侍御史往收。督将及羌胡渠帅数千人叩头,请淮上表留妻,淮不从。妻上道,莫不流涕,人人扼腕,欲劫留之。淮五子叩头流血请淮,淮不忍视,乃命追之,于是数千骑往追还。淮以书白司马宣王曰:'五子哀母,不惜其身。若无其母,是无五子,五子若亡,亦无淮也。今辄追还,若于法未通,当受罪于主者。'书至,宣王乃表原之。"

诸葛亮之次渭滨,关中震动。《蜀志》曰:"亮字孔明,琅邪阳都人。客于荆州,躬耕陇亩,好为《梁甫吟》。长八尺,每自比管仲、乐毅,时人莫之许也。唯博陵崔州平、颍川徐元直谓为信然。先主屯新野,徐庶见先主曰:'诸葛孔明,卧龙也。将军岂愿见之乎?'先主曰:'君与俱来。'庶曰:'此人可就见,不可屈致也。'先主遂诣亮,谓关羽、张飞曰:'孤之有孔明,犹鱼之有水也。'累迁丞相、益州牧。率众北征,卒于渭南。"魏明帝深惧晋宣王战,乃遣辛毗为军司马。《魏志》曰："毗字佐治，颍川阳翟人。累迁卫尉。"宣王既与亮对渭而陈，亮设诱谲万方。宣王果大忿，将欲应之以重兵。亮遣间谍觇之，还曰："有一老夫，毅然仗黄钺，当军门立，军不得出。"亮曰："此必辛佐治也。"《晋阳秋》曰："诸葛亮寇于郿，据渭水南原，诏使高祖拒。亮善抚御，又戎政严明，且侨军远征，粮运艰涩，利在野战。朝廷每闻其出，欲以不战屈之，高祖亦以为然。而拥大军御侮于外，不宜远露怯弱之形以亏大势，故秣马坐甲，每见吞并之威。亮虽挑战，或遗高祖巾帼。巾帼，妇女之饰，欲以激怒，冀获曹咎之利。朝廷虑高祖不胜忿愤，而卫尉辛毗骨鲠之臣，帝乃使毗仗节为高祖军司马。亮果复挑战，高祖乃奋怒，将出应之，毗仗节中门而立，高祖乃止。将士闻见者益加勇锐。识者以人臣虽拥众千万而屈于王人，大略深长，皆如此之类也。"

夏侯玄既被桎梏，《魏氏春秋》曰："玄字太初，谯国人，夏侯尚之子，大将军前妻兄也。风格高朗，弘辩博畅。正始中，护军。曹爽诛，征为太常。内知不免，不交人事，不畜笔研。及太傅薨。许允谓玄曰：'子无复忧矣！'玄叹曰：'士宗，卿何不见事乎？此人尤能以通家年少遇我，子元、子上不吾容也。'后中书令李丰恶大将军执政，遂谋以玄代之。大将军闻其谋，诛丰，收玄送廷尉。"干宝《晋纪》曰："初，丰之谋也，使告玄，玄答曰：'宜详之尔！'不以闻也，故及于难。"时钟毓为廷尉，钟会先不与玄相知，因便狎之。玄曰："虽复刑余之人，未敢闻命！"《世语》曰："玄至廷尉，不肯下辞，廷尉钟毓自临履玄。玄正色曰：'吾当何辞？为令史责邪？卿便为吾作。'毓以玄名士，节高不可屈，而狱当竟，夜为作辞，令与事相附。流涕以示玄，玄视之曰：'不当若是邪？'钟会年少于玄，玄不与交，是日于毓坐狎玄，玄正色曰：'钟君，何得如是！'"《名士传》曰："初，玄以钟毓志趣不同，不与之交。玄被收时，毓为廷尉，执玄手曰：'太初何至于此？'玄正色曰：'虽复刑余之人，不可得交。'"按：郭颁西晋人，时世相近，为《晋魏世语》，事多详核。孙盛之徒皆采以著书，并云玄距钟会。而袁宏《名士传》最后出，不依前史，以为钟毓，可谓谬矣。考掠初无一言，临刑东市，颜色不异。《魏志》曰："玄格量弘济，临斩，颜色不异，举止自若。"

夏侯泰初与广陵陈本善。本与玄在本母前宴饮，《世语》曰："本字休元，临淮东阳人。"《魏志》曰："本，广陵东阳人。父矫，司徒。本历郡守、廷尉。所在操纲领,举大体,能使群下自尽,有率御之才。不亲小事,不读法律,而得廷尉之称。迁镇北将军。"**本弟骞**《晋阳秋》曰:"骞字休渊,司徒第二子,无骞谞风,滑稽而多智谋。仕至大司马。"**行还,径入,至堂户。**泰初因起曰:"**可得同,不可得而杂。**"《名士传》曰:"玄以乡党贵齿,本不论德位,年长者必为拜。与陈本母前饮,骞来而出,其可得同,不可得而杂者也。"

高贵乡公薨,内外喧哗。《魏志》曰:"高贵乡公讳髦,字彦士,文帝孙,东海定王霖之子也。初封郯县。高贵乡公好学夙成。齐王废,群臣迎之,即皇帝位。"《汉晋春秋》曰:"自曹芳事后,魏人省彻宿卫,无复铠甲,诸门戎兵,老弱而已。曹髦见威权日去,不胜其忿,召侍中王沈、尚书王经、散骑常侍王业谓曰:'司马昭之心,路人所知也。吾不能坐受废辱,今日当与卿自出讨之。'王经谏不听,乃出怀中板令投地曰:'行之决矣!正使死,何所恨!况不必死邪!'于是入白太后。沈、业奔走告昭,昭为之备。髦遂率僮仆数百,鼓噪而出。昭弟屯骑校尉伷入,遇髦于东止车门,左右呵之,伷众奔走。中护军贾充又逆髦,战于南阙下。髦自用剑,众欲退。太子舍人成济问充曰:'事急矣!当云何?'充曰:'公畜汝等,正为今日。今日之事,无所问也。'济即前刺帝,刃出于背。"《魏氏春秋》曰:"帝将诛大将军,诏有司复进位相国,加九锡。帝夜自将冗从仆射李昭、黄门从官焦伯等下陵云台,铠仗授兵,欲因际会,遣使自出致讨,会雨而却。明日,遂见王经等,出黄素诏于怀曰:'是可忍也,孰不可忍?今当决行此事。'帝遂拔剑升辇,率殿中宿卫仓头官僮,击战鼓,出云龙门。贾充自外而入,帝师溃散,帝犹称天子,手剑奋击,众莫敢逼。充率厉将士,骑督成倅、弟济以矛进,帝崩于师。时暴雨,雷电晦冥。"**司马文王问侍中陈泰曰:**《魏志》曰:"泰字玄伯,司空群之子也。"**"何以静之?"泰云:"唯杀贾充,以谢天下。"文王曰:"可复下此不?"对曰:"但见其上,未见其下。"**干宝《晋纪》曰:"高贵乡公之杀,司马文王召朝臣谋其故,太常陈泰不至,使其舅荀顗召之,告以可来。泰曰:'世之论者,以泰方于舅,今舅不如泰也。'子弟内外咸共逼之,垂涕而入。文王待之曲室,谓曰:'玄伯,卿何以处我?'对曰:'可诛贾充以谢天下。'文王曰:'为吾更思其次。'泰曰:'唯有进于此,不知其次。'文王乃止。"《汉晋春秋》曰:"曹髦之薨,司马昭闻之,自投于地曰:'天下谓我何?'于是召百官议其事。昭垂涕问陈泰曰:'何以居我?'泰曰:'公光辅数世,功盖天下,谓当并迹古人,垂美于后,一旦有杀君之事,不亦惜乎!速斩贾充,犹可以自明也。'昭曰:'公闻不可得杀也,卿更思余计。'泰厉声曰:'意唯有进于此耳,馀无足委者也。'归而自杀。"《魏氏春秋》曰:"泰劝大将军诛贾充,大将军曰:'卿更思其他。'泰曰:'岂可使泰复发后言。'遂呕血死。"

和峤为武帝所亲重,语峤曰:"东宫顷似更成进,卿试往看。"还问:"何如?"答云:"皇太子圣质如初。"《晋诸公赞》曰:"峤字长舆,汝南西平人。父逌,太常,知名。峤少以雅量称,深为贾充所知,每向世祖称之。历尚书、太子少傅。"干宝《晋纪》曰:"皇太子有醇古之风,美于信受。侍中和峤数言于上曰:'季世多伪,而太子尚信,非四海之主。忧太子不了陛下家事,愿迟思文、武之祚。'上既重长适,又怀齐王,朋党之论弗入也。后上谓峤曰:'太子近入朝,吾谓差进,卿可与荀侍中共往言。'及颜奉诏还,对上曰:'太子明识弘新,有如明诏。'问峤,峤对曰:'圣质如初。'上默然。"《晋阳秋》曰:"世祖疑惠帝不可承继大业,遣和峤、荀勖往观察之。既见,勖称叹曰:'太子德更进茂,不同于故。'峤曰:'皇太子圣质如初,此陛下家事,非臣所尽。'天下闻之,莫不称峤为忠,而欲灰灭勖也。"按:荀颜清雅,性不阿谀。校之二说,则孙盛为得也。

诸葛靓后入晋,除大司马,召不起。以与晋室有雠,常背洛水而坐。与武帝有旧,帝欲见之而无由,乃请诸葛妃呼靓。既来,帝就太妃间相见。礼毕,酒酣,帝曰:"卿故复忆竹马之好不?"靓曰:"臣不能吞炭漆身,今日复睹圣颜。"因涕泗百行。帝于是惭悔而出。《晋诸公赞》曰:"吴亡,靓入洛,以父诞为太祖所杀,誓不见世祖。世祖叔母琅邪王妃,靓之姊也。帝后因靓在姊间,往就见焉,靓逃于厕中,于是以至孝发名。时嵇康亦被法,而康子绍死荡阴之役。谈者咸曰:'观绍、靓二人,然后知忠孝之道,区以别矣。'"

武帝语和峤曰:"我欲先痛骂王武子,然后爵之。"峤曰:"武子俊爽,恐不可屈。"帝遂召武子,苦责之,因曰:"知愧不?"《晋诸公赞》曰:"齐王当出藩,而王济谏请无数,又累遣常山主与妇长广公主共入稽颡,陈乞留之。世祖甚恚,谓王戎曰:'我兄弟至亲,今出齐王,自朕家计,而甄德、王济连遣妇入来,生哭人邪?济等尚尔,况余者乎?'济自此被责,左迁国子祭酒。"武子曰:"'尺布斗粟'之谣,常为陛下耻之!"《汉书》曰:"淮南厉王长，高祖少子也。有罪，文帝徙之于蜀，不食而死。民作歌曰：‘一尺布，尚可缝；一斗粟，尚可舂。兄弟二人，不能相容。’瓒《注》曰：‘言一尺布帛，可缝而共衣；一斗米粟，可舂而共食。况以天下之广，而不相容也。’”它人能令疏亲，臣不能使亲疏，以此愧陛下。”

杜预之荆州，顿七里桥，朝士悉祖。王隐《晋书》曰：“预字元凯，京兆杜陵人，汉御史大夫延年十一世孙。祖畿，魏太保。父恕，幽州、荆州刺史。预智谋渊博，明于治乱，常称立德者非所企及，立功、立言所庶几也。累迁河南尹，为镇南将军，都督荆州诸军事，镇襄阳。以平吴勋封当阳侯。预无伎艺之能，身不跨马，射不穿札，而每有大事，辄在将帅之限。赠征南将军，仪同三司。”预少贱，好豪侠，不为物所许。杨济既名氏，雄俊不堪，不坐而去。《八王故事》曰：“济字文通，弘农人，杨骏弟也。有才识，累迁太子太保，与骏同诛。”须臾，和长舆来，问：“杨右卫何在？”客曰：“向来，不坐而去。”长舆曰：“必大夏门下盘马。”往大夏门，果大阅骑，长舆抱内车，共载归，坐如初。

杜预拜镇南将军，朝士悉至，皆在连榻坐。《语林》曰：“中朝方镇还，不与元凯共坐。预征吴还，独榻，不与宾客共也。”时亦有裴叔则。羊稚舒后至，曰：“杜元凯乃复连榻坐客！”不坐便去。《晋诸公赞》曰：“羊琇字稚舒，泰山人。通济有才干，与世祖同年相善，谓世祖曰：‘后富贵时，见用作领护军各十年。’世祖即位，累迁左将军、特进。”杜请裴追之，羊去数里住马，既而俱还杜许。

晋武帝时，荀勖为中书监，虞预《晋书》曰：“勖字公曾，颍川颍阴人，汉司空爽曾孙也。十余岁能属文，外祖钟繇曰：‘此儿当及其曾祖。’为安阳令，民生为立祠。累迁侍中、中书监。”和峤为令。故事，监、令由来共车。峤性雅正，常疾勖谄谀。王隐《晋书》曰：“勖性佞媚，誉太子，出齐王。当时私议，损国害民，孙、刘之匹也。后世若有良史，当著《佞幸传》。”后公车来，峤便登，正向前坐，不复容勖。勖方更觅车，然后得去。监、令各给车自此始。曹嘉之《晋纪》曰：“中书监、令常同车入朝。至和峤为令，而荀勖为监，峤意强抗，专车而坐，乃使监、令异车，自此始也。”

山公大儿著短帢，车中倚。武帝欲见之，山公不敢辞，问儿，儿不肯行。时论乃云胜山公。《晋诸公赞》曰：“山该字伯伦，司徒涛长子也。雄有器识，仕至左卫将军。”

向雄为河内主簿，有公事不及雄，而太守刘淮横怒，遂与杖遣之。雄后为黄门郎，刘为侍中，初不交言。武帝闻之，敕雄复君臣之好，雄不得已，诣刘，再拜曰：“向受诏而来，而君臣之义绝，何如？”于是即去。武帝闻尚不和，乃怒问雄曰：“我令卿复君臣之好，何以犹绝？”《汉晋春秋》曰：“雄字茂伯，河内人。”《世语》曰：“雄有节概，仕至黄门郎、护军将军。”按：王隐、孙盛《不与故君相闻议》曰：“昔在晋初，河内温县领校向雄，送御牺牛，不先呈郡，辄随比送洛。值天大热，郡送牛多喝死。台法甚重，太守吴奋召雄与杖，雄不受杖，曰：‘郡牛者亦死也，呈牛者亦死也。’奋大怒，下雄狱，将大治之。会司隶辟雄都官从事，数年，为黄门侍郎。奋为侍中，同省，相避不相见。武帝闻之，给雄酒礼，使诣奋解，雄乃奉诏。”此则非刘淮也。《晋诸公赞》曰：“淮字君平，沛国杼秋人。少以清正称。累迁河内太守、侍中、尚书仆射、司徒。”雄曰：“古之君子，进人以礼，退人以礼；今之君子，进人若将加诸膝，退人若将坠诸渊。臣于刘河内，不为戎首，亦已幸甚，安复为君臣之好？”武帝从之。《礼记》曰：“穆公问于子思曰：‘为旧君反服，古邪？’子思曰：‘古之君子，进人以礼，退人以礼，故有旧君反服之礼；今之君子，进人若将加诸膝，退人若将坠诸渊。无为戎首，不亦善乎，又何反服之有？’”郑玄曰：“为兵主求攻伐，故曰戎首也。”

齐王冏为大司马辅政，虞预《晋书》曰：“冏字景治，齐王攸子也。少聪惠，及长，谦约好施。赵王伦篡位，冏起义兵诛伦，拜大司马，加九锡，政皆决之。而恣用群小，不复朝觐，遂为长沙王所诛。”嵇绍为侍中，诣冏咨事。冏设宰会，召葛旟《齐王官属名》曰：“旟字虚旟，齐王从事中郎。”《晋阳秋》曰：“齐王起义，转长史。既克赵王伦，与董艾等专执威权。冏败，见诛。”董艾等《八王故事》曰：“艾字叔智，弘农人。祖遇，魏侍中。父缓，秘书监。艾少好功名，不修士检。齐王起义，艾为新汲令，赴军，用艾领右将军。王败，见诛。”共论时宜。旃等白冏："嵇侍中善于丝竹，公可令操之。"遂送乐器。绍推却不受。冏曰："今日共为欢，卿何却邪？"绍曰："公协辅皇室，令作事可法。绍虽官卑，职备常伯。操丝比竹，盖乐官之事，不可以先王法服，为伶人之业。今逼高命，不敢苟辞，当释冠冕，袭私服，此绍之心也。"旃等不自得而退。

卢志于众坐《世语》曰："志字子通，范阳人，尚书珽少子。少知名，起家鄴令，历成都王长史、卫尉卿、尚书郎。"问陆士衡："陆逊、陆抗，是君何物？"抗已见。《吴书》曰："逊字伯言，吴郡人，世为冠族。初领海昌令，号神君，累迁丞相。"答曰："如卿于卢毓、卢珽。"《魏志》曰："毓字子家，涿人。父植，有名于世。累迁吏部郎、尚书。选举，先性行而后言才，进司空。珽，咸熙中为泰山太守，字子笏，位至尚书。"士龙失色。云别见。既出户，谓兄曰："何至如此，彼容不相知也？"士衡正色曰："我父祖名播海内，甯有不知，鬼子敢尔！"孔氏《志怪》曰："卢充者，范阳人。家西三十里有崔少府墓。充先冬至一日，出家西猎，见一獐，举弓而射，即中之。獐倒而复起，充逐之，不觉远。忽见一里门如府舍，门中一铃下有唱家前。充问：'此何府也？'答曰：'少府府也。'充曰：'我衣恶，那得见贵人？'即有人提襥新衣迎之。充著尽可体，便进见少府，展姓名。酒炙数行，崔曰：'近得尊府君书，为君索小女婚，故相延耳。'即举书示充。充，父亡时虽小，然已见父手迹，便歔欷无辞。崔即敕内，令女郎庄严，使充就东廊。充至，妇已下车，立席头，共拜。为三日毕，还见崔。崔曰：'君可归矣。女有娠相，生男，当以相还；生女，当留自养。'敕外严车送客。崔送至门，执手零涕，离别之感，无异生人。复致衣一袭，被褥一副。充便上车，去如电逝，须臾至家。家人相见，悲喜推问，知崔是亡人，而入其墓，追以懊惋。居四年，三月三日临水戏，忽见一犊车，乍浮乍没。既上岸，充往开车后户，见崔氏女与三岁男儿共载。充见之忻然，欲捉其手。女举手指后车曰：'府君见人。'即见少府，充往问讯。女抱儿还充，又与金碗，别，并赠诗曰：'煌煌灵芝质，光丽何猗猗！华艳当时显，嘉异表神奇。含英未及秀，中夏罹霜萎。荣曜长幽灭，世路永无施。不悟阴阳运，哲人忽来仪。会浅离别速，皆由灵与祇。何以赠余亲，金碗可颐儿。爱恩从此别，断绝伤肝脾。'充取儿碗及诗，忽不见二车处。将儿还，四坐谓是鬼魅,金遥唾之,形如故。问儿:'谁是汝父?'儿径就充怀。众初怪恶,传省其诗,慨然叹死生之玄通也。充诣市卖碗,高举其价,不欲速售,冀有识者。欻有一老婢,问充得碗之由。还报其大家,即女姨也。遣视之,果是。谓充曰:'我姨姊,崔少府女,未嫁而亡,家亲痛之,赠一金碗着棺中。今视卿碗甚似,得碗本末可得闻不?'充以事对。即诣充家迎儿。儿有崔氏状,又似充貌。姨曰:'我舅甥三月末间产。父曰:"春暖温也,愿休强也。"即字温休。"温休"盖幽婚也。其兆先彰矣。'儿遂成为令器。历数郡二千石,皆著绩。其后生植,为汉尚书。植子毓,为魏司空。冠盖相承至今也。"议者疑二陆优劣,谢公以此定之。

羊忱性甚贞烈。赵王伦为相国,忱为太傅长史,乃版以参相国军事。使者卒至,忱深惧豫祸,不暇被马,于是帖骑而避。使者追之,忱善射,矢左右发,使者不敢进,遂得免。《文字志》曰:"忱字长和,一名陶,泰山平阳人。世为冠族。父繇,车骑掾。忱历太傅长史、扬州刺史,迁侍中。永嘉五年,遭乱被害,年五十余。"

王太尉不与庾子嵩交,王夷甫、庾敳。庾卿之不置。王曰:"君不得为尔。"庾曰:"卿自君我,我自卿卿。我自用我法,卿自用卿法。"

阮宣子伐社树,阮修已见。《春秋传》曰:"共工氏有子曰句龙,为后土,后土为社。"《风俗通》曰:"《孝经》称社者,土也。广博不可备敬,故封土以为社而祀之报功也。"然则社自祀句龙,非土之祭也。有人止之。宣子曰:"社而为树,伐树则社亡;树而为社,伐树则社移矣。"

阮宣子论鬼神有无者,或以人死有鬼,宣子独以为无,曰:"今见鬼者云,箸生时衣服,若人死有鬼,衣服复有鬼邪?"《论衡》曰:"世谓人死为鬼,非也。人死不为鬼,无知,不能害人。如审鬼者死人精神,人见之从裸袒之形,无为见衣带被服也。何则?衣无精神也。由此言之,见衣服象人,则形体亦象人。象人,知非死人之精神也。凡天地之间有鬼,非人死之精神也。"

元皇帝既登阼,以郑后之宠,欲舍明帝而立简文。时议者咸谓:"舍长立少,既于理非伦,且明帝以聪亮英断,益宜为储副。"周、王诸公,并苦争恳切。《中兴书》曰:"郑太后字阿春,荥阳人。少孤,先嫁田氏,夫亡,依舅吴氏。时中宗敬后虞氏先崩,将纳吴氏,后与吴氏女游后园,有言之于中宗者,纳为夫人,甚宠。生简文。帝即位,尊之曰文宣太后。"唯刁玄亮独欲奉少主,以阿帝旨。元帝便欲施行,虑诸公不奉诏。于是先唤周侯、丞相入,然后欲出诏付刁。刁协。周、王既入,始至阶头,帝逆遣传诏,遏使就东厢。周侯未悟,即却略下阶。丞相披拨传诏,径至御床前曰:"不审陛下何以见臣。"帝默然无言,乃探怀中黄纸诏裂掷之。由此皇储始定。周侯方慨然愧叹曰:"我常自言胜茂弘,今始知不如也!"《中兴书》曰:"元皇以明帝及琅邪王裒并非敬后所生,而谓裒有大成之度,胜于明帝,因从容问王导曰:'立子以德不以年,今二子孰贤?'导曰:'世子、宣城俱有爽明之德,莫能优劣。如此,故当以年。'于是更封裒为琅邪王。"而此与《世说》互异,然法盛采摭典故,以何为实?且从容调谏,理或可安。岂有登阶一言,曾无奇说,便为之改计乎?

王丞相初在江左,欲结援吴人,请婚陆太尉。对曰:"培塿无松柏,薰莸不同器。杜预《左传注》曰:"培塿,小阜。松柏,大木也。薰,香草。莸,臭草。"玩虽不才,义不为乱伦之始。"玩已见。

诸葛恢大女适太尉庾亮儿,《恢别传》曰:"恢字道明,琅邪阳都人。祖诞,司空。父靓,亦知名。恢少有令问,称为明贤。避难江左,中宗召补主簿,累迁尚书令。"《庾氏谱》曰:"庾亮子会,娶恢女,名文彪。"庾会别见。次女适徐州刺史羊忱儿。《羊氏谱》曰:"羊楷字道茂。祖繇,车骑掾。父忱,侍中。楷仕至尚书郎。娶诸葛恢次女。"亮子被苏峻害,改适江彪。彪别见。恢儿娶邓攸女。《诸葛氏谱》曰:"恢子衡,字峻文,仕至荥阳太守。娶河南邓攸女。"于时谢尚书求其小女婚。恢乃云:"羊、邓是世婚,江家我顾伊,庾家伊顾我,不能复与谢裒儿婚。"《永嘉流人名》曰:"裒字幼儒,陈郡人。父衡,博士。裒历侍中、吏部尚书、吴国内史。"及恢亡,遂婚。《谢氏谱》曰:"裒子石,娶恢小女,名文熊。"《中兴书》曰:"石字石奴,历尚书令,聚敛无厌,取讥当世。"于是王右军往谢家看新妇,犹有恢之遗法,威仪端详,容服光整。王叹曰:"我在遣女裁得尔耳!"

周叔治作晋陵太守,周侯、仲智往别。叔治以将别,涕泗不止。仲智恚之曰:"斯人乃妇女,与人别唯啼泣!"便舍去。邓粲《晋纪》曰:"周谟字叔治,颉次弟也。仕至中护军。嵩字仲智,谟兄也。性绞直果侠,每以才气陵物。颉被害,王敦使人吊焉。嵩曰:'亡兄,天下有义人,为天下无义人所杀,复何所吊?'敦甚衔之。犹取为从事中郎,因事诛嵩。"《晋阳秋》曰:"嵩事佛,临刑犹诵经。"周侯独留,与饮酒言话,临别流涕,抚其背曰:"奴好自爱。"阿奴,谟小字。

周伯仁为吏部尚书,在省内夜疾危急。时刁玄亮为尚书令,营救备亲好之至,良久小损。虞预《晋书》曰:"刁协字玄亮,勃海饶安人。少好学,虽不研精,而多所博涉。中兴制度,皆禀于协。累迁尚书令,中宗信重之。为王敦所忌,举兵讨之,奔至江南,败死。"明旦,报仲智,仲智狼狈来。始入户,刁下床对之大泣,说伯仁昨危急之状。仲智手批之,刁为辟易于户侧。既前,都不问病,直云:"君在中朝,与和长舆齐名,那与佞人刁协有情?"径便出。

王含作庐江郡,贪浊狼籍。王敦护其兄,故于众坐称:"家兄在郡定佳,庐江人士咸称之!"时何充为敦主簿,在坐,正色曰:"充即庐江人,所闻异于此!"敦默然。旁人为之反侧,充晏然,神意自若。《中兴书》曰:"王敦以震主之威,收罗贤俊,辟充为主簿。充知敦有异志,遂巡疏外。及敦称含有惠政,一坐畏敦,击节而已,充独抗之。其时众人为之失色。由是忤敦,出为东海王文学。"

顾孟著尝以酒劝周伯仁,伯仁不受。顾因移劝柱,而语柱曰:"讵可便作栋梁自遇。"周得之欣然,遂为衿契。徐广《晋纪》曰:"顾显字孟著,吴郡人,骠骑荣兄子。少有重名,泰兴中为骑郎。蚤卒,时为悼惜之。"

明帝在西堂,会诸公饮酒,未大醉,帝问:"今名臣共集,何如尧、舜时?"周伯仁为仆射,因厉声曰:"今虽同人主,复那得等于圣治!"帝大怒,还内,作手诏满一黄纸,遂付廷尉令收,因欲杀之。按明帝未即位,颢已为王敦所杀,此说非也。后数日,诏出周,群臣往省之。周曰:"近知当不死,罪不足至此。"

王大将军当下,时咸谓无缘尔。伯仁曰:"今主非尧、舜,何能无过? 且人臣安得称兵以向朝廷? 处仲狼抗刚愎,王平子何在?"《颢别传》曰:"王敦讨刘隗,时温太真为东宫庶子,在承华门外,与颢相见,曰:'大将军此举有在,义无有滥。'颢曰:'君年少,希更事,未有人臣若此而不作乱,共相推戴数年而为此者乎? 处仲狼抗而强忌,平子何在?'"《晋阳秋》曰:"王澄为荆州,群贼并起,乃奔豫章。而恃其宿名,犹陵侮敦,敦使勇士路戎等搤而杀之。"《裴子》曰:"平子从荆州下,大将军因欲杀之。而平子左右有二十人,甚健,皆持铁楯马鞭,平子恒持玉枕。大将军乃犒荆州文武,二十人积饮食,皆不能动,乃借平子玉枕,便持下床。平子手引大将军带绝,与力士斗甚苦,乃得上屋上,久许而死。"

王敦既下,住船石头,欲有废明帝意。宾客盈坐,敦知帝聪明,欲以不孝废之。每言帝不孝之状,而皆云"温太真所说。温尝为东宫率,后为吾司马,甚悉之"。须臾,温来,敦便奋其威容,问温曰:"皇太子作人何似?"温曰:"小人无以测君子。"敦声色并厉,欲以威力使从己,乃重问温:"太子何以称佳?"温曰:"钩深致远,盖非浅识所测。然以礼侍亲,可称为孝。"刘谦之《晋纪》曰:"敦欲废明帝,言于众曰:'太子子道有亏,温司马昔在东宫悉其事。'峤既正言,敦忿而愧焉。"

王大将军既反,至石头,周伯仁往见之。谓周曰:"卿何以相负?"对曰:"公戎车犯正,下官忝率六军,而王师不振,以此负公。"《晋阳秋》曰:"王敦既下,六军败绩。颢长史郝嘏及左右文武劝颢避难,颢曰:'吾备位大臣,朝廷倾挠,岂可草间求活,投身胡虏邪?'乃与朝士诣敦,敦曰:'近日战有余力不?'对曰:'恨力不足,岂有余邪?'"

苏峻既至石头,百僚奔散,王隐《晋书》曰:"峻字子高,长广掖人。

少有才学,仕郡主簿,举孝廉。值中原乱,招合流旧三千余家,结垒本县,宣示王化,收葬枯骨,远近感其恩义,咸共宗焉。讨王敦有功,封公,迁历阳太守。峻外营将表云:'鼓自鸣。'峻自斫鼓曰:'我乡里时,有此则空城。'有顷,诏书征峻。峻曰:'台下云我反,反岂得活邪?我宁山头望廷尉,不能廷尉望山头。'乃作乱。"《晋阳秋》曰:"峻率众二万,济自横江,至于蒋山,王师败绩。**唯侍中钟雅独在帝侧。或谓钟曰:"见可而进,知难而退,古之道也。君性亮直,必不容于寇雠,何不用随时之宜、而坐待其弊邪?"钟曰:"国乱不能匡,君危不能济,而各逊遁以求免,吾惧董狐将执简而进矣!"**

　　庾公临去,顾语钟后事,深以相委。钟曰:"栋折榱崩,谁之责邪?"庾曰:"今日之事,不容复言,卿当期克复之效耳!"钟曰:"想足下不愧荀林父耳。"《春秋传》曰:"楚庄王围郑,晋使荀林父率师救郑,与楚战于邲,晋师败绩。桓子归,请死。晋平公将许之,士贞子谏而止。后林父败赤狄于曲梁,赏桓子狄臣千室,亦赏士伯以瓜衍之田,曰:'吾获狄田,子之功也。微子,吾丧伯氏矣。'"

　　苏峻时,孔群在横塘为匡术所逼。王丞相保存术,《会稽后贤记》曰:"群字敬休,会稽山阴人。祖竺,吴豫章太守。父奕,全椒令。群有智局,仕至御史中丞。"《晋阳秋》曰:"匡术为阜陵令,逃亡无行。庾亮征苏峻,术劝峻诛亮,遂与峻同反。后以宛城降。"**因众坐戏语,令术劝酒,以释横塘之憾。群答曰:"德非孔子,厄同匡人。**《家语》曰:"孔子之宋,匡简子以甲士围之。子路怒,奋戟将战。孔子止之曰:'夫《诗》《书》之不讲,《礼》《乐》之不习,是丘之过也。若述先王之道而为咎者,非丘罪也。命也夫!歌,予和汝。'子路弹剑,孔子和之。曲三终,匡人解甲罢。"**虽阳和布气,鹰化为鸠,至于识者,犹憎其眼。**《礼记·月令》曰:"仲春之月,鹰化为鸠。"郑玄曰:"鸠,播谷也。"《夏小正》曰:"鹰则为鸠。鹰也者,其杀之时也;鸠也者,非杀之时也。善变而之仁,故具之。"

　　苏子高事平,《灵鬼志·谣征》曰:"明帝初,有谣曰:'高山崩,石自破。'高山,峻也。硕,峻弟也。后诸公诛峻,硕犹据石头,溃散而逃,追斩之。"**王、庾**

诸公欲用孔廷尉为丹阳。孔坦。乱离之后，百姓雕弊，孔慨然曰："昔肃祖临崩，诸君亲升御床，并蒙眷识，共奉遗诏。孔坦疏贱，不在顾命之列。既有艰难，则以微臣为先，今犹俎上腐肉，任人脍截耳！"于是拂衣而去，诸公亦止。按王隐《晋书》："苏峻事平，陶侃欲将坦上，用为豫章太守，坦辞母老不行。台以为吴郡。吴郡多名族，而坦年少，乃授吴兴内史。"不闻尹京。

孔车骑与中丞共行，《孔愉别传》曰："愉字敬康，会稽山阴人。初辟中宗参军，讨华轶有功，封馀不亭侯。愉少时尝得一龟，放于馀不溪中，龟于路左顾者数过。及后铸印，而龟左顾，更铸犹如此。印师以闻，愉悟，取而佩焉。累迁尚书左仆射、赠车骑将军。"中丞，孔群也。在御道逢匡术，宾从甚盛，因往与车骑共语。中丞初不视，直云："鹰化为鸠，众鸟犹恶其眼。"术大怒，便欲刃之。车骑下车，抱术曰："族弟发狂，卿为我宥之！"始得全首领。

梅颐尝有惠于陶公。后为豫章太守，有事，王丞相遣收之。侃曰："天子富于春秋，万机自诸侯出，王公既得录，陶公何为不可放？"乃遣人于江口夺之。《晋诸公赞》曰："颐字仲真，汝南西平人。少好学隐退，而求实进止。"《永嘉流人名》曰："颐，领军司马。颐弟陶，字叔真。"邓粲《晋纪》曰："初，有赞侃于王敦者，乃以从弟廙代侃为荆州，左迁侃广州。侃文武距廙而求侃，敦闻大怒。及侃将莅广州，过敦，敦陈兵欲害侃。敦咨议参军梅陶谏敦，乃止，厚礼而遣之。"王隐《晋书》亦同。按二书所叙，则有惠于陶是梅陶，非颐也。颐见陶公，拜，陶公止之。颐曰："梅仲真膝，明日岂可复屈邪？"

王丞相作女伎，施设床席。蔡公先在坐，不说而去，王亦不留。《蔡司徒别传》曰："谟字道明，济阳考城人。博学有识，避地江左，历左光禄、录尚书事、扬州刺史。薨，赠司空。"

何次道、庾季坚二人并为元辅。《晋阳秋》曰："庾冰字季坚，太尉亮之弟也。少有检操，兄亮常器之，曰：'吾家晏平仲。'累迁车骑将军、江州刺史。"成帝初崩,于时嗣君未定,何欲立嗣子,庾及朝议以外寇方强,嗣子冲幼,乃立康帝。《中兴书》曰:"帝讳岳,字世同,成帝同母弟也。成帝崩,即位,年二十二。"康帝登阼,会群臣,谓何曰:"朕今所以承大业,为谁之议?"何答曰:"陛下龙飞,此是庾冰之功,非臣之力。于时用微臣之议,今不睹盛明之世。"《晋阳秋》曰:"初,显宗临崩,庾冰议立长君,何充谓宜奉皇子。争之不得,充不自安,求处外任。及冰出镇武昌,充自京驰还,言于帝曰:'冰不宜出,昔年陛下龙飞,使晋德再隆者,冰之勋也。臣无与焉。'"帝有惭色。

江仆射年少,王丞相呼与共棋。王手尝不如两道许,而欲敌道戏,试以观之。江不即下,王曰:"君何以不行?"江曰:"恐不得尔。"徐广《晋纪》曰:"江虨字思玄,陈留人。博学知名,兼善弈,为中兴之冠。累迁尚书左仆射、护军将军。"傍有客曰:"此年少戏乃不恶。"王徐举首曰:"此年少非唯围棋见胜。"范汪《棋品》曰:"虨与王恬等,棋第一品,导第五品。"

孔君平疾笃,庾司空为会稽,省之。庾冰。相问讯甚至,为之流涕。庾既下床,孔慨然曰:"大丈夫将终,不问安国甯家之术,乃作儿女子相问!"庾闻,回谢之,请其话言。王隐《晋书》曰:"坦方直而有雅望。"

桓大司马诣刘尹,卧不起。桓弯弹弹刘枕,丸进碎床褥间。刘作色而起曰:"使君如馨地,甯可斗战求胜?"《中兴书》曰:"温曾为徐州刺史。"沛国属徐州,故呼温使君。斗战者,以温为将也。桓甚有恨容。刘尹,真长。已见。

后来年少多有道深公者。深公谓曰:"黄吻年少,勿为评论宿士。昔尝与元明二帝、王庾二公周旋。"《高逸沙门传》曰:"晋元、明二帝,游心玄虚,托情道味,以宾友礼待法师。王公、庾公倾心侧席,好同臭味也。"

王中郎年少时,坦之,已见。江虨为仆射领选,欲拟之为尚书郎。有语王者,王曰:"自过江来,尚书郎正用第二人,何得拟我?"江闻而止。按《王彪之别传》曰:"彪之从伯导谓彪之曰:'选曹举汝为尚书郎,幸可作诸王佐邪?'"此知郎官,寒素之品也。

王述转尚书令,事行便拜。文度曰:"故应让杜许。"蓝田云:"汝谓我堪此不?"文度曰:"何为不堪!但克让自是美事,恐不可阙。"蓝田慨然曰:"既云堪,何为复让?人言汝胜我,定不如我。"《述别传》曰:"述常以为人之处世,当先量己而后动,义无虚让,是以应辞便当固执。其贞正不逾皆此类。"

孙兴公作《庾公诔》,文多托寄之辞。《绰集》载《诔》文曰:"咨予与公,风流同归。拟量托情,视公犹师。君子之交,相与无私。虚中纳是,吐诚悔非。虽实不敏,敬佩弦韦。永戢话言,口诵心悲。"既成,示庾道恩。庾见,慨然送还之,曰:"先君与君,自不至于此。"道恩,庾羲小字。徐广《晋纪》曰:"羲,字叔和,太保亮第三子。拔尚率到。位建威将军、吴国内史。"

王长史求东阳,抚军不用。简文。后疾笃,临终,抚军哀叹曰:"吾将负仲祖于此!"命用之。长史曰:"人言会稽王痴,真痴。"王濛,已见。

刘简作桓宣武别驾,后为东曹参军,《刘氏谱》曰:"简字仲约,南阳人。祖乔,豫州刺史。父延,颍川太守。简仕至大司马参军。"颇以刚直见疏。尝听记,简都无言。宣武问:"刘东曹何以不下意?"答曰:"会不能用。"宣武亦无怪色。

刘真长、王仲祖共行,日旰未食。有相识小人贻其餐,肴案甚盛,真长辞焉。仲祖曰:"聊以充虚,何苦辞?"真长曰:"小人都不可与作缘。"孔子称:"唯女子与小人为难养,近之则不逊,远之则怨。"刘尹之意,盖从此言也。

王脩龄尝在东山,甚贫乏。司州,已见。陶胡奴为乌程令,胡奴,陶范小字也。《陶侃别传》曰:"范字道则,侃第十子也。侃诸子中最知名。历尚书、秘书监。"何法盛以为第九子。送一船米遗之,却不肯取。直答语:"王脩龄若饥,自当就谢仁祖索食,不须陶胡奴米。"

阮光禄阮裕,已见。赴山陵,至都,不往殷、刘许,过事便还。诸人相与追之,阮亦知时流必当逐己,乃遄疾而去,至方山不相及。《中兴书》曰:"裕终日颓然,无所错综,而物自宗之。"刘尹时为会稽,乃叹曰:"我入,当泊安石渚下耳,不敢复近思旷傍。伊便能捉杖打人,不易。"

王、刘与桓公共至覆舟山看。酒酣后,刘牵脚加桓公颈。桓公甚不堪,举手拨去。既还,王长史语刘曰:"伊讵可以形色加人不?"《温别传》曰:"温有豪迈风气也。"

桓公问桓子野:"谢安石料万石必败,何以不谏?"子野,桓伊小字也。《续晋阳秋》曰:"伊字叔夏,谯国铚人。父景,护军将军。伊少有才艺,又善声律,加以标悟省率,为王濛、刘惔所知。累迁豫州刺史,赠右将军。"子野答曰:"故当出于难犯耳!"桓作色曰:"万石挠弱凡才,有何严颜难犯?"

罗君章曾在人家,主人令与坐上客共语。答曰:"相识已多,不烦复尔。"《罗府君别传》曰:"含字君章,桂阳枣阳人。盖楚熊姓之后,启土罗国,遂氏族焉。后寓湘境,故为桂阳人。含,临海太守彦曾孙,荥阳太守缓少子也。桓宣武辟为别驾,以官廨谊扰,于城西池小洲上立茅茨,伐木为床,织苇为席,布衣蔬食,晏若有徐。桓公尝谓众坐曰:'此自江左之清秀,岂惟荆楚而已!'累迁散骑常侍、廷尉、长沙相,致仕中散大夫,门施行马。含自在官舍,有一白雀栖集堂宇,及致仕还家,阶庭忽兰菊挺生。岂非至行之征邪?"

韩康伯病,拄杖前庭消摇。韩伯,已见。见诸谢皆富贵,轰隐交路,叹曰:"此复何异王莽时?"《汉书》曰:"王莽宗族凡十侯、五大司马。"

王文度为桓公长史时,桓为儿求王女,王许咨蓝田。王坦之,王述并已见。既还,蓝田爱念文度,虽长大犹抱著膝上。文度因言桓求己女婿。蓝田大怒,排文度下膝,曰:"恶见文度已复痴，畏桓温面？兵，那可嫁女与之！"文度还报云："下官家中先得婚处。"桓公曰："吾知矣，此尊府君不肯耳。"后桓女遂嫁文度儿。《王氏谱》曰："坦之子恺，娶桓温第二女，字伯子。"《中兴书》曰："恺字茂仁，历吴国内史、丹阳尹，赠太常。"

　　王子敬数岁时，尝看诸门生樗蒱。见有胜负，因曰："南风不竞。"《春秋传》曰："楚伐郑。师旷曰：'不害，吾骤歌南风。南风不竞，多死声，楚必无功。'"杜预曰："歌者吹律，以咏八风，南风音微，故曰不竞也。"门生辈轻其小儿，乃曰："此郎亦管中窥豹，时见一斑。"子敬瞋目曰："远惭荀奉倩，近愧刘真长！"遂拂衣而去。荀、刘，已见。

　　谢公闻羊绥佳，致意令来，终不肯诣。《羊氏谱》曰："绥字仲彦，太山人。父楷，尚书郎。绥仕至中书侍郎。"后绥为太学博士，因事见谢公，公即取以为主簿。

　　王右军与谢公诣阮公，阮思旷也。至门语谢："故当共推主人。"谢曰："推人正自难。"

　　太极殿始成，徐广《晋纪》曰："孝武宁康二年，尚书令王彪之等启改作新宫。太元三年二月，内外军六千人始营筑，至七月而成。太极殿高八丈，长二十七丈，广十丈。尚书谢万监视，赐爵关内侯。大匠毛安之，关中侯。"王子敬时为谢公长史，谢送版，使王题之。王有不平色，语信云："可掷箸门外。"谢后见王曰："题之上殿何若？昔魏朝韦诞诸人，亦自为也。"王曰："魏阼所以不长。"谢以为名言。宋明帝《文章志》曰："太元中，新宫成，议者欲屈王献之题榜，以为万代宝。谢安与王语次，因及魏时起陵云阁忘题榜，乃使韦仲将县梯上题。比下，须发尽白，裁余气息。还语子弟云：'宜绝楷法！'安欲以此风动其意。王解其旨，正色曰：'此奇事。韦仲将魏朝大臣，宁可使其若此？有以知魏德之不长。'安知其心，乃不复逼之。"

　　王恭欲请江卢奴为长史，晨往诣江，江犹在帐中。王坐，不敢即言，良久乃得及。江不应，卢奴，江敳小字也。《晋安帝纪》曰："敳字仲凯，济阳人。祖正，散骑常侍。父彪，仆射。并以义正器素，知名当世。

敫历位内外，简退箸称，历黄门侍郎、骠骑咨议。"直唤人取酒，自饮一碗，又不与王。王且笑且言："那得独饮？"江云："卿亦复须邪？"更使酌与王，王饮酒毕，因得自解去。未出户，江叹曰："人自量，固为难。"《宋书》曰："敫即湘州江夷之父也。夷字茂远，湘州刺史。"

孝武问王爽："卿何如卿兄？"王答曰："风流秀出，臣不如恭，忠孝亦何可以假人！"《中兴书》曰："爽忠孝正直。烈宗崩，王国宝夜开门入，为遗诏。爽为黄门郎，距之曰：'大行晏驾，太子未立，敢有先入者，斩！'国宝惧，乃止。"

王爽与司马太傅饮酒。太傅醉，呼王为"小子"。王曰："亡祖长史，与简文皇帝为布衣之交。亡姑、亡姊，伉俪二宫。何小子之有？"《中兴书》曰："王濛女讳穆之，为哀帝皇后。王蕴女讳法惠，为孝武皇后。"

张玄与王建武先不相识，张玄已见。建武，王忱也。《晋安帝纪》曰："忱初作荆州刺史，后为建武将军。"后遇于范豫章许，范令二人共语。范甯已见。张因正坐敛衽，王孰视良久，不对。张大失望，便去。范苦譬留之，遂不肯住。范是王之舅，《王氏谱》曰："王坦之娶顺阳郡范汪女，名盖，即甯妹也，生忱。"乃让王曰："张玄，吴士之秀，亦见遇于时，而使至于此，深不可解。"王笑曰："张祖希若欲相识，自应见诣。"范驰报张，张便束带造之。遂举觞对语，宾主无愧色。

雅　量　第　六

豫章太守顾邵，环济《吴纪》曰："邵字孝则，吴郡人。年二十七起家为豫章太守，举善以教民，风化大行。"是雍之子。邵在郡卒，雍盛集僚属，自围棋。《江表传》曰："雍字元叹，曾就蔡伯喈，伯喈赏异之，以其名与之。"《吴志》曰："雍累迁尚书令，封阳遂乡侯，拜侯还第，家人不知。为人不饮酒，寡言语。孙权尝曰：'顾侯在坐，令人不乐。'位至丞相。"外启信至，而无儿书，虽神气不变，而心了其故。以爪掐掌，血流沾褥。宾客既散，方叹曰："已无延陵之高，岂可有丧明之责？"《礼记》曰："延陵季子适齐，及其反也，其长子死，葬于嬴、博之间。孔子曰：'延陵季子，吴之习于礼者也。'往而观其葬焉。其坎深不至于泉，其敛以时服。既葬而封，广轮掩坎，其高可隐也。既封，左袒，右还其封，且号者三，曰：'骨肉归复于土，命也。若魂气，则无不之也。'而遂行。孔子曰：'延陵季子之于礼也，其合矣乎！'子夏哭其子而丧其明，曾子吊之，曰：'朋友丧明则哭之。'曾子哭，子夏亦哭，曰：'天乎！予之无罪也。'曾子怒曰：'商，汝何无罪也？吾与汝事夫子于洙、泗之间，退而老于西河之上，使西河之民，疑汝于夫子，尔罪一也；丧尔亲，使民未有闻焉，尔罪二也；丧尔子，丧尔明，尔罪三也。'子夏投其杖而拜曰：'吾过矣！吾过矣！'"于是豁情散哀，颜色自若。

嵇中散临刑东市，神气不变。索琴弹之，奏《广陵散》。曲终曰："袁孝尼尝请学此散，吾靳固不与，《广陵散》于今绝矣！"《晋阳秋》曰："初，康与东平吕安亲善。安嫡兄逊淫安妻徐氏，安欲告逊遣妻，以咨于康，康喻而抑之。逊内不自安，阴告安挝母，表求徙边。安当徙，诉自理，辞引康。"《文士传》曰："吕安罹事，康诣狱以明之。锺会庭论康，曰：'今皇道开明，四海风靡，边鄙无诡随之民，街巷无异口之议。而康上不臣天子，下不事王侯，轻时傲世，不为物用，无益于今，有败于俗。昔太公诛华士，孔子戮少正卯，以其负才乱群惑众也。今不诛康，无以清洁王道。'于是录康闭狱，临死，而兄弟亲族咸与共别。康颜色不变，问其兄曰：'向以琴来不邪？'兄曰：'以来。'康取调之，为《太平引》，曲成，叹曰：'《太平引》于今绝也！'"太学生三千人上书，请以为师，不许。文王亦寻悔焉。王隐《晋书》曰："康之下狱，太学生数千人请之，于时豪俊皆随康入狱，悉解喻，一时散遣。康竟与安同诛。"

夏侯太初尝倚柱作书。时大雨，霹雳破所倚柱，衣服焦然，神色无变，书亦如故。宾客左右，皆跌荡不得住。见顾恺之《书赞》。《语林》曰："太初从魏帝拜陵，陪列于松柏下。时暴雨霹雳，正中所立之树。冠冕焦坏，左右睹之皆伏，太初颜色不改。"臧荣绪又以为诸葛诞也。

王戎七岁，尝与诸小儿游。看道边李树多子折枝。诸儿竞走取之，唯戎不动。人问之，答曰："树在道边而多子，此必苦李。"取之，信然。《名士传》曰："戎由是幼有神理之称也。"

魏明帝于宣武场上断虎爪牙，纵百姓观之。王戎七岁，亦往看。虎承间攀栏而吼，其声震地，观者无不辟易颠仆。戎湛然不动，了无恐色。《竹林七贤论》曰："明帝自阁上望见，使人问戎姓名而异之。"

王戎为侍中，南郡太守刘肇遗筒中笺布五端，戎虽不受，厚报其书。《晋阳秋》曰："司隶校尉刘毅奏：'南郡太守刘肇以布五十疋杂物遗前豫州刺史王戎，请槛车征付廷尉治罪，除名终身。'戎以书未达，不坐。"《竹林七贤论》曰："戎报肇书，议者金以为讥。世祖患之，乃发口诏曰：'以戎之为士，义岂怀私？'议者乃息，戎亦不谢。"

裴叔则被收，神气无变，举止自若。求纸笔作书。书成，救者多，乃得免。后位仪同三司。《晋诸公赞》曰："楷息瓒，取杨骏女。骏诛，以相婚党，收付廷尉。侍中傅祗证楷素意，由此得免。"《名士传》曰："楚王之难，李肇恶楷名重，收将害之。楷神色不变，举动自若，诸人请救，得免。"《晋阳秋》曰："楷与王戎俱加仪同三司。"

王夷甫尝属族人事，经时未行，遇于一处饮燕，因语之曰："近属尊事，那得不行？"族人大怒，便举樏掷其面。夷甫都无言，盥洗毕，牵王丞相臂，与共载去。在车中照镜语丞相曰："汝看我眼光，乃出牛背上。"王夷甫盖自谓风神英俊，不至与人校。

裴遐在周馥所，馥设主人。邓粲《晋纪》曰："馥字祖宣，汝南人。代刘淮为镇东将军，镇寿阳。移檄四方，欲奉迎天子。元皇使甘卓攻之，馥出奔，道卒。"遐与人围棋，馥司马行酒。遐正戏，不时为饮。司马恚，因曳遐坠地。遐还坐，举止如常，颜色不变，复戏如故。王夷甫问遐："当时何得颜色不异？"答曰："直是暗当故耳。"一作暗故当耳。一作真是斗将故耳。

　　刘庆孙在太傅府，于时人士，多为所构。唯庾子嵩纵心事外，无迹可间。后以其性俭家富，说太傅令换千万，冀其有吝，于此可乘。《晋阳秋》曰："刘舆字庆孙，中山人。有豪侠才算，善交结。为范阳王虓所昵，虓薨，太傅召之，大相委仗，用为长史。"《八王故事》曰："司马越字元超，高密王泰长子。少尚布衣之操，为中外所归。累迁司空、太傅。"太傅于众坐中问庾，庾时颓然已醉，帻坠几上，以头就穿取，徐答云："下官家故可有两娑千万，随公所取。"于是乃服。后有人向庾道此，庾曰："可谓以小人之虑，度君子之心。"

　　王夷甫与裴景声志好不同。景声恶欲取之，卒不能回。乃故诣王，肆言极骂，要王答己，欲以分谤。王不为动色，徐曰："白眼儿遂作。"《晋诸公赞》曰："邈字景声，河东闻喜人。少有通才，从兄颜器赏之，每与清言，终日达曙。自谓理构多如，辄每谢之，然未能出也。历太傅从事中郎、左司马，监东海王军事。少以文士，而经事为将，虽非其才，而以罕重称也。"

　　王夷甫长裴成公四岁，不与相知。时共集一处，皆当时名士，谓王曰："裴令令望何足计！"王便卿裴。裴曰："自可全君雅志。"裴颓，已见。

　　有往来者云：庾公有东下意。或谓王公："可潜稍严，以备不虞。"王公曰："我与元规虽俱王臣，本怀布衣之好。若其欲来，吾角巾径还乌衣，《丹阳记》曰："乌衣之起，吴时乌衣营处所也。江左初立，琅邪诸王所居。"何所稍严。"《中兴书》曰："于是风尘自消，内外缉穆。"

　　王丞相主簿欲检校帐下。公语主簿："欲与主簿周旋，无为知人几案间事。"

　　祖士少好财，阮遥集好屐，并恒自经营。同是一累，而未判其得失。《祖约别传》曰："约字士少，范阳道人。累迁平西将军、豫州刺史，镇寿阳。与苏峻反，峻败，约投石勒。约本幽州冠族，宾客填门，勒登高望见车骑，大惊。又使占夺乡里先人田地，地主多恨。勒恶之，遂诛约。"《晋阳秋》曰：

"阮孚字遥集,陈留人,咸第二子也。少有智调,而无俊异。累迁侍中、吏部尚书、广州刺史。"人有诣祖,见料视财物。客至,屏当未尽,余两小簏箸背后,倾身障之,意未能平。或有诣阮,见自吹火蜡屐,因叹曰:"未知一生当箸几量屐?"神色闲畅。于是胜负始分。《孚别传》曰:"孚风韵疏诞,少有门风。"

许侍中、顾司空俱作丞相从事,尔时已被遇,游宴集聚,略无不同。《晋百官名》曰:"许璪字思文,义兴阳羡人。"《许氏谱》曰:"璪祖艳,字子良,永兴长。父裴,字季显,乌程令。璪仕至吏部侍郎。"尝夜至丞相许戏,二人欢极,丞相便命使入己帐眠。顾至晓回转,不得快孰。许上床便咍台大鼾。丞相顾诸客曰:"此中亦难得眠处。"顾和字君孝,少知名。族人顾荣曰:"此吾家骐骥也,必兴吾宗。"仕至尚书令。五子:治、隗、淳、履、之。

庾太尉风仪伟长,不轻举止,时人皆以为假。亮有大儿数岁,雅重之质,便自如此,人知是天性。温太真尝隐幔怛之,此儿神色恬然,乃徐跪曰:"君侯何以为此?"论者谓不减亮。苏峻时遇害。《庾氏谱》曰:"会字会宗,太尉亮长子。年十九,咸和六年遇害。"或云:"见阿恭,知元规非假。"阿恭,会小字也。

褚公于章安令迁太尉记室参军,按庾亮《启参佐名》,褒时直为参军,不掌记室也。名字已显而位微,人未多识。公东出,乘估客船,送故吏数人投钱唐亭住。《钱唐县记》曰:"县近海,为潮漂没,县诸豪姓,敛钱雇人,辇土为塘,因以为名也。"尔时吴兴沈充为县令,未详。当送客过浙江,客出,亭吏驱公移牛屋下。潮水至,沈令起彷徨,问:"牛屋下是何物?"吏云:"昨有一伧父来寄亭中,《晋阳秋》曰:"吴人以中州人为伧。"有尊贵客,权移之。"令有酒色,因遥问:"伧父欲食饼不? 姓何等? 可共语。"褚因举手答曰:"河南褚季野。"远近久承公名,令于是大遽,不敢移公,便于牛屋下修刺诣公。更宰杀为馔,具于公前。鞭挞亭吏,欲以谢惭。公与之酌宴,言色无异,状如不觉。令送公至界。

　　郗太傅在京口,遣门生与王丞相书,求女婿。丞相语郗信:"君往东厢,任意选之。"门生归,白郗曰:"王家诸郎,亦皆可嘉,闻来觅婿,咸自矜持。唯有一郎,在床上坦腹卧,如不闻。"郗公云:"正此好!"访之,乃是逸少,因嫁女与焉。《王氏谱》曰:"逸少,羲之小字。羲之妻,太傅郗鉴女,名璿,字子房。"

　　过江初,拜官,舆饰供馔。羊曼拜丹阳尹,客来蚤者,并得佳设。日晏渐罄,不复及精,随客早晚,不问贵贱。《曼别传》曰:"曼字延祖,泰山南城人。父暨,阳平太守。曼预纵宏任,饮酒诞节,与陈留阮放等号兖州八达。累迁丹阳尹,为苏峻所害。"羊固拜临海,竟日皆美供。虽晚至,亦获盛馔。时论以固之丰华,不如曼之真率。《明帝东宫僚属名》曰:"固字道安,太山人。"《文字志》曰:"固父坦,车骑长史。固善草行,著名一时,避乱渡江,累迁黄门侍郎。褒其清俭,赠大鸿胪。"

　　周仲智饮酒醉,瞋目还面谓伯仁曰:"君才不如弟,而横得重名!"须臾,举蜡烛火掷伯仁。伯仁笑曰:"阿奴火攻,固出下策耳!"《孙子兵法》曰:"火攻有五:一曰火人,二曰火积,三曰火车,四曰火军,五曰火队。"凡军必知五火之变,故以火攻者,明也。

　　顾和始为扬州从事。月旦当朝,未入顷,停车州门外。周侯诣丞相,历和车边。《语林》曰:"周侯饮酒已醉,箸白袷,凭两人来诣丞相。"和觅虱,夷然不动。周既过,反还,指顾心曰:"此中何所有?"顾搏虱如故,徐应曰:"此中最是难测地。"周侯既入,语丞相曰:"卿州吏中有一令仆才。"《中兴书》曰:"和有操量,弱冠知名。"

　　庾太尉与苏峻战,败,率左右十余人,乘小船西奔。《晋阳秋》曰:"苏峻作逆,诏亮都督征讨,战于建阳门外,王师败绩,亮于陈携二弟奔温峤。"乱兵相剥掠,射误中柂工,应弦而倒。举船上咸失色分散,亮不动容,徐曰:"此手那可使箸贼!"众乃安。

庾小征西尝出未还。妇母阮是刘万安妻，《刘氏谱》曰：“刘绥妻陈留阮蓄女，字幼娥。”绥，别见。与女上安陵城楼上。俄顷翼归，策良马，盛舆卫。阮语女：“闻庾郎能骑，我何由得见？”妇告翼，《庾氏传》曰：“翼娶高平刘绥女，字静女。”翼便为于道开卤簿盘马，始两转，坠马堕地，意色自若。

宣武桓温。与简文、太宰武陵王晞。共载，密令人在舆前后鸣鼓大叫。卤簿中惊扰，太宰惶怖求下舆。顾看简文，穆然清恬。宣武语人曰：“朝廷间故复有此贤。”《续晋阳秋》曰：“帝性温深，雅有局镇。尝与桓温、太宰武陵王晞同乘，至板桥，温密敕令无因鸣角鼓噪，部伍并惊驰，温阳骇异，晞大震，帝举止自若，音颜无变。温每以此称其德量，故论者谓温服惮也。”

王劭、王荟共诣宣武，《劭荟别传》曰：“劭字敬伦，丞相导第五子。清贵简素，研味玄赜。大司马桓温称为凤雏。累迁尚书仆射、吴国内史。荟字敬文，丞相最小子。有清誉，夷泰无竞。仕至镇军将军。”正值收庾希家。《中兴书》曰：“希字始彦，司空冰长子。累迁徐、兖二州刺史。希兄弟贵盛，桓温忌之，讽免希官，遂奔于暨阳。初，郭璞筮冰子孙必有大祸，唯固三阳可以有后。故希求镇山阳，弟友为东阳，希自家暨阳。及温诛希弟柔、倩，闻希难，逃于海陵。后还京口聚众，事败，为温所诛。”荟不自安，逡巡欲去；劭坚坐不动，待收信还，得不定乃出。论者以劭为优。

桓宣武与郗超议芟夷朝臣，条牒既定，其夜同宿。《续晋阳秋》曰：“超谓温雄武，当乐推之运，遂深自委结。温亦深相器重，故潜谋密计，莫不预焉。”明晨起，呼谢安、王坦之入，掷疏示之，郗犹在帐内。谢都无言，王直掷还，云：多！宣武取笔欲除，郗不觉窃从帐中与宣武言。谢含笑曰：“郗生可谓入幕宾也。”帐，一作帷。

谢太傅盘桓东山时，与孙兴公诸人泛海戏。《中兴书》曰：“安先居会稽，与支道林、王羲之、许询共游处。出则渔弋山水，入则谈说属文，未尝有处世意也。”风起浪涌，孙、王诸人色并遽，便唱使还。太傅神情方王, 吟啸不言。舟人以公貌闲意说, 犹去不止。既风转急, 浪猛, 诸人皆喧动不坐。公徐云:"如此, 将无归!"众人即承响而回。于是审其量, 足以镇安朝野。

桓公伏甲设馔, 广延朝士, 因此欲诛谢安、王坦之。《晋安帝纪》曰:"简文晏驾, 遗诏桓温依诸葛亮、王导故事。温大怒, 以为黜其权, 谢安、王坦之所建也。入赴山陵, 百官拜于道侧, 在位望者, 战栗失色。或云自此欲杀王、谢。"王甚遽, 问谢曰:"当作何计?"谢神意不变, 谓文度曰:"晋阼存亡, 在此一行。"相与俱前。王之恐状, 转见于色。谢之宽容, 愈表于貌。望阶趋席, 方作洛生咏, 讽"浩浩洪流"。桓惮其旷远, 乃趣解兵。按宋明帝《文章志》曰:"安能作洛下书生咏, 而少有鼻疾, 语音浊。后名流多敩其咏, 弗能及, 手掩鼻而吟焉。桓温止新亭, 大陈兵卫, 呼安及坦之, 欲于坐害之。王入失措, 倒执手版, 汗流沾衣。安神姿举动, 不异于常。举目遍历温左右卫士, 谓温曰:'安闻诸侯有道, 守在四邻。明公何有壁间著阿堵辈?'温笑曰:'正自不能不尔。'于是矜庄之心顿尽。命部左右, 促燕行觞, 笑语移日。"王、谢旧齐名, 于此始判优劣。

谢太傅与王文度共诣郗超, 日旰未得前, 王便欲去。谢曰:"不能为性命忍俄顷?"超得宠桓温, 专杀生之威。

支道林还东, 《高逸沙门传》曰:"遁为哀帝所迎, 游京邑久, 心在故山, 乃拂衣王都, 还就岩穴。"时贤并送于征虏亭。《丹阳记》曰:"太安中, 征虏将军谢安立此亭, 因以为名。"蔡子叔前至, 坐近林公。《中兴书》曰:"蔡系字子叔, 济阳人, 司徒谟第二子。有文理, 仕至抚军长史。"谢万石后来, 坐小远。蔡暂起, 谢移就其处。蔡还, 见谢在焉, 因合褥举谢掷地, 自复坐。谢冠帻倾脱, 乃徐起振衣就席, 神意甚平, 不觉瞋沮。坐定, 谓蔡曰:"卿奇人, 殆坏我面。"蔡答曰:"我本不为卿面作计。"其后, 二人俱不介意。

郗嘉宾钦崇释道安德问, 《安和上传》曰:"释道安者, 常山薄柳人, 本姓卫, 年十二作沙门。神性聪敏而貌至陋, 佛图澄甚重之。值石氏乱, 于陆浑山木食修学，为慕容俊所逼，乃住襄阳。以佛法东流，经籍错谬，更为条章，标序篇目，为之注解。自支道林等皆宗其理。无疾卒。"饷米千斛，修书累纸，意寄殷勤。道安答直云："损米。"愈觉有待之为烦。

谢安南免吏部尚书还东，《晋百官名》曰："谢奉字弘道，会稽山阴人。"《谢氏谱》曰："奉祖端，散骑常侍。父凤，丞相主簿。奉历安南将军、广州刺史、吏部尚书。"谢太傅赴桓公司马出西，相遇破冈。既当远别，遂停三日共语。太傅欲慰其失官，安南辄引以它端。虽信宿中涂，竟不言及此事。太傅深恨在心未尽，谓同舟曰："谢奉故是奇士。"

戴公从东出，谢太傅往看之。谢本轻戴，见但与论琴书。戴既无吝色，而谈琴书愈妙。谢悠然知其量。《晋安帝纪》曰："戴逵字安道，谯国人。少有清操，恬和通任，为刘真长所知。性甚快畅，泰于娱生。好鼓琴，善属文，尤乐游燕，多与高门风流者游，谈者许其通隐。屡辞征命，遂著高尚之称。"

谢公与人围棋，俄而谢玄淮上信至。看书竟，默然无言，徐向局。客问淮上利害，答曰："小儿辈大破贼。"意色举止，不异于常。《续晋阳秋》曰："初，苻坚南寇，京师大震。谢安无惧色，方命驾出墅，与兄子玄围棋。夜还乃处分，少日皆办。破贼又无喜容。其高量如此。"《谢车骑传》曰："氐贼苻坚，倾国大出，众号百万。朝廷遣诸军距之，凡八万。坚进屯寿阳，玄为前锋都督，与从弟琰等选精锐决战。射伤坚，俘获数万计，得伪辇及云母车，宝器山积，锦罽万端，牛、马、驴、骡、驼十万头匹。"

王子猷、子敬曾俱坐一室，上忽发火。子猷遽走避，不惶取屐；《晋百官名》曰："王徽之，字子猷。"《中兴书》曰："徽之，羲之第五子。卓荦不羁，欲为傲达，仕至黄门侍郎。"子敬神色恬然，徐唤左右，扶凭而出，不异平常。《续晋阳秋》曰："献之虽不修赏贯，而容止不妄。"世以此定二王神宇。

苻坚游魂近境，坚，别见。谢太傅谓子敬曰："可将当轴，了其此处。”

王僧弥、谢车骑共王小奴许集。王珉、谢玄并已见。小奴，王荟小字也。僧弥举酒劝谢云：“奉使君一觞。”谢曰：“可尔。”谢玄曾为徐州，故云使君。僧弥勃然起，作色曰：“汝故是吴兴溪中钓碣耳！何敢诪张！”玄叔父安，曾为吴兴，玄少时从之游，故珉云然。谢徐抚掌而笑曰：“卫军，僧弥殊不肃省，乃侵陵上国也。”

王东亭为桓宣武主簿，既承藉，有美誉，公甚欲其人地为一府之望。初，见谢失仪，而神色自若。坐上宾客即相贬笑。公曰：“不然，观其情貌，必自不凡，吾当试之。”后因月朝阁下伏，公于内走马直出突之，左右皆宕仆，而王不动。名价于是大重，咸云“是公辅器也”。《续晋阳秋》曰：“珣初辟大司马掾，桓温至重之，常称‘王掾必为黑头公，未易才也’。”

太元末，长星见，孝武心甚恶之。徐广《晋纪》曰：“泰元二十年九月，有蓬星如粉絮，东南行，历须女，至哭星。”按太元末，唯有此妖，不闻长星也。且汉文八年，有长星出东方。文颖注曰：“长星有光芒，或竟天，或长十丈，或二三丈，无常也。”此星见，多为兵革事。此后十六年，文帝乃崩。盖知长星非关天子，《世说》虚也。夜，华林园中饮酒，举杯属星云：“长星！劝尔一杯酒。自古何时有万岁天子？”

殷荆州有所识，作赋，是束皙慢戏之流。《文士传》曰：“皙字广微，阳平元城人，汉太子太傅疎广后也。王莽末，广曾孙孟达自东海避难元城，改姓，去‘疎’之足以为束氏。皙博学多识，问无不对。元康中，有人自嵩高山下得竹简一枚，上两行科斗书，司空张华以问皙。皙曰：‘此明帝显节陵中策文也。’检校果然。曾为《饼赋》诸文，文甚俳谐。三十九岁卒，元城为之废市。”殷甚以为有才，语王恭：“适见新文，甚可观。”便于手巾函中出之。王读，殷笑之不自胜。王看竟，既不笑，亦不言好恶，但以如意帖之而已。殷怅然自失。

羊绥第二子孚，少有俊才，与谢益寿相好，益寿，谢混小字也。

尝暂往谢许,未食。俄而王齐、王睹来。王睹已见。齐,王熙小字也。
《中兴书》曰:"熙字叔和,恭次弟。尚鄱阳公主,太子洗马,早卒。"既先不相
识,王向席有不说色,欲使羊去。羊了不眄,唯脚委几上,咏瞩
自若。谢与王叙寒温数语毕,还与羊谈赏,王方悟其奇,乃合
共语。须臾食下,二王都不得餐,唯属羊不暇。羊不大应对
之,而盛进食,食毕便退。遂苦相留,羊义不住,直云:"向者不
得从命,中国尚虚。"二王是孝伯两弟。

识 鉴 第 七

　　曹公少时见乔玄,玄谓曰:"天下方乱,群雄虎争,拨而理
之,非君乎? 然君实乱世之英雄,治世之奸贼。恨吾老矣,不
见君富贵,当以子孙相累。"《续汉书》曰:"玄字公祖,梁国睢阳人。少治
《礼》及严氏《春秋》。累迁尚书令。玄严明有才略,长于知人。初,魏武帝为诸
生,未知名也,玄甚异之。"《魏书》曰:"玄见太祖曰:'吾见士多矣,未有若君者!
天下将乱,非命世之才不能济也。能安之者,其在君乎?'"按《世语》曰:"玄谓太
祖:'君未有名,可交许子将。'太祖乃造子将,子将纳焉。"孙盛《杂语》曰:"太祖尝
问许子将:'我何如人?'固问,然后子将答曰:'治世之能臣,乱世之奸雄。'太祖大
笑。"《世说》所言谬矣。

　　曹公问裴潜曰:"卿昔与刘备共在荆州,卿以备才如何?"
潜曰:"使居中国,能乱人,不能为治。若乘边守险,足为一方
之主。"《魏志》曰:"潜字文行,河东人。避乱荆州,刘表待之宾客礼。潜私谓王
粲、司马芝曰:'刘牧非霸王之才,而欲以西伯自处,其败无日矣!'遂南渡,适
长沙。"

　　何晏、邓飏、夏侯玄并求傅嘏交,而嘏终不许。《魏略》曰:"邓
飏字玄茂,南阳宛人,邓禹之后也。少得士名。明帝时为中书郎,以与李胜等为
浮华被斥。正始中,迁侍中尚书。为人好货,臧艾以父妾与飏,得显官,京师为之
语曰:'以官易富邓玄茂。'何晏选不得人,颇由飏,以党曹爽诛。"诸人乃因荀

綮说合之，谓嘏曰："夏侯太初一时之杰士，虚心于子，而卿意怀不可交。合则好成，不合则致隙。二贤若穆，则国之休，此蔺相如所以下廉颇也。"《史记》曰："相如以功大拜上卿，位在廉颇右。颇怒，欲辱之。相如每称疾，望见，引车避匿。其舍人欲去之，相如曰：'夫以秦王之威而吾廷叱之，何畏廉将军哉？顾秦强赵弱，秦以吾二人故不敢加兵于赵。今两虎斗，势不俱生，吾以公家急而后私仇也。'颇闻，谢罪。"傅曰："夏侯太初志大心劳，能合虚誉，诚所谓利口覆国之人。何晏、邓飏有为而躁，博而寡要，外好利而内无关籥，贵同恶异，多言而妒前。多言多衅，妒前无亲。以吾观之：此三贤者，皆败德之人耳！远之犹恐罹祸，况可亲之邪？"后皆如其言。《傅子》曰："是时何晏以才辩显于贵戚之间，邓飏好交通，合徒党，鬻声名于闾阎，夏侯玄以贵臣子，少有重名，皆求交于嘏，嘏不纳也。嘏友人荀粲有清识远志，然犹劝嘏结交云。"

晋武帝讲武于宣武场，帝欲偃武修文，亲自临幸，悉召群臣。山公谓不宜尔，因与诸尚书言孙、吴用兵本意。遂究论，举坐无不咨嗟。皆曰："山少傅乃天下名言。"《史记》曰："孙武，齐人。吴起，卫人。并善兵法。"《竹林七贤论》曰："咸宁中，吴既平，上将以桃林、华山之事，息役弭兵，示天下以大安。于是州郡悉去兵，大郡置武吏百人，小郡五十人。时京师犹讲武，山涛因论孙、吴用兵本意。涛为人常简默，盖以为国者不可以忘战，故及之。"《名士传》曰："涛居魏、晋之间，无所标明，尝与尚书卢钦言及用兵本意。武帝闻之，曰：'山少傅名言也。'"后诸王骄汰，轻遘祸难，于是寇盗处处蚁合，郡国多以无备，不能制服，遂渐炽盛，皆如公言。时人以谓山涛不学孙、吴，而暗与之理会。王夷甫亦叹云："公暗与道合。"《竹林七贤论》曰："永宁之后，诸王构祸，狡虏欻起，皆如涛言。"《名士传》曰："王夷甫推叹涛'暐暐为与道合，其深不可测'。皆此类也。"

王夷甫父乂为平北将军，有公事，使行人论不得。时夷甫在京师，命驾见仆射羊祜、尚书山涛。夷甫时总角，姿才秀异，叙致既快，事加有理，涛甚奇之。既退，看之不辍，乃叹曰："生儿不当如王夷甫邪?"羊祜曰:"乱天下者,必此子也!"《晋阳秋》曰:"夷甫父义,有简书,将免官,夷甫年十七,见所继从舅羊祜,申陈事状,辞甚俊伟。祜不然之,夷甫拂衣而起。祜顾谓宾客曰:'此人必将以盛名处当世大位,然败俗伤化者,必此人也!'"《汉晋春秋》曰:"初,羊祜以军法欲斩王戎,夷甫又忿祜言其必败,不相贵重。天下为之语曰:'二王当朝,世人莫敢称羊公之有德。'"

潘阳仲见王敦小时,谓曰:"君蜂目已露,但豺声未振耳。必能食人,亦当为人所食。"《晋阳秋》曰:"潘滔字阳仲,荥阳人,太常尼从子也。有文学才识。永嘉末,为河南尹,遇害。"《汉晋春秋》曰:"初,王夷甫言东海王越,转王敦为杨州。潘滔初为太傅长史,言于太傅曰:'王处仲蜂目已露,豺声未发,今树之江外,肆其豪强之心,是贼之也。'"《晋阳秋》曰:"敦为太子舍人,与滔同僚,故有此言。"习、孙二说,便小迁异。《春秋传》曰:"楚令尹子上谓世子商臣,蜂目而豺声,忍人也。"

石勒不知书,《石勒传》曰:"勒字世龙,上党武乡人,匈奴之苗裔也。雄勇好骑射。晋元康中,流宕山东,与平原茌平人师欢家庸,耳恒闻鼓角鞞铎之音,勒私异之。初,勒乡里原上地中生石日长,类铁骑之象。国中生人参,葩叶甚盛。于时父老相者皆云:'此胡体貌奇异,有不可知。'劝邑人厚遇之,人多哂而不信。永嘉初,豪杰并起,与胡王阳等十八骑诣汲桑,为左前督。桑败,共推勒为主。攻下州县,都于襄国。后僭正号,死,谥明皇帝。"使人读《汉书》。闻郦食其劝立六国后,刻印将授之,大惊曰:"此法当失,云何得遂有天下?"至留侯谏,乃曰:"赖有此耳!"邓粲《晋纪》曰:"勒手不能书,目不识字,每于军中令人诵读,听之,皆解其意。"《汉书》曰:"项羽急围汉王于荥阳,汉王与郦食其谋挠楚权。食其劝立六国后,王令趣刻印。张良入谏,以为不可。辍食吐哺,骂郦生曰:'竖儒几败乃公事!'趣令销印。"

卫玠年五岁,神衿可爱。祖太保曰:"此儿有异,顾吾老,不见其大耳!"《晋诸公赞》曰:"璪字伯玉,河东安邑人。少以明识清允称。傅嘏极贵重之,谓之甯武子。仕至太保,为楚王玮所害。"《玠别传》曰:"玠有虚令之秀,清胜之气,在群伍之中,有异人之望。祖太保见玠五岁曰:'此儿神爽聪令,与众大异,恐吾年老,不及见尔。'"

刘越石云：“华彦夏识能不足，强果有余。”虞预《晋书》曰：“华轶字彦夏，平原人，魏太尉歆曾孙也。累迁江州刺史。倾心下士，甚得士欢心。以不从元皇命见诛。”《汉晋春秋》曰：“刘琨知轶必败，谓其自取之也。”

张季鹰辟齐王东曹掾，在洛见秋风起，因思吴中菰菜羹、鲈鱼脍，曰：“人生贵得适意尔，何能羁宦数千里以要名爵！”遂命驾便归。俄而齐王败，时人皆谓为见机。《文士传》曰：“张翰字季鹰。父俨，吴大鸿胪。翰有清才美望，博学善属文，造次立成，辞义清新。大司马齐王囧辟为东曹掾。翰谓同郡顾荣曰：‘天下纷纷未已，夫有四海之名者，求退良难。吾本山林间人，无望于时久矣。子善以明防前，以智虑后。’荣捉其手，怆然曰：‘吾亦与子采南山蕨，饮三江水尔！’翰以疾归，府以辄去除吏名。性至孝，遭母艰，哀毁过礼。自以年宿，不营当世，以疾终于家。”

诸葛道明初过江左，自名道明，名亚王、庾之下。《中兴书》曰：“恢避难过江，与颍川荀道明、陈留蔡道明俱有名誉，号曰‘中兴三明’。时人为之语曰：‘京都三明各有名，蔡氏儒雅荀、葛清。’”先为临沂令，丞相谓曰：“明府当为黑头公。”《语林》曰：“丞相拜司空，诸葛道明在公坐，指冠冕曰：‘君当复著此。’”

王平子素不知眉子，曰：“志大其量，终当死坞壁间。”《晋诸公赞》曰：“王玄字眉子，夷甫子也。东海王越辟为掾，后行陈留太守。大行威罚，为坞人所害。”

王大将军始下，杨朗苦谏不从，遂为王致力，乘“中鸣云露车”径前曰：“听下官鼓音，一进而捷。”王先把其手曰：“事克，当相用为荆州。”既而忘之，以为南郡。《晋百官名》曰：“朗字世彦，弘农人。”《杨氏谱》曰：“朗祖器，典军校尉。父淮，冀州刺史。”王隐《晋书》曰：“朗有器识才量，善能当世。仕至雍州刺史。”王败后，明帝收朗，欲杀之。帝寻崩，得免。后兼三公，署数十人为官属。此诸人当时并无名，后皆被知遇。于时称其知人。

周伯仁母冬至举酒赐三子曰：“吾本谓度江托足无所。尔家有相，尔等并罗列吾前，复何忧？”周嵩起，长跪而泣曰：“不如阿母言。伯仁为人志大而才短，名重而识暗，好乘人之弊，此非自全之道。嵩性狼抗，亦不容于世。唯阿奴碌碌，当在阿母目下耳！"邓粲《晋纪》曰："阿奴，嵩之弟周谟也。"三周并已见。

王大将军既亡，王应欲投世儒，世儒为江州。王含欲投王舒，舒为荆州。含语应曰："大将军平素与江州云何，而汝欲归之？"应曰："此乃所以宜往也。《晋阳秋》曰："应字安期，含子也。敦无子，养为嗣，以为武卫将军，用为副贰，伏诛。"江州当人强盛时，能抗同异，此非常人所行。及睹衰危，必兴愍恻。《王彬别传》曰："彬字世儒，琅邪人。祖览，父正，并有名德。彬爽气出侪类，有雅正之韵。与元帝姨兄弟，佐佑皇业，累迁侍中。从兄敦下石头，害周伯仁，彬与颙素善，往哭其尸，甚恸。既而见敦，敦怪其有惨容而问之。答曰：'向哭周伯仁，情不能已。'敦曰：'伯仁自致刑戮，汝复何为者哉？'彬曰：'伯仁清誉之士，有何罪？'因数敦曰：'抗旌犯上，杀戮忠良！'音辞慷慨，与泪俱下。敦怒甚。丞相在坐，代为之解，命彬曰：'拜谢。'彬曰：'有足疾。比来见天子尚不能拜，何跪之有？'敦曰：'脚疾何如颈疾？'以亲故不害之。累迁江州刺史、左仆射。赠卫将军。"荆州守文，岂能作意表行事？"含不从，遂共投舒。舒果沈含父子于江。《传》曰："舒字处明，琅邪人。祖览，知名。父会，御史。舒器业简素，有文武干。中宗用为北中郎将、荆州刺史、尚书仆射。出为会稽太守。以父名会，累表自陈。讨苏峻有功，封彭泽侯，赠车骑大将军。"彬闻应当来，密具船以待之，竟不得来，深以为恨。含之投舒，舒遣军逆之，含父子赴水死。昔郦寄卖友见讥，况贩兄弟以求安，舒非人矣！

武昌孟嘉作庾太尉州从事，已知名。褚太傅有知人鉴，罢豫章还，过武昌，问庾曰："闻孟从事佳，今在此不？"庾云："卿自求之。"褚眄睐良久，指嘉曰："此君小异，得无是乎？"庾大笑曰："然！"于时既叹褚之默识，又欣嘉之见赏。《嘉别传》曰："嘉字万年，江夏鄳人。曾祖父宗，吴司空。祖父揖，晋庐陵太守。宗葬武昌阳新县，子孙家焉。嘉少以清操知名。太尉庾亮，领江州，辟嘉部庐陵从事。下都还，亮引问风俗得失。对曰：'待还，当问从事吏。'亮举麈尾掩口而笑，语弟翼曰：'孟嘉故是盛德人。'转劝学从事。太傅褚裒有器识，亮正旦大会，裒问亮：'闻江州有孟嘉，何在？'亮曰：'在坐，卿但自觅。'裒历观久之，指嘉曰：'将无是乎？'亮欣然而笑，喜裒得嘉，奇嘉为裒所得，乃益器之。后为征西桓温参军，九月九日温游龙山，参寮毕集。时佐史并著戎服，风吹嘉帽堕落，温戒左右勿言，以观其举止。嘉初不觉，良久如厕，命取还之。令孙盛作文嘲之，成，箸嘉坐。嘉还即答，四坐嗟叹。嘉喜酣畅，愈多不乱。温问：'酒有何好，而卿嗜之？'嘉曰：'明公未得酒中趣尔。'又问：'听伎，丝不如竹，竹不如肉，何也？'答曰：'渐近自然。'转从事中郎，迁长史。年五十三而卒。"

　　戴安道年十余岁，在瓦官寺画。王长史见之曰："此童非徒能画，《续晋阳秋》曰："逵善图画，穷巧丹青也。"亦终当致名。恨吾老，不见其盛时耳！"

　　王仲祖、谢仁祖、刘真长俱至丹阳墓所省殷扬州，殊有确然之志。《中兴书》曰："浩栖迟积年，累聘不至。"既反，王、谢相谓曰："渊源不起，当如苍生何？"深为忧叹。刘曰："卿诸人真忧渊源不起邪？"

　　小庾临终，自表以子园客为代。园客，爰之小字也。《庾氏谱》曰："爰之字仲真，翼第二子。"《中兴书》曰："爰之有父翼风，桓温徙于豫章。年三十六而卒。"朝廷虑其不从命，未知所遣，乃共议用桓温。刘尹曰："使伊去，必能克定西楚，然恐不可复制。"《陶侃别传》曰："庾翼薨，表其子爰之代为荆州。何充曰：'陶公重勋也，临终高让。丞相未薨，敬豫为四品将军，于今不改。亲则道恩，优游散骑，未有超卓若此之授。'乃以徐州刺史桓温为安西将军、荆州刺史。"宋明帝《文章志》曰："翼表其子代任，朝廷畏惮之，议者欲以授桓温。时简文辅政，然之。刘惔曰：'温去必能定西楚，然恐不能复制。愿大王自镇上流，惔请为从军司马。'简文不许。温后果如惔所算也。"

　　桓公将伐蜀，在事诸贤咸以李势在蜀既久，承藉累叶，且形据上流，三峡未易可克。唯刘尹云："伊必能克蜀。观其蒲博，不必得，则不为。"《华阳国志》曰："李势字子仁，洛阳临渭人。本巴西宕渠賨人也。其先李特，因晋乱据蜀，特子雄，称号成都。势祖骧，特弟也。骧生寿,寿篡位自立,势即寿子也。晋安西将军伐蜀,势归降,迁之扬州。自起至亡,六世三十七年。"《温别传》曰:"初,朝廷以蜀处险远,而温众寡少,县军深入,甚以忧惧。而温直指成都,李势面缚。"《语林》曰:"刘尹见桓公每嬉戏必取胜,谓曰:'卿乃尔好利,何不焦头?'及伐蜀,故有此言。"

谢公在东山畜妓,简文曰:"安石必出。既与人同乐,亦不得不与人同忧。"宋明帝《文章志》曰:"安纵心事外,疏略常节,每畜女妓,携持游肆也。"

郗超与谢玄不善。符坚将问晋鼎,既已狼噬梁、岐,又虎视淮阴矣。车频《秦书》曰:"符坚字永固,武都氐人也。本姓蒲,祖父洪,诈称谶文,改曰'符'。言已当王,应符命也。坚初生,有赤光流其室,及诞,背赤色隐起,若篆文。幼有美度,石虎季隶徐正名知人,坚六岁时,尝戏于路,正见而异焉,问曰:'符郎!此官街,小儿行戏,不畏缚邪?'坚曰:'吏缚有罪,不缚小儿。'正谓左右曰:'此儿有王霸相。'石氏乱,伯父健及父雄西入关,健梦天神使者朱衣冠,拜肩头为龙骧将军。肩头,坚小字也。健即拜为龙骧,以应神命。后健僭帝号。死,子生立,凶暴,群臣杀之而立坚。坚立十五年,遣长乐公丕攻没襄阳。十九年,大兴师伐晋,众号百万,水陆俱进,次于项城。自项城至长安,连旗千里,首尾不绝。乃遣告晋曰:'已为晋君于长安城中建广夏之室,今故大举渡江相迎,克日入宅也。'"于时朝议遣玄北讨,人间颇有异同之论。唯超曰:"是必济事。吾昔尝与共在桓宣武府,见使才皆尽,虽履屐之间,亦得其任。以此推之,容必能立勋。"元功既举,时人咸叹超之先觉,又重其不以爱憎匿善。《中兴书》曰:"于时氐贼强盛,朝议求文武良将可镇靖北方者。卫大将军安曰:'唯兄子玄可任此事。'中书郎郗超闻而叹曰:'安违众举亲,明也。玄必不负其举。'"

韩康伯与谢玄亦无深好。玄北征后,巷议疑其不振。康伯曰:"此人好名,必能战。"《续晋阳秋》曰:"玄识局贞正,有经国之才略。"玄闻之甚忿,常于众中厉色曰:"丈夫提千兵,入死地,以事君亲,故发,不得复云为名。"

褚期生少时,谢公甚知之,恒云:"褚期生若不佳者,仆不复相士。"期生，褚爽小字也。《续晋阳秋》曰："爽字茂弘，河南人。太傅裒之孙，秘书监韶之子。太傅谢安见其少时，叹曰：'若期生不佳，我不复论士。'及长，果俊迈有风气。好老、庄之言，当世荣誉，弗之屑也，唯与殷仲堪善。累迁中书郎、义兴太守。女为恭帝皇后。"

郗超与傅瑗周旋。瑗见其二子，并总发。超观之良久，谓瑗曰："小者才名皆胜，然保卿家，终当在兄。"即傅亮兄弟也。《傅氏谱》曰："瑗字叔玉，北地灵州人。历护军长史、安城太守。"《宋书》曰："迪字长猷，瑗长子也。位至五兵尚书。赠太常。"丘渊之《文章录》曰："亮字季友，迪弟也。历尚书令，仕光禄大夫。元嘉三年，以罪伏诛。"

王恭随父在会稽，王大自都来拜墓，恭父蕴、王忱，并已见。恭暂往墓下看之。二人素善，遂十余日方还。父问恭："何故多日？"对曰："与阿大语，蝉连不得归。"因语之曰："恐阿大非尔之友，终乖爱好。"果如其言。忱与恭为王绪所间，终成怨隙。别见。

车胤父作南平郡功曹，太守王胡之避司马无忌之难，置郡于酆阴。是时胤十余岁，胡之每出，尝于篱中见而异焉。谓胤父曰："此儿当致高名。"后游集，恒命之。胤长，又为桓宣武所知。清通于多士之世，官至选曹尚书。《续晋阳秋》曰："胤字武子，南平人。父育，为郡主簿。太守王胡之有知人识，裁见，谓其父曰：'此儿当成卿门户，宜资令学问。'胤就业恭勤，博览不倦。家贫不常得油，夏月则练囊盛数十萤火以继日焉。及长，风姿美劭，机悟敏率。桓温在荆州取为从事，一岁至治中。胤既博学多闻，又善于激赏，当时每有盛坐，胤必同之，皆云：'无车公不乐。'太傅谢公游集之日，开筵以待之。累迁丹阳尹、护军将军、吏部尚书。"

王忱死，西镇未定，朝贵人人有望。时殷仲堪在门下，虽居机要，资名轻小，人情未以方岳相许。晋孝武欲拔亲近腹心，遂以殷为荆州。事定，诏未出。王珣问殷曰："陕西何故未有处分？"殷曰："已有人。"王历问公卿，咸云"非"。王自计才地必应在己，复问："非我邪？"殷曰："亦似非。"其夜诏出用殷。王语所亲曰："岂有黄门郎而受如此任！仲堪此举乃是国之亡征。"《晋安帝纪》曰:"孝武深为晏驾后计,擢仲堪代王忱为荆州。仲堪虽有美誉,议者未以方岳相许也。既受腹心之任,居上流之重,议者谓其殆矣。终为桓玄所败。"

世说新语卷中之下

赏誉第八 上

陈仲举尝叹曰："若周子居者，真治国之器。《汝南先贤传》
曰："周乘字子居，汝南安城人。天姿聪朗，高峙岳立，非陈仲举、黄叔度之俦则不
交也。仲举尝叹曰：'周子居者，真治国之器也。'为太山太守，甚有惠政。"譬诸
宝剑，则世之干将。"《吴越春秋》曰："吴王阖闾请干将作剑。干将者，吴人，
其妻曰莫邪。干将采五山之精，六金之英，候天地，伺阴阳，百神临视，而金铁之
精未流。夫妻乃剪发及爪而投之炉中，金铁乃濡，遂成二剑。阳曰'干将'，而作
龟文，阴曰'莫邪'，而作漫理。干将匿其阳，出其阴以献阖闾，阖闾甚宝重之。"

世目李元礼："谡谡如劲松下风。"《李氏家传》曰："膺岳峙渊清，
峻貌贵重。华夏称曰：'颍川李府君，颙颙如玉山。汝南陈仲举，轩轩若千里马。
南阳朱公叔，飂飂如行松柏之下。'"

谢子微见许子将兄弟，曰："平舆之渊，有二龙焉。"见许子
政弱冠之时，叹曰："若许子政者，有斡国之器。正色忠謇，则
陈仲举之匹；《汝南先贤传》曰：谢甄字子微，汝南邵陵人。明识人伦，虽郭林
宗不及甄之鉴也。见许子将兄弟弱冠时，则曰：'平舆之渊有二龙。'仕为豫章从
事。许虔字子政，平舆人。体尚高洁，雅正宽亮。谢子微见虔兄弟，叹曰：'若许
子政者，斡国之器也。'虔弟劭，声未发时，时人以谓不如虔。虔恒抚髀称劭，自以
为不及也。释褐为郡功曹，黜奸废恶，一郡肃然。年三十五卒。"《海内先贤传》
曰："许劭字子将，虔弟也。山峙渊停，行应规表。邵陵谢子微高才远识，见劭十
岁时，叹曰：'此乃希世之伟人也。'初，劭拔樊子昭于市肆，出虞承贤于客舍，召李
叔才于无闻，擢郭子瑜于小吏。广陵徐孟本来临汝南，闻劭高名，召功曹。时袁
绍以公族为濮阳长，弃官还。副车从骑将入郡界，乃叹曰：'许子将秉持清格，岂

可以吾舆服见之邪?'遂单马而归。辟公府掾,敦辟皆不就。避地江南,卒于豫章也。"伐恶退不肖,范孟博之风。"张璠《汉纪》曰:"范滂字孟博,汝南伊阳人。为功曹,辟公府掾。升车揽辔,有澄清天下之志。百城闻滂高名,皆解印绶去。为党事见诛。"

公孙度目邴原:所谓云中白鹤,非燕雀之网所能罗也。《魏书》曰:"度字叔济,襄平人。累迁冀州刺史、辽东太守。"《邴原别传》曰:"原字根矩,东管朱虚人。少孤,数岁时过书舍而泣。师问曰:'童子何泣也?'原曰:'凡得学者,有亲也。一则愿其不孤,二则羡其得学,中心感伤,故泣耳。'师恻然曰:'苟欲学,不须资也。'于是就业。长则博览洽闻,金玉其行。知世将乱,避地辽东。公孙度厚礼之。中国既宁,欲还乡里,为度禁绝。原密自治严,谓部落曰:'移比近郡。'以观其意。皆曰:'乐移。'原旧有捕鱼大船,请村落,皆令熟醉,因夜去之。数日,度乃觉,吏欲追之,度曰:'邴君所谓云中白鹤,非鹑鷃之网所能罗也。'魏王辟祭酒,累迁五官中郎长史。"

钟士季目王安丰"阿戎了了解人意"。王隐《晋书》曰:"戎少清明晓悟。"谓"裴公之谈,经日不竭。"裴颜已见。吏部郎阙,文帝问其人于钟会,会曰:"裴楷清通,王戎简要,皆其选也。"于是用裴。按诸书皆云:钟会荐裴楷、王戎于晋文王,文王辟以为掾,不闻为吏部郎。

王濬冲、裴叔则二人,总角诣钟士季。须臾去后,客问钟曰:"向二童何如?"钟曰:"裴楷清通,王戎简要。后二十年,此二贤当为吏部尚书,冀尔时天下无滞才。"《晋阳秋》曰:"戎为儿童,钟会异之。"

谚曰:"后来领袖有裴秀。"虞预《晋书》曰:"秀字季彦,河东闻喜人。父潜,魏太常。秀有风操,八岁能著文。叔父徽,有声名。秀年十余岁,有宾客诣徽,出则过秀。时人为之语曰:'后进领袖有裴秀。'大将军辟为掾。父终,推财与兄。年二十五,迁黄门侍郎。晋受禅,封巨鹿公。后累迁左光禄、司空。四十八薨,谥元公,配食宗庙。"

裴令公目夏侯太初:"肃肃如入廊庙中,不修敬而人自敬。"《礼记》曰:"周丰谓鲁哀公曰:'宗庙社稷之中,未施敬而民自敬。'"一曰:

"如入宗庙，琅琅但见礼乐器。见钟士季，如观武库，但睹矛戟。见傅兰硕，江墙靡所不有。见山巨源，如登山临下，幽然深远。"玄、会、暇、涛，并已见上。

羊公还洛，郭奕为野王令。《晋诸公赞》曰："奕字泰业，太原阳曲人。累世旧族。奕有才望，历雍州刺史、尚书。"羊至界，遣人要之，郭便自往。既见，叹曰："羊叔子何必减郭太业！"复往羊许，小悉还，又叹曰："羊叔子去人远矣！"羊既去，郭送之弥日，一举数百里，遂以出境免官。复叹曰："羊叔子何必减颜子！"

王戎目山巨源："如璞玉浑金，人皆钦其宝，莫知名其器。"顾恺之《画赞》曰："涛无所标明，淳深渊默，人莫见其际，而其器亦入道。故见者莫能称谓，而服其伟量。"

羊长和父繇，与太傅祜同堂相善，仕至车骑掾。蚤卒。长和兄弟五人，幼孤。《羊氏谱》曰："繇字堪甫，太山人。祖续，汉太尉，不拜。父秘，京兆太守。繇历车骑掾，娶乐国祯女，生五子：乘、洽、式、亮、悦也。"祜来哭，见长和哀容举止，宛若成人，乃叹曰："从兄不亡矣！"

山公举阮咸为吏部郎，目曰："清真寡欲，万物不能移也。"《名士传》曰："咸字仲容，陈留人，籍兄子也。任达不拘，当世皆怪其所为。及与之处，少嗜欲，哀乐至到，过绝于人，然后皆忘其向议。为散骑侍郎。山涛举为吏部，武帝不用。太原郭奕见之心醉，不觉叹服。解音，好酒以卒。"山涛《启事》曰："吏部郎史曜出，处缺当选。涛荐咸曰：'真素寡欲，深识清浊，万物不能移也。若在官人之职，必妙绝于时。'诏用陆亮。"《晋阳秋》曰："咸行已多违礼度，涛举以为吏部郎，世祖不许。"《竹林七贤论》曰："山涛之举阮咸，固知上不能用，盖惜旷世之俊，莫识其真故耳。夫以咸之所犯，方外之意，称其清真寡欲，则迹外之意自见耳。"

王戎目阮文业："清伦有鉴识，汉元以来，未有此人。"杜笃《新书》曰："阮武字文业，陈留尉氏人。父谌，侍中。武阔达博通，渊雅之士。"《陈留志》曰："武，魏末河清太守。族子籍，年总角未知名，武见而伟之，以为胜己。知人多此类。著书十八篇，谓之《阮子》，终于家。"郭泰友人宋子俊称泰："自汉元以来,未有林宗之匹。"

武元夏目裴、王曰:"戎尚约,楷清通。"虞预《晋书》曰:"武陔字元夏,沛国竹邑人。父周,魏光禄大夫。陔及二弟歆、茂皆总角见称,并有品望,乡人诸父,未能觉其多少。时同郡刘公荣名知人,尝造周,周见其三子。公荣曰:'君三子皆国士。元夏器量最优,有辅佐之风,力仕宦,可为亚公。叔夏、季夏不减常伯纳言也。'陔至左仆射。"

庾子嵩目和峤:"森森如千丈松,虽磊砢有节目,施之大厦,有栋梁之用。"《晋诸公赞》曰:"峤常慕其舅夏侯玄为人,故于朝士中峨然不群,时类惮其风节。"

王戎云:"太尉神姿高彻,如瑶林琼树,自然是风尘外物。"《名士传》曰:"夷甫天形奇特,明秀若神。"《八王故事》曰:"石勒见夷甫,谓长史孔苌曰:'吾行天下多矣!未尝见如此人,当可活不?'苌曰:'彼晋三公,不为我用。'勒曰:'虽然,要不可加以锋刃也。'夜使推墙杀之。"

王汝南既除所生服,遂停墓所。兄子济每来拜墓,略不过叔,叔亦不候。济脱时过,止寒温而已。后聊试问近事,答对甚有音辞,出济意外,济极惋愕。仍与语,转造清微。济先略无子侄之敬,既闻其言,不觉懔然,心形俱肃。遂留共语,弥日累夜。济虽俊爽,自视缺然,乃喟然叹曰:"家有名士,三十年而不知!"济去,叔送至门。济从骑有一马绝难乘,少能骑者。济聊问叔:"好骑乘不?"曰:"亦好尔。"济又使骑难乘马,叔姿形既妙,回策如萦,名骑无以过之。济益叹其难测非复一事。邓粲《晋纪》曰:"王湛字处冲,太原人。隐德,人莫之知,虽兄弟宗族,亦以为痴,唯父昶异焉。昶丧,居墓次,兄子济往省湛,见床头有《周易》,谓湛曰:'叔父用此何为?颇曾看不?'湛笑曰:'体中佳时,脱复看耳。今日当与汝言。'因共谈《易》。剖析入微,妙言奇趣,济所未闻,叹不能测。济性好马,而所乘马骏驶,意甚爱之。湛曰:'此虽小驶,然力薄不堪苦。近见督邮马,当胜此,但养不至耳。'济取督邮马,谷食十数日,与湛试之。湛未尝乘马,卒然便驰骋,步骤不异于济,而马不相胜。湛曰:'今直行车路,何以别马胜不,唯当就蚁封耳!'于是就蚁封盘马,果倒踣。其俊识天才乃尔。"既还，浑问济："何以暂行累日？"济曰："始得一叔。"浑问其故，济具叹述如此。浑曰："何如我？"济曰："济以上人。"武帝每见济，辄以湛调之曰："卿家痴叔死未？"济常无以答。既而得叔，后武帝又问如前，济曰："臣叔不痴。"称其实美。帝曰："谁比？"济曰："山涛以下，魏舒以上。"《晋阳秋》曰："济有人伦鉴识，其雅俗是非，少有优润。见湛，叹服其德宇。时人谓湛'上方山涛不足，下比魏舒有余。'湛闻之曰：'欲以我处季孟之间乎？'"王隐《晋书》曰："魏舒字阳元，任城人。幼孤，为外氏宁家所养。宁氏起宅，相者曰：'当出贵甥。'外祖母意以盛氏甥小而惠，谓应相也。舒曰：'当为外氏成此宅相。'少名迟钝，叔父衡使守水碓，每言：'舒堪八百户长，我愿毕矣。'舒不以介意。身长八尺二寸，不修常人近事。少工射，箸韦衣入山泽，每猎大获。为后将军钟毓长史，毓与参佐射戏，舒常为坐画筹。后值朋人少，以舒充数，于是发无不中，加博措闲雅，殆尽其妙。毓叹谢之曰：'吾之不足尽卿，如此射矣！'转相国参军。晋王每朝罢，目送之曰：'魏舒堂堂，人之领袖！'累迁侍中、司徒。"于是显名。年二十八，始宦。

裴仆射，时人谓为"言谈之林薮"。《惠帝起居注》曰："頠理甚渊博，赡于论难。"

张华见褚陶，语陆平原曰："君兄弟龙跃云津，顾彦先凤鸣朝阳，谓东南之宝已尽，不意复见褚生。"陆曰："公未睹不鸣不跃者耳！"《褚氏家传》曰："陶字季雅，吴郡钱塘人，褚先生后也。陶聪惠绝伦，年三十，作《鸥鸟》、《水碓》二赋。宛陵严仲弼见而奇之曰：'褚先生复出矣！'弱不好弄，清谈闲默，以坟、典自娱。语所亲曰：'圣贤备在黄卷中，舍此何求？'州郡辟不就。吴归命世祖，补台郎、建忠校尉。司空张华与陶书曰：'二陆龙跃于江、汉，彦先凤鸣于朝阳，自此以来，常恐南金已尽，而复得之于吾子！故知延州之德不孤，渊、岱之宝不匮。'仕至中尉。"

有问秀才："吴旧姓何如？"答曰："吴府君圣王之老成，明时之俊乂。朱永长理物之至德，清选之高望。严仲弼九皋之鸣鹤，空谷之白驹。顾彦先八音之琴瑟，五色之龙章。张威伯岁寒之茂松,幽夜之逸光。陆士衡、士龙鸿鹄之裴回,悬鼓之待椎。秀才,蔡洪也。集载洪与刺史周俊书曰:"一日侍坐,言及吴士,询于刍荛,遂见下问。造次承颜,载辞不举,敕令条列名状,退辄思之。今称疏所知:吴展字士季,下邳人。忠足矫非,清足厉俗,信可结神,才堪干世。仕吴为广州刺史、吴郡太守。吴平,还下邳,闭门自守,不交宾客。诚圣王之老成,明时之俊乂也。朱诞字永长,吴郡人。体履清和,黄中通理。吴朝举贤良,累迁议郎,今归在家。诚理物之至德,清选之高望也。严隐字仲弼,吴郡人。禀气清纯,思度渊伟。吴朝举贤良,宛陵令。吴平,去职。九皋之鸣鹤,空谷之白驹也。张畅字威伯,吴郡人。禀性坚明,志行清朗,居磨涅之中,无淄磷之损。岁寒之松柏,幽夜之逸光也。"《陆云别传》曰:"云字士龙,吴大司马抗之第五子,机同母之弟也。儒雅有俊才,容貌瑰伟,口敏能谈,博闻强记。善著述,六岁便能赋诗,时人以为项托、扬乌之俦也。年十八,刺史周俊命为主簿。俊常叹曰:'陆士龙当今之颜渊也!'累迁太子舍人、清河内史。为成都王所害。"凡此诸君:以洪笔为钼耒,以纸札为良田。以玄默为稼穑,以义理为丰年。以谈论为英华,以忠恕为珍宝。著文章为锦绣,蕴五经为缯帛。坐谦虚为席荐,张义让为帷幕。行仁义为室宇,修道德为广宅。"按蔡所论士十六人,无陆机兄弟,又无"凡此诸君"以下,疑益之。

人问王夷甫:"山巨源义理何如?是谁辈?"王曰:"此人初不肯以谈自居,然不读《老》、《庄》,时闻其咏,往往与其旨合。"顾恺之《画赞》曰:"涛有而不恃。"皆此类也。

洛中雅雅有三嘏:刘粹字纯嘏,宏字终嘏,漠字冲嘏,是亲兄弟,王安丰甥,并是王安丰女婿。宏,真长祖也。《晋诸公赞》曰:"粹,沛国人。历侍中、南中郎将。宏,历秘书监、光禄大夫。"《晋后略》曰:"漠少以清识为名,与王夷甫友善,并好以人伦为意,故世人许以才智之名。自相国右长史出为襄州刺史。以贵简称。"按《刘氏谱》:刘郂妻,武周女,生粹、宏、漠。非王氏甥。洛中铮铮冯惠卿,名荪,是播子。《晋后略》曰:"播字友声,长乐人。位至大宗正,生荪。"《八王故事》曰:"荪少以才悟,识当世之宜。蚤历清职,仕至侍中。为长沙王所害。"荪与邢乔俱司徒李胤外孙,及胤子顺并知名。时称："冯才清，李才明，纯粹邢。"《晋诸公赞》曰："乔字曾伯，河间人。有才学，仕至司隶校尉。顺字曼长，仕至太仆卿。"

卫伯玉为尚书令，见乐广与中朝名士谈议，奇之曰："自昔诸人没已来，常恐微言将绝，今乃复闻斯言于君矣！"命子弟造之曰："此人，人之水镜也，见之若披云雾睹青天。"《晋阳秋》曰："尚书令卫瓘见广曰：'昔何平叔诸人没，常谓清言尽矣，今复闻之于君！'"王隐《晋书》曰："卫瓘有名理，及与何晏、邓飏等数共谈讲，见广奇之曰：'每见此人，则莹然犹廓云雾而睹青天。'"

王太尉曰："见裴令公精明朗然，笼盖人上，非凡识也。若死而可作，当与之同归。"或云王戎语。《礼记》曰："赵文子与叔誉观于九原，文子曰：'死者如可作也，吾谁与归？'"郑玄云："作，起也。"

王夷甫自叹："我与乐令谈，未尝不觉我言为烦。"《晋阳秋》曰："乐广善以约言厌人心，其所不知，默如也。太尉王夷甫、光禄大夫裴叔则能清言，常：'与乐君言，觉其简至，吾等皆烦。'"

郭子玄有俊才，能言老、庄。庾敳尝称之，每曰："郭子玄何必减庾子嵩！"《名士传》曰："郭象字子玄，自黄门郎为太傅主簿，任事用势，倾动一府。敳谓象曰：'卿自是当世大才，我畴昔之意，都已尽矣！'其伏理推心，皆此类也。"

王平子目太尉："阿兄形似道，而神锋太俊。"太尉答曰："诚不如卿落落穆穆。"王隐《晋书》曰："澄通朗好人伦，情无所系。"

太傅有三才：刘庆孙长才，《晋阳秋》曰："太傅将召刘舆，或曰：'舆犹腻也，近将污人。'太傅疑而御之。舆乃密视天下兵簿诸屯戎及仓库处所，人谷多少，牛马器械，水陆地形，皆默识之。是时军国多事，每会议事，自潘滔以下皆不知所对。舆便屈指筹计，所发兵仗处所，粮廪运转，事无凝滞。于是太傅遂委仗之。"潘阳仲大才，裴景声清才。《八王故事》曰："刘舆才长综核，潘滔以博学为名，裴邈强力方正，皆为东海王所昵，俱显一府。故时人称曰：舆长才，滔大才，邈清才也。"

赏誉第八 下

林下诸贤,各有俊才子。籍子浑,器量弘旷。《世语》曰:"浑字长成,清虚寡欲,位至太子中庶子。"康子绍,清远雅正。已见。涛子简,疏通高素。虞预《晋书》曰:"简字季伦,平雅有父风。与嵇绍、刘漠等齐名。迁尚书,出为征南将军。"咸子瞻,虚夷有远志。瞻弟孚,爽朗多所遗。《名士传》曰:"瞻字千里,夷任而少嗜欲,不修名行,自得于怀。读书不甚研求,而识其要。仕至太子舍人。年三十卒。"《中兴书》曰:"孚风韵疏诞,少有门风。初为安东参军,蓬发饮酒,不以王务婴心。"秀子纯、悌,并令淑有清流。《竹林七贤论》曰:"纯字长悌,位至侍中。悌字叔逊,位至御史中丞。"《晋诸公赞》曰:"洛阳败,纯、悌出奔,为贼所害。"戎子万子,有大成之风,苗而不秀。《晋诸公赞》曰:"王绥字万子,辟太尉掾,不就。年十九卒。"《晋书》曰:"戎子万,有美号而太肥,戎令食糠,而肥愈甚也。"唯伶子无闻。凡此诸子,唯瞻为冠,绍、简亦见重当世。

庾子躬有废疾,甚知名。家在城西,号曰城西公府。虞预《晋书》曰:"琮字子躬,颍川人,太常峻第二子,仕至太尉掾。"

王夷甫语乐令:"名士无多人,故当容平子知。"《王澄别传》曰:"澄风韵迈达,志气不群。从兄戎、兄夷甫,名冠当年。四海人士,一为澄所题目,则二兄不复措意,云'已经平子',其见重如此。是以名闻益盛,天下知与不知,莫不倾注。澄后事迹不逮,朝野失望。及旧游识见者,犹曰:'当今名士也。'"

王太尉云:"郭子玄语议如悬河写水,注而不竭。"《名士传》曰:"子玄有俊才,能言《庄》、《老》。"

司马太傅府多名士,一时俊异。庾文康云:"见子嵩在其中,常自神王。"《晋阳秋》曰:"敳为太傅从事中郎。"

太傅东海王镇许昌,以王安期为记室参军,雅相知重。敕世子毗曰:"夫学之所益者浅,体之所安者深。闲习礼度,不如式瞻仪形。讽味遗言,不如亲承音旨。王参军人伦之表,汝其师之！"或曰："王、赵、邓三参军，人伦之表，汝其师之！"谓安期、邓伯道、赵穆也。《赵吴郡行状》曰："穆字季子，汲郡人。贞淑平粹，才识清通。历尚书郎、太傅参军。后太傅越与穆及王承、阮瞻、邓攸书曰：'《礼》：八岁出就外傅，十年曰幼，学。明可以渐先王之教也。然学之所受者浅，体之所安者深。是以闲习礼度，不如式瞻轨仪。讽味遗言，不如亲承辞旨。小儿眦既无令淑之资，未闻道德之风，欲屈诸君，时以闲豫，周旋燕诲也。'穆历晋明帝师、冠军将军、吴郡太守。封南乡侯。"袁宏作《名士传》直云王参军。或云："赵家先犹有此本。"

　　庾太尉少为王眉子所知。庾过江，叹王曰："庇其宇下，使人忘寒暑。"《晋诸公赞》曰："玄少希慕简旷。"《八王故事》曰："玄为陈留太守。或劝玄过江投琅邪王，玄曰：'王处仲得志于彼，家叔犹不免害，岂能容我？'谓其器宇不容于敦也。"

　　谢幼舆曰："友人王眉子清通简畅，嵇延祖弘雅劭长，董仲道卓荦有致度。"王隐《晋书》曰："董养字仲道，太始初，到洛下，干禄求荣。永嘉中，洛城东北角步广里中地陷，中有二鹅，苍者飞去，白者不能飞。问之博识者，不能知。养闻，叹曰：'昔周时所盟会狄泉，此地也。卒有二鹅，苍者胡象，后明当入洛，白者不能飞，此国讳也。'"谢鲲《元化论序》曰："陈留董仲道于元康中见惠帝废杨悼后，升太学堂叹曰：'建此堂也，将何为乎？每见国家赦书，谋反逆皆赦，孙杀王父母，子杀父母不赦，以为王法所不容也。奈何公卿处议，文饰礼典以至此乎？天人之理既灭，大乱斯起。'顾谓谢鲲、阮孚曰：'《易》称：知几其神乎！君等可深藏矣！'乃与妻荷担入蜀，莫知其所终。"

　　王公目太尉："岩岩清峙，壁立千仞。"顾恺之《夷甫画赞》曰："夷甫天形瓌特，识者以为岩岩秀峙，壁立千仞。"

　　庾太尉在洛下，问讯中郎。庾敳。中郎留之云："诸人当来。"寻温元甫、《晋诸公赞》曰："温几字元甫，太原人。才性清婉。历司徒右长史、湘州刺史，卒官。"刘王乔、曹嘉之《晋纪》曰："刘畴字王乔，彭城人。父讷，司隶校尉。畴善谈名理。曾避乱坞壁，有胡数百欲害之。畴无惧色，援笛而吹之，为《出塞》《入塞》之声，以动其游客之思。于是群胡皆泣而去之。位至司徒左长史。"裴叔则俱至,酬酢终日。庾公犹忆刘、裴之才俊,元甫之清中。中,一作平。

蔡司徒在洛,见陆机兄弟住参佐廨中,三间瓦屋,士龙住东头,士衡住西头。士龙为人,文弱可爱。士衡长七尺余,声作钟声,言多慷慨。《文士传》曰:"云性弘静,怡怡然为士友所宗。机清厉有风格,为乡党所惮。"

王长史是庾子躬外孙,《王氏谱》曰:"濛父讷,娶颍州庾琮之女,字三寿也。"丞相目子躬云:"入理泓然,我已上人。"子躬,子嵩兄也。

庾太尉目庾中郎:家从谈谈之许。《名士传》曰:"敳不为辨析之谈,而举其旨要。太尉王夷甫雅重之也。"一作"家从谈之祖"。从,一作诵。许,一作辞。

庾公目中郎:"神气融散,差如得上。"《晋阳秋》曰:"敳颓然渊放,莫有动其听者。"

刘琨称祖车骑为朗诣,曰:"少为王敦所叹。"虞预《晋书》曰:"逖字士稚,范阳遒人。豁荡不修仪检,轻财好施。"《晋阳秋》曰:"逖与司空刘琨俱以雄豪著名。年二十四,与琨同辟司州主簿,情好绸缪,共被而寝。中夜闻鸡鸣,俱起曰:'此非恶声也。'每语世事,则中宵起坐,相谓曰:'若四海鼎沸,豪杰共起,吾与足下相避中原耳!'为汝南太守,值京师倾覆,率流民数百家南度,行达泗口,安东板为徐州刺史。逖既有豪才,常慷慨以中原为己任,乃说中宗雪复神州之计,拜为豫州刺史,使自招募。逖遂率部曲百馀家,北度江,誓曰:'祖逖若不清中原而复济此者,有如大江!'攻城略地,招怀义士,屡摧石虎,虎不敢复窥河南,石勒为逖母墓置守吏。刘琨与亲旧书曰:'吾枕戈待旦,志枭逆虏,常恐祖生先吾箸鞭耳!'会其病卒。先有妖星见豫州分,逖曰:'此必为我也!天未欲灭寇故耳!'赠车骑将军。"

时人目庾中郎:"善于托大,长于自藏。"《名士传》曰:"敳虽居职任,未尝以事自婴,从容博畅,寄通而已。是时天下多故,机事屡起,有为者拔奇吐异,而祸福继之。敳常默然,故忧喜不至也。"

王平子迈世有俊才,少所推服。每闻卫玠言,辄叹息绝倒。《玠别传》曰："玠少有名理,善通《庄》、《老》。琅邪王平子高气不群,迈世独傲,每闻玠之语议,至于理会之间,要妙之际,辄绝倒于坐。前后三闻,为之三倒。时人遂曰:'卫君谈道,平子三倒。'"

王大将军与元皇《表》云:"舒风概简正,允作雅人,自多于邃。王舒已见。《王邃别传》曰:"邃字处重,琅邪人,舒弟也。意局刚清,以政事称。累迁中领军、尚书左仆射。"舒、邃并敦从弟。最是臣少所知拔。中间夷甫、澄见语:'卿知处明、茂弘。茂弘已有令名,真副卿清论;处明亲疏无知之者,吾常以卿言为意,殊未有得,恐已悔之。'臣慨然曰:'君以此试,顷来始乃有称之者。'言常人正自患知之使过,不知使负实。"使,一作便。

周侯于荆州败绩还,未得用。王丞相与人书曰:"雅流弘器,何可得遗?"邓粲《晋纪》曰:"顗为荆州,始至,而建平民傅密等叛迎蜀贼。顗狼狈失据,陶侃救之,得免。顗至武昌投王敦,敦更选侃代顗。顗还建康,未即得用也。"

时人欲题目高坐而未能,桓廷尉以问周侯,周侯曰:"可谓卓朗。"桓公曰:"精神渊箸。"《高坐传》曰:"庾亮、周顗、桓彝一代名士,一见和尚,披衿致契。曾为和尚作目,久之未得。有云:'尸利密可称卓朗。'于是桓始咨嗟,以为标之极似。宣武尝云:'少见和尚,称其精神渊箸,当年出伦。'其为名士所叹如此。"

王大将军称其儿云:"其神候似欲可。"王应也。

卞令目叔向:"朗朗如百间屋。"《春秋左氏传》曰:"叔向,羊舌肸也。晋大夫。"

王敦为大将军,镇豫章。卫玠避乱,从洛投敦,相见欣然,谈话弥日。于时谢鲲为长史,敦谓鲲曰:"不意永嘉之中,复闻正始之音。阿平若在,当复绝倒。"《玠别传》曰:"玠至武昌见王敦,敦与之谈论,弥日信宿。敦顾谓僚属曰:'昔王辅嗣吐金声于中朝,此子今复玉振于江表,微言之绪,绝而复续。不悟永嘉之中,复闻正始之音。阿平若在,当复绝倒。'"

王平子与人书，称其儿"风气日上，足散人怀"。《永嘉流人
名》曰："澄第四子微。"《澄别传》曰："微迈上有父风。"

胡毋彦国吐佳言如屑，后进领袖。言谈之流，靡靡如解木出
屑也。

王丞相云："刁玄亮之察察，戴若思之岩岩，《虞预书》曰："戴
俨字若思，广陵人。才义辩济，有风标锋颖。累迁征西将军，为王敦所害。赠左
光禄大夫，仪同三司。"卞望之之峰距。"《卞壶别传》曰："壶字望之，济阴冤句
人。父粹，太常卿。壶少以贵正见称，累迁御史中丞，权门屏迹，转领军尚书令。
苏峻作乱，率众距战，父子二人俱死王难。"邓粲《晋纪》曰："初，咸和中，贵游子弟
能谈嘲者，慕王平子、谢幼舆等为达。壶厉色于朝曰：'悖礼伤教，罪莫斯甚！中
朝倾覆，实由于此。'欲奏治之。王导、庾亮不从，乃止。其后皆折节为名士。"
《语林》曰："孔坦为侍中，密启成帝，不宜往拜曹夫人。丞相闻之曰：'王茂弘驾痴
耳！若卞望之之岩岩，刁玄亮之察察，戴若思之峰距，当敢尔不？'"此言殊有由
绪，故聊载之耳。

大将军语右军："汝是我佳子弟，按《王氏谱》："羲之是敦从父兄
子。"当不减阮主簿。"《中兴书》曰："阮裕少有德行，王敦闻其名，召为主簿，
知敦有不臣之心，纵酒昏酣，不综其事。"

世目周侯"嶷如断山"。《晋阳秋》曰："颛正情嶷然，虽一时侪类，皆
无敢媒近。"

王丞相招祖约夜语，至晓不眠。明旦有客，公头鬓未理，
亦小倦。客曰："公昨如是，似失眠。"公曰："昨与士少语，遂使
人忘疲。"

王大将军与丞相书，称杨朗曰："世彦识器理致，才隐明
断，既为国器，且是杨侯淮之子。《世语》曰："淮字始立，弘农华阴人。
曾祖彪、祖修，有名前世。父器，典军校尉。淮元康末为冀州刺史。"荀绰《冀州
记》曰："淮见王纲不振，遂纵酒不以官事规意，消摇卒岁而已。成都王知淮不治，
犹以其名士，惜而不遣，召为军咨议祭酒，府散停家。关东诸侯欲以淮补三事，以

示怀贤尚德之事,未施行而卒。时年二十有七。"位望殊为陵迟,卿亦足与之处。"

何次道往丞相许,丞相以麈尾指坐,呼何共坐曰:"来!来!此是君坐。"何充已见。

丞相治扬州廨舍,按行而言曰:"我正为次道治此尔!"何少为王公所重,故屡发此叹。《晋阳秋》曰:"充,导妻姊之子,明穆皇后之妹夫也。思韵淹济,有文义才情,导深器之。由是少有美誉,遂历显位。导有副贰已使继相意,故屡显此指于上下。"

王丞相拜司徒而叹曰:"刘王乔若过江,我不独拜公。"曹嘉之《晋纪》曰:"畴有重名,永嘉中为阎鼎所害。司徒蔡谟每叹曰:'若使刘王乔得南渡,司徒公之美选也。'"

王蓝田为人晚成,时人乃谓之痴。《晋阳秋》曰:"述体道清粹,简贵静正,怡然自足,不交非类。虽群英纷纷,俊乂交驰,述独蔑然,曾不慕羡。由是名誉久蕴。"王丞相以其东海子,辟为掾。常集聚,王公每发言,众人竞赞之。述于末坐曰:"主非尧、舜,何得事事皆是!"丞相甚相叹赏。言非圣人,不能无过。意讥赞述之徒。

世目杨朗"沈审经断"。蔡司徒云:"若使中朝不乱,杨氏作公方未已。"谢公云:"朗是大才。"《八王故事》曰:"杨淮有六子,曰:乔、髦、朗、琳、俊、仲,皆得美名。论者以谓悉有台辅之望。文康庾公每追叹曰:'中朝不乱,诸杨作公未已也。'"

刘万安即道真从子。庾公琮字子躬。所谓"灼然玉举"。又云:"千人亦见,百人亦见。"《刘氏谱》曰:"绥字万安,高平人。祖奥,太祝令。父斌,著作郎。绥历骠骑长史。"

庾公为护军,属桓廷尉觅一佳吏,乃经年。桓后遇见徐宁而知之,遂致于庾公曰:"人所应有,其不必有;人所应无,己不必无。真海岱清士。"《徐江州本事》曰:"徐宁字安期,东海郯人。通朗有德素,少知名。初为舆县令。谯国桓彝有人伦鉴识,尝去职无事,至广陵寻亲旧,遇风，停浦中累日，在船忧邑，上岸消摇，见一空宇，有似廨署，彝访之。云：'舆县廨也，令姓徐名宁。'彝既独行，思逢悟赏，聊造之。宁清惠博涉，相遇怡然。遂停宿，因留数夕，与宁结交而别。至都，谓庾亮曰：'吾为卿得一佳吏部郎。'亮问所在，彝即叙之。累迁吏部郎、左将军、江州刺史。"

桓茂伦云："褚季野皮里阳秋。"谓其裁中也。《晋阳秋》曰："褚简穆有器识。"故为彝所目也。

何次道尝送东人，瞻望见贾宁在后轮中，曰："此人不死，终为诸侯上客。"《晋阳秋》曰："宁字建宁，长乐人，贾氏孽子也。初自结于王应、诸葛瑶。应败，浮游吴会，吴人咸侮辱之。闻京师乱，驰出投苏峻，峻甚昵之，以为谋主。及峻闻义军起，自姑孰屯于石头，是宁之计。峻败，先降。仕至新安太守。"

杜弘治墓崩，哀容不称。庾公顾谓诸客曰："弘治至赢，不可以致哀。"《晋阳秋》曰："杜乂字弘治，京兆人。祖预、父锡，有誉前朝。乂少有令名，仕丹阳丞，蚤卒。成帝纳乂女为后。"又曰："弘治哭不可哀。"

世称"庾文康为丰年玉，稺恭为荒年谷"。庾家论云是文康称"恭为荒年谷，庾长仁为丰年玉"。谓亮有廊庙之器，翼有臣世之才，各有用也。

世目"杜弘治标鲜，季野穆少"。《江左名士传》曰："乂，清标令上也。"

有人目杜弘治"标鲜清令，盛德之风，可乐咏也"。《语林》曰："有人目杜弘治，标鲜甚清令，初若熙怡，容无韵，盛德之风，可乐咏也。"

庾公云："逸少国举。"故庾倩为碑文云："拔萃国举。"倩，庾倩小字也。徐广《晋纪》曰："倩字少彦，司空冰子，皇后兄也。有才具，仕至太宰长史。桓温以其宗强，使下邳王晃诬与谋反而诛之。"

庾稺恭与桓温书，称"刘道生日夕在事，大小殊快。义怀通乐既佳，且足作友，正实良器，推此与君，同济艰不者也"。宋明帝《文章志》曰："刘恢字道生，沛国人。识局明济，有文武才。王濛每称其思理淹通，蕃屏之高选。为车骑司马。年三十六卒，赠前将军。"

王蓝田拜扬州，主簿请讳，教云：“亡祖、先君，名播海内，远近所知。内讳不出于外，《礼记》曰：“妇人之讳不出门。”余无所讳。”

萧中郎，孙丞公妇父。刘尹在抚军坐，时拟为太常，刘尹云：“萧祖周不知便可作三公不？自此以还，无所不堪。”《晋百官名》曰：“萧轮字祖周，乐安人。”刘谦之《晋纪》曰：“轮有才学，善《三礼》，历常侍、国子博士。”

谢太傅未冠，始出西，诣王长史，清言良久。去后，苟子问曰：王濛、子修并已见。“向客何如尊?”长史曰：“向客亹亹，为来逼人。”

王右军语刘尹：“故当共推安石。”刘尹曰：“若安石东山志立，当与天下共推之。”《续晋阳秋》曰：“初，安家于会稽上虞县，优游山林，六七年间，征召不至，虽弹奏相属，继以禁锢，而晏然不屑也。”

谢公称蓝田：“掇皮皆真。”徐广《晋纪》曰：“述贞审，真意不显。”

桓温行经王敦墓边过，望之云：“可儿！可儿！”孙绰与庾亮笺曰：“王敦可人之目，数十年间也。”

殷中军道王右军云：“逸少清贵人。吾于之甚至，一时无所后。”《文章志》曰：“羲之高爽有风气，不类常流也。”

王仲祖称殷渊源“非以长胜人，处长亦胜人”。《晋阳秋》曰：“浩善以通和接物也。”

王司州与殷中军语，叹云：“己之府奥，蚤已倾写而见，殷陈势浩汗，众源未可得测。”徐广《晋纪》曰：“浩清言妙辩玄致，当时名流，皆为其美誉。”

王长史谓林公：“真长可谓金玉满堂。”林公曰：“金玉满堂，复何为简选？”王曰：“非为简选，直致言处自寡耳。”谓吉人之辞寡，非择言而出也。

王长史道江道群：“人可应有，乃不必有；人可应无，己必无。"《中兴书》曰:"江灌字道群,陈留人,仆射彪从弟也。有才器,与从兄道名相亚。仕尚书中护军。"

会稽孔沈、魏颢、虞球、虞存、谢奉,并是四族之俊,于时之桀。沈、存、颢、奉并别见。《虞氏谱》曰:"球字和琳,会稽馀姚人。祖授,吴广州刺史。父基,右军司马。球仕至黄门侍郎。"孙兴公目之曰:"沈为孔家金,颢为魏家玉,虞为长、琳宗,谢为弘道伏。"长、琳,即存及球字也。弘道,谢奉字也。言虞氏宗长、琳之才,谢氏伏弘道之美也。

王仲祖、刘真长造殷中军谈,谈竟,俱载去。刘谓王曰:"渊源真可。"王曰:"卿故堕其云雾中。"《中兴书》曰:"浩能言理,谈论精微,长于《老》、《易》,故风流者皆宗归之。"

刘尹每称王长史云:"性至通,而自然有节。"《濛别传》曰:"濛之交物,虚己纳善,恕而后行,希见其喜愠之色。凡与一面,莫不敬而爱之。然少孤,事诸母甚谨,笃义穆族,不修小洁,以清贫见称。"

王右军道谢万石"在林泽中,为自遒上"。叹林公"器朗神俊"。《支遁别传》曰:"遁任心独往,风期高亮。"道祖士少"风领毛骨,恐没世不复见如此人"。道刘真长"标云柯而不扶疏"。《刘尹别传》曰:"惔既令望,姻娅帝室,故屡居达官。然性不偶俗,心淡荣利。虽身登显列,而每挹降,闲静自守而已。"

简文目庾赤玉:"省率治除。"谢仁祖云:"庾赤玉胸中无宿物。"赤玉,庾统小字。《中兴书》曰:"统字长仁,颍川人,卫将军择子也。少有令名,仕至寻阳太守。"

殷中军道韩太常曰:"康伯少自标置,居然是出群器。及其发言遣辞,往往有情致。"《续晋阳秋》曰:"康伯清和有思理,幼为舅殷浩所称。"

简文道王怀祖:"才既不长,于荣利又不淡;直以真率少许,便足对人多多许。"《晋阳秋》曰:"述少贫约,箪瓢陋巷,不求闻达,由是为有识所重。"

林公谓王右军云:"长史作数百语,无非德音,如恨不苦。"
苦谓穷人以辞。王曰:"长史自不欲苦物。"

殷中军与人书,道谢万"文理转遒,成殊不易"。《中兴书》
曰:"万才器俊秀,善自炫曜,故致有时誉。兼善属文,能谈论,时人称之。"

王长史云:"江思悛思怀所通,不翅儒域。"徐广《晋纪》曰:"江
惇字思悛,陈留人,仆射彪弟也。性笃学,手不释书,博览坟典,儒道兼综。征聘
无所就,年四十九而卒。"

许玄度送母,始出都,人问刘尹:"玄度定称所闻不?"刘
曰:"才情过于所闻。"《许氏谱》曰:"玄度母,华轶女也。"按《询集》,询出都
迎姊,于路赋诗,《续晋阳秋》亦然。而此言送母,疑缪矣。

阮光禄云:"王家有三年少:右军、安期、长豫。"阮裕、王悦、
安期、王应并已见。

谢公道豫章:"若遇七贤,必自把臂入林。"《江左名士传》曰:
"鲲通简有识,不修威仪。好迹逸而心整,形浊而言清。居身若秽,动不累高。邻
家有女,尝往挑之。女方织,以梭投折其两齿。既归,傲然长啸曰:'犹不废我啸
歌。'其不事形骸如此。"

王长史叹林公:"寻微之功,不减辅嗣。"《支遁别传》曰:"遁神
心警悟,清识玄远,尝至京师,王仲祖称其造微之功,不异王弼。"

殷渊源在墓所几十年。于时朝野以拟管、葛,起不起,以
卜江左兴亡。《续晋阳秋》曰:"时穆帝幼冲,母后临朝,简文亲贤民望,任登宰
辅。桓温有平蜀、洛之勋,擅强西陕。帝自料文弱,无以抗之。陈郡殷浩,素有盛
名,时论比之管、葛。故征浩为扬州,温知意在抗己,甚忿焉。"

殷中军道右军:"清鉴贵要。"《晋安帝纪》曰:"羲之风骨清举也。"

谢太傅为桓公司马,《续晋阳秋》曰:"初,安优游山水,以敷文析理自
娱。桓温在西蕃,钦其盛名,讽朝廷请为司马。以世道未夷,志存匡济。年四十,
起家应务也。"桓诣谢,值谢梳头,遽取衣帻,桓公云:"何烦此!"
因下共语至暝。既去,谓左右曰:"颇曾见如此人不?"

谢公作宣武司马,属门生数十人于田曹中郎赵悦子。伏滔

《大司马寮属名》曰："悦字悦子,下邳人。历大司马参军、左卫将军。"悦子以告宣武,宣武云："且为用半。"赵俄而悉用之,曰："昔安石在东山,缙绅敦逼,恐不豫人事;况今自乡选,反违之邪?"

桓宣武《表》云："谢尚神怀挺率,少致民誉。"《温集》载其《平洛表》曰："今中州既平,宜时绥定。镇西将军豫州刺史尚,神怀挺率,少致人誉,是以入赞百揆,出蕃方司。宜进据洛阳,抚宁黎庶。谓可本官都督司州诸军事。"

世目谢尚为"令达"。阮遥集云："清畅似达。"或云："尚自然令上。"《晋阳秋》曰："尚率易挺达,超悟令上也。"

桓大司马病。谢公往省病,从东门入。温时在姑孰。桓公遥望,叹曰："吾门中久不见如此人!"

简文目敬豫为"朗豫"。王恬已见。《文字志》曰："恬识理明贵,为后进冠冕也。"

孙兴公为庾公参军,共游白石山。卫君长在坐,《卫氏谱》曰:"承字君长,成阳人,位至左军长史。"孙曰:"此子神情都不关山水,而能作文。"庾公曰:"卫风韵虽不及卿诸人,倾倒处亦不近。"孙遂沐浴此言。

王右军目陈玄伯"垒块有正骨"。陈泰已见。

王长史云:"刘尹知我,胜我自知。"《濛别传》曰:"濛与沛国刘惔齐名,时人以濛比袁曜卿,惔比荀奉倩,而共交友,甚相知赏也。"

王、刘听林公讲,王语刘曰:"向高坐者,故是凶物。"复东听,王又曰:"自是钵钎后王、何人也。"《高逸沙门传》曰:"王濛恒寻遁,遇祇洹寺中讲,正在高坐上,每举麈尾,常领数百言,而情理俱畅。预坐百馀人,皆结舌注耳。濛云:'听讲众僧,向高坐者,是钵钎后王、何人也。'"

许玄度言:"《琴赋》所谓'非至精者,不能与之析理',刘尹其人;'非渊静者,不能与之闲止',简文其人。"嵇叔夜《琴赋》也。刘惔真长,丹阳尹。

魏隐兄弟,少有学义,《魏氏谱》曰:"隐字安时,会稽上虞人。历义兴太守、御史中丞。弟遯，黄门郎。"总角诣谢奉。奉与语，大说之，曰："大宗虽衰，魏氏已复有人。"

简文云："渊源语不超诣简至，然经纶思寻处，故有局陈。"

初，法汰北来未知名，车频《秦书》曰："释道安为慕容晋所掠，欲投襄阳，行至新野，集众议曰：'今遭凶年，不依国主，则法事难举。'乃分僧众，使竺法汰诣扬州，曰：'彼多君子，上胜可投。'法汰遂渡江至扬土焉。"王领军供养之。《中兴书》曰："王洽字敬和，丞相导第三子，累迁吴郡内史，为士民所怀。征拜中领军，寻加中书令，不拜。年二十六而卒。"每与周旋，行来往名胜许，辄与俱。不得汰，便停车不行。因此名遂重。《名德沙门题目》曰："法汰高亮开达。"孙绰为汰赞曰："凄风拂林，明泉映壑。爽爽法汰，校德无怍。事外潇洒，神内恢廓。实从前起，名随后跃。"《泰元起居注》曰："法汰以十二卒。烈宗诏曰：'法汰师丧逝，哀痛伤怀，可赠钱十万。'"

王长史与大司马书，道渊源"识致安处，足副时谈"。

谢公云："刘尹语审细。"孙绰为《愍谏叙》曰："神犹渊镜，言必珠玉。"

桓公语嘉宾："阿源有德有言，向使作令仆，足以仪刑百揆。朝廷用违其才耳。"嘉宾，郗超小字也。阿源，殷浩也。

简文语嘉宾："刘尹语末后亦小异，回复其言，亦乃无过。"

孙兴公、许玄度共在白楼亭，《会稽记》曰："亭在山阴，临流映壑也。"共商略先往名达。林公既非所关，听讫云："二贤故自有才情。"

王右军道东阳"我家阿林，章清太出"。"林"应为"临"。《王氏谱》曰："临之字仲产，琅邪人，仆射彪之子。仕至东阳太守。"

王长史与刘尹书，道渊源"触事长易"。

谢中郎云："王修载乐托之性，出自门风。"《王氏谱》曰："耆之字修载，琅邪人，荆州刺史廙第三子。历中书郎、鄱阳太守、给事中。"

林公云："王敬仁是超悟人。"《文字志》曰："修之少有秀令之称。"

刘尹先推谢镇西，谢后雅重刘，曰："昔尝北面。"<small>按谢尚年长于惔，神颖凤彰，而曰北面于刘，非可信。</small>

谢太傅称王修龄曰："司州可与林泽游。"<small>《王胡之别传》曰："胡之常遗世务，以高尚为情，与谢安相善也。"</small>

谚曰："扬州独步王文度，后来出人郄嘉宾。"<small>《续晋阳秋》曰："超少有才气，越世负俗，不循常检。时人为一代盛誉者，语曰：'大才槃槃谢家安，江东独步王文度，盛德日新郄嘉宾。'"其语小异，故详录焉。</small>

人问王长史江虨兄弟群从，王答曰："诸江皆复足自生活。"<small>虨及弟淳，从灌，并有德行，知名于世。</small>

谢太傅道安北："见之乃不使人厌，然出户去，不复使人思。"<small>安北，王坦之也。《续晋阳秋》曰："谢安初携幼释同好，养志海滨，襟情超畅，尤好声律，然抑之以礼，在哀能至。弟万之丧，不听丝竹者将十年。及辅政，而修室第园馆，丽车服，虽期功之惨，不废妓乐。王坦之因苦谏焉。"按谢公盖以王坦之好直言，故不思尔。</small>

谢公云："司州造胜遍决。"<small>宋明帝《文章志》曰："胡之性简，好达玄言也。"</small>

刘尹云："见何次道饮酒，使人欲倾家酿。"<small>充饮酒能温克。</small>

谢太傅语真长："阿龄于此事，故欲太厉。"<small>修龄，王胡之小字也。</small>刘曰："亦名士之高操者。"<small>《胡之别传》曰："胡之治身清约，以风操自居。"</small>

王子猷说："世目士少为朗，我家亦以为彻朗。"<small>《晋诸公赞》曰："祖约少有清称。"</small>

谢公云："长史语甚不多，可谓有令音。"<small>《王濛别传》曰："濛性和畅，能清言，谈道贵理中，简而有会。商略古贤，显默之际，辞旨劭令，往往有高致。"</small>

谢镇西道敬仁"文学镞镞，无能不新"。<small>《语林》曰："敬仁有异才，时贤皆重之。王右军在郡迎敬仁，叔仁辄同车，常恶其迟。后以马迎敬仁，虽复风雨，亦不以车也。"</small>

刘尹道江道群"不能言而能不言"。江灌已见。

林公云："见司州警悟交至，使人不得住，亦终日忘疲。"
《王胡之别传》曰："胡之少有风尚，才器率举，有秀悟之称。"

世称"荀子秀出，阿兴清和"。荀子已见。阿兴，王蕴小字。

简文云："刘尹茗柯有实理。"柯，一作杆，又作忏，又作打。

谢胡儿作著作郎，尝作《王堪传》。《晋诸公赞》曰："堪字世胄，东
平寿张人，少以高亮义正称。为尚书左丞，有准绳操。为石勒所害，赠太尉。"
不谙堪是何似人，咨谢公。谢公答曰："世胄亦被遇。堪，烈之
子，《晋诸公赞》曰："烈字阳秀，蚤知名。魏朝，为治书御史。"阮千里姨兄
弟，潘安仁中外。安仁诗所谓'子亲伊姑，我父唯舅'。是许允
婿。"《岳集》曰："堪为成都王军司马。岳送至北邙别，作诗曰：'微微发肤，受之
父母。峨峨王侯，中外之首。子亲伊姑，我父唯舅。'"

谢太傅重邓仆射，常言"天地无知，使伯道无儿"。《晋阳秋》
曰："邓攸既弃子，遂无复继嗣，为有识伤惜。"

谢公与王右军书曰："敬和栖托好佳。"《中兴书》曰："洽于公子
中最知名，与颍川荀羡俱有美称。"

吴四姓旧目云：张文、朱武、陆忠、顾厚。《吴录士林》曰："吴郡
有顾、陆、朱、张，为四姓。三国之间，四姓盛焉。"

谢公语王孝伯："君家蓝田，举体无常人事。"按述虽简，而性
不宽裕，投火怒蝇，方之未甚。若非太傅虚相褒饰，则《世说》谬设斯语也。

许掾尝诣简文，尔夜风恬月朗，乃共作曲室中语。襟怀之
咏，偏是许之所长。辞寄清婉，有逾平日。简文虽契素，此遇
尤相咨嗟，不觉造膝，共叉手语，达于将旦。既而曰："玄度才
情，故未易多有许。"《续晋阳秋》曰："询能言理，曾出都迎姊，简文皇帝、刘
真长说其情旨及襟怀之咏，每造膝赏对，夜以系日。"

殷允出西，郗超与袁虎书云："子思求良朋，托好足下，勿
以开美求之。"《中兴书》曰："允字子思，陈郡人，太常康第六子。恭素谦退，

有儒者之风。历吏部尚书。"世目袁为"开美",故子敬诗曰:"袁生开美度。"

谢车骑问谢公:"真长性至峭,何足乃重?"答曰:"是不见耳!阿见子敬,尚使人不能已。"《语林》曰:"羊骓因酒醉,抚谢左军谓太傅曰:'此家讵复后镇西?'太傅曰:'汝阿见子敬,便沐浴为论兄辈。'"推此言意,则安以玄不见真长,故不重耳。见子敬尚重之,况真长乎?

谢公领中书监,王东亭有事应同上省,王后至,坐促,王、谢虽不通,太傅犹敛膝容之。王、谢不通事。别见。王神意闲畅,谢公倾目。还谓刘夫人曰:"向见阿瓜,故自未易有。按王珣小字法护,而此言阿瓜,未为可解,恍小名有两耳。虽不相关,正是使人不能已已。"

王子敬语谢公:"公故萧洒。"谢曰:"身不萧洒。君道身最得,身正自调畅。"《续晋阳秋》曰:"安弘雅有气,风神调畅也。"

谢车骑初见王文度曰:"见文度虽萧洒相遇,其复惜惜竟夕。"

范豫章谓王荆州:范宁、王忱并已见。"卿风流俊望,真后来之秀。"王曰:"不有此舅,焉有此甥!"

子敬与子猷书,道"兄伯萧索寡会,遇酒则酣畅忘反,乃自可矜"。

张天锡世雄凉州,以力弱诣京师,虽远方殊类,亦边人之桀也。天锡已见。闻皇京多才,钦羡弥至。犹在渚住,司马著作往诣之。未详。言容鄙陋,无可观听。天锡心甚悔来,以遐外可以自固。王弥有俊才,美誉当时,闻而造焉。《续晋阳秋》曰:"珉风情秀发,才辞富赡。"既至,天锡见其风神清令,言话如流,陈说古今,无不贯悉。又谙人物氏族中来,皆有证据。天锡讶服。

王恭始与王建武甚有情,后遇袁悦之间,遂致疑隙。《晋安帝纪》曰:"初,忱与族子恭少相善,齐声见称。及并登朝,俱为主相所待,内外始有不咸之论。恭独深忱之,乃告忱曰:'悠悠之论,颇有异同,当由骠骑简于朝觐故也。将无从容讽言之邪? 若主相谐睦,吾徒得戮力明时,复何忧哉?'忱以为然,而虑弗见令,乃令袁悦具言之。悦每欲间恭,乃于王坐责让恭曰:'卿何妄生同异,疑误朝野?'其言切厉。恭虽愧怅,谓忱为构己也。忱虽心不负恭,而无以自亮。于是情好大离,而怨隙成矣。"然每至兴会,故有相思时。恭尝行散至京口谢堂,于时清露晨流,新桐初引。恭目之曰:"王大故自濯濯。"

司马太傅为二王目曰:"孝伯亭亭直上,阿大罗罗清疏。"恭,正亮沈烈;忱,通朗诞放。

王恭有清辞简旨,能叙说,而读书少,颇有重出。《中兴书》曰:"恭虽才不多,而清辩过人。"有人道孝伯"常有新意,不觉为烦"。

殷仲堪丧后,桓玄问仲文:"卿家仲堪,定是何似人?"仲文曰:"虽不能休明一世,足以映彻九泉。"《续晋阳秋》曰:"仲堪,仲文之从兄也,少有美誉。"

品 藻 第 九

汝南陈仲举,颍川李元礼二人,共论其功德,不能定先后。蔡伯喈《续汉书》曰:"蔡喈,陈留圉人。通达有俊才,博学善属文,伎艺术数,无不精综。仕至左中郎将,为王允所诛。"评之曰:"陈仲举强于犯上,李元礼严于摄下。犯上难,摄下易。"张璠《汉纪》曰:"时人为之语曰:'不畏强御陈仲举,天下模楷李元礼。'"仲举遂在三君之下,谢沈《汉书》曰:"三君者,一时之所贵也。窦武、刘淑、陈蕃,少有高操,海内尊而称之,故得因以为目。"元礼居八俊之上。薛莹《汉书》曰:"李膺、王畅、荀绲、朱寓、魏朗、刘佑、杜楷、赵典为八俊。"《英雄记》曰:"先是张俭等相与作衣冠纠弹,弹中人相调,言:'我弹中诚有八俊、八乂,犹古之八元、八凯也。'"谢沈《书》曰:"俊者,卓出之名也。"姚信《士纬》曰:"陈仲举体气高烈,有王臣之节。李元礼忠壮正直,有社稷之能。海内论之未决,蔡伯喈抑一言以变之,疑论乃定也。"

庞士元至吴，吴人并友之。《蜀志》曰：“周瑜领南郡，士元为功曹。瑜卒，士元送丧至吴，吴人多闻其名，及当还西，并会昌门与士元言。”见陆绩、《文士传》曰：“绩字公纪，幼有俊朗才数，博学多通。庞士元年长于绩，共为交友。仕至郁林太守。自知亡日，年三十二而卒。”顾劭、全琮环济《吴纪》曰：“琮字子璜，吴郡钱塘人。有德行义概，为大司马。”而为之目曰：“陆子所谓驽马有逸足之用，顾子所谓驽牛可以负重致远。”或问：“如所目，陆为胜邪？”曰：“驽马虽精速，能致一人耳。驽牛一日行百里，所致岂一人哉？”吴人无以难。“全子好声名，似汝南樊子昭。”蒋济《万机论》曰：“许子将褒贬不平，以拔樊子昭而抑许文休。刘晔难曰：‘子昭拔自贾竖，年至七十，退能自静，进不苟竞。’济答曰：‘子昭诚自幼至长，容貌完洁。然观其插齿牙，树颊颏，吐唇吻，自非文休之敌。’”

顾劭尝与庞士元宿语，问曰：“闻子名知人，吾与足下孰愈？”曰：“陶冶世俗，与时浮沈，吾不如子；《吴志》曰：“劭好乐人伦，自州郡庶几及四方人事，往来相见，或讽议而去，或结友而别，风声流闻，远近称之。”论王霸之馀策，览倚仗之要害，吾似有一日之长。”劭亦安其言。《吴录》曰：“劭安其言，更亲之。”

诸葛瑾、弟亮及从弟诞，《吴书》曰：“瑾字子瑜，其先葛氏，琅邪诸县人，后徙阳都。阳都先有姓葛者，时人谓‘诸葛’，因为氏。瑾少以至孝称。累迁豫州牧，六十八卒。”《魏志》曰：“诞字公休，为吏部郎，人有所属托，辄显其言而必用之。后有当不，则公议其得失，以为褒贬。自是群寮莫不慎其所举。累迁扬州刺史、镇东将军、司空。谋逆伏诛。”并有盛名，各在一国。于时以为“蜀得其龙，吴得其虎，魏得其狗”。诞在魏与夏侯玄齐名；瑾在吴，吴朝服其弘量。《吴书》曰：“瑾避乱渡江，大皇帝取为长史，遣使蜀，但与弟亮公会相见，反无私面，而又有容貌思度。时人服其弘量。”

司马文王问武陔：“陈玄伯何如其父司空？”陔曰：“通雅博畅，能以天下声教为己任者，不如也。明练简至，立功立事，过之。”《魏志》曰：“陔与泰善，故文王问之。”

正始中，人士比论，以五荀方五陈：荀淑方陈寔，荀靖方陈谌，《逸士传》曰："靖字叔慈，颍川人。有俊才，以孝著名。兄弟八人，号'八龙'。隐身修学，动止合礼。弟爽，亦有才学，显名当世。或问汝南许章：'爽与靖孰贤？'章曰：'二人皆玉也。慈明外朗，叔慈内润。'太尉辟，不就。年五十终，时人惜之，号玄行先生。"荀爽方陈纪，荀彧方陈群，《典略》曰："彧字文若，颍川人。为汉侍中，守尚书令。彧为人英伟，折节待士，坐不累席。其在台阁间，不以私欲挠意。年五十薨，谥曰敬侯。以其德高，追赠太尉。"荀顗方陈泰。《晋诸公赞》曰："顗字景倩，彧之子。蹈礼立德，思义温雅，加深识国体，累迁光禄大夫。晋受禅，封临淮公。典朝仪，刊正国式，为一代之制。转太尉，为台辅，德望清重，留心礼教。卒，谥康公。"又以八裴方八王：裴徽方王祥，裴楷方王夷甫，裴康方王绥，《晋百官名》曰："康字仲豫，徽之子也。"《晋诸公赞》曰："康有弘量，历太子左率。"裴绰方王澄，《王朝目录》曰："绰字仲舒，楷弟也，名亚于楷。历中书黄门侍郎。"裴瓒方王敦，《晋诸公赞》曰："瓒字国宝，楷之子。才气爽俊，终中书郎。"裴遐方王导，裴颜方王戎，裴邈方王玄。

冀州刺史杨淮二子乔与髦，俱总角为成器。淮与裴颜、乐广友善，遣见之。颜性弘方，爱乔之有高韵，谓淮曰："乔当及卿，髦小减也。"广性清淳，爱髦之有神检，谓淮曰："乔自及卿，然髦尤精出。"淮笑曰："我二儿之优劣，乃裴、乐之优劣。"论者评之，以为乔虽高韵，而检不匝，乐言为得，然并为后出之俊。荀绰《冀州记》曰："乔字国彦，爽朗有远意。髦字士彦，清平有贵识。并为后出之俊。为裴颜、乐广所重。"《晋诸公赞》曰："乔似淮而疏，皆为二千石。髦为石勒所害。"

刘令言始入洛，《刘氏谱》曰："纳字令言，彭城丛亭人。祖瑾，乐安长。父虓，魏洛阳令。纳历司隶校尉。"见诸名士而叹曰："王夷甫太解明，乐彦辅我所敬，张茂先我所不解，周弘武巧于用短，王隐《晋书》曰："周恢字弘武，汝南人。祖斐，永宁少府。父隆，州从事。恢仕至秦相，秩中二千石。"杜方叔拙于用长。"《晋诸公赞》曰："杜育字方叔，襄城邓陵人，杜袭孙也。育幼便岐嶷，号神童。及长，美风姿，有才藻，时人号曰'杜圣'。累迁国子祭酒。洛阳将没，为贼所杀。"

王夷甫云："闻丘冲，荀绰《兖州记》曰："冲字宾卿，高平人，家世二千石。冲清平有鉴识，博学有文义。累迁太傅长史，虽不能立功盖世，然闻义不惑，当世茬事，多于平允，操持文案，必引经诰，饰以文采，未尝有滞。性尤通达，不矜不假。好音乐，侍婢在侧，不释弦管。出入乘四望车，居之甚夷，不能亏损恭素之行，淡然肆其心志。论者不以为侈，不以为僭，至于白首，而清名令望，不渝于始。为光禄勋，京邑未溃，乘车出，为贼所害，时人皆痛惜之。"优于满奋、郝隆。《晋诸公赞》曰："隆字弘始，高平人。为人通亮清识。为吏部郎、扬州刺史。齐王冏起义，隆应檄稽留，为参军王邃所杀。此三人并是高才，冲最先达。"《兖州记》曰："于时高平人士偶盛，满奋、郝隆达在冲前，名位已显，而刘宝、王夷甫犹以冲之虚贵，足先二人。"

王夷甫以王东海比乐令，《江左名士传》曰："承言理辩物，但明其旨要，不为辞费，有识伏其约而能通。太尉王夷甫一世龙门，见而雅重之，以比南阳乐广。"故王中郎作《碑》云："当时标榜，为乐广之俪。"

庾中郎与王平子雁行。《晋阳秋》曰："初，王澄有通朗称，而轻薄无行。兄夷甫有盛名，时人许以人伦鉴识。常为天下士目曰：'阿平第一，子嵩第二，处仲第三。'敢以澄、敦莫己若也。及澄丧，敦败，敢世誉如初。"

王大将军在西朝时，见周侯辄扇障面不得住。敦性强梁，自少及长，季伦斩妓，曾无异色，若斯傲狠，岂惮于周颢乎？其言不然也。后度江左，不能复尔。王叹曰："不知我进，伯仁退？"沈约《晋书》曰："周颢，王敦素惮之，见辄面热，虽复腊月，亦扇面不休，其惮如此。"

会稽虞骋，元皇时与桓宣武同侠，其人有才理胜望。《虞光禄传》曰："骋字思行，会稽馀姚人。虞翻曾孙，右光禄潭兄子也。虽机干不及潭，而至行过之。历吏部郎、吴兴守，征为金紫光禄大夫，卒。"王丞相尝谓骋曰："孔愉有公才而无公望，丁潭有公望而无公才，愉已见。《会稽后贤记》曰："潭字世康，山阴人，吴司徒固曾孙也。沈婉有雅望，少与孔愉齐名。仕至光禄大夫。"《晋阳秋》曰："孔敬康、丁世康、张伟康俱著名，时谓'会稽三康'。伟康名茂，尝梦得大象，以问万雅。雅曰：'君当为大郡而不善也。象，大兽也。

取其音狩，故为大郡，然象以齿丧身。'后为吴郡，果为沈充所杀。"**兼之者其在卿乎**？"骏未达而丧。《虞光禄传》曰："骏未登台鼎，时论称屈。"

明帝问周伯仁："卿自谓何如郗鉴？"周曰："鉴方臣，如有功夫。"复问郗。郗曰："周颛比臣，有国士门风。"邓粲《晋纪》曰："伯仁清正巍然，以德望称之。"

王大将军下，庾公问："卿有四友，何者是？"答曰："君家中郎，我家太尉、阿平，胡毋彦国。《八王故事》曰："胡毋辅之少有雅俗鉴识，与王澄、庾敳、王敦、王夷甫为四友。"今故答也。阿平故当最劣。"庾曰："似未肯劣。"庾又问："何者居其右？"王曰："自有人。"又问："何者是？"王曰："噫！其自有公论。"左右蹑公，公乃止。敦自谓右者在己也。

人问丞相："周侯何如和峤？"答曰："长舆嵯嶭。"虞预《晋书》曰："峤厚自封植，巍然不群。"

明帝问谢鲲："君自谓何如庾亮？"答曰："端委庙堂，使百僚准则，臣不如亮。一丘一壑，自谓过之。"《晋阳秋》曰："鲲随王敦下，入朝，见太子于东宫，语及夕，太子从容问鲲曰：'论者以君方庾亮，自谓孰愈？'对曰：'宗庙之美，百官之富，臣不如亮。纵意丘壑，自谓过之。'"邓粲《晋纪》曰："鲲与王澄之徒，慕竹林诸人，散首披发，裸袒箕踞，谓之八达。故邻家之女，折其两齿。世为谣曰：'任达不已，幼舆折齿。'鲲有胜情远概，为朝廷之望，故时以庾亮方焉。"

王丞相二弟不过江，曰颖，曰敞。时论以颖比邓伯道，敞比温忠武。议郎、祭酒者也。《王氏谱》曰："颖字茂英，位至议郎，年二十卒。敞字茂平，丞相祭酒，不就。袭爵堂邑公，年二十有二而卒。"

明帝问周侯："论者以卿比郗鉴，云何？"周曰："陛下不须牵颛比。"按颛死弥年，明帝乃即位。《世说》此言妄矣。

王丞相云："顷下论以我比安期、千里。亦推此二人。唯共推太尉，此君特秀。"《晋诸公赞》曰："夷甫性矜峻，少为同志所推。"

宋袆曾为王大将军妾，后属谢镇西。镇西问袆："我何如王？"答曰："王比使君，田舍、贵人耳！"镇西妖冶故也。未详宋袆。

明帝问周伯仁："卿自谓何如庾元规？"对曰："萧条方外，亮不如臣；从容廊庙，臣不如亮。"按诸书皆以谢鲲比亮，不闻周颛。

王丞相辟王蓝田为掾，庾公问丞相："蓝田何似？"王曰："真独简贵，不减父祖；然旷澹处故当不如尔。"王述狷隘故也。

卞望之云郗公："体中有三反：方于事上，好下佞己，一反。治身清贞，大修计校，二反。自好读书，憎人学问，三反。"按太尉刘寔论王肃：方于事上，好下佞己，性嗜荣贵，不求苟合，治身不秽，尤惜财物。王、郗志性，傥亦同乎？

世论温太真，是过江第二流之高者。时名辈共说人物，第一将尽之间，温常失色。《温氏谱序》曰："晋大夫郤至封于温，子孙因氏，居太原祁县，为郡著姓。"

王丞相云："见谢仁祖恒令人得上。"与何次道语，唯举手指地曰："正自尔馨！"前篇及诸书皆云王公重许何充，谓必代己相。而此章以手指地，意如轻诋。或清言析理，何不逮谢故邪？

何次道为宰相，人有讥其信任不得其人。《晋阳秋》曰："充所昵庸杂，以此损名。"阮思旷慨然曰："次道自不至此。但布衣超居宰相之位，可恨唯此一条而已！"《语林》曰："阮光禄闻何次道为宰相，叹曰：'我当何处生活？'"此则阮未许何为鼎辅，二说便相符也。

王右军少时，丞相云："逸少何缘复减万安邪？"刘绥已见。

郗司空家有伧奴，知及文章，事事有意。王右军向刘尹称之。刘问："何如方回？"《郗愔别传》曰："愔字方回，高平金乡人，太宰鉴长子也。渊靖纯素，无执无竞，简私昵，罕交游。历会稽内史、侍中、司徒。"王曰："此正小人有意向耳！何得便比方回？"刘曰："若不如方回，故是常奴耳！"

时人道阮思旷："骨气不及右军，简秀不如真长，韶润不如仲祖，思致不如渊源，而兼有诸人之美。"《中兴书》曰："裕以人不须广学，正应以礼让为先，故终日颓然，无所修综，而物自宗之。"

简文云："何平叔巧累于理，嵇叔夜俊伤其道。"理本真率，巧则乖其致；道唯虚澹，俊则违其宗。所以二子不免也。

时人共论晋武帝出齐王之与立惠帝，其失孰多？《晋阳秋》曰："齐王攸，字大猷，文帝第二子。孝敬忠肃，清和平允，亲贤下士，仁惠好施。能属文，善尺牍。初，荀勖、冯纨为武帝亲幸，攸恶勖之佞，勖惧攸或嗣立，必诛己，且攸甚得众心，朝贤景附。会帝有疾，攸及皇太子入问讯，朝士皆属目于攸，而不在太子。至是勖从容曰：'陛下万年后，太子不得立也。'帝曰：'何故？'勖曰：'百寮内外，皆归心于齐王，太子安得立乎？陛下试诏齐王归国，必举朝谓之不可。若然，则臣言征矣。'侍中冯纨又曰：'陛下必欲建诸侯，成五等，宜从亲始，亲莫若齐王。'帝从之。于是下诏，使攸之国。攸闻勖、纨间己，忧忿不知所为。入辞，出，欧血薨。帝哭之恸。冯纨侍曰：'齐王名过其实，而天下归之。今自薨殒，陛下何哀之甚？'帝乃止。刘毅闻之，故终身称疾焉。"多谓立惠帝为重。桓温曰："不然，使子继父业，弟承家祀，有何不可？"武帝兆祸乱，覆神州，在斯而已。舆隶且知其若此，况宣武之弘俊乎？此言非也。

人问殷渊源："当世王公以卿比裴叔道，云何？"殷曰："故当以识通暗处。"遐与浩并能清言。

抚军问殷浩："卿定何如裴逸民？"良久答曰："故当胜耳。"

桓公少与殷侯齐名，常有竞心。桓问殷："卿何如我？"殷云："我与我周旋久，宁作我。"

抚军问孙兴公："刘真长何如？"曰："清蔚简令。""王仲祖何如？"曰："温润恬和。"徐广《晋纪》曰："凡称风流者，皆举王、刘为宗焉。""桓温何如？"曰："高爽迈出。""谢仁祖何如？"曰："清易令达。""阮思旷何如？"曰："弘润通长。""袁羊何如？"曰："洮洮清便。""殷洪远何如？"曰："远有致思。""卿自谓何如？"曰："下官才能所经，悉不如诸贤；至于斟酌时宜，笼罩当世，亦多所不及。然以不才,时复托怀玄胜,远咏《老》、《庄》,萧条高寄,不与时务经怀,自谓此心无所与让也。”

桓大司马下都,问真长曰:“闻会稽王语奇进,尔邪?”《桓温别传》曰:“兴宁九年,以温克复旧京,肃静华夏,进都督中外诸军事、侍中、大司马,加黄钺,使入参朝政。”刘曰:“极进,然故是第二流中人耳!”桓曰:“第一流复是谁?”刘曰:“正是我辈耳!”

殷侯既废,桓公语诸人曰:“少时与渊源共骑竹马,我弃去,已辄取之,故当出我下。”《续晋阳秋》曰:“简文辅政,引殷浩为扬州,欲以抗桓。桓素轻浩,未之惮也。”

人问抚军:“殷浩谈竟何如?”答曰:“不能胜人,差可献酬群心。”

简文云:“谢安南清令不如其弟,安南,谢奉也。已见。《谢氏谱》曰:“奉弟聘,字弘远。历侍中、廷尉卿。”学义不及孔岩,《中兴书》曰:“岩字彭祖,会稽山阴人。父俭,黄门侍郎。岩有才学,历丹阳尹、尚书、西阳侯,在朝多所匡正。为吴兴太守,大得民和。后卒于家。”居然自胜。”言奉任天真也。

未废海西公时,王元琳问桓元子:“箕子、比干,迹异心同,不审明公孰是孰非?”曰:“仁称不异,宁为管仲。”《论语》曰:“微子去之,箕子为之奴,比干谏而死。子曰:‘殷有三仁焉。’”“子路曰:‘桓公杀公子纠,召忽死之,管仲不死,曰未仁乎?’子曰:‘桓公九合诸侯,一匡天下,不以兵车,管仲之力。如其仁!如其仁!’”

刘丹阳、王长史在瓦官寺集,桓护军亦在坐,桓伊已见。共商略西朝及江左人物。或问:“杜弘治何如卫虎?”桓答曰:“弘治肤清,卫虎奕奕神令。”王、刘善其言。虎,卫玠小字。《玠别传》曰:“永和中,刘真长、谢仁祖共商略中朝人。或问:‘杜弘治可方卫洗马不?’谢曰:‘安得比!其间可容数人。’”《江左名士传》曰:“刘真长曰:‘吾请评之,弘治肤清,叔宝神清。’论者谓为知言。”

刘尹抚王长史背曰:“阿奴比丞相,但有都长。”阿奴,濛小字也。都，美也。《司马相如传》曰："闲雅甚都。"《语林》曰："刘真长与丞相不相得，每曰：'阿奴比丞相，条达清长。'"

刘尹、王长史同坐，长史酒酣起舞。刘尹曰："阿奴今日不复减向子期。"类秀之任率也。

桓公问孔西阳："安石何如仲文？"西阳即孔岩也。孔思未对，反问公曰："何如？"答曰："安石居然不可陵践，其处故乃胜也。"

谢公与时贤共赏说，遏、胡儿并在坐。公问李弘度曰："卿家平阳，何如乐令？"《晋诸公赞》曰："李重字茂曾，江夏钟武人。少以清尚见称。历吏部郎、平阳太守。"于是李潸然流涕曰："赵王篡逆，乐令亲授玺绶。《晋阳秋》曰："赵王伦篡位，乐广与满奋、崔随进玺绶。"亡伯雅正，耻处乱朝，遂至仰药。恐难以相比！此自显于事实，非私亲之言。"《晋诸公赞》曰："赵王为相国，取重为左司马，重以伦将篡，辞疾不就。敦喻之，重不复自治，至于笃甚。扶曳受拜，数日卒。时人惜之。赠散骑常侍。"谢公语胡儿曰："有识者果不异人意。"

王脩龄问王长史："我家临川，何如卿家宛陵？"长史未答，脩龄曰："临川誉贵。"长史曰："宛陵未为不贵。"《中兴书》曰："羲之自会稽王友，改授临川太守。王述从骠骑功曹，出为宛陵令。述之为宛陵，多修为家之具，初有劳苦之声。丞相王导使人谓之：'名父之子，屈临小县，甚不宜尔。'述答曰：'足自当止。'时人未之达也。后屡临州郡，无所造作，世始叹服之。"

刘尹至王长史许清言，时苟子年十三，倚床边听。既去，问父曰："刘尹语何如尊？"长史曰："韶音令辞，不如我；往辄破的，胜我。"《刘惔别传》曰："惔有俊才，其谈咏虚胜，理会所归，王濛略同，而叙致过之，其词当也。"

谢万寿春败后，简文问郗超："万自可败，那得乃尔失士卒情？"超曰："伊以率任之性，欲区别智勇。"《中兴书》曰："万之为豫州，氐、羌暴掠司、豫，鲜卑屯结并、冀。万既受方任，自率众入颍，以援洛阳。万矜豪傲物，失士众之心。北中郎郗昙以疾还彭城，万以为贼盛致退，便向还南，遂自溃乱，狼狈单归。太宗责之，废为庶人。"

刘尹谓谢仁祖曰："自吾有四友，门人加亲。"谓许玄度曰："自吾有由，恶言不及于耳。"二人皆受而不恨。《尚书大传》曰："孔子曰：'文王有四友，自吾得回也，门人加亲，是非胥附邪？自吾得赐也，远方之士至，是非奔走邪？自吾得师也，前有辉，后有光，是非先后邪？自吾得由也，恶言不入于耳，是非御侮邪？'"

世目殷中军："思纬淹通，比羊叔子。"羊祜德高一世，才经夷险。渊源蒸烛之曜，岂喻日月之明也。

有人问谢安石、王坦之优劣于桓公。桓公停欲言，中悔，曰："卿喜传人语，不能复语卿。"

王中郎尝问刘长沙曰："我何如苟子？"《大司马官属名》曰："刘爽字文时，彭城人。"《刘氏谱》曰："爽祖昶，彭城内史。父济，临海令。爽历车骑咨议、长沙相、散骑常侍。"刘答曰："卿才乃当不胜苟子，然会名处多。"王笑曰："痴！"

支道林问孙兴公："君何如许掾？"孙曰："高情远致，弟子蚤已服膺；一吟一咏，许将北面。"

王右军问许玄度："卿自言何如安石？"许未答，王因曰："安石故相为雄，阿万当裂眼争邪？"《中兴书》曰："万器量不及安石，虽居藩任，安在私门之时，名称居万上也。"

刘尹云："人言江彪田舍，江乃自田宅屯。"谓能多出有也。

谢公云："金谷中苏绍最胜。"绍是石崇姊夫，苏则孙，愉子也。石崇《金谷诗叙》曰："余以元康六年，从太仆卿出为使持节，监青、徐诸军事、征虏将军。有别庐在河南县界金谷涧中，或高或下，有清泉茂林，众果竹柏、药草之属，莫不毕备。又有水碓、鱼池、土窟，其为娱目欢心之物备矣。时征西大将军祭酒王诩当还长安，余与众贤共送往涧中，昼夜游宴，屡迁其坐。或登高临下，或列坐水滨。时琴瑟笙筑，合载车中，道路并作。及住，令与鼓吹递奏。遂各赋诗,以叙中怀。或不能者,罚酒三斗。感性命之不永,惧凋落之无期。故具列时人官号、姓名、年纪,又写诗箸后。后之好事者,其览之哉!凡三十人,吴王师、议郎、关中侯、始平武功苏绍字世嗣,年五十,为首。"《魏书》曰:"苏则字文师,扶风武功人。刚直疾恶,常慕汲黯之为人。仕至侍中、河东相。"《晋百官名》曰:"愉字休豫,则次子。"山涛《启事》曰:"愉忠义有智意,位至光禄大夫。"

刘尹目庾中郎:"虽言不愔愔似道,突兀差可以拟道。"《名士传》曰:"敳颓然渊放,莫有动其听者。"

孙承公云:"谢公清于无奕,《中兴书》曰:"孙统字承公,太原人。善属文,时人谓其有祖楚风。仕至馀姚令。"润于林道。《陈逵别传》曰:"逵字林道,颍川许昌人。祖淮,太尉。父畛,光禄大夫。逵少有干,以清敏立名。袭封广陵公、黄门郎、西中郎将,领梁、淮南二郡太守。"

或问林公:"司州何如二谢?"林公曰:"故当攀安提万。"《王胡之别传》曰:"胡之好谈谐,善属文辞,为当世所重。"

孙兴公、许玄度皆一时名流。或重许高情,则鄙孙秽行;或爱孙才藻,而无取于许。宋明帝《文章志》曰:"绰博涉经史,长于属文,与许询俱与负俗之谈。询卒不降志,而绰婴纶世务焉。"《续晋阳秋》曰:"绰虽有文才,而诞纵多秽行,时人鄙之。"

郗嘉宾道谢公:"造膝虽不深彻,而缠绵纶至。"又曰:"右军诣嘉宾。"嘉宾闻之云:"不得称诣,政得谓之朋耳!"谢公以嘉宾言为得。凡彻诣者,盖深核之名也。谢不彻,王亦不诣。谢、王于理,相与为朋俦也。

庾道季云:"思理伦和,吾愧康伯;志力强正,吾愧文度。自此以还,吾皆百之。"庾和已见。

王僧恩轻林公,蓝田曰:"勿学汝兄,汝兄自不如伊。"僧恩,王祎之小字也。《王氏世家》曰:"祎之字文劭,述次子。少知名,尚寻阳公主。仕至中书郎,未三十而卒。坦之悼念,与桓温称之,赠散骑常侍。"

简文问孙兴公:"袁羊何似?"答曰:"不知者不负其才;知之者无取其体。"言其有才而无德也。

蔡叔子云:"韩康伯虽无骨干,然亦肤立。"

郗嘉宾问谢太傅曰:"林公谈何如嵇公?"谢云:"嵇公勤著脚,裁可得去耳。"《支遁传》曰:"遁神悟机发,风期所得,自然超迈也。"又问:"殷何如支?"谢曰:"正尔有超拔,支乃过殷。然亹亹论辩,恐□欲制支。"

庾道季云:"廉颇、蔺相如虽千载上死人,懔懔恒如有生气。《史记》曰:"廉颇者,赵良将也,以勇气闻诸侯。蔺相如者,赵人也。赵惠文王时,得楚和氏璧,秦昭王请以十五城易之。赵遣相如送璧,秦受之,无还城意。相如请璧示其瑕,因持璧却立倚柱,怒发上冲冠曰:'王欲急臣,臣头今与璧俱碎。'秦王谢之。后秦王使赵王鼓瑟,相如请秦王击筑。赵以相如功大,拜上卿,位在廉颇上。"曹蜍、蜍,曹茂之小字也。《曹氏谱》曰:"茂之字永世,彭城人也。祖韶,镇东将军司马。父曼,少府卿。茂之仕至尚书郎。"李志《晋百官名》曰:"志字温祖,江夏钟武人。"《李氏谱》曰:"志祖重,散骑常侍。父慕,纯阳令。志仕至员外常侍、南康相。"虽见在,厌厌如九泉下人。人皆如此,便可结绳而治,但恐狐狸猯狢啖尽。"言人皆如曹、李质鲁淳悫,则天下无奸民,可结绳致治。然才智无闻,功迹俱灭,身尽于狐狸,无擅世之名也。

卫君长是萧祖周妇兄,谢公问孙僧奴:僧奴,孙腾小字也。《晋百官名》曰:"腾字伯海,太原人。"《中兴书》曰:"腾,统子也。博学。历中庶子、廷尉。""君家道卫君长云何?"孙曰:"云是世业人。"谢曰:"殊不尔,卫自是理义人。"于时以比殷洪远。

王子敬问谢公:"林公何如庾公?"谢殊不受,答曰:"先辈初无论,庾公自足没林公。"《殷羡言行》曰:"时有人称庾太尉理者,羡曰:'此公好举宗本榶人。'"

谢遏诸人共道竹林优劣,谢公云:"先辈初不臧贬七贤。"《魏氏春秋》曰:"山涛通简有德,秀、咸、戎、伶朗达有俊才。于时之谈,以阮为首,王戎次之,山、向之徒,皆其伦也。"若如盛言,则非无臧贬,此言谬也。

有人以王中郎比车骑,车骑闻之曰:"伊窟窟成就。"《续晋阳秋》曰:"坦之雅贵有识量,风格峻整。"

谢太傅谓王孝伯:"刘尹亦奇自知,然不言胜长史。"

王黄门兄弟三人俱诣谢公,子猷、子重多说俗事,《王氏谱》曰:"操之字子重,羲之第六子。历秘书监、侍中、尚书、豫章太守。"子敬寒温而已。既出,坐客问谢公:"向三贤孰愈?"谢公曰:"小者最胜。"客曰:"何以知之?"谢公曰:"吉人之辞寡,躁人之辞多,推此知之。"

谢公问王子敬:"君书何如君家尊?"答曰:"固当不同。"公曰:"外人论殊不尔。"王曰:"外人那得知?"宋明帝《文章志》曰:"献之善隶书,变右军法为今体。字画秀媚,妙绝时伦,与父俱得名。其章草疏弱,殊不及父。或讯献之云:'羲之书胜不?''莫能判。'有问羲之云:'世论卿书不逮献之?'答曰:'殊不尔也。'它日见献之,问:'尊君何如?'献之不答。又问:'论者云,君固当不如?'献之笑而答曰:'人那得知之也。'"

王孝伯问谢太傅:"林公何如长史?"太傅曰:"长史韶兴。"问:"何如刘尹?"谢曰:"噫!刘尹秀。"王曰:"若如公言,并不如此二人邪?"谢云:"身意正尔也。"

人有问太傅:"子敬可是先辈谁比?"谢曰:"阿敬近撮王、刘之标。"《续晋阳秋》曰:"献之文义并非所长,而能撮其胜会,故擅名一时,为风流之冠也。"

谢公语孝伯:"君祖比刘尹,故为得逮。"孝伯云:"刘尹非不能逮,直不逮。"言濛质而恢文也。

袁彦伯为吏部郎,子敬与郗嘉宾书曰:"彦伯已入,殊足顿兴往之气。故知捶挞自难为人,冀小却,当复差耳。"

王子猷、子敬兄弟共赏《高士传》人及《赞》。子敬赏"井丹高洁",子猷云:"未若长卿慢世。"嵇康《高士传》曰:"丹字大春,扶风郿人。博学高论,京师为之语曰:'《五经》纷纶井大春,未尝书刺谒一人。'北宫五王更请,莫能致。新阳侯阴就使人要之,不得已而行。侯设麦饭、葱菜,以观其意,丹推却曰：'以君侯能供美膳，故来相过，何谓如此！'乃出盛馔。侯起，左右进辇，丹笑曰：'闻桀、纣驾人车，此所谓人车者邪？'侯即去辇。越骑梁松，贵震朝廷，请交丹，丹不肯见。后丹得时疾，松自将医视之，病愈。久之，松失大男磊，丹一往吊之。时宾客满廷，丹裘褐不完，入门，坐者皆悚，望其颜色。丹四向长揖，前与松语，客主礼毕后，长揖就坐，莫得与语。不肯为吏，径出，后遂隐遁。其《赞》曰：'井丹高洁，不慕荣贵。抗节五王，不交非类。显讥辇车，左右失气。披褐长揖，义陵群萃。'""司马相如者，蜀郡成都人，字长卿。初为郎，事景帝。梁孝王来朝，从游说士邹阳等，相如说之，因病免游梁。后过临邛，富人卓王孙女文君新寡，好音，相如以琴心挑之，文君奔之，俱归成都。后居贫，至临邛买酒舍，文君当垆，相如著犊鼻裈，涤器市中。为人口吃，善属文。仕宦不慕高爵，常托疾不与公卿大事。终于家。其《赞》曰：'长卿慢世，越礼自放。犊鼻居市，不耻其状。托疾避官，蔑此卿相。乃赋《大人》，超然莫尚。'"

有人问袁侍中《袁氏谱》曰："恪之字元祖，陈郡阳夏人。祖王孙，司徒从事中郎。父纶，临汝令。恪之仕黄门侍郎，义熙初为侍中。"曰："殷仲堪何如韩康伯？"答曰："理义所得，优劣乃复未辨；然门庭萧寂，居然有名士风流，殷不及韩。"故殷作《诔》云："荆门昼掩，闲庭晏然。"

王子敬问谢公："嘉宾何如道季？"答曰："道季诚复钞撮清悟，嘉宾故自上。"谓超拔也。

王珣疾，临困，问王武冈曰：《中兴书》曰："谧字雅远，丞相导孙，车骑劭子。有才器，袭爵武冈侯，位至司徒。""世论以我家领军比谁？"武冈曰："世以比王北中郎。"东亭转卧向壁，叹曰："人固不可以无年！"领军王洽，珣之父也。年二十六卒。珣意以其父名德过坦之而无年，故致此论。

王孝伯道谢公"浓至"。又曰："长史虚，刘尹秀，谢公融。"谓条畅也。

王孝伯问谢公："林公何如右军？"谢曰："右军胜林公，林公在司州前亦贵彻。"不言若羲之，而言胜胡之。

桓玄为太傅，大会，朝臣毕集。坐裁竟，问王桢之曰："我何如卿第七叔？"《王氏谱》曰："桢之字公榦，琅邪人，徽之子。历侍中、大司马长史。第七叔，献之也。"于时宾客为之咽气。王徐徐答曰："亡叔是一时之标，公是千载之英。"一坐欢然。

桓玄问刘太常曰："我何如谢太傅？"刘瑾《集叙》曰："瑾字仲璋，南阳人。祖遐，父畅。畅娶王羲之女，生瑾。瑾有才力，历尚书、太常卿。"刘答曰："公高，太傅深。"又曰："何如贤舅子敬？"答曰："楂、梨、橘、柚，各有其美。"《庄子》曰："楂、梨、橘、柚，其味相反，皆可于口也。"

旧以桓谦比殷仲文。《中兴书》曰："谦字敬祖，冲第三子。尚书仆射、中军将军。"《晋安帝纪》曰："仲文有器貌才思。"桓玄时，仲文入，桓于庭中望见之，谓同坐曰："我家中军，那得及此也！"

规　箴　第　十

汉武帝乳母尝于外犯事，帝欲申宪，乳母求救东方朔。《汉书》曰："朔字曼倩，平原厌次人。"《朔别传》曰："朔，南阳步广里人。"《列仙传》云："朔是楚人。武帝时上书说便宜，拜郎中。宣帝初，弃官而去，共谓岁星也。"朔曰："此非唇舌所争，尔必望济者，将去时但当屡顾帝，慎勿言！此或可万一冀耳。"乳母既至，朔亦侍侧，因谓曰："汝痴耳！帝岂复忆汝乳哺时恩邪？"帝虽才雄心忍，亦深有情恋，乃凄然愍之，即敕免罪。《史记·滑稽传》曰："汉武帝少时，东武侯母尝养帝，后号大乳母。其子孙从奴，横暴长安中，当道夺人衣物。有司请徙乳母于边，奏可。乳母入辞。帝所幸倡郭舍人发言陈辞，虽不合大道，然令人主和说。乳母乃先见，为下泣。舍人曰：'即入辞，勿去，数还顾。'乳母如其言。舍人疾言骂之曰：'咄！老女子，何不疾行，陛下已壮矣，宁尚须乳母活邪？尚何还顾邪？'于是人主怜之。诏止毋徙，罚请者。"

京房与汉元帝共论，因问帝："幽、厉之君何以亡？所任何人？"答曰："其任人不忠。"房曰："知不忠而任之，何邪？"曰：

"亡国之君,各贤其臣,岂知不忠而任之?"房稽首曰:"将恐今之视古,亦犹后之视今也。"《汉书》曰:"京房字君明,东郡顿丘人。尤好钟律,知音声,以孝廉为郎。是时中书令石显专权,及友人五鹿充宗为尚书令,与房同经,论议相是非,而此二人用事,房尝宴见,问上曰:'幽、厉之君何以亡?所任何人?'上曰:'君亦不明,而臣巧佞。'房曰:'知其巧佞而任之邪?将以为贤邪?'上曰:'贤之。'房曰:'然则今何以知其不贤?'上曰:'以其时乱而君危知之。'房曰:'是任贤而理,任不肖而乱,自然之道也。幽、厉何不觉悟而蚤纳贤?何为卒任不肖以至亡?'于是上曰:'乱亡之君,各贤其臣。令皆觉悟,安得乱亡之君?'房曰:'齐桓、二世何不以幽、厉疑之,而任竖刁、赵高,政治日乱邪?'上曰:'唯有道者能以往知来耳。'房曰'自陛下即位,盗贼不禁,刑人满市'云云,问上曰:'今治也?乱也?'上曰:'然愈于彼。'房曰:'前二君皆然。臣恐后之视今,犹今之视前也。'上曰:'今为乱者谁?'房曰:'上所亲与图事帷幄中者。'房指谓石显及充宗。显等乃建言,宜试房以郡守,遂以房为东郡。显发其私事,坐弃市。"

　　陈元方遭父丧,哭泣哀恸,躯体骨立。其母愍之,窃以锦被蒙上。郭林宗吊而见之,谓曰:"卿海内之俊才,四方是则,如何当丧,锦被蒙上?孔子曰:'衣夫锦也,食夫稻也,于汝安乎?'《论语》曰:"宰我问:'三年之丧,期已久矣。'子曰:'食夫稻,衣夫锦,于汝安乎?夫君子居丧,食旨不甘,闻乐不乐,居处不安,故不为也!今汝安,则为之。'"吾不取也!"奋衣而去。自后宾客绝百所日。所,一作许。

　　孙休好射雉,至其时则晨去夕反。群臣莫不止谏:"此为小物,何足甚耽?"休曰:"虽为小物,耿介过人,朕所以好之。"环济《吴纪》曰:"休字子烈,吴大帝第六子。初封琅邪王,梦乘龙上天,顾不见尾。孙琳废少主,迎休立之。锐意典籍,欲毕览百家之事。颇好射雉,至春,晨出莫反,唯此时舍书。崩,谥景皇帝。"《条列吴事》曰:"休在位烝烝,无有遗事,唯射雉可讥。"

　　孙皓问丞相陆凯曰:"卿一宗在朝有几人?"陆曰:"二相、五侯、将军十馀人。"皓曰:"盛哉!"陆曰:"君贤臣忠,国之盛也。父慈子孝,家之盛也。今政荒民弊,覆亡是惧,臣何敢言盛！"《吴录》曰："凯字敬风，吴人，丞相逊族子。忠鲠有大节，笃志好学。初为建忠校尉，虽有军事，手不释卷。累迁左丞相。时后主暴虐，凯正直强谏，以其宗族强盛，不敢加诛也。"

何晏、邓飏令管辂作卦，云："不知位至三公不？"卦成，辂称引古义，深以戒之。飏曰："此老生之常谈。"《辂别传》曰："辂字公明，平原人也。明《周易》，声发徐州。冀州刺史裴徽举秀才，谓曰：'何、邓二尚书有经国才略，于物理无不精也。何尚书神明清彻，殆破秋豪，君当慎之。自言不解《易》中九事，必当相问。比至洛，宜善精其理。'辂曰：'若九事皆至义，不足劳思。若阴阳者，精之久矣。'辂至洛阳，果为何尚书问，九事皆明。何曰：'君论阴阳，此世无双也。'时邓尚书在曰：'此君善《易》，而语初不论《易》中辞义，何邪？'辂答曰：'夫善《易》者，不论《易》也。'何尚书含笑赞之曰：'可谓要言不烦也。'因谓辂曰：'闻君非徒善论《易》，至于分蓍思爻，亦为神妙，试为作一卦，知位当至三公不？又顷梦青蝇数十来鼻头上，驱之不去，有何意故？'辂曰：'鸱鸮，天下贱鸟也。及其林食桑椹，则怀我好音。况辂心过草木，注情葵藿，敢不尽忠？唯察之尔。昔元、凯之相重华，宣慈惠和，仁义之至也。周公之翼成王，坐以待旦，敬慎之至也。故能流光六合，万国咸宁，然后据鼎足而登金铉，调阴阳而济兆民，此履道之休应，非卜筮之所明也。今君侯位重山岳，势若雷霆，望云赴景，万里驰风。而怀德者少，畏威者众，殆非小心翼翼，多福之士。又鼻者，《艮》也，此天中之山，高而不危，所以长守贵也。今青蝇臭恶之物，而集之焉。位峻者颠，轻豪者亡，必至之分也。夫变化虽相生，极则有害。虚满虽相受，溢则有竭。圣人见阴阳之性，明存亡之理，损益以为衰，抑进以为退。是故山在地中曰《谦》，雷在天上曰《大壮》。《谦》则哀多益寡，《大壮》则非礼不履。伏愿君侯上寻文王《六爻》之旨，下思尼父《象》《象》之义，则三公可决，青蝇可驱。'邓曰：'此老生之常谈。'辂曰：'夫老生者见不生，常谈者见不谈也。'"晏曰："知几其神乎！古人以为难。交疏吐诚，今人以为难。今君一面尽二难之道，可谓'明德惟馨'。《诗》不云乎：'中心藏之，何日忘之！'"《名士传》曰："是时曹爽辅政，识者虑有危机。晏有重名，与魏姻戚，内虽怀忧，而无复退也。著五言诗以言志曰：'鸿鹄比翼游，群飞戏太清。常畏大网罗，忧祸一旦并。岂若集五湖，从流唼浮萍。永宁旷中怀，何为怵惕惊？'"盖因辂言，惧而赋诗。

晋武帝既不悟太子之愚，必有传后意。诸名臣亦多献直言。帝尝在陵云台上坐，卫瓘在侧，欲申其怀，因如醉跪帝前，以手抚床曰："此坐可惜。"帝虽悟，因笑曰："公醉邪？"《晋阳秋》曰："初，惠帝之为太子，咸谓不能亲政事。卫瓘每欲陈启废之而未敢也。后因会醉，遂跪床前：'臣欲有所启。'帝曰：'公所欲言者，何邪？'瓘欲言而复止者三，因以手抚床曰：'此坐可惜。'帝意乃悟，因谬曰：'公真大醉也。'帝后悉召东宫官属大会，令左右赍尚书处事以示太子，令处决。太子不知所对。贾妃以问外人，代太子对，多引古词义。给使张弘曰：'太子不学，陛下所知，宜以见事断，不宜引书也。'妃从之。弘具草奏，令太子书呈，帝大说，以示瓘。于是贾充语妃曰：'卫瓘老奴，几败汝家。'妃由是怨瓘，后遂诛之。"

王夷甫妇郭泰宁女，《晋诸公赞》曰："郭豫字太宁，太原人。仕至相国参军，知名。早卒。"才拙而性刚，聚敛无厌，干豫人事。夷甫患之而不能禁。时其乡人幽州刺史李阳，京都大侠，《晋百官名》曰："阳字景祖，高尚人。武帝时为幽州刺史。"《语林》曰："阳性游侠，盛暑，一日诣数百家别，宾客与别，常填门，遂死于几下，故惧之。"犹汉之楼护，《汉书·游侠传》曰："护字君卿，齐人。学经传，甚得名誉。母死，送葬车三千两。仕至天水太守。"郭氏惮之。夷甫骤谏之，乃曰："非但我言卿不可，李阳亦谓卿不可。"郭氏小为之损。

王夷甫雅尚玄远，常嫉其妇贪浊，口未尝言"钱"字。《晋阳秋》曰："夷甫善施舍，父时有假贷者，皆与焚券，未尝谋货利之事。"王隐《晋书》曰："夷甫求富贵得富贵，资财山积，用不能消，安须问钱乎？而世以不问为高，不亦惑乎！"妇欲试之，令婢以钱绕床，不得行。夷甫晨起，见钱阂行，呼婢曰："举却阿堵物。"

王平子年十四五，见王夷甫妻郭氏贪欲，令婢路上儋粪。平子谏之，并言不可。郭大怒，谓平子曰："昔夫人临终，以小郎嘱新妇，不以新妇嘱小郎！"《永嘉流人名》曰："澄父乂，第三，娶乐安任氏女，生澄。"急捉衣裾，将与杖。平子饶力，争得脱，逾窗而走。

元帝过江犹好酒，王茂弘与帝有旧，常流涕谏。帝许之，命酌酒一酣，从是遂断。邓粲《晋纪》曰："上身服俭约，以先时务。性素好酒，将渡江，王导深以谏，帝乃令左右进觞，饮而覆之，自是遂不复饮。克己复礼，官修其方，而中兴之业隆焉。"

谢鲲为豫章太守，从大将军下至石头。敦谓鲲曰："余不得复为盛德之事矣。"鲲曰："何为其然？但使自今已后，日亡日去耳！"《鲲别传》曰："鲲之讽切雅正。"皆此类也。敦又称疾不朝，鲲谕敦曰："近者，明公之举，虽欲大存社稷，然四海之内，实怀未达。若能朝天子，使群臣释然，万物之心于是乃服。仗民望以从众怀，尽冲退以奉主上，如斯，则勋侔一匡，名垂千载。"时人以为名言。《晋阳秋》曰："鲲为豫章太守，王敦将肆逆，以鲲有时望，逼与俱行。既克京邑，将旋武昌，鲲曰：'不就朝觐，鲲惧天下私议也。'敦曰：'君能保无变乎？'对曰：'鲲近日入觐，主上侧席，迟得见公，宫省穆然，必无不虞之虑。公若入朝，鲲请侍从。'敦曰：'正复杀君等数百，何损于时？'遂不朝而去。"

元皇帝时，廷尉张闿葛洪《富民塘颂》曰："闿字敬绪，丹阳人，张昭孙也。"《中兴书》曰："闿，晋陵内史，甚有威德。转至廷尉卿。"在小市居，私作都门，早闭晚开，群小患之。诣州府诉，不得理，遂至枹登闻鼓，犹不被判。闻贺司空出至破冈，连名诣贺诉。《贺循别传》曰："循字彦先，会稽山阴人。本姓庆，高祖纯，避汉帝讳，改为贺氏。父邵，吴中书令，以忠正见害。循少婴家祸，流放荒裔，吴平乃还。秉节高举，元帝为安东，王循为吴国内史。"贺曰："身被征作礼官，不关此事。"群小叩头曰："若府君复不见治，便无所诉。"贺未语，令且去，见张廷尉当为及之。张闻，即毁门，自至方山迎贺。贺出见辞之曰："此不必见关，但与君门情，相为惜之。"张愧谢曰："小人有如此，始不即知，早已毁坏。"

郗太尉晚节好谈，既雅非所经，而甚矜之。《中兴书》曰："鉴少好学博览，虽不及章句，而多所通综。"后朝觐，以王丞相末年多可恨，每见，必欲苦相规诫。王公知其意，每引作它言。临还镇，故命驾诣丞相。丞相翘须厉色，上坐便言：“方当乖别，必欲言其所见。”意满口重，辞殊不流。王公摄其次曰：“后面未期，亦欲尽所怀，愿公勿复谈。”郗遂大瞋，冰衿而出，不得一言。

王丞相为扬州，遣八部从事之职。顾和时为下传还，同时俱见。诸从事各奏二千石官长得失，至和独无言。王问顾曰：“卿何所闻？”答曰：“明公作辅，宁使网漏吞舟，何缘采听风闻，以为察察之政？”丞相咨嗟称佳，诸从事自视缺然也。

苏峻东征沈充，《晋阳秋》曰：“充字士居，吴兴人。少好兵，谄事王敦。敦克京邑，以充为车骑将军，领吴国内史。明帝伐王敦，充率众就王含，谓其妻曰：‘男儿不建豹尾，不复归矣！’敦死，充将吴儒斩首于京都。”请吏部郎陆迈与俱。《陆碑》曰：“迈字功高，吴郡人。器识清敏，风检澄峻。累迁振威太守、尚书吏部郎。”将至吴，密敕左右，令入阊门放火以示威。陆知其意，谓峻曰：“吴治平未久，必将有乱。若为乱阶，请从我家始。”峻遂止。

陆玩拜司空，《玩别传》曰：“是时王导、郗鉴、庾亮相继薨殂，朝野忧惧，以玩德望，乃拜司空。玩辞让不获，乃叹息谓朋友曰：‘以我为三公，是天下无人矣。’时人以为知言。”有人诣之，索美酒，得，便自起，泻箸梁柱间地，祝曰：“当今乏才，以尔为柱石之用，莫倾人栋梁。”玩笑曰：“戢卿良箴。”

小庾在荆州，公朝大会，问诸僚佐曰：“我欲为汉高、魏武何如？”翼别见。宋明帝《文章志》曰：“庾翼名辈，岂应狂狷如此哉？时若有斯言，亦传闻者之谬矣。”一坐莫答，长史江虨曰：“愿明公为桓、文之事，不愿作汉高、魏武也。”

罗君章为桓宣武从事，《含别传》曰：“刺史庾亮初命含为部从事，桓温临州，转参军。”谢镇西作江夏，往检校之。《中兴书》曰：“尚为建武将军、江夏相。"罗既至,初不问郡事;径就谢数日,饮酒而还。桓公问有何事,君章云:"不审公谓谢尚何似人。"桓公曰:"仁祖是胜我许人。"君章云:"岂有胜公人而行非者,故一无所问。"桓公奇其意而不责也。

王右军与王敬仁、许玄度并善。二人亡后,右军为论议更克。孔岩诚之曰:"明府昔与王、许周旋有情,及逝没之后,无慎终之好,民所不取。"右军甚愧。

谢中郎在寿春败,临奔走,犹求玉帖镫。太傅在军,前后初无损益之言。尔日犹云:"当今岂须烦此?"按万未死之前,安犹未仕。高卧东山,又何肯轻入军旅邪?《世说》此言,迂谬已甚。

王大语东亭:"卿乃复论成不恶,那得与僧弥戏!"《续晋阳秋》曰:"珉有俊才,与兄珣并有名,声出珣右。故时人为之语曰:'法护非不佳,僧弥难为兄。'"

殷觊病困,看人政见半面。殷荆州兴晋阳之甲,《春秋公羊传》曰:"晋赵鞅取晋阳之甲,以逐荀寅、士吉射,寅、吉射者,君侧之恶人。"往与觊别,涕零,属以消息所患。觊答曰:"我病自当差,正忧汝患耳!"《晋安帝纪》曰:"殷仲堪举兵,觊弗与同,且以己居小任,唯当守局而已;晋阳之事,非所宜豫也。仲堪每邀,觊辄曰:'吾进不敢同,退不敢异。'遂以忧卒。"

远公在庐山中,《豫章旧志》曰:"庐俗字君孝,本姓匡,夏禹苗裔,东野王之子。秦末,百越君长与吴芮助汉定天下,野王亡军中。汉八年,封俗鄡阳男,食邑兹部,印曰庐君。俗兄弟七人,皆好道术,遂寓于洞庭之山,故世谓庐山。孝武元封五年,南巡狩,浮江,亲睹神灵,乃封俗为大明公,四时秩祭焉。"远法师《庐山记》曰:"山在江州寻阳郡,左挟彭泽,右傍通川,有匡俗先生,出自殷、周之际,遁世隐时,潜居其下。或云:匡俗受道于仙人,而共游其岭,遂托室崖岫,即岩成馆,故时人谓为神仙之庐而命焉。"《法师游山记》曰:"自托此山二十三载,再践石门,四游南岭,东望香炉峰,北眺九江。传闻有石井方湖,中有赤鳞踊出,野人不能叙,直叹其奇而已矣。"虽老,讲论不辍。弟子中或有堕者,远公曰:"桑榆之光,理无远照;但愿朝阳之晖,与时并明耳。"执经登坐,讽诵朗畅,词色甚苦。高足之徒,皆肃然增敬。

桓南郡好猎,每田狩,车骑甚盛。五六十里中,旌旗蔽隰。骋良马,驰击若飞,双甄所指,不避陵壑。或行陈不整,麞兔腾逸,参佐无不被系束。桓道恭,玄之族也,《桓氏谱》曰:"道恭字祖猷,彝同堂弟也。父赤之,太学博士。道恭历淮南太守、伪楚江夏相。义熙初,伏诛。"时为贼曹参军,颇敢直言。常自带绛绵绳箸腰中,玄问:"此何为?"答曰:"公猎,好缚人士,会当被缚,手不能堪芒也。"玄自此小差。

王绪、王国宝相为唇齿,并上下权要。《王氏谱》曰:"绪字仲业,太原人。祖延。父义,抚军。"《晋安帝纪》曰:"绪为会稽王从事中郎,以佞邪亲幸。王珣、王恭恶国宝与绪乱政,与殷仲堪克期同举,内匡朝廷。及恭表至,乃斩绪以说诸侯。国宝,平北将军坦之第三子。太傅谢安,国宝妇父也,恶而抑之不用。安薨,相王辅政,迁中书令,有妾数百。从弟绪有宠于王,深为其说,国宝权动内外,王珣、王恭、殷仲堪为孝武所待,不为相王所昵。恭抗表讨之,车胤又争之。会稽王既不能拒诸侯兵,遂委罪国宝,付廷尉赐死。"王大不平其如此,乃谓绪曰:"汝为此欸欸,曾不虑狱吏之为贵乎?"《史记》曰:"有上书告汉丞相欲反,文帝下之廷尉。勃既出叹曰:'吾尝将百万之军,安知狱吏之为贵也?'"

桓玄欲以谢太傅宅为营,谢混曰:"召伯之仁,犹惠及甘棠;《韩诗外传》曰:"昔周道之隆,召伯在朝,有司请召民。召伯曰:'以一身劳百姓,非吾先君文王之志也。'乃暴处于棠下而听讼焉。诗人见召伯休息之棠,美而歌之曰:'蔽芾甘棠,勿翦勿伐,召伯所茇。'"文靖之德,更不保五亩之宅。"玄惭而止。

捷悟第十一

杨德祖为魏武主簿,时作相国门,始构榱桷,魏武自出看,使人题门作"活"字，便去。杨见，即令坏之。既竟，曰："门中'活'，'阔'字。王正嫌门大也。"《文士传》曰："杨修字德祖，弘农人，太尉彪子。少有才学思干。魏武为丞相，辟为主簿。修常白事，知必有反覆教，豫为答对数纸，以次牒之而行。敕守者曰：'向白事，必教出相反覆，若按此次第连答之。'已而风吹纸次乱，守者不别，而遂错误。公怒推问，修惭惧，然以所白甚有理，终亦是修。后为武帝所诛。"

人饷魏武一杯酪，魏武啖少许，盖头上题"合"字以示众。众莫能解。次至杨修，修便啖，曰："公教人啖一口也，复何疑？"

魏武尝过曹娥碑下，杨修从，碑背上见题作"黄绢幼妇，外孙齑臼"八字。魏武谓修曰："解不？"答曰："解。"魏武曰："卿未可言，待我思之。"行三十里，魏武乃曰："吾已得。"令修别记所知。修曰："黄绢，色丝也，于字为绝。幼妇，少女也，于字为妙。外孙，女子也，于字为好。齑臼，受辛也，于字为辞。所谓'绝妙好辞'也。"魏武亦记之，与修同，乃叹曰："我才不及卿，乃觉三十里。"《会稽典录》曰："孝女曹娥者，上虞人。父盱，能抚节按歌，婆娑乐神。汉安二年，迎伍君神，溯涛而上，为水所淹，不得其尸。娥年十四，号慕思盱，乃投瓜于江，存其父尸曰：'父在此，瓜当沈。'旬有七日，瓜偶沈，遂自投于江而死。县长度尚悲怜其义，为之改葬，命其弟子邯郸子礼为之作碑。"按曹娥碑在会稽中，而魏武、杨修未尝过江也。《异苑》曰："陈留蔡邕避难过吴，读碑文，以为诗人之作，无诡妄也。因刻石旁作八字。魏武见而不能了，以问群寮，莫有解者。有妇人浣于汾渚，曰：'第四车解。'既而，祢正平也。衡即以离合义解之。或谓此妇人即娥灵也。"

魏武征袁本初，治装，馀有数十斛竹片，咸长数寸，众云并不堪用，正令烧除。太祖思所以用之，谓可为竹椑楯，而未显其言。驰使问主簿杨德祖。应声答之，与帝心同。众伏其辩悟。

王敦引军垂至大桁，明帝自出中堂。温峤为丹阳尹，帝令断大桁，故未断，帝大怒，瞋目，左右莫不悚惧。按《晋阳秋》、邓《纪》皆云：敦将至，峤烧朱雀桥以阻其兵。而云未断大桁，致帝怒，大为讹谬。一本云"帝自劝峤入"，一本作"唉饮帝怒"，此则近也。召诸公来。峤至不谢，但求酒炙。王导须臾至，徒跣下地，谢曰："天威在颜，遂使温峤不容得谢。"峤于是下谢，帝乃释然。诸公共叹王机悟名言。

　　郗司空在北府，桓宣武恶其居兵权。《南徐州记》曰："徐州人多劲悍，号精兵，故桓温常曰：'京口酒可饮，箕可用，兵可使。'"郗于事机素暗，遣笺诣桓："方欲共奖王室，修复园陵。"世子嘉宾出行，于道上闻信至，急取笺，视竟，寸寸毁裂，便回。还更作笺，自陈老病，不堪人间，欲乞闲地自养。宣武得笺大喜，即诏转公督五郡，会稽太守。《晋阳秋》曰："大司马将讨慕容暐，表求申劝平北愔及袁真等严办。愔以羸疾求退，诏大司马领愔所任。"按《中兴书》：愔辞此行，温责其不从，转授会稽。《世说》为谬。

　　王东亭作宣武主簿，尝春月与石头兄弟乘马出郊。时彦同游者，连镳俱进。石头，桓退小字。《中兴书》曰："退字伯道，温长子也。仕至豫州刺史。"唯东亭一人常在前，觉数十步，诸人莫之解。石头等既疲倦，俄而乘舆回，诸人皆似从官，唯东亭奕奕在前。其悟捷如此。

夙惠第十二

　　宾客诣陈太丘宿，太丘使元方、季方炊。客与太丘论议，二人进火，俱委而窃听。炊忘箸箄，饭落釜中。太丘问："炊何不馏？"元方、季方长跪曰："大人与客语，乃俱窃听，炊忘箸箄，饭今成糜。"太丘曰："尔颇有所识不？"对曰："仿佛志之。"二子俱说，更相易夺，言无遗失。太丘曰："如此，但糜自可，何必饭也？”

何晏七岁，明惠若神，魏武奇爱之。因晏在宫内，欲以为子。晏乃画地令方，自处其中。人问其故，答曰："何氏之庐也。"魏武知之，即遣还。《魏略》曰："晏父蚤亡，太祖为司空时纳晏母。其时秦宜禄阿鳏亦随母在宫，并宠如子，常谓晏为假子也。"

晋明帝数岁，坐元帝膝上。有人从长安来，元帝问洛下消息，潸然流涕。明帝问何以致泣？具以东渡意告之。因问明帝："汝意谓长安何如日远？"答曰："日远。不闻人从日边来，居然可知。"元帝异之。明日集群臣宴会，告以此意，更重问之。乃答曰："日近。"元帝失色，曰："尔何故异昨日之言邪？"答曰："举目见日，不见长安。"

司空顾和与时贤共清言，张玄之、顾敷是中外孙，年并七岁，《顾恺之家传》曰："敷字祖根，吴郡吴人。滔然有大成之量。仕至著作郎，二十三卒。"在床边戏。于时闻语，神情如不相属。瞑于灯下，二儿共叙客主之言，都无遗失。顾公越席而提其耳曰："不意衰宗复生此宝。"

韩康伯数岁，家酷贫，至大寒，止得襦。母殷夫人自成之，令康伯捉熨斗，谓康伯曰："且箸襦，寻作复裈。"儿云："已足，不须复裈也。"母问其故，答曰："火在熨斗中而柄热，今既箸襦，下亦当暖，故不须耳。"母甚异之，知为国器。

晋孝武年十二，时冬天，昼日不箸复衣，但箸单练衫五六重，夜则累茵褥。谢公谏曰："圣体宜令有常。陛下昼过冷，夜过热，恐非摄养之术。"帝曰："昼动夜静。"《老子》曰："躁胜寒，静胜热。"此言夜静寒，宜重肃也。谢公出叹曰："上理不减先帝。"简文帝善言理也。

桓宣武薨，桓南郡年五岁，服始除，桓车骑与送故文武别，

《桓冲别传》曰：“冲字玄叔，温弟也。累迁车骑将军、都督七州诸军事。”因指与南郡：“此皆汝家故吏佐。”玄应声恸哭，酸感傍人。车骑每自目己坐曰：“灵宝成人，当以此坐还之。”灵宝，玄小字也。鞠爱过于所生。

豪爽第十三

王大将军年少时，旧有田舍名，语音亦楚。武帝唤时贤共言伎艺事。人皆多有所知，唯王都无所关，意色殊恶，自言知打鼓吹。帝令取鼓与之，于坐振袖而起，扬槌奋击，音节谐捷，神气豪上，傍若无人。举坐叹其雄爽。或曰：敦尝坐武昌钓台，闻行船打鼓，嗟称其能。俄而一槌小异，敦以扇柄撞几曰：“可恨！”应侍侧曰：“不然，此是回帆槌。”使视之，云“船人入夹口”。应知鼓又善于敦也。

王处仲世许高尚之目，尝荒恣于色，体为之敝。左右谏之，处仲曰：“吾乃不觉尔。如此者，甚易耳！”乃开后阁，驱诸婢妾数十人出路，任其所之，时人叹焉。邓粲《晋纪》曰：“敦性简脱，口不言财，其存尚如此。”

王大将军自目：“高朗疏率，学通《左氏》。”《晋阳秋》曰：“敦少称高率通朗，有鉴裁。”

王处仲每酒后辄咏“老骥伏枥，志在千里。烈士暮年，壮心不已”。魏武帝《乐府诗》。以如意打唾壶，壶口尽缺。

晋明帝欲起池台，元帝不许。帝时为太子，好养武士。一夕中作池，比晓便成。今太子西池是也。《丹阳记》曰：“西池，孙登所创，《吴史》所称西苑也。明帝修复之耳。”

王大将军始欲下都处分树置，先遣参军告朝廷，讽旨时贤。祖车骑尚未镇寿春，瞋目厉声语使人曰：“卿语阿黑：敦小字也。何敢不逊！催摄面去，须臾不尔，我将三千兵槊脚令上！”王闻之而止。

　　庾稚恭既常有中原之志，文康时，权重未在己。及季坚作相，忌兵畏祸，与稚恭历同异者久之，乃果行。倾荆、汉之力，穷舟车之势，师次于襄阳，《汉晋春秋》曰：“翼风仪美劭，才能丰赡，少有经纬大略。及继兄亮居方州之任，有匡维内外，扫荡群凶之志。是时，杜乂、殷浩诸人盛名冠世，翼未之贵也。常曰：‘此辈宜束之高阁，俟天下清定，然后议其所任耳！’其意气如此。唯与桓温友善，相期以宁济宇宙之事。初，翼辄发所部奴及车马万数，率大军入沔，将谋伐狄，遂次于襄阳。”《翼别传》曰：“翼为荆州，雅有正志。每以门地威重，兄弟宠授，不陈力竭诚，何以报国。虽蜀阻险塞，胡负凶力，然皆无道酷虐，易可乘灭。当此时，不能扫除二寇以复王业，非丈夫也。于是征役三州，悉其帑实，戎众五万，兼率荒附，治戎大举，直指魏、赵，军次襄阳，耀威汉北也。”大会参佐，陈其旌甲，亲授弧矢曰：“我之此行，若此射矣！”遂三起三叠，徒众属目，其气十倍。

　　桓宣武平蜀，集参僚置酒于李势殿，巴、蜀缙绅，莫不来萃。桓既素有雄情爽气，加尔日音调英发，叙古今成败由人，存亡系才，其状磊落，一坐叹赏。既散，诸人追味馀言。于时寻阳周馥曰：“恨卿辈不见王大将军。”《中兴书》曰：“馥，周抚孙也，字湛隐。有将略，曾作敦掾。”

　　桓公读《高士传》，至于陵仲子，便掷去曰：“谁能作此溪刻自处！”皇甫谧《高士传》曰：“陈仲子字子终，齐人。兄戴相齐，食禄万钟。仲子以兄禄为不义，乃适楚，居于陵。曾乏粮三日，匍匐而食井李之实，三咽而后能视。身自织屦，令妻擗纑，以易衣食。尝归省母，有馈其兄生鹅者。仲子顷颡曰：‘恶用此鶂鶂为哉！’后母杀鹅，仲子不知而食之。兄自外入曰：‘鶂鶂肉邪？’仲子出门，哇而吐之。楚王闻其名，聘以为相，乃夫妇逃去，为人灌园。”

　　桓石虔，司空豁之长庶也。《豁别传》曰：“豁字朗子，温之弟。累迁荆州刺史，赠司空。”小字镇恶，年十七八未被举，而童隶已呼为镇恶郎。尝住宣武斋头。从征枋头，车骑冲没陈，左右莫能先救。宣武谓曰：“汝叔落贼，汝知不？”石虔闻之，气甚奋。命朱辟为副，策马于数万众中，莫有抗者，径致冲还，三军叹服。河朔后以其名断疟。《中兴书》曰："石虔有才干,有史学,累有战功。仕至豫州刺史,赠后军将军。"

陈林道在西岸,《晋阳秋》曰:"逵为西中郎将,领淮南太守,戍历阳。"都下诸人共要至牛渚会。陈理既佳,人欲共言折。陈以如意挂颊,望鸡笼山叹曰:"孙伯符志业不遂!"《吴录》曰:"长沙桓王讳策,字伯符,吴郡富春人。少有雄姿风气,年十九而袭业,众号孙郎。平定江东,为许贡客射破其面,引镜自照,谓左右曰:'面如此!岂可复立功乎?'乃谓张昭曰:'中国方乱,夫以吴、越之众,三江之固,足以观成败。公等善相吾弟。'呼大皇帝授以印绶曰:'举江东之众,决机于两陈之间,卿不如我;任贤使能,各尽其心,我不如卿。慎勿北渡!'语毕而薨,年二十有六。"于是竟坐不得谈。

王司州在谢公坐,咏"入不言兮出不辞,乘回风兮载云旗"。《离骚·九歌·少司命》之辞。语人云:"当尔时,觉一坐无人。"

桓玄西下,入石头。外白"司马梁王奔叛"。《续晋阳秋》曰:"梁王珍之字景度。"《中兴书》曰:"初,桓玄篡位,国人有孔璞者,奉珍之奔寻阳。义旗既兴,归朝廷,仕至太常卿,以罪诛。"玄时事形已济,在平乘上笳鼓并作,直高咏云:"箫管有遗音,梁王安在哉?"阮籍《咏怀诗》也。

世说新语卷下之上

容止第十四

魏武将见匈奴使，自以形陋，不足雄远国，《魏氏春秋》曰："武王姿貌短小，而神明英发。"使崔季珪代，帝自捉刀立床头。既毕，令间谍问曰："魏王何如？"匈奴使答曰："魏王雅望非常，《魏志》曰："崔琰字季珪，清河东武城人。声姿高畅，眉目疏朗，须长四尺，甚有威重。"然床头捉刀人，此乃英雄也。"魏武闻之，追杀此使。

何平叔美姿仪，面至白；魏明帝疑其傅粉。正夏月，与热汤饼。既啖，大汗出，以朱衣自拭，色转皎然。《魏略》曰："晏性自喜，动静粉帛不去手，行步顾影。"按此言，则晏之妖丽，本资外饰。且晏养自宫中，与帝相长，岂复疑其形姿待验而明也。

魏明帝使后弟毛曾与夏侯玄共坐，时人谓"蒹葭倚玉树"。《魏志》曰："玄为黄门侍郎，与毛曾并坐。玄甚耻之，曾说形于色。明帝恨之，左迁玄为羽林监。"

时人目"夏侯太初朗朗如日月之入怀，李安国颓唐如玉山之将崩。"《魏略》曰："李丰字安国，卫尉李义子也。识别人物，海内注意。明帝得吴降人，问江东闻中国名士为谁，以安国对之。是时丰为黄门郎，改名宣。上问安国所在，左右公卿即具以丰对。上曰：'丰名乃被于吴、越邪？'仕至中书令，为晋王所诛。"

嵇康身长七尺八寸，风姿特秀。《康别传》曰："康长七尺八寸，伟容色，土木形骸，不加饰厉，而龙章凤姿，天质自然。正尔在群形之中，便自知非常之器。"见者叹曰："萧萧肃肃，爽朗清举。"或云："肃肃如松下风,高而徐引。"山公曰:"嵇叔夜之为人也,岩岩若孤松之独立;其醉也,傀俄若玉山之将崩。"

裴令公目:"王安丰眼烂烂如岩下电。"王戎形状短小,而目甚清炤,视日不眩。

潘岳妙有姿容,好神情。《岳别传》曰:"岳姿容甚美,风仪闲畅。"少时挟弹出洛阳道,妇人遇者,莫不连手共萦之。左太冲绝丑,《续文章志》曰:"思貌丑悴,不持仪饰。"亦复效岳游遨,于是群妪齐共乱唾之,委顿而返。《语林》曰:"安仁至美,每行,老妪以果掷之,满车。张孟阳至丑,每行,小儿以瓦石投之,亦满车。"二说不同。

王夷甫容貌整丽,妙于谈玄,恒捉白玉柄麈尾,与手都无分别。

潘安仁、夏侯湛并有美容,喜同行,时人谓之"连璧"。《八王故事》曰:"岳与湛著契,故好同游。"

裴令公有俊容姿,一旦有疾至困,惠帝使王夷甫往看,裴方向壁卧,闻王使至,强回视之。王出语人曰:"双目闪闪,若岩下电,精神挺动,体中故小恶。"《名士传》曰:"楷病困,诏遣黄门郎王夷甫省之,楷回眸属夷甫云:'竟未相识。'夷甫还,亦叹其神俊。"

有人语王戎曰:"嵇延祖卓卓如野鹤之在鸡群。"答曰:"君未见其父耳!"康已见上。

裴令公有俊容仪,脱冠冕,粗服乱头皆好。时人以为"玉人"。见者曰:"见裴叔则如玉山上行,光映照人。"

刘伶身长六尺,貌甚丑悴,而悠悠忽忽,土木形骸。梁祚《魏国统》曰:"刘伶,字伯伦,形貌丑陋,身长六尺;然肆意放荡,悠焉独畅。自得一时,常以宇宙为狭。"

骠骑王武子是卫玠之舅,俊爽有风姿,见玠辄叹曰:"珠玉在侧,觉我形秽!"《玠别传》曰:"骠骑王济,玠之舅也。尝与同游,语人曰:'昨日吾与外生共坐,若明珠之在侧,朗然来照人。'"

　　有人诣王太尉,遇安丰、大将军、丞相在坐;往别屋见季胤、平子。石崇《金谷诗叙》曰:"王诩字季胤,琅邪人。"《王氏谱》曰:"诩,夷甫弟也,仕至修武令。"还,语人曰:"今日之行,触目见琳琅珠玉。"

　　王丞相见卫洗马,曰:"居然有羸形,虽复终日调畅,若不堪罗绮。"《玠别传》曰:"玠素抱羸疾。"《西京赋》曰:"始徐进而羸形,似不胜乎罗绮。"

　　王大将军称太尉"处众人中,似珠玉在瓦石间"。

　　庾子嵩长不满七尺,腰带十围,颓然自放。

　　卫玠从豫章至下都,人久闻其名,观者如堵墙。玠先有羸疾,体不堪劳,遂成病而死。时人谓"看杀卫玠"。《玠别传》曰:"玠在群伍之中,实有异人之望。龆龀时,乘白羊车于洛阳市上,咸曰:'谁家璧人?'于是家门州党号为'璧人'。"按《永嘉流人名》曰:"玠以永嘉六年五月六日至豫章,其年六月二十日卒。"此则玠之南度豫章四十五日,岂暇至下都而亡乎? 且诸书皆云玠亡在豫章,而不云在下都也。

　　周伯仁道桓茂伦:"嵚崎历落可笑人。"或云谢幼舆言。

　　周侯说王长史父《王氏谱》曰:"讷字文开,太原人。祖默,尚书。父祜,散骑常侍。讷始过江,仕至新淦令。""形貌既伟,雅怀有概,保而用之,可作诸许物也"。

　　祖士少见卫君长云:"此人有旄仗下形。"

　　石头事故,朝廷倾覆。《晋阳秋》曰:"苏峻自姑孰至于石头,逼迁天子。峻以仓屋为宫,使人守卫。"《灵鬼志·谣征》曰:"明帝末有谣歌:'侧侧力,放马出山侧。大马死,小马饿。'后峻迁帝于石头,御膳不具。"温忠武与庾文康投陶公求救,陶公云:"肃祖顾命不见及,且苏峻作乱,衅由诸庾,诛其兄弟,不足以谢天下。"徐广《晋纪》曰:"肃祖遗诏,庾亮、王导辅幼主而进大臣官,陶侃、祖约不在其例。侃、约疑亮寝遗诏也。"《中兴书》曰:"初,庾亮欲征苏峻,卞壸不许。温峤及三吴欲起兵卫帝室,亮不听,下制曰:'妄起兵者诛!'故峻得作乱京邑也。"于时庾在温船后闻之,忧怖无计。别日，温劝庾见陶，庾犹豫未能往，温曰："溪狗我所悉，卿但见之，必无忧也！"庾风姿神貌，陶一见便改观。谈宴竟日，爱重顿至。

庾太尉在武昌，秋夜气佳景清，使吏殷浩、王胡之之徒登南楼理咏。音调始遒，闻函道中有屐声甚厉，定是庾公。俄而率左右十许人步来，诸贤欲起避之。公徐云："诸君少住，老子于此处兴复不浅！"因便据胡床，与诸人咏谑，竟坐甚得任乐。后王逸少下，与丞相言及此事。丞相曰："元规尔时风范，不得不小颓。"右军答曰："唯丘壑独存。"孙绰《庾亮碑文》曰："公雅好所托，常在尘垢之外。虽柔心应世，蠖屈其迹，而方寸湛然，固以玄对山水。"

王敬豫有美形，问讯王公。王公抚其肩曰："阿奴，恨才不称！"又云："敬豫事事似王公。"《语林》曰："谢公云：'小时在殿廷会见丞相，便觉清风来拂人。'"

王右军见杜弘治，叹曰："面如凝脂，眼如点漆，此神仙中人。"《江左名士传》曰："永和中，刘真长、谢仁祖共商略中朝人士。或曰：'杜弘治清标令上，为后来之美，又面如凝脂，眼如点漆，粗可得方诸卫玠。'"时人有称王长史形者，蔡公曰："恨诸人不见杜弘治耳！"

刘尹道桓公：鬓如反猬皮，眉如紫石棱，自是孙仲谋、司马宣王一流人。宋明帝《文章志》曰："温为温峤所赏，故名温。"《吴志》曰："孙权字仲谋，策弟也。汉使者刘琬语人曰：'吾观孙氏兄弟，虽并有才秀明达，皆禄祚不终。唯中弟孝廉，形貌魁伟，骨体不恒，有大贵之表。'"《晋阳秋》曰："宣王天姿杰迈，有英雄之略。"

王敬伦风姿似父。作侍中，加授桓公公服，从大门入。桓公望之曰："大奴固自有凤毛。"大奴，王劭也。已见。《中兴书》曰："劭美姿容，持仪操也。"

林公道王长史："敛衿作一来，何其轩轩韶举！"《语林》曰："王仲祖有好仪形，每览镜自照，曰：'王文开那生如馨儿！'时人谓之达也。"

时人目王右军："飘如游云，矫若惊龙。"

王长史尝病，亲疏不通。林公来，守门人遽启之曰："一异人在门，不敢不启。"王笑曰："此必林公。"按《语林》曰："诸人尝要阮光禄共诣林公。阮曰：'欲闻其言，恶见其面。'"此则林公之形，信当丑异。

或以方谢仁祖不乃重者。桓大司马曰："诸君莫轻道，仁祖企脚北窗下弹琵琶，故自有天际真人想。"《晋阳秋》曰："尚善音乐。"《裴子》云："丞相尝曰：'坚石挈脚枕琵琶，有天际想。'"坚石，尚小名。

王长史为中书郎，往敬和许。敬和，王洽已见。尔时积雪，长史从门外下车，步入尚书，著公服。敬和遥望，叹曰："此不复似世中人！"

简文作相王时，与谢公共诣桓宣武。王珣先在内，桓语王："卿尝欲见相王，可住帐里。"二客既去，桓谓王曰："定何如？"王曰："相王作辅，自然湛若神君，《续晋阳秋》曰："帝美风姿，举止端详。"公亦万夫之望。不然，仆射何得自没？"仆射，谢安。

海西时，诸公每朝，朝堂犹暗；唯会稽王来，轩轩如朝霞举。

谢车骑道谢公："游肆复无乃高唱，但恭坐捻鼻顾睐，便自有寝处山泽间仪。"

谢公云："见林公双眼黯黯明黑。"孙兴公"见林公棱棱露其爽"。

庾长仁与诸弟入吴，欲住亭中宿。诸弟先上，见群小满屋，都无相避意。长仁曰："我试观之。"乃策杖将一小儿，始入门，诸客望其神姿，一时退匿。长仁已见，一说是庾亮。

有人叹王恭形茂者，云："濯濯如春月柳。"

自新第十五

周处年少时，凶强侠气，为乡里所患。《处别传》曰："处字子隐，吴郡阳羡人。父鲂，吴郡阳太守。处少孤，不治细行。"《晋阳秋》曰："处轻果薄行，州郡所弃。"又义兴水中有蛟，山中有邅迹一作白额。虎，并皆暴犯百姓，义兴人谓为三横，而处尤剧。或说处杀虎斩蛟，实冀三横唯馀其一。处即刺杀虎，又入水击蛟，蛟或浮或没，行数十里，处与之俱。经三日三夜，乡里皆谓已死，更相庆，竟杀蛟而出。闻里人相庆，始知为人情所患，有自改意。《孔氏志怪》曰："义兴有邪足虎，溪渚长桥有苍蛟，并大啖人，郭西周，时谓郡中三害。"周即处也。乃自吴寻二陆，平原不在，正见清河，具以情告，并云："欲自修改，而年已蹉跎，终无所成。"清河曰："古人贵朝闻夕死，况君前途尚可。且人患志之不立，亦何忧令名不彰邪？"处遂改励，终为忠臣孝子。《晋阳秋》曰："处仕晋为御史中丞，多所弹纠。氐人齐万年反，乃令处距万年。伏波孙秀欲表处母老，处曰：'忠孝之道，何当得两全？'乃进战。斩首万计。弦绝矢尽，左右劝退，处曰：'此是吾授命之日。'遂战而没。"

戴渊少时，游侠不治行检，尝在江、淮间攻掠商旅。陆机赴假还洛，辎重甚盛。渊使少年掠劫，渊在岸上，据胡床，指麾左右，皆得其宜。渊既神姿峰颖，虽处鄙事，神气犹异。机于船屋上遥谓之曰："卿才如此，亦复作劫邪？"渊便泣涕，投剑归机，辞厉非常。机弥重之，定交，作笔荐焉。虞预《晋书》曰："机荐渊于赵王伦曰：'盖闻繁弱登御，然后高墉之功显；孤竹在肆，然后降神之曲成。伏见处士戴渊，砥节立行，有井渫之洁；安穷乐志，无风尘之慕。诚东南之遗宝，朝廷之贵璞也。若得寄迹康衢，必能结轨骥騄；耀质廊庙，必能垂光瑜璠。夫枯岸之民，果于输珠；润山之客，烈于贡玉。盖明暗呈形，则庸识所甄也。'伦即辟渊。"过江，仕至征西将军。

企羡第十六

王丞相拜司空，桓廷尉作两髻、葛裙、策杖，路边窥之，叹曰："人言阿龙超，阿龙故自超！"阿龙，丞相小字。不觉至台门。

　　王丞相过江，自说昔在洛水边，数与裴成公、阮千里诸贤共谈道。羊曼曰："人久以此许卿，何须复尔？"王曰："亦不言我须此，但欲尔时不可得耳！"欲，一作叹。

　　王右军得人以《兰亭集序》方《金谷诗序》，又以己敌石崇，甚有欣色。王羲之《临河叙》曰："永和九年，岁在癸丑，莫春之初，会于会稽山阴之兰亭，修禊事也。群贤毕至，少长咸集。此地有崇山峻岭，茂林修竹。又有清流激湍，映带左右。引以为流觞曲水，列坐其次。是日也，天朗气清，惠风和畅，娱目骋怀，信可乐也。虽无丝竹管弦之盛，一觞一咏，亦足以畅叙幽情矣。故列序时人，录其所述。右将军司马太原孙丞公等二十六人，赋诗如左，前馀姚令会稽谢胜等十五人不能赋诗，罚酒各三斗。"

　　王司州先为庾公记室参军，后取殷浩为长史。始到，庾公欲遣王使下都，王自启求住曰："下官希见盛德，渊源始至，犹贪与少日周旋。"

　　郗嘉宾得人以己比苻坚，大喜。

　　孟昶未达时，家在京口。《晋安帝纪》曰："昶字彦达，平昌人。父馥，中护军。昶矜严有志局，少为王恭所知。豫义旗之勋，迁丹阳尹。卢循既下，昶虑事不济，仰药而死。"尝见王恭乘高舆，被鹤氅裘。于时微雪，昶于篱间窥之，叹曰："此真神仙中人！"

伤逝第十七

　　王仲宣好驴鸣。《魏志》曰："王粲字仲宣，山阳高平人。曾祖龚、父畅，皆为汉三公。粲至长安见蔡邕，邕奇之，倒屣迎之曰：'此王公孙，有异才，吾不及也！吾家书籍，尽当与之。'避乱荆州，依刘表，以粲貌寝通脱，不甚重之。太祖以从征吴，道中卒。"既葬，文帝临其丧，顾语同游曰："王好驴鸣，可各作一声以送之。"赴客皆一作驴鸣。按戴叔鸾母好驴鸣，叔鸾每为驴鸣以说其母。人之所好，傥亦同之。

　　王濬冲为尚书令，著公服，乘轺车，经黄公酒垆下过，韦昭

《汉书注》曰:"垆,酒肆也。以土为堕,四边高似垆也。"顾谓后车客:"吾昔
与嵇叔夜、阮嗣宗共酣饮于此垆,竹林之游,亦预其末。自嵇
生夭、阮公亡以来,便为时所羁绁。今日视此虽近,邈若山
河。"《竹林七贤论》曰:"俗传若此。颍川庾爰之尝以问其伯文康,文康云:'中朝
所不闻,江左忽有此论,皆好事者为之也。'"

　　孙子荆以有才,少所推服,唯雅敬王武子。武子丧时,名
士无不至者。子荆后来,临尸恸哭,宾客莫不垂涕。哭毕,向
灵床曰:"卿常好我作驴鸣,今我为卿作。"体似真声,宾客皆
笑。孙举头曰:"使君辈存,令此人死!"《语林》曰:"王武子葬,孙子
荆哭之甚悲,宾客莫不垂涕。既作驴鸣,宾客皆笑。孙曰:'诸君不死,而令武子
死乎?'宾客皆怒。"

　　王戎丧儿万子,山简往省之,王悲不自胜。简曰:"孩抱中
物,何至于此?"王曰:"圣人忘情,最下不及情;情之所钟,正在
我辈。"王隐《晋书》曰:"戎绥,欲取裴遁女。绥既蚤亡,戎过伤痛,不许人求
之,遂至老无敢取者。"简服其言,更为之恸。一说是王夷甫丧子,山简
吊之。

　　有人哭和长舆曰:"峨峨若千丈松崩。"

　　卫洗马以永嘉六年丧,谢鲲哭之,感动路人。《永嘉流人名》
曰:"玠以六年六月二十日亡,葬南昌城许征墓东。玠之薨,谢幼舆发哀于武昌,
感恸不自胜。人问:'子何恸而致哀如是?'答曰:'栋梁折矣,何得不哀?'"咸和
中,丞相王公教曰:"卫洗马当改葬。此君风流名士,海内所
瞻,可修薄祭,以敦旧好。"《玠别传》曰:"玠咸和中改迁于江宁。丞相王
公教曰:'洗马明当改葬。此君风流名士,海内民望,可修三牲之祭,以敦旧好。'"

　　顾彦先平生好琴,及丧,家人常以琴置灵床上。张季鹰往
哭之,不胜其恸,遂径上床,鼓琴,作数曲竟,抚琴曰:"顾彦先
颇复赏此不?"因又大恸,遂不执孝子手而出。

　　庾亮儿遭苏峻难遇害。诸葛道明女为庾儿妇,既寡,将改

适,_{亮子会,会妻父彪,并已见上。}与亮书及之。亮答曰:"贤女尚少,故其宜也。感念亡儿,若在初没。"

庾文康亡,何扬州临葬云:"埋玉树箸土中,使人情何能已已!"《搜神记》曰:"初,庾亮病,术士戴洋曰:'昔苏峻事,公于白石祠中许赛车下牛,从来未解。为此鬼所考,不可救也。'明年,亮果亡。"《灵鬼志·谣征》曰:"文康初镇武昌,出石头,百姓看者于岸歌曰:'庾公上武昌,翩翩如飞鸟;庾公还扬州,白马牵旒旐。'又曰:'庾公初上时,翩翩如飞鸦;庾公还扬州,白马牵旒车。'后连征不入,寻薨,下都葬焉。"

王长史病笃,寝卧镫下,转麈尾视之,叹曰:"如此人,曾不得四十!"及亡,刘尹临殡,以犀柄麈尾箸柩中,因恸绝。《濛别传》曰:"濛以永和初卒,年三十九。沛国刘惔与濛至交,及卒,惔深悼之。虽友于之爱,不能过也。"

支道林丧法虔之后,精神霣丧,风味转坠。《支遁传》曰:"法虔,道林同学也。俊朗有理义,遁甚重之。"常谓人曰:"昔匠石废斤于郢人,《庄子》曰:"郢人垩漫其鼻端若蝇翼,使匠石运斤斫之,垩尽而鼻不伤,郢人立不失容。"牙生辍弦于钟子,《韩诗外传》曰:"伯牙鼓琴,钟子期听之。方鼓琴,志在太山,子期曰:'善哉乎鼓琴!巍巍乎若太山!'莫景之间,志在流水,子期曰:'善哉乎鼓琴!洋洋乎若流水!'钟子期死,伯牙擗琴绝弦,终身不复鼓之,以为在者无足为之鼓琴也。"推己外求,良不虚也!冥契既逝,发言莫赏,中心蕴结,余其亡矣!"却后一年,支遂殒。

郗嘉宾丧,左右白郗公"郎丧",既闻,不悲,因语左右:"殡时可道。"公往临殡,一恸几绝。《中兴书》曰:"超年四十一,先愔卒。超所交友,皆一时俊义。及死之日,贵贱为诔者四十馀人。"《续晋阳秋》曰:"超党戴桓氏,为其谋主,以父愔忠于王室,不令知之。将亡,出一小书箱付门生,云:'本欲焚此,恐官年尊,必以伤愍为毙。我亡后,若大损眠食,则呈此箱。'愔后果恸悼成疾,门生乃如超旨,则与桓温往反密计。愔见即大怒曰:'小子死恨晚!'后不复哭。"

戴公见林法师墓,《支遁传》曰:"遁太和元年终于剡之石城山,因葬焉。"曰:"德音未远,而拱木已积。冀神理绵绵,不与气运俱尽耳!"王珣《法师墓下诗序》曰:"余以宁康二年,命驾之剡石城山,即法师之丘也。高坟郁为荒楚,丘陇化为宿莽,遗迹未灭,而其人已远。感想平昔,触物凄怀。"其为时贤所惜如此。

王子敬与羊绥善。绥清淳简贵,为中书郎,少亡。绥已见。王深相痛悼,语东亭云:"是国家可惜人!"

王东亭与谢公交恶。《中兴书》曰:"珣兄弟皆婿谢氏,以猜嫌离婚。太傅既与珣绝婚,又离妻,由是二族遂成仇衅。"王在东闻谢丧,便出都诣子敬,道欲哭谢公。子敬始卧,闻其言,便惊起曰:"所望于法护。"法护,珣小字。王于是往哭。督帅刁约不听前,曰:"官平生在时,不见此客。"王亦不与语,直前,哭甚恸,不执末婢手而退。末婢,谢琰小字。琰字瑗度,安少子。开率有大度,为孙恩所害。赠侍中司空。

王子猷、子敬俱病笃,而子敬先亡。献之以泰元十三年卒,年四十五。子猷问左右:"何以都不闻消息? 此已丧矣!"语时了不悲。便索舆来奔丧,都不哭。子敬素好琴,便径入坐灵床上,取子敬琴弹,弦既不调,掷地云:"子敬!子敬!人琴俱亡。"因恸绝良久,月馀亦卒。《幽明录》曰:"泰元中,有一师从远来,莫知所出。云:'人命应终,有生乐代者,则死者可生。若逼人求代,亦复不过少时。'人闻此,咸怪其虚诞。王子猷、子敬兄弟,特相和睦。子敬疾属纩,子猷谓之曰:'吾才不如弟,位亦通塞,请以馀年代弟。'师曰:'夫生代死者,以己年限有馀,得以足亡者耳。今贤弟命既应终,君侯算亦当尽,复何所代?'子猷先有背疾,子敬疾笃,恒禁来往。闻亡,便抚心悲惋,都不得一声,背即溃裂。推师之言,信而有实。"

孝武山陵夕,王孝伯入临,告其诸弟曰:"虽榱桷惟新,便自有《黍离》之哀!"《中兴书》曰:"烈宗丧,会稽王道子执政,宠幸王国宝,委以机任。王恭入赴山陵,故有此叹。"

羊孚年三十一卒,桓玄与羊欣书曰:"贤从情所信寄,暴疾而殒，孚已见。《宋书》曰："欣字敬元，太山南城人。少怀静默，秉操无竞。美姿容，善笑言，长于草隶。"《羊氏谱》曰："孚即欣从祖。"祝予之叹，如何可言！"《公羊传》曰："颜渊死，子曰：'噫！天丧予！'子路亡，子曰：'噫！天祝予！'"何休曰："祝者，断也。天将亡夫子耳。"

桓玄当篡位，语卞鞫云：卞範已见。"昔羊子道恒禁吾此意。今腹心丧羊孚，爪牙失索元，《索氏谱》曰："元字天保，燉煌人。父绪，散骑常侍。元历征虏将军、历阳太守。"《幽明录》曰："元在历阳，疾病，西界一年少女子姓某，自言为神所降，来与元相闻，许为治护。元性刚直，以为妖惑，收以付狱，戮之于市中。女临死曰：'却后十七日，当令索元知其罪。'如期，元果亡。"而匆匆作此诋突，讵允天心？"

栖逸第十八

阮步兵啸，闻数百步。苏门山中，忽有真人，樵伐者咸共传说。阮籍往观，见其人拥膝岩侧。籍登岭就之，箕踞相对。籍商略终古，上陈黄、农玄寂之道，下考三代盛德之美，以问之，仡然不应。复叙有为之教，栖神导气之术以观之，彼犹如前，凝瞩不转。籍因对之长啸。良久，乃笑曰："可更作。"籍复啸。意尽，退，还半岭许，闻上啾然有声，如数部鼓吹，林谷传响。顾看，乃向人啸也。《魏氏春秋》曰："阮籍常率意独驾，不由径路，车迹所穷，辄恸哭而反。尝游苏门山，有隐者莫知姓名，有竹实数斛，杵臼而已。籍闻而从之，谈太古无为之道，论五帝三王之义，苏门先生翛然曾不眄之。籍乃嘐然长啸，韵响寥亮。苏门先生乃逌尔而笑。籍既降，先生喟然高啸，有如凤音。籍素知音，乃假苏门先生之论以寄所怀。其歌曰：'日没不周西，月出丹渊中。阳精晦不见，阴光代为雄。亭亭在须臾，厌厌将复隆。富贵俯仰间，贫贱何必终。'"《竹林七贤论》曰："籍归，遂著《大人先生论》，所言皆胸怀间本趣，大意谓先生与己不异也。观其长啸相和，亦近乎目击道存矣。"

嵇康游于汲郡山中，遇道士孙登，遂与之游。康临去，登曰："君才则高矣，保身之道不足。"《康集序》曰："孙登者，不知何许人。

无家，于汲郡北山土窟住。夏则编草为裳，冬则被发自覆。好读《易》，鼓一弦琴，见者皆亲乐之。"《魏氏春秋》曰："登性无喜怒，或没诸水，出而观之，登复大笑。时时出入人间，所经家设衣食者，一无所辞，去皆舍去。"《文士传》曰："嘉平中，汲县民共入山中，见一人，所居悬岩百仞，丛林郁茂，而神明甚察。自云'孙姓，登名，字公和'。康闻，乃从游三年。问其所图，终不答。然神谋所存良妙，康每东然叹息。将别，谓曰：'先生竟无言乎？'登乃曰：'子识火乎？生而有光，而不用其光，果然在于用光。人生有才，而不用其才，果然在于用才。故用光在乎得薪，所以保其曜；用才在乎识物，所以全其年。今子才多识寡，难乎免于今之世矣！子无多求！'康不能用。及遭吕安事，在狱为诗自责云：'昔惭下惠，今愧孙登！'"王隐《晋书》曰："孙登即阮籍所见者也。嵇康执弟子礼而师焉。魏、晋去就，易生嫌疑，贵贱并没，故登或默也。"

山公将去选曹，欲举嵇康；康与书告绝。《康别传》曰："山巨源为吏部郎，迁散骑常侍，举康，康辞之，并与山绝。岂不识山之不以一官遇己情邪？亦欲标不屈之节，以杜举者之口耳！乃答涛书，自说不堪流俗，而非薄汤武。大将军闻而恶之。"

李廞是茂曾第五子，清贞有远操，而少羸病，不肯婚宦。居在临海，住兄侍中墓下。既有高名，王丞相欲招礼之，故辟为府掾。廞得笺命，笑曰："茂弘乃复以一爵假人！"《文字志》曰："廞字宗子，江夏钟武人。祖康，秦州刺史。父重，平阳太守。世有名望。廞好学，善草隶，与兄式齐名。躄疾不能行坐，常仰卧弹琴，读诵不辍。河间王辟太尉掾，以疾不赴。后避难，随兄南渡，司徒王导复辟之。廞曰：'茂弘乃复以一爵加人！'永和中卒。廞尝为二府辟，故号李公府也。式字景则，廞长兄也。思理儒隐，有平素之誉。渡江，累迁临海太守、侍中。年五十四而卒。"

何骠骑弟以高情避世，而骠骑劝之令仕。答曰："予第五之名，何必减骠骑？"《中兴书》曰："何准字幼道，庐江灊人。骠骑将军充第五弟也。雅好高尚，征聘一无所就。充位居宰相，权倾人主，而准散带衡门，不及世事。于时名德皆称之。年四十七卒。有女，为穆帝皇后。赠光禄大夫。子恢，让不受。"

阮光禄在东山，萧然无事，常内足于怀。《阮裕别传》曰："裕居会稽剡山,志存肥遁。"有人以问王右军,右军曰:"此君近不惊宠辱,《老子》曰:"宠辱若惊,得之若惊,失之若惊。"虽古之沈冥,何以过此?"《杨子》曰:"蜀庄沈冥。"李轨注曰:"沈冥,犹玄寂,泯然无迹之貌。"

孔车骑少有嘉遁意,年四十馀,始应安东命。未仕宦时,常独寝,歌吹自箴诲,自称孔郎,游散名山。《孔愉别传》曰:"永嘉大乱,愉入临海山中,不求闻达,中宗命为参军。"百姓谓有道术,为生立庙。今犹有孔郎庙。

南阳刘骥之,高率善史传,隐于阳岐。于时苻坚临江,荆州刺史桓冲将尽讦谟之益,征为长史,遣人船往迎,赠贶甚厚。骥之闻命,便升舟,悉不受所饷,缘道以乞穷乏,比至上明亦尽。一见冲,因陈无用,脩然而退。居阳岐积年,衣食有无常与村人共。值己匮乏,村人亦如之。甚厚为乡闾所安。邓粲《晋纪》曰:"骥之字子骥,南阳安众人。少尚质素,虚退寡欲。好游山泽间,志存遁逸。桓冲尝至其家,骥之方采桑,谓冲:'使君既枉驾光临,宜先诣家君。'冲遂诣其父。父命骥之,然后乃还,拂短褐与冲言。父使骥之自持浊酒菹菜供宾,冲敕人代之。父辞曰:'若使官人,则非野人之意也。'冲为慨然,至昏乃退。因请为长史,固辞。居阳岐,去道斥近,人士往来,必投其家。骥之身自供给,赠致无所受。去家百里,有孤妪疾将死,谓人曰:'唯有刘长史当埋我耳!'骥之身往候之,疾终,为治棺殡。其仁爱皆如此。以寿卒。"

南阳翟道渊与汝南周子南少相友,共隐于寻阳。庾太尉说周以当世之务,周遂仕,翟秉志弥固。其后周诣翟,翟不与语。《晋阳秋》曰:"翟汤字道渊,南阳人,汉方进之后也。笃行任素,义让廉洁,馈赠一无所受。值乱多寇,闻汤名德,皆不敢犯。"《寻阳记》曰:"初,庾亮临江州,闻翟汤之风,束带蹑屦而诣焉。亮礼甚恭。汤曰:'使君直敬其枯木朽株耳。'亮称其能言,表荐之。征国子博士,不赴。主簿张玄曰:'此君卧龙,不可动也。'终于家。"

孟万年及弟少孤,居武昌阳新县。万年游宦,有盛名当世,少孤未尝出,京邑人士思欲见之,乃遣信报少孤,云"兄病笃"。狼狈至都。时贤见之者，莫不嗟重，因相谓曰："少孤如此，万年可死。"袁宏《孟处士铭》曰："处士名陋，字少孤，武昌阳新人，吴司空孟宗后也。少而希古，布衣蔬食，栖迟蓬荜之下，绝人间之事，亲族慕其孝。大将军命会稽王辟之，称疾不至。相府历年虚位，而澹然无闷，卒不降志，时人奇之。"

康僧渊在豫章，去郭数十里，立精舍。旁连岭，带长川，芳林列于轩庭，清流激于堂宇。乃闲居研讲，希心理味，庾公诸人多往看之。观其运用吐纳，风流转佳。加已处之怡然，亦有以自得，声名乃兴。后不堪，遂出。僧渊已见。

戴安道既厉操东山，《续晋阳秋》曰："逵不乐当世，以琴书自娱，隐会稽剡山。国子博士征，不就。"而其兄欲建式遏之功。《戴氏谱》曰："逯字安丘，谯国人。祖硕，父绥，有名位。逯以武勇显，有功，封广陵侯，仕至大司农。"谢太傅曰："卿兄弟志业，何其太殊？"戴曰："下官'不堪其忧'，家弟'不改其乐'。"

许玄度隐在永兴南幽穴中，每致四方诸侯之遗。或谓许曰："尝闻箕山人似不尔耳！"许曰："筐篚苞苴，故当轻于天下之宝耳！"郑玄《礼记注》云："苞苴，裹肉也。或以苇，或以茅。"此言许由尚致尧帝之让，筐篚之遗，岂非轻邪？

范宣未尝入公门，韩康伯与同载，遂诱俱入郡，范便于车后趋下。《续晋阳秋》曰："宣少尚隐遁，家于豫章，以清洁自立。"

郗超每闻欲高尚隐退者，辄为办百万资，并为造立居宇。在剡为戴公起宅，甚精整。戴始往旧居，与所亲书曰："近至剡，如官舍。"郗为傅约亦办百万资，傅隐事差互，故不果遗。约，琼小字。

许掾好游山水，而体便登陟。时人云："许非徒有胜情，实有济胜之具。"

郗尚书与谢居士善，常称"谢庆绪识见虽不绝人，可以累心处都尽。"尚书，郗恢也。别见。檀道鸾《续晋阳秋》曰："谢敷字庆绪，会稽人，崇信释氏。初入太平山中十馀年，以长斋供养为业，招引同事，化纳不倦。以母老还南山若邪中。内史郗愔表荐之，征博士，不就。初，月犯少微星，一名处士星。古云：'以处士当之。'时戴逵居剡，既美才艺而交游贵盛，先敷著名，时人忧之。俄而敷死，会稽人士以嘲吴人云：'吴中高士，便是求死不得。'"

贤媛第十九

陈婴者，东阳人。少修德行，著称乡党。秦末大乱，东阳人欲奉婴为主，母曰："不可！自我为汝家妇，少见贫贱，一旦富贵，不祥！不如以兵属人。事成，少受其利；不成，祸有所归。"《史记》曰："婴故东阳令史，居县素信，为长者。东阳人欲立长，乃请婴。婴母见之。乃以兵属项梁，梁以婴为上柱国。"

汉元帝宫人既多，乃令画工图之，欲有呼者，辄披图召之。其中常者，皆行货赂。王明君姿容甚丽，志不苟求，工遂毁为其状。后匈奴来和，求美女于汉帝，帝以明君充行。既召见而惜之。但名字已去，不欲中改，于是遂行。《汉书·匈奴传》曰："竟宁元年，呼韩邪单于求朝，自言愿婿汉氏以自亲，元帝以后宫良家子王嫱字明君赐之。单于欢喜，上书愿保塞。"文颖曰："昭君本蜀郡秭归人也。"《琴操》曰："王昭君者，齐国王穰女也。年十七，仪形绝丽，以节闻国中。长者求之者，王皆不许，乃献汉元帝。帝造次不能别房帷，昭君恚怒之。会单于遣使，帝令宫人装出，使者请一女，帝乃谓宫中曰：'欲至单于者起。'昭君喟然越席而起。帝视之，大惊悔。是时使者并见，不得止，乃赐单于。单于大说，献诸珍物。昭君有子曰世违。单于死，世违继立。凡为胡者，父死妻母。昭君问世违曰：'汝为汉也？为胡也？'世违曰：'欲为胡耳。'昭君乃吞药自杀。"石季伦曰："昭以触文帝讳，故改为明。"

汉成帝幸赵飞燕，飞燕谮班婕妤祝诅，于是考问。辞曰："妾闻死生有命，富贵在天。修善尚不蒙福，为邪欲以何望？若鬼神有知，不受邪佞之诉；若其无知，诉之何益？故不为也。"《汉书·外戚传》曰："成帝赵皇后，本长安宫人。初生，父母不举，三日不死，乃收养之。及壮，属河阳主家学歌舞，号曰飞燕。帝微行过主，见而说之，召入宫,大得幸,立为后。班婕妤者,雁门人。成帝初,选入宫,大得幸,立为婕妤。帝游后庭,尝欲与同辇,婕妤辞之。赵飞燕谮许皇后及婕妤,婕妤对有辞致,上怜之,赐黄金百斤。飞燕娇妒,婕妤恐见危,中求供养太后于长信宫。帝崩,婕妤充奉园陵。薨,葬园中。"

魏武帝崩,文帝悉取武帝宫人自侍。及帝病困,卞后出看疾。太后入户,见直侍并是昔日所爱幸者。太后问:"何时来邪?"云:"正伏魄时过。"因不复前而叹曰:"狗鼠不食汝馀,死故应尔!"至山陵,亦竟不临。《魏书》曰:"武宣卞皇后,琅邪开阳人。以汉延熹三年生齐郡白亭,有黄气满室移日。父敬侯怪之,以问卜者王越。越曰:'此吉祥也。'年二十,太祖纳于谯。性约俭,不尚华丽,有母仪德行。"

赵母嫁女,女临去,敕之曰:"慎勿为好!"女曰:"不为好,可为恶邪?"母曰:"好尚不可为,其况恶乎?"《列女传》曰:"赵姬者,桐乡令东郡虞韪妻,颍川赵氏女也。才敏多览。韪既没,文皇帝敬其文才,诏入宫省。上欲自征公孙渊,姬上疏以谏。作《列女传解》,号《赵母注》。赋数十万言。赤乌六年卒。"《淮南子》曰:"人有嫁其女而教之者,曰:'尔为善,善人疾之。'对曰:'然则当为不善乎?'曰:'善尚不可为,而况不善乎?'"景献羊皇后曰:"此言虽鄙,可以命世人。"

许允妇是阮卫尉女,德如妹,《魏略》曰:"允字士宗,高阳人。少与清河崔赞,俱发名于冀州。仕至领军将军。"《陈留志名》曰:"阮共字伯彦,尉氏人。清真守道,动以礼让。仕魏,至卫尉卿。少子侃,字德如,有俊才,而饬以名理。风仪雅润,与嵇康为友。仕至河内太守。"奇丑。交礼竟,允无复入理,家人深以为忧。会允有客至,妇令婢视之,还,答曰:"是桓郎。"桓郎者,桓範也。《魏略》曰:"範字允明,沛郡人。仕至大司农,为宣王所诛。"妇云:"无忧,桓必劝入。"桓果语许云:"阮家既嫁丑女与卿,故当有意,卿宜察之。"许便回入内。既见妇,即欲出。妇料其此出,无复入理,便捉裾停之。许因谓曰:"妇有四德,卿有其几?"《周礼》:"九嫔掌妇学之法,以教九御。妇德、妇言、妇容、妇功。"郑注曰:"德谓贞顺,言谓辞令,容谓婉娩,功谓丝枲。"妇曰:"新妇所乏唯容尔。然士有百行,君有几?"许云:"皆备。"妇曰:"夫百行以德为首,君好色不好德,何谓皆备?"允有惭色,遂相敬重。

　　许允为吏部郎,多用其乡里,魏明帝遣虎贲收之。其妇出诫允曰:"明主可以理夺,难以情求。"既至,帝覈问之。允对曰:"'举尔所知。'臣之乡人,臣所知也。陛下检校为称职与不?若不称职,臣受其罪。"既检校,皆官得其人,于是乃释。允衣服败坏,诏赐新衣。初,允被收,举家号哭。阮新妇自若云:"勿忧,寻还。"作粟粥待,顷之允至。《魏氏春秋》曰:"初,允为吏部,选迁郡守。明帝疑其所用非次,将加其罪。允妻阮氏跣出,谓曰:'明主可以理夺,不可以情求。'允颔之而入。帝怒诘之,允对曰:'某郡太守虽限满,文书先至,年限在后,日限在前。'帝前取事视之,乃释然。遣出,望其衣败,曰:'清吏也。'"

　　许允为晋景王所诛,门生走入告其妇。妇正在机中,神色不变,曰:"蚤知尔耳!"《魏志》曰:"初,领军与夏侯玄、李丰亲善,有诈作尺一诏书,以玄为大将军,允为太尉,共录尚书事。无何,有人天未明乘马以诏版付允门吏,曰:'有诏。'因便驱走。允投书烧之,不以关呈景王。"《魏略》曰:"明年,李丰被收,允欲往见大将军。已出门,允回遑不定,中道还取裤。大将军闻而怪之曰:'我自收李丰,士大夫何为匆匆乎?'会镇北将军刘静卒,以允代静。大将军与允书曰:'镇北虽少事,而都典一方。念足下震华鼓,建朱节,历本州,此所谓著绣昼行也。'会有司奏允前擅以厨钱谷,乞诸俳及其官属。减死徙边,道死。"《魏氏春秋》曰:"允之为镇北,喜谓其妻曰:'吾知免矣!'妻曰:'祸见于此,何免之有?'"《晋诸公赞》曰:"允有正情,与文帝不平,遂幽杀之。"《妇人集》载阮氏与允书,陈允祸患所起,辞甚酸怆,文多不录。门人欲藏其儿,妇曰:"无豫诸儿事。"后徙居墓所,景王遣钟会看之,若才流及父,当收。儿以咨母。母曰:"汝等虽佳,才具不多,率胸怀与语,便无所忧。不须极哀,会止便止。又可少问朝事。"儿从之。会反以状对,卒免。《世语》曰:"允二子:奇,字子太。猛,字子豹。并有治理。"《晋诸公赞》曰:"奇,泰始中为太常丞,世祖尝祠庙,奇应行事,朝廷以奇受害之门,不令接近,出为长史。世祖下诏，述允宿望，又称奇才，擢为尚书祠部郎。猛礼学儒博，加有才识，为幽州刺史。"

王公渊娶诸葛诞女。入室，言语始交，王谓妇曰："新妇神色卑下，殊不似公休！"妇曰："大丈夫不能仿佛彦云，而令妇人比踪英杰！"《魏氏春秋》曰："王广字公渊，王凌子也。有风量才学，名重当世。与傅嘏等论才性同异，行于世。"《魏志》曰："广有志尚学行，凌诛，并死。"臣谓王广名士，岂以妻父为戏，此言非也。

王经少贫苦，仕至二千石，母语之曰："汝本寒家子，仕至二千石，此可以止乎！"经不能用。为尚书，助魏，不忠于晋，被收。涕泣辞母曰："不从母敕，以至今日！"母都无戚容，语之曰："为子则孝，为臣则忠。有孝有忠，何负吾邪？"《世语》曰："经字彦伟，清河人。高贵乡公之难，王沈、王业驰告文王，经以正直不出。因沈、业申意，后诛经及其母。"《晋诸公赞》曰："沈、业将出，呼经，不从，'吾子行矣！'"《汉晋春秋》曰："初，曹髦将自讨司马昭，经谏曰：'昔鲁昭不忍季氏，败走失国，为天下笑。今权在其门久矣，朝廷四方，皆为之致死，不顾逆顺之理，非一日也。且宿卫空阙，寸刃无有，陛下何所资用？而一旦如此，无乃欲除疾而更深之邪？'髦不听。后杀经，并及其母。将死，垂泣谢母。母颜色不变，笑而谓之：'人谁不死，往所以止汝者，恐不得其所也。以此并命，何恨之有？'"干宝《晋纪》曰："经正直，不忠于我，故诛之。"按傅畅、干宝所记，则是经实忠贞于魏，而《世语》既谓其正直，复云因沈、业申意，何其相反乎？故二家之言深得之。

山公与嵇、阮一面，契若金兰。山妻韩氏，觉公与二人异于常交，问公，公曰："我当年可以为友者，唯此二生耳！"妻曰："负羁之妻亦亲观狐、赵，意欲窥之，可乎？"他日，二人来，妻劝公止之宿，具酒肉。夜穿墉以视之，达旦忘反。公入曰："二人何如？"妻曰："君才致殊不如，正当以识度相友耳。"公曰："伊辈亦常以我度为胜。"《晋阳秋》曰："涛雅素恢达，度量弘远，心存事外，而与时俯仰。尝与阮籍、嵇康诸人箸忘言之契。至于群子，屯蹇于世，涛独保浩然之度。"王隐《晋书》曰："韩氏有才识，涛未仕时，戏之曰：'忍寒，我当作三公，不知卿堪为夫人不耳?'"

王浑妻钟氏生女令淑,虞预《晋书》曰:"浑字玄冲,太原晋阳人,魏司徒昶子。仕至司徒。"武子为妹求简美对而未得。有兵家子,有俊才,欲以妹妻之,乃白母,《王氏谱》曰:"钟夫人名琰之,太傅繇之孙。"曰:"诚是才者,其地可遗,然要令我见。"武子乃令兵儿与群小杂处,使母帷中察之。既而,母谓武子曰:"如此衣形者,是汝所拟者非邪?"武子曰:"是也。"母曰:"此才足以拔萃,然地寒,不有长年,不得申其才用。观其形骨,必不寿,不可与婚。"武子从之。兵儿数年果亡。

贾充前妇,是李丰女。丰被诛,离婚徙边。《妇人集》曰:"充妻李氏,名婉字淑文。丰诛,徙乐浪。"后遇赦得还,充先已取郭配女。《贾氏谱》曰:"郭氏名玉璜,即广宣君也。"武帝特听置左右夫人。李氏别住外,不肯还充舍。《晋诸公赞》曰:"世祖践阼,李氏赦还,而齐献王妃欲令充遣郭氏,更纳其母。充不许,为李氏筑宅而不往来。充母柳氏将亡,充问所欲言者。柳曰:'我教汝迎李新妇尚不肯,安问他事!'"郭氏语充:"欲就省李。"充曰:"彼刚介有才气,卿往不如不去。"《充别传》曰:"李氏有淑性令才也。"郭氏于是盛威仪,多将侍婢。既至,入户,李氏起迎,郭不觉脚自屈,因跪再拜。既反,语充,充曰:"语卿道何物?"按《晋诸公赞》曰:"世祖以李丰罪累晋室,又郭氏是太子妃母,无离绝之理,乃下诏敕断,不得往还。"而王隐《晋书》亦云:"充既与李绝婚,更取城阳太守郭配女,名槐。李禁锢解,诏充置左右夫人。充母柳亦敕充迎李。槐怒,攘臂责充曰:'刊定律令,为佐命之功,我有其分。李那得与我并?'充乃架屋永年里中以安李。槐晚乃知。充出,辄使人寻充。诏许充置左右夫人。充答诏以谦让不敢当盛礼。"《晋赞》既云世祖下诏不遣李还,而王隐《晋书》及《充别传》并言诏听置立左右夫人。充惮郭氏,不敢迎李。三家之说并不同,未详孰是。然李氏不还,别有馀故,而《世说》云自不肯还,谬矣。且郭槐强狠,岂能就李而为之拜乎?皆为虚也。

　　贾充妻李氏作《女训》，行于世。李氏女，齐献王妃；郭氏
女，惠帝后。充卒，李、郭女各欲令其母合葬，经年不决。贾后
废，李氏乃祔葬，遂定。《晋诸公赞》曰："李氏有才德，世称《李夫人训》者。
生女合，亦才明，即齐王妃。"《妇人集》曰："李氏至乐浪，遗二女《典式》八篇。"王
隐《晋书》曰："贾后字南风，为赵王所诛。"

　　王汝南少无婚，自求郝普女。《郝氏谱》曰："普字道匡，太原襄城
人。仕至洛阳太守。"司空以其痴，会无婚处，任其意，便许之。《魏氏
志》曰："王昶字文舒，仕至司空。"既婚，果有令姿淑德。生东海，遂为
王氏母仪。或问汝南何以知之？曰："尝见井上取水，举动容
止不失常，未尝忤观。以此知之。"《汝南别传》曰："襄城郝仲将，门至
孤陋，非其所偶也。君尝见其女，便求聘焉。果高朗英迈，母仪冠族。其通识徐
裕，皆此类。"

　　王司徒妇，钟氏女，太傅曾孙，《王氏谱》曰："夫人，黄门侍郎钟琰
女。"亦有俊才女德。《妇人集》曰："夫人有文才，其诗赋颂诔行于世。"钟、
郝为娣姒，雅相亲重。钟不以贵陵郝，郝亦不以贱下钟。东海
家内，则郝夫人之法。京陵家内，范钟夫人之礼。

　　李平阳，秦州子，李重已见。《永嘉流人名》曰："康字玄胄，江夏人，魏
泰州刺史。"中夏名士，于时以比王夷甫。孙秀初欲立威权，咸
云："乐令民望不可杀，减李重者又不足杀。"《晋诸公赞》曰："孙秀
字俊忠，琅邪人。初，赵王伦封琅邪，秀给为近职小吏。伦数使秀作书疏，文才称
伦意。伦封赵，秀徙户为赵人，用为侍郎，信任之。"《晋阳秋》曰："伦篡位，秀为中
书令，事皆决于秀。为齐王所诛。"遂逼重自裁。初，重在家，有人走从
门入，出髻中疏示重，重看之色动。入内示其女，女直叫"绝"。
了其意，出则自裁。按诸书皆云："重知赵王伦作乱，有疾不治，遂以致卒。"
而此书乃言自裁，甚乖谬。且伦、秀凶虐，动加诛夷，欲立威权，自当显戮，何为逼
令自裁？此女甚高明，重每咨焉。

　　周浚作安东时，行猎，值暴雨，过汝南李氏。李氏富足，而

男子不在。有女名络秀，闻外有贵人，与一婢于内宰猪羊，作数十人饮食，事事精办，不闻有人声。密觇之，独见一女子，状貌非常，浚因求为妾。父兄不许。络秀曰："门户殄瘁，何惜一女？若连姻贵族，将来或大益。"父兄从之。《八王故事》曰："浚字开林，汝南安城人。少有才名。太康初，平吴，自御史中丞出为扬州刺史。元康初，加安东将军。"遂生伯仁兄弟。络秀语伯仁等："我所以屈节为汝家作妾，门户计耳！按《周氏谱》："浚取同郡李伯宗女。"此云为妾，妄耳。汝若不与吾家作亲亲者，吾亦不惜馀年。"伯仁等悉从命。由此李氏在世，得方幅齿遇。

　　陶公少有大志，家酷贫，与母湛氏同居。同郡范逵素知名，举孝廉，逵未详。投侃宿。于时冰雪积日，侃室如悬磬，而逵马仆甚多。侃母湛氏语侃曰："汝但出外留客，吾自为计。"湛头发委地，下为二髲，一作鬟。卖得数斛米，斫诸屋柱，悉割半为薪，剉诸荐以为马草。日夕，遂设精食，从者皆无所乏。逵既叹其才辩，又深愧其厚意。明旦去，侃追送不已，且百里许。逵曰："路已远，君宜还。"侃犹不返，逵曰："卿可去矣！至洛阳，当相为美谈。"侃乃返。逵及洛，遂称之于羊晫、顾荣诸人，大获美誉。《晋阳秋》曰："侃父丹，娶新淦湛氏女，生侃。湛虔恭有智算，以陶氏贫贱，纺绩以资给侃，使交胜胜己。侃少为寻阳吏，鄱阳孝廉范逵尝过侃宿，时大雪，侃家无草，湛彻所卧荐剉给。阴截发，卖以供调。逵闻之叹息。逵去，侃追送之。逵曰：'岂欲仕乎？'侃曰：'有仕郡意。'逵曰：'当相谈致。'过庐江，向太守张夔称之。召补吏，举孝廉，除郎中。时豫章顾荣或责羊晫曰：'君奈何与小人同舆？'晫曰：'此寒俊也。'"王隐《晋书》曰："侃母既截发供客，闻者叹曰：'非此母不生此子。'乃进之于张夔。羊晫亦简之。后晫为十郡中正，举侃为鄱阳小中正，始得上品也。"

　　陶公少时，作鱼梁吏，尝以坩鲊饷母。母封鲊付使，反书责侃曰："汝为吏，以官物见饷，非唯不益，乃增吾忧也。"《侃别传〉曰:"母湛氏,贤明有法训。侃在武昌,与佐吏从容饮燕,常有饮限。或劝犹可少进,侃凄然良久曰:'昔年少,曾有酒失,二亲见约,故不敢逾限。'及侃丁母忧,在墓下,忽有二客来吊,不哭而退,仪服鲜异,知非常人。遣随视之,但见双鹤冲天而去。《幽明录》曰:"陶公在寻阳西南一塞取鱼,自谓其池曰鹤门。"按吴司徒孟宗为雷池监,以鲊饷母,母不受。非侃也。疑后人因孟假为此说。

桓宣武平蜀,以李势妹为姜,甚有宠,常著斋后。主始不知,既闻,与数十婢拔白刃袭之。《续晋阳秋》曰:"温尚明帝女南康长公主。"正值李梳头,发委藉地,肤色玉曜,不为动容。徐曰:"国破家亡,无心至此。今日若能见杀,乃是本怀。"主惭而退。《妒记》曰:"温平蜀,以李势女为姜,郡主凶妒,不即知之。后知,乃拔刃往李所,因欲斫之。见李在窗梳头,姿貌端丽,徐徐结发,敛手向主,神色闲正,辞甚凄惋。主于是掷刀前抱之曰:'阿子,我见汝亦怜,何况老奴。'遂善之。"

庾玉台,希之弟也。希诛,将戮玉台。希已见。玉台,庾友小字。《庾氏谱》曰:"友字惠彦,司空冰第三子。历中书郎、东阳太守。"玉台子妇,宣武弟桓豁女也。《庾氏谱》曰:"友字弘之,长子宣,娶宣武弟桓豁之女,字女幼。"徒跣求进,阍禁不内。女厉声曰:"是何小人?我伯父门,不听我前!"因突入,号泣请曰:"庾玉台常因人,脚短三寸,当复能作贼不?"宣武笑曰:"婿故自急。"遂原玉台一门。《中兴书》曰:"桓温杀庾希弟倩,希闻难而逃,希弟友当伏诛。子妇桓氏女,请温,得宥。"

谢公夫人帏诸婢,使在前作伎,使太傅暂见,便下帏。太傅索更开,夫人云:"恐伤盛德。"刘夫人已见。

桓车骑不好著新衣。浴后,妇故送新衣与。《桓氏谱》曰:"冲娶琅邪王恬女,字女宗。"车骑大怒,催使持去。妇更持还,传语云:"衣不经新,何由而故?"桓公大笑,著之。

王右军郗夫人谓二弟司空、中郎曰:司空愔已见。《郗昙别传》曰:"昙字重熙,鉴少子。性韵方质,和正沈简。累迁丹阳尹、北中郎将、徐、兖二州刺史。""王家见二谢,倾筐倒庋;二谢:安、万。见汝辈来,平平尔。汝可无烦复往。"

王凝之谢夫人既往王氏,大薄凝之。既还谢家,意大不说。太傅慰释之曰:"王郎,逸少之子,人材亦不恶,汝何以恨乃尔?"答曰:"一门叔父,则有阿大、中郎。群从兄弟,则有封、胡、遏、末。封胡,谢韶小字。遏末,谢渊小字。韶字穆度,万子,车骑司马。渊字叔度,奕第二子,义兴太守。时人称其尤彦秀者。或曰封、胡、遏、末。封谓朗,遏谓玄,末谓韶,朗玄渊。一作胡谓渊,遏谓玄,末谓韶也。不意天壤之中,乃有王郎!"

韩康伯母,隐古几毁坏,卞鞠见几恶,欲易之。鞠,卞范之。母之外孙也。答曰:"我若不隐此,汝何以得见古物?"

王江州夫人语谢遏曰:"汝何以都不复进,夫人,玄之妹。为是尘务经心,天分有限?"

郗嘉宾丧,妇兄弟欲迎妹还,终不肯归。《郗氏谱》曰:"超娶汝南周闵女,名马头。"曰:"生纵不得与郗郎同室,死宁不同穴!"《毛诗》曰:"谷则异室,死则同穴。"郑玄注曰:"穴谓圹中墟也。"

谢遏绝重其姊,张玄常称其妹,欲以敌之。有济尼者,并游张、谢二家。人问其优劣,答曰:"王夫人神情散朗,故有林下风气。顾家妇清心玉映,自是闺房之秀。"

王尚书惠尝看王右军夫人,《宋书》曰:"惠字令明,琅邪人。历吏部尚书,赠太常卿。"问:"眼耳未觉恶不?"《妇人集》载谢《表》曰:"妾年九十,孤骸独存,愿蒙哀矜,赐其鞠养。"答曰:"发白齿落,属乎形骸;至于眼耳,关于神明,那可便与人隔!"

韩康伯母殷,随孙绘之之衡阳,《韩氏谱》曰:"绘之字季伦。父康伯,太常卿。绘之仕至衡阳太守。"于阖庐洲中逢桓南郡。卞鞠是其外孙,时来问讯。谓鞠曰:"我不死,见此竖二世作贼!"在衡阳数年,绘之遇桓景真之难也,《续晋阳秋》曰:"桓亮字景真,大司马温之孙。

父济，给事中。叔父玄，篡逆见诛。亮聚众于长沙，自号湘州刺史。杀太宰甄恭、衡阳前太守韩绘之等十馀人。为刘毅军人郭珍斩之。"殷抚尸哭曰："汝父昔罢豫章，征书朝至夕发。汝去郡邑数年，为物不得动，遂及于难，夫复何言？"

术解第二十

荀勖善解音声，时论谓之"暗解"。遂调律吕，正雅乐。每至正会，殿庭作乐，自调宫商，无不谐韵。阮咸妙赏，时谓"神解"。每公会作乐，而心谓之不调。既无一言直勖，意忌之，遂出阮为始平太守。后有一田父耕于野，得周时玉尺，便是天下正尺。荀试以校己所治钟鼓、金石、丝竹，皆觉短一黍，于是伏阮神识。《晋后略》曰："钟律之器，自周之末废，而汉成、哀之间，诸儒修而治之。至后汉末，复隳矣。魏氏使协律知音者杜夔造之，不能考之典礼，徒依于时丝管之声，时之尺寸而制之，甚乖失礼度。于是世祖命中书监荀勖依典制，定钟律。既铸律管，募求古器，得周时玉律数枚，比之不差。又诸郡舍仓库，或有汉时故钟，以律命之，皆不叩而应，声响韵合，又若俱成。"《晋诸公赞》曰："律成，散骑侍郎阮咸谓勖所造声高、高则悲。夫亡国之音哀以思，其民困。今声不合雅，惧非德政中和之音，必是古今尺有长短所致。然今钟磬是魏时杜夔所造，不与勖律相应，音声舒雅，而久不知夔所造，时人为之，不足改易。勖性自矜，乃因事左迁咸为始平太守，而病卒。后得地中古铜尺，校度勖今尺，短四分，方明咸果解音，然无能正者。"干宝《晋纪》曰："荀勖始造《正德》、《大象》之舞，以魏杜夔所制律吕，校大乐本音不和。后汉至魏尺，长于古四分有馀，而夔据之，是以失韵。乃依《周礼》，积粟以起度量，以度古器，符于本铭。遂以为式，用之郊庙。"

荀勖尝在晋武帝坐上食笋进饭，谓在坐人曰："此是劳薪炊也。"坐者未之信，密遣问之，实用故车脚。

人有相羊祜父墓，后应出受命君。祜恶其言，遂掘断墓后，以坏其势。相者立视之曰："犹应出折臂三公。"俄而祜坠马折臂，位果至公。《幽明录》曰："羊祜工骑乘。有一儿五六岁，端明可喜。掘墓之后,儿即亡。羊时为襄阳都督,因盘马落地,遂折臂。于时士林咸叹其忠诚。"

王武子善解马性。尝乘一马,箸连钱障泥。前有水,终日不肯渡。王云:"此必是惜障泥。"使人解去,便径渡。《语林》曰:"武子性爱马,亦甚别之。故杜预道'王武子有马癖,和长舆有钱癖'。武帝问杜预:'卿有何癖?'对曰:'臣有《左传》癖。'"

陈述为大将军掾,甚见爱重。及亡,郭璞往哭之,甚哀,乃呼曰:"嗣祖,焉知非福!"俄而大将军作乱,如其所言。《陈氏谱》曰:"述字嗣祖,颍川许昌人。有美名。"

晋明帝解占冢宅,闻郭璞为人葬,帝微服往看。因问主人:"何以葬龙角?此法当灭族!"主人曰:"郭云:'此葬龙耳,不出三年,当致天子。'"帝问:"为是出天子邪?"答曰:"非出天子,能致天子问耳。"青鸟子《相冢书》曰:"葬龙之角,暴富贵,后当灭门。"

郭景纯过江,居于暨阳,墓去水不盈百步,时人以为近水。景纯曰:"将当为陆。"《璞别传》曰:"璞少好经术,明解卜筮。永嘉中,海内将乱,璞投策叹曰:'黔黎将同异类矣!'便结亲昵十馀家,南渡江,居于暨阳。"今沙涨,去墓数十里皆为桑田。其诗曰:"北阜烈烈,巨海混混;垒垒三坟,唯母与昆。"

王丞相令郭璞试作一卦,卦成,郭意色甚恶,云:"公有震厄!"王问:"有可消伏理不?"郭曰:"命驾西出数里,得一柏树,截断如公长,置床上常寝处,灾可消矣。"王从其语。数日中,果震柏粉碎,子弟皆称庆。王隐《晋书》曰:"璞消灾转祸,扶厄择胜,时人咸言京、管不及。"大将军云:"君乃复委罪于树木。"

桓公有主簿善别酒,有酒辄令先尝。好者谓"青州从事",恶者谓"平原督邮"。青州有齐郡,平原有鬲县。"从事"言到脐,"督邮"言在鬲上住。

郗愔信道甚精勤,常患腹内恶,诸医不可疗。闻于法开有名，往迎之。既来，便脉云："君侯所患，正是精进太过所致耳。"合一剂汤与之。一服，即大下，去数段许纸如拳大；剖看，乃先所服符也。《晋书》曰："法开善医术，尝行，莫投主人，妻产，而儿积日不堕。法开曰：'此易治耳。'杀一肥羊，食十馀脔而针之。须臾儿下，羊背裹儿出。其精妙如此。"

　　殷中军妙解经脉，中年都废。有常所给使，忽叩头流血。浩问其故，云："有死事，终不可说。"诘问良久，乃云："小人母年垂百岁，抱疾来久，若蒙官一脉，便有活理。讫就屠戮无恨。"浩感其至性，遂令舁来，为诊脉处方。始服一剂汤，便愈。于是悉焚经方。

巧艺第二十一

　　弹棋始自魏宫内，用妆奁戏。傅玄《弹棋赋叙》曰："汉成帝好蹴蹹，刘向以谓劳人体，竭人力，非至尊所宜御。乃因其体作弹棋。今观其道，蹴蹹道也。"按玄此言，则弹棋之戏，其来久矣。且《梁冀传》云："冀善弹棋，格五。"而此云起魏世，谬矣。文帝于此戏特妙，用手巾角拂之，无不中。有客自云能，帝使为之。客著葛巾角，低头拂棋，妙逾于帝。《典论》常自叙曰："戏弄之事，少所喜，唯弹棋略尽其妙。少时尝为之赋。昔京师少工有二焉：合乡侯东方世安、张公子，常恨不得与之对也。"《博物志》曰："帝善弹棋，能用手巾角。时有一书生，又能低头以所冠葛巾角撇棋也。"

　　陵云台楼观精巧，先称平众木轻重，然后造构，乃无锱铢相负揭。台虽高峻，常随风摇动，而终无倾倒之理。魏明帝登台，惧其势危，别以大材扶持之，楼即颓坏。论者谓轻重力偏故也。《洛阳宫殿簿》曰："陵云台上壁方十三丈，高九尺。楼方四丈，高五丈。栋去地十三丈五尺七寸五分也。"

　　韦仲将能书。魏明帝起殿，欲安榜，使仲将登梯题之。既下，头鬓皓然，因敕儿孙："勿复学书。"《文章叙录》曰："韦诞字仲将，京兆杜陵人，太仆端子。有文学，善属辞。以光禄大夫卒。"卫恒《四体书势》曰：
"诞善楷书，魏宫观多诞所题。明帝立陵霄观，误先钉榜，乃笼盛诞，辘轳长絙引
上，使就题之。去地二十五丈，诞甚危惧。乃戒子孙绝此楷法，箸之家令。"

　　钟会是荀济北从舅，二人情好不协。荀有宝剑，可直百
万，常在母钟夫人许。《孔氏志怪》曰："勖以宝剑付妻。"会善书，学荀
手迹，作书与母取剑，仍窃去不还。《世语》曰："会善学人书，伐蜀之
役，于剑阁要邓艾章表，皆窃其言。令词旨倨傲，多自矜伐。艾由此被收也。"荀
勖知是钟而无由得也，思所以报之。后钟兄弟以千万起一宅，
始成，甚精丽，未得移住。荀极善画，乃潜往画钟门堂，作太傅
形象，衣冠状貌如平生。二钟入门，便大感恸，宅遂空废。《孔
氏志怪》曰："于时咸谓勖之报会，过于所失数十倍。彼此书画，巧妙之极。"

　　羊长和博学工书，《文字志》曰："忱性能草书，亦善行隶，有称于一
时。"能骑射，善围棋。诸羊后多知书，而射、奕馀艺莫逮。

　　戴安道就范宣学，《中兴书》曰："逵不远千里，往豫章诣范宣，宣见逵，
异之，以兄女妻焉。"视范所为：范读书亦读书，范钞书亦钞书。唯
独好画，范以为无用，不宜劳思于此。戴乃画《南都赋》图；范
看毕咨嗟，甚以为有益，始重画。

　　谢太傅云："顾长康画，有苍生来所无。"《续晋阳秋》曰："恺之
尤好丹青，妙绝于时。曾以一厨画寄桓玄，皆其绝者，深所珍惜，悉糊题其前。桓
乃发厨后取之，好加理。后恺之见封题如初，而画并不存，直云：'妙画通灵，变化
而去，如人之登仙矣。'"

　　戴安道中年画行像甚精妙。庾道季看之，语戴云："神明
太俗，由卿世情未尽。"戴云："唯务光当免卿此语耳。"《列仙传》
曰："务光，夏时人也。耳长七寸，好鼓琴，服菖蒲韭根。汤将伐桀，谋于光，光曰：
'非吾事也。'汤曰：'伊尹何如？'务光曰：'强力忍诟，不知其它。'汤克天下，让于
光，光曰：'吾闻无道之世，不践其土。况让我乎？'负石自沈于卢水。"

　　顾长康画裴叔则，颊上益三毛。人问其故，顾曰："裴楷俊
朗有识具，正此是其识具。"看画者寻之，定觉益三毛如有神

明,殊胜未安时。恺之历画古贤,皆为之赞也。

王中郎以围棋是坐隐,支公以围棋为手谈。《博物志》曰:"尧作围棋,以教丹朱。"《语林》曰:"王以围棋为手谈,故其在哀制中,祥后客来,方幅会戏。"

顾长康好写起人形。《续晋阳秋》曰:"恺之图写特妙。"欲图殷荆州,殷曰:"我形恶,不烦耳。"顾曰:"明府正为眼尔。仲堪眇目故也。但明点童子,飞白拂其上,使如轻云之蔽日。"曰,一作月。

顾长康画谢幼舆在岩石里。人问其所以,顾曰:"谢云:'一丘一壑,自谓过之。'此子宜置丘壑中。"

顾长康画人,或数年不点目精。人问其故,顾曰:"四体妍蚩,本无关于妙处;传神写照,正在阿堵中。"

顾长康道画:"手挥五弦易,目送归鸿难。"

宠礼第二十二

元帝正会,引王丞相登御床,王公固辞,中宗引之弥苦。王公曰:"使太阳与万物同晖,臣下何以瞻仰?"《中兴书》曰:"元帝登尊号,百官陪位,诏王导升御坐,固辞然后止。"

桓宣武尝请参佐入宿,袁宏、伏滔相次而至。莅名,府中复有袁参军,彦伯疑焉,令传教更质。传教曰:"参军是袁、伏之袁,复何所疑?"

王珣、郗超并有奇才,为大司马所眷拔。珣为主簿,超为记室参军。超为人多须,珣状短小。于时荆州为之语曰:"髯参军,短主簿,能令公喜,能令公怒。"《续晋阳秋》曰:"超有才能,珣有器望,并为温所昵。"

许玄度停都一月,刘尹无日不往,乃叹曰:"卿复少时不去,我成轻薄京尹!"《语林》曰:"玄度出都,真长九日十一诣之,曰:'卿尚不去,使我成薄德二千石。'"

孝武在西堂会，伏滔预坐。还，下车呼其儿，儿，即系也。丘渊之《文章录》曰："系字敬鲁，仕至光禄大夫。"语之曰："百人高会，临坐未得他语，先问'伏滔何在？ 在此不？'此故未易得。为人作父如此，何如？"

卞范之为丹阳尹，羊孚南州暂还，往卞许，云："下官疾动不堪坐。"卞便开帐拂褥，羊径上大床，入被须枕。卞回坐倾眯，移晨达莫。羊去，卞语曰："我以第一理期卿，卿莫负我。"丘渊之《文章录》曰："范之字敬祖，济阴冤句人。祖嶷，下邳太守。父循，尚书郎。桓玄辅政，范之迁丹阳尹。玄败，伏诛。"

任诞第二十三

陈留阮籍，谯国嵇康，河内山涛，三人年皆相比，康年少亚之。预此契者：沛国刘伶，陈留阮咸，河内向秀，琅邪王戎。七人常集于竹林之下，肆意酣畅，故世谓"竹林七贤"。《晋阳秋》曰："于时风誉扇于海内，至于今咏之。"

阮籍遭母丧，在晋文王坐进酒肉。司隶何曾亦在坐，《晋诸公赞》曰："何曾字颖考，陈郡阳夏人。父夔，魏太仆。曾以高雅称，加性仁孝，累迁司隶校尉。用心甚正，朝廷师之。仕晋至太宰。"曰："明公方以孝治天下，而阮籍以重丧，显于公坐饮酒食肉，宜流之海外，以正风教。"文王曰："嗣宗毁顿如此，君不能共忧之，何谓？ 且有疾而饮酒食肉，固丧礼也！"籍饮啖不辍，神色自若。干宝《晋纪》曰："何曾尝谓阮籍曰：'卿恣情任性，败俗之人也。今忠贤执政，综核名实，若卿之徒，何可长也！'复言之于太祖，籍饮啖不辍。故魏、晋之间，有被发夷傲之事，背死忘生之人，反谓行礼者，籍为之也。"《魏氏春秋》曰："籍性至孝，居丧虽不率常礼，而毁几灭性。然为文俗之士何曾等深所仇疾。大将军司马昭爱其通伟，而不加害也。"

刘伶病酒，渴甚，从妇求酒。妇捐酒毁器，涕泣谏曰："君饮太过，非摄生之道，必宜断之！"伶曰："甚善。我不能自禁，唯当祝鬼神，自誓断之耳！便可具酒肉。"妇曰："敬闻命。"供酒肉于神前，请伶祝誓。伶跪而祝曰："天生刘伶，以酒为名，一饮一斛，五斗解酲。毛公注曰："酒病曰酲。"妇人之言，慎不可听。"便引酒进肉，隗然已醉矣。见《竹林七贤论》。

刘公荣与人饮酒，杂秽非类，人或讥之。答曰："胜公荣者，不可不与饮；不如公荣者，亦不可不与饮；是公荣辈者，又不可不与饮。"故终日共饮而醉。《刘氏谱》曰："昶字公荣，沛国人。"《晋阳秋》曰："昶为人通达，仕至兖州刺史。"

步兵校尉缺，厨中有贮酒数百斛，阮籍乃求为步兵校尉。《文士传》曰："籍放诞有傲世情，不乐仕宦。晋文帝亲爱籍，恒与谈戏，任其所欲，不迫以职事。籍常从容曰：'平生曾游东平，乐其土风，愿得为东平太守。'文帝说，从其意。籍便骑驴径到郡，皆坏府舍诸壁障，使内外相望，然后教令清宁。十馀日，便复骑驴去。后闻步兵厨中有酒三百石，忻然求为校尉。于是入府舍，与刘伶酣饮。"《竹林七贤论》又云："籍与伶共饮步兵厨中，并醉而死。"此好事者为之言。籍景元中卒，而刘伶太始中犹在。

刘伶恒纵酒放达，或脱衣裸形在屋中，人见讥之。伶曰："我以天地为栋宇，屋室为裈衣，诸君何为入我裈中？"邓粲《晋纪》曰："客有诣伶，值其裸袒，伶笑曰：'吾以天地为宅舍，以屋宇为裈衣，诸君自不当入我裈中，又何恶乎？'其自任若是。"

阮籍嫂尝还家，籍见与别。或讥之，《曲礼》："嫂叔不通问。"故讥之。籍曰："礼岂为我辈设也？"

阮公邻家妇有美色，当垆酤酒。阮与王安丰常从妇饮酒，阮醉，便眠其妇侧。夫始殊疑之，伺察，终无他意。王隐《晋书》曰："籍邻家处子有才色，未嫁而卒。籍与无亲，生不相识，往哭，尽哀而去。其达而无检，皆此类也。"

阮籍当葬母，蒸一肥豚，饮酒二斗，然后临诀，直言"穷矣"！都得一号，因吐血，废顿良久。邓粲《晋纪》曰："籍母将死，与人围棋如故，对者求止，籍不肯，留与决赌。既而饮酒三斗，举声一号，呕血数升，废顿久之。"

阮仲容、咸也。步兵居道南，诸阮居道北。北阮皆富，南阮贫。七月七日，北阮盛晒衣，皆纱罗锦绮。仲容以竿挂大布犊鼻裈于中庭。人或怪之，答曰："未能免俗，聊复尔耳！"《竹林七贤论》曰："诸阮前世皆儒学，善居室，唯咸一家尚道弃事，好酒而贫。旧俗：七月七日，法当晒衣，诸阮庭中，烂然锦绮。咸时总角，乃竖长竿，挂犊鼻裈也。"

阮步兵籍也。丧母，裴令公楷也。往吊之。阮方醉，散发坐床，箕踞不哭。裴至，下席于地，哭吊喭毕，便去。或问裴："凡吊，主人哭，客乃为礼。阮既不哭，君何为哭？"裴曰："阮方外之人，故不崇礼制；我辈俗中人，故以仪轨自居。"时人叹为两得其中。《名士传》曰："阮籍丧亲，不率常礼，裴楷往吊之，遇籍方醉，散发箕踞，旁若无人。楷哭泣尽哀而退，了无异色，其安同异如此。"戴逵论之曰："若裴公之制吊，欲冥外以护内，有达意也，有弘防也。"

诸阮皆能饮酒，仲容至宗人间共集，不复用常杯斟酌，以大瓮盛酒，围坐，相向大酌。时有群猪来饮，直接去上，便共饮之。

阮浑长成，风气韵度似父，亦欲作达。步兵曰："仲容已预之，卿不得复尔。"《竹林七贤论》曰："籍之抑浑，盖以浑未识己之所以为达也。后咸兄子简，亦以旷达自居。父丧，行遇大雪，寒冻，遂诣浚仪令，令为它宾设黍臛，简食之，以致清议，废顿几三十年。是时竹林诸贤之风虽高，而礼教尚峻，迨元康中，遂至放荡越礼。乐广讥之曰：'名教中自有乐地，何至于此！'乐令之言有旨哉！谓彼非玄心，徒利其纵恣而已。"

裴成公妇，王戎女。王戎晨往裴许，不通径前。裴从床南下，女从北下，相对作宾主，了无异色。《裴氏家传》曰："颜取戎长女。"

阮仲容先幸姑家鲜卑婢。及居母丧，姑当远移，初云当留婢，既发，定将去。仲容借客驴箸重服自追之，累骑而返。曰：

"人种不可失!"即遥集之母也。《竹林七贤论》曰:"咸既追婢,于是世议纷然。自魏末沉沦闾巷,逮晋咸宁中,始登王途。"《阮孚别传》曰:"咸与姑书曰:'胡婢遂生胡儿。'姑答书曰:'《鲁灵光殿赋》曰:"胡人遥集于上楹",可字曰遥集也。'故孚字遥集。"

任恺既失权势,不复自检括。或谓和峤曰:"卿何以坐视元裒败而不救?"和曰:"元裒如北夏门,拉攞自欲坏,非一木所能支。"《晋诸公赞》曰:"恺字元裒,乐安博昌人。有雅识国干,万机大小多综之。与贾充不平,充乃启恺掌吏部,又使有司奏恺用御食器,坐免官,世祖情遂薄焉。"

刘道真少时,常渔草泽,善歌啸,闻者莫不留连。有一老妪,识其非常人,甚乐其歌啸,乃杀豚进之。道真食豚尽,了不谢。妪见不饱,又进一豚,食半馀半,乃还之。后为吏部郎,妪儿为小令史,道真超用之。不知所由,问母,母告之。于是赍牛酒诣道真,道真曰:"去!去!无可复用相报。"刘宝已见。

阮宣子常步行,以百钱挂杖头,至酒店,便独酣畅。虽当世贵盛,不肯诣也。《名士传》曰:"修性简任。"

山季伦为荆州,时出酣畅。人为之歌曰:"山公时一醉,径造高阳池。日莫倒载归,茗艼无所知。复能乘骏马,倒箸白接篱。举手问葛彊,何如并州儿?"高阳池在襄阳。彊是其爱将,并州人也。《襄阳记》曰:"汉侍中习郁于岘山南,依范蠡养鱼法作鱼池,池边有高堤,种竹及长楸,芙蓉菱芡覆水,是游燕名处也。山简每临此池,未尝不大醉而还,曰:'此是我高阳池也!'襄阳小儿歌之。"

张季鹰纵任不拘,时人号为"江东步兵"。或谓之曰:"卿乃可纵适一时,独不为身后名邪?"答曰:"使我有身后名,不如即时一杯酒!"《文士传》曰:"翰任性自适,无求当世,时人贵其旷达。"

毕茂世云:"一手持蟹螯,一手持酒杯,拍浮酒池中,便足了一生。"《晋中兴书》曰:"毕卓字茂世,新蔡人。少傲达,为胡毋辅之所知。太兴末，为吏部郎，尝饮酒废职。比舍郎酿酒熟，卓因醉，夜至其瓮间取饮之。主者谓是盗，执而缚之，知为吏部也，释之。卓遂引主人燕瓮侧，取醉而去。温峤素知爱卓，请为平南长史，卒。"

　　贺司空入洛赴命，为太孙舍人。经吴阊门，在船中弹琴。张季鹰本不相识，先在金阊亭，闻弦甚清，下船就贺，因共语。便大相知说。问贺："卿欲何之？"贺曰："入洛赴命，正尔进路。"张曰："吾亦有事北京。"因路寄载，便与贺同发。初不告家，家追问乃知。

　　祖车骑过江时，公私俭薄，无好服玩。王、庾诸公共就祖，忽见裘袍重叠，珍饰盈列，诸公怪问之。祖曰："昨夜复南塘一出。"祖于时恒自使健儿鼓行劫钞，在事之人，亦容而不问。《晋阳秋》曰："逖性通济，不拘小节。又宾从多是桀黠勇士，逖待之皆如子弟。永嘉中，流民以万数，扬土大饥，宾客攻剽，逖辄拥护全卫，谈者以此少之，故久不得调。"

　　鸿胪卿孔群好饮酒。王丞相语云："卿何为恒饮酒？不见酒家覆瓿布，日月糜烂？"群曰："不尔，不见糟肉，乃更堪久。"群尝书与亲旧："今年田得七百斛秫米，不了麹蘖事。"群已见上。

　　有人讥周仆射与亲友言戏，秽杂无检节。邓粲《晋纪》曰："王导与周颙及朝士诣尚书纪瞻观伎。瞻有爱妾，能为新声。颙于众中欲通其妾，露其丑秽，颜无怍色。有司奏免颙官，诏特原之。"周曰："吾若万里长江，何能不千里一曲。"

　　温太真位未高时，屡与扬州、淮中估安樗蒱，与辄不竞。尝一过，大输物，戏屈，无因得反。与庾亮善，于舫中大唤亮曰："卿可赎我！"庾即送直，然后得还。经此数四。《中兴书》曰："峤有俊朗之目，而不拘细行。"

　　温公喜慢语，卞令礼法自居。《卞壶别传》曰："壶正色立朝，百寮严惮，贵游子弟，莫不祗肃。"至庾公许，大相剖击。温发口鄙秽，庾公徐曰:"太真终日无鄙言。"重其达也。

周伯仁风德雅重,深达危乱。过江积年,恒大饮酒。尝经三日不醒,时人谓之"三日仆射"。《晋阳秋》曰:"初,颛以雅望,获海内盛名,后屡以酒失。庾亮曰:'周侯末年,可谓凤德之衰也。'"《语林》曰:"伯仁正有姊丧,三日醉,姑丧,二日醉,大损资望。每醉,诸公常共屯守。"

卫君长为温公长史,温公甚善之。每率尔提酒脯就卫,箕踞相对弥日。卫往温许亦尔。卫永已见。

苏峻乱,诸庾逃散。庾冰时为吴郡,单身奔亡,民吏皆去,唯郡卒独以小船载冰出钱塘口,蓬簇覆之。时峻赏募觅冰,属所在搜检甚急。卒舍船市渚,因饮酒醉还,舞棹向船曰:"何处觅庾吴郡? 此中便是。"冰大惶怖,然不敢动。监司见船小装狭,谓卒狂醉,都不复疑。自送过浙江,寄山阴魏家,得免。《中兴书》曰:"冰为吴郡,苏峻作逆,遣军伐冰,冰弃郡奔会稽。"后事平,冰欲报卒,适其所愿。卒曰:"出自厮下,不愿名器。少苦执鞭,恒患不得快饮酒,使其酒足馀年毕矣,无所复须。"冰为起大舍,市奴婢,使门内有百斛酒,终其身。时谓此卒非唯有智,且亦达生。

殷洪乔作豫章郡,《殷氏谱》曰:"羡字洪乔,陈郡人。父识,镇东司马。羡仕至豫章太守。"临去,都下人因附百许函书。既至石头,悉掷水中,因祝曰:"沉者自沉,浮者自浮,殷洪乔不能作致书邮。"

王长史、谢仁祖同为王公掾。《王濛别传》曰:"丞相王导辟名士时贤,协赞中兴,旌命所加,必延俊乂,辟濛为掾。"长史云:"谢掾能作异舞。"谢便起舞,神意甚暇。《晋阳秋》曰:"尚性通任,善音乐。"《语林》曰:"谢镇西酒后,于槃案间,为洛市肆工鸲鹆舞,甚佳。"王公熟视,谓客曰:"使人思安丰。"戎性通任,尚类之。

王、刘共在杭南,酣宴于桓子野家。伊,已见。谢镇西往尚书墓还,葬后三日反哭。诸人欲要之,初遣一信,犹未许,然已停车。重要,便回驾。诸人门外迎之,把臂便下,裁得脱帻,箸帽酣宴。半坐,乃觉未脱衰。尚书,谢衰,尚叔也。已见。宋明帝《文章志》曰:“尚性轻率,不拘细行。兄葬后,往墓还。王濛、刘惔共游新亭,濛欲招尚,先以问惔曰:‘计仁祖正当不为异同耳。’惔曰:‘仁祖韵中自应来。’乃遣要之。尚初辞,然已无归意。及再请,即回轩焉。其率如此。”

　　桓宣武少家贫,戏大输,债主敦求甚切,思自振之方,莫知所出。陈郡袁耽,俊迈多能。《袁氏家传》曰:“耽字彦道,陈郡阳夏人,魏郎中令涣曾孙也。魁梧爽朗,高风振迈,少倜傥不羁,有异才,士人多归之。仕至司徒从事中郎。”宣武欲求救于耽,耽时居艰,恐致疑,试以告焉。应声便许,略无慊吝。遂变服怀布帽随温去,与债主戏。耽素有艺名,债主就局,曰:“汝故当不办作袁彦道邪?”遂共戏。十万一掷,直上百万数。投马绝叫,傍若无人,探布帽掷对人曰:“汝竟识袁彦道不?”《郭子》曰:“桓公樗蒱,失数百斛米,求救于袁耽。耽在艰中,便云:‘大快。我必作采,卿但大唤。’即脱其衰,共出门去。觉头上有布帽,掷去,箸小帽。既戏,袁形势呼祖,掷必卢雉,二人齐叫,故家顷刻失数百万也。”

　　王光禄云:“酒,正使人人自远。”光禄,王蕴也。《续晋阳秋》曰:“蕴素嗜酒,末年尤甚。及在会稽,略少醒日。”

　　刘尹云:“孙承公狂士,每至一处,赏玩累日,或回至半路却返。”《中兴书》曰:“承公少诞任不羁,家于会稽,性好山水。及求鄞县,遗心细务,纵意游肆,名阜盛川,靡不历览。”

　　袁彦道有二妹:一适殷渊源,一适谢仁祖。《袁氏谱》曰:“耽大妹名女皇,适殷浩。小妹名女正,适谢尚。”语桓宣武云:“恨不更有一人配卿。”

　　桓车骑在荆州,张玄为侍中,使至江陵,路经阳岐村,村临江,去荆州二百里。俄见一人,持半小笼生鱼,径来造船云:“有鱼，欲寄作脍。"张乃维舟而纳之。问其姓字，称是刘遗民。《中兴书》曰："刘骥之，一字遗民。"已见。张素闻其名，大相忻待。刘既知张衔命，问："谢安、王文度并佳不？"张甚欲话言，刘了无停意。既进脍，便去，云："向得此鱼，观君船上当有脍具，是故来耳。"于是便去。张乃追至刘家，为设酒，殊不清旨。张高其人，不得已而饮之。方共对饮，刘便先起，云："今正伐荻，不宜久废。"张亦无以留之。

王子猷诣郗雍州，《中兴书》曰："郗恢字道胤，高平人。父昙，北中郎将。恢长八尺，美髭髯，风神魁梧。烈宗器之，以为蕃伯之望。自太子左率，擢为雍州刺史。"雍州在内。见有鉳甀，云："阿乞那得此物？"阿乞，恢小字。令左右送还家。郗出见之，王曰："向有大力者负之而趋。"《庄子》曰："夫藏舟于壑，藏山于泽，谓之固矣。然有大力者负之而走，昧者不知也。"郗无忤色。

谢安始出西戏，失车牛，便杖策步归。道逢刘尹，语曰："安石将无伤？"谢乃同载而归。

襄阳罗友有大韵，少时多谓之痴。尝伺人祠，欲乞食，往太蚤，门未开。主人迎神出见，问以非时，何得在此，答曰："闻卿祠，欲乞一顿食耳。"遂隐门侧。至晓，得食便退，了无怍容。为人有记功，从桓宣武平蜀，按行蜀城阙观宇，内外道陌广狭，植种果竹多少，皆默记之。后宣武漂洲与简文集，友亦预焉。共道蜀中事，亦有所遗忘，友皆名列，曾无错漏。宣武验以蜀城阙簿，皆如其言。坐者叹服。谢公云："罗友讵减魏阳元！"后为广州刺史，当之镇，刺史桓豁语令莫来宿。答曰："民已有前期。主人贫，或有酒馔之费，见与甚有旧，请别日奉命。"征西密遣人察之。至日，乃往荆州门下书佐家，处之怡然，不异胜达。在益州语儿云："我有五百人食器。"家中大惊。其由来

清,而忽有此物,定是二百五十沓乌㯡。《晋阳秋》曰:"友字它仁,襄
阳人。少好学,不持节检。性嗜酒,当其所遇,不择士庶。又好伺人祠,往乞馂
食,虽复营署垆肆,不以为羞。桓温常责之云:'君太不逮! 须食,何不就身求?
乃至于此!'友傲然不屑,答曰:'就公乞食,今乃可得,明日已复无。'温大笑之。
始仕荆州,后在温府,以家贫乞禄。温虽以才学遇之,而谓其诞肆,非治民才,许
而不用。后同府人有得郡者,温为席起别,友至尤晚。问之,友答曰:'民性饮道
嗜味,昨奉教旨,乃是首旦出门,于中路逢一鬼,大见揶揄,云:"我只见汝送人作
郡,何以不见人送汝作郡?"民始怖终惭,回还以解,不觉成淹缓之罪。'温虽笑其
滑稽,而心颇愧焉。后以为襄阳太守,累迁广、益二州刺史。在藩举其宏纲,不存
小察,甚为吏民所安说。薨于益州。"

　　桓子野每闻清歌,辄唤"奈何!"谢公闻之曰:"子野可谓一
往有深情。"

　　张湛好于斋前种松柏。《晋东宫官名》曰:"湛字处度,高平人。"《张
氏谱》曰:"湛祖巍,正员郎。父旷,镇军司马。湛仕至中书郎。"时袁山松出
游,每好令左右作挽歌。山松别见。《续晋阳秋》曰:"袁山松善音乐。北
人旧歌有《行路难曲》,辞颇疏质。山松好之,乃为文其章句,婉其制制。每因酒
酣,从而歌之,听者莫不流涕。初,羊昙善唱乐,桓尹能《挽歌》,及山松以《行路
难》继之,时人谓之三绝。"今云挽歌,未详。时人谓:"张屋下陈尸,袁道
上行殡。"裴启《语林》曰:"张湛好于斋前种松,养鸲鹆。袁山松出游,好令左右
作挽歌。时人云云。"

　　罗友作荆州从事,桓宣武为王车骑集别。车骑,王洽,别见。
友进,坐良久,辞出,宣武曰:"卿向欲咨事,何以便去?"答曰:
"友闻白羊肉美,一生未曾得吃,故冒求前耳,无事可咨。今已
饱,不复须驻。"了无惭色。

　　张骁酒后挽歌甚凄苦,桓车骑曰:"卿非田横门人,何乃顿
尔至致?"骁,张湛小字也。谯子《法训》云:"有丧而歌者。或曰:'彼为乐丧也,
有不可乎?'谯子曰:'《书》云:"四海遏密八音。"何乐丧之有?'曰:'今丧有挽歌
者,何以哉?'谯子曰:'周闻之:盖高帝召齐田横至于户乡亭,自刎奉首,从者挽至

于宫，不敢哭而不胜哀，故为歌以寄哀音。彼则一时之为也。邻有丧，春不相引，挽人衔枚，孰乐丧者邪?'"按《庄子》曰："绋讴所生，必于斥苦。"司马彪《注》曰："绋，引柩索也。斥，疏缓也。苦，用力也。引绋所以有讴歌者，为人有用力不齐，故促急之也。"《春秋左氏传》曰："鲁哀公会吴伐齐，其将公孙夏命歌《虞殡》。"杜预曰："《虞殡》，送葬歌，示必死也。"《史记·绛侯世家》曰："周勃以吹箫乐丧。"然则挽歌之来久矣，非始起于田横也。然谯氏引礼之文，颇有明据，非固陋者所能详闻。疑以传疑，以俟通博。

王子猷尝暂寄人空宅住，便令种竹。或问："暂住何烦尔?"王啸咏良久，直指竹曰："何可一日无此君?"《中兴书》曰："徽之卓荦不羁，欲为傲达，放肆声色颇过度。时人钦其才，秽其行也。"

王子猷居山阴，夜大雪，眠觉，开室，命酌酒，四望皎然。因起仿偟，咏左思《招隐诗》。《中兴书》曰："徽之任性放达，弃官东归，居山阴也。"左诗曰："杖策招隐士，荒涂横古今。岩穴无结构，丘中有鸣琴。白雪停阴冈，丹葩曜阳林。"忽忆戴安道。时戴在剡，即便夜乘小船就之。经宿方至，造门不前而返。人问其故，王曰："吾本乘兴而行，兴尽而返，何必见戴?"

王卫军云："酒正自引人箸胜地。"王箸已见。

王子猷出都，尚在渚下。旧闻桓子野善吹笛，《续晋阳秋》曰："左将军桓伊善音乐，孝武饮燕，谢安侍坐，帝命伊吹笛。伊神色无忤，既吹一弄，乃放笛云：'臣于筝乃不如笛，然自是足以韵合歌管。臣有一奴，善吹笛，且相便串，请进之。'帝赏其放率，听召奴。奴既至，吹笛，伊抚筝而歌怨诗，因以为谏也。"而不相识。遇桓于岸上过，王在船中，客有识之者，云是桓子野。王便令人与相闻云："闻君善吹笛，试为我一奏。"桓时已贵显，素闻王名，即便回下车，踞胡床，为作三调。弄毕，便上车去。客主不交一言。

桓南郡被召作太子洗马，《玄别传》曰："玄初拜太子洗马，时朝廷以温有不臣之迹，故抑玄为素官。"船泊荻渚。王大服散后已小醉，往看桓。桓为设酒，不能冷饮，频语左右："令温酒来!"桓乃流涕呜咽，王便欲去。桓以手巾掩泪，因谓王曰："犯我家讳，何预卿事？"《晋安帝纪》曰："玄哀乐过人，每欢戚之发，未尝不至呜咽。"王叹曰："灵宝故自达。"灵宝，玄小字也。《异苑》曰："玄生而有光照室，善占者云：'此儿生有奇耀，宜目为天人。'宣武嫌其三文，复言为'神灵宝'，犹复用三。既难重前，却减'神'一字，名曰'灵宝'。"《语林》曰："玄不立忌日，止立忌时，其达而不拘，皆此类。"

王孝伯问王大："阮籍何如司马相如？"王大曰："阮籍胸中垒块，故须酒浇之。"言阮皆同相如，而饮酒异耳。

王佛大叹言："三日不饮酒，觉形神不复相亲。"《晋安帝纪》曰："忱少慕达，好酒，在荆州转甚，一饮或至连日不醒，遂以此死。"宋明帝《文章志》曰："忱嗜酒，醉辄经日，自号上顿。世嗺以大饮为'上顿'，起自忱也。"

王孝伯言："名士不必须奇才，但使常得无事，痛饮酒，熟读《离骚》，便可称名士。"

王长史登茅山，大恸哭曰："琅邪王伯舆，终当为情死。"《王氏谱》曰："廞字伯舆，琅邪人。父荟，卫将军。廞历司徒长史。"周祗《隆安记》曰："初，王恭将唱义，使喻三吴，廞居丧，拔以为吴国内史。国宝既死，恭罢兵，令廞反丧服。廞大怒，即日据吴都以叛。恭使司马刘牢之讨廞，廞败，不知所在。"

简傲第二十四

晋文王功德盛大，坐席严敬，拟于王者。《汉晋春秋》曰："文王进爵为王，司徒何曾与朝臣皆尽礼，唯王祥长揖不拜。"唯阮籍在坐，箕踞啸歌，酣放自若。

王戎弱冠诣阮籍，时刘公荣在坐。阮谓王曰："偶有二斗美酒，当与君共饮，彼公荣者，无预焉。"二人交觞酬酢，公荣遂不得一杯，而言语谈戏，三人无异。或有问之者，阮答曰："胜公荣者，不得不与饮酒；不如公荣者，不可不与饮酒；唯公荣，可不与饮酒。"《晋阳秋》曰："戎年十五，随父浑在郎舍，阮籍见而说焉。每适浑俄顷，辄在戎室久之。乃谓浑：'濬冲清尚，非卿伦也。'戎尝诣籍共饮，而刘昶在坐不与焉，昶无恨色。既而戎问籍曰：'彼为谁也？'曰：'刘公荣也。'濬冲曰：'胜公荣，故与酒；不如公荣，不可不与酒；唯公荣者，可不与酒。'"《竹林七贤论》曰："初，籍与戎父浑俱为尚书郎，每造浑，坐未安，辄曰：'与卿语，不如与阿戎语。'就戎，必日夕而返。籍长戎二十岁，相得如时辈。刘公荣通士，性尤好酒。籍与戎酬酢终日，而公荣不蒙一杯，三人各自得也。戎为物论所先，皆此类。"

钟士季精有才理，先不识嵇康。钟要于时贤俊之士，俱往寻康。康方大树下锻，向子期为佐鼓排。康扬槌不辍，旁若无人，移时不交一言。钟起去，康曰："何所闻而来？何所见而去？"钟曰："闻所闻而来，见所见而去。"《文士传》曰："康性绝巧，能锻铁。家有盛柳树，乃激水以圜之，夏天甚清凉，恒居其下傲戏，乃身自锻。家虽贫，有人说锻者，康不受直。虽亲旧以鸡酒往与共饮啖，清言而已。"《魏氏春秋》曰："钟会为大将军兄弟所昵，闻康名而造焉。会名公子，以才能贵幸，乘肥衣轻，宾从如云。康方箕踞而锻，会至不为之礼，会深衔之。后因吕安事，而遂潜康焉。"

嵇康与吕安善，每一相思，千里命驾。《晋阳秋》曰："安字中悌，东平人，冀州刺史招之第二子。志量开旷，有拔俗风气。"干宝《晋纪》曰："初，安之交康也，其相思则率尔命驾。"安后来，值康不在，喜出户延之，不入。《晋百官名》曰："嵇喜字公穆，历扬州刺史，康兄也。阮籍遭丧，往吊之。籍能为青白眼，见凡俗之士，以白眼对之。及喜往，籍不哭，见其白眼，喜不怿而退。康闻之，乃赍酒挟琴而造之，遂相与善。"干宝《晋纪》曰："安尝从康，或遇其行，康兄喜拭席而待之，弗顾，独坐车中。康母就设酒食，求康儿共与戏。良久则去，其轻贵如此。"题门上作"凤"字而去。喜不觉，犹以为欣故作。"凤"字，凡鸟也。许慎《说文》曰："凤，神鸟也。从鸟，凡声。"

陆士衡初入洛，咨张公所宜诣，刘道真是其一。陆既往，刘尚在哀制中。性嗜酒，礼毕，初无他言，唯问："东吴有长柄壶卢，卿得种来不？"陆兄弟殊失望，乃悔往。

王平子出为荆州，《晋阳秋》曰："惠帝时，太尉王夷甫言于选者，以弟澄为荆州刺史,从弟敦为青州刺史。澄、敦俱诣太尉辞。太尉谓曰:‘今王室将卑,故使弟等居齐、楚之地,外可以建霸业,内足以匡帝室,所望于二弟也!’”王太尉及时贤送者倾路。时庭中有大树,上有鹊巢。平子脱衣巾,径上树取鹊子。凉衣拘阂树枝,便复脱去。得鹊子还,下弄,神色自若,傍若无人。邓粲《晋纪》曰:“澄放荡不拘,时谓之达。”

高坐道人于丞相坐,恒偃卧其侧。见卞令,肃然改容云:“彼是礼法人。”《高坐传》曰:“王公曾诣和上,和上解带偃伏,悟言神解。见尚书令卞望之,便敛衿饰容。时叹皆得其所。”

桓宣武作徐州,时谢奕为晋陵。《中兴书》曰:“奕自吏部郎,出为晋陵太守。”先粗经虚怀,而乃无异常。及桓还荆州,将西之间,意气甚笃,奕弗之疑。唯谢虎子妇王悟其旨。虎子,谢据小字,奕弟也。其妻王氏,已见。每曰:“桓荆州用意殊异,必与晋陵俱西矣!”俄而引奕为司马。奕既上,犹推布衣交。在温坐,岸帻啸咏,无异常日。宣武每曰:“我方外司马。”遂因酒,转无朝夕礼。桓舍入内,奕辄复随去。后至奕醉,温往主许避之。主曰:“君无狂司马,我何由得相见?”

谢万在兄前,欲起索便器。于时阮思旷在坐曰:“新出门户,笃而无礼。”

谢中郎是王蓝田女婿,《谢氏谱》曰:“万取太原王述女,名荃。”尝箸白纶巾,肩舆径至扬州听事见王,直言曰:“人言君侯痴,君侯信自痴。”蓝田曰:“非无此论,但晚令耳。”《述别传》曰:“述少真独退静,人未尝知,故有晚令之言。”

王子猷作桓车骑骑兵参军,桓问曰:“卿何署?”答曰:“不知何署,时见牵马来,似是马曹。”《中兴书》曰:“桓冲引徽之为参军,蓬首散带,不综知其府事。”桓又问:“官有几马?”答曰:“不问马,何由知其数?”《论语》曰:“厩焚,孔子退朝曰:‘伤人乎?’不问马。”注“贵人贱畜,故

不问也。"又问:"马比死多少?"答曰:"未知生,焉知死?"《论语》曰:
"子路问死。孔子曰:'未知生,焉知死?'"马融注曰:"死事难明,语之无益,故
不答。"

谢公尝与谢万共出西,过吴郡。阿万欲相与共萃王恬许,
恬已见。时为吴郡太守。太傅云:"恐伊不必酬汝意,不足尔!"万犹
苦要,太傅坚不回,万乃独往。坐少时,王便入门内,谢殊有欣
色,以为厚待己。良久,乃沐头散发而出,亦不坐,仍据胡床,
在中庭晒头,神气傲迈,了无相酬对意。谢于是乃还。未至
船,逆呼太傅。安曰:"阿螭不作尔!"王恬,小字螭虎。

王子猷作桓车骑参军。桓谓王曰:"卿在府久,比当相料
理。"初不答,直高视,以手版拄颊云:"西山朝来,致有爽气。"

谢万北征,常以啸咏自高,未尝抚慰众士。谢公甚器爱
万,而审其必败,乃俱行,从容谓万曰:"汝为元帅,宜数唤诸将
宴会,以说众心。"万从之。因召集诸将,都无所说,直以如意
指四坐云:"诸君皆是劲卒。"诸将甚忿恨之。谢公欲深箸恩
信,自队主将帅以下,无不身造,厚相逊谢。及万事败,军中因
欲除之。复云:"当为隐士。"故幸而得免。万败事已见上。

王子敬兄弟见郗公,蹑履问讯,甚修外生礼。及嘉宾死,
皆箸高屐,仪容轻慢。命坐,皆云"有事,不暇坐"。既去,郗公
慨然曰:"使嘉宾不死,鼠辈敢尔!"愔子超,有盛名,且获宠于桓温,故
为超敬愔。

王子猷尝行过吴中,见一士大夫家极有好竹。主已知子
猷当往,乃洒扫施设,在听事坐相待。王肩舆径造竹下,讽啸
良久。主已失望,犹冀还当通,遂直欲出门。主人大不堪,便
令左右闭门不听出。王更以此赏主人,乃留坐,尽欢而去。

王子敬自会稽经吴,闻顾辟疆《顾氏谱》曰:"辟疆,吴郡人。历郡

功曹、平北参军。"有名园。先不识主人，径往其家，值顾方集宾友酣燕。而王游历既毕，指麾好恶，傍若无人。顾勃然不堪曰："傲主人，非礼也；以贵骄人，非道也。失此二者，不足齿人，伧耳！"便驱其左右出门。王独在舆上，回转顾望，左右移时不至，然后令送箸门外，怡然不屑。

世说新语卷下之下

排调第二十五

诸葛瑾为豫州,遣别驾到台,瑾已见。语云:"小儿知谈,卿可与语。"连往诣恪,《江表传》曰:"恪字元逊,瑾长子也。少有才名,发藻岐嶷,辩论应机,莫与为对。孙权见而奇之,谓瑾曰:'蓝田生玉,真不虚也!'仕吴至太傅。为孙峻所害。"恪不与相见。后于张辅吴坐中相遇,环济《吴纪》曰:"张昭字子布,忠正有才义,仕吴,为辅吴将军。"别驾唤恪:"咄咄郎君。"恪因嘲之曰:"豫州乱矣,何咄咄之有?"答曰:"君明臣贤,未闻其乱。"恪曰:"昔唐尧在上,四凶在下。"答曰:"非唯四凶,亦有丹朱。"于是一坐大笑。

晋文帝与二陈共车,过唤钟会同载,即驶车委去。比出,已远。既至,因嘲之曰:"与人期行,何以迟迟?望卿遥遥不至。"会答曰:"矫然懿实,何必同群?"帝复问会:"皋繇何如人?"答曰:"上不及尧、舜,下不逮周、孔,亦一时之懿士。"二陈,骞与泰也。会父名繇,故以"遥遥"戏之。骞父矫,宣帝讳懿,泰父群,祖父寔,故以此酬之。

钟毓为黄门郎,有机警,在景王坐燕饮。时陈群子玄伯、武周子元夏同在坐,《魏志》曰:"武周字伯南,沛国竹邑人。仕至光禄大夫。"共嘲毓。景王曰:"皋繇何如人?"对曰:"古之懿士。"顾谓玄伯、元夏曰:"君子周而不比,群而不党。"孔安国《注论语》曰:"忠信为周,阿党为比。党,助也。君子虽众,不相私助。"

嵇、阮、山、刘在竹林酣饮，王戎后往。步兵曰："俗物已复来败人意！"《魏氏春秋》曰："时谓王戎未能超俗也。"王笑曰："卿辈意，亦复可败邪？"

晋武帝问孙皓：《吴录》曰："皓字元宗，一名彭祖，大皇帝孙也。景帝崩，皓嗣位，为晋所灭，封归命侯。""闻南人好作《尔汝歌》，颇能为不？"皓正饮酒，因举觞劝帝而言曰："昔与汝为邻，今与汝为臣。上汝一杯酒，令汝寿万春。"帝悔之。

孙子荆年少时欲隐，语王武子"当枕石漱流"，误曰"漱石枕流"。王曰："流可枕，石可漱乎？"孙曰："所以枕流，欲洗其耳；《逸士传》曰："许由为尧所让，其友巢父责之。由乃过清泠水洗耳拭目，曰：'向闻贪言，负吾之友。'"所以漱石，欲砺其齿。"

头责秦子羽云：子羽未详。"子曾不如太原温颙、颍川荀寓、温颙已见。《荀氏谱》曰："寓字景伯，祖式，太尉。父保，御史中丞。"《世语》曰："寓少与裴楷、王戎、杜默俱有名，仕晋，至尚书。"范阳张华、士卿刘许、《晋百官名》曰："刘许字文生，涿鹿郡人。父放，魏骠骑将军。许，惠帝时为宗正卿。"按许与张华同范阳人，故曰士卿，互其辞也。宗正卿，或曰士卿。义阳邹湛、河南郑诩？《晋诸公赞》曰："湛字润甫，新野人。以文义达，仕至侍中。诩字思渊，荥阳开封人，为卫尉卿。祖泰，扬州刺史。父褒，司空。"此数子者，或謇吃无宫商，或尪陋希言语，或淹伊多姿态，或讙哗少智谞，或口如含胶饴，或头如巾齑杵，《文士传》曰："华为人少威仪，多姿态。"推意此语，则此六句，还以目上六人，而"口如含胶饴"，则指邹湛。湛辩丽英博，而有此称。未详。而犹以文采可观，意思详序，攀龙附凤，并登天府。"《张敏集》载《头责子羽》文曰："余友有秦生者，虽有姊夫之尊，少而狎焉。同时好昵，有太原温长仁颙、颍川荀景伯寓、范阳张茂先华、士卿刘文生许、南阳邹润甫湛、河南郑思渊诩。数年之中，继踵登朝，而此贤身处陋巷，屡沽而无善价，亢志自若，终不衰堕，为之慨然。又怪诸贤既已在位，曾无《伐木》嘤鸣之声，甚违王贡弹冠之义，故因秦生容貌之盛，为头责之文以戏之，并以嘲六子焉。虽似谐谑,实有兴也。"其文曰:"维泰始元年,头责子羽曰:'吾托子为头,万有余日矣。大块禀我以精,造我以形。我为子植发肤、置鼻耳、安眉须、插牙齿、眸子摛光,双颧隆起。每至出入之间,遨游市里,行者辟易,坐者竦踞。或称君侯,或言将军,捧手倾侧,伫立崎岖。如此者,故我形之足伟也。子冠冕不戴,金银不佩,钗以当笄,帢以代幓,旨味弗尝,食粟茹菜,限摧园间,粪壤污黑,岁莫年过,曾不自悔。子厌我于形容,我贱子乎意态。若此者乎,必子行己之累也。子遇我如仇,我视子如仇,居常不乐,两者俱忧,何其鄙哉! 子欲为人宝也,则当如皋陶、后稷、巫咸、伊陟,保乂王家,永见封殖。子欲为名高也,则当如许由、子威、卞随、务光、洗耳逃禄,千岁流芳。子欲为游说也,则当如陈轸、蒯通、陆生、邓公,转祸为福,令辞从容。子欲为进趣也,则当如贾生之求试,终军之请使。砥砺锋颖,以干王事。子欲为恬淡也,则当如老聃之守一,庄周之自逸。廓然离欲,志陵云日。子欲为隐遁也,则当如荣期之带索,渔父之濯沧,栖迟神丘,垂饵巨壑。此一介之所以显身成名者。今子上不希道德,中不效儒墨,块然穷贱,守此愚惑。察子之情,观子之志,退不为于处士,进无望于三事,而徒玩日劳形,习为常人之所喜,不亦过乎!'于是子羽愀然深念而对曰:'凡所教敕,谨闻命矣。以受性拘系,不闻礼义,设以天幸,为子所寄。今欲使吾为忠也,即当如伍胥、屈平。欲使吾为信也,则当杀身以成名。欲使吾为介节邪,则当赴水火以全贞。此四者,人之所忌,故吾不敢造意。'头曰:'子所谓天刑地网,刚德之尤,不登山抱木,则赛裳赴流。吾欲告尔以养性,诲尔以优游,而以蚑虭同情,不听我谋,悲哉! 俱寓人体,而独为子头! 且拟人其伦,喻子侪偶。子不如太原温颙、颍川荀寓、范阳张华、士卿刘许、南阳邹湛、河南郑诩。此数子者,或謇吃无宫商,或尫陋希言语,或淹伊多姿态,或讙哗少智谞,或口如含胶饴,或头如巾齑杵,而犹文采可观,意思详序,攀龙附凤,并登天府。夫舐痔得车,沈渊得珠,岂若夫子徒令唇舌腐烂,手足沾濡哉! 居有事之世,而耻为权图,譬犹凿池抱瓮,难以求富。嗟乎子羽! 何异槛中之熊,深阱之虎,石间饥蟹,窦中之鼠。事力虽勤,见功甚苦。宜其拳局颠蹶,至老无所希也。支离其形,犹能不困,非命也夫! 岂与夫子同处也。'"

　　王浑与妇钟氏共坐,见武子从庭过,浑欣然谓妇曰:"生儿如此,足慰人意。"妇笑曰:"若使新妇得配参军,生儿故可不啻如此!"《王氏家谱》曰:"伦字太冲,司空穆侯中子,司徒浑弟也。醇粹简远,贵老、庄之学,用心淡如也。为《老子例略》、《周纪》。年二十余,举孝廉,不行。历大将军参军。年二十五卒,大将军为之流涕。"

荀鸣鹤、陆士龙二人未相识,俱会张茂先坐。张令共语。以其并有大才,可勿作常语。陆举手曰:"云间陆士龙。"荀答曰:"日下荀鸣鹤。"陆曰:"既开青云睹白雉,何不张尔弓,布尔矢?"荀答曰:"本谓云龙騤騤,定是山鹿野麋。兽弱弩强,是以发迟。"张乃抚掌大笑。《晋百官名》曰:"荀隐字鸣鹤,颖川人。"《荀氏家传》曰:"隐祖昕,乐安太守。父岳,中书郎。隐与陆云在张华坐语,互相反覆,陆连受屈,隐辞皆美丽,张公称善云。世有此书,寻之未得。历太子舍人,廷尉平,蚤卒。"

陆太尉诣王丞相,陆玩已见。王公食以酪。陆还遂病。明日与王笺云:"昨食酪小过,通夜委顿。民虽吴人,几为伧鬼。"

元帝皇子生,普赐群臣。殷洪乔谢曰:殷羡已见。"皇子诞育,普天同庆。臣无勋焉,而猥颁厚赉。"中宗笑曰:"此事岂可使卿有勋邪?"

诸葛令、王丞相共争姓族先后,王曰:"何不言葛、王,而云王、葛?"令曰:"譬言驴马,不言马驴,驴宁胜马邪?"诸葛恢。

刘真长始见王丞相,时盛暑之月,丞相以腹熨弹棋局,曰:"何乃渹!"吴人以冷为渹。刘既出,人问见王公云何,刘曰:"未见他异,唯闻作吴语耳。"《语林》曰:"真长云:'丞相何奇,止能作吴语及细唾也。'"

王公与朝士共饮酒,举琉璃碗谓伯仁曰:"此碗腹殊空,谓之宝器,何邪?"以戏周之无能。答曰:"此碗英英,诚为清彻,所以为宝耳!"

谢幼舆谓周侯曰:"卿类社树,远望之,峨峨拂青天;就而视之,其根则群狐所托,下聚溷而已!"谓颜好媟渎故。答曰:"枝条拂青天,不以为高;群狐乱其下,不以为浊。聚溷之秽,卿之所保,何足自称!"

王长豫幼便和令，丞相爱恣甚笃。每共围棋，丞相欲举行，长豫按指不听。丞相笑曰："讵得尔？相与似有瓜葛。"蔡邕曰："瓜葛，疏亲也。"

明帝问周伯仁："真长何如人？"答曰："故是千斤犗特。"王公笑其言。伯仁曰："不如卷角牸，有盘辟之好。"以戏王也。

王丞相枕周伯仁膝，指其腹曰："卿此中何所有？"答曰："此中空洞无物，然容卿辈数百人。"

干宝向刘真长《中兴书》曰："宝字令升，新蔡人。祖正，吴奋武将军。父莹，丹阳丞。宝少以博学才器著称，历散骑常侍。"叙其《搜神记》，《孔氏志怪》曰："宝父有嬖人，宝母至妒，葬宝父时，因推著藏中。经十年而母丧，开墓，其婢伏棺上，就视犹暖，渐有气息。舆还家，终日而苏。说宝父常致饮食，与之接寝，恩情如生。家中吉凶，辄语之，校之悉验。平复数年后方卒。宝因作《搜神记》，中云'有所感起'是也。"刘曰："卿可谓鬼之董狐。"《春秋传》曰："赵穿攻晋灵公于桃园，赵宣子未出境而复。太史书：'赵盾弑其君。'宣子曰：'不然。'对曰：'子为正卿，亡不越境，反不讨贼，非子而谁？'孔子曰：'董狐，古之良史也，书法不隐。赵盾，古之贤大夫也，为法受恶。'"

许文思往顾和许，顾先在帐中眠。许至，便径就床角枕共语。许琛已见。既而唤顾共行，顾乃命左右取枕上新衣，易己体上所著。许笑曰："卿乃复有行来衣乎？"

康僧渊目深而鼻高，王丞相每调之。僧渊曰："鼻者面之山，《管辂别传》曰："鼻者天中之山。"《相书》曰："鼻之所在为天中，鼻有山象，故曰山。"目者面之渊。山不高则不灵，渊不深则不清。"

何次道往瓦官寺礼拜甚勤。充崇释氏，甚加敬也。阮思旷语之曰："卿志大宇宙，《尹子》曰："天地四方曰宇，往古来今曰宙。"勇迈终古。"终古，往古也。《楚辞》曰："吾不能忍此终古也。"何曰："卿今日何故忽见推？"阮曰："我图数千户郡，尚不能得；卿乃图作佛，不亦大乎！"思旷，裕也。

庾征西大举征胡，既成行，止镇襄阳。《晋阳秋》曰："翼率众入沔，将谋伐狄。既至襄阳，狄尚强，未可决战。会康帝崩，兄冰薨，留长子方之守襄阳，自驰还夏。"殷豫章与书，送一折角如意以调之。豫章，殷羡。庾答书曰："得所致，虽是败物，犹欲理而用之。"

桓大司马乘雪欲猎，先过王、刘诸人许。真长见其装束单急，问："老贼欲持此何作？"桓曰："我若不为此，卿辈亦那得坐谈？"《语林》曰："宣武征还，刘尹数十里迎之，桓都不语，直云：'垂长衣，谈清言，竟是谁功？'刘答云：'晋德灵长，功岂在尔？'"二人说小异，故详载之。

褚季野问孙盛："卿国史何当成？"孙云："久应竟，在公无暇，故至今日。"褚曰："古人'述而不作'，何必在蚕室中！"《汉书》曰："李陵降匈奴，武帝甚怒。太史令司马迁盛明陵之忠，帝以迁为陵游说，下迁腐刑。乃述唐、虞以来，至于获麟，为《史记》。迁与任安书曰：'李陵既生降，仆又茸之以蚕室。'"苏林注曰："腐刑者，作密室蓄火，时如蚕室。旧时平阴有蚕室狱。"

谢公在东山，朝命屡降而不动。后出为桓宣武司马，将发新亭，朝士咸出瞻送。高灵时为中丞，亦往相祖。先时，多少饮酒，因倚如醉，戏曰："卿屡违朝旨，高卧东山，诸人每相与言：'安石不肯出，将如苍生何？'今亦苍生将如卿何？"谢笑而不答。高灵已见。《妇人集》载桓玄问王凝之妻谢氏曰："太傅东山二十余年，遂复不终，其理云何？"谢答曰："亡叔太傅先正，以无用为心，显隐为优劣，始末正当动静之异耳。"

初，谢安在东山居，布衣，时兄弟已有富贵者，翕集家门，倾动人物。刘夫人戏谓安曰："大丈夫不当如此乎？"谢乃捉鼻曰："但恐不免耳！"

支道林因人就深公买印山，深公答曰："未闻巢、由买山而隐。"《逸士传》曰："巢父者，尧时隐人。山居，不营世利，年老以树为巢而寝其上，故号巢父。"《高逸沙门传》曰："遁得深公之言，惭恧而已。"

王、刘每不重蔡公。二人尝诣蔡，语良久，乃问蔡曰："公自言何如夷甫？"答曰："身不如夷甫。"王、刘相目而笑曰："公何处不如？"答曰："夷甫无君辈客！"

张吴兴年八岁，亏齿，玄之已见。先达知其不常，故戏之曰："君口中何为开狗窦？"张应声答曰："正使君辈从此中出入！"

郝隆七月七日出日中仰卧。人问其故，答曰："我晒书。"《征西寮属名》曰："隆字佐治，汲郡人。仕吴至征西参军。"

谢公始有东山之志，后严命屡臻，势不获已，始就桓公司马。于时人有饷桓公药草，中有"远志"。公取以问谢："此药又名'小草'，何一物而有二称？"《本草》曰："远志一名棘菀，其叶名小草。"谢未即答。时郝隆在坐，应声答曰："此甚易解：处则为远志，出则为小草。"谢甚有愧色。桓公目谢而笑曰："郝参军此过乃不恶，亦极有会。"

庾园客诣孙监，值行，见齐庄在外，尚幼，而有神意。庾试之曰："孙安国何在？"即答曰："庾稚恭家。"庾大笑曰："诸孙大盛，有儿如此！"又答曰："未若诸庾之翼翼。"还，语人曰："我故胜，得重唤奴父名。"《孙放别传》曰："放兄弟并秀异，与庾翼子园客同为学生。园客少有佳称，因谈笑嘲放曰：'诸孙于今为盛。'盛，监君讳也。放即答曰：'未若诸庾之翼翼。'放应机制胜，时人仰焉。司马景王、陈、钟诸贤相酬，无以逾也。"

范玄平在简文坐，谈欲屈，引王长史曰："卿助我。"《范汪别传》曰："汪字玄平，颍阳人。左将军略之孙。少有不常之志，通敏多识，博涉经籍，致誉于时。历吏部尚书、徐兖二州刺史。"王曰："此非拔山力所能助！"《史记》曰："项羽为汉兵所围，夜起歌曰：'力拔山兮气盖世，时不利兮骓不逝。'"

郝隆为桓公南蛮参军，三月三日会，作诗。不能者，罚酒三升。隆初以不能受罚，既饮，揽笔便作一句云："娵隅跃清池。"桓问："娵隅是何物？"答曰："蛮名鱼为娵隅。"桓公曰："作诗何以作蛮语？"隆曰："千里投公，始得蛮府参军，那得不作蛮语也！"

袁羊尝诣刘恢，恢在内眠未起。袁因作诗调之曰："角枕粲文茵，锦衾烂长筵。"《唐诗》曰："晋献公好攻战，国人多丧，其诗曰：'角枕粲兮，锦衾烂兮，予美亡此，谁与独旦？'"袁故嘲之。刘尚晋明帝女，《晋阳秋》曰："恢尚庐陵长公主，名南弟。"主见诗，不平曰："袁羊，古之遗狂！"

殷洪远答孙兴公诗云："聊复放一曲。"刘真长笑其语拙，问曰："君欲云那放？"殷曰："檎腊亦放，何必其枪铃邪？"殷融已见。

桓公既废海西，立简文，《晋阳秋》曰："海西公讳奕，字延龄，成帝子也。兴宁中即位。少同阉人之疾，使宫人与左右淫通生子。大司马温自广陵还姑孰，过京都，以皇太后令，废帝为海西公。"侍中谢公见桓公拜。桓惊笑曰："安石，卿何事至尔？"谢曰："未有君拜于前，臣立于后！"

郗重熙与谢公书，道："王敬仁闻一年少怀问鼎。郗昙、王脩已见。《史记》曰：'楚庄王观兵于周郊，周定王使王孙满迎劳楚王，王问鼎大小轻重，对曰："在德不在鼎。"庄王曰："子无阻九鼎，楚国折钩之喙，足以为九鼎也。"'"不知桓公德衰，为复后生可畏？"《春秋传》曰："齐桓公伐楚，责苞茅之不贡。"《论语》曰："后生可畏，焉知来者之不如今？"孔安国曰："后生，少年。"

张苍梧是张凭之祖，尝语凭父曰："我不如汝。"凭父未解所以。苍梧曰："汝有佳儿。"《张苍梧碑》曰："君讳镇，字义远，吴国吴人。忠恕宽明，简正贞粹。泰安中，除苍梧太守。讨王含有功，封兴道县侯。"凭时年数岁，敛手曰："阿翁，讵宜以子戏父？"

习凿齿、孙兴公未相识，同在桓公坐。桓语孙："可与习参军共语。"孙云："'蠢尔蛮荆'，敢与大邦为仇？"习云："'薄伐猃狁'，至于太原。"《小雅》诗也。《毛诗注》曰："蠢，动也。荆蛮，荆之蛮也。猃狁,北夷也。"习凿齿,襄阳人。孙兴公,太原人。故因诗以相戏也。

桓豹奴是王丹阳外生,形似其舅,桓甚讳之。豹奴,桓嗣小字。《中兴书》曰:"嗣字恭祖,车骑将军冲子也。少有清誉。仕至江州刺史。"《王氏谱》曰:"混字奉正,中军将军恬子。仕至丹阳尹。"宣武云:"不恒相似,时似耳! 恒似是形,时似是神。"桓逾不说。

王子猷诣谢万,林公先在坐,瞻瞩甚高。王曰:"若林公须发并全,神情当复胜此不?"谢曰:"唇齿相须,不可以偏亡。《春秋传》曰:"唇亡齿寒。"须发何关于神明!"林公意甚恶,曰:"七尺之躯,今日委君二贤。"

郗司空拜北府,《南徐州记》曰:"旧徐州都督以东为称。晋氏南迁,徐州刺史王舒加北中郎将。北府之号,自此起也。"王黄门诣郗门拜,云:"应变将略,非其所长。"骤咏之不已。郗仓谓嘉宾曰:"公今日拜,子猷言语殊不逊,深不可容!"仓,郗融小字也。《郗氏谱》曰:"融字景山,愔第二子,辟琅邪王文学,不拜而蚤终。"嘉宾曰:"此是陈寿作诸葛评。《蜀志》陈寿评曰:"亮连年动众,而无成功,盖应变将略,非其所长也。"王隐《晋书》曰:"寿字承祚,巴西安汉人。好学,善著述。仕至中庶子。初,寿父为马谡参军,诸葛亮诛谡,髡其父头。亮子瞻又轻寿。故寿撰《蜀志》,以爱憎为评也。"人以汝家比武侯,复何所言?"

王子猷诣谢公,谢曰:"云何七言诗?"《东方朔传》曰:"汉武帝在柏梁台上,使群臣作七言诗。"七言诗自此始也。子猷承问,答曰:"昂昂若千里之驹,泛泛若水中之凫。"出《离骚》。

王文度、范荣期俱为简文所要。范年大而位小,王年小而位大。将前,更相推在前。既移久,王遂在范后。王因谓曰:"簸之扬之,糠秕在前。"范曰:"洮之汰之,沙砾在后。"王坦之、范启已见。《世说》是孙绰、习凿齿言。

刘遵祖少为殷中军所知,称之于庾公。庾公甚忻然,便取为佐。既见,坐之独榻上与语。刘尔日殊不称,庾小失望,遂名之为"羊公鹤"。昔羊叔子有鹤善舞,尝向客称之。客试使驱来,氃氋而不肯舞。故称比之。徐广《晋纪》曰:"刘爰之字遵祖,沛郡人。少有才学,能言理。历中书郎、宣城太守。"

魏长齐雅有体量,而才学非所经。初宦当出,虞存嘲之曰:"与卿约法三章:谈者死,文笔者刑,商略抵罪。"魏怡然而笑,无忤于色。《魏氏谱》曰:"颛字长齐,会稽人。祖胤,处士。父说,大鸿胪卿。颛仕至山阴令。"《汉书》曰:"沛公入咸阳,召诸父老曰:'天下苦秦苛法久矣,今与父老约法三章耳:杀人者死,伤人及盗抵罪。'"应劭注曰:"抵,至也。但至于罪。"

郗嘉宾书与袁虎,道戴安道、谢居士云:"恒任之风,当有所弘耳。"以袁无恒,故以此激之。袁、戴、谢并已见。

范启与郗嘉宾书曰:"子敬举体无饶,纵掇皮无馀润。"郗答曰:"举体无馀润,何如举体非真者?"范性矜假多烦,故嘲之。

二郗奉道,二何奉佛,皆以财贿。谢中郎云:"二郗谄于道,二何佞于佛。"《中兴书》曰:"郗愔及弟昙奉天师道。"《晋阳秋》曰:"何充性好佛道,崇修佛寺,供给沙门以百数。久在扬州,征役吏民,功赏万计,是以为遐迩所讥。充弟准,亦精勤,唯读佛经,营治寺庙而已矣。"

王文度在西州,与林法师讲,韩、孙诸人并在坐。林公理每欲小屈,孙兴公曰:"法师今日如著弊絮在荆棘中,触地挂阁。"

范荣期见郗超俗情不淡,戏之曰:"夷、齐、巢、许,一诣垂名,何必劳神苦形,支策据梧邪?"郗未答。韩康伯曰:"何不使游刃皆虚?"《庄子》曰:"昭文之鼓琴,师旷之支策,惠子之据梧,三子之智几矣,皆其盛也,故载之末年。庖丁为文惠君解牛,三年之后,未尝见全牛也。用刀十九年矣,所解数千牛,而刀刃若新发于硎。文惠君问之,庖丁曰:'彼节者有间,而刀刃无厚;以无厚入有间,恢恢乎其于游刃必有馀地。'"

简文在殿上行,右军与孙兴公在后。右军指简文语孙曰:"此啖名客!"简文顾曰:"天下自有利齿儿。"后王光禄作会稽,谢车骑出曲阿祖之,王蕴、谢玄已见。王孝伯罢秘书丞在坐,谢言及此事,因视孝伯曰:"王丞齿似不钝。"王曰:"不钝,颇亦验。"

谢遏夏月尝仰卧,谢公清晨卒来,不暇著衣,跣出屋外,方蹑履问讯。公曰:"汝可谓前倨而后恭。"《战国策》曰:"苏秦说惠王而不见用,黑貂之裘弊,黄金百斤尽,大困而归。父母不与言,妻不为下机,嫂不为炊。后为从长,行过洛阳,车骑辎重甚众,秦之昆弟妻嫂侧目不敢视。秦笑谓其嫂曰:'何先倨而后恭?'嫂谢曰:'见季子位高而金多。'秦叹曰:'一人之身,富贵则亲戚畏惧,贫贱则轻易之,而况于他人哉!'"

顾长康作殷荆州佐,请假还东。尔时例不给布帆,顾苦求之,乃得。发至破冢,遭风大败。周祗《隆安记》曰:"破冢,洲名,在华容县。"作笺与殷云:"地名破冢,真破冢而出。行人安稳,布帆无恙。"

苻朗初过江,裴景仁《秦书》曰:"朗字元达,苻坚从兄。性宏放,神气爽悟。坚常曰:'吾家千里驹也。'坚为慕容冲所围,朗降谢玄,用为员外散骑侍郎。吏部郎王忱与兄国宝命驾诣之。沙门法汰问朗曰:'见王吏部兄弟未?'朗曰:'非一狗面人心,又一人面狗心者是邪?'忱丑而才,国宝美而狠故也。朗常与朝士宴,时贤并用唾壶,朗欲夸之,使小儿跪而张口,唾而含出。又善识味,会稽王道子为设精馔,讫,问:'关中之食,孰若于此?'朗曰:'皆好。唯盐味小生。'即问宰夫,如其言。或人杀鸡以食之,朗曰:'此鸡栖,恒半露。'问之,亦验。又食鹅炙,知白黑之处,咸试而记之,无豪厘之差。著《苻子》数十篇,盖老、庄之流也。朗矜高忤物,不容于世,后众谮而杀之。"王咨议大好事,问中国人物及风土所生,终无极已,《王氏谱》曰:"肃之字幼恭,右将军羲之第四子。历中书郎、骠骑咨议。"朗大患之。次复问奴婢贵贱,朗云:"谨厚有识中者乃至十万,无意为奴婢问者止数千耳。"

东府客馆是版屋。谢景重诣太傅,时宾客满中,初不交言,直仰视云:"王乃复西戎其屋。"《秦诗叙》曰:"襄公备其兵甲,以讨西戎，妇人闵其君子，故作诗曰：'在其版屋，乱我心曲。'"毛公注曰："西戎之版屋也。"

　　顾长康啖甘蔗，先食尾。问所以，云："渐至佳境。"

　　孝武属王珣求女婿，曰："王敦、桓温，磊砢之流，既不可复得，且小如意，亦好豫人家事，酷非所须。正如真长、子敬比，最佳。"珣举谢混。后袁山松欲拟谢婚，《续晋阳秋》曰："山松，陈郡人。祖乔，益州刺史。父方平，义兴太守。山松历秘书监、吴国内史。孙恩作乱，见害。初，帝为晋陵公主访婿于王珣，珣举谢混云：'人才不及真长，不减子敬。'帝曰：'如此便已足矣。'"王曰："卿莫近禁脔。"

　　桓南郡与殷荆州语次，因共作了语。顾恺之曰："火烧平原无遗燎。"桓曰："白布缠棺竖旒旐。"殷曰："投鱼深渊放飞鸟。"次复作危语。桓曰："矛头淅米剑头炊。"殷曰："百岁老翁攀枯枝。"顾曰："井上辘轳卧婴儿。"殷有一参军在坐，云："盲人骑瞎马，夜半临深池。"殷曰："咄咄逼人！"仲堪眇目故也。《中兴书》曰："仲堪父尝疾患经时，仲堪衣不解带数年。自分剂汤药，误以药手拭泪，遂眇一目。"

　　桓玄出射，有一刘参军与周参军朋赌，垂成，唯少一破。刘谓周曰："卿此起不破，我当挞卿。"周曰："何至受卿挞？"刘曰："伯禽之贵，尚不免挞，而况于卿！"《尚书大传》曰："伯禽与康叔见周公，三见而三笞。康叔有骇色，谓伯禽：'有商子者，贤人也，与子见之。'乃见商子而问焉。商子：'南山之阳有木焉，名乔。'二三子往观之，见乔实高高然而上。反，以告商子。商子：'乔者，父道也。南山之阴有木焉，名曰梓。'二三子复往观焉，见梓实晋晋然而俯。反以告商子。商子：'梓者，子道也。'二三子明日见周公，入门而趋，登堂而跪。周公拂其首，劳而食之，曰：'尔安见君子乎？'"《礼记》曰："成王有罪，周公则挞伯禽。"亦其义也。周殊无忤色。桓语庾伯鸾曰：《晋东宫百官名》曰："庾鸿字伯鸾，颍川人。"《庾氏谱》曰："鸿祖义，吴国内史。父楷，左卫将军。鸿仕至辅国内史。""刘参军宜停读书，周参军且勤学问。"

桓南郡与道曜讲《老子》，王侍中为主簿在坐。桓曰："王主簿，可顾名思义。"王未答，且大笑。桓曰："王思道能作大家儿笑。"道曜，未详。思道，王祯之小字也。《老子》明道，祯之字思道，故曰"顾名思义"。

祖广行恒缩头。诣桓南郡，始下车，桓曰："天甚晴朗，祖参军如从屋漏中来。"《祖氏谱》曰："广字渊度，范阳人。父台之，仕光禄大夫。广仕至护军长史。"

桓玄素轻桓崖，崖在京下有好桃，玄连就求之，遂不得佳者。崖，桓脩小字。《续晋阳秋》曰："脩少为玄所侮，于言端常嗤鄙之。"玄与殷仲文书，以为嗤笑曰："德之休明，肃慎贡其楛矢；如其不尔，篱壁间物亦不可得也。"《国语》曰："仲尼在陈，有隼集陈侯之庭而死，楛矢贯之，石砮尺有咫。问于仲尼。对曰：'隼之来远矣。此肃慎之矢也。昔武王克商，通道于九夷百蛮，使各以方贿贡，于是肃慎氏贡楛矢。古者分异姓之职，使不忘服也，故分陈以肃慎之贡；若求之故府，其可得。'使求，得之金椟，如初。"

轻诋第二十六

王太尉问眉子："汝叔名士，何以不相推重？"眉子已见。叔，王澄也。眉子曰："何有名士终日妄语？"

庾元规语周伯仁："诸人皆以君方乐。"周曰："何乐？谓乐毅邪？"《史记》曰："乐毅，中山人。贤而为燕昭王将军，率诸侯伐齐，终于赵。"庾曰："不尔，乐令耳！"周曰："何乃刻画无盐，以唐突西子也。"《列女传》曰："钟离春者，齐无盐之女也。其丑无双，黄头深目，长壮大节，鼻昂结喉，肥项少发，折腰出胸，皮肤若漆。行年三十，无所容入，衒嫁不售，乃自诣齐宣王，乞备后宫，因说王以四殆。王拜为正后。"《吴越春秋》曰："越王句践得山中采薪女子，名曰西施，献之吴王。"

深公云："人谓庾元规名士，胸中柴棘三斗许。"

庾公权重，足倾王公。庾在石头，王在冶城坐，大风扬尘，王以扇拂尘曰："元规尘污人！"按王公雅量通济，庾亮之在武昌，传其应下，公以识度裁之，器言自息。岂或回贰有扇尘之事乎？王隐《晋书·戴洋传》曰："丹阳太守王导，问洋得病七年，洋曰：'君侯命在申，为土地之主，而于申上冶，火光昭天，此为金火相烁，水火相炒，以故相害。'导呼冶令奕逊，使启镇东徙，今东冶是也。"《丹阳记》曰："丹阳冶城，去宫三里，吴时鼓铸之所，吴平犹不废。"又云："孙权筑冶城，为鼓铸之所。"既立石头大坞，不容近立此小城，当是徙县冶空城而置冶尔。冶城疑是金陵本冶。汉高六年，令天下县邑，秣陵不应独无。

王右军少时甚涩讷，在大将军许，王、庾二公后来，右军便起欲去。大将军留之曰："尔家司空、王丞相已见。元规，复可所难？"

王丞相轻蔡公，曰："我与安期、千里共游洛水边，何处闻有蔡充儿？"《晋诸公赞》曰："充字子尼，陈留雍丘人。"《充别传》曰："充祖睦，蔡邕孙也。充少好学，有雅尚，体貌尊严，莫有媟慢于其前者。高平刘整有隽才，而车服奢丽，谓人曰：'纱縠，人常服耳。尝遇蔡子尼在坐，终日不自安。'见惮如此。是时，陈留为大郡，多人士，琅邪王澄尝经郡境，问：'此郡多士，有谁乎？'吏曰：'有江应元、蔡子尼。'时陈留多居大位者，澄问：'何以但称此二人？'吏曰：'向谓君侯问人，不谓位也。'澄笑而止。充历成都王东曹掾，故称东曹。"《妒记》曰："丞相曹夫人性甚忌，禁制王丞，不得有侍御，乃至左右小人，亦被检简，时有妍妙，皆加诮责。王公不能久堪，乃密营别馆，众妾罗列，儿女成行。后元会日，夫人于青疏台中，望见两三儿骑羊，皆端正可念。夫人遥见，甚怜爱之。语婢：'汝出问，是谁家儿？'给使不达旨，乃答云：'是第四王等诸郎。'曹氏闻，惊愕大恚。命车驾，将黄门及婢二十人，人持食刀，自出寻讨。王公亦遽命驾，飞辔出门，犹患牛迟。乃以左手攀车兰，右手捉麈尾，以柄助御者打牛，狼狈奔驰，劣得先至。蔡司徒闻而笑之，乃故诣王公，谓曰：'朝廷欲加公九锡，公知不？'王谓信然，自叙谦志。蔡曰：'不闻徐物，唯闻有短辕犊车，长柄麈尾。'王大愧。后贬蔡曰：'吾昔与安期、千里，共在洛水。'"

褚太傅初渡江，尝入东，至金昌亭。吴中豪右，燕集亭中。谢歆《金昌亭诗叙》曰："余寻师，来入经吴，行达昌门，忽睹斯亭，傍川带河，其榜题曰'金昌'。访之耆老，曰：'昔朱买臣仕汉，还为会稽内史，逢其迎吏，游旅北舍，与买臣争席。买臣出其印绶，群吏惭服自裁。因事建亭，号曰"金伤"，失其字义耳。'"褚公虽素有重名,于时造次不相识别。敕左右多与茗汁,少箸粽,汁尽辄益,使终不得食。褚公饮讫,徐举手共语云:"褚季野!"于是四座惊散,无不狼狈。

王右军在南,丞相与书,每叹子侄不令。云:"虎㹠、虎犊,还其所如。"虎㹠,王彭之小字也。《王氏谱》曰:"彭之字安寿,琅邪人。祖正,尚书郎。父彬,卫将军。彭之仕至黄门郎。虎犊,彪之小字也。彪之字叔虎,彭之第三弟。年二十而头须皓白,时人谓之王白须。少有局干之称。累迁至左光禄大夫。"

褚太傅南下,孙长乐于船中视之。长乐,孙绰。言次,及刘真长死,孙流涕,因讽咏曰:"人之云亡,邦国殄瘁。"《大雅》诗。毛公注曰:"殄,尽。瘁,病也。"褚大怒曰:"真长平生,何尝相比数,而卿今日作此面向人!"孙回泣向褚曰:"卿当念我!"时咸笑其才而性鄙。

谢镇西书与殷扬州,为真长求会稽。殷答曰:"真长标同伐异,侠之大者。常谓使君降阶为甚,乃复为之驱驰邪?"

桓公入洛,过淮、泗,践北境,与诸僚属登平乘楼,眺瞩中原,慨然曰:"遂使神州陆沈,百年丘墟,王夷甫诸人,不得不任其责!"《八王故事》曰:"夷甫虽居台司,不以事物自婴,当世化之,羞言名教。自台郎以下,皆雅崇拱默,以遗事为高。四海尚宁,而识者知其将乱。"《晋阳秋》曰:"夷甫将为石勒所杀,谓人曰:'吾等若不祖尚浮虚,不至于此!'"袁虎率而对曰:"运自有废兴,岂必诸人之过?"桓公懔然作色,顾谓四坐曰:"诸君颇闻刘景升不?《刘镇南铭》曰:"表字景升,山阳高平人。黄中通理,博识多闻。仕至镇南将军、荆州刺史。"有大牛重千斤,啖刍豆十倍于常牛,负重致远,曾不若一羸牸。魏武入荆州,烹以飨士卒,于时莫不称快。"意以况袁。四坐既骇,袁亦失色。

袁虎、伏滔同在桓公府,桓公每游燕,辄命袁、伏,袁甚耻之,恒叹曰:"公之厚意,未足以荣国士,与伏滔比肩,亦何辱如之!"

高柔在东,甚为谢仁祖所重。既出,不为王、刘所知。仁祖曰:"近见高柔,大自敷奏,然未有所得。"真长云:"故不可在偏地居,轻在角𩬞_{奴角反}。中,为人作议论。"高柔闻之,云:"我就伊无所求。"人有向真长学此言者,真长曰:"我实亦无可与伊者。"然游燕犹与诸人书:"可要安固。"安固者,高柔也。_{孙统为《柔集叙》曰:"柔字世远,乐安人。才理清鲜,安行仁义。婚泰山胡毋氏女,年二十,既有倍年之觉,而姿色清惠,近是上流妇人。柔家道隆崇,既罢司空参军、安固令,营宅于伏川。驰动之情既薄,又爱玩贤妻,便有终焉之志。尚书令何充取为冠军参军,俛俛应命,眷恋绸缪,不能相舍。相赠诗书,清婉辛切。"}

刘尹、江彪、王叔虎、孙兴公同坐,江、王有相轻色。彪以手歃叔虎云:"酷吏!"词色甚强。刘尹顾谓:"此是瞋邪?非特是丑言声,拙视瞻。"_{言江此言,非是丑拙,似有忿于王也。}

孙绰作《列仙·商丘子赞》曰:"所牧何物?殆非真猪。倘遇风云,为我龙摅。"_{《列仙传》曰:"商丘子晋者,商邑人。好吹竽牧豕,年七十,不娶妻而不老。问其须要,言'但食老术、昌蒲根,饮水,如此便不饥不老耳'。贵戚富室,闻而服之,不能终岁辄止,谓将有匿术。"孙绰为赞曰:"商丘卓荦,执策吹竽。渴饮寒泉,饥食菖蒲。所牧何物?殆非真猪。傥逢风云,为我龙摅。"}时人多以为能。王蓝田语人云:"近见孙家儿作文,道何物真猪也。"

桓公欲迁都,以张拓定之业。孙长乐上表谏此议甚有理。桓见表心服,而忿其为异,令人致意孙云:"君何不寻《遂初赋》,而强知人家国事!"_{孙绰表谏曰:"中宗龙飞,实赖万里长江,画而守之耳。不然,胡马久已践建康之地,江东为豺狼之场矣。"绰赋《遂初》,陈止足之道。}

孙长乐兄弟就谢公宿,言至款杂。刘夫人在壁后听之,具闻其语。谢公明日还,问:"昨客何似?"刘对曰:"亡兄门,未有如此宾客!"夫人，刘惔之妹。谢深有愧色。

简文与许玄度共语，许云："举君、亲以为难。"简文便不复答。许去后而言曰："玄度故可不至于此!"按《邴原别传》："魏五官中郎将，尝与群贤共论曰：'今有一丸药，得济一人疾，而君、父俱病，与君邪？与父邪？'诸人纷葩，或父、或君。原勃然曰：'父子，一本也。'亦不复难。"君、亲相校，自古如此。未解简文诮许意。

谢万寿春败后还，书与王右军云："惭负宿顾。"右军推书曰："此禹、汤之戒。"《春秋传》曰："禹、汤罪己，其兴也勃焉。"言禹、汤以圣德自罪，所以能兴。今万失律致败，虽复自咎，其可济焉？故王嘉万也。

蔡伯喈睹睞笛椽，孙兴公听妓，振且摆折。伏滔《长笛赋叙》曰："余同寮桓子野有故长笛，传之耆老云'蔡邕伯喈之所制也'。初，邕避难江南，宿于柯亭之馆，以竹为椽，邕仰眄，曰：'良竹也。'取以为笛，音声独绝。历代传之至于今。"王右军闻，大嗔曰："三祖寿一作台。乐器，虺瓦一作尫凡。吊孙家儿打折。"

王中郎与林公绝不相得。王谓林公诡辩，林公道王云："箸腻颜帢，𫗦布单衣，挟《左传》，逐郑康成车后，问是何物尘垢囊?"中郎，坦之。帢，帽也。《裴子》曰："林公云：'文度箸腻颜，挟《左传》，逐郑康成，自为高足弟子。笃而论之，不离尘垢囊也。'"

孙长乐作王长史《诔》云："余与夫子，交非势利，心犹澄水，同此玄味。"《礼记》曰："君子之交淡若水，小人之交甘若醴。"王孝伯见曰："才士不逊，亡祖何至与此人周旋!"

谢太傅谓子侄曰："中郎始是独有千载!"车骑曰："中郎衿抱未虚，复那得独有?"中郎，谢万。

庾道季诧谢公曰："裴郎云：'谢安谓裴郎乃可不恶，何得为复饮酒?'庾龢、裴启已见。裴郎又云：'谢安目支道林，如九方皋之相马，略其玄黄，取其俊逸。'"《支遁传》曰："遁每标举会宗，而不留心象喻，解释章句，或有所漏，文字之徒，多以为疑。谢安石闻而善之曰：'此九方皋之相马也,略其玄黄,而取其俊逸。'"《列子》曰:"伯乐谓秦穆公曰:'臣所与共儋缥薪菜者,有九方皋,此其于马,非臣之下也。'公使行求马,反,曰:'得矣!牝而黄。'使人取之,牝而骊。公曰:'毛物牝牡之不知,何马之能知乎?'伯乐曰:'若皋之观马者,天机也。得其精,亡其粗;在其内,亡其外;见其所见,不见其所不见;视其所视,遗其所不视。若彼之所相,有贵于马也。'既而,马果千里足。"

谢公云:"都无此二语,裴自为此辞耳!"庾意甚不以为好,因陈东亭《经酒垆下赋》。读毕,都不下赏裁,直云:"君乃复作裴氏学!"于此《语林》遂废。今时有者,皆是先写,无复谢语。《续晋阳秋》曰:"晋隆和中,河东裴启撰汉、魏以来迄于今时,言语应对之可称者,谓之《语林》。时人多好其事,文遂流行。后说太傅事不实,而有人于谢坐叙其黄公酒垆,司徒王珣为之赋,谢公加以与王不平,乃云:'君遂复作裴郎学。'自是众咸鄙其事矣。安乡人有罢中宿县诣安者,安问其归资。答曰:'岭南凋弊,唯有五万蒲葵扇,又以非时为滞货。'安乃取其中者捉之,于是京师士庶竞慕而服焉。价增数倍,旬月无卖。夫所好生羽毛,所恶成疮痏。谢相一言,挫成美于千载;及其所与,崇虚价于百金。上之爱憎与夺,可不慎哉!"

王北中郎不为林公所知,乃箸论《沙门不得为高士论》。大略云:"高士必在于纵心调畅,沙门虽云俗外,反更束于教,非情性自得之谓也。"

人问顾长康:"何以不作洛生咏?"答曰:"何至作老婢声!"洛下书生咏,音重浊,故云老婢声。

殷颛、庾恒并是谢镇西外孙。《谢氏谱》曰:"尚长女僧要适庾龢,次女僧韶适殷歆。"殷少而率悟,庾每不推。尝俱诣谢公,谢公熟视殷曰:"阿巢故似镇西。"巢,殷颛小字也。于是庾下声语曰:"定何似?"谢公续复云:"巢颊似镇西。"庾复云:"颊似,足作健不?"《庾氏谱》曰:"恒字敬则。祖亮,父龢。恒仕至尚书仆射。"

旧目韩康伯:将肘无风骨。说林曰:"范启云:'韩康伯似肉鸭。'"

符宏叛来归国,谢太傅每加接引,宏自以有才,多好上人,坐上无折之者。适王子猷来,太傅使共语。子猷直孰视良久,回语太傅云:"亦复竟不异人!"宏大惭而退。《续晋阳秋》曰:"宏,苻坚太子也。坚为姚苌所杀,宏将母妻来投,诏赐田宅。桓玄以宏为将,玄败,寇湘中,伏诛。"

支道林入东,见王子猷兄弟。还,人问:"见诸王何如?"答曰:"见一群白颈乌,但闻唤哑哑声。"

王中郎举许玄度为吏部郎。郗重熙曰:"相王好事,不可使阿讷在坐。"讷,询小字。

王兴道谓"谢望蔡霍霍如失鹰师"。《永嘉记》曰:"王和之字兴道,琅玡人。祖翼,平南将军。父胡之,司州刺史。和之历永嘉太守、正员常侍。"望蔡,谢琰小字也。

桓南郡每见人不快,辄嗔云:"君得哀家梨,当复不烝食不?"旧语:秣陵有哀仲家梨甚美,大如升,入口消释。言愚人不别味,得好梨烝食之也。

假谲第二十七

魏武少时,尝与袁绍好为游侠,观人新婚,因潜入主人园中,夜叫呼云:"有偷儿贼!"青庐中人皆出观,魏武乃入,抽刃劫新妇与绍还出。失道,坠枳棘中,绍不能得动。复大叫云:"偷儿在此!"绍遑迫自掷出,遂以俱免。《曹瞒传》曰:"操小字阿瞒,少好谲诈,游放无度。"孙盛《杂语》云:"武王少好侠,放荡不修行业。尝私入常侍张让宅中,让乃手戟于庭,逾垣而出,有绝人力,故莫之能害也。"

魏武行役,失汲道,军皆渴,乃令曰:"前有大梅林,饶子,甘酸,可以解渴。"士卒闻之,口皆出水,乘此得及前源。

魏武常言:"人欲危己,己辄心动。"因语所亲小人曰:"汝怀刃密来我侧,我必说心动,执汝使行刑,汝但勿言其使,无他,当厚相报!"执者信焉,不以为惧。遂斩之。此人至死不知也。左右以为实,谋逆者挫气矣。《曹瞒传》曰:"操在军,廪谷不足,私语主者曰:'何如?'主者云:'可以小斛足之。'操曰:'善。'后军中言操欺众,操题其主者背以徇曰：'行小斛，盗军谷。'遂斩之。仍云：'特当借汝死以厌众心。'"其变诈皆此类也。

魏武常云："我眠中不可妄近，近便斫人，亦不自觉，左右宜深慎此！"后阳眠，所幸一人窃以被覆之，因便斫杀。自尔每眠，左右莫敢近者。

袁绍年少时，曾遣人夜以剑掷魏武，少下，不箸。魏武揆之，其后来必高，因帖卧床上，剑至果高。按袁、曹后由鼎跱，迹始携贰。自斯以前，不闻仇隙，有何意故而掷之以剑也？

王大将军既为逆，顿军姑孰。晋明帝以英武之才，犹相猜惮，乃箸戎服，骑巴賨马，赍一金马鞭，阴察军形势。未至十馀里，有一客姥，居店卖食，帝过谒之，谓姥曰："王敦举兵图逆，猜害忠良，朝廷骇惧，社稷是忧。故劬劳晨夕，用相觇察。恐形迹危露，或致狼狈。追迫之日，姥其匿之。"便与客姥马鞭而去。行敦营匝而出，军士觉，曰："此非常人也！"敦卧心动，曰："此必黄须鲜卑奴来！"命骑追之，已觉多许里，追士因问向姥："不见一黄须人骑马度此邪？"姥曰："去已久矣，不可复及。"于是骑人息意而反。《异苑》曰："帝躬往姑孰，敦时昼寝，卓然惊悟曰：'营中有黄头鲜卑奴来，何不缚取？'帝所生母荀氏，燕国人，故貌类焉。"

王右军年减十岁时，大将军甚爱之，恒置帐中眠。大将军尝先出，右军犹未起。须臾，钱凤入，屏人论事，《晋阳秋》曰："凤字世仪，吴嘉兴尉子也。奸諂好利，为敦铠曹参军。知敦有不臣心，因进说。后敦败，见诛。"都忘右军在帐中，便言逆节之谋。右军觉，既闻所论，知无活理，乃剔吐污头面被褥，诈孰眠。敦论事造半，方意右军未起，相与大惊曰："不得不除之！"及开帐，乃见吐唾从横，信其实孰眠，于是得全。于时称其有智。按诸书皆云王允之事，而此言羲之，疑谬。

陶公自上流来，赴苏峻之难，令诛庾公。谓必戮庾，可以谢峻。《晋阳秋》曰:"是时成帝在襁褓,太后临朝,中书令庾亮以元舅辅政,欲以风轨格政,绳御四海。而峻拥兵近甸,为逋逃薮。亮图召峻,王导、卞壶并不欲。亮曰:'苏峻豺狼,终为祸乱,晁错所谓削亦反,不削亦反。'遂下优诏,以大司农征之。峻怒曰:'庾亮欲诱杀我也。'遂克京邑。平南温峤闻乱,号泣登舟,遣参军王愆期推征西陶侃为盟主,俱赴京师。时亮败绩奔峤,人皆尤而少之。峤愈相崇重,分兵以配给之。"庾欲奔窜,则不可;欲会,恐见执,进退无计。温公劝庾诣陶,曰:"卿但遥拜,必无它,我为卿保之。"庾从温言诣陶,至便拜。陶自起止之,曰:"庾元规何缘拜陶士行?"毕,又降就下坐,陶又自要起同坐。坐定,庾乃引咎责躬,深相逊谢,陶不觉释然。

温公丧妇,从姑刘氏,家值乱离散,唯有一女,甚有姿慧,姑以属公觅婚。公密有自婚意,答云:"佳婿难得,但如峤比云何?"姑云:"丧败之馀,乞粗存活,便足慰吾馀年,何敢希汝比!"却后少日,公报姑云:"已觅得婚处,门地粗可,婿身名宦,尽不减峤。"因下玉镜台一枚。姑大喜。既婚,交礼,女以手披纱扇,抚掌大笑曰:"我固疑是老奴,果如所卜!"按《温氏谱》:"峤初取高平李暅女,中取琅琊王诩女,后取庐江何邃女。"都不闻取刘氏,便为虚谬。谷口云:"刘氏,政谓其姑尔,非指其女姓刘也。孝标之注,亦未为得。"玉镜台,是公为刘越石长史,北征刘聪所得。王隐《晋书》曰:"建兴二年,峤为刘琨假守左司马,都督上前锋诸军事,讨刘聪。"《晋阳秋》曰:"聪一名载,字玄明,屠各人。父渊,因乱起兵。死,聪嗣业。"

诸葛令女,庾氏妇,既寡,誓云"不复重出"。此女性甚正强,无有登车理。即庾亮子会妻。父彪,已见上。恢既许江思玄婚,乃移家近之。初,诳女云:"宜徙于是。"家人一时去,独留女在后。比其觉,已不复得出。江郎莫来,女哭詈弥甚,积日渐歇。江彪暝入宿,恒在对床上。后观其意转帖,彪乃诈厌,良久不悟,声气转急。女乃呼婢云:"唤江郎觉!"江于是跃来就之曰:

"我自是天下男子，厌，何预卿事而见唤邪？既尔相关，不得不与人语。"女默然而惭，情义遂笃。葛令之清英，江君之茂识，必不背圣人之正典，习蛮夷之秽行。康王之言，所轻多矣。

愍度道人始欲过江，与一伧道人为侣。谋曰："用旧义在江东，恐不办得食。"便共立"心无义"。既而此道人不成渡，愍度果讲义积年。《名德沙门题目》曰："支愍度才鉴清出。"孙绰《愍度赞》曰："支度彬彬，好是拔新。俱禀昭见，而能越人。世重秀异，咸竞尔珍。孤桐峰阳，浮磬泗滨。"后有伧人来，先道人寄语云："为我致意愍度，无义那可立？旧义者曰："种智有是，而能圆照。然则万累斯尽，谓之空无；常住不变，谓之妙有。"而无义者曰："种智之体，豁如太虚，虚而能知，无而能应。居宗至极，其唯无乎？"治此计，权救饥尔，无为遂负如来也！"

王文度弟阿智，恶乃不翅，当年长而无人与婚。孙兴公有一女，亦僻错，又无嫁娶理。因诣文度，求见阿智。既见，便阳言："此定可，殊不如人所传，那得至今未有婚处！我有一女，乃不恶，但吾寒士，不宜与卿计，欲令阿智娶之。"文度欣然而启蓝田云："兴公向来，忽言欲与阿智婚。"蓝田惊喜。既成婚，女之顽嚚，欲过阿智。方知兴公之诈。阿智，王虔之小字。虔之字文将，辟州别驾，不就。娶太原孙绰女，字阿恒。

范玄平为人，好用智数，而有时以多数失会。尝失官居东阳，桓大司马在南州，故往投之。桓时方欲招起屈滞，以倾朝廷；且玄平在京，素亦有誉，桓谓远来投己，喜跃非常。比入至庭，倾身引望，语笑欢甚。顾谓袁虎曰："范公且可作太常卿。"范裁坐，桓便谢其远来意。范虽实投桓，而恐以趋时损名，乃曰："虽怀朝宗，会有亡儿瘗在此，故来省视。"桓怅然失望，向之虚伫，一时都尽。《中兴书》曰："初，桓温请范汪为征西长史，复表为江州，并不就。还都，因求为东阳太守，温甚恨之。汪后为徐州，温北伐，令汪出梁国，失期，温挟憾奏汪为庶人。汪居吴，后至姑孰见温，温语其下曰：'玄平乃来见,当以护军起之。'汪数日辞归,温曰:'卿适来,何以便去?'汪曰:'数岁小儿丧,往年经乱,权瘗此境,故来迎之,事竟去耳。'温愈怒之,竟不屑意。"

谢遏年少时,好箸紫罗香囊,垂覆手。太傅患之,而不欲伤其意,乃谲与赌,得即烧之。<small>遏,谢玄小字。</small>

黜免第二十八

诸葛宏在西朝,少有清誉,为王夷甫所重,时论亦以拟王。后为继母族党所谗,诬之为狂逆。将远徙,友人王夷甫之徒,诣槛车与别。宏问:"朝廷何以徙我?"王曰:"言卿狂逆。"宏曰:"逆则应杀,狂何所徙!"<small>宏已见。</small>

桓公入蜀,至三峡中,部伍中有得猿子者。<small>《荆州记》曰:"峡长七百里,两岸连山,略无绝处,重岩叠障,隐天蔽日。常有高猿长啸,属引清远。渔者歌曰:'巴东三峡巫峡长,猿鸣三声泪沾裳。'"</small>其母缘岸哀号,行百馀里不去,遂跳上船,至便即绝。破视其腹中,肠皆寸寸断。公闻之,怒,命黜其人。

殷中军被废,在信安,终日恒书空作字。扬州吏民寻义逐之,窃视,唯作"咄咄怪事"四字而已。<small>《晋阳秋》曰:"初,浩以中军将军镇寿阳,羌姚襄上书归降。后有罪,浩阴图诛之。会关中有变,苻健死。浩伪率军而行,云'修复山陵'。襄前驱,恐,遂反。军至山桑,闻襄将至,弃辎重驰保谯。襄至,据山桑,焚其舟实。至寿阳,略流民而还。浩士卒多叛,征西温乃上表黜浩,抚军大将军奏免浩,除名为民。浩驰还谢罪。既而迁于东阳信安县。"</small>

桓公坐有参军椅烝薤不时解,共食者又不助,而椅终不放,举坐皆笑。桓公曰:"同盘尚不相助,况复危难乎?"敕令免官。

殷中军废后,恨简文曰:"上人箸百尺楼上,儋梯将去。"<small>《续晋阳秋》曰:"浩虽废黜,夷神委命,雅咏不辍,虽家人不见其有流放之戚。外生韩伯始随至徙所,周年还都,浩素爱之,送至水侧,乃咏曹颜远诗曰:'富贵它人</small>

合,贫贱亲戚离。'因泣下。"其悲见于外者,唯此一事而已。则书空、去梯之言,未必皆实也。

邓竟陵免官后赴山陵,过见大司马桓公,公问之曰:"卿何以更瘦?"《大司马寮属名》曰:"邓遐字应玄,陈郡人,平南将军岳之子。勇力绝人,气盖当世,时人方之樊哙。为桓温参军,数从温征伐,历竟陵太守。枋头之役,温既怀耻忿,且惮遐,因免遐官,病卒。"邓曰:"有愧于叔达,不能不恨于破甑!"《郭林宗别传》曰:"巨鹿孟敏,字叔达,敦朴质直。客居太原,杂处凡俗,未有所名。尝至市买甑,荷儋堕地坏之,径去不顾。适遇林宗,见而异之,因问曰:'坏甑可惜,何以不顾?'客曰:'甑既已破,视之何益?'林宗赏其介决,因以知其德性,谓必为美士,劝令读书。游学十年,遂知名,三府并辟,不就。东夏以为美贤。"

桓宣武既废太宰父子,仍上表曰:"应割近情,以存远计。若除太宰父子,可无后忧。"简文手答表曰:"所不忍言,况过于言!"宣武又重表,辞转苦切。简文更答曰:"若晋室灵长,明公便宜奉行此诏;如大运去矣,请避贤路!"桓公读诏,手战流汗,于此乃止。太宰父子,远徙新安。《司马晞传》曰:"晞字道升,元帝第四子。初封武陵王,拜太宰。少不好学,尚武凶恣。时太宗辅政,晞以宗长不得执权,常怀愤慨,欲因桓温入朝杀之。太宗即位,新蔡王晃首辞,引与晞及子综谋逆。有司奏晞等斩刑,诏原之,徙新安。晞未败四五年中,喜为挽歌,自摇大铃,使左右习和之。又燕会,使人作新安人歌舞离别之辞,其声甚悲,后果徙新安。"

桓玄败后,殷仲文还为大司马咨议,意似二三,非复往日。大司马府听前有一老槐,甚扶疏。殷因月朔,与众在听,视槐良久,叹曰:"槐树婆娑,无复生意!"《晋安帝纪》曰:"桓玄败,殷仲文归京师,高祖以其卫从二后,且以大信宣学,引为镇军长史。自以名辈先达,位遇至重,而后来谢混之徒,皆畴昔之所附也,今比肩同列,常怏然自失。后果徙信安。"

殷仲文既素有名望,自谓必当阿衡朝政。忽作东阳太守,意甚不平。《晋安帝纪》曰:"仲文后为东阳,愈愤怨,乃与桓胤谋反,遂伏诛。仲文尝照镜不见头,俄而难及。"及之郡,至富阳,慨然叹曰:"看此山川形势,当复出一孙伯符!"孙策,富春人。故及此而叹。

俭啬第二十九

　　和峤性至俭,家有好李,王武子求之,与不过数十。王武子因其上直,率将少年能食之者,持斧诣园,饱共啖毕,伐之,送一车枝与和公,问曰:"何如君李?"和既得,唯笑而已。《晋诸公赞》曰:"峤性不通,治家富拟王公,而至俭,将有犯义之名。"《语林》曰:"峤诸弟往园中食李,而皆计核责钱。故峤妇弟王济伐之也。"

　　王戎俭吝,其从子婚,与一单衣,后更责之。王隐《晋书》曰:"戎性至俭,不能自奉养,财不出外。天下人谓为膏肓之疾。"

　　司徒王戎,既贵且富,区宅僮牧,膏田水碓之属,洛下无比。契疏鞅掌,每与夫人烛下散筹筭计。《晋诸公赞》曰:"戎性简要,不治仪望,自遇甚薄,而产业过丰。论者以为台辅之望不重。"王隐《晋书》曰:"戎好治生,园田周遍天下。翁妪二人,常以象牙筹昼夜筭计家资。"《晋阳秋》曰:"戎多殖财贿,常若不足。或谓戎故以此自晦也。"戴逵论之曰:"王戎晦默于危乱之际,获免忧祸,既明且哲,于是在矣。或曰:'大臣用心,岂其然乎?'逵曰:'运有险易,时有昏明,如子之言,则蘧瑗、季札之徒,皆负责矣。自古而观,岂一王戎也哉!'"

　　王戎有好李,卖之,恐人得其种,恒钻其核。

　　王戎女适裴頠,贷钱数万。女归,戎色不说。女遽还钱,乃释然。

　　卫江州在寻阳,《永嘉流人名》曰:"卫展字道舒,河东安邑人。祖列,彭城护军。父韶,广平令。展,光熙初除鹰扬将军、江州刺史。"有知旧人投之,都不料理,唯饷"王不留行"一斤。此人得饷,便命驾。《本草》曰:"王不留行,生太山,治金疮,除风,久服之,轻身。"李弘范闻之曰:"家舅刻薄,乃复驱使草木。"《中兴书》曰:"李轨字弘範,江夏人。仕至尚书郎。"按轨,刘氏之甥。此应弘度,非弘範也。

王丞相俭节，帐下甘果，盈溢不散。涉春烂败，都督白之，公令舍去，曰："慎不可令大郎知。"王悦也。

苏峻之乱，庾太尉南奔见陶公。陶公雅相赏重。陶性俭吝，及食，啖薤，庾因留白。陶问："用此何为？"庾云："故可种。"于是大叹庾非唯风流，兼有治实。

郗公大聚敛，有钱数千万，嘉宾意甚不同。常朝旦问讯，郗家法，子弟不坐，因倚语移时，遂及财货事。郗公曰："汝正当欲得吾钱耳！"乃开库一日，令任意用。郗公始正谓损数百万许，嘉宾遂一日乞与亲友，周旋略尽。郗公闻之，惊怪不能已已。《中兴书》曰："超少卓荦而不羁，有旷世之度。"

汰侈第三十

石崇每要客燕集，常令美人行酒，客饮酒不尽者，使黄门交斩美人。王丞相与大将军尝共诣崇，丞相素不能饮，辄自勉强，至于沈醉。每至大将军，固不饮，以观其变。已斩三人，颜色如故，尚不肯饮。丞相让之，大将军曰："自杀伊家人，何预卿事！"王隐《晋书》曰："石崇为荆州刺史，劫夺杀人，以致巨富。"《王丞相德音记》曰："丞相素为诸父所重，王君夫问王敦：'闻君从弟佳人，又解音律，欲一作妓，可与共来。'遂往。吹笛人有小忘，君夫闻，使黄门阶下打杀之，颜色不变。丞相还，曰：'恐此君处世，当有如此事。'"两说不同，故详录。

石崇厕，常有十馀婢侍列，皆丽服藻饰。置甲煎粉、沉香汁之属，无不毕备。又与新衣著令出，客多羞不能如厕。王大将军往，脱故衣，箸新衣，神色傲然。群婢相谓曰："此客必能作贼。"《语林》曰："刘寔诣石崇，如厕，见有绛纱帐大床，茵蓐甚丽，两婢持锦香囊。寔遽反走，即谓崇曰：'向误入卿室内。'崇曰：'是厕耳。'"

武帝尝降王武子家，武子供馔，并用琉璃器。婢子百馀人，皆绫罗绔袴，以手擎饮食。烝㹠肥美，异于常味。帝怪而问之，答曰："以人乳饮㹠。"帝甚不平，食未毕，便去。王、石所未知作。袴，一作犢。

　　王君夫以饴糒澳釜，石季伦用蜡烛作炊。君夫作紫丝布步障碧绫里四十里，石崇作锦步障五十里以敌之。石以椒为泥，王以赤石脂泥壁。《晋诸公赞》曰："王恺字君夫，东海人，王肃子也。虽无检行，而少以才力见名，有在公之称。既自以外戚，晋氏政宽，又性至豪。旧制，鸩不得过江，为其羽杓酒中，必杀人。恺为翊军时，得鸩于石崇而养之，其大如鹅，喙长尺馀，纯食蛇虺。司隶奏按恺、崇，诏悉原之，即烧于都街。恺肆其意色，无所忌惮。为后军将军，卒谥曰丑。"

　　石崇为客作豆粥，咄嗟便办。恒冬天得韭蓱韲。又牛形状气力不胜王恺牛，而与恺出游，极晚发，争入洛城，崇牛数十步后，迅若飞禽，恺牛绝走不能及。每以此三事为扼腕。乃密货崇帐下都督及御车人，问所以。都督曰："豆至难煮，唯豫作熟末，客至，作白粥以投之。韭蓱韲是捣韭根，杂以麦苗尔。"复问驭人牛所以驶。驭人云："牛本不迟，由将车人不及制之尔。急时听偏辕，则驶矣。"恺悉从之，遂争长。石崇后闻，皆杀告者。《晋诸公赞》曰："崇性好侠，与王恺竞相夸衒也。"

　　王君夫有牛，名"八百里駮"，常莹其蹄角。王武子语君夫："我射不如卿，今指赌卿牛，以千万对之。"君夫既恃手快，且谓骏物无有杀理，便相然可。令武子先射。武子一起便破的，却据胡床，叱左右："速探牛心来！"须臾，炙至，一脔便去。《相牛经》曰："《牛经》出甯戚，传百里奚。汉世河西薛公得其书，以相牛，千百不失。本以负重致远，未服辒轑，故文不传。至魏世，高堂生又传以与晋宣帝，其后王恺得其书焉。"臣按其《相经》云："阴虹属颈，千里。"《注》曰："阴虹者，双筋白尾骨属颈，甯戚所饭者也。"恺之牛，其亦有阴虹也。甯戚《经》曰："槌头欲得高，百体欲得紧，大膁疏肋难龂龂，龙头突目好跳。又角欲得细，身欲促，形欲得如卷。"

王君夫尝责一人无服余袒，因直内箸曲阁重闺里，不听人将出。遂饥经日，迷不知何处去。后因缘相为，垂死，乃得出。

石崇与王恺争豪，并穷绮丽，以饰舆服。《续文章志》曰：“崇资产累巨万金，宅室舆马，僭拟王者。庖膳必穷水陆之珍。后房百数，皆曳纨绣，珥金翠，而丝竹之艺，尽一世之选。筑榭开沼，殚极人巧。与贵戚羊琇、王恺之徒竞相高以侈靡，而崇为居最之首，琇等每愧羡，以为不及也。”武帝，恺之甥也，每助恺。尝以一珊瑚树，高二尺许赐恺。枝柯扶疏，世罕其比。恺以示崇。崇视讫，以铁如意击之，应手而碎。恺既惋惜，又以为疾己之宝，声色甚厉。崇曰：“不足恨，今还卿。”乃命左右悉取珊瑚树，有三尺四尺，条干绝世，光彩溢目者六七枚，如恺许比甚众。恺惘然自失。《南州异物志》曰：“珊瑚生大秦国，有洲在涨海中，距其国七八百里，名珊瑚树洲。底有盘石，水深二十馀丈，珊瑚生于石上。初生白，软弱似菌。国人乘大船，载铁网，先没在水下，一年便生网目中，其色尚黄，枝柯交错，高三四尺，大者围尺馀。三年色赤，便以铁钞发其根，系铁网于船，绞车举网。还，裁凿恣意所作。若过时不凿，便枯索虫蛊。其大者输之王府，细者卖之。”《广志》曰：“珊瑚大者，可为车轴。”

王武子被责，移第北邙下。《晋诸公赞》曰：“济与从兄恬不平，济为河南尹，未拜，行过王宫，吏不时下道，济于车前鞭之，有司奏免官。论者以济为不长者。寻转太仆，而王恬已见委任，济遂斥外。”于时人多地贵，济好马射，买地作埒，编钱匝地竟埒。时人号曰“金沟”。沟一作埒。

石崇每与王敦入学戏，见颜、原象《家语》曰：“颜回字子渊，鲁人。少孔子二十九岁，而发白，三十二岁蚤死。”原宪已见。而叹曰：“若与同升孔堂，去人何必有间！”王曰：“不知馀人云何，子贡去卿差近。”《史记》曰：“端木赐字子贡，卫人。尝相鲁，家累千金，终于齐。”石正色云：“士当令身名俱泰，何至以瓮牖语人！”原宪以瓮为巨牖。

彭城王有快牛，至爱惜之。朱凤《晋书》曰：“彭城穆王权，字子舆，宣帝弟馗子。太始元年封。”王太尉与射，赌得之。彭城王曰：“君欲自乘则不论；若欲啖者，当以二十肥者代之。既不废啖，又存所爱。"王遂杀啖。

王右军少时，在周侯末坐。割牛心啖之，于此改观。俗以牛心为贵，故羲之先餐之。

忿狷第三十一

魏武有一妓，声最清高，而情性酷恶。欲杀则爱才，欲置则不堪。于是选百人一时俱教。少时，还有一人声及之，便杀恶性者。

王蓝田性急。尝食鸡子，以筯刺之，不得，便大怒，举以掷地。鸡子于地圆转未止，仍下地以屐齿蹍之，又不得，瞋甚，复于地取内口中，啮破即吐之。王右军闻而大笑曰："使安期有此性，犹当无一豪可论，况蓝田邪？"《中兴书》曰："述清贵简正，少所推屈，唯以性急为累。"安期，述父也。有名德，已见。

王司州尝乘雪往王螭许。王胡之、王恬并已见。恬小字螭虎。司州言气少有牾逆于螭，便作色不夷。司州觉恶，便舆床就之，持其臂曰："汝讵复足与老兄计？"按《王氏谱》：胡之是恬从祖兄。螭拨其手曰："冷如鬼手馨，强来捉人臂！"

桓宣武与袁彦道樗蒱，袁彦道齿不合，遂厉色掷去五木。温太真云："见袁生迁怒，知颜子为贵。"《论语》曰："哀公问弟子孰为好学？孔子曰：'有颜回者，好学，不迁怒，不贰过，不幸短命死矣。'"

谢无奕性粗强。以事不相得，自往数王蓝田，肆言极骂。王正色面壁不敢动，半日。谢去良久，转头问左右小吏曰："去未？"答云："已去。"然后复坐。时人叹其性急而能有所容。

王令诣谢公，值习凿齿已在坐，当与并榻。王徙倚不坐，公引之与对榻。去后，语胡儿曰："子敬实自清立，但人为尔多矜咳，殊足损其自然。"刘谦之《晋纪》曰："王献之性甚整峻，不交非类。"

王大、王恭尝俱在何仆射坐。《中兴书》曰："何澄字子玄，清正有器望。历尚书左仆射。"恭时为丹阳尹，大始拜荆州。《灵鬼志·谣征》曰："初，桓石民为荆州，镇上时，民忽歌《黄昙曲》曰：'黄昙英，扬州大佛来上朋。'少时，石民死，王忱为荆州。"佛大，忱小字也。讫将乖之际，大劝恭酒，恭不为饮，大逼强之，转苦，便各以裙带绕手。恭府近千人，悉呼入斋，大左右虽少，亦命前，意便欲相杀。何仆射无计，因起排坐二人之间，方得分散。所谓势利之交，古人羞之。

桓南郡小儿时，与诸从兄弟各养鹅共斗。南郡鹅每不如，甚以为忿。乃夜往鹅栏间，取诸兄弟鹅悉杀之。既晓，家人咸以惊骇，云是变怪，以白车骑。车骑曰："无所致怪，当是南郡戏耳！"问，果如之。

谗险第三十二

王平子形甚散朗，内实劲侠。邓粲《晋纪》云："刘琨尝谓澄曰：'卿形虽散朗，而内劲狭，以此处世，难得其死！'澄默然无以答。后果为王敦所害。刘琨闻之曰：'自取死耳！'"

袁悦有口才，能短长说，亦有精理。始作谢玄参军，颇被礼遇。后丁艰，服除还都，唯赍《战国策》而已。语人曰："少年时读《论语》、《老子》，又看《庄》、《易》，此皆是病痛事，当何所益邪？天下要物，正有《战国策》。"既下，说司马孝文王，大见亲待，几乱机轴，俄而见诛。《袁氏谱》曰："悦字元礼，陈郡阳夏人。父朗，给事中。仕至骠骑咨议。太元中，悦有宠于会稽王，每劝专览朝权，王颇纳其言。王恭闻其说，言于孝武。乃托以它罪，杀悦于市中。既而朋党同异之声，播于朝野矣。"

孝武甚亲敬王国宝、王雅。《雅别传》曰："雅字茂建，东海沂人，少知名。"《晋安帝纪》曰："雅之为侍中，孝武信而重之。王珣、王恭特以地望见礼,至于亲幸,莫及雅者。上每置酒燕集,或召雅未至,上不先举觞。时议谓珣、恭宜傅东宫,而雅以宠幸,超授太傅、尚书左仆射。"雅荐王珣于帝,帝欲见之。尝夜与国宝、雅相对,帝微有酒色,令唤珣,垂至,已闻卒传声。国宝自知才出珣下,恐倾夺要宠,因曰:"王珣当今名流,陛下不宜有酒色见之,自可别诏也。"帝然其言,心以为忠,遂不见珣。

　　王绪数谗殷荆州于王国宝,殷甚患之,求术于王东亭。曰:"卿但数诣王绪,往辄屏人,因论它事,如此,则二王之好离矣。"殷从之。国宝见王绪问曰:"比与仲堪屏人何所道?"绪云:"故是常往来,无它所论。"国宝谓绪于己有隐,果情好日疏,谗言以息。按国宝得宠于会稽王,由绪获进,同恶相求,有如市贾,终至诛夷,曾不携贰。岂有仲堪微间而成离隙。

尤悔第三十三

　　魏文帝忌弟任城王骁壮,因在下太后阁共围棋,并啖枣。文帝以毒置诸枣蒂中,自选可食者而进,王弗悟,遂杂进之。既中毒,太后索水救之。帝预敕左右毁瓶罐,太后徒跣趋井,无以汲。须臾,遂卒。《魏略》曰:"任城威王彰,字子文,太祖卞太后第二子。性刚勇而黄须,北讨代郡,独与麾下百馀人突虏而走。太祖闻曰:'我黄须儿可用也!'"《魏志春秋》曰:"黄初三年,彰来朝。初,彰问玺绶,将有异志,故来朝不即得见,有此忿惧而暴薨。"复欲害东阿,太后曰:"汝已杀我任城,不得复杀我东阿。"《魏志·方伎传》曰:"文帝问占梦周宣:'吾梦磨钱文,欲灭而愈更明,何谓?'宣怅然不对。帝固问之,宣曰:'陛下家事,虽欲尔,而太后不听,是以欲灭更明耳。'帝欲治弟植之罪,逼于太后,但加贬爵。"

　　王浑后妻,琅邪颜氏女。王时为徐州刺史,交礼拜讫,王将答拜,观者咸曰:"王侯州将,新妇州民,恐无由答拜。"王乃止。武子以其父不答拜,不成礼,恐非夫妇,不为之拜,谓为颜妾。颜氏耻之。以其门贵，终不敢离。婚姻之礼，人道之大，岂由一不拜而遂为妾媵者乎！《世说》之言，于是乎纰缪。

陆平原河桥败，为卢志所谗，被诛。王隐《晋书》曰："成都王颖讨长沙王乂，使陆为都督前锋诸军事。"《机别传》曰："成都王长史卢志，与机弟云趣舍不同。又黄门孟玖求为邯郸令于颖，颖教付云，云时为左司马，曰：'刑馀之人，不可以君民！'玖闻此怨云，与志谗构日至。及机于七里涧大败，玖诬机谋反所致，颖乃使牵秀斩机。先是，夕梦黑幔绕车，手决不开，恶之。明旦，秀兵奄至，机解戎服，箸衣帢见秀，容貌自若，遂见害。时年四十三。军士莫不流涕。是日天地雾合，大风折木，平地尺雪。"干宝《晋纪》曰："初，陆抗诛步阐，百口皆尽，有识尤之。及机、云见害，三族无遗。"临刑叹曰："欲闻华亭鹤唳，可复得乎！"《八王故事》曰："华亭，吴由拳县郊外墅也，有清泉茂林。吴平后，陆机兄弟共游于此十馀年。"《语林》曰："机为河北都督，闻警角之声，谓孙丞曰：'闻此不如华亭鹤唳。'故临刑而有此叹。"

刘琨善能招延，而拙于抚御。一日虽有数千人归投，其逃散而去亦复如此。所以卒无所建。邓粲《晋纪》曰："琨为并州牧，纠合齐盟，驱率戎旅，而内不抚其民，遂至丧军失士，无成功也。"敬彻按："琨以永嘉元年为并州，于时晋阳空城，寇盗四攻，而能收合士众，抗行渊、勒，十年之中，败而能振，不能抚御，其得如此乎？凶荒之日，千里无烟，岂一日有数千人归之？若一日数千人去之，又安得一纪之间以对大难乎？"

王平子始下，丞相语大将军："不可复使羌人东行。"平子面似羌。按王澄自为王敦所害，丞相名德，岂应有斯言也。

王大将军起事，丞相兄弟诣阙谢。周侯深忧诸王，始入，甚有忧色。丞相呼周侯曰："百口委卿！"周直过不应。既入，苦相存救。既释，周大说，饮酒。及出，诸王故在门。周曰："今年杀诸贼奴，当取金印如斗大系肘后。"大将军至石头，问丞相曰："周侯可为三公不？"丞相不答。又问："可为尚书令不？"又不应。因云："如此，唯当杀之耳！"复默然。逮周侯被害，丞相后知周侯救己，叹曰："我不杀周侯，周侯由我而死。

幽冥中负此人！"虞预《晋书》曰："敦克京邑，参军吕漪说敦曰：'周顗、戴渊，皆有名望，足以惑众。视近日之言，无惭惧之色，若不除之，役将未歇也。'敦即然之，遂害渊、顗。初，漪为台郎，渊既上官，素有高气，以漪小器待之，故售其说焉。"

王导、温峤俱见明帝，帝问温前世所以得天下之由。温未答。顷，王曰："温峤年少未谙，臣为陛下陈之。"王乃具叙宣王创业之始，诛夷名族，宠树同己。及文王之末，高贵乡公事。宣王创业，诛曹爽，任蒋济之流者是也。高贵乡公之事，已见上。明帝闻之，覆面箸床曰："若如公言，祚安得长！"

王大将军于众坐中曰："诸周由来未有作三公者。"有人答曰："唯周侯邑五马领头而不克。"大将军曰："我与周，洛下相遇，一面顿尽。值世纷纭，遂至于此！"因为流涕。邓粲《晋纪》曰："王敦参军有于敦坐樀蒱，临当成都，马头被杀，因谓曰：'周家奕世令望，而位不至三公，伯仁垂作而不果，有似下官此马。'敦慨然流涕曰：'伯仁总角时，与于东宫相遇，一面披衿，便许之三司。何图不幸，王法所裁。凄怆之深，言何能尽！'"

温公初受刘司空使劝进，母崔氏固驻之，峤绝裾而去。《温氏谱》曰："峤父襜，娶清河崔参女。"迄于崇贵，乡品犹不过也。每爵皆发诏。虞预《晋书》曰："元帝即位，以温峤为散骑侍郎。峤以母亡，逼贼，不得往临葬，固辞。诏曰：'峤以未葬，朝议又颇有异同，故不拜。其令人坐议，吾将折其衷。'"

庾公欲起周子南，子南执辞愈固。庾每诣周，庾从南门入，周从后门出。庾尝一往奄至，周不及去，相对终日。庾从周索食，周出蔬食，庾亦强饭，极欢；并语世故，约相推引，同佐世之任。既仕，至将军二千石，《寻阳记》曰："周邵字子南，与南阳翟汤隐于寻阳庐山。庾亮临江州，闻翟、周之风，束带蹑履而诣焉。闻庾至，转避之。亮后密往，值邵弹鸟于林，因前与语。还，便云：'此人可起。'即拔为镇蛮护军、西阳太守。"其集载与邵书曰："西阳一郡，户口差实，非履道真纯，何以镇其流遁？询之朝野，佥曰足下。今具上表，请足下临之无让。"而不称意。中宵慨然曰:"大丈夫乃为庾元规所卖!"一叹,遂发背而卒。

　　阮思旷奉大法,敬信甚至。大儿年未弱冠,忽被笃疾。《阮氏谱》曰:"脯字彦伦,裕长子也。仕至州主簿。"儿既是偏所爱重,为之祈请三宝,昼夜不懈。谓至诚有感者,必当蒙祐。而儿遂不济。于是结恨释氏,宿命都除。以阮公智识,必无此弊。脱此非谬,何其惑欤! 夫文王期尽,圣子不能驻其年,释种诛夷,神力无以延其命。故业有定限,报不可移。若请祷而望其灵,匪验而忽其道,固陋之徒耳,岂可以言神明之智者哉!

　　桓宣武对简文帝,不甚得语。废海西后,宜自申叙,乃豫撰数百语,陈废立之意。既见简文,简文便泣下数十行。宣武矜愧,不得一言。

　　桓公卧语曰:"作此寂寂,将为文、景所笑!"既而屈起坐曰:"既不能流芳后世,亦不足复遗臭万载邪?"《续晋阳秋》曰:"桓温既以雄武专朝,任兼将相,其不臣之心,形于音迹。曾卧对亲僚,抚枕而起曰:'为尔寂寂,为文、景所笑!'众莫敢对。"

　　谢太傅于东船行,小人引船,或迟或速,或停或待,又放船从横,撞人触岸。公初不呵遣,人谓公常无嗔喜。曾送兄征西葬还,征西,谢奕。日莫雨,驶小人皆醉,不可处分。公乃于车中,手取车柱撞驭人,声色甚厉。夫以水性沈柔,入隘奔激。方之人情,固知迫隘之地,无得保其夷粹。《孟子》曰:"湍水,决之东则东,决之西则西。搏而跃之,可使过颡;激而行之,可使在山。岂水之性哉? 人可使为不善,性亦犹是也。"

　　简文见田稻不识,问是何草,左右答是稻。简文还,三日不出,云:"宁有赖其末,而不识其本!"文公种菜,曾子牧羊,纵不识稻,何所多悔! 此言必虚。

　　桓车骑在上明畋猎。东信至,传淮上大捷。语左右云:"群谢年少,大破贼。"因发病薨。谈者以为此死,贤于让扬之荆。《续晋阳秋》曰:"桓冲本以将相异宜,才用不同,忖己德量不及谢安,故解扬州以让安。自谓少经军镇，及为荆州，闻苻坚自出淮、肥，深以根本为虑，遣其随身精兵三千人赴京师。时安已遣诸军，且欲外示闲暇，因令冲军还。冲大惊曰：'谢安乃有庙堂之量，不闲将略。吾量贼必破襄阳，而并力淮、肥。今大敌果至，方游谈示暇，遣诸不经事年少，而实寡弱，天下谁知？吾其左衽矣！'俄闻大勋克举，惭慨而薨。"

桓公初报破殷荆州，周祗《隆安记》曰："仲堪以人情注于玄，疑朝廷欲以玄代己，遣道人竺僧憨赍宝物遗相王宠幸媒尼左右，以罪状玄，玄知其谋而击灭之。"曾讲《论语》，至"富与贵，是人之所欲，不以其道得之不处"，孔安国注曰："不以其道得富贵，则仁者不处。"玄意色甚恶

纰漏第三十四

王敦初尚主，敦尚武帝女舞阳公主，字脩袆。如厕，见漆箱盛干枣，本以塞鼻，王谓厕上亦下果，食遂至尽。既还，婢擎金澡盘盛水，琉璃碗盛澡豆，因倒箸水中而饮之，谓是干饭。群婢莫不掩口而笑之。

元皇初见贺司空，言及吴时事，问："孙皓烧锯截一贺头，是谁？"司空未得言，元皇自忆曰："是贺劭。"邵即循父也。皓凶暴骄矜，邵上书切谏，皓深恨之。亲近惮邵贞正，潜云谤毁国事，被诘责。后还复职。邵中恶风，口不能言语。皓疑邵托疾，收付酒藏，考掠千数，卒无一言。锯杀之。司空流涕曰："臣父遭遇无道，创巨痛深，无以仰答明诏。"《礼记》："创巨者其日久，痛深者其愈迟。"元皇愧惭，三日不出。

蔡司徒渡江，见彭蜞，大喜曰："蟹有八足，加以二螯。"令烹之。既食，吐下委顿，方知非蟹。后向谢仁祖说此事，谢曰："卿读《尔雅》不熟，几为《劝学》死。"《大戴礼·劝学篇》曰："蟹二螯八足，非蛇蟺之穴无所寄托者，用心躁也。"故蔡邕为《劝学章》取义焉。《尔雅》曰："蟛蜅小者劳。"即彭蜞也，似蟹而小。今彭蜞小于蟹，而大于彭蜦，即《尔雅》所谓蟛蜅也。然此三物，皆八足二螯，而状甚相类。蔡谟不精其小大，食而致弊，故谓读《尔雅》不熟也。

任育长年少时，甚有令名。武帝崩，选百二十挽郎，一时之秀彦，育长亦在其中。王安丰选女婿，从挽郎搜其胜者，且择取四人，任犹在其中。童少时神明可爱，时人谓育长影亦好。自过江，便失志。王丞相请先度时贤共至石头迎之，犹作畴日相待，一见便觉有异。坐席竟，下饮，便问人云："此为茶，为茗？"觉有异色，乃自申明云："向问饮为热，为冷耳。"尝行从棺邸下度，流涕悲哀。王丞相闻之曰："此是有情痴。"《晋百官名》曰："任瞻字育长，乐安人。父琨，少府卿。瞻历谒者仆射、都尉、天门太守。"

谢虎子尝上屋熏鼠。虎子，据小字。据字玄道，尚书褒第二子。年三十三亡。胡儿既无由知父为此事，闻人道"痴人有作此者"，戏笑之。时道此非复一过。太傅既了己之不知，因其言次，语胡儿曰："世人以此谤中郎，亦言我共作此。"中郎，据也。章伸反。按世有兄弟三人，则谓第二者为中。今谢昆弟有六，而以据为中郎，未可解。当由有三时，以中为称，因仍不改也。胡儿懊热，一月日闭斋不出。太傅虚托引己之过，以相开悟，可谓德教。

殷仲堪父病虚悸，闻床下蚁动，谓是牛斗。《殷氏谱》曰："殷师字师子。祖识、父融，并有名。师至骠骑咨议，生仲堪。"《续晋阳秋》曰："仲堪父曾有失心病，仲堪腰不解带，弥年父卒。"孝武不知是殷公，问仲堪："有一殷，病如此不？"仲堪流涕而起曰："臣进退唯谷。"《大雅诗》也。毛公注曰："谷，穷也。"

虞啸父为孝武侍中，帝从容问曰："卿在门下，初不闻有所献替。"虞家富春，近海，谓帝望其意气，对曰："天时尚暖，蝥鱼虾鲴未可致，寻当有所上献。"帝抚掌大笑。《中兴书》曰："啸父，会稽人，光禄潭之孙，右将军纯之子。少历显位，与王廞同废为庶人。义旗初，为会稽内史。"

王大丧后，朝论或云"国宝应作荆州"。《晋安帝纪》曰："王忱死，会稽王欲以国宝代之。孝武中，诏用仲堪，乃止。"国宝主簿夜函白事，云：“荆州事已行。”国宝大喜，而夜开閤，唤纲纪，话势虽不及作荆州，而意色甚恬。晓遣参问，都无此事。即唤主簿数之曰：“卿何以误人事邪？”

惑溺第三十五

魏甄后惠而有色，先为袁熙妻，甚获宠。曹公之屠邺也，令疾召甄，左右白：“五官中郎已将去。”公曰：“今年破贼正为奴。”《魏略》曰：“建安中，袁绍为中子熙娶甄会女。绍死，熙出在幽州，甄留侍姑。及邺城破，五官将从而入绍舍，见甄怖，以头伏姑膝上。五官将谓绍妻袁夫人：‘扶甄令举头。’见其色非凡，称叹之。太祖闻其意，遂为迎娶，擅室数岁。”《世语》曰：“太祖下邺，文帝先入袁尚府，见妇人被发垢面，垂涕立绍妻刘后。文帝问，知是熙妻，使令揽发，以袖拭面，姿貌绝伦。既过，刘谓甄曰：‘不复死矣。’遂纳之，有子。”《魏氏春秋》曰：“五官将纳熙妻，孔融与太祖书曰：‘武王伐纣，以妲己赐周公。’太祖以融博学，真谓书传所记。后见融问之，对曰：‘以今度古，想其然也。’”

荀奉倩与妇至笃，冬月妇病热，乃出中庭自取冷，还以身熨之。妇亡，奉倩后少时亦卒。以是获讥于世。《粲别传》曰：“粲常以妇人才智不足论，自宜以色为主。骠骑将军曹洪女有色，粲于是聘焉。容服帷帐甚丽，专房燕婉。历年后妇病亡。未殡，傅嘏往唁粲，粲不明而神伤。嘏问曰：‘妇人才色并茂为难。子之聘也，遗才存色，非难遇也，何哀之甚？’粲曰：‘佳人难再得！顾逝者不能有倾城之异，然未可易遇也。’痛悼不能已已。岁馀亦亡。亡时年二十九。粲简贵，不与常人交接，所交者一时俊杰。至葬夕，赴期者裁十馀人，悉同年相知名士也。哭之，感恸路人。粲虽褊隘，以燕婉自丧，然有识犹追惜其能言。”奉倩曰：“妇人德不足称，当以色为主。”裴令闻之曰：“此乃是兴到之事，非盛德言，冀后人未昧此语。”何劭论粲曰：“仲尼称‘有德者有言’。而荀粲减于是，力顾所言有馀，而识不足。”

贾公闾《充别传》曰：“充父逵，晚有子，故名曰充，字公闾，言后必有充闾之异。”后妻郭氏酷妒，有男儿名黎民，生载周，充自外还，乳母抱儿在中庭，儿见充喜踊，充就乳母手中呜之。郭遥望见，谓充爱乳母，即杀之。儿悲思啼泣，不饮它乳，遂死。郭后终无子。《晋诸公赞》云："郭氏即贾后母也。为性高朗，知后无子，甚忧爱愍怀，每劝厉之。临亡，诲贾后，令尽意于太子，言甚切至。赵佗华及贾谧母，并勿令出入宫中。又曰：'此皆乱汝事！'后不能用，终至诛夷。"臣按：傅畅此言，则郭氏贤明妇人也。向令贾后抚爱愍怀，岂当纵其妒悍，自毙其子。然则物我不同，或老壮情异乎？

孙秀降晋，晋武帝厚存宠之，《太原郭氏录》曰："秀字彦才，吴郡吴人，为下口督，甚有威恩。孙皓惮欲除之，遣将军何定溯江而上，辞以捕鹿三千口供厨。秀豫知谋，遂来归化。世祖喜之，以为骠骑将军、交州牧。"妻以姨妹蒯氏，室家甚笃。妻尝妒，乃骂秀为"貉子"。《晋阳秋》曰："蒯氏襄阳人，祖良，吏部尚书。父钧，南阳太守。"秀大不平，遂不复入。蒯氏大自悔责，请救于帝。时大赦，群臣咸见。既出，帝独留秀，从容谓曰："天下旷荡，蒯夫人可得从其例不？"秀免冠而谢，遂为夫妇如初。

韩寿美姿容，贾充辟以为掾。充每聚会，贾女于青琐中看，见寿，说之。恒怀存想，发于吟咏。后婢往寿家，具述如此，并言女光丽。寿闻之心动，遂请婢潜修音问。及期往宿。寿跻捷绝人，逾墙而入，家中莫知。《晋诸公赞》曰："寿字德真，南阳堵阳人。曾祖暨，魏司徒，有高行。"寿敦家风，性忠厚，岂有若斯之事？诸书无闻，唯见《世说》，自未可信。自是充觉女盛自拂拭，说畅有异于常。后会诸吏，闻寿有奇香之气，是外国所贡，一箸人，则历月不歇。《十洲记》曰："汉武帝时，西域月氏国王遣使献香四两，大如雀卵，黑如桑椹，烧之，芳气经三月不歇。"盖此香也。充计武帝唯赐己及陈骞，馀家无此香，疑寿与女通，而垣墙重密，门阁急峻，何由得尔？乃托言有盗，令人修墙。使反曰："其馀无异，唯东北角如有人迹。而墙高，非人所逾。"充乃取女左右婢考问，即以状对。充秘之，以女妻寿。《郭子》谓与韩寿通者，乃是陈骞女，即以妻寿，未婚而女亡。寿因娶贾氏，故世因传是充女。

王安丰妇常卿安丰。安丰曰："妇人卿婿，于礼为不敬，后勿复尔。"妇曰："亲卿爱卿，是以卿卿；我不卿卿，谁当卿卿？"遂恒听之。

王丞相有幸妾姓雷，颇预政事纳货。蔡公谓之"雷尚书"。《语林》曰："雷有宠，生恬、洽。"

仇隙第三十六

孙秀既恨石崇不与绿珠，干宝《晋纪》曰："石崇有妓人绿珠，美而工笛，孙秀使人求之。崇别馆北邙下，方登凉观，临清水。使者以告，崇出其婢妾数十人以示之曰：'任所以择。'使者曰：'本受命者，指绿珠也，未识孰是？'崇勃然曰：'绿珠，吾所爱，不可得也！'使者曰：'君侯博古知今，察远照迩，愿加三思。'崇不然。使者已出又反，崇竟不许。"又憾潘岳昔遇之不以礼。后秀为中书令，岳省内见之，因唤曰："孙令，忆畴昔周旋不？"秀曰："中心藏之，何日忘之？"岳于是始知必不免。王隐《晋书》曰："岳父文德，为琅邪太守，孙秀为小吏给使，岳数蹴踏秀，而不以人遇之也。"后收石崇、欧阳坚石，同日收岳。《晋阳秋》曰："欧阳建字坚石，渤海人。有才藻，时人为之语曰：'渤海赫赫，欧阳坚石。'初，建为冯翊太守，赵王伦为征西将军，孙秀为腹心，挠乱关中，建每匡正，由是有隙。"王隐《晋书》曰："石崇、潘岳与贾谧相友善，及谧废，惧终见危，与淮南王谋诛伦，事泄，收崇及亲期以上皆斩之。初，岳母诫岳以止足之道，及收，与母别曰：'负阿母！'崇家河北，收者至。曰：'吾不过流徙交、广耳！'及车载东市，始叹曰：'奴辈利吾家之财。'收崇人曰：'知财为害，何不蚤散？'崇不能答。"石先送市，亦不相知。潘后至，石谓潘曰："安仁，卿亦复尔邪？"潘曰："可谓'白首同所归'。"《语林》曰："潘、石同刑东市，石谓潘曰：'天下杀英雄，卿复何为？'潘曰：'俊士填沟壑，馀波来及人。'"潘《金谷集诗》云："投分寄石友，白首同所归。"乃成其谶。

刘玙兄弟少时为王恺所憎，尝召二人宿，欲默除之。令作阬，阬毕，垂加害矣。石崇素与玙、琨善，闻就恺宿，知当有变，便夜往诣恺，问二刘所在。恺卒迫不得讳，答云："在后斋中眠。"石便径入，自牵出，同车而去。语曰："少年，何以轻就人宿？"刘璨《晋纪》曰："琨与兄玙俱知名，游权贵之间，当世以为豪杰。"

　　王大将军执司马愍王，夜遣世将载王于车而杀之，当时不尽知也。《晋阳秋》曰："司马丞字元敬，谯王逊子也。为中宗相州刺史，路过武昌，王敦与燕会，酒酣，谓丞曰：'大王笃实佳士，非将御之才。'对曰：'焉知铅刀不能一割乎？'敦将谋逆，召丞为军司马，丞叹曰：'吾其死矣！地荒民解，势孤援绝。赴君难，忠也；死王事，义也。死忠与义，又何求焉！'乃驰檄诸郡丞赴义。敦遣从母弟魏乂攻丞，王廙使贼迎之，戕于车。敦既灭，追赠骠骑，谥曰愍王。"虽愍王家，亦未之皆悉，而无忌兄弟皆稚。《无忌别传》曰："无忌字公寿，丞子也。才器兼济，有文武干。袭封谯王，卫军将军。"王胡之与无忌，长甚相昵，胡之尝共游，无忌入告母，请为馔。母流涕曰："王敦昔肆酷汝父，假手世将。《司马氏谱》曰："丞娶南阳赵氏女。"《王廙别传》曰："廙字世将。祖览、父正。廙高朗豪率。王导、庾亮游于石头，会廙至，尔日迅风飞帆，廙倚船楼长啸，神气甚逸。导谓亮曰：'世将为复识事。'亮曰：'正足舒其逸耳。'性倨傲，不合己者面拒之，故为物所疾。加平南将军，戕。"吾所以积年不告汝者，王氏门强，汝兄弟尚幼，不欲使此声著，盖以避祸耳！"无忌惊号，抽刃而出，胡之去已远。

　　应镇南作荆州，王隐《晋书》曰："应詹字思远，汝南南顿人，璩曾孙也。为人弘长有淹度，饰之以文才。司徒何充叹曰：'所谓文质之士！'累迁江州刺史、镇南将军。"王脩载、谯王子无忌同至新亭与别，坐上宾甚多，不悟二人俱到。有一客道："谯王丞致祸，非大将军意，正是平南所为耳。"无忌因夺直兵参军刀，便欲斫。脩载走投水，舸上人接取，得免。《中兴书》曰："褚裒为江州，无忌于坐拔刀斫耆之，裒与桓景共免之。御史奏无忌欲专杀害，诏以赎论。"前章既言无忌母告之，而此章复云客叙其事，且王廙之害司马丞，遐迩共悉，脩龄兄弟岂容不知。孙盛之言，皆实录也。

　　王右军素轻蓝田，蓝田晚节论誉转重，右军尤不平。蓝田于会稽丁艰，停山阴治丧。右军代为郡，屡言出吊，连日不果。后诣门自通，主人既哭，不前而去，以陵辱之。于是彼此嫌隙大构。后蓝田临扬州，右军尚在郡。初得消息，遣一参军诣朝廷，求分会稽为越州，使人受意失旨，大为时贤所笑。蓝田密令从事数其郡诸不法，以先有隙，令自为其宜。右军遂称疾去郡，以愤慨致终。《中兴书》曰："羲之与述志尚不同，而两不相能。述为会稽，艰居郡境。王羲之后为郡，申慰而已，初不重诣，述深以为恨。丧除，征拜扬州，就征，周行郡境，而不历羲之。临发，一别而去。羲之初语其友曰：'王怀祖免丧，正可当尚书，投老可得为仆射。更望会稽，便自邈然。'述既显授，又检校会稽郡，求其得失，主者疲于课对。羲之耻慨，遂称疾去郡，墓前自誓不复仕。朝廷以其誓苦，不复征也。"

王东亭与孝伯语，后渐异。孝伯谓东亭曰："卿便不可复测！"答曰："王陵廷争，陈平从默，但问克终云何耳。"《汉书》曰："吕后欲王诸吕，问右相王陵，以为不可。问左丞相陈平，平曰：'可。'陵出让平，平曰：'面折廷争，臣不如君；全社稷，定刘氏，君不如臣。'"《晋安帝纪》曰："初，王恭赴山陵，欲斩国宝，王珣固谏之，乃止。既而恭谓珣曰：'此日视君，一似胡广。'珣曰：'王陵廷争，陈平从默，但问克终如何也。'"

王孝伯死，县其首于大桁。司马太傅命驾出至标所，孰视首，曰："卿何故趣欲杀我邪？"《续晋阳秋》曰："王恭深惧祸难，抗表起兵。于是遣左将军谢琰讨恭。恭败，走曲阿，为湖浦尉所擒。初，道子与恭善，欲载出都，面相折数，闻西军之逼，乃令于儿塘斩之，枭首于东桁也。"

桓玄将篡，桓脩欲因玄在脩母许袭之。庾夫人云："汝等近过我馀年，我养之，不忍见行此事。"《桓氏谱》曰："桓冲后娶颍川庾蔑女，字姚。"《晋安帝纪》曰："脩少为玄所侮，言论常鄙之，脩深憾焉，密有图玄之意。脩母曰：'灵宝视我如母，汝等何忍骨肉相图！'脩乃止。"

续 齐 谐 记

[梁] 吴 均 撰
王 根 林 校点

校 点 说 明

《续齐谐记》一卷,梁吴均撰。吴均(469—520),吴兴故鄣(今浙江安吉)人。天监初,柳恽为吴兴刺史,辟均为郡主簿,官至奉朝请。好学,有才气,其诗为士人所效,号"吴均体"。精史学,有《后汉书注》、《齐春秋》等。

今本《续齐谐记》仅十七条,然文学性较高,颇多佳作。其取材,部分辑自旧集,还有不少来自民间传说故事,情节新奇,富于浪漫气息。其中"阳羡书生"写书生因脚痛卧路侧,后求寄许彦鹅笼中,为酬许而口吐珍馐、美女,美女又口吐男子,男子又吐女,终又依次回纳书生口中,极为奇幻精彩。此事显然本自佛经故事,则又可见佛教对中国文言小说的影响。本书不少故事,还成为后代话本小说及传奇的素材,可见它在文学史上的地位。

本书现存版本颇多,今以明嘉靖《顾氏文房小说》本为底本,校以其他诸本,予以标点出版。

续齐谐记

　　汉宣帝以皂盖车一乘,赐大将军霍光,悉以金铰具。至夜,车辖上金凤凰辄亡去,莫知所之,至晓乃还。如此非一。守车人亦尝见。后南郡黄君仲北山罗鸟,得凤凰,入手即化成紫金,毛羽冠翅,宛然具足,可长尺馀。守车人列上云:"今月十二日夜,车辖上凤凰俱飞去,晓则俱还。今则不返,恐为人所得。"光甚异之,具以列上。后数日,君仲诣阙上凤凰子,云:"今月十二夜,北山罗鸟所得。"帝闻而疑之,置承露盘上,俄而飞去。帝使寻之,直入光家,止车辖上,乃知信然。帝取其车,每游行,即乘御之。至帝崩,凤凰飞去,莫知所在。嵇康诗云:"翩翩凤辖,逢此网罗。"

　　京兆田真兄弟三人,共议分财。生资皆平均,惟堂前一株紫荆树,共议欲破三片。明日,就截之,其树即枯死,状如火然。真往见之,大惊,谓诸弟曰:"树本同株,闻将分斫,所以憔悴。是人不如木也。"因悲不自胜,不复解树。树应声荣茂,兄弟相感,合财宝,遂为孝门。真仕至太中大夫。陆机诗云:"三荆欢同株。"

　　弘农杨宝,性慈爱。年九岁,至华阴山,见一黄雀为鸱枭所搏,逐树下,伤瘢甚多,宛转复为蝼蚁所困。宝怀之以归,置诸梁上。夜闻啼声甚切,亲自照视,为蚊所啮,乃移置巾箱中,唼以黄花。逮十馀日,毛羽成,飞翔,朝去暮来,宿巾箱中,如此积年。忽与群雀俱来,哀鸣绕堂,数日乃去。是夕,宝三更读书，有黄衣童子曰："我，王母使者。昔使蓬莱，为鸱枭所搏，蒙君之仁爱见救，今当受赐南海。"别以四玉环与之，曰："令君子孙洁白，且从登三公，事如此环矣。"宝之孝大闻天下，名位日隆。子震，震生秉，秉生彪，四世名公。及震葬时，有大鸟降，人皆谓真孝招也。蔡邕论云："昔日黄雀报恩而至。"

魏明帝游洛水，水中有白獭数头，美静可怜，见人辄去。帝欲见之，终莫能遂。侍中徐景山曰："獭嗜鲻鱼，乃不避死。"画板作两生鲻鱼，悬置岸上。于是群獭竞逐，一时执得，帝甚佳之。曰："闻卿善画，何其妙也！"答曰："臣亦未尝执笔，然人之所目，可庶几耳。"帝曰："是善用所长。"颜公《庭诰》云："徐景山之画獭是也。"

张华为司空，于时燕昭王墓前有一斑狸，化为书生，欲诣张公。过问墓前华表曰："以我才貌，可得见司空耶？"华表曰："子之妙解，无为不可。但张公制度，恐难笼络。出必遇辱，殆不得返。非但丧子千年之质，亦当深误老表。"狸不从，遂见华。见其容止风流，雅重之。于是论及文章声实，华未尝胜。次复商略三史，探贯百氏，包十圣，洞三才，华无不应声屈滞。乃叹曰："明公乃尊贤容众，嘉善矜不能，奈何憎人学问？墨子兼爱，其若是也？"言卒便退。华已使人防门。不得出。既而又问华曰："公门置兵甲阑锜，当是疑仆也。恐天下之人卷舌而不谈，知谋之士望门而不进。深为明公惜之。"华不答，而使人防御甚严。丰城令雷焕，博物士也。谓华曰："闻魅鬼忌狗所别者，数百年物耳。千年老精，不复能别。惟千年枯木，照之则形见。昭王墓前华表，已当千年，使人伐之。"至，闻华表言曰："老狸不自知，果误我事。"于华表穴中得青衣小儿，长二尺馀。使还，未至洛阳，而变成枯木。遂燃以照之，书生乃是一斑狸。茂先叹曰："此二物不值我，千年不复可得。"

东海蒋潜，尝至不其县。路次林中，露一尸已自臭烂，鸟来食之。辄见一小儿，长三尺，驱鸟，鸟即起，如此非一。潜异之，看见尸头上着通天犀簪，揣其价，可数万钱。潜乃拔取。既去，见众鸟集，无复驱者。潜后以此簪上晋武陵王晞，晞薨，以衬众僧。王武刚以九万钱买之，后落褚太宰处。复以饷齐故丞相豫章王。王薨后，内人江夫人遂断以为钗。每夜辄见一儿绕床啼叫，云："何为见屠割？必诉天，当相报！"江夫人恶之，月馀乃亡。

桓玄篡位后来朱雀门中，忽见两小儿，通身如墨，相和作《笼歌》，路边小儿从而和之者数十人。歌云："芒笼茵，绳缚腹。车无轴，倚孤木。"声甚哀。无归。日既夕，二小儿入建康县，至阁下，遂成双漆鼓槌。史列云："槌积久，比恒失之，而复得之，不意作人也。"明年春，而桓败。车无轴，倚孤木，桓字也。荆州送玄首，用败笼茵包之，又芒绳束缚其尸沈诸江中，悉如所歌焉。

阳羡许彦，于绥安山行，遇一书生，年十七八，卧路侧，云脚痛，求寄鹅笼中。彦以为戏言。书生便入笼，笼亦不更广，书生亦不更小，宛然与双鹅并坐，鹅亦不惊。彦负笼而去，都不觉重。前行息树下，书生乃出笼，谓彦曰："欲为君薄设。"彦曰："善。"乃口中吐出一铜奁子，奁子中具诸肴馔，珍羞方丈。其器皿皆铜物，气味香旨，世所罕见。酒数行，谓彦曰："向将一妇人自随，今欲暂邀之。"彦曰："善。"又于口中吐一女子，年可十五六，衣服绮丽，容貌殊绝，共坐宴。俄而书生醉卧，此女谓彦曰："虽与书生结妻，而实怀怨。向亦窃得一男子同行，书生既眠，暂唤之，君幸勿言。"彦曰："善。"女子于口中吐出一男子,年可二十三四,亦颖悟可爱,乃与彦叙寒温。书生卧欲觉,女子口吐一锦行障,遮书生。书生乃留女子共卧。男子谓彦曰:"此女子虽有心,情亦不甚,向复窃得一女人同行,今欲暂见之,愿君勿泄。"彦曰:"善。"男子又于口中吐一妇人,年可二十许,共酌,戏谈甚久。闻书生动声,男子曰:"二人眠已觉。"因取所吐女人,还内口中。须臾,书生处女乃出,谓彦曰:"书生欲起。"乃吞向男子,独对彦坐。然后书生起,谓彦曰:"暂眠遂久,君独坐,当悒悒邪? 日又晚,当与君别。"遂吞其女子,诸器皿悉内口中。留大铜盘,可二尺广,与彦别曰:"无以藉君,与君相忆也。"彦大元中为兰台令史,以盘饷侍中张散。散看其铭题,云是永平三年作。

汝南桓景随费长房游学累年,长房谓曰:"九月九日,汝家中当有灾。宜急去,令家人各作绛囊,盛茱萸,以系臂,登高饮菊花酒,此祸可除。"景如言,齐家登山。夕还,见鸡犬牛羊一时暴死。长房闻之曰:"此可代也。"今世人九日登高饮酒,妇人带茱萸囊,盖始于此。

晋武帝问尚书郎挚虞仲洽:"三月三日曲水,其义何旨?"答曰:"汉章帝时,平原徐肇以三月初生三女,至三日俱亡,一村以为怪。乃相与至水滨盥洗,因流以滥觞,曲水之义,盖自此矣。"帝曰:"若如所谈,便非嘉事也。"尚书郎束皙进曰:"挚虞小生,不足以知此。臣请说其始。昔周公成洛邑,因流水泛酒,故逸诗云:羽觞随波流。又秦昭王三月上巳,置酒河曲,见金人自河而出,奉水心剑曰:令君制有西夏。及秦霸诸侯,乃因此处立为曲水。二汉相缘,皆为盛集。"帝曰:"善。"赐金五十斤,左迁仲洽为城阳令。

桂阳成武丁,有仙道,常在人间,忽谓其弟曰:"七月七日,织女当渡河,诸仙悉还宫。吾向已被召,不得停,与尔别矣。"弟问曰:"织女何事渡河?去当何还?"答曰:"织女暂诣牵牛,吾复三年当还。"明日失武丁,至今云织女嫁牵牛。

弘农邓绍,尝八月旦入华山采药。见一童子,执五彩囊承柏叶上露,皆如珠,满囊。绍问曰:"用此何为?"答曰:"赤松先生取以明目。"言终,便失所在。今世人八月旦作眼明袋,此遗象也。

屈原五月五日投汨罗水,楚人哀之,至此日,以竹筒子贮米投水以祭之。汉建武中,长沙区曲忽见一士人,自云"三闾大夫",谓曲曰:"闻君当见祭,甚善。常年为蛟龙所窃,今若有惠,当以楝叶塞其上,以彩丝缠之。此二物,蛟龙所惮。"曲依其言。今五月五日作粽,并带楝叶、五花丝,遗风也。

吴县张成,夜起,忽见一妇人,立于宅上南角,举手招成。成即就之。妇人曰:"此地是君家蚕室,我即是此地之神。明年正月半,宜作白粥泛膏于上祭我也,必当令君蚕桑百倍。"言绝,失之。成如言作膏粥,自此后,大得蚕。今正月半作白膏粥,自此始也。

吴兴故鄣县东三十里,有梅溪山。山根直竖一石,可高百馀丈,至青而圆,如两间屋大。四面斗绝,仰之干云外,无登陟之理。其上复有盘石,圆如车盖,恒转如磨,声若风雨,土人号为石磨。转快则年丰,转迟则岁俭。欲知年之丰俭,验之无失。

钱塘徐秋夫,善治病。宅在湖沟桥东。夜,闻空中呻吟,声甚苦,秋夫起,至呻吟处,问曰:"汝是鬼邪?何为如此?饥寒须衣食邪?抱病须治疗邪?"鬼曰:"我是东阳人,姓斯,名僧平。昔为乐游吏,患腰痛死,今在湖北。虽为鬼,苦亦如生。

为君善医，故来相告。”秋夫曰：“但汝无形，何由治？”鬼曰：“但缚茅作人，按穴针之，讫，弃流水中，可也。”秋夫作茅人，为针腰目二处，并复薄祭，遣人送后湖中。及暝，梦鬼曰：“已差。并承惠食，感君厚意。”秋夫宋元嘉六年为奉朝请。

　　会稽赵文韶，为东宫扶侍，坐清溪中桥，与尚书王叔卿家隔一巷，相去二百步许。秋夜嘉月，怅然思归，倚门唱《西夜乌飞》，其声甚哀怨。忽有青衣婢，年十五六，前曰：“王家娘子白扶侍，闻君歌声，有门人逐月游戏，遣相闻耳。”时未息，文韶不之疑，委曲答之，呕邀相过。须臾，女到，年十八九，行步容色可怜，犹将两婢自随。问：“家在何处？”举手指王尚书宅，曰：“是闻君歌声，故来相诣，岂能为一曲邪？”文韶即为歌《草生盘石》，音韵清畅，又深会女心。乃曰：“但令有瓶，何患不得水？”顾谓婢子：“还取箜篌，为扶侍鼓之。”须臾至，女为酌两三弹，泠泠更增楚绝。乃令婢子歌《繁霜》，自解裙带系箜篌腰，叩之以倚歌。歌曰：“日暮风吹，叶落依枝。丹心寸意，愁君未知。歌《繁霜》，侵晓幕。何意空相守，坐待繁霜落。”歌阕，夜已久，遂相仾燕寝，竟四更别去。脱金簪以赠文韶，文韶亦答以银碗白琉璃匕各一枚。既明，文韶出，偶至清溪庙歇，神坐上见碗，甚疑；而委悉之屏风后，则琉璃匕在焉，箜篌带缚如故。祠庙中惟女姑神像，青衣婢立在前，细视之，皆夜所见者，于是遂绝。当宋元嘉五年也。

　　《齐谐》，志怪者也。盖庄生寓言耳。今吴均所续，特取义云耳，前无其书也。考《文献通考》书目，亦云。至元甲子，吴郡陆友记。

殷 芸 小 说

[梁] 殷 芸 撰

王 根 林 校点

校 点 说 明

《殷芸小说》十卷，南朝梁殷芸撰。殷芸(471—529)，字灌蔬，陈郡长平(今河南西华)人。史载他"性倜傥，不拘细行"，"励精勤学，博洽群书"。初于南齐武帝永明年间，为宜都王萧铿的行参军。入梁，先后于武帝天监年间任西中郎主簿、临川王萧宏记室、通直散骑侍郎兼中书通事舍人等职。又迁国子博士，为昭明太子萧统侍读。十三年，任豫章王萧综长史，综迁安右将军，芸为安右长史。在此期间，梁武帝敕令他编撰此《小说》。

这部《小说》，记载自先秦至东晋的轶事传闻，带有明显的野史性质。所记对象，除了帝王将相、历代名人，还涉及民间传说、街谈巷议，可视作后代野史笔记的滥觞。其中某些内容，为其他史书所不载，颇为珍贵。如汉高祖刘邦手敕太子书，鬼谷子与苏秦、张仪书及苏秦、张仪答书，张良与商山四皓书及商山四皓答书等。

该书自《隋书·经籍志》即见著录，此后，《旧唐书·经籍文志》、《新唐书·艺文志》、《宋史·艺文志》及重要的目录学著作《崇文总目》、《郡斋读书志》、《遂初堂书目》、《直斋书录解题》等，都有著录。《隋书·经籍志》记其正文十卷，又云"梁目三十卷"，但是谁也没有见过这三十卷。这个问题，只能存疑了。

《殷芸小说》久已散佚，最早将它辑录成书的，是鲁迅先生，时间在 1910 年。1942 年，余嘉锡先生推出了《殷芸小说辑证》，引用书二十六种，比鲁迅多十四种；共辑得一百五十四条,比鲁迅多二十多条。并对全文作了精心校勘和考释。
1984年,上海古籍出版社出版了周楞伽先生的《殷芸小说》。
他在余本的基础上又作增益,共得一百六十三条。除对内容
进行校勘外,又作了注释。本书即综合上述三家辑集成果,并
以有关类书及正史作校勘,予以分段、标点。

目　录

卷一　秦汉魏晋宋诸帝

齐禹城东有蒲台，秦始皇所顿处。时始皇在台下萦蒲系马，至今蒲生犹萦，俗谓之始皇蒲。始皇作石桥，欲过海观日出处。时有神人能驱石下海，石去不速，神人辄鞭之，皆流血，至今悉赤。阳城十一山石尽起东倾，如相随状，至今犹尔。秦皇于海中作石桥，或云：非人功所建，海神为之竖柱。始皇感其惠，乃通敬于神，求与相见。神云："我形丑，约莫图我形，当与帝会。"始皇乃从石桥入海三十里，与神人相见。左右巧者潜以脚画神形。神怒曰："速去。"即转马，前脚犹立，后脚随崩，仅得登岸。

秦始皇时，长人十二，见于临洮，皆夷服，于是铸铜为十二枚以写之。盖汉十二帝之瑞也。

荥阳板渚津南原上有厄井，父老云：汉高祖曾避项羽于此井，为双鸠所救。故俗语云："汉祖避时难，隐身厄井间。双鸠集其上，谁知下有人？"汉朝每正旦辄放双鸠，起于此。

汉高祖手敕太子云："吾遭乱世，生不读书，当秦禁学问，又自喜，谓读书无所益。泊践阼以来，时方省书，乃使人知作者之意，追思昔所行多不是。"又云："尧舜不以天下与子，而与他人，此非为不惜天下，但子不中立耳。人有好牛马尚惜，况天下邪？吾以汝是元子，早有立意，兼群臣咸称汝友四皓，吾所不能致，而为汝来，为可任大事也。今定汝为嗣。"又云："吾生不学书，但读书问字而遂知耳，以此故不大工，然亦足自解。

今视汝书，犹不如吾，汝可勤学习。每上疏，宜自书，勿使吏人也。"又云："汝见萧、曹、张、陈诸公侯，吾同时人，年倍于汝者，皆拜，并语汝诸弟。"又云："吾得疾遂困，以如意母子相累，其余诸子皆足自立，哀此儿犹小也。"

高祖初入咸阳宫，周行府库，金玉珍宝，不可称言。其尤惊异者，有青玉九枝灯，高七尺五寸，下作盘龙，以口衔灯，灯燃则鳞甲皆动，烂炳若列星而盈室焉。复铸铜人十二枚，坐皆高三尺，列于一筵上，琴瑟笙竽，各有所执，皆点缀华彩，俨若生人。筵下有二铜管，上口高数尺，出筵后，其一管空，一管有绳，大如指，使一人吹管，一人约绳，则琴瑟笙竽等皆作，与真乐不殊。有琴长六尺，安十三弦二十六徽，用七宝饰之，铭曰"璠玙之乐"。玉笛长二尺三寸，六孔，吹之，则见车马山林，隐嶙相次；吹息，则不复见，铭曰"昭华之管"。有方镜，广四尺，高五尺九寸，表里有明，人直来照之，影则倒见，以手掩心而照之，则知病之所在，见肠胃五脏，历然无碍。又女子有邪心，则胆张心动。始皇常以照宫人，胆张心动者则杀之。高祖悉封闭以待项羽。羽并将以东，后不知所在。

晋武库失火，汉高祖斩蛇剑穿屋而飞。

文帝自代还，有良马九匹，皆天下之骏马也。一名浮云，一名赤电，一名绝群，一名逸骠，一名飞燕，一名绿螭，一名龙子，一名骓驹，一名绝尘，号为九逸。有来宣能御马，代王号为王良。俱还代邸。

汉武帝尝微行，造主人家。家有婢，有国色，帝悦之，因留宿，夜与主婢卧。有一书生，亦寄宿，善天文，忽见客星将掩帝星甚逼，书生大惊，连呼"咄咄"，不觉声高。乃见一男子，持刀将欲入，闻书生声急，谓为己故，遂蹩缩走去，客星应时而退。

如是者数遍。帝闻其声,异而召问之,书生具说所见,帝乃悟曰:"此人必婢婿,将欲肆其凶恶于朕。"乃召集期门、羽林,语主人曰:"朕天子也。"于是擒拿问之,服而诛。后,帝叹曰:"斯盖天启书生之心,以扶佑朕躬。"乃厚赐书生。

武帝时,长安巧工丁缓者,为恒满灯,七龙五凤,杂以芙蓉莲藕之奇。又作卧褥香炉,一名被中香炉,本出房风,其法后绝,至缓始更为之,机环运转四周,而炉体常平,可致之被褥,故以为名。又作九层博山香炉,镂为奇禽怪兽,穷诸灵异,皆能自然转动。又作七轮扇,轮大皆径尺,相连续,一人运之,则满堂皆寒战焉。

孙氏《瑞应图》云:"神鼎者,文质精也。知吉凶,知存亡,能轻能重,能息能行,不灼自沸,不汲自盈,中生五味。昔黄帝作鼎,象太乙;禹治水,收天下美铜,以为九鼎,象九州。王者兴则出,衰则去。"《说苑》云:"孝武时,汾阴人得宝鼎,献之甘泉宫。群臣毕贺,上寿曰:'陛下得周鼎。'侍中吾丘寿王曰:'非周鼎。'上召问之,曰:'群臣皆谓周鼎,尔独以为非,何也?有说则生,无说则死。'寿王对曰:'臣安敢无说!臣闻周德者,始于后稷,成于文、武,显于周公;德泽上畅于天,下漏于三泉,上天报应,鼎为周出。今汉继周,昭德显行,六合和同,至陛下之身而逾盛,天瑞并至。昔秦始皇亲求鼎于彭城而不得,天昭有德,神宝自至。此天所以遗汉,乃汉鼎,非周鼎也。'上曰:'善!'"魏文帝《典论》亦云:"墨子曰:'昔夏后启使飞廉折金于郴山,以铸鼎于昆吾,使翁难乙灼白若之龟。鼎成,四定而方,不灼自烹,不举自藏,不迁自行。'"《拾遗录》云:"周末大乱,九鼎飞入天池。"《末世书论》云:"入泗水。"声转,谬焉。

汉武帝过李夫人,就取玉簪搔头。自此后宫人搔头皆用玉,玉价倍贵焉。又以象牙为篦,赐李夫人。

武帝为七宝床、杂宝案、厕宝屏风、列宝帐,设于桂宫,时人谓之四宝宫。

成帝设云帐、云幄、云幕于甘泉宫紫殿,世谓之三云殿。

汉成帝好蹴鞠,群臣以蹴鞠劳体,非尊者所宜。帝曰:"朕好之,可择似此而不劳者奏之。"刘向奏弹棋以献。帝大悦,赐之青羔裘、紫丝履,服以朝觐。

或言始于魏文帝宫人妆奁之戏,帝为之特妙,能用手巾角拂之。有人自言能,令试之,以葛巾低头拂之,更妙于帝。

汉帝及侯王送死,皆用珠襦玉匣。

魏武少时,尝与袁绍好为游侠。观人新婚,因潜入主人园中,夜叫呼云:"有偷儿至。"青庐中人皆出观,魏武乃入,抽刃劫新妇。与绍还出,失道,坠枳棘中。绍不能动。帝复大呼:"偷儿今在此。"绍惶迫,自掷出,遂以俱免。魏武又尝云:"人欲危己,己辄心动。"因语所亲小人云:"汝怀刀密来我侧,我心必动,便戮汝,汝但勿言,当厚相报。"侍者信焉,不以为惧,遂斩之。此人至死不知也。左右以为实,谋逆者挫气矣。又袁绍年少时,曾夜遣人以剑掷魏武,少下,不著。魏武揆其后来必高,因帖卧床上,剑至,果高。魏武又云:"我眠中不可妄近,近辄斫人,亦不自觉,左右宜慎之!"后乃伴冻,所幸小人窃以被覆之,因便斫杀。自尔每眠,左右莫敢近之。

魏武将见匈奴使,自以形陋,不足怀远国,使崔季珪代当坐,自捉刀立床头。事毕,令间谍问曰:"魏王何如?"使曰:"魏王雅望非常,然床头捉刀人,乃英雄也!"魏武闻之,驰杀此使。

陵云台上,楼观极盛。初造时,先称众材,俾轻重相称,乃结构。故虽高,而随风动摇,终不坏。魏明帝登而惧其倾侧,命以大木扶之。未几毁坏。论者谓轻重力偏故也。

晋咸康中，有士人周谓者，死而复生。言天帝召见，引升殿，仰视帝，面方一尺，问左右曰："是古张天帝邪？"答云："上古天帝，久已圣去，此近曹明帝也。"

晋明帝为太子时，闻元帝沐，上启云："臣绍言，伏蒙吉日沐头，老寿多宜，谨拜表驾。"答云："春正月沐头，至今大垢臭，故力沐耳！得启，知汝孝爱，当如今言，父子享禄长生也。"又启云："伏闻沐久，想劳极，不审尊体何如？"答云："去垢甚佳，身不极劳也。"

晋成帝时，庾后临朝，南顿王宗为禁旅官，典管钥。诸庾数密表疏宗，宗骂言云："是汝家门阁邪？"诸庾甚忿之，托党苏峻诛之。后帝问左右："见宗室有白头老翁何在？"答："同苏峻作贼已诛。"帝闻之流涕。后颇知其事，每见诸庾道"枉死"。帝尝在后前，乃曰："阿舅何为云人作贼，辄杀之？人忽言阿舅作贼，当复云何？"庾后以牙尺打帝头云："儿何以作尔形语？"帝无言，唯大张目，熟视诸庾。诸庾甚惧。

宣武问真长："会稽王如何？"刘惔答："欲造微。"桓曰："何如卿？"曰："殆无异。"桓温乃喟然曰："时无许郭，人人自以为稷契。"

海西时，诸公每朝，朝堂犹暗，惟会稽王来，轩轩如朝霞举。

简文在殿上行，右军与孙兴公在后。右军指孙曰："此是啖石客。"简文闻之，顾曰："天下自有利齿儿。"后王光禄作会稽，谢车骑出曲阿祖之。孝伯时罢秘书丞，在坐，因视孝伯曰："王丞齿似不钝。"王曰："不钝，颇有验。"

简文集诸谈士，以致后客前客。夜坐每设白粥，唯然灯，灯暗，辄更益炷。

佛经以为祛治神明，则圣人可致。简文曰："不知便可登峰造极不？然陶冶之功，故不可轻。"

简文帝为抚军时，所坐床上，尘不令左右拂，见鼠行之迹，视以为佳。参军见鼠白日行，以手版打杀之。抚军意色不悦。门下起弹，辞曰："鼠被害，尚不能忘怀；今复以鼠损人，无乃不可乎？"

简文初不别稻。

晋孝武年十二时，冬天昼日不著复衣，但着单绢裙衫五六重，夜则累茵褥。谢公云："圣体宜令有常，陛下昼过冷，夜过热，恐非摄养之术。"帝曰："昼动夜静故也。"谢公出，叹曰："上明理不减先帝。"

孝武未尝见驴，谢太傅问曰："陛下想其形，当何所似？"孝武掩口笑云："正当似猪。"

晋孝武帝尝于殿中北窗下清暑，忽见一人，著白袷黄练单衣，举身沾湿，自称是华林园中池水神，名曰淋涔君，语帝："若能见待，必当相祐。"帝时饮已醉，便取常佩刀掷之，刃空过无碍。神忿曰："不能以佳士见接，乃至于此，当令知所以。"居少时，而帝暴崩。

宋国初建，参军高篆启云："欲量作东西堂床六尺五寸，并用银度钉，未敢辄专。"宋武手答云："床不须局脚，直脚自足，钉不须银度，铁钉而已。"

郑鲜之、王弘、傅亮启宋武云："伏承明旦朝见南蛮，明是四废日，来月朝好，不审可从群情迁来月否？"宋武手答云："劳第足下勤至，吾初不择日。"帝亲为答，尚在其家。

卷二 周六国前汉人

纣为糟丘酒池，一鼓而牛饮者三千人，池可运船。

介子推不出，晋文公焚林求之，终抱木而死。公抚木哀嗟，伐树制屐。每怀割股之恩，辄潸然流涕视屐曰："悲乎足下！"足下之言，将起于此。

王子乔墓在京茂陵，战国时，有人盗发之，睹之无所见，唯有一剑，悬在空中。欲取之，剑便作龙鸣虎吼，遂不敢近。俄而径飞上天。《神仙传》云："真人去世，多以剑代其形，五百年后，剑亦能灵化。"此其验也。

老子始下生，乘白鹿入母胎中。老子为人：黄色美眉，长耳广额，大目疏齿，方口厚唇，耳有三门，鼻有双柱，足蹈五字，手把十文。

襄邑县南八十里曰濑乡，有老子庙，庙中有九井。或云每汲一井，而八井水俱动。有能洁斋入祠者，须水温，即随意而温。

颜渊、子路共坐于门，有鬼魅求见孔子，其目若日，其形甚伟。子路失魄口噤；颜渊乃纳履拔剑而前，卷握其腰，于是化为蛇，遂斩之。孔子出观，叹曰："勇者不惧，智者不惑，仁者必有勇，勇者不必有仁。"

孔子尝使子贡出，久而不返，占得鼎卦无足，弟子皆言无足不来；颜回掩口而笑。孔子曰："回笑，是谓赐必来也。"因问回："何以知赐来？"对曰："无足者，盖乘舟而来，赐且至矣。"明旦，子贡乘潮至。

宰我谓："三年之丧，日月既周，星辰既更，衣裳既造，百鸟既变，万物既易，黍稷既生，朽者既枯，于期可矣。"颜渊曰："人知其一，未知其他。但知暴虎，不知冯河。鹿生三年，其角乃堕；子生三年，而离父母之怀。子虽善辩，岂能破尧舜之法，改禹汤之典，更圣人之文，除周公之礼，改三年之丧，不亦难哉！父母者，天地，天崩地坏，三年不亦宜乎！"

子路、颜回浴于洙水，见五色鸟。颜回问子路曰："由，识此鸟否？"子路曰："识。"回曰："何鸟？"子路曰："荧荧之鸟。"后日，颜回与子路又浴于泗水，更见前鸟，复问："由，识此鸟否？"子路曰："识。"回曰："何鸟？"子路曰："同同之鸟。"颜回曰："何一鸟而二名？"子路曰："譬如丝绢，煮之则为帛，染之则为皂，一鸟而二名，不亦宜乎？"

孔子尝游于山，使子路取水，逢虎于水所，与共战，揽尾得之，内怀中；取水还，问孔子曰："上士杀虎如之何？"子曰："上士杀虎持虎头。"又问曰："中士杀虎如之何？"子曰："中士杀虎持虎耳。"又问："下士杀虎如之何？"子曰："下士杀虎捉虎尾。"子路出尾弃之。因恚孔子曰："夫子知水所有虎，使我取水，是欲死我。"乃怀石盘，欲中孔子。又问："上士杀人如之何？"子曰："上士杀人使笔端。"又问："中士杀人如之何？"子曰："中士杀人用舌端。"又问："下士杀人如之何？"子曰："下士杀人怀石盘。"子路出而弃之，于是心服。

孔子去卫适陈，途中见二女采桑。子曰："南枝窈窕北枝长。"答曰："夫子游陈必绝粮。九曲明珠穿不得，著来问我采桑娘。"夫子至陈，大夫发兵围之，令穿九曲珠，乃释其厄。夫子不能，使回、赐返问之。其家谬言女出外，以一瓜献二子。

子贡曰："瓜，子在内也。"女乃出，语曰："用蜜涂蛛，丝将系蚁，蚁将系丝；如不肯过，用烟熏之。"孔子依其言，乃能穿之。于是绝粮七日。

有鸟九尾，孔子与子夏渡江，见而异之，人莫能名。孔子曰："鹕也。尝闻河上之歌曰：'鹕兮鸹兮，逆毛衰兮，一身九尾长兮。'"

周公居东，恶闻此鸟，命庭氏射之，血其一首，犹余九首。

秦世有谣云："秦始皇，何强梁！开吾户，据吾床；饮吾浆，唾吾裳；餐吾饭，以为粮；张吾弓，射东墙；前至沙丘当灭亡。"始皇既焚书坑儒，乃发孔子墓，欲取经传。墓既启，遂见此谣文刊在冢壁，始皇甚恶之。及东游，乃远沙丘而循别路，忽见群小儿攒沙为阜，问之："何为？"答云："此为沙丘也。"从此得病而亡。或云："孔子将死，遗书曰：'不知何男子，自谓秦始皇，上我之堂，据我之床，颠倒我衣裳，至沙丘而亡。'"

安吉县西有孔子井，吴东校书郎施彦先后居井侧。先云："仲尼聘楚，为令尹子西所谮，欲如吴未定，逍遥此境，复居井侧，因以名焉。"

鬼谷先生与苏秦、张仪书云："二君足下：功名赫赫，但春华到秋，不得久茂；日数将冬，时讫将老。子独不见河边之树乎？仆御折其枝，波浪荡其根，上无径寸之阴，下被数千之痕，此木非与天下人有仇怨，盖所居者然。子不见嵩、岱之松柏，华、霍之檀桐乎？上枝干青云，下根通三泉，上有猿狄，下有赤豹麒麟，千秋万岁，不逢斧斤之患，此木非与天下之人有骨肉，亦所居者然。今二子好朝露之荣，弃长久之功，轻乔松之永延，贵一旦之浮爵。夫女爱不极席，男欢不毕轮，痛夫！痛夫！二君，二君！"苏秦、张仪答书云："伏以先生秉德含和之中,游心青云之上,饥必啖芝草,渴必饮玉浆,德与神灵齐,明与三光同,不忘将书,诚以行事。仅以不敏,名问不昭,入秦匡霸,欲翼时君,刺以河边,喻以深山,虽复素闉,诚衔斯旨。"

张子房与四皓书云:"良白:仰惟先生,秉超世之殊操,身在六合之间,志凌造化之表。但自大汉受命,祯灵显集,神母告符,足以宅兆民之心。先生当此时,辉神爽乎云霄,濯凤翼于天汉,使九门之外,有非常之客,北阙之下,有神气之宾,而渊游山隐,窃为先生不取也。良以顽薄,承乏忝官,所谓绝景不御,而驾服驽骀。方今元首钦明文思,百揆之佐,立则延企,坐则引领,日仄而方丈不御,夜寝而闾阖不闭。盖皇极须日月以扬光,后土待岳渎以导滞;而当圣世,鸾凤林栖,不翔乎太清,骐骥岳遁,不步于郊薮,非所以宁八荒而慰六合也。不及省侍,展布腹心,略写至言,想料翻然不猜其意。张良白。"四皓答书曰:"窜蛰幽薮,深谷是室,岂悟云雨之使,奄然萃止。方今三章之命,邈殷汤之旷泽,礼隆乐和,四海克谐,六律及于丝竹,和声应于金石,飞鸟翔于紫阙,百兽出于九门。顽夫固陋,守彼岩穴,足未尝践闾阖,目未曾见廊庙,野食于丰草之中,避暑于林木之下;望月晦然后知三旬之终,睹霜雪然后知四时之变,问射夫然后知弓弩之须,讯伐木然后知斧柯之用。当秦项之艰难,力不能负干戈,携手逃走,避役山草,倚朽若立,循水似济。遂使青蝇盗声于晨鸡,鱼目窃价于随珠。公侯应灵挺特,神父授策,盖无幽而不明也。岂有烹鼎和味,而愿令菽麦厕方丈之御;被龙服衮,而欲使女萝上绀绶之绪?恐汩泥以浊白水,飘尘以乱清风;是以承命倾筐,闻宠若惊。谨因飞龙之使,以写鸣蝉之音,乞守兔鹿之志,终其寄生之命也。"

晋简文云:"汉世人物,当推子房为标的,神明之功,玄胜之要，莫之与二。接俗而不亏其道，应世而事不婴□。玄识远情，超然独迈。"

樊将军哙问于陆贾曰："自古人君，皆云受命于天，云有瑞应，岂有是乎？"陆贾应之曰："有。夫目瞤，得酒食；灯火花，得钱财；乾鹊噪而行人至，蜘蛛集而百事喜。小既有征，大亦宜然。故曰：'目瞤，则咒之；灯火花，则拜之；乾鹊噪，则喂之；蜘蛛集，则放之。'况天下之大宝，人君重位，非天命何以得之哉？瑞，宝信也，天以宝为信，应人之德，故曰瑞应。天命无信，不可以力取也。"

湘州有南寺，东有贾谊宅。宅有井，小而深，上敛下大，状似壶，即谊所穿。井旁局脚食床，容一人坐，即谊所坐也。

谊宅今为陶侃庙，谊时种甘，犹有存者。

汉董仲舒尝梦蛟龙入怀中，乃作《春秋繁露》。

汉文翁当起田，砍柴为陂，夜有百十野猪，鼻载土著柴中。比晓，塘成，稻常收。尝欲断一大树，欲断处去地一丈八尺。翁先咒曰："吾得二千石，斧当着此处。"因掷之，正砍所欲。后果为蜀郡守。

汉武帝见画伯夷、叔齐形象，问东方朔："是何人？"朔曰："古之愚夫。"帝曰："夫伯夷、叔齐，天下廉士，何谓愚耶？"朔对曰："臣闻贤者居世，与时推移，不凝滞于物。彼何不升其堂，饮其浆，泛泛如水中之凫，与彼俱游？天子毂下，可以隐居，何自苦于首阳乎？"上喟然而叹。

汉武游上林，见一好树，问东方朔，朔曰："名善哉。"帝阴使人落其树。后数岁，复问朔，朔曰："名为瞿所。"帝曰："朔欺久矣，名与前不同，何也？"朔曰："夫大为马，小为驹；长为鸡，小为雏；大为牛，小为犊；人生为儿，长为老；且昔为'善哉'，今为‘瞿所’，长少死生，万物败成，岂有定哉?”帝乃大笑。

武帝幸甘泉宫，驰道中有虫，赤色，头目牙齿耳鼻悉尽具，观者莫识。帝乃使朔视之，还对曰：“此‘怪哉’也。昔秦时拘系无辜，众庶愁怨，咸仰首叹曰：‘怪哉怪哉！’盖感动上天，愤所生也，故名‘怪哉’。此地必秦之狱处。”即按地图，果秦故狱。又问：“何以去虫?”朔曰：“凡忧者得酒而解，以酒灌之当消。”于是使人取虫置酒中，须臾，果糜散矣。

扬雄谓：“长卿赋不似人间来。”叹服不已。其友盛览问：“赋何如其佳?”雄曰：“合纂组以成文，列锦绣以成质。”雄遂著《合组》之歌，《列锦》之赋。

扬雄著《太玄经》，梦吐白凤凰，集于《玄》上。

卷三 后汉人

俞益期，豫章人，与韩康伯道至交州，闻马援故事云：交州在合浦徐闻县西南，穷日南寿灵县界。传云："伏波开道，篙工凿石，犹有故迹。"又云："此道废久壅塞，戴桓沟之，乃得伏波时故船。昔立两铜柱于林邑岸，岸北有遗兵十余家，居寿灵之南，悉姓马，自相婚姻，今二百户，以其流寓，号曰马流。言语犹与中华同。"

汉袁安父亡，母使安以鸡酒诣卜工问葬地。道逢三书生，问安何之，具以告。书生曰："吾知好葬地。"安以鸡酒礼之，毕，告安地处云："当葬此地，四世为贵公。"便与别。行数步，顾视皆不见。安疑是神人，因葬其地，后果位至司徒，子孙昌盛，四世三公焉。

袁安为阴平长，有惠化。县先有雹渊，冬夏未尝消释，岁中辄出，飞布十数里，大为民害。安乃推诚洁斋，引愆贬己，至诚感神，雹遂为之沉沦，伏而不起，乃无苦雨凄风焉。

崔骃有文才，其县令往造之。骃子瑷年九岁，书门曰："人虽干木，君非文侯，何为光光，入我里闾？"令见之，问骃，骃曰："必瑷所书。"召瑷，将诘所书，乃曰："君使臣以礼，臣事君以忠。"

胡广本姓黄，以五月五日生，俗谓恶月，父母恶之，藏之葫芦，弃之河流岸侧。居人收养之。及长，有盛名，父母欲取之，广以为背其所生则害义，背其所养则忘恩，两无所归；以其托

葫芦而生也,乃姓胡,名广。后登三司,有中庸之号。广后不
治本亲服,世以为讥。

马融历二县两郡,政务无为,事从其约。在武都七年,在
南郡四年,未尝按论刑杀一人。性好音乐,善鼓琴吹笛。笛声
一发,感得蜻蜓出吟,有如相和。

郭林宗来游京师,当还乡里,送车千许乘,李膺亦在焉。
众人皆诣大槐客舍而别,唯膺与林宗共载,乘薄笨车,上大槐
坂,观者数千人,引领望之,眇若松乔之在霄汉。

李元礼谡谡如劲松下风。

膺居阳城时,门生在门下者恒有四五百人。膺每作一文
出手,门下共争之,不得,堕地。陈仲弓初令大儿元方来见,膺
与言语讫,遣厨中食。元方喜,以为合意,当复得见焉。

膺同县聂季宝,小家子,不敢见膺。杜周甫知季宝,不能
定名,以语膺,呼见,坐置砌下牛衣上,一与言,即决曰:"此人
当作国士。"卒如其言。

膺为侍御史。青州凡六郡,唯陈仲举为乐安视事,其余皆
病,七十县并弃官而去。其威风如此。

李膺尝以疾不迎宾客,二十日乃一通客;唯陈仲弓来,辄
乘轝出门迎之。

陈仲举雅重徐孺子,为豫章太守,至,便欲先诣之。主簿
白:"群情欲令府君先入拜。"陈曰:"武王式商容之闾,席不暇
暖,吾之礼贤,有何不可?"

徐穉亡,海内群英论其清风高致,乃比夷齐,或参许由。
夏侯豫章追美名德,立亭于穉墓首,号曰思贤亭。

何颙妙有知人之鉴。初,同郡张仲景总角造颙,颙谓之曰:
"君用思精密,而韵不能高,将为良医矣。"仲景后果有奇术。

　　王仲宣年十七时,过仲景。仲景谓之曰:"君体有病,宜服五石汤;若不治,年及三十,当眉落。"仲宣以其赊远,不治。后至三十,果觉眉落,其精如此。世咸叹颙之知人。

　　张衡亡月,蔡邕母方娠,此二人才貌相类,时人云:邕即衡之后身也。

　　初,司徒王允数与邕会议,允词常屈,由是衔邕。及允诛董卓,并收邕,众人争之,不能得。太尉马日䃅谓允曰:"伯喈忠直,素有孝行,且旷世逸才,多识汉事,当定十志;今子杀之,海内失望矣。"允曰:"无蔡邕独当,无十志何损?"遂杀之。

　　广汉王瑷遇鬼物,言蔡邕作仙人,飞去飞来,甚快乐也。

　　郑玄葬城东,后墓坏,改迁厉阜。县令车子义为玄起墓亭,名曰"昭仁亭"。

　　郑玄在徐州,孔文举时为北海相,欲其返郡,敦请恳恻,使人继踵。又教曰:"郑公久游南夏,今艰难稍平,倘有归来之思?无寓人于室,毁伤其藩垣林木,必缮治墙宇,以俟还。"及归,融告僚属:"昔周人尊师,谓之'尚父',今可咸曰'郑君',不得称名也。"袁绍一见玄,叹曰:"吾本谓郑君东州名儒,今乃是天下长者。夫以布衣雄世,斯岂徒然哉!"及去,绍饯之城东,必欲玄醉。会者三百人,皆使离席行觞,自旦及暮,计玄可饮三百余杯,而温克之容,终日无怠。

　　荀巨伯远看友人疾,值胡贼攻郡,友人语伯曰:"吾且死矣,子可去。"伯曰:"远来视子,今有难而舍之去,岂伯行邪?"贼既至,谓伯曰:"大军至此,一郡俱空,汝何人,独止耶?"伯曰:"有友人疾,不忍委之,宁以己身,代友人之命。"贼闻其言异之,乃相谓曰:"我辈无义之人,而入有义之国。"乃偃而退,一郡获全。

卷四　后汉人

　　谢子微见许子政虔及弟劭，曰："平舆之渊，有双龙出矣。"
　　汝南中正周斐表称许劭：高节遗风，与郭林宗、李元礼、卢子幹、陈仲弓齐名，劭特有知人之鉴。自汉中叶以来，其状人取士，援引扶持，进导招致，则有郭林宗；若其看形色，目童龇，断冤滞，擿虚名，诚未有如劭之懿也。常以简别清浊为务，有一士失其所，便谓投之潢污，虽负薪抱关之类，吐一善言，未尝不寻究欣然。兄子政常抵掌击节，自以为不及远矣。劭幼时，谢子微便云："此贤当持汝南管籥。"樊子昭帻责之子，年十五六，为县小吏，劭一见便云："汝南第三士也，此可保之。"后果有令名。

　　有客诣陈太丘，谈锋甚敏，太丘乃令元方季方炊饭以延客。二子委甑，窃听客语，炊忘箸箅，饭落釜，成糜而进。客去，太丘将责之，具言其故，且诵客语无遗。太丘曰："如此，但糜自可，何必饭耶？"

　　汉末陈太丘寔与友人期行，期日中，过期不至，太丘舍去。去后乃至。其子元方时年七岁，在门外戏。客问元方："尊君在否？"答曰："待君久不至，已去。"友人便怒曰："非人哉！与人期行，相委而去！"元方曰："君与家君期日中时，过中不来，则是无信；对子骂父，则是无礼。"友人惭，下车引之。元方遂入门不顾。

　　蔡邕刻《曹娥碑》傍曰："黄绢幼妇，外孙齑臼。"魏武见而不能晓，以问群僚，莫有知者。有妇人浣于江渚，曰："第四车中人解。"即祢正平也。祢便以离合意解云："绝妙好辞。"或谓此妇人即娥灵也。

祢正平年少与孔文举作尔汝交。时衡年未满二十，而融已五十余矣。

孔文举中夜暴疾，命门人钻火，其夜阴暝，不得火，催之急，门人忿然曰："君责人太不以道，今暗若漆，何不把火照我，当得钻火具，然后得火。"文举闻之曰："责人当以其方。"

曹公《与杨太尉书》论刑杨修云："操白：足下不遗贤子见辅，今军征事大，吾制钟鼓之音，主簿应掌，而贤子恃豪父之势，每不与吾同怀。念卿父息之情，同此悼楚。谨赠足下锦裘二领，八节银角桃枝一枚，官绢五百匹，钱六十万，四望通幰七香车一乘，青犉牛二头，八百里骅骝一匹，戎装金鞍辔十副，铃苞一具，驱使二人侍卫之。并遗足下贵室错彩罗縠裘一领，织成靴一量有心，青衣二人奉左右。所奉虽薄，以表吾意，足下便当慨然承纳，不致往返。"杨太尉答书云："彪白：小儿顽卤，常虑当致倾败，足下恩矜，延罪迄今；闻问之日，心肠酷裂！省览众赐，益以悲惧。"曹公卞夫人《与太尉夫人袁书》："卞顿首顿首：贵门不遗贤郎辅佐，方今戎马兴动，主簿股肱近臣，征伐之计，事须敬谘。官立金鼓之节，而闻命违制，明公性急，辄行军法。伏念悼痛酷楚，情不自胜。夫人多容，即见垂恕。故送衣服一笼，文绢一百匹，房子官绵百斤，私所乘香车一乘，牛一头。诚知微细，以达往意，望为承纳。"杨太尉夫人袁氏答书："袁顿首顿首：路歧虽近，不展淹久，叹想之情，抱劳山积。小儿疏细，果自招罪戾，念之痛楚！明公所赐已多，又加重贽礼，颇非宜荷受，辄付往信。"

司马德操初见庞士元，称之曰："此人当为南州冠冕。"时士元尚少，及长，果如徽言。

司马徽居荆州，以刘表不明，度必有变，思退缩以自全；人每与语，但言"佳"。其妻责其无别。徽曰："如汝所言，亦复甚佳。"终免于难。

颍川太守朱府君，以正月初见诸县史燕，问功曹郑劭公曰："昔在京师，闻公卿百僚叹述贵郡前贤后哲，英雄瑰玮，然未睹其奇行异操，请闻遗训。"对曰："鄙颍川，本韩之分野，豫之渊薮。其于天官，上当角亢之宿，下禀嵩少之灵，受岳渎之精，托晋楚之际，处陈郑之末。少阳之气，太清所挺。是以贤圣龙蟠，俊彦凤举。昔许由、巢父出于阳城，樊仲甫又出阳城，留侯张良又出于阳城，胡元安出于许县，灌彪义山出于昆阳，审寻初出于定陵，杜安伯夷又出于定陵，祭遵出于颍阳。"府君曰："太原周伯况、汝南周彦祖皆辞征礼之宠，恐贵郡未有如此者也。"劭公对曰："昔许由耻受尧位，洗耳河渭；樊仲甫者，饮牛河路，耻临浊流，回车旋牛。二周公但让公卿之荣，以此推之，天地谓之咫尺，不亦远乎？"

卷五　魏世人

刘桢以失敬罢。文帝曰:"卿何以不谨文宪?"答曰:"臣诚庸短,亦缘陛下纲目不疏。"文帝出游,桢见石人,曰:"问彼石人,彼服何粗? 何时去卫,来游此都?"

魏王北征蹋顿,升岭眺瞩,见一冈,不生百草。王粲曰:"此必古冢。其人在世服生礜石,热蒸出外,故草木焦灭。"遽令凿看,果是大墓,礜石满茔。一说:粲在荆州,从刘表登障山而见此异。魏武之平乌桓,粲犹在江南,以此言为谲。

魏国初建,潘勖字元茂,为策命文。自汉武以来未有此制,勖乃依商、周宪章,唐、虞辞义,温雅与典诰同风,于时朝士皆莫能措一字。勖亡后,王仲宣擅名于当时,时人见此策美,或疑是仲宣所为,论者纷纷。及晋王为太傅,腊日大会宾客,勖子蒲时亦在焉。宣王谓之曰:"尊君作封魏君策,高妙信不可及,吾曾闻仲宣亦以为不如。"朝廷之士乃知勖作也。

孙邕醇粹有素。魏武帝初置侍中,举者不中选,遂下令曰:"吾侍中欲得浑沌,浑沌氏,古之贤人也。"于是臣下方悟,遂举邕,帝大悦。

管宁避难辽东,还,遭风船垂倾没,乃思其谴过,曰:"吾曾一朝科头,三晨晏起。今天怒猥集,过必在此。"风乃息。

魏管辂尝夜见一小物,状如兽,手持火,向口吹之,将爇舍宇。辂命门生举刀奋击,断腰。视之,狐也。自此里中无火灾。

王朗中年以识度推华歆，歆蜡日尝与子侄宴饮，王亦学之。有人向张茂先称此事，张曰："王之学华，盖是形骸之外，去之所以更远。"

华歆遇子弟甚整雅，闲室之内，俨若朝典。陈元方兄弟，恣柔爱之道，而二门之中，两不失其雍熙之轨度焉。

中华佛法，虽始于汉明帝，然经偈故是胡音。陈思王登渔山，临东阿，闻岩岫有诵经声，清婉遒亮，远谷流响，肃然有灵气，不觉敛襟祇敬，便有终焉之志。诸曹解音，以为妙唱之极，即善则之，今梵呗皆植依拟所造也。植亡，乃葬此土。

傅巽有知人之鉴，在荆州，目庞统为半英雄。后统附刘备，见待次诸葛亮，如其言。

平原人有善治伛者，自云："不善，人百一人耳。"有人曲度八尺，直度六尺，乃厚货求治。曰："君且伏。"欲上背踏之。伛者曰："将杀我！"曰："趣令君直，焉知死事？"

俗说：有贫人止能办只瓮之资，夜宿瓮中，心计曰："此瓮卖之若干，其息已倍矣。我得倍息，遂可贩二瓮，自二瓮而为四，所得倍息，其利无穷。"遂喜而舞，不觉瓮破。

董昭为魏武重臣，后失势。文、明之世，下为卫尉。昭乃厚加意于侏儒。正朝大会，侏儒作董卫尉啼面，言昔太祖时事，举坐大笑。明帝怅然不怡。月中迁为司徒。

魏凌云台至高，韦诞书榜，即日皓首。榜有未正，募工整之。有铃下卒，着履登缘，如履平地；疑其有术，问之，云："无术，但两腋各有肉翅，长数寸许。"

晋抚军云："何平叔巧累于理，嵇叔夜隽伤其道。"

王辅嗣注《易》，笑郑玄云："老奴甚无意。"于时夜分，忽闻外阁有著屐声，须臾即入，自云是郑玄，责之曰："君年少，何以穿凿文句,而妄讥诮老子邪?"极有怒色,言竟便退。辅嗣心生畏恶,经少时,乃暴疾而卒。

　　景王欲诛夏侯玄,意未决间,问安平王孚云:"己才足以制之否?"孚云:"昔赵俨葬儿,汝来,半坐迎之;太初后至,一坐悉起。以此方之,恐汝不如。"乃杀之。

　　钟毓、钟会少有令誉。年十三,魏文帝闻之,语其父繇曰:"令卿二子来。"于是敕见。毓面有汗,帝问曰:"卿面何以汗?"毓对曰:"战战惶惶,汗出如浆。"复问会:"卿何以不汗出?"会对曰:"战战栗栗,汗不得出。"又值其父昼寝,因共偷服散酒。其父时觉,且假寐以观之。毓拜而后饮,会饮而不拜。既而问毓:"何以拜?"毓曰:"酒以成礼,不敢不拜。"又问会:"何以不拜?"会曰:"偷本非礼,所以不拜。"

　　钟会撰《四本论》始毕,甚欲嵇公看,致之怀中。既诣宅,畏其有难,惧不敢相示,出户遥掷而去。

　　钟士季常向人道:"吾少年时一纸书,人云是阮步兵书,皆字字生义,既知是吾,不复道也。"

　　阮德如每欲逸走,家人常以一细绳横系户前以维之。每欲逸,至绳辄返,时人以为名士狂。

　　阮德如尝于厕见一鬼,长丈余,色黑而眼大,著白单衣,平上帻,去之咫尺。德如心安气定,徐笑而谓之曰:"人言鬼可憎,果然如是!"鬼赧而退。

卷六　吴蜀人

桓宣武征蜀，犹见诸葛亮时小吏，年百余岁。桓问："诸葛丞相今谁与比？"意颇欲自矜。答曰："葛公在时，亦不觉异，自葛公殁后，正不见其比。"

武侯躬耕于南阳，南阳是襄阳墟名，非南阳郡也。

襄阳郡有诸葛孔明故宅，故宅有井，深五丈，广五尺，曰葛井。堂前有三间屋地，基址极高，云是避水台。宅西有山临水，孔明常登之，鼓琴而为《梁甫吟》，因名此山为乐山。嗣有董家居此宅，衰殄灭亡，后人不敢复憩焉。

武侯与宣王治兵，将战，宣王戎服莅事；使人密觇武侯，乃乘素舆，葛巾，持白羽扇，指麾三军，众军皆随其进止。宣王闻而叹曰："可谓名士矣。"

孙策年十四，在寿阳诣袁术，始至，而刘豫州到，便求去。袁曰："豫州何关君？"答曰："不尔，英雄忌人。"即出，下东阶，而刘备从西阶上，但辄顾视之行，殆不复前矣。

顾邵为豫章，崇学校，禁淫祀，风化大行。历毁诸庙，至庐山庙，一郡悉谏，不从。夜，忽闻有排大门声，怪之。忽有一人开阁径前，状若方相，自说是庐山君。邵独对之，要进上床，鬼即入坐。邵善《左传》，鬼遂与邵谈《春秋》，弥夜不能相屈。邵叹其精辩，谓曰："《传》载晋景公所梦大厉者，古今同有是物也。"鬼笑曰："今大则有之，厉则不然。"灯火尽，邵不命取，乃随烧《左传》以续之。鬼频请退，邵辄留之。鬼本欲凌邵，邵神气湛然，不可得乘。鬼反和逊，求复庙，言旨恳至。邵笑而不答。鬼发怒而退，顾谓邵曰：“今夕不能仇君，三年之内，君必衰矣，当因此时相报。”邵曰：“何事匆匆，且复留谈论。”鬼乃隐而不见，视门阁悉闭如故。如期，邵果笃疾，恒梦见此鬼来击之，并劝邵复庙。邵曰：“邪岂胜正？”终不听。后遂卒。

豫章太守顾邵，是雍之子。邵在郡卒，雍集僚友围棋，外启“书信至”，而无儿书，虽神意无变，而心知有故。以爪掐掌，血流沾褥。客散，叹曰：“已无延陵之遗累，宁有丧明之深责！”于是割情散哀，颜色自若。

沈峻，珩之弟也，甚有名誉，而性俭吝。张温使蜀，与峻别，峻入内良久，出语温曰：“向择一端布，欲以送卿，而无粗者。”温嘉其能自显其非。尝经太湖岸上，使从者取盐水；已而恨多，敕令还减之。寻亦自愧曰：“此吾天性也！”

沈珩守风粮尽，从姚彪贷盐百斛。彪性峻直，得书不答，呼左右，令覆盐百斛于江中，曰：“明吾不惜，惜所与耳！”

诸葛恪对南阳韩文晃，误呼其父字。晃曰：“向人子前呼其父字，为是礼邪？”恪笑而答曰：“向天穿针，不见天怒者，非轻于天，意有所在耳。”

孙权时，永康有人入山，遇一大龟，即束之归。龟便言曰：“游不量时，为君所得。”人甚怪之，载出，欲献吴王。夜泊越里，缆船于大桑树。宵中，树呼龟曰：“劳乎元绪，奚事尔耶？”龟曰：“我被拘絷，方见烹臛，虽尽南山之樵，不能溃我。”树曰：“诸葛元逊博识，必致相苦，令求如我之徒，计从安薄？”龟曰：“子明，无多辞，祸将及尔。”树寂而止。既至，权命煮之，焚柴万车，语犹如故。诸葛恪曰：“燃以老桑乃熟。”献者乃说龟树共言。权登使伐树，煮龟立烂。今烹龟犹多用桑薪。野人故呼龟为元绪。

新淦聂友小儿贫贱，尝猎，见一白鹿，射中之，后见箭着梓树。

孙皓初立，治后园，得一金像，如今之灌顶佛。未暮，皓阴痛不可堪。采女有奉法者，启皓取像，香汤浴之，置殿上，烧香忏悔，痛即便止。

孙皓问丞相陆凯曰："卿一门在朝几人?"答曰："二相五侯，将军十余人。"皓曰："盛矣！"凯曰："君贤臣忠，国之盛；父慈子孝，家之盛；今政荒民敝，覆亡是惧，臣何敢言盛也?"

有客相从，各言所志，或愿为扬州刺史，或愿多资财，或愿骑鹤上升。其一人曰："腰缠十万贯，骑鹤上扬州。"欲兼三者。

卷七　晋江左人

　　王安丰云：山巨源初不见《老》、《易》，而意暗与之同。晋武帝讲武于宣武场，欲偃武修文。山公谓不宜尔，因与诸尚书言孙、吴用兵本意。遂究论，举坐无不咨嗟。皆曰："山少傅乃天下名言。"后寇盗蜂合，郡国无备，不能复制，皆如公言。时以为涛不学孙、吴，而暗与理会。王夷甫亦叹其暗与道合。

　　卫瓘云："吾在中山郡无事，高枕而已。"

　　裴令公姿容爽俊，一旦有疾至困，惠帝使王夷甫往看之。裴先向壁卧，闻王来，强回视之。夷甫出，语人曰："双眸烂烂如岩下电，精神挺动，故有小恶耳。"

　　裴令公目王安丰，眼烂烂如岩下电。

　　杜预书告儿：古谚："有书借人为可嗤，借书送还亦可嗤。"

　　洛下有洞穴，深不可测。一妇人欲杀其夫，推堕穴中，此人颠倒良久方苏。旁得一穴，行百余里，觉所践如尘，闻粳米香，啖之芬美。复遇如泥者，味似向尘。入一都郭，虽无日月，明逾三光，人皆披羽衣，奏奇乐。凡过此九处。有长人指柏下一羊，令跪捋羊须，得二珠，长人取之，后一珠，令啖之，甚得疗饥。请问九处，答曰："问张华可知。"其人随穴得出，诣华问之，云："如尘者，黄河下龙涎，泥是昆仑山下泥。九处地，仙名九馆。羊为痴龙。初一珠，食之，寿等天地；次者延年；后一丸，充饥而已。"

　　张华有鹦鹉，每出，还，辄说僮仆善恶。一日，寂无言；华问其故,曰:"被禁在瓮中,无因得知外事。"忽云:"昨梦不佳,所忌出外。"华强呼至庭,果为飞鹰所击,仅获见免。

张华既贵,有少时知识来候之。华与共饮九酝酒,颇为酣畅。其夜醉眠。华常饮此酒,醉眠后,辄敕左右转侧至觉,则必安泰。是夕,忘敕之。左右依常时为张公转侧,其友人无人为之。至明,友人犹不起,华咄云:"此必死矣。"使视之,酒果穿肠流,床下滂沱。

魏时,殿前钟忽大鸣,震骇省署。华曰:"此蜀铜山崩,故钟鸣应之也。"蜀寻上事,果云铜山崩,时日皆如华言。

中朝时,有人畜铜澡盘,晨夕恒鸣如人扣。以白张华。华曰:"此盘与洛钟宫商相谐,宫中朝暮撞,故声相应。可镳令轻,则韵乖,鸣自止也。"依言,即不复鸣。

武库内有雄雉,时人咸谓为怪。华云:"此蛇之所化也。"即使搜除库中,果见蛇蜕之皮。

吴郡临平岸崩,出一石鼓,打之无声。以问华。华曰:"可取蜀中桐材,刻作鱼形,扣之,则鸣矣。"即从华言,声闻数十里。

嵩高山北有大穴空,莫测其深,百姓岁时,每游其上。晋初,尝有一人,误坠穴中,同辈冀其傥不死,试投食于穴;坠者得之为粮,乃缘穴而行。可十许日,忽旷然见明。又有草屋一区,中有二人,对坐围棋,局下有一杯白饮。坠者告以饥渴,棋者曰:"可饮此。"坠者饮之,气力十倍。棋者曰:"汝欲停此不?"坠者曰:"不愿停。"棋者曰:"汝从西行数十步,有一井,其中多怪异,慎勿畏,但投身入井,当得出。若饥,即可取井中物食之。"坠者如其言。井多蛟龙,然见坠者,辄避其路。坠者缘井而行,井中有物若青泥,坠者食之,了不复饥。可半年许,乃出蜀中。因归洛下，问张华。华曰："此仙馆；所饮者玉浆，所食者龙穴石髓也。"

羊琇骄豪，捣炭为屑，以香和之，作兽形。

羊稚舒琇冬月酿酒，令人抱瓮暖之；须臾复易其人。酒既速成，味仍嘉美。其骄豪皆此类。

卷八　晋江左人

夏侯湛作《周诗》成，以示潘岳。岳曰："此文非徒温雅，乃别见孝悌之性。"岳因此作《家风诗》。

石崇与潘岳同刑东市，崇曰："天下杀英雄，君复何为尔？"岳曰："俊士填沟壑，余波来及人。"

孙子荆新除妇服，作诗示王武子，武子曰："不知文生于情，情生于文，览之凄然，生伉俪之重。"

王武子左右人，尝于阁中就婢取济衣服，婢欲奸之。其人云："不敢。"婢云："若不从，我当大呼。"其人终不从，婢乃呼曰："某甲欲奸我。"济令杀之。其人具述前状，武子不信。其人顾谓济曰："枉不可受，要当讼府君于天。"武子经年疾困。此人见形云："府君当去矣。"遂卒。

吾彦为交州时，林邑王范熊献青白猿各一口。

卷九 晋江左人

人玄江晋 八卷

裴仆射颇,时人谓言谈之林薮。

士衡在座,安仁来,陆便起去。潘曰:"清风至,尘飞扬。"陆应声答曰:"众鸟集,凤皇翔。"

士衡为河北都督,已遭间构,内怀忧懣,闻其鼓吹,谓司马孙拯曰:"我今闻之,不如闻华亭鹤唳。"

蔡司徒说:在洛见陆机兄弟,住参佐廨中,三间瓦屋,士龙住东头,士衡住西头。

后分华亭村南为黄耳村,以犬冢为号焉。

刘道真年十五六,在门前戏弄尘,垂鼻涕至胸。洛下少年乘车从门前过,曰:"此少年甚坰埌。"刘随车后,问:"此言为恶为善?"答以"为善"。刘曰:"若佳言,令你翁坰埌,你母亦坰埌。"

阮瞻素秉无鬼论,世莫能难;每自谓理足以辨正幽明。忽有一鬼,通姓名作客诣阮,寒温毕,即谈名理;客甚有才情,末及鬼神事,反复甚苦,遂屈。乃作色曰:"鬼神古今圣贤所共传,君何独言无耶?仆便是鬼!"于是忽变为异形,须臾消灭。阮嘿然,意色大恶。后年余,病死。

宋岱为青州刺史,禁淫祀,著《无鬼论》,甚精。无能屈者。邻州咸化之。后有一书生葛巾修刺诣岱,与之谈甚久,岱理未屈,辞或未畅,书生辄为申之。次及无鬼论,便苦难岱。岱理欲屈,书生乃振衣而起,曰:"君绝我辈血食二十余年,君有青牛、髯奴，未得相困耳。今奴已叛，牛已死，今日得相制矣。"言绝，遂失书生。明日而岱亡。

　　孙兴公常著戏头，与逐除人共至桓宣武家，宣武觉其应对不凡，推问乃验也。

卷十　宋齐人

　　昔傅亮北征，在河中流。或人问之曰："潘安仁作《怀旧赋》曰：'前瞻太室，傍眺嵩丘。'嵩丘太室一山，何云前瞻傍眺哉？"亮对曰："有嵩丘山，去太室七十里，此是写书误耳。"

　　齐宜都王铿，三岁丧母，及有识，问母所在，左右告以早亡，便思慕蔬食。自悲不识母，常祈请幽冥，求一梦见。至六岁梦见一妇人，谓之曰："我是汝之母。"铿悲泣。且说之，容貌衣服，事事如平生也。闻者莫不歔欷。

荆楚岁时记

[梁]宗　懔　撰
[隋]杜公赡　注
黄　益　元　　校点

校 点 说 明

《荆楚岁时记》一卷,南朝梁宗懔撰。

宗懔(约500—约563)字元懔,南阳涅阳(今属河南)人,居江陵(今属湖北)。少聪敏,乡里呼为"小儿学士"。梁元帝镇荆州,令兼记室,迁吏部尚书。入周后拜车骑大将军、仪同三司。明帝时与王褒等在麟趾殿刊定群书,保定中卒,年六十四。有集二十卷,已佚。

《荆楚岁时记》原书已佚,现存一卷,系明人从类书中辑出。查历代史志著录,该书题"梁宗懔撰"均无误,惟卷数有异:《旧唐书·经籍志》作十卷,《新唐书·艺文志》作一卷。《宋史·艺文志》作一卷。宋陈振孙《直斋书录解题》作六卷,称"梁吏部尚书宗懔撰,记荆楚风物故事"。宋晁公武《郡斋读书志》则作四卷,并收有宗懔自序云:"傅玄之《朝会》,杜笃之《上巳》,安仁《秋兴》之叙,君道《娱蜡》之述,其属辞则已洽,其比事则未宏。(故)率为小说,以录荆楚岁时风物故事。自元日至除日,凡二十余事。"《文献通考》作四卷。又新、旧《唐书》于宗懔《荆楚岁时记》后,又均署杜公赡《荆楚岁时记》二卷。郑樵《通志·艺文略》称:"《荆楚岁时记》二卷,梁宗懔撰,(隋)杜公赡注。"《四库全书总目》称"原书一卷,公赡所注分二卷,后人又合之",当符合现存该书面貌。

概言之,《荆楚岁时记》是我国最早记录楚地岁时节令、风物故事的笔记体专书。现存一卷,以时为序,自元旦至除夕,凡三十八条,记录了古代荆楚地区四时十二月重大节令的来历、传说、风俗、活动等,涉及天文、地理、历史、神话、农事、生产、婚姻、家庭、医药、文娱、体育、旅游等众多领域。其多学科知识资料的运用,致使历代著录对其有诸如农家类(新旧《唐志》、《宋志》)、史部地理类(《四库全书》)、史部时令类(《书录解题》)、礼类(《通志》)等纷纭不一的归类。我们认为,它是我国著作年代最早、影响最大的民俗学著作。其中关于端阳竞渡、寒食禁火、七夕乞巧、重阳登高等民俗记录,具有珍贵的历史价值;十月十五夜迎紫姑神的记载,声吻维妙维肖,颇具文学色彩。

　　是书先后有明万历二十年(1592)《广汉魏丛书》本、万历四十三年(1615)《宝颜堂秘笈》(十集)本、《说郛》本、《四库全书》本、《丛书集成》本、《四部备要》本(据《广汉魏丛书》本校刊)等。其中《四部备要》祖本为时间较早的《广汉魏丛书》,故取作整理底本,参校其余诸本,遇有异文,择善而从。各条按语,当是隋杜公瞻所注,故前均空一格,以示区别。又清人王谟"识"中,辑录了不少佚文,可作本书补充,故亦附于书后。

荆楚岁时记

正月一日是三元之日也。《春秋》谓之端月。鸡鸣而起，先于庭前爆竹，以辟山臊恶鬼。　按:《神异经》云:西方山中有人焉，其长尺馀，一足，性不畏人，犯之则令人寒热，名曰山臊;以竹著火中，烞熚有声，而山臊惊惮。《玄黄经》所谓山𤢹鬼也。俗人以为爆竹起于庭燎，家国不应滥于王者。

长幼悉正衣冠，以次拜贺。进椒柏酒，饮桃汤。进屠苏酒，胶牙饧。下五辛盘。进敷于散，服却鬼丸。各进一鸡子。造桃板著户，谓之仙木。凡饮酒次第，从小起。　按:《四民月令》云:过腊一日谓之小岁。拜贺君亲，进椒酒，从小起。椒是玉衡星精，服之令人身轻能老。柏是仙药。成公子安《椒华铭》则曰:"肇惟岁首，月正元日。厥味惟珍，蠲除百疾。"是知小岁则用之，汉朝元正则行之。桃者，五行之精，厌伏邪气，制百鬼也。董勋云:俗有岁首用椒酒。椒花芬香，故采花以贡樽。正月饮酒先小者，以小者得岁，先酒贺之。老者失岁，故后与酒。周处《风土记》曰:"元日造五辛盘。正元日五熏炼形。"五辛，所以发五藏之气。《庄子》所谓"春日饮酒茹葱，以通五藏也"。敷于散出葛洪《炼化篇》。方:用柏子人、麻人、细辛、干姜、附子等分为散，井华水服之。又方:江夏刘次卿以正旦至市，见一书生入市，众鬼悉避。刘问书生曰:"子有何术以至于此?"书生言:"我本无术。出之日，家师以丸药绛囊裹之，令以系臂，防恶气耳!"于是刘就书生借此药，至所见鬼处，诸鬼悉走,所以世俗行之。其方:用武都雄黄丹散二两,蜡和,令调如弹丸。正月旦,令男左女右带之。周处《风土记》曰:"正旦,当生吞鸡子一枚,谓之练形。"胶牙者,盖以使其牢固不动。今北人亦如之:熬麻子、大豆,兼糖散之。　　按:《练化篇》云:"正月旦,吞鸡子、赤豆七枚,辟瘟气。"又《肘后方》云:"旦及七日,吞麻子、小豆各二七枚,消疾疫。"《张仲景方》云:"岁有恶气中人,不幸便死。取大豆二七枚,鸡子、白麻子,酒吞之。"然麻豆之设,当起于此。梁有天下,不食荤。荆自此不复食鸡子,以从常则。

　　帖画鸡户上,悬苇索于其上,插桃符其傍,百鬼畏之。按:魏议郎董勋云:"今正、腊旦,门前作烟火、桃人,绞索松柏,杀鸡著门户逐疫,礼也。"《括地图》曰:"桃都山有大桃树,盘屈三千里,上有金鸡,日照则鸣。下有二神,一名郁,一名垒,并执苇索,以伺不祥之鬼,得则杀之。"应劭《风俗通》曰:"黄帝书称,上古之时,兄弟二人曰荼与郁,住度朔山上桃树下,简百鬼。鬼妄搰人,援以苇索,执以食虎。"于是县官以腊除夕饰桃人,垂苇索,虎画于门,效前事也。

　　又,以钱贯系杖脚,回以投粪扫上,云令如愿。　　按:《录异记》云:"有商人区明者,过彭泽湖。有车马出,自称青洪君,要明过,厚礼之,问'何所须?'有人教明:'但乞如愿!'及问,以此言答。青洪君甚惜如愿,不得已,许之。乃其婢也。既而送出。自尔商人或有所求,如愿并为,即得。后至正旦,如愿起晚,乃打如愿,如愿走入粪中。商人以杖打粪扫,唤如愿,竟不还也。"此如愿故事。今北人正月十五日夜立于粪扫边,令人执杖打粪堆,云云,以答假痛。意者亦为如愿故事耳。

　　正月七日为人日。以七种菜为羹;剪彩为人,或镂金薄为人，以贴屏风，亦戴之头鬓；又造华胜以相遗；登高赋诗。按：董勋《问礼俗》曰："正月一日为鸡，二日为狗，三日为猪，四日为羊，五日为牛，六日为马，七日为人。正旦画鸡于门，七日贴人于帐。"今一日不杀鸡，二日不杀狗，三日不杀猪，四日不杀羊，五日不杀牛，六日不杀马，七日不行刑，亦此义也。古乃磔鸡，今则不杀。荆人于此日向辰门前呼牛马鸡畜令来，乃置粟豆于灰，散之宅内，云以招牛马。未知所出。剪彩人者，人入新年，形容改，从新也。华胜起于晋代，见贾充《李夫人典戒》云："像瑞图金胜之形，又取像西王母戴胜也。"旧以正旦至七日讳食鸡，故岁首唯食新菜，又馀日不刻牛马羊狗猪之像，而二日福施人鸡，此则未喻。郭缘生《述征记》云："寿张县安仁山，魏东平王凿山顶，为会人日望处。刻铭于壁，文字犹在。"《老子》云："众人熙熙，如登春台。"《楚辞》云："目极千里伤春心。"则春日登临，自古为适；但不知七日竟起何代。晋代桓温参军张望亦有七日登高诗。近代以来，南北同耳。北人此日食煎饼，于庭中作之，云薰火，未知所出。

立春之日，悉剪彩为燕戴之，帖"宜春"二字。　按："宜春"二字，傅咸《燕赋》有其言矣。赋曰："四时代至，敬逆其始。彼应运于东方，乃设燕以迎至。翚轻翼之歧歧，若将飞而未起。何夫人之功巧，式仪形之有似。御青书以赞时，著宜春之嘉祉。"

正月十五日，作豆糜，加油膏其上，以祠门户。先以杨枝插门，随杨枝所指，仍以酒脯饮食及豆粥插箸而祭之。　按：《续齐谐记》曰："吴县张成夜起，忽见一妇人立于宅东南角，谓成曰：'此地是君家蚕室，我即此地之神。明年正月半，宜作白粥，泛膏其上以祭我，当令君蚕桑百倍。'言绝而失之。成如言作膏粥,自此后大得蚕。"世人正月半作粥祷之,加肉覆其上,登屋食之。咒曰:"登高糜,挟鼠脑,欲来不来?待我三蚕老。"则是为蚕逐鼠矣。《石虎邺中记》:"正月十五日,有登高之会。"则登高又非今世而然者也。

　　其夕,迎紫姑,以卜将来蚕桑,并占众事。　　按:刘敬叔《异苑》云:"紫姑本人家妾,为大妇所妒,正月十五日感激而死,故世人作其形迎之。咒云:'子胥(云是其婿)不在,曹夫人(云是其姑)已行,小姑可出。'于厕边或猪栏边迎之,捉之觉重,是神来也。平昌孟氏尝以此日迎之,遂穿屋而去。自尔,著以败衣,盖为此也。"《洞览》云:"帝喾女将死,云:'生平好乐,至正月,可以见迎。'"又其事也。俗云溷厕之间必须静,而后致紫姑。《杂五行书》:"厕神名后帝。"《异苑》云:"陶侃如厕,见人自云'后帝',著单衣、平上帻,谓侃曰:'三年莫说,贵不可言。'"将后帝之灵,凭此姑而言乎!

　　正月夜多鬼鸟度,家家槌床打户,挼狗耳,灭灯烛以禳之。按:《玄中记》云:"此鸟名姑获。一名天地女,一名隐飞鸟,一名夜行游女,好取人女子养之。有小儿之家,即以血点其衣以为志。故世人名为鬼鸟。"荆州弥多。斯言信矣。

　　正月未日夜,芦苣火照井厕中,则百鬼走。

　　元日至于月晦,并为酺聚饮食。士女泛舟,或临水宴乐。按:每月皆有弦、望、晦、朔,以正月初年,时俗重以为节也。《玉烛宝典》曰:"元日至月晦,人并为酺食,度水。士女悉湔裳酹酒于水湄,以为度厄。"今世人唯晦日临河解除,妇人或湔裙。

　　春分日,民并种戒火草于屋上。有鸟如乌,先鸡而鸣,架架格格。民候此鸟则入田,以为候。

　　社日，四邻并结综会社，牲醪，为屋于树下，先祭神，然后飨其胙。　　按：郑氏云："百家共一社。"今百家所社综，即共立之社也。

　　去冬节一百五日，即有疾风甚雨，谓之寒食。禁火三日，造饧大麦粥。　　据历合在清明前二日，亦有去冬至一百六日者。《琴操》曰："晋文公与介子绥俱亡，子绥割股以啖文公。文公复国，子绥独无所得。子绥作《龙蛇之歌》而隐。文公求之，不肯出，乃燔左右木。子绥抱木而死。文公哀之，令人五月五日不得举火。"又周举移书及魏武《明罚令》、陆翙《邺中记》并云寒食断火起于子推。《琴操》所云子绥即推也。又，云五月五日与今有异，皆因流俗所传。据《左传》及《史记》，并无介子推被焚之事。　　按：《周书·司烜氏》："仲春以木铎循火禁于国中。"注云："为季春将出火也。"今寒食准节气是仲春之末。清明是三月之初，然则禁火盖周之旧制。陆翙《邺中记》曰："寒食三日作醴酪。"又："煮粳米及麦为酪，捣杏仁，煮作粥。"《玉烛宝典》曰："今人悉为大麦粥。研杏仁为酪，引饧沃之。"孙楚《祭子推文》云："黍饭一盘，醴酪二盂。"是其事也。

　　斗鸡，镂鸡子，斗鸡子。　　按：《玉烛宝典》曰："此节，城市尤多斗鸡卵之戏。"《左传》有季郈斗鸡。其来远矣。古之豪家，食称画卵。今代犹染蓝茜杂色，仍如雕镂。递相饷遗，或置盘俎。《管子》曰："雕卵然后瀹之，所以发积藏，散万物。"张衡《南都赋》曰："春卵夏笋，秋韭冬菁。"便是补益滋味。其斗卵，则莫知所出。董仲舒书云："心如宿卵，为体内藏，以据其刚。"仿佛斗理也。

　　打球、秋千、施钩之戏。　　按：刘向《别录》曰："蹴鞠，黄帝所造，本兵势也。"或云起于战国。按：鞠与球同。古人蹋蹴以为戏也。《古今艺术图》云："秋千，北方山戎之戏，以习轻趫者。"施钩之戏，以绠作篾缆相胃，绵亘数里，鸣鼓牵之。求诸外典，未有前事。公输子游楚为舟战，其退则钩之，进则强之，名曰钩强，遂以时越。以钩为戏，意起于此。《涅槃经》曰"斗轮骨轮索"，其秋迁之戏乎？秋千，亦施钩之类也。

　　三月三日，士民并出江渚池沼间，为流杯曲水之饮。按：《续齐谐记》："晋武帝问尚书挚虞曰：'三日曲水，其义何指？'答曰：'汉帝时，平原徐肇以三月初生三女，而三日俱亡，一村以为怪，乃相携之水滨盥洗，遂因流水以滥觞，曲水起于此。'帝曰：'若此谈，便非嘉事。'尚书郎束晳曰：'挚虞小生，不足以知此。臣请说其始：昔周公卜成洛邑，因流水以泛酒。故逸诗云：羽觞随波流。又，秦昭王三月上巳置酒河曲，有金人自东而出，奉水心剑曰：令君制有西夏。及秦霸诸侯，乃因其处立为曲水祠。二汉相沿，皆成盛集。'帝曰：'善！'赐金十五斤，左迁挚虞为阳城令。"　按：《韩诗》云："唯溱与洧，方洹洹兮。唯士与女，方秉蕳兮。"注谓"今三月桃花水下，以招魂续魄，祓除岁秽"。《周礼》："女巫岁时祓除衅浴。"郑注云："今三月上巳水上之类。"司马彪《礼仪志》："三月三日官民并禊饮于东流水上。"弥验此日。《南岳记》云："其山西曲水坛，水从石上行，士女临河坛。三月三日所逍遥处。"周处、吴徽注《吴地记》，则又引郭虞三女，并以元巳日死，故临水以消灾。所未详也。张景阳《洛禊》赋，则洛水之游。傅长虞《神泉》文，乃园池之宴。孔子云："暮春浴乎沂。"则水滨禊除，由来远矣。

　　是日，取鼠麹汁蜜和粉，谓之龙舌料，以厌时气。

　　四月也，有鸟名获谷，其名自呼。农人候此鸟，则犁杷上岸。　按：《尔雅》云："鳲鸠，鹄鞠。"郭璞云："今布谷也，江东

呼获谷。"崔寔《正论》云:"夏扈趋耕锄。即窃脂玄鸟鸣。"获谷
则其夏扈也。

五月俗称恶月,多禁。忌曝床荐席,及忌盖屋。　按:《异
苑》云:"新野庾寔尝以五月曝席,忽见一小儿死在席上,俄失
之,其后寔子遂亡。"或始于此。或问董勋曰:"俗五月不上屋,
云五月人或上屋见影,魂便去。"勋答曰:"盖秦始皇自为之。
禁夏不得行,汉魏未改。"　按:《月令》:"仲夏可以居高明,可
以远眺望,可以升山陵,可以处台榭。"郑玄以为顺阳在上也。
今云不得上屋,正与礼反。敬叔云见小儿死而禁曝席,何以异
此乎? 俗人月讳,何代无之? 但当矫之归于正耳。

五月五日,四民并蹋百草,又有斗百草之戏。采艾以为
人,悬门户上,以禳毒气。　按:宗测字文度,尝以五月五日鸡
未鸣时采艾,见似人处,揽而取之,用灸有验。《师旷占》曰:
"岁多病则艾先生。"

是日,竞渡,采杂药。　按:五月五日竞渡,俗为屈原投汨
罗日,伤其死,故并命舟楫以拯之。舸舟取其轻利,谓之飞凫,
一自以为水军,一自以为水马。州将及士人悉临水而观之。
邯郸淳《曹娥碑》云:"五月五日,时迎伍君逆涛而上,为水所
淹。"斯又东吴之俗,事在子胥,不关屈平也。《越地传》云起于
越王勾践,不可详矣。　是日竞采杂药。《夏小正》:"此月蓄
药,以蠲除毒气。"

以五彩丝系臂,名曰辟兵,令人不病瘟。又有条达等织组
杂物以相赠遗。取鸲鹆教之语。　按仲夏茧始出,妇人染练,
咸有作务。日月星辰鸟兽之状。文绣金缕,贡献所尊。一名
长命缕,一名续命缕,一名辟兵缯,一名五色丝,一名朱索,名
拟甚多。青、赤、白、黑以为四方,黄为中央,襞方缀于胸前,以

示妇人蚕功也。此月鸲鹆子毛羽新成，俗好登巢取养之，以教其语也。

夏至节日，食粽。　周处谓为角黍，人并以新竹为简粽。练叶插五彩系臂，谓为长命缕。

是日，取菊为灰，以止小麦蠹。　按：干宝《变化论》云："朽稻为蛬，朽麦为蛱蝶。"此其验乎？

六月伏日，并作汤饼，名为辟恶。　按：《魏氏春秋》："何晏以伏日食汤饼，取巾拭汗，面色皎然，乃知非傅粉。"则伏日汤饼，自魏已来有之。

七月七日，为牵牛织女聚会之夜。　按：戴德《夏小正》云："是月，织女东向，"盖言星也。《春秋运斗枢》云："牵牛，神名略。"石氏《星经》："牵牛，名天关。"《佐助期》云："织女，神名收阴。"《史记·天官书》云是天帝外孙。傅玄《拟天问》云："七月七日牵牛织女会天河。"此则其事也。河鼓、黄姑，牵牛也，皆语之转。

是夕，人家妇女结彩缕，穿七孔针。或以金银鍮石为针，陈瓜果于庭中以乞巧，有喜子网于瓜上，则以为符应。　按：《世王传》曰："窦后少小头秃，不为家人所齿。七月七日夜，人皆看织女，独不许后出。有光照室，为后之瑞。"

七月十五日，僧尼道俗悉营盆供诸佛。　按：《盂兰盆经》云："有七叶功德，并幡花歌鼓果食送之。"盖由此也。《经》曰："目连见其亡母在饿鬼中，即以钵盛饭往饷其母。食未入口，化成火炭，遂不得食。目连大叫，驰还白佛。佛言：'汝母罪重，非汝一人奈何。当须十方众僧威神之力。至七月十五日，当为七代父母厄难中者，具百味五果，以著盆中，供养十方大德。佛敕众僧皆为施主，祝愿七代父母，行禅定意，然后受食。'是时目连母得脱一切饿鬼之苦。目连白佛:'未来世佛弟子行孝顺者,亦应奉盂兰盆供养。'佛言:'大善!'"故后人因此广为华饰,乃至刻木割竹,饴蜡剪彩,模花叶之形,极工妙之巧。

八月十四日,民并以朱水点儿头额,名为天灸,以厌疾。又以锦彩为眼明囊,递相饷遗。 按:《述征记》云:"八月一日作五明囊,盛百草头露洗眼,令眼明也。"《续齐谐记》云:"弘农邓绍尝以八月旦入华山采药,见一童子执五彩囊,承柏叶上露,皆如珠满囊。绍问:'用此何为?'答曰:'赤松先生取以明目。'言终便失所在。"今世人八月旦作眼明袋,此遗象也。或以金薄为之,递相饷焉。

九月九日,四民并籍野饮宴。 按:杜公瞻云:"九月九日宴会,未知起于何代。"然自汉至宋未改。今北人亦重此节。佩茱萸,食饵,饮菊花酒,云令人长寿。近代皆宴设于台榭。又《续齐谐记》云:"汝南桓景随费长房游学。长房谓之曰:'九月九日,汝南当有大灾厄,急令家人缝囊盛茱萸系臂上,登山饮菊花酒,此祸可消。'景如言,举家登山。夕还,见鸡犬牛羊一时暴死。长房闻之曰:'此可代也。'"今世人九日登高饮酒,妇人带茱萸囊,盖始于此。

十月朔日,黍臛,俗谓之秦岁首。 未详黍臛之义。今北人此日设麻羹豆饭,当为其始熟尝新耳。《祢衡别传》云:"十月朝,黄祖在艨艟上会,设黍臛。"是也。

仲冬之月,采撷霜燕、菁、葵等杂菜干之,并为咸菹。有得其和者,并作金钗色。今南人作咸菹,以糯米熬捣为末,并研胡麻汁和酿之,石窄令熟。菹既甜脆,汁亦酸美,其茎为金钗股,醒酒所宜也。

十二月八日为腊日。谚语："腊鼓鸣，春草生。"村人并击细腰鼓，戴胡头，及作金刚力士以逐疫。　按：《礼记》云："傩人所以逐厉鬼也。"《吕氏春秋·季冬纪》注云："今人腊前一日，击鼓驱疫，谓之逐除。"《晋阳秋》："王平子在荆州，以军围逐除，以斗故也。"《玄中记》："颛顼氏三子俱亡，处人宫室，善惊小儿。汉世以五营千骑自端门传炬送疫，弃洛水中。"故《东京赋》云："卒岁大傩，殴除群厉。方相秉钺，巫觋操茢。侲子万童，丹首玄制。桃弧棘矢，所发无臬。"《宣城记》云："洪矩，吴时作庐陵郡，载土船头。逐除人就矩乞，矩指船头云：无所载，土耳。"《小说》："孙兴公常着戏头，与逐除人共至桓宣武家，宣武觉其应对不凡，推问乃验也。"金刚力士，世谓佛家之神。按：《河图玉版》云："天立四极，有金刚力士，兵长三十丈。"此则其义。

其日，并以豚酒祭灶神。　按：《礼器》："灶者，老妇之祭，尊于瓶，盛于盆。"言以瓶为罇，盆盛馔也。许慎《五经异义》云："颛顼有子曰黎，为祝融火正。祝融为灶神，姓苏名吉利，妇姓王名抟颊。"汉阴子方，腊日见灶神，以黄犬祭之，谓之黄羊。阴氏世蒙其福，俗人竞尚，以此故也。

岁前，又为藏弅之戏。　按：周处《风土记》曰："醇以告蜡，竭恭敬于明祀。乃有藏弅。腊日之后，叟妪各随其侪为藏弅，分二曹以校胜负。"辛氏《三秦记》以为钩弋夫人所起。周处、成公绥并作"弅"字。《艺经》、庾阐则作"钩"字，其事同也。俗云此戏令人生离，有禁忌之家则废而不修。

岁暮，家家具肴蔌，诣宿岁之位，以迎新年。相聚酺饮。留宿岁饭，至新年十二日，则弃之街衢，以为去故纳新也。

识

　　右宗懔《荆楚岁时记》一卷,《文献通考》本作四卷。其序略云:"傅玄之《朝会》,杜笃之《上巳》,安仁《秋兴》之叙,君道《娱蜡》之述,其属辞则已洽,其比事则未宏。率为小记,以录荆楚岁时风物故事。自元日至除日,凡二十余事。"谟尝以唐人诸类书备载四时十二月令节而独不及中秋为憾,今考是记,亦只载八月十四日作眼明囊事,于十五日亦无闻焉。窃意自唐以前,世俗尚无中秋故事,不宜荆楚别有沿革也。但如韩谔《岁华纪丽》所引是记,于二月八日云:"释氏下生之日,迦文成道之时,信舍之家,建八关斋戒,车轮宝盖,七变八会之灯。平旦,执香花绕城一匝,谓之'行城'。"于四月八日云:"诸寺各设香汤浴佛,共作龙华会,以为弥勒之徵;而长沙寺阁下有九子母神。是日,市肆之人无子者供养薄饼以乞子,往往有验。"于七月十五日云:"是日,僧尼坐草为一岁。云四月八日结夏,至七月十五日解,众僧长养之节;在外恐伤草木虫类,故九十日安居。"又"七夕庭中乞巧"下有"或云:见天河中有奕奕白气,或耀五色,以为徵。见便拜,得福"数语,今本皆无之。则是记文已多残缺,抑或如《唐志》所载,《荆楚岁时记》原有宗懔、杜公瞻两本,故所据不同耶? 而本记间引杜公瞻说,则又似只一书。故《通志·艺文略》以为宗懔撰、公瞻注也。今特抄补阙文,并存其说于此。汝上王谟识。